Nachgelassene Schriften und Fragmente

꿈 같은 삶의 기록

꿈 같은 삶의 기록

잠언과 미완성 작품집

프란츠 카프카 지음 | 이주동 옮김

솔

결정본 '카프카 전집'을 간행하며

불안과 고독, 소외와 부조리, 실존의 비의와 역설…… 카프카 문학의 테마는 현대인의 삶 속에 깊이 움직이고 있는 난해하면서도 심오한 여러 특성들과 연관되어 있다. 그러나 지금 카프카 문학이 지닌 깊이와 넓이는 이러한 실존적 차원에 국한되지 않는다. 카프카의 문학적 모태인 체코의 역사와 문화가 그러했듯이, 그의 문학은 동양과 서양 사이를 넘나드는 매우 중요하면서도 인상 깊은 정신적 가교架橋로서 새로운 해석을 요청하고 있으며, 전혀 새로운 문학적 상상력과 깊은 정신적 비전으로 현대와 근대 그리고 미래 사이에 가로놓인 장벽들을 뛰어넘는, 또한 근대 이후 세계 문학에 대한 인식틀들을 지배해온 유럽 문학 중심/주변이라는 그릇된 고정관념들을 그 내부에서 극복하는, 현대 예술성의 의미심장한 이정표이자 마르지 않는 역동성의 원천으로서 오늘의 우리들 앞에 다시 떠오른다.

일러두기

1. 한자 및 외국어는 필요한 경우에 병기하였다.
2. 외국어 우리말 표기는 국립국어원 지침에 따랐으나 특별한 경우 예외를 두었다.
3. 부호와 기호는 아래와 같다.
   ─책명(단행본)·장편소설·정기간행물·총서: 겹낫표(『 』)
   ─논문·시·단편 작품·연극·희곡: 낫표(「 」)
   ─오페라·오페레타·노래·그림·영화·특정 강조: 홑화살괄호(〈 〉)
   ─대화·인용: 큰따옴표(" ")
   ─강조: 작은따옴표(' ')

차례

[1]

오고감이 있다.
그러나 헤어짐은 있으되,
재회는 흔치 않다.
프라하, 11월 20일
                프란츠 카프카

[2]

책 속엔 얼마나 많은 말들이 들어 있는가! 그것들은 의당 기억을 불러일으키겠지. 마치 말들이 기억을 불러일으킬 수 있기나 한 것처럼!

말이란 서투른 등산가이며 서투른 광부이다. 그래서 그것은 산의 정상에서도 산의 깊은 곳에서도 보물을 꺼내오지 못한다.

그러나 마치 애무하는 손길처럼, 회상할 만한 가치가 있는 모든 것들을 부드럽게 어루만지는 어떤 생생한 기억이 있다. 이 잿더미로부터 작렬하듯 뜨겁게, 힘차고 강렬하게 불꽃이 피어오르고, 당신이 마치 불가사의한 마법에 홀린 듯이 그 안을 응시한다면, 그때엔

그러나 이 순결한 기억 속에 서툰 솜씨와 거친 연장으로 자기 자신을 써넣을 수는 없는 것이다. 그것은 이 겸허한 흰 종이에나 가능한 일이다. 1900년 9월 4일 나는 그렇게 했다.

프란츠 카프카

a̲ 오직 새로운 표상만이 심미적 기쁨을 일깨울 수 있다고 말해서는 안 되고, 의지의 범주에 속하지 않는 표상은 모두가 심미적 기쁨을 일깨워준다고 말해야 한다. 그런데도 그렇게 말한다면, 그것은 우리가 우리의 의지의 범주와 무관하게 어떤 새로운 표상을 받아들일 수 있다는 것을 의미할 뿐이다. 물론 우리가 심미적이지 않다고 평가하는 새로운 표상들도 있음은 분명하다. 그렇다면 우리는 새로운 표상들의 어떤 부분을 심미적이라고 평가할 것인가? 이 물음은 남아 있다.

b̲ 아마도 지금까지는 채택되지 않았던 '심미적 통각Apperception' 이라는 용어를 좀더 상세하게 또는 본래대로 설명하는 일이 필요할지 모른다. 이 쾌감은 어떻게 생겨나고 그 고유한 특징은 어디에 있으며, 새로운 발견 또는 어떤 낯선 나라나 지식의 영역으로부터 나온 보고에 대해 갖게 되는 기쁨과는 어떻게 구별되는가.

c̲ 그 새로운 견해를 증명해주는 것은 심미적인 사실만이 아닌 일반적인 생리학적 사실인데, 그것은 바로 싫증이다. 어쨌든 한편으로는 '새롭다'는 개념에 대해 당신이 가지고 있는 많은 제한들로부터, 원래는 모든 것이 새롭다는 사실이 드러난다. 왜냐하면 모든 대상들은 언제나 변화하는 시간과 조명 속에 있고 우리는 단지 관객일 뿐이므로, 언제나 우리는 그것들을 다른 곳에서 만나게 된다. 그러나 다른 한편으로 우리는 예술을 향유하는 데서만 싫증을 내는 것이 아니라, 배움과 등산, 그리고 오늘 송아지고기에 싫증이 난다

고 해서 그것이 이제는 우리에게 맞는 음식이 아니라고 말할 수 없는 점심 식사에 대해서도 싫증을 낸다. 그러나 무엇보다도 예술에 관해서 말할 때 이 두 가지 관계만 존재한다고 하는 것은 옳지 않을 것이다. 오히려 대상이 심미적인 모서리와 피로감(원래 그것들은 막 지나가고 있는 시대의 취향을 위해 존재한다) 위에서 부유하고 있다고 말하는 편이 낫다. 그러니까 대상은 균형을 잃어버린 것이다. 그것도 나쁜 의미에서. 그래서 당신의 결론은 이러한 모순을 정리하도록 재촉한다. 왜냐하면 통각이란, 상태가 아니라 하나의 운동이므로 그것은 완성되어야 하기 때문이다. 그 사이 이러한 부담스러운 쾌감, 약간의 소음이 발생하지만, 모든 것은 곧 그들 자신의 아늑한 보금자리 안에서 안식을 취하게 될 것이다.

d 심미적 인간과 학문적 인간 사이에는 어떠한 차이가 있는가.

e '통각'이라는 개념은 불확실한 채로 남아 있다. 우리가 알고 있듯이, 그것은 미학 개념이 아니다. 아마 이렇게 표현될 수도 있을 것이다. 나는 그곳에 대한 감각이 전혀 없는 채로 낯선 도시인 프라하로 온다. 나는 이제 당신에게 편지를 쓰려고 하지만 당신의 주소를 모른다. 나는 당신에게 묻고 당신은 나에게 그것을 말해준다. 나는 그것을 통각하고서 당신에게 다시 물어볼 필요가 없다. 당신의 주소는 나에게 이미 '낡은 것'이다. 우리는 이런 식으로 학문을 통각한다. 그러나 내가 당신을 방문하려고 한다면 나는 모든 길모퉁이와 사거리에서 길을 묻고 또 물어야 한다. 나는 다른 통행인들이 없이는 곤란해질 것이다. 여기서는 통각이란 전혀 불가능하다. 물론 내가 피로하여 길가에 있는 커피숍에 들어가 쉴 수도 있고 당신을 방문하는 것을 완전히 포기할 수도 있지만, 그렇기 때문에 나는 여전히 통각하지 못하는 것이다.

"이렇게 무리 없이 설명이 된다……" 그것은 놀랄 일이 아니다.

왜냐하면 모든 것이 처음부터 마치 난간을 붙잡듯 앞서 통각에 매달리도록 강요받기 때문이다. "그와 같은 이론으로 설명되어지건대⋯⋯" 이것은 하나의 작은 예술작품이다. 이 문장 뒤에, 내가 파악한 바로는, 통각의 유일한 증거가 이어지는데, 그것은 당신이 결론으로서가 아니라 처음으로 경험하는 것이어야만 한다. "사람은 본능적으로 스스로를 보호하는 법이다 ─ "라는 문장은 틀린 것이다.

[4]

*

에두아르트 라반이 복도를 지나 열린 문을 나섰을 때, 비가 내리고 있었다. 비는 조금 내렸다.

그의 바로 앞 보도엔 많은 사람들이 여러 가지 모습으로 걷고 있었다. 때로는 누군가가 앞으로 나가 찻길을 건넜다. 한 작은 소녀가 양손을 앞으로 뻗친 채 피곤해 보이는 강아지를 한 마리 붙잡고 있었다. 두 신사가 서로 이야기를 주고받고 있었다. 그 중 한 사람은 손바닥을 위로 치켜들고는 마치 짐이라도 들고 있는 양 두 손을 공중에서 일정하게 움직였다. 그때 한 숙녀가 보였는데, 그녀의 모자는 리본과 핀과 꽃으로 장식되어 있었다. 그리고 한 젊은이가 가느다란 지팡이를 들고 급히 지나갔다. 그는 왼쪽 손이 마비라도 된 듯이 그것을 가슴에 대고 있었다. 이따금 담배를 피우는 남자들이 앞쪽에 곧추선 작고 길다란 담배연기를 달고서 지나갔다. 세 신사가 ― 두 사람은 구부린 팔 아래에 가벼워 보이는 외투를 걸치고 있다 ― 이따금 집 담벼락에서 보도 가장자리로 나와 거기에서 일어나고 있는 광경들을 바라보고는, 서로 말을 건네면서 되돌아갔다.

지나가는 사람들의 틈 사이로 차도의 석판이 일정한 간격으로 이어져 있는 것이 보였다. 그때 말들이 목을 앞으로 길게 내밀고 부드

---
* 이 작품은 막스 브로트에 의해 「시골에서의 결혼 준비」라는 제목이 붙여진 미완성 소설이다. 카프카는 이 작품에 대한 세 개의 판본을 남겼는데, 이 텍스트는 첫번째 판인 'A판'으로서 1906년과 1907년 사이에 나온 것이다. 이 작품은 카프카 전집 제1권 『변신』 단편전집에 이미 수록된 바 있으나 상당 부분이 빠지거나 첨가되어 여기에 다시 번역 수록한다. (옮긴이)

16

럽고 높은 바퀴가 달린 마차를 끌고 지나갔다. 쿠션이 달린 좌석에 기댄 사람들은 거리를 오가는 행인들과 상점, 발코니와 하늘을 말 없이 바라보고 있었다. 한 마차가 다른 마차를 앞지르려 할 때, 말 들의 몸이 서로 밀착되었고 가죽끈들이 흔들거렸다. 말들이 끌채를 잡아당기자 마차가 갑자기 흔들리면서 굴러갔다. 그때 앞선 마차 주변에 아치 모양이 만들어졌다가 말들이 다시 떨어졌는데, 그러나 길쭉한 머리만은 여전히 서로를 향하고 있었다.

몇몇 사람들이 급히 문 쪽으로 다가와, 비에 젖지 않은 모자이크 모양의 돌바닥 위에 서서 천천히 몸을 돌려 이 좁은 골목길로 휘몰 아쳐 어지럽게 내리는 비를 바라보았다.

라반은 피곤함을 느꼈다. 그의 입술은 그가 매고 있는 무어식 무 늬가 그려진 두꺼운 넥타이의 퇴색된 붉은 빛처럼 창백했다. 건너 편 문 돌 곁에 서 있던 숙녀가 이제 그를 바라보았다. 그녀는 무심 하게 그러고 있었는데, 어쩌면 그의 앞에 떨어지는 빗줄기나 아니 면 그의 머리 위, 문 위에 걸려 있는 작은 회사 간판들을 쳐다보고 있는지도 모른다. 라반은 그녀가 기이하게 여기며 쳐다본다고 생각 했다. 그러니까 내가 그녀에게 이야기를 해도 그녀는 전혀 놀라지 않을 테지 하고 그는 생각했다. 공공기관 사람들은 과도하게 일을 하느라 너무 피곤해져서 휴가를 제대로 즐길 수 없게 된다. 하지만 온갖 일을 다 해도 모든 사람들이 자신을 사랑으로 대해주기를 기 대할 수는 없으며, 오히려 모두에게 완전히 낯설어질 뿐이다. 그리 고 네가 '나'라고 말하는 대신 '세인世人'이라고 말하는 한, 너는 쓸모없는 존재일 것이며 또 네가 바로 그런 존재임을 자인한다면, 사람들은 곧바로 이 이야기를 떠들고 다닐 것이며, 그렇게 되면 너 는 공식적으로 호되게 당하고 파면 당하게 될 것이다.

그는 격자무늬 천으로 바느질된 손가방을 내려놓으면서 무릎을 굽혔다. 어느새 빗물은 차도의 가장자리에서 줄무늬를 이루며 그보다 낮은 곳에 있는 배수로로 급속히 흘러내렸다.

그러나 나 자신이 '세인'과 '나'를 구분한다면, 내가 어찌 다른 사람들에 대해 불평을 늘어놓을 수 있겠는가. 어쩌면 그들이 부당하지 않을지도 모르지만, 나는 모든 일을 파악하기에는 너무 지쳐 있다. 나는 너무 피곤해서, 기차역까지 짧은 거리를 가는 일마저도 너무 힘이 든다. 그런데 나는 왜 이 짧은 휴가 기간 동안 도시에 남아 휴식을 취하지 않는가. 나는 정말 어리석구나―이 여행이 병이 되리라는 사실을 나는 잘 알고 있다. 방이라야 그다지 안락하지 않을 테고, 시골이라고 다를 리 없을 것이다. 아직 6월 초순도 되지 않은데다, 시골 공기는 여전히 매우 쌀쌀하기 일쑤이다. 생각해서 옷을 입는다 해도, 저녁 늦게 산책을 나가는 사람들과 어울려야 할 것이다. 그곳엔 연못들이 있으니 그것을 따라 산책하게 되겠지. 그렇게 되면 나는 분명 감기에 걸릴 거야. 그 대신 나는 대화에는 거의 나서지 않을 거다. 나는 한 번도 여행을 해본 적이 없으니, 그 연못을 먼 나라에 있는 다른 연못들과 비교할 수도 없을 거고, 달 이야기나 하면서 행복감에 젖어보기도 하고 도취해서 토사 더미 위로 오르기에는 너무 나이가 들어서 남들의 웃음거리가 되겠지.

사람들은 머리 위로 검정 우산을 느슨하게 잡고서 고개를 약간 숙인 채 지나가고 있었다. 짐 실은 마차도 한 대 지나가고 있었는데, 짚으로 채운 마부석에는 어떤 남자가 두 다리를 아무렇게나 뻗고 있어서 한쪽 다리는 짚과 넝마조각 위에 제대로 걸쳐져 있었지만, 다른 쪽 발은 거의 땅에 닿을 정도였다. 그것은 마치 화창한 날씨에 들판에 나가 앉아 있는 듯한 모습이었다. 그래도 그는 고삐를 조심스레 잡고 있어서, 쇠막대기들이 부딪쳐 철컥거리는데도 마차는 인파를 잘도 헤치고 나아갔다. 축축하게 젖은 땅 위에서는 쇠의 반사된 빛이 줄줄이 놓인 돌의 열을 따라 천천히 미끄러져 가는 것이 보였다. 건너편 숙녀 곁에 서 있는 작은 소년은 포도원의 늙은 농부 같은 옷차림을 하고 있었다. 소년의 구겨진 옷은 아래쪽으로 커다란 원을 그리고 있었고, 겨드랑이 밑으로는 가죽끈 하나만으로 둘러싸여 있다시피했다. 소년의 차양 없는 반원 모양의 모자는 눈썹 끝까지 와 닿았고, 모자 꼭대기에서 술 하나가 내려와 왼쪽 귀밑까지 늘어져 있었다. 비는 소년을 기쁘게 했다. 소년은 대문 밖으로 달려나와 더 많은 빗방울을 잡으려고 눈을 부릅뜨고 하늘을 쳐다보았다. 소년이 이따금 높이 뛰어올라 빗물을 잔뜩 튀겼기 때문에 행인들은 그를 몹시 꾸짖었다. 그러자 숙녀는 그 소년을 불러 손으로 계속 그를 붙잡고 있었다. 그래도 그는 울지 않았다.

라반은 그때 소스라치게 놀랐다. 벌써 시간이 이렇게 되다니. 외투와 상의가 열려 있었기 때문에 그는 바로 시계를 움켜쥐었다. 시계는 가지 않았다. 그는 복도 약간 안쪽에 서 있던 옆 사람에게 짜증이 난 듯 시간을 물었다. 너털웃음을 웃으면서 이야기를 하고 있던 그 남자는 "아, 네 시가 지났군요"라고 말하고는 몸을 돌렸다.

라반은 급히 우산을 펴들고 가방을 손에 들었다. 그런데 그가 막 거리로 나서려고 했을 때, 급히 지나가고 있던 여인들로 길이 막혔다. 그래서 그는 그들이 지나가도록 기다렸다. 라반은 그 자리에 서서 작은 소녀의 모자를 내려다보았다. 빨간 물을 들인 밀짚으로 엮어 만든 그 모자에는 주름진 가장자리에 초록색 작은 화환이 달려 있었다.

거리는 그가 가려는 방향으로 약간 오르막길이었는데, 거리에 나섰을 때만 해도 그는 그것을 기억하고 있었다. 그러나 다음 순간에는 잊어버렸다. 왜냐하면 그 작은 가방도 그에게는 가볍지 않았고 맞바람이 불어와 윗옷 깃을 날렸기 때문에 우산대로 앞을 누르느라 힘이 좀 들었기 때문이다.

그는 심호흡을 했다. 가까운 광장에 있는 시계가 안쪽에서 네 시십오 분을 알렸다. 그는 우산 밑으로 마주 걸어오는 사람들의 경쾌하고 빠른 걸음들을 보았고 브레이크를 거는 마차의 삐걱거리는 바퀴소리를 들었다. 말들은 서서히 몸을 돌리면서 마치 산속의 산양들처럼 가느다란 앞다리를 쭉 폈다.

그때 라반은 앞으로 보름간의 길고도 불쾌한 시간을 견뎌내게 되리라는 생각이 들었다. 그것은 보름에 불과하고 한정된 시간이기 때문이다. 비록 화가 점점 더 치밀어 오르더라도 시간을 견뎌내야 하지만, 어쨌든 그 시간은 줄어들게 될 테니까 말이다. 그 때문에 용기가 솟았다. 나를 괴롭히려 들고 내 주변 공간을 다 차지해버리는 그 누구라도 그동안의 날들이 기분 좋게 흘러가면 내가 그들을 조금도 건드릴 필요 없이 점차 물러날 것이다. 그리고 당연한 것으로 드러나겠지만, 내가 약하고 조용하긴 해도 모든 것을 다 나 자신이 해나갈 것이고, 며칠만 지나면 만사가 잘 풀리게 될 것이다.

그런데 나는 어렸을 때는 위태로운 일도 곧잘 했는데, 이제는 그런 일을 할 수가 없다. 내가 직접 시골로 갈 필요는 절대로 없다. 그건 쓸데없는 짓이다. 나는 다만 옷을 걸친 내 이 육신을 보내는 것뿐이다. 그 몸뚱아리가 나의 방문 밖으로 나오려고 발버둥친다면, 그것은 두려움이 아닌 바로 나 자신의 무용성을 보여주는 것이다. 그것이 층계에 걸려 넘어지거나, 흐느끼면서 시골로 가서 거기서 울며 저녁 식사를 한다 하더라도, 그것은 흥분 때문이 아니다. 왜냐하면 나라는 사람은 그 사이 약간 열어놓은 방문으로 새어드는 공기를 쏘이면서 황갈색 이불을 잘 덮고 침대에 누워 있을 테니까 말이다.

침대에 누워 있는 내 모습이 한 마리의 커다란 딱정벌레나 하늘가재 아니면 쌍무늬바구미 같다는 생각이 든다.

비에 젖은 유리창 뒤편 작은 지팡이 위에 중절모들이 걸려 있는 진열장 앞에 멈춰 서서 그는 입술을 쫑긋이 내밀고 그 안을 들여다보았다. 흠, 이번 휴가에는 지금의 내 모자로도 족할 테지. 그는 이렇게 생각하고 다시 걷기 시작했다. 이 모자 때문에 아무도 날 좋아하지 않는다면, 더더욱 잘된 일이지.

커다란 딱정벌레의 모습이야, 그렇군. 그러고 나서 나는 동면이라도 하는 듯한 행동을 취했다. 불룩한 내 몸뚱어리에 내 작은 다리를 대고 눌러댄다. 그리고 나는 짧은 몇 마디를 소곤거린다. 그건 내 곁에 바싹 붙어 서서 몸을 굽히고 있는 슬픈 내 육신에게 내리는 지시이다. 내가 말을 마치자 내 육신은 절을 하고는 얼른 걸어간다. 내가 쉬고 있는 동안에도 육신은 모든 일을 아주 잘해 나갈 것이다.

그는 비탈진 골목길 언덕에서 외따로 서 있는, 아치 모양의 성문에 이르렀는데, 그 성문은 벌써부터 불을 켠 많은 상점들로 둘러싸인 조그마한 광장으로 통해 있었다. 불빛으로 주변이 약간 어두워진 광장 한가운데에는 사색에 잠겨 앉아 있는 한 사나이의 나지막한 기념비가 서 있었다. 사람들은 마치 좁다란 차광 유리처럼 불빛 앞에서 움직이고, 빗물이 고인 웅덩이들이 모든 빛들을 멀리 낮게 반사했으므로, 광장의 모습은 끊임없이 변하고 있었다.

라반은 광장 안으로 깊숙이 들어왔지만, 달려오는 마차를 보고 움찔하여 피하느라 몇 안 되는 마른 돌들에서 다시 저쪽 마른 돌들로 껑충껑충 뛰었다. 그러고는 주위의 모든 광경을 보기 위해서, 우산을 펴들고 있던 손을 높이 쳐들고 걸어갔다. 마침내 그는 작은 네모난 보도 블럭 위에 세워진— 전차 정류장의— 가로등 기둥 곁에 멈춰 섰다.

시골에선 분명 나를 기다리고 있겠지. 사람들이 벌써 걱정하고 있는 건 아닌지? 하지만 그녀가 시골에 간 이후로 일 주일이 넘도록 나는 그녀에게 편지를 쓰지 않다가, 겨우 오늘 아침에야 썼다. 그러니 사람들은 벌써 나를 완전히 달리 생각하고 있을지도 모른다. 아마 누군가가 마음에 들면 내가 달려올 거라고 생각하겠지. 하지만 그건 결코 내 습성은 아니지. 아니, 내가 도착하면 포옹을 하리라고 생각할지도 모르지만, 나는 그런 일은 별로 하고 싶지가 않아. 그녀를 달래려다가 화만 나게 하겠지. 그녀를 달래려다 완전히 화만 돋구어놓게 된다면 어쩌지.

그때 무개마차 한 대가 별로 빠르지 않게 달려 지나갔는데, 두 개의 빛나는 등불 뒤에는 숙녀 둘이 검은 가죽 의자에 앉아 있었다. 한 여인은 등을 기대고 앉았는데 얼굴을 베일과 모자의 그림자로 가리고 있었다. 그러나 또 다른 여인은 상체를 꼿꼿이 세우고 있었는데, 모자는 작았으며 그 테두리는 가느다란 깃털들로 둘러쳐져 있었다. 누구든지 그녀의 모습을 볼 수 있었다. 그녀의 아랫입술은 약간 일그러져 있었다.

마차가 라반 곁을 막 지나쳤을 때, 기둥 하나가 이 마차의 오른쪽 말의 시야를 가렸다. 그러자 엄청나게 높은 마부석에 앉아 있던 마부가—그는 커다란 실크해트를 쓰고 있었다—여인들 앞으로 몸이 밀렸다—그 정도가 꽤 심했다—그리고 그들의 마차는 어떤 작은 집의 모퉁이를 돌아서 시야에서 사라졌다.

라반은 고개를 그쪽으로 돌리고 마차의 뒷모습을 바라보았는데, 더 잘 보기 위해서 우산대를 어깨에 기댔다. 그는 오른손 엄지손가락을 입에 물고 거기에 치아들을 문질러댔다. 그의 가방은 땅바닥에 옆으로 누워 있었다.

마차들은 광장을 지나 골목에서 골목으로 급히 달려갔고, 말의 몸뚱어리들은 수평을 이루며 미끄러지듯이 훨훨 날았다. 그러나 뛰어오르는 말의 머리와 목은 힘겹게 움직이는 모습을 보였다.

세 갈래 길이 하나로 모이는 이 거리의 보도 모퉁이에는 할 일 없이 빈둥대는 사람들이 많이 서 있었는데, 이들은 작은 지팡이로 보도를 똑똑 두드렸다. 이들 패거리들 사이에는 아가씨들이 레몬 음료를 파는 탑 모양의 작은 상점들이 있었다. 그리고 가느다란 막대기 위에 걸려 있는 노상의 육중한 시계들, 오색의 활자로 무엇인가 오락거리를 알리는 커다란 광고판을 가슴과 등에 짊어진 사내들, 또 수하물 운반인들이 노란 안락의자에 …… (한 쪽 탈락)

어떤 작은 모임. 두 대의 자가용 마차가, 이 모임에 참석할 몇몇 신사들을 내려놓고 광장을 가로질러 내리막 골목길로 사라졌다. 첫번째 마차가 지나간 후에 그랬던 것처럼 두번째 마차가 가고 난 후에 이들은 다른 무리들과 함께 긴 열을 지어 인도로 들어선 다음 커피숍 입구 위에 달린 전구 불빛을 받으면서 그 문으로 밀려들어 갔다.

가까이에서 전차들이 우람하게 지나갔고, 또 다른 전차들은 멀리 거리에 희미한 모습으로 조용히 서 있었다.

'허리가 굽었군' 하고 라반은 이제야 사진을 들여다보면서 생각했다. '원래 그녀는 한 번도 곧은 적이 없었지. 아마 등이 굽은 모양이야. 앞으로 그 점에 신경을 많이 써야겠군. 게다가 입은 크고 여기 아랫입술은 영락없이 튀어나왔네. 그래, 그것도 지금 생각나는군. 그리고 또 이 옷이라니. 물론 나는 옷에 대해 잘 모르지만, 꼭 끼게 꿰매 붙인 이 소매는 정말 꼴불견이야, 무슨 붕대처럼 보이잖아. 그리고 이 모자는, 가장자리가 얼굴 위를 빙 둘러 솟아 있군. 하지만 그녀의 눈은 아름답지. 내가 잘못 생각한 게 아니라면, 갈색이야. 모두들 그녀의 눈이 아름답다고 말하지.'

한 대의 전차가 라반 앞에 막 멈추어 서자, 그의 주변에서 많은 사람들이 뾰족한 우산을 조금 펴든 채 전차 승강구의 계단으로 몰려들었다. 그들은 모두 우산을 든 손으로 다른 사람의 어깨를 눌러 댔다. 가방을 팔 밑에 끼고 있던 라반은 인도 아래로 떠밀려 보이지 않는 물구덩이를 세차게 밟아버렸다. 전차 안 좌석 위에 한 소년이 무릎을 꿇고 앉아서 양손 손가락 끝으로 입술을 누르고 있었다. 그 모습은 마치 지금 그곳을 떠나는 사람과 작별 인사를 하는 듯했다. 몇몇 승객들이 차에서 내렸고, 혼잡을 피하기 위해 천천히 움직이는 전차를 따라 몇 발자국을 걸어가야 했다. 그러고서 한 숙녀가 첫 계단을 밟고 올라섰다. 그녀가 양손으로 쥔 긴 옷자락은 거의 정강이 위로 올려졌다. 웬 신사가 전차의 쇠로 된 손잡이에 꼭 매달려 있다가 머리를 들고는 그 숙녀에게 뭐라고 몇 마디 말을 건넸다. 전차에 오르려던 승객들은 저마다 마음이 초조했다. 차장이 소리를 질렀다.

전차를 기다리던 사람들 끄트머리에 서 있던 라반은, 누군가 그의 이름을 불렀기 때문에 몸을 돌렸다.

"아, 레멘트로군." 라반은 천천히 말하면서 우산을 든 손의 새끼손가락을 다가오는 청년에게 내밀었다.

"그러니까 신부한테 가는 신랑이 여기 있군. 정말 무섭게 사랑에 빠진 사람처럼 보이네." 레멘트는 이렇게 말하고는 입을 다문 채 웃었다.

"그래, 내가 오늘 떠나는 걸 용서하게." 라반이 말했다. "오늘 오후에 자네에게 편지를 띄웠네. 난 물론 자네와 내일 떠났으면 했는데, 내일은 토요일이잖아. 모든 차가 만원일거야. 먼길을 가야 하는데 말야."

"괜찮네. 자네가 나한테 약속을 하긴 했지. 하지만 사람이 사랑에 빠지면 말이야 — 난 물론 혼자 가야겠지." 레멘트는 한쪽 발은 인도에 올려놓고 다른 한쪽 발은 차도에 놓고 있었는데, 상체를 번

갈아가며 이 다리 저 다리에 의존했다. —"자네 지금 전차에 오르려는 참이었군. 차가 곧 떠나겠는데. 자, 우리 걸어가세. 내가 자네와 동행해주지. 아직 시간은 충분하니까."

"벌써 늦은 건 아니겠지, 이럴 수가."

"불안해하는 것은 당연하지. 하지만 정말 아직 시간이 있네. 난 시간 걱정은 안 하네. 그래서 나 역시 지금 길레만을 만나지 못했네."

"길레만이라고? 그도 교외에서 살려고 하지 않았던가?"

"그래, 자기 마누라와 같이. 그 사람들은 다음주에 떠날 건데, 오늘 길레만이 사무실에서 퇴근하면 만나기로 약속을 했지. 그는 나에게 자기들이 살 집의 시설에 대해 몇 가지 알려주고 싶어하네. 그래서 오늘 그와 만났어야 했다네. 그런데 어찌하다 보니 늦었다네. 내게 볼 일이 좀 생겼었거든. 그래서 그 친구 집으로 가야 되는 게 아닌가 막 생각하던 중이었는데, 자네를 봤지. 처음에는 자네 가방을 보고 놀랐지만 자네에게 말을 걸었지. 이제 누구를 방문하기에는 이미 너무 밤이 늦었어. 길레만에게 가기는 좀 힘들 것 같군."

"물론이지. 그렇구면, 아무튼 나도 교외에 아는 친구들이 곧 생기겠군. 어쨌든 난 길레만 부인을 한번도 본 적이 없네."

"아. 굉장한 미인이지. 금발머리인데 병을 앓고 나서는 얼굴이 핼쑥해졌지. 내가 여태까지 본 가운데 가장 아름다운 눈을 가졌지."

"그만두게. 아름다운 눈이란 어떻게 생긴 거지? 눈 자체가 아름다울 수는 없는 거 아닌가. 시선이 아름다운 건가? 난 지금까지 눈이 아름답다고 생각해본 적은 없네."

"좋아. 내가 조금 과장을 했을지도 몰라. 하지만 그녀는 예쁜 여자임에는 틀림없네."

일층 커피숍의 창문을 통해, 삼각 테이블에 빙 둘러앉아 창문 옆에 바짝 붙어서 신문을 보며 식사하는 신사들의 모습이 보였다. 어떤 사람은 테이블 위에 신문을 내려놓고 찻잔을 든 채로, 눈을 크게 뜨고 옆으로 골목길을 바라보고 있었다. 그 창가 테이블 뒤편으로 작은 원들을 그리며 나란히 앉아 있는 손님들에 가려서 넓은 홀 안의 가구와 집기들은 보이지 않았다. 그들은 여전히 몸을 구부린 채 홀 안쪽 깊숙한 곳에 앉아 있었다 (한 쪽 탈락)

"하지만 어쨌든 불편한 가게는 아닌데, 그렇지 않은가. 이 정도의 부담은 많은 이들이 감수할 거라는 말일세."

그들은 상당히 어두운 광장으로 걸어갔다. 광장은 그들이 걸어가는 길 쪽에서 더 가까웠다. 맞은편 길 쪽은 한참을 더 올라가야만 했기 때문이다. 그들이 걸어가고 있는 광장 쪽에는 집들이 줄지어 늘어서 있었다. 그 길모퉁이로부터 처음에는 서로 멀리 떨어져 있던 두 줄의 집들이 식별할 수 없는 먼 곳까지 뻗어 있었으며, 그곳에서 서로 합쳐지는 듯이 보였다. 거의가 자그마한 집들이 면한 인도는 비좁았고, 상점이라곤 하나도 보이지 않았으며, 마차도 다니지 않았다. 그들이 빠져나온 골목길 끝 가까운 곳에 철제 기둥이 하나 있었다. 그것은 풀과 나뭇잎 아래에 서 있는 여상주女像柱들로 장식되어 있었고, 거기에는 층층이 수평으로 걸린 두 개의 고리에 몇 개의 램프가 고정된 채 걸려 있었다. 사다리꼴 모양의 불꽃이 탑 모양의 넓은 뚜껑 아래 끼워 맞춰진 유리판들 사이에서 흡사 작은 방 안에서처럼 활활 탔고, 그 불빛으로부터 몇 발자국 떨어진 곳은 어두웠다.

"분명히 벌써 너무 늦은 거야. 자네가 그걸 내게 숨기고 있어서 난 기차를 놓치게 될 걸세. 왜지?"

(두 쪽 탈락)

26

그래, 고작해야 피르커스호퍼라는 자야. 확실히 그 사람이야."

"내 생각에 그 이름이 베티의 편지들 속에 나왔던 것 같은데. 그는 철도국 지망생이지, 안 그래?"

"그래, 철도국 지망생인데다 기분 나쁜 녀석이지. 자네가 그 두툼하고 작은 코를 보았더라면, 내 말에 수긍이 갈 걸세. 정말이지, 그자와 지루한 들판을 함께 지나가노라면 말야. 헌데, 그가 벌써 전근이 되어 다음주엔 그곳을 떠나게 될 것 같고 또 그렇게 되기를 바라네."

"잠깐, 자네는 앞서 말하기를, 오늘밤 여기서 머물라고 충고를 했지. 곰곰이 생각해보았는데, 그건 잘하는 일이 아닐 것 같네. 오늘 저녁에 도착할 거라고 벌써 편지를 했거든. 그들이 나를 기다릴 거야."

"그야 간단한 일이지. 전보를 치는 거야."

"그래, 그럴 수도 있지 ─ 하지만 내가 떠나지 않는다면, 일이 매끄럽게 되지 않을 걸세 ─ 나 역시 피곤하긴 하지만, 그래도 당장 가야겠어 ─ 전보가 가면 더 놀랄 거야 ─ 그럴 게 뭔가. 게다가 우리는 어디로 간단 말인가?"

"그렇다면 자네는 정말 떠나는 게 좋겠군 ─ 다만 내 생각이네만 ─ 나는 오늘 자네와 함께 갈 수 없을 것 같아. 잠을 설쳤거든. 그 얘길 잊고 안 했군. 난 이제 그만 자네와 헤어져야겠네. 더 이상 젖은 공원을 지나 자네를 데려다주고 싶지는 않으니까. 길레만네 집에 들르고 싶거든. 지금이 다섯 시 사십오 분이니까 아직 친한 친구네 집에는 방문할 수도 있을 걸세. 자, 잘 가게나. 여행 잘하고 모두에게 내 안부를 전해주게!"

레멘트는 오른쪽으로 돌아서 작별하기 위해 오른손을 내밀었다. 그래서 라반은 그가 내민 팔 앞으로 다가갔다.

"잘 가게." 라반이 말했다.

조금 멀어진 곳에서 레멘트가 또 소리쳤다. "자네, 에두아르트. 내 말 들리나. 우산을 접게. 비는 벌써 그쳤다네. 미처 자네한테 말해주지 못했네."

라반은 대꾸도 하지 않고 우산을 접었고, 하늘이 그의 머리 위에서 어두워진 채로 희미하게 닫히고 있었다.

라반은 생각했다. 내가 최소한 기차를 잘못 타기라도 한다면. 그렇게 되면 해야 할 일이 벌써 시작된 거라는 생각이 들 거야. 그리고 나중에 잘못된 것을 알고 난 후 다시 이 역으로 되돌아오게 된다면, 내 기분이 한결 나아질텐데. 하지만 그 고장이 레멘트 말대로 정말 지루하다면, 그것은 해가 되는 건 아냐. 사람들은 오히려 방안에 틀어박혀 다른 이들이 모두 어디 있는지 절대로 확실하게 알지 못할 테니까. 주변에 폐허라도 있다면, 아마 사람들은 함께 그곳으로 산책을 나가게 되겠지. 얼마 전에 미리 약속한대로 말이야. 그러면 사람들은 틀림없이 그 일을 즐거워할 테고, 그러니까 그런 걸 놓치면 안 되지. 하지만 그와 같은 관광거리가 없다면, 미리 이야기하지도 않지. 사람들이 갑자기 평상시와는 달리 좀더 큰 소풍을 원한다면, 모두가 쉽게 모일 수 있으니까. 왜냐하면 다른 집으로 하녀를 보내기만 하면 되는데, 편지나 책들 앞에 앉아 있던 어떤 사람들은 이 전갈을 듣고 매료될 테니. 그러나 이러한 초대를 피하는 일은 어렵지는 않지. 그렇다고 내가 그렇게 할 수 있을지는 알 수 없단 말이야. 그건 내가 생각하는 것처럼 그리 쉬운 일은 아닐 테니까. 나는 혼자여서 아직은 모든 것을 할 수 있고, 내가 원하기만 하면 아직 돌아갈 수도 있으니까. 그곳에는 내가 어느 때고 찾아갈 수 있는 사람도 없을 것이고, 번거로운 여행을 함께 할 만한 사람도 없을 테고, 그곳에서 자기 땅의 작물 현황이나 자기가 그곳에

운영하는 채석장을 보여줄 사람도 없으니까. 옛 친지라고 해도 별수 없지. 레멘트도 오늘 나에게 친절하지 않았던가. 그는 내게 이것저것 설명도 해주었고 내 사정이 어떻게 될 것인지 모든 걸 자세하게 이야기해주었지. 그는 내게서 아무것도 알려고 하지도 않았고 자기에게 다른 용건이 있었는데도 내게 말을 걸어주고는 나와 동행해주었단 말이야. 하지만 이제 돌연히 가버렸잖아. 그렇지만 나는 그의 비위를 상하게 할 만한 말은 전혀 할 수가 없었어. 내가 오늘 밤 이 도시에서 지내자는 제의를 거절하기는 했지만, 그것은 물론 당연한 일이었지. 그렇다고 그것이 그의 감정을 상하게 할 수는 없는 거야, 그는 지각 있는 사람이니까.

정거장 시계가 종을 쳤다. 여섯 시 십오 분 전이었다. 라반은 가슴이 두근거려서 멈춰 섰다. 그는 다시 공원 호수를 따라 급히 걸어서, 큰 관목 사이로 난 좁고 불빛이 침침한 길로 접어들었다가, 여러 개의 빈 벤치들이 작은 나무들에 기대어 서 있는 광장으로 뛰어들었으며, 다시 틈이 난 울타리를 지나 조금 천천히 거리를 달려갔다. 길을 건너, 정거장 입구로 뛰어 들어갔으며, 잠시 후 매표소를 발견하고는 몇 번 함석 자물쇠를 두드려야만 했다. 그러자 철도원이 밖을 내다보고는 마지막 차라고 말하면서 지폐를 받고 라반이 요구한 차표와 거스름돈을 소리가 나게 판매대 위에 던졌다. 이제 라반은 재빨리 거스름돈을 세어볼 생각이었다. 돈을 더 받았을 거라는 생각이 들었기 때문이다. 그런데 옆에 가던 잡부 한 사람이 그를 유리문을 통해 플랫폼으로 디밀었다. 라반은 그 잡역부에게 "고맙소, 고마워!"를 연발하면서 사방을 둘러보았고, 차장이 보이지 않았기 때문에 혼자서 다음 찻간의 계단 위로 올라섰다. 먼저 위쪽 계단에 가방을 올려놓고 나서 한 손으로는 우산에 의지하고 다른 한 손은 가방 손잡이를 잡고 뒤이어 올라갔다. 그가 들어선 찻간은 그가 서 있던 역 대합실의 수많은 불빛으로 인해 환했다. 위까지 꽉 닫힌 대부분의 유리창 앞에는 바람에 흔들거리는 아치형 등불이 가까이 달려 있는 게 보였고, 창유리에 떨어지는 수많은 빗방울들은 하얀색이었는데, 가끔 한 방울씩 움직였다. 라반이 찻간의 문을 닫고 연갈색 나무의자의 마지막 빈 좌석에 앉았을 때도, 대합실에서 떠드는 소리가 여전히 들려왔다. 그는 많은 이들의 등과 뒷머리를 보았고, 그들 사이로 건너편 의자에 깊숙이 몸을 기대고 앉은 얼굴들도 보았다. 몇 군데에서는 파이프와 여송연의 연기가 맴돌았으며 그것이 때로는 어떤 소녀의 얼굴을 맥없이 스쳐 지나갔다. 승객들은 이따금씩 자리를 바꾸기도 하고 또 바꾸자고 서로 이야기를 하기도 했다. 그런가 하면 의자 위에 걸린 좁다란 푸른 그물 안에 놓여 있던 짐을 다른 그물로 옮기기도 했다. 지팡이나 편자가 박힌 가방의 모서리가 튀어나와 있으면, 그 주인은 그에 대해 주의를 받았고, 그러면 그는 그쪽으로 가서 다시 정리를 했다. 라반은 생각해보다가 가방을 좌석 밑으로 밀어넣었다.

그의 왼편으로 창가 좌석에는 두 신사가 마주 앉아서 물가에 대한 이야기를 나누고 있었다. '사업관계로 여행하는 사람들이군' 하고 라반은 생각했다. 그리고 규칙적으로 심호흡을 하면서 그들을 쳐다보았다. '상인이 그들을 시골로 출장을 보내는 모양이군. 그들은 따르는 수밖에 없지. 기차를 타고 가서는 마을마다 내려 이 상점 저 상점으로 돌아다니겠지. 때로는 마차를 타고 이 마을에서 저 마을로 가는 거야. 그들은 어딜 가나 오래 머무를 필요가 없지. 만사가 신속하게 처리되어야 하니까. 그리고 언제나 물건에 관한 이야기만 하면 될 테고. 저렇게 마음 편한 직업이라면 힘들여 일해도 얼마나 신이 날까!'

더 젊은 신사가 갑자기 바지 뒤쪽 호주머니에서 수첩을 꺼내더니 집게손가락에 재빨리 침을 묻혀 페이지를 넘겼고, 손톱 뒤쪽으로 훑어 내려가며 한 쪽을 읽었다. 그가 고개를 들었을 때 라반과 시선이 마주쳤는데, 그는 면사 가격에 대해 이야기하면서도 라반에게서 고개를 돌리지 않았다. 마치 하려던 말을 잊어버리지 않도록 어디든지 시선을 고정시키고 있는 듯했다. 그러면서 그는 눈썹을 아래로 내리눌렀다. 그는 반쯤 덮인 수첩을 왼손에 들고 필요하다면 쉽게 찾아볼 수 있도록 방금 읽은 페이지에 엄지손가락을 끼우고 있었다. 수첩을 든 손은 아무데도 의지하고 있지 않았고, 달리는 기차는 망치처럼 철로 위를 치고 있었기 때문에, 수첩이 흔들렸다.

또 다른 여행객은 등을 기댄 채 귀를 기울이며 가끔씩 머리를 끄덕거렸다. 그는 매사에 절대로 동의하지 않고 있다가 나중에야 자기 의견을 밝히는 그런 사람인 것 같았다.

라반은 우묵한 손바닥을 무릎 위에 올려놓고 허리를 구부려 여행객들의 머리 사이로 창문을 보고 있었는데, 창문을 통해 지나가는 불빛과 멀리 뒤로 날아가버리는 다른 불빛들을 바라보았다. 그는 여행객이 하는 말을 한마디도 이해할 수가 없었고, 다른 이의 대답 역시 이해할 수 없을 것이다. 이들은 젊은 시절부터 상품 거래를 해온 사람들이기 때문에 이들을 이해하려면 사전 지식이 필요할지 모른다. 그러나 그렇게 자주 면사 꾸러미를 손에 넣고 고객에게 넘기고 했다면, 가격을 알 것이고 거기에 대해 이야기를 할 수도 있다. 그 사이에 마을들이 다가왔다가 얼른 사라졌고, 낮은 지대로 접어들면서 우리가 가는 길에서 마을들은 사라졌다. 그러나 이 마을들에도 사람들은 살고 있고 아마 여행객들은 그곳에서도 이 상점 저 상점으로 돌아다닐 것이다.

객차의 다른 쪽 끝에서 키가 큰 한 남자가 일어나서 손에 카드를 든 채 이렇게 소리쳤다. "마리, 당신 세모사 셔츠도 함께 꾸려 넣었소?" "그럼요." 라반 맞은편에 앉아 있던 부인이 말했다. 그녀는 잠시 잠이 들어 있었고, 그 물음으로 잠이 깨자, 마치 라반에게 말을 하듯이 앞을 향해 대답했다. "당신은 융분츨라우 장터로 가시지요, 그렇지 않은가요?" 하고 쾌활한 여행객이 그녀에게 물었다. "그래요. 융분츨라우로 가지요." "이번에는 큰 장이 서겠지요. 그렇지요." "그래요. 큰 장이에요." 그녀는 졸음이 와서 왼쪽 팔꿈치를 하늘색 보따리 위에 괴고, 머리를 그 손 위에 무겁게 올려놓았다. 그녀의 손은 볼의 살을 누르고 광대뼈까지 눌러대었다. "참으로 젊은 여인이군" 하고 그 여행객이 말했다.

라반은 매표원에게서 받은 돈을 조끼 주머니에서 꺼내어 세어보았다. 엄지손가락과 새끼손가락 사이에 오랫동안 동전을 하나씩 고정시키고는 엄지손가락 안쪽에서 집게손가락 끝으로 이리저리 돌려보다가, 동전에 새겨진 황제의 초상을 한참동안 들여다보았다. 그러자 월계관이 그의 눈길을 끌었는데, 그것은 머리띠의 매듭과 나비 모양의 리본으로 뒷머리에 단단히 고정되어 있었다. 그는 액수가 맞다는 것을 확인하고 커다란 검은색 돈지갑에 돈을 집어넣었다. "부부군요. 그렇게 생각지 않으세요?" 라반이 이렇게 그 여행객에게 말하려고 했을 때 기차가 섰다. 기차의 소음은 멎었고, 차장은 그 고장의 이름을 외쳐댔다. 라반은 아무 말도 하지 않았다.

바퀴가 돌아가는 모양을 상상할 수 있을 정도로 천천히 기차가 떠났다. 그리고 곧 내리막길을 달려 내려갔고, 뜻밖에도 창 앞에서는 다리의 긴 난간 기둥들이 떨어져 나가 서로 부딪치는 것처럼 보였다.

라반은 기차가 그렇게 빨리 달리는 것이 마음에 들었다. 지나쳐 온 고장에 머무르고 싶은 생각이 없었기 때문일 것이다. 그곳이 그렇게 어둡고, 아무도 아는 사람이 없고, 집에서 아주 멀리 떨어진 곳이라면. 그렇다면 그곳은 낮에도 틀림없이 두려울 것이다. 그럼 다음 정거장이라고 해서 다를 것인가? 이미 지나온 정거장들이나 나중에 나타날 정거장들 또는 내가 향하고 있는 마을은?

별안간 그 여행객이 큰 소리로 이야기했다. 그래, 아직 멀었지, 하고 라반은 생각했다. "선생님, 물론 선생님께서도 저와 마찬가지로 잘 알고 계시겠지만, 이 제조업자들은 벽지에까지 사람을 내보내지요. 정말 불쾌하기 짝이 없는 소매상에게까지 파고들거든요. 제조업자들이 그들에게 우리 같은 큰 도매상인들에게 주는 가격과는 다른 가격에 넘긴다고 생각하세요? 말이 나왔으니 말이지만, 똑같은 가격으로 넘긴답니다. 어제야 비로소 그 사실을 명명백백하게 알게 되었지요. 그건 분명히 철면피한 일이에요. 우리를 쥐어짜는 거지요. 지금 같은 상황에서는 우리가 장사를 한다는 것은 간단히 말해서 불가능하답니다. 우리를 쥐어짜고 있어요." 그는 다시금 라반을 바라보았다. 그는 눈에 눈물이 고이는 것을 부끄러워하지 않았다. 그의 입술이 떨리고 있었으므로, 그는 왼손 손가락 마디로 입술을 지그시 눌렀다. 라반은 뒤로 등을 기대고는 왼손으로 가만히 자기 수염을 잡아당겼다.

맞은편 소매상 여인이 눈을 뜨더니 미소를 지으며 양손으로 이마를 문질렀다. 그 여행객은 조금 조용히 이야기했다. 그녀는 다시 한번 잠을 청해보려는 듯이 몸을 움직여 반쯤 누운 자세로 보따리에 몸을 기대고는 한숨을 내쉬었다. 오른쪽 허리 위로 스커트가 팽팽해졌다.

그녀의 뒤쪽에는 여행용 모자를 쓴 신사가 앉아서 신문을 읽고 있었다. 그의 맞은편에 앉은 친척으로 보이는 소녀가 — 오른쪽 어깨 쪽으로 머리를 수그리면서 — 너무 더우니 문을 좀 열어달라고 그에게 부탁했다. 그는 소녀를 쳐다보지도 않고 신문의 한 단락을 마저 읽고 나서 곧 그러겠다고 말하면서 소녀에게 어느 기사를 두고 하는 말인지 짚어 보였다.

소매상 여인은 더 이상 잠을 이룰 수가 없었다. 그녀는 상체를 일으켜 똑바로 앉아서 창밖을 내다보았다. 그러고는 객차 천장에서 노랗게 타고 있는 석유 등불을 오랫동안 주시했다. 라반은 잠시 눈을 감았다.

그가 눈을 떴을 때, 소매상 여인은 갈색 잼이 발라진 케이크 한쪽을 막 베어 물고 있었다. 그녀 곁에 놓인 보따리는 풀어헤쳐져 있었다. 여행객은 말없이 여송연을 피웠고, 마치 마지막 재를 털어버리는 듯이 계속 그러고 있었다. 또 다른 여행객은 주머니칼 끝으로 회중시계의 태엽 감는 톱니바퀴 장치를 이리저리 감고 있었는데, 그 소리가 크게 들렸다.

라반은 거의 감겨진 눈으로 희미하게나마 여행용 모자를 쓴 신사가 창문 벨트를 잡아당기는 것을 보았다. 쌀쌀한 공기가 안으로 몰려 들어와서, 못에 걸려 있던 밀짚모자가 떨어졌다. 라반은 자신이 깨어 있기 때문에 양볼이 이렇듯 시원한 것이라는 생각이 들었다. 아니면 누군가가 문을 열고 자신을 방안으로 끌어들이고 있거나, 아니면 자신이 착각하고 있는 거라는 생각이 들었다. 그러다가 그는 이내 잠이 들었다.

라반이 기차에서 막 내릴 때도 객차의 계단은 조금씩 흔들리고 있었다. 그가 객차 밖으로 나오자, 얼굴에 빗방울이 떨어졌고, 그래서 그는 눈을 감았다. — 정거장 건물 앞 함석 지붕 위로 비가 요란하게 내리고 있었다. 그러나 멀리서 떨어지는 빗소리는 마치 규칙적으로 부는 바람 소리를 듣는 듯했다. 맨발의 소년이 이쪽으로 달려와서는 — 라반은 그가 어디에서 나타났는지 미처 보지 못했지만 — 숨을 헐떡거리며, 비가 내리니 라반의 가방을 들고 가게 해달라고 부탁했다. 그러나 라반은, 비가 오니 자신은 마차를 타고 가겠다, 그러니 자기는 그가 필요없다고 말했다. 이 말에 소년은 얼굴을 찡그렸는데, 마차를 타고 가느니, 가방을 자기에게 들려서 빗속을 걸어가는 편이 한층 고상하다고 생각하는 듯했다. 소년은 얼른 몸을 돌려 뛰어가버렸다. 라반은 소년을 부르려 했으나, 이미 너무 늦었다.

두 개의 등불이 타고 있었고 철도원이 하나 문에서 나왔다. 그는 거침없이 빗속을 뚫고 기관차가 있는 곳으로 걸어가더니, 팔짱을 끼고 서서 기관사가 난간으로 허리를 굽혀 그에게 말을 걸어올 때까지 말없이 기다렸다. 잡부 한 사람이 부름을 받고 왔다가 다시 돌아갔다. 기차의 수많은 창가엔 승객들이 서 있었다. 그들은 그저 평범한 정거장 건물을 보고 있어야 했기 때문에 시선이 흐릿해 보였으며, 기차가 달리고 있을 때처럼 미간이 붙어 있었다. 꽃무늬가 있는 양산을 쓰고 시골길을 달려 급히 플랫폼으로 들어온 한 아가씨가 접지도 않은 양산을 바닥에 세워놓고 앉더니 스커트가 더 잘 마르도록 양다리를 쭉 폈다. 그러고는 손가락 끝으로 팽팽해진 스커트를 폈다. 등불이 두 개뿐이어서 그녀의 얼굴은 잘 보이지 않았다. 옆을 지나가던 잡부가 양산 아래 물이 고인다고 투덜거리면서 물이 얼마나 고였는지 보여주기 위해서 두 팔을 앞으로 내밀어 원을 그려 보였다. 그러고는 깊은 물속으로 가라앉는 물고기처럼 양손을 공중에서 차례로 내려뜨려 이 양산이 통행에 방해가 된다는 것을 보여주었다.

기차가 움직이기 시작했고, 길다란 미닫이문 같은 모습으로 사라져갔다. 기찻길 저편에 서 있는 포플러나무들 뒤편으로 숨이 막힐 정도로 수많은 풍경이 보였다. 전망이 흐려서 그런지 아니면 숲인지 연못인지, 아니면 사람들이 잠든 집인지, 교회 탑인지 아니면 언덕 사이로 난 골짜기인지. 아마 그 어느 누구도 그곳에 갈 엄두를 내지 못할 것이다. 그러나 또한 누가 물러설 수 있겠는가?

라반은 역무원을 보자 — 그는 벌써 사무실 계단 앞에 서 있었다 — 그 앞으로 뛰어가서 그를 가로막았다. "대단히 죄송합니다만, 마을은 먼가요. 그곳으로 가려고 하거든요."

"아니오. 십오 분이면 됩니다. 하지만 합승마차를 타세요, 비가 오니까요, 오 분이면 가실 수 있습니다."

"비가 오는군요. 봄철인데도 날씨가 좋지 않군요." 라반이 그렇게 말했다.

역무원은 오른손을 허리에 대고 있었다. 라반은 그의 팔과 몸 사이에 생긴 세모꼴 틈으로 비 맞은 양산을 접어든 채 자기 자리에 앉아 있는 아가씨를 보았다.

"지금 피서지에 가서 그곳에 머물러야 한다면, 분명 후회할 거예요. 그런데 누군가가 마중 나올 거라고 생각했어요." 그는 자기 말에 신빙성을 주려는 듯 주위를 살폈다.

"선생께서 합승마차를 놓칠까 걱정이 되는군요. 마차는 그리 오래 기다리지 않거든요. 고마워하실 필요는 없어요. 저기 울타리 사이로 길이 나 있어요."

정거장 앞 거리엔 전등불이 없었다. 단지 건물의 일 층 창문 세 군데에서 흐릿한 불빛이 새어 나올 뿐이었다. 그 불빛은 먼 곳까지 미치지는 못했다. 라반은 발끝으로 오물을 딛고 걸으며 "마부!" "이 봐요!" "합승마차!" "여기예요"라고 거듭 소리쳤다. 그러나 어두운 길가에 계속되는 웅덩이에 빠지자, 그는 그냥 발 전체를 내딛으며 저벅저벅 걸었다. 그때 갑자기 말 주둥이가 [신선하게]* 그의 이마에 와 닿았다. 합승마차였다. 그는 급히 비어 있는 칸막이 안으로 올라탔다. 마부석 뒤쪽의 유리창 옆에 자리를 잡고 앉아서 모서리에 기대며 등을 구부렸다. 이제 그는 필요한 것은 모두 다 한 것이다. 도대체 마부는 잠자고 있는 걸까. 그렇다면 아침에는 깨어나겠지. 죽었다면 다른 마부가 오거나 여관집 주인이라도 오겠지. 그것도 아니라면, 새벽 기차로 승객들이 올 테지. 갈 길이 급한 사람들이 시끄럽게 떠들어대겠지. 어쨌든 편안히 앉아 있어도 되겠지. 창문 앞 커튼이나 내리고 이 마차가 덜커덩 떠날 때만 기다려보는 게 좋겠군.

그래, 내가 이미 계획했던 많은 일들도 다 끝났으니 분명히 내일이면 베티와 그녀의 어머니에게 가게 될 거야. 아무도 그걸 방해할수는 없지. 다만 내 편지는 당연히 내일에나 도착할 것이고, 또한 그렇게 되리라고 예측했던 일이지. 그 도시에서 묵었더라면 좋았을걸 그랬어. 엘비네 집에서 하룻밤을 편안하게 보낼 수 있었을 텐데. 나의 모든 즐거움을 망쳐놓는 다음날 근무를 걱정할 필요도 없이 말이야. 이런 세상에, 발이 흠뻑 젖었군.

그는 조끼 주머니에서 몽당한 양초 하나를 꺼내 불을 붙여서 맞은편 의자 위에 세워놓았다. 그것으로 패나 환해졌다. 밖은 어두웠기 때문에 합승마차의 벽들이 창유리도 없이 검게 칠해진 것처럼 보였다. 바닥 밑에 바퀴가 달려 있고 앞쪽에는 고삐에 매어진 말이 있다는 사실은 별로 생각할 필요도 없었다.

라반은 두 발을 의자 위에 샅샅이 문지른 다음 깨끗한 양말을 신고 나서 똑바로 앉았다. 그때 누군가가 정거장 쪽에서 "이봐요!" 하고 외치는 소리가 들렸다. 합승마차에 손님이 있으면 스스로 알리라는 소리였다.

---

* Franz Kafka, Nachgelassene Schriften und Fragmente, I. Apparaband, hrsg. v. Malcolm Pasley, Frankfurt am Main 1993, S. 9. 이 괄호 속의 글자는 읽어내기에 확실치 않은 단어를 뜻한다고 유고슬라비아의 부속 자료는 밝히고 있다. (옮긴이)

"있고말고요. 어서 갔으면 하는데요." 라반은 열려 있는 창문 밖으로 몸을 수그리면서 대답했다. 오른손으로는 기둥을 꽉 잡고, 왼손은 편 채로 입언저리에 대고 있었다. 그의 양복 칼라와 목덜미 사이로 빗물이 흘러들었다.

찢어진 아마포 자루 두 장으로 몸을 둘둘 감고서 마부가 이쪽으로 건너왔다. 마구간에 달린 등불의 빛으로 그는 발아래 물구덩이를 건너뛸 수 있었다. 그는 짜증스레 변명을 늘어놓기 시작했다. 그는 레베다하고 카드놀이를 했는데, 기차가 도착했을 때는 한창 열을 올리고 있었다는 것이다. 그래서 그로서는 바깥을 살피는 일이 불가능했지만, 물론 말뜻을 알아듣지 못하는 사람을 욕할 생각은 없다는 것이었다. 어쨌든 이곳은 말할 수 없이 불결한 곳이고, 그래서 이런 신사 양반이 이런 곳에 무슨 할 일이 있을 줄은 미처 생각할 수 없었다는 것이다. 그렇지만 이 정도면 일찍 온 것이니 절대로 불평해서는 안 된다는 것이었다. 피르커스호퍼 씨가 — 내 조수 선생 말씀이오만 — 와서, 키가 작은 금발 신사가 마차를 타고자 한다고 이제야 말을 했다는 것이다. 그런데 그가 곧바로 물어보았는지 알 수 없는데, 어쩌면 곧바로 물어보지 않았을지도 모른다는 것이었다.

등불이 끌채 꼭대기에 매였다. 말은 둔탁한 목소리의 명령에 따라 마차를 끌기 시작했고, 합승마차 지붕 위에서 출렁이던 물이 틈을 통해 서서히 마차 안으로 방울져 떨어졌다.

길은 가파른 듯했다. 수레바퀴 안으로 오물이 튕겨 들어가는 것이 분명했다. 웅덩이에 괸 물이 돌아가는 바큇살 뒤쪽으로 소리를 내며 튀어 올랐다. 마부는 아주 느슨하게 고삐를 잡고 말을 몰았다. 이 모든 것은 라반을 질책하려는 것은 아니었을까? 수레의 끌채에 매달려서 흔들리는 등불 때문에 많은 웅덩이들이 생각지 않게 훤히 보였는데, 말발굽이 치고 지나가면 바퀴 아래에서 물살이 일며 갈라졌다. 그것은 단지 라반이 그의 약혼녀에게로, 아름다운 노처녀 베티에게로 달려가고 있기 때문에 일어나는 일이었다. 그 이야기를 하려고 한다면, 라반이 어떤 노력을 했는지 과연 누가 인정해주는지. 어느 누구도 그에게 드러낼 수 없었던 저 비판들을 감수했다는 것, 그것뿐이었을까. 물론 그는 기꺼이 그렇게 했다. 베티는 그의 약혼녀였으며, 그는 그녀를 사랑했다. 만약 그녀가 그 일에 대해 그에게 감사한다면, 그것은 불쾌할 것이다. 라반은 기대앉은 벽에 자신도 모르게 머리를 부딪치고 나서 잠시 천장을 올려다보았다. 허벅지에 올려놓았던 오른손이 갑자기 미끄러져 내렸다. 팔꿈치는 배와 다리 사이 사타구니에 놓여 있었다.

어느새 합승마차는 집들 사이를 누비며 달렸고, 이따금씩 마차 안은 방안의 불빛을 받아 환해지곤 했다. 교회를 향해 층계가 — 그 첫 계단을 보기 위해서는 라반은 몸을 일으켜야만 했을 것이다 — 만들어져 있었고, 공원 문 앞에는 등불이 커다란 불꽃으로 타오르고 있었다. 그러나 성자의 입상立像은 한 노점의 불빛을 통해서 희끄무레하게만 드러나 보였다. 이제 라반은 다 타버린 자신의 촛불을 바라보았다. 초에서 흘러내린 촛농이 의자에서 아래로 흘러 움직이지도 않고 매달려 있었다.

마차가 여관 앞에 멈춰 섰을 때, 억세게 쏟아지는 빗소리와 — 아마도 창문 하나가 열려 있었던 모양이다 — 손님들의 목소리를 들을 수 있었다. 라반은 마차에서 곧장 내리는 것과 여관 주인이 마차로 올 때까지 기다리는 것 중 어느 쪽이 더 나을지 따져보았다. 이 작은 도시의 풍습이 어떤지를 그는 알지 못했지만, 분명 베티는 그녀의 신랑감에 대해 벌써 말했을 것이고, 그의 당당한 또는 허름한 등장에 따라서 이곳에서 그녀의 명망이 높아지기도 낮아지기도 할 것이며 그에 따라 라반 자신의 명망도 마찬가지가 될 것이다. 그러나 그는 현재 그녀의 명망이 어느 정도인지, 그리고 그에 대하여 어떤 이야기를 퍼뜨렸는지 알지 못했고, 그럴수록 더욱 불안하고 어려워졌다. 아, 아름다운 도시와 집으로 돌아가는 아름다운 길. 그곳에선 비가 오면 전차를 타고 젖은 벽돌길을 지나 집으로 가면 되는데, 이곳에서는 고물 마차를 타고 진창을 뚫고 여관으로 가야 하는구나. — 도시는 이곳에서 멀리 떨어져 있고, 내가 지금 향수병으로 죽어갈 처지라 하더라도, 오늘 나를 고향집에 데려다줄 사람은 아무도 없을 것이다. — 그리고 나는 죽을 리도 없다 — 그러나 그곳에서는 오늘 저녁을 위해 예정된 식사가 제공되겠지. 접시 아래 오른쪽에는 신문이 놓이고, 왼쪽에는 전등이 놓일 테지. 여기서는 상당히 기름진 음식이 제공되겠지. 내 위장이 약하다는 것을 모를 테니까. 설사 안다고 하더라도 — 낯선 신문과 내가 이미 듣고 알고 있는 많은 사람들이 있을 것이고 그들 모두를 위해 등불이 타오르겠지. 등불은 얼마나 밝을까? 카드놀이하기에는 족하겠지만 신문을 읽기에는 어떨까?

여관집 주인은 오지 않았다. 손님들이 그에게는 소중하지 않단 말인가? 그는 아마 불친절한 사람인 모양이다. 아니면 내가 베티의 신랑이라는 것을 아는 것일까? 그것이 나에게 오지 못할 이유라도 되는 것일까? 마부가 정거장에서 나를 오랫동안 기다리게 한 것도 그 때문일지도 모른다. 베티는 음탕한 사람들 때문에 얼마나 많은 시달림을 받았으며 그들의 성화를 어떻게 물리쳤는가를 자주 들려주었지. 모르긴 몰라도 여기에서도 그런 짓을 하는 사람이 있을 거야.

에두아르트 라반이 복도를 지나 열린 문을 나섰을 때 비가 내리는 것을 볼 수 있었다. 비는 조금 내렸다.

바로 앞 높지도 낮지도 않은 보도에는 비가 내리는데도 통행인들이 많았다. 때로는 누군가가 앞으로 걸어나가 찻길을 건넜다.

한 작은 소녀가 양손을 앞으로 뻗은 채 회색 털을 가진 강아지 한 마리를 붙잡고 있었다. 신사 두 사람이 어떤 문제에 대해서 서로 이야기를 주고받고 있었다. 그들은 이따금씩 얼굴을 마주 바라보다가 천천히 다시 돌리곤 했다. 그것은 바람에 열린 문을 연상케 했다. 그중 한 사람이 무게를 달아보기 위해서 짐이라도 들고 있는 양 양 손바닥을 위로 치켜들고 일정하게 올렸다내렸다했다. 그때 날씬한 숙녀의 모습이 눈에 들어왔다. 그녀의 얼굴이 별빛처럼 파르르 떨렸다. 그녀가 쓴 납작한 모자에는 무엇인지 알 수 없는 물건들이 가장자리까지 높다랗게 달려 있었다. 그녀는 지나가고 있는 행인들에게 낯선 사람처럼 보였다. 이것은 물론 그녀가 의도한 것은 아니었다. 마치 어떤 법칙에 의해서 그런 것 같았다. 한 젊은이가 왼손이 마비된 듯이 그것을 가슴 위에 얹고 가느다란 지팡이에 의지한 채 바삐 지나갔다. 많은 사람들이 일을 보러 가는 길이었다. 그들은 빨리 걸었지만 다른 사람들보다 더 더뎠다. 때로는 인도 위를, 또 때로는 차도 위를 걸었기 때문이었다. 그들은 윗도리가 몸에 잘 맞지 않았다. 그러나 그들에게는 옷매무새가 문제되지 않았다. 그들은 지나가는 행인들에게 밀리기도 하고 밀기도 했다. 세 사람의 신사가 — 두 사람은 구부린 팔 아래에 외투를 걸치고 있었다 — 집 담벼락에서 인도로 걸어 나와 차도와 맞은편 인도에서 일어나는 일들

---

* 「시골에서의 결혼 준비」의 세 가지 판본 중 두번째인 B판본으로 1908년에 씌어진 것으로 추측된다. (옮긴이)

을 바라보았다.

지나가는 행인들 틈바구니로 차도의 석판이 일정한 간격으로 이어진 것이 보였다. 그것들은 슬쩍 보이기도 했다가 제대로 다 보이기도 했다. 그 위를 마차들이 바퀴 위에서 흔들리며 목을 쭉 내민 말에 의해 급히 끌려갔다. 쿠션이 놓인 마차의 좌석에 기대앉은 사람들이 거리를 오가는 행인들과 상점, 발코니와 하늘을 말없이 바라보고 있었다. 마차 하나가 다른 마차를 앞질러가려 하면 말들의 몸이 서로 밀착되어 가죽끈이 흔들렸다. 말들이 끌채를 잡아끌자, 마차가 심하게 흔들리면서 급히 굴러갔다. 앞선 마차 주변에 아치 모양이 만들어졌다가 말들이 다시 떨어졌으나 그 길쭉한 머리만은 여전히 조용히 서로를 향하고 있었다.

어떤 늙은 신사가 급히 현관문 앞으로 나와 모자이크 모양의 마른 돌바닥 위에 서서 몸을 돌렸다. 그러고는 이 좁은 골목길로 휘몰아쳐 어지럽게 내리는 비를 바라보았다.

라반은 검은 천으로 된 손가방을 내려놓고 동시에 오른쪽 무릎을 약간 굽혔다. 어느새 빗물은 차도의 가장자리에서 깊게 패인 하수구로 이랑을 지어 흘러내리고 있었다. 그 늙은 신사는 손에는 아무것도 들지 않은 채 라반 곁에 서 있었다. 라반은 잠시 나무로 된 문짝에 몸을 기대었다. 늙은 신사는 가끔 목을 크게 돌려 라반을 바라보았다. 그의 이러한 행동은 자연스러운 욕구, 즉 할 일이 별로 없으니 적어도 주위에 있는 모든 광경을 정확하게 관찰하겠다는 욕구에서 비롯된 것이다. 그는 이처럼 아무 목적도 없이 여기저기 쳐다보느라고 많은 것을 놓칠 수밖에 없었다. 그리하여 그는 라반의 입술이 매우 창백하고, 전에는 눈에 잘 띄던 그의 격자무늬 넥타이가 색이 바래 있는 것을 알아차리지 못했다. 그가 만일 그것을 알아차렸더라면 분명히 마음속으로 비명을 질렀을 것이다. 그러나 그렇지도 않았을 것이다. 왜냐하면 근래에 라반은 몇 가지 일로 해서 특히 피로해 보였을 테지만 보통 때도 창백한 편이었기 때문이다.

"원, 무슨 놈의 날씨가 이렇담" 하고 늙은 신사는 나직한 목소리로 말하고 나서, 의식적이긴 하지만 약간 노인 티를 내면서 머리를 흔들었다.

"글쎄올시다. 그런데도 여행을 해야만 하다니"라고 라반이 말했다. 그러고는 재빨리 똑바로 섰다.

"좀처럼 날씨가 개일 것 같지가 않군요." 노인은 마지막 순간까지도 모든 것을 재검하려는 듯이 몸을 굽혀 골목 아래위를 훑어보고 나서 하늘을 쳐다보며 말했다. "며칠, 아니 몇 주일이고 계속될 것 같군요. 내 기억으로는 유월과 칠월 초에도 개일 전망이 없다는 거예요. 이건 누구에게나 유쾌한 소식이 못 되지요. 예컨대 나는 건강에 매우 요긴한 산책을 포기하는 수밖에 없어요."

그리고 그는 하품을 했다. 그는 라반의 목소리를 듣고는 이러한 대화에 더 이상 전혀 흥미를 못 느끼고 대화 자체에도 별로 관심이 없었기 때문에 맥이 풀려 보였다.

그것은 라반에게 상당히 인상적이었다. 그쪽에서 먼저 말을 건네오지 않았던가. 그래서 라반은 은연중 자랑스럽게 말을 건네려고 했지 않은가. "옳으신 말씀입니다. 도시에서는 접근할 수 없는 일을 아주 쉽게 포기할 수 있지요. 포기하지 않으면, 거기에서 오는 좋지 않은 결과 때문에 비난을 받게 되지요. 그때 가서 후회하게 되겠지요. 하긴 그럼으로써 다음에는 어떻게 처신해야 할지 분명하게 알게 될 테지만. 그것이 개인의 경우라 하더라도(한 쪽 탈락)

"다른 뜻에서 하는 이야기는 아니에요. 정말입니다" 하고 라반은 서둘러 말했다. 그는 조금 더 자랑스럽게 말하고 싶었으므로 되도록 그 신사의 방심 상태를 용납해주려고 했던 것이다. "모든 것이

다른 사람들과 마찬가지로 내가 최근에 저녁마다 읽었던, 이미 앞에서 언급한 책에 나온 이야기입니다. 저는 거의 혼자였지요. 가정 사정 때문이었어요. 아무튼 나는 좋은 책이라면 저녁 식사 다음으로 가장 좋아합니다. 벌써 오래전부터였지요. 요사이 어떤 선전 책자에 실린 어떤 작가의 말을 인용한 글을 읽은 적이 있어요. '좋은 책은 가장 좋은 친구다'라고요. 정말 그렇습니다. 좋은 책은 가장 좋은 친구지요."

"젊었을 때는 그렇기도 하지요" 하고 노신사가 말했다. 이것은 별다른 뜻이 있어서 한 이야기가 아니었다. 그는 다만 비가 다시 더욱 세차게 내리기 시작하여 좀처럼 그칠 것 같지 않다고 말하고 싶었을 뿐이다. 그러나 라반에게는 그 말이 상대편 노신사가 육십 세인 자기 자신을 아직도 싱싱하고 젊다고 생각하는 반면에, 삼십 세인 라반은 아무것도 아니라고 여기는 것처럼 들렸다. 그리고 자기가 30대에는 라반보다 더 현명했다고 내세우려는 듯이 보였다. 그것도 예를 들어 나이든 자기처럼 특별히 아무런 할 일도 없는 경우에라도 그렇다고 생각하는 듯했다. 말하자면 비오는 것을 바라보며 여기 복도에 서 있는 것이 시간 낭비라도 되는 양 말이다. 게다가 잡담으로 시간을 보낸다면 그것은 이중으로 시간을 낭비하는 거라는 태도였다.

라반은 얼마 전부터 자기의 능력이나 견해에 대하여 다른 사람들이 내리는 평가에 대해서는 전혀 관심이 없었으며, 더욱이 모든 일에 완전히 몰두해서 귀를 기울이던 시기는 지났다고 생각했다. 그러므로 남들이 자기 일에 반대하든 찬동하든 그것은 마치 허공을 향해 떠드는 것과 같다고 생각했다. 그래서 그는 이렇게 말했다. "제가 말씀드리고 싶은 이야기를 다 들어주지 않았기 때문에 이렇게 여러 가지 일에 대해서 이야기를 하고 있는 겁니다."

"어서 말씀하세요"라고 그 신사가 말했다.

"아니, 별로 중요한 이야기가 아니에요" 하고 라반이 말했다. "책이란 모든 점에서 유용하지요. 사람들이 예기치 않은 데서 특히나 정말 이롭지요. 가령 모험을 하려면, 모험과는 전혀 동떨어진 책들이 가장 유익한 거예요. 모험을 하려 들면, 흥분한(그런 흥분에 이르게 할 수 있는 책의 영향은 형식적인 것에 불과하지만) 독자는 어떻게든 그 책을 통하여 그의 모험과 관련해서 생각을 하도록 자극받게 될 테지요. 제가 말하고 싶은 것은 이 경우에 책의 내용이 무엇이건 간에 전혀 상관이 없으므로, 독자는 생각에 방해를 받지 않고, 그런 생각을 가지고 책을 읽어나갈 수 있다는 것입니다. 옛날에 유대인들이 홍해를 건너듯이 말입니다."

이제 라반에게는 그 노인의 인품이 불쾌한 인상을 주었다. 노신사는 그가 한결 가까워진 것 같다고 생각하는 모양이었다. 그러나 그것은 대수롭지 않은 일이었다

(한 쪽 탈락)

신문도 역시 그래요. — 하지만 제가 말씀드리고 싶은 것은 제가 시골로 가고 있다는 겁니다. 이 주일간 휴가를 얻었거든요. 오랜만에 얻은 거예요. 아무튼 그것은 필요한 일이에요. 이를테면 앞서 말씀드린 대로 제가 요사이 읽은 그 책은 저의 작은 여행에 대하여 당신이 상상할 수 있는 것 이상으로 많은 것을 가르쳐주었습니다."

"듣고 있습니다" 하고 노신사가 대답했다. 라반은 말없이 똑바로 서서 약간 높이 달린 윗도리 주머니 속에 양손을 집어넣었다.

잠시 후에야 비로소 노신사는 이렇게 말했다. "이 여행이 당신에게는 특별히 소중한 모양이군요."

"그런데 말입니다." 라반은 말하면서 다시 대문에 몸을 기대었다. 그제야 현관이 사람들로 만원이라는 것을 알게 되었다. 계단

앞에도 사람들이 서 있었다. 라반이 살고 있는 여자 집에 함께 방 하나를 얻어 살고 있는 관리가 계단을 내려오면서 서 있는 사람들에게 길을 비켜달라고 부탁했다. 그는 몇몇 사람들의 머리 너머로, 비를 손으로 가리키는 라반에게 "행복한 여행이 되세요"라고 말을 건네고, 앞서 다음번 일요일에 꼭 라반을 방문하겠다던 약속을 상기시켰다. 그러자 사람들이 저마다 라반 쪽으로 몸을 돌렸다.

(한 쪽 탈락)

그에게는 자신이 만족해하고 오래전부터 고대해온 마음에 드는 부서가 있어요. 그는 끈기 있고 내심 명랑한 성품이라 환담하는 데 다른 사람을 관여시킬 필요를 느끼지 않아요. 오히려 모든 사람들이 그를 필요로 하지요. 언제나 그는 건강했어요. 아, 제발 말하지 마세요."

"언쟁하고 싶은 생각이 없어요." 그 신사가 말했다.

"당신은 언쟁하려 하지도, 또 당신의 잘못을 인정하려 하지도 않아요. 무엇 때문에 고집을 부리는 겁니까. 당신이 지금은 그렇게 뚜렷하게 기억하고 있지만, 그와 이야기를 나누게 되면, 분명 모든 것을 잊어버리게 될 거예요. 내가 당신 말씀을 좀더 분명하게 반박하지 않았다고 해서, 나를 비난할 생각이신 모양이지요. 그가 단지 책에 대해서만 이야기한다면 말입니다. 그는 아름다운 모든 것에 금방 감격해버리지요."

에두아르트 라반이 푸른 회색빛 외투를 걸치고 복도를 지나 열린 문을 나섰을 때, 비가 내리는 것을 볼 수 있었다. 비는 조금 내렸다

라반은 아래쪽에 깊숙이 자리한 작은 골목에 서 있는, 낮아 보이지만 꽤나 높은 탑의 시계를 바라보았다. 그 위쪽에 꼭 붙어 있는 작은 깃발이, 순간이긴 했지만 바람 때문에 시계 글자판 앞에서 펄럭거렸다. 한 떼의 작은 새들이 서로 뭉쳤다가는 다시 흩어졌다 하면서 아래로 날아들었다. 다섯 시가 지났다.

라반은 검정색 천으로 꿰어 만든 손가방을 내려놓은 다음, 우산을 문 돌에 기대어놓고는 목에 감고 있던 좁고 검은 띠에 달린 여성용 회중시계를 탑시계에 맞추느라 번갈아가며 몇 번이나 두 시계를 보았다. 잠시 동안 그는 그 일에 몰두했다. 그는 얼굴을 내렸다들었다하며 세상의 어떤 일도 생각하지 않았다.

마침내 그는 시계를 넣고는 시간이 충분하므로 빗속을 갈 필요가 없다는 사실을 기뻐하며 입술을 핥았다.

그의 바로 앞에 있는 높지도 낮지도 않은 인도 위에는 아직 많은 통행인들이 함께 집들을 따라가거나 혹은 간격을 둔 채 우산을 들고 가고 있었다. 한 작은 소녀가 앞으로 내민 양팔에 한 마리 회색빛 개를 들고 있었는데, 개는 소녀의 얼굴을 바라보고 있었다.

두 신사가 서로 이야기를 나누고 있었는데, 그들이 입고 있는 외투는 바람에 펄럭거렸고, 그들은 이따금씩 서로를 정면으로 바라보았다. 그 중 한 사람은 양 손바닥을 위로 한 채 들고 — 손가락은 까딱도 하지 않았다 — 무게를 달아보기 위해서 짐이라도 드는 듯이 위아래로 움직였다.

---

* 「시골에서의 결혼 준비」의 세 가지 판본 중 세번째인 C판본으로 1908년에 씌어진 것으로 추측된다.(옮긴이)

그때 한 숙녀가 눈에 들어왔다. 그녀의 얼굴은 별빛처럼 파르르 떨렸다. 그녀가 쓴 납작한 모자에는 알 수 없는 것들이 가장자리까지 높다랗게 달려 있었다. 그녀는 지나가는 행인들에게 낯설게 보였다. 그것은 물론 의도한 것은 아니었다. 마치 어떤 법칙에 의해서 그런 것 같았다.

그리고 젊은이 하나가 왼손이 마비된 것처럼 가슴에 얹고, 가느다란 지팡이를 들고 급히 달려갔다.

많은 사람들이 업무를 보러 가는 길이었다. 그들은 등을 펴고서 빨리 걸었지만 다른 사람들보다 더 더뎠다. 왜냐하면 어떤 때는 인도로, 어떤 때는 마차 디딤판에서 찻길로 뛰어내리듯이 껑충 뛰면서 달렸기 때문이었다. 사람들이 도처에서 밀려 들어 어느 누구도 앞으로 나아갈 수 없었기 때문에, 그들은 많이 밀리기도 하고 밀기도 했다.

라반은 친지들을 알아보고 몇 차례 인사를 했다. 한 번은 누군가에게 말을 걸려고 했지만, 그는 라반을 알아보지 못하고 빠른 걸음으로 그냥 지나쳤다.

세 신사가 — 두 사람은, 커다란 하얀 수염이 달린 한 신사의 양쪽에, 구부린 팔 아래에 가벼워 보이는 외투를 걸친 채 서 있었다 — 집 담벼락이 있는 곳으로부터 인도로 걸어나와 차도와 맞은편 인도에서 벌어지는 광경을 바라보았다.

한 아이가 여가정교사에 이끌려 팔을 아무렇게나 편 채 종종 걸음으로 지나갔다. 그 아이의 모자는 일반적으로 볼 수 있는, 붉은 색깔로 된 밀짚으로 엮은 것인데 주름진 가장자리에는 녹색 화환이 달려 있었다.

비를 피하기 위해서 복도의 자기 옆에 서 있는 노신사에게 라반은 양손으로 그를 가리켰다. 비는 불규칙적으로 부는 바람 때문에 한꺼번에 몰려 떨어지기도 하고, 제멋대로 떠돌다가는 예측할 수 없게 내렸다.

어린아이들에겐 모든 게 다 어울려요, 그래 어린아이들이 좋아요, 라며 라반은 소리내어 웃었다. 어린아이들과 잘 어울리지 못한다고 놀랄 건 없지요. 그건 어린아이들과 잘 어울리지 않기 때문이니까요.

노신사 역시 소리내어 웃었다. 여가정교사는 아마 그런 기쁨을 누린 적이 없었을지 모른다. 나이가 들면 쉽게 감정이 고조되지 않지요. 젊은 시절엔 그랬지만. 그것이 어떤 이익도 주지 못했다는 것을 나이가 들면 알게 되지요. 그러므로 사람들은 더군다나……

[5]

어느 투쟁의 기록*

그리고 사람들은 옷을 입고
흔들리면서 자갈밭으로 산책하러 간다
저 멀리 보이는 언덕으로부터
먼 언덕까지 펼쳐진
이 거대한 하늘 아래서.

I

열두 시쯤에 몇몇 사람들은 벌써 일어나서 서로 인사를 하고 양
손을 내밀면서 아주 편안했노라 말하고는 옷을 입으려고 큰 문들을
통해서 대기실로 갔다. 안주인은 방 한가운데에 서서 경쾌한 동작
으로 절을 하는데, 그럴 때면 그녀의 옷에는 장식주름이 잡혔다.

나는 작은 탁자에 ─ 그것은 탄탄하고 가느다란 세 개의 다리를
갖고 있었다 ─앉아 막 세번째 잔의 베네딕트 주酒를 홀짝홀짝 마
시면서, 나의 작은 저장품인 구운 과자를 훑어보고 있었다. 그 과

* 이 작품은 이미 카프카 전집 제1권에 번역 소개되었으나 몇 군데가 빠지거나 첨가된 부분이
있어 다시 번역했다. 미완성으로 두 가지 판본이 있는데, 이 텍스트는 그중 A판본에 속하며
1907년에서 1908년 사이에 씌어진 것이다. 특히 이 작품 중 「기도자의 이야기」와 「뚱보와
기도자 사이에 계속되는 대화」는 1909년 봄 카프카의 친구인 프란츠 블라이에 의하여 발간
된 잡지 『히페리온』 제8권에 따로 발표되었다. (옮긴이)

자는 맛이 고급스러워서 내가 직접 골라서 쌓아둔 것이었다.

그때 새로 알게 된 어떤 이가 나에게 다가왔다. 그는 약간 방심한 채 내 소일거리를 보고 미소지으면서 떨리는 목소리로 이렇게 말했다. "당신한테 와서 죄송합니다. 그러나 저는 여태까지 제 여자친구와 단둘이 옆방에 앉아 있었어요. 열시 반부터요. 그리 오랜 시간이 지난 건 아닙니다. 그걸 당신께 말씀드려서 죄송합니다. 우리는 서로 잘 모르는데 말입니다. 그렇지 않습니까. 우리는 계단에서 만났고 예의상 서로 몇 마디 말을 주고받았을 뿐인데, 벌써 당신께 제 여자친구 이야기를 하고 있습니다. 하지만 당신은 저를 — 부탁드릴게요 — 용서해주셔야 해요. 행운은 저에게 오래 붙어 있질 않아요. 저는 어떻게 해야 할지 모르겠어요. 게다가 여기에는 제가 신뢰할 수 있는 아는 사람은 달리 없거든요—"

그렇게 그는 말했다. 그러나 나는 그를 슬프게 바라보면서 — 왜냐하면 내 입에 들어 있던 과일 케이크가 맛이 없었기 때문이다 — 귀엽게 홍조 띤 그의 얼굴에 대고 말했다. "내가 당신에게 신뢰할 만한 사람으로 보였다니 기쁩니다. 그러나 당신이 그걸 나에게 말해준 것은 슬픈 일입니다. 게다가 당신은 — 그렇게 당황하고 있는 게 아니라면 — 혼자 앉아서 독주를 마시는 사람에게 사랑하는 소녀에 대해 이야기한다는 것이 어울리지 않는 일이라는 걸 스스로 느낄 수 있을 텐데요."

내가 그 말을 하자, 그는 단번에 주저앉아서 뒤로 기대어 양팔을 늘어뜨렸다. 그러고 나서 양팔을 구부려 뾰족한 팔꿈치를 얹고서 꽤나 큰 목소리로 말하기 시작했다. "우리는 거기 방안에 단둘이 있었어요 — 앉아서 — 안네를과 함께 말예요, 그리고 저는 그녀에게 입을 맞추었어요 — 입을 맞추었다구요 — 제가요 — 그녀에게 — 그녀의 입, 그녀의 귀, 그녀의 어깨 —에다 말입니다."

생기발랄한 대화라고 추측한 몇몇 신사들이 하품을 하면서 우리에게 다가왔다. 그래서 나는 일어서서 큰 소리로 이렇게 말했다. "좋아요. 당신이 원한다면 가지요. 하지만 지금 라우렌치 산에 올라가는 것은 바보짓이에요. 왜냐하면 날씨가 아직 싸늘한데다 그곳에는 눈이 약간 내려서 길이 마치 스케이트장 트랙 같을 테니까요. 하지만 당신이 원한다면, 함께 가겠습니다."

처음에 그는 놀라서 나를 쳐다보았다. 그러다가 붉고 촉촉한 긴 입술을 열었다. 그러나 이미 아주 가까이 와 있는 신사들을 보자 웃고는 일어서서 말했다. "오, 그렇군요, 냉기는 좋을 거예요. 우리 옷은 열기와 연기로 가득하잖아요. 저는 많이 마시지도 않았지만, 아마 조금은 술에 취한 것도 같아요. 그래요, 우리는 작별을 고하고 갑시다."

그래서 우리는 여주인에게 갔다. 그가 그녀의 손에 입을 맞추자 그녀는 말했다. "오늘 당신 얼굴이 이렇게 행복해 보이니 정말 기뻐요. 다른 때는 언제나 그렇게 심각해 보이고 지루해 보였는데." 호의적인 이 말이 그를 감동시켰다. 그래서 그는 다시 한 번 그녀의 손에 입을 맞추었다. 그러자 그녀는 미소지었다.

대기실에는 심부름하는 소녀가 서 있었다. 우리는 지금 처음으로 그녀를 보았다. 그녀는 우리가 코트 입는 것을 도와주었고, 그런 다음 작은 휴대용 램프를 들고 우리를 위해 계단 위를 비춰주었다. 정말이지, 그 소녀는 아름다웠다. 그녀의 목은 드러나 있었는데, 턱 밑에 검은 우단 리본을 매고 있었다. 그녀가 램프를 아래로 들고 앞서 계단을 내려갔는데, 헐렁한 옷을 입은 그녀의 몸이 아름답게 숙여졌다. 그녀는 포도주를 마셨기 때문에 뺨이 붉게 물들고 입술은 반쯤 벌어져 있었다.

아래쪽 계단 옆에서 그녀는 램프를 계단에 내려놓고, 약간 비틀거리면서 내 친구 쪽으로 한 걸음 다가가서 그를 끌어안고는 입을 맞추더니 포옹한 채로 있었다. 내가 그녀의 손에 동전을 하나 놓아주자 비로소 그녀는 꾸물거리며 그에게서 손을 풀었고, 천천히 작은 대문을 열어 우리를 밤 속으로 내보내주었다.

골고루 불이 밝혀진 텅 빈 거리 위에는 가벼운 구름이 덮여 있다가 점점 넓게 열리는 하늘에 큰 달이 떠 있었다. 그러나 땅 위에는 부드러운 눈이 덮여 있었다. 걸을 때 발이 미끄러졌기 때문에 우리는 종종걸음으로 가야 했다.

집 밖으로 나오자마자 나는 아주 명랑한 기분이 되었다. 나는 들떠서 다리를 들어올려 재미있게 뚝뚝 뼈마디 꺾이는 소리를 냈다. 마치 길모퉁이에서 한 친구가 나로부터 달아나기라도 하는 듯이, 나는 골목 위로 어떤 이름을 외쳐댔다. 그리고 뛰어오르며 모자를 높이 던져 올리고는 멋지게 그것을 잡았다.

그러나 나의 친구는 내 옆에서 무관심하게 걸었다. 그는 머리를 숙이고 있었다. 얘기도 하지 않았다.

나는 그것을 이상하게 여겼다. 주위에 사람들이 없게 되면 그의 기분이 좋아질 거라고 기대했기 때문이다. 나는 점점 조용해졌다. 내가 기분을 바꿔주려고 그의 등을 한 대 쳤을 때 나는 수치감에 사로잡혔고, 그래서 어색하게 손을 움츠렸다. 손이 필요없었으므로 나는 내 상의 주머니에 손을 찔러 넣었다.

그리고 우리는 말없이 걸었다. 나는 우리 발자국 소리가 어떻게 울리는지 주의를 기울였고, 내 친구와 걸음을 맞출 수 없는 게 이해가 되지 않았다. 그것은 나를 약간 자극했다. 달이 밝아서 분명하게 볼 수 있었다. 이따금씩 누군가 창가에 기대어 우리를 눈여겨보고 있었다.

우리가 페르디난트 거리에 들어섰을 때, 나는 내 친구가 어떤 멜로디를 흥얼거리기 시작했다는 걸 깨달았다. 그 소리는 아주 작았지만 나는 그것을 들었다. 그것은 내게 불쾌하게 느껴졌다. 그는 왜 나와 이야기하지 않는 걸까? 내가 필요하지 않다면, 어째서 그는 나를 그냥 내버려두지 않았던가. 나는 그 사람 때문에 내 작은 탁자 위에 놓아두고 온 그 맛있고 달콤한 것을 떠올리고는 화가 났다. 베네딕트 주도 생각이 나자 기분이 좀 좋아졌다. 거의 우쭐댄다고 할 수 있을 정도였다. 나는 양손으로 허리를 받치고, 내가 혼자서 산책을 가는 거라고 상상했다. 나는 사람들 속에 있었고, 은혜를 모르는 한 젊은이를 수치스러움으로부터 구해냈다. 그리고 이제는 달빛 속에서 산책을 했다. 낮 동안은 내내 관청에, 저녁때는 사람들 틈에, 밤에는 거리에, 어느 것도 도가 지나치지 않다. 자연스러움 속의 무한한 생활방식이 아닌가!

물론, 나의 친구는 아직 내 뒤에서 걷고 있었다. 그는 자신이 뒤처졌다는 것을 알았는지, 정말 걸음을 서두르기까지 했고, 그것이 당연한 것인 양 행동했다. 그러나 내게 꼭 그와 함께 산책할 의무는 없었으므로, 어쩌면 옆 골목으로 접어드는 것은 적합치 않은지도 모른다고 나는 생각했다. 나는 혼자서 집에 갈 수 있었고 아무도 나를 방해할 수는 없었다. 내 방에서 나는 탁자 위 철제 버팀대에 달려 있는 스탠드 램프를 켤 것이고, 찢어진 동양 카펫 위에 서 있는 안락 의자에 앉을 것이다. — 거기까지 생각했을 때, 어떤 위압감이 나를 엄습했다. 내가 다시 내 방으로 들어가 색칠된 벽 사이에서 그리고 방바닥 위에서 — 뒷벽에 걸려 있는 금빛 테두리의 거울 속에서는 방바닥이 비스듬히 떨어져 내리는 것처럼 보인다 —홀로 시간을 보내야 한다는 것을 생각하기만 하면, 언제나 그 위압감이 나를 엄습해온다. 나는 다리가 피로해져서, 이젠 어쨌든 집으로 가서 침대에 누워야겠다고 결심했다. 그러자 나는 지금 떠나면서 내 친구에게 인사를 해야 할지 어떨지 망설여졌다. 그러나 나는 너무 겁이 많아서 인사도 없이 떠나진 못한다. 또한 마음이 너무 약해서 큰소리로 소리치며 인사하지도 못한다. 그래서 나는 가던 길을 다시 멈추어 섰고, 달빛 비치는 집 담벼락에 기댄 채 그를 기다렸다.

나의 친구는 즐거운 발걸음으로 왔는데, 아마 약간은 걱정이 되었을 것이다. 그는 굉장히 수선을 피웠다. 눈꺼풀을 깜박거리면서 팔을 공중에 수평으로 내뻗었으며, 딱딱한 검정색 모자를 쓰고 있는 머리를 내 쪽을 향해 위로 뻗었는데, 그는 이 모든 것으로써 내가 그를 유쾌하게 해주기 위해 보여주고 있는 익살의 가치를 매우 잘 인정해줄 줄 안다는 걸 보여주고 싶어하는 것 같았다.

나는 방법이 없었다. 그래서 "오늘 저녁은 재미있군요"라고 작은 소리로 말했다. 그때 나는 억지로 웃었다. 그는 대답했다. "그래요, 그리고 당신은 그 심부름하는 소녀가 나에게 입맞추는 것을 보셨지요?" 나는 아무 말도 할 수 없었다. 왜냐하면 목이 메었기 때문이었다. 그래서 나는 그냥 잠자코 있지 않으려고 우편마차의 나팔을 불듯이 소리를 내려고 애썼다. 그는 처음에는 귀를 기울이더니 나중에는 친절하게 고마워하면서 내 오른손을 잡고 흔들었다. 내 손이 차게 느껴졌던 모양이다. 왜냐하면 그는 곧 손을 놓아버리고 이렇게 말했으니까. "당신의 손은 매우 차군요, 심부름하는 소녀의 입술은 한결 따스했어요. 오, 정말입니다." 나는 그것을 이해한다고 고개를 끄덕였다. 그러나 내가 사랑하는 하느님께 단호해지도록 해달라고 빌고 있는 동안, 나는 이렇게 말했다. "그래요. 당신이 옳아요. 집으로 가십시다. 시간이 늦었어요. 그리고 내일 아침에 나는 관청에서 일해야 해요. 생각해보세요. 그곳에서는 물론 잠을 잘 수도 있어요. 하지만 그것은 옳은 일이 아니지요. 당신이 옳아요. 우리는 집으로 갈 거예요." 그러면서 나는 마치 그 일이 완전하게 처리되었다는 듯이 그에게 손을 내밀었다. 그러나 그는 미소지으면서 내 말투를 따라서 말했다. "그래요. 당신이 옳아요. 이런 밤은 침대에서 잠이나 자며 놓쳐버리고 싶지는 않아요. 생각 좀 해보세요. 만약 홀로 침대에서 잔다면, 얼마나 많은 행복한 생각들을 침대 시트로 질식시켜버릴는지. 그리고 얼마나 많은 불행한 꿈들을 그것으로 따뜻하게 만드는지 말입니다." 그리고 이런 생각이 떠오른 것이 몹시 기뻐서 그는 내 상의 앞가슴을 — 그는 그보다 더 높이 닿지는 못했다 — 힘차게 움켜쥐었다. 그리고 들뜬 기분으로 나를 흔들어댔다. 그런 다음 그는 눈을 가늘게 뜨고 허물없이 말했다. "당신이 어떻게 보이는지 아세요. 당신은 우스꽝스러워요." 그러고는 그는 다시 걷기 시작했다. 나는 그를 따라갔는데 그러나 내가 그를 따라가고 있다는 사실을 깨닫지도 못했다. 왜냐하면 나는 그가 했던 말을 되새기고 있었기 때문이었다.

우선 그 말은 나를 기쁘게 했다. 그가 내 마음속에 있는 무언가를 짐작하는 것처럼 보였기 때문이었다. 그것은 비록 내 마음속에 있는 것은 아니었지만, 그는 그렇게 나를 주시하고 있었던 것이다. 그런 상황이 나를 행복하게 했다. 나는 집에 가지 않았던 것을 만족스럽게 생각했고, 그 친구가 매우 귀중하게 느껴졌다. 그는 내가 그것을 먼저 구하지 않아도 사람들 앞에서 나의 가치를 부여해주는 그런 사람이었다. 나는 사랑이 가득 담긴 눈으로 나의 친구를 쳐다보았다. 나는 위험으로부터, 특히 사랑의 경쟁자와 질투하는 남자들로부터 그를 지켜주어야겠다고 생각했다. 그의 삶이 나에게 내 삶보다 더 귀하게 느껴졌다. 나는 그의 얼굴이 멋있다고 생각했고, 여자들에게서 받은 그의 행운을 자랑스러워했고, 그리고 그가 이날 밤 두 소녀에게서 받았던 입맞춤을 함께 받았다. 오, 이런 밤은 유쾌하지 않은가! 내일 내 친구는 안나 양과 이야기할 것이다. 그는 처음에는 당연히 일상적인 것에 대해서 이야기하겠지만 그러나 그 다음엔 갑자기 이렇게 말할 것이다. "사랑스러운 안네를, 어젯밤 나는 당신이 분명 아직 본 적이 없는 어떤 사람과 함께 있었답니다. 그의 모습은 — 어떻게 묘사해야 할까 — 마치 흔들거리는 막대기 같았는데, 그런 몸 위에 누런 피부에 검은 털이 난 머리를 좀 서투르게 꽂아놓은 것 같았습니다. 그의 몸은 여러 개의 작고 현란한 노란색 계통의 천 조각들로 치장했는데, 어젯밤 바람이 잠잠해서 그것들이 몸에 가만히 매달려 있는 바람에 온통 그것들로 덮여 있는 듯 보였어요. 그는 수줍어하며 나와 나란히 걸었지요. 내 사랑 안네를, 그렇듯 멋지게 입맞춤할 줄 아는 당신은 약간 웃기도 했을 테고 약간 두려워했으리라는 걸 난 알아요. 하지만 당신에 대한 사랑으로 영혼이 완전히 흩어져 날아가버린 나는 그가 있다는 게 기뻤어요. 그는 어쩌면 불행한 사람이어서 조용히 침묵을 지키고 있었는지도 몰라요. 하지만 그의 곁에 있으면 계속 행복한 불안감에 빠지게 되지요. 나는 어제 나 자신의 행복에 잠겨 당신을 거의 잊어버릴 뻔했어요. 나에게는 별이 반짝이는 무심한 둥근 하늘이 마치 그의 평평한 가슴의 숨결로 떠오르는 듯했어요. 지평선은 사라졌고, 불타오르는 듯한 구름들 아래로 풍광들이 끝없이 펼쳐졌지요. 그것들이 우리를 끝없이 행복하게 해준 것처럼 말입니다. — 세상에, 안네를, 내가 당신을 얼마나 사랑하는데. 당신의 입맞춤은 어떤 풍광보다 더 좋아요. 우리 그 사람에 대해 더 이상 이야기하지 말기로 합시다. 그리고 서로 사랑해요."

우리가 느린 걸음으로 부두를 걸어가고 있었을 때, 나는 내 친구의 입맞춤이 부러웠지만, 하지만 아마도 그가 나에게 느꼈을 마음속의 수치심 — 내가 그에게 그렇게 보였듯이 — 또한 즐겁게 감지했다.

그렇게 나는 생각했다. 그러나 당시 나는 여러 가지 생각으로 혼란스러웠다. 몰다우 강과 다른 쪽 강기슭에 면한 도시구역이 어둠 속에 잠겨 있었기 때문이었다. 두서너 개의 가로등만이 타오르고 있었고 그것이 눈에 가물거렸다.

우리는 난간에 서 있었다. 강물에서 찬바람이 불어왔기 때문에 나는 장갑을 꼈다. 그리고 밤에 강가에서 그렇게 하듯이, 나는 공연히 길게 탄식을 했다. 그러고는 나는 계속해서 가려고 했다. 그러나 내 친구는 강물을 들여다보면서 미동도 하지 않았다. 그러더니 그는 난간에 점점 더 가까이 다가가서 철책에 팔꿈치를 대고는 양손으로 이마를 감쌌다. 내게 그 모습은 어리석게 보였다. 나는 추워서 상의 깃을 높이 세웠다. 내 친구는 몸을 쭉 펴고는 팽팽하게 긴장된 양팔에 실려 있는 상체를 난간 위에 올려놓았다. 하품을 억누르기 위해 나는 창피해하면서 서둘러 말했다. "오직 밤만이 우리를 온통 추억 속에 잠기게 할 수 있다는 것은 정말 신기하군요. 그렇지요. 예컨대 지금 나는 이런 생각이 떠올라요. 언젠가 저녁때 나는 어떤 강기슭의 벤치에 이상한 자세로 앉아 있었습니다. 나는 벤치의 목재 등받이 위에 팔을 올려놓고 그 팔에 머리를 얹고는 다른 쪽 강기슭의 구름 덮인 산을 바라보면서, 누군가 강변 호텔에서 켜고 있는 부드러운 바이올린 소리를 듣고 있었지요. 양편 강기슭에서는 이따금씩 뻥쩍거리는 연기를 뿜는 열차들이 지나갔다가는 다시 밀려오곤 했어요." — 그렇게 나는 말했고, 그 말을 배경으로 해서 묘한 상황에 처한 연애 이야기를 꾸며내려고 대단히 애쓰고 있었다. 약간의 야비함과 확고한 강간 사건도 담겨 있어야 할 터였다.

그러나 나는 첫마디 말도 꺼내지 못하고 있었다. 그때 내 친구가 무관심하게, 다만 아직도 내가 여기 있다는 사실에 놀라면서 — 나에게는 그렇게 보였다 — 내 쪽으로 몸을 돌리고 이렇게 말했다. "보세요. 언제나 이렇게 시작되지요. 오늘 내가 사교 모임에 가기 전에 저녁 산책을 하려고 층계를 내려왔을 때, 불그레한 내 두 손이 흰색 소매부리 속에서 이리저리 흔들리는 모습과 그것들이 별날 정도로 명랑하게 그런 짓을 하는 게 이상하게 느껴졌어요. 그때 나는 모험을 기대했어요. 언제나 그런 식이지요." 그는 벌써 발을 옮기면서 이렇게 그저 임시방편으로 자신의 사소한 관찰을 이야기했다.

그러나 그 이야기는 나를 몹시 감동시켰고, 나의 큰 키 때문에 너무 작게 보여 혹시나 그가 불쾌감을 느낄 것 같아 내 마음은 아팠다. 밤이어서 어느 누구도 만나지는 않았지만 내 양손이 무릎에 닿을 정도로 그렇게 심하게 등을 구부린 채로 걷고 있었기 때문에 나는 괴로운 상태였다. 그러나 내 친구가 나의 의도를 눈치채지 못하게 하기 위해서 나는 매우 조심스럽게 그리고 아주 천천히 자세를 바꾸었고, 슈첸인젤의 나무들과 강물에 비친 다리의 가로등에 대해 말함으로써 그의 주의를 딴 데로 돌리려고 노력했다. 그러나 그는 갑작스럽게 방향을 바꾸더니 자신의 얼굴을 내게로 돌리고는 온화하게 말했다. "도대체 왜 그런 모양으로 걷고 있나요? 당신은 지금 몹시 구부리고 있어서 거의 나처럼 작아졌군요!"

그가 친절하게 그 말을 했기 때문에 나는 이렇게 대답했다. "그렇겠군요. 하지만 이런 자세가 편해요. 나는 꽤 허약한 편이지요. 그래서 내 몸을 똑바로 지탱하기가 너무 힘들어요. 그건 쉬운 일이 아니에요. 나는 매우 키가 크니까—"

그는 약간 의심하듯 이렇게 말했다. "그건 단지 기분이 그런 것뿐이에요. 당신은 전에는 완전히 똑바로 걸었던 걸로 알고 있어요. 그리고 모임에서도 당신은 그런 대로 잘 견뎌냈잖아요. 당신은 춤까지 추었잖아요. 아니던가요? 아닌가요? 하지만 당신은 분명히 똑바로 걸었고, 지금도 그렇게 할 수 있을 겁니다."

나는 손으로 막으면서 고집스럽게 대답했다. "그래요, 그래. 똑바로 걸었지요. 하지만 당신은 나를 과소평가하고 있어요. 나도 점잖은 자세가 좋은 것인지 압니다. 그래서 몸을 굽히고 걷는 거랍니다."

그러나 그것이 그에게는 간단치 않은 모양이었다. 오히려 자신의 행운이 혼란스러운 듯 그는 내 이야기의 맥락을 이해하지 못하고서 그저 "그렇다면, 좋을 대로 하세요"라고 말하고는, 제분소 탑의 시계를 올려다보았다. 시계는 벌써 거의 한 시를 가리키고 있었다.

그러나 나는 혼자 중얼거렸다. "이 사람은 참 무정하구나! 내가 겸손하게 말하는데도 무관심하기 이를 데가 없으니 말이야! 그는 물론 행복할 것이다. 그것은 자신의 주변에서 일어나는 모든 것을 자연스럽게 보려는 행복한 자들의 기질이기도 하다. 그들의 행복은 화려한 관계를 연출해내는 법이다. 내가 지금 강물 속으로 뛰어든다거나 또는 이 아치 아래 포도 위에서 발작을 일으켜, 그 앞에서 화를 내는 경우라 할지라도 나는 언제나 얌전하게 그의 행복에 순응할 것이다. 그렇다, 그가 기분이 내키기라도 한다면 ─ 행복한 자는 그럴 위험이 있다. 그것은 의심할 여지가 없다 ─ 거리의 살인자처럼 나를 때려죽일 수도 있다. 그것은 분명하다. 그렇게 되면 나는 비겁하기 때문에 놀라서 소리지를 엄두조차 못 낼 것이다. ─ 큰일이군! ─ 나는 두려움 속에서 주위를 둘러보았다. 멀리 떨어져 있는 정사각형의 검은 유리창이 달린 커피숍 앞에 한 경찰관이 포도 위를 미끄러지듯 달려가고 있었다. 차고 있는 군도가 달리는 데 약간 방해가 되었기 때문에 그는 그것을 손으로 쥐자 훨씬 수월하게 달릴 수 있었다. 나는 그가 외치는 소리를 아직은 희미하게나마 들을 수 있을 정도의 거리에 있기는 했지만, 내 친구가 나를 때려죽이려 할 경우 그가 나를 구하지 못하리라는 것을 확신했다.

그러나 이제 나는 내가 무엇을 해야 하는지도 알았다. 왜냐하면 섬뜩한 사건들을 목전에 두고서야 대단한 결심이 나를 엄습해왔기 때문이다. 나는 도망쳐야만 했다. 그것은 아주 쉬웠다. 왼쪽으로 난 카를 다리에 접어들 즈음 나는 오른쪽으로 난 카알 거리로 뛰어들 수 있었다. 그 길은 모퉁이가 많았다. 그곳에는 어두운 대문과 술집이 있었는데 아직 열려 있었다. 나는 절망할 필요가 없었다.

우리가 부두 끝 아치형 건물 아래에 왔을 때 나는 팔을 높이 쳐들고 골목으로 달려갔다. 그러나 막 성당의 작은 문 쪽으로 갔을 때 나는 넘어졌다. 그곳에 내가 미처 보지 못한 계단이 있었던 것이다. 쿵 소리가 났다. 가로등이 멀리 떨어져 있어서 나는 어둠 속에 누워 있었다. 어떤 술집에서 한 뚱뚱한 여자가 그을린 작은 등잔 하나를 가지고 나와서 길거리에 무슨 일이 일어났는지 살펴보았다. 피아노 소리가 멈추고 한 남자가 반쯤 열린 문을 활짝 열었다. 그는 층계 위에다 대고 요란하게 침을 뱉었다. 그리고 여자의 양쪽 가슴 사이를 간질이면서, 무슨 일이 일어나든 간에 어쨌든 문제가 될 것 없다고 말했다. 그러고는 그들은 몸을 돌렸고, 문은 다시 닫혔다.

나는 일어서려고 노력했으나 다시 넘어졌다. "빙판이구나" 하고 나는 말했다. 무릎에 통증을 느꼈다. 하지만 술집에서 나온 사람들이 나를 보지 못한 것이 기뻤다. 날이 샐 때까지 거기 누워 있는 것이 가장 편할 것처럼 생각되었다.

내 친구는 아마도 나의 작별을 눈치채지 못한 채 혼자서 다리까지 갔던 모양이다. 그는 얼마 후에야 내게로 왔다. 그는 내가 불쌍했는지 나에게 몸을 숙이고는 부드러운 손으로 나를 쓰다듬어주긴 했지만 놀라워하는 기색은 없었다. 그는 나의 광대뼈를 위아래로 쓰다듬고 나서, 두 개의 굵은 손가락을 나의 낮은 이마 위에 올려놓았다. "아프셨죠? 여기는 빙판이니 조심해야 합니다 — 머리가 아프세요? 아닌가요? 아, 무릎이군요. 그렇군요." 그는 마치 이야기를 들려주는 것처럼, 더구나 아주 오래전에 있었던 무릎 통증에 대해 아주 유쾌한 이야기를 들려주는 것처럼 노래하는 음조로 말했다. 그는 자신의 팔을 움직이기는 했지만, 나를 일으킬 생각은 없었다. 나는 내 오른손으로 머리를 받치고서 — 팔꿈치는 포석 위에 놓여져 있었다 — 할 말을 잊어버릴까봐 재빨리 말했다. "사실 난 내가 왜 오른쪽으로 뛰어왔는지 모르겠어요. 이 교회의 나뭇잎들 아래로 — 이 성당 이름은 모르겠군요. 오, 제발, 용서하세요 — 고양이 한 마리가 가는 게 보였어요. 작은 고양이었는데, 그것은 밝은 색 털을 가지고 있었어요. 그래서 내가 그걸 알아봤던 거지요 — 오, 아니에요. 그게 아니었어요. 용서하세요. 그러나 하루종일 자신을 억제하기란 꽤나 힘든 일이지요. 그래서 사람들은 이러한 노고에 원기를 주기 위해서 잠을 자는 거지요. 잠을 자지 않는다면, 무익한 일들이 일어나지요. 하지만 그것들에 대해 공공연하게 놀라는 것은 동반자들에게는 무례한 일일지 모릅니다."

나의 친구는 양손을 주머니에 넣고서 텅 빈 다리 너머를 바라보았다. 그러고는 크로이츠헤렌 성당을, 그런 다음엔 맑은 하늘을 올려다보았다. 앞서 내 말에 귀를 기울이지 않았던 그는 불안해하며 이렇게 말했다. "여보세요, 그런데 당신은 왜 아무런 말씀도 하지 않나요. 몸이 안 좋은가요 — 그런데 왜 당신은 일어서지 않나요 — 여기는 정말 춥군요. 감기 걸릴 거예요. 게다가 우리는 라우렌치 산에 가려고 했잖아요."

"그렇고말고요. 미안합니다"라고 말하면서 나는 혼자서 일어났다. 그러나 통증이 심했다. 나는 비틀거렸고, 내 입장을 분명하게 하는 뜻에서 카를 4세의 입상을 뚫어져라 쳐다보아야 했다. 그러나 달빛이 미숙했는지 그것은 카를 4세 입상 역시 움직이게 했다. 나는 그 때문에 깜짝 놀랐고, 내 양발은 두려움으로 훨씬 힘이 들어갔다. 내가 안정된 자세를 취하지 않는다면, 카를 4세 입상이 떨어져 내릴지도 모를 일이었다. 나중엔 나의 노력이 아무런 소용이 없는 짓처럼 느껴졌다. 카를 4세 입상이 정말 떨어져버렸기 때문이다. 그것은 내가 아름다운 하얀 옷을 입은 한 소녀에게서 사랑을 받을 거라는 생각을 막 떠올렸던 바로 그 순간이었다.

나는 불필요한 일로 많은 것을 놓쳐버린다. 그 소녀에 관한 생각을 하다니 얼마나 행복스러운 일인가. ― 그리고 달이 나에게도 비추다니. 저기 저 달은 정말로 사랑스럽다. 나는 겸손한 마음으로 다리 망루의 아치 아래 서고자 했다. 그때 나는 달이 만물을 비춘다는 것이 아주 자연스러운 것임을 깨달았다. 나는 달을 온전히 즐기기 위해 기쁘게 팔을 활짝 폈다. ― 그때 이런 시구가 떠올랐다.

나는 골목길을 따라 뛰듯이 달렸다
달려가는 취객처럼
발로 공중을 구르면서

그러자 나는 무기력해진 팔로 수영 동작을 하면서 고통도 없이 그리고 힘도 들이지 않고 수월하게 앞으로 나갈 수 있었다. 내 머리는 차가운 공기로 맑아진 상태였고, 하얗게 차려입은 소녀의 사랑이 나를 슬픈 황홀감 속으로 몰아넣었다. 왜냐하면 나는 마치 사랑하는 사람과 또한 그녀가 있는 지역의 구름 덮인 산으로부터 헤엄쳐 떠나는 듯한 느낌이었기 때문이다 ― 그리고 나는 아마 지금도 내 옆에서 가고 있을 행복한 친구를 한때 미워했다는 것을 기억해냈고, 나의 기억력이 이렇게 사소한 일들을 간직할 만큼 뛰어난 것이 기뻤다. 왜냐하면 기억이란 많은 것을 간직해야 하니까. 그래서 나는 이 모든 많은 별들의 이름을 한번도 배운 적이 없었음에도 돌연 알고 있었다. 물론 그건 이상한 이름들이어서 염두에 두기가 어려웠지만, 나는 그것들을 모두 그리고 아주 정확하게 알고 있었다. 나는 집게손가락으로 하늘을 가리키며 각각의 이름을 크게 불렀다 ― 그러나 나는 별들의 이름을 부르는 것을 더 이상 할 수 없었다. 왜냐하면 나는 계속 헤엄을 쳐야 했기 때문인데, 너무 밑으로 잠수하고 싶은 마음이 없었던 것이다. 나중에 포도 위에서는 누구나 헤엄칠 수 있으니 그건 얘기할 가치도 없다는 말을 하지 못하게 하기 위해서, 나는 속도를 내서 다리 난간 위로 날아올랐고, 내가 만난 모든 성인聖人들의 입상 주위를 헤엄치면서 돌았다. ― 다섯번째 입상에서 내가 막 유연한 날갯짓을 하며 포도 위에 머물고 있을 때, 내 친구가 내 손을 잡았다. 그러자 나는 다시 포도 위에 서 있게 되었고, 무릎에 통증을 느꼈다. 나는 별들의 이름을 잊어버렸고, 그 사랑스러운 소녀에 대해서도 잊어버렸다. 그저 그녀가 하얀 옷을 입었다는 것만을 알고 있을 뿐이었다. 나는 그 소녀의 사랑을 믿을 만한 어떤 근거를 가지고 있었는지조차 더 이상 기억할 수 없었다. 내 마음속에는 그런 연유로 나의 기억력에 대한 큰 분노와 그 소녀를 잃을 수도 있다는 두려움이 솟아올랐다. 그래서 나는 긴장한 나머지 끊임없이 "하얀 옷, 하얀 옷" 하고 되풀이했으며, 적어도 이런 표시를 통해 소녀를 내 마음속에 간직해두려는 생각이었다. 그러나 아무 소용이 없었다. 내 친구는 얘기하면서 점점 가까이 내 쪽으로 파고들었고, 내가 그의 말을 이해하기 시작한 그 순간 어슴푸레한 하얀 빛이 다리 난간을 따라 우아하게 뛰어올라 다리 망루를 지나가더니 어두운 골목길 안으로 뛰어 들어가버렸다.

　"언제나 나는" 하고 내 친구는 성 루드밀라의 입상을(체코의 수도 프라하의 몰다우 강을 연결하고 있는 이 카알 다리 위 양편에는 성인들의 입상이 늘어서 있다 ― 옮긴이) 가리키면서 말했다. "왼쪽 편 이 천사의 양손을 사랑했어요. 이 손들은 한없이 부드럽고요, 그리고 쭉 편

손가락들은 떨고 있어요. 그렇지만 오늘밤부터 이 손들은 내게 아무 상관이 없어요. 난 그렇게 말할 수 있어요. 그 손에 입맞추었으니까요." — 그러면서 그는 나를 껴안고 내 옷에 입을 맞추었고, 내 몸에 머리를 부딪쳤다.

"알았어요, 알았어. 그걸 믿겠어요. 의심하지 않을게요." 나는 손가락으로 그의 장딴지를 꼬집었다. 그러나 그는 그것을 느끼지 못했다. 나는 중얼거렸다. "너는 왜 이 사람과 함께 가는가? 너는 그를 사랑하지도 미워하지도 않는다. 그의 행복은 단지 한 소녀로 인한 것이고, 그녀가 하얀 옷을 입고 있는지는 결코 확실치 않다. 그러니 이 사람은 너에게 아무런 상관이 없다 — 되풀이하면 — 상관이 없다. 그러나 그는 이미 증명되었듯이 위험한 사람은 아니다. 그러니 계속해서 그와 함께 라우렌치 산에 가도록 해라. 너는 벌써 아름다운 밤에 길을 가고 있지 않은가. 그러나 그가 이야기하게 내버려두어라. 그리고 너는 네 방식대로 즐겨라. 그렇게 함으로써 — 조용히 말하건대 — 너는 네 자신을 가장 잘 지킬 수 있을 테니까."

II

오락 또는
산다는 것은 불가능하다는 것에 대한 증명

1
무등타기

이미 나는 별스런 재주로 내 친구의 양어깨 위로 뛰어올랐고, 두 주먹으로 그의 등을 찔러 그를 가볍게 걸어가게 만들었다. 그러나 그가 약간 불쾌하게 발을 구르거나 가끔은 멈추어 서버리면, 그를 좀더 명랑하게 해주기 위해 나는 그의 배를 부츠로 여러 번 차주었다. 그건 성공적이어서, 우리는 꽤 빠른 속도로 크지만 아직 완성되지는 않은 어떤 지역으로 들어갔다. 그곳은 밤이었다.

내가 무등을 타고 가는 국도는 돌투성이이며 꽤나 오르막길이었다. 그러나 바로 그게 내 마음에 들어서, 나는 길을 좀더 돌이 많고 좀더 오르막길이 되게 했다. 내 친구가 돌부리에 걸려 넘어졌을 때, 나는 그의 머리카락을 위로 잡아챘고, 그가 탄식하자 나는 그의 머리를 권투하듯 때렸다. 그러면서 나는 이렇게 기분이 좋은 걸 보고서 저녁때 하는 무등타기가 얼마나 건강에 좋은가를 새삼 느꼈다. 그를 좀더 격하게 만들기 위해서 나는 강한 역풍이 우리 쪽으로 길게 몰아치게 했다. 여전히 나는 내 친구의 넓은 어깨 위에서 튀어오르는 말타기 동작을 지나칠 정도로 해댔다. 양손으로 그의 목을 꽉 잡고 있는 동안 나는 머리를 뒤로 활짝 젖히고 여러 가지 모양을 한 구름들을 바라보았다. 구름들은 나보다 더 무기력하게 바람에 느릿느릿 흘러가고 있었다. 나는 웃으면서 지나친 의기로 몸을 떨었다. 내 상의는 넓게 벌어졌고 그것이 나에게 힘을 주었다. 그때 나는 두 손을 맞잡고 꽉 눌렀는데, 그렇게 함으로써 나는 내가 내 친구의 목을 조르고 있다는 것을 모르는 것처럼 행동했다.

그러나 길가에 자라나게 했던 나무들의 구부러진 가지들 때문에 보이지 않았던 하늘을 향해서 나는 열띤 동작으로 말타기를 계속하면서 이렇게 소리쳤다. "언제나 마음을 빼앗기는 이야기를 듣기보다 나는 다른 일을 해야 합니다. 어째서 그는 내게 온 걸까요. 사랑에 빠진 이 수다쟁이가 말이에요? 그들은 모두 행복하지요. 다른 사람이 그걸 알면, 더욱 행복해지지요. 그들은 행복한 하룻밤을 지낼 수 있다고 믿고 있고, 그렇기 때문에 그들은 벌써 미래의 삶에 대해 기뻐하고 있지요."

그때 내 친구가 넘어졌다. 그를 살펴보니 무릎에 심한 상처를 입었다. 그는 더 이상 내게 유용하지 못했으므로, 나는 그를 돌 위에 올려두고, 그를 감시하도록 하기 위해서 공중으로부터 몇 마리의 독수리를 불러 내렸다. 그것들은 순종적이며 심상치 않은 주둥이로 그 위에 내려앉았다.

2
산책

나는 아무 생각 없이 계속해서 갔다. 그러나 걸어서 가야 하는 나는 산길을 걷는 게 힘들지 않을까 두려웠으므로, 길을 점점 더 평탄하게 만들었고, 결국 길은 먼 곳에서 계곡으로 가라앉게 되었다.

내 의지대로 돌들은 사라졌고, 바람은 조용해졌으며 저녁에는 그마저 아주 사라져버렸다. 나는 씩씩하게 행진해갔다. 산을 내려가고 있었으므로, 나는 머리를 쳐들고 몸을 똑바로 세우고 양팔을 머리 뒤로 꼈다. 나는 가문비나무 숲을 좋아하므로, 가문비나무 숲을 지나갔다. 또 나는 별이 빛나는 하늘을 말없이 바라보기를 좋아하므로, 광활하게 펼쳐진 하늘에서는 별들이 천천히 그리고 조용히 내 위로 떠올랐다. 물론 별들은 늘 그런 식이긴 하지만. 나는 몇 조각의 펼쳐진 구름을 보았을 뿐이었는데, 구름 높이에서만 부는 바람이 그 구름들을 대기를 통해 끌어당기고 있었다.

모르긴 해도 강이 나와 갈라놓을, 내가 있는 길 건너 꽤 먼 곳에 나는 높은 산을 우뚝 세웠는데, 그 산꼭대기는 잡목 숲으로 뒤덮여 하늘과 맞닿아 있었다. 맨 위쪽 나뭇가지들의 작은 움직임과 함께 그 잔가지들까지도 선명하게 보였다. 그 광경은 아주 평범하기는 했지만, 나를 기쁘게 해서, 나는 한 마리 작은 새가 되어 그 멀리 떨어져 있는 우거진 관목들의 가는 나뭇가지에 매달려 그네를 타느라 달이 떠오르게 하는 것을 잊고 있었다. 달은 벌써 산 뒤에 와 있었는데, 아마 늦어지게 되어 화가 나 있었을 것이다.

그러나 이제 달이 떠오르면서 생겨나는 차가운 빛이 산 위에 널리 퍼지자, 돌연 달은 불안스러워하는 관목들 중 어느 하나 뒤로 불쑥 튀어 올랐다. 그러나 나는 그 사이 다른 방향을 보고 있었는데, 이제 내 앞쪽을 쳐다보고는 달이 거의 완전히 둥근 모습으로 빛나고 있다는 걸 알았을 때, 눈이 침침해져서 멈춰 서 있었다. 왜냐하면 내 앞쪽의 급경사진 길이 바로 이 놀라운 달 속으로 뻗어 있는 것처럼 보였기 때문이다.

그러나 잠시 후 나는 그것에 익숙해졌고, 월출月出이 달에게는 얼마나 어려웠을까 하고 생각하면서 그것을 유심히 바라보았다. 그러자 드디어 나와 달이 서로에게 한 마장쯤 성큼 다가서게 되어서야 나는 기꺼운 졸음을 느꼈다. 그 졸음은 낮 동안의 노고 때문에 밀려온 것이라고 생각되었지만 물론 그 노고에 대해서는 나는 더 이상 기억할 수가 없었다. 나는 잠시동안 눈을 감고 걸어가면서, 양손을 큰 소리가 나게 그리고 규칙적으로 마주치고서야 나 자신을 깨울 수 있었다.

그러나 길이 내 발밑에서 미끄러져 떨어지려 하고, 모든 것이 나처럼 피로해져서 사라지기 시작했을 때, 나는 흥분된 동작으로 서둘러 길 오른편의 비탈로 기어 올라갔다. 그것은 높고 어지럽게 늘어선 가문비나무 숲으로 제때에 들어가기 위해서였는데, 나는 그 숲 속에서 밤을 보내려고 했던 것이다. 서두를 필요가 있었다. 별들은 이미 어두워졌고, 달은 마치 움직이는 강물에서처럼 하늘 속으로 힘없이 가라앉았다. 산은 이미 밤의 일부가 되었고, 국도는 내가 비탈로 접어들었던 바로 그곳에서 불안하게 끝나 있었다. 그리고 숲 속으로부터 나무줄기들이 무너져 내리는 소리가 점점 가까이 들려왔다. 이제 곧장 이끼 위에 몸을 던져 잠을 잘 수 있었겠지만, 그러나 나는 개미를 무서워했으므로 나무 기둥 둘레에 다리를 감고는 바람은 없는데 벌써 흔들리고 있던 나무 위로 기어 올라가서, 큰 나뭇가지 위에 몸을 눕혔고, 머리를 나무기둥에 두고 서둘러 잠들어버렸다. 이때 근사한 꼬리를 가진 다람쥐 한 마리가 떨고 있는 가지 끝에 앉아서 나처럼 변덕스럽게 몸을 흔들고 있었다.

강은 넓었고, 자잘한 물결이 온통 빛나고 있었다. 다른 편 기슭도 역시 풀밭에 접해 있었는데, 그것은 다시 관목 숲으로 바뀌었고, 그 뒤로 시야가 넓게 멀리 펼쳐지면서 연두빛 언덕으로 나 있는 밝은 과일나무 가로수 길이 보였다.

이런 광경에 기뻐하면서 나는 몸을 눕혔고, 두려움에 찬 울음소리에 내 귀를 막고 있는 동안은, 이곳이 만족스러울 것이라고 생각했다. "왜냐하면 이곳은 고적하고 아름답기 때문이다. 이곳에 사는 일은 그다지 많은 용기를 필요로 하지 않을 것이다. 이곳에서도 여느 다른 곳에서와 마찬가지로 분명히 자신을 괴롭게 될 수도 있겠지만, 이때도 고상하게 행동하지 않아도 될 것이다. 그럴 필요가 없을 것이다. 왜냐하면 여기는 오직 산들과 큰 강이 있을 뿐이고, 아직 나는 그것들이 살아 있지 않다고 여길 만큼은 충분히 영리하기 때문이다. 그렇다. 내가 밤에 혼자서 오르막길 풀밭에서 넘어진다고 해도, 나는 산보다 더 고독해지지는 않을 것이다. 물론 내가 그것을 느낀다는 것을 제외한다면. 그러나 그 느낌 역시 곧 사라져버릴 거라고 생각한다."

그렇게 나는 나의 미래의 삶과 유희를 즐겼으며 끈기 있게 잊으려고 노력했다. 그때 나는 실눈을 뜨고 예사롭지 않게 상서로운 빛깔로 물들어 있는 저 하늘을 바라보았다. 나는 오랫동안 하늘을 그렇게 바라보지 못했었다. 나는 감동을 받았고, 하늘을 그렇게 바라볼 수 있다고 믿었던 그날들 하나하나를 떠올렸다. 나는 내 귀에서 양손을 떼어 팔을 넓게 벌려 풀밭으로 떨어뜨렸다.

나는 누군가 계속해서 소리 죽여 흐느끼는 소리를 들었다. 바람이 불어왔고, 내가 예전에는 본 적이 없는 아주 많은 마른 나무잎새들이 쏴쏴 소리를 내면서 날아올랐다. 과실나무에서는 덜 익은 열매들이 미친 듯이 땅바닥을 두들겨댔다. 산 뒤쪽으로부터 기분 나쁜 구름이 다가왔다. 강의 물결들은 소리치기 시작했고 바람을 피해 뒤로 물러섰다.

나는 급히 일어났다. 가슴이 아팠다. 왜냐하면 이제 내가 고통으로부터 빠져나온다는 것은 불가능한 것처럼 보였기 때문이다. 나는 이미 이 지역을 떠나서 나의 예전의 삶의 방식으로 돌아가기 위해 방향을 바꾸고자 했다. 그때 나에게 '우리가 살고 있는 시대에도 점잖은 사람들을 강 너머로 이토록 내몰고 있다니 정말 이상한 일이다. 그것에 관한 한은 그것이 오래된 관습이라는 것 이외에는 다른 아무런 방도가 없다'는 생각이 들었다. 나는 머리를 흔들었다. 괴이쩍다는 생각이 든 때문이었다.

3
뚱보

a
풍경에게 말을 걸다

다른 편 강기슭의 관목 숲으로부터 네 명의 벌거벗은 남자들이 힘차게 걸어나왔다. 그들은 어깨 위에 나무로 된 가마를 메고 있었다. 이 가마 위에는 동양인의 몸가짐을 한 어마어마하게 뚱뚱한 남자가 앉아 있었다. 그는 관목 숲을 뚫고 길이 닦이지 않은 곳으로 실려가고 있었지만, 가시 돋친 가지들을 양쪽으로 헤치지 않고, 그의 움직여지지 않는 몸뚱이를 그 가지에 그대로 부딪치며 지나갔다. 그의 주름진 살덩어리들은 매우 세심하게 펼쳐져 놓여 있어서, 가마 전체를 뒤덮고 노란빛이 도는 양탄자의 가장자리 장식처럼 옆면으로 흘러내려 매달려 있었지만, 그에게 전혀 방해가 되지 않았다. 그의 머리털 없는 두개골은 작고 노랗게 빛났다. 그의 얼굴은 생각에 잠겨 있으며 또한 그것을 숨기려고 애쓰지도 않는 사람의 우직한 표정을 짓고 있었다. 때때로 그는 눈을 감았다. 그가 다시 눈을 뜨자, 턱이 뒤틀렸다.

"풍경이 내 생각을 방해하는구나" 하고 그는 나직이 말했다. "그것은 마치 격노한 물살이 흘러내릴 때의 조교弔橋처럼 내 생각들을 흔들어놓는구나. 풍경은 아름답고, 그렇기에 바라봐주기를 원하는 게지."

"나는 눈을 감는다, 그리고 말한다. 너, 물을 향해 돌을 굴리는 강변의 푸른 산아, 그대는 아름답구나."

"그러나 산은 만족하지 않는다. 그것은 내 눈이 자기를 향해 열리기를 원한다."

"그러나 내가 눈을 감고 이렇게 말하면, '산이여, 나는 너를 사랑하지 않는다. 왜냐하면 너는 나에게 구름과 노을과 높아지는 하늘을 생각나게 하기 때문이며, 그것들이 나를 거의 울도록 만드는 이유는 우리가 작은 가마를 타고서는 도저히 그것들에게 도달할 수 없는 까닭이다. 그러나 음침한 산이여, 네가 나에게 이것을 보여주는 반면에 나의 원경을 가려버리는구나. 원경은 아름다운 전망 속에서 도달할 수 있는 것을 보여주어 내 마음을 기쁘게 해주는데도 말이다. 그렇기 때문에 나는 너를 사랑하지 않는다. 물가의 산이여, 그렇다. 나는 너를 사랑하지 않는다."

"그러나 이런 말은 그것에게는 내가 예전에 했던 말이나 마찬가지일 것이다. 내가 열린 눈을 가지고 말하지 않는다면 말이다. 그렇지 않고는 그것은 만족하지 않을 것이다."

"그러니 우리 두뇌 속의 골에 대해 변덕스런 편애를 가지고 있는 그것, 그것을 다만 똑바로 지키기 위해서, 우리가 그것을 우리와 친밀하게 유지할 필요는 없다. 그것은 자신의 톱니 모양의 그림자를 내 위로 내리깔 터이고, 그것은 말없이 끔찍스럽도록 황량한 벽들을 내 앞으로 내밀 터이고, 나의 가마꾼들은 길을 가다가 작은 돌에 걸려 넘어질 것이다."

"그러나 산만이 허황되고, 그렇게 주제넘고, 그렇게 복수심에 불타 있는 것만은 아니다. 모든 다른 것도 마찬가지이다. 그러므로 나는 눈을 동그랗게 뜨고 ― 오, 그들은 고통스럽겠지 ― 언제나 반복해야 한다."

"그렇다, 산이여, 너는 아름답다. 너의 서쪽 허리의 숲들이 나를 기쁘게 하는구나 ― 꽃이여, 너에게도 역시 나는 만족한다. 그리고 너의 분홍빛은 나의 영혼을 즐겁게 한다 ― 너 초원의 풀은 벌써 높이 자라 강해졌고 시원스럽구나 ― 그리고 너 진기한 덤불은 그렇게도 갑작스레 찔러대서, 우리의 사고가 비약할 정도구나 ― 하지만 나는 너 강을 너무도 좋아하여, 너의 굽이치는 물로써 나를 실어가도록 할 것이다."

그는 그의 체구 중 그래도 겸손해 보이는 잔등 밑으로 이런 칭찬을 큰 소리로 열 번 외친 후에, 자신의 머리를 떨구고는 눈을 감고 이렇게 말했다.

"그러나 이제 ― 나는 너희들에게 부탁한다 ― 산, 꽃, 풀, 덤불,

72

그리고 강이여, 나에게 숨을 쉴 수 있는 공간을 좀 다오."

　그때 주변의 산들이 신속하게 움직이기 시작하더니 짙은 안개 뒤에서 서로 충돌했다. 가로수 길들은 흔들리지 않고 길의 폭을 유지하고 있었지만, 때가 되자 그것들은 사라졌다. 왜냐하면 하늘의 태양 앞에는 가장자리에서 은은한 빛이 새어나오는 습기 찬 구름 한 조각이 있었는데, 땅은 그 그림자 속으로 깊숙이 가라앉았고, 그러는 동안 모든 사물들은 자신들의 아름다운 경계선을 잃어버렸기 때문이었다.

　가마꾼들의 발걸음 소리는 내가 있는 기슭에까지 들려왔지만, 나는 사각형의 그들의 어두운 얼굴에서 아무것도 자세하게 구별할 수 없었다. 나는 단지 그들이 머리를 옆으로 비스듬히 기울이고 있다는 것과 싣고 가는 짐이 보통이 아니어서, 그들이 등을 구부리고 있다는 것만을 알 수 있었다. 나는 그들이 걱정이 되었는데, 그들이 피로하다는 것을 알아챘기 때문이었다. 그래서 나는 긴장하여 바라보았다. 그들은 기슭의 풀밭으로 들어서서, 여전히 한결같은 걸음으로 젖은 모래밭을 걸어갔고, 마침내 진흙의 갈대밭 속으로 가라앉았다. 그때 뒤편의 두 가마꾼들은 가마를 수평 상태로 유지하기 위해 몸을 더욱 깊숙이 숙였다. 나는 양손을 맞잡고 꽉 눌렀다. 이제 그들은 걸음을 옮길 때마다 그들의 발을 높이 들어 올려야만 했기 때문에, 그들의 몸뚱이는 이 변하기 쉬운 오후의 서늘한 공기 속에서 땀으로 번들거리고 있었다.

　뚱보는 양손을 넓적다리 위에 올려놓은 채 조용히 앉아 있었는데, 갈대의 긴 끝이 앞에 가는 가마꾼들 뒤로 퉁겨 올라와서는 그를 가볍게 스쳤다.

　가마꾼들의 움직임은 그들이 물에 가까워질수록 더욱 불규칙하게 되었다. 때때로 가마는 마치 이미 파도 위에 놓여 있는 것처럼 흔들렸다. 갈대밭 속의 작은 웅덩이들은 건너뛰어야 하거나, 아마도 웅덩이가 깊기 때문인 것 같은데, 돌아가야 하기도 했다.

한 번은 야생오리들이 소리를 지르며 솟아오르더니 비스듬히 비구름 속으로 날아올랐다. 그때 나는 짧은 흥분 속에서 뚱보의 얼굴을 보았다. 그의 얼굴은 아주 불안해 보였다. 나는 일어서서, 나를 물로부터 떼어놓고 있는 돌로 된 산중턱을 서둘러 거침없이 뛰어넘었다. 나는 그 짓이 위험하다는 것에는 주의하지도 않고, 단지 뚱보의 하인들이 그를 더 이상 메고 갈 수 없다면 그를 도와야 한다는 생각밖에는 하지 않았다. 나는 생각 없이 달렸기 때문에, 저 아래 물가에서 멈추어 서지 못하고 물을 튀기며 물속으로 얼마만큼 뛰어들어가야만 했고, 물이 무릎까지 닿는 곳에 와서야 비로소 멈추어 섰다.

그러나 저편에서는 하인들이 몸을 심하게 움직이면서 가마를 물속으로 가져갔고, 그들은 거친 물위에서 한 손으로는 몸을 가누는 반면 털이 나 있는 네 개의 팔로는 가마를 높이 받치고 있어서, 이상하게 솟아오른 근육을 볼 수 있었다.

물은 처음에는 턱을 쳤고, 그러고 나서는 입까지 차올라서, 가마꾼들의 머리는 뒤로 젖혀졌으며 가마대는 어깨까지 떨어졌다. 그들이 아직 강의 중간에도 이르지 못했는데도 물은 이미 콧마루 주위에서 출렁거렸지만, 그들은 여전히 노력을 포기하지 않았다. 그때 낮은 파도가 앞선 이들의 머리 위로 덮쳤고, 네 명의 남자들은 말없이 물에 빠졌다. 그러면서 그들은 거친 손으로 가마를 자신들과 더불어 아래로 끌어당겼다. 물은 단숨에 잇달아 돌진해왔다.

그때 커다란 구름의 가장자리에서 저녁 햇살이 비스듬히 새어 나와, 지평선과 경계한 언덕과 산들을 아름답게 물들였는가 하면, 강과 구름 밑 지역은 희미한 빛 속에 잠겼다.

뚱보는 밀려오는 물 쪽을 향해 천천히 몸을 돌렸고, 마치 필요치 않게 되어 강속으로 내던져진 밝은 빛을 띤 목재 신상神像처럼 강 아래쪽으로 실려 내려갔다. 그는 비구름이 반사되고 있는 물위로 떠내려갔다. 기다란 구름들은 그를 끌어당겼고 그리고 굽은 작은 구름들은 그를 밀었기 때문에 대단한 격랑이 일 정도였고, 그 격랑을, 내 무릎을 때리는 물에서 그리고 강기슭의 돌에서 알아차릴 수 있을 정도였다.

나는 도중에 그 뚱보와 동반하기 위해서 급히 경사진 곳으로 다시금 기어올랐다. 왜냐하면 진정으로 나는 그를 사랑했기 때문이다. 그리고 아마 나는 겉으로는 안전해 보이지만 위험한 시골의 무언가를 경험할 수 있었을 것이다. 그래서 나는 모래지대로 갔다. 우선 그 협소한 모래지대에 익숙해야만 했다. 양손을 호주머니에 찌르고 얼굴을 강을 향해 직각으로 돌리고 있었기에 턱은 거의 어깨 위에 놓인 상태였다.

강기슭의 돌 위에는 온화한 제비들이 앉아 있었다.

뚱보가 말했다. "강기슭의 신사 양반, 저를 구할 생각은 마세요. 그것은 물과 바람의 복수입니다. 이제 나는 끝장입니다. 그래요, 복수이지요. 그 이유는 언제나 그래왔듯이 우리가 이 사물들을 공격해왔기 때문입니다. 나와 내 친구인 기도하는 자, 우리의 칼이 부딪쳐 소리가 날 때, 심벌즈가 번쩍거리는 가운데, 트럼펫들이 매우 화려하게 빛나는 가운데 팀파니가 도약하듯 비추는 가운데 말입니다."

날개를 활짝 편 한 마리의 작은 갈매기가 그의 배를 관통해 날아갔는데, 속도는 줄어들지 않았다.

뚱보는 계속해서 이야기했다.

b
기도자와 시작된 대화

그 무렵 나는 매일같이 한 성당에 다니고 있었다. 내가 사랑했던 소녀가 저녁이면 반 시간 가량 그곳에서 무릎을 꿇고 기도를 올렸는데, 그럴 때면 나는 그녀를 조용히 바라볼 수 있었던 것이다.

언젠가 그 소녀가 오지 않아 언짢은 기분으로 기도하는 사람들을 바라보고 있었는데, 한 젊은이가 특별히 눈에 들어왔다. 그는 깡마른 온 몸을 바닥 위에 던져놓은 채였다. 이따금씩 그는 온 힘을 머리에 모으고 한숨을 쉬면서 돌바닥 위에 놓인 자신의 손바닥 위에 머리를 조아리곤 했다.

성당 안엔 몇몇 나이든 여인들만 있었는데, 그녀들은 그 기도하는 젊은이 쪽을 바라보기 위해서 종종 천으로 감싼 작은 머리를 비스듬히 돌리곤 했다. 이런 관심에 그는 행복했던지 경건한 기도를 올리기 전에 바라보는 사람들이 많은지 어떤지를 꼭 살펴보곤 했다.

그것을 철면피 같다고 생각한 나는 그가 성당을 나설 때 말을 걸어 왜 그런 식으로 기도를 하는지 물어보기로 작정했다. 그렇다, 나는 소녀가 오지 않아 화가 나 있었던 것이다.

그러나 한 시간이 지나서야 비로소 일어난 그는 조심스럽게 성호를 긋고는 느닷없이 성수대가 있는 쪽으로 갔다. 나는 성수대와 문 사이의 길목에 서 있었으므로 그 일에 대한 어떤 해명 없이는 그가 통과할 수 없으리라는 것을 알고 있었다. 단호하게 말을 할 때면 사전 준비로서 늘상 그러하듯이 나는 입을 찌그러뜨렸다. 나는 오른쪽 다리를 앞으로 내밀어 그것에 몸을 의지했고, 반면에 왼쪽 다리로는 편하게 발돋움을 했다. 왜냐하면 그런 자세가 나에게 단호함을 주었기 때문이다.

그 남자가 성수를 얼굴에 뿌렸을 때, 이미 그는 나를 욕하고 있었을 수도 있다. 모르긴 해도 그는 나를 벌써부터 눈치채고 걱정했을 것이다. 왜냐하면 그가 예상치 않게 문 쪽으로 달려가 나가버렸기 때문이다. 유리문이 탁 닫혔다. 내가 즉시 그 문을 빠져나갔을 때는 그의 모습은 보이지 않았다. 거기엔 좁은 골목길이 여러 갈래 나 있었고 교통이 번잡했기 때문이었다.

그 이후로 그는 오지 않았으나 그 소녀는 왔다. 그녀는 검은 옷을 입었는데, 어깨 위에는 투명한 레이스가 달려 있었다 — 레이스 밑으로 반달 모양으로 파진 내의의 가장자리가 보였다 — 레이스의 아래쪽 가장자리로부터 잘 재단된 비단 칼라가 내려와 있었다. 소녀가 나타난 관계로 나는 그 젊은이를 잊어버렸고, 후에 그가 다시 규칙적으로 와서 자기 방식대로 기도를 드렸을 때도 나는 그에게 별 관심을 두지 않았다. 그러나 언제나 그는 얼굴을 돌린 채로 내 곁을 급히 서둘러 지나갔다. 하지만 문제는, 그는 언제나 움직이고 있었기 때문에, 나에게는 그가 일어서기만 해도 몰래 빠져나가려고 한다는 생각이 들었다는 것일 게다.

한 번은 늦어서 내 방에 있었다. 그럼에도 나는 또 성당에 갔다. 소녀가 그곳에 없었기에 나는 집으로 돌아갈 생각이었다. 그때 그 젊은이가 그곳에 다시 엎드려 있는 것이 보였다. 옛날 일이 떠올라 호기심이 발동했다.

나는 발뒤꿈치를 들고 문이 있는 통로로 미끄러지듯 달려가서, 거기에 앉아 있던 눈먼 거지에게 동전 한 닢을 건네주고 그의 옆자리에 앉아 열린 문짝 뒤에 몸을 바짝 붙였다. 거기에서 나는 한 시간 동안 앉아 있었는데, 아마 표정이 교활해 보였을 것이다. 나는 그곳이 기분좋게 느껴졌고 종종 여기에 와야겠다고 결심했다. 그러나 두 시간째가 되자 그 기도자 때문에 여기에 이렇게 앉아 있다는 것은 어리석은 짓이라고 생각되었다. 그럼에도 세 시간째 앉아 있을 때는 어찌나 화가 나는지 옷 위로 기어오르는 거미들을 그냥 내버려둘 정도였다. 이때 마지막 남아 있던 사람들이 숨을 크게 쉬면서 성당의 어둠을 빠져나갔다.

바로 그때 그도 역시 나왔다. 그는 사람들이 나서기도 전에 조심스럽게 걸었는데 발뒤꿈치를 든 채로 가볍게 땅바닥을 내딛었다.

나는 일어서서 성큼 다가가 그 젊은이의 옷깃을 붙잡았다. "안녕하시오"라고 말하고는 그의 옷깃을 붙잡고 그를 계단 밑 밝은 곳으로 밀어부쳤다.

아래로 내려오자, 그는 아주 불확실한 목소리로 이렇게 말했다. "안녕하세요, 친애하는 선생님. 최고의 충복인 저에게 화내지 마십시오."

"그래요" 나는 말했다. "몇 마디 물어볼 게 있어요. 앞서는 잘도 빠져나갔지만 오늘은 좀 힘들걸요."

"선생님, 당신은 동정심이 있는 분이군요. 그러니 절 집으로 가게 해주시겠지요. 전 유감스럽습니다. 진실이에요."

"아닙니다." 나는 지나가는 전차의 소음 때문에 소리를 질렀다. "당신은 나에게서 빠져나가지 못해요. 바로 그런 이야기들이 내 마음에 드는데요. 당신은 굴러온 복이에요. 저는 기쁘답니다."

그러자 그가 말했다. "아니, 이럴 수가. 당신은 소문대로 강심장에다 목석 같은 머리를 지녔군요. 절 굴러온 복이라 부르다니, 정말 행복하시겠군요! 저의 불행은 흔들리는 불행입니다. 얇은 뾰족한 끝에 매달려 흔들리는 불행이지요. 그래, 그걸 건드리기만 하면, 심문자에게 떨어지거든요. 그러니 안녕히 계십시오."

"좋아요." 나는 이렇게 말하고는 그의 오른손을 꽉 잡았다. "당신이 대답하지 않는다면, 여기 골목길에다 대고 소리소리 지를 겁니다. 그렇게 되면 지금 일을 마치고 나오는 모든 소녀들과 그녀들과 동행할 것을 기대하며 즐거워하는 애인들이 달려오겠지요. 그들은 합승마차의 말이 넘어졌거나 아니면 그와 유사한 일이라도 일어난 것으로 생각하겠지요. 그러면 나는 당신을 그들에게 보여줄 겁니다."

그러자 그는 울면서 교대로 나의 양손에 키스를 했다. "당신이 알고 싶어하는 것을 다 말할 테니 제발 저 건너편 옆 골목으로 가는 편이 낫겠습니다." 나는 머리를 끄덕였고 우리는 그리로 갔다.

그러나 그는 드문드문 노란 가로등이 서 있는 골목길의 어둠이 불만이었는지 나를 어떤 낡은 집의 낮은 복도 안의 작은 전등 밑으로 데리고 갔는데, 그 전등은 목재 계단 앞에 떨어질 듯이 대롱대롱 매달려 있었다.

거기에서 그는 점잔을 빼며 손수건을 꺼내어 계단 위에 펼쳐 놓으면서 말했다. "어서 앉으세요. 친애하는 선생님. 이제 더 잘 물어보실 수 있을 겁니다. 저는 서 있겠어요. 그러면 대답을 더 잘할 수 있습니다. 하지만 저를 괴롭히지는 말아주십시오."

그래서 나는 앉아서 눈을 가늘게 뜨고 그를 올려다보면서 이렇게 말했다. "당신은 희한한 정신병자요. 그게 당신이란 말이요. 성당에서 당신이 어떻게 행동하는지 알아요! 그게 얼마나 가소로운지 그리고 보는 이들을 얼마나 불쾌하게 만드는지! 사람들이 당신을 주목해야 한다면 어떻게 기도에 몰두할 수 있겠소."

그는 몸을 담벼락에 꼭 붙이고 있었는데, 머리만을 공중에서 자유롭게 움직였다. "화내지 마세요 — 선생님은 왜 자신에게 속하지 않은 일로 화를 내셔야 합니까. 제가 자연스럽지 못하게 행동할 때면, 제 자신도 화가 납니다. 그러나 다른 사람이 잘못된 행동을 하면, 저는 기쁩니다. 그러니까 다른 사람들에게 보여지는 것이 저의 기도의 목적이라고 말씀드리더라도 화를 내지는 마십시오."

"무슨 말을 하고 있는 겁니까" 하고 나는 그 낮은 통로에 비해 너무 크게 소리쳤다. 그러나 나는 곧 목소리가 약해질까봐 걱정이 되었다. "정말이지, 무슨 말을 하는 거요. 그래, 잘 알겠소. 당신이 어떤 상태에 있는지. 당신을 처음 봤을 때부터 정말 알고 있었소. 나도 경험이 있거든요. 그게 단단한 땅 위에서 느끼는 뱃멀미 같은 거라고 내가 말한다고 농담으로 듣지 마시오. 그건 당신이 사물들의 진정한 이름을 잊어버려서 이제 급히 우연한 이름들을 그것들에게 마구 쏟아붓고 있는 상태요. 오로지 빨리, 오로지 빨리! 그러나 당신이 그것들로부터 도망치는 대로 당신은 다시 그것들의 이름을 잊어버리지요. 당신이 '바벨탑'이라고 칭했던 들판의 포플러나무는 — 왜냐하면 당신은 그것이 포플러나무인 줄 몰랐거나 알고 싶지 않았기 때문인데 — 다시 이름 없이 흔들거리지요. 그러면 당신은 그것을 '술 취한 노아'라고 틀림없이 명명할 것이오."

그가 "제가 당신이 한 말을 이해하지 못해서 기쁩니다"라고 말했으므로 나는 약간 당황했다.

나는 흥분해서 급히 말했다. "당신은 그것을 기뻐함으로써 당신 자신이 그것을 이해했다는 것을 보여주고 있는 거요."

"물론 저는 그것을 보여드렸습니다. 인자하신 선생님. 하지만 선생님 역시 이상하게 말씀하셨지요."

나는 두 손을 위쪽 계단 위에 놓고는 뒤로 기대어 섰다. 그리고 레슬링 선수의 최후의 방어 방법인 거의 비공격적인 자세로 물었다. "당신은 자신의 상태를 다른 사람들에게서 미리 정함으로써 자신을 구제하려는 재미있는 기질을 가지고 있군요."

그러자 그는 용감해졌다. 그는 몸으로도 자신의 의사를 드러내기 위해 팔짱을 끼고는 가볍게 반대의 뜻을 표했다. "아닙니다. 저는 모든 사람들을 상대로 그렇게 하지는 않습니다. 예를 들어 당신을 상대로 그렇게 하지는 않습니다. 왜냐하면 저는 그럴 줄 모르니까요. 그렇지만 제가 그렇게 할 수 있다면, 저는 기쁠 거예요. 그렇게 되면 저는 성당 안 사람들의 주목이 더 이상 필요치 않게 될 테니까요. 제가 왜 그걸 필요로 하는지 아십니까?"

이 질문은 나를 당황하게 만들었다. 물론 나는 그것을 몰랐고, 알고 싶지도 않았다고 생각했다. "나는 정말이지 여기에 오고 싶지 않았어" 하고 그때 나는 혼잣말을 했다. 그러나 그는 자기 말에 귀기울여 듣도록 강요했다. 그래서 나는 이제 내가 그 이유를 몰랐다는 것을 알리기 위해, 오직 내 머리를 흔들기만 하면 되었다. 그러나 나는 조금도 머리를 움직일 수가 없었다.

내 맞은편에 서 있던 그는 미소를 지었다. 그러더니 무릎을 굽히고 앉아 졸린 듯이 얼굴을 찡그리며 이야기했다. "제가 스스로 인생을 납득했던 때는 결코 없었습니다. 그러니까 저는 제 주위의 사물들을 오직 너무나 나약한 생각 속에서 이해하기 때문에, 언제나 그 사물들이 한때는 살아 있었지만 이제는 퇴락하고 있는 거라고 믿고 있습니다. 친애하는 선생님, 저는 언제나 사물들이 저에게 모습을 드러내기 전에 존재하리라 생각되는 그 상태에서 그것들을 바라보고 싶은 고통스러운 충동을 갖는답니다. 그때 그것들은 아마 아름답고 조용할 겁니다. 틀림없이 그럴 거예요. 저는 종종 사람들이 사물들에 대해 그런 식으로 이야기하는 것을 듣고 있으니까요."

그때 나는 침묵을 지켰는데, 다만 본의 아니게 얼굴을 씰룩거려서 내가 불쾌하다는 것을 드러냈기 때문에, 그가 물었다. "사람들이 그렇게 말한다는 것을 믿지 않으십니까?"

나는 고개를 끄덕거려야 한다고 생각했지만, 그렇게 할 수 없었다.

"정말로 그것을 믿지 않으시나요? 아아, 한번 들어보세요. 제가 어린아이였을 때 낮잠을 잠깐 자고 나서 눈을 떴지요. 그때 나는 잠에 아직 완전히 취한 상태에서 어머니가 발코니에서 자연스러운 목소리로 아래를 향해 이렇게 묻는 소리를 들었습니다. '이봐요, 뭘 하세요? 날씨가 이렇게 더운데' 하구요. 어떤 부인이 뜰에서 '풀밭에서 간식을 들고 있어요'라고 대답했습니다. 그들은 전혀 생각지도 않고, 또 각자가 그것을 기대하고 있었던 듯이 대수롭지 않게 그런 말을 했어요."

나는 내가 질문을 받은 거라고 생각했다. 그래서 나는 바지 뒷주머니에 손을 집어넣고 거기서 무엇을 찾는 체했다. 그러나 나는 아무것도 찾지 못했다. 다만 대화에 관심을 표시하기 위해 나의 모양새를 바꾸려고 했을 뿐이었다. 그러면서 나는 그런 일은 정말 이상스럽고, 전혀 이해하지 못한다고 말했다. 나는 그것이 진실이라고 믿지 않으며, 그것은 내가 지금 알아챌 수 없는 어떤 특별한 목적 때문에 지어낸 이야기임이 틀림없을 거라고 덧붙였다. 그러고서 나는 눈을 감았다. 눈이 아팠기 때문이었다.

"오, 선생님께서 저와 같은 의견이시라니. 그거 정말 잘됐군요. 그리고 그것을 저에게 말씀하시려고 저를 불러 세우신 건 이기심 때문만은 아니었군요.

제가 똑바로 걷지 못해서 걷는 게 힘이 들고, 지팡이로 돌이 깔린 보도를 두드리지 않으며, 시끄럽게 떠들고 지나가는 사람들의 옷을 스치지 않는 것을 왜 부끄러워해야 되는 겁니까 — 혹은 우리가 왜 부끄러워해야 합니까 — 그렇지 않습니까. 각이 진 어깨를 지닌 저의 그림자가, 가끔은 진열장 유리 속으로 사라지기는 하지만, 집들을 따라 껑충껑충 뛰어가고 있다는 것을 오히려 당연히 대담하게 호소해도 되는 것 아닙니까.

제가 보내고 있는 세월은 어떤 나날들일까요! 어째서 모든 것이 그렇게 잘못 지어져서, 겉으로는 그 이유를 발견할 수 없는데도 이따금씩 고층건물들이 내려앉는지요. 그러면 저는 폐허 더미 위로 기어올라가서 만나는 사람마다 이렇게 물어봅니다. '어떻게 이런 일이 일어날 수 있는지요! 우리 도시에서 — 새집이 말입니다 — 그것도 오늘로 벌써 다섯번째입니다. — 생각 좀 해보세요.' 그때 아무도 나에게 대답해주지 못했습니다.

가끔 사람들이 골목에 쓰러져 죽은 채로 누워 있습니다. 그러면 상인들은 물건들로 가려진 문을 열고 유연하게 다가가서는 그 죽은 자를 어떤 집 안으로 옮겨놓고는 입과 눈 주위에 미소를 짓고 나오면서 말을 합니다. '안녕하세요? — 하늘이 흐리군요 — 저는 두건을 많이 팔고 있답니다 — 그렇습니다. 전쟁이지요.' 저는 집 안으로 껑충껑충 뛰어 들어갑니다. 그리고 굽은 손가락이 달린 손을 두려운 듯 여러 번 들어올린 후에, 마침내 건물 관리인 집의 작은 창문을 두드립니다. '친애하는 분이여' 하고 저는 다정하게 말합니다. '죽은 사람이 댁으로 옮겨져 왔지요. 그를 저에게 보여주십시오. 부탁드립니다.' 그가 마치 결심이나 한 듯이 고개를 흔들면, 저는 분명하게 말합니다. '친애하는 분이여, 저는 비밀 경찰입니다. 어서 그 죽은 자를 저에게 보여주십시오.' '죽은 사람이라고요?'라고 이제 그는 묻고는 매우 불쾌해합니다. '아니오, 여기는 죽은 사람이 없습니다. 여기는 품위 있는 집안입니다.' 저는 인사를 하고 나옵니다.

그렇지만 큰 광장을 가로질러가야 한다면, 저는 모든 것을 잊어버립니다. 이런 일을 해야 하는 어려움이 나를 혼란스럽게 합니다. 그래서 가끔 저는 혼자 생각해봅니다. '만약 사람들이 오직 오만에서 그렇게 큰 광장들을 짓는 것이라면, 왜 그 광장을 가로질러 통하는 돌난간은 세우지 않는 것일까. 오늘은 남서풍이 분다. 광장의 공기는 들떠 있다. 시청 탑 꼭대기의 풍량계는 작은 원을 그리고 있다. 왜 사람들은 궁지에 빠져 있을 때 조용히 있지 못할까? 이게 도대체 웬 소음이란 말인가! 모든 유리창이 소리를 내고, 가로등의 기둥들이 대나무처럼 휘어진다. 기둥 위의 성모 마리아의 겉옷이 휘감기고, 사나운 바람이 그 옷을 잡아챈다. 도대체 아무도 이것을 보지 않는단 말인가? 돌 위를 걸어가야 할 신사 숙녀들이 부유한다. 바람이 한숨 돌리면, 그들은 멈추어 서서 서로 몇 마디 말을 주고받으며 머리를 숙여 인사한다. 그러나 바람이 다시 몰아치면, 그들은 버틸 수가 없어 모두가 동시에 발을 들어올린다. 그들은 모자를 꼭 거머쥐고 있지만, 그들의 눈은 온화한 날씨인 양 즐거이 바라본다. 오직 나만이 두려워 할 뿐이다.'"

앞서처럼 나는 기분이 뒤틀려서 이렇게 말했다. "당신이 앞서 뜰에서 당신 어머님과 부인이 말을 나눈 것에 대해서 들려주었던 이야기를 나는 전혀 이상하다고 생각지 않소. 나는 그런 식의 이야기를 많이 듣고 경험했을 뿐만 아니라, 많은 경우 함께 참여하기까지 했소. 그런 일은 정말 자연스러운 것이오. 내가 발코니 위에 있었더라면, 그와 똑같이 말하지 않았으리라고 생각하시오? 또 뜰에서도 그와 똑같이 응답하지 않았으리란 말이오? 그건 아주 간단한 사건인데요."

내가 그렇게 말하자, 그는 매우 행복한 듯 보였다. 그는 내가 맵시 있게 옷을 입고 있으며 또한 내 넥타이가 마음에 든다고 말했다. 그리고 내가 얼마나 고운 피부를 지녔는지도. 고백이란 그것을 취소할 때 가장 솔직한 것인지도 모른다.

c
기도자의 이야기

그러자 그는 내 곁에 앉았다. 나는 부끄러움을 느꼈기 때문에, 머리를 옆으로 숙인 채 그에게 자리를 내주었다. 그럼에도 나는 그가 분명히 당황해하며 앉아 있으며 언제나 나로부터 어느 정도 거리를 유지하려 애쓰면서 억지로 이렇게 말하는 것을 놓치지 않았다.

"이런 날을 보내게 되다니!"

어제 저녁에 나는 한 사교 모임에 참석했다. 가스 불빛 속에서 나는 막 한 소녀에게 인사를 하고는 이렇게 말했다.

"겨울이 벌써 문턱에 와 있다니 정말 기쁘군요." — 이런 말을 하면서 몸을 굽혔을 때 나는 나의 오른쪽 위 넓적다리의 관절이 겹질려서 몸의 상태가 좋지 않음을 느꼈다. 무릎뼈 역시 약간 늘어졌다.

그래서 나는 자리에 앉아 말을 계속했다. "겨울은 힘이 훨씬 덜 들기 때문에, 사람들은 보다 가볍게 행동할 수 있고, 자신의 말에 그렇게 신경을 쓸 필요가 없지요. 그렇지 않아요, 아가씨! 이 일을 내가 제대로 이해하고 있길 바래요." 그러면서 나는 오른쪽 발 때문에 화가 났다. 그것은 처음에는 완전히 부서지는 것 같은 느낌이었다가, 점차 다리를 오므리고 적당히 위치를 바꿈으로써 비로소 거의 정상으로 돌아올 수 있었다.

그때 나는 소녀가 동감하는 뜻으로 자리에 앉아 조용히 말하는 소리를 들었다. "아니에요, 당신은 전혀 제 마음에 들지 않아요. 왜냐하면 —"

"기다려요." 나는 만족하고도 기대에 가득 차 이렇게 말했다. "아가씨, 당신은 저와 이야기하는 데 단 오 분도 걸리지 않을 겁니다. 말하는 사이에 드세요. 부탁입니다."

나는 팔을 뻗어 청동으로 만든, 날개 달린 소년에 의해 떠받쳐진 그릇에서 알이 촘촘히 달린 포도송이를 집어서 잠시 공중에 들고 있다가 푸른 테를 두른 작은 접시 위에 놓고는 그것을 소녀에게 맵시 있게 내밀었다.

"당신은 제 마음에 전혀 들지 않아요. 당신이 말씀하시는 모든 것이 권태롭고 이해할 수가 없어요. 그래서 아직은 진실되지 못해요. 말하자면 선생님 — 어째서 당신은 저를 항상 아가씨라고 부르는지 모르겠어요 — 제 생각에 당신은 진실이 너무 부담스럽기 때문에, 단지 그 이유만으로 진실을 멀리하려는 거예요."

정말, 그땐 얼마나 유쾌했는지! "그래요, 아가씨, 아가씨." 나는 거의 이렇게 외쳤다. "당신이 옳아요! 사랑스런 아가씨, 이해하시겠어요. 그것을 겨냥한 것도 아닌데 그렇게 이해하다니, 그거야말로 신나는 거지요."

"진실은 당신에게는 정말 너무 버거운 것이군요. 당신이 그렇게 보이기 때문이지요! 당신은 당신의 전체 길이대로 비단종이로 오려 낸 거예요. 노란 비단종이로 말입니다. 실루엣처럼 말입니다. 그래서 당신이 걸어가면 틀림없이 와삭거리는 소리가 들릴 거예요. 그러니 당신의 태도나 혹은 의견에 대해 격분하는 것도 역시 옳지 않습니다. 왜냐하면 당신은 바로 방 안의 기류에 따라 변화해야 하기 때문입니다."

"이해하지 못하겠군요. 여기 방 안 주위에는 물론 몇 사람이 있습니다. 그들은 의자 등받이 주위에 팔을 휘감거나, 피아노에 기대거나, 머뭇거리며 잔을 입에 가져가거나, 두려운 듯 옆방으로 가나 그러고는 어둠 속에서 상자에 어깨를 부딪쳐 상처를 입은 후에는 숨을 몰아쉬며 열린 창가에 기대어 이런 생각에 잠기지요. '저게 저녁별 금성이구나. 하지만 나는 이 사교 모임에 있다. 나는 그것이 어떤 관계를 갖고 있다고 해도 이해하지 못한다. 하지만 어떤 관계가 있는지조차도 난 전혀 알 길이 없다.' — 여보세요, 사랑스런 아가씨, 사교 모임 자체가 애매모호해서 그렇게 결단을 내리지 못하고, 정말 우스꽝스러운 태도를 취하고 있는 이 모든 사람들 중에서도 오로지 나만이 나에 관해 아주 분명한 것을 들을 만한 가치가 있는 것 같군요. 사교 모임 역시 유쾌함으로 가득 차 있도록 하기 위해서 당신은 기지가 넘치는 말을 함으로써, 내부가 완전히 타버린 집에서도 중요 부분인 담벼락만은 남게 되듯이, 무엇인가 뚜렷이 남도록 해주고 있습니다. 이제 시야는 거의 방해를 받지 않게 되어, 낮에는 커다란 창구멍을 통해 하늘에 떠 있는 구름을, 밤에는 별들을 볼 수 있습니다. 그러나 아직도 구름들은 이따금씩 잿빛 바위들에 의해 갈라지고, 별들은 이상스러운 형상들을 만들어내고 있지요 — 살고자 하는 사람들은 모두가 — 당신이 말했듯이 — 노란 비단종이의 실루엣 모양으로 재단되어 있는 나처럼 언젠가는 그렇게 보이리라는 것에 대해 감사를 토로하면 어떨까요? 그들이 걸어가면, 주름들이 부딪쳐 나는 소리가 들릴 거예요. 그들은 지금과 다르지 않을 거예요. 그러나 그들은 그렇게 보일 거예요. 당신까지도, 사랑스런 —"

그때 나는 소녀가 더 이상 내 곁에 앉아 있지 않다는 것을 알아차렸다. 그녀는 마지막 말을 하고 곧 가버린 모양이었다. 왜냐하면 그녀는 이제 나에게서 멀리 떨어진 창가에 서서 높고 하얀 칼라를 달고서 큰 소리로 웃으며 이야기하는 세 명의 젊은 남자들에 둘러싸여 있었기 때문이다.

그런 다음 나는 즐겁게 한 잔의 포도주를 마시고는 아주 외톨이가 되어 머리를 끄덕이며 슬픈 작품을 연주하고 있는 피아노 연주자에게 갔다. 선율이 흐르는 가운데 나는 그가 놀라지 않도록 그의 귀 가까이 몸을 구부려 나직이 말했다.

"존경하는 선생님, 제가 피아노를 좀 쳐도 되겠습니까, 지금 막 행복해지려는 참이니까요."

그가 내 말에 귀를 기울이지 않았기 때문에, 나는 잠시동안 당황해서 있다가, 부끄러움을 무릅쓰고 이 손님 저 손님에게 가서는 말이 나온 김에 이렇게 말했다. "오늘 제가 피아노를 쳐보겠습니다. 괜찮겠죠."

모든 사람들은 내가 피아노를 칠 줄 모른다는 것을 알고 있는 듯했다. 하지만 그들은 대화가 중단된 것을 유쾌하게 생각해서인지 친절하게 큰 소리로 웃었다. 그러나 내가 아주 큰 소리로 피아노 연주자에게 "존경하는 선생님, 제가 피아노를 좀 쳐도 되겠습니까. 실은 지금 막 행복해지려는 참이거든요. 승리에 대한 문제거든요"라고 말했을 때에야 그들은 완전히 주의를 기울였다.

피아노 연주자는 연주를 중단하기는 했으나 자신의 갈색 의자를 떠나지 않은 채 나를 이해할 수 없다는 표정을 짓고 있었다. 그는 한숨을 내쉬고 긴 손가락으로 얼굴을 가렸다.

이미 나는 어느 정도 연민을 느껴 여주인이 한 무리의 사람들을 데리고 왔을 때 그가 다시금 연주하도록 북돋아주려고 했다.

"그거 재미있는 착상이군요." 마치 내가 이상스러운 짓을 시도하기나 하는 듯이, 그들은 큰 소리로 웃으며 말했다.

그 소녀도 거기에 합류해서 나를 업신여기듯이 쳐다보며 이렇게 말했다. "사모님, 제발 그에게 피아노를 좀 치게 해주세요. 어쨌든 그는 사람들을 즐겁게 해주고 싶은가봐요. 그건 칭찬할 만한 일이지요. 제발, 사모님."

모두들 크게 기뻐했다. 왜냐하면 분명 그들 역시 나와 똑같이 그것이 반어적인 말이라고 생각하고 있었기 때문이다. 오직 피아노

연주자만이 말이 없었다. 그는 머리를 수그리고 자기 왼손 집게손
가락으로 마치 모래 위에 그림을 그리듯 의자 나무를 쓰다듬었다.
나는 몸을 부르르 떨면서 그것을 감추기 위해서 나의 양손을 바지
주머니에 찔러넣었다. 나는 역시 더 이상 분명하게 말할 수 없었다.
왜냐하면 온통 울음이 터져 나오려고 했기 때문이었다. 그래서 나
는 울고 싶다는 내 생각이 그 청중들에게 우스꽝스럽게 들리도록
말들을 선택하지 않으면 안 될 정도였다.

　"사모님, 지금 전 피아노를 치지 않으면 안 되겠어요, 왜냐하면
—" 하고 내가 말했다. 나는 그 이유를 잊어버렸기 때문에 생각지
도 않게 피아노 곁에 앉았다. 그때 나는 다시 내 상황을 이해했다.
피아노 연주자가 일어서더니 상냥하게 의자 위로 넘어갔다. 내가
그의 길을 막고 있었기 때문이었다. "불을 좀 꺼주십시오. 전 어둠
속에서만 칠 수 있습니다." 나는 일어섰다.

　그때 두 신사가 걸상을 잡고는 나를 피아노로부터 멀리 떨어진 식
탁으로 옮겼다. 휘파람으로 노래를 부르며, 나를 약간씩 흔들면서.

　모두가 환호하는 듯이 보였다. 이때 그 소녀가 이렇게 말했다.
"보세요, 사모님, 그가 아주 맵시 있게 피아노를 치지 않았어요. 전
알고 있었어요. 그런데도 사모님께서는 염려하셨지요."

　나는 사태를 파악하고 멋지게 머리를 숙여 감사의 표시를 했다.

　누군가 내게 레몬 주스를 부어주었고 붉은 입술을 한 한 처녀가
내가 마시는 잔을 잡았다. 여주인은 나에게 은접시에 거품 모양의
구운 과자를 주었고, 새하얗게 옷을 입은 한 소녀는 그 과자를 내 입
안에 넣어주었다. 숱이 많은 금발머리를 한 풍만한 한 처녀는 내 머
리 위로 포도송이를 들고 있어서 나는 그것을 뜯어먹기만 하면 되었
다. 그러는 동안 그녀는 피하는 내 눈을 빤히 들여다보고 있었다.

　모두가 그렇게 나에게 잘 대해주었으므로, 내가 다시 피아노가

있는 곳으로 가려 하자 그들이 하나같이 나를 저지하는 데 대해 사뭇 놀랐다.

"이젠 됐어요." 내가 지금까지 그가 있었는지 알아차리지 못했던 주인 남자가 말했다. 그는 밖으로 나갔다가 곧 거대한 실린더 모자와 꽃으로 장식된 적갈색 오버코트를 가지고 돌아와서는 "당신 것입니다"라고 말했다.

내 물건들은 아니었으나 그에게 다시 한번 확인하는 수고를 끼칠 마음은 없었다. 주인 남자가 직접 나에게 오버코트를 입혀주었는데 내 가느다란 몸에 착 달라붙듯 아주 잘 맞았다. 선한 얼굴을 한 한 숙녀가 점차 몸을 굽히며 코트의 길이를 따라 단추를 잠그며 내려갔다.

"그럼 잘 가세요. 그리고 곧 다시 들르세요. 당신은 언제나 환영이에요. 당신도 아시죠" 하고 여주인이 말했다. 그러자 꼭 그럴 필요가 있다는 듯이 모든 사람들이 인사를 했다. 나도 역시 인사를 하려 했으나 상의가 너무 꽉 조였다. 그래서 모자를 들고는 아주 서툰 모양으로 문을 나섰다.

내가 총총걸음으로 집 문을 나섰을 때, 달과 별 그리고 거대한 창공을 지닌 하늘과 그리고 시청과 마리아 입상과 성당이 있는 원형 광장이 나를 갑자기 덮쳐왔다.

나는 조용히 그늘로부터 달빛이 비추는 곳으로 나와 오버코트의 단추를 끄르고는 몸을 따뜻하게 했다. 그러고는 양손을 들어 밤의 윙윙대는 소리를 잠재운 다음 곰곰이 생각하기 시작했다.

"너희들이 마치 실제로 존재하는 체하다니. 어떻게 된 거지. 너희들은 녹색 보도 위에 우스꽝스레 서 있는 내가 비현실적으로 존재하고 있다는 것을 나에게 믿게 하려는 생각이었는가. 하지만 그대 하늘이여, 네가 실지로 존재했던 것은 이미 오래전 일이다. 그리고 너 원형 광장 역시 실지 한 번도 존재한 적이 없었다."

"그건 물론 사실이야, 너희들은 여전히 나보다 우월하지. 하지만 내가 너희들을 가만히 놓아둘 때뿐이란다."

"달아, 다행히도 너는 더 이상 달이 아니구나. 하지만 달이라고 명명된 너를 여전히 달이라고 부르는 것은 내가 무관심한 탓인지도 모른다. 내가 널 '이상한 빛깔의 잊혀져버린 종이 초롱'이라 부르면, 너는 어째서 더 이상 거만을 떨지 못하는 건가. 그리고 내가 널 '마리아 입상'이라 부르면, 너는 어째서 거의 움츠러들다시피하는 거지. 마리아 입상아, 내가 널 '노란 빛을 던지는 달'이라고 부르면, 위협적인 너의 모습을 더는 볼 수가 없구나."

"너희들에 대해 곰곰이 생각하는 것은 너희들에게 이롭지 못하다는 것이 사실인 모양이구나. 용기도 건강도 쇠퇴하는 것을 보니 말이야."

"세상에, 곰곰이 생각하는 사람이 술주정꾼에게서 배운다면, 정말 굉장히 유익할 것이다."

"왜 모든 게 조용해진 거지. 바람이 더 이상 불지 않는 것 같군. 그리고 가끔 작은 바퀴를 달고 있는 듯 광장 위를 굴러다니던 작은 집들도 아주 단단히 붙어 있는데―조용―조용―보통때는 작은 집들과 땅을 구별해주던 검은 선이 전혀 보이지 않는군."

그래서 나는 달리기 시작했다. 나는 아무 방해를 받지 않고 그 큰 광장 주위를 빙 둘러 세 번 뛰었다. 그리고 술주정꾼을 만나지 못했으므로, 나는 속도를 줄이지도 않고 또 힘들다고 느끼지도 않으며 카알 거리를 향해 달렸다. 내 그림자는 내 옆에서 마치 벽과 길바닥 사이의 오목하게 파인 길을 가듯이 나보다 작은 모습으로 벽에 붙어서 달렸다.

내가 소방서를 지나가고 있을 때 작은 원형 광장에서 소음이 들려왔다. 그리고 그곳으로 접어들자 분수의 격자 울타리에 기대어 서 있는 술주정꾼이 보였다. 그는 양팔을 수평으로 들고는 나무 슬리퍼를 신은 두 발을 쿵쿵 굴렀다.

나는 우선 숨을 돌리기 위해서 멈추어 섰다. 그러고 나서 그에게 다가가 실크 모자를 벗고 나를 소개했다.

"안녕하십니까, 상냥하신 귀하신 분이시여. 저는 스물세 살이지만 아직 이름이 없습니다. 그렇지만 당신은 분명히 이 대도시 파리 태생으로 놀랄 만한, 정말 노래처럼 리드미컬한 이름을 가지고 있겠지요. 프랑스의 매끄러운 궁정의 아주 부자연스러운 냄새가 당신을 둘러싸고 있군요."

"분명 당신은 높고 밝은 테라스에서 꽉 끼는 코르셋을 입고 빈정대듯이 뒤돌아보면서 서 있는 저 위대하신 숙녀님들을 묘한 눈으로 보셨겠지요. 계단 위에 펼쳐진 그녀들의 아름다운 긴 옷자락 끝이 아직 정원 모래 위에 놓여 있고요 — 여기저기 늘어선 긴 장대 위로 대담하게 재단한 잿빛 평상복과 하얀 바지를 입은 하인들이 다리로 장대를 끼고, 하지만 상체는 가끔 뒤로 옆으로 젖히면서 기어오르지요. 그들은 두꺼운 밧줄에 매인 거대한 잿빛 아마포 천들을 땅으로부터 끌어올려 공중에 팽팽하게 펴야 하는데, 그 이유는 위대하신 숙녀님들께서 안개 낀 아침을 원했기 때문이었지요."

그가 트림을 했기 때문에 나는 거의 놀라서 이렇게 말했다. "정말 당신께서 우리의 파리, 저 폭풍우 치는 파리에서 왔다는 신사분이란 게 사실인가요? 아니, 이 미친 듯 우박이 때리는 날씨를 뚫고 말입니까?"

그가 다시 트림을 했기 때문에 나는 당황해서 이렇게 말했다. "그것이 저에게 대단한 영광을 가져온 걸로 알고 있지요."

그리고 나는 손가락을 빨리 놀려 오버코트의 단추를 채우고 나서 성급하게 그리고 부끄러워하며 말했다.

"당신이 내게 대답할 가치가 없다고 생각한다는 걸 알고 있어요. 하지만 제가 오늘 당신에게 질문하지 않는다면, 저는 울며 인생을 보내야 할 겁니다."

"바라건대 멋쟁이 신사 양반, 사람들이 저에게 해주었던 얘기가 사실인지요? 파리엔 멋지게 치장한 사람들만 있나요? 거기엔 현관만 있는 집들이 있나요? 그리고 도시 위의 여름날 하늘은 물 흐르듯 푸르고, 뭉쳐진 하얀 작은 구름들로 아름답게 장식되어 있으며, 그 구름들이 모두 하트 모양이라는 게 사실인가요? 그리고 거기엔 늘 대성황을 이루는 진기품 전시실이 있다고요? 그곳에는 가장 유명한 영웅들, 범죄자들과 연인들의 작은 이름표들이 달린 나무들만 서 있다면서요."

"그리고 이런 소식도 있지요! 이 틀림없이 거짓된 소식 말입니다!"

"파리의 거리들은 갑자기 둘로 갈라진다는데 사실인가요? 거리들이 불안하다는데 사실인가요? 언제나 모든 게 제대로이지 않다는데, 어찌 그럴 수가 있을까요! 사고가 한 번 나면, 사람들은 길바닥에 발이 거의 닿지 않는 대도시 특유의 걸음걸이로 모여든다지요. 모두가 호기심에 차 있긴 하지만, 실망할까봐 겁을 낸다지요. 그들은 숨을 헐떡대면서 작은 머리를 앞으로 내민다지요. 그러나 몸이 서로 닿게 되면, 깊이 머리를 숙여 이렇게 용서를 구한다면서요. '정말 미안합니다 — 고의가 아니었습니다. 사람들이 너무 많이 모였어요. 용서하세요. — 죄송스럽게도 제가 너무 미숙했군요 — 그 점을 시인합니다. 제 이름은 — 제롬 파로쉬입니다. 전 카보탱 거리의 잡화상이랍니다 — 허락하신다면, 제가 내일 점심에 당신을

초대해도 될까요 — 저의 집사람도 매우 기뻐할 겁니다.' 그들은
그렇게 말한다지요. 그러나 그러는 동안에 거리는 마비되고, 집들
사이로 굴뚝 연기가 내려앉는다지요. 바로 이렇다지요. 어느 상류
층 지역의 번화한 환상도로에서 두 대의 자동차가 섰다고 가정해봅
시다. 하인들이 정중하게 문을 엽니다. 여덟 마리의 시베리아산 족
보 있는 사냥개들이 그 뒤를 춤추듯 따라 내려와서 짖어대며 차도
위로 뛰어오릅니다. 그러면 바로 그들이 파리의 분장한 젊은 멋쟁
이들이라고 사람들은 말한다지요."

　그는 두 눈을 거의 감고 있었다. 내가 말이 없자, 그는 양손을 입
에 넣고 아래턱을 잡아당겼다. 그의 옷은 완전히 더러워져 있었다.
아마 누군가가 그를 술집에서 밖으로 내던져버린 모양인데, 그는 아
직도 그것을 확실하게 알지 못하고 있었다.

　낮과 밤 사이에는 아마도 짧지만 아주 조용한 휴식 시간이 있을
것이다. 이런 때에는 예기치 않게 머리가 목덜미에 걸리게 되고,
우리가 알아차리지 못하는데도 모든 것이 — 우리가 바라보고 있지
않기 때문에 — 조용히 정지했다가는 다시 사라져버리게 된다. 그
동안에 우리는 몸을 수그린 채 혼자 남아 있다가 다시 주위를 둘러
보지만, 더 이상 아무것도 보지 못하며, 거슬러 불어오는 바람도
느끼지 못한다. 그러나 우리는 마음속으로 지붕과 다행히도 각진
굴뚝이 있는 집들이 우리와 어느 정도 떨어져 서 있다는 생각에 잠
긴다. 어둠은 그 굴뚝을 통해 집 안으로 흘러들고, 다락방을 통해
여러 방 안으로 흘러드는 것이다. 그리고 내일이면 — 믿어지지 않
지만 — 모든 것을 다시 볼 수 있는 낮이 오리라는 것은 행운인 것
이다.

　그때 술주정꾼은 눈썹을 치켜세워서 눈과 눈썹 사이에 어떤 빛이
생긴 것 같았는데, 띄엄띄엄 이런 얘기를 들려주었다. "그건 그러

니까 — 나는 그러니까 졸려요. 그러니 나는 자러 가야겠어요. — 벤첼스 광장에 내 동서가 하나 살지요 — 나는 그곳으로 가요. 나는 거기서 사니까, 거기에 내 침대가 있으니까. — 이제 갑니다. — 다만 그의 이름이 무언지 그리고 어디 사는지 그걸 모른다는 것뿐이지 — 그걸 잊어버린 것 같아요. — 그렇지만 괜찮아요. 나는 나한테 정말 동서가 있는지조차 전혀 모르겠거든 — 이제 정말 갑니다. — 내가 그 사람을 찾을 거라고 생각하시오?"

그 말에 나는 무심코 이렇게 말했다. "물론입니다. 그렇지만 당신은 외국에서 왔어요. 그리고 당신의 하인들이 우연히도 지금 당신 곁에 없는 거예요. 허락하신다면, 제가 당신을 모시고 가지요."

그는 대답하지 않았다. 그래서 나는 그가 팔짱을 끼도록 내 팔을 그에게 내주었다.

d

뚱보와 기도자 사이에 계속되는 대화

나는 그러나 잠시만이라도 명랑해지려고 했다. 몸체를 비비면서 나는 혼자 중얼거렸다.

"네가 말할 때가 되었어. 넌 벌써 상당히 당황해하는구나. 궁지에 몰린 기분을 느끼는 모양이지? 좀 기다려봐! 넌 이런 상황이 어떤 건지 잘 알고 있을 거야. 성급히 생각하지마! 주위 사람들도 기다리겠지."

"지난주 모임에서와 같군그래. 누군가 베낀 것을 낭독하는구먼. 그의 요청대로 내가 한 페이지를 베꼈지. 나는 그가 쓴 몇 쪽짜리 글을 읽고는 놀라워하지. 그건 주견이 별로 없어. 사람들은 책상 삼면에서 그 문건 너머로 몸을 구부리지. 나는 그게 내 문건이 아니라고 눈물로 맹세해."

"하지만 그것이 어째서 오늘 것과 비슷하다는 건가. 대화에 거리감이 있는 것은 전적으로 너의 책임이야. 모든 것이 다 평화롭다네. 여보게, 좀 노력해보게나! — 그렇지만 넌 이의를 갖게 될 거야 — 넌 이렇게 말할 수 있을 거야. '나는 졸려요. 머리가 아파요. 안녕.' 그래 서두르게, 서둘러. 남의 눈에 띄도록 해보게! — 이게 뭐야? 또 다시 어려운 일투성인가? 무얼 회상하고 있지? — 나는 지상의 방패처럼 위대한 하늘을 향해 솟아 있는 고원지대를 회상하고 있다네. 난 그 고원지대를 산에서 바라보고 그것을 편력할 준비를 했다네. 나는 노래하기 시작했지."

내 입술은 말라서 이렇게 말하려 했지만 말을 듣지 않았다.

"사람은 달리 살 수는 없을까요?"

"그래요." 나는 미소를 지으면서 물어보듯 말했다.

"그런데 어째서 당신은 저녁에 성당에서 기도를 할까요." 내가 그때까지 말없이 지지했던 모든 것이 나와 그 사이에서 허물어지자, 나는 그렇게 물었다.

"아니에요, 어째서 우리가 그것에 대해 말해야 하나요. 혼자 사는 사람들은 저녁에는 아무런 책임을 지지 않지요. 사람들은 많은 것을 두려워하지요. 구체적인 것이 혹시 사라지지나 않을까. 인간이란 황혼 속에서 보여지는 모습이 실제 모습이 아닐까. 사람들은 지팡이 없이는 걷지 못하지 않을까. 다른 사람들에게 보이기 위해서 그리고 육신을 얻기 위해서 성당에 가고 소리를 지르며 기도를 올리는 것은 좋은 일이 아닐까 하고 말입니다."

그가 그렇게 말하고 나서 침묵했기 때문에 나는 호주머니에서 붉은 손수건을 꺼내어 몸을 구부리고 울었다.

그가 일어나 나에게 키스하고는 이렇게 말했다.

"어째서 당신은 우시나요? 당신이 키가 큰 것이 좋아요. 당신의 손들은 길고, 마음먹은 대로 움직일 수 있어요. 어째서 당신은 그 점을 즐거워하지 않나요. 충고하건대 항상 소매 끝이 검은 색깔의 옷을 입으세요 — 아니에요 — 나는 당신에게 아첨하는 거예요. 그런데도 우시겠어요? 당신은 삶의 이 괴로움을 아주 합리적으로 견디어내는군요."

"우리는 본래 필요없는 전쟁 무기, 탑, 담벼락, 비단으로 된 커튼을 만들고는 그것들에 대해 생각할 시간을 갖게 되면 대단히 놀라워할지 몰라요. 우리들은 계속 부유하면서 비록 박쥐들보다 더 추하긴 하지만 떨어지지 않고 날개를 퍼덕거립니다. 그리고 어느 누구도 '아아, 오늘은 얼마나 좋은 날인가' 하고 아름다운 날에 대해 이야기하는 것을 방해할 수는 없는 거예요. 왜냐하면 우리는 이미 지상 위에 적응되어 있고, 합의를 근거로 살고 있기 때문이지요."

"말하자면 우리는 눈 속의 나무등걸과도 같아요. 겉보기에 그저 미끄러지듯이 놓여 있어 조금만 밀쳐도 밀어내버릴 수 있을 것 같지요. 그렇지만 아닙니다. 정작 그럴 수는 없지요. 그것들은 땅바닥과 단단하게 결합되어 있으니까요. 하지만 봐요. 그것마저 단지 그렇게 보일 뿐이에요."

'밤이니 그 어느 누구도 내가 지금 말하게 될지도 모르는 것을 내일 되어서 비난하지는 않을 것이다. 왜냐하면 그것이 잠자는 중에 말한 것일 수도 있으니까' 라고 곰곰이 생각하자 나는 울 수가 없었다.

그러고 나서 나는 이렇게 말했다. "네, 그렇습니다. 하지만 우리는 대체 무엇에 대해 이야기하고 있는 건가요. 우리는 어떤 집 현관의 어둠 속에 서 있기 때문에, 하늘이 보내는 빛에 대해서는 전혀 말할 수가 없지요. 그렇습니다 — 우리는 그것에 관하여 이야기할 수도 있었을 텐데, 우리가 목표에도 진실에도 도달할 의사가 없고, 그저 농담과 환담만을 하려는 까닭에 우리는 대화에서 전혀 독립적이지 못하지요. 그렇다 하더라도 당신께서는 저에게 정원에 있었던 저 여인에 대한 이야기를 한 번 더 해주실 수 없겠습니까. 그 여인은 얼마나 훌륭하고 영리한지 모릅니다! 우리는 그녀를 모범으로 해서 처신해야만 합니다. 난 그녀를 몹시 좋아해요. 그리고 내가 당신을 만난 것과 당신을 붙잡을 수 있던 것은 좋은 일이었습니다. 당신과 이야기할 수 있었다는 것은 나에게는 커다란 영광이었습니다. 지금까지 내가 아마도 의도적이었겠지만 모르고 있었던 몇 가지 사실을 듣게 된 것이 나는 기쁩니다."

그는 만족스러운 듯이 보였다. 인간 육체와의 접촉을 항상 꺼려왔음에도 나는 그를 끌어안지 않을 수 없었다.

그리고 우리는 현관을 나와 하늘 아래로 나아갔다. 서로 부딪쳐 뭉개진 작은 구름들을 나의 친구가 후 불어서 쫓아버리자, 이제 끝없는 별들의 평원이 우리에게 보였다. 나의 친구는 힘겹게 걸어갔다.

4
뚱보의 몰락

그때 모든 것은 신속함에 밀려 저 멀리로 떨어져 내렸다. 강물이 낭떠러지에 이끌려 내려가자 멈춰 서려고 부서진 가장자리에서 아직도 흔들리고 있었지만, 역시 산산이 부서져 김을 내뿜으며 떨어져 내렸다.

뚱보는 더 이상 말을 할 수가 없어 몸을 돌린 채로, 큰 소리를 내며 급히 떨어져 내리는 폭포 속으로 사라졌다.

많은 즐거움을 겪은 나는 언덕에 서서 그 광경을 바라보았다.

"우리의 허파는 무엇을 해야 하는가." 나는 외치고 또 외쳤다. "그것은 빠르게 숨을 쉬면, 스스로 질식해버린다. 내부의 독으로 질식해버리는 것이다. 그러나 천천히 숨을 쉬면, 숨쉬기 어려운 공기로 인해 질식해버린다. 분개한 사물들로 인해 질식해버리는 것이다. 하지만 그것이 속도를 찾으려 하면, 이미 찾다가 끝날 것이다."

그때 이 강의 언덕이 한없이 넓어졌다. 나는 손바닥으로 멀리 있는 아주 작은 도로 표지판의 쇠를 만져보았다. 나는 그 일을 전혀 이해할 수 없었다. 나는 아주 작았다. 보통보다도 더 작았다. 그래서 아주 빠르게 한들거리고 있는 하얀 들장미로 덮인 덤불마저도 나의 키를 넘었다. 조금전에 그것이 바로 내 곁에 와 있었기 때문에 나는 그 사실을 알았다.

그럼에도 나는 잘못 생각했다. 왜냐하면 내 양팔은 장마구름처럼 컸기 때문이었다. 그저 그것들은 더 성급할 뿐이었다. 나는 왜 그것들이 나의 초라한 머리를 으깨려는지 알 수가 없었다.

하지만 그 머리는 개미 알처럼 아주 작다. 단지 그것은 약간 상해 있을 뿐이다. 그래서 이제 완전히 둥글지는 않다. 나는 머리를 돌려 그에게 청하였다. 왜냐하면 나의 눈이 너무 작아 눈짓으로는 무엇을 표현하고 있는지 알아볼 수 없기 때문이었다.

그렇지만 나의 양다리, 나의 움직일 수 없는 양다리는 숲이 우거진 산 위에 놓여 있어서 마을 계곡에 그림자를 드리웠다. 다리는 점점 자라났다! 그것은 아무런 풍경도 없는 공간 속으로 솟아올랐고, 그 큰 신장은 이미 오래전에 나의 시야에서 사라졌다.

아니다, 그렇지 않다 — 나는 작지만, 일시적으로 작을 뿐이다 — 나는 굴러간다 — 나는 굴러간다 — 나는 산속의 눈사태 같은 것이다! 제발, 통행인들이여, 내가 얼마나 큰지 말해준다면 좋겠구려, 내 이 팔과 다리들을 재어주구려.

III

"그래 어떠신가요." 나와 함께 사교 모임에서 나와 조용히 내 곁에서 라우렌치 산으로 가고 있던 내 친구가 말했다. "내가 그것에 대해 이해할 수 있도록 잠깐만 걸음을 멈춰주세요 — 아시다시피 끝내야 할 일이 있어요. 이렇게 기분좋게 차갑고 밝은 밤에는, 게다가 이따금 아카시아 나무들의 위치를 바꾸려는 듯한 이 심통스러운 바람이 불 때면 매우 힘이 들지요."

정원사의 집을 비추는 달 그림자는 잔설로 덮인 약간 굽은 길 위에 걸려 있었다. 나는 문 곁에 서 있는 벤치를 바라보고는 손을 들어 그것을 가리켰다. 나는 용기도 없었고 비난받을 것을 예상했기 때문에, 왼손을 가슴에 얹었다.

그는 넌더리를 내며 앉았다. 자신의 아름다운 옷에 대해서는 개의치 않고 팔꿈치로 허리를 누른 채 자기 이마를 휘어진 손가락 끝에 갖다대었기 때문에 나는 깜짝 놀랐다.

"그래요, 이제 나는 이걸 말하겠어요. 당신이 알다시피 난 규칙적으로 살아가지요. 어느 것도 중단될 수 없지요. 필연적이며 인정되어 있는 것은 모두 일어나는 법이지요. 내가 교류하는 모임에서 익숙해 있는 불행은, 내 주위 사람들과 내가 만족스럽게 생각했던 것처럼 나를 가만히 놔둔 적이 없었습니다. 그리고 일반적인 행복 또한 주저함 없이 받아들여졌고, 나 스스로도 작은 그룹 내에서는 그것에 대해 말해도 되었습니다. 좋아요, 나는 아직까지 실제로 사랑을 해본 적이 없었어요. 종종 그 점을 유감스럽게 생각했지만, 그러나 내가 필요할 때는 그런 어법을 사용하였습니다. 내가 사랑에 **빠졌고** 그리고 아마도 사랑 때문에 흥분해 있었다는 것을 이야기하지 않을 수 없군요. 나는 정열적인 애인이지요. 소녀들은 그런 남자를 원하지요. 그러나 바로 이런 예전의 결함이 나의 애정관계에는 예외적이며 즐거운, 특히 즐거운 변화를 주었다는 사실을 염두에 두어야 하지 않았을까요?"

"제발 조용히 해요, 조용히." 나는 냉담하게 그리고 오로지 내 생각대로 말했다. "당신의 애인은 소문대로 아름답군요."

"그래요, 그녀는 아름답습니다. 내가 그녀 곁에 앉아 있을 때면, 언제나 이렇게 생각할 뿐입니다. 다시 말해서 '이렇듯 대단한 모험 ─ 난 매우 대담하지요 ─ 그래서 나는 항해를 시도합니다 ─ 장식끈이 달린 포도주를 마시고요.' 그러나 그녀가 웃을 때면, 기대했던 치아는 보이지 않고 오직 어둡고 좁고 굽은 뻥 뚫린 입만이 보일 뿐입니다. 그녀가 웃으면서 머리를 뒤로 젖힐 때면, 교활하고 늙어 보입니다."

"그 점을 부인할 수는 없어요." 나는 한숨을 쉬면서 말했다. "아마 나도 역시 그것을 본 적이 있을 겁니다. 왜냐하면 그것은 틀림없이 눈에 뜰 테니까요. 그러나 그것만이 아닙니다. 그게 소녀의 아름다움이지요! 아름다운 몸매에다 아름답게 걸치고 있는 여러 가지 주름과 주름장식들, 술이 달린 옷가지를 볼 때면, 나는 이따금씩 이런 생각을 합니다. 그 옷들은 그런 상태로 오래 유지되지 않고, 더 이상 펼 수 없는 주름이 생겨, 장식 속에 제거할 수 없는 두꺼운 먼지가 생길 것이라고. 그리고 그 어느 누구도 매일 똑같은 값비싼 옷을 아침에는 걸쳤다가 저녁에는 벗어버리는 그렇게 비참하고도 우스꽝스러운 사람으로 만들고 싶지 않을 것이라고 말입니다. 그럼에도 나는 소녀들을 바라보지요. 그녀들은 매우 아름답고, 다양하고 매력적인 근육과 작은 손가락 마디들과 팽팽한 피부와 술이 많은 가는 머리털을 보여주고, 매일같이 자연스러운 가장무도회 복장을 하고 나타나며, 항상 똑같은 얼굴을 똑같은 손바닥에 묻고는 거울로 자신을 비춰 보지요. 그들이 축제에서 늦게 돌아오는 밤이면, 거울 속에 비치는 그들의 모습은 종종 초죽음이 된 듯이, 얼굴은 붓고 먼지투성이가 되어 있으며, 이미 모든 사람들이 보기에 거의 몸을 더 이상 가눌 수 없는 듯이 보입니다."

"하지만 나는 길을 가면서 이따금씩 당신이 그녀를 아름답다고 생각하는지 어떤지를 물어왔지요. 그러나 당신은 나에게 대답은 해주지 않고 언제나 다른 쪽으로 몸을 돌리곤 했죠. 당신은 무언가 나쁜 일을 계획하고 있지요? 어째서 당신은 나를 위로해주지 않는가요?"

나는 두 발을 그늘진 곳으로 들이밀었다. 그리고는 조심스럽게 이렇게 말했다. "당신은 위로 받을 필요가 없습니다. 당신은 사랑을 받고 있지 않습니까." 그때 나는 감기에 걸리지 않도록 푸른 포도송이 문양이 있는 손수건을 입으로 가져갔다.

이제 그는 나에게 몸을 돌리고 벤치의 나지막한 등받이에 두툼한 얼굴을 기댔다. "당신이 알다시피, 대체로 나는 아직 시간이 있어요. 나는 여전히 이렇게 시작되는 사랑을 추한 행동이나 불의나 혹은 먼 나라로 여행을 떠남으로써 곧바로 끝장낼 수 있습니다. 실지로 나는 내가 흥분감에 빠져들지나 않을까 의심하고 있기 때문이지요. 보다 확실한 것이라곤 아무것도 없어요. 어느 누구도 방향과 지속되는 기간을 확실하게 지정할 수 없는 법입니다. 내가 포도주를 마실 생각으로 어느 선술집에 들르게 되면, 그날 밤에는 내가 취하리라는 것을 알고 있지요. 그러나 그것은 내 경우에 그렇다는 것이지요! 두 주일 동안 마음속에 심한 갈등만 없으면, 일 주일 안에 우리는 가까이 지내는 가족들과 소풍을 갈 생각입니다. 이날 저녁의 키스는 나를 몽롱하게 만들어서 마음대로 꿈을 꿀 수 있는 여유를 갖게 할 겝니다. 나는 그 기분을 이겨내고자 밤 산책을 나갈 것입니다. 동요된 마음은 그칠 줄 모를 것이고, 얼굴은 맞바람을 맞고 난 후처럼 차고도 따뜻하겠지요. 나는 호주머니 속에 든 장미빛 리본을 만지면서, 나에 대한 최고의 의구심을 가지게 될 것이지만, 그러나 그 의구심에 전념할 수는 없을 것입니다. 여보세요, 신사 양반, 내가 평상시에는 분명 당신과 이렇게 오랜 동안 대화를 나눌 수 없을 테니, 좀 참고 견디세요."

나는 몹시 추웠다. 이미 하늘은 약간 하얀 색깔을 띠고 있었다. "어떤 추한 행위도, 어떤 불의도 혹은 먼 나라로의 여행을 떠나는 것도 아무런 도움이 되지 않을 것입니다. 당신은 틀림없이 자살을 하게 될 것입니다"라고 나는 말했다. 그러고는 웃었다.

우리 맞은편에 있는 가로수 길의 다른 쪽 가장자리엔 두 개의 덤불이 있고, 그 뒤 아래쪽으로 도시가 있었다. 도시에는 아직까지 약간의 빛이 남아 있었다.

"좋아요." 그는 소리를 치고는 작지만 꼭 쥔 주먹으로 벤치를 두드리고는 곧바로 주먹을 내려놓았다. 그러고는 계속해서 말했다. "하지만 당신은 살아 있습니다. 당신은 자살하지 않습니다. 어느 누구도 당신을 사랑하지 않습니다. 당신은 아무것도 얻지 못합니다. 그 다음 순간을 당신은 이겨내지 못합니다. 그렇게 말하다니, 당신은 야비한 사람이에요. 당신은 사랑할 수가 없습니다. 불안감만이 당신의 마음을 움직일 수 있습니다. 제 마음을 한번 읽어보세요."

그때 그는 갑자기 자기 웃옷과 조끼 그리고 속옷을 열었다. 그의 가슴은 정말 넓고 아름다웠다.

나는 이야기하기 시작했다. "그래요, 그러한 반항적인 상태들이 가끔 우리를 엄습하지요. 그래서 나는 금년 여름엔 어느 한 마을에 있었습니다. 그 마을은 강변에 있었어요. 나는 아주 자세히 기억하고 있습니다. 자주 이상한 자세로 언덕의 벤치 위에 앉아 있었습니다. 거기엔 해변 호텔도 있었습니다. 그때 자주 바이올린 소리가 들렸습니다. 힘이 넘치는 젊은이들이 정원에서 맥주를 앞에 두고 테이블에 앉아 사냥과 모험에 대해서 담소하고 있었습니다. 다른 편 강 언덕에는 구름 낀 산들이 서 있었습니다."

그때 나는 약간 입을 비죽거리면서 일어나서 벤치 뒤에 있는 잔디밭으로 들어갔다. 몇 개의 눈 덮인 작은 나뭇가지들을 부러뜨리고는 내 친구에게 귓속말로 이야기했다. "고백하건대, 전 약혼을 했어요."

친구는 내가 일어난 것에 놀란 것이 아니었다. "당신이 약혼을 했다구요?" 그는 정말 힘 없이 앉아 등받이에 몸을 의지하고 있었다. 그리고 그가 모자를 벗었고, 나는 그의 머리카락을 바라보았다. 그의 머리카락은 좋은 냄새가 났고 멋지게 빗질되어 있었으며, 둥근 머리는 이 겨울에 유행이었듯이 목덜미 위에서 뚜렷한 둥근 선을 만들며 깎여 있었다.

나는 내가 그에게 그렇게 영리하게 대답한 것을 기쁘게 생각했다. "그렇군." 나는 혼자 중얼거렸다. "그가 유연한 목과 자유로운 팔로 사교 모임에서 이리저리 돌아다니는 모습이라니. 그는 한 숙녀를 즐거운 대화로써 중앙 홀로 끌어낼 수 있었지. 그리고 집 앞에 비가 떨어지든, 혹은 그곳에 어떤 수줍음을 타는 자가 서 있든, 혹은 특별히 슬픈 일이 일어나든 간에 그는 전혀 개의치 않았지. 아니다, 그는 숙녀들에게 똑같은 식으로 멋지게 절을 했지. 그러나 그는 이제 앉아 있어."

나의 친구는 고급 삼베 손수건으로 이마를 닦았다. "당신 손을 제 이마 위에 잠시 얹어주시겠습니까. 부탁입니다." 그가 말했다. 내가 곧바로 그렇게 하지 않자, 그는 두 손을 모았다.

마치 우리의 근심이 만사를 어둡게 만들어버린 것처럼, 우리는 산 위에 앉아 있었다. 작은 방 안에 앉아 있는 듯했다. 우리는 벌써 아침 여명과 바람을 느끼긴 했지만 마치 어느 작은 방 안에 앉아 있는 듯했다. 우리는 전혀 서로를 좋아하지 않았지만 가까이 앉아 있었다. 우리가 서로 멀리 떨어져 앉을 수 없는 이유는, 사방 벽들이 우리를 완전히 죄고 있기 때문이었다. 우리는 우스꽝스럽게 그리고 인간적인 품위도 잊은 채 행동할 수 있었는데, 그 이유는 맞은편에 서 있는 나무들과 그리고 우리 머리 위에 있는 나뭇가지들에 대해 부끄러움을 느낄 필요가 없었기 때문이었다.

그때 내 친구는 아무 거리낌 없이 호주머니에서 칼을 꺼내어 그 것을 조심스럽게 펴더니 장난할 때처럼 자기 왼쪽 상박上膊을 찌르 고는 빼지 않은 채로 내버려두었다. 그러자 곧바로 피가 흘렀다. 그의 둥그스름한 양뺨은 창백해졌다. 나는 칼을 뽑는 겨울 상의 와 연미복 소매를 잘라내고 속옷 소매를 잡아 찢었다. 그리고 도와 줄 수 있는 사람이 없을까 해서 짧은 거리의 길을 아래위로 오르내 리며 뛰었다. 나뭇가지들은 모두 반짝거리는 것처럼 보였고 움직임 이 없었다. 그러고 난 후에 나는 그 깊은 상처를 조금 빨아주었다. 그때 나는 그 작은 정원사의 집을 떠올렸다. 나는 계단 위로 뛰어올 라갔는데, 그 계단들은 그 집 왼편에 있는 높은 잔디밭으로 통했다. 나는 급히 창문과 문들을 살펴보았고, 그 집에 사람이 살고 있지 않 다는 것을 바로 알았음에도 화난 듯이 초인종을 누르고 발을 꽝꽝 굴렀다. 그런 후에 나는 상처를 보았는데, 얕게 패인 곳에서 피가 흐르고 있었다. 나는 그의 손수건을 눈에 적신 후에 엉성하지만 그 의 팔을 동여맸다.

"여보세요, 여보세요." 나는 이렇게 말했다. "저 때문에 당신 마 음이 상했겠군요. 하지만 친절한 사람들에게 둘러싸여 있는 당신

형편은 매우 좋은 편이지요. 테이블 사이 멀거나 가까이에서 혹은 언덕길 위에서 세심하게 신경써서 차려입은 많은 사람들을 볼 수 있는 밝은 대낮에 당신은 산책하러 나갈 수 있기 때문입니다. 좀 생각해보세요. 봄철에 우리는 수목원으로 차를 타고 가게 되겠지요. 아닙니다. 우리가 가는 게 아니라, 당신이 당신 약혼녀인 안네를과 함께 즐겁게 그리고 총총걸음으로 가게 되겠지요. 유감스럽긴 하지만 그것은 사실이 되겠지요. 오, 그래요. 저를 믿어주세요. 제발. 그렇게 되면 태양은 당신들을 모든 이들에게 가장 아름다운 모습으로 보여줄 것입니다. 오, 음악소리가 들리는군요. 멀리서 말발굽소리가 나는군요. 걱정하실 필요없어요. 거리에서 외치는 소리와 손풍금 켜는 소리가 들리는군요."

"아, 이럴 수가"라고 그는 말하고 일어나서 나에게 몸을 기댔고 우리는 걸었다. "정말 어떤 도움도 없군요. 기뻐할 게 없군요. 용서하세요. 벌써 시간이 오래되었나요? 아마 내일 일찍 무언가 해야 할 일이 있을지 몰라요. 아, 맙소사."

담벼락 가까이 위로 등불 하나가 타오르고 있었는데, 그것은 길과 하얀 눈 위에 나무등걸의 그림자를 던졌고, 한편으론 휘어지고 꺾어진 수많은 나뭇가지 전체의 그림자가 산허리에 걸려 있었다.

I*

열두 시쯤에 몇몇 사람들은 벌써 일어나서 서로 인사를 하고 두 손을 내밀면서 아주 편안했다고 말하고는 옷을 입으려고 큰 문틀을 통해서 대기실로 갔다. 안주인은 방 안 한가운데에 서서 경쾌한 동작으로 절을 했는데, 그럴 때면 그녀의 스커트에는 장식주름이 잡혔다.

나는 작은 탁자에 — 그것은 탄탄하고 가느다란 세 개의 다리를 갖고 있었다 — 앉아서 막 세번째 작은 잔의 베네딕트 주를 홀짝홀짝 마시면서, 동시에 내가 모아둔 작은 구운 과자를 훑어보고 있었다. 그 과자는 내가 직접 골라서 쌓아둔 것이었다.

그때 새로 알게 된 친구가 약간 머리가 헝클어지고 정상이 아닌 상태로 옆방 문설주에 모습을 나타냈다. 그러나 나는 시선을 돌리려 했다. 왜냐하면 나와는 전혀 상관없는 일이었기 때문이다. 그렇지만 그는 내게로 다가와 약간 마음이 풀린 듯 내 소일거리를 보고 미소를 지으면서 이렇게 말했다.

"당신께 찾아와서 죄송합니다. 그러나 저는 여태까지 제 여자친구와 단둘이 옆방에 앉아 있었어요. 열 시 반부터였지요. 저런, 그건 어느 날 밤이었군요. 그걸 당신께 말씀드리는 것이 옳지 않다는 것을 난 잘 알고 있어요. 우리는 서로 잘 모르는데 말이에요. 그렇지 않습니까. 우리는 오늘밤 계단에서 서로 만났고, 같은 집 손님으로서 서로 몇 마디 말을 주고받았을 뿐이지요. 그런데 지금 — 하지만 당신은 저를 — 부탁드릴게요 — 용서해주셔야 해요. 행운은 저에게 오래 붙어 있질 않아요. 저는 어찌해야 할지 모르겠어요. 게다가

---

* 「어느 투쟁의 기록」의 두 가지 판본 중 두번째인 B판본으로서 1909년에서 1910년 사이에 쓰어진 것으로 추측된다. (옮긴이)

여기에는 제가 신뢰할 수 있는 아는 사람이라곤 달리 없거든요 —"

나는 그를 슬프게 바라보면서 — 왜냐하면 내 입에 들어 있던 과일 케이크가 특별히 맛이 없었기 때문이다 — 그의 귀엽게 홍조 띤 얼굴에 대고 말했다.

"내가 당신에게 신뢰할 만한 사람으로 보였다니 정말 기쁩니다. 하지만 당신이 그걸 나에게 털어놓은 것은 슬픈 일입니다. 게다가 당신은 — 그렇게 당황하고 있는 게 아니라면 — 혼자 앉아서 독주를 마시는 사람에게 사랑하는 소녀에 대해 이야기한다는 것이 어울리지 않는 일이라는 걸 스스로 느낄 수 있을 텐데요."

내가 그 말을 하자, 그는 단번에 주저앉더니 뒤로 몸을 기대어 양팔을 늘어뜨렸다. 그리고 그는 양팔을 뾰족한 팔꿈치로 눌러대고는 꽤나 큰 목소리로 말하기 시작했다.

"얼마전까지만 해도 우리는 그 방 안에 단둘이 있었어요. 안네를 과 함께 말예요. 그리고 저는 그녀에게 입을 맞추었어요 — 입을 맞추었다구요 — 제가요 — 그녀의 입, 그녀의 귀, 그녀의 어깨에다가요. 오, 하느님!"

생기발랄한 대화라고 추측한 몇몇 손님들이 하품을 하면서 우리에게 슬쩍 다가왔다. 그래서 나는 일어서서 모두들 들을 수 있도록 이렇게 말했다.

"좋아요. 당신이 원한다면 함께 가지요. 하지만 이런 겨울 밤에 라우렌치 산에 올라가는 것은 바보짓이에요. 게다가 날씨가 싸늘해진데다가 그곳에는 눈이 약간 내려서 길이 마치 스케이트장 트랙 같을 테니까요. 하지만 당신이 원한다면—"

처음에 그는 놀라서 나를 쳐다보았다. 그러다가 붉고 촉촉한 입을 열었다. 그러나 그는 이미 아주 가까이 와 있는 신사들을 보자 웃고는 일어서서 말했다.

"오 그렇군요, 싸늘한 게 좋을 거예요. 우리 옷은 열기와 연기로 가득하잖아요. 많이 마시지는 않았지만 좀 취한 것 같아요. 그래요, 작별이나 고하고 갑시다."

우리는 여주인에게 갔다. 그가 그녀의 손에 입을 맞추자 그녀가 말했다.

"오늘 당신 얼굴이 그렇게 행복해 보이니 정말 기뻐요."

호의적인 이 말이 그를 감동시켰다. 그래서인지 그는 다시 한 번 그녀의 손에 입맞추었다. 그러자 그녀는 미소를 지었다. 나는 그를 끌어내야만 했다.

대기실에는 심부름하는 소녀가 서 있었다. 우리는 지금 처음으로 그녀를 보았다. 그녀는 우리가 코트 입는 것을 도와주었고, 그런 다음 작은 휴대용 램프를 들고 우리를 위해 계단 위를 비춰주었다. 그녀의 목은 드러나 있었는데, 턱 밑에 검은 우단 리본을 매고 있었다. 헐렁하게 옷을 입은 그녀의 몸은 구부린 상태였는데 그녀가 램프를 아래로 들고 앞서 계단을 내려가자 몸이 늘어나 보였다. 그녀는 포도주를 마셨기 때문에 뺨이 붉게 물들어 있었고, 계단실 전부를 가득 채우고 있는 희미한 등잔불빛 속에 그녀의 입술은 떨렸다.

아래쪽 계단 옆에서 그녀는 램프를 내려놓고, 내 친구 쪽으로 한 걸음 다가가서 그를 끌어안고는 그에게 입을 맞추더니 포옹한 채로 있었다. 내가 그녀의 손에 동전을 하나 놓아주자 비로소 그녀는 꾸물거리며 그에게서 팔을 풀었고, 천천히 작은 대문을 열고 우리를 밤 속으로 내보내주었다.

골고루 불이 밝혀진 텅 빈 거리 위, 가볍게 구름이 덮여 있다가 점점 넓게 열리는 하늘에는 큰 달이 떠 있었다. 얼어붙은 눈 때문에 종종걸음으로 가야 했다.

우리가 집 바깥으로 나오자 나는 확실히 아주 명랑한 기분이 되었다. 나는 다리를 들어올리고는 뚝뚝 뼈마디 꺾어지는 소리를 냈다. 마치 길모퉁이에서 한 친구가 나로부터 달아나기라도 하는 듯이 골목 너머로 이름을 외쳐댔다. 나는 뛰어오르며 모자를 높이 던져 올리고 멋지게 그것을 잡았다.

나의 친구는 그러나 내 옆에서 무심히 걸었다. 그는 머리를 숙이고 있었다. 그는 얘기도 하지 않았다.

나는 그것을 이상하게 여겼다. 그를 사람들로부터 벗어나 데리고 나오면 그의 기분이 아주 좋아질 거라고 기대했기 때문이다. 나 또한 점차 조용해졌다. 내가 기분을 바꿔주려고 막 그의 등을 한 대 쳤을 때, 그의 상태를 금방 파악할 수 없었기 때문에 손을 움츠렸다. 손이 불필요했으므로 나는 상의 주머니에 손을 찔러 넣었다.

그리고 우리는 말없이 걸었다. 나는 우리 발자국 소리가 어떻게 울리는지 주의를 기울였고, 내 친구와 걸음을 맞출 수 없는 게 이해가 되지 않았다. 그때 대기가 맑았으므로 그의 다리를 분명하게 볼 수 있었다. 이따금씩 누군가가 창가에 기대어 우리를 눈여겨보고 있었다.

우리가 페르디난트 거리에 들어섰을 때, 나는 내 친구가 「달러 공주」에 나오는 어떤 멜로디를 허밍하기 시작했다는 걸 깨달았다. 그 소리는 아주 작았지만 잘 들렸다. 그게 무어란 말인가, 나를 모욕할 셈인가? 이제 나는 이 음악과 소풍마저도 포기할 준비가 되어 있었다. 그는 왜 나와 이야기하지 않는가? 그러나 그가 나를 필요로 하지 않았다면, 왜 베네딕트 주와 달콤한 과자를 먹으며 따뜻한 집에 있도록 나를 그냥 내버려두지 않았는가. 나는 이런 산보에 안달할 그런 사람은 정말 아니다. 여하튼 혼자서라도 산보할 수 있으니까 말이다. 나는 방금 사람들 속에 있었고, 한 은혜를 모르는 젊은이를 수치스러움으로부터 구해냈다. 그리고 이제는 달빛 속에서 산책을 하고 있다. 그것 역시 잘된 일이다. 낮동안은 내내 관청에, 저녁때는 사람들 틈에, 밤에는 거리에, 어느 것도 도가 지나치지 않는 것. 그것이 자연스러움 속의 무한한 생활방식이 아니던가!

물론 나의 친구는 아직 내 뒤에서 걷고 있었다. 그는 자신이 뒤처졌다는 것을 알았는지, 걸음을 재촉했다. 아무 말도 하지 않았다. 우리가 달린다고 말할 수도 없었다. 내게 꼭 그와 함께 산책할 의무는 없다고 해서 나 혼자 옆 골목으로 접어드는 것이 적합한지 어떤지를 나는 곰곰이 생각했다. 나는 혼자서 집에 갈 수 있었고 아무도 나를 방해할 수는 없었다. 나는 내 친구가 거리의 공터를 아무것도 모른 채 지나가는 것을 보게 될 것이다. 안녕, 내 사랑하는 친구여! 집에 도착하면 방은 따뜻하겠지. 그리고 나는 탁자 위 철제 버팀대에 달려 있는 스탠드 램프를 켤 것이고, 그러고 나면 찢어진 동양 카펫 위에 서 있는 팔걸이 의자에 누울 것이다. 멋진 희망이지! 안 그래? 하지만 그 다음은? 아무 일도 없겠지. 등불은 따뜻한 방 안의 팔걸이 의자에 누워 있는 나의 가슴을 비추겠지. 그런 다음 몸은 식을 것이고 색칠된 벽 사이에서 그리고 방바닥 위에서 ― 뒷벽에 걸려 있는 금빛 테두리의 거울 속에서는 방바닥이 비스듬히 떨어져 내리는 것처럼 보인다 ― 홀로 시간을 보내야 할 것이다.

다리가 피로해졌기 때문에 어쨌든 집으로 가서 침대에 누워야겠다고 이미 결심했다. 그러자 지금 떠나면서 내 친구에게 인사를 해야 할지 어떨지 망설여졌다. 그러나 나는 너무 소심해서 인사도 없이 떠나가진 못한다. 또한 너무 마음이 약해서 큰소리치며 인사하지도 못한다. 그래서 나는 다시 멈추어 섰고, 달빛 비치는 집 담벼락에 기대어 서서 기다렸다.

나의 친구는 평평한 보도를 지나 급히 나에게 다가왔다. 아마도 나를 붙잡아야겠다고 생각한 모양이었다. 그는 내가 분명 잊고 있었던 그 어떤 합의 때문인지 눈을 깜박거렸다.

"대체 무슨 일이지요, 대체?" 나는 물었다.

"아무 일도 아니에요." 그는 말했다. "저는 복도에서 나에게 키스했던 그 심부름하는 소녀에 관해 당신의 생각을 물어보려고 했어요. 그 소녀는 누구지요? 당신은 예전에 그녀를 본 적이 있나요? 아니에요. 나도 본 적이 없어요. 심부름하는 소녀가 아니었던가요? 그녀가 우리 앞서 계단 아래로 내려갈 때 벌써 나는 그걸 물어보려고 했었지요."

"그녀가 심부름하는 소녀라는 것과 그러나 결코 상급 심부름 소녀는 아니라는 사실을 그녀의 붉은 양손을 보고 금방 알았지요. 그리고 내가 그녀의 손에 돈을 들려주었을 때 피부가 거칠다는 것을 느꼈지요."

"그건 일한 지 좀 되었다는 것을 말해주는 것일 뿐이고, 나 또한 그런 생각이 드는군요."

"당신 말이 옳아요. 거기 등불이 비치는 곳에서는 물론 모든 걸 다 식별할 수는 없지요. 하지만 그녀의 얼굴은 내가 아는 나이든 장교의 딸을 연상케 하더군요."

"나는 그렇지 않았어요"라고 그는 말했다.

"그것이 내가 집에 가는 데 방해가 될 수는 없지요. 늦었어요. 그리고 내일 관공서 일이 있어요. 물론 그곳에서 잘 수도 있겠지만 그것은 옳지 않은 일이에요." 그러면서 나는 그에게 작별하기 위해 손을 내밀었다.

"피이, 손이 차겁네"라고 그는 외쳤다. "나는 그런 손을 하고 집에 가고 싶지 않아요. 당신도 내 애인에게 키스를 했어야 했는데. 그것은 실수였어요. 이제 지금이라도 만회할 수 있을 거예요. 그런데 잔다고요? 이런 밤에 말예요? 대체 무슨 생각을 하고 있는 거지요? 하지만 생각해보세요. 침대에서 홀로 잠을 잘 때 얼마나 행복한 생각들을 이불로 질식시키는지를. 또한 얼마나 불행한 생각을 이불로 따뜻하게 해주는지 말이에요."

"나는 아무것도 질식시키지도 따뜻하게 해주지도 않아요"라고 나는 말했다.

"날 좀 놔둬요. 당신은 희극배우 같아요." 그는 내 입을 막았다. 동시에 계속 걷기 시작했다. 나는 그것도 깨닫지 못하고 그를 따라갔다. 그 친구의 말에 나는 열중해 있었던 것이다.

나는 이 말에서 내 친구가 내 마음속에 있는 무엇인가를 추측하고 있다는 사실을 알았다. 사실 내 마음속은 그렇지 않았지만, 그는 그렇게 나에게 관심을 갖고 있었던 것이다. 그래, 내가 집으로 가지 않은 것은 잘된 일이었다. 지금 추위 속에서 입으로는 담배를 피면서 내 곁에서 그 심부름하는 소녀를 생각하는 이 사람이, 내가 먼저 얻고자 할 필요는 없지만, 사람들 앞에서 가치 있는 것을 나에게 줄 수 있을지 그 누가 알 것인가. 제발 소녀들이 그를 타락시키지 않았으면 좋으련만. 그녀들이 그에게 키스하고 싶어하고 비벼대기를 좋아하는 것은 그녀들의 의무이자 그의 권리일 것이다. 하지만 그녀들은 나에게서 그를 유혹해 데려가서는 안 된다. 그녀들이 그에게 키스한다면 나에게도 조금은 할 수 있을 것이다. 원한다면 입언저리로 어느 정도는. 하지만 그녀들이 그를 유혹한다면, 그땐 나에게서 그를 도둑질해가는 것이다. 그러므로 그는 언제나 내 곁에 머물러 있어야 한다. 언제나. 내가 아니면 누가 그를 보호하겠는가. 그는 정말 그렇게 어리석다. 이월이 되어 사람들이 '너 라우렌치 산으로 갈래'라고 말하면 그는 함께 달려간다. 그가 지금 쓰러지면 어떻게 될까. 감기가 들면 어떻게 될까. 질투하는 어떤 자가 포스트 골목에서 나와 그를 덮치면 어떻게 될까? 그땐 나에겐 어떤 일이 벌어질까. 그때 나는 세상으로부터 내던져질 것이 아닌가? 하지만 나는 그것을 보고 싶다. 아니야, 그는 나를 더 이상 놓아주지 않을 것이다.

내일 그는 안나 양과 이야기할 것이다. 처음에는 당연히 일상적인 것에 대해서, 그러나 그 다음에 그는 갑자기 이렇게 말할 것이다. '안네를, 어젯밤에 말이에요, 우리 모임이 있은 후, 당신도 알다시피, 당신이 분명 아직 본 적이 없는 어떤 사람과 함께 있었어요. 그의 모습은 ─ 어떻게 묘사해야 할까 ─ 마치 흔들흔들 휘젓고 있는 막대기 같았는데, 그는 검은머리를 하고 있었어요. 그의 몸에는 그를 온통 덮고 있는 작은 누르스름한 천 조각들이 매달려 있었지요. 어제는 바람이 잦아져서 그것들은 몸에 가만히 매달려 있었어요. 어때요, 안네를. 식욕이 사라지지 않아요? 그렇다면 그건 내 책임이에요. 그러니까 내가 그 모든 것을 잘못 이야기한 것이 되겠군요. 그가 내 곁에서 수줍어하며 걸어가는 모습과 사랑에 빠진 나를 바라보는 모습을 당신이 보았더라면 어땠을까요. 그건 물론 예술품은 결코 아니지요. 사랑에 빠진 나를 방해하지 않기 위해서 혼자서 한 마장쯤 앞서갔지요. 안네를, 내 생각에, 당신은 좀 웃었을 것이고 또 좀 두려워했을 거라고 생각해요. 하지만 그가 있다는 사실이 기뻤어요. 안네를, 도대체 당신은 어디 있었어요? 당신 침대에 있었겠지요. 아프리카도 당신 침대보다는 멀지 않았을 겁니다. 때때로 그가 평평한 가슴으로 숨을 쉴 때면 정말이지 별이 뜬 하늘이 솟아오르는 듯했어요. 내가 과장하고 있다고 생각하시는지요? 그렇지 않아요. 안네를. 맹세코 그렇지 않아요. 당신에게 속해 있는 내 영혼을 건다 해도 그렇지 않습니다.'

그리고 나는 내 친구가 ─ 우리는 막 프란츠 강가 도로 위로 첫발을 내딛고 있었다 ─ 그런 말을 할 때 분명히 느낄 수치심을 조금도 덜어주지 못할 것이다. 그때 나는 이런저런 여러 생각들을 넘나들고 있었는데, 몰다우 강과 건너편 강기슭의 도시 구간이 모두 어둠 속에 잠겨 있었기 때문이었다. 거기엔 몇 개의 등불이 빛났고 그것을 바라보는 눈길을 따라 조용히 움직이고 있었다.

우리는 강을 따라 둘러진 난간 쪽으로 가기 위해서 찻길을 건넜다. 그러고는 거기에 멈춰 섰다. 나는 거기에 기댈 수 있는 나무 하나를 발견했다. 강물로부터 차가운 바람이 불어왔으므로 나는 장갑을 꼈다. 누구든 밤에 강가에 서면 그러하듯이 나는 이유 없이 한숨을 쉬었다. 그리고 계속 걸었다. 그렇지만 내 친구는 강물을 바라보면서 움직이지 않았다. 그러다가 난간 쪽으로 다가와 두 다리를 철책에 갔다대고는 팔꿈치를 괴고서 이마를 양손에 묻었다. 도대체 또 무슨 일일까? 내 몸이 얼었기 때문에 상의의 칼라를 세워야 했다. 내 친구는 몸 쭉 뻗고는 등, 어깨, 목 그리고 편 양팔 위에 놓인 상체를 난간 너머 앞으로 구부리고 있었다.

"회상하는 중이군요, 그렇지요." 내가 말했다. "그래요, 회상한다는 것은 우선 그 대상과 마찬가지로 정말 슬픈 것이지요! 그런 일에 너무 빠지지 마세요. 그것은 당신과 나에겐 무용한 것이니까요. 그로 인해 ─ 그보다 명백한 것은 아무것도 없는데 ─ 예전의 입장을 강화할 필요가 없다는 것을 무시한다 하더라도, 예전의 입장을 강화하지 않고서는 현재의 입장이 약화되는 법이지요. 당신은 내가 전혀 추억을 가지고 있지 않다고 믿는 건가요? 오, 당신의 회상에 비해 열은 될 겁니다. 이제 예를 들자면 내가 L.의 벤치에 앉아 있었던 것을 회상할 수 있을 것 같습니다. 그땐 저녁이었고, 역시 강기슭 옆이었습니다. 물론 여름이었습니다. 그리고 나는 그런 저녁이면 두 다리를 몸 쪽으로 끌어당겨 감싸안는 습관이 있었지요. 나는 벤치의 목재 등받이 위에 머리를 얹고는 다른 쪽 강기슭의 구름 덮인 산을 바라보곤 했지요. 누군가 강변 호텔에서 부드럽게 바이올린을 켜고 있었어요. 양편 강기슭에서는 번쩍거리는 연기를 뿜으며 열차들이 지나갔다가는 다시 밀려오곤 했어요."

내 친구가 내 말을 중단시키더니 갑자기 몸을 돌렸는데 내가 여태 여기에 있다는 사실에 놀라는 듯이 보였다. "아, 아직도 훨씬 더 많은 것을 이야기할 수 있을지 몰라요"라고 말하고는 그는 더 이상 아무 말도 하지 않았다.

"당신은 생각했다 하면 언제나 그런 식이지요"라며 그는 말하기 시작했다. "오늘 내가 저녁 사교 모임에 가기 전에 잠시 산책을 하려고 층계를 내려왔을 때, 양손이 흰색 소매부리 속에서 이리저리 흔들리고 있는 모습과 그것들이 유쾌하게 그런 짓을 하는 게 이상하게 느껴졌어요. 그때 나는 곧 이렇게 생각했지요. '기다려봐, 오늘 무슨 일이 있을 테니.' 그리곤 그 일이 있었지요." 이 말을 하면서 그는 이미 걸어가고 있었고 큰 눈을 뜨고 미소를 지으며 나를 쳐다보았다.

그러니까 이제 상황은 이렇게 되는 것이다. 그는 나에게 그런 일들에 대해 이야기하게 되었고, 미소를 지으며 눈을 크게 뜨고 나를 쳐다보았던 것이다. 그래서 나는 자제해야만 했다. 그러니까 나는 그의 어깨를 감싸지도 않았고, 그가 나를 전혀 필요로 하지 않을 수도 있었다는 데 대한 보상으로 그의 눈에 키스를 하지도 않았다. 그러나 가장 안 좋은 것은 그것 또한 손해 될 게 없다는 것이다. 그 이유는 그것은 아무런 변화도 줄 수 없기 때문이며, 이제 나는 떠나야 하기 때문이었다. 어쨌든 떠나야 했던 것이다.

내가 잠시만이라도 내 친구 곁에 머무르기 위해서 급히 방법을 강구하고 있을 때, 나의 큰 키가 — 그의 생각이지만, 그가 옆에 서면 너무 작게 보여서 — 아마 그에게 불쾌할 거라는 생각이 떠올랐다. 지금은 밤인데다가 우리는 거의 아무도 만나지 않는데도. 나는 걸어가면서 내 양손이 무릎에 닿을 정도로 등을 구부렸다. 그만큼 이 상황은 나를 괴롭게 했다. 그러나 내 친구가 내 의도를 눈치채지 못하게 하기 위해서 천천히 내 자세를 바꾸었으며, 그의 주의를 딴 데로 돌리려고 애를 썼다. 그리고 나는 갑작스럽게 그의 몸을 강 쪽으로 돌리게 해서, 슈첸인젤의 나무와 다리에 걸린 가로등들이 강물 속에서 어떤 모양으로 반사되고 있는지 손을 내밀어 가리켰다.

그러나 그는 갑자기 몸을 되돌리더니 나를 빤히 쳐다보았다 — 나는 아직 완전히 준비가 되지 않은 상태였다 — 그러고는 이렇게 말했다. "그래 무슨 일이지요? 당신은 몸을 완전히 구부리고 있는데, 왜 그렇게 걷고 있나요?"

"그래, 맞아요." 나는 제대로 올려다 볼 수 없었기 때문에 그의 바지 솔기에 얼굴을 기대면서 "당신은 날카로운 눈매를 가졌군요"라고 말했다.

"아이쿠 저런! 빨리 일어나세요! 어리석기는!"

"괜찮아요, 지금 그대로 있을 거예요"라고 나는 말하고는 가까운 땅을 쳐다보았다.

"말하지 않을 수 없군요. 당신은 사람을 화나게 만들어요. 이런 불필요한 곳에 머물다니! 자, 이제 그만하세요!"

"어째서 그렇게 소리를 질러요! 이 고요한 밤에"라고 나는 말했다.

"하여튼, 당신 좋을 대로 하세요." 그는 그렇게 말을 덧붙인 다음, 잠시 후 이렇게 말했다. 한 시 십오 분 전입니다." 그는 제분소 시계를 보면서 말했다.

이미 나는 머리채를 잡혀 끌리듯 높이 끌어올려진 상태였다. 그는 흥분을 가라앉히기 위해서 잠시동안 입을 벌리고 있었다. 나는 그의 행동을 이해했다. 그러나 그는 나를 쫓아버렸다. 그의 곁에는 나를 위한 공간이 없었다. 설령 그런 공간이 있다 하더라도 찾을 수가 없었다. 게다가 어째서 그의 곁에 머물러 시간을 보내야 하느냐 말이다. 그렇다. 나는 그저 나를 기다리고 있을 내 친척들과 친구들에게로 떠나고 싶을 뿐이다 — 그것도 곧 — 그리곤 물론 홀로 고비를 넘겨야 할 것이다(비탄이 무슨 도움이 되랴). 이곳에서 빨리 떠나도 될 것이다. 왜냐하면 내가 그의 곁에 있다고 해서 어떤 도움이 될 수는 없을 테니까. 내 큰 키, 내 식욕, 내 차가운 손도 도움이 될 수 없을 테니까. 그런데도 내가 그 곁에 머물러야 한다고 생각한다면 그것은 위험한 생각일 것이다.

"나는 당신의 보고가 필요없었습니다"라고 나는 말했다. 진심에서 우러나오는 것처럼.

"당신이 끝내 꼿꼿하게 서 있다니 천만다행이군요. 나는 단지 시간이 한 시 십오 분 전이라고만 말했을 뿐입니다."

"됐어요"라고 나는 말하고는 두 개의 손톱을 달달 떨고 있는 내이빨 사이로 쑤셔넣었다. "당신의 보고가 필요없으니, 설명은 더욱 필요없습니다. 나는 오로지 당신의 자비를 필요로 할 뿐입니다. 제발 당신이 한 말을 거두어주십시오!"

"한 시 십오 분 전이라고요? 하지만 사십오 분이 벌써 지나갔다는 것보다는 낫군요. 기뻐요."

그는 오른팔을 들어올려 손을 움찔하고는 커프스에서 나는 캐스터네츠 같은 소리에 귀를 기울였다.

이제 분명 살인 사건이 벌어질 것이다. 나는 그의 곁에 머물 것이고, 그는 상의 주머니 안에서 손잡이를 쥐고 있는 칼을 꺼내 들어 나를 향할 것이다. 그는 이 일이 얼마나 간단한 것인지 놀라지 않을 것이다. 하지만 그럴 수도 있을 것이다. 누가 그것을 알 수 있을까. 나는 소리를 지르지 않을 것이고, 그럴 수 있는 한 그를 주시할 것이다.

"자, 그래서?" 그는 말했다.

멀리 떨어져 있는, 검은 유리창이 달린 커피숍 앞에 한 경찰관이 스케이트를 타는 사람처럼 포도 위를 미끄러져 가고 있었다. 그가 차고 있는 군도가 방해되었기 때문에, 그는 이제 그것을 손에 쥐고는 긴 구간을 달렸다가 멈추고서 곡선을 그리며 돌았다. 그리고 마침내 작게 환성을 지르더니 노래를 흥얼거리고는 다시 미끄러져 가기 시작했다.

곧 벌어질 살인 사건의 현장에서 이백 보쯤 떨어져 있던 경찰이 이제야 나에게 일종의 불안감을 주었다. 내가 스스로 자결하든 달아나든 어쨌거나 나는 끝장이라는 생각이 들었다. 하지만 도망치는 것도, 번거롭고도 고통스러운 죽음의 방식에 스스로 내맡기는 것도 어느 쪽이 더 나을 것이 없었다. 이러한 죽음의 방식이 갖는 장점의 근거를 나는 알 수가 없었다. 그러나 마지막 순간을 그런 이유를 찾으면서 보낼 수는 없었다. 게다가 결심하기에는 너무 늦었다. 그래서 나는 결단을 내렸다.

나는 도망쳐야 했다. 그것은 아주 쉬운 일이었다. 이제 왼쪽으로 카알 다리로 접어들 때 나는 오른쪽 카알 거리로 뛰어들 수 있었다. 그 길은 모퉁이가 많았다. 그곳에는 어두운 대문들과 아직 열린 술집들이 있었다. 나는 절망할 필요가 없었다.

우리가 부두 끝 아치 밑 크로이츠헤렌 광장에 이르렀을 때, 나는 팔을 높이 쳐들고 골목으로 달려갔다. 그러나 막 세미나 성당의 작은 문 쪽으로 갔을 때 나는 넘어지고 말았다. 그곳에는 내가 미처 보지 못했던 계단이 하나 있었기 때문이었다. 꽝 소리가 났다. 다음 가로등은 멀리 떨어져 있어서 나는 어둠 속에 누워 있었다.

건너편 한 술집에서 뚱뚱한 여자가 작은 등잔 하나를 가지고 나와서, 길거리에 무슨 일이 일어났는지 살펴보았다. 안에서 나던 한 손으로만 치던 피아노 소리가 점점 약하게 지속되었는데, 그 이유는 피아노 연주자가 문 쪽으로 몸을 돌린 순간, 반쯤 열려 있던 문이 단추가 높이 달린 상의를 입은 어떤 남자에 의해서 완전히 열렸기 때문이었다. 그는 침을 탁 뱉었다. 그러고는 그 여자를 자기 쪽으로 확 끌어안았기 때문에 그녀는 그것을 막기 위해서 작은 등잔을 들어 올려야만 했다. "아무 일도 없어." 그가 방안에다 대고 소리를 질렀다. 그러자 그들은 몸을 돌렸고, 문은 다시 닫혔다.

나는 일어서려고 애썼으나 다시 넘어졌다. "빙판이구나" 하고 말하는 순간 무릎에 통증을 느꼈다. 그러나 술집에서 나온 사람들이 나를 보지 못했다는 것과 날이 샐 때까지 거기 누워 있을 수 있다는 것이 기뻤다.

내 친구는 아마도 나의 작별을 눈치채지 못한 채 다리까지 갔던 모양이었다. 왜냐하면 그는 얼마 후에야 내게로 왔기 때문이다. 그가 나에게 몸을 숙였을 때, 그가 놀라워하는 것을 나는 보지 못했다. ― 그는 하이에나처럼 그저 목만 완전히 숙였다 ― 그러고는 부드러운 손으로 나의 이마를 쓰다듬었다. "아프셨죠, 그렇죠? 여기는 빙판이니 조심해야 됩니다 ― 당신 스스로 말하지 않았던가요? 머리가 아프세요? 아닌가요? 아, 무릎이군요. 그렇군요. 아주 나쁜 일이군요."

하지만 그는 나를 일으키려는 생각은 하지 않았다. 나는 내 오른손으로 머리를 받치고서 ― 팔꿈치는 보도의 돌 위에 놓여져 있었다 ― 이렇게 말했다. "자, 우리는 다시 한 몸이 됐군요." 나는 다시 불안을 느꼈기 때문에 그를 밀쳐내기 위해서 두 손으로 그의 경골을 눌렀다. "저리 가요, 가." 나는 그렇게 말했다.

내 친구는 두 손을 주머니에 넣고서 텅 빈 거리 너머를 바라보았다. 그리고 세미나 성당을, 맑은 하늘을 바라보았다. 마침내 주변 거리에서 마차 한 대가 큰 소리를 내며 굴러왔을 때, 그는 나를 기억해냈다. "여보세요, 왜 아무 말도 하지 않습니까? 몸이 좋지 않은가요? 그래요. 당신은 도대체 왜 일어나지 않나요? 마차를 찾아볼까요? 당신이 원하신다면 술집에서 포도주를 조금 가져다주겠어요. 여기 이 추운 데 누워 있으면 안 돼요. 우리는 라우렌치 산에 가려고 했잖아요."

"물론이에요"라고 말하면서 나는 혼자서 일어섰다. 그러나 통증이 심했다. 나는 비틀거렸지만, 처신을 분명하게 하기 위해서 카를 4세의 입상을 뚫어져라 쳐다보아야만 했다. 내가 검은 빌로드 리본을 단 소녀로부터 열렬히는 아니지만 충실한 사랑을 받고 있을지 모른다는 생각이 떠오른 것은 아니지만, 그러나 그것이 도움이 되지는 못했을 것이다 그러나 나를 비쳐주는 달은 사랑스러웠다. 나는 겸손한 마음에서 궁륭 모양의 다리 망루 아래에 가 서려고 했다. 그러나 그때 나는 달이 모든 것을 비춘다는 것은 아주 자연스러운 일이라는 것을 깨달았다. 그래서 나는 기쁨에 차 달을 온전히 즐기기 위해 팔을 활짝 폈다. 나는 무기력한 팔로 수영 동작을 하면서 통증 없이 그리고 힘들이지 않고 수월하게 앞으로 나갈 수 있었다. 내가 왜 일찍이 이런 것을 시도한 적이 없었을까! 내 머리는 차가운 대기 속에 놓여 있었고 오른쪽 무릎은 최상으로 가벼웠다. 나는 무릎을 두드리며 칭찬했다. 그리고 나는 아마 지금도 아직 내 아래쪽에서 가고 있을 친구를 한때 미워했다는 것을 기억해냈고, 그리고 나의 기억력이 이렇게 사소한 것들을 간직할 만큼 좋다는 사실이 기뻤다. 하지만 나는 많이 생각해서는 안 된다. 왜냐하면 나는 계속 수영을 해야 했고, 너무 깊이 잠수하고 싶지 않았기 때문이다.

나중에 나에게 포도 위에서는 누구나 헤엄칠 수 있으니 그건 얘기할 가치도 없다는 말을 하지 못하게 하기 위해서, 나는 속도를 내서 다리 난간 위로 솟아올랐고, 거기 모든 성인들의 입상 주위를 헤엄치면서 돌았다.

다섯번째 입상에서 — 내가 막 유연한 날갯짓으로 포도 위에 머물고 있었을 때 — 내 친구가 내 손을 잡았다. 그러자 나는 다시 포도 위에 서 있었고 무릎에 통증을 느꼈다. "언제나 나는" 하고 내 친구는 한 손으로는 나를 붙잡고, 다른 손으로는 성 루드밀라의 입상을 가리키면서 말했다. "언제나 나는 왼쪽, 이 천사의 양손을 보고는 놀라곤 했지요. 보세요. 그 손들이 얼마나 부드러운가를! 실제 천사 손이에요! 당신은 그와 같은 것을 본 적이 있나요? 당신은 아닐 거예요. 하지만 난 본 적이 있어요. 왜냐하면 나는 오늘밤 그 손에 키스했으니까요—"

그러나 나에게는 파멸해갈 세번째 가능성이 아직 있었다. 나 스스로 칼을 찌를 필요도 그리고 도망갈 필요도 없었다. 나는 단지 대기 속에 몸을 덜질 수 있을 뿐이었다. 그는 라우렌치 산으로 가야만 한다. 나는 그를 방해하지 않을 것이다. 도망침으로써 결코 그를 방해하지는 않을 것이다.

그리하여 이제 나는 소리를 질렀다. "그 따위 이야길랑 집어치워요! 나는 더 이상 토막난 이야기를 듣고 싶지 않아요. 처음부터 끝까지 이야기해줘요. 다 듣고 싶단 말이에요. 정말 나는 모든 것에 안달이 나 있어요."

그가 나를 보았을 때, 나는 더 이상 소리를 지르지는 않고 이렇게 말했다. "당신은 내 과묵함을 신뢰할 수 있을 거예요! 당신이 마음에 담고 있는 것을 모두 이야기 해주세요. 당신은 나처럼 그렇게 묵묵히 듣는 사람을 만나본 적이 없을 겁니다."

그리고 아주 나즈막하게 그의 귀에다 대고 속삭였다. "나를 두려
워하지 말아요. 그건 쓸데없는 짓이에요."

나는 그가 여전히 웃고 있는 소리를 들었다.

I

나는 그것이 처음이 아닌 양 몸을 날려 내 친구의 양어깨 위로 뛰어
올라갔고, 내 두 주먹으로 그의 등을 찔러대어 그가 가볍게 걸어가
도록 만들었다. 그러나 그가 약간 불쾌하게 발을 구르거나 가끔은
멈추어 서버리면, 그를 좀더 명랑하게 해주기 위해 나는 그의 배를
부츠로 여러 번 차주었다. 그건 성공적이어서, 우리는 꽤 빠른 속
도로 크지만 아직 완성되지는 않은 어떤 지역으로 계속 들어갔다.

내가 무등을 타고 가는 국도는 돌투성이이며 꽤나 오르막길이었
다. 그러나 바로 그게 내 마음에 들어서, 나는 길을 좀더 돌이 많고
좀더 가파르게 만들었다. 내 친구가 돌부리에 걸려 넘어졌을 때,
나는 그의 칼라를 위로 잡아챘고, 그가 탄식하자 그의 머리를 권투
하듯 때렸다. 그러면서 나는 이렇듯 좋은 공기 속에서 무등타기가
내 건강에 아주 좋다고 느꼈다. 그를 좀더 격하게 만들기 위해서,
나는 강한 역풍이 우리에게 길게 몰아치게 했다.

이제 나는 내 친구의 넓은 어깨 위에서 심하게 굴렀다. 양손으로
그의 목을 꽉 잡고 있는 동안 나는 머리를 뒤로 활짝 젖히고 여러 모
양의 구름들을 바라보았다. 그 구름들은 나보다 더 약해서 바람에 느
릿느릿 흘러가고 있었다. 나는 웃으며 의기에 차서 몸을 떨었다. 내
상의는 넓게 벌어져 있었고 그것이 나에게 힘을 주었다. 그때 나는
내 두 손을 맞잡고 꽉 눌렀는데, 그렇게 해서 내 친구의 목을 졸랐다.

그러나 내가 길가에 자라나게 했던 나무들의 구부러진 가지들 때

문에 하늘이 보이지 않자 나는 곰곰이 생각했다.

"나는 모른다"라고 나는 소리 없이 외쳤다. "나는 정말 모른다. 아무도 오지 않으면, 분명 아무도 오지 않는 법이지. 나는 어느 누구에게도 나쁜 짓을 한 적이 없고, 어느 누구도 나에게 나쁜 짓을 한 적이 없다. 하지만 어느 누구도 나를 도우려 하지 않는다. 정말이지 어느 누구도. 그러나 그건 그렇지가 않다. 어느 누구도 나를 돕지 않는다는 것은 정말이지 어느 누구도 귀엽지 않다는 것일지 모른다. 나는 기꺼이 (당신은 거기에 대해 어떻게 생각하는지요?) 정말이지 아무것도 아닌 사람들과 소풍을 할 것이다. 물론 산으로 간다. 그렇지 않으면 어디로 가겠는가? 이 아무것도 아닌 사람들은 수많은 팔을 가로로 뻗거나 팔짱을 낀 채, 그리고 수많은 발들을 잔걸음으로 떼어놓으며 얼마나 서로 밀착해서 밀려오겠는가! 모두 연미복을 입고 있음은 물론이다. 우리가 랄라 랄라 노래를 부르며 갈 때면, 우리와 우리 사지가 열어놓은 틈 사이로 멋진 바람이 분다. 목들은 산에서는 자유로워진다. 우리가 노래하지 않는 게 놀라울 뿐이다."

그때 내 친구가 넘어졌다. 그래서 그를 살펴보니, 무릎에 심한 상처를 입었다. 그는 더 이상 내게 필요치 않았으므로, 나는 마지못해 그를 돌 위에 올려두고, 그를 감시하도록 하기 위해 공중에서 몇 마리의 독수리를 불러 내렸다. 심상치 않은 주둥이를 지닌 그것들은 순순히 내 친구 위에 내려앉았다.

II

나는 태평스럽게 계속해서 갔다. 그러나 행인이 된 나는 산길을 걷는 노고를 겁내고 있었으므로, 길을 점점 더 평평하게 만들었고, 결국 길은 먼 곳에서 계곡으로 가라앉게 되었다. 내 의지에 의해 돌들은 사라졌고, 바람은 없어졌다.

　나는 멋지게 행진해 갔다. 산을 내려가고 있었으므로, 머리를 쳐들고 몸을 똑바로 세우고 양팔을 머리 뒤로 깍지끼고 있었다. 나는 가문비나무 숲을 좋아하므로, 가문비나무 숲을 지나갔다. 또 나는 별이 빛나는 하늘을 말없이 바라보기를 좋아하므로, 하늘에서는 별들이 천천히 내 위로 떠올랐다. 물론 별은 원래 그렇게 떠오르긴 하지만. 나는 몇 조각 펼쳐진 구름을 보았을 뿐이었는데, 구름 높이에서만 불고 있는 바람은 산보하는 사람들을 놀라게 하기 위해 그 구름들을 대기를 통해 끌어당기고 있었다.

　아마도 강이 나와 갈라놓을 길 건너편 꽤 먼 곳에 나는 적당히 높은 산을 우뚝 세웠는데, 그 산꼭대기는 잡목 숲으로 덮인 채 하늘과 맞닿아 있었다. 가장 높은 나뭇가지들의 잔가지들과 그들의 움직임을 나는 선명하게 볼 수 있었다. 그 광경은 아주 평범하기는 했지만 나를 기쁘게 한 나머지 나는 한 마리 작은 새가 되어 그 멀리 떨어진 우거진 관목들의 가는 나뭇가지에 매달려 그네를 타느라고 달을 떠오르게 하는 것을 잊고 있었다. 달은 벌써 산 뒤에 와 있었는데, 아마도 늦어져 화를 내고 있는 듯했다.

　그러나 이제 달이 떠오르기 전에 일어나는 차가운 빛이 산 위에 널리 퍼지자, 돌연 달 스스로 불안한 관목들 중 하나 뒤로 떠올랐다. 그러나 나는 그 사이 다른 곳을 보고 있었는데, 이제 내 앞쪽으로 달이 거의 완전히 둥근 모습으로 빛나는 모양을 갑자기 보게 되자 눈이 침침해져서 멈추어 섰다. 왜냐하면 급경사진 길이 바로 이 놀라운 달 속으로 나 있는 듯이 보였기 때문이었다.

　그러나 잠시 후 나는 그것에 익숙해졌고, 달에게는 월출이 얼마나 어려웠을까 하고 곰곰이 생각하면서 그것을 바라보았다. 마침내 우리가 서로에게 성큼 다가서게 되자, 나는 심한 졸음을 느꼈는데,

익숙지 않은 산보 때문인 듯싶었다. 나는 잠시동안 눈을 감고 걸어가면서, 두 손을 크게 그리고 규칙적으로 마주치게 함으로써 잠을 깨었다.

그러나 길이 내 발밑에서 미끄러져 떨어지려 했고, 또 모든 것이 나처럼 피로해져서 사라지기 시작했기 때문에 나는 온 힘을 다하여 서둘러 오른쪽 길의 비탈로 기어올라갔다. 높고 어지럽게 자란 가문비나무 숲으로 제때에 들어가기 위해서였다. 나는 목전에 다가온 밤을 이 숲 속에서 보내려고 했던 것이다.

서두를 필요가 있었다. 별들은 구름이 없는데도 이미 어두워졌고, 그리고 나는 달이 마치 움직이는 강물 속에서처럼 하늘 속으로 힘없이 가라앉는 것을 보았다. 산은 이미 밤의 일부가 되었고, 국도는 내가 비탈로 접어들었던 바로 그곳에서 끝나 있었다. 그리고 숲 속으로부터 나무줄기들이 무너져 내리는 소리가 점점 가까이 들려왔다. 나는 곧장 이끼 위로 몸을 던져 잠을 잘 수도 있었겠지만, 그러나 숲의 바닥에서 자는 것이 두려웠다. 팔과 다리로 고리 모양으로 나무 둘레를 둘렀지만 바람도 없는데 나무가 마구 흔들려 미끄러져 내려서 나는 급히 나무 위로 기어올랐다. 나는 가지 위에 몸을 눕히고 머리를 기대고는 서둘러 잠들어버렸다. 이때 근사한 꼬리를 가진 다람쥐 한 마리가 떨고 있는 가지 끝에 앉아서 나처럼 변덕스럽게 몸을 흔들고 있었다.

III

나는 잠을 잤고 온 존재를 첫번째 꿈속으로 몰아갔다. 나는 불안과 고통 속에 꿈속을 헤매는 것을 견딜 수 없었지만 깨어날 수도 없었다. 왜냐하면 내 주위 세계가 끝났으므로 단지 잠잘 수밖에 없었던

것이다. 그래서 나는 깊은 잠에 취해 꿈속을 달렸고 구원을 받은 듯
— 잠과 꿈속에서 벗어나 — 내 고향 마을로 되돌아갔다.

나는 마차들이 정원 울타리 옆을 지나가는 소리를 들었다. 조금
씩 흔들리는 나뭇잎들 사이로 가끔 그것들이 보이기도 했다. 그 무
더운 여름날, 수레바퀴와 끌채의 나무가 얼마나 삐걱거리는 소리를
내었던지! 일꾼들이 들에서 돌아오며 무색할 정도로 웃어댔다.

나는 우리들 작은 그네에 앉아 있었다. 마침 부모님 집 정원의 나
무들 사이에서 막 쉬고 있었던 것이다.

울타리 밖에서는 소리가 멈추지 않았다. 뛰어가는 아이들의 발자
국 소리가 순식간에 스쳐 지나갔다. 볏단 위에 남자들과 여자들을
태운 곡식 마차들이 지나가자, 주위에 빙 둘러 있던 화단들이 어두
워졌다. 저녁때쯤 나는 지팡이를 든 신사가 천천히 산책하는 것을
보았는데, 팔짱을 낀 두 소녀가 그를 향해 오다가 인사하며 옆쪽 풀
밭으로 길을 비켜주었다.

그러고는 새들이 마치 퉁기듯이 날아올랐다. 나는 눈으로 새들을
뒤쫓아, 그들이 단숨에 날아오르는 것을 보았다. 그러자 나에게는
그것들이 날아오른 것이 아니라, 내가 떨어지고 있다는 생각이 들
었다. 그래서 나는 기운이 빠져 그네 줄에 꼭 매달리며 그네를 조금
씩 흔들기 시작했다. 곧 더욱 세차게 그네를 굴렀다. 그때 벌써 더
욱 서늘한 바람이 불어왔고, 날아가는 새들 대신 떨고 있는 별들이
나타났다.

촛불 곁에서 나는 저녁을 먹었다. 이따금 나는 양팔을 나무 식탁
위에 올려놓았고, 벌써 피로해진 채 버터 빵을 씹었다. 크게 두 조
각이 난 커튼이 따스한 바람에 부풀어 올랐고, 이따금 밖을 지나가
던 사람이 나를 좀더 잘 보고 싶고 말을 걸고 싶을 때는 양손으로
그것을 꼭 잡았다. 촛불은 대부분 곧 꺼졌고, 얼마간 모여들었던

모기들은 촛불 연기 속에 아직도 맴돌고 있었다. 누군가 창가에서 나를 찾으면, 나는 마치 산 속이나 텅 빈 공중을 바라보듯이 그를 바라보았고, 그 역시 대답을 그다지 기대하지 않는 듯했다.

누군가 창문턱을 넘어와서, 다른 아이들이 벌써 집 앞에 와 있다고 전하자 나는 한숨을 쉬며 몸을 일으킨다.

"그래서는 안 돼, 너는 왜 그렇게 한숨을 쉬니? 도대체 무슨 일이 일어난 거니? 다신 회복할 수 없는, 어떤 특별한 불행이니? 우리는 정말 그것에서 회복될 수 없겠니? 정말 모든 것이 다 망쳐진 거니?"

망쳐진 것은 아무것도 없었다. 우리들은 집 앞으로 달려갔다. "천만다행이군, 드디어 너희들이 오다니!" — "넌 언제나 너무 늦는구나!" — "어째서 나야?" — "바로 너 말야, 함께 가기 싫으면 집에 있어." — "양해를 구하지는 않겠어!" — "뭐라고? 양해를 구하지 않겠다고? 어떻게 그런 말을 하지?"

우리는 고개를 처들고 저녁을 헤쳐나갔다. 낮 시간도 밤 시간도 아니었다. 어떤 때는 우리의 조끼 단추들이 마치 이빨처럼 서로 비비적거렸고, 또 어떤 때는 우리는 마치 열대지방의 동물들처럼 입 안의 열기를 뿜으며 일정한 간격으로 달려가기도 했다. 옛날 전쟁 때의 갑옷을 입은 기병들처럼 땅을 박차고 공중으로 높이 뛰어오르면서 우리는 서로를 몰아대며 짧은 골목길을 달려 내려갔고, 계속해서 이런 달리기로 쏜살같이 국도로 올라갔다. 몇몇은 길섶의 도랑 속으로 뛰어들었는데, 어두운 둑 앞에서 사라졌는가 했더니, 벌써 들길로 올라서서 마치 낯선 사람들처럼 내려다보고 있었다.

"이리로 내려와!" — "우선 올라와봐!" — "너희가 우리를 아래로 내던지도록 말이지. 그럴 생각은 없는 걸. 아직 그 정도 분별은 있지." — "너희는 자신들이 그렇게 비겁하다고 말하고 싶은 거겠지. 오기만 해, 오란 말이야!" — "정말? 너희가? 바로 너희가 우리를 아래로 내던지겠다고? 너희들 무슨 생각을 하고 있는 거지?"

우리는 공격했고, 앞가슴을 얻어맞고, 떨어지면서 자진해서 길섶 구덩이의 잔디 속에 몸을 뉘었다. 모든 게 한결같이 따뜻해졌다. 우리는 따스함을 느끼지는 못했지만, 잔디의 냉기를 느끼지는 않았다. 다만 피로해졌을 뿐이었다.

우리는 오른쪽으로 몸을 돌려 귀 밑에 손을 댄 자세로 잠들고 싶어했다. 턱을 쳐들고 다시 한번 벌떡 일어서려고 했지만, 그러면 더욱 깊은 구덩이 속으로 떨어졌다. 그래서 팔짱을 끼고 다리를 옆으로 비스듬히 흔들며 공중으로 몸을 던져보려고 했지만, 분명히 또 다시 더욱 깊은 구덩이 속으로 떨어질 것이었다. 그런데 우리는 그 정도로는 결코 그만두려 하지 않았다.

우리는 마지막 구덩이에서는 제대로 잠을 자기 위해서 최대한 몸을, 특히 무릎을 편다는 생각은 전혀 하지도 못했으며, 울고 싶은 심정으로 아픈 듯이 등을 대고 누워 있었다. 한 소년이 엉덩이에 팔꿈치를 대고, 시꺼먼 발바닥으로 우리 위를 넘어 둑에서 길 위로 뛰어올라갔을 때도, 우리는 그저 눈만 깜박거릴 뿐이었다.

우리는 벌써 꽤 높은 곳에 떠 있는 달을 보았고, 우편마차 한 대가 그 달빛을 받으며 지나갔다. 대개는 약한 바람이 일었는데, 구덩이 속에서도 그것이 느껴졌다. 그리고 가까이에서 숲이 쏴쏴 소리를 내기 시작했다. 그때 우리들 하나하나에겐 우리들뿐이라는 생각이 더 이상 그리 중요하지 않았다.

"너희들 어디 있니?" — "이리들 와봐!" — "모두 말야!" — "너는 왜 숨고 있니, 어리석은 짓은 그만둬!" — "너희들은 우편마차가 벌써 지나간 것도 모르니?" — "아니! 벌써 지나갔다고?" — "물론이야, 네가 잠자는 동안에 지나갔지." — "내가 잤다고? 아니야, 그럴리 없어!" — "입이나 다물어, 네 얼굴에 그렇게 씌어 있단 말이야." — "제발 그만둬." — "자, 가자!."

우리들은 서로 아주 가까이에서 달렸다. 많은 아이들은 서로 손이 마주 닿았다. 고개를 아무리 높이 쳐들어도 별 소용이 없었다. 왜냐하면 내리막길이었으니까. 어떤 한 아이가 전쟁을 알리는 인디언의 고함소리를 내질렀다. 지금까지와는 전혀 다르게 우리들의 발은 구보하듯 움직였고, 뛰어오를 때는 우리 엉덩이 밑에서 바람이 일었다. 아무것도 우리를 멈추게 하지는 못했을 것이다. 우리는 그런 모양으로 달리고 있었으므로 추월을 당해도 팔짱을 끼고 여유 있게 주위를 둘러볼 수 있을 정도였다.

급류가 흐르는 다리 앞에서 우리들은 멈춰 섰다. 계속해서 달려갔던 아이들은 되돌아왔다. 저 아래 물은 아직 그다지 늦은 저녁은 아니라는 듯이, 바위와 나무 뿌리에 부딪히고 있었다. 누군가 난간 아래로 뛰어내리지 않는 것이 이상할 정도였다.

멀리 보이는 덤불 뒤에서 기차가 달려나오고 있었다. 모든 찻간에 불이 켜져 있었는데, 분명 유리창문을 내리고 있을 것이다. 우리 중 하나가 유치한 유행가를 부르기 시작했다, 그러나 우리들 모두가 노래를 부르고 싶었다. 우리들은 기차가 달리는 것보다 훨씬 빠르게 노래를 불렀고, 목소리로는 충분치가 않아서 팔을 흔들어댔다. 우리들은 군중 속에 끼어든 것처럼 우리의 목소리로 서로 밀쳐대고 있었다. 자신의 목소리가 다른 사람들의 목소리에 섞이게 되면, 마치 낚시바늘에 걸린 것만 같다.

이렇게 우리들은 숲을 등지고, 멀리 여행객들의 귀에까지 들리도록 노래를 불렀다. 마을에서는 어른들이 아직 잠들지 않았고, 어머니들은 밤을 위해 잠자리를 마련하고 있었다.

벌써 시간이 되었다. 나는 내 옆에 서 있는 아이에게 입을 맞추고, 그 옆의 다른 세 명에게는 그저 손을 내밀었다. 그리고 오던 길을 되돌아 달리기 시작했다. 아무도 나를 부르지 않았다. 그들이 나를 더이상 볼 수 없게 된 첫번째 네거리에서 나는 구부려져서 들길을 지나 다시 숲 속으로 들어갔다. 그리곤 계속해서 달렸다. 나는 큰 숲속을 달리며 어떤 때는 햇빛을, 어떤 때는 달빛을 받았는데, 어떤 때는 등에 또 어떤 때는 얼굴에 쏟아졌다. 나는 남쪽 도시를 향해 힘껏 달렸다. 우리 마을에서는 이 도시에 대해 이렇게 말한다.

"생각 좀 해봐! 그곳에서는 사람들이 잠을 자지 않는대!"

"그건 또 왜?"

"그들은 피곤해지지 않으니까."

"그건 또 왜 그렇지?"

"그들은 바보니까."

"바보들은 피곤해지지도 않는다고?"

"바보들이 어떻게 피곤해질 수 있겠니?"

IV

그곳에서 나는 매일같이 어떤 성당에 다니던 때가 있었다. 내가 사랑했던 소녀가 저녁이면 반 시간 가량 그곳에서 무릎을 꿇은 채 기도를 올렸는데, 그럴 때면 나는 그녀를 조용히 바라볼 수 있었기 때문이다.

언젠가 소녀가 오지 않아 언짢은 기분으로 기도하는 사람들을 바라보고 있었는데, 한 젊은이가 특히 눈에 들어왔다. 그는 깡마른 모습으로 몸을 바닥 위에 던져놓은 채였다. 이따금씩 그는 온 힘을 머리에 모으고 한숨을 쉬면서 돌바닥 위에 놓인 자신의 손바닥 위에 머리를 조아리곤 했다.

성당 안엔 몇몇 나이든 여인들만 있었는데, 그녀들은 그 기도하는 젊은이 쪽을 바라보기 위해서 종종 천으로 감싼 작은 머리를 비스듬히 돌리곤 했다. 이런 관심에 그는 행복했던지 경건한 기도를 올리기 전에 바라보는 사람들이 많은지 어떤지 눈을 사방으로 돌렸다.

그것을 철면피 같다고 생각한 나는 그가 성당을 나설 때 말을 걸어 왜 이런 식으로 기도를 하는지 물어보기로 작정했다. 그렇다. 내가 이 도시에 온 이래로 나의 소녀가 성당에 오지 않았기 때문에 분명 나는 화가 나 있었던 것이다.

그러나 한 시간 후에야 비로소 그는 일어났는데, 그가 오랜 동안 바지를 문질렀기 때문에 나는 이렇게 소리치고 싶었다. "됐어요, 됐어. 당신이 바지를 입고 있다는 걸 모두 다 알고 있어요." 그는 조심스럽게 성호를 긋고는 성수대가 있는 쪽으로 마치 마도로스처럼 힘겹게 다가갔다.

나는 성수대와 문 사이의 길목에 서 있었기 때문에, 어떤 해명 없이는 그를 통과시키지 않을 것이었다. 단호하게 말을 하기 위한 최상의 사전 준비로서 나는 입을 찌그러뜨렸다. 그리고 오른쪽 다리를 앞으로 내밀어 거기에 몸을 의지하고, 왼쪽 다리로는 발돋움을 했다. 왜냐하면 내가 경험한 바로는 그런 자세가 단호함을 주었기 때문이었다.

이 남자가 성수를 얼굴에 뿌렸을 때, 이미 그는 나를 욕하고 있었을 수도 있다. 아마도 그는 내 눈길을 벌써부터 눈치채고 걱정했을지 모른다. 왜냐하면 그가 예상치 않게 문 쪽으로 달려가 나가버렸기 때문이다. 그를 잡기 위해서 나는 본의 아니게 훌쩍 뛰었다. 유리문이 탁 하고 닫혔다. 내가 그 즉시 문을 빠져나갔을 때 그는 더 이상 보이지 않았다. 거기엔 좁은 골목길이 여러 갈래 나 있었고 교통이 번잡했다.

그 이후로 그는 오지 않았으나 소녀는 왔다. 그녀는 기도실 구석한 옆에서 다시 기도를 했다. 그녀는 검은 옷을 입었는데, 거기에는 어깨와 목덜미에 투명한 레이스가 달려 있었다 — 레이스 밑으로 반달 모양으로 파진 내의의 가장자리가 보였다 — 레이스의 아래쪽 가장자리로부터 잘 재단된 비단 칼라가 내려와 있었다. 소녀가 나타난 관계로 나는 그 젊은이를 잊어버렸고, 그가 후에 다시 규칙적으로 와서 자기 방식대로 기도를 드렸을 때도 처음엔 그에게 더 이상 관심을 두지 않았다.

그러나 그는 언제나 얼굴을 돌린 채로 내 곁을 급히 서둘러 지나갔다. 반대로 그는 기도 드릴 때 수없이 나를 눈여겨보곤 했다. 그는 나에게 화가 나 있는 듯이 보였다. 왜냐하면 당시 나는 그에게 말을 걸지 않았기 때문이다. 내가 그에게 말을 걸려고 시도하는 것이야말로 결국 그것을 실행하는 의무를 받아들이는 것과 다름없다고 생각한 모양이었다. 나는 설교가 끝난 후 그 소녀를 따라가다가 반쯤 어두운 곳에서 그와 부딪혔는데, 그가 미소를 짓고 있다는 생각이 들었다.

그에게 말을 걸어야 한다는 그런 의무감은 물론 없었다. 더군다나 그에게 말을 걸고 싶은 욕망은 더더군다나 거의 없었다. 한 번은 내가 뛰어서 성당 광장에 도착했을 때는 벌써 일곱 시여서 그녀는 이미 성당에 있지 않고 그 젊은이만이 제단 난간 앞에서 기도를 끝내고 있었는데도 나는 그에게 말을 거는 것을 망설였다.

마침내 나는 발뒤꿈치를 들고 문이 있는 통로로 미끄러지듯 달려가서, 거기에 앉아 있던 눈먼 걸인에게 동전 한 닢을 건네주고는 그의 옆자리에 앉아 열린 문짝 뒤에 몸을 바짝 붙였다. 거기에서 나는 한 시간 동안 앉아 있었는데 그 젊은 기도자에게 가할 놀라운 일을 기대하며 즐거워했다. 그러나 그 젊은이의 기도는 쉬이 끝나지 않았다. 나는 곧 짜증이 몹시 나서 옷 위로 기어오르는 거미들을 그냥 내버려둘 정도였다. 그리고 사람들이 끊임없이 숨을 크게 쉬면서 성당의 어둠을 빠져나올 때마다 인사를 한다는 것은 성가신 일이었다.

바로 그때 그도 나왔다. 조금전에 울리기 시작한 큰 종들의 소리는 그에게 좋은 것이 아니라는 것을 나는 알고 있었다. 그는 나서기도 전에 발뒤꿈치를 든 채로 우선 가볍게 땅바닥을 더듬거렸다.

나는 일어서서 성큼 다가가 그를 붙잡았다. "안녕하시오!"라고 말하고는 그의 옷깃을 붙잡고 그를 계단 밑 밝은 곳으로 밀어부쳤다.

아래로 내려왔을 때, 내가 그를 뒤에서 여전히 붙잡고 있는 동안에 그가 몸을 돌렸기 때문에 우리는 서로 가슴이 맞닿을 정도로 마주서게 되었다. "뒤에 붙잡은 것을 좀 놔줬으면 하는데요!"라고 그는 말했다. "당신이 저에게 어떤 혐의를 갖고 계신지 모르겠지만 저는 죄가 없어요." 그런 다음 그는 다시 한 번 반복해서 말했다. "어떤 혐의를 갖고 있는지 모르겠군요."

"여기서는 혐의나 무죄가 문제될 게 없어요. 제발 그것에 대해 더 이상 말하지 마십시오. 우리는 서로 낯선 사입니다. 우리가 안 것은 성당 계단 높이보다도 오래되지 않았습니다. 우리가 즉시 우리의 무죄에 대해 이야기를 시작하려면 어디로 가는 게 좋을까요."

"내 생각도 같아요"라고 그는 말했다. "어쨌든 당신은 무죄에 대하여 이야기하셨는데요. 그것은 내가 나의 무죄를 증명한다면, 당신도 역시 당신의 무죄를 증명하겠다는 뜻인가요. 그런 뜻인가요?"

"그것이든 혹은 다른 것이든" 나는 말했다. "나는 단지 당신에게 무언가 물어볼 것이 있어서 말을 걸었을 뿐입니다. 당신 스스로 알고 있을 텐데요?"

"나는 집에 가고 싶어요"라고 그는 말했다. 그러고는 약간 몸을 돌렸다.

"난 믿고 있어요. 그렇지 않고서야 내가 당신에게 말을 걸었겠어요? 당신의 눈이 예뻐서 말을 걸었다고 생각해서는 안 됩니다."

"당신이 아주 옳지 않다는 생각은 들지 않나요? 어때요?"

"지금 그런 일에 대해 이야기하고 있는 것이 아님을 다시 말해야 되나요? 여기서 무슨 옳고 그름이 문제되겠어요? 내가 묻고 당신이 대답하면 그땐 안녕이지요. 그 다음 당신은 집으로 가도 상관없어요. 그리고 원하신다면 빨리요."

"그것이 썩 안 좋다면 다음번에 만나는 것이 어떨까요? 적절한 시기에 말입니다? 커피숍이 어떨까요? 그런데 당신의 신부께서 몇 분 전에야 나가셨는데, 잘하면 따라잡을 수 있을 텐데요. 그녀가 꽤 기다렸을 거예요."

"아닙니다." 나는 지나가는 전차의 소음 때문에 소리를 질렀다. "당신은 내게서 빠져나가지 못해요. 당신, 더욱 내 마음에 드는데요. 당신은 굴러온 복이에요. 저는 기뻐요."

그러자 그가 말했다. "아니, 이럴 수가. 당신은 소문대로 강심장에다 목석 같은 머리를 지녔군요. 절 굴러온 복이라 부르다니, 정말 행복하시겠군요! 하지만 저의 불행은 흔들리는 불행입니다. 얇고 뾰족한 끝에 매달려 흔들리는 불행이지요. 그래, 그걸 건드리기만 하면, 그것은 심문자에게 떨어지거든요. 그러니 안녕히 계세요."

"좋아요"라고 말하면서 나는 그를 갑자기 덮쳐 그의 오른손을 꽉 잡았다. "당신이 멋대로 대답하지 않는다면, 나는 강제로 대답하게 할 겁니다. 나는 당신이 가는 대로 그게 왼쪽이든 오른쪽이든 따라갈 겁니다. 그리고 계단을 올라가 당신 방으로 가서 자리가 있으면 어디든 앉을 겁니다. 아주 분명해요. 나를 보세요. 지금껏 참아왔어요." "어떻게 당신이 —" 나는 그에게 바짝 다가갔다. 그는 나보다 머리 하나가 더 컸으므로 나는 그의 목에다 대고 말을 했다 —

"당신은 어떻게 나를 방해할 용기를 키울 건가요?"

그러자 그는 뒤로 물러나면서 교대로 나의 두 손에 키스를 했는데, 그 두 손을 눈물로 적셨다. "당신을 도저히 거부할 수 없군요. 당신은 내가 집에 가야 한다는 것을 알았던 것처럼, 내가 전혀 거부할 수 없다는 것을 벌써 알고 있었군요. 제발 저 건너편 옆 골목으로 가는 편이 낫겠습니다." 나는 머리를 끄덕였고 우리는 그리로 갔다. 마차 한 대가 우리를 갈라놓았기 때문에 내가 뒤로 처지자, 그는 서두르라고 두 손으로 신호를 보냈다.

그러나 그는 가로등이 이층 높은 곳에 매달려 있는 골목길의 어둠이 불만이었는지 나를 어떤 낡은 집의 낮은 복도 안 작은 등불 밑으로 데리고 갔는데, 그 등불은 목재 계단 앞에 떨어질 듯이 대롱대롱 매달려 있었다.

거기에서 그는 손수건을 꺼내어 입구 계단의 우묵한 곳 위에 펼쳐 놓으면서 앉으라고 했다. "당신은 앉아서 더 잘 물어보실 수 있을 겁니다. 저는 서 있겠어요. 그러면 대답을 더 잘할 수 있습니다. 하지만 괴롭히지는 말아주십시오."

그가 그 사안을 진지하게 받아들였기 때문에 나는 단지 그 자리에 앉았다. 그러나 이렇게 말하지 않을 수 없었다. "당신은 우리가 마치 공모자인 것처럼 이런 구멍 같은 곳으로 나를 데리고 왔습니다. 그런데 나는 호기심 때문에 당신과, 그리고 당신은 불안 때문에 나와 연결되어 있습니다. 나는 단지 어째서 당신이 성당에서 그런 식으로 기도를 하는지 묻고 싶을 뿐입니다. 어떻게 그곳에서 그런 태도를 취할 수 있어요! 정말이지 그 얼마나 바보 같은 짓이에요! 그게 얼마나 가소로운지, 그리고 보는 이들에겐 얼마나 불쾌하며 경건한 사람들에게는 얼마나 참을 수 없는 짓인지!"

그는 몸을 담벼락에 꼭 붙이고 있었는데, 머리만을 공중에서 자유롭게 움직였다. "오해일 뿐이에요. 경건한 사람들은 나의 태도를 자연스럽게 여길 것이고, 나머지 사람들은 그것을 경건하게 여길 테니까요."

"내가 분개하는 것은 바로 그것에 대한 반박이라는 겁니다."

"당신의 분노는 — 그것이 설령 실질적인 분노라고 인정한다 하더라도 — 당신이 경건한 사람에도 또 나머지 사람에도 속하지 않다는 사실만을 증명할 뿐입니다."

"당신이 옳아요. 당신의 태도가 나를 화나게 했다고 내가 말했다면 그건 약간 도가 지나쳤지요. 그게 아니라, 내가 처음에 말했던 것처럼 그것이 나의 호기심을 약간 자극했다는 겁니다. 하지만 당신은 어떤 사람에 속하는지요?"

"아, 사람들에게 보이려는 것은 단지 즐기려는 것일 뿐입니다. 정말이지 이따금씩 제단 위에 그림자를 던지는 일은 즐거운 것이지요."

"즐긴다고요?"라고 나는 물었다. 그러고는 얼굴을 찌푸렸다.

"당신은 알고 싶어하는데 그게 아니에요. 내가 그것을 잘못 표현한 것에 화를 내지 마십시오. 즐기는 것이 아니라 그것은 나에게 필요한 것입니다. 이러한 눈길로 잠시동안만이라도 나에게 확실하게 망치질을 하도록 하려는 필요에서입니다. 온 시내가 나를 빙 둘러싸고서 —"

"지금 당신 무슨 소리하는 겁니까?" 나는 그의 소견과 그 낮은 통로에 비해 너무 크게 소리를 질렀다. 그러나 나는 말을 못하거나 목소리가 약해질까봐 걱정이 되었다. "정말이지, 무슨 말을 하는 거요. 당신이 어떤 상태에 있는지 당신을 처음 봤을 때부터 사실 알고 있었소. 그것은 이런 열병이 아니오, 단단한 땅 위에서 느끼는 뱃멀미 같은 열병 말입니다. 일종의 나병 아닙니까? 당신은 너무 열이 올라 사물들의 진정한 이름에 만족할 수도, 그것들에 배불러할지도 몰라서 이제 급히 우연한 이름들을 그것들에게 마구 쏟아붓고 있는 것은 아닌지요. 오로지 빨리, 오로지 빨리! 그러나 당신이 그것들로부터 도망치자마자, 당신은 다시 그것들의 이름을 잊어버리지요. 당신이 '바벨탑'이라고 명명했던 들판의 포플러나무는 — 왜냐하면 당신은 그것이 포플러나무라는 것을 알려고 하지 않았기 때문인데 — 다시 이름 없이 흔들거리지요. 그리고 당신은 그것을 '술 취한 노아'라고 명명하게 될 겁니다."

그는 "제가 당신이 한 말을 이해하지 못해서 기쁩니다"라고 나의 말을 중단시켰다.

나는 흥분해서 급히 말했다. "당신은 그것을 기뻐함으로써 당신 자신이 그것을 이해했다는 것을 보여주고 있는 겁니다."

"내가 이미 그것을 말하지 않았던가요? 당신을 전혀 거부할 수 없군요."

나는 양손을 위쪽 계단 위에 올리고는 뒤로 기대어 섰다. 그리고 레슬링 선수들의 최후 방어 방식인 거의 비공격적인 자세로 물었다. "미안합니다만, 당신이 내가 한 설명을 나에게 되돌리는 것은 솔직한 일이 아닙니다."

그러자 그는 용감해졌다. 그는 몸으로도 자신의 의사를 드러내기 위해 팔짱을 끼고는 가볍게 반대의 뜻을 표했다. "당신은 솔직함에 대한 논쟁을 처음부터 곧바로 제외시켰습니다. 그리고 사실 말이지 나는 당신에게 나의 기도하는 방식을 이해시키려는 것 이외에는 관심이 없습니다. 그러니 당신은 내가 어째서 그렇게 기도하는지 알겠소?"

그는 나를 시험했다. 아니다, 나는 몰랐다. 그리고 알고 싶지도 않았다. 그렇다, 나는 여기에 오려고 하지도 않았다. 나는 이렇게 혼자 말했다. 하지만 이 인간은 나를 강요해서 자기 이야기를 경청하도록 하고 있다. 그러므로 나는 단지 머리를 흔들면 된다. 그렇게 되면 모든 것이 좋을 것이다. 하지만 나는 이순간에 그렇게 할 수가 없었다.

내 맞은편에 서 있던 그는 미소를 지었다. 그러더니 무릎을 구부리고 앉아 졸린 듯이 얼굴을 찡그리며 이야기했다. "이제 나는 내가 어째서 당신이 이야기를 걸어오도록 했는지를 밝힐 수 있습니다. 호기심 때문이었고, 희망 때문이었습니다. 당신의 눈길은 오래 전부터 나에게 위안이 되었습니다. 그리고 다른 사람들 앞에서는 작은 독주 잔까지도 마치 기념비처럼 확고하게 서 있는데 반하여 내 주위에서는 사물들이 강설強雪처럼 가라앉는데 그 사물들과는 본래 어떤 관계가 있는지를 나는 당신한테서 알고 싶습니다."

그때 나는 침묵을 지켰는데, 다만 본의 아니게 얼굴을 씰룩거려서 내가 불쾌하다는 것을 드러냈기 때문에 그가 물었다. "다른 사람들에게도 그런 일이 벌어진다는 사실을 당신은 믿지 않으십니까? 정말로 그것을 믿지 않으시나요? 아아, 한번 들어보세요. 제가 어린아이였을 때 낮잠을 잠깐 자고 나서 눈을 떴지요. 그때 인생이 확실치 않았던 나는 어머니가 발코니에서 자연스러운 목소리로 아래를 향해 이렇게 물어보는 소리를 들었습니다. '이봐요, 뭘 하세요? 날씨가 이렇게 더운데' 하구요. 어떤 부인이 정원에서 '풀밭에서 간식을 들고 있어요' 라고 대답했습니다. 그들은 전혀 생각지도 않고 대답했습니다. 특별히 분명치는 않았지만 마치 그 부인이 그런 질문을 그리고 나의 어머니가 그런 대답을 기대했던 것처럼 말했습니다."

나는 내가 질문을 받은 거라고 생각했다. 그래서 바지 뒷주머니에 손을 집어넣고 거기서 무엇을 찾는 체했다. 그러나 나는 아무것도 찾지 못했는데, 대화 참여 의사를 표시하기 위해서 나의 모양새를 바꾸려고 했을 뿐이었다. 그러면서 그런 일은 정말 이상스러우며 그것을 전혀 이해하지 못하겠다고 나는 말했다. 나는 대화의 진실을 믿지 않으며, 그것은 내가 지금 간파할 수 없는 어떤 특별한 목적을 위해서 지어내진 것임이 틀림없을 거라고 덧붙였다. 그리고 나는 눈을 감았다. 곧바로 비치는 불빛을 피하기 위해서였다.

"보세요, 용기를 가지세요. 지금 당신은 예를 들어 한번은 제 의견과 같았습니다. 그리고 그것을 저에게 말씀하시려고 저를 불러 세우신 것은 이기심 때문만은 아니군요. 나는 희망을 하나 잃기는 했지만 다른 희망을 얻게 되었어요.

제가 똑바로 걷지 못해서 종종걸음으로 걷고, 지팡이로 돌이 깔린 보도를 두드리지 않으며, 큰 소리를 지르며 지나가는 사람들의 옷을 스치지 않는 것을 어째서 부끄러워해야 되는 겁니까. 그렇지 않습니까? 정한 경계가 없는 저의 그림자가, 가끔은 진열장 유리 속으로 사라지기는 하지만, 집들을 따라 껑충껑충 뛰어가고 있다는 것을 오히려 대담하게 호소하는 것이 당연하지 않습니까.

제가 어떤 나날들을 보내고 있는지 아십니까! 어째서 모든 것이 그렇게 잘못 지어져서, 겉으로는 그 이유를 발견할 수 없는데도 이따금 고층 건물들이 내려앉는 걸까요. 그러면 저는 폐허더미 위로 기어올라가서 만나는 사람마다 이렇게 물어봅니다. '어떻게 이런 일이 일어날 수 있는지요! 우리 도시에서 — 새 집이 말입니다 — 그것도 오늘로 벌써 몇 번째인데요. — 생각 좀 해보세요.' 그때 나에게 대답해줄 수 있는 사람이라곤 아무도 없습니다.

가끔 사람들이 골목에 쓰러져 죽은 채로 누워 있습니다. 그러면 상인들은 물건들로 가려진 문을 열고 유연하게 다가와서는 그 죽은 자를 어떤 집 안으로 옮겨놓은 다음 입과 눈 주위에 미소를 짓고 나오면서 말을 합니다. '안녕하세요? — 하늘이 흐리군요 — 저는 두건을 많이 팔고 있답니다 ─ 그렇습니다. 전쟁이지요.' 저는 집 안으로 급히 달려갑니다. 그리고 굽은 손가락이 달린 손을 두려운 듯 여러 번 들어올린 후에야, 마침내 건물 관리인 집의 작은 창문을 두드립니다. '착한 분이시여' 하고 저는 말합니다. '조금 전에 죽은 사람이 댁으로 옮겨진 것 같은데요. 그를 저에게 보여주십시오. 부탁드립니다.' 그가 마치 결심이나 한 듯이 고개를 흔들면 저는 이렇게 덧붙여 말합니다. '조심하세요, 저는 비밀 경찰입니다. 어서 그 죽은 자를 저에게 보여주십시오.' 이제 그는 더 이상 태연하지를 못합니다. '꺼져버려!' 라고 그는 외칩니다. '이놈의 불량배는 매일 여기서 이리저리 기어다니는 것에 익숙하지! 여기는 죽은 사람이 없어. 아마 옆집에 있을지 모르지.' 저는 인사를 하고 나옵니다.

그렇지만 큰 광장을 가로질러 가야 할 때면 저는 모든 것을 잊어버립니다. 만약 사람들이 오직 오만에서 그렇게 큰 광장들을 짓는 것이라면, 그 광장을 가로질러 통하는 돌난간은 왜 세우지 않는 것일까요. 오늘은 남서풍이 붑니다. 시청 탑 꼭대기의 풍량계는 작은 원을 그리고 있습니다. 모든 유리창이 소리를 내고, 가로등의 기둥들이 대나무처럼 휘어집니다. 기둥 위의 성모 마리아의 겉옷이 휘감기고, 바람이 그 옷을 잡아챕니다. 정말이지 아무도 이것을 보지 못하단 말인가요? 돌로 된 보도 위를 걸어가야 할 신사 숙녀들이 떠돌고 있습니다. 바람이 잦아들면, 그들은 멈추어 서서 서로 몇 마디 말을 주고받으며 머리를 숙여 인사합니다. 그러나 바람이 다시 몰아치면, 그들은 버틸 수가 없어 모두가 동시에 발을 들어올립니다. 그들은 모자를 꼭 거머쥐어야 하기는 하지만 즐거운 눈빛이며, 날씨를 탓할 필요가 전혀 없습니다. 오직 나만이 두려워할 뿐입니다."

그러고 나서 나는 이렇게 말할 수 있었다. "당신이 앞서 당신 어머님과 정원에 있던 부인에 대해서 들려주었던 이야기를 나는 전혀 이상하다고 생각지 않소. 나는 그런 식의 이야기를 많이 듣고 경험했을 뿐만 아니라, 많은 경우 함께 참여하기까지 했습니다. 그런 일은 정말 자연스러운 것이지요. 내가 여름철에 발코니 위에 있었더라면, 그와 똑같이 말했을 것이오. 또 정원에서도 그와 똑같이 응답했을 것이오. 그건 아주 일상적인 사건이지요!"

내가 그렇게 말하자 그는 마침내 안심하는 듯 보였다. 그는 내가 맵시 있게 옷을 입고 있으며 또한 내 넥타이가 마음에 든다고 말했다. 그리고 고운 피부를 지녔다고도 했다. 고백이란 그것을 취소할 때 가장 솔직한 것인지도 모른다.

하지만 나는 얼마동안 유쾌한 마음을 가지려고 노력했다. 나는 급히 몇 마디를 하려고 했는데, 그것은 단지 그의 얼굴을 나에게서 약간 떨어지게 하려는 이유에서였을 뿐이었다. 그러나 그의 얼굴이 내 머리 위에 가까이 있어서 나는 몸을 뒤로 제쳐야만 했는데, 그러지 않았더라면 그의 이마와 충돌할 뻔했다. 임시 방편으로 나는 입을 벌린 채 그의 얼굴을 향하여 말 없이 웃었고, 그리고 그 웃음이 사라질 때까지 시선을 다른 곳으로 돌렸다. 나는 눈을 다시 되돌리려고 했지만 할 수가 없었다. 그래서 나는 곧 다시 웃어야만 했고, 다시 시선을 바꾸었다. 무엇보다도 나는 내 앞에 벽이 있고 그리고 다른 모든 것은 내 등 뒤에 있는 집의 침대 속에 있고 싶을 뿐이었다.

그 복도의 통로 역시 더웠으므로 나의 얼굴은 후끈 달아오르기 시작했다. 약간 기분전환을 하기 위해서 계속 몸을 뒤로 제치자, 내 머리에서 모자가 떨어졌다. 계단의 아치 모양 천장은 위쪽에 붉은색이 도는 천사들과 꽃들이 그려져 있었다. 나는 그것을 쳐다보고 나서는 맨손으로 이마와 뺨에 난 땀을 문질러 닦았다.

내 앞에 있는 그를 내 온 체중으로 밀어내기 위해서 나는 일어서려고 했다. 문을 열고 바깥 공기를 마시고 싶었던 것이다. 나는 일어서서 구두 뒤축으로 바닥을 세차게 찼다. 그는 앞으로 손바닥을 내민 채 뒤쪽으로 약간 튀는 듯 물러섰다. 나는 나무 난간을 잡고 서 있는 것에 익숙해지기 위해서 잠시동안 체조를 했다. 그러나 그는 큰 키대로 계단 위에 몸을 길게 뉘었는데, 십자 모양으로 누웠다가 다시 몸을 구부려 누웠다. 그는 양다리를 뻗고는 양발을 위쪽 계단 위에 완전히 폈다. 그리고 왼손의 손가락은 벽에 세우고, 오른손의 손가락으로는 계단 아래 부분을 두들겼다.

나는 난간 바깥쪽에 서서 깍지 낀 손으로 입을 막았다. 그는 천천히 머리를 계단 모서리로 돌렸다. 그러자 그는 나의 얼굴을 볼 수 있었다. 그는 이렇게 말했다 "당신은 부둣가의 건달처럼 거기에 서 있고, 나는 익사한 듯 여기에 누워 있군요."

'그렇게 나쁘진 않을 거야' 나는 그렇게 생각하고는 머리를 들어 이렇게 말했다. "당신은 정말 편해 보이는군요." 내가 믿을 수도 이해할 수도 없을 정도로 나의 입술은 말라 있었다.

그는 내 말을 거부하면서 말했다. "예전에는 그 반대였습니다. 나만은 지금의 당신처럼 그렇게 무관심하지는 않았어요."

나는 내 말을 고수했다. "나는 이곳이 당신에게는 편할 것이라고 말했습니다." 이 말을 마지못해 하면서 나는 미소를 지었다.

"불편하다는 것이군요?"라고 그는 말하고서 갑자기 눈을 감았다. "불편하다면, 문을 열고 당신이 필요로 하는 바깥 공기를 마시세요."

"당신 말야!" 나는 외쳤다 ― 그것은 질책이었다 ― 나는 전투하듯 맹목적으로 난간 주위를 종종걸음으로 돌고는 그의 곁에 쓰러지면서 그리고 그의 가슴에 안겨 비로소 울기 시작했다.

그가 "자, 자"라고 말하면서 내 머리를 쓰다듬었다. "당신은 바보요. 내가 일어설 수 없잖아요! 당신 무작정 나를 이렇게 눌러 죽일 셈이요! 당신이 바보가 아니라면 그래선 안 되지요!"

하지만 나는 훌쩍대는 와중에도 내 얼굴을 둘 더 적절한 곳을 찾을 수가 없었다. 그래서 나는 그대로 있었다.

"당신은 그것을 알아차리지 못했군요." 그는 계속해서 말했다. "처음부터 나는 당신을 울게 만들려고 했습니다. 나는 철저히 의도적으로 말을 했지만, 결국 내가 성공하리라는 희망을 포기해버려야 했습니다. 끝으로 또 농담 하나를 하겠소. 그렇게 되면 당신은 만족할 것이고 울기 시작할 것이오. 가세요! 철면피 같으니라고!"

"더 이상 안 울겠어요"라고 나는 말했다. 나는 턱을 그에게 기대면서 그를 빤히 쳐다보았다. "내가 당신 같은 친구를 하나 갖게 된다면, 정말 울지 않을 겁니다." 하지만 나는 계속 울었다. 왜냐하면 울음을 곧바로 그칠 수 없었던 것이다.

"하지만 그것 역시 어리석은 일인지 모릅니다"라고 그는 말하고서 나를 보기 위해서 목을 홱 돌렸다. 그는 내 손에서 손수건을 받아서 내 눈을 닦아주었다. "불만족이 장시간 울어야 할 이유가 될 수 없습니다. 하지만 세상에는 그 불만족의 이유가 있을 것입니다. 그건 지금과 똑같이 지속되어야 할 겁니다. 변할 수 있다는 불안이 아마 내가 할 수 있는 극단적인 고백일지 모릅니다."

"그런데 보세요 — 당신에게 말하건대 — 우리는 본래 필요없는 전쟁 무기, 탑, 담벼락, 비단으로 된 커튼들을 만들고는 그것들에 대해 생각할 시간을 갖게 되면 대단히 놀라워하지요. 우리들은 계속 부유하면서 떨어지지 않고, 비록 박쥐들보다 더 추하긴 하지만 날개를 퍼덕거립니다. 하지만 어느 누구도 '아니냐, 아름다운 이 날!' 하고 어떤 아름다운 날에 대해 이야기하는 우리를 방해할 수는 없을 거예요. 왜냐하면 우리는 질서를 가지고 있고, 합의를 근거로 살고 있기 때문이지요."

그때 그는 내가 소스라치게 놀라 벌떡 일어나서는 오히려 그에게 몸을 수그린 채로 있을 정도로 세게 내 등을 때렸다. 그는 손을 겨드랑이에 끼고는 "조심하는 것이 더 나을 거요"라고 말하고는 크게 웃으며 나를 흔들어댔다. "당신은 우리가 눈 속의 나무등걸들과 같은 그런 상태로 존재한다는 것을 알기나 하오? 그것들은 겉보기에는 그저 미끄러지듯이 놓여 있어 조금만 밀쳐도 밀어내버릴 수 있을 것 같지요. 그렇지만 아니에요. 그럴 수가 없지요. 그것들은 땅바닥과 단단하게 결합되어 있으니까요. 됐어요. 하지만 그것마저 단지 그렇게 보일 뿐입니다."

"당신은 '부정No' 하는 것을 아시는군요." 그때 그가 나의 손을 옆으로 홱 밀쳤기 때문에 나는 쓰러지면서 내 입으로 그의 입을 덮치고는 곧바로 키스를 했다.

"그럼, 이제 갑시다"라고 그가 말했으므로 우리는 둘 다 일어섰다.

나는 "하지만 당신 어머님은! 그분은 틀림없이 전형적인 여성이었을 겁니다. 나도 그런 어머님을 모셨더라면 좋았을 거예요!"라고 말했다.

"도대체 그분이 나를 위해 무슨 유용한 일을 했다는 겁니까? 그 이야기는 잊어버리세요!"라고 그는 말하고는 손수건으로 내 상의에 묻은 먼지를 털어주었다.

"그래요, 나도 그걸 허락할 수 없어요!" 나는 말하고는 한 발짝 더 갔다. 그래서 그는 손수건을 들고 나를 쫓아와야만 했다.

"무얼 원하세요?"라고 그는 말했다. "그건 꾸며낸 이야기일 뿐입니다. 그 이야기가 허구라는 것을 멀리서도 알 수 있지요."

"나도 벌써부터 알고 있었어요"라고 나는 말했다.

"당신은 아무것도 몰라요!"라고 그가 말했다. "그런데 오늘밤 가기로 한 그 사교 모임은요?"

"정말 그 모임은 어쩌지! 생각해보세요. 하마터면 그 모임을 완전히 잊을 뻔했잖아요! 이런 건망증 좀 봐! 여하튼 이런 건망증은 나에겐 아주 새로운 것입니다."

"내 덕분이지요!"

"그럴 거예요! 저와 거기까지 동반 좀 해주겠어요? 그리 멀지 않으니까요. 그래줄래요?"

"물론이지요."

"그리고 함께 올라가줄 거지요! 부탁이에요!"

"그건 다시는 안 돼요."

"어째서 안 돼요? 제가 정말 부탁하면요? 그땐 괜찮죠? 그렇죠?"

"우선 가보도록 합시다. 벌써 꽤 늦었거든요!"

"내가 당신 없이 그 모임에 갈지 전혀 모르겠어요."

"자, 가기나 합시다! 가요! 당신에겐 여기가 가장 마음에 드는 것 같으니 전혀 도움이 안 될 거예요.

"거의 그래요." 나는 말하고서 아랫입술을 깨물었다. 그리고 그를 보았다. 그는 나의 등을 한 팔로 얼싸안은 채 문을 열고는 나를 밖으로 밀었다.

우리는 통로를 빠져나와 하늘 아래로 들어섰다. 몇몇 작은 뭉개구름을 내 친구가 혹 불어버리자 별들의 끝없는 평원이 보였다. 그는 상당히 힘들어하며 걸었다. 그는 결코 좋은 인상은 아니었으며, 오히려 병든 농부처럼 보였다. 그는 나와 아주 가깝다는 듯이 내 어깨에 손을 얹었다. 그러나 원래 그는 의지할 생각은 없었다. 나는 그것을 참았고, 그의 손을 손끝을 거쳐 겨드랑이 위로 끌어당겼다.

초대 받은 집 앞에서 나는 그와 멈추어 섰다.

"자, 그럼, 안녕!" 하고 나는 말했다.

"이곳이란 말이지요?"

"그래요, 여기예요."
"멀지 않네요."
"그렇다고 했잖아요."

"당신 말이에요." 나는 말하면서 무릎으로 그를 툭 쳤다. "잠들지 말아요." 그가 눈을 둥그렇게 떴을 때 나의 시선은 그의 얼굴에서 미끄러져 내렸다. 눈길들을 위에 잡아두느라 힘들었던 것처럼 나는 계속 그의 목만을 바라보았다. "하마터면 당신은 잠들 뻔했어요"라고 나는 말했다. 그리고 나는 얼굴 표정을 어떻게든 바꾸고 싶지 않았기 때문에, 얼굴을 일그러뜨린 채 미소를 지었다. 그 결과 내가 말한 것을 나 스스로 농담으로 여기고 있는 것처럼 보였다. 나는 그것을 곧바로 알아차렸다. 외투를 입었는데도 몸이 얼었다. 그러나 나는 밤의 차가움과 외투가 주는 따뜻함을 잊지 않았다. 그렇게 가장 가까운 세계가, 내가 그것을 인식하는 순간에 나에게서 떠나거나 아니면 내 머리 위로 날아가려고 했다. 그래서 나는 무릎으로 쳐서 그 세계를 일깨웠어야 하는 건데 하고 생각했다.

"당신은 정말 거칠군요." 그는 말했다. 그는 아마 잠 때문인지 아랫입술이 윗입술 뒤에 가 있었다. "지금 당신이 나를 무릎으로 쳐서 깨웠군요. 당신은 정말이지 거칠군요."

"당신은 정말 예민해요! 어째서 그게 그렇게 나쁩니까? 지금 당신은 공중 앞에서 나에 대해 불평을 늘어놓았어요. 지금 나는 그들에게 나 자신을 보여야 해요." 나는 몸을 돌려 거리로 향했다. 그리고 그들 앞에서 모자를 벗었다.

"제발 저를 치지 마세요."

"물론 그래서는 안 되겠지요. 하지만 내가 깨우지 않았더라면 당신은 잠들었을 거예요."

"저는 정말 잤어요. 당신이 그걸 모른 거죠."

---

* 이 산문 단편은 앞에 실린 「어느 투쟁의 기록」의 두 개 판본 이 외에 남겨진 가장 짧은 판본으로 개별 쪽지에 씌어 있는데, 1911년에 씌어진 것이 아닌가 추측된다. (옮긴이)

〔6〕

동급생들 중에서 나는 어리석은 편에 속한다. 그렇다고 가장 어리석은 것은 아니다. 그런데도 몇몇 선생님들은 내 부모님과 나에 대하여 적잖이 그런 뜻을 주장해왔다. 그들이 그렇게 극단적인 판단을 하는 한 그것은 세상의 반을 점령이라도 한 듯 믿고 있는, 광기에 사로잡힌 자들이나 하는 소리일 것이다.

그렇지만 사람들은 대체로 내가 어리석다고 믿고 있고 그리고 실제로 그것에 대한 충분한 근거가 있다. 나에 대해 처음에는 그리 나쁜 인상을 가지지 않아서 이 점을 다른 사람에게 숨기지 않던 낯선 사람도 나에 대한 교시를 한 번 받게 되면 쉽사리 알게 될 그런 증거들이다.

이 일로 나는 종종 화를 내야 했고 또 울어야 했다. 당시 나는 목전의 사람들 속에서는 불확실함을, 그리고 앞으로 만나게 될 사람들에게는 절망감만을 느꼈다. 물론 그것은 공연한 불안이었고, 공연한 절망이었다. 왜냐하면 어떤 일이 닥치든 간에 나는 곧바로 그것에 대한 확신이 섰고 의심하지 않았기 때문이다. 그러니까 나는, 가령 무대 뒤로부터 앞으로 돌진해 나오다가 무대 중간에 멈춰 서서 두 손을 이마에 얹은 채 눈을 가늘게 뜨고서 입술을 깨물고 있기는 하지만 곧 필연적으로 따르게 되는 열정이 아주 커져서 자신의 마음을 숨길 수 없을 정도가 되어버리는 바로 그런 배우와 다를 바가 없었다. 거의 사라져버렸던 목전의 불확실함은 떠오르는 열정을 높이고 그리고 열정은 다시 불확실함을 강화시킨다. 불확실함은 끊임없이 새롭게 형성되어 이 둘과 우리를 감싸버린다.

그런 이유 때문에 낯선 사람들과 대면하는 것은 나를 짜증나게 한다. 작은 집에서 망원경으로 호수나, 산 그리고 텅 빈 하늘을 내다보듯이 많은 사람들이 내 콧대를 죽 훑어보기만 해도 나는 벌써 불안했다. 그럴 때면 우스꽝스러운 주장이 튀어 나오게 된다. 수치상으로 거짓말을 하거나, 지리상의 착오를 일으키거나, 금지되어 있거나 이치에 맞지 않은 종잡을 수 없는 이론을 피력하거나, 혹은 그럴 듯한 정치적 의견을 내세우거나, 실질적인 문제에 대해서 괄목할 만한 의견을 말하거나, 찬양할 만한 착상을 열거함으로써 말하는 사람이나 함께 있는 여러 사람 모두를 똑같이 놀라게 한다. 그리고 이 모든 것은 듣는 사람의 눈빛으로, 그리고 그가 책상 모서리를 쥐거나 혹은 안락의자에서 벌떡 일어나는 것으로써 다시금 증명된다. 내가 그런 허튼소리를 하기 시작하면 그들은 나를 지속적이고도 엄정하게 주시하던 것을 곧바로 중지해버린다. 그들의 상반신은 본래의 자세에서 앞으로 혹은 뒤로 기울어지는 것이다. 몇몇 사람들은 자기 옷이 구겨지는 것도 잊어버린다(무릎을 깊이 구부려 발끝으로 몸을 지탱하거나, 혹은 가슴을 힘껏 내밀어 웃옷에 주름이 생긴다). 그렇지 않은 사람들은 손가락으로 안경, 부채, 연필, 코안경, 담배 따위를 꽉 붙잡는다. 낯가죽이 두꺼운 사람들도 얼굴이 벌겋게 달아오르게 된다. 그들의 시선은 마치 올렸던 손이 아래로 떨어지듯이, 우리에게서 미끄러져 내린다.

나는 내 본래의 상태가 된다. 기다렸다가 듣거나, 혹은 그냥 가서 자거나 내 마음대로다. 잠자는 것은 언제나 내가 기대하는 즐거움이었다. 나는 소심해서 종종 잠이 곧잘 왔기 때문이었다. 그것은 마치 무도회의 긴 휴식 시간과도 같았다. 이런 경우 돌아가려는 사람은 매우 적은 법이고, 대부분의 사람들은 여기저기 서거나 앉아 있기 마련이다. 그러는 동안 어느 누구도 염두에 두지 않는 악사들은 다음 연주를 위해 어디서건 간식을 먹어둔다. 그렇게 조용한 것만은 아니라는 것이다. 모두가 이런 휴지休止를 느낄 필요는 없었다. 홀 안에는 같은 시각에 많은 무도회가 열리고 있었다.

이러한 모든 일로 인해 나는 여전히 공포를 느끼고 있었다. 나는 내가 무심코 손을 내밀었던 어떤 남자에게 이러한 공포를 느꼈다. 만약 그의 친구 중 한 사람이 그의 이름을 부르지 않았더라면 나는 그의 이름조차 알지 못했을 사람이었다. 그러면서도 끝내 이 남자와 몇 시간을 아주 조용히 마주앉아 있었다. 그러나 그 나이든 남자가 나에게 전혀 눈길을 주지 않았기 때문에, 젊은이인 나로서도 약간 지치기는 했다.

내가 몇 번인가를 그와 눈길을 마주쳐보려고 했던 것을 인정한다. 아무도 상대해주지 않았고 한가롭기도 해서, 나는 그의 선량한 푸른 눈을 오랫동안 들여다보려고 했던 것이다. 그렇게 함으로써 그 회합에서 벗어나기 위해서였을지도 모른다. 그것이 성공하지 못했다는 것은 그것을 시도했다는 사실과 마찬가지로 아무런 증거가 되지 못했다. 요컨대 나는 실패했다. 시작할 때부터 나는 이러한 미숙함을 드러내었다. 그리고 그 뒤에도 이것을 잠시나마 숨길 수도 없었다. 스케이트가 서투른 사람은 두 발이 자꾸만 다른 방향으로 가려 하고 게다가 두 발을 한꺼번에 얼음에서 떼려고 한다. 가령 여느 때는 재능이 있을지 모르지만

(텍스트 탈락)

……그러나 이른바 영리한 자는 백 사람의 앞에도 옆에도 뒤에도 존재하지 않기 때문에 쉽사리 알아차릴 수 없고, 다른 패거리들 가운데 섞여 있기 때문에 아주 높은 데서만 그를 볼 수 있다. 그것도 그가 사람들 사이로 사라지는 모습만을 볼 수 있을 뿐이다. 내 조국

의 정계에서 매우 정평이 나고 성공한 정치가였던 아버지는 나에 대해서 그렇게 판단하고 있었다. 내가 우연히 이 말을 들은 것은 나의 아버지 방 옆 문을 열어놓은 방에서 인디언의 책을 읽고 있었을 때였으니까, 아마 열일곱 살 무렵이었을 것이다. 그 말이 나의 관심을 끌었기 때문에 아직 기억에 남아 있다. 그렇지만 그다지 큰 인상을 준 것은 아니었다. 젊은 사람들에 대한 일반적인 판단은 그들에게 아무 영향도 주지 않는 것이 보통이다. 그들은 아직 자기 존재를 마치 군악대의 음악처럼 크고 강렬하게 느끼기 때문에, 자기 마음 속에 완전히 안주해 있거나 혹은 항상 자기 속으로 되돌아가는 것이다. 그러나 일반적인 판단은 젊은이들이 모르는 전제들, 즉 알려지지 않은 의도들을 지니고 있다. 그러므로 그들은 왜 그런지 그 이유에 대해 전혀 접근할 수가 없다. 왜냐하면 그것은 보트도 다리도 없는 연못 속의 섬에서 산보하는 자와 같은 상태이기 때문이다. 음악은 들리지만 거기에 속할 수는 없는 것이다.

이렇게 말하고는 있지만 나는 젊은 사람들의 논리를 공격할 생각은 없다.

이 선거는 매우 환영할 만한 것이었습니다. 이렇게 해서 한 인물이 사상적으로도 알맞은 지위에 오르게 되고, 또 이 지위는 더없이 필요한 사람을 얻게 된 것이니까요.

마르슈너 박사의 끝없는 연구능력은 그로 하여금 매우 광범위하고 또 자체 내에 매우 복잡하게 얽혀 있는 활동을 가능하게 해주었습니다. 개개인은 언제나 이러한 활동의 일부밖에는 조망할 수 없기 때문에 마르슈너 박사를 쉽사리 정당하게 평가할 수는 없을 것입니다. 마르슈너 박사는 이 연구소의 비서로서 오랫동안 몸담고 있었던 분으로서, 그 자신 스스로 기구 개선에 참여해왔기 때문에 자기 능력이 미치는 한에서는 기구 전체를 누구보다도 더 잘 알고 계십니다. 그는 변호사로서 당해 연구소를 위해서 해박한 지식과 능력을 활용하고 있습니다. 전문적인 학계에서는 그를 철저한 저술가로 잘 알고 있고, 또 그렇게 평가하고 있습니다. 또한 최근에 있었던 사회법 입법 초안에 대한 그의 영향을(특히 고용자 배상 책임법) 과소평가할 수 없을 것입니다. 그는 웅변가로서 국제 보험회의에 참석한 적도 있으며, 우리는 또 프라하 강연회장에서는 널리 중요성과 현실성을 가진 보험 문제에 대해서, 그가 언제나 원해왔던 교육상의 신속한 실현에 대해서 들었습니다. 그는 공과대학 강사로서 완벽을 기할 수 있는 지식과 경험, 이 둘을 고루 갖추고서 학생들을 대상으로는 점점 그 중요성이 증가하고 있는 사회보험 문제를 강의했습니다. 그는 공과대학에 보험 문제에 관한 강좌를 개설했는데, 보험수학의 권위자로 특히 그 일에 적임자였습니다. 지난해 프라하의 상업학회 주최로 열린 보험강좌에서 대중에게 선보인 그의 교육자로서의 재능은, 정부에서도 그를 국가시험위원회의 일원으로 임명함으로써 인정한 바 있습니다. 우리는 이렇게 요약할 수 있습니다. 그는 자신의 모든 전문 분야에서 극히 유용하게, 극히 인내심 있게 일해온 인물이자 지금도 여전히 활동하고 있는 인물입니다. 그는 또한 우리시대의 모든 세대와 활발하게 관계를 맺으며 살고 있는 인물이기도 합니다.

물론 이 모든 일은 극히 중요한 것들입니다. 그리고 그것이 전문가 마르슈너 박사를 보헤미아 지방에서는 그와 견줄 만한 사람이 없을 정도로 돋보이게 만들어주고 있는 것입니다. 우리는 거기에 '어느 정도 대담성이 없이는'이라는 말을 덧붙이고자 합니다.

그러나 마르슈너 박사가 이번에 취임한, 누구에게나 눈에 띄기 쉽지만 책임이 매우 무거운, 복잡한 사업을 추진하게 될 직위를 감안해볼 때, 형식적으로는 그의 학문적 사회적 영향력보다는 인간적인 면이 더욱 중요하다 하겠습니다.

이때까지 그의 모든 행동에는 성실한 공정성이 있었습니다. 그에게는 개방적인 행동이 필요한 것입니다. 그는 자기 자신에 대해 확신하고 있기 때문에 — 아마 이 점이 그의 독자적인 것이겠지만 — 그런 일 자체에서 찾을 수 있는 영예 이외에는 그 어떤 다른 것도 찾지 않았습니다. 그의 유일한 야심이라 한다면 자신에게 필요한 영향권을 얻고자 하는 것입니다. 그의 불편부당함, 공정성은 의심할 여지가 없습니다. 해당 연구소의 관리들은 마치 그와 같은 인물을 상사로서 모시게 된 것을 행운이라고 벌써부터 평가할 정도입니다. 그의 저서, 직업적인 활동, 개성을 잘 아는 사람들은 노동자들에 대한 그의 강렬하고 생생한 감정에 감동될 것입니다. 그는 노동자들의 열렬한 친구입니다. 그러나 그는 그 방향에서 이루어지는 자신의 노력에 현대의 법률과 경제 정세가 설정하고 있는 한계를 언제나 주시할 것입니다. 그는 한 번도 약속한 일이 없습니다. 그것을 다른 사람에게(그들은 그것을 필요로 하고 결국 이에 대한 충분한 시간을 갖고 있는 그런 종류의 사람들입니다) 맡깁니다. 그러나 그는 항상 묵묵히 실제의 일을 해왔습니다. 그러면서 의도적으로 사회를 떠들썩하게 할 것도 없었고, 다만 자기 자신만은 가차없이 다루어 왔습니다. 따라서 아마 그는 학문적인 영역을 제외하고는 그 어떤 적도 없을 것입니다. 그에게 적이 있다고 하더라도 그것은 아마 슬픈 적대관계였을 것입니다.

연구소 소장이 아주 색다른 영향력을 행사하는 가운데서도 오로지 실제적인 근거들만을 따름으로써 이렇듯 유리한 선거 결과를 얻게 된 사실에 대해서 우리 모두 다 같이 그에게 감사를 표시하는 바입니다.

해당 연구소에 대한 불평은, 그것이 정당한 것이건 부당한 것이건 간에 세월이 흐르면서 쌓여왔습니다. 그러나 지금에 와서 한 가지 분명한 것은 앞으로 훌륭한 연구가 수행되리라는 것입니다. 나아가 요망되고 있고 그리고 필요하기도 한 개혁이 가능하다면 법테두리 내에서 이루어질 것입니다.

[8]

작은 영혼이여
그대는
춤추며 튀어 오르고
따스한 공기 속에 머리를 드리우고
바람에 부드럽게 흔들리는
반짝이는 풀밭에서 두 발을 쳐드는구나.

[9]

우리는 사실 우리가 어떤 신비로운 화가를 만나보고 싶은 욕망을
가지고 있었는지 잘 알지 못했다. 예전부터 존재하던 어떤 미미하
고도 알아챌 수 없는 욕구가, 점점 강해지는 주의력 때문에 거의 사
라지려 하지만, 그때 막 나타나는 어떤 현실로 인해서 우리가 비로
소 그 욕구를 확고하게 느끼게 되는 일이 생기듯이, 우리는 우리 앞
에서 여러 숙녀들 중 한 사람이 그려지는 것을 은연중에 호기심을
가지고 오랫동안 바라보고 있었다. 이 숙녀들이 내적인 그러나 낯
선 힘으로 인해 그 신비스러운 화가에게는 저 높이 떠 있는 달에서
나 볼 수 있는 한 송이 꽃이기도 하고, 심해의 풀들이기도 하며, 또
커다란 머리모양과 헬멧으로 장식되어 마구 찌그러진 머리들이기
도 해서 그들 원래의 모습과는 물론 달랐다.

우리는 우리가 어떤 신비로운 화가를 만나보고 싶은 욕망을 가지고
있는지 어떤지를 금방은 알 수 없는 것이다.

[10]*

자무엘은 적어도 리하르트의 모든 표면적인 의도나 능력을 철저히 알고 있다. 하지만 그는 정확하고도 빈틈없이 생각하는 버릇이 있어서 리하르트의 발언 속에 나타나는, 적어도 전혀 기대치 못한 의외의 작은 일 때문에 놀라기도 하고 생각에 잠기기도 한다. 리하르트에게 우정상의 괴로운 점이 있다면, 그것은 자무엘이 공개적으로 표명되지 않은 지원을 결코 필요로 하지 않는다는 것이고, 그렇기 때문에 자기 쪽의 지원 역시 공평하게 조금도 심각하게 느끼려 하지 않는다는 것이며, 그 결과 우정에서 그 어떤 차등관계도 견디지 못한다는 데 있다. 그의 무의식적인 원칙은, 이를테면 친구에 대해 경탄하는 것은 친구로서가 아니라 같은 인간으로서 경탄하는 것이니, 따라서 우정은 모든 차이가 나는 것들 중 저 깊은 아래쪽에서 시작되어야 한다는 것이다. 그러나 이것이 자무엘을 즐겨 따르고자 하는 리하르트의 마음을 종종 상하게 한다. 리하르트는 종종 자무엘이 얼마나 우수한 사람인가를 그에게 이해시키고자 하는 마음을

---

* 이 단장은 "리하르트와 자무엘을 위한 서문에 대한 스케치 Skizze zur Einleitung für Richard und Samuel"라는 종이 묶음에 들어 있는 작품으로 1911년에 쓰여진 것이다. 원래 브로트와 카프카는 파리 여행 중 체험한 여행 소설을 공동으로 집필할 계획을 세웠다. 여기에서는 일종의 서문 형식으로 리하르트는 카프카 자신으로, 자무엘은 브로트로 기술되고 있으며 두 사람의 기질이나 성격상의 차이점이 어느 정도 잘 나타나 있다. 이것을 바탕으로 하여 하나의 여행기록 「첫번째 긴 철도여행」이 1912년 5월 친구 빌리 하스 Willy Haas가 발표하는 잡지 『헤르더블레터 Herderblätter』 제3호에 발표된다. 여기에 나오는 슈트레자는 호숫가에 있는 도시로 이들이 실제로 여행했던 곳이다. (옮긴이)

갖게 된다. 그러나 리하르트는 중간에 그만두지 않아도 된다는 것을 예견할 수 있는 경우에만 그런 말을 시작할 수 있을 것이다. 어쨌든 리하르트는 자무엘에 의해서 강요된 이러한 관계로부터 석연치 않은 이익을 얻는데, 그것은 리하르트가 이때까지 표면적으로 유지해오던 독립성을 의식하며 자무엘을 얕보고 그가 왜소해지기를 바라면서 마음속으로만 그에게 여러 가지를 요구하는 데 있다. 반면에 그는 그렇지 않은 경우에는 자무엘에게 자신에게도 그러한 요구를 하도록 즐겨 부탁하고 싶어했다는 것이다. 가령 자무엘이 리하르트의 돈을 좀 얻고 싶어하는 것 따위는 적어도 그의 생각으로는 두 사람의 우정과는 아무런 관계가 없는 일인데도, 리하르트에게는 이러한 생각이 뭔가 경탄할 만한 것을 나타내는 것처럼 여겨진다는 것이다. 왜냐하면 자무엘이 돈을 요구하는 것은 한편으로는 리하르트를 당황하게 하는 일이고 다른 한편으로는 또한 가치 있게 해주는 일이며, 그리고 이 두 가지가 자기 우정의 핵심을 이루기 때문이라는 것이다. 그렇기 때문에 리하르트는 원래 머리의 움직임도 둔하고 갖가지 의심에 빠져 있으면서도 실은 자무엘이 자신을 판단하는 것보다도 더 올바르게 자무엘을 판단하고 있다는 것이다. 왜냐하면 자무엘은 비록 훌륭한 종합적인 판단력을 가지고 가장 간단한 방법으로 상대를 확실하게 잡고 있다고 믿고 있지만 상대가 참다운 모습으로 안정을 취할 때까지 기다리지 못하기 때문이다. 그러므로 자무엘은 이런 두 사람의 관계에서 옆에서 거들어주는 사람이자 양보하는 사람인 것이다. 아무래도 그는 우정으로부터 더욱 더 차단되어지는 반면에 리하르트는 자기 쪽에서 더욱 더 우정으로 다가가게 된다. 그럼으로써 우정은 점점 더 틀어지게 되고, 역시 신기하기도 하고 당연한 일이기도 하지만 자무엘 쪽으로 틀어지게 되더니 마침내는 슈트레자에서 끝나게 된다. 슈트레자에 체제하는 중에 리하르트는 그냥 있는 것만으로도 피곤해하는 반면에, 자무엘은 매우 강해서 무엇이든 해낼 수 있었고, 게다가 리하르트를 몰아세우기까지 함으로써 급기야 파리에서는, 자무엘에게는 예상된 일이지만 리하르트에게는 너무나 뜻밖으로 죽음을 불사하는 최후의 충돌이 벌어져 우정은 종말을 고한다. 겉으로 보기에는 끝장날 것 같은 이러한 상황에도 불구하고 리하르트는 우정에 대해 보다 의식적인 친구였다. 적어도 슈트레자에 도착하기까지는 그랬다. 왜냐하면 그는 능숙하긴 하지만 그러나 거짓된 우정으로 여행에 임한 반면에, 자무엘은 오랫동안에 걸쳐 시작된 것이기는 하지만 그러나 진실한 우정으로 여행에 임했기 때문이다. 그러므로 리하르트는 여행 중에 더 깊이 자신에게 몰입하게 되고, 보다 더 냉담하게 이해하고, 눈여겨보지는 않았지만 그러나 보다 강한 연대감을 가지고 이해한다. 그와 반대로 자무엘은 진실된 마음으로부터 — 이것을 요구하는 것은 그의 우정이기도 하고 그의 본성이기도 하다 — 이중으로 자극을 받아서 급격하고도 올바르게 보고 보지 않을 수 없으며 그리고 이따금씩 리하르트를 참아내고 참지 않을 수가 없다. 리하르트는 슈트레자까지 가는 동안 아주 사소한 사건도 새삼스럽게 마음에 걸린 나머지 자신의 우정 문제에 대해 매우 의식하게 되어서 이 점에 대해 늘 설명을 해줄 정도였다. 그러나 이런 설명은 어느 누구도 필요치 않으며, 그 자신은 전혀 필요치 않은 것이다. 단지 자기 우정이 변해가는 현상들만으로도 그로서는 무거운 짐이었다. 그러나 여행에 늘 따르게 마련인 일체의 일들에 대해서는 넋이 나가 있고, 호텔이 바뀌는 것에도 힘들어하며, 집에서라면 아무런 어려움도 없을 것 같은 간단한 문제도 이해하지 못한다. 때로는 매우 진지하지만, 그러나 전혀 따분함 때문도 아니고, 물론 자무엘에게 뺨을 맞고 싶은 갈망 때문도 전혀 아니면서 그는 음악과 여자들에 대한 욕구는 아주 강하다. 자무엘은 프랑스어밖에 못 하지만, 리하르트는 프랑스어와 이탈리어를 할 수 있다. 이로 인해서, 어느 누구도 그것을 의도한 것이 아닌데도 그리고 리하르트는 그 반대의 경우도 있을 수 있음을 알면서도 필요할 경우 어디서건 자무엘의 하인 신세가 되고 만다. 게다가 자무엘은 프랑스어를 매우 능숙하게 구사할 수 있지만 리하르트는 두 언어 중 어느 것도 완전하게 구사하지 못한다.

[11]*

위대한 작품들이 이리저리 분산된 경우라 할지라도 그것들은 서로 분리될 수 없는 어떤 내적인 것 때문에 언제나 새롭게 살아가게 되고, 게다가 그것이 우리의 흐릿한 두 눈에 아주 특별히 설득력 있게 다가온다면, 그것은 눈여겨볼 만한 가치가 있는 것이다. 물론 단행본이란 것은 모두가 어떤 제한된 것에 주의를 집중시키고 있기는 하지만, 클라이스트의 일화 모음집처럼 하나의 새로운 통일성을 고려함으로써 클라이스트 작품의 범위를 확실하게 확대시켜준다면, 그것은 실질적인 업적을 쌓는 셈이 된다. 클라이스트의 일화 모음집이 그의 작품 범위를 확대시켜줄 수 있으려면, 우리 모두가 이 일화들을 이미 알고 있어야 하지만, 그렇다고 해서 그것이 많은 사람들에게 꼭 즐거움을 줄 수 있는 것은 아니다. 전문가들은 어째서 이 모음집에 실린 많은 일화들이 여러 전집에서 빠져 있는지, 특히 템펠판(유럽의 에밀 폴머 사 등 여러 출판사들이 공동으로 합작하여 독일어권 고전 작가들의 작품을 선집 형태로, 그것도 일반 독자들이 손쉽게 구해 볼 수 있는 적정 가격으로 출판한 서적판을 말한다—옮긴이)에서조차 누락되어 있는지에 대해서 물론 설명할 수 있을 것이다. 그와는 반대로 문외한들은 이런 점을 이해하기는 힘들겠지만, 대신 로볼트

* 유고 종이 묶음 중 1911년 11월 12월에 쓰어진 것으로, 당시 로볼트 사에서 나온 작가 클라이스트Heinrich von Kleist(1777~1811)의 일화집에 대한 카프카의 간단한 평이다. 카프카는 클라이스트의 일화와 노벨레에 감탄했으며, 특히 그의 문체와 서술기법에서 카프카와 많은 유사점이 발견된다. 이런 점에서 작가 쿠르트 투홀스키 Kurt Tucholsky(1890~1935)는 "카프카는 클라이스트의 위대한 아들이다"라고 칭한 바 있다. (옮긴이)

출판사에서 발간된 이 새로운 텍스트를 더욱 더 고집하게 될 것이다. 왜냐하면 이 텍스트는 인쇄가 선명하고 품위 있는 장정으로 되어 있을 뿐만 아니라, 단돈 2마르크에(특히 어느 정도 색깔이 들어간 용지가 우리 독자에게는 잘 어울릴 듯싶다) 살 수 있기 때문이다.

[12]*

존경하는 신사 숙녀 여러분, 동부 유대 시인들의 초기 시구들에 대해 언급하기에 앞서, 여러분들에게 한 마디 말씀드리고 싶은 것은 여러분들은 자신들이 믿고 있는 것보다 훨씬 더 많은 은어를 이해하고 있다는 것입니다.

오늘밤 여러분 모든 개개인을 위하여 마련된 그 효과에 대하여 저는 사실 하나도 걱정하지 않습니다. 그러나 효과가 그만한 가치가 있다면 그것이 곧바로 발휘되기를 바랍니다. 그러나 여러분들 중에 많은 분들이, 자신들의 얼굴에서 그것을 읽을 수 있을 정도로 은어에 대해 불안한 마음을 갖는 한 이런 효과는 일어날 수가 없습니다. 저는 은어에 대해서 오만한 태도를 가지고 있는 사람들에 대해서 말하지 않겠습니다. 그러나 은어에 대한 불안, 즉 밑바닥에 깔려 있는 어떤 반감을 띤 불안은 이해하려 한다면 결국 이해될 수 있을 것입니다.

서부 유럽의 상황을 주의깊게 일별해본다면, 모든 것이 평온하게 운행되고 있다고 할 수 있겠습니다. 우리는 바야흐로 즐거운 융화 속에서 살고 있습니다. 필요할 때는 서로 이해를 하고 있으니까 말입니다. 우리는 형편에 따라서는 상대 없이도 꾸려나갈 수가 있습

---

* 1912년 2월 18일 프라하 유대인 시청회관에서 당시 유명한 렘베르크 동부 유대인 연극 그룹의 배우인 이자크 뢰비Jizchak Löwy의 낭독의 밤이 개최되었는데, 이때 카프카는 이 낭독회에 앞서 유대인 독일어에 대한 강연을 했다. 뢰비와 카프카는 절친한 친구 사이였다. 막스 브로트 판 『시골에서의 결혼 준비와 유고집에서 발췌한 산문』에서는 이 강연문에 「유대인 독일어에 대한 강연」이라는 제목이 붙어 있다. (옮긴이)

164

니다. 그러고 나서는 스스로 서로를 이해합니다. 그러나 그러한 사물들의 질서로부터 벗어난다면 누가 은어를 이해할 수 있겠으며, 아니면 누가 그럴 마음을 갖겠습니까?

은어는 극히 최근의 유럽어입니다. 겨우 사백 년밖에 되지 않습니다. 아니 실은 훨씬 더 젊습니다. 그것은 아직 우리가 사용할 만큼 명석한 언어 형식을 갖고 있지 못합니다. 그 표현은 짧고 날렵합니다.

그것은 어떤 문법체계도 가지고 있지 않습니다. 호사가들은 문법을 만들고자 합니다만 은어는 끊임없이 사용됩니다. 그래서 정지를 모릅니다. 민중들은 이것을 문법학자의 손에 내맡기지 않습니다.

그것은 외래어들로만 구성되어 있습니다. 그러나 이들 외래어도 은어 안에 안주하지 않고 그것들이 받아들여졌을 때의 신속함과 발랄함을 유지합니다. 민족 이동의 역사가 온통 은어 속에 배어 있습니다. 독일어도, 히브리어도, 프랑스어도, 영어도, 슬라브어도, 네덜란드어도, 루마니아어도, 게다가 라틴어조차도 은어 안에서는 호기심과 가벼운 마음으로 이해됩니다. 이러한 상태에 놓인 각 국어를 한 묶음으로 만들기만 하는 데도 대단한 노력이 필요할 것입니다. 그러므로 총명한 사람은 이 은어에서 세계어를 만들어낼 생각 같은 것은 하지 않습니다. 비록 그럴 가능성이 농후하긴 하지만 말입니다. 사기꾼의 언어만은 흔히 은어를 받아들입니다. 왜냐하면 그것은 개별적인 언어보다 언어적 관계를 덜 필요로 하기 때문입니다. 그리고 은어가 꽤 오랫동안 무시되어온 언어였기 때문입니다.

그러나 이 언어의 활동 속에는 잘 알려진 언어 법칙들의 파편들이 존속하고 있습니다. 예를 들어 초창기의 은어는 중고지 독일어가 신고지 독일어로 넘어가는 시기에 나왔습니다. 그때엔 선택할 수 있는 형식들이 존재했습니다. 중고지 독일어는 그중 하나를 취하고, 은어는 다른 하나를 취했습니다. 혹은 은어는 신고지 독일어보다는 중고지 독일어 형식들을 보다 일관되게 발전시켜왔습니다. 가령 은어에서 'mir seien'(신고지 독일어로 'wir sind'이며 '우리는 있다'라는 뜻 ─ 옮긴이)이라는 형식은 신고지 독일어의 'wir sind'보다도 중고지 독일어의 'sin'에서 더 자연스럽게 발달해왔습니다. 혹은 은어는 신고지 독일어임에도 중고지 독일어의 형식에 머물러 있습니다. 일단 유대인 거주지역으로 들어온 것은 그렇게 쉽사리 움직이지 않습니다. 그래서 'Kerzlach' 'Blümlach' 'Liedlach'와 같은 형식들이 남아 있습니다.

그런데 이러한 자의와 법칙이 개입된 언어 형태 속으로 이제 은어의 방언들이 흘러 들어가는 것입니다. 그렇습니다. 은어 전체가 이러한 방언들로만 구성되어 있습니다. 정서법에 대해서 대강 의견의 일치를 보았다면 문어文語 자체도 같은 상황일 것입니다.

이상의 이야기에서, 경애하는 신사 숙녀 여러분, 여러분 대부분은 은어 따위는 조금도 이해할 수 없다는 너무 성급한 확신을 내버렸을지도 모르겠습니다.

여러분은 문학 작품이 해명해주는 것으로부터 어떤 도움도 기대할 수가 없을 것입니다. 여러분이 아무래도 은어를 모르시겠다면 이 자리에서 어떻게 설명을 해도 그것은 헛된 일일 것입니다. 여러분들은 기껏 설명을 알아듣고 '귀찮은 이야기가 또 시작되는구나' 하고 생각하겠지요. 그게 전부가 되겠지요. 다음에서 그 실례를 들어보겠습니다.

뢰비 씨가 이제 세 편의 시를 낭독함으로써 실지 어떤 일이 일어나는지 보여드릴 것입니다. 우선 로젠펠트Rosenfeld(당시 프라하의 유대인 작가─옮긴이)의 「미국에 온 신참자들Die Grine」을 예로 들겠습니다. 'Grine'란 녹색의 사람들, 즉 신출내기들을 의미함과 동시에, 미국에 온 새로운 신참자들을 말합니다. 그와 같은 유대계 이주자들이 이 시 속에서 작은 무리를 이루어 먼지가 묻은 배낭을 짊어지고 뉴욕 거리를 통과해갑니다. 물론 그렇게 되면 구경꾼들이 몰려들겠지요. 놀란 얼굴로 그들의 뒤를 따르며 큰 소리로 웃겠지요. 이 광경을 보고 자기 일 이상으로 격분한 시인은 이 가두 풍경을 무시하고 유대 민족과 인류를 향해서 말을 시작합니다. 그 무리가 멀리 있어서 들을 수는 없지만, 시인이 이야기하는 동안 그 이주자들은 걸음을 멈추고 있는 듯한 인상을 받습니다.

두번째 시는 프루크 Frug의 작품으로 「모래와 별 Sand und Sterne」이라는 제목입니다.

이것은 성서의 약속을 신랄하게 해석한 것입니다. 성서에 우리는 바닷가의 모래알처럼, 하늘의 별처럼 되리라 씌어 있습니다. 자아, 우리는 이미 모래알처럼 짓밟히고 있습니다. 그런데 별 운운하는 것이 언제나 실현될 수 있을까요?

세번째 시는 프리슈만 Frischmann의 것이고 제목은 「밤은 고요하다 Die Nacht ist still」입니다.

연인들이 밤에 예배당으로 가고 있는 한 경건한 학자를 만납니다. 그들 양쪽 다 소스라치게 놀랍니다. 누설될까봐 걱정하는 것이지요. 그러고 나서 그들은 서로 위로합니다.

여러분이 보다시피 이런 설명은 아무런 도움이 되지 않습니다.

이 설명에 구애받게 되면 강연시에 여러분들은 자신이 이미 알고 있는 것을 찾게 될 것입니다. 그리고 실지로 현존하라는 것을 보지 못할 것입니다. 그러나 다행스럽게도 독일어를 할 수 있는 사람은 누구나 은어를 이해할 수 있습니다. 먼 옛날로 돌아가서 볼 때, 은어가 표면적으로 쉬워 보이는 것은 독일어 덕택입니다. 이것이 세계의 그 어느 언어보다도 우수한 점입니다. 그 대신 독일어는, 역시 당연한 일이지만, 다른 모든 언어보다 못한 점도 있습니다. 즉, 은어를 독일어로 옮길 수 없다는 점입니다. 은어와 독일어 사이의 관계는 극히 예민하고 중요해서 은어를 독일어로 환원하면 단박에 그 관계가 깨지고 말 정도입니다. 즉, 환원되는 것은 은어가 아니라 무엇인가 실체가 없는 것이 되어버립니다. 가령 은어를 프랑스어로 번역하면 그것은 프랑스인에게 전달될 수가 있습니다. 하지만 독일어로 번역하면 은어는 파괴되어버립니다. 가령 은어인 'Toit'는 꼭 'tot(죽은)'이란 의미는 아니며 'Blüt'는 결코 'Blut(피)'가 아닙니다.

그러나 존경하는 신사 숙녀 여러분, 여러분은 독일어가 지니고 있는 예전의 거리감만으로는 은어를 이해할 수 없습니다. 여러분은 그것에 가까이 접근해볼 수 있습니다. 적어도 그다지 멀지 않은 시대만 해도 독일계 유대인이 신뢰할 수 있었던 의사소통 언어는, 그들이 도시에 살았는가 시골에 살았는가에 따라서 또 더 동쪽에 살았는가 아니면 더 서쪽에 살았는가에 따라서, 은어의 보다 먼 전 단계나 혹은 보다 가까운 전 단계로서 나타났습니다. 그 여운은 지금도 여럿 남아 있습니다. 이런 까닭으로 은어의 역사적 발전은 역사의 밑바닥뿐만 아니라 오늘날의 평지에서도 더듬어 나갈 수 있는 것입니다.

여러분 마음속에 지식 이외에도 힘들 역시 작용하며 그리고 여러분들이 은어를 느끼면서 이해할 수 있는 힘들의 결합이 일어나고 있다는 것을 염두에 둔다면, 여러분은 이미 은어에 매우 가까이 접근해 있는 것입니다. 여기에서 비로소 해설자가 도와드릴 수 있습니다. 해설자는 여러분을 안정시킴으로써 여러분이 소외되었다는 느낌을 갖지 않도록 해줍니다. 또 여러분이 은어를 모르는 것에 대해서 더 이상 염려할 필요가 없다는 것도 통찰토록 해줍니다. 그것은 가장 중요합니다. 왜냐하면 염려하다보면 이해는 달아나버리기 때문입니다. 그러나 여러분이 잠자코 있으면 여러분은 어느새 은어 가운데에 있게 됩니다. 그러나 일단 은어가 여러분의 마음을 사로잡으면 — 은어는 모든 것이요, 말이자, 하시디즘적인 멜로디이고 이 동부 유대인 배우의 본질입니다 — 그때는 여러분이 예전에 갖고 있던 안정을 더 이상 다시 인식하지 못할 것입니다. 그렇게 되면 여러분은 은어의 참다운 통일성을 느끼게 될 것입니다. 그것도 너무나 강하게 느껴 두려움을 느끼게 될 것입니다. 그러나 은어가 무서워지는 것이 아니라 여러분 자신이 무서워지는 것입니다. 만약 그 은어로부터 이러한 공포에 저항하고 보다 강력한, 여러분에 대한 자신감이 솟아나지 않는다면, 여러분들은 이 공포를 혼자서 견뎌낼 수 없을 것입니다. 할 수 있는 한 이 자신감을 누리도록 하십시오! 내일이든 후에든 그 자신감이 사라지게 되면 — 어찌 단 하룻밤의 강연회의 기억에 언제까지나 매달려 있을 수 있겠습니까! — 여러분들 역시 그 두려움을 잊어버렸기를 바랍니다. 왜냐하면 우리는 여러분을 나무랄 마음이 없기 때문입니다.

[13]*

나도 그런 사람의 하나이지만, 자그마한 보통 두더지만 보아도 꺼림칙하게 생각하는 사람들은 몇 년 전 가까이 있는 작은 마을에서 관찰된 그 거대한 두더지를 보았더라면 아마 혐오감으로 죽을 지경이었을 것이다. 그 마을은 일시적이긴 하지만 그 두더지로 제법 명성을 얻었다. 물론 그 마을은 이미 오래전에 잊혀져버렸고, 그 모든 일이 제대로 규명되지 않은 채 남겨진 것은 명예스럽지 못한 일이다. 사람들은 그 일을 규명하려고 전혀 노력해보지도 않았으며, 그 일에 당연히 관심을 보였어야 할 지역 사람들이 실지로는 훨씬 더 사소한 일들에 관심을 가지고 있었고, 그 납득하기 어려운 태만함 때문에 더 자세한 연구는 해보지도 못하고 그 모든 일이 사라져버린 것이다. 그 마을이 철도로부터 멀리 떨어져 있다는 사실이 이에 대한 변명이 될 수는 없다. 수많은 사람들이 호기심 때문에 멀리에서 찾아왔는데 그중에는 외지 손님들도 있었다. 호기심 이상의 관심을 보일 것이라고 여겨지던 사람들만은 오지 않았다. 그렇다, 개별적으로 아주 단순한 사람들, 즉 평범한 하루 일로 인해 거의 숨쉴 여유도 없는 그런 사람들은 쓸데없이 그런 일에 신경쓸 수가 없었을 것이다. 그 사건에 관한 소문은 가장 가까운 주변에도 미치지 못한 것 같다. 소문이 끝없이 이어지는 것이기는 해도 이번 경우는

* 막스 브로트가 「마을 선생」이란 제목을 붙인 작품으로 이것은 유고의 종이 묶음에 포함되어 있으며 1914년 12월에서 1915년 1월 중에 쓴 것이다. 카프카 전집 제1권에 포함되어 있었으나 약간의 수정이 가해져서 다시 번역한 것이다. (옮긴이)

아주 더뎠다는 점이 인정되어야 할 것이다. 사람들을 놀라게 하지 않았던들 그 소문은 아마 퍼지지도 않았을 것이다. 그러나 그것 역시 분명 그 일에 매달리지 않은 데 대한 이유가 될 수는 없다. 그와 정반대이다. 이 문제 역시 앞으로 연구되어야 할 것이다. 나이 많은 마을 선생이 그 사건에 관한 유일한 문건을 남겼다. 그는 직업상으로는 훌륭한 선생이었으나, 그의 능력과 소양이 부족해서 널리 이용할 만한 철저한 기록을 제공할 수는 없었으며, 나아가 그 어떤 해명도 해줄 수 없었다. 그 작은 문건은 인쇄되어 당시 마을을 방문한 사람들에게 많이 팔렸다. 그 문건은 몇 가지 점에서 칭찬할 만한 가치를 지니고는 있었으나, 그 선생은 어느 정도는 영리해서, 어느 누구에게서도 도움을 받지 못한 개인적인 수고들이란 것이 근본적으로 아무런 가치가 없다는 것을 잘 알고 있었다. 그럼에도 그는 수고를 늦추지 않고, 그 일의 성격상 세월이 흐르면서 더욱 절망적으로 나타나긴 했지만, 그 일을 자기 인생의 과제로 삼았다면, 이것은 한편으로 이 사건이 가져올 수 있었던 효과가 얼마나 컸는지를 보여주며, 다른 한편으로는 나이 들어 등한시되던 시골 선생이 얼마나 인내심을 갖고 신념에 대한 충실할 수 있었는가를 보여준다. 그러나 다른 사람들을 기피하는 절도 있는 성격 때문에 그가 심한 고통을 받았음을, 그의 문건을 본떠서 만든 작은 보충 문건이 잘 나타내준다. 물론 그 추가된 문건은 몇 년 뒤에야, 여기에서 무슨 일이 일어났는지를 어느 누구도 더 이상 기억해낼 수 없게 된 바로 그런 시기에 비로소 나온 것이다. 이 보충 문건에서 그는 ― 아마도 전문성보다는 성실성 때문에 납득할 만한 것이지만 ― 자신이 만난, 적어도 당연히 기대할 수 있으리라 생각했던 사람들의 몰이해에 대해 비탄하고 있다. 이런 사람들에 관해서 그는 적절하게 언급하고 있다. "옛날 마을 선생님들처럼 이야기한 것은 내가 아닌 그들이다." 그는 오로지 그 일에만 정진했던 어느 학자의 발언을 특별히 인용하고 있다. 그 학자의 이름은 거론되지 않았으나 여러 가지 부수적인 상황으로 보아 그가 누구였는지는 추측할 수 있다. 마을 선생은 수주일 전에 미리 자신의 방문을 알린 학자에게서 그 허락을 받는 데 많은 어려움을 겪었다. 그는 그 학자에게 인사를 할 때 이미 그 학자가 자신의 일과 관련해서 어쩔 수 없는 편견에 사로잡혀 있다는 사실을 알았다. 그 학자가 얼마나 멍한 상태에서 마을 선생이 자신의 문건에 도움이 될 수 있도록 행한 보충적인 긴 보고를 듣고 있었는지는 얼마간 생각을 가다듬은 후에 언급한 그의 말 속에 잘 나타나 있다. "분명 여러 다양한 두더지들이 있겠군요. 작은놈도 있고, 큰놈도 있겠군요. 당신 지역의 땅은 특별히 검고 비옥하군요. 그것이 두더지들에게 특별히 풍부한 영양을 제공해주어 그것들이 희한할 정도로 크게 되겠지요." "그렇다고 그렇게 큰 것은 아니잖습니까?" 마을 선생은 외치고는 자신이 들떠 있음을 약간 과장하면서 벽에다 이 미터 가량의 치수를 재어 보였다. "아, 크고말고요." 모든 게 정말 아주 우습다는 듯이 학자는 대답했다. 이러한 확답을 가지고 마을 선생은 집으로 돌아왔다. 그는 눈이 내리는 저녁의 시골길에서 자기 부인과 여섯 아이들이 어떤 모습으로 기다리고 있었으며, 그리고 그들에게 자기 희망이 결국 실패로 돌아갔음을 어떻게 고백해야 했는지를 이야기하고 있다.

그 학자가 마을 선생에 대하여 취한 태도에 관한 기사를 읽었을 때 나는 아직 그 마을 선생의 본 문건을 알지 못했다. 그러나 나는 곧바로 그 사건에 관하여 알아낼 수 있는 모든 것을 모아 정리하리라고 마음을 먹었다. 내가 그 학자의 면전에 대고 주먹질을 할 수야 없는 노릇이기에 적어도 나의 문건은 그 마을 선생의 입장을 옹호하거나, 아니면 더 좋게 표현해서 성실하지만 영향력 없는 한 남자의 선한 의도를 옹호하자는 것뿐이었다. 고백하건대 후에 나는 이런 결정을 내렸던 것을 후회했다. 왜냐하면 그의 일 처리가 나를 특이한 상황으로 몰고 가리라는 것을 곧바로 느꼈기 때문이다. 한편으로 그 학자의 마음을 돌리거나 혹은 마을 선생 쪽으로 유리하게 여론을 돌리기에는 내 영향력은 역시 역부족이었다. 그러나 다른 한편으로 마을 선생은 나에게 자신의 고결함을 옹호하는 것보다 그 커다란 두더지가 나타났다는 사실을 증명하려는 주요 의도가 별로 중요치 않다는 사실을 알아야 했다. 왜냐하면 그에게는 고결함을 옹호하는 것은 자명한 것이고 어떤 옹호도 필요치 않는 듯 보였기 때문이다. 그러니까 그 선생과 관계를 맺으려 했던 나는 그에게서 어떤 이해도 구하지 못했고, 그 결과 그의 도움을 받는 대신에 내게 새로운 조력자가 필요하리라는 결론에 이르게 되었던 것이다. 그러나 그런 조력자가 나타난다는 것은 정말이지 있을 수 없는 일이었다. 이외에도 나는 내 결정으로 인해 큰일을 짊어지게 되었다. 내가 증명하기를 원한다면 증명할 수 없었던 그 마을 선생을 증인으로 끌어들여서는 안 되었다. 그의 문건이 주는 지식이 나를 혼란스럽게 만들지도 모르기 때문에 나는 내 본래의 작업을 마치기 전까지는 그 문건을 읽는 것은 피했다. 그렇다, 나는 선생과 결코 관계를 맺지 않았다. 물론 그는 중간에 있는 사람을 통해서 나의 연구에 관하여 알고 있었다. 그렇지만 내가 그가 생각한 대로 일을 하고 있는지 그에 반해서 일을 하고 있는지는 알지 못했다. 그렇다, 그가 후에 부인했지만 그는 아마 후자일 것이라고 생각한 듯했다. 왜냐하면 나는 그가 여러 가지 방해공작을 해왔다는 증거를 갖고 있기 때문이다. 그 일을 그는 아주 용이하게 수행할 수 있었을 것이다. 왜냐하면 나는 정말이지 그가 이미 실행했던 모든 연구들을 다시 한번 시도해야만 했기 때문이다, 그러므로 그는 언제나 나를 앞지를 수가 있었다. 그것이 내 방식에 당연히 가해질 수 있는 유일한 비난감이었다. 그것은 어찌했든 피할 수 없는 그런 비난이었지만 내가 신중을 기함으로써, 즉 결론내리는 것을 자제함으로써 아주 힘을 잃게 되었다. 그러나 그것을 제외하고는 나의 문건은 마을 선생의 영향권에서 벗어나 있었다. 아마 이 점에서 나는 정말이지 너무나 커다란 고통을 입증해 보여준 셈이었다. 마치 지금까지 어느누구도 그런 경우를 연구한 적이 없고, 내가 목격자들과 청취자들을 심문한 첫번째 사람이며, 진술들을 서로 매듭짓고 결론을 내린 첫번째 사람인 것처럼 보일 정도였다. 내가 후에 그 선생의 문건을 읽었을 때 — 그것은 '어느 누구도 그렇게 큰 것을 본적이 없는 두더지'라는 상세한 제목을 지니고 있었다 — 실제로 발견한 것은, 비록 우리 두 사람이 다 주요사항인, 즉 그 두더지의 실존을 증명해 보였다고 믿고 있다 하더라도, 본질적인 점에서는 서로가 일치하고 있지 않다는 것이었다. 언제나 저 개별적인 의견상의 차이들은 내가 원래 특별히 기대했던 선생과의 우의 두터운 관계가 조성되는 것을 방해했다. 그쪽의 적대행위는 거의 확고해졌다. 비록 그가 나에게 언제나 얌전하고 겸손했지만, 그러나 나는 더욱 뚜렷하게 그의 실제 분위기를 알 수 있었다. 즉 그는 내가 그에게 그리고 그 일에 대해 철저하게 해를 끼쳤다고 생각했고, 내가 그를 이용하거나 혹은 이용할 수 있으리라고 생각하는 것이 기껏해야 천진난만하다 못해 불손한 짓 혹은 술책이라고 생각했다. 특히 그는 이따금씩 지금까지 그의 모든 적들은 적대감을 결코 보인 적이 없거나, 혹은 비밀리에, 혹은 적어도 구두로만 내비쳐왔음을 지적했다. 반면에 나는 내가 쓴 모든 것을 곧바로 인쇄하는 것이 필요하다고 생각했다. 그 이외에, 표면적이기는 하지만, 그 일에 실지로 관여했던 몇몇의 적대자들은 그들 스스로 의견을 개진하기에 앞서 이 문제에서 결정적인 마을 선생의 의견을 경청했을 것이다. 그러나 나는 무계획적으로 자료를 모았고 그리고 부분적으로는 잘못 이해된 진술들로부터 결론을 끄집어내었다. 그 결론들이 주요사항에서는 옳기는 했지만 그것들은 특히 대중들과 교양 있는 사람들에게 믿을 수 없을 정도로 영향을 미쳤을 것이다. 하지만 그것이 믿을 만한 가치가 없다고 생각되는 아주 미미한 징조만 보여도 여기에서는 최악의 경우가 되었을 것이다. 비록 드러내놓고 한 비난은 아닐지라도 마을 선생의 이와 비슷한 어떤 비난에 대해서도 나는 쉽사리 대응할 수 있었을 것이다 — 이를테면 마을 선생의 문건이야말로 가장 믿을 수 없는 것이었다 — 그러나 보다 쉽지 않은 것은 그가 품고 있는 그 밖의 의혹에 대항해서 싸우는 것이었다. 바로 이 점이 내가 그와 전면적으로 맞서기를 자제했던 이유였다. 말하자면 그는 두더지에 대한 최초의 공식적인 대변자라는 자신의 명성을 내가 빼앗으려고 했다고 암암리에 믿고 있었다. 물론 그에게는 어떤 명성도 없었고, 점점 줄어들기는 했지만 오직 조롱만이 있을 뿐이었다. 물론 나는 그런 조롱거리가 되고 싶지 않았다. 그러나 그 이외에도 나는 내 문건의 서문에서 마을 선생이 영원히 그 두더지의 발견자로 인정되어야 한다고 분명하게 밝힌 바 있다 — 하지만 그는 결코 발견자는 아니다 — 그리고 나는 마을 선생의 운명적인 일에 참여하게 됨으로써 그 문건을 작성하고픈 충동을 갖게 되었다고도 했다. "이 문건의 목적은 바로" — 이렇게 너무 격정적으로 종결짓고 있으나 그것은 당시 나의 흥분 상태를 잘 반영한 것이다 — "그의 공로를 알리기 위해서 그의 문건을 거들어주는 데 있다. 이 일이 일단락되면, 일시적으로 그리고 단지 표면상으로 이 일에 관여하게 된 나의 이름은 곧바로 거기에서 삭제되어야 할 것이다." 바로 이런 이유에서 나는 그 일에 보다 깊숙이 관여하기를 꺼렸다. 그것은 어찌됐건 내가 그 선생의 믿기 어려운 비난을 미리 예감한 것 같은 꼴이었다. 그럼에도 그는 바로 이 부분에서 나에게 반대할 수 있는 구실을 찾아냈다. 그가 자신의 문건에서보다 나를 비난하는 데 여러 가지로 더 명민함을 보였듯이, 그가 말했거나 혹은 암시했던 것 속에 그럴 만한 정당한 이유의 흔적이 담겨져 있었다는 사실을 나는 부인하지 않는다. 이를테면 그는 내 서문의 앞뒤가 맞지 않는다고 주장한다. 그의 문건을 널리 알리는 것이 나에게 정말 중요한 일이라면, 어째서 나는 오로지 그와 그의 문건에만 관여하지 않았던 걸일까. 어째서 나는 그 문건의 우수성을, 즉 그 문건의 완벽함을 보여주지 않았던가. 어째서 나는 그 발견의 의미를 강조하고 파악하는 일에만 한정시키지 않았던가, 어째서 나는 문건을 완전히 무시한 채 그 발견에만 몰두했을까. 그것은 이미 어느 정도 이루어지지 않았던가? 이런 관점에서 무엇인가 아직까지 해야 할 일이 남아 있는 것은 아니었을까? 그러나 내가 정말 다시 발견자가 되려고 생각했다면, 어째서 나는 그 서문에서 발견에 대한 포기를 기꺼이 선언한 것일까? 그것은 위선적인 겸손일 수도 있었지만, 무엇인가 언짢은 일이었다. 나는 발견의 의미를 무가치한 것으로 여겼으며, 그것에 관심을 둔 이유는 단지 그것을 무가치화할 목적에서였을 뿐이다. 나는 그 발견에 대해 연구한 후에 옆으로 치워버렸다. 아마 이 일에 관한 문제들이 좀 잠잠해졌던 모양이다. 그런데 이제 내가 다시 문제를 일으켰는데, 그것은 동시에 마을 선생의 입장을 예전보다 더 어렵게 만들었다. 명예로움을 방어하는 것이 마을 선생에게는 도대체 어떤 의미가 있는 것일까! 그 일, 오로지 그 일만이 그에게는 중요했다. 그러나 나는 이 일에 대해 배신과도 같은 행동을 했다. 왜냐하면 나는 그 일을 이해하지 못했고, 올바로 평가하지도 못했으며, 그 일에 대한 어떤 분별력도 없었기 때문이다. 그 일은 나의 오성을 훨씬 능가하는 것이었다. 그는 내 앞에 앉아, 늙고 주름진 얼굴로 나를 조용히 쳐다보았다. 바로 이 얼굴만이 그의 생각이었던 것이다. 물론 그에게 오직 그 일만이 중요했다는 것은 옳지 않다. 그 이외에도 그는 매우 공명심이 컸고 돈벌이도 원했다. 그것은 그의 많은 가족들을 고려해볼 때 충분히 이해할 만한 일이었다. 그럼에도 그는, 솔직히 말해서 스스로를 완전히 사심 없는 사람으로 자칭해도 된다고 믿을 정도여서, 그에게는 그 일에 대한 나의 관심이란 게 대수롭지 않은 것 같이 보였다. 그가 비난받는 여러 가지 이유는 근본적으로 두 손으로 자신의 두더지를 꽉 쥐고서 누군가 손가락으로라도 그것에 손을 대려고 하면 누구든지 배신자로 취급한 데서 비롯한다. 그러나 나에게는 그런 식으로 이야기하는 것은 정말이지 전혀 흡족하지 않다. 그도 그럴 것이, 그의 행동은 탐욕만으로, 적어도 탐욕 하나만으로는 설명될 수 있는 것이 아니고, 오히려 그의 힘겨운 노력에도 불구하고 그 노력이 완전히 수포로 돌아간 것에 대한 실망감이 그의 마음속에 불러일으킨 격분 때문이라고 설명될 수 있다. 그러나 그 격분 역시 그 모든 것을 설명해줄 수는 없다. 아마 그 일에 대한 나의 관심은 실지로는 아주 적었는지 모른다. 마을 선생은 대체로 낯선 사람들에 대해 무관심한 편이었다. 대개 그는 낯선 사람들 가운데 있는 것을 싫어했지만, 개별적으로는 그렇지 않았다. 그러나 여기에 그 일을 몸소 떠맡을 사람이 마침내 나타났다. 그런데 그 사람조차 그 일을 파악하지 못했다. 언젠가 한번 이런 일에 몰입해본 적이 있음을 나는 부인하고 싶지 않다. 나는 동물학자는 아니다. 내 스스로 그 두더지를 발견했더라면 마음속 깊이 이 사건에 열중했을 것이다. 하지만 나는 그것을 발견하지 못하지 않았던가. 그렇게 어마어마하게 큰 두더지란 정말 진기한 것이다. 그러나 그것에 대한 전 세계의 지속적인 관심을 요구해서는 안 된다. 특히 그 두더지의 실존이 완벽하게 확인된 바 없거니와 어쨌든 끌어내 보일 수도 없지 않은가. 또한 내가 고백할 수 있는 것은, 내가 비록 발견자였다 하더라도 지금까지 그 선생을 위해 기꺼이 그리고 자발적으로 일했던 것처럼 그렇게 두더지를 위해 진력하지는 않았을 것이다.

나의 문건이 성공을 거둘 수 있었더라면, 아마도 나와 마을 선생 사이에 의견상의 충돌은 해소되었을 것이다. 그러나 공교롭게도 그것은 성공적이지 못했다. 아마 그 문건이 훌륭하지 못한 모양이었고, 설득력이 충분치 못했던 것 같다. 나는 상인이다. 그것에 필요한 지식에서 비록 내가 선생을 훨씬 능가하지만, 그런 문건을 작성하는 것은 마을 선생의 경우보다는 내 경우에 주어진 영역을 훨씬 더 넘어서는 것인 모양이다. 실패의 원인은 달리 해석될 수도 있다. 그 문건이 나타난 시점이 아마 적절치 못했던 것 같다. 알아낼 수가 없었던 그 두더지의 발견은 한편으로는 사람들이 그것을 잊어버릴 정도로 그리고 내 문건으로 인해 어느 정도 놀라게 될 정도로 그렇게 오래되지는 않았고, 다른 한편으로는 원래 있었던 대수롭지 않던 관심이 완전히 소진되어버릴 정도로 시간이 충분히 흐른 것도 아니었다. 내 문건 전반에 걸쳐 오랫동안 깊이 생각했던 사람들은 일종의 절망감에 싸여 이야기했는데, 이러한 절망감이, 이미 수년 전부터 이런 지겨운 일을 위해 노력해왔는데 또 다시 그런 쓸데없는 노력을 시작해야 하는가 하는 논쟁을 지배해왔다. 이외에도 많은 사람들은 나의 문건과 마을 선생의 문건을 혼동했다. 어느 한 유력한 농업 잡지에 다음과 같은 소견이 실렸는데, 다행히 결론 부분에 작게 인쇄되어 있었다. "거대한 두더지에 관한 문건이 우리에게 또 다시 송부되었다. 우리는 이미 수년 전에 그것에 대해 내심 비웃은 적이 있음을 기억한다. 그후 그 문건은 더 치밀해지지도 않았고,

우리 또한 더 어리석어지지도 않았다. 두 번씩이나 싱겁게 웃을 수는 없는 노릇 아닌가. 우리는 마을 선생 같은 사람이 거대한 두더지들을 쫓아다니기보다는 좀더 유용한 일거리를 찾을 수 없을지 교원 연합단체에 문의해볼 예정이다." 이 얼마나 용납할 수 없는 혼동인가! 예전에 사람들은 첫번째 문건도 두번째 문건도 읽지 않았다. 그 결과 갑작스레 나타난 '거대한 두더지'와 '마을 선생'이란 두 개의 궁색한 말들은 스스로를 인정받은 관심의 대표자로서 드러내 보이려는 신사분들을 만족시켜주었다. 그와 반대로 분명 여러 가지가 성공적으로 시도될 수 있었을지 모른다. 그러나 선생과의 사이에 이해가 부족했던 까닭에 나는 그렇게 하지 못했다. 나는 오히려 가능한 한 그에게 잡지 건을 비밀로 해두려고 했다. 그러나 그는 그것을 곧바로 발견했다. 나는 그것을 한 편지에 언급된 것에서 알게 되었는데, 그 편지에서 그는 크리스마스 축제날에 나를 방문하겠노라고 했다. 그는 거기에서 이렇게 쓰고 있다. "세상은 나쁘다. 사람들은 세상을 날림으로 만든다." 그것으로 그가 밝히고자 한 것은 내가 그런 좋지 않은 세계에 속한다는 것이고, 그런데도 나는 내 마음속에 자리잡고 있는 악의에 만족하지 않고, 세상을 날림으로 만들고 있다는 것이다. 말하자면, 나는 일반적인 악의를 꾀어내어 그 악의가 승리하도록 돕는 일을 하고 있다는 것이다. 이제 나는 이미 필요한 결심을 내렸고, 그를 조용히 기다리고 바라볼 수 있었다. 그가 어떤 모습으로 도착해서, 어떻게 전보다 더 무례하게 인사하는가를, 어떻게 말 없이 내 건너편에 마주앉는가를. 그는 숨을 댄 자신의 상의 주머니에서 그 잡지를 조심스럽게 끄집어내어 펼친 채로 내 앞으로 밀었다. "난 그것을 알고 있습니다." 그렇게 말하고 나는 잡지를 읽지 않은 채 그에게 되돌려 밀었다. "당신은 알고 있단 말이지요." 그는 한숨을 내쉬었다. 그는 낯선 대답을 반복하는 교사들의 오래된 습성을 지니고 있었다. "난 정말이지 그것을 받아들이기 힘들 겁니다." 그는 계속해 말하고는 흥분해서 손가락으로 그 잡지를 톡톡 때리면서, 마치 내가 반대나 하는 양 동시에 나를 매섭게 노려보았다. 그는 내가 말하고자 하는 바를 아마 어느 정도 예감했을지 모른다. 그 외에도 나는 그가 이따금씩 내가 의도하는 바를 올바르게 느낀다는 사실을, 그러나 그 감정에 빠지지 않고 다른 쪽으로 돌릴 수 있다는 사실을, 자신의 언어와 마찬가지로 그 이외의 기호로서도 진술하지 못한다는 사실을 믿어왔다. 나는 당시 내가 그에게 했던 말 하나하나를 충실하게 재현할 수 있다. 왜냐하면 나는 그를 설득한 후에 곧바로 그것을 메모해두었기 때문이다. "당신이 원하는 대로 하십시오. 우리가 갈 길은 오늘부터 서로 다릅니다"라고 나는 말을 이었다. "그것은 당신에게 뜻밖이거나 거북하지도 않으리라고 믿습니다. 여기 잡지에 실린 기록이 내가 결심하게 된 원인은 아닙니다. 그 기록은 내 결심을 결과적으로 견고하게 했을 뿐입니다. 본래의 원인은 내가 등장함으로써 당신에게 도움이 될 수 있으리라고 처음부터 믿었던 데 있습니다. 반면에 내가 여러 면에서 당신에게 해를 끼쳐왔다는 것을 고백하지 않을 수 없군요. 왜 그것이 그렇게 바뀌었는지는 모릅니다. 성공과 실패의 이유들은 언제나 다양한 것이니, 나에 반대하는 해석들만을 찾으려고 하지 마십시오. 당신 자신을 생각해보십시오. 전체를 파악해보면, 당신이 아무리 좋은 의도를 가졌다 하더라도 실패했을 것입니다. 농담으로 그러는 것이 아닙니다. 유감스럽게도 나와의 관계 또한 당신의 실패에 속한다고 말한다면, 그것은 나 자신에 역행하는 것입니다. 내가 이제 그 일로부터 손을 뗀다면 그것은 비겁함 때문도 아니고 배반해서도 아닙니다. 더욱이 자기 극복 없이는 그럴 수 없을 겁니다. 얼마나 내가 당신의 신상에 대해 주의를 하고 있는지는 이미 나의 문건에 잘 나타나 있어요. 당신은 분명히 나의 스승이 되어버렸습니다. 나아가 나는 두더지가 더욱 사랑스러워졌어요. 그럼에도 나는 옆으로 피합니다. 당신은 발견자이고, 나 또한 그 발견자가 되고자 했기 때문에, 항상 당신이 명성을 얻을 수 있는 것을 방해하고, 반면에 실패를 끌어들여 당신에게 옮기고 있지요. 적어도 이것이 당신의 의견이지요. 그것으로 족합니다. 내가 감수할 수 있는 유일한 속죄는 당신에게 용서를 비는 것입니다. 그리고 당신이 바란다면, 내가 여기에서 당신에게 했던 고백을 역시 공개적으로, 이를테면 이 잡지에 다시 실을 겁니다." 이것이 당시에 내가 한 말이었다. 그 말들이 전부 성실한 것은 아니나, 그것들에서 성실한 점을 쉽사리 찾아볼 수 있을 것이다. 내 해명은 대략 기대했던 것만큼 그에게 영향을 끼쳤다. 대부분 나이 많은 사람들은 젊은 사람들에 비해 무언가 믿을 수 없는 것을, 그들 존재 속에 무언가 허위로운 것을 갖고 있다. 사람들은 조용히 그들과 나란히 살아가며, 그 관계가 확실하다고 믿고 있으며, 유력한 의견을 알고 있고, 지속적으로 평화의 확증을 얻으며, 모든 것을 자명하고도 갑작스러운 것으로 생각한다. 무엇인가 결정적인 일이 일어나고 그리고 오래전부터 마련되어온 안정이 유지되어야 한다고 생각될 때, 나이든 사람들은 이방인들처럼 일어나 보다 깊고 강력한 의견을 내세우며 그제야 비로소 본격적으로 자신들의 깃발을 펼치게 되는데, 놀랍게도 그 깃발 위에서 우리는 새로운 격언을 읽게 된다. 이러한 놀라움이 생기는 이유는 특히 이제 나이든 사람들이 말하는 바가 실지로 훨씬 정당하고, 의미가 깊으며, 마치 분명한 일이 상승작용을 일으키듯이 더욱 분명하기 때문이다. 그러나 거기에 나타나는 탁월하다고 할 정도의 허위는 그들이 지금 이야기하고 있는 것을 그들은 근본적으로 항상 이야기해왔다는 사실이며 더욱이 그것은 대개 예측할 수가 없었다는 사실이다. 나는 이러한 마을 선생을 깊이 파고들어야 했으므로 그는 이제 전혀 놀라워하지 않았다. "여보시오"라고 그는 말하면서 자기 손을 내 손 위에 놓고는 그것을 다정하게 쓰다듬었다. "도대체 당신은 어떻게 이 일에 관여할 생각을 하게 됐습니까? 처음 그것에 대해 들었을 때 곧장 나는 집사람과 그 점에 대해 이야기했소." 그는 탁자로부터 물러나 두 팔을 활짝 벌리고는, 마치 거기 아래에 서 있는 아주 작은 부인과 이야기라도 하듯이 땅을 내려다보았다. 그는 그녀에게 말했다. "'그렇게 많은 세월 동안' 우리 둘이서만 싸워왔는데, 그러나 이제 이 도시에 우리를 위해 고귀하신 후견인이 나타난 것 같소. 성함이 조운트조('조운트조'는 독일어로 'so und so'로 '이러저러한'이란 뜻인데, 그러나 여기서는 이름을 나타내기 때문에 모씨某氏라는 뜻이다— 옮긴이)라는 도시 상인이오. 이제 정말 기뻐해야 할 일이오, 그렇지 않소? 도시의 상인이라면 꽤나 대단한 것이오. 만약 초라한 농부가 우리를 생각해서 그런 말을 한다고 생각해보시오. 그건 우리에게 아무런 도움도 될 수 없을 거요. 왜냐하면 농부 같은 사람들이 하는 일이란 게 언제나 무례하기 짝이 없거든. 이제 그가 '그 나이든 마을 선생이 옳아요'라고 말하든 혹은 무엇인가 적절치 못한 말을 내뱉든 간에, 그 둘 다 효과 면에서는 서로 같지요. 그런데 그 한 사람 대신에 수만 명의 농부들이 일어선다고 한다면 아마 그 효과는 더욱 나쁠 거요. 그렇지만 도시 상인인 경우에는 좀 다르오. 그런 사람은 많은 연줄을 갖고 있지요. 그가 그저 부수적으로 하는 말도 널리 퍼지지요, 새로운 후견인들도 그것을 인정하고 있지요. 예를 들어 어떤 이는 이렇게 말하오. '마을 선생들로부터도 역시 배울 수 있다. 그럼에도 다음날이 되면 벌써 많은 사람들은 그것에 대해 서로 수군대며, 그들의 진술에 따라 판단하는 것을 결코 받아들이지는 않을 것이다. 이제 그 일에 필요한 자금이 마련되고, 한 사람은 돈을 모으고, 다른 사람들은 그의 손에 돈을 지불하고, 사람들은 마을 선생을 마을에서 끌어내야 한다는 생각을 하고 있다. 사람들은 와서, 그의 외모에는 관심을 두지 않고, 그를 가운데로 맞이한다. 그리고 부인과 어린아이들이 그에게 매달리기 때문에, 그들도 역시 함께 받아들인다. 당신은 도시 출신 사람들을 관찰해본 적이 있나? 그들은 쉴새없이 주절댄다. 그들이 함께 늘어서 있으면, 오른쪽에서 왼쪽으로 그 다음엔 다시 되돌아서 이리저리 주절댄다. 그들은 주절대면서 우리를 마차에 태우며, 모두에게 고개 숙여 인사할 시간도 없다. 마부석 위에 앉은 신사가 코안경을 정위치에 쓰고는 채찍을 휘두르자 우리는 떠난다. 모든 사람들이 작별을 하기 위해서 마을 쪽으로 눈길을 보낸다. 마치 우리가 아직 그곳에 있는 것처럼 그리고 그들 한 가운데에 앉아 있지 않은 것처럼. 도시로부터 특히 참을성 없는 사람들을 태운 두서너 대의 마차들이 우리 쪽을 향하여 오고 있다. 우리가 가까이 가자 그들은 자리에서 일어나 우리를 보기 위해 몸을 편다. 돈을 거두어들였던 사람은 모든 것을 정리하면서 조용히할 것을 타이른다. 우리가 도시로 마차를 몰아갔을 때는 벌써 많은 마차들이 대열을 이루고 있다. 인사는 이미 끝났다고 생각했으나 이제 음식점에서 비로소 그것이 시작된다. 도시에서는 한 번의 호출로 즉시 많은 사람들이 모여든다. 한 사람이 무언가에 신경을 쓰면 곧 다른 사람 역시 거기에 신경을 쓴다. 그들은 서로 목청을 돋우어 다른 사람들의 의견들을 낚아채서는 제것으로 만든다. 이 모든 사람들이 마차로 갈 수는 없어서, 그들은 음식점 앞에서 기다린다. 다른 사람들은 타고 갈 수 있을지 모르지만, 그들은 자의식 때문에 타지 않는다. 이들도 역시 기다린다. 돈을 거둔 사람이 어떻게 모두를 알아보는지 알 수가 없다.'"

나는 그의 말을 조용히 경청했다. 그렇다, 나는 그가 말하는 동안 점점 더 조용해졌다. 나는 탁자 위에 내가 갖고 있는 모든 문건들을 쌓아 놓았다. 최근에 나는 회문回文을 통해서 모든 사람들에게 발송했던 문건들을 반환해줄 것을 요구했으며 그 대부분을 받아냈는데, 극소수의 문건들만이 없었다. 나는 여러 방면에서 매우 정중한 글들을 받았는데, 그런 글을 받은 적이 있는지 전혀 기억할 수도 없고, 그런 글이 왔다 하더라도 유감스럽게도 잃어버린 것이 틀림없다. 내가 근본적으로는 전혀 다른 것을 원치 않았다는 것도 역시 옳은 말이다. 한 사람만이 그 문건을 소중히 간직해둘 것을 청했었다. 그리고 회문의 내용을 앞으로 이십 년간 어느 누구에게도 보여주지 않기로 약속했다. 마을 선생은 이 회문을 아직까지 본 적이 없다. 그 회문의 말들이란 게 그에게 보여주기에 용이해서 나는 기뻤다. 나는 그것을 매우 조심스럽게 작성했고 마을 선생과 그 일에 대한 관심을 고려하지 않은 적이 결코 없기 때문에 거리낌없이 그에게 보여줄 수 있었다. 그 글의 주된 내용은 이렇다. "내가 그 문건을 되돌려달라고 청하는 이유는 그 속에 개진된 의견들을 바꾸었다거나 혹은 개별적인 부분에 그것이 잘못되었다거나 혹은 증명하기 어려운 것으로 여기기 때문은 아닙니다. 나의 요청은 단지 개인적인, 어쩔 수 없는 이유들을 갖고 있습니다. 그 일에 대한 나의 입장을 말한다면 나의 요청은 눈곱만큼의 귀납적 추론도 허락지 않습니다. 특히 이 점에 유의하시길 바라며, 좋으시다면 역시 널리 유포해주셨으면 합니다."

나는 이 회문을 아직 두 손으로 덮은 상태에서 이렇게 말했다. "그렇게 진척되지 않았기 때문에 당신은 나를 질책하려 하지요? 어째서 그럴 생각이었나요? 하지만 견해가 어긋난다고 해서 화를 내지는 맙시다. 그리고 결론적으로 비록 당신이 하나의 발견을 했지만, 그러나 그 발견이란 게 다른 모든 것을 능가하는 것은 아니라는 것, 따라서 당신이 겪은 부당함 또한 다른 모든 것을 능가하는 부당함이 아니라는 사실을 통찰하도록 해보십시오. 나는 학술 단체의 규약은 잘 모르지만, 당신이 당신의 가엾은 부인께 편지로 썼던 것처럼, 대체로 저 학술 단체만이 환대를 받아왔으니, 당신에게 친절한 호의가 베풀어졌으리라고는 생각지 않습니다. 나 자신이 그 문건의 효과를 어느 정도 기대했다면, 내 생각에는 아마 어느 교수가 우리의 일에 대해 관심을 보였을지 모르며, 그는 어느 대학생에게라도 그 일을 조사해보도록 위임했을 것이고, 대학생은 당신을 찾아가 당신과 나의 연구를 다시 한 번 자기 나름대로 재검해보았을 것이며, 그리고 그 결과가 언급할 만한 가치가 있다고 생각되면 결국 그는 — 여기에서 확신할 수 있는 것은 모든 대학생들이 의심에 가득 차 있다는 것입니다 — 자기 자신의 문건을 편집해서 당신이 썼던 것에 대해 학문적인 기초를 세웠을지 모릅니다. 가령 이러한 바램이 이루어졌을 경우라 할지라도 아직 충분한 것은 아니었을 겁니다. 그런 특별한 경우를 옹호했을지 모르는 대학생의 문건은 모르긴 해도 가소롭게 만들어졌을 것이니까요. 당신은 여기 이 농업 잡지의 예에서 그런 일이 얼마나 경솔하게 일어날 수 있는가를 알았을 것입니다. 이런 점에서 학술지란 게 훨씬 더 신중치 못합니다. 교수들이 자기 자신에 대해, 학문에 대해, 후세에 대해 많은 책임을 지고 있다는 것은 자명한 일입니다. 그들이 모든 새로운 발견에 대해 똑같이 몰두할 수는 없습니다. 우리 같은 사람들은 그들과는 반대로 그 점에서는 이점이 있습니다. 그러나 나는 그것과는 상관없이 대학생의 문건이 완성되었으리라는 사실을 인정하고자 합니다. 그렇게 되면 어떤 일이 벌어질 수 있겠습니까? 당신의 이름이 여러 번 명예롭게 거명될 것이고, 그것은 모르긴 몰라도 당신 지위에도 역시 이득이 될 것이며, 사람들은 이렇게 말할 것입니다. '우리 마을 선생은 열린 눈을 가지고 있다'고. 그리고 여기 잡지들이 생각과 양심을 가지고 있다면, 당신에게 정식으로 사과할 것임에 틀림없으며, 그땐 당신에게 학술 보조금을 얻어줄 만큼 호감을 보이는 교수도 있을지 모르고, 당신을 도시로 데려가 도시 초등학교에 자리를 마련해주고 도시가 제공하는 학술 보조자료들을 당신의 지속적인 교육을 위해 사용할 수 있는 기회를 주는 것도 가능할지 모릅니다. 그러나 솔직히 말하건대, 사람들이 그것을 그리 중요하게 여기지 않았을 것입니다. 사람들이 당신을 이리로 불러 당신도 이리로 왔을 것인데, 그것도 수백의 사람들과 마찬가지로 화려한 환대도 없이 평범한 청원자로서 왔을 것입니다. 사람들은 당신과 이야기를 할 것이지만, 당신의 성실한 노력을 인정할 것이고, 그러나 동시에 당신의 나이가 많다는 것, 그런 나이로 학술연구를 시작한다는 것은 전망이 없으리라는 것, 그리고 특히 당신의 발견은 계획적이라기보다는 우연적이었으리라는 것, 그리고 이 이외의 또 다른 작업을 계획하고 있지도 않다는 사실을 알게 될 것입니다. 그러므로 아마 이런 이유로 당신을 시골에 남겨두었는지 모릅니다. 당신의 발견은 물론 계속 진척되었을지도 모릅니다. 왜냐하면 그 발견이 한 번 인정받고는 언젠가 잊어버릴 수 있는 그런 사소한 게 아니기 때문입니다. 그러나 당신은 그것에 대해 더 이상 많은 것을 알지 못할 것이고, 당신이 알게 된 것이라도 거의 이해하지 못할 것입니다. 모든 발견은 학문 전체로 이끌려지며, 그것으로 발견이기를 중지합니다. 그것은 전체로 떠오르다가는 사라지며, 그후에 그 발견을 인식하려면 학문적으로 습득한 시각을 가져야만 합니다. 그 발견은 즉시 우리가 그 현존에 대해 전혀 들어본 적이 없는 주된 명제와 연결됩니다. 그리고 학문적인 논쟁 속에서 그 발견은 이 주된 명제를 거쳐 저 구름 높이까지 미치게 되지요. 우리는 어떻게 그것을 파악하려는 걸까요? 그러한 토론을 경청해보면, 예를 들어 우리는 발견이 문제일 거라고 생각하지만 그러나 완전히 다른 것이 문제가 되지요."

"그렇다면 좋소"라고 마을 선생은 말하고는 파이프를 꺼내 주머니마다 넣고 다니는 연초로 채우기 시작했다. "당신은 자발적으로 그 보람도 없는 일을 받아들이더니 이제는 또 자발적으로 발뺌을 하는군요. 모든 게 아주 정확하군요." "나는 완고하지 않습니다." 나는 말했다. "당신은 내 제안에 비난할 만한 것을 발견했나요?" "아닙니다, 전혀 그렇지 않습니다"라고 마을 선생은 말하고는 벌써 파이프 담배 연기를 품어댔다. 나는 연초 냄새를 참지 못하고 일어나 방 안을 이리저리 돌아다녔다. 예전의 협의에서 이미 나는 마을 선생이 매우 말이 없으며, 그가 한 번 오는 날이면 내 방에서 떠날 생각을 하지 않는다는 것을 알았다. 그 점이 종종 나를 매우 불쾌하게 만들었다. 그럴 때면 늘 그가 나로부터 아직 무언가를 원하고 있다고 생각해 그에게 돈을 주었는데, 그는 그것을 꼬박꼬박 받아챙겼다. 그러나 그는 마음이 내켜서야 비로소 자리를 떴다. 그럴 때면 언제나 그는 파이프 담배 연기를 풍기며, 단정하고 공손하게 탁자 곁으로 밀어놓은 안락의자 주위를 맴돌다가, 구석에 있던 마디 달린 지팡이를 집어들고 나에게 정열적으로 악수를 청하고는 가곤 했다. 그러나 오늘은 그가 그렇게 말없이 앉아 있는 것이 나에게 솔직히 부담스러웠다. 내가 그래왔던 것처럼 사람이 누군가에게 최종적인 작별을 고할 때 그리고 그것이 다른 사람에게 아주 바람직하게 보인다면, 아직 함께 끝내야 할 몇 가지 일을 빨리 끝내는 것이, 그가 말없이 그 자리에 있음으로써 받게 되는 쓸데없는 부담을 덜어준다. 누군가 나의 책상 곁에 앉아 있는 이 작고 완고한 노인의 모습을 뒤에서 바라

보게 된다면, 그를 방에서 서둘러 내보내려는 것이 전혀 틀린 생각
이 아님을 믿을 것이다.

[14]

기형아를 사냥하는 일에 진저리가 났다면, 말할 것도 없이 지방 판사가 그 첫번째 표적이 될 것이다. 하지만 그에 대해 화를 내는 것은 무의미하다. 그런 이유에서 검사보 역시 그에 대해 화를 내지 않는다. 그저 그런 인간을 지방 판사 자리에 앉힌 어리석음에 대해서만 화를 낼 뿐이다. 그러니까 어리석음이 정의를 시행하려는 것이다.

검사보의 개인적인 사정 그 자체를 놓고 보면 그가 겨우 그런 낮은 지위를 가진 것이 매우 안 된 일이긴 하지만, 그의 실제 노력에 비하면 아마 고위 검사로 있는 것도 충분치 않을 것이다. 또한 눈앞에 보이는 모든 어리석은 짓만이라도 효과적으로 기소할 수 있기 위해서라도 그는 훨씬 더 높은 검사가 되어야 할 것이다. 그렇게 되면 그는 그 지방 판사를 기소하는 데 결코 겸손해하지 않을 것이다. 그는 검사라는 지위 때문에 그 지방 판사를 결코 판결할 수 없을지는 모르겠으나 주위에 아주 훌륭한 질서를 세움으로써 그 안에서 지방 판사가 존재할 수 없도록 하고, 직접 건드리지 않고도 그의 무릎을 후들거리게 하여 결국 그가 사라질 수밖에 없게 할 수 있을 것이다. 그러면 아마 검사보 자신의 사안을 폐쇄된 징계 재판소로부터 공개 법정으로 끌어낼 수 있는 시기가 올 것이다. 그 검사보는 더 이상 개인적으로 관여하지 않고, 더 높은 권력의 힘을 가지고 그에게 지어진 사슬을 부수고 스스로 그 사슬에 대한 판결을 내릴 수 있을 것이다. 그는 어떤 세력가가 공판을 앞두고 "이제 자네에게 만족할 만한 보상이 주어질 것일세"라고 그에게 귓속말로 속삭이는 장면을 상상해본다. 그리고 이제 공판이 시작된다. 기소된 징계 위원들은 물론 거짓말을 한다. 이를 꽉 깨물고 거짓말을 한다. 법원 관계자들이 기소를 당하면 그들은 그들만이 할 수 있는 그런 거짓말을 한다. 그러나 사실들 자체가 스스로 모든 거짓들을 떨쳐버리고 청중들 앞에 자유롭고 진실되게 전개되도록 모든 것이 준비되어 있다. 법정의 삼면에는 많은 청중들이 자리하고 있다. 판사석만이 비어 있다. 판사들을 찾을 수가 없다. 판사들은 여느 때라면 피고인이 서 있을 좁은 공간 안으로 밀고 들어와서 빈 판사석 앞에서 자신들을 변호하고자 한다. 단지 검사만이, 과거의 검사보였던 그만이 당연히 현장에 있으며 자신의 평소 자리를 지키고 있다. 그는 평상시보다 한결 차분하다. 그는 그저 때때로 고개를 끄덕일 뿐이며, 모든 것은 시간에 맞춰 정확하게 진행된다. 이 사건이 모든 답변서, 증인 진술서, 재판 기록, 판결 소견서, 판결 이유서 등으로부터 벗어난 후에야 사람들은 곧장 엄습해오는 그 사건의 단순성을 인식하게 된다! 이 사건 자체는 약 십오 년 전의 것이다. 검사보는 당시 수도에 있었다. 그는 유능한 법조인으로 인정받았고, 그의 상관으로부터 매우 사랑받고 있었으므로 많은 경쟁자들을 제치고 머지않아 열번째 검사가 되리라는 희망을 벌써부터 가지고 있었다. 두번째 검사는 그에게 특별한 호감을 보여주었고 그다지 중요하지 않은 사건들에서도 그로 하여금 자신의 직무를 대신하도록 했다. 그래서 그는 대수롭지 않은 어떤 불경죄 소송에서도 두번째 검사를 대신하게 되었다. 정치적으로 매우 활동적이고 교양이 없지는 않은 남자인 어떤 상점의 점원이 한 주점에서 반쯤 취한 상태로 잔을 손에 들고 불경스러운 말을 했던 것이다. 분명히 그보다 더 취해서 옆자리에 앉아 있던 손님이 그를 신고했다. 그는 아마 취중에 자신이 어떤 훌륭한 일을 수행하고 있다고 생각했을 것인데, 곧장 경찰을 부르러 달려가서 기쁨에 넘쳐 미소를 머금고는 경찰과 함께 되돌아와 그 남자를 넘겼다. 물론 그는 나중까지도 적어도 가장 중요한 부분에서는 자신의 진술을 고수했으나 불경죄는 아주 분명했던 모양이다. 왜냐하면 어떤 증인도 그것을 완벽하게 부인할 수 없었기 때문이다. 그러나 그들의 발언은 분명하게 확인될 수는 없었고, 피고인이 포도주 잔을 들고 벽에 걸린 국왕의 사진을 가리키며 "저 위 건달!"이라고 말했다는 것은 분명하게 인정되었다. 이 불경죄의 중대함은 당시 어떤 면에서는 제정신이 아니었던 피고인의 상태 때문에, 또한 그가 불경스러운 욕을 "작은 램프('작은 램프'는 독일어로 'Lämpchen'이어서 그 발음 '램프헨'이 '건달'이란 뜻의 독일어 'Lump'의 발음인 '룸프'와 유사하다 — 옮긴이)가 아직 타고 있는 동안은"이라는 노랫말과 연관지어 발언했고 그로써 그 발언의 의미를 흐리게 했기 때문에 완화되었다. 그런 식으로 발언과 노래를 연관짓는 것에 관해서 증인들은 각자 다른 의견을 가지고 있었고, 게다가 고발인은 피고인이 아닌 다른 어떤 이가 노래를 불렀다는 주장까지 했다. 그러나 피고인이 정치적 활동이 본인 자신에게는 엄청나게 불리하게 작용했는데, 어쨌든 그는 완전히 맑은 정신 상태에서도 확신에 차서 그런 발언을 능히 할 수 있는 사람이라는 것이다. 검사보는 아주 정확하게 기억하고 있다 — 그는 그렇게 자주 그 일에 대해 깊이 생각해왔다 — 대역죄를 재판하는 일이 명예로운 것이기 때문만이 아니라, 피고인과 그 사건을 정말 증오했기 때문에 그는 거의 열광적으로 그 소송에 착수했다. 검사보에게 그 남자는 술자리에 필요한 자금을 조달할 수도 없는 상점 점원이라는 성실한 직업에 만족하지 못하는 정치적 야심가요, 힘찬 근육에 의해 엄청나게 움직여지는 굉장한 아래턱을 가지고 있는 사람이요, 예심 판사에게도 호통치는 타고난 대중 연설가로 보였다. 유감스럽게도 그 남자는 이런 경우에 불안하게 흥분하는 기질의 소유자였다. 검사보가 이 사건에 대한 관심 때문에 종종 참석했던 심리는 계속되는 작은 싸움이었다. 어떤 때는 예심 판사가, 어떤 때는 심문 받는 자가 뛰쳐 일어났고, 한 사람이 다른 사람에게 고함을 쳤다. 물론 이것은 예심 결과에 불리하게 작용했으며, 검사보는 그 결과들을 소송의 기초로 삼아야 했으므로, 충분하게 분명한 논거로 만들기 위해서 많은 일을 하고 통찰력을 동원해야만 했다. 그는 철야작업을 했지만 즐겁게 일했다. 그것은 연초에 맞는 멋진 밤들이었다. 검사보가 그 일 층에 살던 집에는 두 걸음 남짓한 작은 앞뜰이 있었는데, 그는 일에 지치거나 밀려드는 생각들을 멈추고 정리하고 싶을 때면, 창문을 통해 앞마당으로 나가 그곳에서 왔다갔다하거나 눈을 감은 채 마당 울타리에 기대곤 했다. 그 당시 그는 자기 몸을 아끼지 않았다. 그는 그 소송의 공소장 전체를 여러 번 고쳐 썼는데, 많은 부분은 열 번에서 스무 번을 고쳐 썼다. 그 외에도 공판을 위한 자료는 감당할 수 없을 정도로 많이 수집되었다. 밤이면 "하느님, 제가 이 모든 것을 파악해서 이용할 수 있게 해주소서" 하는 것이 그의 끊임없는 기도였다. 그는 이 기소 자체는 자신의 일 중 극히 일부가 끝난 것일 뿐이라고 생각했고, 그래서 두번째 검사가 기소장을 그에게 돌려주면서 했던 칭찬 역시 보답이 아닌 단지 격려로 받아들였다. 그런데 이 칭찬은 대단한 것이었다. 그것이 엄격하고 과묵한 사람에게서 나온 것이기 때문이었다. 검사보는 나중에 자신의 청원서에서 그 칭찬하는 글을 자주 반복해서 인용했지만 그것을 상기시켜 두번째 검사의 마음을 움직이게 할 수는 없었다. 그것은 "내 사랑하는 동료여, 이 소장에는 기소만 들어 있는 것이 아니라, 당신이 열번째 검사로 임명되리라는 예전이 포함되어 있다네"라는 글이었다. 그런데도 검사보가 겸손하게 침묵을 지키고 있자, 두번째 검사는 이렇게 덧붙였다. "나를 믿게." 검사보는 확고하고 차분한 마음으로 공판에 나갔다. 법정의 어느 누구도 이 소송 사건의 미묘함과 사정을 그만큼 잘 아는 사람은 없었다. 변호사는 위험할 게 없었다. 그는 검사보가 잘 아는, 언제나 소리를 질러대지만 별로 총명하지 못한 평범한 남자였다. 그날 그는 전혀 호전적이지 않았다. 그는 변호해야만 했기 때문에 변호할 뿐이었다. 그 일이 자기 정당의 일원에 관계된 일이었고, 장광설을 늘어놓을 기회가 주어질지도 몰랐기 때문이며, 당보黨報가 이 사건에 어느 정도 주의를 집중시키고 있기 때문이었다. 그러나 그는 자신의 의뢰인을 구할 수 있을 거라는 희망은 가지고 있지 않았다. 검사보는 재판이 시작되기 조금전 억누르기 힘든 미소를 머금고 그 변호사를 쳐다보았던 것을 아직도 기억하고 있다. 이 변호사는 원래 자신을 억제하는 능력이 없었으므로, 자신의 책상 위에 모든 것을 뒤죽박죽 던져놓더니, 필기장에서 종이 몇 장을 뜯어냈다. 그것들은 미풍에 불려온 듯 순식간에 메모로 뒤덮였다. 그러는 사이에 책상 밑에서는 그의 작은 두 발들이 떨어댔고, 그는 매순간 자신도 모르는 사이에 겁먹은 동작으로 대머리를 쓸어 올렸는데, 마치 거기서 어떤 상처들을 찾기라도 하는 듯했다. 그는 검사보에게는 상대가 안 되는 적수인 것처럼 보였다. 재판이 시작되자마자 그는 벌떡 일어서더니 빽빽거리는 흉한 목소리로 재판이 공개석상에서 이루어지기를 바란다고 제의했다. 그러자 검사보는 느릿느릿 자리에서 일어났다. 모든 것이 아주 명확했고 충분히 숙고되어 있었다. 오직 그에게만 속해 있는 사건 속에 온통 다른 사람들이 끼어든 것 같아 보였고, 그 사건의 본질상 판사와 변호사와 피고인 없이도 자기 선에서 끝낼 수 있는 사건인 것 같았다. 그래서 그는 변호사의 제의에 찬성했는데 그의 태도는 당연히 변호사의 태도와 마찬가지로 예기치 못한 것이었다. 그러나 그는 자신의 태도를 해명했고, 해명하는 동안 법정이 너무 조용해서, 사방에서 수많은 눈들이 마치 그를 자기들 쪽으로 끌어당기려는 듯이 그를 향하고 있지 않았다면, 그가 텅 빈 법정에서 혼잣말을 하는 거라고 믿을 수도 있을 정도였다. 그는 자신이 사람들을 확신시키고 있다는 것을 즉시 알아차렸다. 마치 검사보가 지금 막 땅에서 솟아오르기라도 한 듯이, 판사들은 목을 길게 빼고서 놀란 듯이 서로 쳐다보았고, 변호사는 의자에 뻣뻣하게 기대어 있었다. 피고인은 긴장한 나머지 거대한 이빨들을 갈아대었다. 밀려드는 청중들 속에서 사람들은 손을 꽉 잡고 버티고 있었다. 그들은 이곳에서 어떤 한 사람이 이런저런 사소한 관계를 가지고 있는 사건을 그들에게서 완전히 빼앗아 가서 확고하게 자신의 소유로 만들었다는 것을 알았다. 모든 사람은 자신들이 사소한 대역죄 소송에 참여하는 거라고 믿었으나, 이제 검사보가 첫번째 제안에서 마치 모욕죄 자체는 부차적인 것인 양 몇 마디 언급하고 지나가는 것을 들었다.

어두운 좁은 골목길을 헝가리 경기병들이 말을 타고 지나갔다.

어느 야심 많은 젊은 대학생이 엘버펠트Elberfeld의 말들의 사례에
대단한 관심을 가졌다. 그는 이 문제에 관한 모든 문헌을 면밀히 검
토하고 충분히 생각한 끝에 혼자 힘으로 이 방면에 대한 여러 시도
를 해보고, 처음부터 이 문제를 선배들과는 전혀 다른 방법으로, 그
자신의 의견에 따르면 그보다도 훨씬 옳은 방법으로 다루기로 마음
을 먹었다. 말할 것도 없이 그는 자금이 충분치 못했기 때문에 대규
모 실험을 할 수는 없었다. 게다가 이 실험을 위하여 사들인 첫번째
말이 고집 이 세어 — 아주 힘든 작업임에도 수 주일이 지나서야 밝
혀질 수 있는 것인데 — 오랫 동안 새로운 실험을 시작할 수 없었
다. 그러나 그는 그 일을 그다지 마음에 두지 않았다. 자신의 방법
대로라면 어떠한 고집스러움도 극복할 수 있으리라고 생각했기 때
문이었다. 어쨌든 조심성 있는 사람답게 그는 발생될 수 있는 지출
과 조달할 수 있는 자금의 계산에서도 매우 계획적이었다. 그가 공
부하는 동안 이때까지 가까스로 생활을 꾸려나가는 정도의 돈을,
지방에서 보잘것없는 가게를 하는 부모님이 매달 꼬박꼬박 보내주
었다. 그는 이후에도 이 후원금을 무시할 생각은 없었다. 그렇다고
는 하나 그가 이제부터 들어서려고 하는 새로운 분야에서 기대한
대로 대성과를 거두려면, 부모님들이 멀리서 큰 희망을 걸고 있는
그의 공부는 아무래도 포기하지 않으면 안 될 성싶다. 부모님들이
이 일을 이해해준다거나 혹은 격려해주리라는 것은 생각할 수도 없
는 일이다. 따라서 매우 괴로운 일이기는 하나, 부모님들에게는 이

의도를 숨기고, 지금까지처럼 공부가 정해진 대로 진척되어가고 있다고 믿도록 해야 할 것이다. 이렇게 부모님들을 속이는 것도 그가 그 일을 위해서 치러야 하는 희생의 하나에 지나지 않는다. 그 작업에 필요할 것으로 예상되는 막대한 비용을 충족시키기 위해서는 부모님이 보내주는 금액으로는 부족하지 않을 수 없다. 그래서 이 대학생은 이때까지 공부에 할당하던 대부분의 시간을 앞으로는 개인 교수 하는 일에 돌릴 생각이었다. 그리고 밤 시간의 대부분을 그 본래의 일에 충당하기로 했다. 그는 자신에게 불리한 어쩔 수 없는 외적 상황 때문만이 아니라, 말의 교육을 위해서도 야간 시간을 택한 것이다. 말의 교육을 위해서 도입하려는 새로운 원칙으로 보더라도 여러 가지 점에서 야간이 바람직했다. 그의 의견에 따르면 말에 대한 주의가 조금만 빗나가도 교육상 치명적인 피해가 따르는데, 이런 점은 밤이면 안심이 되었다. 인간과 동물은 밤에 깨어 일을 하게 되면 예민해지는데, 그의 계획에서는 그 점이 꼭 요구되는 것이다. 다른 전문가와는 달리 그는 말의 난폭성을 무서워하지 않았다. 그는 오히려 그것을 요구하였고, 그것을 만들어내려고 했다. 그 수단으로서 매를 사용하지는 않고, 곁에 붙어서 쉬지 않고 자극함으로써 난폭성을 키우고자 했다. 그의 주장에 의하면 말을 바르게 교육시키는 데는 개별적인 진보는 있을 수 없다는 것이다. 다시 말해서 최근 여러 애마가들이 과신하고 있는 개별적인 진보 따위는 교육자의 공상의 산물에 지나지 않으며, 더욱 나쁜 것은 그것들이 일반적인 진보에 도달하지 못하리라고 분명하게 못을 박고 있는 것이다. 그 자신이 무엇보다도 경계하는 것은 개별적인 진보를 목표로 하는 것이다. 선배들은 작은 몇 가지 일에 성공하고는 큰 성과라도 거둔 듯이 만족하는데 그는 그것을 납득할 수가 없었다. 그것은 아이가 인간 세계 전체에 대해서는 보지 못하든, 귀머거리이든, 감정이 없

든 상관없이 그에게 오로지 사소한 구구표만을 억지로 주입킴으로
써 교육하려는 것과 마찬가지라는 것이다. 이러한 것은 모두 어리
석은 일이며, 그리고 때때로 다른 말 조련사의 오류가 아주 놀랄 정
도였기 때문에 그럴 때면 그는 자기 자신에 대해서도 의혹을 품을
정도였다. 왜냐하면 한 개인, 그것도 깊기는 하지만 점검되지 않은
정말이지 거친 확신에 차 있는, 경험 없는 한 개인이 모든 전문가들
에 맞서 제대로 겨루어 나가기는 거의 불가능하기 때문이다.

[16]*

　나이든 독신주의자인 블룸펠트는 어느 날 저녁 그가 거주하는 집으로 올라갔다. 그것은 힘든 일이었다. 왜냐하면 그는 칠층에 살고 있었기 때문이었다. 올라가는 동안 그는 근래에 자주 그랬듯이 다음과 같은 것들을 생각했다. 완전히 고독한 이 생활이 정말 힘겹다는 것, 그가 이제 이 칠층짜리 건물을 정말 아무도 모르게 올라야만 한다는 것, 위층의 그의 빈방에 도착해서는 아무도 모르게 침실 가운을 입고, 파이프에 불을 붙이고, 몇 년 전부터 구독하고 있는 프랑스 신문을 조금 읽고, 거기다가 자기가 만든 버찌 브랜디를 맛보고, 결국 반 시간 후에는 자러 가리라는 것, 그러나 그 전에 이부자리의 위치를 완전히 바꾸지 않으면 안 되는데, 어떠한 지침도 통하지 않는 하녀가 언제나 그녀 자신의 기분에 따라 이부자리를 내던져놓기 때문이라는 것 등을. 어떠한 동반자든, 이런 행위를 지켜봐줄 수 있는 그 어떤 구경꾼이든 블룸펠트에게는 매우 환영받았을 것이다. 그는 이미 작은 개 한 마리를 사야 하지 않을까 하고 생각해보았다. 그런 동물은 재미있고, 무엇보다도 감사할 줄 알며 충실하다. 블룸펠트의 한 동료가 그런 개를 한 마리 가지고 있는데, 그 개는 자기 주인 이외는 아무도 따르지 않는다. 그리고 그 개는 자기 주인을 잠시라도 보지 못하면, 곧장 크게 짖으면서 주인을 찾는다.

　* 막스 브로트는 이 작품에 「나이 든 독신주의자, 블룸펠트」라는 제목을 붙였다. 이 작품은 1915년에 쓰어진 종이 묶음 안에 들어 있다. 이 작품도 카프카 전집 제1권에 번역되어 있으나 약간의 수정이 있어 다시 번역했다. (옮긴이)

그것으로써 자신의 주인인 이 특별한 은인을 다시 찾게 되었다는 데 대한 자신의 기쁨을 분명하게 표시하는 것 같다. 물론 개 역시 단점을 가지고 있다. 개는 아무리 깨끗이 기른다 해도 방을 더럽힌다. 그것은 결코 피할 수 없는 일이다. 개를 방 안으로 들여놓기 전에 매번 뜨거운 물로 목욕을 시킬 수는 없으며, 개의 건강도 그것을 견디어내지 못할 것이다. 그러나 블룸펠트는 방이 더러운 것을 견디지 못한다. 방이 깨끗해야 한다는 것은 그에게는 절대적으로 필요하다. 일 주일에 몇 번씩 그는 불행하게도 이 점에서 그다지 꼼꼼하지 않은 하녀와 다투곤 한다. 그녀는 귀가 어둡기 때문에, 그가 청결 문제로 항의할 때는 보통 그녀의 팔을 당겨 그녀를 방 안의 특정 장소로 데리고 간다. 이렇게 엄격하게 함으로써 그는 방 안의 정돈 상태가 대충이나마 자신의 욕구에 맞도록 했다. 그러나 개를 들여옴으로써 여태까지 그렇게 세심하게 막아낼 수 있었던 더러움을 그의 방 안으로 끌어들이게 될 것이다. 개의 동반자인 벼룩도 모습을 드러낼 것이다. 그러나 벼룩이 한 번 생겼다 하면, 블룸펠트가 그의 쾌적한 방을 개에게 내주고 다른 방을 구해야 하는 그 순간도 그다지 멀지 않을 것이다. 그러나 불결함은 개가 가진 단점 중의 하나일 뿐이다. 개 역시 병이 들고, 또 개의 병은 사실 아무도 모른다. 병이 들면 이 동물은 한모퉁이에 쭈그리고 앉아 있거나, 쩔룩거리며 돌아다니고, 낑낑거리고, 잔기침을 하고, 통증을 억지로 삼키기도 한다. 사람들은 담요로 그것을 싸주고, 그에게 휘파람을 불어주고, 우유를 밀어주고, 간단히 말해서, 그것이 일시적인 통증이기를 바라면서 그를 보살펴준다. 그것은 그럴 수도 있지만, 또한 심각하고 불쾌한 전염병일 수도 있다. 그리고 개가 건강하게 산다 하더라도, 언젠가 나중에는 늙을 것이고, 사람들은 그 충성스러운 개를 적당한 시기에 처분하는 결정을 내릴 수가 없을 것이다. 그러면 눈물이 흐르는 개의 눈에서 자기 자신의 나이를 보게 되는 시기가 온다. 그렇게 되면 사람들은 눈이 거의 보이지 않는, 폐가 약한, 지방질 때문에 거의 움직일 수 없는 그 동물 때문에 괴로워해야 한다. 그래서 그 개가 이전에 주었던 기쁨에 대해서 비싼 대가를 치러야 한다. 그런 이유로 블룸펠트는 지금은 기꺼이 개를 한 마리 가졌으면 해도, 후에 늙은 개로 인해서 부담스러워지는 것보다는 차라리 앞으로 삼십 년 동안 혼자서 층계를 올라가기를 원한다. 그 늙은 개는 그 자신보다도 더 크게 헐떡거리면서, 몸을 질질 끌며 그의 곁에서 한 계단 한 계단 오를 것이다.

그래서 블룸펠트는 계속 혼자 남을 것이다. 그는 말 잘 듣는 살아 있는 존재를 곁에 두고 싶어하는 노처녀의 이상한 욕망 같은 것은 가지고 있지 않다. 그것은 그녀를 보호해주고, 그녀는 그것을 귀여워해주고, 또 계속해서 보살펴주기를 원하는데, 그러한 목적을 위해서는 고양이 한 마리나 카나리아 새 한 마리 또는 금붕어로도 족할 것이다. 그리고 그것이 아니라면, 그녀는 창 앞의 꽃으로도 만족할 것이다. 이와는 반대로 블룸펠트는 단지 동반자를 하나 갖고 싶은 것이다. 그가 그다지 신경을 많이 쓰지 않아도 되는 동물, 가끔 발로 밟아도 지장이 없고, 비상시에는 골목길에서도 밤을 지낼 수 있고, 그러나 블루펠트가 원하기만 하면, 곧장 짖으면서 뛰어오르는, 손을 핥으면서 달려오는 그런 동물을. 블룸펠트는 그러한 유의 것을 원하고는 있지만, 그가 잘 알고 있듯이 굉장히 큰 불편을 감수하지 않고서는 그것을 가질 수 없기 때문에 단념하고 있다. 그러면서도 그는 그의 철저한 천성에 걸맞게 때때로, 예를 들면 오늘 저녁 같은 때에 또 다시 똑같은 생각으로 되돌아간다.

그가 위층 그의 방문 앞에서 열쇠를 호주머니에서 꺼낼 때, 방에서 무슨 소리가 들려왔다. 달그락거리는 어떤 독특한 소리인데, 그러나 매우 생기 있고 규칙적인 것이었다. 블룸펠트는 바로 개를 생각했기 때문에 그것은 개들이 발을 교대로 바꾸어가면서 바닥을 걸을 때 나는 그런 소리를 연상시켰다. 그러나 발은 달그락거리지는 않는다. 그것은 발소리가 아니다. 그는 서둘러 문을 열고 전깃불을 켠다. 그 순간 그는 마음의 준비가 되어 있지 않았다. 그것은 분명히 마술이었다. 파란 줄이 쳐진 두 개의 작고 흰 셀룰로이드 공이 널마루에서 오르락내리락 튀고 있었다. 하나가 바닥을 치면 다른 하나는 공중으로 솟고, 그것들은 지칠 줄 모르고 그 놀이를 계속하고 있었다. 블룸펠트는 언젠가 김나지움에서 유명한 전기 실험을 할 때 작은 공들이 이와 비슷하게 튀어 오르는 것을 본 적이 있었다. 그러나 이것들은 비교적 큰 공이고, 빈방에서 튀어 오르고 있으며, 전기 실험을 위한 어떠한 장치도 되어 있지 않다. 블룸펠트는 허리를 굽혀 그것들을 자세히 살펴본다. 그것은 의심할 여지도 없이 보통 공들이다. 그것들은 아마 내부에 더 작은 몇 개의 공들을 가지고 있을 것이다. 그리고 그것이 달그락거리는 소리를 낼 것이다. 블룸펠트는 그것들이 어떤 줄에 매달려 있는 것이 아닌가를 확인하기 위해서 공중을 헤집어본다. 아니다. 그것들은 완전히 독자적으로 움직이고 있다. 블룸펠트가 작은 어린아이가 아닌 것이 유감스럽다. 두 개의 그런 공은 어린아이였더라면 그에게 즐거운 놀라움이 되었을 것이다. 반면에 그에게는 지금 이 모든 것이 더욱 불쾌한 인상을 주고 있다. 주의를 끌지 못하는 한 독신자가 남 모르게 살고 있다는 것이 물론 완전히 무가치한 일은 아니다. 그런데 지금 누군가가, 누구든 상관없는 일이지만, 이 비밀을 들추어내어 그에게 이 두 개의 이상한 공들을 들여보낸 것이다.

그는 공 한 개를 잡으려 하지만 그것들은 그 앞에서 뒤로 물러나, 방 안에서 그가 뒤쫓아오도록 유인한다. '공의 뒤를 쫓아서 뛰어가

다니 정말 너무나 바보 같은 일이 아닌가' 하고 그는 생각한다. 그는 멈추어 서서 눈으로 그것들을 쫓는다. 이제 그가 뒤쫓는 일을 포기한 듯하기 때문에 그것들 스스로도 제자리에 머물러 있다. '그래도 나는 저것들을 잡아 봐야겠어' 하고 그는 다시 생각하고, 그것들 쪽으로 재빨리 달려간다. 그것들은 금방 달아난다. 그러나 블룸펠트는 다리를 벌리고 그것들을 방 한구석으로 몰고 간다. 그리고 거기에 있던 가방 앞에서 공 하나를 잡는 데 성공한다. 그것은 차갑고 작은 공인데 그의 손 안에서 돌고 있으며, 빠져나가려고 안간힘을 쓰는 듯하다. 그리고 다른 공 하나는 자신의 동료가 고생하는 것을 감지한 듯이 아까보다 더 높이 튀어 오르고, 또 튀어 오르는 거리를 블룸펠트의 손이 닿는 곳까지 넓혔다. 그것은 점점 빨리 튀어 오르면서 손을 친다. 공격지점을 바꾸기도 했다. 다른 공을 완전히 움켜쥐고 있는 손으로는 아무 짓도 할 수 없으므로 더 더욱 높이 튀어 올라서 아마 블룸펠트의 얼굴에 닿으려는 듯했다. 블룸펠트는 이 공도 잡을 수 있을 것이고, 그 두 개를 어딘가에 가두어놓을 수도 있을 것이다. 그러나 순간적으로 그 작은 두 개의 공을 그렇게 처리한다는 것은 품위를 손상시키는 일로 여겨졌다. 그런 공을 두 개 가지고 있는 것도 재미있는 일이고, 그것들 역시 머지않아 지칠 대로 지쳐 장롱 밑으로 굴러 들어가 조용해질 것이다. 그러나 이렇게 생각하면서도 블룸펠트는 화가 나서 공을 바닥으로 내동댕이친다. 그런데도 그 약하고 거의 투명한 셀룰로이드 껍질이 깨지지 않는다는 것은 놀라운 일이다. 두 개의 공은 아무 변화도 없이 원래대로 낮으면서도 서로 아주 조화롭게 튀어 오르기를 다시 시작한다.

블룸펠트는 조용히 옷을 벗어서 옷장 안에 정리한다. 그는 언제나 하녀가 모든 것을 잘 정리해두었는지 자세하게 살피곤 한다. 그는 한두 번 어깨 너머로 공들을 바라본다. 그것들은 추격당하지 않자 이제는 오히려 그를 추격하는 것처럼 보인다. 그것들은 뒤에서 그를 밀었고, 이제는 그의 바로 뒤에서 튀어 오르고 있다. 블룸펠트는 침실 가운을 입고 반대편 벽 쪽으로 가서, 그곳의 선반에 걸린 파이프들 중의 하나를 가져오려 한다. 그는 몸을 돌리기 전에 한 발을 아무렇게나 뒤쪽을 향해서 뻗는다. 그러나 공들은 그것을 피할 줄 알아서 거기에 맞지 않는다. 그가 이제 파이프가 있는 곳으로 가자, 공들은 곧 그의 뒤를 따른다. 그는 실내화를 끌며 불규칙적으로 걸음을 뗀다. 그러나 걸음마다 거의 멈추지 않고 공들이 그를 치고 떨어지는 일이 뒤따른다. 그것들은 그와 보조를 맞춘다. 블룸펠트는 공들이 어떻게 그런 일을 하고 있는지 보려고 갑작스럽게 몸을 돌린다. 그러나 그가 몸을 돌리자마자 공들은 반원을 그리면서 벌써 그의 뒤로 돌아가 있다. 그리고 그가 몸을 돌릴 때마다 그것은 반복된다. 그에게 딸린 동반자처럼 그것들은 애써 블룸펠트 앞에 머물러 있기를 피하려는 것처럼 보인다. 지금까지 그것들은 그에게 자신들을 소개시키기 위해서 감히 그런 짓을 했던 것처럼 보인다. 그러나 지금 그것들은 이미 자신들의 임무를 시작했다.

지금까지 블룸펠트는 그의 힘이 미치지 못하는 예외적인 경우 그 상황을 극복하기 위해서는 언제나 아무것도 알아채지 못한 것처럼 행동하는 임시방편을 택했다. 그것은 종종 도움이 되었고 대부분 적어도 그 상황을 개선시켰다. 그래서 그는 지금도 그러한 태도를 취하고 있다. 그는 파이프 진열대 앞에 서서 입술을 쑥 내밀고 파이프 한 개를 고른다. 준비되어 있는 담배 쌈지를 꺼내 특별히 꼼꼼하게 그 파이프를 채우면서, 자기 뒤에서는 공들이 튀어 오르도록 무관심하게 내버려둔다. 그는 탁자로 가기를 망설인다. 똑같은 박자로 튀어 오르는 소리와 자기 자신의 발걸음 소리를 듣는 것은 그를 매우 고통스럽게 한다. 그래서 그는 서서 파이프를 불필요하게 오랫동안 채우고 있으며, 자기와 탁자가 떨어져 있는 거리를 가늠해본다. 그러나 드디어 그가 자신의 약점을 극복하고 공들의 소리가 들리지 않을 만큼 쿵쿵 발소리를 내며 탁자까지 나아간다. 그가 앉자, 공들은 물론 다시 그의 안락의자 뒤에서 전처럼 소리를 내며 뛰고 있다.

탁자 위 벽에는 손에 잡힐 정도로 가까운 곳에 선반이 설치되어 있고, 그 위에는 버찌 브랜디가 담긴 병이 작은 잔들에 둘러싸인 채 놓여 있다. 그 옆에는 프랑스 신문더미가 놓여 있다. 하지만 블룸펠트는 필요한 것들을 밑으로 내리는 대신에, 조용히 앉아서 아직도 불을 붙이지 않은 파이프 대롱 안을 들여다본다. 그는 긴장을 풀고 노리고 있다가 완전히 예기치 못하게 단숨에 의자와 함께 몸을 휙 돌린다. 그러나 공들 역시 똑같이 깨어 있거나 아니면 아무 생각 없이 그들을 지배하는 법칙을 따르고 있는 것이다. 블룸펠트가 몸을 돌리는 동작과 동시에 그들 역시 위치를 바꾸어 그의 등 뒤로 숨어버린다. 이제 블룸펠트는 꺼진 파이프를 손에 든 채 탁자에 등을 돌리고 앉아 있다. 공들은 이제 탁자 밑에서 뛰고 있으며, 그곳은 양탄자가 깔려 있으므로, 소리가 거의 들리지 않는다. 그것은 하나의 큰 이점이다. 아주 약하고 둔탁한 소리가 있을 뿐이다. 청각을 이용해서 그것을 붙잡으려면, 열심히 귀기울여야만 한다. 블룸펠트는 물론 매우 주의를 기울이고 그 소리를 정확하게 듣는다. 그러나 그것은 지금뿐이다. 잠시 후에는 그것들의 소리를 전혀 들을 수 없을지도 모른다. 양탄자 위에서는 남의 시선을 거의 끌 수 없다는 것이 블룸펠트에게는 공들의 큰 약점으로 보인다. 그것들 밑으로 하나나 또는 더 좋게는 두 개의 양탄자를 밀어넣어야 한다. 그러면 그것들은 거의 힘을 쓰지 못한다. 물론 한정된 시간이긴 하지만, 그뿐만 아니라 그것들의 현존재는 이미 하나의 분명한 힘을

204

의미한다.

이제 블룸펠트에게는 개 한 마리가 아주 쓸모가 있을 것이다. 젊고 사나운 짐승은 그 공들을 금방 끝장낼 수 있을 것이다. 그는 개가 발로 그것들을 붙잡으려고 애쓰는 장면을, 그것들을 그들의 자리에서 몰아내는 장면을, 그리고 그것들을 사방팔방으로 방을 가로질러 몰아대고 결국에는 그것들을 이빨 사이에 물게 되는 장면을 상상해본다. 블룸펠트가 빠른 시간 안에 개 한 마리를 사는 것은 아주 손쉬운 일이다.

그러나 당분간 공들은 블룸펠트만 두려워하면 된다. 그리고 그는 지금은 그것들을 망가뜨릴 마음이 없다. 어쩌면 그에게 결단력이 부족한지 모른다. 그는 저녁이면 지쳐서 일터에서 돌아온다. 그러면 그가 휴식을 필요로 하는 곳에 이 놀라운 일이 준비되어 있다. 그는 이제야 비로소 자신이 얼마나 피로한지 실제로 느낀다. 그는 물론 공들을 망가뜨릴 것이 분명하다. 그것도 가장 빠른 시간 안에. 그러나 지금 당장은 아니다. 아마 내일이라면 모를까. 만약 이 모든 일을 편견 없이 바라본다면, 여하튼 공들은 그런대로 겸손하게 행동한다. 예를 들어서 그것들은 가끔 튀어 나와서 모습을 보이고는 다시 자기 자리로 되돌아갈 수 있을 것이다. 또는 더 높이 튀어올라서 탁자를 두드려서, 양탄자로 인해 작아진 소리를 회복할 수도 있을 것이다. 그러나 그런 짓을 하지 않는다. 그것들은 블룸펠트를 불필요하게 자극할 마음이 없다. 그것들은 틀림없이 자기들의 일을 꼭 필요한 것에만 제한하고 있다.

어쨌든 블룸펠트로 하여금 탁자 옆에 머무는 일이 싫어지게 하기 위해서는 이러한 것만으로도 족하다. 그는 이제 겨우 몇 분간 그곳에 앉아 있었지만, 벌써 잠자러 갈 것을 생각하고 있다. 그 원인 중의 하나는 그가 이곳에서는 담배를 피울 수 없다는 것인데, 왜냐하면 성냥을 침실의 탁자 위에 놓아두었기 때문이다. 그러니까 그는 성냥을 가져왔어야만 했다. 그러나 그가 침실용 탁자 옆에 가기만 하면, 아마 거기 머물러 몸을 눕히는 편이 더 나을 것이다. 그는 또 다른 속셈이 있었는데, 즉 공들이 맹목적으로 언제나 그의 뒤에만 머무르려 하기 때문에 침대 위로 튀어 오를 것이고, 그가 누우면, 의도적으로든 그렇지 않든 간에 그것들을 눌러 터뜨리게 되리라고 믿었다. 그는 터진 공의 조각들도 튀어 오를 수 있으리라는 항변을 거부한다. 범상하지 않은 것도 한계를 갖는 법이다. 공은 보통 그 전체가 튀어 오른다. 지속적이지는 않더라도. 그러나 그와 반대로 공들의 조각은 결코 튀는 법이 없다. 그러니까 여기서도 튀지 않을 것이다.

　이런 생각으로 마음이 거의 제멋대로 들떠서 그는 "튀어 올라라!" 하고 소리치고 자기 뒤에 공들을 달고 침대로 쿵쿵거리며 걸어 간다. 그의 소망은 그가 의도적으로 침대에 아주 가까이 서자 이루어지는 듯했다. 공 하나가 곧장 침대 위로 튀어 오르는 것이었다. 그러나 그와 반대로 예기치 못한 일이 일어났는데, 다른 공이 침대 밑으로 들어가는 것이다. 공이 침대 밑에서도 튀어 오를 수 있다는 가능성에 대해 블룸펠트는 전혀 생각한 적이 없다. 그것이 부당하 다고 느끼면서 그는 공에 대해 분개했다. 왜냐하면 침대 아래에서 튀어 오름으로써 그 공은 자신의 임무를 침대 위의 공보다도 더 잘 실현하고 있기 때문이었다. 이제 모든 문제는 그 공들이 어느 장소 를 정하는가에 달려 있다. 그 공들이 장시간 떨어져 있을 수 없으리 라고는 블룸펠트는 믿지 않기 때문이다. 그리고 실지로 다음 순간 아래에 있던 공도 침대 위로 튀어 오른 것이다. 블룸펠트는 '이제 그들을 잡게 되었군' 하고 생각하자 기쁨에 들떴고, 잠옷을 재빨리 벗어던지고는 침대로 몸을 던졌다. 그러나 바로 그 순간 앞서의 그

공이 다시금 침대 아래에서 뛰고 있지 않은가. 그는 매우 실망해서 맥없이 쓰러졌다. 그 공은 아마 그저 침대 위를 돌아본 모양이었는데 마음에 들지 않은 것 같았다. 그리고 이제 다른 공도 그 공을 따라서 아래쪽에 머물러 있었다. 아래가 더 좋기 때문이었다. '이 고수鼓手들 때문에 이제 온 밤을 밤을 지새야 되겠군' 하고 블룸펠트는 생각하면서 입술을 꼭 깨물고는 머리를 떨어뜨렸다.

공들이 밤에 그에게 어떤 해를 입힐 수 있을지도 모른다는 것은 슬픈 일이다. 그는 아주 잘 자기 때문에 작은 잡음소리는 쉽게 견뎌 낼 것이다. 안전을 기하기 위해서 그는 이미 터득한 경험에 따라 그 공들 밑으로 두 개의 양탄자를 밀어넣는다. 그것은 흡사 그가 부드러운 잠자리를 마련해주고 싶은 작은 개 한 마리를 가지고 있는 듯한 광경이다. 그리고 공들도 피로하고 졸렸는지 튀어 오르는 것이 점차 낮아지고 느려진다. 블룸펠트는 침대 앞에 무릎을 꿇고 침실용 램프로 아래를 비추면서 그 공들이 양탄자 위에 영원히 놓여 있게 되리라는 생각을 해본다. 그것들은 약하게 떨어지면 떨어질수록, 더욱 더 느리게 조금 멀리 굴러간다. 그런 다음 다시 의무적으로 솟아 오른다. 그러나 만약 블룸펠트가 앞서 침대 밑을 살펴보게 되면, 거기에서 두 개의 조용하고 무해한 어린이용 공을 발견하리라는 것을 쉽사리 짐작할 수 있다.

그러나 그것들은 아침까지 튀어 오르기를 지속할 수 없을 것 같다. 왜냐하면 블룸펠트가 침대에 눕자, 벌써 공의 소리가 전혀 들리지 않기 때문이다. 그는 무슨 소리를 들으려고 안간힘을 쓰고 몸을 침대 밖으로 숙여서 귀를 기울인다. — 소리가 없다. 양탄자들이 그렇게까지 공이 튀는 소리를 흡수하지는 못할 것이다. 유일한 설명은 공들이 더 이상 튀지 않는다는 것뿐이다. 그것들이 부드러운 양탄자 때문에 충분히 부딪치지 못해서 일시적으로 튀어 오르기를 포기했거나 아니면 더욱 그럴듯해 보이는 것은 그것들이 이제 다시는 튀어 오르지 않을 것 같다는 것이다. 블룸펠트는 그것이 진정 어떻게 된 것인지 일어나 볼 수도 있지만, 마침내 고요가 찾아왔다는 만족 때문에 오히려 누워 있고 싶다. 그는 조용해진 공들을 시선으로라도 건드리고 싶지 않다. 그는 담배 피우는 것조차 기꺼이 단념하고, 옆으로 누워서 곧 잠이 든다.

그러나 방해받지 않는 상태가 지속되지는 않는다. 평상시처럼 그의 잠은 이번에도 역시 꿈 없는 잠이다. 그러나 매우 불안하다. 밤중에 그는 누군가가 문을 두드리는 게 아닌가 하는 착각 때문에 깜짝 놀라 수없이 깨어난다. 그는 아무도 문을 두드리지 않는다는 것을 분명하게 알고 있다. 누가 밤에 문을 두드리겠는가. 그것도 고독한 독신자의 하나인 그의 문을. 그러나 그는 분명하게 그것을 알고 있으면서도 계속해서 또 다시 놀라 일어나 잠깐동안 긴장한 채로 문 쪽을 바라본다. 입을 벌리고 눈을 크게 뜬 채, 그리고 그의 머리다발은 젖은 이마 위에서 흔들린다. 그는 자신이 얼마나 자주 깨어났는지 세어보려고 한다. 그러나 엄청나게 많은 그 숫자에 정신을 잃고, 다시금 잠 속으로 떨어진다. 그는 두드리는 소리가 어디서 나는지 안다고 믿는다. 그것은 문에서 나는 소리가 아니라 어딘가 완전히 다른 곳에서 난다. 그러나 그는 잠에 빠져서 자신의 추측이 어디에 기인하는지 기억할 수가 없다. 그는 단지 크고 강하게 두드리는 소리가 나기 전에, 수많은 아주 작고 불쾌한 두드리는 소리가 모인다는 사실만을 알고 있다. 그는 그 크게 두드리는 소리를 피할 수만 있다면, 작게 두드리는 소리가 내는 모든 불쾌감을 견뎌낼 수 있을 것이다. 그러나 어떤 이유에서인지 그것은 너무 늦은 일이다. 그는 지금 손을 댈 수가 없다. 그것을 놓쳐버린 것이다. 그는 말도 하지 못한다. 단지 말없이 하품을 하느라고 입을 열 뿐이다.

그리고 그것에 화가 치밀어 그는 얼굴을 베개 속으로 처박는다. 그렇게 밤이 지나간다.

아침에 하녀가 문을 두드리는 소리에 그는 깨어난다. 그는 구제되었다는 한숨과 함께, 소리가 잘 들리지 않는다고 언제나 불평을 했던 그녀의 조용한 노크 소리에 인사를 보내고 "들어오세요" 하고 외치려 한다. 그때 그는 또 하나의 활기차고, 약하기는 해도 정말 공격적인 노크 소리를 듣는다. 그것은 침대 밑에서 나는 공이 튀는 소리이다. 그것들이 깨어난 걸까? 그것들이 그와는 달리 밤 사이에 새로운 힘을 모은 걸까? "곧 갑니다" 하고 블룸펠트는 하녀에게 대답을 보내고 침대에서 튀어 일어난다. 그러나 공들이 언제나 등뒤에 있도록 조심하고, 등을 언제나 그것들에게로 향한 채 바닥에 내려서서 고개를 돌려 그들을 바라본다. 그러자 ― 거의 저주를 퍼붓고 싶어진다. 마치 밤중에 귀찮은 이불을 밀어내는 아이들처럼 공들도 아마 밤새도록 지속된 작은 움직임으로 침대 밑에서 양탄자를 앞으로 밀어내서, 또 다시 맨 바닥 위에서 소음을 만들어낼 수 있게 되었을 것이다. "양탄자 위로 돌아가!" 하고 블룸펠트는 화난 얼굴로 말한다. 그리고 공들이 양탄자 때문에 다시 조용해지자 비로소 하녀를 안으로 불러들인다. 뚱뚱하고 둔하고 언제나 뻣뻣이 똑바로 걷는 이 여자가 아침밥을 상 위에 차리고 몇 가지 필요한 일을 도와주는 동안에 블룸펠트는 공들을 밑에 묶어두기 위해서 침실 가운을 입은 채로 움직이지도 않고 그의 침대 옆에 서 있다. 그는 하녀가 무엇인가를 눈치채는지 확인하기 위해서 눈으로 그녀를 좇는다. 귀가 어두운 그녀로서는 무엇인가를 눈치챈다는 것은 거의 있을 수 없는 일이다. 그래서 블룸펠트는 하녀가 이따금씩 멈춰 서서 어떤 가구에 몸을 꼭 기대고는 눈썹을 치켜든 채 귀를 기울이는 것을 본다고 생각될 때마다, 그것을 불면으로 인해 생긴 그의 신경과

민 탓으로 돌린다. 그는 하녀가 그녀의 일을 조금 빨리 서두르도록 할 수 있다면, 다행스러울 것이다. 그러나 그녀는 보통 때보다도 더 느리다. 그녀는 블룸펠트의 옷과 장화를 번잡스레 들고서 그것을 복도로 끌고 갔고, 오랫동안 밖에 머물러 있었다. 그녀가 밖에서 옷들을 손질하느라고 두드리는 소리가 단조롭고도 산발적으로 들려온다. 그러는 동안 블룸펠트는 내내 침대 위에서 견뎌내어야만 한다. 그가 공들을 자기 뒤로 끌고 다니기를 원하지 않는다면, 움직여서는 안 된다. 될 수 있으면 뜨겁게 마시고 싶은 커피를 식게 내버려두어야 하고, 커튼이 아래로 내려진 창문을 뚫어지게 쳐다보는 것 이 외에는 아무것도 할 수가 없다. 커튼 뒤로는 날이 뿌옇게 밝아오고 있다. 마침내 하녀가 일을 끝내고 좋은 아침이 되기를 바란다고 인사말을 하고 가려고 한다. 그러나 그녀는 떠나기 전에 문 옆에 잠깐 멈추어 서더니 입술을 조금 움직이며 블룸펠트를 지긋이 바라본다. 블룸펠트는 그녀에게 답변을 구하고 싶다. 그러나 그녀는 결국 가버린다. 블룸펠트는 정말 문을 열어젖히고 그녀 뒤에다 소리치고 싶다. 어떻게 저렇게 멍청하고 늙고 둔한 여자가 있느냐고 말이다. 그러나 그가 그녀에게 무엇 때문에 이의를 제기해야 하는지를 곰곰이 생각해보니 그녀가 의심할 여지도 없이 아무것도 눈치채지 못했으면서도 마치 자신이 무엇인가를 눈치챈 듯한 인상을 주려고 했다는 것이 어리석게 여겨졌다. 자신의 생각이 얼마나 혼란스러운가! 그것은 단지 밤에 잠을 제대로 자지 못한 탓이다. 잠을 설친 것에 대해서 그는 하나의 사소한 해명을 찾아냈는데 그가 어제 저녁 자신의 습관과는 달리 담배도 피우지 않고 브랜디도 마시지 않았기 때문이라는 것이다. '담배도 피지 않고, 브랜디도 마시지 않으면, 나는 잠을 설칠 것이다' 라는 것이 그가 곰곰이 생각한 최종결과였다.

그는 이제부터 자신의 몸이 좋은 상태를 유지하도록 더욱 주의를 기울일 것이다. 그래서 그는 침실용 탁자 위에 걸린 가정 상비약 상자에서 솜을 꺼내 두 개의 작은 공을 만들어 귀 안을 틀어막는 일부터 시작한다. 그러고 일어서서 시험적으로 걸음을 떼어본다. 공들이 따라오기는 하지만, 거의 들리지 않는다. 솜을 좀더 귀 안으로 밀어넣음으로써 그것들의 소리를 완전히 차단해버린다. 블룸펠트는 몇 걸음 더 걸어간다. 그것은 별 불편 없이 이루어진다. 블룸펠트나 공들이나 모두가 다 각각이다. 그들은 비록 서로 연결되어 있기는 하지만 서로 방해하지 않는다. 다만 블룸펠트가 급히 몸을 돌리고 공 하나의 반동이 충분히 빠르지 못했을 때 블룸펠트의 무릎에 그것이 부딪쳤을 뿐이다. 그것이 유일한 돌발 사건이었으며 그외에는 블룸펠트는 편안하게 커피를 마신다. 그는 마치 밤에 잠을 못 자서가 아니라, 긴 여행을 한 것처럼 배가 고프다. 그는 굉장히 기분을 상쾌하게 해주는 차가운 물로 몸을 씻고 옷을 입는다. 여태까지 그는 커튼을 걷어 올리지 않고 조심하느라고 그냥 어스름한 어둠 속에 있었다. 공에 대해서 그는 신기할 게 없었다. 그러나 이제 나갈 준비가 되자, 그는 공들이 그를 따라 골목길까지 나오려 감행할 경우를 ─ 그는 그것을 믿지는 않지만 ─ 대비해서 공들에 대해 어떻게든 조치를 취해야만 한다. 그는 묘안을 낸다. 큰 옷장을 열고 등을 그쪽으로 향하고 선다. 공들은 그가 의도한 바를 느끼기라도 한듯이 옷장 안으로 들어가지 않으려 조심한다. 그것들은 블룸펠트와 옷장 사이에 있는 작은 자리를 최대한 이용하고 어쩔 수가 없을 때는 일순간 옷장 속으로 튀어 들었다가는 곧장 어둠을 피해 다시 도망쳐나온다. 그것들을 옷장 문턱을 넘어 더 깊숙이까지는 결코 들여놓을 수가 없다. 그것들은 차라리 자신들의 의무를 어긴 채, 거의 블룸펠트 옆자리를 지키고 있다. 그러나 그것들의 작은 꾀도 도움이 될 수 없다. 왜냐하면 블룸펠트가 직접 옷장 속으로 뒷걸음을 쳐 올라갔고 그것들도 이제는 어쨌든 따라가야만 하기 때문이다. 그러나 그것으로써 공들에 대한 결정이 내려졌다. 옷장 바닥에는 구두, 상자들, 작은 가방 같은 잡다한 물건들이 놓여 있었는데, 그것들은 모두가 정리가 잘 되어 있기는 하지만 ─ 블룸펠트는 지금은 그것을 유감스럽게 생각한다 ─ 공들에게는 몹시 방해가 되기 때문이다. 그 사이에 옷장 문을 끌어당겨 거의 닫고 있던 블룸펠트가 한 걸음 크게 뛰어 ─ 그는 몇 년 전 이래로 그런 일을 해본 적이 없었다 ─ 옷장을 나와 문을 눌러 닫고 열쇠를 돌리자 공들은 안에 갇히게 되었다. '이제 성공이군' 하고 생각하며 블룸펠트는 얼굴에서 땀을 닦는다. 공들이 옷장 안에서 어찌나 시끄러운 소리를 내는지! 그것은 공들이 절망하고 있는 것 같은 인상을 준다. 그와 반대로 블룸펠트는 매우 만족스럽다. 그는 방을 나왔고, 썰렁한 복도조차도 그에게 유쾌한 기분을 준다. 그가 귀의 솜을 꺼내자, 깨어나고 있는 집의 수많은 소음이 그를 매료시킨다. 사람들은 거의 보이지 않는다. 아직은 이른 아침이다.

아래쪽 하녀의 지하 방으로 들어가는 낮은 문 앞 복도에는 그녀의 열 살짜리 아들이 서 있다. 자기 어머니를 꼭 닮은 아이. 이 아이의 얼굴에도 어머니의 추한 모습이 그대로 남아 있다. 그 아이는 손을 바지주머니에 찌른 채 휘어진 다리로 서서 푸푸거리고 있었는데, 갑상선종을 앓고 있어서 숨을 쉬기가 힘들기 때문이었다. 블룸펠트는 보통때 그 소년을 길에서 만나면 가능한 한 이 연극을 생략하기 위해서 좀더 빠른 걸음으로 걸어가는 반면에, 오늘은 그의 곁에 멈춰 서려고 한다. 이 소년이 그 여자에 의해서 세상에 나왔고 그의 원천이 지닌 모든 특징을 가지고 있지만, 그는 당분간은 아이로 있을 테고, 그 기형적인 머리 속에는 물론 아이의 생각이 들어 있을 것이다. 사람들이 현명하게 그에게 말을 걸고 무엇인가를 물어본다면, 그 아이는 아마 밝은 목소리로, 순진하게 그리고 공손하게 대답할 것이다. 그리고 사람들은 약간만 자제할 수 있기만 해도 이 아이의 뺨을 어루만져줄 수도 있을 것이다. 블룸펠트는 그렇게 생각했지만, 그냥 지나친다. 자신이 방 안에서 생각했던 것보다는 골목길의 날씨가 한결 온화하다는 것을 느낀다. 아침 안개가 갈라지고 거센 바람이 쓸고 지나간 하늘엔 파란 자리가 생겨난다. 블룸펠트는 보통 때보다 훨씬 일찍 자기 방을 나올 수 있었던 것에 대해서 공들에게 감사한다. 그는 신문도 읽지 않은 채 잊어버리고 탁자 위에 놓아두고 왔지만, 어쨌든 그 때문에 시간을 많이 벌게 되어 이제 천천히 갈 수 있는 것이다. 그가 공들을 자신에게서 떼어놓은 이후로, 그것들이 거의 걱정거리가 되지 않는다는 것은 이상한 일이다. 그것들이 그의 뒤에 가까이 있는 동안은, 그것들은 그에게 속한 어떤 것으로, 그를 판단할 때 어떻든 함께 관련되어야 하는 것으로 생각될 것이다. 그러나 지금 그것들은 다만 집 옷장 속에 있는 장난감에 불과하다. 그리고 공들의 피해를 없앨 수 있는 최선의 방법은 그것들을 원래의 용도대로 이끄는 것뿐이라는 생각이 그에게 떠오른다. 거기 현관에는 아직 소년이 서 있다. 블룸펠트는 그에게 공들을 선물할 것이다. 대충 몰래가 아니라, 분명히 선물하는 것이다. 그것은 분명히 그것들을 없애라는 명령과 같은 뜻이다. 그리고 그것들이 부서지지 않은 채 남아 있게 된다 하더라도, 옷장 안에 있을 때보다는 소년의 손 안에 있을 때 훨씬 의미가 없을 것이다. 집 전체가 소년이 공들을 가지고 노는 모습을 볼 것이다. 다른 아이들도 한 패가 될 것이다. 여기에서 문제가 되는 것은 놀이공이지 블룸펠트의 생의 동반자가 아니라는 일반적인 견해는 충격적이지도 반감을 일으키지도 않는다. 블룸펠트는 뛰어서 집으로 되돌아간다.

소년은 막 지하 계단을 내려가 밑에서 문을 열려고 한다. 그러니까 블룸펠트는 그 소년을 불러야 한다. 그리고 소년과 연관되는 모든 것이 그런 것처럼 우스꽝스러운 이름을 말해야 한다. 그는 그렇게 한다. "알프레트, 알프레트" 하고 그가 부른다. 소년은 오랫동안 망설인다. "자, 이리와봐!" 하고 블룸펠트는 부른다. "내가 너에게 무엇을 줄게." 건물 관리인의 작은 두 딸이 맞은편 문에서 나와 호기심을 가지고 블룸펠트의 오른쪽과 왼쪽에 선다. 그들은 소년보다 훨씬 빠르게 알아듣고, 그가 왜 금방 오지 않는지 이해를 못한다. 그들은 소년에게 손짓하면서 블룸펠트에게서 눈을 떼지 않는다. 그렇지만 어떤 선물이 알프레트를 기다리고 있는지 알아낼 수 없다. 호기심이 그들을 안달나게 해서 그들은 발을 번갈아가며 팔짝팔짝 뛴다. 블룸펠트는 그들뿐만 아니라 소년도 비웃는다. 소년은 드디어 모든 것을 제대로 해석한 것처럼 보인다. 그는 어설프게 느릿느릿 계단을 올라온다. 그는 걸어오면서 아래 지하 문에 나타난 그의 어머니를 모른 척하지 못한다. 블룸펠트는 아주 크게 소리친다. 하녀도 그를 이해하게 하고 필요하다면 그의 명령이 이행되도록 감독하게 하기 위해서이다. "나는 저 위 내 방에 예쁜 공을 두 개 가지고 있단다. 너 그것을 가지고 싶니?" 소년은 입을 삐죽거리기만 하고서 어떻게 해야 할지 몰라한다. 그는 몸을 돌려 물어보는 듯이 어머니를 내려다본다. 그러나 소녀들은 곧 블룸펠트 주위를 돌며 공들을 달라고 조른다. "너희들도 그것을 가지고 놀아도 된단다" 하고 블룸펠트는 그들에게 말하지만 소년의 대답을 기다린다. 그는 곧바로 공들을 소녀들에게 선물할 수도 있을 것이다. 그러나 그들은 너무 경박스러워 보인다. 그는 지금 소년에게 더 많은 신뢰감을 갖고 있다. 이 아이는 그 사이에 아무 말도 주고받지 않았지만 그의 어머니에게서 조언을 구했고 블룸펠트의 새로운 질문에 고개를 끄덕여 동의한다. "그럼, 조심해라!" 하고 블룸펠트는 말한다. 그는 그의 선물에 대해서 아무런 감사를 받지 못하리라는 것을 기꺼이 묵인한다. "내 방 열쇠는 네 어머니가 가지고 있어. 어머니에게서 빌려야 해. 여기 너에게 옷장 열쇠를 주마. 옷장 안에 공들이 있단다. 옷장과 방을 다시 주의해서 닫아라. 그렇지만 공들은 네 마음대로 해도 좋아. 다시 되돌려줄 필요가 없어. 내 말을 알아들었니?" 그러나 불행하게도 소년은 이해하지 못했다. 블룸펠트는 이 끝없이 우둔한 존재에게 모든 것을 분명히 하고자 했다. 그러나 이런 의도 때문에 결국 모든 것을 자꾸만 반복했고, 열쇠와 방과 옷장을 자꾸만 헛갈려서 말했다. 그 결과 소년은 그를 선행자가 아닌 유혹자처럼 노려본다. 소녀들은 물론 곧 모든 것을 알아듣고, 블룸펠트에게 달려들면서 열쇠를 향해 손을 뻗는다. "기다리란 말이야" 하고 블룸펠트는 말했다. 이미 모두에 대해 화가 치밀었다. 시간도 지나가고 있다. 그는 이제 더 이상 오래 지체할 수 없다. 하녀라도 그의 말을 이해했으면 소년을 위해서 모든 것을 제대로 처리하겠다고 말해주기라도 하련만. 그러나 그녀는 그러는 대신에 여전히 아래 문가에 서 있다. 귀가 어두워 창피한 것처럼 꾸며대며 미소를 짓고 있다. 블룸펠트가 아들에게 갑자기 마음이 이끌려 그에게 구구단을 물어보고 있는 것쯤으로 생각하는 모양이다. 그러나 물론 블룸펠트 역시 지하 계단을 내려가서, 제발 그녀의 아들이 자신을 공들로부터 해방시킬 수 있게 해달라는 부탁의 말을 그녀의 귀에다 대고 소리칠 수는 없는 노릇이다. 자신의 옷장 열쇠를 하루 종일 이 가족에게 맡기는 것만으로도 그는 이미 충분히 참을 만큼 참은 것이다. 그가 직접 소년을 위로 데리고 가서 공들을 넘겨주는 대신, 소년에게 열쇠를 건네주는 것은 자신의 수고를 아끼기 위해서가 아니다. 그가 저 위에서 공들을 소년에게 줘버릴 수는 없다. 그러면 아마도 그가 자신을 뒤따르는 종자從者처럼 공들을 자기 뒤로 끌어당기게 됨으로써 소년으로부터 곧바로 되돌려 받게 될 것이다. 블룸펠트는 새로 설명했지만 그것이 소년의 공허한 시선 아래 허사가 되어버리자 "너는 아직도 나를 이해 못하니?" 하고 거의 슬프게 묻는다. 그런 공허한 시선은 사람을 무방비 상태로 만든다. 그런 시선은 사람으로 하여금 단지 오성으로 이 공허를 메우기 위해서 하고 싶은 말보다 더 많은 말을 하도록 한다.

"우리가 그에게 공을 가져다줄게요"라고 소녀들이 외친다. 그들은 영리하다. 그들은 자신들이 공을 오직 소년의 중재를 통해서만 얻을 수 있다는 것, 그러나 이 중재도 자기들 스스로가 실행해야 한다는 것을 알아차렸다. 건물 관리인의 방에서 시계가 울리고, 그것은 블룸펠트에게 서두르라고 경고한다. "그럼 너희들이 열쇠를 받아라!" 하고 블룸펠트는 말한다. 그러나 그가 열쇠를 넘겨주기보다는 그의 손에서 열쇠가 잡아채였다. 그가 소년에게 열쇠를 주었다면, 비교할 수 없을 만큼 훨씬 더 안심할 수 있었을 것이다. "방 열쇠는 밑의 부인에게서 받아라!" 블룸펠트는 다시 말한다. "그리고 공을 가지고 나와서는, 양쪽 열쇠를 부인에게 돌려드려야 한다" "네, 네" 하고 소녀들은 소리치고, 계단 밑으로 달려 내려간다. 그들은 모든 것을 안다. 모든 것을 철저하게. 블룸펠트는 소년의 우둔함에 전염되기라도 한 듯이 소녀들이 어떻게 그렇게 빨리 자신의 설명을 모두 끌어낼 수 있었는지, 이제는 스스로가 이해되지 않는다.

이제 그들은 벌써 하녀의 치마 아랫자락을 잡아당기고 있었다. 그러나 블룸펠트는 그들이 임무를 수행하는 모습을 더 이상 오랫동안 바라볼 수가 없다. 그것이 무슨 유혹적인 일이기라도 하듯이. 그것은 시간이 너무 늦어서일 뿐만 아니라 만약 공들이 바깥으로 나온다면 맞부딪치고 싶지 않아서이기도 하다. 그는 소녀들이 위층 자기 방 문을 열 때는 이미 골목길 몇 개를 지나 멀리 떨어져 있기를 바란다. 그는 물론 공에 대해서 아직도 무엇을 기대할 수 있을지 전혀 알지 못한다. 그렇게 그는 이 아침에 두번째로 바깥으로 나간다. 그는 하녀가 소녀들을 막고 있는 모습과 소년이 휘어진 다리를 움직여서 어머니를 도우러 가는 모습을 보았다. 블룸펠트는 어째서 하녀같은 사람들이 이 세상에서 번성하고 번식하는지 그 이유를 알 수가 없다.

블룸펠트가 취직해 있는 내복 제조 공장으로 가는 동안, 점차 일에 대한 생각이 다른 모든 것을 정복해버린다. 그는 걸음을 재촉한다. 소년 때문에 지체했음에도 그는 제일 먼저 사무실에 도착했다. 사무실은 유리로 칸을 막은 작은 공간으로, 블룸펠트를 위한 책상한 개와 그에게 딸린 견습생들을 위한, 서서 일하는 두 개의 높은 책상이 있다. 서서 일하게 되어 있는 이 책상은 마치 초등학교 아이들을 위한 것처럼 작고 좁았지만, 사무실 안이 매우 비좁아서 견습생들은 앉을 수가 없다. 왜냐하면 그렇게 되면 블룸펠트의 안락의자를 놓을 자리가 없어지기 때문이다. 그래서 그들은 하루 종일 책상을 눌러대면서 서 있다. 그들이 매우 불편한 것은 분명한 사실이다. 그 때문에 블룸펠트 역시 그들을 보기가 민망하다. 가끔 그들은 열심히 책상에 매달려 있다. 그러나 일을 하기 위해서가 아니라, 서로 귓속말을 하거나 또는 꾸벅꾸벅 졸기 위해서이다. 블룸펠트는 그들에게 매우 화가 나 있다. 그가 자신에게 부과된 엄청난 양의 일을 하는 데 그들은 그를 충분히 보조해주고 있지 않다. 그는 공장이 어떤 특정한 고급 제품을 생산하기 위해서 가내 수공업자들에게 맡긴 물품을 거래하는 것을 주선한다. 이 일의 규모를 판단하기 위해서는 전체 상황을 좀더 자세히 들여다보아야 한다. 그러나 블룸펠트의 직속 상관이 몇 년 전에 죽고 난 이후로 더 이상 아무도 이러한 통찰력을 가지고 있지 못하며, 그 때문에 블룸펠트 역시 자기가 하는 일에 대해서 판단할 수 있는 자격을 아무에게도 양도할 수가 없다. 예를 들어, 공장장인 오토마 씨는 블룸펠트의 일을 공공연하게 과소평가한다. 그는 물론 블룸펠트가 지난 이십 년 동안 공장에 기여한 업적을 인정한다. 그러나 그것을 인정하는 것은, 그렇게 해야 되기도 하겠지만, 그 외에도 블룸펠트를 충실하고 믿을 만한 사람으로 생각하고 있기 때문이다. 그럼에도 그는 블룸펠트의 일을 과소평가한다. 말하자면 그는 그 일이 블룸펠트가 처리하는 것보다 한결 간단하게, 모든 면에서 더욱 유리하게 처리될 수 있을 것으로 믿고 있다. 그래서 사람들은 오토마가 블룸펠트의 부서에 거의 모습을 나타내지 않는 이유는 블룸펠트의 작업 방식을 보면 일어나는 분노를 삭히기 위해서라고 말하고 있으며, 그것은 아마도 믿을 수 없는 일은 아닐 것이다. 그렇게 진가를 인정받지 못하는 것은 블룸펠트로서도 분명 슬픈 일이다. 그러나 아무런 대책이 없다. 왜냐하면 그는 오토마에게 약 한 달간 블룸펠트의 부서에 머물면서, 여기에서 해결되는 다양한 종류의 일을 익히고, 자기가 더 낫다고 생각하는 방법을 적용해서 그것의 분명한 결과가 될 이 부서의 파산을 통해 블룸펠트가 옳음을 확인하라고 강요할수는 없기 때문이다. 그래서 블룸펠트는 자기 일을 예전과 다름없이 단호하게 맡아서 하고 있으면서, 오토마가 오래간만에 나타나게 되면 약간 놀라서, 부하직원의 의무감으로 이런저런 시설을 설명하는 무기력함을 보인다. 거기에 대해 오토마는 그저 말없이 고개를 끄덕이면서 눈을 아래로 깔고는 계속 걸어간다. 블룸펠트가 언젠가 그의 자리에서 물러나야 한다면, 그것의 즉각적인 결과는 아무도 해결할 수 없는 커다란 혼란일 것이다. 왜냐하면 오토마는 공장에서 블룸펠트를 대신하여 그의 자리를 양도받아 수개월에 걸치게 될 경영의 가장 힘든 정지 상태를 모면하게 해줄 수 있는 사람을 알지 못하기 때문이다. 그래서 오토마는 이런 생각을 할 때보다는 차라리 그의 가치를 인정하지 않을 때가 덜 고통스럽다. 사장이 누군가를 과소평가하면, 직원들은 될 수만 있으면 그가 맡은 일에서 그를 능가하려고 노력한다. 그렇기 때문에 모든 사람들이 블룸펠트의 일을 과소평가하고는 있지만, 어느 누구도 배우기 위해 얼마 동안 블룸펠트의 부서에서 일하는 것이 필요하다고는 생각하지 않는다. 그리고 만약 새로운 직원이 채용된다 해도 어느 누구도 자발적으로 블룸펠트에게 할당되려고는 하지 않는다. 결과적으로 블룸펠트의 부서에는 후임이 필요했다. 여태까지 단지 한 명의 도움으로 부서의 모든 것을 완전히 혼자서 해야 했던 블룸펠트가 견습생 한 명의 보조를 요구했을 때가 가장 힘든 투쟁의 주일이었다. 블룸펠트는 거의 매일 오토마의 사무실에 나타나서 그에게 왜 이 부서에 견습생이 필요한지를 조용히 그리고 자세히 설명했다. 견습생을 필요로 하는 이유는 블룸펠트가 자신의 수고를 아끼려 하기 때문이 아니라는 것, 자신은 수고를 아끼려 하지도 않고 엄청난 부분의 일을 할 것이며, 그리고 그것을 그만두지 않을 생각이라고 했다. 그러나 오토마는 시간이 지남에 따라 사업이 어떻게 진척되었는지만을 생각하는 것 같았다. 모든 부서들은 그에 상응하게 확장되는데 블룸펠트의 부서만은 언제나 그대로일 것이다. 그렇지만 바로 그곳의 일이 얼마나 많아졌는지 모른다! 블룸펠트가 입사했을 때, 그때를 오토마 씨는 분명히 더 이상 기억하지 못하겠지만, 그곳에는 약 열 명의 재봉사들이 일하고 있었다. 오늘날에는 그 숫자가 오십에서 육십까지 왔다갔다한다. 그런 일은 힘을 요구한다. 블룸펠트는 자신이 일을 위해 완전히 힘을 쏟을 수 있음을 보증할 수도 있다. 그러나 이제 자신이 일을 완전히 해낼 수 있을지에 대해서는 더 이상 보증할 수가 없다. 사실 오토마 씨는 한 번도 블룸펠트의 청을 직접적으로 거절하지는 않았다. 그는 나이든 직원에 대해서 그렇게 할 수는 없었다. 그러나 그는 전혀 귀를 기울여 듣지 않고, 부탁하는 블룸펠트를 무시하고 다른 사람들과 이야기하면서 반승낙을 했다가는 며칠 후에는 다시 모든 일을 잊어버린다. — 이런 식은 정말 모욕적이었다. 블룸펠트는 결코 몽상가는 아니다. 사실 블룸펠트에게 명예와 자신의 가치에 대해 인정을 받는 것은 그렇게 좋은 것은 아니다. 블룸펠트는 그것들 없이도 지낼 수 있다. 그는 이 모든 것에도 불구하고 어떻게든 되어가는 동안에는 그의 자리에서 참고 견딜 것이다. 어쨌든 그는 정당하다. 그리고 정의는 그것이 가끔 오래 걸리기는 해도 결국은 인정을 받게 되는 것이다. 그래서 블룸펠트는 정말 두 명씩이나 되는 견습생을 드디어 얻었지만, 그 견습생들이란 어떤고 하니, 오토마가 견습생을 거절하는 것보다 오히려 이러한 견습생들을 허락함으로써 이 부서에 대한 그의 경멸을 보다 분명하게 나타낼 수 있다고 생각했으리라 사람들은 믿을 것이다. 나아가 오토마가 그렇게 오랫동안 블룸펠트를 못살게 굴었던 이유는 그런 견습생 두 명을 찾으려 했지만, 찾아낼 수가 없었기 때문이라고 — 이해될 수 있는 일이지만 — 할 수도 있었다. 그리고 이제 블룸펠트는 불평을 할 수도 없었다. 대답은 물론 뻔한 것이었다. 그는 두 명의 견습생을 얻었던 것이다. 단지 한 명만 원했는데도 말이다. 모든 일이 오토마에 의해서 그렇게 교묘하게 이루어졌다. 물론 블룸펠트는 불평을 했지만 단지 긴급한 상황이 정말 그를 그렇게 몰아대기 때문이었지 여전히 대책을 바라기 때문은 아니었다. 그는 강력하게 불평을 하는 것이 아니라 적당한 기회가 생겼을 때, 그 기회에 말하는 것뿐이었다. 그럼에도 악의를

220

품은 동료들 사이에는 금방 이런 소문이 퍼졌다. 누군가가 오토마에게 이제 특별한 도움을 받는 블룸펠트가 불평을 할 수 있는 것인지를 물었다. 거기에 대해 오토마는 이렇게 대답했다는 것이다. 그것은 맞는 이야기이다. 블룸펠트는 여전히 불평을 하지만 그러나옳다. 오토마는 마침내 그것을 알았다는 것이다. 그래서 그는 점차 블룸펠트에게 각 재봉사에 대해서 한 명의 견습생을 그러니까전체 약 육십 명의 견습생을 배속시킬 작정이다. 그러나 이것도 충분하지 않다면, 그는 견습생을 더 많이 보낼 것이고, 이미 수년 전부터 블룸펠트의 부서에서 추천하고 있는 정신병원이 완성되기 전에는 그 일을 그만두지 않을 것이다. 물론 이 말의 어투는 오토마를 잘 흉내내고 있지만, 그러나 그 자신은 블룸펠트에 대해서 그와비슷하게라도 자신의 의견을 표명하는 것을 멀리하고 있었다. ─거기에 대해 블룸펠트는 의심하지 않았다. 이 모든 것은 이 층의여러 사무실에 있는 게으름뱅이들이 꾸며낸 이야기였다. 블룸펠트는 그것을 무시했다. 그가 견습생들의 존재에 대해서도 그렇게 아무렇지도 않게 무시할 수만 있다면, 견습생들은 더 이상 움직이려들지 않았다. 창백하고 허약한 아이들. 그들의 서류에 의하면 그들은 이미 학교를 끝낸 나이가 되었겠지만, 실제로는 그것을 전혀 믿을 수가 없었다. 그렇다. 사람들은 그들을 선생에게 맡기려 하지도않았을 것이다. 그럴 정도로 그들은 아직 어머니 품안에 있는 것이분명했다. 그들은 아직 이성적으로 움직일 수가 없었다. 오랫동안서 있는 일은 특히 처음에는 몹시 지치게 했다. 감시하지 않고 놓아두면, 그들은 허약해서 금방 꾸벅꾸벅 졸았고, 한구석에 비스듬히 몸을 구부리고 서 있었다. 블룸펠트는 그들에게, 언제나 그렇게편안함을 찾는다면, 평생 동안 불구가 되리라는 것을 이해시키려고 애썼다. 견습생들에게 작은 일을 하나 처리하도록 해보았다. 한 번은 한 견습생이 무엇인가를 그저 몇 발치만 옮기면 되었는데, 그는 열성이 너무 지나쳐 뛰쳐 나가다가 무릎을 책상에 부딪쳐 상처를 입었다. 그 방은 여자 재봉사들로 가득 차 있었다. 책상은 물건들로 가득했다. 그러나 블룸펠트는 모든 것을 내버려두고, 울고 있는 견습생을 사무실로 데리고 가서 작은 붕대를 감아주어야만 했다. 그러나 견습생들의 이러한 열성 역시 피상적일 뿐이었다. 그들은 진짜 아이들처럼 종종 뛰어나 보이려고 하기도 했다. 그러나 그보다 더 자주 혹은 오히려 거의 언제나 상관의 주의를 혼란시키고 속이려고만 했다. 제일 큰일이 들어왔을 때 블룸펠트는 땀에 흠뻑 젖은 채 그들 곁으로 뛰어간 적이 있었는데, 그들이 고리짝 사이에 숨어서 상표를 바꾸고 있는 것을 알았다. 그는 두 주먹으로 그들의 머리를 내려치고 싶었다. 그런 행동에는 그것이 유일한 벌칙일 것이다. 그러나 그들은 아이들이었다. 블룸펠트는 아이들을 때려눕힐 수는 없었다. 그런 식으로 그는 계속해서 고통을 받았다. 원래 그는 견습생들이 직접적인 조력으로 자신을 뒷받침해주리라고 생각했다. 물건을 분배할 때는 많은 노력과 주의를 기울여야 하므로 그런 조력이 필요했다. 그는 견습생들이 그의 명령에 따라 여기저기 뛰어다니고 모든 것을 분배할 동안, 자신은 책상 뒤 한가운데에 서서 모든 것을 기입하는 일을 하게 되리라 생각했다. 그는 자신의 감시가 매우 날카롭기는 하지만, 그런 혼잡스러운 상황에는 충분하지 않기 때문에 견습생들의 주의력으로 보완되리라고 생각했으며, 이들은 점차 경험을 쌓아서 모든 일에서 일일이 자신의 명령에 따르기만 하는 것이 아니라 결국은 스스로가 상품 수요와 신용도 면에서 재봉사들을 하나하나 구별할 줄 알게 되리라고 생각했다. 이 견습생들을 가늠해볼 때, 그것은 완전히 가망 없는 일이었다. 블룸펠트는 곧 그들이 재봉사들과 이야기하게 해서는 결코 안 된다는 것을 알게 되었다. 그들은 많은 재봉사들에게는 처음부터 가지도 않았다. 왜냐하면 견습생들은 그들에 대해서 거부감이나 두려움을 가지고 있었기 때문이다. 반면에 그들이 편애하는 이들에게는 자주 문까지 달려갔다. 그들은 이들이 원하는 것만을 가져와서는 재봉사들이 당연한 접대를 받아야 하는 것인데도 그것을 비밀스럽게 그들 손에 쥐어주었다. 그들은 빈 선반 위에 이렇게 마음에 드는 여러 가지 천 조각, 쓸모없는 찌꺼기, 그러나 아직도 유용한 사소한 물건들을 함께 모았고, 블룸펠트의 등뒤 멀리서부터 그들을 향해 기쁨에 넘쳐 그것들을 흔들어댔으며, 그 댓가로 사탕을 얻어 입에 넣었다. 블룸펠트는 재봉사들이 오면 그들을 칸막이한 방으로 몰아넣음으로써 이러한 행태를 곧 끝장나게 했다. 그러나 그들은 오랫동안 그것을 굉장히 부당한 것으로 여겨 반항하고 펜을 마음대로 부수었으며, 가끔은 물론 고개를 들 엄두는 내지 못하면서 유리창을 크게 두드리기도 했다. 그것은 그들이 블룸펠트에게 당해야만 하는 부당한 대우에 대해서 재봉사들의 주의를 끌기 위함이었다.

그들 자신이 행한 잘못, 그것을 그들은 깨닫지 못한다. 이를테면 그들은 거의 언제나 사무실에 아주 늦게 나타난다. 그들의 상관인 블룸펠트는 아주 젊은 시절부터, 적어도 일이 시작되기 삼십 분 전에 사무실에 나타나는 것을 당연하게 생각했다. — 야심도 아니고 과장된 책임의식도 아닌, 다만 예의범절이 그로 하여금 그렇게 하게 만들었다. 블룸펠트는 대부분 한 시간 이상 그의 견습생들을 기다려야만 했다. 그는 보통 아침 식사로 젬멜(고운 밀가루로 만든 작은 둥근 빵 — 옮긴이)을 씹으며 넓은 방의 책상 뒤에 서서 재봉사들의 작은 책자에 적혀 있는 것을 결산한다. 곧 그는 일에 빠져들어서 다른 것은 아무것도 생각하지 않는다. 그러다가 갑자기 그는 손에 쥐고 있는 펜이 잠시동안 떨릴 정도로 놀란다. 한 견습생이 마치 넘어질 듯이 뛰어 들어와서 한 손으로 어딘가를 꽉 잡고 다른 한 손으로는 가쁘게 숨쉬는 가슴을 누른다. 그러나 이 모든 것은 견습생이 지각에 대해 변명하려는 것 이외에는 아무것도 아니다. 그 사과라는 것은 우스꽝스러워서, 블룸펠트는 일부러 못 듣는 체한다. 왜냐하면 그렇게 하지 않으면 그 젊은이를 때리게 될 것이기 때문이다. 그래서 그는 젊은이를 잠시동안만 쳐다보고, 손을 뻗쳐서 칸막이 방을 가리키고는 다시 그의 일로 돌아간다. 이제 견습생이 상관의 호의를 알아차리고 서둘러 그의 자리로 가리라고 생각할 것이다. 그러나 그렇지 않다. 그는 서두르지 않는다. 사뿐사뿐 걷는다. 그는 발돋음을 하고 한 발짝씩 앞으로 걸어간다. 상관을 비웃으려는 것일까? 그것도 아니다. 다만 두려움과 자기 만족감이 뒤섞인 것뿐이다. 거기에 대해서는 어찌할 도리가 없다. 블룸펠트 자신이 평소와는 달리 늦게 사무실에 온 오늘도 장시간 기다린 지금에야 — 그는 작은 책자들을 살펴볼 마음이 나지 않는다 — 우둔한 하인이 빗자루를 가지고 하늘 높이 피워올리는 먼지 구름 사이로, 두 견습생이 태평스럽게 거리를 걸어오는 모습을 보았다면 어떻게 설명할 수 있을까? 그들은 엉켜서 서로를 꽉 잡고서, 중요한 이야기를 하는 것처럼 보였다. 그러나 그것은 분명히 사무와는 아무런 관계가 없는 이야기일 것이다. 그들은 유리문에 가까이 오면 올수록, 걸음이 더욱 늦어진다. 드디어 한 사람이 손잡이를 잡지만, 문을 열지는 않는다. 여전히 그들은 서로 이야기하고 듣고 하며 웃는다. "우리의 신사분들을 위해서 문을 열어드리게나" 하고 블룸펠트는 두 손을 높이 쳐들고 하인에게 소리친다. 그러나 견습생들이 들어오자 블룸펠트는 더 이상 그들에게 뭐라고 하지도 않고, 그들의 인사에도 응하지 않고 자기 책상으로 간다. 그리고 계산하기 시작한

다. 그러나 가끔 눈을 들어 견습생들이 무엇을 하고 있는지 바라본
다. 하나는 몹시 피로한 듯이 보이며, 눈을 비벼댄다. 그는 외투를
못에 걸 때 그 기회를 이용해서 잠시 벽에 몸을 기댄다. 길거리에
서는 기운이 팔팔하지만 일 앞에서는 피로해진다. 다른 견습생은
그와 반대로 일하고 싶은 마음이 있기는 하지만 다만 몇몇 일을 하
고 싶을 뿐이다. 오래전부터 비질하는 일이 그의 소원이다. 그러나
그것은 그에게 부과된 일이 아니다. 비질은 하인이 하는 일이다.
블룸펠트 자신은 견습생이 비질하는 것 자체에 대해 반대하지는 않
을 것이다. 견습생이 비질을 한들 하인보다 못할 수는 없을 것이
다. 그러나 견습생이 비질하기를 원한다면, 그는 물론 하인이 비질
을 시작하는 때보다도 더 일찍 와야 하고, 또 그가 사무실 일을 해
야 할 때는 그것에 시간을 허비해서는 안 된다. 그러나 그 젊은이
가 분별 있는 생각에 미치지 못한다면, 적어도 하인이 — 사장은
눈이 반쯤 먼 이 노인이 분명히 블룸펠트의 부서 이외에는 어느 곳
에서도 견뎌내지 못할 것이고, 그는 그저 신과 사장의 은혜로 살고
있다고 생각하는 터였다 — 양보를 해서 잠깐 동안 젊은이에게 빗
자루를 넘겨줄 수도 있을 것이다. 하지만 그는 서툴러서 곧 비질에
흥미를 잃어버릴 것이고, 다시 하인에게 비질을 하도록 하기 위해
서 빗자루를 들고 그에게 뛰어갈 것이다. 그러나 하인은 자신이 비
질에 대해서 특별히 책임을 지고 있다고 느끼는 것처럼 보인다. 젊
은이가 그에게 가까이 가자마자 그는 떨리는 손으로 빗자루를 더
잘 쥐려고 한다. 그는 차라리 조용히 서서 빗자루를 쥐고 있는 것
에 주의력을 집중하기 위해서 비질을 멈춘다. 견습생은 말로 부탁
하지 않는다. 왜냐하면 그는 계산을 하고 있는 듯이 보이는 블룸펠
트를 두려워하기 때문이다. 또 그냥 말로 해서는 소용이 없을지 모
른다. 왜냐하면 하인은 큰소리를 쳐야만 통하기 때문이다. 그래서

견습생은 우선 하인의 소매를 잡아당긴다. 하인은 물론 그것이 무엇 때문인지를 알고 있다. 그는 견습생을 언짢은 듯이 쳐다보고는 머리를 흔들며 빗자루를 가슴 가까이까지 끌어당긴다. 이제 견습생은 두 손을 벌리고 애원한다. 그는 물론 애원을 통해서 무언가를 얻을 수 있으리라는 희망을 가지고 있지는 않다. 그렇게 애원하는 일이 그를 즐겁게 만들 뿐이다. 그래서 그는 애원한다. 다른 견습생은 가볍게 웃으면서 거기에 동참한다. 그리고 이해할 수 없기는 하지만 분명히 블룸펠트가 그의 소리를 듣지 않으리라고 믿는다. 그러한 애원은 하인에게 어떤 인상도 주지 못한다. 몸을 돌린 하인은 이제는 빗자루를 안전하게 다시 쓸 수 있으리라고 믿는다. 그러나 견습생은 발끝으로 팔짝 뛰고는 두 손을 애걸하듯이 비벼대면서 그를 뒤쫓아 이쪽으로 돌아와 애원을 한다. 하인이 이렇게 방향을 바꾸고 견습생이 뜀박질하고 하는 것이 여러 번 반복된다. 결국 하인은 사방으로 막힌 듯한 느낌을 갖게 되며, 그는 더 사소한 단순한 일에서도 자기가 견습생보다 더 빨리 지치게 되리라는 사실을 처음에 바로 깨달았어야 했음을 알게 된다. 그 결과 그는 다른 사람의 도움을 구한다. 그는 손가락으로 견습생들을 위협하면서 블룸펠트를 가리킨다. 견습생이 그만두지 않으면 그는 블룸펠트에게 불만을 호소할 것이다. 견습생은 정말 빗자루를 얻고 싶으면 이제 아주 서둘러야 한다는 것을 알아차리고, 버릇없이 빗자루를 향해서 손을 뻗친다. 다른 견습생의 무의식적인 외침소리만이 다가오는 결말을 암시한다. 하인은 뒤로 한 걸음 물러나면서 빗자루를 끌어당겨 이번에도 그것을 빼앗기지 않지만 그러나 견습생도 더 이상 양보하지 않는다. 그는 입을 벌리고 눈을 번뜩이면서 앞으로 덤벼든다. 하인은 도망치려 한다. 그의 늙은 다리는 뛰는 대신 비틀거린다. 견습생은 빗자루를 잡아챈다. 그리고 그것을 잡진 못했지만 하인이 빗자루를 놓치게 하는 데 성공한다. 물론 견습생들도 빗자루를 놓치기는 마찬가지인 것으로 보인다. 빗자루가 떨어지는 순간 견습생들과 하인, 세 사람 모두는 몸이 뻣뻣하게 굳어졌는데, 이제 블룸펠트에게 모든 것이 알려졌음이 분명했기 때문이다. 실제로 블룸펠트는 그의 창구에서 그들을 올려다보고 있다. 그는 마치 이제야 비로소 알아챈 듯이, 엄하게 그리고 살피듯이 한 사람 한 사람을 똑똑히 쳐다본다. 바닥에 있는 빗자루 역시 그로부터 벗어나지 못한다. 침묵이 너무 오래 지속되어선지, 견습생이 잘못을 저지르고도 비질에 대한 욕망을 억제할 수 없는지, 그는 몸을 숙여서 빗자루가 아니라 어떤 동물을 잡으려고 손을 뻗치는 것처럼 매우 조심스럽게 빗자루를 집어서 바닥을 쓴다. 그러나 블룸펠트가 벌떡 일어나서 칸막이 방으로 나오자 그는 깜짝 놀라서 그것을 곧바로 내동댕이친다. "두 사람은 일하러 가게. 그리고 더 이상 불평하지 말게" 하고 블룸펠트는 소리치며 손을 뻗어서 두 견습생들에게 그들의 책상으로 가는 길을 가리킨다. 그들은 곧장 이에 따른다. 그러나 머리를 숙이며 부끄러워하는 것이 아니라, 부자연스럽게 블룸펠트 곁을 지나며 그의 눈을 뚫어져라 쳐다본다. 그렇게 함으로써 블룸펠트가 자신들을 때리는 것을 저지하려는 듯했다. 그러나 그들은 블룸펠트가 원래 때리지 않는다는 사실을 경험을 통해서 충분히 알고 있었을 것이다. 그러나 그들은 지나치게 불안해하고 언제나 그리고 전혀 분별없이 자신들의 실제적인 또는 가상적인 권리를 지키려고 애쓴다.

깨어질 수 없는 꿈

그녀는 시골길을 따라 달리고 있었다. 내게는 그녀의 모습이 보이지 않았다. 나는 밭 가장자리에 앉아서 작은 시냇물을 들여다보았다. 그녀는 여러 마을을 지나 달려갔다. 아이들은 문간에 서서, 다가왔다 사라져가는 그녀를 바라보고 있었다.

깨어진 꿈

예전에 한 영주의 변덕으로 조묘祖墓의 석관 바로 옆에 파수꾼을 두라는 결정이 내려졌다. 신중한 신하들은 그 일에 대해 반대의 입장을 표명했다. 결국 사람들은 여러 가지로 옹색해진 영주에게 이 정도의 사소한 요구는 들어주기로 했다. 전 세기의 전쟁에서 살아남은 한 상이군인이 — 그는 홀아비이며 지난번 전쟁에서 쓰러진 세 아들의 아비였는데 — 그 파수꾼 자리를 지원하고 나섰다. 그는 받아들여졌고, 나이든 궁정관리가 그를 조묘로 데려갔다. 세탁을 맡은 여인이 그 뒤를 따랐는데, 그녀는 파수꾼을 위한 여러 가지 물건을 짊어지고 있었다. 상이군인은 의족에도 불구하고 조묘로 반듯하게 이어진 가로수 길까지는 궁정관리와 같은 속도로 걸어갔다. 그러나 그 후부터 그는 약간 거북스러워하더니, 잔기침을 하고, 왼쪽 다리를 문지르기 시작했다. "어떤가, 프리드리히" 하고 궁정관리가 세탁을 맡은 여인과 조금 앞서서 나란히 걷다가 뒤돌아보면서 말했다. "다리가 찢어지듯 아파요"라고 말하면서 상이군인은 얼굴을 찌푸렸다. "잠시만 기다려주십시오. 곧 그칠 겝니다."

위쪽이 비어 있는 아주 협소한 무대
작은 작업실, 높은 창문 하나, 그 앞에 앙상한 나무 꼭대기.

영주 (책상 옆 팔걸이 의자에 기댄 채, 창문 밖을 내다보고 있다)
부관 (흰 수염을 한, 젊은이처럼 꽉 끼는 재킷을 입고 벽 옆, 중앙 문 곁에 서 있다)
약간의 휴지
영주 (창에서 몸을 돌리면서 부관 쪽을 향해) 그래 뭔가?
부관 저는 그것을 추천할 수 없습니다, 전하.
영주 어째서 그런가?
부관 현재로서는 저의 이의를 정확히 표현할 수가 없습니다. 제가 지금 일반적으로 알려진 '죽은 자를 나쁘게 이야기해서는 안 된다'는 인간적인 격언을 인용한다고 해서, 그것이 제가 말씀드리고자 하는 것 전부는 전혀 아닙니다.
영주 그게 짐의 뜻이기도 하네.
부관 그렇다면 제가 제대로 이해하지 못한 것입니다.
영주 그런 것 같네.
휴지
영주 그대가 그 일에서 혼란스러워하는 유일한 것은 아마 짐이 당장 명령을 내리지 않고 미리 당신에게 통보한 이상한 행동일 것이네.
부관 그 통보는 물론 저에게는 그것에 맞게 노력해야만 하는 보다 큰 책임을 부여하는 것입니다.

<u>영주</u> (화가 나서) 아무런 책임도 없소.

휴지

<u>영주</u> 그렇다면 다시 한번 말하겠소. 지금까지 프리드리히 공원에 있는 영묘는 한 파수꾼이 지켜왔지요. 그는 공원 입구에 작은 집을 하나 가지고 있는데, 그곳에서 자기 가족과 함께 거주하지요. 이 모든 것이 비난받아야 할 사안이란 말이오?

<u>시종</u> 분명 그렇지 않습니다. 그 영묘는 사백 년 이상이나 오래되었습니다. 오랫동안 그런 식으로 지켜져왔습니다.

<u>영주</u> 그건 오래된 남용일지 몰라요. 정말 오용이 아닐까요?

<u>시종</u> 그건 필요한 시설입니다.

<u>영주</u> 그렇다면 필요한 시설이겠지. 하지만 나는 위쪽 공원에 문지기가 충분하지 않다는 것을 알았소. 게다가 저 아래 납골당에도 또한 파수꾼이 지키는 것이 좋을 것 같소. 그건 아마 결코 유쾌한 직업은 아니겠지요. 특히 납골당은 항상 외부로부터 차단되어 있어야만 하니까 말이오. 하지만 경험에 비추어볼 때 그 어떤 자리든 기꺼이 응하는, 적합한 사람들이 있지요.

당신 곁에서 쉰다는 것은 하인이 얻을 수 있는 최대의 것이지요.

영주를 방문하기 위해서

할아버지의 이야기

돌아가신 영주님 레오 5세 시대에 나는 프리드리히 공원에 있는 영묘의 파수꾼이었단다. 물론 곧바로 영묘의 문지기가 된 것은 아니다. 나는 영주님 농장의 심부름꾼이었는데 어느 날 저녁 영묘의 보초에게 처음으로 우유를 날라다주어야 했던 때를 아직도 생생하게 기억하고 있다. '오오, 영묘의 보초에게 가다니' 하고 나는 생각했다. 영묘가 무엇인지 정확하게 아는 사람이 있겠느냐? 나는 영묘의 파수꾼이었으니, 그것을 알아야 할 테지만, 사실 나도 잘 모른단다. 그러니 내 이야기를 듣고 있는 너희들이 비록 영묘가 무엇인지 알게 되었다고 믿는다 해도, 결국은 그것을 전혀 알지 못하리라는 것을 고백하지 않을 수 없을 것이다. 그러나 그 당시 나는 그런 것에는 거의 관심이 없었고, 그저 영묘 보초로 보내지게 된 것에 대해 아주 자랑스러웠다. 어쨌든 나는 우유통을 들고 프리드리히 공원으로 통하는 들길을 따라 안개 속으로 말을 달렸지. 금빛 창살 문 앞에서 나는 웃옷의 먼지를 털고, 장화를 닦고, 우유통의 물기를 닦아내고, 벨을 누르고 나서는 문살에 이마를 댄 채, 이제 무슨 일이 일어날 것인가 하고 숨어 기다리고 있었지. 덤불이 우거진 약간 높은 언덕 위에 파수꾼의 집이 있는 모양이었다. 작은 문이 하나 열리더니 빛이 흘러나왔고, 내가 오게 된 사정을 말하고는 그것이 사실임을 보여주기 위해 우유통을 들어 보이자, 매우 늙은 여인이 문을 열어주었단다. 그러자 나는 앞서 걸어가야 했는데, 그러면서도 그 여인과 똑같이 보조를 맞추어 천천히 걸어야 했어. 그것은 기분이 매우 언짢은 일이었지. 왜냐하면 그 노파는 숨을 돌리기 위해 내 등 뒤를 꼭 붙잡고 가까운 거리인데도 두 번이나 멈춰 섰기 때문이지. 위쪽 문 옆의 돌 벤치에는 몸집이 매우 큰 남자가 걸터앉아 있었어. 다리를 포개고, 두 손을 가슴 앞에 모으고서, 머리를 뒤로 젖힌 채 시선을 바로 눈앞에 있는 덤불에 — 그 덤불은 그의 시야를 완전히 가로막고 있었지 — 고정시키고 있었지. 나는 나도 모르게 물어보듯 그 여인을 쳐다보았지. "용병이란다" 하고 그녀가 말했지. "그 걸 모르니?" 나는 머리를 흔들고는 놀라워하며 그 사내를 다시 한번 바라보았는데, 특히 새끼양가죽으로 만든 높은 모자를 보았지. 그 리고 나는 그 노파에 이끌려 집안으로 들어갔단다. 조그만 방 안에 는 잠옷차림의 수염 난 노인이 책이 가지런히 쌓아 올려진 책상 옆 에 앉아서 램프 갓 아래로 나를 바라보고 있었어. 나는 당연히 잘못 찾아왔다고 생각해서, 몸을 돌려 방을 나서려고 했지. 그러나 노파 는 내 앞을 가로막으며 주인에게 "새 우유배달부랍니다" 하고 말했 지. "귀여운 개구쟁이야, 이리 오너라" 하고 주인은 말하고 웃었지. 나는 책상 옆에 있는 조그만 긴 의자에 앉았고, 그는 자신의 얼굴을 내 얼굴에 아주 가까이 가져다댔다. 나는 유감스럽게도 이 친절한 응대로 조금 버릇이 없어져서 이렇게 말했다.

다락방 위에서

아이들은 비밀을 가지고 있었다. 한 세기 동안 내내 쌓인 잡동사 니로 뒤덮인 다락방의 한구석에서 — 어른들은 손으로 더듬거려 도 더 이상 찾을 수 없는 — 변호사의 아들인 한스는 한 낯선 남자 를 발견했다. 그 남자는 세로로 세워 벽에 기대놓은 상자 위에 앉 아 있었다. 그의 얼굴은 한스를 보아도 전혀 놀라거나 두려워하는 기색 없이 그저 생기가 없어 보일 뿐이었는데, 맑은 눈으로 한스 의 시선을 대하고 있었다. 그는 새끼양가죽으로 만든 커다란 둥근 모자를 머리 깊숙이 쓰고 억센 콧수염이 뻣뻣하게 잔뜩 나 있었 다. 그는 폭이 넓은 갈색 외투를 입었는데, 그것은 마구를 떠올리

232

게 하는 우악스런 가죽끈으로 묶여 있었다. 무릎 위에는 희미한 빛을 띤 칼집 속에 들어 있는 휘어진 짧은 군도가 놓여 있었다. 발에는 박차가 달린 군대용 긴 장화를 신었는데, 한 발은 엎어진 포도주 병에 놓이고, 바닥 위에 있는 다른 발은 약간 선 자세로 박차를 박은 발뒤꿈치가 바닥의 나무 속에 박혀 있었다. 그 남자가 천천히 손을 뻗어 한스를 붙잡으려 하자, 한스는 "비켜요" 하고 소리치며 새로 만든 부분의 다락방으로 달아나다가, 말리기 위해 널어놓았던 빨래들이 얼굴에 차갑게 부딪쳤을 때야 비로소 멈추어섰다. 그러나 그는 곧바로 되돌아왔다. 그 낯선 남자는 뭐랄까 업신여기는 듯이 아랫입술을 삐죽 내밀고 거기 앉은 채 미동도 하지 않았다. 한스는 조심스럽게 살금살금 다가가면서 이렇게 움직이지 않는 것이 어떤 술책이 아닌지 주의깊게 살폈다. 그러나 그 낯선 남자는 정말 나쁜 의도가 있는 것 같지는 않았다. 그는 완전히 축 늘어져 앉아 있었다. 너무 축 늘어져서 그의 머리는 거의 알아차릴 수 없을 정도로 끄덕거렸다. 그래서 한스는 용기를 내어 자신과 그 낯선 남자를 갈라놓고 있는 구멍난 낡은 난로의 차열판을 밀어서 치우고, 가까이 바짝 다가가서는 마침내 그를 만져보았다. "어쩌면 이렇게 먼지투성이람!" 하고 그는 놀라면서 말했고 더러워진 손을 뒤로 움츠렸다. 낯선 남자는 "그래, 먼지투성이야" 하고 말했을 뿐 그 외는 아무 말도 없었다. 발음이 하도 이상해서 한스는 그 여운으로 겨우 말을 알아들을 수 있었다. "나는 변호사의 아들 한스예요. 그런데 아저씨는 누구세요?" 하고 그가 말했다. "그렇구나, 나도 한스라는 사람이란다. 한스 슐라크라고 하지. 바덴 주州의 사냥꾼이고 네카어 강가의 코스가르텐 출신이란다. 아주 오래된 이야기지."

한스와 그의 아버지 사이에 예전부터 있던 불화는 어머니가 돌아가시고 난 후 마침내 폭발하고 말았다. 한스는 아버지의 사업을 뿌리치고 외국으로 건너가 거기에서 우연히 얻은 취직자리에 아무 생각 없이 곧바로 뛰어들었다. 그리고 편지를 통해서든, 그의 그러한 성공을 아는 사람을 통해서든, 아버지와의 연결을 일절 피해버렸다. 그 때문에 그가 떠난 후 2년쯤 해서 심장마비로 쓰러진 아버지의 부음 소식도 아버지가 유언 집행인으로 선정한 변호사의 편지를 통해 처음 알게 되었다. 한스는 유일한 상속인으로 지정되어 있었지만, 유산은 부채와 유증遺贈의 과도한 부담을 안고 있었으므로, 그가 대충 어림잡아 계산해보니 그에게는 부모님의 집 이외에는 거의 남는 것이 없었다. 집은 대단한 것은 아니었다. 그것은 수수하고 낡은 단층 건물이었지만, 한스는 그 집에 대단한 애착을 가지고 있었다. 게다가 아버지가 돌아가신 이상 이곳 낯선 곳에서 그를 붙잡는 것은 아무것도 없었으며, 오히려 유산 문제를 처리하기 위해서 그의 입회가 급히 요구되었다. 그래서 그는 바로 계약을 해제했는데, 그것은 어려운 일이 아니었다. 그리고 그는 고향을 향해 떠났다. 한스가 부모님 집 앞에 도착한 것은 12월의 어느 늦은 저녁이었다. 사방은 눈에 묻혀 있었다. 그를 기다리고 있던 집 관리인이 딸의 부축을 받으며 문밖으로 나왔다. 그는 쓰러질 듯 약한 노인이었는데, 한스의 할아버지 때부터 일을 봐오고 있었다. 서로 인사를 주고받긴 했지만, 그렇다고 각별히 진심에서 우러나오는 것은 아니었다. 왜냐하면 한스는 이 관리인에게서 여전히 자신의 어린 시절의 우둔한 폭군을 보았으며, 지금 그가 한스에게 다가오는 겸손한 태도는 오히려 그에게는 떨떠름한 것이었다. 어쨌든 그는 뒤에서 짐을 들고 가파른 계단을 올라오는 관리인의 딸에게, 그녀 아버지의 지위와 수입은 그가 받은 유산과는 관계없이 조금도 변동이 없을 것이라고 말해주었다. 딸은 눈물을 흘리며 고맙다고 말하면서, 아버지의 큰 걱정이 없어지게 되었노라고 말했다. 그 걱정 탓으로 그녀의 아버지는 전 주인이 돌아간 뒤 밤에 잠도 제대로 자지 못했다는 것이었다. 이러한 감사의 인사를 받고 한스는 자신에게 주어진 상속으로 인해 어떠한 종류의 언짢은 일들이 생겼는가를 그리고 앞으로도 계속해서 생길 수 있으리라는 것을 처음으로 의식하게 되었다. 그럴수록 그는 이제 곧 옛날의 자기 방에 홀로 있을 수 있다는 것에 더욱 기뻐하면서 그리고 그러한 기대감에 사로잡혀, 수코양이를 부드럽게 쓰다듬어주었다. 그 고양이는 지나간 시절 중에서 흐려지지 않은 첫번째 추억으로, 그 원래 크기의 모습으로 그의 곁을 지나 재빨리 사라졌다. 그러나 한스는 자신이 편지에서 지시한 대로 그를 위해 준비되었어야 할 자기 방으로 안내되지 않고, 아버지의 옛 침실로 인도되었다. 그는 무슨 일이 생겼느냐고 물었다. 짐을 들고 오느라 숨을 가쁘게 몰아쉬면서 소녀는 그의 맞은편에 섰다. 이 년 사이에 그녀는 키도 컸고 튼튼해졌으며, 눈빛은 특이하게 맑았다. 그녀는 용서를 구했다. 한스의 방에는 그러니까 그의 큰아버지인 테오도르가 들어 있어 그 연세 많은 분에게 방해되기를 원치 않았고, 특히 이 방은 더 넓고 또 더 아늑하기 때문이라는 것이었다. — 테오도르 백부가 이 집에 산다는 소식은 한스에게는 금시초문이었다.

시종 비록 지시하시는 것이 어째서 필요한지를 파악하지는 못하였사오나, 전하께서 지시하시는 거라면 무엇이든 다 순조롭게 수행되

어질 것입니다.

영주 (격노해서) 필요한 것이라 말이요! 그런데 공원 문의 초소는 정말 필요한가요? 프리드리히 공원은 궁정 뜰의 일부이고, 그것에 완전히 포함되어 있고, 그 궁정 뜰 자체도 충분히, 게다가 군대가 지키고 있지 않소. 그렇다면 프리드리히 공원을 특별히 지킬 이유가 없지 않소. 단순한 형식에 불과하지 않을까요? 저 초소를 돌보고 있는 그 불쌍한 노인을 위해 만든 쾌적한 임종의 자리가 아닐는지요?

시종 그것은 형식적이긴 하지요. 하지만 필요한 형식입니다. 돌아가신 위대한 분들에 대한 경외심의 증명서인 셈이지요.

영주 그렇다면 조묘 자체 안에 있는 초소는 뭐지요?

시종 제 견해로는 그 초소는 치안상 함축적인 의미가 있을 뿐입니다. 그것은 아마 비현실적인, 인간과는 동떨어진 것들을 지키는 감시소일지 모릅니다.

영주 (일어서며) 이 조묘로 말할 것 같으면 짐의 가족에게는 인간계와 다른 세계와의 경계인 셈이지요. 그래서 나는 이 경계 지역에 보초를 세우고 싶은 것이오. 당신이 당신의 심중을 표현하고 있듯이, 공원 문에 보초를 세우는 것이 치안상 필요한 것인지에 대해서 그 보초 자신에게 들어볼 수 있을 것이오. 그를 데리고 오도록 했소. (벨을 울린다)

시종 제 소견을 말씀드리자면, 그 사람은 정상이 아닌 혼란스러운 노인입니다.

영주 그렇다면, 내 생각에는 그 초소를 강화시킬 필요가 있다는 또 다른 증거가 될 수 있겠군요.

하인

영주 조묘지기가 온 모양이군!

하인이 묘지기를 데리고 들어온다. 하인은 그의 팔 아래를 꼭 잡고 있다. 그렇지 않으면 넘어질 것만 같다. 묘지기는 낡고, 붉은, 헐렁한 제복을 걸치고 있다. 반들반들하게 닦은 은단추들, 여러 가지 훈장들을 달고 있다. 손에는 차양이 달린 모자를 들었다. 상전들이 바라보자 그는 몸을 와들와들 떤다.

영주 긴 의자로 데리고 가라!

하인이 그를 내려놓고 간다.

휴지, 묘지기가 목을 끄르륵거리는 소리만 조용히 들릴 뿐이다.

영주 (다시 팔걸이 의자에 앉으면서) 들리는가?

묘지기 (대답해보려 하지만 할 수가 없다. 너무 지쳤는지 다시 뒤로 넘어진다.)

영주 기다릴 터이니 마음을 가라앉히도록 하라.

시종 (영주에게 몸을 굽히면서) 이런 자가 무슨 정보를 줄 수 있겠습니까? 믿을 만한 거겠습니까, 아니면 중요한 정보이겠습니까? 하인으로 하여금 그 자를 침대에 내버려두게 할 걸 그랬습니다.

영주 그는 침대에 있지 않았어.

묘지기 침대엔 싫어요, 싫습니다. ─ 아직은 힘이 있습니다 ─ 비교적 말입니다 ─ 아직은 입증할 수 있습니다.

영주 그래야겠지. 그대는 이제 겨우 60세가 아닌가. 여하튼 허약하게는 보이는구나.

묘지기 곧 회복토록 하겠습니다, 전하. 곧 말입니다.

영주 그건 질책이 아니었네. 자네가 그렇게 상태가 안 좋은 것이 유감스러울 뿐이네. 무슨 불편한 일이라도 있는가?

묘지기 직무가 고됩니다 ─ 전하 ─ 고된 직무예요 ─ 불평하는 것이 아닙니다. 그렇지만 아주 힘이 빠져요. 매일 밤 ─ 격투 ─를 해야 하거든요.

영주 무슨 소린가?

묘지기 직무가 고됩니다.

영주 다른 것도 말하지 않았는가.

묘지기 격투 말입니다.

영주 격투라고? 도대체 무슨 격투란 말인가?

묘지기 고인이 되신 선조님들과의 격투이지요.

영주 이해할 수가 없는 걸. 자네 심한 꿈을 꾸고 있는 것은 아닌가?

묘지기 결코 꿈이 아닙니다, 전하. 정말 밤에 전혀 잠을 잘 수가 없습니다.

영주 그렇다면 이 ― 격투에 대해 이야기해보라.

묘지기 (말이 없다)

영주 (시종에게) 어째서 그 자가 말을 하지 않는가?

시종 (묘지기에게 급히 달려간다) 그는 언제 죽을지 모릅니다.

영주 (일어서서는 책상 곁에 머문다)

묘지기 (시종이 그를 건드리자) 저리 가요, 저리 가세요, 저리 가요!(시종의 손가락과 실랑이를 하더니, 울면서 쓰러진다)

영주 우리가 그를 괴롭히고 있는 건가.

시종 무엇으로 말입니까?

영주 모르겠는 걸.

시종 성으로 들어오는 길, 이 앞으로 인도되어온 일, 전하의 모습, 질문 ― 이 모든 것 때문에 더 이상 그는 정신을 차릴 수 없는 모양입니다.

영주 (계속 묘지기 쪽을 바라보고 있다) 그런 게 아니오. (긴 의자로 가서는 묘지기에게 몸을 굽히면서 그의 작은 머리를 양손에 감싸쥔다) 울지 말아라. 대체 어째서 그대는 우는가? 그대를 좋게 생각하고 있다네. 나 자신도 그대 직분이 쉽다고 여기지 않고 있지. 분명 그대는 우리

238

가문을 위해 많은 공적을 세웠을 거야. 그러니 더 이상 울지 말고 이야기하게나.

묘지기 (소리친다) 하지만 저기 계신 어르신네가 두렵긴 합니다만. (시종을 불안하게 바라보는 것이 아니라 위협적으로 바라본다)

영주 당신을 두려워하는구려. 그가 이야기할 수 있도록 자리 좀 비켜줘야겠소. 당신을 나중에 부르도록 하겠소.

시종 전하, 보십시오. 그 자가 입에 거품을 물고 있습니다. 그 자는 중병입니다.

영주 (멍한 채로) 그래요, 가시오. 얼마 걸리지 않을 테니.

시종 (나간다)

영주 (긴 의자의 가장자리에 앉는다)

휴지

영주 어째서 그대는 시종을 두려워하는가?

묘지기 (눈에 띄게 정신을 가다듬으면서) 저는 두려워하지 않았습니다. 하인 같은 자에게 제가 두려워하다니요?

영주 그분은 하인이 아니라네. 그는 백작이라네, 자유로운 몸이고 부자라네.

묘지기 하지만 하인에 불과할 뿐입니다. 전하께옵서는 주인이십니다.

영주 그토록 말할 것이 있다면, 네가 두려워하는 바를 어서 말하도록 하라.

묘지기 저는 전하께서만 꼭 알아두셔야 할 것을 그의 앞에서 말하기가 두려웠습니다. 제가 이미 그의 앞에서 너무 많이 말하지 않았나요?

영주 그래. 우리는 친숙한 친구 사이가 아닌가. 내가 오늘 처음으로 자네를 보긴 했지만 말이네.

묘지기 처음 뵙기는 했어도, 전하께서는 제가 의미 있는 뜻이 담긴 가장 중요한 궁정관직을 가지고 있다는 것을(집게손가락을 올리면서) 예전부터 알고 계실 겁니다. 전하께서 저에게 '선홍색' 메달을 수여하셨으니 전하께서는 저를 분명 공식적으로 인정하신 것이지요. 여기에 있습니다. (상의에 달린 메달을 들어 보인다)

영주 아니네, 그것은 25년 동안 궁정을 위해 봉사한 대가로 수여한 메달이라네. 그것은 또한 나의 조부님께서 수여한 것이지. 그렇지만 나도 역시 그대에게 수여할 것일세.

묘지기 (동요되지 않고) 처분대로 하시되, 제가 하고 있는 봉사의 뜻에 맞도록 해주십시오. 30년간을 저는 조묘지기로 일해오고 있습니다.

영주 내게서는 아니지. 내가 다스린 지는 일 년이 채 못 된다네.

묘지기 (생각에 잠겨) 삼십 년이나 일했습니다.

휴지

묘지기 (영주의 언급에 거의 제정신이 돌아온 듯) 밤들의 세계가 그곳에서는 수년간 계속됩니다.

영주 그대의 직무에 대해서는 나에게 아무런 보고가 없었네. 자네 일은 어떤가?

묘지기 매일 밤 한결같습니다. 매일 밤 거의 경정맥頸靜脈이 파열할 지경입니다.

영주 그렇다면 밤에만 근무하는가? 그대 같은 노인에게 야근을 시킨단 말이지?

묘지기 전하, 그건 그렇습니다. 주간 근무이지요. 그러나 빈둥거리기 십상인 자리지요. 문 앞에 앉아 햇빛이 비치는 곳에 입을 헤벌리고 있지요. 이따금씩 경비견이 앞다리로 무릎을 톡톡 치면 다시 눕지요. 그게 변화의 전부랍니다.

영주 그래서.

묘지기 (머리를 끄덕거리면서) 하지만 그 일이 밤 근무로 변해버렸지요.

영주 도대체 누구의 짓인가?

묘지기 묘의 주인님들에 의해서지요.

영주 그대는 그들을 알고 있단 말인가?

묘지기 그렇습니다.

영주 그들이 너에게 온단 말이지?

묘지기 그렇습니다.

영주 그럼 지난 밤에도 왔었느냐?

묘지기 그랬습니다.

영주 어떠했는가?

묘지기 (곧추앉으면서) 언제나 같지요.

영주 (일어선다)

묘지기 언제나 같지요. 자정까지는 조용합니다. 저는 — 죄송합니다 — 침대에 누워 파이프를 피우지요. 침대 바로 곁에는 제 딸아이가 잠을 잡니다. 자정에 누군가 첫번째로 창문을 두드립니다. 저는 시계를 보지요. 언제나 정확하답니다. 또 다시 두 번 누군가가 두드리는데, 그 소리는 탑에서 나는 시계 종소리와 섞여버립니다. 그 두드리는 소리가 더 약하지는 않습니다. 그것은 인간의 손가락 가운데 마디로 두드리는 소리는 아닙니다. 물론 그 모든 것을 알고 있는 저는 미동도 하지 않았습니다. 그러면 누군가 밖에서 헛기침을 하는 겁니다. 놀란 나머지 그런 노크 소리에도 저는 문을 열 수가 없습니다. 아마 전하께서도 놀라워하실 겁니다! 아직도 그 늙은 묘지기이네. (주먹을 가리킨다)

영주 자넨 나를 위협하는 건가?

<u>묘지기</u> (바로 이해하지 못한 듯) 전하께 그러는 것이 아니라 창문 앞에 있는 자에게 그러는 겁니다.

<u>영주</u> 그게 누군데?

<u>묘지기</u> 곧 그분이 나타나지요. 별안간 창문과 창의 덧문이 열립니다. 제 딸아이의 얼굴에 이불을 덮어줄 짬은 조금 있습니다. 폭풍이 몰아쳐오고 곧 불이 꺼집니다. 프리드리히 공작님이 아닌가! 수염과 머리로 덮인 그의 얼굴이 저의 초라한 창문을 완전히 채워버립니다. 수세기 동안에 그분은 얼마나 변하셨는지 모릅니다. 그분이 말하기 위해서 입을 열면, 바람이 그분 이빨 사이로 그 늙은 수염을 불어대곤 합니다. 그러면 그는 수염을 물어뜯습니다.

<u>영주</u> 잠깐, 프리드리히 공작에 대해 말하고 있는데, 어떤 프리드리히를 말하는 것인가?

<u>묘지기</u> 프리드리히 공작님 말입니다. 오직 그 프리드리히 공작님을 말할 뿐입니다.

<u>영주</u> 그가 그렇게 자신의 이름을 말하더냐?

<u>묘지기</u> (겁을 내며) 아닙니다. 그분이 스스로 말하지는 않았습니다.

<u>영주</u> 어떻게 알았느냐. (말을 중단한다) 그럼 계속 이야기해보게!

<u>묘지기</u> 계속 이야기해야 하나요?

<u>영주</u> 물론이지. 말하라. 그것은 나에게 매우 긴요한 일이다. 일을 분배하는 데 잘못이 있는 것 같구나. 자네에게 너무 부담이 큰 것 같구나.

<u>묘지기</u> (무릎을 꿇으면서) 전하, 제 자리를 **빼앗지는** 말아주십시오. 제가 그토록 오랫동안 전하를 위해서 살아왔으니 이제 전하를 위해 죽도록 해주십시오. 제 앞의 무덤을 폐쇄하지 말아주십시오. 그 무덤을 위해 죽으렵니다. 저는 기쁜 마음으로 봉사하고 있고, 또 봉사할 능력도 아직은 있습니다. 오늘과 같은 접견은 저에겐 십 년간

봉사할 수 있는 힘을 줍니다. 주인님 곁에서 이렇게 휴식을 취할 수 있는 오늘과 같은 가장 큰 행복을 저에게 다시 한 번 주십시오.

영주 (다시 그를 긴 의자에 앉히면서) 어느 누구도 너의 자리를 빼앗지 않을 것이다. 어찌 그곳 일에 그대의 경험이 필요하지 않으랴! 그렇지만 또 한 명의 묘지기를 정해줄 터이니 그대는 상급 묘지기가 되도록 하라.

묘지기 저로 족하지 않으신 모양이군요. 예전에 제가 한 사람이라도 그냥 통과시킨 적이 있나요?

영주 프리드리히 공원 안으로 말인가?

묘지기 아닙니다. 공원 밖으로 말입니다. 누가 들어가려고 하겠습니까? 창살 앞에 누군가 서 있기만 해도, 제가 창에서 손짓을 해보이면 그만 달아납니다. 그렇지만 밖으로, 모두가 밖으로만 나가려고 합니다. 자정이 지나면 전하께서는 모든 무덤의 목소리들이 제 집 주위에 집결해 있음을 볼 수 있을 것입니다. 제 생각에는 그들이 서로 그렇게 밀착해 있기만 하기 때문에 그런 상태로는 한꺼번에 좁은 창구멍으로 들어올 수 없지요. 물론 그것이 너무 비열할지는 모르지만 저는 침대 아래에서 등불을 꺼내어 그것을 높이 흔들어댑니다. 그러면 그 이해할 수 없는 존재들은 웃음소리와 비탄의 소리를 내며 떨어져 나갑니다. 그런 후에도 공원 맨 끝에 있는 덤불 속에서는 그들이 내는 소리가 아직도 들려옵니다. 그러나 곧 그들은 다시 모여든답니다.

영주 그런데 그들이 요청하는 것이 무엇인가?

묘지기 처음엔 그들은 명령을 합니다. 누구보다도 프리드리히 공작님이 그렇습니다. 생존자도 그렇게는 확신에 차 있지는 않을 겁니다. 삼십 년 이래로 매일 밤 그분이 나타나서는 매번 나를 제압하려 들지요.

<u>영주</u> 그가 삼십 년 이래 나타난다면, 그것은 프리드리히 공작일 리 없다. 그는 십오 년 전에야 돌아가셨거든. 그렇지만 이 조묘를 모신 납골당 속에는 그만이 유일하게 그 이름을 가진 유일한 사람이 아닌가.

<u>묘지기</u> (그 이야기에 매우 충격을 받은 듯) 저는 모르겠어요, 전하. 조사해보지 않았으니까요. 저는 단지 그가 어떤 식으로 말을 시작하는가를 알 뿐입니다. "늙은 개 같은 놈" 하고 그는 창가에서 수작을 걸기 시작합니다. "주인들이 문을 두드리는데, 자네는 네 더러운 침상에 그대로 머물러 있다니." 그들은 언제나 침상에 대해서 화가 나 있습니다. 그러고는 어쨌든 우리는 매일 밤 거의 똑같은 일에 대해 이야기를 합니다. 그는 밖에 있고, 저는 등을 문에 기댄 채 그와 마주보고 있습니다. 저는 이렇게 말합니다. "저는 낮 근무만 합니다." 그러면 공작께서는 몸을 돌려 공원에다 대고 이렇게 외쳐댑니다. "저자가 낮 근무만 한대." 그러면 모여 있던 귀족들이 모두 다 깔깔대고 웃습니다. 그러고는 공작께서는 나에게 다시 이야기합니다. "그래 낮이지." 나는 그 말에 간략하게 대답합니다. "당신은 틀렸어요." 그러면 공작님은 이렇게 말합니다. "낮이든 밤이든 문이나 열어라." 그러면 저는 이렇게 대답합니다. "그건 규정에 어긋나는 일입니다." 그리고 저는 파이프대로 벽에 붙여놓은 종이 쪽지를 가리킵니다. 그러면 공작님은 이렇게 말하지요. "그래 자넨 우리 묘지기이지." 그러면 제가 이렇게 대답합니다. "여러분의 묘지기이긴 합니다만, 다스리고 계신 전하께서 저를 채용하셨지요." 그분은 이렇게 말합니다. "우리 묘지기야, 그게 주임무이지. 그러니 문을 열게나, 빨리." 저는 이렇게 말합니다. "안 됩니다." 그러면 그분은 이렇게 말하지요. "바보 같으니라구, 자넨 자리를 잃게 될 거야. 레오 공작께서 오늘 우리를 초대하셨단 말이야."

영주 (재빨리) 내가 초대했다고?

묘지기 전하께서 말입니다.

휴지

제가 전하의 존함을 듣게 되면, 저는 단호함을 잃어버립니다. 그렇기 때문에 저는 곧 신중하게 문에 몸을 기대지요. 밖에서는 모두들 전하의 존함을 노래합니다. "초대 장소는 어디지요?" 하고 저는 힘없이 묻습니다. "더러운 놈" 하고 그는 마음에 없으면서도 소리를 지르고는 저를 일깨웁니다. "네놈이 감히 공작의 말을 의심할 수가 있어?" 저는 이렇게 말하지요. "저는 어떤 지시도 받지 못했습니다. 그래서 열어드릴 수가 없습니다. 열지 않습니다. 열지 않아요." "저 녀석이 열지 않겠다는데" 하고 공작님은 밖에서 소리칩니다. "자, 모두 전진. 전 왕조, 성문으로 돌진, 우리가 열자." 그러고는 그 순간 제 창문 앞은 텅 비어버립니다.

휴지

영주 그것이 전부인가?

묘지기 어찌 그렇겠습니까. 그제야 본래의 일이 일어납니다. 문에서 나와, 그 집을 돌면, 벌써 저는 공작님과 충돌하게 되는데 우리는 이미 싸움에 휘말리지요. 그분은 매우 크고, 저는 매우 작습니다. 그분은 몸이 딱 벌어졌다면, 저는 왜소합니다. 저는 단지 그분의 양다리와 싸울 뿐입니다. 그러나 이따금씩 그분이 저를 들어올리면 저는 위에서도 역시 싸웁니다. 우리 주위를 그분의 동료들이 빙 둘러싸고는 저를 비웃습니다. 예를 들어 한 사람은 뒤에서 저의 바지를 자르고 있고 그리고 모두가 저의 셔츠 아랫부분을 가지고 장난질을 칩니다. 그동안에도 저는 싸웁니다. 그러나 그때까지만 해도 저는 언제나 이겨왔기 때문에 그들이 어째서 웃는지 알 수가 없습니다.

영주 그대가 이기다니, 그것이 어떻게 가능하단 말인가? 무기라도 가지고 있나?

묘지기 처음 몇 년간은 무기를 휴대하고 있었습니다. 그렇지만 무기들이란 게 그분과 맞서 싸우는 데 무슨 도움이 될 수 있겠어요, 그것들은 그 싸움을 어렵게만 했습니다. 우리는 오로지 주먹으로만 싸웠어요. 아니면 원래는 활력으로만 싸웠습니다. 그리고 언제나 전하를 생각했습니다.

휴지

묘지기 하지만 저의 승리를 의심해본 적은 한 번도 없습니다. 단지 이따금씩 제가 두려워했던 것은 공작님께서 손가락 사이에 끼여 있는 저에게 패하지나 않을까 그리고 그분이 싸우고 있다는 사실마저도 모르게 되지나 않을까 하는 것이었습니다.

영주 그런데 그대는 언제 이겼는가?

묘지기 아침이 올 무렵이지요. 아침이 되면 저를 던져버리고는 저에게 침을 뱉는 거예요. 그것이 그가 졌다는 고백이지요. 그렇지만 저는 그러고도 한 시간을 누워 있어야만 합니다. 그제야 제대로 숨을 쉬게 되지요.

휴지

영주 (일어선다) 하지만 말해보게나. 그들이 본래 바라는 것이 무엇인지. 그대는 모르는가?

묘지기 공원에서 나가는 것이지요.

영주 그건 왜 그런가?

묘지기 그걸 모르겠어요.

영주 그대는 그들에게 물어본 적이 없는가?

묘지기 물어보지 않았습니다.

영주 어째서인가?

묘지기 그러기가 두려웠습니다. 전하께서 원하신다면, 오늘 물어보도록 하지요.

영주 (놀라서 큰 소리로) 오늘이라고!

묘지기 (태연하게) 그렇습니다. 오늘 말입니다.

영주 그런데 그대는 그들이 무엇을 원하는지 예측도 할 수 없나?

묘지기 (깊이 생각하며) 모릅니다.

휴지

묘지기 제가 이런 것도 말해야 될지 모르겠습니다만, 제가 조용히 누워 있는 동안에, 저는 너무 힘이 빠져 눈도 뜰 수 없을 정도이지요. 그런데 이따금씩 이른 시각에 부드럽고 축축하고 털이 많다는 느낌이 드는 존재, 즉 미련둥이 백작부인 이자벨라가 나타납니다. 그녀는 내 몸 여기저기를 더듬거나, 수염을 잡거나, 온몸으로 저의 턱 아래 목 곁을 지나쳐 갑니다. 그러고는 늘 이렇게 말하곤 합니다. "다른 사람들은 말고, 하지만 나를, 하지만 나를 내보내주게나." 저는 모질게 머리를 흔듭니다. "청혼을 할 수 있도록 레오 영주님께 보내주게." 저는 머리를 계속 흔들기만 한답니다. "나를, 제발 나를" 하는 소리가 들립니다. 그러고서 그녀는 떠나가버립니다. 그리고 제 딸아이가 이불을 감싼 채 저에게 옵니다. 제 몸을 감싸고는 제가 걸어갈 수 있을 때까지 제 곁에서 기다립니다. 정말 대단히 착한 소녀지요.

영주 이자벨라라니, 모르는 이름인데.

휴지

영주 (책상으로 되돌아가 종을 울린다)

하인

영주 시종을 불러라.

시종이 들어오자마자 묘지기가 낮게 외치면서 긴 의자에서 떨어진다.

영주 (그리로 뛰어간다) 정말 부주의하기는! 미리 고려했어야 하는 건데. 의사는 어디 있나! 하인은!

시종 사라진다. 곧 하인들과 되돌아와 열린 창가에 머문다.

영주 (묘지기 곁에 무릎을 꿇고는) 물을 가져와! 침대를 마련하라! 원한다면 내 침대 옆도 괜찮다. 들것을 가져와. 의사는 오고 있나? 왜 이렇게 더딘가? 맥박이 약하군. 심장이 안 뛰는군! 이 불쌍한 늑골 좀 봐! 모두가 못 쓰게 됐구나. 그런데 숨이 좀 나아졌군. 건전한 혈통을 가진 친구야. 최후의 비참속에서도 포기하지 않다니. 하지만 의사를 불러라! 대체 안 올 건가. (문 쪽을 바라본다. 묘지기가 손을 들고는 영주의 뺨을 한 번 쓰다듬는다)

상급궁내관 천천히 들어와서는 창가에 선다. (장교복을 입은 더 젊은 남자, 조용히 관찰하다가 큰 소리로 말한다) 의사는 십오 분이 되어야 올 겁니다. 그는 출타 중이어서 기사 하나를 보냈습니다.

영주 (평정을 잃지 않고서 묘지기에게 눈길을 보낸다) 기다릴 수 있어. 그는 좀 안정됐어.

하인 들것을 가지고 온다.

영주 (일어서며, 상급궁내관에게) 당신도 이리로 오게.

상급궁내관 통로가 소란스럽군요. 틀림없이 불행한 일이 일어난 것 같습니다.

영주 (대답하지 않고 들것 운반인들 곁에서 싣는 것을 돕는다) 부드럽게 잡아. 아, 그댄 넓고 억센 손을 가졌군. (머리를 약간 든다. 들것으로 가까이 다가간다. 등 아래 깊숙이 베개를 넣는다) 팔! 팔 좀! 그대들은 형편없는 정말 형편없는 간호인들이구만. 그대들도 들것 위의 이 사람처럼 언젠가 피곤해질지 모르지. — 그래 — 그리고 이제 아주 천천히 걸어. 특히 똑같은 보조로. 앞장들 서라.

〔18〕

작은 작업실, 높은 창문, 창문 앞엔 앙상한 나무 꼭대기.

영주 : (책상 옆 의자에 앉아 뒤로 기대어 있다. 창 밖을 내다보면서)

시종 : (흰 수염에 젊은이들처럼 꽉 끼는 재킷을 입은 채, 중앙 문 벽에 기대어 서 있다)

휴지

영주: (창에서 몸을 돌리며)

　그래 뭔가?

시종:

　저는 그것을 추천할 수가 없습니다. 전하.

영주:

　어째서 그런가?

시종:

　저는 현재로서는 이의를 정확히 표현할 수 없습니다. 제가 지금 '죽은 자를 나쁘게 이야기해서는 안 된다' 라는 일반적—인간적 격언을 인용한다고 해서, 그것이 제가 말씀드리고자 하는 바 전부인 것은 전혀 아닙니다.

영주:

　내 생각도 그렇소.

시종:

그렇다면 제가 제대로 이해하지 못한 것이군요.

영주:

그런 것 같소.

휴지

영주:

당신이 그 일로 혼란스러워졌다면 아마 나의 이상한 행동 때문일 것이오. 내가 즉각 지시를 하지 않고, 미리 당신에게 통고했으니까 말이오.

시종:

전하께서 통고하신 것은 제가 그것에 부응토록 노력하지 않으면 안 될 보다 큰 책임을 저에게 부과하신 것입니다.

영주:

아무런 책임도 없소!

휴지

영주:

그렇다면 다시 한 번 말하겠소. 지금까지 프리드리히 공원에 있는 조묘를 보초 한 사람이 지켜왔는데, 그는 공원 입구의 작은 집에서 살고 있소. 그래, 이 모든 것이 비난받아야 할 사안이오?

시종:

분명 그렇지 않습니다. 그 조묘로 말할 것 같으면 사백 년 이상이나 되었습니다. 또한 그런 식으로 오랫동안 지켜나갈 것입니다.

영주:

　남용일지도 모르지요. 남용은 아니겠지요?

시종:

　그것은 필요한 시설입니다.

영주:

　그렇게 말씀하시는 것을 보니 필요한 시설이겠군요. 어쨌든 내가 오랫동안을 이 시골 지방의 성에 머무르게 되는 날이면, 타지 사람들에게 맡겨왔던 세세한 일에도 안목을 가지게 되겠지요 — 무엇이 좋고 나쁜지 하나하나 입증되겠지요 — 그리고 내가 본 것은 저 위쪽 공원에 있는 보초만으로는 충분치 않다는 것이오. 게다가 아래쪽 공원에도 역시 보초가 한 사람 지켜야 할 것이오. 아마 기분좋은 일자리는 아니겠지요. 하지만 내 경험으로 볼 때, 어떤 자리든 열성적이고 적합한 사람들이 있는 법이지요.

시종:

　비록 지시하시는 것이 어째서 필요한지를 파악하지는 못하였사오나, 전하께서 지시하는 거라면 무엇이든 다 수행될 것입니다.

영주:

　필요하다구! 공원 문의 보초는 정말 필요한가? 프리드리히 공원은 궁정 뜰의 일부이고, 완전히 거기에 포함되어 있으며, 궁정 뜰 자체에도 충분히 보초가 있고, 게다가 군대가 지키고 있지 않소. 그렇다면 프리드리히 공원을 특별히 지킬 이유가 없지 않소. 단순한 형식에 불과하지 않은가? 그 초소를 지키고 있는 불쌍한 노인을 위한 쾌적한 임종의 자리가 아니겠소?

시종:

　그것은 형식적이긴 하지요. 하지만 필요한 형식입니다. 돌아가신 위대한 분들에 대한 경외심의 증명서인 셈이지요.

영주:

그렇다면 조묘 자체 안에 있는 초소는 뭐지요?

시종:

제 견해로는 그 초소는 치안상 함축적인 의미가 있을 뿐입니다. 그것은 아마 비현실적인, 인간과는 동떨어진 것들을 지키는 감시소일 것입니다.

영주:

이 조묘로 말할 것 같으면 짐의 가족에게는 인간계와 다른 세계와의 경계인 셈이지요. 그래서 나는 이 경계 지역에 보초를 세우고 싶은 것이오. 당신이 당신의 심중을 표현하고 있듯이, 공원 문에 보초를 세우는 것이 치안상 필요한 것인지에 대해서 그 보초 자신에게 심문해볼 수 있을 것이오. 그를 데리고 오도록 했소.(벨을 울린다)

시종:

제 소견을 말씀드리자면, 그 사람은 정상이 아닌 혼란스러운 노인입니다.

영주:

그렇다면, 내 생각에는 그게 그 초소를 강화시킬 필요가 있다는 또 다른 증거가 될 수 있겠군요.

하인

영주:

조묘지기가 온 모양이군!

하인이 묘지기를 데리고 들어온다. 하인은 그의 팔 아래를 꼭 잡고 있다. 그러지 않으면 넘어질 것만 같다. 묘지기는 낡고, 붉은, 헐렁한 제복을 걸치고 있다. 반들반들하게 닦은 은단추들, 훈장들을 달고 있다. 손에는 차양이 달린 모자를 들었다. 상전들이 바라보자 그는 몸을 와들와들 떤다.

영주:

　긴의자로 데리고 가라!

　하인이 묘지기를 내려놓고 간다. 휴지. 묘지기가 목을 끄르륵거리는 소리만 조용히 들릴 뿐이다.

영주 : (다시 팔걸이 의자에 앉으면서)

　들리는가?

묘지기 : (대답해보려 하지만 할 수가 없다. 너무 지쳤는지 다시 뒤로 넘어진다)

영주:

　기다릴 터이니 마음을 가라앉히도록 하라.

시종 : (영주에게 몸을 굽히면서)

　이런 자가 무슨 정보를 줄 수 있겠습니까? 믿을 만한 거겠습니까, 아니면 중요한 정보이겠습니까? 즉시 그자를 침대로 데려가도록 하시지요.

묘지기:

　침대로 안 가겠습니다 — 아직 힘이 있어요 — 어느 정도는 말입니다 — 아직은 입증해 보일 수 있습니다.

영주:

　그래야겠지. 그대는 이제 겨우 육십 세가 아닌가. 여하튼 허약하게는 보이는구나.

묘지기:

　곧 회복토록 하겠습니다 — 곧 말입니다.

영주:

　그건 질책이 아니었네. 자네가 그렇게 상태가 안 좋은 것이 유감스러울 뿐이네. 무슨 불편한 일이라도 있는가?

묘지기 :

　직무가 고됩니다 —고된 직무예요 — 불평하는 것이 아닙니다
— 그렇지만 아주 힘이 빠져요 — 매일 밤 격투를 해야 하거든요.

영주 :

　무슨 소린가?

묘지기 :

　직무가 고됩니다.

영주 :

　다른 것도 말하지 않았는가.

묘지기 :

　격투 말입니다.

영주 :

　격투라고? 도대체 무슨 격투란 말인가?

묘지기 :

　고인이 되신 선조님들과의 격투이지요.

영주 :

　이해할 수가 없는 걸. 자네 심한 꿈을 꾸고 있는 것은 아닌가?

묘지기 :

　결코 꿈이 아닙니다. — 정말 밤에 잠을 잘 수가 없습니다.

영주 :

　그렇다면 이 — 이 격투에 대해 이야기해보라.

묘지기 : (말이 없다)

영주 :

　어째서 그자가 말을 하지 않는가?

시종 : (묘지기에게 급히 달려간다)

　그는 언제 죽을지 모릅니다.

영주 : (책상 곁에 서 있다)

묘지기 : (시종이 그를 건드리자)

　저리 가요, 저리 가세요, 저리 가요! (시종의 손가락과 실랑이를 하더니 울면서 쓰러진다)

영주:

　우리가 그를 괴롭히고 있는 거야.

시종:

　무엇으로 말입니까?

영주:

　모르겠어.

시종:

　성으로 들어오는 길, 이 앞으로 인도되어온 일, 전하의 모습, 질문 — 이 모든 것 때문에 그는 더 이상 정신을 차릴 수 없는 모양입니다.

영주 : (계속 묘지기 쪽을 바라보고 있다)

　그런 것이 아니오.

　(긴 의자로 가서 묘지기에게 몸을 굽히면서 그의 작은 머리를 양손으로 감싸쥔다)

　울지 말아라. 대체 어째서 그대는 우는가? 그대를 좋게 생각하고 있다네. 나 자신도 그대 직분을 쉽다고 여기고 있지 않지. 분명 그대는 우리 가문을 위해 많은 공적을 세웠을 거야. 그러니 더 이상 울지 말고 이야기하게나.

묘지기:

　하지만 저기 계신 어르신네가 두렵습니다만 — (시종을 위협적으로, 그러나 겁 없이 바라본다)

영주 : (시종에게)

그가 이야기할 수 있도록 자리 좀 비켜줘야겠소.

시종:

전하, 보십시오. 그자가 입에 거품을 물고 있습니다. 그자는 중병입니다.

영주 : (멍한 채로) 그래요, 가십시오. 얼마 걸리지 않을 테니.

시종이 나간다.

영주 : (긴 의자의 가장자리에 앉는다)

휴지

영주:

어째서 그대는 시종을 두려워하는가?

묘지기 : (눈에 띄게 정신을 가다듬으면서)

저는 두려워한 적이 없습니다. 하인 같은 자에게 제가 두려워하다니요?

영주:

그분은 하인이 아니라네. 그는 백작이라네, 자유로운 몸이고 부자라네.

묘지기:

하지만 하인에 불과할 뿐입니다. 전하께옵서는 주인이십니다.

영주:

그토록 할 말이 있다면, 그대가 두려워하는 바를 어서 말하도록 하라.

묘지기:

저는 전하께서만 꼭 알아두셔야 할 것을 그가 있는 데서 이야기하기가 두렵습니다. 제가 이미 그 앞에서 너무 말을 많이 하지 않았나요?

영주:

　그래. 우리는 친숙한 친구 사이가 아닌가. 내가 오늘 처음으로 자네를 보긴 했지만 말이네.

묘지기:

　처음 뵙기는 했어도, 전하께서는 제가 의미 있는 뜻이 담긴 가장 중요한 궁정관직을 가지고 있다는 것을 예전부터 알고 계실 겁니다. 전하께서 저에게 '선홍색' 메달을 수여하셨으니 전하께서는 저를 분명 공식적으로 인정하신 겁니다. 여기에 있습니다! (상의에 달린 메달을 들어 보인다)

영주:

　아니네, 그것은 이십오 년 동안 궁정을 위해 봉사한 대가로 수여한 메달이라네. 또 그것은 나의 조부님께서 수여한 것이지. 그렇지만 나도 역시 그대에게 수여할 것일세.

묘지기:

　처분대로 하시되, 제가 하고 있는 봉사의 뜻에 맞도록 해주십시오. 삼십 년간을 저는 조묘지기로 일해오고 있습니다.

영주:

　나에게서는 아니지. 내가 다스린 지는 일 년이 채 못 된다네.

묘지기 : (생각에 잠기더니)

　삼십 년간이나 일했습니다.

　　　　　　　　　　　　휴지

　·

묘지기 : (영주의 언급에 거의 제정신이 돌아온 듯)

　밤의 세계가 그곳에서는 수년이나 지속된답니다.

영주:

　그대의 직무에 대해서는 나에게 아무런 보고가 없었네. 자네 일은 어떤가?

묘지기:

　매일 밤 한결같습니다. 매일 밤 거의 경정맥이 파열할 지경입니다.

영주:

　그렇다면 밤에만 근무하는가? 그대 같은 노인에게 야근을 시킨단 말이지?

묘지기:

　전하, 그건 그렇습니다. 주간 근무이지요. 그러나 빈둥거리기 십상인 자리지요. 문 앞에 앉아 햇빛이 비치는 곳에 입을 헤벌리고 있지요. 이따금씩 경비견이 앞다리로 무릎을 툭툭 치면 다시 눕지요. 그게 변화의 전부랍니다.

영주:

　그래서.

묘지기:

　하지만 그 일이 밤 근무로 변해버렸지요.

영주:

　도대체 누구 짓인가?

묘지기:

　조묘의 주인님들에 의해서지요.

영주:

　그대는 그들을 알고 있단 말인가?

묘지기:

　그렇습니다.

영주:

　그들이 너에게 온단 말이지?

묘지기:

　그렇습니다.

영주:

　그럼 지난밤에도 왔었느냐?

묘지기:

　그랬습니다.

영주:

　어떠했는가?

묘지기 : (곧추 앉으면서)

　여전하시지요.

영주 : (일어선다)

묘지기:

　여전하시지요. 자정까지는 조용하답니다. 저는 ― 죄송합니다 ― 침대에 누워 파이프를 피우지요. 침대 바로 곁에는 제 딸아이가 잠을 잔답니다. 자정에 첫번째로 누군가 창문을 두드립니다. 저는 시계를 보지요. 언제나 정확하답니다. 또 다시 두 번 누군가가 두드리는데 그 소리는 탑에서 나는 시계 종소리와 섞여버립니다. 그 두드리는 소리가 더 약하지는 않습니다. 그것은 인간의 손가락 가운데 마디로 두드리는 소리는 아닙니다. 그러나 그 모든 것을 알고 있는 저는 미동도 하지 않았습니다. 그러자 누군가 밖에서 헛기침을 하는 거였습니다. 놀란 나머지 그런 노크 소리에도 저는 문을 열 수가 없었습니다. 아마 전하께서도 놀라워하실 겁니다! '아직도 이 늙은 묘지기이구만.' (주먹을 가리킨다)

영주:

그대는 나를 위협할 작정인가?

묘지기 : (바로 이해하지 못한 듯)

전하께 그러는 것이 아니라 창문 앞에 있는 자에게 그러는 겁니다.

영주:

그게 누군데?

묘지기:

곧 그가 나타납니다. 별안간 창문과 창의 덧문이 탁 열립니다. 제 딸아이의 얼굴에 이불을 덮어줄 짬은 조금 있습니다. 폭풍이 몰아쳐오고 곧 불이 꺼집니다. 프리드리히 공작님이 아닌가! 수염과 머리로 덮인 그의 얼굴이 내 초라한 창문을 완전히 채워버립니다. 수세기 동안 그분은 얼마나 변하셨는지 모릅니다. 그분이 말하기 위해서 입을 열면, 바람이 그분 이빨 사이로 늙은 수염을 불어대곤 합니다. 그러면 그분은 수염을 물어뜯습니다.

영주:

기다려라, 프리드리히 공작에 대해 말하고 있는데, 어떤 프리드리히를 말하는 것인가?

묘지기:

프리드리히 공작님입니다. 오직 그 프리드리히 공작님을 말할 뿐입니다.

영주:

그가 그렇게 자신의 이름을 말하더냐?

묘지기 : (겁을 내며)

아닙니다. 그분이 스스로 말하지는 않았습니다.

영주:

그런데도 그대가 안다 이 말인가 ― (말을 중단한다). 그렇다면 계속 이야기해보게!

묘지기 :

  계속 이야기해야 하나요?

영주 :

  물론이지. 그것은 나에게 매우 긴요한 일이다. 일을 분배하는 데 잘못이 있는 것 같구나. 자네에게 너무 부담이 큰 것 같구나.

묘지기 : (무릎을 꿇으면서)

  전하, 제 자리를 빼앗지는 말아주십시오. 제가 그토록 오랫동안 전하를 위해서 살아왔으니 이제 전하를 위해 죽도록 해주십시오. 제 앞의 무덤을 폐쇄하지 말아주십시오. 그 무덤을 위해 죽으럽니다. 저는 기쁜 마음으로 봉사하고 있고, 또 봉사할 능력도 아직은 있습니다. 오늘과 같은 접견은, 주인님 곁에서 이렇게 휴식을 취할 수 있는 것은 저에게 십 년간의 활력을 줄 것입니다.

영주 : (다시 그를 긴 의자에 앉히면서)

  어느 누구도 너의 자리를 빼앗지 않을 것이다. 어찌 그곳 일에 그대의 경험이 필요하지 않으랴! 그렇지만 또 한 명의 묘지기를 정해줄 터이니 그대는 상급 묘지기가 되도록 하라.

묘지기 :

  저로 족하지 않으신 모양이군요. 예전에 제가 한 사람이라도 그냥 통과시킨 적이라도 있었습니까?

영주 :

  프리드리히 공원 안으로 말인가?

묘지기 :

  아닙니다. 공원 밖으로 말입니다. 누가 들어가려고 하겠습니까? 창살 앞에 누군가 서 있기만 해도, 제가 창에서 손짓을 해보이면 그만 달아납니다. 그렇지만 밖으로, 모두가 밖으로만 나가려고 합니다. 자정이 지나면 전하께서는 모든 무덤의 목소리들이 제 집 주위에 집결해 있음을 볼 수 있을 것입니다. 제 생각에 그들이 서로 그렇게 밀착해 있기만 하기 때문에 그런 상태로는 한꺼번에 좁은 창구멍으로 들어올 수 없지요. 너무 비열할지는 모르지만 저는 침대 아래에서 등불을 꺼내어 높이 흔들어댑니다. 그러면 그 이해할 수 없는 존재들은 웃음소리와 비탄의 소리를 내며 떨어져 나갑니다. 그런 후에도 공원 맨 끝에 있는 덤불 속에서는 그들이 내는 소리가 아직도 들려옵니다. 그러나 곧 그들은 다시 모여든답니다.

영주:

　그런데 그들의 요청이 무엇인가?

묘지기:

　처음엔 그들은 명령을 합니다. 누구보다도 프리드리히 공작님이 그렇지요. 어떤 생존자도 그렇게 확신에 차 있지는 않을 겁니다. 삼십 년 이래로 매일 밤 그분이 나타나서는 저를 제압하려 들지요.

영주:

　그가 삼십 년 이래로 나타난다면, 그것은 프리드리히 공작일 리 없다. 그는 십오 년 전에 돌아가셨거든. 그렇지만 그만이 유일한 사람이 아닌가 그……

〔19〕

*

나는 딱딱하고 차가웠다. 나는 하나의 다리였다. 나는 어떤 절벽
위에 놓여 있었다. 이편에는 발끝을, 저편에는 두 손을 붙여놓고
있었고, 잘게 부수어진 점토를 꽉 물고 있었다. 내 상의 옷자락이
내 옆구리에서 나부끼고 있었다. 절벽 아래 깊은 곳에는 숭어들이
살고 있는 얼어붙은 시내가 큰 소리를 내고 있었다. 어떤 관광객도
잘못 길을 들어 통행하기 힘든 이 높이까지 오는 법이 없다. 그 다
리는 지도에도 아직 표시되어 있지 않은 상태다. 그렇게 나는 놓여
서 기다렸다. 나는 기다려야만 했다. 한 번 설치된 다리는 무너져
내리지 않고는 결코 다리임을 그만둘 수 없다. 언젠가 저녁 무렵이
었다. 그것이 첫번째였는지, 천번째였는지 나는 모른다. 나의 생각
은 언제나 혼란 속에서 맴돌고 있었다 — 여름의 저녁 나절, 시냇물
은 더욱 어두운 소리를 내고 있었다. 그때 나는 어떤 남자의 발걸음
소리를 들었다! 네게로, 네게로 다가오는. 몸을 뻗쳐라, 다리야, 몸
을 갖추어라, 난간 없는 지주야, 너에게 맡겨진 그를 꼭 잡아라. 불
안정한 그의 걸음걸이는 어느새 균형을 잡는다. 그러나 그가 비틀
거리면, 그땐 네가 있음을 알려라. 그리고 산신령처럼 그를 땅으로
내던져버려라. 그가 왔다. 그는 지팡이의 철제로 된 뾰족한 끝부분

---

* 막스 브로트가 편집한 전집 『유고에서 발췌한 투쟁의 기록. 노벨레, 스케치, 잠언』에서는
「다리 Die Brücke」라는 제목이 붙어 있다. 이 작품은 8절지 B판에 수록되어 있으며 1917년
1월과 2월 사이에서 씌어진 것이다. 이 작품 역시 카프카 전집 제1권에 수록되어 있으나 약
간의 기호 및 단어들이 틀리거나 수정이 가해져서 다시 번역했다.(옮긴이)

으로 나를 두드렸다. 그러더니 그것으로 나의 상의 자락을 들추어
보고 그것을 내 위에 잘 정돈해놓았다. 나의 부스스한 머리를 지팡
이 끝부분으로 쓸어보고는, 아마 널리 주위를 둘러보는 듯 지팡이
끝을 오랫동안 내 머리카락 안에 놓아두었다. 그러나 그런 다음 —
바로 그때 나는 그를 쫓아서 산과 골짜기를 꿈꾸었다 — 그는 두 발
로 내 몸뚱이 한가운데로 뛰어올랐다. 나는 전혀 알지 못한 채 우악
스러운 통증으로 몸을 떨었다. 그것은 누구였을까? 아이였을까? 체
조 선수였을까? 무모한 자였을까? 자살자였을까? 유혹자였을까? 파
괴자였을까? 그래서 나는 그를 보려고 몸을 돌렸다. 다리가 몸을 돌
리다니! 나는 아직 한 번도 몸을 돌린 적이 없었다. 그때 나는 벌써
무너져 내렸다. 나는 무너져 내렸고, 벌써 산산조각이 났다. 시냇
물 속에는 돌돌 구르며 언제나 그렇게도 평화스럽게 나를 바라보던
뾰쪽한 자갈돌들이 나를 찔렀다.

　　*

두 소년이 방파제 위에 앉아 주사위 놀이를 하고 있었다. 한 남자가
군도를 휘두르고 있는 영웅의 그림자 속 동상 계단 위에서 신문을
읽고 있었다. 우물가의 한 소녀가 동이에 물을 채우고 있었다. 과일
장수는 자기 물건들 곁에 드러누워 호수를 바라보았다. 어느 선술집
안쪽에 텅 빈 문구멍들과 창구멍들을 통하여 두 남자가 술을 마시고
있는 모습이 보였다. 주인은 앞쪽 탁자에 앉아 졸고 있었다. 작은
배 한 척이 소리 없이, 마치 물위로 들려서 오듯, 흔들리며 작은 항
구로 들어왔다. 푸른 작업복을 입은 한 남자가 상륙하여 밧줄을 고
리에 걸어 당겼다. 은단추가 달린 검정색 상의 차림의 다른 두 남자

들이 사공 뒤에서 들것을 들고 들어오는데 그 위에는 분명 꽃무늬에 술이 달린 큰 비단보에 덮인 채 한 사람이 누워 있었다. 부두에서는 아무도 도착한 사람들에게 신경을 쓰지 않았다. 그들이 아직까지 밧줄을 다루고 있는 사공을 기다리느라 들것을 내려놓을 때까지도 아무도 다가오지 않았으며, 말 한 마디 묻는 자도 없었고, 어느 누구도 그들을 거들떠보지 않았다. 머리를 푼 채 어린아이를 가슴에 안고 갑판 위에 나타난 여자 때문에 앞쪽에서 들것을 든 남자가 약간 멈칫거렸다. 그러고는 사공이 다가와 물가 가까운 왼편에 똑바로 솟아 있는 누르스름한 삼층집을 가리키자, 들것을 든 사람들이 짐을 들어 올려, 낮지만 날렵한 기둥들로 된 대문을 지나 그것을 옮겼다. 한 작은 소년이 창문을 열다가 사람들이 집 안으로 사라지는 것을 보고는 얼른 다시 창문을 닫았다. 이제 대문도 닫혔다. 그 대문은 검정 떡갈나무를 세심하게 붙여 만든 것이었다. 지금껏 종탑 주위를 날던 비둘기 떼가 집 마당에 내려앉았다. 집 안에 그들 먹이가 보관되어 있기라도 한 듯이 비둘기들이 대문 앞에 모여들었다. 한 마리가 이 층까지 날아올라 유리창을 쪼았다. 밝은 빛깔의, 보살핌을 잘 받아온 생기 있는 동물들이었다. 아까 그 여자가 거룻배에서 큰 원을 그리며 곡식알들을 뿌리자 그것들은 수북이 모여들어 그 여자한테로 날아갔다. 실크모자에 상장喪章을 단 늙은 남자가 항구로 이어지는 가파르고 좁은 골목길을 내려오고 있었다. 그는 주의깊게 주위를 살폈는데, 모든 게 그를 우울하게 만들었고, 한구석에 쌓인 쓰레기를 보자 얼굴을 찡그렸다. 기념 동상 층계 위에 과일 껍질들이 널려 있었는데 그는 지나가면서 지팡이로 그것들을 밀쳐 내렸다. 그는 기둥의 문을 두드리면서 동시에 검은 장갑을 낀 왼손으로 실크모자를 벗어들었다. 곧 문이 열리고 오십 명 가량의 어린 소년들이 긴 낭하에 도열하여 절을 했다. 사공이 계단을 내려와 그 신사를 맞이하여 위층으로 인도했고, 두 사람이 이층의 날렵하게 지어진 아름다운 발코니로 둘러싸인 뜰을 돌아 들어서자, 소년들이 거리를 둔 채 경의를 표하며 집 뒤켠에 있는 서늘한 큰 공간으로 밀려들었다. 그 집 맞은편에는 더 이상 집은 없고 풀 한 포기 없는 검은 잿빛 암벽만 보였다. 들것을 날라온 사람들이 들것 머리맡에 긴 양초를 몇 개 세워 불을 붙이는 일에 몰두하고 있었다. 그러나 그것으로 빛이 제대로 생길 리 없었고, 그 빛은 다만 앞서 드리워진 그림자들을 쫓으며 벽들 위로 가물거릴 뿐이었다. 들것의 덮개는 뒤로 젖혀져 있었다. 거기엔 마구 자란 뒤엉킨 머리카락과 수염에 살갗이 검게 그을린 사냥꾼 비슷한 남자가 누워 있었다. 그는 미동도 없이, 보기에 숨진 듯이 두 눈을 감고 있었다. 그럼에도 주변 분위기만이 그가 죽은 사람이라는 암시를 줄 뿐이었다.

신사가 들것 쪽으로 가더니 거기 누워 있는 이의 이마에 손을 올려놓고 무릎을 꿇고 기도를 했다. 사공이 들것을 들고온 사람들에게 방을 나가라는 신호를 보내자, 그들이 나가 바깥에 모여 있던 소년들을 몰아내고 문을 닫았다. 그러나 이러한 정적도 충분치 않았던 듯 신사가 사공을 쳐다보자, 사공은 알아차리고 곁문으로 해서 옆방으로 나갔다. 곧 들것 위의 남자가 눈을 뜨더니 고통스러운 미소를 지으며 얼굴을 신사에게로 돌리면서 말했다. "당신은 누구시지요?" 신사가 그다지 놀라는 기색 없이 꿇어앉았던 자세에서 몸을 일으키더니 대답했다. "리바의 시장이오." 들것 위의 남자는 고개를 끄덕이고, 힘없이 뻗친 팔로 안락의자를 가리키고는 시장이 그가 권하는 대로 따르자 이렇게 말했다. "알고 있습니다, 시장님. 하지만 첫 순간에는 노상 모든 걸 잊어버려요. 모든 게 빙빙 돌다가는 좀 나아지거든요. 모든 걸 알고 있으면서도 묻게 되지요. 시장님도 아마 내가 사냥꾼이라는 것을 알고 계실 겁니다." "알고말고요"하고 시장이 말했다. "당신이 온다는 예고를 간밤에 받았습니다. 우리는 한참 자고 있었지요. 그때가 자정쯤이었는데 아내가 '살바토레' ─ 그게 내 이름이오 ─ 하고 부르더니 '창가에 있는 비둘기를 좀 보세요!' 하더군요. 그건 분명 비둘기였는데 수탉만큼이나 컸습니다. 그것이 내 귓가로 날아와 '내일 죽은 사냥꾼 그라쿠스가 올 테니, 그를 시의 이름으로 맞으시오' 라고 했습니다." 사냥꾼이 고개를 끄덕이고 혀끝을 입술 사이로 내밀었다. "그렇습니다. 비둘기들이 나보다 앞서 날아갔지요. 그런데 시장님, 내가 리바에 머물러야 한다고 생각하십니까?" "그건 아직 말할 수 없어요." 시장이 대답했다. "당신은 죽었나요?" "예." 사냥꾼이 말했다. "보시다시피. 여러 해 전에. 정말 아주 여러 해 전 일이었습니다. 나는 슈바르츠발트에서, 그건 독일에 있는데요, 알프스 영양 한 마리를 쫓다가 어느 바위에서 떨어졌습니다. 그때부터 저는 죽어 있습니다." "그렇지만 그러면서 살아 있기도 한 거로군요"라고 시장이 말했다. "어느 정도는" 사냥꾼이 말했다. "어느 정도는 살아 있기도 하지요. 내가 타고 있는 죽음의 거룻배가 길을 잘못 들었어요. 키를 잘못 튼 거지요. 사공의 한순간의 부주의로 아름다운 고향을 잘못 든 거지요. 무슨 일이 있었는지 나도 모르겠고, 내가 아는 거라곤 오직 내가 지상에 머물러 있다는 것, 그리고 내 나룻배가 그때부터 줄곧 이승의 물위를 항해하고 있다는 겁니다. 그렇게 해서 오직 스스로 몸담은 산에서만 살려고 했던 내가 죽은 다음부터는 지상의 온갖 나라들을 두루 돌아다니고 있답니다." "그렇다면 저승에서의 몫은 없다는 말이겠군요?"하고 시장이 이마에 주름살을 지으며 물었다. "나는" 하고 사냥꾼이 말했다. "항시 위로 올라가는 큰 계단 위에 있어요. 이 무한히 넓은 야외 계단 위에서 떠돌고 있는 겁니다. 한 번은 위로 한 번은 아래로, 또 한 번은 오른쪽으로 한 번은 왼쪽으로 항시 움직이고 있어요. 그런데 내가 한껏 뛰어오르면 어느새 저 위에 있는 문이 나에게 빛을 발하고 있다가도, 나는 그 어느 이승의 물 가운데 황량하게 가 박힌 내 낡은 나룻배에서 깨어난답니다. 그 옛날 나를 죽게 한 그 실수가 선실 안에서 이를 드러낸 채 기분 나쁘게 웃지요. 사공의 아낙인 율리아가 문을 두드리고, 우리가 막 지나가는 해안에 있는 나라의 아침 음료를 내 들것으로 가져옵니다." "고약한 운명이군요." 시장이 막으려는 듯 손을 들며 말했다. "그런데 당신은 전혀 그 점에 대해 책임이 없나요?" "없습니다." 사냥꾼이 말했다. "나는 사냥꾼이었습니다. 그게 혹 죄가 되겠어요?" 내게는 슈바르츠발트의 사냥꾼이라는 자리가 주어져 있었을 뿐입니다. 그때만 해도 그곳엔 늑대들이 있었지요. 나는 숨어 기다렸고, 쏘았고, 맞추었고, 가죽을 벗겼습니다. 그게 죄인가요? 나의 일은 축복받은 일이었습니다. 사람들은 나를 슈바르츠발트의 위대한 사냥꾼으로 불렀어요. 그게 죄인가요?" "그걸 결정하러 내가 불려온 것은 아닙니다." 시장이 말했다. "그렇긴 하지만 내 보기에는 그 점이 죄는 아닌 것 같소. 그렇다면 대체 누구의 책임이지요?" "사공의 책임입니다"라고 사냥꾼이 말했다.

인간은 누구나 자기 안에 방을 하나 지니고 있다. 이 사실은 청각으로도 확인할 수가 있다. 가령 주위가 모두 조용한 밤, 누군가 빨리 걸어갈 때 귀기울여 들어보면, 예를 들어 제대로 부착되지 않은 벽거울의 달그락거리는 소리가 들릴 것이다. 아니면 양산……

"그런데 우리 리바에 머무를 생각은 없습니까?"라고 시장이 물었다. "그럴 생각은 없습니다" 사냥꾼은 미소지으며 말하고는 그 비웃음을 만회해보려고 손을 시장의 무릎에 올려놓았다. "나는 여기에 있고, 더 이상은 알 수가 없어요. 더 이상 할 수가 없어요. 내 거룻배는 키가 없습니다. 그것은 죽음의 가장 깊은 지역에서 불어오는 바람에 실려가고 있습니다."

나는 사냥꾼 그라쿠스입니다. 내 고향은 독일의 슈바르츠발트입니다.

"내가 여기에 쓰고 있는 것을 아무도 읽지 못할 겁니다. 아무도 나를 도우러 오지 않을 겁니다. 설사 나를 도우라는 과제가 주어졌다 하더라도, 모든 집들의 문들은 언제까지나 닫혀 있을 것이며, 모든 창문들 역시 닫혀 있을 것이며, 모두가 침대에 누워 머리 위까지 이불을 덮고 있을 것이며, 지상은 깜깜한 숙소일 것입니다. 그건 좋은 뜻이지요. 아무도 나에 관해서 모르며, 설사 안다 하더라도 나의 소재를 모를 것이며, 설사 나의 소재를 안다 하더라도, 거기서 나를 붙잡을 길을 모를 터이고, 어떻게 나를 도울지 모를 것이니 말입니다. 나를 돕겠다는 생각은 병이니 침상에 누워 치료받아야 합니다.

---

* 아래 셋은 「사냥꾼 그라쿠스」의 일부로서 막스 브로트는 이를 첨가시켜 「사냥꾼 그라쿠스」를 짜깁기식으로 만들었다. (옮긴이)

그것을 나는 알고 있고, 그래서 도움을 청하려 하지도 않습니다. 비록 어떤 순간에는 지금처럼 자제력을 잃은 채, 예를 들어, 매우 강렬하게 그런 생각을 하지만 말입니다. 그러나 주위를 둘러보고 내가 어디에 있는가를 그리고 — 이건 내가 주장해도 될 것 같군요 — 수백 년 이래로 어디에 살고 있는가를 생생하게 그려보면 그런 생각들을 몰아내기에 족한 것 같습니다." 내가 이것을 쓰고 있는 동안 나는 목재로 된 간이 침대 위에 누워 있으며 — 나 자신을 살피는 건 즐겁지 않습니다 — 더러운 수의를 걸치고 있고, 잿빛과 검은색 머리카락과 수염은 봉두난발로 한데 뒤엉켜 있고, 내 다리는 꽃무늬가 있는 길다란 술이 달린 커다란 여자용 비단 숄로 덮여 있는 겁니다. 머리맡에는 교회당 양초가 켜져 내게 빛을 발하고 있지요. 맞은편 벽에는 작은 그림이 하나 붙어 있는데, 아프리카 원주민이 분명하고, 그는 무늬가 요란하게 그려진 방패에 한껏 몸을 숨긴 채 창으로 나를 겨누고 있어요. 배를 타보면 멍청한 그림들을 많이 보게 되는 법이지만 이것은 그중에서도 가장 멍청한 그림이지요. 그 밖에 목재로 된 내 조롱은 완전히 텅 비어 있습니다. 옆벽에 있는 채광창을 통하여 남국의 따뜻한 밤 공기가 들어오고 물결이 돛대 없는 낡은 작은 배의 뱃전에 부딪쳐 철썩이는 소리도 들리지요.

여기에 나는 아직 살아 있는 사냥꾼 그라쿠스로서 내 고향 슈바르츠발트에서 알프스 영양을 쫓다가 추락했던 그때부터 누워 있습니다. 만사가 순서대로 되었어요. 나는 쫓았고, 추락했고, 골짜기에서 피를 흘렸고, 죽었으니, 이 돛대 없는 작은 배는 나를 마땅히 저승으로 날라야 했어요. 아직도 기억합니다. 여기 간이 침대 위에서 처음으로 몸을 쭉 뻗었을 때 얼마나 즐거웠는지. 산들도, 당시 어슴푸레하던 여기 이 네 개의 벽이 들은 것 같은 그런 나의 노래를 들어본 적이 없을 겁니다. 나는 즐겁게 살았고 또한 즐거운 마음으로 죽었습니다. 내가 이 갑판에 발을 들여놓기 전에, 늘 자랑스럽게 차고 다니던 엽총, 어깨에 매는 가방, 사냥용 상의 따위의 지저분한 넝마들을 홀홀 내던져버리고, 처녀가 혼례복을 입듯이 살그머니 수의 속으로 들어갔습니다. 여기에 나는 누워 기다렸습니다.

그런데 일이 일어난 겁니다……

양동이를 탄 사나이

석탄을 모조리 써버렸다. 양동이는 비었다. 부삽은 의미가 없다. 난로는 냉기를 뿜는다. 방은 온통 한기로 차 있다. 창문 앞에 있는 나무들은 서리 속에 굳어 있다. 하늘은 그에게서 도움을 바라는 사람을 막아주는 은빛 방패. 나는 석탄을 가져야 한다. 나는 물론 얼어 죽어서는 안 되지 않는가. 내 뒤에는 무정한 난로가, 내 앞에는 그와 마찬가지인 하늘이, 그러므로 나는 그 사이를 뚫고 날쌔게 말을 달려, 석탄 장수 집 한가운데서 도움을 구해야만 한다. 그러나 그는 나의 일상적인 부탁에 대해서는 이미 무신경해졌다. 그래서 나는 그에게, 내가 이제는 단 한 점의 석탄가루도 가지고 있지 않으며, 그러니까 그가 나에겐 바로 창공에 떠 있는 태양을 의미한다는 것을 아주 상세하게 증명해야만 한다. 나는 배고픔으로 목을 꼴깍거리면서 문지방에서 죽어 넘어지고 싶은 거지, 그래서 주인집 여자 요리사가 마지막 커피의 찌꺼기를 흘려 넣어주기로 결심하게 되는 그런 거지처럼 가야 한다. 그렇게 석탄 장수는 나에게 화를 내면서, 그러나 "사람을 죽이지 말라"는 신의 계명의 빛 아래 한 삽 가득히 석탄을 양동이 속에 던져줄 것이다.

내가 날아갈 것은 확실히 정해졌다. 그래서 나는 양동이를 타고 달려간다. 양동이 기사처럼 손은 가장 간단한 말머리 장식인 위쪽 손잡이를 잡고, 힘들여 계단을 돌아 내려간다. 그러나 나의 양동이는 아래로부터 위로 올라간다. 당당하게, 당당하게. 바닥에 낮게 엎드려 있다가 지휘자의 막대기 아래서 몸을 털며 일어나는 낙타들도 이보다 더 멋지게 몸을 일으키지는 못할 것이다. 똑같은 속도의 총총걸음으로 꽁꽁 얼어붙은 길을 가로질러 간다. 나는 자주 이층건물의 꼭대기까지 솟구친다. 나는 결코 대문 아래까지 가라앉는 법이 없다. 그리고 이상스럽게도 나는 석탄 장수의 지하실 둥근 천장 앞에서 높이 떠다니고 있다. 그곳 아래 깊숙한 곳에서는 그가 작은 책상에 웅크리고 앉아서 무엇인가를 쓰고 있다. 지나친 열기를 내보내기 위해서 그는 문을 열어놓고 있다.

"석탄 장수!" 하고 나는 추위로 목이 타 선명치 않은 목소리로, 구름을 이룬 입김에 싸인 채 소리친다. "제발, 석탄 장수, 나에게 석탄 조금만 주게. 나의 양동이는 벌써 텅 비어서, 내가 그 위에 탈 수 있을 정도일세. 선의를 베풀게. 가능한 한 빨리 값을 치르겠네."

석탄 장수는 귀에다 손을 갖다댄다. "내가 제대로 듣는 건가?" 하고 그는 어깨 너머로, 난롯가 긴 의자에서 뜨개질을 하고 있는 그의 아내에게 물었다. "내가 제대로 듣는 거야? 손님이야."

"난 아무 소리도 안 들리는데요." 등을 기분좋게 따뜻하게 한 채, 뜨개질 바늘 위로 편안하게 숨을 내쉬었다 들이마셨다 하면서 아내는 조용히 말했다.

"오, 그렇다네" 하고 나는 외친다, "날세, 오랜 단골 손님이지. 변함없이 충실한, 다만 지금 잠시 빈궁할 뿐이라네."

"여보" 하고 석탄 장수가 말했다. "있어, 누군가가 있어. 내가 그렇게 심하게 착각할 수가 있나. 어떤 오랜, 아주 오랜 단골 손님이 틀림없어. 이렇게 나의 가슴에다 이야기할 줄 아니 말이야."

"어떻게 된 거예요, 여보?" 하고 아내는 말하고 잠시 멈춘 채 뜨개질거리를 가슴에 꼭 누른다. "아무도 아니에요. 거리는 비어 있어요. 우리 손님들에게는 모두 가져다드렸어요. 그러니 우리는 며칠 동안 가게를 닫고 쉴 수 있어요."

"그렇지만 나는 여기 양동이 위에 앉아 있지 않은가" 하고 나는 소리친다. 추위 때문에 무감각한 눈물이 나의 눈을 가린다. "제발 이 위를 좀 보게나. 자네는 곧 나를 발견할 걸세. 한 삽 가득히만 부탁하네. 자네가 두 부삽을 준다면, 나는 몹시 기쁠 걸세. 다른 모든 손님들에게는 벌써 가져다주지 않았나. 아아, 양동이 속에서 덜그덕거리는 소리를 들을 수 있다면!"

"갑니다" 하고 석탄 장수는 말한다. 그는 짧은 다리로 벌써 지하실 계단을 올라가려 한다. 그러나 어느새 아내가 그의 곁에 와서 그의 팔을 단단히 붙잡고 말한다. "당신은 그냥 계세요. 당신이 고집을 못 버린다면, 내가 나가겠어요. 어젯밤 당신이 기침을 심하게 한 걸 기억해보세요. 하지만 당신은 일이라면, 그것이 그저 상상일 뿐인데도 아내와 아이도 잊고 당신의 폐를 희생시키는군요. 내가 갈게요." "그럼 그에게 우리가 창고에 가지고 있는 모든 종류를 말해줘. 가격은 내가 당신에게 불러줄게." "좋아요" 하고 아내가 말하고는 거리로 올라간다. 물론 그녀는 곧 나를 보게 된다.

"석탄 장수 사모님" 하고 나는 부른다. "삼가 인사드립니다. 석탄 한 삽만 부탁드립니다. 곧장 여기 이 양동이에요. 제가 그것을 직접 집으로 가져가겠어요. 가장 질 나쁜 것으로 한 삽이면 돼요. 물론 값은 충분히 치르겠어요. 그러나 금방은 안 돼요, 금방은 안 됩니다." "금방은 안 된다"는 두 마디 말은 어찌나 종소리같이 들리는지, 그리고 그것은 지금 막 가까운 교회 탑에서 들려오는 저녁 종소리와 뒤섞여 어찌나 마음을 어지럽히는지!

"그래 그가 어떤 것을 원하오?" 하고 석탄 장수가 소리친다. "아무것도 아니에요" 하고 아내가 다시 소리친다. "정말 아무것도 아니에요. 아무것도 안 보여요. 아무 소리도 안 들려요. 여섯 시 종소리만 울리고 있어요. 그러니 문을 닫읍시다. 추위가 굉장해요. 내일은 아마 일이 더 많을 거예요."

그녀는 아무것도 보이지 않고, 아무 소리도 들리지 않는다. 그러나 그런데도 그녀는 앞치마 끈을 풀어서, 앞치마로 나를 앞으로 쓸어버리려고 애쓴다. 불행히도 그것은 성공한다. 나의 양동이는 탈 수 있는 훌륭한 동물의 모든 장점을 가지고 있다. 그러나 그것은 저항력이 없다. 그것은 너무 가볍다. 부인용 앞치마 한 장이 그것의 다리를 땅바닥에서 몰아낸다.

"나쁜 것!" 하고 나는 되받아 소리친다. 그러는 동안 그녀는 가게로 몸을 돌리면서 반은 경멸적 반은 만족해서 손으로 공중을 친다. "나쁜 것 같으니라고. 가장 질 나쁜 석탄 한 부삽을 부탁했는데, 그것을 주지 않다니." 나는 그 말과 함께 빙산 지역으로 올라가서 다시는 보이지 않도록 사라져버린다.

———————

*

V.W.

베토벤 책에 대해 진심 어린 감사를 드립니다. 쇼펜하우어 책을 오늘 읽기 시작했습니다. 당신의 가장 부드러운 손길로, 진정한 현실을 바라볼 줄 아는 당신의 가장 강렬한 눈길로, 당신의 환상적일 만큼 드넓은 지식으로, 당신의 시적 존재의 제어된 강력한 근본적인 열정으로 계속해서 그와 같은 기념비들을 이룩하고자 하신다면

274

— 그것은 말할 수 없는 저의 기쁨이 될 것입니다.

**

우리는 오아시스에 짐을 풀었다. 동행인들은 자고 있었다. 키가 크
고 피부가 흰 아랍인 한 사람이 내 곁을 지나갔다. 그는 낙타를 돌
보고 나서 잠자리로 갔다. 나는 풀밭에 뒤로 벌렁 누웠다. 자려고
했다. 하지만 그럴 수가 없었다. 먼 곳에서 들려오는 재칼의 울부짖
는 소리. 나는 다시 일어나 앉는다. 그러자 그렇게 멀리 느껴졌던
것이 갑자기 가까워졌다. 한 떼의 재칼들이 내 주위로 몰려들었다.
탁한 금빛으로 빛나다가 꺼져가는 눈들. 마치 채찍을 맞고 있는 듯
이 규칙적이고도 재빠르게 움직이는 가는 몸체들. 한 마리가 뒤쪽
에서 오더니, 내 팔 밑으로 파고들어와서, 마치 나의 체온이 필요한
듯 나에게 밀착해왔다. 그러더니 내 앞으로 나서서, 나와 거의 눈을
마주 대다시피하고 이야기했다. "나는 이 세상에서 가장 나이가 많
은 재칼이오. 이곳에서 당신에게 인사를 드릴 수 있다니 행복합니
다. 나는 이미 희망을 거의 버릴 뻔했습니다. 왜냐하면 우리는 당신
을 무한히 오랫동안 기다리고 있었으니까요. 나의 어머니도 기다렸
고, 그녀의 어머니도, 또 그녀의 모든 어머니들로부터 모든 재칼의
어머니에 이르기까지 말입니다. 그것을 믿어주시오!" "그건 놀라운
일이군요" 하고 나는 말했고, 연기로 재칼의 접근을 막기 위해서 마
련했던 장작더미에 불을 붙이는 것도 잊고 있었다. "그런 말을 듣다

---

* 제1차 세계대전 중에 베토벤의 서간문 선집과 그리고 그것과 유사한 쇼펜하우어의 작은 서
 간집을 간행한 친구인 파울 비글러에게 보내는 편지 초고로서, V.W.는 존경하는 비글러
 (Verehrter Wiegler)의 약자이다. (옮긴이)
** 막스 브로트가 편집한 카프카의 전집 『이야기들 Ergählungen』에는 「재칼과 아랍인」이란 제
 목이 붙어 있다. 이 작품 역시 카프카 전집 제1권에 들어 있으나 문장 기호나 단어의 차이
 등 약간 다른 부분이 있어 다시 번역했다. (옮긴이)

니 매우 놀랍군요. 나는 아주 우연히 북쪽의 고지대로부터 왔고 짧은 여행 중에 있습니다. 재칼들이여, 당신들은 도대체 무엇을 원합니까?" 아마도 너무 친절했을 이런 응답에 용기를 얻은 듯, 그들은 내 주위를 둘러싸고 있던 그들의 원을 점점 좁혀왔다. 그들은 모두 씩씩거리며 짧게 숨을 쉬었다. "우리는 알고 있소" 하고 가장 연장자인 재칼이 말을 꺼냈다. "당신이 북쪽에서 왔다는 사실을 말입니다. 그리고 바로 거기에 우리는 희망을 걸고 있습니다. 그곳에는 이곳 아랍인들 사이에서는 찾아볼 수 없는 오성이 있지요. 내가 알기로는 이 차가운 자만으로부터는 한치의 오성도 일으킬 수 없습니다. 그들은 동물을 잡아먹기 위해서 죽입니다. 그러면서도 동물의 썩은 시체는 경멸하지요." "그렇게 크게 말하지 말아요" 하고 내가 말했다. "가까이에 아랍인들이 자고 있어요." "당신은 정말 이방인이군요" 하고 그 재칼은 말했다. "그렇지 않다면 세계사에서 재칼이 아랍인을 두려워했던 적은 단 한 번도 없었다는 것을 알 텐데요. 우리가 그들을 두려워해야 한단 말인가요? 우리가 그런 종족 밑에서 배척당한 것으로 불행은 충분하지 않은가요?" "그렇겠지요, 그렇겠지요" 하고 내가 말했다. "나는 나와 거리가 먼 일에는 어떤 판단도 하지 않소. 이것은 매우 오래된 싸움인 것 같군요. 그러니까 아마 핏줄로 물려받은 것이겠지요. 그러니 아마 피로써 끝나겠군요." "당신은 매우 영리하군요" 하고 늙은 재칼이 말했다. 그러자 모두 한층 더 빨리 숨을 몰아쉬었다. 조용히 서 있는데도 마구 폐를 헐떡이면서, 때때로 이빨을 꽉 다물고 있어야만 견딜 수 있는 쓰디쓴 냄새가 그들의 열린 주둥이들로부터 흘러 나왔다. "당신은 매우 영리합니다. 당신이 한 말은 우리들의 옛 가르침과 일치합니다. 그러니까 우리가 그들에게서 그들의 피를 취하면, 싸움은 끝이 납니다." "오!" 하고 나는 내가 하려 했던 것보다 더욱 과격하게 말했다. "그

276

들은 저항할거요. 그들은 화승총으로 당신들을 무더기로 쏴 죽일 것이오." "당신은 우리를 잘못 이해하고 있소" 하고 그가 말했다. "그러니까 북쪽의 고지대에서도 사라지지 않고 있는 인간의 성질 때문이지요. 우리는 물론 그들을 죽이지는 않소. 나일 강에는 우리 몸을 깨끗이 씻을 수 있을 만큼 그렇게 물이 많지는 않아요. 우리는 그들의 살아 있는 육체만 봐도 도망치지요. 보다 순수한 공기 속으로, 사막으로, 사막은 그렇기 때문에 우리의 고향이지요." 그러는 사이에 한층 더 많은 재칼들이 먼 곳으로부터 주위에 모여들었고, 재칼들은 모두 앞다리 사이로 머리를 수그리고 그것을 앞발로 닦았다. 그것은 마치 어떤 반감을 숨기려는 것 같았고, 그 반감은 너무도 두려운 것이어서, 나는 단번에 높이 뛰어 올라 그들의 원으로부터 도망치고 싶은 심정으로 가득했다. "그래서 어떻게 할 작정인가요?" 하고 물으면서 나는 일어서려고 했다. 그러나 그럴 수가 없었다. 두 마리의 젊은 동물이 내 뒤에서 상의와 속내의를 꽉 물고 있었기 때문이었다. 나는 계속해서 앉아 있어야만 했다. "그들이 당신의 옷자락을 잡고 있어요. 일종의 존경심의 표현이지요" 하고 늙은 재칼이 설명하듯이 진지하게 말했다. "나를 놓아주시오!" 하고 소리치면서, 나는 늙은 재칼과 젊은 재칼들을 번갈아 보았다. "당신이 요구한다면 물론 그들은 그렇게 할 거요. 하지만 그것이 잠시 지속될 겁니다. 왜냐하면 그들은 관습에 따라 깊이 물고 있기 때문에, 우선 물고 있는 이빨들이 서로 천천히 벌어져야 하니까요. 그동안 우리의 요청을 들어보시오" 하고 늙은 재칼이 말했다. "당신들의 태도는 나로 하여금 그것을 쉽사리 받아들이지 못하도록 하고 있어요"라고 내가 말했다. "우리의 미숙함을 용서하시오"라고 그는 말했고, 이제야 처음으로 원래 호소하던 목소리로 말했다. "우리는 불쌍한 동물들입니다. 우리는 단지 이빨만을 가지고 있을 뿐이지요.

우리가 하고자 하는 것, 그것이 선이든 악이든 간에, 그 모든 것을 위해서 우리에게는 유일하게 이빨만이 있을 뿐입니다." "그래서 당신은 무엇을 바랍니까?" 하고 나는 약간 누그러져서 물었다. "주인님" 하고 그가 소리치자 모든 재칼들이 울부짖었다. 그것은 아주 먼 곳에서 들려오는 어떤 멜로디처럼 느껴졌다. "주인님, 당신은 이 세계를 이간시키고 있는 이 싸움을 종식시켜야 합니다. 우리의 조상들은 그 일을 하게 될 사람이 바로 당신과 같은 사람이라고 써놓았습니다. 우리는 아랍인들로부터 평화를 찾아야 합니다. 숨을 쉴 수 있는 공기, 그들에 의해 깨끗하게 된 수평선 주위의 전경. 아랍인이 찔러 죽이는 숫양의 비애에 찬 울부짖음은 없어져야 할 것입니다. 모든 짐승들은 조용히 죽을 수 있어야 합니다. 그것들은 방해받지 않고 우리들에 의해 완전히 비워져야 하고, 뼛속까지 깨끗이 순화되어야 합니다. 순수함, 우리들은 순수함 이외에는 아무것도 원치 않습니다." — 그러자 모두가 울고 흐느낀다. 내 뒤에 있던 두 마리는 머리로 나를 정신없이 박아댄다 — "어떻게 당신만이 이 세상에서 그것을 견디어 나갈 수 있겠습니까, 그대 숭고한 마음과 달콤한 내면의 소유자여? 그들의 흰색은 불결합니다. 그들의 검은색 또한 불결합니다. 그들의 수염은 공포입니다. 그들의 눈초리만 보아도 침을 뱉어야 합니다. 그리고 그들이 팔을 올리면, 겨드랑이에는 지옥이 열립니다. 그러니까, 오, 주인님. 그러니까, 오 고귀한 분이시여. 모든 것을 가능케 하는 당신 손의 도움으로, 모든 것을 할 수 있는 당신 도움으로 이 가위를 가지고 그들의 목을 자르십시오!" 그가 목을 한 번 움찔 움직이자 한 재칼이 오래되어 녹이 슨 작은 바느질용 가위 하나를 송곳니에 물고 왔다.

"자, 마침내 가위구나. 그리고 그것으로 끝장이겠지!" 하고 우리 대상을 지휘하는 아랍인이 소리쳤다. 그는 바람을 향해서 우리들

쪽으로 미끄러져 와서는 거대한 채찍을 휘둘렀다. 재칼들은 모두 재빨리 흩어졌다. 그러나 그들은 약간 떨어진 곳에 멈추어 있었다. 서로 몸을 꼭 붙이고 한 덩어리가 되어서. 많은 짐승들이 그렇게 밀착되어 굳어져 있는 모습은 마치 날아다니는 도깨비불로 둘러쳐진 좁은 울타리처럼 보였다. "그러니까 선생, 당신 역시 이 연극을 보았고 들었지요" 하고 아랍인은 말하면서, 자기 종족의 자제심이 허락할 수 있는 만큼 유쾌하게 웃어댔다. "당신은 저 짐승들이 무엇을 원하는지 알고 있군요?" 하고 나는 물었다. "물론이오, 선생" 하고 그가 말했다. "그것은 물론 유명한 이야기지요. 아랍인이 존재하는 한, 이 가위는 사막을 돌아다닐 것이고 세상이 끝나는 날까지 우리와 함께 돌아다니게 될 것이오. 모든 유럽인들에게 위대한 과업을 행할 수 있도록 이 가위가 제공되고 있소. 그들에게는 모든 유럽인들이 사명을 받고 온 사람처럼 생각됩니다. 이 짐승들은 어리석은 희망을 가지고 있지요. 바보들, 정말 그들은 바보들이오. 우리들은 그렇기 때문에 그들을 사랑합니다. 이것들은 우리들의 개지요. 당신들의 개보다 더 아름답소. 보시오, 낙타 한 마리가 밤에 죽었소. 내가 그것을 이리로 가져오도록 시켰소."

네 명의 짐꾼이 와서 그 무거운 시체를 우리들 앞에 내던졌다. 시체가 놓이자마자, 재칼들은 그들의 목소리를 높였다. 그것들은 하나하나가 마치 밧줄에 묶여 어쩔 수 없이 잡아당겨지듯이 멈칫거리면서, 몸체를 땅바닥에 질질 끌면서 다가왔다. 그것들은 아랍인들을 잊어버렸고 증오심도 잊어버렸다. 강렬하게 증발하고 있는 시체의 현존은 모든 것을 잊게 만들고 그것들을 매료시켰다. 벌써 한 마리가 목에 달라붙었고 단 한 번에 동맥을 찾아냈다. 거대한 불을 가망은 없어도 어떻게 해서든지 끄려고 미친 듯이 작동하는 작은 펌프처럼, 그 동물의 몸의 모든 근육은 제자리에서 늘어나기도 하고 경련을 일으키기도 했다. 그러자 재칼들 모두가 달려들어 그것들은 시체 위에 높이 산을 이루었다.

　그때 아랍인 지휘자는 그것들 위로 가로 세로로 날카로운 채찍을 세차게 휘둘렀다. 그것들은 머리를 쳐들었다. 거의 도취와 혼절 상태에 빠진 채, 그것들은 자기들 앞에 아랍인들이 서 있는 것을 보았다. 이제 주둥이에 채찍을 느끼자, 펄쩍 뛰어서 뒤로 물러나며 어느 만큼 도망쳤다. 그러나 낙타의 피는 이미 거기에 웅덩이를 이루며 김을 피워 올렸고, 몸뚱이는 여러 군데가 크게 찢겨져 있었다. 그것들은 거부할 수가 없었다. 그것들은 다시 왔고, 지휘자는 다시 채찍을 쳐들었다. 나는 그의 팔을 붙잡았다. "당신이 옳아요, 선생" 하고 그는 말했다. "우리는 그것들이 자신의 천직을 행할 때는 그대로 놓아둡시다. 또한 떠날 시간이기도 합니다. 당신은 그것들을 보았지요. 놀라운 동물들이오, 그렇지 않소? 게다가 우리를 증오하는 모습이란!"

──────────────

나이 들고, 몸은 크게 불어나고, 가벼운 심장발작 증세가 있는 나는 점심 식사 후 한쪽 다리를 바닥에 댄 채로 휴식용 침대에 누워 역사책을 읽었다. 하녀가 와서 뾰족하게 내민 입술에 두 손가락을 갖다대고는 손님 한 분이 오셨다고 알렸다. 오후의 커피를 기대하고 있는 시각에 손님을 맞이해야 한다는 데 화가 나서 "누군데?" 하고 나는 물었다. "중국사람이에요" 하고 하녀는 말하면서, 문 앞의 손님이 듣지 못하도록 몸을 돌리면서 갑자기 튀어 나오려는 웃음을 참았다. "중국사람이라고? 나한테? 그는 중국인 옷을 입고 있나?" 하녀는 고개를 끄덕이며 여전히 터지려는 웃음과 싸우고 있었다. "그에게 내 이름을 말해주고, 그가 정말 나를 만나기를 원하는지 물어봐. 나라는 존재는 이웃에도 알려져 있지 않은데, 더군다나 중국에서야 어떻게 알겠어." 하녀는 나에게로 살그머니 다가와 속삭였다. "그는 명함 한 장만을 가지고 있는데, 거기에는 그의 방문을 허락해달라는 부탁이 씌어 있어요. 그는 독일어를 못해요. 알아들을 수 없는 말을 해요. 그에게서 그 명함을 빼앗아 오기가 겁이 나요." "들어오라고 해!" 나는 소리쳤다. 나는 심장발작으로 가끔 처하게 되는 흥분 때문에 책을 바닥에 내동댕이치고는 하녀의 미숙한 태도를 욕했다. 일어서면서 그리고 나의 거대한 몸체를 펴면서 —나의 거대한 몸체는 낮은 방에서 모든 방문객을 놀라게 할 정도이다 — 나는 문으로 갔다. 실제로 중국인은 나를 쳐다보자마자, 곧바로 밖으로 뛰쳐나갔다. 나는 겨우 현관까지 나가서 조심스럽게 그 남자의 비단 허리띠를 붙잡아 내 쪽으로 끌어당겼다. 그는 틀림없이 학자였다. 작고, 허약하고, 뿔테 안경을 쓰고 있었으며, 듬성듬성 난 검은색과 잿빛의 빳빳한 염소수염을 달고 있었다. 작고 공손한 남자였는데, 머리를 비스듬히 기울이고는 눈을 반쯤 감은 채 미소를 지었다……

변호사 부케팔로스 박사는 어느 날 아침 자신의 가정부를 침대로 오게 한 후 그녀에게 이렇게 말했다. "내 동생 부케팔라스가 트롤헤타 회사를 상대로 낸 소송 때문에 오늘 큰 공판이 시작될 예정이오. 내가 소송을 제기했소. 심리는 적어도 며칠은 계속될 예정인데다가 중단이 없을 것 같으니 며칠간 전혀 집에 돌아올 수 없을 것이오. 심리가 끝나거나 혹은 끝날 전망이 보이게 되면 전화드리지요. 지금은

더 이상 말할 수 없소. 아무것도 묻지 말아주시오. 내 성량聲量을 유지해야 되니까. 그러니까 조반으로는 두 개의 날달걀과 꿀차를 가져다 주었으면 하오." 그러고는 다시 천천히 베개에 몸을 기대면서 손을 눈 위에 얹고는 입을 다물어버렸다. 수다쟁이이긴 하나 주인 앞에서는 두려워서 숨도 제대로 못 쉬는 가정부는 몹시 당황했다. 갑작스럽게 이상한 지시가 내려진 것이다. 어제 저녁때만 해도, 주인은 무슨 일이 있을 것인지 아무런 언질도 주지 않았다. 특히 공판이 밤에 정해질 리 없지 않은가. 게다가 며칠 동안 쉬지 않고 계속되는 공판이 있던가? 그리고 어째서 주인은 소송 상대들을 거명했을까? 그는 그녀를 상대로 그래본 적이 한 번도 없었는데 말이다. 그런데 주인의 동생, 채소 소매 상인 아돌프 부케팔로스가 무슨 그런 거대한 소송을 할 수 있을까? 더구나 주인은 이미 오래전부터 동생과는 결코 좋은 사이가 아닌 것처럼 보이지 않았던가? 그런데 그는 지금 그렇게 지쳐서 침대에 누워 있고, 아침 햇살 때문이 아니라면, 어쩐지 초췌한 얼굴을 손으로 가리고 있으니, 주인에게 닥친 노고가 얼마나 상상하기 힘들 정도인가? 게다가 원기를 한껏 북돋우기 위해 보통 때처럼 포도주 조금과 햄을 가져오게 하지 않고, 차와 달걀만을 가져오게 하다니? 그런 생각을 하면서 가정부는 부엌으로 돌아왔고, 꽃과 카나리아 새가 있는, 그녀가 즐겨 찾는 창가 자리에 잠시 앉아서 맞은편 마당 쪽을 바라보았다. 그곳에는 창살 뒤에서 두 아이가 거의 발가벗은 채로 서로 싸우는 놀이를 하고 있었다. 그러고 나서 그녀는 한숨을 쉬며 몸을 돌려, 차를 따르고 식품 창고에서 달걀 두 알을 가지고 왔으며, 이를 모두 쟁반 위에 가지런히 얹고, 선의의 유혹으로서 포도주 병을 곁들여 가져가고 싶은 마음을 저버릴 수가 없어서, 함께 가지고서 침실로 갔다. 침실은 텅 비어 있었다. 아니, 주인이 벌써 가버리지는 않았을 텐데? 몇 분 내로 옷을 입을 수는 없었을 텐데. 그러나 속옷과 옷들은 보이지 않았다. 도대체 주인에게 무슨 일이 있는 것일까? 현관으로 가본다. 코트도, 모자와 지팡이도 없어졌다. 창문으로 가본다. 정말 주인이 막 문을 나서고 있었다. 모자는 목덜미에, 코트는 열어제쳐 걸친 채로, 서류 가방은 꽉 껴안고, 지팡이는 코트 주머니에 걸려 있었다.

파리로부터 온 편지들

---

*

우리에게는 신임 변호사가 있는데, 부케팔로스 박사다. 그의 외모는 그가 아직 마케도니아 알렉산드로스 대왕의 군마였던 그 시대를 거의 연상시키지 않는다. 물론 상세한 내용을 잘 알고 있는 사람이라면 몇 가지를 알아차릴 것이다. 최근에 그가 허벅다리를 높이 쳐들고 대리석을 울리는 걸음걸이로 한 계단 한 계단 오르고 있을 때, 나는 법원 건물의 옥외 계단에서 경마의 작은 단골손님 정도의 안목을 지닌 서기조차 그 변호사를 보고 경탄하는 것을 보았다. 사무실에서는 이 부케팔로스를 받아들이는 데 대체로 동의하고 있다. 사람들은 놀라운 통찰력을 가지고 이야기한다. 말하자면 부케팔로스는 오늘날의 사회 질서 속에서는 어려운 상황에 처해 있고, 바로 그런 이유로 그리고 그의 세계사적인 의미 때문에 어찌됐건 그들의 동의를 얻게 되었다는 것이다. 오늘날에는 — 어느 누구도 이것을 부인하지는 못한다 — 위대한 알렉산드로스란 없다. 물론 많은 사람들이 살인할 줄을 안다. 연회 식탁 위로 창을 날려 친구를 맞추는

---

* 막스 브로트는 이 작품에 「신임 변호사 Der neue Advokat」라는 제목을 붙였다. 카프카 전집 제1권에도 수록되어 있으나 문장 기호 및 단어가 다른 곳이 있어 다시 번역 수록했다.(옮긴이)

일에도 능숙하다. 많은 이들에게는 마케도니아가 너무 좁아서, 그들은 아버지인 필리포스를 저주할 정도다. 그러나 어느 누구도, 정작 어느 누구도 인도로 이끌 수 없다. 이미 당시에도 인도의 성문들은 도달하기 어려웠다. 하지만 왕검의 뾰쪽한 끝이 그들의 방향을 가리키고 있었다. 오늘날에는 성문들이 전혀 다른 쪽을 향하고 있고, 더 넓게 더 높이 건재한다. 그러나 아무도 그 방향을 가리켜주지 않는다. 많은 이들이 검을 들고 있으나, 그것은 다만 휘두르기 위해서일 뿐이다. 그리고 그 검들을 뒤쫓고자 하는 시선은 혼란스럽다. 아마 그렇기 때문에, 부케팔로스가 그랬듯이 법전에 몰두하는 것이 최선책일지도 모른다. 그는 기병의 엉덩이에 옆구리를 눌리지 않고서 알렉산드로스의 전투에서 끊임없이 울려오는 포효에서 멀리 떨어져, 조용한 등불 밑에서 자유롭게 고서古書들의 책장을 넘기고 있다.

어제 나는 졸도했다. 그녀는 이웃집에 산다. 나는 이미 자주 그곳에서 그녀가 낮은 성문으로 등을 구부리며 사라지는 것을 보았다. 길게 늘어진 원피스와 깃 장식이 달린 넓은 모자를 쓴, 몸집이 큰 여자이다. 그녀가 아주 다급하게 내 방문을 통해서 소란스럽게 들어왔다, 마치 생명이 꺼져가는 환자에게 너무 늦게 온 것을 염려하는 의사처럼. "안톤" 하고 그녀는 공허하면서도 뽐내는 목소리로 소리쳤다. "내가 왔어요, 여기 있어요!" 그녀는 내가 가리킨 안락의자에 털썩 주저앉았다. "높은 곳에도 사는군요, 높은 곳에도 살아요"라고 그녀는 신음하면서 말했다. 나는 팔걸이 의자에 깊이 몸을 묻은 채 고개를 끄덕였다. 내 방에 이르는 계단들이 차례로, 지칠 줄 모르는 잔물결처럼, 내 눈앞에서 무수히 뛰어올랐다. "왜 이렇게 추워요?"라고 그녀는 묻고는 길고 낡은 결투용 장갑을 벗어서 책상 위에 던져놓으며 머리를 기울인 채 눈을 깜빡거리면서 나를 쳐다보았다. 마치 나는 한 마리의 참새인 듯했고, 계단 위에서 뛰는 연습을 하고 있는 듯한 생각이 들었다. 그리고 그녀가 나의 솜털같이 보드라운 회색빛 깃을 잡아뜯는 듯했다. "당신이 날 생각하다가 그렇게 야위셨다니 정말 안됐군요. 당신이 뜰에 서서 내 창문을 올려다보실 때 걱정으로 여윈 얼굴을 여러 번 보고 정말 슬퍼했습니다. 이제 난 당신이 싫지 않아요. 아직 내 마음을 잡진 못했지만, 하지만 당신은 정복할 수 있을 거예요."

인간들이 무관심 속에 빠져들 수 있듯이, 영원히 올바른 흔적을 잃어버렸다는 확신에 깊이 빠져들 수 있는 것이다.

어떤 오류. 내가 열었던 문은 긴 통로 위에 있는 나의 문이 아니었다. "잘못 열었습니다" 하고 말하고는 나는 다시 나가려고 했다. 그때 나는 거기 사는 거주자를 보았는데, 그는 좀 야위고 수염이 없는 남자였다. 그는 석유 램프 하나만이 덩그러니 놓여 있는 작은 탁자 곁에 입을 꽉 다문 채 앉아 있었다.

더 이상 파괴될 수 없을 정도로 중세의 폐허와 뒤엉켜 있는 임대 연립주택인 우리 집, 이 어마어마하게 큰 변두리 집에, 안개가 끼고 얼음이 언 오늘 겨울 아침에 격문檄文이 유포되었다.

나의 모든 이웃들에게 고함

저는 장난감 총을 다섯 자루 가지고 있습니다. 그것은 제 옷장 고리에 하나씩 걸려 있습니다. 첫번째 것은 제것이고, 나머지 것들에 대해서는 원하시는 분은 누구나 신청하실 수 있습니다. 만일 네 분 이상이 신청할 경우엔, 초과된 분들은 자신의 총을 가지고 와서 제 옷장에 보관해주시기 바랍니다. 왜냐하면 통일성이 있어야 하기 때문이지요. 통일성 없이 우리는 발전하지 못합니다. 어쨌든 제가 가지고 있는 총들은 다른 용도로는 전혀 사용할 수 없습니다. 기계 장치는 부식되었고, 개머리판은 떨어져 나갔으며, 방아쇠만이 짤깍 소리를 낼 뿐입니다. 그러니 필요하다면 이런 총을 더 입수하는 데는 별 어려움이 없을 것입니다. 하지만 사실 당분간은 총을 갖지 않은 사람도 괜찮습니다. 총을 가진 우리는 유사시에 무장하지 않은 사람들을 협공할 것입니다. 이것은 인디언들에 대항해서 싸웠던 아메리카의 최초의 농부들에게서 입증된 전투 방식입니다. 사정이 매우 비슷한 이곳에서도 그 전법이 사용되지 말라는 법은 없지 않습니까. 뿐만 아니라 우리는 계속해서 총을 포기할 수도 있습니다. 그리고 다섯 자루의 총도 꼭 필요한 것은 아닙니다. 다만 이미 있는 것이니 사용하자는 것이지요. 그렇지만 여러분이 남은 네 자루의 총을 휴대하기를 원치 않는다면, 그대로 두어도 무방합니다. 그렇다면 저만이 지도자 자격으로서 하나를 휴대하겠습니다. 그러나 우리는 어떤 지도자도 가져서는 안 됩니다. 그러므로 저 역시 제 총을 부수거나 내버리거나 하겠습니다.

이상이 첫번째 격문이었다. 우리 아파트 사람들은 격문을 읽거나 그것을 곰곰이 생각할 시간도 흥미도 없다. 얼마 안 가서 그 종이 쪽지는 더러운 물속에서 헤엄치고 있었다. 그 더러운 물은 다락방에서 시작해서, 모든 복도를 지나는 동안 불어나 계단을 쓸어내리다가 그곳 아래쪽에서 넘쳐 오르는 역류와 싸우고 있다. 그러나 일주일 후 두번째 격문이 나타났다.

주민 여러분!

지금까지 저에게 신청한 사람은 한 분도 없습니다. 제가 생활비를 벌어야 할 때를 제외하고는 언제나 집에 있었고, 부재시에는 항상 방문을 열어 놓았으며, 책상 위에 종이를 놓아두어 희망자는 기입할 수 있도록 했습니다. 그런데도 기입한 분은 한 사람도 없었습니다.

저녁이나 혹은 야근을 마친 아침에 기계 공장에서 집으로 돌아올 때면, 나는 때때로 모든 나의 과거와 미래의 죄악들을 뼈를 깎는 아픔으로 속죄하리라 생각한다. 나는 이 일을 하기에 힘이 부친다. 벌써 오래전부터 그것을 알고는 있지만 나는 아무것도 바꾸지 못한다.

내가……로 이주하려는 유일한 인식은……

더 이상 파괴될 수 없을 정도로 중세시대의 폐허와 뒤엉켜 있는 임대 연립주택인 우리 집, 변두리의 이 어마어마하게 큰 집에는, 나와 같은 통로에 사는 노동자 가정에 관청 서기 한 사람이 거주하고 있다. 그는 관리라고는 하지만 평범한 서기여서 한 부부가 여섯 명

의 아이들과 사는 마루바닥 옆 짚으로 만든 자루 위에서 밤을 보냈다. 그가 평범한 서기라면 나에게 무슨 문제가 되겠는가. 도시의 곤궁함이 모여 있는 이런 집인데도 분명 백 명 이상의 사람들이 거주한다.

나와 같은 통로에 양복 수선공이 살고 있다. 매우 조심은 하지만 내 옷은 이내 남루해져서, 최근에 나는 또 상의를 이 양복쟁이에게 가져가야만 했다. 아름답고 더운 여름날 저녁이었다. 양복쟁이는 아내와 여섯 명의 아이들과 방 하나에 살고 있는데, 그것은 동시에 부엌이기도 하다. 그러나 이 외에도 그는 세입자 한 사람을 들이고 있었는데, 그는 세무서의 서기였다. 이 콩나물시루 같은 방은 그래도 아주 열악한 우리 집 환경의 보통 수준을 약간 웃돈다. 어쨌든 각자는 자기 몫을 갖게 되어 있다. 이 양복쟁이도 분명 그의 근검절약에 대해 반박할 수 없는 이유를 가지고 있을 터이고, 타인은 누구도 그 이유에 대해 이야기를 꺼낼 생각이 전혀 없을 것이다. 하지만 고객으로 그 방에 들어서게 되면 자기도 모르는 사이에 확인하게 된다……

1917년 2월 19일.
오늘 「헤르만과 도로테아」(괴테가 1797년에 6운각시로 쓴 시민적 서사시─옮긴이)를 읽었다. 리히터의 회상록(「어느 독일 화가의 회상」을 말함─옮긴이)을 조금 읽고, 그에 관한 그림을 보고 마지막에

하우프트만의 「그리젤다」의 한 장면을 읽었다. 한동안 나는 다른 사람이 된 기분이다. 일체의 전망은 여전히 안개에 싸여 있으나, 안개의 형상은 바뀌었다. 내가 오늘 처음으로 신어보았던 무거운 장화(이것은 원래 군복무용으로 정해져 있었다)를 다른 사람이 신고 있다.

나는 크룸홀츠 씨 집에 살고 있는데, 세무서 서기와 한 방을 쓰고 있다. 게다가 크룸홀츠 씨의 어린 두 딸이 이 방에서 같은 침대에서 잔다. 한 아이는 여섯 살이고, 또 다른 아이는 일곱 살이다. 서기가 이사 온 첫날부터 — 나 자신은 벌써 수년 동안 크룸홀츠 씨 집에 거주하고 있다 — 그에 대해서 처음에는 확실치 않은 의심을 품고 있었다. 중키의 남자로, 허약하고, 아마 폐도 튼튼한 것 같지 않다. 헐렁한 회색빛 옷차림에 나이를 가늠할 수 없는 주름잡힌 얼굴, 귀를 덮어 빗어 내린 긴 잿빛 블론드 머리털, 코 위 앞으로 미끄러져 내려온 안경, 역시 잿빛이 감도는 작은 염소 턱수염을 달고 있다.

나는 내 통나무 오두막집 안 차양이 쳐진 베란다에 앉아 있었다. 칸막이 대신 아주 촘촘하게 짜진 모기장을 쳐놓았다. 이것은 내가 인부 감독관 한 사람으로부터 입수한 것인데, 그는 어느 부족의 추장으로서 우리 철도가 그의 영지를 통과하기로 되어 있었다. 그것은 삼으로 짠 질기고 부드러운 망으로서 유럽에서는 도저히 만들 수 없는 물건이었다. 그것은 나의 자랑거리였고, 사람들도 몹시 부러

위했다. 이 모기장이 없었더라면, 저녁에 평화롭게 베란다에 앉아서, 내가 지금 그렇게 하고 있듯이, 불을 밝혀놓고 유럽의 낡은 신문을 읽는 데 열중할 수도 없을 것이며 더욱이 파이프 담배를 피울 수도 없을 것이다.

나는 — 누가 자기의 재능에 대해서 이렇게 거침없이 이야기할 수 있겠느냐마는 — 나이는 들었지만 피로를 모르는 행복한 강태공의 손목을 지니고 있다. 예를 들어, 나는 낚시를 하러 가기 전에 집에 앉아서 오른손을 이리저리 돌리면서 세밀하게 들여다본다. 이렇게 하기만 해도 벌써 앞으로 있을 낚시의 결과를 눈으로나 느낌으로나 세세하게 예감할 수 있다. 나는 낚시터의 물이 어떤 특정 시간에 어떻게 흐르는가를 알고 있다. 나에게 강물의 횡단면이 보이는데, 이 횡단면을 향하여 열 곳, 스무 곳, 아니 백여 곳의 다른 장소에서 이 횡단면을 향하여 밀려오는 물고기의 수나 종류가 분명하게 드러난다. 이제 어떤 식으로 낚시질을 해야 할 것인가를 나는 알고 있다. 많은 고기들이 머리로 별탈없이 그 횡단면을 향해 돌진해오면, 그때 나는 그들 앞으로 낚시를 흔들어댄다. 그러면 벌써 고기들은 걸려든다. 이 짧은 운명적인 순간은 집에서 식사하면서 생각해봐도 나를 황홀하게 만든다. 다른 고기들은 내 배에까지 밀려오기도 한다. 이럴 때가 바로 절호의 시기이다. 나는 서둘러 많은 고기를 잡는다. 그러나 다른 놈들은 꼬리를 치며 이 위험한 횡단면을 빠져나가서 놓쳐버린다. 그러나 단지 이번만이다. 진짜 낚시꾼 앞에선 어떤 물고기도 빠져나갈 수 없으니까.

이 계단의 사정이 어땠는지, 여기에는 어떤 관련이 있었는지, 여기서 사람들은 어떤 일을 기대했고 또 그것을 어떻게 받아들였는지, 이에 대해서 나는 일찍부터 관심을 가졌어야 했다. 그래, 넌 이 계단에 관해서 결코 들어본 적이 없지, 하고 나는 변명조로 중얼거렸다. 어찌되었건 존재하는 모든 것은 신문이나 책들 속에서 계속 혹평을 당하지 않던가. 그렇지만 이 계단에 대해서는 아무것도 읽을 것이 없었다. 그럴 만도 하지, 하고 나는 스스로에게 대답했다. 넌 분명히 정확하게 읽지 않았을 거야. 종종 너는 산만해서, 단락을 건너 뛰었고, 게다가 표제만으로 만족해했지. 모르긴 해도 거기에 그 계단에 대한 것이 언급되었을 텐데도 너는 그런 식으로 지나쳤을 거야. 그리고 너는 이제 바로 네가 지나쳐버린 대목이 필요하게 된 거지. 그래서 나는 한동안 서서 이러한 반론에 대해 곰곰이 생각해 보았다. 그러자 언젠가 한 번 어떤 어린이 책 속에서 그와 비슷한 계단에 관한 내용을 읽은 적이 있었다는 느낌이 들었다. 많은 내용이 있었던 것은 아니었고, 단지 그 계단이 현존한다는 언급만이 있었던 같았는데, 그 정도로는 나에게 아무런 도움이 될 수 없었다.

쥐들 세계에서 그 누구보다도 사랑받던 꼬마 쥐가 어느 날 밤 쥐덫에 걸려서, 베이컨을 보기만 하고 비명을 지르고는 그만 목숨이 끊

어졌을 때, 주위에 있던 쥐들은 그 소리를 듣고 모두 구멍 속에서 벌벌 떨었다. 그들은 어찌할 바를 몰라 눈을 깜박거리며 서로의 얼굴을 차례로 쳐다보면서 꼬리로 바닥을 부질없이 부지런히 쓸었다. 이윽고 그들은 서로 몸을 부딪쳐가며 머뭇머뭇 밖으로 나와서 모두 그 죽음의 현장으로 달려갔다. 그곳엔 사랑스런 꼬마 쥐가 누워 있었다. 목덜미에 쇳덩이가 꿰어진 채, 연분홍빛 작은 발은 으깨어지고 허약한 몸은 뻣뻣하게 굳어 있었다. 이런 허약한 몸을 한 꼬마 쥐에게 약간의 베이컨을 기꺼이 줄 수도 있었을 텐데. 부모 쥐들은 그 곁에 서서 나머지 자식들을 지켜보고 있었다.

몇 번의 엇갈림이 있은 후에야 당신의 편지가 도착했습니다. 저의 주소는 포리치 칠 번가입니다. 먼저 저는 당신이 편지 속에서 보여준 신뢰에 대해 감사드립니다. 그 신뢰는 저에게 정말 기쁨을 주었습니다. 당신의 목록 속에 들어 있는 훌륭한 분들이 앞으로 있을 모든 일에 대해 어떻게 보장해주느냐에 따라 그것은 분명히 유용한 일이 되거나 아니면 더욱 요긴한 일이 될 것입니다.

그렇지만 저는 자제해야만 합니다. 저는 저의 정신 속에 그 어떤 통일적인 위대한 오스트리아를 밝힐 수도 없거니와, 또한 이러한 정신에 저를 완전히 접목시켜 생각한다는 것은 더더구나 할 수가 없습니다. 그러한 결정 앞에 놀라 저는 뒤로 물러서게 됩니다.

하지만 그 일로 인해서 당신이 통합하려는 일에 어떤 손실도 일어나지 않을 것입니다. 반대로 저에게는 조직적인 능력이 전혀 없습니다. 저의 개인 지식은 빈약합니다. 어쨌든 저는 결정적인 영향력을 가지고 있지 못합니다. 그러므로 저의 참여는 당신에게 곧바로 유감스러운 일이 될지도 모릅니다.

  방해가 되지 않을지 모르겠습니다만, 미술관을 갖추고 있고, 회원 회비 등으로 영위되는 협회가 이루어진다면 저도 기꺼이 입회하겠습니다.

  제가 거부하는 것에 대해 기분 나쁘게 생각하지 말아주십시오. 그것은 어쩔 수가 없습니다.

  크나큰 존경심을 보내며

만리장성의 축조*

만리장성은 그 최북단에서 마무리지어졌다. 장성은 남동쪽과 남서쪽에서 지어지기 시작해서 이곳에서 합쳐졌다. 이러한 부분 축조 체제는 두 개의 큰 작업 부대인 동쪽 부대와 서쪽부대의 내부에서도 지켜졌다. 대개 스무 명의 인부들로 한 그룹이 구성되고, 그 그룹이 약 오백 미터 정도 길이의 성벽의 일부를 쌓아 올리면, 인접 그룹은 같은 길이의 성벽을 그것과 마주 쌓아오는 식으로 그 일은 이루어졌다. 그러나 합쳐진 다음에는 이 천 미터 길이의 끝에서 다시 공사를 진척시키는 것이 아니라, 또 다른 곳에서 장성을 축조하기 위하여 작업대들은 다른 지방으로 보내지는 것이다. 물론 이런 방식으로 하다보니 커다란 틈이 여러 군데 생겨났다. 그것들은 점차 서서히 메워졌는데, 어떤 것들은 심지어 장성이 이미 완성된 것으로 공표된 다음에야 비로소 메워지기도 했다. 아니, 메우지 않은 틈도 있을 것이다. 경우에 따라서는 그 틈이 난 부분이 축조된 부분보다도 더 크다는 주장도 있다. 물론 이러한 주장은 이 장성의 축조

---

* 막스 브로트의 전집에 나오는 「만리장성의 축조」와 학술비판본의 텍스트와는 많은 차이가 있어(특히 후반부에) 다시 번역했다. (옮긴이)

를 둘러싸고 생긴 수많은 전설 가운데 하나일 뿐이며, 개개인으로서야 그 축조물의 광대함 때문에 자신의 눈이나 척도로는 조사해볼 수는 없는 것이다. 그런데 연결시켜 쌓는 것이, 혹은 적어도 두 주요 부분 내에서만이라도 연결시켜 쌓는 것이, 어떤 의미로든 보다 유리하지 않았겠느냐고 생각할지 모른다. 일반적으로 알려져 있듯이 장성은 북방 민족을 막기 위해 고안된 것이다. 그러나 연결해서 쌓지 않은 장성이 어찌 방어가 되겠는가. 그런 성벽이라면 방어를 할 수 없을 뿐더러 축조 자체가 끊임없이 위험에 처하게 된다. 황량한 곳에 외따로 서 있는 이런 성벽의 일부란 언제든 쉽사리 유목 민족들에 의해 파괴될 수 있는 것이다. 특히 당시의 유목 민족들은 장성 축조로 인해 불안해하고 있었고 메뚜기들처럼 재빠르게 거주지를 바꾸곤 했으니, 그들은 아마 건설자인 우리보다도 축조의 진척 상황을 더 잘 조망하고 있었을 것이다. 그럼에도 그 장성의 축조는 아마도 그것이 이루어진 방식과는 다르게 수행될 수는 없었을 것이다. 그 점을 이해하기 위해서는 다음을 생각해보아야만 한다. 장성은 수세기 동안 방어가 되어야 하니 극히 세심한 축조, 알려진 온갖 시대와 민족들의 건축술의 이용, 쌓는 사람들 개개인의 지속적인 책임감 등이 작업을 위해 절대적으로 필요한 전제 조건이었다. 하찮은 작업에서는 품삯을 많이 받으려는 이 대신 남녀, 아이들 할 것 없이 백성들 가운데서 무지한 날품팔이꾼들을 이용할 수 있었다. 그러나 네 명의 날품팔이꾼들을 지휘하기 위해서는 건축 분야의 교육을 받은 분별 있는 사람이 필요했다. 즉, 그는 여기에서 중요한 것이 무엇인지를 가슴속 깊이 함께 느낄 수 있는 남자여야 했다. 그리고 업적이 크면 클수록 요구도 컸다. 그리고 실제로 그런 사람들을 마음대로 쓸 수 있었다. 비록 이 축조에 필요한 만큼의 많은 숫자는 못 된다 하더라도 굉장히 많은 숫자였다. 사람들은 이 일을 경솔하게 시작하지는 않았다. 축조가 시작되기 오십 년 전 성벽을 둘러쌓게 될 저 중국 전역에서는 건축술, 특히 미장술이 가장 주요한 학문으로 천명되고 여타의 학문은 그것과 관계되는 한에서만 인정되었다. 나는 아직까지도 아주 잘 기억하고 있다. 우리가 다리를 가까스로 가눌 수 있을 정도의 어린아이였을 때, 선생님의 작은 정원에 서서 자갈로 일종의 벽을 쌓아야 했다. 선생님은 상의 소매를 걷어 올리고 벽을 향해 달려가 뒤엎어버리고는 쌓은 것이 약하다는 이유로 질책을 했는데, 그 질책이 너무 심해서 우리는 엉엉 울면서 흩어져 부모에게 갈 정도였다. 그것은 아주 사소한 일이었지만 시대정신을 잘 반영해주고 있는 것이다. 나는 스무 살에 가장 단계가 낮은 학교의 최종 시험을 마쳤는데, 이때 곧바로 벽 쌓는 일이 시작되었다. 이것은 나에게 행운이었다. 나는 행운이라고 말했다. 왜냐하면 많은 사람들이 예전에 그들이 받을 수 있었던 교육의 최고 단계까지 도달했지만, 수년 동안이나 그들의 지식으로 무엇을 시작해야 할지 몰랐고, 머릿속에는 굉장한 건축 설계도를 가지고 있으면서도 쓸데없이 이곳저곳 돌아다니며 수없이 허랑방탕하게 지냈기 때문이다. 그러나 비록 최하위 직급이라 하더라도 마침내 토목 현장감독으로서 공사를 하러 온 사람들은 실제로 그럴 만한 가치가 있었다. 그들은 이미 축조에 대해서 많이 생각했고 또 끊임없이 생각하는 사람들이었다. 그들은 자신들이 땅바닥에 놓은 첫 돌과 더불어 스스로 축조와 한 몸이 되었다고 느끼는 사람들이었다. 그러한 사람들을 움직이는 것은 철저하게 일하려는 욕망과 더불어 건물이 드디어 완성된 모습으로 일어서는 것을 보려는 조급한 마음이었다. 날품팔이꾼은 이러한 조급한 마음을 알 리 없으며, 단지 보수만이 그를 움직이게 할 뿐이었다. 상급 감독관 또한, 아니 중간 감독관만 해도 공사가 여러 방면으로 진척되어가는 것을 충분히 알아야 하며, 그럼으로써 정신적으로 힘을 가다듬을 수 있었다. 그러나 사소해 보이는 그들의 책무를 정신적으로 훨씬 넘어서 있는 하급직 사람들은 달리 배려되어야 했다. 예컨대 그들의 고향으로부터 수백 마일 떨어진 산골에서 몇 달 심지어 몇 년 동안 벽돌을 하나하나 쌓아나가게 할 수는 없는 노릇 아닌가. 부지런히 하지만 그러나 긴 인생이면서도 목적에 이르지 못하는 이 희망 없는 작업이 그들을 절망시키고 무엇보다 이 작업에 그들이 쓸모없게 만들 테니까 말이다. 그래서 이 부분 축조 체제가 채택되었던 것이다. 오백 미터라면 대략 오 년 안이면 완성될 수 있었다. 그때쯤이면 보통 감독들도 탈진 상태가 되어, 자신과 건축과 세계에 대한 모든 신뢰를 상실해버렸다. 그래서 그들은 아직 천 미터의 연결을 축하하며 감정이 고조되어 있는 동안에 멀리 보내졌으며, 여행 중에 여기저기 완성된 장성의 부분들이 솟아 있는 것을 보고, 그들에게 훈장을 수여하는 보다 높은 지휘자들이 있는 진영을 지나갔으며, 여러 지방의 오지에서 쏟아져 나온 새로운 작업대의 환호성을 들었고, 성벽 구조물이 들어서게 된 숲들이 쓰러지는 것을 보았으며, 산들이 망치질로 깨어져 벽돌장이 되어가는 모습을 보았고, 성소들에서는 신앙심 깊은 이들의 노랫소리가 축조의 완성을 기원하는 것을 들었다. 이런 모든 것들이 그들의 조급한 마음을 달래주었다. 한동안 고향에서 보내는 조용한 생활은 그들에게 힘을 주었고, 축조하는 모든 사람들이 받는 존경, 그들 보고를 들을 때의 믿음에 찬 겸손, 소박하고 말없는 시민이 언젠가는 이루어지게 될 장성의 완성에 거는 신뢰, 이 모든 것이 그들 영혼의 현을 팽팽하게 죄어주었다. 영원히 희망하는 아이들처럼 그들은 다시금 민족의 숙원사업을 수행하겠다는 마음을 억제하기 힘들어져, 고향에 작별을 고했다. 그들은 서둘러 고향을 떠났고, 마을 사람들은 그들을 먼 거리까지 배웅했다. 거리마다 사람들과 삼각형의 작은 기들과 깃발들이어서 여태껏 그들 나라가 이렇듯 크고 부유하고 아름다우며 사랑스러운 모습으로 보인 적이 없었다. 동향인이라면 누구나 한 형제로서, 그를 위하여 방벽을 쌓고, 모든 것을 다 바치며, 평생 그것에 감사하는 것이다. 단합! 단합! 가슴에 가슴을 맞대고, 민족의 윤무, 피, 이젠 더 이상 육신의 보잘것없는 순환에 갇혀 있지 말고, 즐겁게 돌면서 그러나 다시 돌아와 무한한 중국을 두루 섭렵하라.

부분 건축의 체계는 이렇게 이해된다. 그러나 분명히 또 다른 이유들이 있을 것이다. 내가 이 문제에 이렇게 오래도록 지체하는 것은 이상할 것이 없다. 처음에는 그것이 그렇게 중요하게 보이지 않겠지만, 그것은 전체 장성 축조의 핵심적인 문제이다. 그 당시의 사상과 체험들을 전하고 이해시키고자 한다면, 바로 이 문제를 깊이 파헤쳐야 할 것이다.

우선 그 당시의 성과는 바벨탑 축조에도 뒤떨어지지 않는 것이며, 특히 신의 호의라는 면에서, 적어도 인간적으로 평가해볼 때 바벨탑과는 반대되는 것을 표현해주는 완성된 업적이라고 말해야 아마 옳을 것이다. 공사가 시작될 무렵에 한 학자가 이것을 아주 상세하게 비교해놓은 책을 썼고 나는 그것에 대해 언급하고 있는 것이다. 그는 그 책에서 다음과 같은 것을 증명하려 애썼다. 그는 바벨탑의 축조가 목표에 도달하지 못한 것은 일반적으로 사람들이 주장하는 원인들 때문이 결코 아니라는 점, 아니면 적어도 알려진 이유들 가운데에 그 근본 원인들이 있지 않음을 증명하고자 했다. 그의 증명들은 기록물과 보고서들로만 이루어진 것이 아니다. 그는 현지탐사까지 하고 거기서 탑의 기반이 약해서 그 축조가 좌절되었으며 좌절될 수밖에 없었음을 알아냈다. 아무튼 이 점에서 우리시대는 저 오랜 예전 시대보다 훨씬 우월했다. 교육을 받은 동시대인이라면 거의 누구나 전문 미장이었고 기초 쌓기에서는 틀림이 없었다. 그러나 그 학자가 목표로 삼은 것은 그러한 점이 아니라, 장성이 인류 역사상 처음으로 새로운 바벨탑을 위한 확실한 기초를 마련하리라는 주장이었다. 그러니까 우선은 장성을 쌓아놓고 그 다음은 탑을 쌓는다는 것이었다. 당시 누구나 그 책을 갖고 있었으나 나는 오늘날까지도 그가 어째서 이러한 탑을 생각하고 있었는지 정확하게 이해하지 못했음을 시인한다. 원은커녕 일종의 사분의 일 원이나 혹은 반원인 장벽이 탑의 기초라니? 그것은 다만 정신적인 관점에서만 생각될 수 있을 것이다. 그렇다면 그래도 실제적인 그 무엇이자, 수십만의 노력과 삶의 결과인 장성은 무엇 때문에 필요한가? 그리고 무엇 때문에 그 공사에서는 많은 도면들, 오리무중의 탑의 도면들이 그려졌으며, 미래의 새로운 공사를 위해 민족의 힘을 어떻게 집중시켜야 하는가를 세세한 데까지 제안되고 있는 것일까. 당시에는 ─ 이 책은 다만 하나의 예일 뿐이지만 ─ 많은 혼란이 있었는데 그것은 아마도 바로 그 많은 사람들이 하나의 목적에 정신을 쏟았던 때문일 것이다. 인간 존재란 근본이 경박스럽고 날아다니는 먼지와 같은 천성을 가지고 있어서 어떠한 속박도 견디어내지 못한다. 스스로 묶이게 되면 그는 곧 자신을 묶고 있는 것을 미친 듯이 흔들어대기 시작할 것이고, 벽, 사슬 그리고 자기 자신까지도 온 사방으로 찢어발길 것이다.

또한 심지어는 장성 축조에 상반되는 작업 수행과 관련된 이러한 고려들 역시 부분 축조를 확정할 때 어느 정도 고려되었을 것이다. 우리는 ─ 나 자신 여기서 많은 사람의 이름으로 이야기하고 있는 것 같으나 ─ 실은 최상급 지휘부의 지시들을 일일이 받아적으면서 비로소 서로 알게 되었다. 그리고 지휘부가 없었더라면 우리가 학교에서 얻은 지식도 우리 인간의 오성도 커다란 전체 안에서 우리가 맡은 사소한 직책에도 미치지 못했을 것이다. 지휘부가 머물고 있는 방에서는 ― 그것이 어디에 있으며 누가 거기에 앉아 있는지는 내가 물어본 사람들 가운데 그 누구도 몰랐다. 이전에도 지금도 ― 이 방 안에서는 아마도 인간의 모든 사고와 소망이 맴돌았을 것이며, 또한 인간의 모든 목표와 성취가 서로 부딪혔을 것이다. 그러나 유리창을 통해 신적인 세계의 반사광이 도면을 그리고 있는 지휘부의 손등에 떨어졌을 것이다.

그리고 그 때문에 지휘부가 그것을 진정으로 바랐음에도 일관성 있는 장성 축조에 방해가 되는 여러 가지 어려운 점들을 극복할 수 없었으리라는 것은 순수한 관찰자에겐 도무지 이해가 가지 않는 것이다. 남은 것은 그러니까 지휘부가 일부러 부분 축조를 꾀했다는 결론뿐이다. 그러나 부분 축조는 단지 하나의 임시방편이며 목적에 맞지도 않는 것이다. 그렇다면 남은 것은 지휘부가 무엇인가 합당치 않은 것을 원했다는 결론이다. 분명 색다른 결론이다. 그렇지만 그것은 다른 측면에서도 그 자체 많은 정당성을 가지고 있다. 오늘날이라면 아마도 위험 부담 없이 그것에 관해 이야기할 수 있을 것이다. 당시에는 '너의 모든 힘을 기울여 지휘부의 지시사항들을 이해하려 애써라, 그러나 다만 일정 한계까지만 생각하고 그 다음에는 골똘히 생각하는 것을 그쳐라' 하는 것이 많은 사람들의, 심지어 가장 훌륭한 사람들의 암묵적인 원칙이었다. 이는 매우 이성적인 원칙이다. 어쨌든 그것은 후일 비교를 거듭하여 하나의 계속적인 해석을 발견하게 된 매우 합리적인 원리였다. 계속적으로 숙고하는 것을 중지하라는 것은 그것이 당신에게 해를 입힐지도 모르기 때문이 아니다. 그것이 당신에게 해를 끼칠 것이라는 것 역시 전혀 확실하지 않은 일이다. 여기서는 해를 입히느냐 혹은 그렇지 않으냐에 대한 이야기는 결코 할 수가 없다. 그것은 봄철 강물에서 일어나듯이 당신에게 일어날 것이다. 강물은 불어 거세어져, 긴 강둑의 양쪽 땅에 보다 힘차게 자양분을 제공해주고, 자신의 본질을 지닌 채 멀리 가 바다에 필적하게 되고 보다 환영받게 되는 것이다. 거기까지만 지휘부의 지시사항들을 곰곰이 생각해보라. 그러고는 강물은 둑을 넘어 윤곽과 형태를 잃어버리며, 하류로의 진행을 늦추고, 천명에 어긋나게 내륙 안에다 작은 바다를 이루려고 함으로써, 농토를 손상시키고, 그러면서도 이 확산을 지속적으로는 지탱하지 못하고 다시 강둑 안으로 합쳐 들어가, 심지어는 다음에 오는 뜨거운 계절에는 비참하게 말라버리고 마는 것이다. 지휘부의 지시사항들을 이런 정도까지는 숙고하지 말라.

그런데 이러한 비교가 장성을 축조하는 동안에는 적중했을지도 모르지만 지금 나의 보고에서는 한정적으로만 유효하다. 나의 연구는 역사적인 연구의 한 가지일 뿐이다. 이미 오래전에 흘러가버린 천둥구름에서는 번개가 치지 않는 법이다. 그러니 나는 그 당시 사람들의 만족 이상으로 진행되던 부분 축조에 대해서 하나의 설명을 구하고자 해도 될 것이다. 나의 사고능력이 나에게 설정해놓은 한계는 물론 매우 좁다. 하지만 여기서 헤쳐가야 할 영역은 무한하다.

이 거대한 장성이 누구를 막아준다는 말인가? 북방 오랑캐들을 막는 것이다. 나는 중국의 남동부 출신이다. 거기서는 어떤 북방 민족도 우리를 위협할 리 없다. 옛날 사람들의 책자들에서 그들에 관하여 읽노라면 본성에 따라 자행하는 그들의 잔혹함이 평화로운 정자에 앉아 있는 우리들을 탄식케 한다. 예술가들이 있는 그대로 그린 그림들에서 우리는 그 저주받은 얼굴들을 본다. 찢어진 아가리, 날카로운 이빨들이 삐죽삐죽 솟은 턱, 아가리가 으스러뜨리고 짓찢게 될 약탈물을 벌써 사납게 훑겨보는 듯한 찡그린 눈들. 어린아이들이 말을 안 들을 때 이 그림들을 들이대면 금방 울음을 터뜨리며 날 듯 우리 품 안으로 뛰어든다. 그러나 우리는 이 북방의 나라에 관하여 그 이상은 모른다. 우리는 그들을 본 적이 없거니와 우리 마을에만 머물러 있으니 앞으로도 결코 보지 못할 것이다. 그들이 야생마를 타고 우리를 향하여 똑바로 질주해온다 하더라도 이 나라는 너무 넓어서 그들은 우리에게 오지 못할 것이다. 달리고 달리다가 그들은 허공으로 휩쓸려 들 것이다.

그렇다면 왜, 사정이 그러한데 우리는 고향을, 강과 다리들을, 어머니와 아버지를, 눈물 흘리는 아내를, 가르쳐야 할 아이들을 버리고 먼 도시의 학교로 갔으며 우리들의 생각은 왜 아직도 계속 북쪽의 장성 곁에 머물러 있는가? 왜? 지휘부에 물어보라. 지휘부는 우리를 잘 알고 있다. 무수한 걱정거리들을 이리저리 생각하고 있는 그들은 우리에 관하여 알고 있으며, 우리의 소소한 생업에 대해서 꿰고 있고, 우리가 모두 낮은 오두막집에 모여 앉아 있는 것을 알며, 저녁에 가장이 식구들과 둘러앉아 드리는 기도가 지휘부의 마음에 들기도 하고 불만스럽기도 하다. 그리고 지휘부에 대하여 그러한 생각을 감히 품어도 된다면 꼭 말하고 싶은 것은 내 생각에 지휘부가 이미 예전에 존속했으나 청조淸朝의 고관들이 그랬던 것처럼 함께 모이지는 않았다는 것이다. 청조의 고관들은 아침에 꾼 아름다운 꿈에 자극 받아, 급히 회의를 소집하여, 급히 결정을 내린다. 그리고 결정된 것을 실행하기 위하여 저녁에 벌써 북을 울려 백성들을 잠자리에서 깨운다. 그것은 어제 그 고관들에게 호의를 보인 어떤 신을 기리기 위한 등불을 준비시키려는 것 때문이기도 하고, 또는 아직 그 등불들이 꺼지기도 전인 새벽 어두운 후미진 곳에서 백성들을 마구 때리기 위해서이기도 하다. 그렇지만 지휘부는 아마 오래전부터 존속했을 것이고, 장성 축조를 결정한 이래로도 마찬가지였을 것이다.

나는 장성 축조 당시 이미 부분적으로 그리고 그후 오늘날까지 거의 전적으로 여러 민족의 역사를 비교하는 데 골몰하다보니 — 이런 수단만으로도 어느 정도 핵심에 접근할 수 있는 의문들이 있다 — 우리 중국인의 어떤 민족적 및 국가적 기구들은 아주 분명하지만, 또 다른 몇몇 기구들은 아주 불분명함을 알게 되었다. 그 이유들, 특히 후자 경우의 이유를 추적해보는 일이 늘 나의 마음을 매료시켰으며, 또 여전히 매료시키고 있다. 장성 축조 또한 본질적으로는 이 물음들과 관계된다.

그런데 우리의 가장 불투명한 기구의 하나는 어찌됐든 황제라는 정치제도이다. 북경, 특히 궁정 사회 안에서야 물론 그것은 약간의 투명함을 가진다. 비록 실제적이라기보다는 외관상이긴 하지만 말이다. 고등교육기관의 국가법 선생들과 역사 선생들 역시 이런 문제에 대하여 자세한 가르침을 받았으며, 이 지식을 학생들에게 계속 전수할 수 있다고 꾸며대고 있다. 하급 학교로 내려가면 갈수록 자신의 지식에 대한 의심이 줄어드는 것은 이해할 만하다. 그리고 수세기에 걸쳐 주입된 몇 안 되는 명제들을 중심으로 얼치기 교육이 횡행하고 있다. 그 명제들은 영원히 진실을 잃은 것은 결코 아니지만, 이렇게 뿌옇게 서린 김과 안개 속에 묻혀 진실은 영원히 인식되지 못하는 것이다.

그러나 나의 의견으로는 황제라는 정치제도에 대해 우선 백성에게 물어야 마땅할 것 같다. 황제라는 정치제도의 마지막 버팀목은 백성이니 말이다. 여기서 나는 물론 다시 고향에 관한 이야기만을 할 수 있겠다. 들의 신들과 일 년 내내 변화무쌍하게 그리고 아름답게 이루어지는 그들에 대한 경배를 제외하면 우리의 생각은 오로지 황제를 향하고 있다. 그러나 지금의 황제를 향하고 있는 것이 아니다. 우리가 현재의 황제를 잘 알거나 혹은 그에 대해 확실한 것을 알고 있었더라면 우리의 생각은 오히려 그에게로 향했을지 모른다. 우리는 물론 ─ 우리의 유일한 관심을 채워주는 ─ 그런 유의 것을 알고자 항상 노력했으나 ─ 아주 이상하게 들리겠지만 ─ 거기에 대해 무슨 이야기를 듣는 것이 거의 불가능했다. 수많은 나라를 돌아다니는 순례자로부터도, 가깝거나 먼 마을에서도 못 들었고, 작은 강뿐만 아니라 신성한 대하大河들을 항해하는 사공들에게서도 듣지 못했다. 듣기는 많이 듣는데도 그 많은 것에서 아무것도 끌어낼 것이 없었다. 우리 나라는 워낙 넓다. 동화도 그 크기에는 미치지 못하고, 하늘도 그걸 다 덮기가 어렵다. 그러므로 북경은 다만 하나의 점일 뿐이며 황성은 한층 더 작은 점일 뿐이다. 물론 황제 그 자체는 세계의 모든 층을 뚫고 우뚝 솟아 있다. 그러나 살아 있는 황제, 우리와 같은 한 인간인 그는 우리와 비슷하게, 비록 넉넉하게 계산하더라도 그러나 비교적 좁고 짧은 휴식용 긴 의자에 누워 있다. 그도 우리처럼 이따금씩 사지를 뻗고, 몹시 피곤하면 부드러운 느낌을 주는 입으로 하품을 한다. 그러나 우리가 그 이야기를 어떻게 듣는다는 말인가. 수천 마일이나 떨어진 남쪽에서 우리는 거의 티베트 고지에 접경해 있지 않은가. 그 밖에도 무엇이든 새 소식이 설령 우리한테까지 온다 하더라도 너무 늦게 올 것이고, 그래서 이미 오래전에 낡아버린 것이 될 것이다. 황제 주위에는 그를 견제하는 세력인, 겉보기에는 화려하지만 속을 알 수 없는 궁정의 무리들이 들끓는다. 그들은 황제를 독화살로 쏘아 저울판에서 떨어뜨리려고 항시 노린다. 황제의 권위는 불멸이다. 그러나 황제 하나하나는 쓰러지고 추락하고, 전체 왕조 자체가 드디어 침몰하여 잠깐씩 그르렁거리며 숨을 돌린다. 이러한 투쟁과 고통에 대해 백성들은 결코 듣지 못할 것이다. 너무 늦게 온 사람들처럼, 도시가 낯설은 사람들처럼, 그들은 빽빽하게 사람들이 들어찬 옆 골목 끝에서 싸온 음식을 조용히 먹어가며 서 있다. 그동안 저 멀리 앞쪽 광장 한가운데서는 그들 주인의 처형이 이루어진다.

이 관계를 잘 표현한 영웅담이 하나 있다. '황제가 — 그런 이야기가 있다 — 한낱 개인에 불과한 그대에게, 그것도 황제라는 태양 앞에서 가장 먼 곳으로 피신한 왜소하기 짝이 없는 그림자 같은 초라한 신하인 바로 그대에게 황제가 임종의 침상에서 칙명을 보냈다. 황제는 그 칙사를 침대 옆에 꿇어앉히고 그의 귀에 칙명을 속삭이듯 말했다. 황제에게는 그 칙명이 매우 중요했으므로, 그는 칙사에게 그 말을 자신의 귀에 대고 되풀이하도록 했다. 그는 머리를 끄덕여 그 말이 맞음을 확인했다. 그러고는 그의 임종을 지켜보는 모든 사람들 앞에서 — 장애가 되는 벽들은 모두 허물어지고, 멀리 그리고 높이 흔들리는 옥외 계단 위에는 제국의 위인들이 빙 둘러서 있다 — 이들 앞에서 그는 칙사를 떠나 보냈다. 칙사는 곧 길을 떠났다. 그는 지칠 줄 모르는 강인한 남자였다. 그는 비길 데 없는 수영선수처럼 양팔을 앞으로 번갈아 내뻗으며 군중 사이를 뚫고 지나갔다. 제지를 받으면 태양의 표지가 있는 가슴을 내보인다. 그는 다른 누구보다도 수월하게 앞으로 나아간다. 그러나 사람들의 무리는 너무나 방대하고, 그들의 거주지는 끝이 없다. 거칠 것 없는 들판이 열린다면 그는 날듯이 달려갈 것이고 그리고 머지않아 '당신'은 아마도 그의 주먹이 문을 두드리는 굉장한 소리를 듣게 될 것이다. 하지만 그는 그러지 못하고 속절없이 애만 쓰고 있으니. 그는 여전히 깊고 깊은 궁궐의 방들을 헤쳐나가고 있을 뿐이다. 그러나 결코 그 방들을 벗어나지 못할 것이고, 그가 설령 궁궐을 벗어나는 데 성공한다 하더라도 아무런 득도 없을 것이다. 계단을 내려가기 위해서 그는 스스로와 싸워야 할 것이고, 설령 그것이 성공한다 하더라도 아무런 득이 없을 것이다. 궁궐의 정원은 통과할 수 있을지 모른다. 그러나 그 정원을 지나면 두번째로 에워싸는 궁궐, 또 다시 계단과 정원, 또 다시 궁궐. 그렇게 수천 년이 계속될 것이다. 그래서 마침내 그가 가장 외곽의 성문에서 밀치듯 뛰어나오게 되면 — 그러나 그런 일은 결코, 결코 일어나지는 않을 것이다 — 비로소 세계의 중심, 침전물들로 높이 쌓인 왕도王都가 그의 눈앞에 놓여 있을 것이다. 어느 누구도 이곳을 뚫고 나가지는 못하며, 무용한 자에게 보내지는 죽은 자의 칙명으로는 결코 통과할 수 없다. 그러나 밤이 오면, '당신' 은 창가에 앉아 그 칙명이 오기를 꿈꾸고 있다.'

꼭 그렇게, 그렇게 희망 없이 또 그렇게 희망에 차서, 우리 백성은 황제를 바라본다. 백성은 어느 황제가 통치하고 있는지 모른다. 또한 왕조의 이름마저 확실치 않다. 학교에서는 그 비슷한 많은 것을 순서대로 배웠지만 이 점에서는 너나없이 워낙 불확실하다보니 최우수 학생마저 거기에 휩쓸린다. 이미 오래전에 죽은 황제들이 우리 마을들에서는 왕위에 오르게 되고, 노래 속에나 살아 있는 이가 방금전에 포고를 발하여, 사제가 그것을 제단 앞에서 읽어준다. 가장 오래된 역사에나 있었던 싸움이 여기서는 이제야 벌어지는 것이다. 그래서 이웃 사람이 흥분한 얼굴로 그 소식을 가지고 당신 집으로 뛰어든다. 비단 금침에 묻혀 호식好食이 지나친 황제의 여인들은 교활한 내시들로 인해서 고귀한 법도로부터 멀어졌으며, 야심에 가득 차고, 탐욕에 들뜨고, 음탕함으로 널리 알려진 그네들은 아직도 계속 비행을 자행하고 있다. 시간이 지나면 지날수록, 모든 빛깔들은 더욱 끔찍스럽게 빛을 발한다. 수천 년 전의 어느 황후가 남편의 피를 천천히 들이켰다는 이야기를 우리 마을은 언젠가는 큰 비명을 지르며 듣게 될 것이다.

그러니까 백성들은 과거의 지배자들을 이런 식으로 만나게 되고,

현재의 지배자들을 죽은 사람으로 뒤섞기도 한다. 한번, 일대기에 한번, 지방을 순회하는 황제의 관리가 우연히 마을에 오게 되면 통치자의 이름으로 어떤 것이든 요구하고, 조세 명부를 조사하며, 학교 수업을 참관하고, 사제에게 우리의 행적을 물은 다음, 가마에 오르기 전에 모여든 지역사람들에게 모든 것을 긴 훈계조로 요약을 하면, 사람들의 얼굴에는 웃음이 피고, 어떤 이는 다른 사람들을 힐끗힐끗 훔쳐보며 관리의 살피는 시선을 피하려고 아이들에게로 몸을 숙인다. 관리가 어떤 죽은 사람 이야기를 하든 산 사람 이야기를 하든 간에 사람들은 생각한다. 이 황제는 벌써 오래전에 죽었고, 왕조는 해체되었으며, 관리 양반은 우리를 놀리고 있다고. 하지만 우리는 그의 마음을 상하게 하지 않기 위해서 그것을 알지 못하는 척 행동한다. 진정 우리가 복종할 사람은 오직 현재 우리의 주인뿐일 것이다. 다른 모든 것은 죄를 범하는 일일지 모른다. 그리고 서둘러 떠나는 관리의 가마 뒤에서 벌써, 누구든 그 깨져버린 유골 항아리에서 멋대로 일으켜진 자가 발을 구르면서 마을의 주인으로 떠오른다.

그러한 여러 가지 현상으로 미루어 보아 근본적으로 우리는 전혀 황제를 가지고 있지 않다는 결론을 내리더라도 진실에서 그리 멀지는 않으리라 생각된다. 거듭거듭 굳이 말하거니와 아마 남쪽에 있는 우리들처럼 황제에 충성하는 백성도 없을 것이다. 그러나 그 충성은 황제에게 도움이 되지 않는다. 동구 밖 작은 기둥 위에는 상서로운 용이 있어 충성을 표하며 개벽 이래 정확하게 북경 방향으로 불을 뿜고 있기는 하다. 그러나 북경 자체는 마을 사람들에게는 피안의 삶 이상으로 낯설기만 하다. 집들이 어깨를 마주 대고 서 있고 들판을 뒤덮고 있어서, 우리 언덕에서 내려다보는 시야보다 더 멀리 뻗어 있으며, 이 집들 사이로 사람들이 밤이나 낮이나 머리를 맞대고 서 있는 그런 고을이 정말 있단 말인가? 그런 도시를 상상해보는 것보다는 북경과 그 황제가 하나라고 믿는 것이 우리들에게는 더 쉽다. 그들은 시간이 흐름에 따라 조용히 태양 아래서 그 모습을 바꾸어가는 구름 같은 것이다.

그러한 생각들의 결과는 어느 정도 자유롭고 제어되지 않은 생활이다. 그러나 결코 방탕하지는 않다. 나는 나의 여행 중에 나의 고향과 같이 그렇게 품행이 방정한 경우를 결코 한 번도 만나본 적이 없었다. 그러나 그것은 결코 현존하는 법 아래 서 있는 삶이 아니고, 다만 고대로부터 우리에게 전해져 내려오는 지시와 경고만을 따르는 삶이다.

나는 나 자신이 섣부른 일반화에 빠지지 않도록 경계한다. 그래서 우리 지방의 만 개나 되는 모든 마을에서 혹은 심지어 중국의 오백 개나 되는 지방 모두에서 사정이 그러하다고 주장하지는 않겠다. 그러나 아마도 이에 대해서 내가 읽었던 많은 글들과 나 자신의 관찰들 — 특히 장성 축조는 당시 인적 자료에 따르면, 민감한 사람에게는 거의 온갖 지방의 사람들을 두루 경험할 수 있는 기회가 되었다 — 이 모든 것을 바탕으로 해서, 황제에 관한 지배적인 견해는 언제나 그리고 어디서나 나의 고향에서의 견해와 어느 정도 공통된 근본적 특성을 보이고 있다고 말해도 무방할 것이다. 그런데 나는 이러한 견해를 미덕으로 적용시킬 생각이 없다. 그 반대이다. 그것은 지상에서 가장 오래된 제국에서 지금에 이르기까지 황제 제도가 제국의 최극단 변방에서까지 직접적으로 부단한 영향력을 행사할 정도의 투명함을 지니도록 단련시킬 수 없었거나 딴 일로 인하여 이것을 소홀히 했던 정부에 대체로 책임이 있다. 그렇기는 하나 거기에는 또한 백성들의 상상력이나 신뢰도 상의 약점도 있다. 백성들은 황제의 주권을 쇠퇴한 북경으로부터 끌어내어 그

생동감과 현재성이 신하들의 마음을 사로잡게 하는 데 실패한 것이다. 그러면서도 신하들의 마음은 언젠가 한 번 그런 접촉을 느껴보고, 그런 접촉 속에 죽기만을 바랄 것이다.

그러니까 이런 견해가 미덕일 수는 없을 것이다. 그래서 더욱 눈에 띄는 점은 바로 이러한 약점이야말로 우리 민족을 통합시키는 가장 중요한 수단 중 하나인 것처럼 보인다는 것이다. 감히 그렇게까지 표현해도 된다면 우리가 살고 있는 바로 이 땅도 그러하다. 여기서 흠 하나를 가지고 그 근거를 소상히 밝히는 것은 우리 양심에 대고 말하는 것이 아니라, 훨씬 고약하게도 우리의 다리를 뒤흔들어 놓는다. 그래서 나는 이 문제에 대한 연구를 당분간 계속하지 않을 작정이다.

이러한 세계로 이제 장성 축조에 관한 소식이 몰려왔다. 그 소식 역시 대략 삼십 년이나 늦게 전해진 것이었다. 어느 여름날 저녁이었다. 열 살이었던 나는 아버지와 강 언덕에 서 있었다. 이렇게 그 시기가 자주 언급되었기 때문에 나는 가장 사소한 정황까지도 기억하고 있다. 아버지는 나의 손을 꼭 잡고 계셨는데, 나를 총애해서 고령이 될 때까지도 그랬다. 아버지는 다른 손으로 자신의 길고 가느다란 파이프를 마치 피리처럼 쓸어 내렸다. 그의 듬성듬성하고 뻣뻣한 기다란 수염이 하늘로 치솟아 있었는데, 아버지가 파이프를 즐기면서 강물 너머 하늘을 바라보고 있었기 때문이었다. 어린아이들의 경외의 대상이던 그의 땋아 내린 머리가 더욱 깊이 수그러질수록 축제날에 입는 금빛을 넣어 짠 비단 예복에서는 조용히 사그락거리는 소리가 들렸다. 그때 한 거룻배가 우리 앞에 멈춰 섰다. 선원이 아버지에게 제방 아래로 내려왔으면 하는 눈짓을 보내자, 아버지는 몸소 그에게 다가갔다. 그들은 제방 한가운데서 만났다. 선원이 아버지의 귀에다 무엇인가를 속삭이고는 좀더 가까이 다가

가기 위해 그를 껴안았다. 나는 무슨 말을 하는지 알지 못하고 그저 그들의 모습을 볼 뿐이었다. 아버지는 그 소식을 믿지 못하겠다는 표정이었고, 선원은 진실임을 강조하려고 했다. 아버지가 여전히 믿을 수 없다는 표정을 짓자, 선원은 진실을 증명하기 위해서 가슴의 옷을 거의 찢어버릴 정도였으며, 아버지가 더욱 조용해지자 큰 소리를 치면서 거룻배에 뛰어오르더니 휑하니 떠나버렸다. 아버지는 생각에 잠겨 나에게 몸을 돌리더니 파이프를 털어낸 다음 그것을 허리춤에 꽂고는 나의 뺨을 쓰다듬으며 나의 머리를 끌어당겼다. 나는 그런 상태를 가장 좋아했다. 나는 아주 기쁜 마음으로 아버지와 함께 집으로 돌아왔다. 식탁에는 이미 쌀로 쑨 죽에서 김이 모락모락 나고 있었고, 몇몇 손님들이 모여 막 포도주를 잔에 따르는 중이었다. 그것에 개의치 않고 아버지는 자신이 들었던 일을 문지방에서부터 전하기 시작했다. 물론 어떤 말들이었는지 나는 자세하게 기억할 수는 없다. 하지만 어린아이들조차 끌릴 정도로 그 의미는 이상야릇해서 내가 그 원문 그대로 재현할 수밖에 없을 정도로 내 마음에 깊이 와닿았다. 내가 그렇게 재현했던 이유는 그 표현이 백성들의 생각에 매우 긴요했기 때문이다. 나의 아버지는 이렇게 말했다……

어느 겨울날 오후. 장사 일로 여러 가지 불쾌한 일이 있었기 때문에 나는 장사라는 것이 내심 싫어졌다 ― 장사꾼이라면 누구나 그런 시기를 알고 있으리라 ― 그래서 아직 겨울 햇살이 밝은 이른 낮이었지만, 오늘은 곧바로 가게문을 닫아버리겠다고 결심했다. 그러한 자유로운 의지의 결단은 언제나 좋은 결과를 가져오는 법이다.

낡은 쪽지

우리는 조국을 지키는 데 너무 소홀했던 것 같다. 우리는 지금까지 그 일에는 마음을 쓰지 않고 우리 일에만 몰두해왔다. 그러나 최근의 사건들은 우리를 근심스럽게 만들고 있다.

나는 황제의 궁궐 앞 광장에 구두 수선소를 가지고 있다. 새벽에 가게 문을 열면, 나는 이곳으로 통하는 모든 골목 입구가 무장한 사람들에 의해 점령되어 있음을 보게 된다. 그러나 그들은 우리의 군사들이 아니라, 분명히 북방의 유목민들이다. 그들이 국경으로부터 아주 멀리 떨어진 이 수도까지 어떻게 쳐들어왔는지 나로서는 이해가 가지 않는다. 여하튼 그들은 여기에 있고, 아침마다 그 숫자가 불어나는 것 같다.

그들은 자신들의 천성에 맞게 노천에서 야영을 하는데, 왜냐하면 주택을 싫어하기 때문이다. 그들은 칼을 갈거나 화살을 뾰쪽하게 만들거나 말을 훈련시키는 일에 전념하고 있다. 항상 지나칠 정도로 청결하게 유지되는 이 조용한 광장을 그들은 마구간으로 만들어버렸다. 우리는 이따금씩 우리의 상점에서 나와 적어도 그 지독한 쓰레기들을 치우려고 노력하지만, 그것도 점차 뜸해지고 있다. 왜냐하면 그런 힘든 노력이 아무 소용이 없었고, 그보다도 사나운 말 밑에 깔리거나 채찍에 맞아 부상당할 위험이 있었기 때문이다.

유목민들과는 이야기를 나눌 수 없다. 그들은 우리의 언어를 알지 못하며, 더욱이 그들은 그들 고유의 언어도 가지고 있지 않다. 그들이 서로 의사소통을 하는 모습은 마치 까마귀와 흡사하다. 언제나 이런 까마귀들의 외침소리가 들려온다. 우리의 생활방식, 우리의 시설물들은 그들에게는 중요하지 않을 뿐더러 이해되지도 않는다. 그렇기 때문에 그들은 모든 기호 언어도 거부한다. 너의 턱이 탈구가 되거나 손목이 뒤틀릴 수도 있다. 그들은 물론 너를 이해한 적도 없으며 결코 이해하지도 못할 것이다. 그들은 종종 얼굴을 찌푸린다. 그럴 때면 그들 눈의 흰자위가 돌고, 그들의 입에서는 거품이 인다. 그렇지만 그들은 그것으로 무엇을 말하고자 하거나 놀라게 하려고 함이 아니다. 그들 방식이 그렇기 때문에 그렇게 할 뿐이다. 그들은 자신들에게 필요한 것을 갖는다. 그들이 무력을 사용한다고 말할 수는 없다. 그들이 손을 뻗치면, 사람들은 옆으로 물러서서 모든 것을 그들에게 맡긴다.

그들은 나의 저장물 중에서도 좋은 것을 많이 가져갔다. 그러나 예를 들어서 푸줏간 주인에게 생긴 일을 생각해보면, 나는 불평할 수가 없다. 그가 물건을 들여가기가 무섭게 유목민들은 그에게서 전부를 빼앗아 삼켜버린다. 유목민들의 말들도 역시 고기를 먹는다. 가끔 한 기수가 그의 말 곁에 누워 있고, 그들은 고기 조각의 양끝에 각각 매달려 먹어 들어가므로 그 사이가 점점 가까워진다. 푸줏간 주인은 겁에 질려 고기 공급을 감히 중단하지도 못한다. 그러나 우리는 그것을 이해하고 있으며, 함께 돈을 내서 그를 보조하고 있다. 만약 유목민들이 고기를 얻지 못하면, 그들이 무슨 일을 할 생각을 하게 될지 누가 알겠는가. 그들이 매일 고기를 얻는다고 해도, 그들에게 어떤 생각이 떠오를지 아무도 모르는데 말이다. 최근 푸줏간 주인은 적어도 도살하는 수고만은 덜 수 있을지 모른다고 생각했다. 그래서 그는 아침에 살아 있는 황소를 한 마리 가져왔다. 그는 그짓을 두 번 다시 해서는 안 된다. 나는 한 시간 가량 내 작업장 맨 뒤쪽 바닥에 납작 엎드려서 모든 옷가지며 이불, 방석들을 내 위에 쌓아올렸다. 그것은 황소 울부짖는 소리를 듣지 않기 위

해서였는데, 유목민들이 사방에서 그 황소에게 달려들어 이빨로 그
것의 따뜻한 살점들을 뜯어냈기 때문이다. 조용해지고 나서도 한참
이 지나서야 비로소 나는 바깥으로 나갈 엄두가 났다. 포도주 통 주
위의 술꾼들처럼 그들은 피곤해진 몸으로 황소의 잔해 주위에 누워
있었다.

　바로 그때 나는 황제도 몸소 궁궐의 창문 안에서 그것을 바라보
고 있으리라고 믿었다. 그는 전에는 한 번도 이 바깥 거처에 나온
적이 없으며, 언제나 가장 깊은 궁궐 안뜰에서만 살고 있다. 그러
나 적어도 내가 보기엔 이번에는 그가 정말 창가에 서서, 머리를 떨
군 채 자신의 궁궐 앞에서 벌어지는 일들을 바라보고 있는 것처럼
보였다.

　"어떻게 되려나?" 하고 우리 모두가 자문해본다. "우리가 얼마동
안이나 이 짐과 고통을 참아내야 될까?" 황제의 궁궐은 유목민들을
유혹했지만, 그들을 다시 몰아내는 방법을 알지 못한다. 궁궐 성문
은 닫혀 있다. 예전에는 언제나 장중하게 안팎으로 행진하던 보초
병도 격자창살로 된 창문 뒤에 있다. 우리 수공업자들과 상인들에
게 조국의 구원이 맡겨져 있다. 그러나 우리는 그러한 과제를 감당
해낼 수가 없다. 물론 그럴 만한 능력이 있다고 자랑해본 적도 없
다. 그것은 오해이며, 우리는 그것으로 인해서 몰락해가고 있다.

한 행동적인 친구가 우리에게 두서너 장의 낡은 중국어 원고를 번
역하도록(아마 너무 유럽식으로) 맡겼다. 그것은 미완성 작품이다.
그 뒤에 이어지는 것이 발견될 수 있을지 모른다는 희망은 존재하
지 않는다.

<　　　>

여기에 또 두서너 장의 쪽이 딸려 있다. 하지만 거기에서 무엇인가 확실한 것을 취하기에는 너무 훼손되어 있다.

_____

*

어느 무더운 여름날이었다. 나는 누이와 집으로 돌아오는 길에 어떤 마당 문 곁을 지나가고 있었다. 나는 그녀가 장난 삼아 문을 두드렸는지 혹은 부주의해서 그랬는지 아니면 두드린 것이 아니라 다만 주먹으로 시늉만 했을 뿐인지 알 수 없다. 왼편으로 굽어진 시골길을 따라 백 보쯤 걸어가니 마을이 시작되었다. 우리는 그것을 모르고 있었다. 그러나 첫번째 집에서 곧 사람들이 앞으로 나와서 우리들에게 손짓을 했다. 정답지만 무엇인가를 경고하는 듯이, 매우 놀란 듯 놀라운 나머지 몸을 구부린 채 말이다. 그들은 우리가 지나온 마당을 가리켰고, 우리가 그 문을 두드린 것을 상기시켰다. 그 마당 주인은 우리를 고발할 것이고, 곧 심사가 시작되리라는 것이다. 나는 매우 침착했다. 나의 누이도 마음을 진정시키고 있었다. 어쩌면 그녀는 두드리지 않았을지도 모른다. 그리고 설사 그녀가 그랬다 하더라도, 이 세상 어디에서도 그 때문에 소송이 벌어지겠는가. 나는 주위에 있는 사람들에게도 그것을 이해시키려고 노력했다. 그들은 내 말에 귀를 기울였으나 판결은 유보했다. 후에 그들이 말하기를 나의 누이뿐만 아니라 오빠인 나까지도 고소당할 것이

_____

* 막스 브로트 전집에서는 「마당문 두드리는 소리 Der Schlag ans Hoftor」라는 제목이 붙어 있다. 카프카 전집 제1권에도 수록되어 있으나 텍스트의 상당 부분(특히 마지막 부분)에 변화가 있어 다시 번역했다.(옮긴이)

라고 했다. 나는 미소를 띠우며 고개를 끄덕거렸다. 우리 모두는 멀리 피어오르는 연기를 관찰하듯이 그리고 불꽃을 기대하듯이 마당으로 되돌아가보았다. 그리고 정말 우리는 곧 기수들이 활짝 열린 마당문 안으로 말을 타고 달려오는 것을 보았다. 먼지가 일어서 모든 것을 덮었고, 다만 긴 창의 뾰족한 끝만이 번쩍거렸다. 그리고 마당으로 들어온 부대가 곧장 말을 돌리는가 싶더니 우리에게 달려왔다. 나는 급히 나의 누이를 앞으로 밀쳐냈다. 나는 모든 것을 혼자서 해결할 것이다. 그녀는 나를 혼자 놓아두는 것을 원치 않았다. 나는, 그녀가 좀더 좋은 옷을 입고 주인 앞에 나설 수 있도록, 적어도 옷을 갈아입어야 한다고 말했다. 결국 그녀는 내 말에 따라 집을 향해서 먼길을 떠났다. 기수들은 이미 내 곁에 와 있었다. 그들은 여전히 말 위에서 나의 누이에 대해 물었다. 내 입에서는 '그녀는 지금 이곳에 없습니다. 그러나 나중에 올 겁니다' 라는 불안스러운 대답이 튀어 나왔다. 그들은 대답은 거의 아무래도 좋다는 식이었다. 그들에게는 나를 발견했다는 사실이 중요한 듯이 보였다. 그들은 두 명의 남자였는데, 활기찬 젊은이인 한 기수와 아스만이라고 불리는 그의 얌전한 조수였다. 나는 농부의 방 안으로 들어가라는 요구를 받았다. 천천히, 머리를 흔들고, 바지 멜빵을 치키며, 나는 그 남자들이 날카롭게 지켜보는 가운데 걷기 시작했다. 도시인인 내가 명예롭게 이 농부들에게서 벗어나는 데는 한 마디 말로 족하리라고 거의 믿고 있었다. 그러나 내가 그 방 문지방을 넘어섰을 때, 미리 말에서 뛰어내려 나를 기다리고 있던 재판관이 나에게 말했다. "이 남자 안됐구먼." 그의 말이 나의 현재 상황이 아니라 앞으로 나에게 일어날 일을 의미하고 있다는 것은 의심할 여지가 없었다. 그 방은 농부의 방이라기보다는 차라리 감옥과 비슷했다. 커다란 석관, 어두운 회색빛을 띤 매우 황량한 벽, 그 어딘가에 반지 모양의 철제물 하나가 벽에 달려 있었고, 방 한가운데에는 나무 침상 같기도 하고 수술대 같기도 한 것이 놓여 있었다.

내가 감옥 속의 공기와는 다른 공기를 여전히 맛볼 수 있을까? 그것이 큰 문제이다. 아니면 내가 아직 석방될 전망이 있는 것인지, 그것이 오히려 큰 문제일지 모른다.

나는 늙은 감옥소 거주자, 라튀데이다.

영주의 자리에 오른 직후, 젊은 영주는 관례로 되어 있는 사면赦免을 베풀기 전에 감옥을 방문했다. 예상했던 대로 그는 특별히 이 감옥소 안에서 제일 오래된 사람에 관하여 물었다. 그 사람은 아내를 살해하여 종신형을 받은 사람으로서 이제 이십삼 년째 복역하고 있었다. 영주가 그를 보고 싶어했으므로, 그 감방으로 안내되었고, 그 죄수는 안전을 위해 이날만은 쇠사슬에 묶여졌다.

수감자는 사슬에 묶인 채 누워 있었다. 나는 감방 안으로 들어가서 문을 잠그고는 말했다. "네가 늙은 감옥소 거주자이구나."

저녁에 집으로 돌아왔을 때, 방 한가운데에서 커다란, 엄청나게 커다란 알을 발견했다. 그것은 거의 테이블 정도의 높이였고 그것에 상응하게 불룩했다. 알은 조용히 이리저리 흔들거렸다. 나는 호기심에 가득 차서 그 알을 양다리 사이에 끼고는 주머니칼로 조심스레 두 쪽으로 절단했다. 알은 이미 부화 중이었다. 구겨지듯 껍데기가 갈라지면서 황새 모양의 새가 튀어 나왔다. 아직 털이 없었으며, 아주 짧은 날개로 파닥거렸다. '우리가 사는 세상에 무슨 볼일이라도 있니?' 하고 묻고 싶어 나는 새 앞에 쪼그리고 앉아서 불안스럽게 깜박거리는 그의 눈을 들여다보았다. 그러나 새는 나를 피해 벽을 따라 팔짝팔짝 뛰어 갔는데, 다리가 아픈지 파닥거렸다. '도와주어야 한다'고 나는 생각하고, 테이블 위에 저녁밥을 차려놓고는 저편에서 몇 권의 책 사이를 부리로 쪼고 있는 새에게 눈짓을 보냈다. 새는 곧바로 나에게 왔다. 그것은 벌써 약간 낯이 익어 보였는데, 의자 위에 앉아서 내가 그 앞에 놓아준 소시지 조각을 쌕쌕 숨소리를 내며 냄새 맡기 시작했다. 그러나 조금 쪼아보더니 이내 내 쪽으로 내던져버렸다. '실수를 했군' 하고 나는 생각했다. '물론 알에서 갓 태어나 소시지를 먹으려 덤벼드는 새는 없겠지. 이럴 때는 여성의 경험이 필요하겠는걸.' 그래서 나는 그놈이 무엇을 먹고 싶은지 알 수 없을까 해서 그를 날카롭게 쳐다보았다. 그때 이런 생각이 떠올랐다. '이것이 황새과라면, 틀림없이 물고기를 좋아할 거다. 이제 나는 그에게 물고기라도 사다줄 생각이다. 물론 거저는 아니다. 나는 새를 기를 만큼 돈이 충분치는 않다. 그러니 내가 그런 희생을 치른다면, 내게 그만큼의 가치가 있는, 삶을 유지시키는 대가代價성 봉사를 원한다. 이놈이 황새라면, 자라서 내가 주는 물고기로 통통하게 살이 오르게 되면, 나를 남쪽나라로 데리고 갈지도 모른다. 오래전부터 나는 그곳으로 가기를 바랐으나,

다만 황새 같은 날개가 없었기 때문에 여태까지 단념하고 있었다.'
나는 곧 종이와 잉크를 가지고 와서 새의 부리에 잉크를 묻혀서 다
음과 같이 썼다. 새는 나에게 아무런 저항도 하지 않았다. '황새 모
양의 새인 나는 당신이 나를 물고기, 개구리와 벌레로(내가 마지막
두 가지 식량을 첨가한 것은 값이 쌌기 때문이다) 날게 될 때까지 길러
준다면, 당신을 등에 태워 남쪽나라까지 데려다드릴 것을 맹세하
는 바입니다.' 그러고 나서 나는 부리를 깨끗이 닦아주고 그 종이
를 새 눈앞에 다시 들어 보인 뒤, 접어서 지갑 속에다 넣었다. 그리
고 곧장 물고기를 사러 달려갔다. 이번에는 비싼 값을 치러야 했지
만, 다음부터는 썩은 고기나 보다 많은 벌레들을 싼값으로 주겠노
라고 어물 장수는 말했다. 아마 남쪽나라로의 여행은 결코 그렇게
비싸게 먹히지는 않을 것이다. 그래서 나는 내가 가져온 것을 맛있
게 먹는 새의 모습을 지켜보면서 즐거워했다. 새가 물고기를 꿀꺽
꿀꺽 삼키자 불그스름한 작은 배가 불러왔다. 아이들과는 비교가
되지 않을 정도로 새는 하루가 다르게 무럭무럭 자랐다. 부패한 생
선에서 나는 참을 수 없는 악취가 내 방을 떠나지 않았으며 새똥을
찾아내어 치우는 일도 쉽지 않았지만, 겨울의 추위와 석탄 값의 인
상 때문에 절대적으로 필요한 환기조차 할 수가 없었다. 그러나 이
런 정도는 아무것도 아니었다. 봄이 오면, 나는 가벼운 바람을 타
고 빛나는 남쪽나라로 가게 될 것이다. 날개는 차차 커져서 깃털로
덥수룩해졌고 근육도 튼튼해졌다. 비행 연습을 시작할 때가 되었
다. 유감스럽게도 어미 황새가 없었다. 그 새가 그렇게 의욕적이지
않았더라면, 아마도 나의 수업만으로는 충분하지 못했을 것이다.
하지만 새는 눈물겨운 주의력과 더 없는 노력으로 내 교수능력의
결함을 보충하지 않으면 안 된다는 것을 분명히 알고 있는 듯했다.
우리는 활공滑空부터 시작했다. 내가 저 위로 오르면 새도 뒤따랐

고, 내가 양팔을 벌리고 아래로 뛰어내리면, 새도 날개를 퍼덕거리며 뛰어내렸다. 이윽고 우리는 테이블 위로 떠올랐고, 마침내 장롱으로 올라가게 되었으며, 언제나 모든 비행은 체계적으로 수없이 반복되었다.

우수의 정령

우수의 정령은 숲속에 살고 있다. 이미 오래전부터 사람이 살고 있지 않은, 옛날 숯쟁이 시대의 오두막집에 살고 있다. 그 집에 들어서면 쫓아버릴 수 없는 곰팡이 냄새만이 느껴질 뿐, 아무것도 알아챌 수가 없다. 가장 작은 새앙쥐보다도 더 작게, 눈을 가까이 가져가도 보이지 않게, 그 우수의 정령은 한구석에 숨어 있다. 아무것도, 정말 아무것도 눈에 띄지 않는다. 텅 빈 창구멍을 통해 숲의 속삭임이 조용히 들려온다. 이곳은 얼마나 쓸쓸한 곳인가, 그리고 너에게 얼마나 잘 어울리는가. 여기 이 구석에서 너는 잠을 자겠지. 어째서 공기가 상쾌한 숲속에서 자지 않는 걸까? 그동안 이미 이곳에 있어 버릇해서, 문이 오래전에 돌쩌귀로부터 떨어져나갔어도, 오두막집 안이 더 안전하다고 느끼기 때문이겠지. 그러나 너는 문을 닫으려는 듯 아직도 허공을 더듬다가는 자리에 몸을 누인다.

마침내 나는 테이블에서 뛰어올라 주먹으로 램프를 때려 부쉈다. 곧 하인이 등불을 들고 들어와 인사를 하고 나를 위해 방문을 열어

놓았다. 나는 급히 방을 나와 계단을 내려갔고, 하인도 내 뒤를 따랐다. 아래층에서는 두번째 하인이 모피 코트를 입혀주었다. 내가 기운이 빠진 듯 그가 하는 대로 내버려두었기 때문에, 그는 나머지 일도 해주었다. 털외투의 깃을 세워서 깃의 목 앞 단추까지 채워주었다. 그럴 필요가 있었다. 살인적인 추위였던 것이다. 나는 기다리고 있던 널찍한 썰매에 올라타고는, 많은 모포로 따뜻하게 몸을 감쌌고 맑은 방울소리를 울리면서 달리기 시작했다. "프리드리히" 하고 구석에서 나지막하게 속삭이는 소리가 들렸다. "알마야, 너 여기 있었구나" 하고 말하고는 나는 두꺼운 장갑을 낀 오른손을 내밀었다. 우리는 재회를 기뻐하는 말을 두세 마디 주고받았다. 그러고는 침묵을 지켰다. 왜냐하면 썰매가 쏜살같이 달렸기 때문에 숨이 막힐 지경이었던 것이다. 우리가 어떤 여관 앞에 멈추어 섰을 때, 나는 어리벙벙한 가운데 이미 이웃 여인마저도 잊고 있었다. 썰매 문 앞에 여관 주인이 서 있었고, 그 옆에 내 하인이 서 있었다. 어떤 명령이라도 받아들이려는 듯 모두가 목을 쭉 빼고 있었다. 그러나 나는 몸을 앞으로 굽히면서 이렇게 외쳤을 뿐이다. "너희들은 어째서 여기 서 있는가. 계속 가, 계속 가란 말이야. 멈추지 말고!" 그러고는 내 옆에 있던 지팡이로 마부를 찔렀다.

---

[21]

*

나의 사업은 완전히 내 어깨에 달려 있다. 대기실에는 두 여사무원
이 타자기와 영업 장부를 가지고 있다. 나의 방에는 책상, 계산대,
상담용 탁자, 안락의자 그리고 전화기가 있으며, 그것이 사무집기
의 전부이다. 그래서 보기에도 매우 간단하고 사용하기에도 매우
편리하다. 나는 젊고, 일이 내 앞으로 굴러오고 있다. 나는 불평하
지 않는다. 불평하지 않는다. 새해부터 젊은 남자가 비어 있던 작은
옆방에 새로 세를 들었다. 나는 어리석게도 아주 오랫동안 그 방을
세주기를 꺼려왔다. 그것은 대기실이 딸린 방 하나에 부엌이 하나
딸려 있다. 방과 대기실은 어쩌면 나에게 필요할 수도 있었지만 나
의 두 여사무원은 이미 가끔 과로 상태라고 느끼고 있었다 — 하지
만 부엌이 나에게 무슨 소용이 있겠는가? 이렇게 생각이 좁았기 때
문에 나는 그 방을 빼앗기게 된 것이다. 이제 그곳에는 젊은 남자가
앉아 있다. 그의 이름은 하라스이다. 그가 거기서 무엇을 하는지 사
실 나는 모른다. 문에는 단지 '하라스 사무실'이라고 씌어 있을 뿐
이다. 내가 조사한 바에 따르면, 사람들 말로는 그 사무실이 나의
상점과 비슷하다는 것이다. 사람들은 곧바로 신용대출을 경계하라
고 할 수는 없었을 것이다. 왜냐하면 그는 성공하고자 애쓰는 젊은
남자였고, 그의 일은 어쩌면 장래성이 있을 수도 있기 때문이다. 그
래서 신용에 대해서 직접적으로 충고할 수도 없었을 것이다. 왜냐

---

* 막스 브로트 전집에서는 이 텍스트에 「이웃 Der Nachbar」이라는 제목이 붙어 있다. 카프카
  전집 제1권에도 실려 있으나 텍스트에 약간의 변화가 있어 다시 수록했다. (옮긴이)

하면 짐작컨대 현재로는 재산이 아무것도 없기 때문이다. 이것은 사람들이 아무것도 모를 때 주는 일반적인 정보이다. 가끔 나는 층계에서 하라스를 만난다. 그는 언제나 아주 바쁜 모양이었다. 그는 내 곁을 말 그대로 휙 스쳐 지나간다. 나는 아직도 그를 자세히 본 적이 없다. 그는 손에 열쇠꾸러미를 준비해서 들고 있다가 즉시 문을 열었다. 그는 쥐꼬리처럼 안으로 미끄러져 들어갔고, 나는 다시 '하라스 사무실'이라는 팻말 앞에 서 있었다. 나는 그 팻말이 세워졌을 때부터 그것을 자주 읽었다. 형편없이 얇은 벽은 정말 많은 일을 하는 남자일 경우는 드러내주지만, 불성실한 사람일 경우에는 숨겨준다. 나의 전화기는 이웃과 나를 갈라놓고 있는 벽에 설치되어 있다. 물론 이를 지적하는 건 우스꽝스러운 일일 뿐이다. 그것이 설령 반대편 벽에 걸려 있다 하더라도, 옆방에서는 모든 것을 듣게 될 것이다. 나는 전화를 걸 때, 고객의 이름을 부르는 습관을 없애버렸다. 그러나 이야기의 특징적인, 그러나 어쩔 수 없는 어법으로부터 그 이름들을 알아내는 것은 그다지 어렵지 않다. 가끔 나는 수화기를 귀에 대고, 가시에 찔리듯 불안감에 흠칫 놀라며, 전화기 주위를 발끝으로 춤추며 맴돈다. 비밀들이 새어 나가는 것을 막을 수가 없다.

그로 인해서 당연히 전화를 할 때에는 나의 사업적인 결정이 불확실해지고 내 목소리는 떨리게 된다. 내가 전화를 거는 동안에 하라스는 무엇을 할까? 과장해보는 것이긴 하지만, 그러나 명확성을 얻기 위해서는 가끔 그렇게 해보아야만 한다. 나는 이렇게 말할 수 있겠다. 하라스는 전화기가 필요하지 않다. 그는 나의 것을 사용하니까. 그는 그의 긴 안락의자를 끌어다 벽에 붙여놓고 엿듣는다. 그와 반대로 나는, 전화벨이 울리면 전화 있는 곳으로 뛰어가서 고객들의 희망사항들을 듣고, 힘든 결정을 내리고, 많은 설득을 해야만 한다. 그러나 무엇보다도 이 모든 일이 일어나는 동안에 나도 모르게 하라스에게 벽을 통해서 보고를 해주는 셈이다. 아마 그는 이야기가 끝나기를 기다리지도 않고, 내가 충분히 주지시켜준 통화 대상자가 있는 곳으로 가기 위해 일어설지도 모르는 일이다. 그는 자신의 습관대로 도시를 가로질러 휙 지나갈 것이고, 내가 수화기를 놓기도 전에 벌써 나에게 반하는 행동을 하기 시작할 것이다.

튀기*

나는 반은 고양이 새끼이고, 반은 양인 별난 짐승 한 마리를 가지고 있다. 그것은 아버지의 소유였다가 상속받은 것이다. 그러나 이것은 내가 데리고 있는 동안에야 비로소 변하기 시작했다. 전에는 고양이 새끼보다는 훨씬 양에 가까웠다. 그러나 지금은 거의 양쪽 면을 똑같이 지니고 있다. 고양이로부터는 머리와 발톱을, 양으로부터는 크기와 모양을, 그리고 양쪽 다에게서 깜빡거리는 온화한 눈을, 부드럽고 빽빽하게 난 털과 폴짝폴짝 뛰면서도 살금살금 기기도 하는 몸놀림을 물려받았다. 창턱 위에 비치는 햇빛 속에서 몸을 동그랗게 오그리고 가르랑거리고, 풀밭에서는 얼마나 잘 뛰어다니는지 통 잡을 수가 없다. 고양이 앞에서는 달아나고, 양들은 공격하려 든다. 달 밝은 밤이면 처마는 이 짐승이 제일 좋아하는 길이다. 야옹 소리도 못 내고 쥐들은 싫어한다. 그것은 닭장 옆에서 몇 시간이고 매복할 수 있기는 하지만 아직 잡아죽일 기회를 이용한

---

* 이 작품 역시 같은 제목으로 카프카 전집 제1권에 실려 있으나 텍스트 중 많은 부분이 유고와 달라 다시 번역했다. (옮긴이)

적은 없다. 나는 그것에게 달콤한 우유를 먹이는데, 우유가 제일 잘 받기 때문이다. 그것은 맹수 같은 이빨 너머로 우유를 길게 들이마신다. 물론 이것은 어린아이들에게 하나의 커다란 구경거리이다. 일요일 오전은 방문 시간이다. 나는 그 작은 짐승을 무릎 위에 올려놓고, 모든 이웃집 아이들은 내 주위에 빙 둘러선다. 그러면 인간으로서는 대답할 수 없는 정말 진기한 질문들이 나온다. 나는 대답하려 애쓰지 않는다. 나는 별달리 설명하지 않고도 내가 가지고 있는 것을 보여줌으로써 만족한다. 가끔 아이들은 고양이를 가져오기도 하고, 언젠가는 양을 두 마리 가져오기까지 했다. 그러나 그들의 기대와는 달리 그것들이 서로 알아보는 장면은 연출되지 않는다. 그 동물들은 동물의 눈으로 조용히 서로를 바라보았고, 분명히 서로의 존재를 신의 섭리로 받아들이고 있었다.

그 동물은 내 무릎 위에서 두려움도, 추격하고 싶은 욕망도 보이지 않는다. 그것은 나에게 몸을 비벼댈 때가 최고로 기분이 좋다. 그것은 자신을 키워준 가족을 따른다. 그것은 그 어떤 이상한 충성심이 아니라, 이 지구상에 수많은 친족을 가지고는 있지만, 피를 나눈 단 하나의 혈족도 가지고 있지 못한 동물의 정확한 본능일 것이다. 그렇기 때문에 그 동물에게는 우리에게서 찾은 피난처가 신성한 것이다. 이따금씩 그것이 코로 킁킁거리며 내 주위의 냄새를 맡고, 다리 사이에서 비비적거리고, 내게서 조금도 떨어지지 않을 때면 나는 웃을 수밖에 없다. 그것은 양이면서 고양이라는 것으로도 충분치 않아 역시 개이고 싶어한다. 말하자면 나는 그 유사성을 진지하게 믿고 있다. 그것은 두 가지 불안을 지니고 있는데, 즉 고양이의 불안과 양의 불안을 내면에 지니고 있다. 퍽이나 종류가 다른데도 말이다. 그래서 그에게는 자기 살갗이 너무도 비좁다. 어쩌면 이 동물에게는 푸줏간 주인의 칼이 구원일지 모른다. 하지만 유품인 그것을 그럴 수는 없다.

어떤 작은 소년이 아버지의 유일한 유품으로 고양이 한 마리를 가지고 있었는데, 이 고양이 덕으로 그는 런던 시장이 되었다. 나는 나의 유품인 내 동물 덕으로 무엇이 될 것인가? 이 거대한 도시는 어디로 뻗어 있는가?

글로 그리고 구두로 전해 내려온 세계사는 종종 완전히 거부된다. 물론 인간의 예감능력은 종종 나쁜 길로 이끌어 가기도 하지만, 그러나 어쨌든 이끌어 가는 것이기에 어떤 인간이든 그것을 버리지 않는다. 그러므로 예를 들면 세계의 일곱 가지 기적에 관한 전설은 항상 여덟번째 기적이 더 있었을 거라는 소문에 둘러싸여 있었다. 이 여덟번째의 기적에 관해서는 아마도 서로 모순되는 여러 가지 보고들이 나왔고, 그 보고의 불확실성은 고대의 불명료함으로 설명되었다.

"신사 숙녀 여러분, 여러분은" 하고 유럽식 복장을 한 아랍인이 단체 여행객들에게 대략 이런 식으로 인사말을 시작했는데, 그들은 귀담아 듣지도 않았고 형식적으로 몸을 살짝 구부렸을 뿐, 그들 앞 삭막한 돌의 땅에 솟아 있는 불가사의한 건축물을 주시했다. "분명 여러분은 이 자리에서, 우리 여행사가 다른 모든 여행 알선 업체들보다, 오래된 유명 업체들보다도 훨씬 낫다는 것을 인

정하실 것입니다. 이들 경쟁자들은 오랜 손쉬운 습관에 따라 단지 역사책에 들어 있는 세계의 일곱 가지 불가사의로만 손님들을 안내합니다. 그러나 우리 여행사는 여덟번째 세계 불가사의를 보여드립니다."

아니야, 안 돼.

많은 사람들은 그를 위선자라고 말한다. 또 다른 사람들은, 단지 그렇게 보일 뿐이라고 말한다. 나의 부모님은 그의 아버지를 알고 있다. 그래서 지난 일요일 그의 아버지가 우리 집을 방문했을 때, 나는 그의 아들에 관해 단도직입적으로 물었다. 하지만 그 노신사는 교활해서 그와 맞서기는 어려운 일이고 그리고 나에게는 거기에 대응할 수 있을 만한 노련함이 없다. 대화는 활기에 찼으나, 내가 질문을 던지자마자 곧 조용해졌다. 아버지는 초조한 나머지 수염을 매만지기 시작했고, 어머니는 차를 준비하러 일어섰다. 그러나 그 노신사는 미소를 지으며 파란 눈으로 나를 주시하고는, 머리카락이 아주 흰 그리고 주름잡힌 창백한 얼굴을 옆으로 기울였다. "그래요, 젊은이" 하고 그는 말하고는 이른 겨울 저녁 벌써 타오르고 있는 탁자 램프에 눈길을 주었다. 이윽고 그는 "그애와 이야기를 나눈 적이 있습니까?" 하고 물었다. "아닙니다" 하고 나는 대답했다. "하지만 저는 이미 그에 관해 많이 들었습니다. 그리고 후에 그가 그럴 의향이 있다면, 저도 기꺼이 그와 이야기하

고 싶습니다."

"도대체 무슨 일이야? 도대체 무슨 일이냐구?" 하고 나는 외쳤고, 아직 침대 속에서 잠에 취한 채 두 팔을 공중으로 뻗었다. 그런 다음 일어났지만, 현재 상태를 여전히 의식하지 못한 채, 흡사 나를 방해했던 몇몇 녀석들을 배제해야 할 것 같은 느낌이 들었다. 그래서 그에 필요한 손짓을 하고서 마침내 열려 있는 창으로 갔다.

당신의 발 쪽으로 펼쳐진 양탄자.
당신의 몸 쪽으로 펄럭이는 차양.

속수무책이다. 봄철의 헛간. 봄철의 폐결핵 환자.

옛날 노래인 "원형 투기장의 영웅들인 그대들이여 시작할지어다"를 연주하고 있다.

원형 투기장의 영웅들인 그대들이여 시작하라,
경기를 시작하라.
원형 투기장의 영웅들인 그대들이여 시작하라,
경기를 시작하라.

그 이유는 잘 알 수 없지만, 가장 위대한 투우사가 종종 외진 소도시의 다 무너진 원형 투기장을 선택하는 일이 생기곤 하는데, 마드리드 관중들은 지금까지 그 도시의 이름을 거의 알지 못했다. 그런 투우장은 수백 년 동안 방치된 채, 이쪽은 풀이 무성하게 자라 아이들의 놀이터가 되어 있었고, 저쪽은 삭막한 돌투성이라서 뱀이나 도마뱀들의 휴식처가 되어버렸다. 투우장 위쪽 가장자리는 오래전에 허물어져서, 주변에 있는 가옥들의 채석장이 되어버렸고, 이제는 겨우 오백 명을 수용할 수 있을까 말까 하는 움푹 파진 작은 웅덩이가 되어버렸다. 부속 건물도 없고, 무엇보다 가축 우리도 없다. 그러나 가장 곤란한 것은, 철도가 아직 여기까지 건설되지 않아서, 제일 가까운 역에서 마차로 세 시간, 걸어서 일곱 시간이 걸린다는 점이다.

---

*

"사냥꾼 그라쿠스여, 당신은 이미 수세기 이래 이 낡은 거룻배를 타고 항해하고 있는데, 그래 그 항해는 어떤가요?"

"벌써 십오 세기째 항해하고 있다네".

"그런데 항상 이 배로 항해했나요?"

"항상 이 조각배를 탔다네. 내 생각에 조각배란 말이 올바른 표현일 걸세. 자네는 배에 관한 한 통달하고 있지 않은가?"

"그렇지 않습니다. 내가 당신에 대해 알게 되고, 이 배에 들어선 오늘에야 비로소 그것에 대해 관심을 갖게 되었습니다."

"사과할 것 없네. 나 역시 내륙 출신이라네. 나는 항해자도 아니었고 그럴 마음도 없었다네. 산과 숲은 나의 친구들이었지. 그런데 이제는 — 가장 오래된 항해자인 사냥꾼 그라쿠스, 뱃사람의 수호신, 폭풍이 몰아치는 밤에 망루 안에서 겁을 먹고 있는 견습 선원이 두손을 비비면서 숭배하는 사냥꾼 그라쿠스가 되어버린 거야. 웃지 말게나."

"내가 웃었다고요? 아닙니다. 정말 아닙니다. 나는 가슴을 두근거리면서 당신의 선실 문 앞에 서 있었습니다. 두근거리는 가슴으로 나는 이 선실에 들어섰습니다. 당신의 상냥한 태도가 마음을 좀 놓이게 합니다만, 나는 내가 누구의 손님이라는 것을 결코 잊지 않을 것입니다."

"그렇고말고. 자네가 옳네. 어떻든, 나는 사냥꾼 그라쿠스라네. 포도주 좀 마시지 않겠나. 상표는 알 수 없지만 달콤하고 진하다네. 선주가 잘 마련해주고 있지."

"지금은 괜찮습니다. 나는 몹시 불안하답니다. 당신께서 그때까지 여기에 머물도록 허락해주신다면 나중에 마시도록 하겠습니다. 그런데 어느 분이 선주지요?"

---

* 막스 브로트 전집에는 「사냥꾼 그라쿠스에 대한 단장 Fragment zum Jäger Gracchus」으로 되어 있으며, 카프카 전집 제1권에 있는 「사냥꾼 그라쿠스」(막스 브로트가 이 작품 제목을 자의로 붙임)를 이해하는 데 보충적인 자료로서도 중요하다. 카프카는 이 작품에 대한 4개의 미완성된 판본을 남겼는데, 분량과 내용 면에서도 다소 차이가 난다. (옮긴이)

"이 조각배의 소유자이지. 선주들은 아주 훌륭한 사람들이라네. 나는 그들만은 이해할 수가 없다네. 내 이야기는 그들 언어를 두고 말하는 것은 아니라네. 비록 내가 그들의 언어를 종종 이해하지 못할 때도 있지만 말이네. 그러나 그런 것은 부차적일 뿐이라네. 나는 수 세기가 흐르면서 언어들을 충분히 배우게 되었지. 그래서 선조들과 오늘날 사람들간의 통역사일 수도 있지. 하지만 선주들의 생각은 이해할 수가 없다네. 아마 자네는 그것을 나에게 설명할 수 있을지도 모르겠네".

"큰 기대는 하지 마십시오. 어찌 내가 당신에게 그것을 설명할 수 있겠습니까. 나는 당신에 비하면 겨우 칭얼거리는 어린아이에 불과하답니다."

"그렇지 않네. 분명 그렇지 않네. 자네가 좀더 남자답게, 좀더 자의식을 갖고 행동한다면, 나에게 호의를 베푸는 게 될 것이네. 그림자 같은 손님과 내가 무얼 하겠나. 나는 혹 불어 그를 창을 통해 바다로 날려보낼 수 있다네. 나는 여러 가지 설명들이 필요하다네. 저 세상 밖을 떠돌아다니고 있는 자네는 설명해줄 수 있을 걸세. 하지만 내 책상 곁에서 덜덜 떨게 되면 그리고 자기 기만으로 인해 자네가 알고 있는 그 하찮은 것을 잊어버리게 된다면, 자네는 곧 짐을 싸야 할 걸세. 나는 내가 생각하는 대로 그렇게 이야기한다네".

"그 말 속에 무언가 바른 게 있는 것 같군요. 사실 나는 여러 가지 점에서 당신보다 낫습니다. 그러므로 나는 자제하려고 애쓸 것입니다. 자, 물어보세요!"

"나아졌네, 훨씬 나아졌어. 자네는 그 점에서는 도가 지나치네. 어떤 우월감에 사로잡혀 있단 말이네. 자네는 나를 올바로 이해해야 하네. 나도 자네처럼 인간이라네. 비록 내가 자네보다 수세기나 나이가 많지만 참을성은 수세기나 덜하다네. 그러니 선주에 대해 이야기해보세나. 조심하게! 자, 포도주를 들게. 그러면 정신이 날 걸세. 어려워 말고. 강해야 하네. 아직 온통 뱃짐뿐이라네."

"그라쿠스여, 정말 훌륭한 포도주군요. 선주께서 살아 계셔야 하는 건데요."

"오늘 돌아가시다니 슬픈 일이야. 훌륭한 분이셨지. 그분은 평화롭게 가셨지. 예의 바르게 자란 아이들이 그의 임종의 자리에 서 있었고, 발끝에선 부인께서 혼절해 쓰러지셨어. 하지만 그분이 마지막으로 염두에 둔 것은 나였지. 훌륭한 함부르크인이었지."

"아니, 그럴 수가, 함부르크인이라구요, 그런데 당신은 여기 남쪽에서 그분이 오늘 돌아가셨다는 것을 알고 있단 말인가요?"

"뭐라고? 내 선주가 언제 돌아가셨는지 알아서는 안 된다는 건가. 자네는 정말 아둔하군."

"나를 모욕할 생각입니까?"

"아니야, 전혀 그렇지 않아. 본의 아니게 그런 거야. 그렇게 놀라지만 말고 포도주를 더 들게나. 그러나 선주의 태도는 이러했다네. 조각배는 원래 누구에게도 속하지 않는다는 거야."

"그라쿠스여, 청이 하나 있습니다. 우선 나에게 간략하게 말해주십시오. 당신이 어떤 상태인지 자세한 사정을 말입니다. 진실로 고백하건대, 나는 그것을 정말 모르겠습니다. 당신에게는 물론 자명한 일이겠지만요. 당신은 생리적으로 온 세상일에 대해 알아야 한다고 생각하지만, 세상 사람들은 이 짧은 삶 속에서 ─ 인생은 정말 짧아요. 그라쿠스여, 이 점을 이해해주세요 ─ 자신과 자기 가족을 부양하기 위해 두 손 가득히 해야 할 일이 있어요. 비록 사냥꾼 그라쿠스가 흥미롭기는 하지만 ─ 그것은 확실합니다. 아첨하는 게 아닙니다 ─ 그를 생각할, 그의 안부에 대해 물어볼, 아니면 그에 대해 걱정할 시간적 여유가 없어요. 아마 당신이 말하는 함부르크인처럼 임종시에나 그게 가능할지 모르겠습니다. 그때서야 그 근면한 남자는 난생 처음으로 몸을 쭉 펴고 그리고 한가롭게 그 녹색의 사냥꾼 그라쿠스를 생각할지도 모릅니다. 그러나 그 외엔 이미 말한 것처럼 나는 당신에 대해 아는 게 전혀 없습니다. 나는 사업차 이 항구에 온 겁니다. 조각배가 정박해 있는 것을 보고, 디딤판이 마련되어 있어서 그것을 딛고 건너왔을 뿐입니다 — 하지만 어쨌든 나는 당신에 대해 자세한 사정을 좀 알고 싶습니다."

"아아, 자세한 사정을 말이지. 아주 오래된 이야기지. 모든 서적들은 그것으로 가득 차 있고, 모든 학교에선 선생님들이 그걸 칠판에 그리고 있으며, 아이들이 젖을 빠는 동안 어머니들은 그것을 꿈꾸지 — 그런데 자네라는 자는 여기에 이렇게 앉아 나에게 그 내막을 묻고 있다니. 자네는 정말이지 방탕한 청춘 시절을 보냈음에 틀림없군."

"원래 청춘 시절엔 그럴 수 있지요. 그렇지만 당신이 한번 세상을 좀 돌아보는 것이 참으로 유용하리라는 생각이 드는군요. 당신에게는 우습게 보일지 몰라도, 여기에 있는 나 자신도 그것에 대해 놀라워하지요. 그렇지만 그것은 사실 그래요. 우리는 얼마나 많은 것들에 대해 이야기하는지 몰라요. 그렇지만 당신은 우리 도시 사람들의 대화의 대상이 아닙니다. 당신은 그 대화에 들어 있지 않아요. 세상은 자기 갈 길을 가고 있고, 당신은 당신의 항해를 하고 있어요. 하지만 오늘날까지 나는 그 둘이 서로 교차하는 것을 한 번도 본 적이 없습니다."

"여보게, 그것은 자네 방식의 관찰이라네. 다른 사람들은 다른 방식의 관찰을 해왔단 말일세. 여기에 두 가지 가능성만이 있지.

자네가 나에게 관해 알고 있는 것을 모른 척할 경우, 그때엔 자네가 분명 어떤 의도를 가지고 있는 것인데, 이런 경우 솔직하게 말하면 자네는 잘못된 길을 가고 있다는 거야. 아니면 자네가 실지로 나를 기억할 수 없다고 믿고 있는 거겠지. 자네는 나의 이야기를 다른 이야기와 혼동하고 있을 테니까 말이야. 이런 경우에 나는 자네에게 이렇게 말할 수 있을 뿐이야. 나는 — 아니야, 나는 설명할 수가 없어. 누구나 다 알고 있는 것을 다름 아닌 내가 자네에게 이야기해야 하다니! 벌써 오랜 시간이 흘렀다네. 역사가에게나 가서 물어보게! 그들은 자신의 방에서 입을 떡 벌리고 옛날에 일어난 사건들을 바라보며 그것을 쉬지 않고 기록한다네. 그들에게 갔다가 다시 오게나. 벌써 오랜 시간이 흘렀다네. 대체 이렇게 과도하게 가득 찬 뇌 속에다 어찌 그것을 보전할 수 있단 말인가."

"기다리세요, 그라쿠스. 내가 당신의 기분을 덜어드리지요. '어디 출신이지요?' 하고 묻겠습니다."

"잘 알려졌듯이 슈바르츠발트 출신이지."

"물론 슈바르츠발트 출신이지요. 그런데 당신은 그곳에서 사 세기에 무언가 사냥을 했나요?"

"아니, 자네가 슈바르츠발트를 아나?"

"아니, 모릅니다."

"자네는 정말 아무것도 모르는구먼. 사공의 어린아이도 자네보다는 많이 알고 있다네. 모르긴 해도 훨씬 많이 알 걸. 대체 누가 자네를 들어오게 했지. 그게 화근이구먼. 자네의 그 끈질긴 겸양은 정말 알아줘야겠군. 자네는 마치 무無같네. 내가 포도주로 채워주지. 여하튼 자넨 그렇다면 슈바르츠발트를 알 리 없지. 나는 이십오 세까지 그곳에서 사냥을 했지. 영양(알프스 지방에 사는 산양으로

4세기경 당시 독일 서남부 산맥인 슈바르츠발트에서는 희귀종이었다고 한다— 옮긴이)이 나를 유혹하지만 않았어도 — 자네도 이젠 알겠지만 — 나는 오랫동안 멋진 사냥꾼 생활을 했을 거야. 그러나 그 영양이 나를 유혹했다네. 나는 굴러 떨어져 바위에 부딪혀 죽었지. 더 이상 묻지 말게. 여기에서 나는 죽었어, 죽었어, 죽어버렸다네. 어째서 내가 여기에 와 있는 건지 알 수가 없네. 당연히 그렇듯이 당시 나는 죽음의 거룻배에 실리게 되었다네. 가련한 사자死者였지. 누구에게나 다 그렇듯이 나에게도 서너 가지 일이 치러졌지. 사냥꾼이라고 무슨 예외가 있었겠나. 모든 것이 정상이었다네. 몸을 쭉 편 채로 나는 거룻배에 누워 있었다네.

세상의 반이 그를 알고 있듯이 우리 모두 로트페터를 알고 있다. 그가 객연 배우 출연을 위해 우리 도시에 왔을 때 나는 그와 개인적으로 가까이 알고 지내야겠다고 결심했다. 어렵지 않게 면회가 허용되었다. 농담이긴 하지만, 모두가 가장 가까이에서 명사들이 호흡하는 모습을 바라보기를 열망하는 대도시에서 그것은 분명 어려운 일일 것이다. 하지만 우리 도시에서는 그것도 일층 관람석에서 그 놀라운 광경을 바라볼 수 있도록 허락한 것이다. 그렇기 때문에 호텔 고용인의 말에 의하면 내가 지금까지 그를 방문한 유일한 사람이라는 것이다. 매니저인 부제나우 씨는 지나치다 싶을 정도로 친절하게 나를 맞아주었다. 그는 로트페터가 묵는 집 대기실에 앉아 계란 요리를 들고 있었다. 오전이었는데도 그는 공연 때나 입는 저녁 연미복을 입고 있었다. 내가 낯선 그리고 중요치도 않은 손님인데도 나를 보자마자 최고 훈장의 소유자이자

조련사들의 왕이며 유명 대학들의 명예박사인 그는 — 벌떡 자리에서 일어나 내 두 손을 잡고 악수를 하고는 앉으라고 권했다. 그러고는 숟가락을 테이블 보에 닦아서는 달걀 요리를 들라며 그것을 아주 다정하게 나에게 내밀었다. 내가 거절하는데도 아랑곳하지 않고서 나중에는 나에게 직접 떠 먹이고자 했다. 나는 그를 겨우 진정시키고 나서 접시와 숟가락을 억지로 되돌려주었다. 그는 "당신께서 와주셔서 대단히 감사합니다"라고 말하고는 강한 외국식 억양으로 "정말 감사합니다. 그것도 제때에 와주셨습니다. 로트페터는 항상, 유감스러운 일이지만 항상 사람을 맞아들일 수 있는 것은 아닙니다. 그는 사람을 보는 것에 거부감을 일으키지요. 그런 때엔 그게 누가 됐든 간에 면회가 허락되지 않습니다. 나 자신도, 나 자신 스스로도 단지 사업상으로만 그와 만날 수 있습니다. 그것도 무대에서 말입니다. 그러나 공연이 끝나면 나는 바로 사라져야 합니다. 그는 혼자 집으로 가서 방문을 닫아걸고는 다음날 저녁까지 머무는데 그건 자주 반복되는 일입니다. 그의 침실에는 항상 커다란 여행용 광주리 가득히 과일이 담겨져 있습니다. 그렇게 머물러 있는 경우엔 그는 그것으로 영양을 취합니다. 물론 감시 없이 그를 내버려둘 수는 없기 때문에 나는 언제나 맞은편에 있는 집에 세를 들지요. 그리곤 커튼 뒤에서 그를 관찰한답니다."

"로트페터 씨, 내가 여기 당신 맞은편에 앉아서, 당신이 말하는 것을 듣고, 당신을 위해 건배할 때면 — 당신이 그것을 찬사라고 생각하든 안 하든, 그건 정말 진실입니다 — 당신이 침팬지라는 사실을

완전히 잊어버리곤 합니다. 한참 나를 생각으로부터 현실로 억지로 되돌려놓은 후에야 내가 누구의 손님인지를 확연히 알게 됩니다."

"그렇군요."

"당신은 아주 조용해지셨군요, 어째서이지요? 지금 막 우리 도시에 대해 놀라울 정도로 정확한 판단을 말해주시더니 이제 그렇게 조용히 계시군요."

"조용하다고요?"

"어디가 편찮으신가요? 조련사를 부를까요? 이 시간이면 저녁 식사를 할 때가 아닌가요?"

"아닙니다, 아니에요. 괜찮아요. 나는 당신에게 과거사를 말할 수 있었어요. 이따금씩 인간에 대한 그러한 반감이 엄습해올 때면 나는 구역질을 거의 참을 수 없을 지경이 되지요. 물론 그것은 개개 인과는 아무런 상관이 없어요. 당신과 같이 사랑스러우신 분은 전혀 상관이 없습니다. 그것은 모든 인간들에 대한 거부감이지요. 그건 전혀 이상할 게 없지요. 예를 들어 당신이 원숭이와 함께 지속적으로 살아야 한다면 아무리 자제하더라도 분명 유사한 발작 증세를 일으킬지 모릅니다. 그런데 내가 혐오하는 것은 본래 동료들의 냄새가 아니고 내가 받아들였던 인간 냄새입니다. 그 냄새는 옛날 나의 고향의 그 냄새와 섞여 있습니다. 제발 당신이 한번 맡아보십시오! 여기 가슴에서 나는 냄새를! 코를 털가죽 깊숙이 대세요! 더 깊이 말입니다."

"유감스럽게도 난 특별한 어떤 냄새도 맡을 수 없는데요. 잘 다듬은 육체의 익숙한 냄새 외엔 아무것도 맡을 수가 없습니다. 도시인들의 코는 여기서는 절대적이지 못하지요. 물론 당신은 우리에게서 스쳐 지나가는 수천 가지의 냄새를 맡겠지만요."

"예전에는 그랬지요, 예전에는요. 그러나 이젠 없어졌어요."

"당신 자신이 그것을 시작하셨으니 감히 질문을 드리겠습니다. 당신은 우리 인간들과 얼마동안이나 사셨습니까?"

"오 년입니다. 다섯번째 팔월이 되면 오 년이 되지요."

"대단한 성과군요. 오 년 동안에 원숭이 본성을 집어던져버리고 온 인류의 발전 과정을 내달려오다니요. 정말이지 지금까지 어느 누구도 그런 적이 없었지요. 이 경주로엔 오직 당신뿐입니다."

"대단하다고 생각하지요. 때로는 나의 상상을 초월할 정도였으니까요. 하지만 조용한 시간엔 그렇게 극단적으로 판단하지 않습니다. 내가 어떻게 잡혔는지 아시나요?"

"당신에 관하여 인쇄된 것이라면 무엇이든지 다 읽었습니다. 당신은 총에 맞아 잡혔지요."

"그래요. 나는 두 발을 맞았는데, 한 발은 여기 뺨에 맞았지요. 그 상처는 물론 지금 보이는 이 흉터보다 훨씬 컸습니다. 그리고 또 한 발은 허리 아래쪽에 맞았지요. 당신이 흉터를 볼 수 있도록 바지를 벗겠습니다. 자, 여기가 총알이 관통한 곳입니다. 그것이 결정적인 중상이었지요. 나는 나무에서 떨어졌는데, 깨어나보니 중간 갑판의 우리에 있었습니다."

"우리 속에요! 중간 갑판에요! 당신 자신이 하는 이야기를 듣고 보니 사람들이 잘못 읽고 잘못 파악하고 있는 거군요."

"그걸 직접 체험해보았더라면 또 다르겠지요. 나는 탈출구가 없다는 것이 무엇을 뜻하는 건지 그때까지만 해도 몰랐습니다. 그것은 사면이 쇠창살로 된 우리가 아니라, 삼면이 창살로 된 우리가 한 궤짝에 고정되어 있는 형태였습니다. 그러니까 그 궤짝이 우리의 네번째 벽이 되는 셈이었습니다. 그 전체는 똑바로 일어서기에는 너무 낮고 주저앉기에는 너무 협소했습니다. 그래서 나는 무릎을 굽히고 쪼그리고 앉아 있을 수밖에 없었습니다. 격분해서 아무도 보고 싶지 않았기 때문에 궤짝 쪽을 향하고 있었습니다. 그렇게 나는 무릎을 달달 떨면서 낮과 밤을 숨어 기다렸습니다. 그동안 뒤에서는 쇠창살이 살 속을 파고들었습니다. 사람들은 우선 야생동물들을 그런 식으로 보관하는 것이 유익하다고 생각하는데, 오늘날 나의 경험에 비추어보면, 인간적인 의미에서는 그것이 맞다는 것을 부인할 수가 없습니다. 그러나 당시 인간적인 의미란 나에게 전혀 문제가 되지 않았습니다. 내 앞에는 궤짝이 있었었거든요. 판자 벽을 열어라, 이빨로 물어뜯어 구멍을 내라, 틈 사이로 몸을 밀어넣어라. 내가 그 틈을 처음 발견했을 때는 아무것도 모르고 기쁨에 차 소리치며 환영했지만 그 틈은 눈길조차 통과시키지 않았습니다. 난 어디로 갈 것인가? 판자 뒤편에는 숲이 있었습니다."

여름이었다. 우리는 풀 속에 누웠다. 우리는 피곤했다. 저녁, 저녁이 온다. 그대는 우리를 여기에 누워 있게 하겠지. 그대들이여 누워 있을지어다.

나의 두 손이 서로 싸움을 시작했다. 그것들은 내가 읽었던 책들을 탁 덮고는 방해가 되지 않도록 옆으로 치워놓는다. 그것들은 내게 인사를 하고는 나를 심판관으로 임명했다. 그러고는 두 손은 벌써 서로 손가락을 깍지 끼고 탁자 가장자리로 몰려갔다. 어느 쪽 손이 위에서 눌러대느냐에 따라, 어떤 때는 오른쪽으로 어떤 때는 왼쪽

으로 몰려간다. 나는 그들에게서 눈길을 떼지 않는다. 그들이 내 손인 이상 나는 공평한 심판관이어야 한다. 그렇지 않으면 나는 잘못된 심판을 했다는 고통을 짊어져야 할 것이다. 그러나 내 역할은 쉽지 않다. 손바닥 사이의 어둠 속에서는 여러 가지 술책이 사용된다. 이런 것들을 나는 놓쳐서는 안 된다. 그러므로 나는 턱을 테이블에 꼭 대고 있다. 이제 나는 어떤 것도 놓치지 않는다. 나는 일생동안 오른손을 더 귀여워했다. 그렇다고 왼손에 대해 악의를 가진 것은 아니었다. 만일 왼손이 무어라고 한마디만 했더라면, 이렇게 점잖고 공평한 사람인 나는 곧바로 그 불공평한 처사를 중지시켰을 것이다. 그러나 왼손은 한번도 투덜거리는 일 없이 내 곁 아래쪽에 매달려 있다. 그리고 오른손이 거리에서 나의 모자를 흔드는 동안에 왼손은 불안스레 나의 허벅지를 매만진다. 그것은 지금 벌어지고 있는 싸움을 위한 사전 준비였던 셈이다. 왼손 관절아, 너는 어떻게 힘이 강한 오른손에 계속해서 저항을 하겠다는 거냐? 소녀 같은 너의 손가락을 어떻게 상대의 다섯 손가락의 죄임 속에서 지켜나가겠느냐? 그것은 결국 싸움이 될 수 없고, 왼손이 끝장날 게 뻔하다. 이미 왼손은 탁자 끝 모서리에까지 몰려 있다. 그리고 오른손은 규칙적으로 마치 피스톤처럼 상하로 왼손을 흔들어대고 있다. 이러한 어려운 상황에서, 지금 싸우고 있는 것은 나 자신의 손이며, 내가 그들을 가볍게 밀쳐 서로를 떼어놓을 수 있고 그렇게 해서 이 싸움과 어려움을 끝낼 수 있다는 구제의 생각이 들지 않았더라면 — 나에게 이런 생각이 떠오르지 않았다면, 왼손은 관절에서 부러져 나가 탁자에서 내던져졌을 것이다. 그리고 오른손은 아마도 마치 머리가 다섯인 지옥의 사냥개와 같은 승리자의 무절제한 기세로 주시하고 있는 얼굴로 덤벼들었을 것이다. 그 대신 지금 두 손은 포개져 놓여 있고, 오른손은 왼쪽 손등을 쓰다듬

338

고 있다. 그리하여 성실하지 못한 심판관인 나는 그 모습에 머리를
끄덕인다.

_____

*

고매하신 학술원 회원 여러분!

여러분들은 원숭이로 살아왔던 저의 전력에 대한 보고서를 학술원에 제출하도록 요구하심으로써 저에게 영광을 베풀어주셨습니다.

유감스러운 일이지만 이런 뜻으로는 그 같은 요구에 응할 수 없습니다. 거의 오 년 가까이 저는 원숭이 세계와 떨어져 살고 있습니다. 그것은 달력으로 세면 짧을 수도 있는 세월입니다만, 제가 그래왔듯이 달음질쳐 지나가기에는 무한히 긴 세월이었습니다. 구간에 따라서는 저는 훌륭한 인사들의 안내를 받았고, 충고, 박수 갈채, 그리고 오케스트라의 성원도 받았지만, 근본적으로는 혼자서 달린 셈입니다. 왜냐하면 저와 동반했던 모든 것들은, 비유적으로 말씀드리지만, 장애물 앞 멀리 떨어져 있었기 때문입니다. 제가 만약 저의 출신이나 청춘 시절의 추억에 고집스레 집착하려 했다면, 이러한 성과는 불가능했을 것입니다. 바로 모든 고집을 포기하는 일이 제가 저 자신에게 부과했던 최고의 계명이었습니다. 자유로운 원숭이였던 저는 이 멍에에 순응했습니다. 그러나 그로 인해 추억이 점점 더 저에게 문을 닫아버렸습니다. 인간들이 원했을 경우에, 제가 저의 과거로 되돌아가는 문은 처음엔 하늘이 지상 위에 세운 문 전체를 통과하도록 저에게 맡겨졌었는데, 그러나 그 문은 앞으로 나아가도록 때리는 채찍질로 이루어진 저의 발전과 더불어 점점 낮아지고 옹색해졌습니다. 저는 인간 세상에서 한결 편안하고 동화

---

* 카프카가 생전에 낸 작품 모음집 『시골의사 *Ein Landarzt*』와 막스 브로트 전집에서는 「학술원에 드리는 보고 Ein Bericht für eine Akademie」라는 제목으로 되어 있으나 이 유고에서는 제목이 빠져 있다. 카프카가 모음집을 낼 때 따로 제목을 붙이고 많은 수정을 가한 결과 『시골의사』에 발표된 원본과는 상당한 차이가 있다. (옮긴이)

된 느낌을 가졌습니다. 제 과거로부터 소름이 끼칠 정도로 저를 뒤쫓아 불어오던 폭풍우는 가라앉았습니다. 오늘날 저의 발꿈치를 서늘하게 하는 것은 다만 한 점 바람일 뿐입니다. 그리고 그 바람이 불어오는, 옛날에 제가 지나왔던 저 먼 곳의 구멍은 너무 작아져버려서, 그곳까지 되돌아가기 위한 힘과 의지가 아무리 충분하다 하더라도, 제가 그 구멍을 통과하기 위해서는 제 몸에서 털가죽을 벗겨내야 할 것입니다. 솔직히 말씀드리자면, 저는 이러한 것들에 대해서도 역시 즐겨 비유법을 택하고 있습니다만, 솔직히 말씀드린다면, 여러분의 원숭이 성질 말입니다. 신사 여러분, 여러분이 그와 같은 어떤 본능을 지니고 있는 한, 저의 원숭이 성질이 저에게보다 여러분들에게 더 먼 것이라고는 할 수 없습니다. 그러나 그것은 여기 땅 위를 딛고 다니는 모두의 발뒤꿈치를 간질이고 있습니다. 그것이 작은 침팬지든 위대한 아킬레스든 간에 말입니다.

그러나 저는 여러분들의 질문에 대하여 극히 제한된 의미에서는 물론 답변할 수 있을 것이며, 더구나 매우 기쁜 마음으로 그렇게 할 것입니다. 제가 가장 먼저 배웠던 것은 악수하는 일이었습니다. 악수란 마음을 터놓는 것을 의미합니다. 제가 제 생애의 절정에 선 오늘날에야 비로소 저 첫번째 악수에 대해 솔직한 말을 덧붙일 수 있을지 모르겠습니다. 그것은 학술원에 무언가 본질적으로 새로운 것을 제시해주는 것도 아니며, 저에게 요구했던 것과 또 제가 최선을 다해도 말할 수 없는 그런 것과 동떨어진 것이 될 것입니다 — 어쨌든 그것은 예전의 원숭이가 인간 세계에 들어와 어떻게 정착하게 되었는지 그 지침을 보여주게 될 것입니다.

하지만 만약에 제가 제 자신에 대해 확신이 서지 않고 문명 세계의 커다란 버라이어티 쇼 무대에서 제 위치가 요지부동하게 확립되지 않았더라면, 저는 분명히 다음과 같은 사소한 이야기조차 말씀드릴 수 없었을 것입니다.

저는 황금해안 출신입니다. 제가 어떻게 잡혔는지에 대해서는 다른 사람의 보고서를 따라야 하겠습니다. 제가 저녁 무렵 무리에 섞여 물을 마시러 갔을 때, 하겐벡 회사의 사냥 원정대가 — 그 지휘자와 함께 저는 그 이후 좋은 붉은 포도주를 여러 병 비웠습니다 — 해안 숲속에 매복해 있었습니다. 사람들은 총을 쐈는데, 제가 총에 맞은 유일한 놈이었습니다. 저는 두 발을 맞았습니다. 한 발은 뺨에 맞았는데, 그것은 가벼운 것이었습니다. 그러나 털이 싹 밀린 크고 붉은 흉터가 남게 되었습니다. 그것은 저에게 불쾌하고도 전혀 어울리지 않는, 틀림없이 어떤 원숭이가 생각해냈을 빨간 페터라는 이름이 붙게 해주었습니다. 마치 제가 얼마전에 죽은, 길들여진 원숭이로 유명한 페터와 단지 뺨 위에 난 붉은 점밖에는 구별되지 않는다는 듯이 말입니다. 이것은 그저 가외로 말씀드렸을 뿐입니다. 두번째 총알은 허리 아래쪽에 맞았습니다. 그 상처는 심해서, 저는 지금도 약간 절룩거립니다. 최근에 저는 저에 대한 의견을 신문에 내고 있는 수많은 경솔한 사람들 중 어떤 한 사람의 글을 읽었습니다. 제 원숭이 본성은 아직 완전히 억제되지 않았으며, 방문객이 오면 총알이 관통한 자리를 보여주기 위해 제가 바지 벗기를 아주 좋아하는 것이 그 증거라는 것입니다. 그런 글을 쓰는 녀석의 손가락은 모두 하나씩 분질러놓아야 마땅합니다. 저는 말입니다, 저는 제 마음에 드는 사람 앞에서는 바지를 벗어도 좋은 것입니다. 왜냐하면 거기에는 잘 손질된 털과 흉터 — 여기서 하나의 특정한 목적을 위해 하나의 특정한 단어를 선택하기로 합시다. 그러나 그것은 오해되어서는 안 될 것입니다 — 포악한 사격에 의한 흉터밖에는 아무것도 보이지 않기 때문입니다. 모든 것이 환하게 드러나 있습니다, 숨길 것은 아무것도 없습니다. 진실이 문제가 될 경우, 너

그러운 사람들은 누구나 극히 세련된 매너 따위는 내팽개쳐버립니다. 그러나 저 필자들이, 방문객이 찾아올 때 바지를 벗는다면 그것은 물론 다른 모양새가 될 것입니다. 그래서 저는 이것을 그가 그런 짓을 하지 않는다는 이성의 표시로 간주하려고 합니다. 그러나 그렇다면 그는 자신의 섬세한 감각으로 저 역시 괴롭히지 말고 내버려두어야 할 것입니다.

그 사격 이후 저는 깨어났는데 — 여기서 제 자신의 기억이 차츰 되살아납니다 — 하겐벡 증기선의 중간 갑판에 있는 우리 안이었습니다. 그것은 사면이 창살로 된 우리가 아니라, 삼면이 창살로 된 우리가 한 궤짝에 고정되어 있었습니다. 그 궤짝이 우리의 네번째 벽이 되는 셈이었습니다. 그 전체는 똑바로 일어서기에는 너무나 낮고, 주저앉기에는 너무 협소했습니다. 그래서 저는 무릎을 굽히고 한없이 떨면서 쪼그리고 앉아 있었습니다. 그것도 처음에는 아무도 보고 싶지 않고 그저 어둠 속에만 있고 싶었기 때문에 궤짝 쪽을 향해 돌아앉아 있었는데, 그러고 있으면 뒤에서 쇠창살들이 살 속으로 파고들었습니다. 사람들은 우선 야생 동물들을 그런 식으로 보관하는 것이 유익하다고 생각하는데, 오늘날 저의 경험에 비추어 보면, 인간적인 의미에서는 실제로 그것이 맞다는 것을 부인할 수는 없습니다.

그러나 당시 저는 난생 처음으로 출구가 없는 상황에 처했습니다. 최소한 정면으로 나아가지 못했습니다. 제 앞 정면에는 궤짝이 있었고, 그것은 판자를 서로 단단하게 붙여 만든 것이었기 때문입니다. 판자들 사이에는 길게 틈이 하나 나 있었는데, 그것을 처음 발견했을 때는 아무것도 모르고 기쁨에 차서 소리치며 반겼지만, 이 틈새는 꼬리를 들이밀기에도 전혀 충분치 않았고, 원숭이의 온 힘을 다해도 넓힐 수가 없었습니다.

사람들이 훗날 저에게 말한 바에 의하면, 저는 이상할 정도로 거의 소리를 내지 않아서, 사람들은 제가 머지않아 죽거나 아니면 제가 최초의 고비를 넘기고 살아남게 될 경우 아주 잘 길들여질 수 있을 거라는 결론을 내렸다고 합니다. 저는 이 시기를 넘기고 살아남았습니다. 소리 죽인 흐느낌, 고통스러운 벼룩 잡기, 피로하게 야자를 핥는 일, 머리로 궤짝 벽을 두드리는 일, 누군가 가까이 다가오면 혀를 내보이는 일 ─ 그것이 새로운 생활에서 처음 했던 일이었습니다. 그렇지만 이런 가운데서도 단지 한 가지 느낌, 즉 출구가 없다는 느낌뿐이었습니다. 물론 저는 당시 원숭이로서 느꼈던 것을 오늘날에는 인간의 언어로 모사할 수 있을 뿐이며, 따라서 그것은 잘못 그리고 있는 것입니다. 그러나 제가 옛 원숭이의 진실에 더 이상 도달할 수 없다 하더라도, 적어도 저의 진술 방향에는 그 진실이 들어 있습니다. 그 점에는 의심할 여지가 없습니다. 저는 출구를 원했으니까요.

저는 이전까지는 그렇게도 많은 출구를 가지고 있었는데, 이제는 어디에도 출구가 없었습니다. 저는 옴짝달싹 못하게 되었습니다. 사람들이 저를 못박아놓았다 하더라도, 그보다 더 움직일 수 있는 자유가 줄어들지는 않았을 것입니다. 왜 그렇겠습니까? 너의 발가락 사이의 살을 할퀴어보아라, 그래도 너는 그 이유를 알 수는 없을 거다. 쇠창살이 너를 거의 두 동강낼 때까지 네 등을 거기 대고 눌러보아라, 그래도 너는 그 이유를 알 수는 없을 거다. 저에게는 출구가 없었습니다. 그렇지만 저는 그것을 마련해야만 했습니다. 왜냐하면 그것 없이는 살 수가 없었기 때문입니다. 언제까지나 그런 궤짝 벽에 갇혀 있다면 ─ 저는 죽음을 피할 수 없었을 것입니다. 그러나 하겐벡 회사에서는 원숭이들은 그런 궤짝 벽에 갇혀 있어야만 합니다 ─ 그러니 이제 저는 원숭이이기를 그만두었습니다. 그

344

것은 제가 어떻게 해서든지 틀림없이 배[腹]로 짜내었을 명석하고 멋진 사고의 과정이었습니다. 왜냐하면 원숭이는 배로 생각하기 때문입니다.

저는 제가 이해하고 있는 출구라는 말을 사람들이 제대로 이해하지 못할까봐 걱정이 됩니다. 저는 이 단어를 가장 일상적이고 가장 완전한 의미로 사용하고 있습니다. 저는 의도적으로 자유라고 말하지 않습니다. 저는 사방으로 열린 자유의 저 위대한 감정을 의미하는 것이 아닙니다. 원숭이였을 때 아마도 저는 그것을 알았을 것입니다. 그리고 저는 그러한 자유를 동경하는 인간을 알게 되었습니다. 그러나 저는 그 당시에도 그랬지만 오늘날에도 자유를 요구하지 않습니다. 가외로 말씀드린다면, 인간들 사이에서는 너무도 자주 자유라는 말로써 기만당하고 있습니다. 그리고 자유가 가장 숭고한 감정에 속하는 것처럼, 그에 상응하는 기만 역시 가장 숭고한 감정에 속합니다. 저는 버라이어티 쇼에서 제가 등장하기에 앞서 어떤 곡예사 한 쌍이 저 위 천장에서 공중 그네를 타는 것을 보았습니다. 그들은 훌쩍 그네에 뛰어올라, 그네를 구르고, 도약하고, 서로 상대방의 품안으로 날아들고, 한 사람이 입으로 다른 사람의 머리카락을 물어서 그를 지탱했습니다. '그것 역시 인간의 자유로구나' 하고 저는 생각했습니다. '안하무인격인 동작이다'라고요. 성스러운 자연에 대한 우롱이다! 이 광경을 보는 원숭이의 너털 웃음소리에는 어떤 건물도 지탱하기 힘들 것입니다.

그렇습니다. 저는 자유를 원치 않았습니다. 단지 하나의 출구만을 원했습니다. 내가 어느 자리에 있든 간에 궤짝 벽이나 그와 유사한 것에 의해 구속되어 있기를 원치 않습니다. 나는 단지 하나의 탈출구만을 원할 뿐입니다. 그것이 왼쪽이든 오른쪽이든 어디든 관계없이. 저는 그 밖의 다른 요구는 하지 않았습니다. 그 출구가 하나의 착각일지라도 말입니다. 요구하는 것이 작으니 착각 역시 그보다 더 클 수는 없을 것입니다. 전진, 오직 전진만이 있을 뿐! 궤짝 벽에 몸을 밀착시킨 채 팔을 쳐들고 가만히 서 있지만은 말아야 합니다.

오늘날 저는 분명히 알고 있습니다. 지극히 큰 내적 안정이 없었더라면 저는 결코 그것에 도달하지 못했을 것입니다. 그리고 아마도 오늘날 제가 이렇게 된 것은, 실제로 모두가 그곳 배 안에서 지낸 처음 며칠 후부터 나에게 엄습한 안정감 덕분일 것입니다. 그러나 그런 안정감은 다시금 그 배에 타고 있던 사람들 덕분이었을 것입니다. 어찌됐건 그들은 좋은 사람들입니다. 오늘날도 저는 제가 반쯤 잠들었을 때 울려오던 그들의 무거운 발걸음소리를 즐겨 회상해봅니다. 그들은 모든 것을 아주 천천히 시작하는 습성을 가지고 있었습니다. 어떤 이가 눈을 비비려고 한다면, 그는 늘어진 추를 들어올리듯 손을 올렸습니다. 그들의 농담은 거칠었지만, 정다웠습니다. 그들의 웃음소리에는 언제나 위태롭게 들리기는 해도 별것 아닌 기침이 섞여 있었습니다. 그들은 항상 입안에 뱉어낼 것을 가지고 있었고, 그들이 그것을 어디로 내뱉는가 는 그들에게 아무런 상관이 없었습니다. 그들은 항상 내 몸의 벼룩이 자기들에게 튀어오른다고 불평했지만, 그 때문에 나에게 진정으로 화를 낸 적은 한번도 없었습니다. 그들은 물론 내 털 속에 벼룩이 자라고 있고, 또 벼룩이 튀어 오르는 곤충이라는 것을 알았고, 또 그것을 감수했습니다. 그들이 비번일 때면, 몇몇 사람들은 가끔 내 주위에 반원으로 둘러앉아서, 말은 거의 하지 않고 다만 서로 구시렁거리기만 했습니다. 궤짝 위에 앉아서 다리를 쭉 편 채 파이프 담배를 피웠고, 제가 조금만 움직여도 곧바로 자신의 무릎을 쳤습니다. 그리고 가끔은 어떤 이가 나뭇가지를 들고 와서 제가 기분 좋아하는 곳을 긁어주었습니다. 오늘날 제가 이 배를 타고 함께 항해하자는 초대를 받는다면, 저는 분명히 거절할 것입니다. 그러나 제가 거기 중갑판에서 되살리게 될 추억은 불쾌한 것만은 아니라는 것 또한 분명합니다.

제가 이 사람들의 영역에서 얻었던 안정감은 무엇보다도 모든 도주의 시도로부터 저를 막아주었습니다. 오늘날 생각해봐도, 제가 살기를 원한다면 어떤 탈출구를 찾아내야만 한다는 것, 하지만 이 탈출구는 도주를 통해서 얻을 수 있는 것은 아니라는 것을 적어도 느끼고는 있었던 것 같습니다. 도주가 가능했는지 이제는 잘 모르겠습니다만, 저는 그랬을 거라고 생각합니다. 왜냐하면 원숭이에게는 언제나 도주가 가능하기 때문입니다. 지금의 제 이빨로는 이미 호두까기에도 조심해야 합니다만, 그 당시에는 틀림없이 시간이 지날수록 문의 자물쇠를 물어뜯는 데 성공할 수 있었을 것입니다. 저는 그렇게 하지 않았습니다. 그렇게 한들 무엇이 얻어졌겠습니까? 제가 머리를 내밀자마자, 사람들은 저를 다시 잡아서 더 고약한 우리 안에 가두었겠지요. 아니면 저는 눈에 띄지 않게 다른 동물들, 예컨대 제 맞은편에 있었던 구렁이들에게로 도망칠 수 있었을지 모르지만, 그것들에게 친친 감겨 숨을 거두었을 것입니다. 그것도 아니면 갑판 위에까지 몰래 기어올라가 뱃전에서 뛰어내리는 데 성공할 수도 있었을 것입니다. 그렇게 되면 저는 얼마동안 대양에서 흔들거리다가 아마 익사하고 말았을 것입니다. 절망적인 행위들인 거지요. 저는 인간들처럼 그렇게 계산하지는 않았습니다만, 제 주변 환경의 영향에 따라 마치 제가 계산을 하기라도 했던 것처럼 처신했습니다.

저는 계산을 하지는 않았지만, 아주 침착하게 관찰했습니다. 저는 이 사람들이 언제나 같은 얼굴, 같은 동작으로 이리저리 걸어다니는 것을 보았습니다. 저에게는 그들이 단 한 사람 같아 보였습니다. 이 사람, 아니 이 사람들은 아무런 방해를 받지 않고 걸어다녔습니다. 하나의 높은 목표가 저에게 어렴풋이 떠올랐습니다. 제가 그들처럼 된다면 쇠창살이 올려질 것이라는 것을 어느 누구도 제게 약속하지는 않았습니다. 이행 불가능해 보이는 그런 약속들은 해주지 않았습니다. 그러나 그런 일들이 실행될 경우 예전에 소망했던 그 약속들 또한 그곳에서 나중에서야 나타나게 되지요. 그런데 이 사람들 자체에는 제 마음을 강하게 사로잡는 것이라고는 아무것도 없었습니다. 제가 앞서 언급했던 저 자유의 신봉자였더라면, 저는 분명히 이 사람들의 눈길 속에서 저에게 보여진 탈출구보다는 대양 쪽을 택했을 것입니다.

[22]

그녀는 창가에 서서 조용한 거리를 내려다보고 있었다. 작은 방 안의 그녀 뒤에서는 남편이 옷을 입은 채로 침대에 누워 자고 있었다. 이웃에 사는 한 사람이 들어와 주위를 살펴보고는 다시 나갔다. 아래쪽 거리에 등불이 켜지자 그녀는 창문을 떠나 커피 끓일 준비를 하기 시작했다.

곤궁함이 넘쳐나는 시골길에 초라한 우마차 한 대. 할머니, 어머니 그리고 세 아이들이 나지막한 마차 지붕 아래 짚 속에 누워 있었다. 왼쪽 팔엔 네번째 아이를, 오른쪽 팔엔 고삐를 쥔 아버지는 앞으로 달려가는 말을 몰았다. 그들이 도시 성문에 왔을 때……

A. 무엇이 그렇게 당신을 괴롭히는가?
B. 모든 걸 이해할 수가 없어요. 나는 아무것도 이해하지 못해요.

나는 대단히 만족할 수도 있을 것이다. 나는 시 행정국의 관리이다.

349

시 행정국의 관리로 있다는 것은 얼마나 좋은 일인가. 일은 적고, 충분한 봉급, 많은 자유시간, 도시 곳곳에서 받게 되는 과분한 명망. 내가 엄격하게 시 행정국 관리의 상황을 생각해보아도 부러워하지 않을 수 없다. 그런데 나 자신이 바로 그런 시 행정국의 관리이다 — 그런데 나는 할 수만 있다면, 이 모든 영예를 사무실 고양이의 먹이로 주고 싶은 것이다. 그 고양이는 매일 오전 이 방 저 방 어슬렁거리면서 특별한 날에 먹는 늦은 아침 식사 찌꺼기를 긁어모은다.

나는 어떤 탈출구도 알지 못한다.

더 깊이 나는 할 수 있다……

만일 내가 아주 가까운 장래에 죽거나 혹은 생활능력을 완전히 잃게 된다면 — 나는 최근 이틀 밤이나 심한 각혈을 했기 때문에 이러한 가능성은 크다 — 나 스스로 나를 찢어버린 것이라고 말할 수 있다. 예전에 아버지가 거칠지만 공허한 협박으로 '너를 생선처럼 찢어버리겠다'고 늘상 말씀하셨는데 — 실지로는 내 손가락 하나 대지 않았다 — 이제 그 협박이 아버지와 무관하게 실현되고 있다. 세상과 — F(카프카는 자신의 약혼녀였던 펠리체 바우어 Felice Bauer 양의 첫 철자 F를 자주 그녀의 이니셜로 사용했다. 여기에서도 'Felice' 대신에

이니셜 F로 표현하고 있다 — 옮긴이) 는 그 대표자일 뿐이다 —내 자아는 해결될 수 없는 충돌로 내 육신을 찢어버리고 있다.

당신은 믿는가? 나는 모르겠다.

나는 대도시에서 공부하게 되었다. 아주머니가 나를 역에서 기다렸다. 언젠가 내가 아버지와 함께 그 도시를 방문했을 때, 나는 그녀를 본 적이 있었다. 지금은 그녀를 전혀 알아보지 못했다.

위쪽 환기 장치 구멍 안의 흉칙한 얼굴

절 도와주세요! 당신 스스로 돕도록 하세요.
나를 버릴 작정인가요? 그래요.
내가 당신에게 무슨 짓을 했는데요? 아무것도 하지 않았어요.

K. 조용히 하세요. 오늘 난 시작할 겁니다. 당신은 나를 위해 칠 년 동안이나 봉사해왔습니다. 당신은 꽤 많은 봉급을 받아왔습니다. 선물도 풍부하게 받았고요. 호숫가 빌라도 갖고 있습니다. 적어도

이 순간에 당신의 성과급을 좀 내린다 해도 그것으로 족하리라 생각합니다. 그렇다고 성과급이 많다는 뜻은 결코 아닙니다. 내가 당신을 해고하기 때문에 천 굴덴을 더 지불하도록 하겠습니다. 이의를 제기할 게 있나요?

<u>N</u>. 해고라고요?

<u>K</u>. 그래요, 그래. 이 시점부터 당신은 떠나야만 합니다. 나는 당신을 방금 해고했습니다. 당신에게 넌더리가 납니다. 당신은 나를 권태롭게 합니다. 심하지는 않지만 조금은 그렇습니다. 모든 다른 사람들로부터도 그 정도의 권태를 참아내야 되긴 하지만, 바보에게는 사실 그렇게 엄해서는 안 되기 때문입니다. ─ 그런 이유에서 그렇지요.

<u>N</u>. 그렇게도 참기 어렵습니까!

<u>K</u>. 그렇습니다. 아니, 그렇지 않습니다. 당신은 내가 말한 것처럼 지금 쫓겨난 상태입니다. 당신이 내 말에 동의하지 않고 농담이라고 생각한다면, 그러면……

너 까마귀야, 하고 나는 말했다. 늙은 불행의 까마귀야, 항상 내가 가는 길에서 무엇을 하고 있느냐. 내가 가는 곳마다 너는 앉아서 양쪽 깃털을 곤두세우고 있구나. 귀찮게스리!

　그래요, 까마귀는 머리를 숙이고 마치 강의를 하는 선생처럼 내 앞을 왔다갔다하면서, 그 말이 맞아요, 그것은 나 자신에게조차 거의 불쾌하게 느껴집니다, 하고 말했다. 어째서 나는 자문하는가……

숲과 강 ─ 내가 강물에서 헤엄을 치는 동안 그것들은 내 곁을 그렇게 헤엄쳐 지나간다.

날 좀 내버려둬요!

당신은 어디로 가려는 건가요?

그들이 밖에서 기다리고 있어요.

누가 기다리는가요?

나는 몰라요.

그렇다면 당신은 속였군요.

아니에요.

마침내 그는 공부하기로 되어 있는 그 도시로 오게 되었다. 방을 하
나 얻어 가방을 풀었다. 이곳에 오랫동안 살았던 동향인이 그를 거
리로 안내했다. 아주 우연하게도 옆쪽으로 길이 열리더니 그 길 끝
에 모든 교과서에 그 사진이 실렸던 명소들이 솟아올랐다. 그는 그
광경에 숨을 헐떡거렸고, 동향인은 팔을 들어 저 건너편을 향해 신
호를 보냈다.

야, 이 늙어빠진 건달놈아, 이쯤에서 한 번 결판을 내는 게 어때?

안 되지, 안 돼. 나는 절대 반대야.

그렇게 나올 줄 알았지. 그렇지만 너는 청산되어야만 해.

내 친척들을 불러오겠다.

나도 역시 그러길 기다렸다. 그들 역시도 벽에다 내동댕이쳐버려
야 해.

당신은 어디서 오는 중인가?

날 좀 내버려두게나.

너무 경솔하게 굴지 말게. 떠돌이들은 그런 식으로 말해서는 안 되는 법이야. 우리는 우리 집에서 쉬어가려는 사람들이 어떤 사람들인가를 물어볼 권리가 있단 말이야.

나는 헤라클레스다.

자네가 말하는 이름은 참 이상하군. 자네가 온 행선지를 아는 게 이젠 더욱 중요해졌다네.

귀찮은 질문자군, 자넨 헤라클레스가 누군지도 모르나.

복된 자여! 당신이 그 위대한 반신半神 헤라클레스란 말이지? 한마디만 더해주게!

그렇다네……

고요함.

당신은 공원지기를 아십니까?

그래요, 분명히.

당신도 그가 미쳤다고 생각하지 않습니까?

평상시에 나를 갈아 부수는 두 개의 맷돌 사이에서 나를 끌어내어주는 것이 있다면 그것이 무엇이든 간에, 너무 심한 육체적 고통을

동반하지 않는다는 것을 전제로 하는 한, 나는 그것을 선행으로 느낄 것이다.

정당하지만 거친

내가 구급차 안에서 봉사하고 있는 그리고 나의 요청을 구타로 대신하고 있는 병든 여인에 대한 꿈.

햇볕 속으로 평평하게 나 있는 작은 베란다. 둑에서는 계속해서 평화롭게 물소리가 들려왔다.

아무것도 나를 잡지 않는다.
문과 창문은 열린 채이고
테라스는 넓고 텅 비어 있다.

K는 위대한 마술사였다. 그의 프로그램은 좀 단조롭긴 했지만, 성

과는 확실했기 때문에 언제나 인기를 끌었다. 내가 처음 그의 공연을 본 것은 그럭저럭 이십 년 전의 일로서, 당시 나는 아주 작은 소년이었지만 지금도 물론 그때 일을 뚜렷하게 기억하고 있다. 그는 우리의 작은 도시에 예고도 없이 나타나서는 도착한 날 밤에 바로 공연을 했다. 우리 호텔의 큰 식당 가운데에 있는 테이블을 중심으로 빙 둘러서 약간의 빈 공간이 마련되었다 — 고작 그것이 공연 준비의 전부였다. 내 기억으로는 그 홀 안은 초만원이었다. 등불이 몇 개 타오르고, 어른들의 목소리가 잡다하게 들리고, 급사가 이리저리 뛰어다니는 곳이라면 어디든지, 어린아이였던 나에게는 초만원인 것처럼 보였다. 그렇게 갑작스러운 공연에 어떻게 그렇게 많은 사람들이 올 수 있었는지 나는 그 이유를 알 수 없었다. 어쨌든 홀 안이 초만원이었다는 기억은 내가 공연에서 받은 인상에 분명 결정적으로 작용하고 있다.

내가 손을 대는 것은 무엇이든 무너진다.

일 년간의 상복 기간은 지나갔고,
새들의 날개는 축 처져 있다.
서늘한 밤이면 달은 모습을 드러내고,
편도나무와 올리브나무는 오래전에 무르익었다.

세월의 은혜.

통행세 징수원

그는 계산에 몰두한 채 앉아 있었다. 숫자의 커다란 대열. 가끔
그는 숫자로부터 얼굴을 들고 손으로 턱을 받쳤다. 계산에서 어떤
결과가 나왔을까? 불투명하기 그지없는 계산.

무엇 때문에 당신은 하고자 하는가?

어제 나는 처음으로 관리국에 갔다. 야근 동료들이 나를 신임자任者로 선출한 것이다. 우리 램프의 구조와 충전이 아무래도 불편해
서 나는 관리국에 가서 이 불편을 제거해달라고 독촉해야 했다. 사
람들이 해당 부서를 가르쳐주어 나는 방문을 노크하고 들어섰다. 얼
굴이 아주 창백해 보이는 얌전하게 생긴 한 젊은이가 커다란 책상
앞에 앉아서 나에게 미소를 지어 보였다. 그는 지나치다 싶을 정도
로 여러 번 머리를 끄덕거렸다. 나는 앉아야 할지 말아야 할지 알 수
가 없었다. 거기에는 안락의자가 준비되어 있었지만, 첫 방문 때부
터 곧장 앉기가 무엇해서 선 채로 사정을 이야기했다. 그러나 바로
이러한 겸손함이 도리어 그 젊은이에게 어려움을 가져다준 듯했다.

왜냐하면 그가 자신의 안락의자의 위치를 바꾸지 않는 한 ― 그는 그럴 마음도 없었다 ― 내 쪽으로 얼굴을 틀어서 위로 향해야 했기 때문이다. 그러나 다른 한편으로 그는 그토록 싹싹하게 응대를 하면서도 고개를 완전히 돌리지도 않았고, 내가 이야기하는 동안에도 반은 비스듬하게 둔 채 천장을 올려다보았다. 그래서 나는 내키지 않은 마음으로 그를 바라보았다. 내가 이야기를 끝마치자, 그는 천천히 일어나서 내 어깨를 두드리며, 그래요 그래 ― 그래요 그래 하고 말하더니 나를 옆방으로 밀었다. 그곳에는 아무렇게나 자란 긴 수염을 가진 남자가 있었는데, 그는 우리를 기다리고 있었던 게 분명했다. 왜냐하면 그의 책상 위에는 무엇인가 일을 하고 있었던 흔적이 전혀 보이지 않았기 때문이다. 반면 열려진 유리문은 꽃과 관목으로 가득한 작은 정원으로 통해 있었다. 그 젊은이가 낮은 목소리로 짤막하게 무엇인가를 설명하자, 그 사내는 즉시 우리의 여러 가지 고충을 납득하는 듯했다. 그는 곧 일어나서, 그러니까 말입니다 ― 하고 말했는데, 말을 더듬었다. 나는 그가 아마도 내 이름을 알고 싶어하는 것이라고 생각하고, 새삼 나를 소개하려고 막 입을 열었는데, 사내가 끼어들며 말했다. 아니, 좋아요. 그냥 그대로 좋아요. 나는 당신을 아주 잘 알고 있습니다. 당신의, 아니, 당신들의 요청은 아주 당연한 것이지요. 나나 관리국 사람들은 누구보다도 그런 것을 이해하는 사람들입니다. 믿어주십시오. 우리에게는 사람들의 행복이 공장의 번영보다 훨씬 중요한 일이지요. 어찌 안 그렇겠습니까? 공장은 몇 번이고 새로 지을 수 있지요. 다만 돈이 들 뿐이거든요, 돈이 뭔지, 하지만 한 사람이 죽게 된다면, 물론 한 사람이 죽을 뿐 아니라 미망인과 어린아이들이 남게 되지요. 아아, 맙소사! 그래서 우리도 새로운 안전책, 새로운 안도감, 새로운 안락함 그리고 호화로움을 도입하자는 모든 제안을 크게 환영하지요. 그런 제안을 해오

358

는 사람은 우리편이지요. 그러니 여기 우리에게 당신의 제안서를 놓아두고 가십시오. 그것을 자세하게 검토해보겠습니다. 거기에 아무리 작은 것이라도 뛰어난 새로운 점이 더 첨가될 수만 있다면, 우리는 분명히 그것을 방치해두지는 않을 겁니다. 모든 것이 끝나는 대로, 당신들은 새 램프를 받게 될 겁니다. 하지만 저 아래에 있는 당신 동료들에게 이렇게 전해주십시오. 우리가 당신들 갱도의 받침목으로 살롱을 만들었다면 몰라도, 여기서 그냥 멈추지는 않을 것이라고 말입니다. 그리고 당신들이 예장禮裝용 구두를 신고 죽지 않는한, 결코 멈추지 않을 거라고 말입니다. 그것이 다입니다.

아주 큰 단체가 하나 있었는데 나는 그중의 어느 누구도 알지 못했다. 그래서 나는 우선은 가만히 있다가 가장 쉽게 접근할 수 있는 사람을 천천히 찾아서 그 사람의 도움으로 그 패거리에 끼어들어야겠다고 생각했다. 창이 하나 달린 방은 상당히 작은 편이었는데, 여기에 스무 명 가량의 사람이 있었다. 나는 열린 창가에 서 있었다. 다른 사람들이 옆 테이블에서 담배를 가져오곤 해서, 나도 그들을 따라 말없이 담배를 피웠다. 나는 몹시 신경을 쓰긴 했지만 유감스럽게도 무엇이 화제가 되고 있는지 알 수가 없었다. 한 번은 어떤 한 남자와 두 여자에 관한 이야기인 듯싶었고, 다음에는 다시 한 여자와 두 남자에 관한 이야기인 듯싶었다. 그러나 언제나 동일한 세 사람에 관한 이야기였기 때문에, 내가 둔한 탓일 수도 있겠으나 나는 토론을 벌이는 그 사람들과 어울리지 못했고, 물론 이 사람들의 이야기에는 더더욱 어울릴 수가 없었다. 내 생각엔 이 세 사람 혹은 적어도 이 세 사람 중 한 사람의 태도가 도덕적으로 인정받을

수 있느냐 없느냐 하는 문제가 제기되었던 것 같았다. 모든 사람에게 알려진 그 사건 자체에 관해서는 더 이상 자세하게 언급되지 않았다.

강가의 저녁. 강물 위의 거룻배. 구름 속에 지는 태양.

그는 내 앞에서 넘어졌다. 너희들에게 말하건대, 그는 내가 기대고 있는 이 테이블만큼이나 가까이 바로 내 앞에서 넘어졌다. "너, 미쳤니?" 내가 소리쳤다. 이미 자정이 훨씬 지나 있었다. 나는 어떤 모임에서 빠져나와 혼자서 좀 걷고 싶었는데, 그때 이 남자가 내 앞에 쓰러진 것이었다. 그 거구를 일으킬 수도 없었고, 사방에 아무도 보이지 않는 이 쓸쓸한 장소에 그를 그대로 놓아둘 수도 없었다.

나는 세 마리의 개를 가지고 있다. '할트 인', '파스 인' 그리고 '님머메어'가 그들이다('할트 인'은 독일어 'Halt ihn'으로, '파스 인'은 'Faß ihn'으로 '님머메어'는 'Nimmermehr'로 각각 '그를 세워라' '그를 잡으라' 그리고 '이제 그만'이라는 뜻이다. 카프카의 유머가 돋보인다—옮긴이) 할트 인과 파스 인은 흔히 보는 작은 폭스테리어로서, 이 두 마리뿐이라면 아무도 주의를 기울이지 않을 것이다. 그렇지만 거기에 님머메어가 있다. 이 놈은 잡종견으로 몇백 년 동안 아무

리 조심해서 기른다 해도 아마 이런 놈은 얻을 수 없을 것 같다. 님 머메어란 놈은 떠돌이인 것이다.

꿈들이 나를 덮쳐왔다. 나는 지치고 희망도 잃은 채 침대에 누워 있었다.

나는 병으로 누워 있었다. 중병이어서, 사람들이 나와 같은 방을 쓰는 다른 두 사람의 짚으로 된 매트리스들을 밖으로 내갔기 때문에 나는 밤낮으로 혼자였다.

나는 매우 중병이었기 때문에 문병인이라곤 한 사람도 없었다. 그들이 내 영향력 하에 있었다면 내가 아무리 저지했다 하더라도 그들이 먼저 문병을 왔을 것이다.

내가 건강했을 때는 아무도 나에게 관심을 갖지 않았다. 그것은 보통 있는 아주 당연한 일이기 때문에, 이제 뒤늦게 불평을 늘어놓을 마음은 없다. 다만 그 차이만큼은 분명히 해두고 싶다. 그러니까 내가 병이 들자마자 문병이 시작되었는데, 거의 끊일 사이 없이 이

어지고 있으며 오늘날까지도 중지되지 않고 있다.

그는 작은 보트에 몸을 싣고 아무런 가망도 없이 희망봉을 돌고 있었다. 이른 아침이었다, 강한 바람이 불었다. 그는 아무런 가망도 없이 작은 돛을 올리고 평화롭게 뒤로 기대어 있었다. 작은 보트 안에서 그가 무엇을 두려워했겠는가. 홀수吃水가 극히 얕은 이 보트는 살아 있는 존재의 노련함으로 이 위험스러운 수로의 모든 암초를 넘어 미끄러져 갔다.

어떤 한 가난한 대학생의 삶은 매우 어려워서……

나의 모든 자유로운 시간 — 이런 시간 자체는 아주 많다, 그러나 나는 내 의지와는 달리 너무 많은 시간을 잠으로 지새야 하는데, 그것은 굶주림을 쫓기 위해서이다 —

나의 모든 자유로운 시간을 나는 님머메어와 지내고 있다. 마담 레카미에 식 눕는 긴 의자(나폴레옹 보나파르트의 반대파들의 회합 장소인 문학적·정치적 살롱을 운영했던 프랑스 여류작가의 이름을 본뜬 눕는

긴 의자를 말하는데, 화가 자크 루이 다비드의 「마담 레카미에」라는 그림에서 유래되었다 — 옮긴이) 위에서. 이 가구가 어떻게 해서 내 다락방까지 올라오게 되었는지 나는 알 수가 없다. 아마 잡동사니 창고로 들어갈 것이었는데, 이미 오래전에 가져온 것이라 내 방 안에 남게 되었다.

———————————

님머메어의 의견으로는, 이대로는 지속될 수 없으며 어떤 것이든 탈출구를 찾아야 한다는 것이다. 실은 나도 같은 의견이지만, 그와는 다르게 행동한다. 그는 방 안을 이리저리 뛰어다니고, 가끔 안락의자 위로 뛰어오르기도 하고, 내가 그를 위해 놓아둔 소시지 조각을 이빨로 물어뜯다가 결국에는 그것을 앞발로 내게 다시 던진다. 그러고는 또 다시 회전을 시작한다.

A. 당신이 시도했던 것은 어느 면으로 보나 매우 어려운 일입니다. 물론 더 어려운 일도 있지요. 몽블랑 산을 오르는 것은 더욱 어렵습니다. 하지만 당신의 일은 언제나 많은 힘이 요구됩니다. 당신은 자신 안에 그런 힘을 느끼나요?
B. 아니오. 그렇게 말할 수는 없습니다. 나는 내 자신 안에 공허는 느끼지만 어떤 힘도 결코 느끼지 못합니다.

———————————

A. 당신이 시도했던 것은 어느 면으로 보나 매우 어렵고도 위험스러운 일입니다. 물론 그것을 과대평가해서는 안 됩니다. 더 어렵고

위험한 일도 있으니까요. 우리가 예측하지 못하고 그래서 순진하게 아무런 사전 준비 없이 일을 시작했을 때 아마 그렇겠지요. 이것이 사실 저의 의견입니다. 그렇다고 당신 계획을 방해하거나, 또 이 계획을 과소평가할 마음은 없습니다. 절대로 그러고 싶지 않습니다. 당신의 일은 틀림없이 많은 힘이 요구되며 또한 그만한 힘을 쏟을 가치도 있습니다. 그런데 당신은 정말 자신 안에 그런 힘을 느끼나요?

───────────────

나는 남문으로 말을 타고 들어갔다. 문 바로 옆에 커다란 숙소가 붙어 있어서, 거기서 묵을 생각이었다. 나는 노새를 마구간으로 끌고 갔는데, 그곳은 벌써 말들로 가득 차 있었다. 그러나 나는 더욱 안전한 작은 장소를 발견했다. 그런 다음 나는 일 층 베란다로 올라가서 모포를 펴고 누워 잠을 청했다.

───────────────

매우 존경하는 로트페터 씨!

저는 당신께서 우리 과학원을 위해 쓴 보고서를 큰 관심과 함께 정말이지 두근거리는 심정으로 읽었습니다. 그건 놀라운 일이 아닙니다. 왜냐하면 제가 바로 당신이 친절하신 말로 추억을 되살리고 있는 당신의 첫번째 선생이니까 말입니다. 몇 가지 사항을 고려해 볼 때 제가 요양소에 체류했던 사실에 대해 언급하는 것을 피했더라면 좋았으리라 생각이 드는군요. 그 일을 그렇게 솔직하게 강조함으로써 어느 정도 저의 체면을 깎기는 했습니다만, 당신의 보고는, 비록 그것이 글을 써나갈 때 우연히 머리에 떠오른 것이라 하더라도, 사소한 개별 사항 역시 억제해서는 안 된다는 것을 저는 인정합니다. 물론 저는 여기서 그것에 대해 언급할 의향은 없습니다. 그것은 다른 문제이니까요.

속절없이 가버리다니! 그리고 저 건너에 두 사람의 조문객이 서 있었다……

오로지 밤만이 철저한 조련의 시간이다.

귀여운 뱀아, 너는 왜 그렇게 멀리 떨어져 있느냐. 가까이 오렴, 좀 더 가까이, 됐어, 그만. 거기에 있거라. 아아, 너에게는 한계라는 것이 없구나. 네가 어떤 한계도 인정하지 않는다면, 어떻게 너를 지배해야 할지 모르겠구나. 어려운 일이 되겠지. 우선 너에게 똬리를 틀라고 부탁하는 일로 시작해보자. 똬리를 틀라고 말했는데 너는 몸을 펴는구나. 내 말을 이해 못하겠니? 내 말을 이해하지 못하는구나. 그렇다면 아주 이해하기 쉽게 말해주마. 똬리를 틀어라! 저런, 역시 못 알아듣는구나. 그렇다면 여기 이 막대기로 가르쳐주마. 우선 커다란 원을 그려보도록 해라. 그리고 나서 안쪽으로 그 원과 가까이 바로 연결하여 두번째 원을 그리고 그런 식으로 계속해라. 네가 끝까지 작은 머리를 높이 쳐들고 있다 해도, 내가 뒤에 불게 될 피리의 멜로디에 따라 머리는 천천히 내려갈 것이고, 내가 피리를 그치면, 너도 역시 가장 안쪽 동그라미 안에서 머리를 든 채 가만히 있게 될 것이다.

나는 나의 말에게로 인도되었으나, 아직도 매우 허약한 상태였다. 나는 삶의 열병에 떨고 있는 가늘고 긴 말을 보았다.

아침에 여관집 하인이 나에게 말을 데리고 왔을 때 "그건 내 말이 아니다"라고 나는 말했다. "오늘밤에는 손님 말이 우리 마구간에 매여 있는 유일한 말입니다" 하고 하인은 말하면서 나에게 미소를 지어 보였는데, 그것은 보기에 따라서는 반항적인 미소였다. "아니다. 그 것은 내 말이 아니다"라고 나는 말했다. 가죽 부대가 내 손에서 미 끄러져 떨어졌고, 나는 몸을 돌려 방금 나왔던 방으로 올라갔다.

A. 그가 여기 있었습니까?

B. 방금 떠났는데요.

A. 예상했었지요. 그는 어떻게 옷을 입었던가요?

B. 밝은 회색빛 신사복을 입었어요. 아주 평범한 옷이지요. 조끼 위로 가로질러 금빛 시계줄을 달았고요.

A. 그 사람 기분은 어떻던가요?

B. 특별한 기미는 없었습니다. 우리는 사업에 대하여 이야기를 나

누었습니다.

A. 그는 어디로 갔나요?

B. 은행으로 간다고 했어요.

A. 정말, 정말 감사합니다.

B. 감사하다고요?

  A. 간다

B. 방 안의 몇 가지 것을 정리한다.

하인: 오셨군요.

B. 부탁합니다.

  신부新婦 V.M.B입니다.

B. 진심으로, 진심으로 환영합니다.

사람들이 백작 부인의 사진을 찍고 있다. 그녀는 성 앞 넓은 잔디밭에 딸과 아들과 함께 서 있다.

[23]

작은 여인······

————————————

나는 모든 일에서 나의 마부를 신뢰하는 버릇이 있었다. 한 번은 우리가 높고 하얀 그리고 위는 완만하게 둥근 아치형인 담을 지나가고 있었는데, 앞으로 나아가기를 멈추고 담을 따라가면서 그것을 만져보았을 때, 마침내 마부는 이렇게 말했다. "그것은 이마입니다."

————————————

나는 어제 일찍 집 대문 앞에서 아르투어를 만났다. 그가 말하기를 막 나에게 오려고 했다는 것이다. 하지만 내가 스스로 왔기 때문에 우리는 그의 방으로 올라갔다. 그곳에 담배와 독주가 있었다. 우리는 용건에 대해 이야기했······

우리는 소규모의 어로를 설치하고 해변에 움막 하나를 지었다.

————————————

낯선 사람들이 나를 알고 있다. 나는 내 작은 손가방을 들고 초만원인 기차 칸의 통로를 거의 빠져나가지 못하고 있었다. 그때 어떤 찻간의 어스름한 곳에서 분명 나에게는 아주 낯선 사람이 나를 부르더니 나에게 자리를 양보했다.

낯선 사람들이 나를 알고 있다. 최근 나는 짧은 여행 중이었는데, 손가방을 들고 초만원인 기차 칸을 뚫고 나갈 수가 없었다.

언젠가 한 번은 오류로 인해서 시체가 담긴 관 하나가 하룻밤 동안이나 우리 집에 놓여 있었다. 매장하는 날을 잘못 잡았나……

언젠가 시체가 담긴 관 하나가 하룻밤 동안이나 우리 집에 놓여 있었다 — 그 이유가 무엇 때문이었는지 나는 더 이상 모른다. 매장자의 아이들인 우리에게는 관이란 결코 이상한 게 아니다. 우리는 잠자러 간 뒤로, 바로 그 방에 시체가 놓여 있다는 것을 거의 생각하지 않았다.

내가 밤에 깨어났을 때, 방 한가운데에 열려 있는 관이 놓여 있었다. 나는 침대에서 양옆으로 갈라진 긴 하얀 수염을 한 노인이 그곳에 누워 있는 것을 보았다……

조용하고 흐린 날이었다. 시든 풀이 집 문으로 통하는 세 개의 계단을 둘러싸고 있었다. 위에 한 남자가 서서 마차가 다가오는 것을 보고 있었다. 그 마차는 천천히 언덕을 올라와 집 앞에 멈춰 섰다.

전문 학술 용어의 유보
가톨릭 교리(역시 이미 이혼 불허)
군국주의의 신조
교태
독일식 아이러니

군국주의 ― 사무실

충동이 일어나기 전의 일치감

군국주의는 〔헤레로(아프리카 남서부 반투족의 한 종족으로 주로 소를 기르는 목축생활을 한다. 조상숭배와 소에 대한 숭배사상을 가진 종족이며, 제도화된 추장 제도나 사유권이 없는 공동생활을 한다 ― 옮긴이) 사람들에게서 볼 수 있는 것처럼〕카스트 제도를 뜻하는 것이 아니라, 전쟁 기계화의 성공 가능성이다. 군군주의의 신조로서 필요하다면……

오스트리아는 군대의 평화로움에 대한 증거이다(활동적인 장교들, 증오심의 결여에도 불구하고 위대한)

독자를 지향하는 설득력……

……부문장 속의 왕당파의 부상
부문장…… 궤변적인 수사학의 수단

그럼에도 노동자들과 왕당파들에게 증오심이 부족한 여러 가지 이유들……

자유 새로운 정신의 교육 수단인 보복 이념

일반화의 어려움. 어떻게 내가 먼저 사랑스런 노동자를 일반화할

것인가……

———————————————————————

기쁨으로서의 노동
심리학자에게 접근하는 것의 어려움

———————————————————————

연금 생활자에 대하여, 그저 언급된 아메리카

———————————————————————

소비자의 노예화

———————————————————————

더욱 세력이 커지는 가톨릭교인들에 대한 권고

———————————————————————

선한 유대인들

———————————————————————

역시 오스트리아를 위하여
오스트리아의 행정 기술

칸트와 연관된 가소로움

심리학에 너무 심취한 후의 불쾌감. 어떤 사람이 튼튼한 다리를 가지고 있고 그리고 심리학에 친숙해지면, 그는 단시간 내에 그리고 멋대로 지그재그로, 다른 들판에서와는 사뭇 다르게, 여러 구간을 앞으로 나아갈 수 있다. 그때 그에게는 눈물이 흘러 넘친다.

탐욕?

그들의 근본 죄악에 대한 예언

상인에 대하여

가톨릭의 중심

영국에 대한 사랑
그는 어떻게 그것을 설명하고 있는가……

나는 어느 황폐한 땅덩어리 위에 서 있다. 내가 어째서 더 나은 지역에 임명되지 못했는지는 알 수가 없다. 나는 그럴 만한 가치가 없는 것일까? 그런 말을 해서는 안 된다. 어디에서도 관목은 나보다 더 풍부하게 꽃을 피울 수는 없다.

유대인 연극에 관하여

나는 숫자나 통계는 문제삼지 않을 생각이다. 그런 것은 유대인 연극사를 쓰는 사람에게나 맡겨둘 생각이다. 나의 의도는 아주 단순하다. 유대인의 극장에 관한 몇 조각의 기억들을 거기서 상연된 연극, 배우, 관객까지 포함해서, 내가 십 년 이상 보거나 배우거나 참여했던 그대로 여기에 적어두는 것이다. 그렇지 않다면, 다시 말해서 막을 들어 올리고 그 상처를 보여주자는 것이다. 병을 알고 난 후에야만 치료 수단도 발견될 수 있으며, 아마도 진실한 유대인 연극도 창조될 수 있을 것이다.

바르샤바에 계신, 하시디즘파(18세기 동유럽에서 일어난 유대교의 한 종

374

파. 특히 종교철학자인 마르틴 부버가 모은 하시디즘에 얽힌 교훈적 이야기들은 카프카의 비유설화들에 많은 영향을 끼쳤다 — 옮긴이)인 경건한 나의 양친에게 연극이라는 것은 물론 '부정'한 것, 즉 '타락'한 것에 지나지 않았다. 그럼에도 — 사촌인 햐스켈이 부림절(하만Hamann의 유대인 학살을 피하게 된 것을 기념하는 유대인 연례 축제일이다 — 옮긴이)을 위해 그의 자그마한 금빛 콧수염 위에 커다란 검은 수염을 달고, 카프탄(정통 유대인이 입는 길고 좁으며 앞에 단추가 달린 웃옷 — 옮긴이)을 뒤집어 입고서 익살맞은 유대인 상인 역할을 할 때면, 작은 어린아이인 나는 그에게서 눈을 뗄 수가 없을 정도였다. 나는 모든 사촌들 중에서 그를 가장 좋아했다. 그는 나의 본보기로서 계속해서 나의 마음을 설레게 했다. 그래서 나는 여덟 살이 되는 해에 이미 헤더(유대인 초등학교로 히브리어 성서·기도서 읽는 법을 가르친다 — 옮긴이)에서 사촌 햐스켈을 따라 연극을 했다. 랍비가 자리에 없을 때면 헤더에서는 정기적으로 연극이 이루어졌다. 나는 단장이자, 감독이었으며, 요컨대 전부였다. 그러자니 내가 랍비에게 매를 얻어맞아야 하는 일이 가장 큰일이었다. 그래도 우리는 기가 꺾이지 않았다. 랍비는 매질을 했지만, 우리는 매일 다른 연극을 생각해냈다. 그리고 일 년 내내 한 가지만을 희망하고 기도했다. 즉, 부림절이 어서 와서 사촌 햐스켈이 변장한 모습을 다시 볼 수 있게 되기를. 어른이 되기만 하면 부림절마다 사촌 햐스켈처럼 분장을 하고 노래 부르고 춤추겠다는 것, 그것은 나에게 이미 결정된 사항이었다. 그러나 부림절이 아닌 때도 분장을 하는 사람이 있다는 것, 그리고 사촌인 햐스켈과 같은 배우가 많이 있다는 것 — 그것을 나는 전혀 알지 못했다……

노상에서 우리는 서로 만났다. "당신은 어디로 가시나요" 하고 나는 물었다. "브루네르 마을로 갑니다"라고 그가 말했다.

강이 도시를 갈라놓았다.

마침내 주점에는 나 이외에 한 사람도 남지 않았다. 술집 주인은 문을 닫으려는 의향에서 나에게 계산을 청구했다. 나는 이제 나갈 시간이 된 것이라고 생각하면서도 돌아갈 기분은커녕 아무 데도 가기가 싫었다. 그래서 "저기도 한 사람 있는데요" 하고 퉁명스럽게 말했다. "저 사람은 골칫덩어리예요" 하고 주인이 말했다. "저 사람하고는 말이 통하지 않아요. 저를 좀 도와주시겠어요?" 나는 손을 나발처럼 입에 대고서 "여보쇼" 하고 불렀다. 그러나 그 사람은 꼼짝도 하지 않고, 여전히 말없이 자기 맥주 잔을 옆으로 바라보고만 있을 뿐이었다.

"주인님께서 부르십니다" 하고 하인은 말하고는 인사를 하면서 소리 없이 높다란 유리문을 열었다. 거의 나는 듯한 걸음으로 백작이 책상으로부터 나를 향해 달려왔다. 그 책상은 열려 있는 창가에 놓여 있었다. 우리는 서로 눈을 바라보았는데, 백작의 노려보는 눈길 때문에 나는 불쾌해졌다.

우리는 보트를 타고 조용한 강 아래쪽으로 내려갔다.

내가 성문의 초인종을 눌렀을 때는 늦은 밤이었다. 오랜 시간이 지나서야 궁정 뜰 깊은 안쪽으로부터 집사가 나타나 문을 열었다.

어느 담 앞쪽 땅바닥에 나는 누웠다. 고통 때문에 몸을 비틀었다. 축축한 대지 속으로 내 몸을 처박으려고 했다. 사냥꾼은 내 옆에 서서 한 발로 가볍게 내 발을 십자 형태로 가볍게 누르고 있었다. "대단한 놈인걸" 하고 사냥꾼은 몰이꾼들에게 말했다. 몰이꾼들은 내 몸을 살펴보기 위해서 내 칼라와 웃옷을 절단했다. 사냥개들은 나에게 싫증이 나서 새로운 공을 세우고 싶은지 의미도 없이 담에 뛰어들곤 했다. 마차가 왔다. 나는 손발이 묶인 채 주인 옆 뒷좌석 너머로 내던져져서 머리와 팔이 마차 밖으로 대롱대롱 매달려 있었다. 마차는 빠른 속력으로 달렸다. 목이 말라 입을 열었지만 높이 회오리치는 흙먼지가 내 몸 속으로 들어와 나는 그것을 들이마셨다. 이따금씩 나는 주인이 만족해하며 내 장딴지를 잡는 것을 느꼈다.

나는 어깨 위에 무엇을 짊어지고 있는 것일까. 어떤 유령들이 나를 감싸고 있는 것일까?

어느 폭풍이 몰아치는 밤이었다. 나는 작은 정령이 덤불에서 기어 나오는 것을 보았다.

문이 탁 하고 닫혔다. 나는 그 문과 얼굴을 마주했다.

그녀의 머리 주위에 빛바랜 엉킨 실뭉치, 검게 타오르는 눈, 이리 저리 씰룩거리는 입술.

마침내 그는 그 마지막 담을 넘었다. 그는……

모두 방 안으로 들어가……

희미한 불빛이 저 산에서 흘러나왔다.
한 희미한 불빛이……

378

램프가 부서져버렸다. 새 램프를 든 어떤 낯선 사나이가 들어와, 나는 가족과 함께 일어섰다. 우리는 인사를 했으나 그는 거들떠보지도 않았다.

___

도둑들은 나를 결박했다. 그리고 나는 두령이 있는 모닥불 가까이에 누워 있었다.

트럼펫 소리가 맑게 울려 퍼졌다. 그래서 우리는 모였다⋯⋯

___

황량한 들, 황량한 평지, 안개 뒤쪽엔 달의 창백한 푸른빛. 들판을 둘러싸고 있는 나지막한 담.

___

그는 집을 나와 거리에 서 있다. 말 한 마리가 기다리고 있다. 하인이 고삐를 쥐고 있다. 기마대가 황야를 울리며 간다.

[24]

이자크 뢰비*

유대인 연극에 관하여

나는 다음 글에서 숫자나 통계는 문제삼지 않을 생각이다. 그런 것은 유대인 연극사를 쓰는 사람에게 맡겨둘 생각이다. 나의 의도는 아주 단순하다. 유대인의 연극에 관한 몇 조각의 기억들을 상연된 드라마나 배우나 관객까지 포함해서, 내가 십 년 이상 보거나 배우거나 참여했던 그대로 여기에 적어두는 것이다. 다시 말해서 막을 들어 올리고 그 상처를 보여주자는 것이다. 병을 알고 난 후에야만 치료 수단도 발견될 수 있으며, 아마도 진실한 유대인 연극도 창조될 수 있을 것이다.

---

* 이자크 뢰비는 폴란드 바르샤바 출신으로 자신의 동부 유대인 연극 그룹과 함께 1911년 프라하에서 특별 한 연극배우이다. 공연이 있은 후 카프카는 그와 알게 되었다. 뢰비는 자신의 예술가로서의 계획을 실현하기 위해서 양친 곁을 떠난다. 이러한 결단에 감동을 받은 카프카는 뢰비의 삶의 이야기를 단편적으로 일기에 기록하기도 한다. 카프카는 뢰비를 어린아이처럼 순진하지만 끊임없이 영감에 사로잡혀 있는 사람으로 기술했다. 이 친구의 모습을 자신의 단편 「선고」에 반영하기도 했다. 1913년 10월 28일 뢰비는 카프카에게 이렇게 편지를 쓴다. "당신은 저에게 그토록 선했던 유일한 사람이었으며…… 내 영혼에 말을 걸어온 유일한 사람입니다." 이 '유대인 연극에 관하여'는 뢰비가 프라하에서 다섯 번에 걸쳐 행했던 사적 강연회 중의 하나이다.(옮긴이)

1

바르샤바에 계신, 하시디즘 파인 경건한 나의 양친에게 연극이라는 것은 물론 '부정'한 것, 즉 '타락'한 것에 지나지 않았다. 단지 부림절 때만 연극다운 연극이 있었다. 왜냐하면 그때엔 사촌 햐스켈이 그의 자그마한 금빛 콧수염 위에 커다란 검은 수염을 달고, 카프탄을 뒤집어 입고 익살맞은 유대인 상인 역할을 했기 때문이다 — 아이였던 나는 작은 눈을 그에게서 뗄 수가 없을 정도였다. 나는 모든 사촌들 중에서 그를 가장 좋아했다. 그는 나에게는 하나의 본보기로서 계속해서 내 마음을 설레게 했다. 여덟 살이 되자마자 나는 이미 헤더에서 사촌 햐스켈처럼 연극을 했다. 랍비가 가버리고 나면 헤더에서 정기적으로 연극을 했다. 나는 단장이자, 감독이었으며, 요컨대 전부였다. 그러자니 랍비에게 매를 얻어맞아야 하는 일이 가장 큰일이었다. 그래도 그것이 우리를 방해하지는 못했다. 랍비는 매질을 했지만, 우리는 매일 다른 연극을 생각해냈다. 그리고 일 년 내내 한 가지만을 희망하고 기도를 했다. 즉, 부림절이 어서 와서, 사촌 햐스켈이 변장한 모습을 다시 볼 수 있게 되기를. 어른이 되기만 하면 부림절마다 사촌 햐스켈처럼 분장을 하고 노래 부르고 춤추겠다는 것 — 그것은 이미 결정되어 있었다.

그러나 부림절이 아닌 때도 분장을 하는 사람이 있다는 것, 그리고 사촌인 햐스켈과 같은 예술가가 많이 있다는 것 등을 나는 전혀 예상하지 못했다. 그러다가 어느 날 이즈루엘 펠트셔의 아들에게서 들은 이야기로는, 극장이라는 곳이 있으며, 그곳에서는 연극을 하고 노래를 부르며 분장을 하는데, 그것도 부림절 때만이 아니라 매일 밤마다 그렇다는 것이다. 그리고 바르샤바에도 그런 극장이 있으며, 그의 아버지는 벌써 몇 번이나 그를 극장에 데려간 적이 있다는 것이었다. 이 새로운 소식은 나에게 — 그때 나는 열 살 정도였다 — 정말이지 감격적이었다. 전혀 예감하지 못했던 비밀스러운 욕망이 나를 사로잡았다. 나는 내가 성장해서 드디어 연극을 보게 될 때까지 흘러가야 할 날들을 세고 있었다. 그 당시 나는 연극이 금지된 일일 뿐만 아니라, 죄짓는 일이라는 것조차도 몰랐던 것이다.

머지않아 나는 시청 건너편에 '대극장'이 있으며, 그 극장은 바르샤바에서, 아니 전 세계에서 가장 훌륭하고 아름다운 극장이라는 것을 알게 되었다. 그때부터 그 옆을 지날 적마다 나는 그 건물을 보기만 해도 정말 눈이 부셨다. 어느 날 내가 우리는 언제나 그 대극장에 가게 되는지 집안사람들에게 물어보았을 때, 사람들은 나에게 이렇게 소리를 질렀다. 유대인 아이는 연극에 대해 알아서는 안 된다. 그것은 허락되어 있지 않다. 연극이란 오로지 이교도와 죄인들만을 위해 있을 뿐이다. 이 대답만으로도 나에게는 충분했다. 나는 더 이상 묻지 않았다. 그러나 마음은 더 이상 평온하지 못했다. 나는 분명 언젠가는 이런 죄악을 범하게 되리라는 것, 말하자면 나이가 들면 틀림없이 연극을 보러 가게 될 거라는 두려움에 몹시 떨고 있었다.

어느 날 저녁에 욤 키프르(화해의 날로 유대인 최고의 축제의 날 — 옮긴이) 축제 후에 나는 두 사촌과 대극장 앞을 지나가게 되었다. 극장 테라스에는 많은 사람들이 운집해 있었고, 내가 소위 그 '부정不淨한' 극장에서 눈을 떼지 못하자, 사촌 마예르가 나에게 "저 위에 올라가 보고 싶니?" 하고 물었다. 나는 대답하지 않았다. 내가 아무 말도 하지 않는 것이 마음에 들지 않았는지 그는 이렇게 덧붙여 말했다. "얘야, 오늘 같은 날은 저기에 유대인이라고는 하나도 없단다 — 하늘을 두고 보증하겠다! 어떤 못된 유대인이라 한들 욤 키푸르 축제가 끝나자마자 저녁에 극장 구경을 가겠니." 그 말로 미루어 알게 된 것은 다름아니라 유대인들은 신성한 욤 키푸르 축제 후에는 연극을 보러 가지 않지만, 평상시 저녁에는 일 년 내내 많은 유대인들이 그곳에 갈 것이라는 사실이었다.

열네 살 되던 해에 나는 처음으로 대극장에 들어갔다. 비록 나는 국어를 제대로 배우지 못했지만, 포스터 정도는 읽을 수 있었다. 어느 날 나는 포스터에서 위그노파 사람들이 상연된다는 것을 읽었다. 위그노파 사람들에 관해서는 '클라우스'에서 이미 언급된 적이 있었고, 그것은 유대인 '마이어 베어'의 작품이었다 — 그러므로 내 스스로 결정하여 표를 샀고, 저녁때 난생 처음으로 극장에 들어갔다.

여기는 그때 내가 보고 느꼈고 들었던 것을 말할 자리는 아니다. 단 한 가지 내가 확신할 수 있었던 것은, 그곳 사람들이 사촌 햐스켈에 비해서 노래도 더 잘 부르고 분장도 훨씬 더 아름답게 한다는 것이었다. 그리고 또 한 가지 놀라운 사실을 알아왔는데, 내가 전부터 알고 있던 위그노파 사람들의 발레 음악을 금요일 밤 '클라우스'에서는 레후 도디에 맞추어 그 멜로디를 노래했던 것이다. '클라우스'에서 훨씬 전부터 부르던 노래를 대극장에서 연주하다니, 어떻게 그럴 수 있는지 당시의 나로서는 도무지 이해가 가지 않았다.

그 무렵부터 나는 오페라의 단골 손님이 되었다. 다만 내가 잊어서는 안 되었던 것은, 공연 때마다 새 칼라 하나와 커프스 몇 개를 사는 일과 그것을 돌아오는 길에 바익셀 강에 던져버리는 일이었다. 그런 것을 부모님에게 보일 수는 없었던 것이다. 내가 「빌헬름 텔」이나 「아이다」에 심취해 있는 동안, 부모님은 내가 '클라우스'에서 이절판의 큰 책인 『탈무드』 위쪽에 앉아 성서를 공부하고 있는 것으로 굳게 믿었다.

2

얼마 후에 나는 유대인 극장도 있다는 것을 알게 되었다. 나는 무척 가보고 싶었으나 용기가 나지 않았다. 왜냐하면 그런 일은 부모님의 귀에 들어가기 아주 십상이기 때문이었다. 그러나 나는 종종 오페라를 보러 대극장에 갔고, 후에는 폴란드 극장에도 갔다. 여기서 나는 처음으로 「군도」를 보았다. 노래와 음악 없이도 훌륭하게 연극을 할 수 있다는 사실에 — 그것은 상상도 못한 일이었다 — 나는 몹시 놀랐고, 기이하게도 나는 프란츠를 미워할 수 없었으며, 오히려 그는 나에게 강한 인상을 심어주었다. 카를 역할이 아니라, 프란츠의 역할이라면 나도 한 번 해보고 싶다는 생각이 들었다.

'클라우스' 급우들 중에서 감히 극장을 다니는 사람은 나 혼자뿐이었다. 그것과는 별도로 우리 '클라우스'의 소년들은 벌써 여러 가지 '계몽된 책'들을 소화하고 있었다. 나도 그 무렵 처음으로 셰익스피어나 실러나 바이런 경의 작품을 읽었다. 이디시어 문학 중에서 내 수중에 들어온 것은 물론 긴 탐정 소설들뿐이었다. 이는 반은 독일어로, 반은 이디시어(동유럽 유대인의 독일어로서 중고독일어, 히브리어, 슬라브어 등이 섞여 있다―옮긴이)로 된 것으로 미국에서 들어온 것들이었다.

한동안 이렇게 지냈지만 나는 아무래도 불안했다. 바르샤바에 유대인 극장이 있는데 보러 가면 안 될까? 나는 위험을 무릅쓰고 감행했다. 큰 도박을 걸듯 바로 유대인 극장에 간 것이다.

그것은 나를 완전히 변하게 했다. 연극이 시작되기 전부터 '저쪽'에 들어갔을 때와는 전혀 기분이 달랐다. 무엇보다도 우선 연미복을 입은 신사도, 가슴이 다 드러나는 야회복을 입은 숙녀도 없었고, 폴란드인도 러시아인도 보이지 않았다. 모두 한결같이 유대인뿐이었다. 긴 옷을 입은 사람, 짧은 옷을 입은 사람, 부인과 소녀들 모두가 수수한 차림이었다. 그리고 큰 소리로 거침없이 모국어로 이야기하고 있었다. 내가 길고 작은 카프탄을 입고 있어도 하나도 어색하지 않았다. 조금도 부끄러워할 것이 없었다.

상연된 연극은 희극이었는데, 노래와 춤이 곁들어진 6막 10장으로 된 슈모르의 「발 추베」였다. 폴란드인 극장처럼 꼭 여덟 시에 시작하는 것이 아니라 열시경에나 시작되어 자정이 지나서야 끝이 났다. ……의 연인 역과 ……의 모사꾼 역은 표준 독일어를 사용했다. 놀라운 것은 — 독일어에 대해 아는 바가 없는 나도 — 아주 훌륭한 독일어를 잘 이해할 수 있었다는 사실이었다. 희극 배우와 시녀들만이 이디시어[45]로 말했다.

나에게는 오페라, 연극과 오페레타 모두 합친 것보다도 그것이 마음에 들었다. 우선 첫째로 언어가 이디시어라는 것, 독일어식 이디시어이긴 하지만 그러나 역시 보다 훌륭하고 아름다운 이딧쉬였다. 둘째로 여기에서는 무엇이고 다 있다는 것, 즉 연극, 비극, 노래, 희극, 춤, 모두를 갖춘 바로 인생이 아닌가! 온밤 동안 나는 흥분 때문에 잠을 이룰 수가 없었다. 나는 마음속으로 언젠가는 나도 유대 예술극장에서 봉사할 것을 그리고 유대인 배우가 될 것을 맹세했다.

그러나 다음날 오후 아버지는 다른 아이들을 옆방으로 내보내고는 어머니와 나만 남도록 했다. 나는 본능적으로 혼쭐이 나겠구나 하고 생각했다. 아버지는 자리에 앉지도 않고 방 안을 서성대실 뿐이었다. 이윽고 조그만 검은 수염에 손을 대고는 나를 향해서가 아니고 어머니를 향하여 말하기 시작했다. "잘 들어요. 이 녀석이 날이 갈수록 못돼만 가는구려. 어젯밤에 유대인 극장에 갔었다오."
어머니는 깜짝 놀라 손을 맞잡았다. 아버지는 파랗게 질려 끝없이
방안을 왔다갔다하셨다. 나의 심장은 경련을 일으킬 것만 같았다.
단죄를 기다리는 피고처럼 나는 가만히 앉아 있었다. 성실하고 믿
음이 깊은 부모님의 슬픔은 차마 볼 수가 없었다. 그날 내가 무엇이
라고 말했는지 지금은 기억할 수 없다. 다만 생각이 나는 것은 무거
운 침묵이 몇 분인가 계속된 다음 아버지가 커다란 검은 눈을 나에
게 돌리며 말씀하셨다. "애야, 잘 생각해봐라. 그런 짓을 하다간 너
는 멀리멀리 가게 될 거다." — 그리고 결과적으로 아버지가 한 말
이 옳았다.

[25]

모든 인간은 각자 고유하다. 그 고유성으로 영향을 미치도록 되어 있다. 그러나 자신의 고유성에서 취향을 찾아야만 한다. 그러나 내가 경험한 바로는 학교도 가정도 이 고유성을 말살하려는 데 급급하다. 그렇게 함으로써 교육이란 작업이 수월해진다. 또한 어린아이의 삶이 수월하도록 해준다. 그렇지만 그것에 앞서 아이들은 강요가 야기하는 고통을 겪지 않으면 안 된다. 가령, 밤중에 흥미진진한 이야기를 읽고 있는 소년에게, 오직 그 아이에게만 적용되는 논증으로서, 그가 책을 그만 읽고 자러 가야 한다는 사실을 도저히 납득시킬 수는 없을 것이다. 이런 경우에 누군가가 나에게 '너무 늦었다' '눈 나빠질라' '늦게 자면 아침에 일어나기 힘들다' '그런 형편없고 어리석은 이야기는 아무런 가치도 없다'라고 말하면, 나는 분명하게 반박할 수가 없었다. 그렇지만 사실 반박하지 않았던 이유는 이 모든 것이 생각할 만한 가치가 없기 때문만은 아니었다. 왜냐하면 모든 것은 무한하거나 혹은 불확실한 것으로 흘러들므로 무한한 것과 동일시될 수 있기 때문이다. 시간은 무한하다. 그러므로 너무 늦었다는 것은 있을 수 없다. 나의 시력*은 무한하다. 그러므로 그것을 상하게 할 수도 없다. 게다가 밤도 역시 무한하다. 그러므로 아침에 일어날 것을 걱정할 것도 없다. 나는 책을 어리석음과 현명함으로 구별하지 않고, 그것이 나를 감동시키느냐 아니냐에

* 이 옆, 비어 있는 오른쪽 페이지의 위에 나중에 써넣은 각주가 있다 : 고유성의 강조─절망. 나는 규칙을 경험한 적이 없다.(원주)

따라서 구별한다. 그런데 그 책은 정말 감동적이지 않았던가. 이 모든 것을 그런 식으로 다 표현할 수는 없다. 그러나 그 결과는, 더 읽게 해달라고 부탁하기가 싫어지거나 아니면 허락 없이 더 읽겠다는 결심을 하게 되거나였다. 이것이 나의 고유성이었다. 가스등의 불을 끔으로써 나의 고유성은 탄압되었다. 그 점에 대해 사람들은 이렇게 설명을 한다. '모두 잔다. 그러니 너도 자야 한다'고 말이다. 나는 그것을 알고 있었다. 그리고 납득할 수 없으면서도 그것을 믿지 않을 수 없었다. 어느 누구도 어린아이들이 바라는 것처럼 그렇게 많은 개혁을 하는 것을 원치 않는다. 그러나 어떤 의미에서 인정할 수 있는 탄압은 고사하고라도 이 경우에는 다른 경우나 마찬가지로 어떤 종류의 앙금이 남게 된다. 이 앙금은 아무리 보편성을 끌어댄다고 해도 무디게 할 수 없다. 즉, 오늘밤만은 세계의 어느 누구도 나만큼 책을 꼭 읽고 싶어하는 사람이 없을 거라는* 신념을 버릴 수가 없는 것이다. 이것만은 그 어떤 보편성을 끌어댄다 한들 반박할 수가 없다. 누를 길이 없는 독서의 즐거움을 아무도 알아주지 않는 것을 보면 더욱 반박할 수가 없는 것이다. 서서히 그것도 훨씬 훗날에 가서야, 그러니까 독서를 하고 싶은 마음이 약화되었을 때야 비로소 나는 많은 사람들이 똑같이 독서의 즐거움을 가지고 있었으나 자제했으리라고 믿게 되었다. 그러나 그 당시에 나는 부당한 처사가 가해지는 것으로만 느껴졌다. 나는 슬픈 마음으로 잠을 자러 갔다. 그리하여 증오의 싹이 트기 시작했다. 이로부터 나의 가정 생활과 어떤 의미에서는 나의 전 생애는 증오로 물들여졌다. 독서를 금지하는 것은 단지 하나의 예에 불과하지만, 그러

---

* 이 옆, 비어 있는 오른쪽 페이지 위 : 불순한, 점차적인 강조, 욕하다, 평준화에 대한 노력, 나는 말했다. 그것은 그렇게 나쁘진 않다. 모든 사람이 그렇다. 그러나 그로 인해 화나게 했다. 내 교육이 지니고 있는 결함의 필연성, 나는 그것을 달리할 수 없다.(원주)

나 매우 의미가 깊다. 독서를 금지한 것이 이렇듯 큰 영향을 주었기 때문이다. 나의 고유성은 인정되지 않았다. 내가 그것을 느끼고 있는 한은—이점에서 나는 매우 민감했으며 항상 예의주시했다—나는 나에 대한 이러한 태도가 경솔한 판단이었다고 하지 않을 수 없었다. 그러나 공공연하게 드러나는 고유성마저 이렇게 부당한 평가를 받는다면 나 자신이 다소 떳떳하지 못해 숨기는 고유성은 얼마나 더 나쁜 상태에 처해 있겠는가. 예를 들어 내가 내일까지 마쳐야 하는 학교 숙제도 하지 않고서 책을 읽고 있었다고 하자. 이것은 의무를 게을리 하는 것*이기 때문에 매우 나쁜 일이었는지 모른다. 하지만 나로서는 절대적인 평가는 문제가 아니고, 비교되는 평가가 문제일 뿐이다. 그러나 이런 입장에서 보면 숙제를 안 한 태만도 장시간의 독서처럼 나쁜 일은 아니다. 이 태만도 그 결과에서는 학교와 권위에 대한 나의 커다란 공포로 인해 매우 한정된 것이기 때문이다. 그런데 당시에는 내 기억력이 매우 뛰어났기 때문에 나는 독서로 게을리 한 것을 아침에든 학교에서든 바로 해치웠다. 그러나 중요한 것은, 책을 오래 본다는 고유성 때문에 받은 비난을, 내가 독자적 방법을 써서 비밀로 숨겨오던 의무의 태만이라는 고유성에까지 적용시킴으로써 나를 가장 기죽이는 결과를 초래한 일이었다. 그것은 누군가에게 고통보다는 경고를 주기 위해서 매를 살짝 대는 경우와 같다. 그러나 그의 손은 조용히 매를 쥐고 있지만, 그 매가 닿은 사람은 꼬아 만든 매를 낱낱이 분해하여 그 개개의 뾰족한 끝을 끌어당겨 자신의 의도에 따라 자신의 내부를 찌르고 할퀴기 시작하는 것이다. 그런데 당시 나는 그런 경우 나 자신을 호되게 벌하지는 않았지만, 자아에 대한 지속적인 신뢰 속에서 나의 고유성으

---

* 이 옆, 비어 있는 오른쪽 위:평준화가 옳다. 하지만 아마 그와 같은 계속적인 객관화는 모든 새의 가능성을 파기할 것이다.(원주)

로부터 표출되는 진정한 이익을 끌어내지 못한 것은 분명하다. 그렇기는커녕 나의 고유성을 드러낸 결과는, 내가 탄압자를 미워하거나 그렇지 않으면 그 고유성이 존재하지 않는 것처럼 인식하거나 하는 것이었다. 이 두 가지 결과는 또한 허위적으로 결합될 수도 있었다. 그런데 내가 나의 고유성을 숨기게 되자 그 결과 나는 나 자신 내지는 나의 운명을 미워하게 되었다. 나를 악인이나 혹은 저주받은 인간으로 보게 된 것이다. 이러한 두 고유성의 관계에는 세월이 흐르면서 표면적으로는 큰 변화가 생겼다. 겉으로 드러난 고유성들은 내가 가까이 갈 수 있는 인생을 향하여 한 발자국씩 다가감에 따라서 차차 증대되었다. 그러나 그것은 어떤 해결책도 가져다주지 못했다. 그에 의해 숨겨진 고유성의 수가 줄어드는 일은 없었다. 섬세하게 관찰해보면 모든 것이 다 고백될 수 있는 것은 아니다. 예전에 완전히 고백해버렸다고 생각되는 것도 뒤에 그 뿌리가 내부에 나타났던 것이다. 그러나 비록 그런 일이 없었다고 하더라도—내가 결정적인 중단 없이 관철해왔던 정신적인 조직 전체가 이완될 경우에는, 그 밖에 다른 점에서 아무리 적응하려고 노력해도 숨겨진 고유성이 어디고 붙잡을 수 없을 정도로 나를 뒤흔들어놓기에 충분했다. 그러나 더욱 화가 나는 일이 있다. 예를 들어, 내가 전혀 비밀을 남기지 않고 일체의 모든 것을 내 몸에서 떼어내어 완전히 순수한 상태에 있다 하더라도 그 다음 순간 또 다시 예전의 혼란에 휩싸일 것이다. 그런 까닭에 비밀이라는 것은 완전히 인식되거나 평가되어 있지 않을지 모른다는 것이 내 생각이다. 그러므로 그것은 보편성을 통하여 다시 나에게 되돌려져 새로운 부담이 되어버리는 것이다. 적어도 살아 있는 사람의 세계에서는 누구나 자기 자신으로부터 벗어날 수 없다는 것은 결코 착각이 아니라 하나의 특수한 형태의 인식에 지나지 않는다. 예를 들어 어떤 사람이 친구에게 자신은 인색하다고 고백한다고 가정하자. 이 경우 그는 그 순간만은 친구에 대해서, 즉 표준적인 비판자에 대해서, 자신을 인색에서 해방시킨 것처럼 보인다. 그 순간에는 친구가 그것을 받아들이느냐 않느냐, 즉 인색의 존재를 부인하느냐, 그렇지 않으면 인색에서 벗어나는 방법을 가르쳐주느냐, 혹은 그러한 인색을 변호해주느냐 하는 것은 아무래도 좋은 것이다. 그 고백의 결과 친구가 절교를 선언한다 해도, 그것은 그리 중요한 일이 아닐지도 모른다. 도리어 중요한 것은 사람이 반드시 회개한 것은 아닐 테지만, 정직한 죄인으로서 그 보편성의 비밀을 신뢰하고 그럼으로써 선량하고 ―이것이 가장 중요한 일이지만― 자유로운 유년 시절을 다시 정복하기를 희망하는 것이다. 그러나 그것은 단지 한때의 어리석음과 훗날의 괴로움을 정복하는 것에 지나지 않는다. 왜냐하면 인색한 사람과 친구 사이에 있는 책상 위 어딘가에 돈이 놓여 있는 것을 보면 인색한 사람은 그것을 챙겨야만 하고 그래서 언제나 잽싸게 손을 뻗치게 되기 때문이다. 반평생을 산 인생에서는 비록 그런 고백이란 것은 더욱 약점으로 작용하지만, 그러나 구원이 되기도 하며 그것을 넘어서면 더 이상 존재하지 않게 된다. 아니, 그 반대이다. 그것은 단지 앞으로 뻗친 손만을 비출 뿐이다. 효과적인 고백은 행위 전이나 혹은 후에만 가능한 것이다. 행위는 자기 곁에 그 어느 것도 존속하는 것을 꺼린다. 돈을 긁어모으는 손에게는 말이나 혹은 참회에 의한 어떤 구제도 존재하지 않는다. 행위가, 그러니까 손이 제거되거나 혹은 인색 속에서만……

―――――――――――――――――――――――――

눈썹이 눈을 둘러싸고 있듯이 반원 속에 당신을 둘러싸고 있는 악이여, 빛을 내려 활동을 중단하라. 당신이 잠자고 있는 동안 악은 조금이라도 앞으로 나가지 못하도록 당신을 감시할지 모른다.

---

1) 비판 사상은 고통으로 시달려왔다. 고뇌를 증가시킬 뿐 아무런 도움도 주지 못했다. 그것은 마치 궁극적으로는 타버리게 될 집 안에서 건축학상의 근본문제를 처음으로 제기하는 것과 같은 이치이다.

2) 나는 죽을 수는 있지만 고통은 참을 수가 없었다. 고통에서 벗어나려다 오히려 그것을 뚜렷하게 가중시키는 결과가 되었다. 나는 죽음에 순응할 수는 있지만 고통에는 순응할 수 없다. 나에게는 영혼의 활동이 부족하다. 그것은 마치 짐을 싸놓고는 매어놓은 가죽 끈을 새로이 고쳐 매어보지만 출발이 이루어지지 않는 이치와 같다. 최악의 상태는 죽을 수 없는 고통이다.

깊은 우물. 양동이를 끌어올리는 데도 수년이 걸린다. 그런데도 순식간에 양동이는 아래로 굴러 떨어진다. 네가 아래로 몸을 수그리는 것보다도 더 신속하게. 아직 양동이를 양손에 잡고 있다고 생각하는 순간에 너는 벌써 저 깊은 곳에서 부딪히는 소리를 듣거나, 전혀 듣지 못한다.

일곱번째 날에 그는 쉰다. 그때 우리는 대지를 채운다.

많은 사람들이 여기에 기다리고 있다. 수많은 사람들이 어둠 속에서 망연자실하고 있다. 그들은 어쩌자는 것일까? 그들은 분명히 어떤 요구를 하고 있다. 나는 그 요구를 다 듣고 난 후 대답할 것이다. 그러나 나는 발코니에 나가지 않을 것이다. 나가려고 해도 나갈 수가 없기 때문이다. 겨울철에 발코니 문은 폐쇄되며 열쇠 또한 내 손에 없다. 그러나 나는 창가에도 접근하지 않을 것이다. 나는 어느 누구도 보고 싶지 않다. 사람과 만나서 혼란스러워지는 것이 싫은 것이다. 책상 옆이 내 자리이다. 두 손으로 머리를 싸안는 것이 내 자세이다.

나는 지금까지 내 집에 있는 어떤 문을 눈여겨본 적이 없다. 그것은 침실에 있는데, 침실은 이웃집과 경계를 이루는 담벼락에 붙어 있다. 나는 그 문에 대해서 어떤 생각도 해본 적이 없다. 나는 그 문에 대해 아는 바가 전혀 없다. 그러나 그 문은 정말 잘 보였다. 그 문 아랫부분은 침대에 가려 있지만 그러나 그것은 아주 높이 솟은 문이었다. 방문이라기보다는 대문이라 할 정도였다. 어제 그 문이 열렸다. 나는 바로 식당에 있었는데, 식당과 침실 사이에는 방이 또 하나 더 있었다. 나는 아주 느지막하게 점심을 먹으러 왔다. 집에는 아무도 없었고 하녀만 부엌에서 일하고 있었다. 그때 침실에서 소리가 났다. 바로 뛰어갔더니 내가 지금까지 모르던 문이 천천히 열리면서 정말 엄청난 힘에 침대가 밀려나고 있었다. 나는 소리를 질렀다. "누구냐, 어쩌자는 거냐! 조심해! 가만두지 않겠어!" 폭력배 일당이 몰려오는 것으로 생각했는데, 젊은 마른 남자였을 뿐이었다. 그는 겨우 빠져나올 수 있는 틈 사이로 미끄러져 들어오더니 나에게 즐겁게 인사를 했다.

———————

아무것도 아닌 것, 아무것도 아닌 것.

———————

내가 밤에 탑에서 걸어 나오자, 매일 밤 그렇듯이 더디게 흐르는 어두운 물이 등불의 빛을 받아 살아 있는 몸뚱이처럼 천천히 움직인다. 이것은 마치 잠들어 있는 사람 위로 등불을 가져가면 그 사람이 불빛 때문에 기지개를 켜거나 돌아눕지만 결코 눈을 뜨지 않는 것과 같다.

———————

한밤중에 강가에서 언제든지 나를 만날 수 있다. 야근으로 교도소에 나가거나 아니면 낮 근무여서 집으로 돌아가거나 하기 때문이다. 한번은 이런 일이 있었다. 하루의 근무로 지치고, 게다가 언제 이야기할 기회가 있겠지만, 근무에 관한 일 때문에 동료인 B에 대한 노여움으로 숨이 막힐 것 같이 화가 나서 집으로 돌아가고 있었다. 문득 뒤를 돌아보니 교도소 탑 작은 창문에서 불빛이 새어나오고, 그 창 뒤에 B가 앉아 밤참을 먹고 있었다. 럼주 병을 양다리 사이에 끼고 있었다. 나는 문득 그가 거만하게 거드름을 피우면서 내 옆에 앉아 있는 것 같은 생각이 들었다. 그래, 그 녀석 냄새마저 나는 듯했다. 그러나 나는 이내 침을 뱉고는 길을 재촉했다.

———————————

강으로부터 커다랗게 부르는 소리가 들렸다.

———————————

내 누이동생은 나에게 비밀을 가지고 있다. 그녀는 작은 달력을 하나 가지고 있는데, 그것은 부분적으로는 내 도움으로 얻게 된 것이다. 왜냐하면 내가 우리 식구라면 누구든 그런 달력을 주는 한 신사를 알고 있기 때문이다. 그 신사는 그녀보다는 나와 벌써 오래전부터 아는 사이였고, 그 달력도 원래는 나한테 주려고 가져온 것이었다. 누이동생은 이 달력 속에 비밀을 적어 넣는다. 아니, 끼워 넣는다. 그리고 그 달력을 잠글 수 있는 필기도구통 안에 넣는다. 그리고 그 열쇠를……

———————————

누군가 내 옷을 살짝 잡아당겼다. 그러나 나는 그것을 뿌리쳐버렸다.

———————————

안정되지 않다.

―――――――――

커다란 화재용 사다리가 늘어나더니 집에 갖다대어졌다.

―――――――――

어느 날 한 심령술 집회에 새로운 영혼이 나타났다. 이 영혼을 상대
로 다음과 같은 대화가 오갔다.

영: 실례합니다

대변인: 그대는 누군가?

영: 실례합니다.

대변인: 무슨 일인가?

영: 떠나렵니다.

대변인: 하지만 그대는 방금 오지 않았느냐.

영: 그건 오류입니다.

대변인: 아니야, 오류가 아니야. 너는 여기에 와 있지 않느냐.

연: 방금 기분이 나빠졌습니다.

대변인: 아주 나쁜가?

영: 아주 나쁩니다.

대변인: 몸이 그러한가?

영: 몸이라니요?

대변인: 너는 질문한 대로만 대답하는구나. 무례하구나. 우리는 너
　　　　를 처벌할 수 있는 방법을 가지고 있다. 그러니 대답하는
　　　　게 좋을 거야. 그러면 널 곧 돌려보내줄 것이다.

영: 곧이라구요.

대변인: 곧이고말고.

영: 그럼 일 분 안에 말인가요?

대변인: 그렇게 비참해하지 말게. 우리는 너를 돌려보내줄 것이다.
단 말이야······

시골의 해질 무렵이었다. 나는 다락방의 닫힌 창가에 앉아 소치는 목동을 바라보고 있었다. 목동은 벌초된 들에 서서 파이프를 입에 문 채 지팡이를 땅에 짚고 서 있었다. 여기저기 흩어져 한가로이 풀을 뜯고 있는 소들에게는 정작 무관심한 듯했다. 그때 누군가가 창문을 두드렸기 때문에 나는 깜짝 놀라 멍한 상태에서 깨어나 정신을 차리고 이렇게 큰 소리로 말했다. "아무것도 아니야. 바람이 창문을 흔드는 것이야." 또 다시 문 두드리는 소리가 나서 나는 이렇게 말했다. "그래, 그건 바람일 뿐이야." 그러나 세번째 소리가 났을 때 들어가게 해달라는 소리가 들렸다. "하지만 바람이 내는 소리야"라고 나는 말하고는 상자에서 램프를 꺼내 불을 붙이고 창문의 커튼을 쳤다. 그러자 창문 전체가 흔들리기 시작하면서 조심스럽게 무언의 호소가 시작되었다.

너는 무엇을 슬퍼하는가, 버려진 영혼이여? 너는 어째서 산 자의 집을 맴도는가? 어째서 너는 너에게 속한 저 먼 곳으로 가려 하지 않는가. 그 대신 너에게 낯선 것을 얻으려고 싸움을 하다니? 손 안에서 퍼덕거리며 저항하면서 거의 죽어가는 참새보다 지붕 위에 살아 있는 비둘기가 더 낫지 않은가.

<hr>

증기선이 이쪽으로 오고 있었다. 밧줄을 단단히 매자 몇몇 승객들이 상륙했다.

<hr>

고귀한 꿈이여, 그대 외투를 어린아이에게 입혀다오.

<hr>

두 명의 병사가 오더니 나를 붙잡는 것이었다. 저항했지만 그들은 막무가내였다. 그들은 나를 그들 대장인 장교 앞으로 데리고 갔다. 그의 복장이 얼마나 뻔쩍거리는지! "나를 어쩔 작정입니까. 나는 민간인입니다"라고 나는 말했다. 장교는 빙긋이 웃으며 이렇게 말했다. "그대는 민간인이다. 하지만 너를 체포한다고 문제될 것 없다. 군대는 모든 것 위에 군림한다."

<hr>

버라이어티 쇼 분야에서의 평가.

<hr>

비록 단기간이긴 하지만 버라이어티 쇼 제작부에서 상세하게 바른 평가를 내리기란 여간 어렵지 않다. 오랜 생애를 경험한 가장 훌륭

한 전문인들도 이 경우엔 쓸모가 없다. 그 좋은 예가 철강 왕의 생애이다.

그는 우선은 목재 거래처의 견습생이었다. 그런데 다른 견습생들은 그의 주위를 빙 둘러 서 있다. 만약 그가……

전망대가 있는 언덕
그 남자가 걷는 모습. 긴 주름이 있는 외투를 휘날리며, 서류가방은 손에 든 채, 모자는 쓰지 않고, 귀에 금테 안경을 걸고, 오월 초하룻날 햇빛이 비치는 오전, 조용한 길을 가고 있는 사나이.

카르펜 거리
저녁에 못생긴 젊은 남자, 혼자서, 거칠고, 우람하고, 반항적인 성격의 소유자.

루돌프의 묘소 옆을 지나가고 있는 두 명의 노신사, 한가롭고, 지루하고, 품위 있는 이야기. 부인들이 그 뒤를 따르고 있다.

그것은……

400

이제 저는 당신에게 당신이 기뻐하시리라 생각되는 것을 제시할 수 있습니다. 분명 당신은 에른스트 바이스(Ernst weiβ는 프라하 출신의 유대인 출신 극작가이자 작가로서 카프카와는 절친한 친구였다. 파리로 이주한 후 독일군이 파리에 입성하자 자살했으며, 작품「잃어버린 아이 Das verlorene Kind」로 유명해졌다ー옮긴이)라는 이름과 그리고 저에게는 이따금씩 상상할 수 없을 정도로 강한, 하지만 근접하기 어려운 그의 최근의 책들(『아투아 나하르Atua Nahar』 『쇠사슬에 매어 있는 동물들』 『악마들의 별』)에 대하여 무엇인가를 알고 있을 겁니다. 그러나 그는 이 서사작품들에다 그가 '신앙고백'이라는 제목 하에 출판하려는 논문 모음집을 첨가해서 정리하고 있습니다. 그 작품들은 내 생각에ー특히 첨가된 괴테 논문은 매력적입니다ー서사문학의 모든 장점들을 가지고 있는데, 예를 들어 비인간적인 고립성을 가지고 있지 않다는 것입니다. 나는 당신에게 검토용으로 _____을 제시합니다. 그리고 이외에도 당신에게 그의 현재 작업들의 생각을 첫번째 장 _____ 일체감이 있는 다른 작품들의 몇 가지 제목들을……

이 논문서의 출판에 관해 의견이 있다면 저나 아니면 그에게 직접 알려주시는 것이 좋을 듯 싶습니다(베를린 W 30 노렌도르프 거리 22a). 어쨌든 저는 그가 급히 필요로 하는 세 개의 별첨들을 그에게 돌려주시기를 당신께 부탁드리는 바입니다.

이렇듯 어처구니없는 일이 갑작스레 속력을 내어 나를 다시 덮쳐오는 것은, 언제나 그렇지만 내 건강 상태에 대한 신뢰감이 어느 정도 증가할 때이다. 그저께 뮐슈타인 박사를 방문한 뒤와 같은 경우인 것이다.

순결을 유지하는 것	결혼했다는 것
독신자	기혼자
나는 순결을 유지하고 있다	순결한가?
나는 온 힘을 집중한다	너는 관련 밖에 있고 바보가 되어 사방으로 날고 있다. 그러나 더 이상 나아가지 못한다. 나는 인간 생명의 피돌기로부터 내가 손에 넣을 수 있는 모든 힘을 끌어낸다.
나에 대해서만 책임을 진다	더욱 더 너에게 마음을 빼앗기다. (그릴파르처 플로베르)
결코 근심하지 말고 일에 전념하자.	나의 힘이 커지기 때문에 나는 더 많은 것을 지닐 수 있다.

* 뒤쪽 노트 끝에서부터 아래와 같은 기록이 씌어 있다. (원주)

402

그러나 여기에 어떤 유의 진리가
존재한다.

남편*   위안
이빨들. 나는 그것을 작업하지 않는다
아이, 어머니 그리고 자매들

볼펜슈타인 지멘스 도시 부루넨 거리 14

---

* 종이 뒷면에 위 도식이 연속됨.(원주)

사냥꾼의 오두막집은 나무꾼들의 오두막집에서 멀지 않다. 눈이 많이 내린 관계로 나무를 마련하기 위해서 열두 명의 나무꾼들이 그곳에 거주하고 있었다. 이 나무들은 낮에 썰매를 이용하여 골짜기로 끌어내려졌다. 일이 많았지만, 맥주만이라도 충분히 제공되었더라면 일꾼들에게는 그런 것은 그렇게 힘든 일은 아니었을 것이다. 그러나 그들이 가진 것이라곤 중간치 크기의 맥주통뿐이었다. 그것으로 일 주일 동안 마셔야 했다. 그것은 불가능한 일이었다. 저녁 때 사냥꾼이 그들에게 건너올 때면, 그들은 늘 그 점에 대해 그에게 불평을 늘어놓는다. "그것 딱한 일이군" 하고 사냥꾼은 맞장구를 치며 말했다. 그리고 그들은 그의 마음에 하소연했다.

———————

사냥꾼의 오두막집은 산의 숲속에 외롭게 놓여 있다. 그는 그곳에서 사냥개 다섯 마리와 겨울을 나고 있다. 이런 곳에서 겨울을 나다니 얼마나 지루할까. 일생처럼 길게 생각될지도 모른다.

사냥꾼은 쾌활하다. 그에게 꼭 필요한 것은 모두 다 있다. 부족한 것에 대해 탓하지 않는다. 도리어 그는 자신이 너무 많이 가졌다고 생각한다. "만일 다른 사냥꾼이 내 집에 와서 내 시설과 준비물을 보게 된다면 아마 사냥꾼 생활도 끝장이 날 것이다. 그러나 그런 끝장날 일도 없지 않은가? 사냥꾼이 어디 있어야지."

그는 개들에게 가려고 모퉁이로 갔다. 개들은 깔개를 깔고 이불을 뒤집어쓰고 잠들어 있다. 정말 사냥개 같은 모양으로 자고 있다. 그들은 자고 있는 것이 아니라, 오로지 사냥만을 기다릴 뿐이다. 그 모양이 잠자는 것처럼 보이는 것이다.

페터는 숲속에서 늑대를 만났다. "온종일 먹이를 찾아다녔는데 마침내 찾았군!" 하고 늑대가 말했다. "제발, 늑대야 오늘만은 해치지 말아주렴. 일 주일 후면 결혼식이 있단다. 결혼식을 갖게 해주렴" 하고 페터가 말했다. "안 되겠는걸" 하고 늑대가 말했다. "그런데 내가 기다려주면 어떤 이득이 있는데?" "그땐 나와 내 처 둘 다 가져도 좋아"라고 페터가 말했다. "그런데 결혼식 때까지는 어떻게 해줄 건데?" 하고 늑대가 말했다. "그때까지 굶주릴 수는 없잖아. 배가 고파서 벌써 메스꺼운데 당장 무어라도 얻지 못하면 내 의지와는 상관없이 널 잡아먹어야겠어." "제발" 하고 페터가 말했다. "자, 나와 함께 가자. 멀지 않은 곳에 살거든. 일 주일간 집토끼를 먹여주지." "적어도 양 한 마리는 가져야 되겠는데." "좋아, 양 한 마리를 주지." "그리고 다섯 마리 닭도"……

———————

페터는 이웃 마을의 부잣집 신부를 맞이하게 되었다. 어느 날 밤에 그는 그녀를 찾아갔다. 상의할 일이 많았던 것이다. 일 주일 후에 식을 올리기로 되었기 때문이다. 이야기는 순조롭게 진행되었다. 모든 게 만족스럽게 정해졌다. 그는 기분이 좋아서 파이프를 입에 물고 열 시경에 그 집을 나섰다. 익숙한 길이었기 때문에 아무런 주의도 하지 않았다. 그러나 그가 가로질러 가야 할 작은 숲속에 도착했을 때 어찌된 영문인지 갑자기 몸이 오싹했다. 금빛으로 빛나는 두 눈이 그를 노려보고 있지 않은가? "나는 늑대다" 하는 소리가 들렸다. "무슨 일이오?" 하고 페터가 말했지만, 흥분한 상태여서 두 팔을 벌린 채 서 있었다. 한 손에는 파이프를, 다른 손에는 지팡이를 든 채였다. "너를" 하고 늑대가 말했다. "오, 안 돼요. 오, 안 돼요. 어찌 이럴 수가?"라고 페터가 말했다. 그 말에 대해 늑대는 아무런 대답도 하지 않았다.

님머메어

<u>1917년 10월 18일.</u>
밤에 대한 두려움, 밤이-아님에 대한 두려움.

10월 19일. 정신적인 싸움에서 자타自他를 분리하는 일의 무의미
성(너무 강한 말[言]).

모든 학문은 '절대자Das Absolute'와 연관된 방법론이다. 그러므
로 분명히 방법론적인 것에 대해 불안해할 필요가 없다. 그것은 껍
데기이다. 그렇지만 '한 분'(Das Eine: 여기서 카프카가 남성관사를 쓰
지 않고 중성관사를 사용한 데 유의해주길 바라며, 번역상 '한 분'이라고
할 수밖에 없음을 양지 바란다―옮긴이)만을 제외한 일체의 것이기도
하다.

우리 모두는 하나의 싸움만을 하고 있다(내가 마지막 질문 공세를 받
고 내 뒤의 무기를 집으려 할 때, 나는 그 무기들 가운데서 선택할 수가 없

다. 그리고 설령 내가 선택할 수 있다 하더라도 '남의 것'을 집게 될 것이다. 왜냐하면 우리 모두는 오직 하나의 무기고만을 가지고 있기 때문이다). 나는 결코 독자적인 무기고를 운영할 수는 없다. 언젠가 나 자신이 독립적이라고 생각되거나, 내 주위에 아무도 보이지 않게 되면, 내가 직접적으로나 혹은 전혀 접근하기 어려운 보편적인 정황으로 인하여 이 자리를 맡아야만 하는 일이 곧 생길 것이다. 그렇다고 해서 선발대, 낙오병, 의용병 그리고 전쟁 수행시의 모든 관습과 특수성이 있음을 배제하려는 것은 물론 아니지만, 결코 독자적인 전쟁 수행자란 없다. 허영심의 [굴욕]인가? 그렇다, 그러나 필요하고도 진실에 따른 격려이기도 하다.

나는 길을 잃고 있다. 진실된 길은 공중 높이 팽팽히 당겨진 줄 위가 아니라, 땅바닥 바로 위에 바싹 쳐진 줄 위로 나 있다. 그것은 진정 딛고 가게 되어 있기보다는 오히려 걸려 넘어지게 되어 있는 듯하다.

항상 허영심과 자아도취로부터 벗어났을 때 비로소 안도의 숨을 내쉰다. 『유대인』(1917년 10월 마르틴 부버가 편집자로 있는 시온 주의 월간 잡지 『유대인』에 카프카의 단편 「재칼과 아랍인」이 실렸고, 같은 해 11월에는 단편 「학술원에 드리는 보고」가 실렸다. 두 작품의 공통된 상위 표제는 '두 개의 동물 이야기'였다 — 옮긴이)에 실린 이야기를 읽었을 때의 열광적인 느낌. 흡사 조롱 속의 한 마리 다람쥐 같다. 운동의

행복감, 협소함에 대한 절망, 끈기의 광기, 외부의 고요함에 대한 비참한 감정. 이 모든 것은 동시적이면서 동시에 교대적이다. 게다가 종말의 진창 속에서도 한 줄기 햇살의 축복.

세세한 일들과 나 자신의 세계 이해 과정에 대한 기억이 흐려졌다. 대단히 좋지 않은 징조다. 전체의 파편들뿐이다. 만약 네가 너 자신을 총괄할 수 없어서 결단하게 될 때, 마치 던질 돌이나 도살을 위한 칼을 움켜쥐듯이, 그렇게 너의 전체를 한 손에 움켜쥐게 된다면, 너는 어떻게 최대의 과제에 손이라도 댈 생각을 하겠는가. 너는 어떻게 그것이 가까이 있음을 직감하고, 그것의 현존재를 꿈꾸고, 그것의 꿈을 요청하고, 부탁의 철자들을 감히 배울 생각이라도 하겠는가. 달리 말해서, 두 손을 합장하기 전에 두 손에 침을 뱉어서는 안 되는 법이다.

위안이 되지 않는 어떤 것을 생각한다는 게 가능할까? 혹은 위안의 기미조차 없는 위안이 되지 않는 어떤 것이라면? 하나의 탈출구가 있다면, 그것은 인식 그 자체가 위안이라는 사실에 있을지도 모른다. 그러므로 이렇게 생각할 수도 있을 것이다. 너는 너 자신을 제거해야 한다고. 그리고 정말 이러한 인식의 변조 없이 그것을 인식했다는 의식을 똑바로 견지해나갈 수 있을지도 모른다. 그러나 이 말은 사실, 자신의 머리카락을 끄잡아 스스로를 수렁에서 끌어냈다는 뜻이 된다. 육체적인 세계에서는 우스꽝스런 일이 정신 세계

에서는 가능하다. 여기에서는 중력의 법칙이 존재하지 않는다(천사들은 나는 것이 아니다. 그들에게만 중력의 법칙이 작용하지 않는 것이 아니다. 오로지 지상 세계의 관찰자인 우리들만이 그것을 좀더 제대로 생각하지 못하는 것일 뿐이다). 그것은 물론 우리가 생각할 수 없는 일이거나, 아니면 보다 높은 단계에서나 비로소 생각할 수 있는 일일 것이다. 예를 들어 내가 내 방에 대해 알고 있는 지식에 비한다면, 나의 자아 인식이란 얼마나 빈약한 것인가. (저녁.) 왜 그럴까? 외적인 세계의 관찰은 존재하지만, 내적인 세계의 관찰은 결코 존재하지 않기 때문이다. 적어도 심리학이란 전체적인 면에서 볼 때 십중팔구 신인동형동성설Anthropomor phismus, 즉 경계들의 〔맞물림〕일 것이다.

심리학이란 지상 세계가 천상적 평면을 반영한 기술記述이다. 아니, 더 적절하게 표현하자면, 지상의 것에 흠뻑 찌든 우리가 지상을 어떻게 생각하고 있는가를 반영하는 것의 기술이다. 왜냐하면 우리가 어디를 향하든 반영이란 전혀 이루어지지 않기 때문이다.

모든 인간적인 과오는 조급함, 방법론적인 것의 때이른 중단, 가상적인 일에 가상적인 울타리를 치는 것이다.

돈 키호테의 불행은 그의 환상이 아니라 산초 판자이다.

<u>10월 20일</u>. 침대 안에 있다.

다른 모든 죄들이 파생되어 나오는, 두 가지 주된 인간적인 죄가 있다. 그것은 조급함과 태만함이다. 조급함 때문에 그들은 낙원에서 추방되었고, 태만함 때문에 돌아가지 못한다. 그러나 주된 죄가 단지 한 가지라 한다면, 그것은 아마 조급함일 것이다. 조급함 때문에 그들은 추방되었고, 조급함 때문에 돌아가지 못한다.

지상의 얼룩진 눈으로 본다면, 우리는 긴 터널 속에서 사고를 당한 철도 여행객과 같은 상황에 있다. 게다가 사고 현장에서는 입구의 빛은 보이지 않으며, 출구의 빛은 너무나 작아서 눈으로 줄곧 그것을 찾고 있어도 이내 사라져버린다. 그러다가 입구도 출구도 어딘지 확실치 않게 된다. 그러나 감각의 혼란에서인지 아니면 감각이 극도로 예민해진 탓인지 우리 주위에는 온통 괴물들이 있고 개개인의 기분이나 놀라움에 따라 매료되거나 피로해지는 만화경과 같은 놀이가 있다.

나는 어떻게 하면 좋은가? 또는 무엇 때문에 그렇게 해야 하는가? 이러한 질문들은 이 지역에서 질문이 될 수 없다.

망자亡者들의 많은 혼백은 오로지 죽음의 강의 물결을 핥는 데 여

넘이 없다. 왜냐하면 그 강은 우리로부터 나와서 아직도 우리 바다의 짠맛을 띠고 있기 때문이다. 그러면 강물은 역겨움으로 솟구쳐 올라, 거꾸로 흘러서 망자들을 삶으로 되돌려 보낸다. 그러나 그들은 행복해서, 감사의 노래를 부르며 격분한 강물을 달랜다.

어느 일정한 점點에서 볼 때 더 이상 되돌아간다는 것은 있을 수 없다. 이 점은 도달될 수 있다.

우리가 시간 개념을 단념한다면, 인간 발전의 결정적인 순간은 영속적이다. 그래서 예전의 모든 것을 무가치한 것으로 표명하는 혁명적 정신적 운동들은 정당하다. 왜냐하면 아직 아무 일도 일어나지 않았기 때문이다.

오버클레로 저녁 산책.

사람들은 외부에서는 항상 이론으로 세계를 보기 좋게 눌러 부수고는, 곧바로 함께 구덩이 속으로 떨어질 것이다. 그러나 오로지 내면에서만은 자신과 세계를 조용하고 진실하게 유지할 것이다.

악마적인 것의 가장 효과적인 유혹 수단 가운데 하나는 투쟁에 대한 권유이다. 그것은 침대에서 끝나는 여자들과의 싸움과 같다. 남편의 진정한 탈선들이란, 올바로 이해하고 보면, 결코 즐거운 것이 아니다.

10월 21일. 햇볕을 쬐다.

세계의 목소리가 더욱 조용해짐과 더욱 적어짐.

---

*

일상적인 사건 하나: 그의 인내는 일상적인 영웅주의이다. A는 이웃 마을인 H 출신 B와 중요한 사업 하나를 매듭지어야 한다. 그는 사전 협의를 위해 H로 간다. 왕복하는 데 각각 십 분이 채 걸리지 않았고 그는 집에 와서는 이렇게 대단히 빠른 것을 으스댄다. 다음 날 그는 다시 H로 간다. 이번에는 최종적인 사업 체결을 위해서이다. 이 일이 몇 시간은 더 걸리리라고 예상하여 A는 새벽같이 떠난다. 그러나 모든 부수적인 정황들이, 적어도 A의 생각으로는, 전날

---

* 막스 브로트Max Brod판 선집에는 「일상의 혼란Eine alltägliche Verwirrung」이란 제목이 붙어 있다. 카프카 전집 제1권에 수록되어 있으나 문장 부호와 단어들이 다른 점이 약간 있어 다시 번역 수록했다.(옮긴이)

과 조금도 다름없는데도 이번에는 H로 가는 데 열 시간이 걸린다. 그가 파김치가 되어 저녁에 그곳에 도착하자 사람들이 그에게 말하기를 B는 A가 오지 않는데 화가 나서 반 시간 전에 A를 만나러 그 마을로 갔으니 실은 그들이 도중에서 만났어야 했다는 것이다. 사람들은 B가 이제 곧 올 테니 기다리라고 A에게 충고했다. 그러나 A는 사업 걱정으로 서둘러 집으로 간다. 이번에는 그는 시간에 대해서 그다지 신경을 쓰지 않고서도 곧바로 한순간에 그 길을 돌아온다. 집에 와서 그가 들은 이야기는 B는 A가 아직 떠나기 전에 왔으며, B가 대문에서 A를 만나 사업을 상기시켰으나 A는 지금 시간이 없으니 서둘러 가야 된다고 했다는 것이다. A의 이러한 이해할 수 없는 태도에도 불구하고 B는 여기서 A를 기다리려고 머물러 있다는 것이다. A가 그새 되돌아오지 않았느냐고 벌써 여러 차례 묻기는 했으나 아직 위층 A의 방에 있다는 것이다. 이제 B에게 말할 수 있고 그리고 모든 것을 설명할 수 있다는 사실에 기뻐하며 A는 계단을 달려 올라간다. 그는 위층에 거의 다 올라간 참에 발이 걸려 비틀거리다, 그만 뒤꿈치 근육 열상을 입어 고통으로 까무러칠 지경이 되어 비명조차 못 지르고 어둠 속에서 다만 끙끙대고 있는데, B가 아주 멀리에서인지 바로 곁에서인지는 분명치 않으나 화가 나서 계단을 쿵쿵 디디며 내려가 사라지는 모습을 보고 듣는다.

악마적인 것은 이따금 선한 모습을 하거나 혹은 아예 그것으로 둔갑하기도 한다. 악마가 내게 보이지 않는다면, 나는 물론 지는 것이다. 왜냐하면 이러한 선은 진실한 선보다 더 유혹적이기 때문이다. 그러나 그것이 내게 보인다면 어떠할까? 만약 내가 악마를 사냥

하다가 선善 속으로 몰린다면? 내 온몸을 찌르는 뾰족한 바늘이 나를 혐오의 대상으로 삼아 선 쪽으로 굴려 보내고, 찌르고, 몰아댄다면? 만약 선의 확실한 발톱이 나를 붙잡으려 한다면? 나는 한 걸음 뒤로 물러나, 내 뒤에서 그동안 내내 나의 결심을 기다리고 있던 악 속으로 유약하고 처량하게 가라앉는다.

어떤 인생

　더러운 냄새 나는 암캐. 많은 새끼를 낳은 개, 여기저기가 이미 썩어가고 있다. 그러나 내가 어렸을 때 그것은 내게는 무엇과도 바꿀 수 없는 것이었다. 그것은 늘 내 뒤를 충실하게 따라다닌다. 나는 결코 그것을 때릴 마음은 나지 않는다. 그 앞에서 나는 그의 호흡을 피하면서 몇 발자국 뒤로 물러서게 된다. 내가 달리 결정을 내리지 않는 한, 그것은 벌써 눈에 보이는 울타리 모서리로 나를 밀어넣을 것이다. 그래서 나에게 안겨, 나와 함께 완전히 썩고자 하는 것이다. 마지막까지 — 그것이 나에게 영광스러운 것일까? — 고름과 구더기가 낀 혀의 살을 나의 손에 대고서.

　차르히로 가는 저녁길

　악이 놀라게 하는 경우가 있다. 그것은 갑자기 몸을 돌리고는 이렇게 말한다. "너는 나를 오해해왔어"라고. 그리고 그 말은 아마 사

실일 것이다. 악이 너의 입술로 변하여, 너의 치아에 의해 침식당한다. 그리고 너는 새로운 입술로―예전의 입술은 어느 것도 이보다 더 너의 치아에 얌전하게 들어맞은 적이 없었다―훌륭한 말을 토로하고는 스스로도 정말 놀라워한다.

---

*

여하튼 그것을 자랑한 적이 없는 산초 판자는 세월이 지나가면서, 저녁이나 밤 시간에 많은 기사소설과 도둑소설들을 곁에 두고 읽음으로써, 그가 후에 돈 키호테라는 이름을 붙여주었던 악마로 하여금 절제 없이 가장 미친 짓들을 행하게 함으로써 그 악마를 자신으로부터 떼어놓는 데 성공하였다. 그러나 그 미친 짓들은 미리 정해진 대상이 없었으므로―물론 산초 판자가 그런 대상이 되었어야 했겠지만―아무에게도 해를 끼치지는 않았다. 자유인인 산초 판자는 무관심하게, 아마 어쩌면 얼마만큼은 책임감에서 원정을 나서는 돈 키호테를 따라 나섰으며 그가 생을 마칠 때까지 거기서 크고도 유익한 즐거움을 맛보았다.

10월 22일. 새벽 5시.
돈 키호테의 가장 중요한 행위 중의 하나는, 풍차와의 싸움보다 더

---

* 막스 브로트 판에는 「산초 판사에 관한 진실Die Wahrheit ber Sancho Pansa」이라는 제목이 붙어 있다. 두 텍스트는 서로 일치하나 구문의 위치가 바뀐 곳이 있어 다시 번역 수록했다.(옮긴이)

욱 강박감을 주는 것인데, 바로 자살이다. 죽은 돈 키호테가 죽은 돈키호테를 죽이려 한다. 그러나 죽이기 위해서는 그에게 살아 있는 부분이 필요하다. 그는 이제 자신의 검을 가지고 이 부분을 끊임없이 그러나 헛되이 찾고 있다. 두 사자死者는 이 일에 몰두하면서 뒤엉킨 채 그리고 정말 활기차게 재주넘기를 하며 시대를 거쳐 굴러간다.

오전을 침대에서 보내다.

A는 매우 교만하다. 그는 선에서 훨씬 앞서 있다고 믿고 있는데, 왜냐하면 분명 항상 보다 유혹적인 대상인 그가, 예전에는 전혀 알지 못하던 방향들로부터 점점 더 많아지는 유혹에 자신이 내맡겨져 있음을 느끼기 때문이다. 그러나 제대로 설명을 하자면, 굉장한 악마 하나가 그의 안에 자리잡고 있고, 그보다 작은 무수한 악마들이 그 굉장한 자를 섬기러 오고 있는 것이다.

저녁에 숲에 가다. 점점 커지는 달. 혼란스러운 낮을 뒤로 한 채. [막스(친구 막스 브로트를 가리킨다―옮긴이)의 엽서, 위의 불쾌감]

예컨대 사과 하나를 두고 가질 수 있는 견해들의 차이를 들자면 이렇다. 식탁 위의 사과를 좀 가까이서 보기 위해 목을 쭉 빼야만 하

417

는 어린 소년의 견해와, 그 사과를 집어서 함께 식사하는 이들에게 자유롭게 건네주는 가장家長의 견해이다.

10월 23일. 일찍 잠자리에 들다.

*

미흡한, 아니 유치하기까지 한 수단들도 구원에 도움이 될 수 있다는 것에 대한 증명.

세이렌으로부터 자신을 지키기 위하여 오디세우스는 귀에 밀랍을 틀어막고 자신을 돛대에 단단히 묶게 했다. 물론 예전부터 여행객이라면 누구나 그와 비슷한 것을 행할 수 있었을 것이다(멀리로부터 이미 세이렌들에게 유혹당했던 사람들을 제외하고는). 그러나 그것이 아무런 도움이 될 수 없었다는 것은 온 세상이 다 아는 일이다. 세이렌의 노래는 귀에 막는 밀랍을 포함해서 무엇이든 다 뚫고 들어가니 유혹당한 자들의 격정은 사슬이나 돛대보다 더한 것이라도 깨뜨렸을 것이다. 그러나 오디세우스는 그런 이야기를 들었을 텐데도 그렇게 심각하게 생각하지 않았다. 그는 한 줌의 밀랍과 한 다발의 사슬을 완전히 믿었고, 자신의 작은 도구들에 대한 순진한 기쁨 속에서 세이렌들을 마주 향하여 나아갔던 것이다.

그런데 세이렌은 노래보다 더욱 무서운 무기를 가지고 있었다. 즉 그것은 침묵이다. 그런 일은 사실 없었으나, 누군가가 혹 그녀

---

* 막스 브로트판에서는 「세이렌의 침묵」으로 되어 있다. 카프카 전집 제1권에 수록되어 있으나 문장 부호 및 단어들이 다른 곳이 있어 다시 번역 수록했다.(옮긴이)

들의 노래로부터 구조되었으리라는 것은 생각해볼 수는 있는 일이지만, 그녀들의 침묵으로부터는 분명 그렇지 못하다. 자신의 힘으로 그녀들을 이겼다는 느낌, 거기에서 오는, 모든 것을 쓸어낼 수 있다는 불손함에는 이 지상의 그 무엇도 맞설 수는 없을 것이다.

그리고 실제로 오디세우스가 왔을 때 그 강력한 가희들은 노래를 부르지 않았다. 그들이 이 적에게는 오직 침묵만이 해를 가할 수 있을 것이라고 믿었기 때문인지, 밀랍과 사슬 이외는 아무것도 생각하지 않는 오디세우스의 기쁨에 넘치는 얼굴이 그녀들로 하여금 모든 노래를 잊게 했던 것인지는 알 수 없다.

그러나 오디세우스는 그들의 침묵을 듣지 않고, 그녀들이 노래는 부르고는 있지만 오직 그만이 그것을 듣지 않게 보호받고 있다고 믿었다. 그는 우선 얼핏 그녀들이 고개를 돌리고, 심호흡을 하고, 눈물이 가득 차고, 입을 반쯤 벌린 것을 보았는데, 그것이 자기 주위에 들리지 않게 울려 퍼지는 아리아의 일부라고 믿었다. 그러나 곧 그 모든 것은 그의 먼 곳을 향한 시선에서 미끄러져 사라져버렸다. 세이렌들은 그야말로 그의 단호함 앞에서 사라져버렸고, 그가 그들 가까이에 갔을 때는 그녀들에 대해서 더 이상 아무것도 아는 바가 없었다.

그러나 그녀들은 그 어느 때보다도 더 아름답게 몸을 펴고 돌았고, 그 섬뜩한 머리카락을 온통 바람결에 나부끼게 했으며, 그리고 바위 위에서 발톱을 한껏 드러내놓고 힘을 주고 있었다. 그들은 더 이상 유혹하려 하지 않았다. 다만 오디세우스의 커다란 두 눈의 광채를 될 수 있는 대로 오래 놓치지 않으려고 했다.

세이렌들이 의식을 지니고 있었더라면, 그녀들은 그때 파멸되었을지 모른다. 그러나 그녀들은 그렇게 언제까지나 머물러 있었고, 단지 오디세우스만이 그녀들로부터 벗어나게 되었다.

그 이외에도 여기에 대해 한 가지 참고사항이 전해 내려오고 있다. 오디세우스는 하도 꾀가 많아 운명의 여신조차 그의 가장 깊은 마음을 꿰뚫어볼 수 없을 만큼 여우 같은 사람이었다고 한다. 어쩌면 그는, 인간의 오성으로는 알 도리가 없으나, 세이렌들이 침묵했다는 것을 알아차렸을 것이다. 그래서 그는 그녀들과 신들에게 위와 같은 외견상의 과정을 그저 방패로서 들이대었던 것이다.

샘물에 빠져 죽은 간질병 환자를 매장하기 전의 오후.

너 자신을 인식하라는 말은 너 자신을 관찰하라는 뜻이 아니다. 너 자신을 관찰하라는 말은 뱀의 말이다. 그것은 너 자신을 네 행동의 주인이 되도록 하라는 뜻이다. 그러나 넌 벌써 그런 존재이니, 즉 네 행동의 주인이다. 그러므로 그 말은 '너 자신을 오해하라!' '너 자신을 파괴하라!' 는 뜻이니 무언가 나쁜 것을 의미한다. 그런데 사람이 몸을 아주 깊숙이 수그릴 때만 자신의 선한 것도 듣게 된다. 그 선한 것은 이렇게 말한다. "너를 있는 그대로의 네가 되도록 할지어다" 라고.

10월 25일. 슬프고 초조하고 몸이 개운하지 않다. 프라하 시(프라하 시에 있는 유럽의 유명한 아름다운 고성의 하나로 1917년 펠리체 바

우어 양과의 결혼 준비를 위해 많을 돈을 내고 우연히 그 방 하나를 빌렸는데 천장이 높고 난방이 부실해서 그해 8월 24일 카프카는 객혈을 했다 ─옮긴이)에 대한 불안. 침대에 머무르다.

옛날에 악당들의 공동체가 있었다. 이 말은, 악당들이 있었다는 것이 아니라 평범한 사람들이 있었다는 뜻이다. 그들은 언제나 함께 있었다. 가령 패거리 중 하나가 좀 불량한 짓을 행했다면, 이것 역시 결코 불량한 것이 아니라, 보통 흔히 있는 그런 일인데, 그러고 나서 그가 패거리들 앞에서 참회한다면, 그 패거리는 그것을 검토하고, 판결하고, 벌금을 물게 하고, 용서하는 것과 같은 일을 했다. 그것은 나쁜 의미가 아니었다. 개인과 공동체의 관심사는 엄격하게 유지되었고, 참회자에게는 자신의 본색을 드러내 보여준 점에 대해 찬사가 주어졌다. 그렇게 그들은 언제나 함께 있었다. 사후에도 그들은 그 공동체를 포기하지 않고 윤무를 추면서 하늘로 승천했다. 그들이 날아가는 모습은 전체적으로 가장 순진무구한 광경이었다. 그러나 천국에 들어서기 전에 모든 게 자기 요소들로 산산이 부서져버렸기 때문에, 그들은 추락했다. 진짜 바위 덩어리들이 되어.

인식이 시작되는 첫 표지標識는 죽고 싶다는 소망이다. 현세의 삶은 견딜 수 없어 보이고, 또 다른 삶은 도달할 수 없는 것처럼 보인다. 사람들은 죽고 싶다는 것을 더 이상 부끄러워하지 않으니, 증오스러운 누추한 감방을 나와, 비로소 증오하는 법을 배우게 될,

또 하나의 새로운 감방으로 보내지기를 청한다. 거기엔 신께서 우연히 복도를 지나다 수인囚人이 옮겨지는 것을 보고는 "다시는 이 사람을 감금하지 말아라. 그는 나에게로 오는 사람이다"라고 말할 거라는 믿음이 남아 있기 때문이다.

11월 3일. 오버클레로 떠나다. 저녁에 방에서 오틀라(카프카의 세번째 누이동생으로 카프카와 가장 호흡이 잘 맞았다—옮긴이)와 토니에게 편지를 쓰다.

네가 평지를 간다고 치고, 가고자 하는 훌륭한 의지를 지니고 있으면서도 뒷걸음질만 친다면, 그것은 절망적인 일이다. 그러나 너는 가파른 비탈, 그러니까 네 자신의 발바닥이 보일 만큼 그렇게 가파른 비탈을 기어오르고 있으므로, 뒷걸음질은 오로지 지형 때문일 수도 있으니 절망할 필요가 없다.

훌륭한 의지라고? 너는 이탈리아에 대해 생각하는 것을 방해할 수 없다. 너는 어제 P. 슐레밀을 낭독해주었다.

11월 6일. 깨끗이 쓸자마자, 다시 마른 잎으로 덮여버리는 가을날의 길처럼.

새장 하나가 새를 잡으러 나섰다.

11월 7일. ("저녁에 모여 앉아 수다"를 떤 후 일찍 침대에 들다.)

검으로 누군가의 영혼을 찌를 때 중요한 것은, 조용히 주시하며, 피를 잃지 않고, 검의 차가움을 돌의 차가움으로 받아들이는 것이다. 찌름으로 해서, 찔려 상처를 입지 않도록 하는 것이다.

이런 장소에 나는 아직 한 번도 와본 적이 없다. 호흡이 달라지고, 태양 옆에는 태양보다 더 눈부시게 별 하나가 빛나고 있다.

11월 9일. 오버-클레로 향하다.

만약 바벨탑에 오르지 않고도 그것을 건설할 수만 있었더라면 — 그

건설은 허락되었을지 모른다.

11월 10일. 침대

네 자신으로 하여금 네가 악 앞에서 비밀들을 가질 수 있으리라고
믿게 하지 말라.

표범들이 사원 안으로 침입하여 항아리의 성수를 다 마셔버린다.
이것이 자꾸만 되풀이되자, 사람들은 결국 그것을 미리 생각하게
되고, 그것은 의식의 일부가 된다.

홍분〔블뤼어Blüher, 타거 Tagger(한스 블뤼어는 당시 유명한 반유대주의
의 국수사회주의 선구자였다. 또한 타거는 후에 페르디난트 부르크너라는
필명을 사용한 문학 평론가였다. 이 두 사람에 대해서는 카프카의 일기에
서도 언급된다 — 옮긴이)〕.

11월 12일. 오랫동안 침대에 머물다. 방어防禦.

손이 돌을 쥐듯이 꼭. 그러나 손이 돌을 꼭 쥐는 것은, 단지 돌을 더 멀리 던지기 위해서일 뿐이다. 그러나 그 멀리로도 길은 나 있다.

너는 숙제다. 사방 어디에도 학생은 없고.

진정한 적수로부터 무한한 용기가 너에게로 흘러든다.

네가 서 있는 땅은, 두 발이 덮고 있는 것보다 더 클 수 없다는 행운을 이해하라.

세상으로 도피하는 것 이외에, 어찌 이 세상에 대해 기뻐할 수 있겠는가?

11월 18일.

숨을 곳은 무수히 많고, 구원은 오로지 하나뿐. 그러나 구원의 가능성 또한 숨을 곳만큼이나 많다.

우리는 여전히 부정적인 것을 행하도록 되어 있다. 그러나 긍정적인 것은 이미 우리에게 주어져 있다.

세 명의 농부를 태운 마차가 어둠 속에서 천천히 언덕을 오르고 있었다. 한 낯선 사내가 그들 맞은편에서 다가와 말을 걸었다. 몇 마디 말이 오간 뒤에, 그 낯선 사내는 태워줄 것을 부탁했다. 사람들은 그의 자리를 마련해놓고 그를 끌어 올렸다. 마차가 다시 움직이기 시작해서야 비로소 사람들은 그에게 물었다. "당신은 반대쪽에서 왔는데 이제 다시 되돌아가는 겁니까?" — "그렇습니다" 하고 낯선 사내는 말했다. "처음엔 저도 당신들과 같은 방향으로 가고 있었습니다만, 내가 예상했던 것보다 일찍 날이 어두워졌기 때문에, 다시 되돌아가는 것입니다."

너는 정적에 대해, 그 정적의 가망 없음에 대해, 선善의 벽에 대해 불평한다.

가시덤불은 옛날부터 길을 차단해왔다. 네가 계속 나아가려면, 그

426

것은 불태워져야 한다.

11월 21일.
대상의 무용성은 수단의 무용성을 오인誤認하게 만들 수 있다.

악은 한 번 받아들여지고 나면, 더 이상 사람들에게 자신을 믿어달
라고 요구하지 않는다.

네가 마음속에 악을 받아들일 때 품는 속셈은, 너의 속셈이 아니라
악의 속셈인 것이다.

악이란, 다른 쪽으로 돌리게 하는 것이다.

악은 선에 대해 알지만, 선은 악에 대해 모른다.

자기 인식은 단지 악만을 가지고 있을 뿐이다.

악의 한 가지 수단은 대화를 나누는 것이다.

종교들의 모순은, 창시자는 입법자로부터 법을 가져오고 신자信者들은 입법자에게 법을 알려주어야 마땅하다는 것이다.

종교가 있다는 사실은, 개개인이 지속적으로 선할 수 없다는 것에 대한 증명일까? 창시자는 선으로부터 떨어져 나와 스스로 육화肉化한다. 그는 다른 사람들을 위하여 그렇게 하는 것일까, 아니면 과거에 그가 그랬듯이, 단지 다른 사람들과 함께 있어야 한다고 생각하기 때문일까, '세계'를 사랑하지 않아도 되도록 세계를 파괴해야하기 때문일까?

선은 어떤 의미에서는 절망적이다.

믿는 자는 어떤 기적도 체험할 수 없다. 낮에는 어떤 별도 볼 수 없는 것이다.

기적을 행하는 자는 이렇게 말한다. 나는 이 지상을 그대로 방치할 수 없다고.

자기 자신의 말과 자기 자신의 확신 사이에 신앙을 올바르게 분배해줄 것. 어떤 확신을 경험하는 순간에는 그것에 대해서 언짢게 말하지 말 것. 확신이 부여하는 책임을 말에 전가시키지 말 것. 확신들이 말에게 도난당하지 않도록 할 것. 말과 확신과의 일치는 아직 결정적인 것이 아니다. 훌륭한 신앙 또한 그러하다. 그런 말들은 상황에 따라서 그런 확신들을 땅에 처박을 수도 있고 혹은 땅에서 캐낼 수도 있다.

발언이란 반드시 확신의 약화를 의미하는 것은 아니지만—이 점에 대해서 한탄할 수는 없을 것이다—그러나 확신의 부족을 뜻하기는 한다.

무언은 완벽함의 특성에 속한다.

나는 자제하려고 노력하지 않는다. 자제란, 내 정신적 실존이 무한히 발산되는 어느 우연한 지점에 작용하려는 것이다. 그러나 내가 내 주위에 그러한 원을 그려야 하고, 그러한 편력을 떠나야 한다면, 나는 차라리 아무 일도 하지 않는 편이 좋으며, 그저 놀라 그 거대한 복합체를 바라보면서 역으로 이 광경이 부여하는 원기만을 집으로 가지고 가겠다.

───────────────────

까마귀들은 단 한 마리의 까마귀가 천상을 파괴할 수도 있다고 주장한다. 그것은 의심할 여지가 없지만, 그렇다고 그것이 천상에 대항하는 어떤 것을 입증해주는 것은 아니다. 왜냐하면 천상이란 바로 까마귀들의 무능력을 의미하기 때문이다.

───────────────────

순교자들이 육신을 과소평가하는 것은 아니다. 그들은 육신을 십자가 위로까지 높이고 있다. 그 점에서 그들은 그들의 적과 하나가 된다.

───────────────────

11월 24일. 그는 싸움을 끝낸 검투사처럼 피로하다. 그의 일은, 어느 관청 사무실의 한구석을 하얗게 칠하는 것이었다.

───────────────────

인간의 행동에 관한 인간적인 판단은 진실하고 무가치하다. 말하자면 처음에는 진실하다가 그 다음에는 무가치하다.

이웃 사람들이 오른쪽 문을 통해 가족 회의가 열리고 있는 방으로 들어와, 마지막에 발언한 사람의 마지막 말을 듣고, 그것을 취해서는 왼쪽 문을 통해 세상으로 나간다. 그러고는 자기네의 판단을 소리 높여 외쳐댄다. 그 말에 대한 판단은 진실하나, 판단 그 자체는 무가치하다. 그들이 궁극적으로 진실한 판단을 내리려고 했다면, 언제까지나 그 방에 머물러야만 했을 것이고, 가족 회의 일원이 되었어야 했으며, 그래서 결국 판단하는 일이 불가능해졌을 것이다.

실제로 판단을 내릴 수 있는 것은 당黨뿐이다, 그러나 그것은 당으로서 판단을 내릴 수가 없다. 따라서 이 세상에는 판단의 가능성은 결코 존재하지 않으며, 단지 그것의 희미한 빛만이 존재할 뿐이다.

소유란 없다, 단지 하나의 존재만이 있을 뿐이다. 오직 마지막 호흡을, 질식을 갈망하는 존재만이 있을 뿐이다.

전에는 내가 왜 나의 질문에 대답을 얻지 못하는지 이해하지 못했고, 오늘날에는 질문할 수 있다고 어떻게 믿을 수 있었는지 알지 못하겠다.

그러나 나는 실로 전혀 믿지 않았고, 다만 질문했을 뿐이었다.

그가 아마 소유하는지는 모르나 존재하지는 않는다는 주장에 대한 그의 대답은 오로지 떠는 것과 가슴 두근거림뿐이었다.

독신주의와 자살은 비슷한 인식 단계에 있다. 자살과 순교는 결코 그렇지 않다. 결혼과 순교는 아마 그럴는지도 모른다.

어떤 이가 자신이 얼마나 쉽게 영원의 길을 가고 있는지 깜짝 놀랐다. 그는 그냥 그 길로 내달렸던 것이다.

선한 사람들은 같은 걸음걸이로 간다. 다른 사람들은 그들에 대해 모르는 채 그들 주위에서 시대의 춤을 추고 있다.

악을 분할로 갚을 수는 없다—그런데도 끊임없이 그것을 시도한다.

환희에 차 있는 자와 물에 빠져 죽어가는 자는 ― 모두 팔을 위로 쳐든다. 전자는 일치를 증명하고, 후자는 물의 원소들과의 충돌을 증명한다.

나는 내용을 알지 못한다.
나는 열쇠가 없다.
나는 풍문을 믿지 않는다.
모든 것이 이해될 수 있다.
왜냐하면 내 자신이 바로 그렇기 때문이다.

11월 25일.
길은 무한하다, 거기에는 뺄 것도, 보탤 것도 없다. 그런데도 누구나 자기 자신의 유치한 자〔尺〕로 그것을 재보려 한다.
"분명히, 너는 이 자의 길이만큼 또 가야 한다. 그 점을 잊어서는 안 된다."

단지 우리의 시간 개념이 우리로 하여금 최후의 심판을 그렇게 부르게 했다. 원래 그것은 하나의 즉결심판이다.

11월 26일. 허영심은 추하게 만들므로, 원래는 근절되었어야 하는

데, 그 대신 그것은 상처받기만 할 뿐이어서 '상처받은 허영심'이
된다.

세상의 불균형은 수치에 불과한 듯하여 위안이 된다.

오후.
구토와 증오로 가득 찬 머리를 가슴에 깊숙이 숙이다. 그렇다, 하
지만 누군가 너의 목을 조여온다면, 어떻겠는가?

11월 27일. 신문들을 읽다.

11월 31일(1월 12일로 추정됨). 메시아가 올 것이다. 신앙의 가장 무
절제한 개인주의가 가능하게 되자마자, 아무도 이 가능성을 파기하
지 않고 아무도 이 파기를 감수하지 않게 되면, 그래서 무덤들이 저
절로 열리게 되면. 이것이 아마 그리스도교의 교리이기도 할 텐데,
메시아를 따라야 한다는 범례, 즉 개인주의적인 범례의 사실적인
제시뿐만 아니라, 각 개인에게서 중재자의 부활이 갖는 상징적인
제시에서도 그러하다.

믿는다는 것은, 자기 안에 있는 파괴될 수 없는 것을 해방시키는 것을 말한다. 아니, 보다 바르게 말한다면, 스스로를 해방시키는 것이다. 아니, 보다 바르게 말한다면, '파괴될 수 없는 존재'로 있는 것이다. 아니, 보다 바르게 말하면, '존재'인 것이다.

빈둥거리며 지내는 것은 모든 악덕의 시작이고, 모든 덕의 극치이다.

여행길의 여러 체류지에서 느끼는 갖가지 절망의 형식들.

아직 사냥개들은 뜰에서 놀고 있으나, 야생 동물은 그들에게서 도망치지 못한다. 지금 제아무리 한창 숲 속을 질주한다 해도.

너는 우스꽝스럽게도 세상을 위해 스스로 마구를 달고 있다.

말들은 팽팽하게 당기면 당길수록 그만큼 더 빨리 간다 — 즉, 기초

로부터 덩어리 하나를 떼어내는 것은 불가능한 것은 아니지만, 가죽끈을 찢어버리면 그로써 얽매인 데 없이 즐겁게 달릴 수 있지 않은가.

'존재한다sein'는 말은 독일어로 두 가지 뜻이 있다. '현존재 Dasein'란 뜻과 그것에 '속에 있음Ihm-gehören'이라는 뜻이다.

12월 2일. 그들은 왕이 되느냐, 왕의 파발꾼이 되느냐 선택해야 했다. 아이들은 그들 기질대로 모두가 파발꾼이 되고자 했다. 그리하여 온통 파발꾼만이 존재한다. 그들은 세상을 두루 질주하며, 왕이 없으므로 의미가 사라진 소식을 서로에게 외쳐댄다. 그들은 기꺼이 자신들의 비참한 생활을 끝내고 싶었지만, 직무상의 서약 때문에 감히 그렇게 하지 못했다.

12월 4일. 폭풍이 몰아치는 밤. 오전에 막스(막스 브로트를 가리킨다 —옮긴이)의 전보를 받다. 러시아와의 정전.

구세주는, 그가 더 이상 필요하지 않을 때에야 비로소 올 것이다.

그는 강림 후에야 올 것이다. 그가 오는 날은 최후의 날이 아니라 최종의 날일 것이다.

진보에 대한 믿음은, 진보가 이미 이루어졌다고 믿는다는 뜻이 아니다. 그것은 결코 믿음이 아닐지 모른다.

저녁, 메쿠쉬 뒤에서,

A는 명수名手이고 하늘은 그의 증인이다.

12월 6일. 돼지 도살

세 가지 것.
자신을 낯선 것으로 바라볼 것,
바라보는 일을 잊어버릴 것,
얻은 것을 유지할 것.

혹은 두 가지도 된다. 왜냐하면 세번째 것은 두번째 것을 포함하고 있기 때문이다.

악은 선의 별이 총총한 하늘이다.

12월 7일. 인간은 자기 안에 존재하는 어떤 불멸의 것에 대한 지속적인 신뢰 없이는 살아갈 수 없는데, 그럴 때 그 불멸의 것뿐만 아니라 신뢰 역시 그에게 언제까지 감추어져 있을 수 있다. 이렇게 감추어져 있는 것이 표현될 수 있는 여러 가능성 중 하나가 어떤 개인적인 신神에 대한 믿음이다.

하늘은 말이 없고, 침묵하는 자에게만 반향이 있을 뿐이다.

뱀의 중재가 필요했다. 그래서 악은 인간을 유혹할 수는 있지만 인간이 될 수는 없다.

12월 8일. 침대에 누워 있다. 변비다. 등이 아프다. 흥분된 저녁.

방 안의 고양이. 분열.

너와 세계의 싸움에서는 세계에 지지를 표하라.

아무도 속여서는 안 된다. 또한 세계의 승리 때문에 세계를 속여서도 안 된다.

오로지 정신적인 세계만이 존재한다. 우리가 감각적인 세계라고 부르는 것은, 정신적 세계 속의 악이다.

최소의 속임수를 찾는 것이든, 보통의 속임수에 머무르는 것이든, 최대의 속임수를 찾는 것이든 그러한 모든 것은 기만이다. 첫번째 경우에는 선을 너무 쉽게 얻고자 함으로써 선을 기만하고, 악에게는 불리한 투쟁 조건을 부과함으로써 악을 기만한다. 두번째 경우에는 지상적인 것 속에서는 단 한 번도 선을 얻고자 노력하지 않음으로써 선을 기만한다. 세번째 경우에는 선에서 될 수 있는 대로 멀리 떨어짐으로써 선을 기만하고, 악을 최고도로 상승시킴으로써 그것을 무력하게 만들기를 희망함으로써 악을 기만한다. 그러므로 여

기에 따르면 선호할 것은 두번째 경우일지 모른다. 왜냐하면 사람들은 늘 선을 기만하고, 이 경우에는 겉으로 보기에는 적어도 악을 기만하지는 않기 때문이다.

우리가 태어나면서부터 그것에서 해방되어 있지 않은 한 벗어날 수 없는 그런 문제들이 존재한다.

언어는 감각적인 세계 밖의 모든 것에 대해서는 다만 암시적으로 사용될 수 있을 뿐, 결코 거기에 가깝게 사용될 수는 없다. 왜냐하면 그것은 감각적 세계와 상응하여 다만 소유와 그 소유의 관계들만을 다루고 있기 때문이다.

사람들은 가능한 한 거짓말을 적게 할 때만 거짓말을 적게 하는 것이지, 거짓말을 할 기회가 적다고 해서 거짓말을 적게 하는 것은 아니다.

내가 아이에게 "입을 닦아라, 그러면 케이크를 주마" 하고 말한다고 해서 그것이 입을 닦음으로써 케이크를 얻게 된다는 뜻은 아니다. 왜냐하면 입을 닦는 것과 케이크의 가치는 비교될 수 없기 때문이다. 또한 입을 닦는 것이 케이크를 먹는 전제가 되는 것도 아니

다. 그러한 조건은 중요치 않다는 점을 차치하더라도, 그 케이크는 아이의 점심에 꼭 필요하기 때문에, 어떠한 경우라도 아이는 케이크를 얻게 될 것이기 때문이다 — 이 말은 일의 과정에 부담을 준다는 뜻이 아니라, 그것을 손쉽게 만든다는 의미이다. 입을 닦는 것은 케이크를 먹는다는 큰 이익에 선행하는 아주 작은 이익이다.

12월 9일. 어제 교회 헌당식의 무도회가 있었다.

발걸음으로 깊이 패이지 않은 계단은, 그 자체로 보면, 특정하게 짜맞춘 나무로 된 어떤 것에 지나지 않는다.

영혼을 관찰하는 사람은 영혼 안으로 들어갈 수 없다. 그러나 아마 그가 영혼과 접촉하는 경계선은 존재할 것이다. 이러한 접촉에서 얻어지는 인식은, 영혼 역시 자기 자신에 대해 모른다는 것이다. 따라서 영혼은 미지의 것으로 머물러 있어야 한다. 만약 영혼 바깥에 다른 무엇이 존재한다면, 참담할 것이다. 그러나 다른 아무것도 존재하지 않는다.

세상을 체념하는 사람은 모든 인간을 사랑해야만 한다. 왜냐하면

그는 그들의 세상 역시 체념하기 때문이다. 그로 인해 그는 진정한 인간적 존재를 예감하기 시작한다. 진정한 인간적 존재란, 사람들이 그와 동등하다는 것을 전제로 할 때 사랑 받을 수밖에 없는 존재인 것이다.

세상 안에서 자기 이웃을 사랑하는 사람은, 세상 안에서 자기 자신을 사랑하는 사람과 마찬가지로 부당한 일을 자행하는 것이다.

하나의 정신적인 세계 이외에는 그 무엇도 존재하지 않는다는 사실은, 우리에게서 희망을 거두어가고 우리에게 확실성을 준다.

12월 11일. 어제는 잡지 『감독관』을, 오늘은 잡지 『유대인』을 읽다. 슈타인에 따르면 '성서는 성전이고 세계는 변소다.'

예술이란 진실에 현혹된 존재이다. 뒤로 피하는 찡그린 얼굴 위에 내리는 그 빛은 진실하다. 그밖에는 아무것도 아니다.

누구나 진리를 볼 수 있는 것은 아니다, 그러나 진리일 수는 있다.

12월 12일. 리보리치 출신의 어린아이

낙원으로부터의 추방은 그 핵심에서는 시간 외적인 영원한 과정이다. 말하자면 낙원에서의 추방은 최종적인 것이고, 세상에서의 삶은 불가피하다. 그러나 그럼에도 그 과정의 영원, 아니, 시간적으로 보자면, 과정의 영원한 반복은 우리가 계속해서 낙원에 머무르는 것뿐만 아니라, 실제로 그곳에 지속적으로 존재하는 것을 가능하게 한다. 우리가 그것을 알건 모르건 상관없이.

어떤 내세도 현세에 따를 수는 없다. 왜냐하면 내세는 영원해서 현세와는 시간적으로 접할 수 없기 때문이다

12월 13일. 헤르첸Herzen(러시아 작가이자 저널리스트로서 사회 혁명 프로그램을 세웠으며 소설로는 『누구의 죄인가?』 있다─옮긴이)을 읽기 시작하다. 아름다운 골동품과 신문으로 마음이 산만해지다.

구하는 자는 찾지 못할 것이나, 구하지 않는 자는 찾을 것이다.

12월 14일. 어제와 오늘은 최악의 날이다. 헤르첸론論을 기고하다, 바이스 박사에게 편지. 불분명한 다른 일. 구역질나는 식사. 어제는 돼지족발, 오늘은 돼지꼬리. 공원을 지나 미헬로프로 가는 길.

그는 자유로우면서도 안정된 지상의 시민이다. 왜냐하면 그는 모든 지상 공간을 자유로이 활보하기에 충분한 길이의 쇠사슬에 매어 있기 때문이다. 그러나 그 길이는 그가 지상의 경계를 넘어설 수는 없는 길이이다. 그와 동시에 그는 자유스러우면서도 안정된 천상의 시민이기도 하다. 왜냐하면 그는 지상의 그것과 유사한 길이의 천상의 쇠사슬에 매어 있기 때문이다. 이제 그가 지상으로 가려고 하면 천상의 사슬이 그의 목을 죌 것이고, 그가 천상으로 가려 하면 지상의 사슬이 죄어올 것이다. 그럼에도 그는 모든 가능성을 가지고 있으며, 또한 그것을 느끼고 있다. 그렇다, 그래서 그는 그 모든 것을 맨 처음 속박당할 때 일어난 한 가지 실책 탓으로 돌리기를 거부하기까지 한다.

12월 15일. 쾨르너 박사, 바츨라프, 멜 폰 무터로부터 온 편지.

여기서는 결정되지 않을 것이다. 그러나 결정을 위한 힘은 여기에

서만 시험될 수 있을 것이다.

12월 17일. 공허한 나날들. 쾨르너, 포올, 프리브람(카프카의 학교 친구로서, 그의 아버지가 '노동자 상해보험회사' 사장이었고, 그의 추천으로 카프카는 1908년 8월의 이곳에 취직하게 된다—옮긴이), 카이저, 양친에게 편지 쓰다.

세계 박람회를 마치고 제 나라로 보내지는 흑인은 향수鄕愁 때문에 정신이 이상해져, 종족의 비탄에 휩싸인 채 마을 한가운데서 진지한 얼굴로 전통이자 의무인 익살을 부린다. 유럽의 대중은 이것을 아프리카의 풍속이라고 생각하며 황홀해했다.

예술의 자아 망각과 자아 해체. 바로 이러한 도피가 산책 혹은 공격이라고까지 주장할 것이다.

고호의 서간문.

그는 마치 스케이트를 처음 타는 초보자처럼, 그것도 금지된 구역에서 연습을 하고 있는 초보자처럼 그 사실들을 뒤쫓고 있다.

12월 19일. 어제 F의 방문 통지. 오늘 내 방에 혼자 있다. 난로에서 연기가 저 너머로 피어오른다. 나탄 슈타인과 차르히로 산책하다. 슈타인은 농가의 여인에게 이 세상은 하나의 연극이라고 이야기한다.

가정의 수호신을 믿는 것보다 더 즐거운 일이 또 있을까—그것은 진실한 인식 아래쪽을 관통하는 것이며 어린아이같이 행복하게 일어서는 일이다.

이론상으로는 완전한 행복의 가능성이 존재한다. 그것은 바로 자기 안에 있는 불멸의 것을 믿으면서 그것을 얻으려 애쓰지 않는 것이다.

12월 21일. F에게 전보.

낙원으로부터 추방당한 후 아담의 최초의 가축은 뱀이었다.

12월 22일. 요통, 밤중에 예측할 것.

12월 23일. 행복한, 그러나 부분적으로는 맥빠진 여행. 많은 것을 듣다.

잠을 설치다. 무척 힘든 날.

불멸의 것은 하나다. 모든 개개인이 그러하며, 동시에 그것은 만인에게 공통된 것이다. 그렇기 때문에 인간들 사이에 유례 없는 불가분의 결합이 존재한다.

낙원에서는 언제나 마찬가지이다. 원죄가 초래하는 것과 원죄가 인식하는 것은 동일한 것이다. 착한 양심이란, 왼쪽으로부터 오른쪽으로의 비약조차 더 이상 필요치 않다고 여길 정도로 승리에 찬 악이다.

특권 계급이 피압박자에 대해서 그 부담을 이유로 변명하고 있는
염려란 고작 특권을 유지하기 위한 염려일 뿐이다.

동일한 인간 속에 완전히 다르면서도 동일한 객체를 갖는 인식이
존재한다. 따라서 다시금 동일한 인간 속에 다른 주체들이 존재한
다고 추정하지 않을 수 없다.

12월 25, 26, 27일. F가 울면서 떠나가다. 만사가 어렵고, 부당하
며, 그러면서도 옳다.

그는 자신의 식탁에서 떨어지는 쓰레기를 먹는다. 그렇게 해서 잠
시 동안은 모든 사람들보다 배가 부르게 되지만 식탁 위의 음식을
먹는 것은 아주 잊어버리게 된다. 그러나 그로 인해 이윽고 쓰레기
마저 중단된다.

12월 30일. 근본적으로 실망한 것은 아니다.

낙원에서 파괴되었다고 하는 것이 파괴될 수 있는 것이었다면, 그것은 결정적인 것은 아니었다. 그러나 만약 그것이 파괴될 수 없는 것이었다면, 우리는 잘못된 믿음 속에 살고 있는 것이다.

1918년 1월 2일. 선생은 참된 확실성을 지니고 있지만, 학생은 지속적인 확실성을 갖는다.

인간성에 비추어 너를 시험해보라. 인간성은 의심하는 자는 의심케 하고, 믿는 자는 믿게 한다.

1월 12일. 내일 바움(카프카의 학교 친구였으며, 그는 독일인 학생과 체코인 학생 사이에 벌어진 싸움에서 눈을 잃었다—옮긴이)이 떠난다

'여기에 닻을 내리지 않겠다'라는 이런 느낌—그러면 곧 파도 치며 밀려오는 만조滿潮를 주위에서 느끼리라!

인간과의 교통은 자기 관찰을 유도한다.

정신은 근거이기를 중단할 때 비로소 자유로워진다.

그는 사냥하러 간다는 핑계로 집으로부터 멀어진다. 만약 그가 사냥하러 간다는 것을 알지 못했더라면, 우리는 그를 말렸을 것이다.

1월 13일. 오스카가 오틀라와 함께 떠나다. 리시비츠로 떠나다.

관능적인 사랑은 인간을 속여 천상적인 사랑을 알지 못하게 한다. 그것은 혼자서는 그렇게 할 수 없겠지만, 천상적인 사랑의 요소를 자신도 모르게 자신 안에 지니고 있기 때문에 그럴 수 있다.

1월 14일. 우울하고, 기운 없고, 초조하다.

오로지 두 가지만이 존재한다. 그것은 진리와 거짓이다. 진리는 나

뉘어질 수 없다. 따라서 그 자체 인식될 수 없는 것이니, 진리를 인식하려는 자는 거짓임에 틀림없다.

1월 15일. 초조, 기분이 나아짐, 오버클레로 밤 산책.

어느 누구도 궁극적으로 자신에게 해되는 것을 요구할 까닭은 없다. 그럼에도 개개인의 경우 그런 것처럼 보인다면 — 어쩌면 늘 그럴지도 모른다 — 그것은 다음과 같이 설명될 수 있다. 즉, 어떤 사람이 바라는 무엇인가가 그 당사자에게는 유익하지만, 그 사안의 판결을 위해 부분적으로 끌어들여진 제2의 어떤 이에게는 심한 해가 된다는 것이다. 인간이 판결을 내릴 때가 아니라 처음부터 제2의 어떤 이의 편에 선다면, 그 첫번째 누군가는 사라지고 그와 더불어 그 요구도 사라질 것이다.

---

*

1월 17일(추측하건대 16일). 전설은 규명될 수 없는 것을 규명하려고 한다. 그것은 진실의 바탕으로부터 비롯되는 것이므로 다시금 규명되어질 수 없는 것으로 끝나야 할 것이다.

프로메테우스에 관해서 네 가지 전설이 전해진다. 첫번째 전설에 따르면 그는 신의 비밀을 인간에게 누설하였기 때문에 카프카스 산에 쇠사슬로 단단히 묶였고, 신이 독수리를 보내어 다시 자라나는

---

* 막스 브로트판 선집에서는 「프로메테우스」라고 제목이 붙여져 있다. 카프카 전집 제1권에도 수록되어 있으나 상당한 수정이 가해져 있어 다시 번역했다.(옮긴이)

그의 간을 계속 쪼아먹게 하였다고 한다.

두번째 전설에 따르면, 프로메테우스는 쪼아대는 부리가 주는 고통으로 점점 바위 속 깊이 파고들어, 마침내는 바위와 하나가 되었다고 한다.

세번째 전설에 의하면, 수천 년이 지나는 사이에 그의 배반은 잊혀져, 신도 잊었고, 독수리들도, 그 자신도 잊었다고 한다.

네번째 전설에 따르면, 한도 끝도 없이 되어버린 것에 사람들이 지쳤다고 한다. 신이 지치고, 독수리도, 상처도 지쳐 아물었다고 한다.

남은 것은 규명될 수 없는 바위산이었다.

카드리유 춤(4쌍이 마주보고 추는 춤으로서 3/8 또는 2/4박자이다—옮긴이)의 규칙은 분명하다. 춤추는 사람은 모두 그것을 알고 있다. 그것은 어느 시대에든 통용된다. 그러나 결코 일어나서는 안 되었을, 그러면서도 반복해서 일어나는 인생의 우연들 중 어떤 우연이 너만을 춤의 대열 사이로 끌어넣는다. 아마 그로 인해 대열까지도 혼란에 빠질지 모르지만, 너는 그것을 알지 못한다. 너는 단지 너의 불행만을 알 뿐이다.

1월 17일. 오버클레로 떠나다. 제한.

악마 속에서 또 그 악마를 존중한다.

1월 18일. 그날들

내가 만약 영원히 존재하게 된다면 내일 나는 어떻게 될 것인가, 하는 비애.

1월 19일. 그는 자신의 의지로 몸을 주먹처럼 돌려 세상을 피했다.

한 방울도 넘치지 않으며 그리고 한 방울을 위한 더 이상의 자리도 없다.

우리의 임무가 바로 우리의 인생처럼 크다는 사실이, 그 임무에게 무한성의 빛을 부여한다.

1월 20일. 어째서 우리는 원죄 때문에 한탄하는 것일까? 우리가 낙원으로부터 추방된 것은 그것 때문이 아니라, 생명의 나무 때문이

다. 우리가 그것을 먹지 않도록 하기 위해서인 것이다.

우리는 양쪽에서 신으로부터 분리되어 있다. 즉, 원죄는 우리를 그로부터 갈라놓으며, 생명의 나무는 그를 우리로부터 갈라놓는다.

우리에게 죄가 있다는 것은 인식의 나무 열매를 따먹었기 때문만이 아니라, 아직까지 생명의 나무 열매를 먹지 못했기 때문이기도 하다.

우리는 죄 지은 상태에 처해 있지만, 죄와는 무관하다.

생명의 나무 — 생명의 주인.

우리는 낙원으로부터 추방되었지만, 그것은 파괴되지 않았다. 낙원으로부터의 추방은 어느 의미에서는 행운이었다. 왜냐하면 우리가 만약 추방되지 않았더라면, 낙원은 틀림없이 파괴되었을 것이기 때문이다.

우리는 낙원에서 살도록 창조되었고, 낙원은 우리를 섬기도록 정해져 있었다. 우리의 운명은 변해버렸다. 그렇지만 낙원의 운명은 변하지 않았다.

인간만이 저주받았을 뿐, 에덴 동산은 그렇지 않다.

하느님 말씀에 의하면 인식의 나무 열매를 먹으면 다음 순간 죽으리라는 것이었고, 뱀의 말에 의하면 하느님과 똑같이 되리라는 것이었다(적어도 그런 뜻으로 이해할 수 있었다). 둘 다 비슷하게 틀린 소리다. 인간은 죽은 것이 아니라 죽어야 할 존재가 되었다. 그들은 하느님과 똑같이 되지는 않았으나 그렇게 되는 데 절대 필요한 하나의 능력을 얻게 되었다. 둘 다 또한 비슷하게 옳았다. 인간은 죽지 않았으나 낙원의 인간은 죽었다. 그들은 하느님이 되지는 않았으나 신적인 인식이 되었다.

베개가 타버렸다. 너는 완전히……아니다.

우리가 낙원에서 추방되지 않았더라면 낙원은 틀림없이 파괴되었

을 것이다.

악의 절망적인 시계視界는 선악의 인식 속에서 이미 신과의 동등함을 보고 있다고 믿는다는 데 있다. 저주가 시계의 본질을 악화시키는 것은 결코 아닌 것 같다. 왜냐하면 그것은 길[道]의 길이를 배[腹]로 측정할 테니까.

악이란 확정된 여러 과도기에 나타나는 인간 의식의 발산이다.

본래 감각적인 세계는 가상假想이 아니고, 그 감각적 세계의 악이 바로 그러하다. 물론 그 악이 우리 눈앞에 감각적인 세계를 형성하는 것이다.

1월 22일. 미헬로프로 가려고 시도하다. 진흙탕.

원죄 이래로 선악을 인식하는 능력에서 우리는 본질적으로 변함이 없다. 그럼에도 우리는 바로 여기서 우리들의 특별한 장점들을 찾고 있다. 그러나 진정한 상이성이란 이러한 능력과 인식 저편에서

야 비로소 시작된다. 상반된 모습은 다음과 같은 사실을 통해 나타나게 된다. 즉 어느 누구도 인식만으로는 만족할 수 없고, 그것에 따라 행동하려 애써야 한다는 것이다. 그러나 그에게 그렇게 할 수 있는 힘이 주어져 있지 않기 때문에, 그는 자신을 파괴해야 하고, 그렇게 해서 필요한 힘을 얻지 못하는 위험에 스스로 처한다 해도, 그에게는 이 마지막 시도 이외에는 아무것도 남아 있지 않다. (이것이 또한 너는 순간……죽어야 한다는 위협의 의미이기도 하다.) 그런데 이러한 시도를 두려워하는 나머지 그는 오히려 선악의 인식을 취소했으면 한다. '원죄'라는 표현도 이러한 불안감으로 귀착된다(뱀은 조언으로써 자신의 일을 반밖에 행하지 못했다. 이제 뱀은 자신이 초래했던 것을 또 변조시키기까지 해야 한다. 그러므로 그것은 본래의 의미대로 자신의 꼬리를 물어야만 한다). 그러나 이미 일어난 것은 돌이킬 수 없으며, 다만 흐리게 할 수 있을 뿐이다. 이러한 목적을 위해 보조물들이 생겨난다. 온 세계는 그것들로 가득 차 있고, 실로 가시적인 세계란 어쩌면 한순간 휴식을 바라는 인간의 보조물에 불과할지도 모른다. 그것은 인식을 먼저 목표로 삼는 인식의 사실을 의심해보려는 하나의 수단인 것이다.

우리는 커다란 말을 보고 놀라워했다. 그 말은 우리 방 지붕을 부숴놓았다. 흐린 하늘이 그 부서진 거대한 가장자리 선을 따라서 힘없이 흘러갔고, 솨솨 소리를 내며 말의 갈기가 바람에 휘날렸다.

예술과 인생의 입장은 예술가 자신 안에서도 서로 다른 것이다.

예술은 진리의 주위를 날아다닌다. 그러나 제 몸을 태우지 않으려는 단호한 의도를 지니고 있다. 예술의 능력은, 앞서 인식될 수 없었던 빛의 광선이 힘차게 받아들여질 수 있는 곳을 어두운 공간 속에서 찾아내는 데 있다.

단두대와 같은 믿음, 그처럼 육중하고, 그처럼 날래다.

여명. 1월 25일.

죽음은 우리 앞에 있다. 마치 교실 벽에 걸려 있는 알렉산드로스 대왕의 전투를 담은 그림처럼. 지금의 이 삶에서도 우리의 행위가 그 그림을 어둡게 하거나 혹은 아주 지워버릴 수도 있다.

자살하는 사람은, 감옥소 마당에 교수대를 세우는 것을 보고 자신의 것으로 잘못 생각하고는, 밤에 탈옥해 스스로 목매달아 죽는 죄수이다.

인식은 우리가 가지고 있다. 그것을 구하려고 각별히 노력하는 사람은, 그것에 반항하려는 것이 아닌가 의심스럽다.

가장 성스러운 곳에 들어서기 전에 너는 신발을 벗어야 한다, 그러나 신발만이 아니라 모든 것을 벗어야 한다. 즉, 여행복과 배낭, 그리고 그 밑의 알몸과 알몸 아래 있는 모든 것, 그 밑에 숨겨진 모든 것, 그리고 핵과 핵의 핵, 그 다음에는 그 밖의 것과 또 나머지 것, 그리고 나서는 영원한 불빛도 벗어야 한다. 그래야 비로소 불 자체도 가장 성스러운 것에 흡수되고 스스로도 그것에 흡수될 수 있어서, 둘 중 어느 것도 가장 성스러운 것을 거역할 수 없는 것이다.

자신을 떨쳐버리는 것이 아니라, 자신을 다 소비해버리는 것.

원죄에 대한 세 가지 처벌 가능성이 있었다. 가장 가벼운 벌은 실질적인 벌로서, 낙원으로부터의 추방이었고
두번째 벌은 낙원의 파괴였으며
세번째 벌은—이 벌이 가장 무서운 벌이었을 것이다—생명의 나무의 폐쇄와 그 밖의 다른 모든 것에 대한 변화 없는 방치였다.

1월 28일. 허영, 자아 망각, 며칠간.

두 가지 가능성이 존재한다. 스스로를 무한히 작게 만들거나, 또는 무한히 작은 것으로 존재하는 것이다. 첫번째 것은 완성이니 따라서 무위無爲이고, 두번째 것은 시작이니 따라서 행위이다.

어떤 말의 오류를 피하기 위해서 적극적으로 파괴되어야 하는 것은, 분명 먼저 눈길과 손에 의해 아주 단단히 고정되어야 할 것이다. 그러나 부스러지는 것은 부스러질 뿐, 파괴될 수는 없다.

A는 자신과 일치해서 살 수 없었고 자신을 방치할 수도 없었다. 그래서 총으로 자살했다. 그는 이런 방법으로 결합될 수 없는 것을 결합시킬 수 있다고 생각했다. 즉, 그것으로 자신과 '끝장이 난 것'으로 생각했던 것이다.

'만약……하다면 너는 죽어야 한다'는 말은, '인식은 영생으로 가는 계단과 그 앞의 장애물, 두 가지 모두이다'를 뜻한다. 네가 인식을 얻은 후에 영생에 이르고자 한다면―그런데 너는 그것을 원할 수밖에 달리 어쩔 수 없을 것이다. 왜냐하면 인식이란 바로 이 의지

이기 때문이다—너는 파괴 행위나 다름없는 계단을 세우기 위해서 장애물인 바로 너 자신을 파괴하지 않으면 안 될 것이다. 그러므로 낙원으로부터의 추방은 행위가 아니라 하나의 사건이었다.

---

〔27〕

너무나 큰 책임의 부과로 인해서, 혹은 오히려 모든 책임의 부과로 인해서 너는 짓눌려 있다. 최초의 우상 숭배는 분명히 사물들에 대한 불안이었겠으나, 그것과 연관지어보면 사물들의 필연성에 대한 불안이었다. 그리고 그것과 연관지어보면 사물을 위한 책임감에 대한 불안이었다. 이 책임감은 매우 엄청나 보여서, 사람들은 그것을 감히 어떤 유일한 인간 외적 존재에게 부과시킬 생각은 하지 못했다. 왜냐하면 어떤 한 존재의 중재 역시 인간의 책임을 완화시킬 수는 없었을 테고, 이런 존재와의 소통은 너무나 자주 책임에 의해 더럽혀져왔을 테니까. 그래서 사람들은 모든 개개의 사물에 그 자체의 책임을 부여했고, 더 나아가서는 이러한 사물들에게 인간에 대한 책임까지도 부여했던 것이다. 사람들은 지칠 줄 모르고 균형을 만들어내는 일에 몰두했다. 이 소박한 세계는 전례 없는 가장 복잡한 세계였고, 그 세계의 소박함은 결국 잔인한 결과 속에 소진되어 버렸다.

너에게 모든 책임이 부과된다면, 너는 그 순간을 이용하여 그 책임에 굴복하고 싶어할 수도 있다. 그러나 그렇게 해보면, 너는 너에게 부과된 것이라곤 아무것도 없었으며, 네가 바로 그 책임 자체라는 것을 깨닫게 된다.

아틀라스는 자신이 원하기만 하면, 지구를 떨어뜨리고 살짝 도망칠
수 있다는 생각을 할 수 있었다. 그러나 이러한 생각 이상의 것은
그에게 허락되지 않았다.

나날이, 사계절이, 세대가, 세기가 겉으로 보기에는 고요하게 연속
된다. 이 표면상의 고요함은 경청傾聽을 의미한다. 그렇게 말들은
마차 앞에서 총총걸음으로 걷는다.

1월 31일. 정원 일을 하다. 전망이 보이지 않는다.

어떠한 방법으로도, 또 어떠한 단계에서도 등뒤의 엄호를 받을 수
없는 어떤 투쟁이 있다. 그런데 사람들은 그것을 알면서도 자꾸만
잊어버린다. 그리고 그것을 잊지 않을 때도, 사람들은 엄호를 구하
는데, 그것은 단지 그러면서 휴식을 취하기 위해서이다. 응보가 따
르리라는 사실을 알면서도 말이다.

2월 1일. 렌츠의 서간집.

마지막으로 심리학을!

인생을 시작하는 데 필요한 두 가지 과제: 너의 범위를 점점 더 좁힐 것과 너의 영역 밖 어디엔가 네가 숨어 있지 않은지 계속해서 살펴볼 것.

2월 2일. 볼프로부터 편지.

악은 때때로 연장처럼 손에 쥐여 있어서, 그것을 알든 모르든 간에, 사람들이 그럴 의사만 있다면, 조용히 옆으로 내려놓을 수가 있다.

이르마의 방문.

이 삶의 기쁨들은 삶의 것이 아니라, 보다 고귀한 삶으로의 상승에

464

대한 우리들의 두려움이다. 또한 이 삶의 고통 역시 삶의 것이 아니라, 저 두려움 때문에 생기는 우리들의 자학이다.

2월 4일. 장시간 누워 있다. 불면. 투쟁의 자각.

허위의 세계에서는 허위가 그 세계의 모순에 의해서 만들어지는 것이 아니라, 진실의 세계에 의해서만 만들어질 뿐이다.

너는 무엇과 관계를 맺으려 하는가? 무엇이 너를 정당화시켜주는가?

A. 저에게 큰 기쁨을 주시겠습니까?
B. 그렇게 하지요.
A. 묻지 말고 대답해주십시오.
B. 그러지요. 누군가 피상적으로라도 자기 자신에 얽매이지 않고 질문을 하려는 것을 보니 정말 기쁘군요. 저라면 이루기 아주 어려운 일일 겁니다.
A. 그렇지 않아요. 당신은 이미 질문하기 시작했어요.
B. 더 이상 안 하지요. 질문하세요!
A. 당신의 정당성은 어디에 있나요?

B. 저는 정당성이란 전혀 없어요.

A. 그렇지만 당신은 살 수 있어요.

B. 바로 그 때문이지요. 왜냐하면 저는 정당성으로는 살 수 없을 테니까요. 어떻게 제가 다양한 행동과 삶의 정황을 정당화시킬 수 있겠습니까.

괴로움은 이 세상의 긍정적 요소이다. 그렇다, 그것은 이 세상과 긍정적인 것 사이의 유일한 연결체다. 오로지 이곳에만 괴로움—괴로움이 있다. 이곳에서 괴로워하는 사람들은 다른 곳에서는 이 괴로움 때문에 마땅히 높여져야 한다는 그런 뜻이 아니라, 이 세상에서 괴로움이라고 불리는 것은 다른 세계에서는 변함없이 그리고 오로지 그 반대의 것으로부터 해방된 축복이라는 그런 뜻이다.

2월 5일. 좋은 아침, 모든 것을 다 기억한다는 것은 불가능하다.

이 세상을 파괴하는 것이 과제가 되는 경우란, 첫째로 이 세상이 악할 때, 말하자면 이 세상이 우리의 의사와 모순되는 경우이고, 두번째로 우리가 세상을 파괴할 수 있을 때일지 모른다. 첫번째 경우는 가능한 것으로 보이고, 두번째 경우는 우리에게 그럴 능력이 없다. 우리는 이 세상을 파괴할 수 없다. 왜냐하면 우리가 이 세상을

독립적인 어떤 것으로 건설한 것이 아니고, 우리는 이 세상 속에서 갈피를 못 잡고 헤매고 있기 때문이다. 더 나아가 이 세계는 우리의 과오이긴 하지만, 그 자체로서 파괴될 수 없는 것이기 때문이다. 혹은 좀더 정확히 말하자면 그것은 포기에 의해서가 아니라, 자기 종말을 통해서만 파괴될 수 있는 것이기 때문이다.

우리에게는 두 가지 진리가 존재하는데, 그것은 인식의 나무와 생명의 나무로 표현된다. 즉, 행동하는 자의 진리와 휴식하는 자의 진리이다. 첫번째 진리에서는 선이 악으로 나뉘어진다. 그러나 두번째 진리는 다름 아닌 선 자체이며, 그것은 선도 악도 모른다. 첫번째 진리는 우리에게 실제로 주어져 있으며, 두번째 진리는 예감적으로 주어져 있다. 이것은 슬픈 일이다. 기쁜 일은, 첫번째 진리는 순간에 속하고, 두번째 진리는 영원에 속한다는 것이다. 그래서 첫번째 진리 역시 두번째 진리의 빛 속에서 소멸된다.

2월 6일. 플뢰하우에 갔다.

우주를 광대무변한 것이자 충만한 것으로 생각하는 것은 힘든 창조와 자유로운 자성自省이 극단적으로 혼합된 결과에서 나온 것이다.

2월 7일. 돌을 가진 병사, 뤼겐 섬.

권태가 꼭 신앙의 약화를 의미하는 것은 아니다. 아니면, 정말 그럴까? 어쨌든 권태는 불만족을 의미한다. 내가 나타내고자 하는 것이 모든 점에서 너무 협소한 듯 보인다. 현재의 나인 영원조차도 나에게는 너무 협소하다. 하지만 내가 가령 좋은 책 한 권을, 예를 들어 여행기를 읽는다면, 그것은 나를 일깨울 것이고, 만족하게 할 것이고, 충족시켜줄 것이다. 이것은, 내가 전에는 이 책을 나의 영원 속에 포함시키지 않았거나, 또는 필시 이 책 또한 포함하고 있을 저 영원을 내가 예감하지 못했다는 것의 증거일 것이다. — 인식의 어느 단계부터는 권태도, 불만족도, 협소함도, 자기 경멸도 분명 사라질 것이다. 즉, 전에는 어떤 낯선 존재로서 나를 새롭게 했고, 만족시켰고, 해방시켰고, 고양시켜주었던 것을 내 자신의 고유한 존재로서 인식하는 힘을 내가 갖게 되는 단계에서는 그럴 것이다.

그러나 그것은 단지 이른바 낯선 존재로서만 이러한 효과를 가졌으며, 네가 이것과 연관해서 얻을 수 있는 새로운 인식은 아무것도 없을 뿐만 아니라, 옛날의 위로마저도 상실하게 되는 듯이 보인다. 분명 그것은 단지 어떤 낯선 것으로서만 이러한 효과를 가졌다. 그러나 이러한 효과만 있는 것이 아니라, 그것은 또한 지속적으로 작용하여 나를 보다 높은 단계로 고양시켜주었다. 그것은 낯설게 있기를 중단한 것이 아니고, 그것을 넘어 이제 자아로 존재하기 시작한 것이다. — 그러나 바로 너 자신인 그 낯선 피조물은 이제 더 이상 낯설지 않다. 그러므로 너는 세계 창조를 부정하고 스스로 너 자신을 부정하는 것이다.

468

나는 화합을 당연히 환영해야 한다. 그러나 그것을 발견하면 슬프다. 나는 화합을 통해서 보다 완전하게 느껴야 마땅하다, 그러나 짓눌려 있다는 느낌이 드는 것은?

너는—내가 마땅히 느껴야 한다고 말한다. 그것으로 네 마음속에 있는 어떤 계율을 표현하고 있는 것인가?

그렇다고 생각한다.

그것은 지속적인 계율인가 아니면 일시적인 계율인가?

그것을 나는 판단할 수 없다. 하지만 그것은 지속적인 계율이지만 내가 그것을 일시적으로만 듣고 있다고 생각한다.

어떻게 해서 너는 그런 결론을 내리게 되었는가?

비록 내가 그것을 완벽하게 듣지는 못하더라도, 어느 정도는 들을 수 있다는 사실로부터 내린 결론이다. 그것은 그 자체로 들리는 것이 아니라, 반대 의견, 말하자면 나로 하여금 화합을 혐오하게 만드는 반대 의견이 약화되거나 혹은 점차 불쾌하게 되는 식으로 들릴 뿐이다.

그렇다면 그 계율이 화합을 말한다면, 반대 의견조차도 너에게는 비슷하게 들릴 것인가?

아마 역시 그럴 것이다. 그렇다, 나는 이따금씩 내가 오직 반대 의견만을 듣고 있으며, 그 이외의 다른 모든 것은 단지 꿈이고, 내가 낮에 그 꿈이 끼어들게 했다는 생각이 든다.

너는 어째서 내적인 계율을 하나의 꿈과 비교하는가? 그것이 꿈처럼 무의미하고, 연관성도 없고, 피할 수도 없으며, 일회적이고, 근거 없이 행복감이나 불안감을 주고, 전체로는 전할 수 없으며, 그저 밀려와서 전해지는 것처럼 보이는가?

모든 것이 무의미하다. 내가 반대 의견을 따르지 않는 경우에만 여기에 존속할 수 있기 때문이며, 연관성이 없다는 것은, 누가 그것을 명령하고 무엇을 목표로 삼고 있는지 내가 알지 못하기 때문이고, 피할 수 없다는 것은, 그것이 아무 예고도 없이 마치 꿈이 잠자는 사람을 덮치는 것과 같은 놀라움으로 나를 덮치기 때문이다. 잠자려고 누운 사람은 꿈에 사로잡히는 것을 각오하지 않으면 안 된다. 꿈은 일회적이거나 적어도 그런 것처럼 보인다. 왜냐하면 나는 그것을 따를 수가 없기 때문이다. 그것은 현실적인 것과 뒤섞이지 않으며, 그렇기 때문에 순수한 일회성을 보존한다. 꿈은 근거 없이 행복하게도 하고 불안하게도 만든다. 물론 전자는 후자보다 훨씬 드문 일이지만 말이다. 꿈은 잡을 수 없기 때문에 전달할 수도 없고, 같은 이유로 그것은 그저 전달하려고만 한다.

그리스도, 순간.

2월 8일. 바로 일어남. 작업 가능성. 위원회.

2월 9일. 여러 날 바람이 잠잠하다. 도착하는 사람들의 웅성거림. 집집마다 가족들이 달려나가 그들을 맞이한다. 여기저기에 깃발이 내걸리고 사람들은 포도주를 가지러 지하실로 급히 달려간다. 어떤 창문에서는 장미꽃 한 송이가 포도 위로 떨어진다. 어느 누구도 인내심을 모른다. 수백 개의 팔들이 보트들을 단단히 잡고는 곧장 뭍으로 돌진해간다. 낯선 사람들이 사방을 둘러보며 광장에 가득 찬 빛 속으로 들어선다.

어째서 가벼운 것이 그렇게 무거울까? 그것에 나는 매혹되어 있다 ─열거는 그만두자. 가벼운 것은 무겁다. 가벼운 것은 이렇게 가볍기도 하고 저렇게 무겁기도 하다. 유일한 휴식 장소가 대양大洋 저편에 있는 한 그루 나무뿐인 그런 곳에서 하는 사냥놀이같이. 그러나 그들은 왜 그곳으로부터 이주한 것일까?

해안에서 나는 부서지는 파도 소리가 가장 강렬하다. 해안 지역은 너무도 협소하고 정복하기도 그렇게 어려운데.

묻지 않았더라면 너는 되돌려 보내졌을 것이다. 너의 질문이 너를 대양만큼이나 저 멀리 몰고 간다.

이주한 것은 그들이 아니라, 바로 너다.

또 다시 협소함이 나를 압박할 것이다.

———————————————

그러나 영원은 시간성의 정지가 아니다.

———————————————

영원이라는 관념에서 부담스러운 것은, 시간을 영원 속에서 경험해야 하는, 우리로서는 불가해한 정당성과 그것에서 귀결되는 현재와 같은 우리 자신의 정당성이다.

———————————————

우리가 현재 처해 있는 죄지은 상태에 대한 엄정한 확신보다 훨씬 더 많은 부담을 주는 것은, 비록 가장 허약한 확신이긴 하지만, 영원 속에서 우리의 현세가 지니고 있는 정당성에 대한 확신이다. 자신의 순수성 속에 전자의 확신을 가득 포괄하고 있는 후자의 확신을 견뎌내는 힘만이 신앙의 척도이다.

———————————————

2월 10일. 일요일. 소음. 우크라이나에 평화를.

———————————————

총사령관과 예술가, 정부情夫와 갑부, 정치가와 체조 선수, 항해자와……의 안개가 사라진다.

자유와 속박은 본질적인 의미에서는 하나이다. 어떤 본질적인 의미에서인가? 노예는 자유를 잃을 수가 없으므로, 어떤 관점에서는 자유인보다도 더 자유롭다는 의미에서가 아니다.

세대간의 사슬이 네 존재의 사슬은 아니다. 하지만 관계는 현존한다. 어떠한 관계일까? 세대도 네 인생의 순간들처럼 사멸한다. 어디에 차이가 있는 것일까?

그것은 오래된 농담이다. 우리는 세계를 받치고 있으며, 그리고 세계가 우리를 받치고 있다고 한탄한다.

그 어떤 의미에서 너는 이 세계의 현존을 부정한다.

너는 현존재를 휴식으로, 즉 운동 속의 휴식으로 설명한다.

2월 11일. 러시아에 평화를.

그의 집은 대화재 속에서 화를 면했다. 그가 경건해서가 아니라, 자기 집이 화를 모면하도록 노력했기 때문이다.

관찰자는 어떤 의미에서는 함께 사는 사람이다. 그는 살아 있는 것에 매달리고 바람과 보조를 맞추려 한다. 나는 그런 자가 되고 싶지는 않다.

산다는 것은 삶의 한가운데에 있는 것이다. 내가 삶 속에서 만들어 낸 시선으로 삶을 보는 것이다.

세상은 그것이 창조된 자리에서 볼 때만 선한 것으로 보일 수 있다. 왜냐하면 단지 그곳에서만 이렇게 말할 수있기 때문이다. '자, 보라, 세상은 선하다. 그리고 그곳에서만 세상은 유죄로 판정될 수 있고 파괴될 수 있다.' 그러므로 내가 세상과 올바른 관계를 갖고자

한다면 그렇게 해야만 하는 것이다.

언제나 그의 집은 옮겨질 수 있도록 준비되어 있다. 그는 언제나 그의 고향에 살고 있는 셈이다.

이 세상의 결정적인 특징은 허무하다는 것이다. 이런 의미에서 볼때 수세기란 것도 찰나의 순간보다 전혀 나을 것이 없다. 따라서 그허무한 지속성은 아무런 위안을 주지 못한다. 폐허로부터 새로운삶이 꽃핀다는 것은 삶의 지속보다는 차라리 죽음의 지속을 입증해주는 것이다. 그런데 내가 이 세상과 싸워 이기려 한다면, 나는 그것의 결정적인 특징, 그러니까 그것의 허무성 속에서 싸워 이겨야만 한다. 내가 이 삶 속에서 그렇게 할 수 있을까, 그것도 그저 희망이나 믿음만으로가 아니라, 실제로 그렇게 할 수 있을까?

그러니까 너는 이 세상과 싸워 이기고자 한다. 그것도 희망과 믿음보다 더 현실적인 무기를 가지고 말이다. 그러한 무기들이 분명히 있을 것이다. 그러나 그것들은 특정한 전제하에서만 인식될 수있고 사용될 수 있다. 나는 우선 네가 이러한 전제를 가지고 있는지없는지를 알고 싶다.

2월 19일. 프라하에서 돌아오다. 오틀라(오틀라Ottla는 카프카의 세명의 누이동생 중 막내동생이다. 누이들은 위로부터 엘리Elli, 발리Valli이다. 엘리는 1910년 카를 헤르만과, 발리는 1913년 요제프 폴라크와, 오틀라는 1920년 요제프 다비드 박사와 결혼했다. 이들 자매들은 모두 다른 많은 친척들과 더불어 제2차 세계대전 중에 나치에 의해 유대인 수용소에서 학살당했다—옮긴이)는 차르히에.

눈부신 달밤이었다. 새들은 이 나무 저 나무에서 울고 있었다. 들판에서는 바람이 세차게 윙윙거렸다.

우리는 먼지 속을 기어갔다, 한 쌍의 뱀처럼.

직관과 체험.
'체험'이 절대 안에 안주하는 것이라 한다면, '직관'은 이 세상을 넘어 절대로 가는 우회의 길일지도 모른다. 그렇지만 모두 목표를 바라보고 있으며 목표는 하나뿐이다. 그러므로 이러한 타협이 가능할지 모른다. 즉 분석이란 시간 속에서의 분석에 지나지 않아서, 매 순간마다 분석이 이루어지고 있기는 하지만, 실제로는 전혀 성취될 수 없는 분석이라는 것이다.

2월 21일. 악마적인 것에 대한 지식은 있을 수 있으나, 그것에 대한 믿음은 있을 수 없다, 왜냐하면 현존하는 것 이상으로 악마적인 것은 존재하지 않기 때문이다.

죄는 언제나 공공연하게 나타나며 곧바로 감각으로 파악될 수 있다. 그것은 스스로 만들어진 것처럼 투명하다. 죄는 외부로부터 온다. 죄에게 물어보면, 그것은 자신이 어디로부터 왔는지를 말한다.

장래만을 걱정하는 사람은 순간만을 걱정하는 사람보다 덜 사려 깊은 사람이다. 왜냐하면 그는 결코 순간에는 마음쓰는 일이 없이 단지 그 순간의 지속에만 마음을 쓰기 때문이다.

우리 주위의 모든 괴로움에 대해서 우리 역시 아파하지 않으면 안된다. 그리스도는 인류를 위해서 고뇌해왔다. 그러나 인류는 그리스도를 위해서 고뇌해야 한다. 우리 모두가 한 몸은 아니지만 성장하는 것은 같아서, 그것은 우리로 하여금 이런 형태건 저런 형태건 모든 고통을 거치게 한다. 어린아이가 모든 인생의 단계를 거쳐 노인과 죽음에 이르게 되듯이 — 그리고 어느 단계든 사실 그 앞 단계에서 보면, 열망에서든 공포에서든 간에, 도달될 수 없는 것처럼 보인다 — 우리도 — 우리 자신 못지않게 인류와 깊이 결합되어 — 이 세계의 모든 괴로움을 거치면서 발전한다. 이와 관련해볼 때 정의

를 위한 자리는 결코 없다. 그러나 괴로움에 대한 공포나 혹은 마땅히 받아야 할 괴로움을 해명해줄 자리 또한 없는 것이다.

2월 22일. H의 편지.

관조觀照와 행동은 가상의 진리를 가지고 있다. 그러나 관조에서 나온 행동이나, 더욱이 관조로 되돌아가는 행동이야말로 진리이다.

너는 세상의 고통을 보류할 수 있다. 그것은 너의 의사에 달려 있으며 너의 본성에 따른다. 그러나 아마도 이러한 보류가 어쩌면 네가 피할 수 있는 단 하나의 고통일 것이다.

인간은 자유의지를 가지고 있는데, 그것도 세 가지나 된다. 그는 이러한 삶을 원했을 때, 자유로웠다. 물론 그는 이제 와서 더 이상 그것을 취소할 수 없다. 왜냐하면 그는 이제 그것을 원했던 당시의 그가 아니기 때문이다. 다만 그가 살아가면서 당시의 의지를 실행해나가는 한에서는 어쩌면 가능할지 모른다. 둘째로, 그는 이 삶을 살아가는 방식이나 길을 선택할 수 있다는 점에서 자유롭다. 셋째

로, 그는 다시 한번 존재하게 될 자로서 그 어떤 조건하에서도 삶을 뚫고 나가며, 이런 식으로 자기 자신에게 이르고자 하는 의지를 가지고 있다는 점에서, 게다가 선택할 수는 있으되 어떤 경우든 이 삶의 어느 작은 지점이라도 건드리지 않고서는 지나칠 수 없는 미로와도 같은 노정에 있다는 점에서 그는 자유롭다.

이것이 자유의지의 세 가지 종류이다. 그러나 이는 또한 동시적이기 때문에 한 종류이기도 한데, 근본적으로는 한 종류여서, 여기에 의지를 위한 자리라고는 존재하지 않는다. 그것이 자유로운 의지든 자유롭지 못한 의지든 간에.

2월 23일. 쓰지 않은 편지.

여성은, 아니 더 단적으로 표현해서, 결혼이란 네가 대결해야 할 인생을 대표한다. 이 세계의 유혹 수단과 마찬가지로 이 세계는 그저 하나의 과도기에 불과하다는 사실을 보증해주는 표시는 동일하다. 그것은 옳다. 왜냐하면 그래야만 이 세상은 우리를 유혹할 수 있고 그것은 진실과 상응하기 때문이다. 그러나 가장 고약한 것은, 우리가 유혹당하고 난 후에 그 보증을 잊어버렸고, 그래서 사실은 선이 우리를 악 속으로, 여인의 눈길이 우리를 그녀의 침대 속으로 유인했다는 점이다.

2월 24일. H

겸손은 어느 누구에게나, 그가 절망하는 외로운 이라 할지라도 동포와 가장 강한 관계를 갖게 한다. 그것도 즉시. 물론 겸손이 완전하고 지속적일 때뿐이지만 말이다. 겸손이 그렇게 할 수 있는 이유는, 그것이 진실한 기도의 말, 즉 경배이며 동시에 가장 굳건한 결속이기 때문이다. 동포와의 관계는 기도의 관계이며, 자신과의 관계는 노력의 관계이다. 또한 기도로부터 노력을 위한 힘을 얻게 되는 것이다.

기계에 의해 끊임없이 진동하는 증기선보다 해안이 언제나 앞서 달리듯이, 갖가지 발명들이 우리를 앞서 달린다. 발명은 이루어질 수 있는 모든 일을 다 이룬다. 비행기는 새처럼 날지는 않는다는 둥, 우리는 결코 살아 있는 새를 만들 수 없으리라는 둥 하는 소리는 부당하다. 그것은 틀림없는 말이지만 거기에는 결함이 있다. 그것은 마치 직선항로를 달리는 증기기선에게 몇 번이고 맨 처음의 항구에 닿기를 요구하는 것과 같은 이치이다. — 새는 어떤 근원적인 행위를 통해서 만들어질 수는 없다. 왜냐하면 그것은 이미 만들어져 있고, 처음의 창조 행위를 근거로 해서 계속해서 생겨나고 있기 때문이다. 그리고 근원적인 부단한 의지를 근거로 해서 만들어진, 그리고 살아 있는 이러한 대열 속으로 뚫고 들어간다는 것은 불가능한 일이다. 그것은 어느 전설이 전해주고 있듯이, 비록 최초의 여자는

남자의 갈비뼈로 만들어지기는 했으나, 그후 그것이 더 이상 계속되지 않고 남자가 다른 사람의 딸을 아내로 삼게 된 것과 마찬가지인 것이다. 새를 창조해내는 방법과 경향―그것이 문제가 되는 것이다―그리고 비행기를 만드는 방법과 경향은 다를 까닭이 없다. 충격과 뇌성을 혼동하는 야만인들의 해석은 일정한 진리를 가질 수 있다.

전생에 대한 어떤 실질적인 증명. 즉 나는 너를 이미 오래전에 본적이 있다. 선사시대의 기적 그리고 세월의 마지막에.

2월 25일. 쾌청한 아침.

나로 하여금 가정 생활, 우정, 결혼, 직업, 문학, 이 모든 것에서 실패하게 만들거나 혹은 실패조차 못하게 하는 것은― '해충은 무無에서 태어난다'고 했으니 이 모든 것에서 나온 무엇인가가 존재한다 하더라도―나태함, 나쁜 의지, 미숙함이 아니라, 대지와 공기와 계율의 결핍이다. 이들을 창조하는 것이 나의 과제이다. 그것은 태만했던 것을 만회하기 위해서가 아니라 무슨 일에든 태만하지 않기 위해서이다. 왜냐하면 그 과제는 또 다른 과제와 마찬가지로 훌륭하기 때문이다. 나아가 그것은 가장 근원적인 과제이거나 아니

면 적어도 그것의 광휘이다. 이것은 가령 공기가 희박한 높은 곳에 오를 때 갑자기 먼 태양의 빛 속으로 들어설 수 있는 것과 같은 이치이다. 그것은 또한 예외적인 과제도 아니며, 분명히 자주 부여되는 임무였다. 물론 그렇게 과도한 과제였는지는 알 수 없다. 내가 알고 있는 한, 나는 인생에 필요한 조건이라곤 아무것도 갖추고 있지 않았고, 단지 보편적인 인간의 나약함만을 지니고 있었다. 이 나약함과 더불어—이러한 점에서 이것은 하나의 거대한 힘이기도 한데—나는 매우 가까이 느낄 수 있는 우리 시대의 부정적인 것도 기꺼이 받아들였다. 나는 시대와 싸워서 이길 권리는 결코 없으나, 어느 정도 그것을 대표할 권리는 있는 것이다. 약간의 긍정적인 면이나 긍정적인 것으로 돌변할 수 있는 극단적으로 부정적인 면과 관련해서는 나에게 어떠한 관계도 상속된 적이 없다. 나는 키에르케고르처럼 어쨌든 이미 무겁게 드리워진 그리스도교에 의해서 삶에 인도된 것도 아니고, 시온주의자들처럼 날아가버리려는 유대교의 기도예복용 모자 끝을 잡은 적이 아직까지 없다. 나는 끝이거나 시작이다.

─────────────────────

담벼락이 그 안에 박히는 못의 뾰족한 끝을 느끼듯이, 그는 관자놀이에 그것을 느꼈다. 그러므로 그는 그것을 느끼지 않은 것이다.

─────────────────────

여기서는 어느 누구도 자신의 정신적 삶의 가능성 이상의 것을 만들어내지는 못한다. 그가 자신의 의식衣食이나 그 밖의 것을 얻기 위해서 일하는 것처럼 보이는 것은 부수적일 뿐이다. 그에게는 눈에 보이는 모든 음식물과 더불어 눈에 보이지 않는 음식물이, 그리고 눈에 보이는 모든 옷가지와 더불어 눈에 보이지 않는 옷가지가 또한 주어지며, 다른 것 역시 마찬가지이다. 이것이 모든 인간의 정당성을 인정하는 것이다. 얼핏 보기에 그가 나중에나 나타날 여러 가지 정당성들을 가지고 자신의 실존을 구축하는 것처럼 보이지만, 이것은 단지 심리적인 '왼손으로 글씨 쓰기'에 불과할 뿐이다. 사실 그는 자신의 여러 정당성 위에 자기 생활을 구축한다. 물론 누구나 자신의 삶을 정당화할 수 있어야 한다(자신의 죽음도 마찬가지이다). 이 과제는 누구도 회피할 수 없다. 응시를 통해서 정신의 고양을 꾀해보도록 하자.

우리는 모든 사람들이 자신의 삶을 사는 것(혹은 자신의 죽음을 죽는 것)을 본다. 만약 내적인 정당성이 없다면 이러한 성과는 불가능할 것이다. 어느 누구도 정당화되지 않은 삶을 살 수는 없다. 그것은, 사람은 자신의 삶을 정당성으로써 구축한다고 생각하게 한다.

심리학은 왼손으로 쓴 글자를 읽는 것과 같다. 그러므로 힘이 든다. 그리고 언제나 일치된 결과이기는 하지만, 성과는 많다. 그러나 실지로는 아무 일도 일어나지 않았다.

한 인간이 죽은 후에 이 지상에도 한동안은 죽은 사람과 관련해서

특별히 기분 좋은 정적이 찾아온다. 지상의 열병은 멈춰지고, 사람들은 더 이상 죽음이 계속되는 걸 볼 수 없다. 오류는 제거된 듯하다. 살아 있는 사람에게조차 숨쉴 기회가 사라진 듯하다. 그래서 사람들은 임종의 방 창문을 여는 것이다. 그러나 곧 그 모든 것은 단지 가상이었음이 드러나고 고통과 비탄이 시작된다.

죽음의 잔인함은, 그것이 종말의 실질적인 고통을 가져오나⋯⋯하지 않는다는 점에 있다.

죽음이 가장 잔인한 점은, 가상적인 종말이 실질적인 고통을 불러일으킨다는 것이다.

임종시의 슬픔은 원래 진정한 의미에서 죽음을 맞이하지 않았다는 데 대한 한탄이다. 우리는 이러한 죽음에 만족해야만 한다. 우리는 여전히 유회를 즐기고 있는 것이다.

2월 26일. 태양이 빛나는 아침이다.
인류의 발전은 ― 죽음의 힘의 증대.

우리의 구원은 죽음이다. 그러나 이런 죽음은 아니다.

모두 A에게 매우 친절한데, 그것은 사람들이 좋은 당구대를 훌륭한 선수들에게조차 내주지 않고 조심스럽게 보관하고자 하는 것과 비슷하다. 마침내 위대한 선수가 와서 그 당구대를 자세히 살펴보고 예전에 난 흠집을 참지 못해하지만, 그 자신이 직접 당구를 치기 시작하면 사정없이 쳐대어 분노를 삭힌다.

"그런 후에 그는 마치 아무 일도 일어나지 않았다는 듯이, 자기 일로 되돌아간다." 불분명한 수많은 옛날 이야기들 속에 나오는 이 말은 우리에게 익숙하다. 이 말은 어떤 이야기에도 나오지 않는데도 말이다.

영접의 기사
신념의 기사

아브라함의 속셈

의미

동일한 목소리가 그를 보내기도 하고 돌려보내기도 했다.

여기서는 누구나 믿음에 대한 두 가지 질문을 받게 되는데, 첫째는 이 삶이 믿을 만한 것인가에 대해서, 둘째는 삶의 목표가 믿을 만한 것인가에 대해서이다. 이 두 질문에 대해서 사람들은 누구나 자신의 실제적인 삶을 통해서 너무나도 확고하게 그리고 거침없이 "그렇다"고 대답하기 때문에, 그 질문들이 과연 올바르게 이해되었는지 불확실해질 수가 있다. 어쨌든 사람들은 그 자신이 내린 근본적으로 긍정적인 대답을 위해서 우선 곤란을 극복해 나가야만 한다. 왜냐하면 아직도 멀리……

"우리에게 믿음이 없다고는 말할 수 없다. 우리가 살고 있다는 단순한 사실만으로도 그 믿음의 가치는 결코 고갈될 수 없다."

"여기에 일말의 믿음의 가치가 존재하는 걸까? 그렇다고 살지 않을 수는 없지 않은가."

"바로 이 '할 수야 없지 않은가' 속에 믿음의 광적인 힘이 숨겨져

486

있다. 이러한 부인否認 속에서 이 광적인 힘은 형태를 얻게 되는 것이다."

2월 27일. 아마도 패러독스를 전달할 수는 없을 것이다. 그것은 그 자체로서 나타나지는 않는다. 왜냐하면 아브라함 자신도 그것을 이해하지 못하기 때문이다. 그러니 그는 그것을 필요로 하지 않거나 아니면 그것을 이해해서는 안 되는 것이다. 따라서 그 자체를 해석해서는 안 된다. 하지만 아마도 다른 사람에게는 그것을 해석해주고자 노력해도 괜찮을 것이다. 보편적인 것 역시 이러한 의미에서 분명한 것은 아니다. 이것은 이피게네이아의 경우, 신탁이란 결코 분명하지 않다는 사실에서 나타난다.
보편적인 것 속에서의 안식? 보편적인 것의 모호함. 어떤 때는 보편적인 것이 안식을 취하는 것으로 해석된다. 그러나 그 외에는 개별적인 것과 보편적인 것 사이의 '일반적인' 왕래로 해석된다. 우선 안식은 실지로 보편적인 것이지만, 그러나 또한 궁극의 목표이기도 하다.

현실의 무대 위에서는 보편적인 것과 개별적인 것 사이에 왕래가 이루어지는 것처럼 보인다. 보편적인 삶이란 무대 세트 뒤에서나 올려지는 것인지도 모른다.

간접적으로는 내 책임이 매우 크다고 생각되는 무의미한 발전이 나를 지치게 할지 모르지만 그러나 이러한 발전이란 존재하지 않는다. 허무한 세계는 A의 용의주도함에는 미치지 못한다. 따라서 그는 허무한 세계와 함께 영원으로 길을 떠나려고 결심한다. 그러나 그것이 출구이든 입구이든 너무 좁아서 그의 가구를 실은 수레가 통과할 수 없다. 그는 그 책임을 자기가 내리는 명령의 소리가 약한 탓이라고 생각한다. 이것이 그의 삶의 고뇌이다.

A의 정신적 빈곤과 이 빈곤이 지닌 기민하지 못함이 하나의 이점이다. 그것은 그의 정신 집중을 용이하게 해준다. 아니, 오히려 그것은 이미 정신 집중이다. 그로 인해서 그가 집중력을 이용하는 데 따른 이점을 잃게 되는 것은 물론이다.

A는 다음과 같은 착각에 사로잡혀 있다. 즉, 이 세상의 단조로움을 그는 견뎌낼 수가 없다는 것이다. 그러나 잘 알려진 바와 같이 이 세상은 엄청나게 다양하며, 그러한 사실은 한줌의 세상을 취해 자세히 살펴보면 언제든지 확인할 수 있다. 그러므로 세상의 단조로움에 대한 한탄은 세상의 다양성과 충분히 속속들이 뒤섞일 수 없음에 대한 한탄이다.

그의 증명에는 마법이 함께하고 있다. 사람들은 증명을 피해 마법의

세계로 갈 수도 있고 마법을 피해 논리의 세계로 갈 수도 있다. 그러
나 그 양자를 동시에 압박할 수도 있는데, 특히 그것들이 무엇인가
제삼의 것, 즉 생생한 마술이거나 혹은 세상의 파괴적인 파괴가 아
닌 건설적인 파괴이기 때문이다.

그는 정신을 너무 많이 소유하고 있다. 마치 마술의 수레를 타고
가듯이 그는 자기 정신을 타고서 전혀 길이 없는 곳까지도 간다.
그래서 그는 그곳에 어떤 길도 없다는 사실을 스스로는 알 수가 없
다. 이로 인해 후계자를 구하려는 그의 겸허한 바램은 횡포가 되고
'가는 도중에 있다'는 그의 정직한 신념은 오만이 된다.

===

무산 노동자 계급

<u>의무들</u>: 1.) 어떠한 돈이나 사치품을 소유하지 않을 것 또는 받지
않을 것. 다음 물품만은 허락된다. 가장 검소한 의류
(세목은 따로 정한다), 노동에 필요한 물품, 서적, 개인
용 식량. 그 밖의 모든 것은 빈민들의 것이다.

2.) 노동을 통해서만 생계비를 얻는다. 체력이 허용되고
건강을 해치지 않는 범위 내에서 어떠한 노동도 기피
하지 않는다. 노동의 종류는 스스로 선택하거나, 아니
면 이것이 불가능할 때면 정부 산하에 있는 노동협의
회의 지시에 따른다.

3.) 이틀간의 생계비(지역에 따라 세목별로 따로 정한다) 이

외의 다른 보수를 위한 노동은 금지한다.

4.) 분수에 맞는 생활. 식사는 절대 필요한 양에 한한다. 가령 어떤 의미에서는 최고 임금이기도 한 최저 임금으로 빵, 물, 대추야자. 최하급의 식사, 최하급의 잠자리.

5.) 고용자와의 관계는 신용관계로 본다. 재판소의 조정을 결코 요구하지 않는다. 맡은 일은 무엇이든 끝까지 수행한다. 단 중대한 건강상의 배려를 필요로 할 때는 이 項에 구애받지 않는다.

권리 1.) 최대 노동 시간은 여섯 시간, 육체 노동의 경우는 네댓 시간.

2.) 병이나 나이 때문에 노동을 할 수 없는 경우엔 국립 양로원이나 병원에 수용.

양심의 문제 및 동포에 대한 신뢰 문제로서의 노동생활.

———————————

가져온 재산은 병원이나 양로원 설비를 위해 국가에 기증한다.

———————————

당분간은 적어도 자영업자, 기혼자 및 부인들은 제외한다.

권고(중대한 의무인 경우)는 정부가 전달한다.

자본주의 기업에서도 역시 그렇다. 사랑스러운 가난한 사람들.

외딴 곳이나 빈민 구호원 등에서 도울 수 있으면 돕는다.
교사.

최대 한도 인원 오백 명의 남자들.

견습기간 일 년.

모든 것이 그의 건축물에 연결되어 있다. 낯선 노동자가 대리석을
운반해 와서 잘 다듬어 서로 맞추었다. 그가 손가락으로 지시하는
데 따라서 돌들은 몸을 들어올리고 서로 위치를 옮겼다. 여태까지
그 어떤 건축물도 이 신전처럼 손쉽게 완성된 적이 없다. 아니, 오
히려 이 신전이야말로 정말이지 신전답게 지어졌다고 하는 편이 나
을 것이다. 다만 모든 돌에는―그것은 어느 부서진 돌 조각에서 나
왔을까?―철없는 아이 손이 아무렇게나 그려놓은 서툰 글씨인지,

아니면 산중에 사는 미개인들이 화를 돋구기 위해서, 아니면 모욕을 주기 위해서, 아니면 완전히 파괴하기 위해서 써넣은 기록인지 모르겠으나 분명히 매우 날카로운 도구로 이 신전보다 더 오래 지속될 영원을 위한 무엇인가가 새겨져 있었다.

흐르는 개울물 위쪽으로 거슬러 올라가다. 관목으로 만든 회초리. 교사의 화난 목소리. 아이들의 웅성거리는 소리. 붉게 사라져가는, 떠나가는, 떨고 있는 태양. 탁 닫히는 난로의 문. 커피를 끓인다. 우리는 테이블에 기대앉아 기다리고 있다. 가느다란 작은 나무들이 길 한쪽에 늘어서 있다. 3월. 너는 이 이상 무엇을 바라는가? 우리는 무덤에서 나와 이 세상을 돌아다니고 싶다. 특별한 계획은 가지고 있지 않지만.

꿈이 아래로 날아왔고 하늘로부터 아래로 옮겨졌다. 기적……

너는 나에게서 떠날 생각이냐? 그래, 그건 하나마나한 결심이지. 하지만 어디로 갈 작정이냐? 어디로 가면 나에게서 떠나는 것이냐? 달일까? 결코 그곳은 아니다, 너는 결코 그렇게 멀리는 가지 못한다. 그런데 그게 다 무어란 말이냐? 차라리 이 한쪽 구석에 앉아서 조용히 있는 것이 낫지 않겠니? 그게 좀더 낫지 않을까? 그쪽 구석

은 따뜻하고 어둡겠지? 너는 내 말을 안 듣고 있니? 손으로 더듬어 문을 찾고 있군. 그래, 어디에 문이 있지? 내 기억으로는 이 공간 안엔 문이 없어. 이 집이 여기에 세워질 당시만 해도 누가, 네 계획과 같은, 세계를 감동시킬 그런 계획을 생각했겠는가? 자, 잃어버린 거라곤 아무것도 없어. 그런 생각은 사라지지 않는 법이지. 식탁에 빙 둘러앉아 그 생각을 차근차근 이야기해보도록 하자. 그래서 왁자지껄 웃음소리가 난다면 그것은 너에 대한 보답이 되겠지.

창백한 달이 떠올랐고, 우리는 말을 타고 숲을 달렸다.

포세이돈은 자기 바다에 싫증이 났다. 삼지창이 그에게서 굴러 떨어졌다. 조용히 바위로 된 해변에 앉아 있었다. 그 모습에 놀란 갈매기 한 마리가 흔들거리며 원을 그리면서 그의 머리 주위를 날았다.

거칠게 굴러가는 마차.

아아 이곳엔 우리를 위해 무엇이 마련되어 있을까!
침대와 나무 아래 숙영지.

녹색의 어둠, 마른 잎사귀,
햇빛은 없고, 축축한 내음.
아아 이곳엔 우리를 위해 무엇이 마련되어 있을까!

욕망은 우리를 어디로 몰아가는가?
이것을 얻어내기 위함인가? 이것을 잃기 위함인가?
우리는 의미도 없이 재를 마시고
그리고 우리 아버지를 질식시킨다.
욕망은 우리를 어디로 몰아가는가?

거위들이 연못을 따라 달렸다. 그리고 폴짝폴짝 뛰었다.

욕망은 우리를 어디로 몰아가는가.
집 밖으로 계속 몰아간다.

피리 소리가 유혹했다. 신선한 시냇물이 유혹했다.

너에게 끈기 있게 나타났던 것이

나무 꼭대기를 스치며 솨솨 소리를 냈고,
정원의 주인은 말했다.

————————————

나는 그의 루네 문자(고대 게르만 민족의 최초의 문자—옮긴이)들 속에서
교환의 연극을 탐구하려 애쓴다.
말[言]과 화근禍根을……

————————————————————————————

백작은 점심 식사 중이었다. 어느 조용한 여름날의 정오였다. 문이
열렸으나 이번에는 하인이 아닌 형 필로타스였다. "형님!" 백작은
말하면서 일어났다. "형님을 다시 뵙게 되다니, 한동안 꿈에서도
만나볼 수 없더니." 테라스로 통하는 문의 유리창이 깨지더니 자고
새처럼 적갈색이지만 아주 크고 긴 부리를 가진 새 한 마리가 방 안
으로 날아 들어왔다. "기다려, 내가 곧 잡을 테니." 형이 말하며,
한 손으로는 승복을 치켜올리고 다른 손으로 그 새를 잡으려고 애
썼다. 마침 그때 하인이 들어왔는데, 그는 탐스러운 과일이 담긴
접시를 들고 있었다. 이제 새는 작은 원을 그리며 날더니 조용히 과
일을 힘차게 쪼아댔다.

　하인은 접시를 든 채 꼼짝 않고 서서, 그다지 놀라지는 않았지만,
과일과 새와 아직도 새를 잡으려 쫓아다니는 형을 뚫어지게 바라보
았다. 다른쪽 방문이 열리고 마을 사람들이 청원서를 가지고 들어
왔다. 그들은 어떤 숲길을 공개해줄 것을 청했는데, 밭을 더 잘 경
작하기 위해서 그 길이 필요했던 것이다. 그러나 그들은 적절치 못

한 때에 왔다. 왜냐하면 백작은 아직 어린 학생으로 낮은 의자에 앉아서 공부하는 나이였기 때문이다. 물론 노백작이 이미 돌아가셨으니 어린 백작이 주관해야겠지만 그렇게 되지 못했다. 역사 속의 한 휴지 기간이었던 것이다. 그러므로 교섭단체도 헛수고를 한 셈이었다. 그들은 어떻게 마무리지을 것인가? 그들은 되돌아갈 것인가? 그들은 사정이 어떠한지 제대로 인식할 것인가? 역시 거기에 참여했던 선생은 벌써 그 그룹에서 벗어나 어린 백작의 교육을 맡는다. 그는 막대기로 테이블에 있던 모든 것을 아래로 밀어 떨어뜨리고는 테이블 표면을 앞쪽으로 돌려 들어올려서는 칠판처럼 거기에 분필로 '1'이라는 숫자를 쓴다.

우리는 술을 마시고 있었다. 긴 안락의자는 우리에게 너무 비좁았다. 벽시계의 바늘은 끊임없이 빙빙 돌았다. 하인이 안을 들여다보았고, 우리는 손을 들어 올려 그에게 신호를 보냈다. 그러나 그는 창가 소파 위의 광경에 정신이 팔려 있었다. 그곳엔 비단처럼 반짝이는, 얇고 검은 옷을 입은 노인이 천천히 일어나고 있었는데, 그의 손가락은 아직도 의자의 팔걸이를 만지작거렸다. "아버지" 하고 아들이 불렀고, "에밀" 하고 노인이 불렀다.

동포에게 가는 길은 나에게는 매우 멀다.

프라하.

종교들이 인간들처럼 사라진다.

---

[28]*

1

진실된 길은 공중 높이 팽팽하게 당겨진 줄 위가 아니라, 땅바닥 바로 위에 낮게 쳐진 줄 위로 나 있다. 그것은 딛고 가게 되어 있기보다는 오히려 걸려 넘어지게 되어 있는 듯하다.

2

모든 인간적인 과오는 조급함, 방법론적인 것의 때이른 중단, 가상적인 일에 가상적인 울타리를 치는 것이다.

3

다른 모든 죄들이 파생되어 나오는, 두 가지 주된 인간적인 죄가 있다. 그것은 조급함과 태만함이다. 그들은 조급함 때문에 낙원에서 추방되었고 태만함 때문에 돌아가지 못한다. 그러나 주된 죄가 단지 한 가지라고 한다면, 그것은 아마 조급함일 것이다. 조급함 때문에 그들은 추방되었고 조급함 때문에 돌아가지 못한다.˙

---

* 막스 브로트판 전집에서는 이 잠언들에 대해 「죄, 고통, 희망 그리고 진실한 길에 관한 성찰 Betrachtungen bei Sünde, Leid und den wahren Weg」이란 제목이 붙어 있으나 유고에는 그 제목이 없다. 또한 막스 브로트 판과 파울 라아베 판에는 빠진 부분이 비판본에는 부분적으로 첨가되어 있다. 여기에서는 ˙ 표시가 사용되고 있는데 이 부분은 원고에서 문장 전체를 카프카 자신이 연필로 지운 것이다.(옮긴이)

4

망자亡者들의 많은 혼백은 오로지 죽음의 강의 물결을 핥는 데 여념이 없다. 왜냐하면 그 강은 우리로부터 나와서 아직도 우리 바다의 짠맛을 띠고 있기 때문이다. 그러면 강물은 역겨움으로 솟구쳐올라 거꾸로 흘러서 망자들을 삶으로 되돌려 보낸다. 그러나 그들은 행복해서 감사의 노래를 부르며 몹시 노한 강물을 달랜다.

5

어느 일정한 점點에서 볼 때 더 이상 되돌아간다는 것은 있을 수 없다. 이 점은 다만 도달할 수 있을 뿐이다.

6

인간의 발전에서 결정적인 순간은 지속적이다. 그래서 예전의 모든 것을 무가치한 것으로 표명하는 혁명적인 정신적 운동들은 정당하다. 왜냐하면 아직 아무 일도 일어나지 않았기 때문이다.

7

악의 가장 효과적인 유혹 수단의 하나는 투쟁에 대한 권유이다. 그것은 침대에서 끝나는 여자와의 투쟁과 같은 것이다. ˙

8/9

더러운 냄새 나는 암캐, 많은 새끼를 낳은 개, 여기저기가 이미 썩어가고 있다. 그러나 내가 어렸을 때만 해도 그것은 나에게는 무엇과도 바꿀 수 없는 것이었다. 그것은 늘 내 뒤를 충실하게 따라다닌다. 나는 결코 그것을 때릴 마음이 나지 않는다. 그 앞에서 나는 그의 호흡을 피하면서 몇 발자국 뒤로 물러서게 된다. 내가 달리 결정

4

을 내리지 않는 한, 그것은 벌써 눈에 보이는 울타리 모서리로 나를 밀어넣을 것이다. 그래서 나에게 안겨 나와 함께 완전히 썩고자 하는 것이다. 마지막 순간까지 — 그것은 나에게 영광스러운 일일까? — 고름과 구더기가 낀 혀의 살을 나의 손에 대고서.

10

A는 매우 교만하다. 그는 선에서 훨씬 앞서 있다고 믿고 있는데, 왜냐하면 분명 늘 유혹의 대상인 그가, 지금까지 전혀 알지 못하던 방향에서 오는, 점점 더 많아지는 유혹에 자신이 내맡겨져 있음을 느끼기 때문이다. 그러나 제대로 설명을 하자면, 굉장한 악마 하나가 그의 안에 자리잡고 있으며, 그보다 작은 무수한 악마들이 그 굉장한 자를 섬기러 오고 있는 것이다.

11/12

예컨대 사과 하나를 두고 가질 수 있는 견해들의 차이점을 들자면 이렇다. 식탁 위의 사과를 좀더 가까이서 보기 위해 목을 쭉 빼야 하는 어린 소년의 견해와, 그 사과를 집어서 함께 식사하는 이들에게 기꺼이 건네주는 가장의 견해이다.

13

인식이 시작되는 첫 표지는 죽고 싶다는 소망이다. 현세의 삶은 견딜 수 없어 보이고 또 다른 삶은 도달할 수 없는 것처럼 보인다. 사람들은 죽고 싶어하는 것을 더 이상 부끄러워하지 않으니, 증오스러운 누추한 감방을 나와, 비로소 증오를 배우게 될, 또 하나의 새로운 감방으로 보내지기를 청한다. 이때 신께서 우연히 복도를 지나다 수인이 옮겨지는 것을 보고는 "다시는 이 사람을 감금하지 말

라. 그는 나에게로 오는 사람이다"라고 말할 거라는 믿음이 남아 여전히 함께 작용한다.

14

네가 평지 위를 걸어간다고 치고, 가고자 하는 훌륭한 의지를 지니고 있으면서도 뒷걸음질만 친다면, 그것은 절망적인 일이다. 그러나 너는 가파른 비탈, 그러니까 네 자신의 발바닥이 보일 만큼 그렇게 가파른 비탈을 기어오르고 있으므로, 뒷걸음질은 그저 지형 때문에 생겼을 수도 있으니 절망할 필요는 없다. *

15

깨끗이 쓸자마자, 다시 마른 잎으로 덮여버리는 가을날의 길처럼.

16

새장 하나가 한 마리 새를 찾아나섰다.

17

이런 곳에 나는 아직 한 번도 와본 적이 없다. 호흡이 달라지고, 태양 옆에는 별 하나가 태양보다 더 눈부시게 빛나고 있다.

18

만약 바벨탑을 오르지 않고도 건설할 수만 있었다면, 그것은 허락되었을 것이다.

19

네 자신으로 하여금 네가 악 앞에서 비밀을 가질 수 있으리라고 믿

501

게 하지 말라.

20

표범들이 사원 안으로 침범하여 항아리의 성수를 다 마셔버린다. 그런 일이 자꾸 되풀이되자, 사람들은 결국 그것을 미리 생각하게 되었고, 그것은 의식의 일부가 된다.

21

손에 돌을 쥐듯이 꽉. 그러나 손에 돌을 꽉 쥐는 것은, 돌을 더 멀리 던지기 위해서일 뿐이다. 그러나 그 멀리까지도 길은 나 있다.

22

너는 숙제이다. 사방 어디에도 학생은 없고.

23

진정한 적수에게서 너에게로 무한한 용기가 흘러든다.

24

네가 서 있는 땅은 두 발이 덮고 있는 것보다 더 클 수 없다는 행복을 이해하라.

25

세상으로 도피하는 것 이외에, 어찌 세상에 대해 기뻐할 수 있겠는가?

26

숨을 곳은 무수히 많고 구원은 오로지 하나뿐. 그러나 구원의 가능

성 또한 숨을 곳만큼이나 많다. '

───────────────

목표는 있으나 길은 없다. 왜냐하면 우리가 길이라고 부르는 것은
망설임이기 때문이다.

27

우리는 여전히 부정적인 것을 행하도록 되어 있다. 그러나 긍정적
인 것은 이미 우리에게 주어져 있다.

28

악은 한 번 받아들여지고 나면, 더 이상 자신을 믿어달라고 요구하
지 않는다.

29

네가 마음속에 악을 받아들일 때 품는 속셈은, 너의 것이 아니라 악
의 것이다.

───────────────

짐승은 스스로 주인이 되기 위해 주인에게서 억지로 채찍을 빼앗
아 자기 자신을 채찍질하지만, 그러나 그것이 주인의 채찍 끈에
생긴 새로운 매듭에서 만들어진 환상에 불과하다는 것은 알지 못
한다.

선은 어떤 의미에서는 절망적이다. ˙

나는 자제하려고 노력하지 않는다. 자제란 내 정신적 실존이 무한
히 발산되는 어느 우연한 지점에 작용하고자 하는 것이다. 그러나
내가 내 주위에 그러한 테두리를 그어야 한다면, 나는 차라리 아무
일도 하지 않고, 그저 그 거대한 복합체를 응시하면서 반대로e
contrario 이러한 광경이 주는 원기만을 집으로 가지고 가겠다.

까마귀들은 단 한 마리의 까마귀가 천상을 파괴할 수도 있을 거라
고 주장한다. 그것은 의심할 여지가 없지만, 그렇다고 천상에 대항
하는 어떤 것을 입증하는 것은 아니다. 왜냐하면 천상이란 바로 까
마귀들의 불가능성을 뜻하기 때문이다.

순교자들은 육신을 과소평가하는 것이 아니다. 그들은 육신을 십자
가 위로까지 높인다. 그 점에서 그들은 그들의 적들과 하나가 된다. ˙

그는 싸움을 끝낸 검투사처럼 피로하다. 그의 일은 어느 관청 사무
실의 한쪽 구석을 하얗게 칠하는 것이다.

소유란 없다. 단지 하나의 존재만이 있을 뿐이다. 오직 마지막 호

흡을, 질식을 갈망하는 하나의 존재만이 있을 뿐이다.

36

전에는 왜 내가 나의 질문에 대답을 얻지 못하는지 이해하지 못했고, 오늘날에는 질문할 수 있다고 어떻게 믿을 수 있었는지 알지 못하겠다. 그러나 나는 실로 전혀 믿지 않았고 다만 질문했을 뿐이었다.

37

그는 아마 소유하고 있을지는 모르나 존재하고 있지는 않다는 주장에 대한 그의 대답은 전율과 가슴 두근거림뿐이었다.

38

어떤 이가 자신이 얼마나 쉽게 영원의 길을 가고 있는지 깜짝 놀랐다. 그는 그냥 그 길로 내달렸던 것이다.

39

악을 분할해서 갚을 수는 없다―그런데도 사람들은 끊임없이 그것을 시도해본다.

━━━━━━━

알렉산드로스 대왕이, 젊은 시절에 거둔 전투 성과에도 불구하고, 그가 양성한 탁월한 군대에도 불구하고, 마음속에 느끼고 있던 세계의 변화를 지향하는 힘에도 불구하고, 다다넬즈 해협에 멈추어 서서 그 해협을 건너지 못했을지도 모른다고 생각해볼 수도 있다. 그것은 공포 때문도 아니요, 우유부단함 때문도 아니요, 의지가 약했기 때문도 아니요, 지상생활에 얽매여 있기 때문이었으리라고.

39a

길은 무한하다. 거기에는 뺄 것도 보탤 것도 없다. 그런데도 누구나 자기 자신의 유치한 자로 그것을 재려 한다. "분명히, 너는 이 자의 길이만큼 더 가야 한다. 그 점을 잊지 않을 것이니라." ·

40

다만 우리의 시간 개념이 우리로 하여금 최후의 심판을 그렇게 부르게 했다. 원래 그것은 하나의 즉결심판이다. ·

41

세상의 불균형은 수치에 불과한 듯하여 위안이 된다. ·

42

구토와 증오로 가득 찬 머리를 가슴에 숙이다.

43

아직 사냥개들은 뜰에서 놀고 있으나 야생동물은 그들에게서 도망칠 수가 없다. 지금 제아무리 숲 속을 질주한다 해도.

44

이 세상을 위해 너는 우스꽝스럽게도 스스로 마구를 달고 있다.

말들은 팽팽하게 맬수록 더 빨리 간다—말하자면 기초로부터 블록을 떼어내는 것이 불가능한 것은 아니지만, 가죽끈을 끊어버리면 그로써 얽매인 데 없이 즐겁게 달릴 수 있지 않은가.

'존재한다'는 말은 독일어로 두 가지 뜻이 있다. 즉, '현존'과 '그것에 속해 있다'는 것이다.

그들에게는 왕이 되느냐 왕의 파발꾼이 되느냐 하는 선택이 주어졌다. 아이들은 그들 기질대로 모두가 파발꾼이 되고자 했다. 그리하여 온통 파발꾼만이 존재한다. 그들은 세상을 두루 질주하며, 왕이 없으므로 의미가 사라진 통보 내용을 자기들끼리 서로에게 외쳐댄다. 그들은 기꺼이 자신들의 비참한 생활을 끝내고 싶었지만 직무상의 서약 때문에 감히 그럴 수가 없었다.

진보에 대한 믿음은, 진보가 이미 이루어졌다고 믿는 것은 아니다. 그것은 결코 믿음이 아닐지 모른다.

A는 명수名手이고 하늘은 그의 증인이다.

인간은 자기 안에 존재하는 어떤 불멸의 것에 대한 지속적인 신뢰

없이는 살아갈 수 없는데, 그럴 때 그 불멸의 것뿐만 아니라 신뢰 역시 언제까지나 그에게 감추어져 있을 수 있다. 이렇게 감추어진 것이 표현될 수 있는 여러 가능성 중 하나가 어떤 개인적인 신에 대한 믿음이다. *

51

뱀의 중재가 필요했다. 그래서 악은 인간을 유혹할 수는 있지만 인간이 될 수는 없다.

52

너와 세계의 싸움에서는 세계에 지지를 표하라. *

53

아무도 속여서는 안 된다. 또한 세계의 승리 때문에 세계를 속여서도 안 된다.

54

오로지 정신적인 세계만이 존재한다. 우리가 감각적인 세계라고 부르는 것은 정신적 세계에서는 악이고, 우리가 악이라고 부르는 것은 우리의 영원한 발전의 어느 한순간에 요구되는 필연일 뿐이다.

가장 강렬한 빛으로 세계를 녹여버릴 수 있다. 세계는 약한 눈 앞에서 단단해지고, 보다 약한 눈 앞에서는 주먹을 갖게 되며, 그보다 더 약한 눈 앞에서는 수줍어져서, 감히 자신을 바라보려는 자를 박

살내버린다.

55

최소의 기만을 추구하는 것, 보통 정도에 머무르는 것, 최대의 기만을 추구하는 것, 그러한 모든 것이 기만이다. 첫번째 경우에는 선을 너무 쉽게 얻고자 함으로써 선을 기만하고, 악에게는 너무나 불리한 투쟁의 조건을 부과함으로써 악을 기만한다. 두번째 경우에는 지상적인 것 속에서는 단 한 번도 선을 얻고자 노력하지 않음으로써 선을 기만한다. 세번째 경우에는 선에서 될 수 있는 대로 멀리 떨어짐으로써 선을 기만하고, 악을 최고로 상승시켜 그것을 무력하게 만들려고 함으로써 악을 기만한다. 그러므로 여기에 따르면 선호할 것은 두번째 경우일지 모른다. 왜냐하면 사람들은 늘 선을 기만하며, 이 경우에는 겉으로 보기에는 적어도 악을 기만하지는 않기 때문이다.

56

우리가 태어나면서부터 그것에서 해방되어 있지 않는 한 벗어날 수 없는 그런 문제들이 존재한다.

57

언어는 감각적인 세계 밖의 모든 것에 대해서는 다만 암시적으로 사용될 수 있을 뿐, 결코 거기에 근접할 수는 없다. 왜냐하면 그것은 감각적 세계와 상응하여 다만 소유와 그 소유의 관계들만을 다루기 때문이다.

58

사람들은 가능한 한 거짓말을 적게 할 때만, 가능한 한 거짓말을 적

게 하는 것이지, 거짓말을 할 기회가 적다고 해서 거짓말을 적게 하는 것이 아니다. '

59

발걸음으로 깊이 패이지 않은 계단은 그 자체로 보면, 그저 나무로 짜맞추어진 무엇에 지나지 않는다. '

60

세상을 체념하는 사람은 모든 인간을 사랑해야만 한다. 왜냐하면 그는 그들의 세상에 대해서도 체념하기 때문이다. 그로 인해 그는 진정한 인간적 존재를 예감하기 시작한다. 진정한 인간적 존재란, 사람들이 그와 동등한 한, 사랑 받을 수밖에 없는 존재인 것이다.

61

세상 안에서 자기 이웃을 사랑하는 사람은, 세상 안에서 자기 자신을 사랑하는 사람과 마찬가지로 부당한 일을 자행하는 것이다. 다만 전자가 가능할지, 그것만이 문제로 남을 것이다. '

62

하나의 정신적인 세계 이외에는 그 무엇도 존재하지 않는다는 사실은 우리에게서 희망을 거두어가기는 하지만, 또한 우리에게 확실성을 주기도 한다.

63

우리의 예술이란 진실에 현혹된 존재이다. 뒤로 피하는 찡그린 얼굴 위에 내리는 그 빛은 진실하다. 그 외에는 아무것도 진실하지 않다.

64

낙원으로부터의 추방은 근본적으로는 영원하다. 그러므로 낙원에서의 추방은 최종적인 것이고 세상에서의 삶은 불가피하지만, 그럼에도 그 과정의 영원성은 우리가 낙원에 머무는 것뿐만 아니라 실제로 그곳에서 지속적으로 존재하는 것을 가능하게 한다. 우리가 그것을 알건 모르건 상관없이.

66

그는 자유로우면서도 안정된 지상의 시민이다. 그는 모든 지상 공간을 자유로이 활보하기에 충분한 길이의 쇠사슬에 매어 있기 때문이다. 그러나 그것은 지상의 경계를 넘어설 수는 없는 길이일 뿐이다. 동시에 그는 자유로우면서도 안정된 천상의 시민이기도 하다. 왜냐하면 지상에서와 유사한 길이의 천상의 쇠사슬에 매여 있기 때문이다. 이제 그가 지상으로 가려고 하면 천상의 사슬이 그의 목을 죌 것이고, 천상으로 가려 하면 지상의 사슬이 목을 조여올 것이다. 그럼에도 그는 모든 가능성을 가지고 있는 것이며, 또한 그것을 느끼고 있다. 그렇다. 그래서 그는 그 모든 것을 맨 처음 속박당할 때 일어난 한 가지 실책 탓으로 돌리기를 거부하기까지 한다.

67

그는 마치 스케이트를 처음 타는 초보자처럼, 그것도 금지된 구역에서 연습을 하고 있는 초보자처럼 사실들을 뒤쫓는다.

68

가정의 수호신을 믿는 것보다 더 즐거운 일이 어디 또 있을까!

이론상으로는 완전한 행복의 가능성이 존재한다. 왜냐하면 바로 자기 안에 있는 불멸의 것을 믿으면서 그것을 얻으려 애쓰지는 않기 때문이다.

불멸의 것은 하나다. 모든 개개인에게 그러하며, 동시에 그것은 만인에게 공통된 것이다. 그렇기 때문에 인간들 사이에 유례 없는 불가분의 결합이 존재한다.

동일한 인간 속에 완전히 다르면서도 동일한 객체를 갖는 인식이 존재한다. 따라서 다시금 동일한 인간 속에 다른 주체들이 존재한다고 추정하지 않을 수 없다. `

그는 자신의 식탁에서 떨어지는 쓰레기를 먹는다. 그래서 잠시 동안은 모든 사람들보다 배가 부르게 되지만, 식탁 위의 음식을 먹는 것은 아주 잊어버리게 된다. 그러나 그로 인해 이윽고 쓰레기마저 중단된다.

낙원에서 파괴되었다고 하는 것이 파괴될 수 있는 것이었다면, 그것은 결정적인 것이 아니었다. 그러나 만약 그것이 파괴될 수 없는 것이었다면, 우리는 잘못된 믿음 속에 살고 있는 것이다.

인간성에 비추어 너를 시험해보라. 인간성은 의심하는 자는 의심케
하고 믿는 자는 믿게 한다.˚

'여기에 닻을 내리지 않겠다'라는 이런 느낌 ─ 그러면 곧 파도 치
며 밀려오는 만조를 주위에서 느끼리라!

───────────

하나의 급선회. 숨어 엿보며, 불안해하며, 희망을 품으며 대답은
질문의 주변을 조용히 맴돌고, 근접할 수 없는 질문의 얼굴을 바라
보며 찾다가 절망하고는, 그 질문을 쫓아 가장 의미 없는, 즉 대답
에서 될 수 있는 대로 멀어지려고 애쓰는 길을 간다.

인간과의 소통은 자기 관찰을 유도한다.

정신은 더 이상 의지할 수 있는 근거가 되지 못할 때, 비로소 자유
로워진다.

관능적인 사랑은 인간을 속여 천상적인 사랑을 알지 못하게 한다.
그것은 혼자서는 그렇게 할 수 없겠지만, 자신도 모르게 천상적인
사랑의 요소를 자신 안에 지니고 있기 때문에 그럴 수 있는 것이다.

80

진리는 나눌 수 없다. 따라서 그 자체 인식될 수가 없는 것이니, 진리를 인식하고자 하는 사람은 거짓임에 틀림없다.·

81

어느 누구도 궁극적으로 자신에게 해되는 것을 요구할 까닭이 없다. 그럼에도 개개인의 경우 그런 것처럼 보인다면—어쩌면 늘 그럴지도 모른다—그것은 다음과 같이 설명될 수 있다. 즉, 어떤 사람이 바라는 무엇인가가 그 당사자에게는 유익하지만, 그 사안에 대한 판결을 위해 부분적으로 끌려 들어온 제이의 어떤 이에게는 심한 해가 된다는 것이다. 인간이 판결을 내릴 때가 아니라 처음부터 제이의 어떤 이의 편에 선다면, 그 첫번째 누군가는 사라지고 그와 더불어 요구도 사라질 것이다.

82

어째서 우리는 원죄 때문에 한탄하는 것일까? 우리가 낙원에서 추방된 것은 그것 때문이 아니라 생명의 나무 때문이다. 우리가 그것을 먹지 못하도록 하기 위해서인 것이다.

83

우리에게 죄가 있는 것은 인식의 나무 열매를 따먹었기 때문만이 아니라, 아직까지 생명의 나무 열매를 먹지 못했기 때문이기도 하다. 죄가 있다는 것이 우리의 처지이지만, 죄와는 무관하다.

84

우리는 낙원에서 살도록 창조되었고 낙원은 우리를 섬기도록 정해

514

져 있었다. 우리의 운명은 변해버렸다. 그렇지만 낙원의 운명 역시 이렇게 되었을지 모른다는 사실에 대해서는 이야기되지 않는다.

85

악이란 특정한 여러 과도기에 나타나는 인간 의식의 작용이다. 본래 감각적인 세계가 가상인 것이 아니라 그 세계의 악이 그러하다. 그 악이 우리 눈앞에 감각적인 세계를 형성하는 것이다.

86

원죄 이래로 선악을 인식하는 능력에서 우리는 본질적으로 변함이 없다. 그럼에도 우리는 바로 여기서 우리의 특별한 장점들을 찾고 있다. 그러나 진정한 상이성이란 이러한 인식 저편에서야 비로소 시작된다. 상반된 모습은 다음과 같은 사실을 통해 나타나게 된다. 즉, 어느 누구도 인식만으로는 만족할 수 없고, 그것에 맞게 행동하려 애써야 한다는 것이다. 그러나 누구에게도 그렇게 할 수 있는 힘이 주어지지 않았기 때문에, 그는 자신을 파괴해야 하고, 그렇게 해서 필요한 힘을 얻지 못하는 위험에 스스로 처한다 해도, 그에게는 이 마지막 시도 이외에는 아무것도 남아 있지 않다(이것이 또한 인식의 나무 열매를 먹는 일이 금지되면서 있었던 죽음의 위협의 의미이기도 하다. 어쩌면 그것은 또한 자연적인 죽음의 원초적인 의미일지도 모른다). 그런데 그는 이러한 시도를 두려워한 나머지 오히려 선악에 대한 인식을 취소했으면 한다('원죄'라는 이름도 이러한 불안감으로 귀착된다). 그러나 일어난 일은 돌이킬 수 없으며 다만 흐리게 할 수 있을 뿐이다. 이러한 목적을 위해 동인動因들이 생겨난다. 세계는 그것들로 가득 차 있고, 실로 눈에 보이는 온 세계란 어쩌면 한순간 휴식을 구하려는 인간의 한 동인에 불과할지도 모른다. 그것은 인식한 사실을 변조시키고, 인식을 우선 목표로 삼으려는 하나의 시도이다.

87

단두대와 같은 믿음, 그처럼 육중하고, 그처럼 날래다.

88

죽음은 우리 앞에 있다. 마치 교실 벽에 걸려 있는 알렉산드로스 대왕의 전투화戰鬪畵처럼. 지금의 이 삶에서도 우리의 행위가 그 그림을 어둡게 하거나 혹은 심지어 아주 지워버릴 수도 있다는 것이 문제다.

90

두 가지 가능성이 존재한다. 자신을 무한히 작게 만들거나, 또는 무한히 작은 것으로 존재하는 것이다. 첫번째 것은 완성이니 따라서 무위이고, 두번째 것은 시작이니 따라서 행위이다. ˙

91

말의 오류를 피하기 위해서: 파괴되어야 하는 것은 분명 앞서 아주 단단히 고정되어야 할 것이다. 그러나 부서질 것은 부서지기만 할 뿐, 파괴될 수는 없다. ˙

92

최초의 우상 숭배는 분명히 사물들에 대한 두려움이었겠으나, 그것과 연관지어보면 사물들의 필연성에 대한 두려움이었고, 또 이와 연관지어보면 사물들에 대해 갖고 있는 책임감에 대한 두려움이었다. 이 책임감은 매우 엄청나 보여서, 사람들은 감히 어떤 유일한

516

인간 외적 존재에게 그것을 부과시킬 생각은 하지 못했다. 왜냐하면 한 존재의 중재를 통해서도 인간의 책임은 여전히 충분히 경감되지 못했으며, 그 존재와의 교류가 너무나도 많은 책임감으로 얼룩져 있기 때문일 것이다. 그래서 사람들은 개개의 사물에 그 자체의 책임을 부여했고, 더 나아가서는 이러한 사물들에 인간에 대한 적절한 책임까지도 부여했던 것이다.

93

마지막으로 심리학을!*

94

인생을 시작하는 데 필요한 두 가지 과제: 너의 범위를 점점 더 줍힐 것과 너의 영역 밖 어디엔가 네가 숨어 있지 않은지 계속해서 살펴볼 것.

95

악은 때때로 연장처럼 손에 쥐여 있어서, 그것을 알든 모르든 간에, 사람들이 그럴 의사만 있다면, 이의 없이 옆에 내려놓을 수가 있다.*

96

이 삶의 기쁨들은 그 <u>삶의</u> 것들이 아니라, 보다 고귀한 삶으로의 상승에 대한 우리의 불안이다. 또한 이 삶의 고통 역시 삶의 것이 아니라, 저 불안 때문에 생기는 우리의 자학이다.

97

오로지 여기서만 괴로움이 괴로움이다. 여기서 괴로워하는 사람들은,

다른 곳에서는 이 괴로움 때문에 마땅히 높여져야 한다는 그런 뜻이
아니라, 이 세상에서 괴로움이라고 불리는 것은 다른 세계에서는, 변
한 것은 없지만 자기모순으로부터 벗어난 점에서 축복이라는 뜻이다.

98

우주의 광대 무변함과 충만에 관한 생각은 고단한 창조와 자유로운
자성自省이 극단적으로 혼합된 결과이다. ˙

99

우리가 현재 처해 있는 죄지은 상태에 대한 엄정한 확신보다 훨씬
더 많은 부담을 주는 것은, 그것이 비록 가장 허약한 것이기는 하지
만, 우리의 속세가 지니고 있었던 예전의 영원한 정당성에 대한 확
신이다. 자신의 순수성으로 전자의 확신을 완전히 포괄하는 후자의
확신을 견뎌내는 힘만이 신앙의 척도이다.

———————————

많은 사람들이 어떠한 경우에든 애초의 엄청난 속임수 이외에도 작
고 특별한 속임수가 특별히 자신들을 위해 따로 마련되어 있다고
생각한다. 말하자면, 무대에서 연애극이 공연될 때도, 여배우는 그
녀의 애인을 위해 꾸민 미소 이외에 관람석의 마지막 자리에 앉아
있는 어떤 관객을 위해서도 특별히 음험한 미소를 지으리라는 것이
다. 그것은 지나친 생각이다.

100

악마적인 것에 대한 어떤 지식은 있을 수 있으나 그것에 대한 믿음

은 있을 수 없다. 왜냐하면 현존하는 것 이상의 악마적인 것은 존재하지 않기 때문이다.

101

죄는 언제나 공공연하게 나타나며 곧바로 감각으로 파악될 수 있다. 그것은 그 뿌리에까지 이어져 있으므로 잡아 뽑아서는 안 된다.*

102

우리 주위의 모든 괴로움에 대해서 우리 역시 아파하지 않으면 안 된다. 우리 모두가 한 몸은 아니지만 성장하는 것은 같아서, 그것은 우리로 하여금 이런 형태건 저런 형태건 모든 고통을 거치게 한다. 어린아이가 모든 인생의 단계를 거쳐 노인이 되고 죽음에 이르게 되듯이(그리고 사실 어느 단계든 앞 단계에서 보면, 요구에서든 공포에서든 도달할 수 없을 것처럼 보인다) 우리도 (우리 자신 못지않게 인류와도 깊이 결합되어) 이 세계의 모든 괴로움을 거치면서 발전한다. 이와 관련해 볼 때 정의正義를 위한 자리도 없지만, 괴로움에 대한 공포나 마땅히 받아야 할 것으로서의 괴로움에 대한 해석을 위한 자리 또한 없다.

103

너는 세상의 고통을 보류할 수 있다. 그것은 너의 의사에 달려 있으며 너의 본성에 따른다. 그러나 바로 이러한 보류가 어쩌면 네가 피할 수 있는 단 하나의 고통일 것이다.

---

* 여기에 속해 있는 메모지의 아래 가장자리에 부가적으로 다음과 같이 기록되어 있다: 창가의 팔걸이 의자(원주)

104

인간은 자유의지를 가지고 있는데, 그것도 세 가지나 된다.

첫째로, 그는 이 삶을 자유로이 원했고 그러므로 어쨌든 이제 와서 그것을 다시 취소할 수는 없다. 왜냐하면 그는 이제 더 이상 그것을 원했던 당시의 그가 아니기 때문이다. 그는 삶으로써 당시의 의지를 수행하고 있는 정도일 뿐이다.

둘째로, 이 삶의 길과 그 길을 걷는 방법을 선택할 수 있다는 점에서 그는 자유롭다.

셋째로, 그는 언젠가는 다시 존재할 자로서 그 어떤 조건하에서도 삶을 뚫고 나가며, 이런 식으로 자기 자신에게 이르고자 하는 의지를 가지고 있다는 점에서, 게다가 선택할 수는 있으되 어떤 경우든 이 삶의 어느 작은 지점이라도 건드리지 않고서는 지나칠 수 없는 미로와 같은 노정에 있다는 점에서 그는 자유롭다.

이것이 자유의지의 세 가지 종류이다. 그러나 그것은 또한 동시적이기 때문에 한 종류이기도 한데, 근본적으로는 정말로 한 종류여서, 여기에 의지를 위한 자리라곤 존재하지 않는다. 그것이 자유로운 의지든 자유롭지 못한 의지든 간에.

이 세계가 유혹하는 방법이 바로, 이 세계는 단지 하나의 변화 과정에 불과하다는 사실을 보증한다. 정말이지 그것은 옳다. 왜냐하면 이 세상은 그렇게 함으로써만 우리를 유혹할 수 있고 그것은 진실과 상응하기 때문이다. 그러나 가장 고약한 것은, 우리는 유혹당하고 난 후에 그 보증을 잊어버렸고, 그래서 사실은 선이 우리를 악 속으로, 여인의 눈길이 우리를 그녀의 침대 속으로 유인해버린 점이다.

겸손은 어느 누구에게나, 그가 절망에 빠진 외로운 이라 할지라도, 동포와 가장 긴밀한 관계를 갖게 한다. 그것도 즉시. 물론 겸손이 완전하고 지속적일 때뿐이지만. 겸손이 그렇게 할 수 있는 이유는, 그것이 진실한 기도의 말, 즉 경배이며 동시에 가장 굳건한 결속이기 때문이다. 동포와의 관계는 기도의 관계이며 자신과의 관계는 노력의 관계이다. 또한 기도로부터 노력을 위한 힘을 얻게 되는 것이다.

네가 기만 이외에 다른 무엇을 알 수 있겠는가? 언젠가 그 기만이 파기될 때, 너는 뒤돌아보아서는 안 된다, 그렇지 않으면 소금기둥으로 변할 것이다.

107

모두 A에게 매우 친절한데, 그것은 사람들이 좋은 당구대를 훌륭한 선수들에게조차 내주지 않고 조심스럽게 보관하고자 하는 것과 비슷하다. 마침내 위대한 선수가 와서 그 당구대를 자세히 살펴보고 예전에 난 흠집에 대해 화를 참지 못하지만, 그 자신이 직접 당구를 치기 시작하면, 공을 사정없이 쳐대어 분노를 삭인다.

"그런 후에 그는 마치 아무 일도 일어나지 않았다는 듯이 자기 일로 되돌아갔다." 불분명한 수많은 옛날 이야기들에 나오는 이 말은 우리에게 익숙하다. 이 말은 어떤 이야기에도 나오지 않는데도 말이다.

"우리에게 믿음이 없다고는 말할 수 없다. 우리가 살고 있다는 단순한 사실만으로도 그 믿음의 가치는 결코 고갈될 수 없다."
"여기에 일말의 믿음의 가치가 존재하는 걸까? 사람들은 살지 않을 수야 없지 않은가." "바로 이 '할 수야 없지 않은가' 속에 믿음의 광적인 힘이 숨겨져 있다. 이러한 부인否認 속에서 이 광적인 힘은 형태를 얻게 되는 것이다."

굳이 집 밖으로 나갈 필요는 없다. 네 책상에 머물러 귀를 기울여라. 귀기울일 것도 없이 그저 기다려라. 기다릴 것도 없이, 완전히 조용히 그리고 홀로 있으라. 세상이 자청해서 너에게 본색을 드러내 보일 것이다. 세상은 달리 어쩔 수가 없다. 그것은 황홀함에 취해 네 앞에서 몸을 뒤틀 것이다.

[29]*

한번 가사假死 상태에 빠져본 사람만이 그 무시무시함을 이야기할
수 있다. 그러나 사후가 어떠한가는 이야기할 수 없다. 사실 그가
다른 사람들보다 죽음에 가까이 간 것도 아니다. 근본적으로 무엇인
가 특별한 것을 '체험'한 것에 불과하다. 그러나 그로 인해 특별하
지 않은 평범한 인생이 더욱 가치 있게 된 것이다. 무언가 특별한 것
을 체험한 사람이라면 누구에게나 그럴 것이다. 예를 들어 모세는
시나이 산에서 분명 무엇인가 '특별한 것'을 체험했다. 그러나 그는
마치 신고도 하지 않고 가만히 관 속에 누워 있는 가사자처럼 그 특
별한 것에 헌신하는 대신에 산을 서둘러 내려갔으며 물론 가치 있는
것을 이야기해야만 했다. 그는 예전에는 피했던 사람들을 예전보다
훨씬 더 사랑했으며 그들을 위하여 생명을 바쳤다. 아마 감사해야
할 것이다. 이 양자로부터, 즉 살아 돌아온 가사자와 돌아온 모세로
부터 많은 것을 배울 수 있을 것이다. 그러나 그들에게서 결정적인
것은 경험할 수 없을 것이다. 왜냐하면 그들 자신은 〈그것〉을 경험
하지 못했기 때문이다. 그리고 만약 그들이 그것을 경험했다면 아마
그들은 다시 돌아오지 않았을 것이다. 그러나 우리 역시 그것을 전
혀 경험하려 들지 않는다. 그것은 다음과 같은 사실에서 엿볼 수 있
다. 예를 들어, 우리는 이따금씩 되돌아올 수 있다는 가정 하에 말
하자면 '자유로운 통행권'을 가진 상태에서 가사자나 혹은 모세의

---

* 막스 브로트판 전집에는 이 텍스트에 「가사 상태에 대하여Vom Scheintod」라는 제목이 붙어
  있다.(옮긴이)

체험을 경험하고 싶은 바램을 가질 수 있다. 아니, 그뿐 아니라 죽음을 바라는 경우도 있다. 그러나 살아 있으면서 그리고 되돌아올 가능성도 없으면서 관 속이나 시나이 산에 머문다는 것은 생각조차 하기 싫은 것이다……

　(이것은 죽음의 공포와는 전혀 관계가 없는 것이다……)

[30]*

사랑하는 아버님!   셸레젠

      아버님께서는 얼마 전에 저에게 이렇게 물으셨지
요. 제가 아버님을 두려워하는 까닭이 무엇이냐고 말입니다. 늘 그
래왔듯이 저는 아무런 대답도 드릴 수가 없었습니다. 한편으로는
제가 아버님을 두려워하기 때문이기도 하고, 또 다른 한편으로는
이렇듯 공포를 갖게 된 데는 사소한 사건들이 하도 많아서 일일이
다 말씀드릴 수가 없기 때문입니다. 아버님께 글로 대답을 드리려
고 합니다만 그것도 대단히 불완전할 것 같습니다. 왜냐하면 이렇
게 글을 쓰고 있는 지금도 아버님에 대한 두려움이 있으며 그 두려
움이 제 생각을 방해하고 있고, 또한 글로 써야 할 소재가 하도 방
대하여 제 기억력과 오성을 훨씬 넘어서기 때문입니다.
      아버님께서 보시기에 일이란 언제나 아주 간단했습니다. 적어도
제 앞에서나 그리고 서슴없이 남들 앞에서 그 일에 관하여 이야기
하실 때는 그랬습니다. 아마 이렇게 생각하시고 계신 것 같았습니
다. '나는 평생을 힘겹게 일을 해왔다. 자식들을 위해서 특히 너를
위해서 모든 것을 희생했다. 그 덕으로 너는 "흥청거리며" 살아왔
고, 네가 배우고 싶은 것은 무엇이든 한껏 자유롭게 해왔다. 너는

---

* 막스 브로트판 전집에서는 「아버지에게 보내는 편지」라는 제목이 붙어 있으며 카프카가
  1919년 11월 보헤미아의 리보 호 근처 셸레젠에서 쓴 것이다. 그러나 이 편지는 끝내 아버지
  에게 전해지지 못했다.(옮긴이)

끼니 걱정을 할, 그러니까 그 어떤 근심걱정을 할 동기도 없었지. 그렇다고 해서 내가 그 대가로 고맙다는 말을 요구해본 적도 없었다. "아이들이 고마워하는 마음"을 모르는 바는 아니나 적어도 무엇인가 호응하는 마음이나 동감의 표시라도 있어야 하지 않겠느냐. 그러기는 고사하고 예전부터 너는 나만 보면 제 방으로, 책 속으로, 미친놈들 같은 친구들에게로, 터무니없는 생각 속으로 숨어버리곤 했지. 나와 솔직하게 이야기를 나눈 적도 없었고, 나와 한 번도 교회당에 가본 적도 없었으며, 프란츠 온천장에 있는 나를 한 번도 찾아와본 적도 없지 않았느냐. 그 외에도 한 집안 식구라는 감정조차 가져본 적이라도 있느냐. 상점 일이나 그 외의 내 일에 대해서 너는 한 번이라도 신경 쓴 적이 있느냐. 공장 일도 나에게 떠맡겨버리고는 상관도 하지 않았지. 고집 센 오틀라는 도와주면서도 나를 위해서는 손가락 하나 까딱도 하지 않는 네가(너는 나에게 극장표 하나 가져다준 적이 없었다) 친구들을 위해서라면 무슨 짓이든 다 했지.' 아버님께서 저에 대하여 판단하고 계신 점을 요약해서 말씀드린다면, 아버님이 저의 무례한 점이나 혹은 못된 점을 비난하시는 것은 아니지만(어쩌면 지난번 제가 결혼하겠다는 의사를 밝혔을 때를 제외하고는), 저의 냉담한 점이나 낯선 점, 배은망덕한 점을 질책하신다는 것입니다. 더군다나 아버님께서는 그 모든 것이 제 <u>잘못</u>인 양, 마치 제가 조금만 마음을 돌렸어도 모든 것이 달라질 수 있었으리라고 비난하고 계십니다. 반면에 아버님은 저에게 너무 잘해주었으면 주었지, 그 일에 대해서 손톱만큼의 책임도 없으시다는 거였습니다.

이러한 아버님의 틀에 박힌 표현은, 우리가 그렇게 서먹서먹하게 된 데 대해 아버님은 하등의 책임이 없다는 것을 저 역시 인정할 경우에 한에서만 정당한 것이라고 생각합니다. 하지만 마찬가지로 전적으로 제 탓인 것만도 아닙니다. 만약 제가 아버님께서 그것을 인정하시도록 할 수만 있다면—그럴 경우에 새로운 생활이 가능하리라고 말씀드리는 것은 아닙니다. 그러기엔 우리 두 사람은 너무 나이가 들어버렸습니다. 그렇지만 일종의 평화는 있겠지요. 아버님의 계속되는 질책이 결코 중지되라고는 생각하지 않습니다만, 한결 부드러워지겠지요.

신기하게도 아버님께서는 제가 무슨 말을 하려고 하는지를 어떻게든 짐작하고 계시다는 것입니다. 이를테면 아버님께서는 얼마 전에 이렇게 말씀하셨습니다. "난 너를 언제나 사랑했다. 비록 내가 겉으로는 너에게 다른 아버지들과 같은 태도를 보이지는 못했지만, 다른 사람들처럼 꾸며낸 행동을 할 수는 없었던 것이다." 아버님, 저는 지금도 저에 대한 아버님의 선의를 한 번도 의심해본 적은 없었습니다만, 그 말씀은 틀렸다고 생각합니다. 아버님이 거짓으로 꾸며낸 행동을 할 수 없으시다는 것은 옳다고 생각합니다. 그렇지만 단지 이 이유만으로 다른 아버지들이 거짓으로 꾸며낸 행동을 한다고 주장하려 하시는 것은 더 이상 논할 여지가 없는 독선에 지나지 않든가 아니면—사실이라고 생각합니다만—우리 부자 사이가 그리 원만하지 못하다는 것, 그리고 아버님의 책임은 아니지만 함께 원인을 제공했다는 사실을 완곡하게 표현한 것에 불과합니다. 아버님께서 그것을 사실이라고 인정해주신다면 우리의 의견은 일치되는 셈입니다.

물론 현재 제가 이렇게 된 것이 오로지 아버님의 영향 때문이라고 말씀드리려는 것은 아닙니다. 그것은 너무 지나친 말일지 모릅니다(저는 이런 식으로 과장하는 경향이 있습니다). 비록 제가 아버님의 영향을 전혀 받지 않고 성장했다 하더라도 아버님 마음에 드는 인간이 되지 못했으리라는 것은 쉽게 가정할 수 있을 것입니다. 어떻든 저는 마음이 약하고, 겁이 많으며, 결단성이 부족하고, 불안한 인간이 되었을 것입니다. 로베르트 카프카도 카를 헤르만(누이동생 엘리의 남편, 그러니까 카프카의 처남이다—옮긴이)도 되지 않았을 것입니다. 그렇지만 현재의 저와는 다른 사람이 되어 우리는 서로 썩 잘 어울릴 수도 있었을지 모릅니다. 아버님을 친구로서, 상사로서, 아저씨로서, 할아버지로서, (비록 주저되기는 하지만 말입니다) 그래요 장인으로서 모셨더라면 저는 행복했을 것입니다. 단지 아버님으로서 대하기에는 아버님은 너무 강한 존재셨습니다. 더군다나 제 동생들은 어려서 세상을 떠났고, 여동생들은 훨씬 뒤에야 태어났기 때문에 저 혼자서 그 첫번째 타격을 감수해야 했지요. 그러기에는 전 너무 연약했습니다.

우리 두 사람을 비교해보도록 하겠습니다. 아주 간략하게 표현하자면 저는 어느 정도 카프카적인 소질을 가진 뢰비 가문〔카프카의 어머니(율리에 카프카Julie Kafka)는 뢰비Löwy 가문 출신이다. 이 가계의 특성은 특히 심령적이고, 종교적이며, 때로는 기인적인 기질을 갖고 있기도 했다. 카프카는 그래서 이 기질이 자신의 특성과 더 잘 어울리는 것으로 생각했다—옮긴이〕 출신입니다. 그러나 그 바탕은 카프카적인 생활욕, 사업욕, 정복욕으로 인해서 움직이는 것이 아니고, 보다 은밀하게, 보다 소심하게 다른 방향으로 작용하거나 가끔은 전혀 작동하지 않는 뢰비 가문의 혈통에 따라 움직인다는 것입니다. 이에 반해서 아버님은 강인함, 건강, 식욕, 성량聲量, 화술의 재능, 자기만족, 우월감, 끈기, 침착함, 사람에 대한 인식력, 어느 정도의 아량과 그리고 물론 이러한 장점에 따르게 되는 단점과 약점을 지닌 카프카 가문 출신다운 인물이십니다. 아버님은 그러한 기질과 그리고 가끔 부리시는 성깔로 인해 바로 이런 단점과 약점에 빠지고 마는 것입니다. 아버님의 일반적인 세계관을 보게 되면 필리프 아저씨나 루트비히 그리고 하인리히(필리프 카프카Philipp Kafka, 루트비히 카프카Ludwig Kafka, 하인리히 카프카Heinrich Kafka는 카프카의 아버지 헤르만 카프카Hermann Kafka의 삼형제들이다—옮긴이) 같은 분들이 지니고 계신 카프카적인 것과 전혀 비교할 데가 없으신 것 같습니다. 이상한 일이지만, 저로서도 잘 모르겠습니다. 그렇지만 그 아저씨들은 모두 아버님에 비해서 쾌활하고, 시원스럽고, 자연스럽고, 활달하고, 덜 엄격하셨습니다(어쨌든 그 점에서 저는 아버님으로부터 많은 것을 물려받았고 그것을 아주 잘 관리해온 셈이지요. 물론 아버님께서 가지고 계신 균형감각을 제 성격 속에는 가지고 있지는 못하지만 말입니다). 그렇지만 한편으로 아버님께서는 이 점에서 갖가지 시대를 겪으셨으며, 아버님의 자녀들, 특히 저 같은 자식이 아버님을 실망시키고 집안을 우울하게 만들기 전까지는(다른 사람이 찾아오면 아버님은 정말 딴 사람이 되셨습니다) 아마 더욱 쾌활하셨을지 모릅니다. 그리고 지금은 누이동생 발리까지 포함해서 당신 자식들이 주지 못했던 온정을 외손자들과 사위에게서 다소나마 받으면서 다시 더욱 쾌활해지셨는지도 모르겠습니다.

어쨌든 우리는 너무나도 다른 점이 많았으며, 이러한 차이점 때문에 서로간에 매우 위험스러운 상태였습니다. 그러니까 저처럼 발달이 늦은 어린아이와 아버님 같이 완성된 어른이 서로에게 어떤 태도를 취하게 될지 미리 고려하고자 했더라면, 아버님이 저를 간단히 짓밟아 제게는 아무것도 남지 않으리라는 것을 생각할 수도 있었겠지요. 그런데 그런 일은 일어나지 않았습니다. 살아 있는 것은 예측할 수 없지만 더 화나는 일이 벌어졌다고나 할까요. 그러나 제가 아버님께 거듭 부탁드리고 싶은 점은 제가 이렇게 말한다고 해서 아버님 쪽에 모든 책임이 있다고는 추호도 생각해본 적이 없었다는 사실을 잊지 말아달라는 것입니다. 아버님께서 저에게 영향을 끼치신 것은 어쩔 수 없는 일입니다. 다만 제가 이 영향에 굴복한 것을, 제 나름의 어떤 특별한 악의가 있어서 그런 것으로 보려는 것만은 제발 중단해주셨으면 합니다.

저는 겁이 많은 아이였습니다만, 그럼에도 여느 다른 아이들처럼 분명히 고집 센 아이였습니다. 물론 어머님은 저를 응석받이로 키우셨지만 제가 특별히 다루기 힘든 자식이었다고는 생각하지 않습니다. 다정한 말 한마디, 조용히 손을 잡아주는 일, 따뜻한 눈길 등 모든 사람들이 원하는 것을 저라고 요구할 수 없으리라는 법이 있겠습니까. 아버님은 본래 선량하고 부드러운 분이셨습니다(다음 사실로 미루어보아 모순이 없을 것입니다. 저는 물론 아버님이 자식에게 영향을 끼친 것에 관해서만 말씀드리겠습니다). 그렇다고 모든 자식이 착해질 때까지 인내심과 대담성을 가져야 된다고는 생각하지 않습니다. 아버님께서 자식을 다루는 방법은 타고나신 그대로 오로지 완력과 소란과 화를 내시는 것뿐이었습니다. 이런 경우 아버님께는 저를 씩씩하고 용감한 소년으로 키우기 위해 그러한 방법들을 사용하는 것이 더할 나위 없이 적격인 것인 듯싶었습니다.

제가 아주 어렸을 때 아버님의 교육방식이 어떠했는지는 지금에 와서 직접 기술할 수는 없습니다만, 후년에 쓰시던 방법과 그리고 펠릭스(누이동생 엘리의 아들로 그 역시 나치에 의해 학살당했다—옮긴이)를 다루시던 방법을 돌이켜볼 때 어느 정도는 짐작이 갑니다. 여기에서 분명히 고려되어야 할 것은, 그 당시 아버님께서는 더 젊으셨기에 오늘날에 비해 더 원기가 있으셨고, 거칠고, 야성적이며, 거리낌이 없으셨으리라는 것입니다. 게다가 아버님은 장사에만 전적으로 매달려 계셨기 때문에 제게 모습을 보이시는 것은 고작 하루에 한 번 정도였을 겁니다. 그 때문에 더욱 더 심각한 인상을 저에게 남기셨고, 그 결과 제가 그것에 익숙해지기란 거의 힘들었습니다.

어린 시절에 겪었던 일로 제가 직접 기억하고 있는 한 가지 사건이 있습니다. 아버님께서도 그 일을 기억하실 겁니다. 어느 날 밤인지 제가 물이 먹고 싶다고 계속 칭얼댄 적이 있었습니다. 특별히 갈증이 나서가 아니라, 아마 그저 짜증을 부리기 위해서였거나 혹은 이야기가 하고 싶어서였을 겁니다. 그런데 몇 번이나 심하게 을러대어도 소용없자, 아버님은 저를 침대에서 끌어내어 뜰 쪽으로 나 있는 낭하Die Pawlatsche(체크어에서 유래한 것으로 긴 발코니와 같은 것을 말한다. 오래된 프라하 가정집에서 뒤뜰 쪽으로 길게 나 있으며 대부분 여러 집이 함께 사용한다―옮긴이)로 데려가서는 내의 바람인 저를 혼자 문밖에 세워두고는 문을 닫아걸어버리셨습니다. 그러한 처사가 옳지 않았다고 말하고 싶지는 않습니다. 당시로서는 그 외의 다른 방법으로는 고요한 밤이 될 수가 없었을 테니까요. 하지만 저는 그 일을 통해 아버님의 교육방식과 그것이 저에게 미친 영향을 분명히 하고 싶은 것입니다. 저는 그 이후로 말 잘 듣는 아이가 되었지만 그로 인해 저는 마음의 상처를 입었습니다. 별뜻없이 물을 달라고 조르는 것은 그 나이의 저로서는 당연한 일이었으며, 그 일로 인해 곧바로 밖으로 끌려나가는, 뭐라고 말하기 어려운 두려운 일을 당한다는 사실이 저로서는 도저히 이해가 가지 않았습니다. 그로부터 수년이 지난 후에도 거인인 아버님이, 즉 최종 심급인 아버지가 별 이유도 없이 나타나서는 한밤중에 저를 침대에서 끌어내어 낭하로 데려갈 수도 있다는 사실이, 그러니까 제가 아버님에게 그처럼 가치 없는 존재라는 사실이 고통스러운 상념이 되어 저를 괴롭혀왔던 것입니다.

당시 그것은 사소한 시작에 불과했습니다. 그러나 곧잘 저 자신을 내리누르는, 제가 무가치한 존재라는 느낌은(다른 관점에서 본다면 고상하면서도 두려운 감정일 수도 있지만) 여러모로 아버님의 영향에서 비롯된 것입니다. 저는 약간의 격려와 약간의 다정스러움과 약간이라도 제갈길을 열어주기를 바랐던 것입니다. 그런데 아버님께서는 그 대신 저의 갈 길을 막았습니다. 물론 좋은 의도로 제가 다른 길을 가도록 하려고 그러셨겠지만 저에게 그 길은 맞지 않았습니다. 예컨대 아버님은 제가 거수 경례를 잘하고 행진을 잘할 때면 용기를 북돋워주셨습니다. 하지만 저는 결코 군인으로서 전도유망하지 않았습니다. 아니, 제가 음식을 잘 먹거나 그에 곁들여 맥주를 마실 양이면, 혹은 제가 뜻도 모르는 노래를 따라 부르거나 또한 아버님이 즐겨 쓰시는 말투를 따라 재잘거릴 양이면 아버님은 저를 격려해주셨습니다. 그렇지만 그 중 어느 것도 제가 장래에 해야 할 일은 못 되었습니다. 지금도 아버님께서 어떤 일로 저를 매우 격려해주시는 경우가 있는데, 그것이 아버님이 몸소 공감하시거나 또 저 때문에 마음을 상하시거나(예컨대 제가 결혼을 하겠다는 것으로 인해) 혹은 제가 마음을 상하거나〔이를테면 페파(카프카 둘째누이동생 발리의 남편인 요제프 폴라크의 별명. 페파Pepa 혹은 페포Peppo라고 부른다―옮긴이)가 저에게 욕을 해댈 때〕하는 경우처럼 당신의 자부심과 관계되는 때뿐이라는 것은 특기할 만한 일입니다. 그럴 때면 저는 격려를 받고, 제 가치를 실감하며, 제가 당연히 해야 할 역할을 교시받게 됩니다. 그렇게 되면 페파에게는 완전한 판결이 내려집니다. 그러나 현재의 제 나이로 보아 아버님이 추켜세워주시더라도 이미 통하지는 않지만, 이것은 별문제로 치더라도, 애당초 저와 무관한 일로만 저를 격려해주신다면 그것이 제게 무슨 도움이 되겠습니까.

그 무렵에는 무슨 일이든 제게는 격려가 필요했을 것입니다. 물론 저는 아버님의 체격만으로도 기가 죽어 있었습니다. 이를테면 탈의실에서 곧잘 함께 옷을 벗던 일이 지금도 생각납니다. 수척하고 허약하고 호리호리한 저에 비해서 아버님은 건장하고 크고 어깨가 딱 벌어지셨습니다. 어느새 탈의실에 있기가 비참하다는 생각이 들 정도였으니까요. 그것도 아버님 앞에서만이 아니라 온 세상 앞에서도 말입니다. 왜냐하면 아버님이야말로 저에게는 만물의 척도였으니까 말입니다. 빈약하기 짝이 없는 골격을 지닌 제가 불안에 떨며 아버님 손에 이끌려 탈의실에서 나와 사람들이 보는 앞에서 맨발로 널판지 위로 올라갑니다. 저는 물이 무서웠으므로, 아버님께서 저에게 선의로 그리하셨지만 실제로는 더 없는 수치심만을 주었던 당신의 수영 동작을 따라할 수가 없었습니다. 그럴 때 저는 정말 절망적이었습니다. 그런 순간엔 온갖 좋지 않은 경험들이 한꺼번에 엄청나게 몰려왔습니다. 이따금 아버님이 먼저 옷을 벗으시고 저 혼자 탈의실에 남겨두고 나가셨다가 끝내 제가 무얼 하는지 살피려고 들어오셔서는 탈의실에서 저를 밖으로 쫓아내셨습니다. 저는 이때만이라도 여러 사람 앞에서 공공연하게 받게 될 곤욕을 어느 정도나마 지연시킬 수 있었기 때문에, 가장 기분이 좋았습니다. 아버님께서는 제가 난처해하는 것을 눈치채지 못하신 것 같았는데, 정말이지 그것은 다행스러운 일이었습니다. 저 역시 아버님의 육체가 자랑스러웠습니다. 어쨌든 우리 사이의 이러한 차이점은 지금도 비슷하게 존속하고 있다는 것입니다.

나아가 아버님은 그 육체에 상응하게 정신적으로도 주도권을 쥐고 계셨습니다. 아버님은 자력으로 그렇게 출세하셨습니다. 그 결과 아버님은 자신의 의견에 절대적인 자신감을 갖고 계셨습니다. 이것은 제가 어렸을 때만이 아니라 후에 청년이 되었을 때도 결코 저를 현혹할 만한 일이 못 되었습니다. 아버님은 팔걸이 의자에 앉아 세상을 통치하셨습니다. 아버님의 의견만이 옳았고, 다른 모든 의견은 얼빠진 것이고, 터무니없고, 정신나간 것이며, 상식을 벗어난 것이었습니다. 이럴 때 아버님의 자신감은 워낙 커서 일관성이 전혀 없음에도 옳다는 생각에는 변함이 없었습니다. 또한 아버님께서 어떤 사안에 대해서 전혀 의견을 가지고 있지 않아서 그 사안에 관한 일체의 의견들은 예외 없이 모두 거짓일 수밖에 없다고 하시기도 했습니다. 예를 들면 아버님이 욕을 하실 때는 상대가 체코인이든 독일인이든 유대인이든 간에 함부로 욕을 해대셨고, 더구나 어떤 점을 골라서 지적하시면 몰라도 모든 점에서 닥치는 대로 비방하셨기 때문에 결국에 가서 남는 사람이라곤 아버님 이 외에는 아무도 없었습니다. 제가 보기에 아버님이 갖고 계신 것은 모든 폭군들이 갖고 있는 수수께끼와도 같은 것이었습니다. 그 폭군이 폭군인 근거는 그 인품에 있지 사상과는 관계가 없습니다. 적어도 저에게는 그렇게 생각되었습니다.

사실 가끔은 저에 대한 아버님의 처사가 놀라울 정도로 옳기도 했습니다. 좀처럼 대화가 없었으니까 대화를 나눌 때는 물론이고 현실적으로도 그랬습니다. 그렇다고 그것이 특별히 이해가 안 되는 것도 아니었습니다. 물론 저는 모든 것에서 아버님의 무게에 눌려 있었고, 특히 아버님의 생각과 일치하지 않는다고 생각될 때면 더욱 그랬습니다. 보기에 아버님과 상관없을 것으로 여겨지는 생각들조차 모두 처음부터 아버님의 부정적인 판단이 담겨 있었습니다. 그 생각이 완전무결하게 그리고 지속적으로 실행되기까지 중압감을 견뎌내기란 거의 불가능했습니다. 저는 이 자리를 빌려 어떤 고매한 사상에 대해서가 아니라 어린 시절의 사소한 시도에 대해서 말씀드리고자 합니다. 어떤 한 가지 일이 이루어져 행복에 취해서 집으로 돌아와 그 사실을 알렸을 때 그에 대한 아버님의 반응은 고작 한숨이요, 고개를 흔들거나 책상을 손가락으로 두드리는 것이었습니다. "그보다 더 장한 일을 본 적이 있다"라든가, 아니면 "너는 그게 걱정이야"라든가, "내 머리는 그렇게 한가롭지가 않단다"라든가, 아니면 "일났군"이라든가, 아니면 "그까짓 일 신경 쓰지 말아" 하는 등의 대답이었습니다. 아버님께서 근심과 괴로움으로 살고 계신데 어린 자식들이 하찮은 일거리로 아버님께 감격해주십사 하고 요구할 수는 없는 노릇이겠지요. 그런 것은 아무래도 좋았습니다. 문제는 오히려 아버님의 모순적인 기질이 자식에게 언제나 근본적으로 환멸을 안겨주었으며, 나아가서 이러한 모순은 쌓이면 쌓일수록 강화되어, 결국 아버님의 의견과 제 의견이 동일한 경우에도 아버님이 습관적으로 자신의 모순을 관철시키셨다는 점입니다. 결국 자식의 그러한 환멸은 일상적인 생활에 대한 환멸이 아니라 매사에 평가기준이 되는 아버님의 인품에 관한 것이어서 핵심을 찌르는 환멸이었습니다. 아버님이 반대를 하시거나 또 반대가 예상되기라도 하는 경우에는 이런저런 일에 대한 용기, 결심, 확신과 기쁨도 끝내 지속될 수 없었습니다. 제가 무엇을 하든지 간에 제 생각과 반대되는 아버님의 생각을 받아들이지 않을 수 없었던 것입니다.

이러한 태도는 사람에 대해서도 마찬가지였습니다. 제가 한 사람에게 약간의 관심을 갖기만 해도—이런 일은 제 성격으로 보아 그렇게 자주 일어나는 일은 아니었습니다—아버님은 저의 감정 따위는 아랑곳하지 않고, 또한 제 판단 따위는 전혀 존중하지도 않으면서 욕설과 중상과 품위를 떨어뜨리는 일로 간섭하시는 데 만족해하셨습니다. 이를테면 유대인 연극배우인 뢰비 같은 순진하고 천진난만한 사람까지도 그런 꼴을 당해야만 했습니다. 그 사람을 잘 알지도 못하시면서 아버님은 제 자신이 이미 다 잊어버렸던 무서운 방법으로 그를 해충과 비교하셨습니다. 아버님은 으레 제가 사랑하는 사람들에게 '개'나 '벼룩'에 관한 속담('개와 함께 자는 자는 벼룩과 함께 뛰어 일어난다'라는 속담을 말한다—옮긴이)을 함부로 쓰셨습니다. 특히 그 배우를 떠올리게 되는 까닭은 당시 그에 대한 아버님의 표현을 메모에 적어 기억해놓았기 때문입니다. "그러니까 아버님은 전혀 알지도 못하는 내 친구에 대해 그가 단지 나의 친구라는 이유만으로 그렇게 말씀하시는 것이다. 아버님이 나에게 자식다운 사랑과 감사하는 마음이 결여되어 있다고 비난하시면 언제라도 나는 그분에게 의의를 제기할 수 있을 것이다"라고 말입니다. 아버님의 말과 판단으로 제게 가할 수 있었던 그런 고뇌와 치욕에 대해 완전히 무감각하신 아버님의 의도를 저는 정말이지 이해할 수 없었습니다. 그것은 마치 아버님께서 자신의 권력에 대해 전혀 무감각하신 것 같았습니다. 저 역시 분명히 가끔은 말로 아버님 마음을 상하게 해드린 적이 있지만 그럴 때 그것이 저를 괴롭힐 거라는 것을 언제나 알았습니다. 그렇지만 말을 삼가할 만큼 저는 자제할 수가 없었습니다. 말을 하는 동안에 이미 저는 그것을 후회하고 있었으니 말입니다. 그렇지만 아버님께서는 가차없이 말씀을 퍼부어댔습니다. 어느 누구도 고려해주시지 않았습니다. 말씀을 하시는 동안에도 그랬고 그후에도 그랬습니다. 누구를 막론하고 아버님께는 무방비 상태였습니다.

그런데 아버님의 모든 교육방식이 그랬습니다. 제 생각에 아버님은 교육적인 재능을 가지고 계신 분입니다. 아버님과 같은 성격의 소유자라면 그런 교육방법도 분명 유용하리라 생각됩니다. 그런 부류의 사람은 아버님이 말씀하시는 것을 이성적인 것이라고 생각하고는, 더 이상 어떤 것에도 구애받지 않고 그 일들을 조용히 수행했을지도 모릅니다. 그러나 어린애인 저에게는 아버님이 시키는 모든 일이란 바로 하늘의 계명과 같은 것이었습니다. 저는 절대 그것을 잊지 않았습니다. 그것은 세상을 판단하는 데, 특히 아버님을 비판하는 데서 저에게는 가장 중요한 수단이었습니다. 그렇게 판단한다면 아버님은 절대 부정적이었습니다. 어린 시절, 저는 주로 식사때 아버님과 자리를 같이했기 때문에 식탁에서 아버님의 가르침은 대체로 올바른 예절에 관한 것이었습니다. 식탁에 오르는 것은 무엇이나 깨끗이 먹어치워야 하고, 음식이 좋다 나쁘다 투정 부리는 말을 해서는 안 되었습니다―그렇기는 했지만 아버님도 가끔은 음식이 맛이 없다고 여기셨고, 이것은 동물이나 처먹는 것이라고 하거나 "짐승 같은 것이(식모를 두고)" 음식을 버려놓았노라고 말씀하셨습니다. 아버님께서는 왕성한 식욕과 특이한 미각에 맞추어 모든 것을 신속하게, 맹렬하게 그리고 한 입에 식사를 하셨기 때문에 우리는 급히 서둘러야만 했습니다. 식사 중의 음울한 적막감이 "우선 먹고 나서 말해"라든지, "더 빨리, 더 빨리, 더 빨리"가 아니면, "봐라, 난 벌써 다 먹어치웠단다"라는 아버님의 훈계조의 말 때문에 중단되기도 했습니다. 뼈다귀를 물어뜯어서는 안 된다면서 아버님은 그러셨고, 식초를 홀짝거리면서 마셔서도 안 된다면서 아버님은 그러셨습니다. 중요한 것은 빵을 썰 때의 일이었습니다. 그러나 아버님께서 소스가 뚝뚝 떨어지는 나이프로 빵을 써는 일은 대수롭지 않은 일이었습니다. 주의해야 할 일은 음식 찌꺼기가 바닥에 떨어지지 않도록 하는 것이었습니다만, 결국에 보면 아버님 식탁 밑에 가장 많은 찌꺼기가 떨어져 있었습니다. 식탁에서는 먹는 일에만 전념해야 할 터인데, 아버님께서는 손톱을 문지르거나 깎기도 하고 연필 끝을 뾰쪽하게 깎거나 이쑤시개로 귀를 후비거나 하셨습니다. 아버님 제발 제가 하는 말을 오해하지 마십시오. 이런 사소한 것은 그 자체만으로는 전혀 무의미한 것에 불과합니다. 그러나 너무도 강력한 표준적인 인물인 아버님께서 저에게 부과한 그런 명령을 아버님 스스로는 준수하지 않는다는 사실로 인해서, 이 사소

한 것들은 저의 기를 죽이는 것이었습니다. 이로써 세계는 저에게
세 가지로 분류되기에 이르렀습니다. 첫째로 제가 노예로 살고 있
는 세계인데, 저를 위해서만 고안된 그런 법칙, 그러면서도 그 이
유가 무엇인지도 모르고 전적으로 수긍할 수도 없는, 그런 법칙 하
의 세계를 말합니다. 둘째는 저 자신의 세계와 무한히 동떨어져 있
는 세계로, 그곳은 아버님이 지배하고 명령하는, 그러나 거기에 따
르지 않기 때문에 화를 내며 사시는 곳입니다. 세번째는 행복하고
자유롭게 명령과 복종으로부터 벗어나 살고 있는 나머지 다른 사람
들의 세계입니다. 저는 언제나 늘 치욕 속에서 살았습니다. 아버님
의 명령에 따른다는 것, 그것은 바로 곤욕이었습니다. 왜냐하면 그
것은 저 한 사람에게만 적용되었기 때문입니다. 또한 저는 고집이
셌는데, 그것 역시 곤욕이었습니다. 왜냐하면 아버님을 상대로 고
집을 부려보았자 무슨 소용이 있었겠습니까. 소용이 없었습니다.
또한 저는 아버님의 명령을 따를 수가 없었습니다. 예를 들어 아버
님의 강한 힘, 식욕, 능수능란한 솜씨가 제게는 없었기 때문입니
다. 아버님께서는 그런 것을 당연한 것처럼 저에게 요구하셨지만
말입니다. 물론 그것이야말로 가장 큰 곤욕이었습니다. 하지만 사
고가 이런 식으로 움직인 것이 아니라 단지 어린아이로서 그렇게
느낄 뿐이었습니다.

당시 저의 처지는 펠릭스의 처지와 비교해보면 아마 더욱 분명해
질 것입니다. 그 아이에게 아버님은 저와 비슷하게 대했습니다. 어
쩌다 식사할 때 그 아이가 아버님 생각에 불결한 짓을 하면, 아버님
은 옛날 저에게 말씀하시던 것과 같은 '넌 엄청난 돼지 같은 놈이구
나'라는 말씀만으로는 부족하신지 '진짜 헤르만이로군' 하시든지
아니면 '그 아비에 그 자식이로구나'라고 하시면서 특별히 무서운
교육방식을 사용하셨습니다. 그러나 그것은 어쩌면 — 아니, '어쩌

538

면' 이라는 말 이상의 것은 그 누구도 생각할 수 없을 것입니다— 당사자인 펠릭스에게 치명적인 해가 되지는 못했을 것입니다. 왜냐하면 그 아이에게 아버님은 특별히 중요한 분이기는 하지만 한 분의 할아버지일 뿐 제게 그랬던 것처럼 전부는 아니기 때문입니다. 게다가 펠릭스는 침착한 아이로 이미 이때는 어느 정도 남자다운 성격을 가지고 있었습니다. 그런 성격은 우레와 같은 목소리에 다소 놀라기는 하겠지만 언제까지나 그렇지는 않을 것입니다. 특히 펠릭스는 비교적 아버님과 함께 있는 일이 드물 뿐더러 또한 여러 가지 다른 영향도 받고 있으며, 그 아이에게 아버님은 오히려 소중하고 호기심을 자아내는 존재로서 아이는 그 존재로부터 무엇이든 원하는 것만을 취사선택할 수 있습니다. 그렇지만 제게 아버님은 전혀 호기심을 자아내는 존재도 아니었고, 선택할 수 있는 존재도 아니었으며, 그저 일체를 받아들여야만 했습니다.

더군다나 반대 의견 같은 것은 생각할 수도 없는 일이었습니다. 왜냐하면 아버님은 찬성하지 않는 일이나 또는 본인이 발의하지 않은 일에 대해서는 애당초 조용하게 말씀하시지 못하는 분이었기 때문입니다. 아버님의 위압적인 성품이 그것을 허용하지 않은 것입니다. 근년에 이르러 아버님께서는 그것이 심장 신경증 때문이라고 설명하셨지요. 아버님이 예전에는 본질적으로 달랐다고 생각되지 않습니다. 그렇다면 아버님의 심장 신경증이라는 것은 예의 지배력을 보다 엄격하게 행사하기 위한 한낱 수단에 불과한 셈이지요. 왜냐하면 그것에 대한 생각이 다른 사람의 최후의 항변마저도 질식시켜버릴 테니까요. 그것은 물론 비난이 아닙니다. 단지 사실 확인에 불과할 뿐입니다. "그애(카프카의 누이동생 오틀라를 칭함—옮긴이)하고는 무슨 말도 할 수가 없어. 다짜고짜 달려드니 말이야"라고 아버님께서는 흔히 입버릇처럼 말씀을 하십니다. 사실 그애는 원래

달려드는 아이가 아닙니다. 아버님께서는 일과 사람을 혼동하고 계십니다. 일이 아버님 면전으로 달려드는 것입니다. 아버님은 사람의 말은 귀담아 듣지도 않으시고 곧장 일에 대해서만 결정을 내려버리십니다. 나중에 그 일에 대해 설명을 하면 아버님은 더욱 화를 내실 뿐 납득하지를 않으십니다. 아버님에게 들을 수 있는 것이란 "네가 하고 싶은 대로 하려무나. 너의 자유야. 다 컸지 않느냐. 너에게 무슨 충고를 줄 수 있겠느냐"라는 말뿐입니다. 이 모든 말씀 속에는 분노와 지독한 단죄의, 쉰 듯한 무서운 저음이 담겨져 있습니다. 지금의 제가 그 소리에 어렸을 때보다 덜 떨게 된 이유는 어린아이가 느꼈던 철저한 죄악감이, 우리 두 사람이 처해 있는 구제 불가능성을 깨달음으로써 부분적으로 보완되었기 때문입니다.

조용한 교류가 불가능했기 때문에 다음과 같은 결과가 생긴 것도 당연하다 하겠습니다. 즉, 저는 말하는 것을 잊어버렸습니다. 원래 위대한 웅변가가 되지는 못했을 것입니다만, 흔히 사람들이 자유자재로 쓰는 말 정도는 저도 구사할 수는 있었을 것입니다. 그러나 아버님은 일찍부터 말하는 것을 금지시켰습니다. "말대꾸를 하지 말라" 하는 아버님의 위협과 치켜든 손에 저는 언제인가부터 익숙해져 있었습니다—아버님은 자신의 일에 한해서는 탁월한 웅변가였습니다—저는 아버님 앞에 서면 더듬거리고 우물쭈물하는 말버릇을 갖게 되었고, 게다가 아버님의 말씀이 지나치게 많아져서 저는 침묵하고야 맙니다. 처음에는 반항심에서 그랬지만, 그 다음에는 아버님 앞에만 서면 생각할 수도 말할 수도 없었기 때문이었습니다. 아버님은 제 본연의 교육자이셨기 때문에 그것은 제 일평생 어디서나 영향을 미쳤습니다. 요컨대 아버님께서 제가 단 한 번도 복종한 적이 없다고 생각하셨다면 그것은 정말이지 잘못된 것입니다. "매사에 언제나 반대"한다고 생각하고 저를 책망하시지만 제가 그런 적은 없습니다. 당치도 않은 말씀이지요. 제가 아버님을 좀더 따르지 않았더라면 아버님은 틀림없이 저에게 훨씬 더 만족하셨을지 모릅니다. 오히려 아버님의 모든 교육상의 조치가 정확히 적중했습니다. 그러나 저는 그것을 조금도 피하지 않았습니다. 현재 있는 그대로의 저는 (물론 생명의 기본바탕과 작용은 제외한다고 하더라도) 아버님의 교육과 저의 순종의 결과입니다. 그럼에도 이런 결과에 대해 고통스러워하신다는 것, 아니, 이렇게 된 것이 당신의 교육의 결과임을 인정하기를 무의식적으로 거부하신다는 것은 아버님의 손과 저라는 재료가 서로 아주 낯설었다는 데 바로 그 원인이 있는 것입니다. "어떠한 말도 반박해서는 안 된다"라고 아버님은 말씀하셨고, 그렇게 함으로써 제 마음속에 있는 불유쾌한 대항력을 묵살하려고 하셨는데, 그 영향은 엄청나게 강해서 저는 아주 양순해졌고, 완전히 입을 다물어버렸으며, 아버님 앞에서는 오그라들어버렸습니다. 그리고 최소한 아버님의 권력이 직접 미치지 못할 만큼 멀리 떨어져 있을 때에야 비로소 저는 감히 활기를 띨 수가 있었습니다. 그런데 아버님은 이걸 보시면서 또 다시 "매사에 언제나 반대"한다고 생각하시는데, 한편으로 그것은 아버님의 강함과 저의 나약함에서 온 자명한 결과였을 뿐이었습니다.

지극히 효과적이고 최소한 저에게만은 한 번도 빗나간 적이 없는, 아버님이 교육시에 사용하는 웅변조의 수단들은 다음과 같습니다. 욕설과 위협과 반어법 그리고 악의적인 웃음과 그리고—묘하게도—자기 한탄이었습니다.

저를 나무라실 때 아버님께서 직접 모욕적인 언사를 사용하신 기억은 없습니다. 또 그럴 필요도 없었습니다. 아버님에게는 그런 수단말고도 얼마든지 다른 많은 수단이 있었습니다. 또한 집이나 특히 상점에서 하는 대화에서는 다른 사람들에 대한 욕설이 난무했기 때문에 어린아이였던 저로서는 그 일로 귀머거리가 되어버릴 지경인 경우가 여러 번이었습니다. 그리고 그것을 저와 연관시키지 않을 수가 없었습니다. 왜냐하면 아버님이 나무라시는 그 사람들도 분명히 저보다 더 마음씨가 나쁜 것도 아니었고, 또 그렇다고 아버님께서 그들을 저보다 더 불만스럽게 여기시는 것도 아니었기 때문이었습니다. 여기에도 아버님의 수수께끼 같은 무죄성과 난공불락의 성격이 있었습니다. 그렇기 때문에 아버님은 남들에 대한 비방을 아무런 거리낌없이 행하시면서, 다른 사람이 욕하는 것은 금지시켰던 것입니다.

욕설의 효과를 강화시키는 것은 위협이었습니다. 그것 역시 저에게는 통용되었습니다. 이를테면 "생선처럼 널 찢어발길 테다"라는 소리는 무시무시했습니다. 그렇다고 실제로 그런 일이 일어나지는 않으리라는 것을 알고는 있었지만(어린아이였을 때는 물론 그것을 몰랐지만), 그래도 아버님의 위력에 겁을 집어먹어서 충분히 그런 행동을 할 수도 있으리라는 생각이 드는 것이었습니다. 또한 실상 누군가를 붙잡으려는 의사는 없으면서도 소리를 치며 테이블을 빙빙 도실 때도 역시 겁이 났습니다. 그럼에도 아버님은 그런 태도를 취하셨기 때문에 결국은 어머님이 구해주셔야만 하셨습니다. 어린아이의 눈에는 마치 아버님의 자비로 인해서 다시 한 번 생명을 보존하게 되었고, 아버님의 과분한 선물로 그것을 계속 이을 수 있게 된 것으로 여겨질 정도였습니다. 또 불복종의 결과로 생기는 위협도 여기에 해당되는 것이었습니다. 제가 아버님 마음에 안 드는 어떤 일을 시작하게 되면, 아버지는 실패할 거라며 저를 위협하셨습니다. 아버님 의견에 대한 경외감이 너무 큰 나머지, 비록 훨씬 뒤의 일이기는 하지만, 실패는 어찌할 수 없는 일이 되어버립니다. 결국 저는 제 자신의 행동에 대한 자신감을 상실했던 것입니다. 저는 불안정했고 갈피를 못 잡았습니다. 나이가 들면 들수록 아버님께서 제가 무가치하다는 증거로 제시할 수 있는 자료만이 점점 더 늘어날 뿐이었습니다. 어떤 점에서 보면 아버님의 처사는 사실상 점점 정당화되어갔습니다. 저는 아버님으로 인해서 제가 이 모양이 되었다고 주장하지 않도록 다시금 조심하겠습니다. 그 이전에 있었던 것을 아버님은 강화시켰을 뿐입니다. 아버님은 저에게 너무 강한 존재였고 그 영향력을 유감없이 행사하셨기 때문에 너무 지나쳤던 것입니다.

아버님께서 남달리 신뢰한 것은 반어법에 의한 교육이었습니다. 이것은 아버님께서 저보다 월등한 것 중 가장 뛰어난 점이기도 합니다. 아버님께서 하시는 경고는 언제나 이런 식이었습니다. "넌 그것을 이런 식으로 할 순 없느냐? 어쩐지 과중한 것 같구나? 물론 그럴 시간도 없겠지만 말이다." 이런 질문을 하실 때면 심술궂은 웃음과 표정이 따라다닙니다. 무슨 나쁜 일을 저질렀는지 알기도 전에 벌써 벌이 가해진 격이었습니다. 그러나 제삼자 취급을 당하고 악의적인 말씀조차 듣지 못할 때는 그런 질책마저도 격려가 되었습니다. 그러니까 겉으로는 어머님께 말씀하시는 것 같으면서도 실은 옆에 앉아 있는 저에게 말씀하시는 것이었습니다. 이를테면 "그런 일을 우리 아드님께 기대할 수나 있겠소" 하는 식이었습니다 (이를테면 저는 어머님이 옆에 계실 때는 아버님께 감히 직접 질문을 못했고, 또 그후로는 그것이 버릇이 되어서 그것을 전혀 생각지도 못했다는 점에서 역효과를 냈습니다. 아버님 곁에 앉아 계시는 어머님께 아버님에 대한 여러 가지 일을 묻는 것이 어린 저에게는 훨씬 위험이 적었습니다. 그때 저는 "아버님은 어떠세요?" 하는 식으로 어머님께 물어 돌발사태에 대비했습니다). 물론 가장 악의가 섞인 빈정대는 말투를 사용하시는 경우도 있었습니다. 그러니까 다른 사람, 이를테면 여러 해 동안 나와 사이가 안 좋던 둘째누이동생인 엘리가 당할 때였습니다. 식사 때면 거의 언제나 엘리에게 "식탁에서 십 미터나 떨어져 앉는구나, 이 뚱보 계집애야" 하고 말씀하실 때는 악의에 찬 그리고 남의 불행을 즐기는 그런 축제처럼 보였습니다. 그리고 밉살스럽게 안락의자에 앉아서는 다정함이나 좋은 기분이라곤 조금도 보이지 않은 채, 마치 격분한 적처럼 누이동생의 모습을 과장해서 흉내내려고 하실 때도 그런 생각이 들었습니다. 물론 엘리의 앉은 태도가 아버님 취향에는 아주 거슬리는 일이었겠지만 이런 유사한 일이 자주 되풀이됨으로써 사실상 아버님이 얻으신 거라곤 아무것도 없습니다. 제가 보기에 문제는 그런 일에 그렇게 화를 내고 악의를 품는 것이 올바르게 보이지 않는다는 것이었습니다. 분노가 '식탁에서 멀리 떨어져 앉는다'는 사소한 일로 해서 생긴 것이 아니라 애당초부터 존재했던 것이 그 일을 계기로 폭발한 것이라고 생각되었습니다. 어쨌든 동기란 존재하는 법이라고 확신하기 때문에 특별히 신경 쓰지도 않았습니다. 게다가 그렇게 계속해서 위협을 당하게 되면 둔감해지는 법이지요. 매를 맞지 않을 거라는 사실만이 점점 분명해졌으니까요. 그러니까 저는 불평이나 늘어놓고, 경솔하며, 버릇없는 아이가 되었습니다. 대체로 내면적인 의미이긴 하지만 저는 언제나 도망칠 기회만 노리는 아이였습니다. 그래서 아버님도 괴로워하셨고 우리도 괴로워했던 것입니다. 아버님 입장에서야 옳았겠지만, 이를 악물고 그르렁거리는 목소리로 웃으시면서 어린 자식에게 처음으로 지옥이란 이런 것임을 연상케 하시면서(최근 콘스탄티노플에서 편지가 왔을 때 그랬던 것처럼) "그런 것이 사회란다"라고 버릇처럼 혹독하게 말씀하셨습니다.

자식들에 대한 이러한 태도와는 전혀 별개로 아버님께서는 곧잘 드러내놓고 이렇게 한탄하시곤 했습니다. 고백하건대 저는 어렸을 때(앞으로도 그렇겠지만) 그런 일에는 매우 둔감했기 때문에 아버님께서 공감을 바라고 계시리라고는 전혀 이해하지 못했습니다. 아버님은 어느 면으로 보나 대단히 거인다우셨습니다. 아버님께 저희들의 연민이라든가 혹은 조력이란 것이 뭐 그리 중요했겠습니까. 저희들에게 늘 그래오셨던 것처럼 아버님은 그런 것을 경멸하셨어야 했지요. 그렇기 때문에 저는 아버님이 한탄하시는 것을 믿지 않았고, 그 배후에 어떤 비밀스러운 의도가 숨겨져 있는지 찾으려 했습니다. 나중에야 저는 아버님께서 자식들로 인해서 몹시도 괴로워하시는 것을 이해하게 되었습니다. 다른 상황이었더라면 순진하고, 솔직하고, 무분별하고, 무엇이든 도와주려는 마음에서 우러나오는 것이라고 생각할 수 있었을 테지만, 당시로서는 아버님의 한탄이란 제가 보기에는 지나치게 노골적인 교육수단이자 억누르기 위한 수단으로밖에는 생각되지 않았습니다. 그것 자체로서는 그렇게 강렬한 수단은 아니었습니다만, 그러나 그것은 자식이 원래는 진지하게 받아들여야 할 일을 별로 대수롭지 않게 받아들이는 습성에 젖게 되는 해로운 부작용을 가져왔습니다.

다행스러운 일이지만 그중에서도 물론 예외는 있었습니다. 그것은 대개 아버님께서 말씀도 안 하시고 고민만 하실 때였습니다. 그런 때엔 사랑과 선의가 힘차게 일체의 모든 대립되는 것을 극복하고 그리고 그것을 장악했습니다. 그것은 물론 흔한 일은 아니었습니다만 놀라운 일이었습니다. 이를테면 옛날 일이지만 무더운 여름날 한낮에 아버님께서 식사 후 일에 지쳐 탁자에 팔베개를 괴고 주무시는 모습이라든지, 아니면 일요일날 아버님께서 녹초가 된 상태로 피서지의 저희들을 찾아오셨을 때라든지, 아니면 어머님이 중병에 걸리셨을 때 아버님께서 몸을 떨며 우시면서 책장을 움켜잡고 계셨을 때라든지, 아니면 제가 지난번 병이 났을 때 아버님께서 오틀라 방으로 몰래 오셔서는 문지방에 서서 고개를 내밀고 제 침대를 들여다보시며 저를 생각해서 손인사만 하실 때도 그랬습니다. 그런 일이 있을 때면 저는 자리에 누워 행복에 겨워 울었습니다. 지금 이 편지를 쓰면서 다시 한 번 울고 있습니다.

　아버님의 조용하고 흡족해하는 그리고 공감을 표시하는 미소에는 쉽게 찾아보기 힘든 일종의 특유한 아름다움이 있어서 그 미소를 받은 사람을 더없이 행복하게 만듭니다. 제가 어렸을 적에 저에게도 그런 미소가 주어졌었는지는 확실히 기억할 수는 없습니다만, 아마 그런 일이 없진 않았겠지요. 제가 아버님께 아직 순진하게 비치고 아버님의 큰 희망이었을 무렵, 어찌 아버님께서 저에게 그런 미소를 주지 않았겠습니까. 어쨌든 그와 같은 다정한 인상도 결국에는 저의 죄의식만 확대시켰고 이 세상을 더욱 불가해하게 만들었을 뿐입니다.

　오히려 저는 실질적인 일과 영속적인 일에 매달렸습니다. 그것은 아버님을 상대로 해서 제 권리를 조금이라도 주장하기 위해서였으며, 부분적으로는 일종의 복수심 같은 기분도 있었습니다. 제가 곧 시작한 일은 아버님에게서 우스꽝스러운 점을 발견해서 그것을 관찰하고 수집하고 과장하는 일이었습니다. 예를 들어 아버님은 대개 외관상으로 신분이 높아 보이는 사람들에게 혹해서 그 사람들에 관해, 이를테면 그 사람들의 소문에 관해 이야기하는 일이 있었습니다. 그들은 황실 고문이나 그와 유사한 사람들이었습니다(다른 점에서 보면 저의 아버님이신 당신께서 자신의 가치에 대해서 그와 같은 무가치한 보증이 필요한 것으로 생각하고 그런 패거리들과 모여 거드름을 피운다는 것이 저로서는 가슴 아픈 일이기도 했습니다). 그리고 또 제가 관찰한 것은 아버님이 점잖지 못한, 가급적이면 큰 소리로 내뱉는 그런 말투를 좋아하신다는 것이었습니다. 아버님께서는 마치 무슨 특별히 멋진 말이라도 한 것처럼 웃으시지만, 그것은 그저 속되고 보잘것없는 무례함일 뿐이었습니다(동시에 그것은 또 다시 저를 부끄럽게 만드는 아버님의 생활력의 표현이기도 했습니다). 이런 종류의 일들은 많았습니다. 덕분에 저는 즐거웠습니다. 저에게 귓속말로 지껄이고 재미로 떠들 만한 동기를 주었던 것입니다. 아버님은 이따금씩 그것을 알아차리시고 화를 내셨으며, 악의적인 것이라느니 존경심이 부족하다느니 하는 식으로 받아들이셨습니다. 하지만 그것은 저에게는 아무런 도움도 되지 않는 자기보존을 위한 수단에 불과했습니다. 그것은 신들이나 제왕들에 대해 퍼뜨리는 농담과 같은 것으로, 그 농담은 가장 깊은 존경과 결부되어 있을 뿐만 아니라 그 존경에 속해 있기라도 한 듯한 것이었습니다.

어쨌든 아버님도 저에 대한 유사한 상황에 대응해서 일종의 자위 수단을 강구하셨습니다. 아버님께서는 툭하면 제가 얼마나 좋은 환경에 있는지, 또 얼마나 융숭한 대접을 받아왔는지를 말씀하시곤 했습니다. 그것은 옳은 말씀입니다. 그러나 이러한 상황에서는 그런 일도 본질적인 측면에서 저에게 도움이 되었다고는 말할 수 없습니다.

어머님께서 저에게 한없이 좋은 분이셨다는 것은 사실입니다. 그렇지만 모두 아버지와의 관계 속에서 그랬기 때문에 결코 좋은 관계라고는 말할 수 없습니다. 어머님은 자신도 모르는 사이에 사냥 때의 몰이꾼과 같은 역할을 하셨던 것입니다. 쉽사리 생각할 수 없는 일입니다만, 아버님의 교육이 반항과 혐오와 나아가 증오심까지 불러오게 함으로써 저로 하여금 제 발로 설 수 있는 인간으로 만들어주었다면, 어머님께서는 호의와 이성적인 말씀(어머님은 제 유년 시절의 혼란 속에서는 이성의 원형이셨습니다)과 애원으로 그것과 균형을 취하도록 해주셨습니다. 그렇게 해서 저는 아버님의 영향권으로 다시금 되돌려져버렸던 것입니다. 그렇지 않았던들 저는 아마도 거기에서 뛰쳐나왔을 것이고, 그 편이 아버님을 위해서나 저를 위해서나 이로웠을 것입니다. 혹은 진정한 화해란 이루어질 수 없었을 것입니다. 어머님은 아버님 앞에서 그저 쉬쉬 하며 저를 두둔해주시거나, 저에게 무엇이든 슬쩍 건네주시거나, 무엇이든 허락해주셨을 것입니다. 그렇게 되면 저는 아버님 앞에선 엉큼한 사람, 사기꾼이나 죄의식을 느끼는 사람이 되었을 것이고, 자신이 아무 쓸모가 없는 존재라는 이유로 자기 권리라고 여겨지는 것에조차 샛길로만 빠져들 수밖에 없었을 것입니다. 물론 저는 샛길로 다니면서 자신이 생각해보아도 아무런 권리가 없다는 데 익숙해져버렸습니다. 이것이 다시금 죄의식을 확대시키는 것이었습니다.

아버님이 실제로 저를 때린 적이 한 번도 없었던 것은 사실입니다. 그러나 소리를 버럭 지르고 얼굴을 붉히거나 급히 바지 허리띠를 풀어버리거나 의자 등받이에 거시는 것은 거의 견딜 수 없는 일이었습니다. 마치 교수형이라도 집행당하는 꼴이었습니다. 실지로 교수형에 처해진다면 그것으로 죽어서 만사는 끝장나겠지요. 그러나 그가 교수형이 집행되는 데 필요한 모든 준비를 함께 지켜보다가 자신의 얼굴 앞에 올가미가 걸린 후에야 비로소 특사 소식을 듣는다면 그는 평생동안 그때 일로 괴로움에 시달릴 것입니다. 더군다나 아버님의 분명한 의견에 따르면, 제가 매를 맞아야 했지만 아버님의 자비 덕분에 겨우 모면할 수 있었으며, 그것이 여러 번 반복되면 될수록 저의 죄의식만 자꾸 쌓여갈 뿐이었습니다. 모든 면에서 저는 아버님의 은덕을 입게 된 셈이지요.

일찍부터 아버님은 제가 아버님의 사업 덕분으로 무엇 하나 부족한 것 없이 안심하고 포근하게, 그리고 충만된 삶을 살아왔노라고 저를 나무랐습니다(더욱이 저 혼자만이 아닌 다른 사람들 앞에서도 그랬습니다. 후자의 경우 제 자신이 모욕을 느낀다는 것에 대해서는 전혀 개의치 않으셨습니다. 자식들의 문제를 항상 공공연하게 드러내놓고 말씀하셨으니까요). 저는 지금도 그때 하신 말씀을 기억하고 있으며 그것을 뇌리 속에 깊이 새겨놓고 있습니다. "이미 일곱 살 때 나는 벌써 수레를 끌고 이 마을 저 마을을 돌아다녀야만 했단다." "우리 모두는 단칸방에서 자야만 했단다." "감자라도 먹을 수 있는 날이면 우리는 행복했단다." "나는 여러 해 동안 겨울옷이 없어서 다리의 상처를 드러내놓고 있었단다." "어린 꼬마였을 때 나는 벌써 피제크라는 곳으로 장사하러 가야 했단다." "집으로부터는 단 한푼도 받아 쓴 적이 없단다. 군대에 가서도 한 번도 받아본 적이 없단다. 오히려 돈을 집으로 부쳐주었단다." "그렇지만, 비록 그렇지만ㅡ내게 아버님은 어디까지나 아버님이셨지." "지금에 와서 누가 그런 기분을 알겠니! 자식들이 그걸 어떻게 알겠니! 누가 그런 괴로움을 겪었겠느냐! 오늘날 어떤 자식놈이 그걸 이해할 수 있겠느냐?" 그와 같은 이야기는 다른 상황에서 해주셨더라면 훌륭한 교재가 되었을지 모르며, 또한 아버님께서 겪으셨던 바와 같은 고초와 궁핍을 이겨내는 데 격려와 힘을 줄 수 있었을 것입니다. 그렇지만 아버님께서는 그런 것을 전혀 바랄 수가 없었습니다. 다름 아닌 아버님의 노력의 결과로 모든 처지가 바뀌어버렸으니 말입니다. 아버님이 그러셨던 것처럼 돋보일 기회가 없었습니다. 이러한 기회란 폭력과 전복에 의해서만 이루어질 수 있을 것이고 집에서 뛰쳐 나왔어야만 했을 것입니다(저희들이 그렇게 할 결심과 힘을 가지고 있고, 어머니께서도 이에 대하여 별도의 대책을 세우지 못할 것을 전제했을 때의 일입니다). 그렇지만 아버님은 그 모든 것을 전혀 바라지 않으셨습니다. 그런 일에 대해 아버님께서는 은혜를 모른다느니, 얼토당토않은 일이라느니, 반항적이라느니, 배신이라느니, 미친 짓이라느니 하는 식으로 말씀하셨습니다. 그러니까 아버님은 한편으로는 실례를 들어가며 이야기를 들려줌으로써 수치감을 불러일으켜 그렇게 하도록 만드시는가 하면, 또 다른 한편으로는 그것을 아주 엄격하게 금지시키셨습니다. 만일 그렇지 않으셨다면 아버님께서는 예를 들어 부수적인 상황은 별도로 하더라도 오틀라의 취라우(오틀라는 독일령 보헤미아의 소도시 취라우에서 한 농장의 관리를 맡았다. 폐결핵에 걸린 카프카는 1917년에서 1918년 사이에 누이와 이곳에 기거하면서 전원과 농촌생활에 흠뻑 취한다─옮긴이) 행 모험계획에 대해 기뻐하셔야 했을 것입니다. 오틀라는 아버님이 태어나셨던 시골로 가고 싶어했고, 아버님이 과거에 경험했던 것 같은 일과 궁핍한 생활을 해보고 싶었던 것입니다. 아버님도 할아버님에게 의지하려고 하지 않았던 것처럼 그애 역시 아버님이 이루어놓은 사업상의 성공을 즐길 의향이 없었던 것입니다. 그것이 그렇게도 무서운 의도였을까요? 그것이 그렇게도 아버님의 모범이나 교훈과 동떨어진 것이었을까요? 그래요, 오틀라의 의도는 결과적으로 실패로 끝났고, 다분히 우스꽝스럽게 되어버렸으며, 상당히 시끄러운 소동이 되고 말았습니다. 그애는 부모님들을 충분히 고려하지 않았습니다. 그렇지만 그것이 오직 그애만의 책임이었을까요? 아니, 상황이 그렇게 된 건, 특히 아버님과 그애와의 관계가 그토록 서먹서먹해진 데 책임이 있는 게 아닐까요(아버님도 후에 그렇게 믿게 하려고 하셨던 것처럼). 오틀라는 나중에 취라우에 있을 때보다 상점에 있을 때 아버님과 더 관계가 서먹서먹하지 않았습니까? 그리고 아버님께서는(아버님께서 그런 일쯤은 극복하셨으리라는 사실을 전제한다면) 그애를 격려하고 충고하고 감독하셔서, 차라리 관용을 발휘해서라도 그애의 그런 모험으로부터 무엇인가 아주 좋은 일을 만들어줄 수 있는 힘을 정녕 갖고 있지 못하셨을까요?

이런 경험들을 결부시켜서 아버님께서는 우리 사이가 아주 좋다는 심한 농담을 하시곤 했습니다. 그러나 이 농담은 어떤 의미에서는 농담이 아니었습니다. 아버님께서는 싸워서 얻어낸 것들을 저희들은 당신의 손에서 받았습니다. 그러나 아버님께서는 곧바로 접근할 수 있었던 외적인 생활을 위한 싸움을—물론 저희 자신들 역시 감수해야 될 싸움이긴 하지만—저희는 뒤늦게 시작해야 했는데, 그것도 성년임에도 어린아이와 같은 힘으로 쟁취해야 했습니다. 그렇다고 저희들의 처지가 오히려 과거 아버님의 처지보다 불리했다고 말씀드리는 것은 아닙니다. 오히려 이 둘에는 똑같은 값어치가 있겠지요(물론 그 근본적인 바탕이야 비교될 수는 없는 노릇이지만 말입니다). 저희가 지니고 있는 단점이라고 한다면 아버님이 그러셨던 것처럼 저희는 저희의 고생을 자랑할 수도 없거니와 그것으로 어느 누구에 대해서도 굴욕감을 느끼도록 하지도 못한다는 점입니다. 저는 아버님의 그 위대하고 성공적인 사업의 결실을 정말로 제대로 만끽하고 활용할 수 있었으며, 그것을 이어받아 아버님을 기쁘게 할 수도 있었다는 것을 부정하지는 않습니다. 그러나 우리의 소원한 관계가 그것을 방해했습니다. 저는 아버님이 주신 것을 향유할 수는 있었으나 그것을 부끄러운 마음으로, 지친 마음으로, 나약한 마음으로, 그리고 또한 죄를 의식하는 마음으로 즐길 수 있을 뿐이었습니다. 그러므로 저는 거지처럼 무슨 일에든 감사할 수는 있었지만 행동으로 보일 수는 없었습니다.

이런 일체의 교육이 가져온 당장의 외적인 성과는 제가 먼발치에서만 가졌던 아버님에 대한 모든 기억들을 떨쳐버리는 것이었습니다. 우선은 가게 문제였습니다. 그 골목에 있던 가게가 유년 시절에는 저에겐 대단한 기쁨이었습니다. 그 가게는 활기가 넘쳤고 저녁에는 불이 환하게 켜져 있었으며 보고 듣는 일도 많았고, 이따금도울 수도 있어서 다른 사람들의 눈길을 끌 수도 있었습니다. 그러나 무엇보다도 아버님께 감복했던 것은 물건을 파는 솜씨, 손님을 다루는 법, 농담을 하는 솜씨에다 지칠 줄 모르고, 의심이 나는 경우에는 당장 해결책을 모색하는 등의 대단한 상술이었습니다. 또 물건을 포장한다든지 상자를 연다든지 할 때도 그 솜씨는 볼 만한 구경거리였으며, 그 모두가 어느 것 하나 나무랄 데 없는 훌륭한 솜씨였습니다. 그러나 점차 여러 방면으로 아버님은 저를 놀라게 하셨고, 가게와 아버님이 저에게는 하나로 보였기 때문에 그 가게 역시 더 이상 유쾌한 것이 아니었습니다. 가게에서 벌어지는 일들이 처음에는 저에게 자명하게 생각되었으나 점점 저를 괴롭혔으며 부끄러움을 안겨주었습니다. 특히 고용인에 대한 아버님의 처우가 그랬습니다. 자세히는 모르지만 대부분의 가게들이 아마 그랬을 것이라 생각됩니다[예를 들어 제가 다녔던 일반 보험회사Assecurazioni Generali(이탈리아계 보험회사로서 카프카가 1년간 근무했으나 너무나 힘든 직장이어서 오후 두 시까지 근무하고 글을 쓸 수 있는 '노동자 상해보험회사'로 옮겼다—옮긴이)에서도 비슷했습니다. 전혀 사실과는 맞지 않지만 그렇다고 완전히 지어낸 거짓말도 아니었습니다만, 어쨌든 저는 저와 직접 상관없는 욕지거리라 할지라도 참고 견딜 수 없어서 지배인에게 사직서를 내었습니다. 저는 원래 그런 점에서는 너무 고통스러워할 정도로 민감했습니다]. 그렇지만 어린 시절의 저에게 다른 상점들은 관심 밖이었습니다. 그러나 저는 상점 안에서 아버님이 소리를 버럭 지르고 욕을 하면서 화를 내시는 소리를 들었고 또 그런 모습을 보기도 했습니다. 그 무렵 저의 생각으로는 이 세상에 그런 일이 두 번 다시 있을 수 있을까 하는 생각도 들었습니다. 욕지거리만 하는 것이 아니라, 그 외에 포악한 행동도 하셨습니다. 예를 들면 아버님이 하자가 없어 교환해줄 의사가 없는 상품들을 휙 밀어서 탁자 밑으로 떨어뜨리면—오죽 화가 났으면 분별심을 잃었겠느냐고 변명을 하시더군요—점원은 그것을 주워 올려야 했습니다. 그런가 하면 폐병으로 고생하는 점원 앞에서 줄곧 하시는 말씀이란 "저 녀석은 뒈져야 한다니까, 폐병 든 개새끼 같으니라고"였습니다. 아버님은 고용인들을 가리켜 "급료가 지불된 적들"이라고 부르셨습니다. 그들이 그런 사람들인지는 몰라도 제가 보기에 그들이 그렇기 이전에 먼저 아버님이 "급료를 지불하는 그들의 적"이었습니다. 거기에서 저는 아버님이 온당치 못할 수 있다는 커다란 교훈도 얻었습니다. 그러나 만일 저 자신에게 그러셨더라면 제가 그렇게 빨리 깨닫지는 못했을 것입니다. 저는 실로 너무나 많은 죄책감에 사로잡혀 있었기 때문에 아버님이 옳다고만 생각했습니다. 물론 나중에 약간의 수정은 있었지만, 그렇게 많이 수정이 된 것은 아닌 저의 어린 마음에 그 사람들은 우리를 위해 일하면서도 아버님 때문에 늘 끊임없는 불안에 떨며 살아야 하는 이방인들이라는 생각이 들었습니다. 물론 그때 저의 생각에는 지나친 점이 있었습니다. 그것은 아버님이 그 부하직원들에게도 저한테 그런 것과 똑같이 놀라운 실력행사를 하고 있다고 쉽사리 생각했기 때문이었습니다. 사실이 그랬더라면 그들은 정말이지 살아남을 수가 없었을 것입니다. 그러나 그들은 어른들로서 대개 강인한 신경의 소유자들이었기 때문에 힘들이지 않고 아버님의 비방을 훌훌 떨쳐버렸으며, 결국 피해를 보는 것은 그들이 아닌 아버님 자신이었습니다. 하지만 그 일로 인해 저는 가게가 싫어졌고, 그것을 생각하면 아버님과 저와의 관계가 떠올라서 견딜 수가 없었습니다. 사업가의 이해득실을 떠나서, 또 아버님의 권세욕을 무시하고라도 아버님은 일찍이 당신 밑에서 장사술을 배웠던 그 어떤 사람들보다 훨씬 뛰어나셨습니다. 그러므로 그 사람들이 아무리 능률적으로 일해도 아버님은 만족하실 수 없었고 또 그에 못지않게 제게서도 영영 만족감을 얻지 못하실 것은 정한 이치였습니다. 그러기에 저는 당연히 아버님의 부하직원들 편에 서야 했습니다. 제가 그럴 수밖에 없었던 것은 겁먹은 마음에서이기도 했지만, 어째서 타인들을 그렇게 비방하는지 이해할 수 없었기 때문입니다. 그래서 저는 그것이 걱정되어 제 나름으로 어떻게 해서든지 극도로 분개한 종업원들을 아버님과 또 우리 집 식구들과 화해시켜 저 자신의 안전을 꾀하고 싶었습니다. 그러기 위해서는 평범하고 일반적인 태도, 즉 점잖은 태도만으로 가게 종업원들을 대하는 것은 충분하지 못했습니다. 저는 오히려 공손해야 했습니다. 먼저 인사를 해야 했을 뿐만 아니라 가능하면 상대방이 답례를 하지 않도록 해야만 했습니다. 비록 하찮은 인간인 제가 밑에 엎드려 그들의 발을 핥는다 한들 상전이신 아버님이 위에서 그들에게 해대는 공격과는 아무런 타협이 될 수가 없었을 것입니다. 제가 여기에서 동포들과 맺은 이러한 관계는 가게 문제를 넘어서 장래에까지 확산되었습니다(이와 유사하기는 하지만, 그러나 저처럼 그렇게 위험하거나 심각하지는 않은 예가 있었습니다. 예컨대 불쌍한 사람들과 교제하기를 좋아했던 오틀라의 태도인데, 그녀는 하녀들이나 그런 부류의 사람들과 동석해서 아버님을 몹시 화나게 한 적이 있었지요). 결국 저는 가게에 대해 거의 무서움을 갖게 되었습니다. 어쨌든 가게는 이미 오래전에 저와는 관계없는 일이 되어버렸습니다. 제가 인문계 고등학교에 들어가게 된 까닭에 계속 그곳을 떠나 있어야 했기 때문이었습니다. 제 능력으로는 전혀 거기에 못 미치는 듯했습니다. 아버님 말씀대로 아버님의 재산까지 다 소모시키는 일이었기 때문이지요. 아버님께서는(오늘날 제게 그 일은 감동적이면서 수치스러운 일이지만) 가게에 대한, 즉 일에 대한 제 혐오감 때문에 괴로워하셨고, 그리고 저의 그러한 혐오감 속에서 아버님 구미에 맞는 일을 찾아

554

내보려고 애를 쓰셨습니다. 그래서 아버님께서는 자신은 사업상의 감각이 부족하며 머릿속에는 보다 원대한 이념 등을 갖고 있노라고 주장하셨습니다. 아버님이 일부러 그러시는 그런 설명에 물론 어머님은 기뻐했습니다. 그런데 저 역시 허영심을 가지고 있고 고난을 당하면서도 그 영향을 받았습니다. 그러나 저가 가게(제가 지금, 지금에 와서야 비로소 충실하게 그리고 실제적으로 증오하는)를 멀리하게 된 것이 단순히, 아니면 주로 그런 원대한 이상 때문이었다면, 이 이상은 결국 제가 공무원의 사무 책상에 이르게 되기까지 저로 하여금 인문계 고등학교와 대학에서 법률 공부를 조용히 그리고 조심스럽게 해나가도록 하지는 않았을 것입니다.

제가 아버님한테서 도망치려고 했다면 집안 식구로부터도, 그러니까 어머님으로부터도 도망을 쳐야만 했겠지요. 어머님에게라면 언제든지 도피처를 찾을 수 있었지만, 그것은 오로지 아버님과의 관계에서만 그렇습니다. 어머님은 아버님을 너무나 극진히 사랑하셨고 또 아버님께 극히 충성스럽게 헌신해오셨기 때문에 자식과의 싸움에서도 지속적으로 자주적이며 정신적인 힘이 될 수는 없었습니다. 어쨌든 그것은 자식의 올바른 본능에서 나온 결론입니다. 왜냐하면 해가 거듭될수록 어머님은 아버님과 점점 더 화목해지셨기 때문입니다. 어머님 본인에 관한 한 그분은 항상 자신의 최소한의 한도 내에서 자신의 자주성을 아름답고 상냥스럽게 지켜나감으로써 이제까지 본질적으로 아버님을 상심시켜드린 적은 결코 없었습니다. 어머님은 해가 거듭될수록 더욱 더 완전하게 이성적이기보다는 감정적으로 자식들에 대한 아버님의 판단과 선고를 맹목적으로 받아들였던 것입니다. 특히 매우 중대한 오틀라의 사건에서 그랬습니다. 물론 어머님의 위치라는 게 한 집안 식구들 사이에서 얼마나 고통스럽고 얼마나 피로한 것인가를 명심해두어야 하겠지요. 어머

555

님은 상점 일에서나 가사 일에서나 악착같이 일했습니다. 온 가족의 질병에 대해서는 이중으로 고통을 함께 나누셔야 했으며, 그런 중에서도 가장 고통스러운 일은 저희들과 아버님 사이에서 시달림을 당하는 일이었습니다. 아버님은 어머님께 언제나 정답고 배려가 깊으셨지만, 이 점에서 아버님은 저희가 그랬던 것처럼 어머님을 아껴주신 적이 한 번도 없었습니다. 아버님은 아버님대로 저희들은 저희들대로 사정없이 어머님을 괴롭혔습니다. 그것은 잘못된 것이었습니다. 그렇다고 악의 때문에 그런 것은 아니었습니다. 그것은 아버님이 저희와, 저희가 아버님과 벌이는 싸움 때문이었습니다. 그리고 그 결과 저희는 어머님에게 미친 듯이 화풀이를 했던 것입니다. 아버님이 저희들 일로 어머님을—물론 아무리 아버님께 죄가 없다 하더라도—그토록 괴롭힌 것은 자녀 교육을 위해 결코 좋은 것은 아니었습니다. 그 때문에 결코 정당화될 수 없었을 저희의 어머님에 대한 태도가 언뜻 보기에 정당한 것으로 보이기까지 했습니다. 어머님은 아버님 때문에 저희로부터, 또 저희 때문에 아버님으로부터 얼마나 많은 괴로움을 당하셨습니까. 다만 아버님께서 정당하신 경우는 예외였습니다. 왜냐하면 그때는 어머님이 저희 편이 되어주셨기 때문입니다. 비록 이러한 편들기가 때때로 그저 아버님의 체제에 대한 말없는, 무의식적인 반대 시위에 불과하긴 했지만 말입니다. 만약에 어머님께서 모든 식구에 대한 사랑으로부터 그리고 이러한 사랑이 주는 행복으로부터 인내하는 힘을 얻지 못했더라면 이 모든 일을 견뎌내지 못하셨을 것입니다.

누이동생들은 부분적으로만 저와 보조를 같이 했습니다. 아버님과의 관계에서 볼 때 가장 행복했던 애는 발리였습니다. 어머님에게 가장 가까이 있으면서 그애는 별로 힘들이지도 상처받지도 않고 어머님처럼 아버님께 잘 적응했습니다. 아버님 역시도 다정스럽게 그애를 대해주셨는데, 그애에게 비록 카프카 가문의 자질이 거의 없었음에도 단지 어머님을 생각해서 그러셨겠지요. 그러나 그것이 야말로 아마 아버님에게는 당연한 것이었을지 모릅니다. 카프카적인 면이 전혀 없는 곳에서는 아버님 자신도 그와 같은 것을 요구할수가 없었을 테니까 말입니다. 그러나 카프카적인 면이 사라져가고 있으니 그것을 억지로라도 구제하지 않으면 안 된다는 저희가가지고 있는 그런 감정도 아버님께서는 가지고 계시지 않았습니다. 여하튼 아버님은 여자들한테 카프카적인 것이 나타나는 것을 결코좋아하지 않으셨습니다. 발리와 아버님의 관계는 우리 동기간 가운데 다른 아이들이 방해하지 않았더라면, 아마 훨씬 더 격의 없는 사이가 되었을 것입니다.

엘리는 아버님의 세력권에서 벗어나는 데 거의 완전하게 성공한유일한 본보기입니다. 저는 그애가 어렸을 때만 해도 그렇게 되리라고는 전혀 예상치 못했습니다. 그러나 엘리는 매우 답답하고 곧잘 피로해하고 겁이 많으며 짜증을 잘 내며 죄의식에 사로잡혀 있고 오만하며 심술궂고 게으르고 군것질을 좋아하며 인색한 아이였습니다. 저는 그애를 눈여겨보거나 그애에게 말을 걸어볼 엄두도나지 않았습니다. 그애는 저 자신을 연상케 했습니다. 그애는 아버님 교육의 굴레 속에 저처럼 똑같이 서 있었으니까 말입니다. 특히그애의 인색한 점이 싫었습니다. 왜냐하면 그러한 기질은 저에게오히려 더 강했기 때문입니다. 인색하다고 하는 것은 불행함의 심각성을 가장 신뢰하게 해주는 징후의 하나입니다. 저는 매사에 너무 자신이 없었기 때문에, 사실 제가 가질 수 있는 것이란 이미 손안에 있거나 입 안에 들어 있거나, 또는 최소한 그러한 과정 중에있는 것에 국한되어 있었습니다. 그런데 저와 비슷한 처지에 있던그애가 제게서 그것을 빼앗아가고 싶어했습니다. 그러나 그애가 젊은 나이로—이것이 가장 중요한 일인데—집을 떠나 결혼을 하고 어린아이를 낳게 되었을 때는 모든 것이 변해버렸습니다. 그애는 명랑하고 냉담하고 활달하고 호기롭고 사욕이 없고 희망에 부풀어 있는 사람이 되었습니다. 아버님이 애당초 이러한 변화를 전혀 눈치채지 못하고 어찌되었든 그애를 올바로 평가해주지 못하셨다는 것은 거의 믿을 수가 없는 일입니다. 예전부터 아버님이 엘리에 대해 가졌던, 그리고 근본적으로 전혀 변하지 않은 좋지 않은 감정 때문에 눈이 현혹되어 있었던 것입니다. 다만 그러한 나쁜 감정이 지금은 훨씬 약화되었습니다. 왜냐하면 엘리가 이제 더 이상 저희 집에 거주하지 않는데다가, 또 그 외에 아버님의 펠릭스에 대한 사랑과 카를에 대한 애착이 엘리에 대한 감정을 덜 중요하게 만들어버렸기 때문입니다. 오로지 게르티(누이동생 엘리와 그의 남편 카를 사이에 난 아들 이름—옮긴이)만이 이따금씩 그 나쁜 감정에 대한 벌을 대신 받아야 합니다.

오틀라에 관해서는 거의 쓸 용기도 나지 않습니다. 자칫하면 이 편지가 바라던 모든 효과가 완전히 쓸모 없는 것이 될지 모른다는 생각이 들기 때문입니다. 보통때는, 그러니까 오틀라가 특별히 어떤 고난이나 위험에 처하지 않는 한 아버님은 그애에 대해서 오직 증오심만을 가지고 계셨습니다. 아버님께서는 오틀라가 저의를 갖고 아버님에게 끊임없이 고통과 울화를 불러일으키는 것 같다고 저에게 털어놓으신 적이 있습니다. 그리고 당신이 오틀라 때문에 괴로워하시는데도 그애는 만족감을 느끼며 즐거워한다는 거였습니다. 그러니까 일종의 악마와 같다는 거지요. 그와 같이 엄청난 소외감이 있는 것을 보면 아버님과 저 사이에 생겨난 소외보다도 훨씬 더 큰 소외가 아버님과 그애 사이에 생겨나 있음이 분명합니다. 그애는 아버님에게서 멀리 떨어져 있기 때문에 아버님 육안에는 그

558

애가 거의 들어오지 않았으며, 아버님께서 그애라고 생각하시는 자리에 사실은 그애의 환영을 두었던 것입니다. 저는 아버님이 그애와 특별히 어려운 관계에 있었다는 것을 인정합니다. 사실 저는 이렇게 복잡한 사정을 완전히 간파하지 못했습니다만, 어쨌든 거기에는 가장 홀륭한 카프카적인 무기를 갖춘 일종의 뢰비 식의 어떤 것이 존재했습니다. 아버님과 저 사이에는 진정한 의미의 싸움이란 없었습니다. 저는 곧바로 끝장이 나버렸으니까요. 남은 것이라곤 도망치는 일, 언짢은 기분, 서글픔, 내적인 갈등뿐이었습니다. 그렇지만 아버님과 오틀라는 언제나 전투태세에 있었습니다. 그것도 언제나 새롭고 언제나 힘이 넘쳤습니다. 그것은 참으로 엄청나기도 했지만 참으로 암담한 광경이기도 했습니다. 사실 두 사람은 말할 나위 없이 서로 가까웠습니다. 왜냐하면 지금도 여전히, 저희 네 남매들 중에서 오틀라가 다분히 아버님과 어머님의 혼인 생활과 거기에서 서로 맺어진 힘의 가장 순수한 표본이기 때문입니다. 그런데 제가 알 수 없는 것은 무엇이 두 사람에게서 아버지와 자식간의 화합이 주는 행복감을 빼앗아가버렸는가 하는 것입니다. 그렇게 된 이유가 저의 경우와 매한가지일 거라는 생각이 들었습니다. 아버님 쪽은 아버님의 본질인 폭군다움이, 그애 쪽에는 뢰비다운 옹고집과 감수성과 정의감 그리고 불안감이 있었습니다. 이 모든 것은 카프카적인 힘에 대한 의식에 의해서 지탱되는 것입니다. 물론 저의 영향도 있었겠지만, 그것은 제가 자발적으로 준 영향이 아니며, 제가 여기에 있다는 단순한 사실만으로도 영향을 끼친 것입니다. 어쨌든 그애는 제일 마지막으로 이미 완성된 세력관계에 들어와서 앞서 마련된 수많은 자료 중에서 골라 제 나름의 판단을 세우면 되었습니다. 저는 오틀라가 아버님의 품에 안겨야 할지 아니면 상대자인 우리에게 안겨야 할지 얼마간 내심 동요했을 거라는 생각이 듭니다.

분명 아버님은 그 무렵 어느 정도 실수를 하셔서 그애를 거부해버렸습니다. 그런 일이 일어나지 않았더라면 그애와 아버님은 정답고 훌륭한 부녀간이 되셨을지도 모릅니다. 그렇게 되었더라면 저는 유대관계를 맺고 있는 한 사람을 잃게 되었을지는 모르지만, 그 대신 두 사람의 모습을 보며 저의 손실을 충분히 보상받았을지도 모릅니다. 뿐만 아니라 아버님께서는 적어도 한 명의 자식에게서나마 충분한 만족감을 얻어 헤아릴 수 없는 행복을 느끼고 저에게 유리한 쪽으로 변하실 수도 있었을 것입니다. 지금 생각해보면 물론 그 모든 것은 단지 하나의 꿈에 불과합니다. 오틀라는 아버님과 아무런 유대관계가 없어 저와 똑같이 혼자서 자기 길을 찾지 않으면 안 되었습니다. 신뢰, 자신감, 건강과 과단성 등 저와 비교해서 그애가 갖고 있는 것이 더 많다면, 그만큼 아버님 눈에는 그애가 저보다 더 사악하고도 더 배신적으로 보였을 것입니다. 아버님 입장에서 보시기에 그애가 그 정도의 존재일 수밖에 없다는 것을 저는 이해합니다. 사실 그애는 아버님의 눈으로 자신을 바라볼 수도, 아버님의 고뇌를 공감할 수도, 그리고 그 일에 관하여―절망에 빠지지 않고, 절망은 저의 문제입니다―매우 슬퍼할 수도 있습니다. 사실 아버님께서는 종종 저희가 함께 있는 것을 보시기도 합니다. 저희는 수군대기도 하고 큰 소리로 웃기도 하는데, 때로는 아버님에 대해 지껄이는 소리도 들으실 것입니다. 이런 걸 보시면 아버님은 그야말로 저희가 무슨 공모라도 하는 듯한 인상을 받으시겠지요. 저희는 이상한 공모자들이었습니다. 아버님은 분명 오래전부터 저희의 대화나 생각의 주된 주제였습니다. 그러나 사실 아버님에 대항해서 무슨 일을 짜내려고 자리를 함께한 것은 아니었습니다. 온갖 노력을 다하거나 농담을 하거나 진정한 사랑으로 반항도 분노도 혐오도 헌신도 죄의식도 감추지 않고 심신의 온갖 힘을 다하여 저희와 아버님 사이에 떠도는 그 무서운 심판을 상세하게, 사방에서 기회가 닿는 대로 혹은 멀고 가까운 데서 힘을 합해 얘기를 나누어보려는 목적에서였습니다. 이 심판에서 아버님은 언제나 스스로 재판관이라고 주장하고 계시지만, 한편으로는 아버님도 최소한 대개의 경우(저는 여기에 있을 수 있는 모든 오류에 대해서는 미해결로 남겨두렵니다) 저희와 마찬가지로 약하고 현혹된 한 당사자에 불과합니다.

전체적으로 아버님의 교육적인 효과가 한층 계발적으로 나타난 예를 하나 든다면 그것은 이르마(카프카의 사촌누이로서, 카프카의 아버지 상점에서 일한 바 있다—옮긴이)였습니다. 어떻게 보면 그녀는 타인과 같은 존재였는데, 이미 성년이 다 되어 아버님 가게에 찾아온 것입니다. 그녀는 아버님을 주로 가게 주인으로서 대했습니다. 그러니까 그녀는 아버님의 영향을 부분적으로만 받았는데, 그것은 그녀가 이미 저항력이 생긴 나이였기 때문입니다. 그러나 다른 한편으로 그녀는 역시 혈족관계로서 아버님을 백부로 공경하였습니다. 그 결과 아버님은 그녀에 대해서 단순한 가게 주인 이상의 권력을 지니셨습니다. 그럼에도 그녀는 허약한 몸으로 아주 능숙하고 영리하고 부지런하고 겸손하고 믿음직스럽고 사리사욕이 없고 충실했으며, 아버님을 백부로서 사랑하고 가게 주인으로서 존경했습니다. 그리고 그녀는 우리 가게에 오기 전이나 그 후의 다른 직장에서도 그런 점에서 정평이 나 있었습니다. 그러나 그녀는 아버님에게는 조금도 우수한 여직원이 못 되었습니다. 물론 우리에게서도 밀려났습니다. 그러나 아버님과의 관계에서는 자식에 가까웠습니다. 그래서 아버님의 본성이 지닌 견강부회하는 힘이 그녀한테는 하도 강하게 작용해서(확실히 아버님에 대해서뿐이고, 자식이 갖는 좀더 깊은 괴로움은 모르고 있겠지만) 건망증, 태만함, 억지 유머, 게다가 그녀 자신이 일으킬 수 있는 약간의 반항심까지 발전되어갔습니다. 지금 저는 그녀가 허약하다는 것, 그리고 그리 행복하지도 않으며 절망적인 가정 사정이 그녀를 억누르고 있었다는 사실을 전혀 염두에 두지 않고 하는 이야기입니다. 그녀에 대한 아버님의 관계는 저와도 여러모로 관련이 있습니다만, 아버님은 그 관계를 저희에게는 모범이 된, 신에게는 거의 불경스러운, 그러나 아버님이 사람을 다루는 데서 보이는 순진함을 잘 증명해주는 그런 한 마디로 요약하셨습니다. "믿음이 강한 그녀도 당치 않은 부정을 남겨 놓았군 그래"라고 말입니다.

아버님의 영향과 그 영향에 대한 투쟁의 좀더 폭넓은 범위를 묘사할 수 있을까 했는데 벌써 불확실해져서 여러 가지 구상을 해야 할 것 같습니다. 게다가 아버님께서는 오래전부터 가게와 가정에서 멀어질수록 더 친절해지고, 관대해지며, 예의가 바르며, 분별이 많아지며 또한 관심을 갖게 되시더군요(외면적으로도 그렇습니다). 이를테면 그것은 흡사 독재자가 자기 영토의 국경 밖에 있게 되면 더 이상 폭군처럼 힘을 행사할 이유가 없기 때문에 지체가 가장 낮은 사람들에게도 온화해질 수 있는 것과 같습니다. 사실 한 가지 예를 들자면, 프란첸 온천장에서 찍은 사진의 여러 사람들 속에서 아버님은 시시한 불평가들 사이에 섞여 여행중인 임금님처럼 당당하고도 즐겁게 서 계셨습니다. 불가능한 일이겠습니다만, 아이들이 어린 시절에 이러한 것을 알 수 있는 능력을 갖고 있었다면 유리했을 것입니다. 그리고 예를 들어 저도 어느 정도는 아버님의 영향이 내면적으로 엄격하게 조여오는 고리 속에서 지낼 필요는 없었을 것입니다. 물론 저는 그렇게 지냈지만 말입니다.

그 때문에 저는 아버님이 말씀하시는 집안 식구라는 감각을 상실했을 뿐만 아니라, 그와 반대로 오히려 가족에 대한 감각, 물론 주로 부정적인 의미이긴 하지만 아버님으로부터의 내면적 해방에 대한 감각을(물론 결코 그럴 수는 없겠지만) 가지고 있었습니다. 그러나 그것은 대체적으로 소극적이었습니다. 집안 식구들 이외의 사람들과의 관계는 아버님의 영향으로 갈수록 고통스러워졌습니다. 제가 타인을 위해서는 모든 일에 사랑과 충성을 다하면서 아버님과 가족을 위해서는 냉담과 배신으로 아무 일도 하지 않는다고 생각한다면 그것은 정말이지 잘못 생각하시는 것입니다. 몇 번이고 되풀이해서 말씀드립니다만, 저는 그러지 않아도 사람을 꺼리는 소심한 인간이 되었을 터이지만, 그 무렵부터 제가 걸어온 현재의 지점까지에는 길고도 어두운 길이 또 하나 있습니다〔지금까지 저는 이 편지 속에서 일부의 일은 일부러 털어놓지 않았습니다. 지금도 그렇고 나중에도 극비에 붙여두어야 할 일이 몇 가지 있습니다. 그것을 (아버님과 제 앞에서) 고백한다는 것은 너무도 괴로운 일일 테니까요. 이렇게 말씀드리는 것은, 사건의 전모가 다소 불분명해지더라도 그것이 증거가 불충분한 탓이라고 믿지 않으시기를 바라기 때문입니다. 그뿐만 아니라 증거가 있더라도 오히려 전모는 참을 수 없을 정도로 왜곡될 수도 있습니다. 이 점에서 중용을 유지한다는 것은 쉬운 일이 아닙니다〕. 여기서는 어쨌든 옛날 일을 회상해보는 것만으로도 족할 것입니다. 저는 아버님에 대해서 자신감을 잃었고, 그 대신 얻은 것은 무한한 죄의식입니다. (이 무한성을 회상하면서 언젠가 저는 누군가에 대해서 이렇게 쓴 일이 있습니다. "수치심이 그보다 더 오래 살아남지 않을까 그는 두려웠다.") 저는 다른 사람들과 어울리게 되어도 갑작스럽게 제 모습을 바꿀 수가 없었습니다. 저는 다른 사람들을 보면 더욱 더 깊은 죄의식에 빠져들었습니다. 왜냐하면 이미 앞서 말씀드린 대로, 저는 아버님이 가게에서 저와의 연대책임 아래 그들에게 범하신 일에 대하여 그들에게 보상하지 않으면 안 되었기 때문입니다. 이 밖에도 아버님은 제가 교제하는 모든 사람에 대해서 공개적이든 비밀리에든 무엇인가 구실을 잡아 반대를 하셨습니다. 그러면 저는 그 사람에게 용서를 빌어야 했습니다. 가게에서나 그리고 집안 식구들이 있는 데서건 아버님은 대부분의 사람들을 믿어서는 안 된다고 저에게 가르쳤습니다(어렸을 때 저에게는 소중한 사람으로서 최소한 한 번이라도 아버님으로부터 심하게 비난받지 않은 사람이 한 명이라도 있으면 그 이름을 말씀해보세요). 이상한 일이지만 아버님은 그런 것에 대해 별로 걱정하지 않으셨던 모양입니다(아버님은 그런 것을 참고 견디실 만큼 강하셨고, 게다가 실지로 지배자의 상징이셨던 것입니다). 그런데 나이 어린 제 눈에는 타인을 신용하지 않을 증거가 될 만한 것이 아무것도 없었습니다. 언제나 제 눈에 띄는 것은 저 자신 따위는 도저히 당해낼 수 없을 만큼 훌륭한 사람들뿐이었습니다. 이러한 불신은 저의 마음속에 자기 자신에 대한 불신이 되고, 또 타인들에 대한 끝없는 불안이 되었습니다. 그러니까 대체로 아버님 앞에서 저 자신을 구원하기란 분명히 불가능했던 것입니다. 아버님이 이 점에 대하여 잘못 생각하신 것은 모르긴 해도 아버님께서 저의 대인관계에 대해서 본래 아무것도 모르고 계셨다는 데 그 원인이 있었을 것입니다. 그래서 아버님은 불신감과 시기하는 마음으로(아버님이 저를 사랑한다는 것을 어찌 부정하겠습니까) 제가 가정생활에서 체념한 것을 다른 어디에선가 보상해야 할 것이라고 생각하셨던 것입니다. 제가 밖에서도 집에서 하는 식으로 생활하리라고는 도저히 생각할 수 없었기 때문입니다. 그런데 저는 이 점에서 이미 어린 시절에 제 판단에 대한 바로 그 불신 속에서 도리어 어떤 알 수 없는 위안을 갖고 있었습니다. 저는 혼자 이렇게 말했습니다. "너는 좀 지나친 감이 있다. 젊은이들이 항상 그렇듯이, 사소한 것들을 마치 대단히 예외적인 것이거나 한 것처럼 느끼고 있다"라고 말입니다. 그러나 이 위안은, 그 후에 세상을 보는 눈이 높아짐에 따라 거의 사라져버렸습니다.

저는 유대교에서도 아버님으로부터의 탈출구를 발견하지 못했습니다. 유대교에서는 분명 구원 그 자체가 생각될 수 있었을지 모릅니다. 아니, 그 이상이었을지도 모릅니다. 우리 두 사람이 유대교 속에 있든가, 아니면 함께 그곳에서 나와버리든가, 그 어느 한쪽을 생각할 수도 있었을 것입니다. 그러나 제가 아버님으로부터 물려받은 것은 어떤 유대교였을까요! 저는 여러 해가 지남에 따라서 그것에 대해 세 가지 방식의 태도를 취해왔습니다.

어렸을 때 저는 아버님과 같은 기분으로 충실하게 교회에 가지도 않고 금식도 하지 않았기 때문에 저 자신을 비난했습니다. 저는 그 일로 인해서 저 자신에게가 아니라 아버님에게 나쁜 짓을 저질렀다고 생각했기 때문에 온통 죄의식에 사로잡혀 있었습니다.

후에 청년이 되었을 때 저는 무엇 때문에 아버님이 자신은 유대교에 대해서 그렇게 자유롭게 행동하시며 유대교란 이렇게 공허한 것이다 하시면서 저에게는 그토록 비난을 퍼부으시는지를 알지 못했습니다. (아버님은 경건함 때문이라고 표현하시지만) 제가 그와 유사한 공허한 짓을 실행하려고 노력하지 않는다고 저에게 비난을 가할 줄은 몰랐습니다. 제가 아는 한은 그것은 정말이지 한낱 무가치한 것에 불과했고, 한낱 장난이었으면서도 결코 장난만은 아니었습니다. 아버님은 일 년에 나흘 정도는 교회에 가셨습니다. 그리고 그곳에서 아버님은 유대교를 진지하게 받아들이는 그런 사람들보다는 무관심한 사람들에게 더욱 가까웠습니다. 기도도 형식적으로 느긋하게 끝내셨습니다. 아버님은 방금 낭송된 기도서의 대목을 지적함으로써 이따금씩 저를 깜짝 놀라게 하시기도 했습니다. 어쨌든 저는 교회 안에 있기만 하면 제가 원하는 곳은 어디든지 돌아다녀도 되었습니다. 그곳에서 저는 오랜 시간 동안 계속 하품을 하거나 꾸벅꾸벅 졸아야 했습니다(그후로 이처럼 싫증난 일은 춤출 때 외에는 없었다고 생각합니다). 그래서 저는 그곳에 사소한 변화가 일어나도 그것을 즐기고자 했습니다. 어쩌다 '계약의 궤'(유대교의 교회당 성소에 안치된 모세 십계의 석판을 넣은 상자—옮긴이)가 열리면, 저는 항상 사격장을 연상하곤 했습니다. 총알이 검은 부분의 과녁을 맞추면 상자가 열립니다. 그곳에서 언제나 재미난 것들이 튀어 나오는데, 항상 목이 없는 낡은 인형들뿐이었습니다. 어쨌든 그곳은 대단히 무서운 곳이었습니다. 아주 자명한 일이지만 그것은 아주 가까이서 서로 스쳐간 많은 사람들에 대한 공포 때문만이 아니라, 아버님께서 어느 순간에 저도 율법의 부름을 받을 수 있다고 말씀하셨기 때문이기도 합니다. 저는 오랫동안 그것 때문에 두려워 벌벌 떨어야 했습니다. 그러나 평상시에는 저의 지루함을 덜어줄 만한 것이 정말 없었습니다. 고작해야 어리석은 암기만을 요구하는 바르 미츠바(유대교의 신앙문답—옮긴이) 시간 정도였습니다. 그러니까 그것은 마치 우스꽝스러운 시험 성적 비슷한 것이 될 뿐이었습니다. 그리고 아버님과 관련된 일인데, 거의 무의미한 사소한 사건 때문인데, 이를테면 아버님께서 율법의 부름을 받으면서 저에게는 어디까지나 사회적인 사건인 것처럼 느껴지던 그 일을 훌륭하게 극복하실 때나, 혹은 심령기념제 때 아버님만 교회당에 남고 저를 내보내실 때는 오랫동안—분명히 저 자신이 교회 밖으로 나오게 된 때문이기도 하며 또 매번 깊이 참여한 적이 없었기 때문에—여기에서 무엇인가 야비한 일이라도 행해지고 있는 것이 아닌가 하는 기분이 저 자신도 모르게 들기도 했습니다.—교회에서는 이런 식이었습니다만 집에서는 어쩌면 더욱 초라했으며, 제데르 아벤트(유대인이 이집트로부터 이주한 것을 기념하기 위해서 행하는 소제사 즉 과월제過越祭를 말함—옮긴이)의 첫날밤에 한해서 무의식중에 터뜨리

566

고 싶어지는 희극으로 변할 뿐이었습니다. 이것은 분명 점점 더 커 가는 어린아이들에게 영향을 미쳤습니다(어째서 아버님도 이 영향을 받을 수밖에 없었을까요. 아버님 자신이 그것을 야기한 장본인이기 때문입니다). 그러니까 이것이 저에게 전수된 신앙의 자료였습니다. 여기에 덧붙일 것이 있다면 기껏해야 대축제일이면 부친과 함께 교회당에 참석하러 온 "백만장자 훅스의 아들들"을 가리키려고 뻗은 손(사제의 축복하는 손을 말함—옮긴이) 정도입니다. 이러한 신앙의 자료로는 될 수 있는 한 빨리 손을 떼는 것 이외에는 더 나은 방법이 없었습니다. 이렇게 손을 떼는 것이 가장 경건한 행동인 것처럼 보였습니다.

그러나 좀더 시간이 흐른 뒤에야 저는 그것을 달리 보게 되었고, 그리고 제가 악의적으로 아버님을 배신했다고 믿으시더라도 그것이 당연한 이유를 알았습니다. 아버님은 유대인 거주 구역의 작은 마을에서 실제로 어느 정도 유대교적인 것을 가져오셨습니다. 그런 것은 별로 많지 않은데다가 도시에서나 군대에서나 조금씩 사라져가고 있었습니다. 어린 시절에 지녔던 인상과 추억들로 해서 지금에 와서도 약간 유대인식 생활이 그리워질 정도입니다. 특히 아버님은 이런 종류의 도움을 필요로 하는 분이 아니며, 강인한 혈통이기도 하고, 또 아버님이 가진 종교상의 의혹 때문에, 만일 그것이 사회적인 의혹과 크게 섞여 있지 않는 한, 동요하는 일은 거의 없었습니다. 근본적으로 아버님의 생활을 이끌어가는 신앙은, 특정한 유대인 사회계급이 품고 있는 견해라면 무조건 옳다고 믿는 것이었습니다. 그러한 견해는 아버님의 본성에 따른 것이므로 당신 자신을 믿고 계셨다고 말할 수 있습니다. 그 속에도 또한 유대교가 충분히 남아 있었습니다. 그러나 그것이 자식에게 전수되기에는 그것만으로는 너무 부족했습니다. 아버님께서 그것을 계속 계승해나가는 동안에 그것은 한 방울씩 떨어져서는 쇳덩어리가 되어버렸습니다. 그것들은 한편으로 타인에게는 설명할 수 없는 젊은 시절의 인상이었으며, 다른 한편으로는 그것이야말로 우리가 두려워하던 아버님의 본성이었습니다. 겁을 잔뜩 먹고 지나치게 예민한 눈빛으로 바라보는 자식에게 아버님께서는 이것이 유대교라고 말씀하시면서, 그 공허함에 맞는 무관심한 태도로 열거하신 그 두서너 가지의 하찮은 것 속에 보다 고귀한 의미가 담겨 있는 것처럼 이해시키려 했지만 그것은 불가능했습니다. 그 하찮은 것들은 아버님에게 젊은 시절의 작은 추억을 의미했기 때문에 아버님은 그것을 저희에게 전달하려고 하셨겠지요. 하지만 그것들은 이미 아버님에게까지도 그 자체의 가치를 잃어버렸기 때문에 억지로 설득을 한다든가 위협을 가하는 수밖에는 다른 도리가 없었던 것입니다. 그러나 그런 식으로는 성공할 리가 없고, 다른 한편으로는 아버님께서 자기 입장의 약점을 전혀 깨닫지 못하셨기 때문에 제가 고집스러운 듯 보여 심하게 화를 내셨던 것입니다.

이 모두가 다 별개의 현상은 결코 아닙니다. 그것은 과도기에 처한 유대인 대부분의 세대에게서 나타나는 현상이었습니다. 이 세대들은 비교적 여전히 경건함을 유지하고 있는 시골에서 도시로 이주한 사람들이었습니다. 그것은 자연스럽게 그렇게 되었습니다. 그것은 신랄한 점에선 부족함이 없던 우리의 관계에 고통스러운 일면까지 덧붙여주었던 것입니다. 이와는 반대로 아버님께서는 저와 마찬가지로 이 점에서 자신의 무죄를 믿어주기를 바라시지만, 그러나 이 무죄의 의미를 자신의 본성과 시대상황으로 설명하셔야 하는 것입니다. 하지만 그저 외적인 상황만으로, 이를테면 다른 일과 근심이 너무 많아서 그런 일에까지 매달릴 수가 없었다는 식으로 말씀해서는 안 됩니다. 이런 식으로 아버님은 언제나 자신의 무죄를 확고하게 말씀하시면서 부당한 비난을 타인들에게 돌리곤 했습니다. 그런 처사는 어디서건 쉽게 반박받을 수 있는 것입니다. 그렇지만 중요한 것은 아버님이 자식들에게 시켜야 한다는 그 어떤 교육이 아니라 오히려 하나의 본보기가 될 수 있는 생활이었습니다. 아버님의 유대교가 좀더 강했더라면, 아버님의 본보기가 좀더 설득력이 있었을지 모릅니다. 이것은 물론 새삼스러운 비난이 아니라 오히려 아버님의 비난에 대한 하나의 방어일뿐입니다. 최근에 아버님께서는 프랭클린의 『청춘 시절의 회상』을 읽으셨습니다. 저는 그것을 실은 아버님께서 읽으셨으면 하고 일부러 드렸습니다. 그러나 그것은 그 책에 아버님께서 빈정거리며 주의를 주시던 채식주의에 대해서 쓰여 있었기 때문만은 아니었습니다. 거기에 서술된 저자와 그의 부친의 관계 때문이었습니다. 그리고 아들을 위해 서술된 이 회상기 속에 자연히 나타나는 저자와 아들의 관계 때문이기도 했습니다. 이 자리에서 저는 그 자세한 사항을 하나하나 열거하려는 것은 아닙니다.

아버님의 유대교에 관한 저의 이러한 소견을 어느 정도 입증해준 것이 달리 또 있다면, 그것은 이 수년 동안 제가 유대적인 일에 상당히 몰두했다고 여기셨던 후의 아버님의 태도였습니다. 아버님은 전부터 제가 몰두하는 모든 일과 특히 제가 갖는 관심사에 대해서 혐오감을 가지고 계셨기 때문에 이 경우에도 그랬던 것입니다. 그러나 이 경우에서는 아버님이 하나의 작은 예외를 만드실 거라는 것을 기대할 수 있었을지 모릅니다. 이것이 여기에서 눈에 띄는 아버님식 유대교의 유대인 기질이었던 것입니다. 그러니까 여기에서 문제는 다름 아닌 아버님의 유대교였습니다. 그러므로 해서 역시 우리 둘 사이에 새로운 관계가 이루어질 수 있었습니다. 아버님께서 이러한 일에 대해 관심을 보여주셨더라면, 오히려 그 때문에 저에게는 이 일들이 의심스럽게 여겨졌을 거라는 것을 부인하지는 않습니다. 물론 그렇다고 이러한 점에서 제가 아버님보다 어쨌든 더 뛰어나다고 주장할 생각은 추호도 없습니다. 그러나 그런 일은 전혀 검토된 바 없습니다. 제가 개입함으로써 아버님은 유대교가 싫어지셨으며 유대교의 저술도 읽을 수 없었으며 "그 저술들에 구토를 느끼셨습니다." 이것은 아버님께서 제가 어렸을 적에 저에게 가르치신 바와 같이 오로지 유대교만이 유일한 정교正敎이고 그것을 떠나서는 아무것도 존재하지 않는다고 주장하신 것일 수도 있습니다. 하지만 아버님이 설마 그렇게 극구 주장을 하시리라고는 전혀 생각할 수도 없었습니다. 그러나 '구토'라는 말의 의미인데(그것이 우선 유대교에 대한 것이 아니라 저라는 사람에 대한 것이라는 사실을 떠나서) 무의식 중에 아버님은 아버님 자신의 유대교와 저에게 가르친 유대교의 약점을 인정하신 결과가 되었습니다. 결코 상기하고 싶지 않은 일이지요. 그리고 아버님은 온갖 추억에 대해서 노골적으로 증오심을 보이셨습니다. 어쨌든 저의 새로운 유대교에 대한 아버님의 마지못한 평가는 참으로 과장된 것입니다. 첫째로 거기에는 아버님의 저주가 담겨 있었으며, 둘째로 동포들과의 근본적인 관계가 아무래도 결정적이었으니, 따라서 저에게는 그것이 치명적이었습니다.

아버님은 제가 글쓰는 것과 그리고 그것과 연관된, 아버님께서 알지 못하는 것에 대해서 혐오감을 가지셨는데, 그것이 더 잘 어울리는 일입니다. 엉덩이를 발로 짓밟혀서 터진 상태로 옆으로 기어가는 벌레를 어느 정도 연상케 하긴 했습니다만, 사실 저는 이때 어느 정도는 아버님으로부터 독립한 상태였습니다. 그래서 저는 어느 정도는 안전했으며 숨도 돌릴 수 있었습니다. 아버님이 제가 글쓰는 것에 대해 가지셨던 거부감은 비록 예외적인 일이긴 합니다만,

저에게는 환영할 일이었습니다. 제 책들이 나오면 저의 허영심과 명예욕은 우리 두 사람 사이에 익숙해진 아버님의 인사말인 "침실 탁자 위에 놓아두어라!"라는 말에 고충을 겪어야 했습니다(책이 올 때면 대개 아버님은 카드놀이를 하고 계셨습니다). 그러나 마음이 편했던 것은 반항하려는 악의 때문만도 아니고, 우리의 관계에 대한 제 생각이 또 다시 입증했다는 데 대한 기쁨 때문만도 아니며, 저 정해진 인사말의 말투가 저에게는 이렇게 들렸기 때문입니다. "너는 이제 자유다!" 물론 그것은 잘못된 생각이었습니다. 저는 자유롭지 않았습니다. 아니, 아무리 좋게 본다고 해도 아직은 자유롭지 못했습니다. 제 글은 아버님에 관한 것이었습니다. 저는 이 글에서 단지 아버님의 가슴에 하소연할 수 없었던 것을 하소연했을 뿐입니다. 그것은 일부러 오래 끌어왔던 아버님과의 이별이었습니다. 그 이별이란 것이 비록 아버님으로부터 강요받은 것이기는 하지만 그러나 제가 정해놓은 방향으로 흘러간 것입니다. 그러나 그 모든 것은 정말 무가치한 것이었습니다! 요컨대 거기에 실제로 무엇인가 이야기할 만한 가치가 있다면 그 모든 것이 제 인생에 일어났다는 것 때문입니다. 다른 곳에서라면 전혀 문제가 되지 않았을 것입니다. 게다가 그것은 제가 어렸을 적에는 짐작으로서, 그 후에는 희망으로서, 그리고 훨씬 후에는 절망으로서 제 인생을 지배해왔기 때문이기도 합니다. 그리고 또 그것은 — 바라신다면, 그것 또한 아버님의 모습이라고 해두겠습니다 — 내가 내렸던 작은 결단들의 기록이기도 하기 때문입니다.

예를 들면 직업의 선택입니다. 분명히 아버님은 이 문제에서 넓은 도량을, 그 의미에서는 특히 참을성 있는 방식이라고 말할 수 있는 완전한 자유를 저에게 주셨습니다. 물론 아버님은 이 점에서도 당신에게 적합한, 유대인 중산계급이 일반적으로 자식을 다루는 법에, 혹은 적어도 그러한 계급의 가치판단에 따랐습니다. 결국 이 경우에도 저라는 인물에 대한 아버님의 오해 하나가 동시에 작용했던 것입니다. 그러니까 아버님은 예전부터 아버지라는 자만심에서, 또 제 본래의 존재에 대해 모르시기 때문에, 그리고 저의 허약한 점을 감안하셔서 저를 특별히 근면하다고 믿고 계셨습니다. 아버님은 제가 어렸을 적에 항상 공부를 했으며, 뒤에도 무엇인가 계속 글을 썼던 것으로 생각하고 있었습니다. 하지만 그것은 전혀 틀린 생각입니다. 오히려 저는 별로 공부도 하지도 않았고 또 배워 얻은 것이라곤 아무것도 없었다고 하는 편이 훨씬 덜 과장된 이야기가 될 수 있을 것입니다. 오랫동안 기억력은 어중간했으며 이해력도 별로 좋지 않은 편이었습니다. 물론 그것은 그리 신기한 일은 아니었습니다. 그러나 어찌되었든 간에 이것은 저의 지식, 특히 기초지식을 바탕으로 한 총결산입니다. 외견상으로는 근심 없는 평안한 생활 속에서 낭비해온 시간과 돈에 비교해보면 비참하기 이를 데 없습니다. 특히 제가 알고 있는 모든 사람들과 비교해보아도 역시 그렇습니다. 그것이 비참하기는 하지만 저로서는 이해가 가는 일입니다. 제가 사고를 할 수 있게 된 시기부터 저는 정신적 실존 문제에 가장 주의를 기울여왔기 때문에 다른 것은 아무래도 좋았습니다. 저희가 있는 곳에서는 유대인 인문계 고등학교 학생들은 쉽게 눈에 띕니다. 이들이 찾고 있는 것은 가장 비사실적인 것입니다. 하지만 제 경우처럼 냉정하고, 거의 베일로 싸여 있는, 그리고 파괴될 수 없고, 어린아이처럼 의지할 데 없는, 가소로울 정도이고, 독립적이긴 하나 차가운, 환상적인 어린아이의 동물과도 같은 자기만족적인 무관심을 그 어디에서도 저는 본 적이 없습니다. 물론 이러한 무관심은 불안과 죄의식으로 인한 신경 장애를 방지하기 위한 유일한 방어수단이기도 하였습니다. 저는 오직 제 자신에 대한 근심 걱정에

572

만 골몰했지만 그런 근심 걱정도 각양각색이었습니다. 이를테면 건강에 대한 근심 걱정 같은 것이 그렇습니다. 그런 걱정은 가끔 소화 기능, 탈모, 척추가 휘어 구부러지는 일 따위 때문에 생기는 사소한 것이기도 했습니다. 이러한 병세는 헤아릴 수 없는 여러 단계로 심화되다가 마침내는 진짜 병이 되어버렸습니다. 그 모든 게 무슨 일이었을까요? 결코 육체적인 병은 아니었습니다. 그러나 저는 어떤 일에나 자신이 없었기 때문에 매순간 저의 생존에 대한 새로운 다짐이 필요했습니다. 제 자신만의 의심할 여지없는 소유물, 오로지 저 혼자서 분명하게 결정할 수 있는 소유물, 그런 것은 아무것도 없었습니다. 실제로 저는 상속권도 박탈당한 아들이었기 때문에 당연히 제게 가장 가까운 저의 육체마저도 믿지 못하게 되었던 것입니다. 나날이 키는 자랐습니다만 어떤 것부터 시작해야 할지 몰랐습니다. 짐은 너무 무거웠고 등은 휘어버렸습니다. 저는 전혀 몸을 움직여보려고 하지 않았으며 체조를 해볼 생각도 하지 않았습니다. 저는 여전히 허약한 상태였습니다. 그리고 제가 자유자재로 할 수 있는 것은 모두 기적인 양 놀란 눈으로 보았습니다. 이를테면 소화가 잘될 때면 그랬습니다. 그러나 소화 기능을 잃어버리기 일쑤였습니다. 이로 해서 온갖 우울증에 걸리기 십상이었습니다. 그러나 마침내는 결혼까지 해보겠다는 초인적인 노력을 하다보니(이 사실에 대해서는 다음 기회에 다시 말씀드리기로 하겠습니다) 각혈을 했습니다. 이것은 쉔보른 궁전(프라하 시에 있는 유럽의 유명한 아름다운 고성의 하나로 1917년 펠리체 바우어 양과의 결혼 준비를 위해 많은 돈을 내고 우연히 그 방 하나를 빌렸는데 천장이 높고 난방이 부실해서 그해 8월 24일 카프카는 객혈을 했다—옮긴이) 안에 있던 방과도 어느 정도 깊은 관계가 있을 것입니다. 그러나 그 거처는 오로지 글을 쓰는 데 필요하다고 생각했기 때문에 사용했던 것입니다. 그렇기에 이 글도 충분한 자기 몫을 지닐 수 있는 것입니다. 그러니까 이 모든 것은 아버님께서 언제나 상상하고 계시듯이 과도한 작업 때문에 그런 것은 아니었습니다. 제가 아주 건강한데도 아버님께서 일생 동안 아프셨던 기간들을 모두 합한 시간보다도 더 많은 시간을 긴 안락의자에서 게으름을 피우며 지냈던 시절이 있었습니다. 제가 매우 바쁜 척하며 아버님에게서 도망친 일이 있다면 그것은 대개 제 방에서 누워 뒹굴기 위해서였습니다. 사무실에서나(확실히 거기에서는 게으름을 피워도 별로 남의 눈에 띄지 않았고 게다가 저는 겁쟁이여서 일정한 한계는 지켰습니다만) 집에서나 제가 한 일은 모두 합쳐도 아주 적었습니다. 그것을 모두 훑어 보셨더라면 매우 놀라셨을 것입니다. 그러나 저는 천성적으로 게으른 편은 아닙니다. 다만 저에게는 할 일이 아무것도 없었던 것입니다. 제가 생활하던 곳에서도 배척당했고, 심한 비판을 받았으며, 억압을 당했기 때문에 그곳에서 다른 곳으로 도망치려고 무진장 애를 써보았으나 헛일이었습니다. 왜냐하면 그것은 하찮은 예외적인 일에도 못 미치는 저의 힘으로는 불가능한 일이기 때문이었습니다.

이러한 상태에서 저는 그러니까 직업을 선택하는 데서 자유를 얻었던 것입니다. 그러나 이런 제가 그러한 자유를 누릴 만한 능력이 있었겠습니까? 그리고 또 어떤 실제적인 직업을 가질 수 있다고 자신 있게 말할 수 있었겠습니까? 제 자신에 대한 저의 평가는 어떤 외적인 성과보다는 아버님에게 훨씬 더 얽매여 있었습니다. 외적인 성과는 그 순간에는 힘을 북돋아줍니다만 그때뿐이지요. 다른 측면에서 아버님의 무게가 더 강하게 저를 끌어내리는 것이었습니다. 저는 초등학교 때 최상급 반에 들어가지 못할 것이라고 생각 생각했지만 들어갔습니다. 더구나 상까지 받았습니다. 또한 인문계 고등학교 입학 시험에도 결코 합격하지 못하리라고 생각했지만 성공했습니다. 또 인문계 고등학교에서 낙제를 하고 말 거라고 생각했는데 역시 낙제하지 않고 계속 진급할 수 있었습니다. 그러나 이것으로 무슨 확신이 생긴 것도 아니었습니다. 그 반대였습니다. 제가 언제나 확신하고 있었던 것은―아버님의 거부하는 얼굴 표정에서 분명히 그 증거를 확인할 수 있었습니다―제가 성공하면 할수록 결국 더욱 더 좋지 않은 결과를 낳을 것이라는 것이었습니다. 종종 저는 마음속으로 무서운 교수회의를 연상했습니다(인문계 고등학교는 가장 통일적인 조직을 갖춘 본보기인데 저를 둘러싸고 있는 주변은 어디나 사정이 이와 비슷했습니다). 그것은 흡사, 제가 최상급 반을 통과했다면 그 앞의 학급으로, 그 학급도 통과했다면 다시 그 앞의 학급으로 순차적으로 거슬러 올라가며 유례 없는, 모든 사람이 용서할 수 없는 사건을 조사하기 위해 모이는 교수 회동 같은 것입니다. 어떻게 저같이 가장 무능력하고 가장 무식한 아이가 이런 상급반까지 기어올라올 수 있었는지를 조사하는 것입니다. 일반 사람들의 관심이 쏠려 있는 이상, 물론 사람들은 저에게 침을 뱉을 것이고, 그러므로 해서 이런 악몽에서 벗어난 정의로운 아이들은 일제히 환호성을 지를 것입니다. ― 그러한 생각을 품고 산다는 것은 한낱 어린아이에게는 쉬운 일이 아닙니다. 이런 상황에서 어찌 학교 수업에 관심을 가질 수 있었겠습니까? 어느 누구인들 저에게서 관심의 불꽃을 타오르게 할 수 있었겠습니까? 그러한 제가 수업이라는 것에―학교의 수업뿐만 아니라 이런 중요한 시기에 있는 저를 둘러싼 모든 것이 다 그랬습니다― 관심이 있었다면, 그것은 마치 은행 사기꾼이 자기 죄가 탄로날까봐 두려워하여 여전히 행원으로서 처리해야 할 사소한 은행 업무를 보는 것과도 같은 관심일 것입니다. 중요한 일을 제외하고는 모든 것이 저에겐 아주 하찮고 아주 무관한 것들이었습니다. 그런 상태는 고등학교 졸업시험 때까지 계속되었습니다. 저는 정말이지 이 졸업시험도 현기증 속에서 간신히 통과할 수 있었습니다. 시험이 끝난 후에야 이제야말로 저는 자유로웠습니다. 그러나 잠시 자유로운 상태가 된 지금도, 인문계 고등학교의 속박을 받으면서 자신의 일에만 마음을 쓰던 때와 조금도 달라진 게 없습니다. 저에겐 직업을 선택할 자유가 없었던 것입니다. 아무튼 중요한 일에 비한다면 모든 직업들이란 인문계 고등학교에서 배운 모든 과목들과 마찬가지로 어느 쪽이든 상관없다는 것은 저도 알고 있었습니다. 그러므로 문제는 저의 허영심을 너무 손상시키지 않고 이 무관심을 적당히 허락해줄 수 있는 직업을 찾는 것이었습니다. 그러므로 법률학을 택한 것은 당연한 일이었습니다. 허영심과 무의미한 희망 등으로 이를테면 두 주일 동안 화학 공부를 했고, 반년 동안 독일어 공부를 했지만 이러한 상반되는 작은 시도는 법률학에 대한 근본적인 신념을 강화시킬 뿐이었습니다. 이렇게 해서 저는 법률학을 공부하게 된 것입니다. 이것은 결국 시험을 보기 전 수개월 동안 신경을 다 소모시키면서, 게다가 정신적으로는 이미 수천명의 입에서 미리 씹힌 톱밥 가루를 먹으며 틀에 박힌 듯이 몸을 부양했다는 것을 의미합니다. 그러나 이것은 어떤 의미에서 예전의 인문계 고등학교나 그 후의 관리 생활에서 맛보았던 것과 같은 맛이었다고 말할 수 있습니다. 왜냐하면 이 모두는 전적으로 저의 상황에 맞는 것이기 때문입니다. 어쨌든 저는 여기에서 놀라운 선견지명을 발휘한 것이 됩니다. 어렸을 때의 저는 공부를 할 때나 직업에서나 아주 확실한 예감을 가지고 있었습니다. 그것으로부터 저는 어떤 구제도 기대하지 않았으며, 벌써 오래전부터 단념하고 있었습니다.

저에게는 결혼이 지니는 의의와 가능성에 대한 아무런 선견지명도 없었습니다. 지금까지 제 인생에서 가장 큰 놀라움이라 할 수 있는 것이 전혀 예상하지도 못한 상태에서 저에게 닥쳐왔습니다. 어린 시절은 매우 천천히 지나갔고, 지금까지의 이런 일들은 겉으로 보기에 저와 별로 관계없는 듯 보였습니다. 때로는 그것을 생각할 필요도 느꼈습니다만, 그러나 이런 일에 지속적이고 결정적인 시련, 그것도 가장 가혹한 시련이 기다리고 있으리라고는 생각하지도 못했습니다. 하지만 사실상 결혼이야말로 아버님으로부터 벗어날 수 있는 가장 규모가 크고 희망에 찬 탈출의 시도였으며 그만큼 실패할 확률도 높은 것이었습니다.

이 방면에서는 모든 일이 실패작이었기 때문에 역시 아버님께 저의 이러한 결혼 계획을 이해시켜드리지 못할까 두려웠습니다. 더군다나 이 편지의 성공 여부는 모두 여기에 달려 있습니다. 왜냐하면 한편으로 제가 처리할 수 있는 긍정적인 힘의 전부가 여기에 집중되어 있기 때문이며, 또 한편으로 여기에는 이제까지 아버님 교육의 부산물로서 지금까지 기술해온 모든 부정적인 힘들 역시 맹위를 떨치며 집중되어 있기 때문입니다. 그것은 허약함이라든가 자신감의 부족이라든가 죄의식 같은 것입니다. 그리고 그것들은 분명하게 저와 결혼 사이에 차단선을 그어놓았던 것입니다. 제 자신 지금은 이 자리에서 시야가 흐려질 만큼 수많은 낮과 밤을 줄곧 골똘히 생각하고 또 생각해왔기 때문에 설명을 모두 다 드리기는 어렵습니다. 제 생각에 완전한 오해라고 여겨지는 아버님의 이 사건에 대한 해석 때문에 저는 해명하기가 수월해집니다. 왜냐하면 아주 완전한 오해를 다소라도 정정하는 것은 별로 어려울 것 같지 않기 때문입니다.

우선 아버님은 제 결혼 실패를 과거 여러 가지 실패했던 사례들과 동일선상에 놓으시더군요. 아버님께서 이 실패 사례에 대해서 저의 종래의 해명을 받아들이신다는 것을 전제한다면 그 자체에 대해 반대할 의사는 전혀 없습니다. 사실 그것은 같은 계열에 속하기는 합니다. 그러나 아버님은 이 사건의 의미를 과소평가하고 계십니다. 그렇기 때문에 우리가 이 문제에 대해 서로 이야기를 나누어도 마치 처음부터 다른 문제에 대해서 이야기하고 있는 것처럼 되어버립니다. 제가 감히 말씀드립니다만, 아버님의 생애에 저의 결혼 계획만큼 큰 의미를 지닌 일도 없었을 것입니다. 그렇다고 해서 아버님께서 아주 중요한 일은 하나도 겪어보시지 않았다는 뜻은 아닙니다. 그 반대입니다. 아버님의 일생은 저 같은 놈에 비해서 훨씬 풍요롭고 걱정도 많았으며 절박한 것이었습니다. 그러나 바로 그 이유 때문에 아버님에게는 이런 종류의 일이 일어나지 않았던 것입니다. 이를테면 어떤 사람은 다섯 개의 낮은 계단을 올라가야만 하는데, 그 다음 사람은 단 한 계단만 올라가도 됩니다. 단지 그 사람에게 한 단은 처음 사람의 다섯 단을 모두 합친 정도의 높이와 같은 것이지요. 그 처음 사람은 다섯 개의 계단뿐만 아니라 백 계단이든 천 계단이든 모두 정복해갈 것입니다. 이런 사람은 위대하고 대단히 힘든 인생을 보낸 것이 되겠지요. 그러나 그가 딛고 올라선 다섯 계단 중 어느 한 단이라도, 두번째 사람에게 그 최초의, 높고, 온 힘을 다해도 오르기 힘든 한 단, 그곳까지 올라갈 수도 그것을 넘어서 나갈 수도 없는 그 한 단이 가지고 있는 것과 같은 의의를 과연 갖고 있을까요.

결혼한다는 것, 한 가정을 이루고 태어날 모든 자식들을 떠맡아 이 불안한 세상에서 양육할 뿐만 아니라 그들을 올바르게 이끌어주는 일, 이것은 제가 확신하는 바로는 요컨대 한 인간의 성패를 가늠할 수 있는 궁극적인 일이라 하겠습니다. 겉으로 보기에 아주 많은 사람들이 쉽사리 이 일에 성공하고 있다는 것은 아무런 반증도 되지 않습니다. 왜냐하면 첫째로 실제로 많은 사람들이 이 일에 다 성공을 거두는 것은 아니며, 둘째로 그 많지 않은 사람들도 대부분 그것을 자신이 '행한다' 기보다는, 단지 그것이 그들과 함께 '일어난다'는 것뿐입니다. 이것은 사실 궁극적인 것은 아니지만 그것만으로도 대단히 위대하고 실로 명예스러운 것입니다(특히 '행하다'와 '일어난다'는 말은 순수하게 서로 구별되기 어렵기 때문에). 그러므로 결국 문제가 되는 것은 이와 같은 궁극적인 사실이 아니라, 요원하기는 하나 끊임없이 그곳으로 가까이 가려고 하는 것뿐입니다. 그러니까 꼭 태양 한복판으로 뛰어 들어갈 수는 없어도 어딘가 지구상의 깨끗한 한쪽 구석으로 기어들어가면 태양이 때로 그곳까지 비쳐서 조금은 따뜻해질 수가 있는 것입니다.

그런데 저는 여기에 대해 어떻게 대비를 하고 있었을까요? 형편없는 대비책이었습니다. 그것은 이미 지금까지 말씀드린 것으로부터 드러납니다. 그러나 누구나 이것에 대해서는 각자가 직접 대비해야 하고 일반적으로 필요한 근본조건도 자신이 직접 만들어나가는 것이 당연한 일인 한 아버님께서도 여기에는 별로 간섭을 하지 않으셨습니다. 그럴 수밖에는 다른 방법이 없었던 것이지요. 여기에서 결정권을 쥐고 있는 것은 각 신분, 민족, 시대의 보편적인 풍습이었습니다. 아버님은 끈질기게 간섭을 하셨지만 심하지는 않았습니다. 왜냐하면 그와 같은 간섭이 가능하기 위해서는 반드시 상호간에 강한 신뢰감이 필요하기 때문입니다. 그런데 우리 두 사람에게는 이미 오래전부터 특히 결정적인 시기에 그러한 신뢰감이 결여되어 있었습니다. 그리고 또 서로 원하는 것이 완전히 달랐기 때문에 별로 행복하지도 못했습니다. 저를 감동시키는 것이 아버님 기분에는 전혀 맞지 않기도 했으며, 반대로 아버님에게 무죄인 것이 저에게는 죄가 될 수도 있었습니다. 또 반대로 아버님의 경우에는 별것 아닌 것으로 그칠 일도 저에게는 관 뚜껑이 될 수도 있었습니다.

저는 어느 날 저녁에 아버님 어머님과 함께 산보를 나갔던 일을 기억하고 있습니다. 지금의 연방은행 근처 요제프 광장으로 갔었지요. 저는 그 흥미로운 문제에 대해 말을 꺼냈습니다. 어리석게도 허풍을 떨며, 거만하게, 그리고 냉정하게(이 말은 거짓이었습니다), 냉혹하게(이 말은 사실입니다) 그리고 아버님과 대화를 나눌 때 흔히 그랬듯이 말을 더듬으면서 말입니다. 저 자신은 아버님을 비난하면서 가르침을 받지 못하고 그대로 방치되었으며 저의 동급생들은 분명히 제가 큰 위험에 처해 있음을 믿고 있을 것이 틀림없다고 말씀드렸습니다(여기에서 저는 제 나름으로 파렴치한 거짓말을 했습니다. 자신을 용기 있는 사람으로 보이고 싶었던 거지요. 사실 저는 소심했기 때문에 도시 아이들이 침대에서 일상적으로 저지르는 여러 가지 죄악을 포함해서 '큰 위험' 같은 것을 생각해본 적이 없었습니다). 결국 저는 '다행스럽게도 이제는 무엇이든 다 알고 있으니 더 이상 어떤 충고도 필요없으며 만사가 다 정상이다'라는 뜻을 비쳤습니다. 어쨌든 제가 그 일을 끄집어내기 시작한 주된 이유는 적어도 그 일에 대해 이야기하는 것이 저로서는 유쾌했기 때문입니다. 그리고 또 호기심 때문이기도 했으며, 마지막으로 어떻게 해서든지 어떤 일로든지 아버님에게 앙갚음을 하고 싶었기 때문이기도 했지요. 아버님은 당신의 본성대로 그것을 대단히 단순하게 받아들이시고, 어떻게 하면 제가 위험 없이 그런 일들을 처리해나갈 수 있을지 충고를 해줄 수 있을 거라고 말씀하셨습니다. 제가 그때 이끌어내고자 했던 대답은 고기나 갖가지 좋은 음식물을 지나치게 많이 먹어서 육체적으로는 아무 일도 못하면서 자신에게만 영원히 열중해 있는 어린아이의 탐욕과 같은 것이었습니다. 그러나 그로 인해서 저의 표면상의 수치심이 손상을 당해서 그런지 아니면 틀림없이 손상을 당했다고 믿었기 때문인지 본의 아니게 그 일에 대해 이야기할 수 없게 되어, 오만하고 뻔뻔스럽게 아버님과의 대화를 중단해버렸습니다.

그 당시 아버님의 대답을 판단하기란 용이한 일이 아니었습니다. 한편으로 그 대답은 대단히 개방적이어서 어느 정도 원시적인 데가 있었고, 또 한편으로는 교훈 자체는 극히 현대적이고 단호한 것이기도 했습니다. 당시 제가 몇 살이었는지는 알 수가 없습니다. 물론 열여섯 살보다 더 많지는 않았을 것입니다. 그러나 저처럼 젊은 사람에게 그것은 역시 극히 주목할 만한 대답이었습니다. 그리고 그것은 사실 처음으로 직접 아버님으로부터 받은 처세훈이기도 했는데, 그 점에서 우리 두 사람 사이에는 거리감이 있었음이 드러났습니다. 그러나 그 교훈의 본래적인 의미는 그때 이미 제 몸 속에 스며들었습니다만 훨씬 후에야 그것을 어느 정도 의식하기에 이르렀습니다. 그것은 이러했습니다. 그때 충고해주신 아버님의 말씀은 당신 자신의 의견으로서나 저의 생각으로서나 그때까지 있어왔던 것 중 가장 불결한 것이었습니다. 제가 육체적으로 불결한 것을 조금이라도 집에 갖고 돌아오지 않도록 염려하신 것은 지엽적인 일이었습니다. 그렇게까지 해서 지키려고 하신 것은 오로지 아버님 자신과 자신의 가정뿐이었습니다. 중요한 것은 아버님 자신은 자신의 충고 밖에 머물러 있었다는 점입니다. 한 사람의 남편으로서 순결한 남성으로서 이러한 일에 대해서는 초연했습니다. 아마 그 점이 당시의 저를 더욱 격하게 만들었을 것입니다. 왜냐하면 결혼이라는 것 역시 철면피한 것으로 생각되었고, 따라서 결혼에 관해서 들었던 상식적인 것을 저의 부모님들께는 적용시킬 수가 없었기 때문입니다. 그 때문에 아버님은 더욱 순결하게 되었고 한층 높은 곳에서 우러러 받들어지는 결과가 되었던 것입니다. 아버님께서는 결혼 전의 당신 자신에 대해서도 이와 비슷한 충고를 할 수 있었을 것이라는 생각은 전혀 하지 않았으리라는 생각이 듭니다. 그러므로 아버님에게는 지상적인 불결함은 거의 남아 있지 않았습니다. 그리고 바로 그런 아버님께서, 마치 저라는 사람은 그런 식으로밖에 정해져 있지 않은 것처럼 몇 마디 노골적인 말씀으로 저를 그런 불결함 속으로 밀어 떨어뜨리셨던 것입니다. 그러므로 세상이 저와 아버님만으로 구성되어 있다는, 저에게는 매우 친숙한 관념이 만일 사실이라고 한다면 그때 아버님과 함께 이 세상의 순결이 끝나고 저와 함께 아버님의 충고의 힘으로 불결함이 시작된 것입니다. 아버님이 저에게 그런 식의 선고를 하셨다는 것은 그것만으로는 이해될 수 없는 일이었습니다. 옛날의 죄와 아버님이 보이시는 아주 심한 경멸만이 저에게 그것을 설명해줄 뿐이었습니다. 그래서 저는 이것으로 또 다시 저의 가장 깊은 내부의 본질을 붙잡을 수 있었습니다. 그것도 매우 엄격하게 말입니다.

여기에서 아마 우리 두 사람 중 어느 쪽에도 죄가 없다는 것이 가장 뚜렷해질 것입니다. A라는 사람이 B라는 사람에게 노골적으로 자기 인생관에 어울리는, 별로 좋은 것은 아니지만 그러나 오늘날에도 도시에서 널리 통용되고 있으며 건강을 해치는 것을 다분히 예방하는 충고를 한다고 합시다. 그러나 이러한 충고가 B에게 도덕적으로 별로 강력한 것은 아닙니다. 하지만 그렇다고 그렇게 건강을 해치는 상태에서 벗어나지 못하는 채로 몇 년 동안을 그대로 방치해두어도 괜찮을까요. 그러나 그는 이 충고를 전혀 따르지 않을 것이 분명합니다. 어찌되었든 이 충고에는 B의 미래의 온 세계가 그의 머리 위에서 붕괴될 만한 그러한 원인은 하나도 없습니다. 그럼에도 그런 일이 일어납니다. 그것은 오직 A가 아버님이고 B가 저라는 이유 때문입니다.

이 양자에게는 아무런 죄가 없음을 저는 아주 잘 알고 있는데, 왜냐하면 이십 년이 지난 후 전혀 다른 상황에서도 우리 두 사람 사이에 그와 유사한 충돌이 다시 일어났기 때문입니다. 사실은 소름이 끼칠 일입니다만, 물론 그 자체로는 훨씬 해가 적은 일이었습니다. 서른여섯 살 난 저에게 아직까지도 해가 될 만한 일은 없었으니까요. 제가 말씀드리고자 하는 것은 결혼에 대한 저의 최후의 의향을 밝히자 매우 격앙하셨던 아버님께서 어느 날 몇 마디 입에 담으신 말씀입니다. 아버님께서는 저에게 이렇게 말씀하셨습니다. "그 여자 말이다. 아마 블라우스 하나는 잘 골라 입었던 모양이지. 그것은 프라하의 유대인 여인들이 즐겨 쓰는 수법이지. 게다가 너는 물론 그녀와 결혼하기로 작정했겠지. 그것도 가능한 빨리, 일 주일 이내에, 내일, 오늘도 될 수 있겠지. 나는 네 의향을 모르겠구나. 하지만 넌 다 큰 어른인데다 도시에 살고 있지 않느냐. 그런데도 마음에 드는 여자만 나타나면 서둘러 결혼이나 하려 들고 어찌할 바를 모르는구나. 다른 가능성이란 전혀 없느냐? 만일 그것이 두렵다면 내가 함께 가주마." 아버님은 더 상세하고도 분명하게 말씀하셨습니다. 그러나 세세한 것은 더 이상 기억이 나지 않습니다. 아마도 눈앞이 약간 흐려졌던 모양입니다. 저는 어머님 쪽에 더 관심을 가졌을 정도였습니다. 어머님은 비록 아버님과 의견이 똑같았지만, 그래도 언제나 무엇인가를 식탁에서 집어들고 방밖으로 나가셨습니다.

그 이상 심하게 말로써 저를 창피 주신 일은 일찍이 없었던 것 같습니다. 또 그때만큼 확실히 저에게 경멸을 나타내신 적도 없었습니다. 이십 년 전 아버님께서 그와 비슷한 말씀을 하셨을 때는 아버님의 눈에서 아직 조숙한 도시 젊은이에 대한 존경심 같은 것을 어느 정도 읽을 수 있었습니다. 아버님의 의견은 제가 한눈 팔지 않고 세상에 나가려면 그렇게 해도 좋다는 것이었습니다. 오늘날에는 이런 배려가 경멸감만을 더 높일 뿐입니다. 왜냐하면 그 당시 출발을 했던 젊은이는 그대로 정체된 상태로 머무른 채, 지금 아버님 눈에는 풍부한 경험은커녕 오히려 이십 년이란 세월 동안 고통만 더 늘어버렸기 때문입니다. 한 사람의 처녀에 대한 저의 결심이란 것은 아버님에게는 전혀 아무런 의미도 없었습니다. 아버님은 저의 결단력을 (무의식적으로) 언제나 억눌렀고 그리고 이제는 (무의식적으로) 그것이 얼마나 가치가 있는지를 아신다고 생각하신 것입니다. 여러 가지 다른 방향으로 시도해온 저의 탈출 계획에 대해서는 아무것도 모르셨습니다. 그래서 이번 결혼을 시도해보려는 저의 생각의 흐름에 대해서도 아무것도 모르셨기 때문에 추측해보려고 노력하지 않으면 안 되었던 것입니다. 그리고 예전부터 저에 대해 품고 계셨던 종합적인 판단에 따라서 그것을 무엇보다도 싫은, 천하고 우스꽝스러운 짓으로 만들어버렸습니다. 더군다나 그러한 아버님의 행동을 그대로 말씀하시는 데 조금도 주저하지 않았습니다. 그 일로 인해서 아버님이 저에게 가하신 모욕은, 아버님의 의견에 따르면, 저의 결혼으로 인해 아버님의 명성에 씌운 불명예에 비하면 아무것도 아니라는 것이었습니다.

그런데 아버님은 저의 결혼계획에 대하여 많은 회답을 주실 수 있었으며 또 사실 회답을 주셨습니다. 그러니까 제가 F와의 혼약을 두 번이나 취소하고 두 번이나 다시 받아들이는 와중에 아버님과 어머님이 약혼식 때문에 베를린까지 갔다가 헛걸음을 하시게 되었던 일 등으로 인해 아버님이 저의 결심에 대해 경의를 표하실 수야 없었겠지요. 그것은 모두 사실입니다. 그러나 왜 그렇게 되었을까요?

두 번씩이나 결혼을 하려 했던 근본 취지는 정말 옳았습니다. 그것은 가정을 꾸미고 독립한다는 것이었습니다. 물론 아버님께서는 그런 생각에는 동감하셨습니다만, 그것은 실제로는 마치 어린아이들의 장난처럼 그렇게 끝나버렸을 뿐입니다. 그것은 어떤 사람이

상대방의 손을 꼭 잡고 누르면서 이렇게 외치는 것과 같습니다. "자, 가거라. 가라니까, 왜 가니 않느냐?" 저희의 사정이 그렇게 복잡하게 된 이유는, 아버님이 예전부터 정직하게 '자, 가거라' 하실 생각이셨지만 사실은 자신의 위엄으로 저를 붙잡으셨을 뿐만 아니라 계속해서 꽉 누르고 계셨기 때문입니다.

두 명의 처녀들에 대한 선택은 비록 우연이긴 했지만 매우 신중했습니다. 그런데 저처럼 소심하고 줏대가 없고 의심이 많은 인간이 홀연히 결혼할 결심을 하게 된 이유가 블라우스에 반했기 때문이라고 믿으시는 것은 또 다시 아버님의 완전한 오해를 보여주는 것입니다. 두 사람 중 누구였던 간에 두 사람과의 결혼은 오히려 이성적인 결혼이 되었을 것입니다. 처음에는 수년 동안, 두번째에는 수개월 동안 밤낮을 가리지 않고 저의 모든 사고력을 주입시켜서 세운 계획이었으니 말입니다.

두 처녀들 중 어느 처녀도 저를 실망시키지 않았습니다. 제가 그녀들을 실망시켰을 뿐입니다. 그녀들에 대한 저의 판단은 지금도 그녀들과 결혼하려 했던 그때와 조금도 변함이 없습니다.

두번째로 결혼을 해보려고 했을 때 첫번째 시도에서 얻은 경험을 가벼이 여긴 것도 아니었습니다. 그러니까 저는 경솔하지 않았다는 것입니다. 양쪽 사정이 완전히 달랐습니다. 두번째의 경우가 전체적으로 보아서 훨씬 희망이 있었는데, 그것은 지난번의 경험이 희망을 주었기 때문이었습니다. 세세한 일에 대해서는 여기에서 말씀드리고 싶지 않습니다.

그렇다면 어째서 제가 결혼을 하지 않았을까요? 어디에나 그렇듯이, 이 경우에도 약간의 장애가 있었습니다. 하지만 이러한 장애를 제거하는 일에 인생의 의미가 있는 것이지요. 그러나 여기에는 본질적인, 유감스럽게도 개개의 경우와는 관계없는 방해가 있었습니다. 그것은 제가 분명히 정신적으로 결혼할 능력이 없는 사람이었다는 것입니다. 이와 같은 사실은 제가 결혼하겠다는 결심을 한 순간부터 더 이상 잠을 잘 수 없었다는 사실에서도 드러났습니다. 밤낮으로 머리는 불덩이처럼 달아올랐습니다. 그것은 더 이상 삶이 아니었습니다. 저는 실의에 빠져 이리저리 방황했습니다. 그 원인은 엄밀하게 말해서 결혼에 대한 걱정 같은 것은 아닙니다. 걱정이라면 원래 저는 우울증인데다가 옹졸함 때문에 수많은 걱정들이 따라다니고 있었으나 그것들도 결정인 것은 아니었습니다. 비록 그것들이 시체에 달라붙은 벌레들처럼 마지막 마무리를 하긴 했지만 결정적인 타격을 준 것은 다른 것이었습니다. 그것은 불안과 심약함과 저 자신을 멸시하는 기분에서 오는 일반적인 강박증세였습니다.

저는 좀더 자세하게 그것을 설명해보고자 합니다. 아버님과 저의 관계는 두 가지 측면에서 분명히 대립되고 있었는데, 이 결혼 계획의 경우에서도 다른 경우와 비교가 되지 않을 정도로 강하게 충돌하고 있었습니다. 결혼은 확실히 가장 강력하게 자기해방과 독립을 보증하는 것입니다. 제가 가정을 갖는다고 합시다. 이것은 제 생각으로는 누구나 달성할 수 있는 것 가운데 최소한의 것이고 아버님께서 달성하신 것 가운데 최고의 것이기도 합니다. 따라서 거기에서는 제가 아버님과 동격일 것이고, 옛날의, 그리고 새로운 모든 굴욕과 횡포는 그저 한낱 이야깃거리에 불과할 것입니다. 그것은 물론 동화와 비슷할지 모릅니다. 그러나 바로 거기에 문제가 있는 것입니다. 왜냐하면 이것은 과욕이기 때문입니다. 이렇게 과욕이 많아서는 도저히 달성할 수가 없습니다. 흡사 어느 누군가가 붙잡혀 있는 경우와 같다고 하겠지요. 도망갈 생각이었더라면 아마 가능했을지 모르겠으나, 그런데 그것뿐만 아니라 동시에 그 감옥소를 자신의 별장으로 개축하려는 마음까지 생겼다면 어떻게 될까요. 도망을 치자면 개축할 수 없을 것이고, 개축하자면 도망칠 수가 없을 것입니다. 제가 처해 있는 아버님과의 특별히 불행한 관계 속에서 독립하기를 바란다면 가능한 한 전적으로 아버님과 무관한 일을 하지 않으면 안 될 것입니다. 결혼을 한다는 것은 사실상 가장 엄청난 일이자 가장 경하할 만한 독립성을 부여해주는 일이기는 합니다만, 그러나 동시에 그것으로 인해 아버님과 가장 밀접한 관계를 맺게 될 수도 있습니다. 그러므로 여기에서 벗어나려고 생각해봤자 그러니까 어떤 광기와 같은 것으로 어떤 시도를 해봤자 거의 그런 식으로 처벌이 가해질 것입니다.

바로 이와 같은 밀접한 관계가 오히려 어느 정도 제 마음을 결혼 쪽으로 이끕니다. 저는 우리 두 사람 사이에 발생할지 모르는 동등함에 대하여 생각해봅니다. 그렇게 되면 저는 자유롭고 은혜를 저버리지 않고 죄를 짓지 않는 착한 자식이 될 것이고 아버님도 답답하지 않고 횡포도 부리지 않으며 공감하며 만족하는 분이 되실지 모르겠습니다. 그러니까 그것만으로도 그것에 대해 그 누구와도 비교될 수 없을 정도로 아름다운 이해를 가지실 것이라고 생각해봅니다. 그러나 그러려면 무엇보다도 지금까지 일어났던 일체의 일들이 일어나지 않았던 것으로 되어야 하겠지요. 결국 우리 자신이 삭제되어야 할 것입니다.

그러나 현재 상태에서 보듯이 저의 혼사는 그야말로 아버님의 가장 고유한 영역이란 점에서 저에게는 그 길이 막혀버렸습니다. 저는 이따금씩 지도를 활짝 펼쳐놓고 그 위에 아버님이 가로로 몸을 쭉 펴시고 계신 모습을 상상해봅니다. 저에게는 아버님이 발견하지 못한 영역과 혹은 아버님의 활동 영역에 들어 있지 않은 영역들만이 제 인생에서 중요할 것으로 보였습니다. 제가 생각하고 있는 아버님의 훌륭한 점과 비교해볼 때 그런 영역은 그렇게 많지도 않고 또 별로 위안도 되지 않는 것들입니다. 더군다나 결혼 같은 것은 거기에 들어 있지도 않습니다.

이런 비교는, 아버님께서 모범을 보이심으로써 저를 가게로부터 쫓아내버렸듯이 결혼으로부터도 쫓아내버렸노라고 말씀드릴 생각이 제게 없음을 증명해줍니다. 비록 비슷한 점이 아주 적긴 하지만 그것과는 정반대입니다. 저는 부모님들의 결혼생활에서 많은 모범을 보아왔습니다. 성실한 면이나 상호간의 협조나 자녀 수에서나 모범적이었습니다. 저희가 성장해 점점 가정의 평화를 깨뜨리게 되었을 때도 두 분의 결혼생활 그 자체는 어떤 영향도 받지 않았습니다. 바로 이러한 실례를 통해 아마 저에게도 결혼에 대한 고귀한 생각이 형성되었는지 모릅니다. 그러나 저에게 결혼에 대한 열망이 부족했던 데는 여러 가지 다른 이유들이 있었습니다. 그 이유들은 물론 이 편지 전체가 다루고 있는 저희 자식들과 아버님과의 관계에 있습니다..

자신이 부모님에게 진 죄를 혹시 나중에 자식들이 자기에게 앙갚음하지 않을까 하는 염려에서 결혼에 대한 불안이 생길 수 있다는 말이 있습니다. 제 경우에 그것은 그렇게 큰 의미가 없다고 생각합니다. 왜냐하면 저의 죄의식은 원래 아버님에게서 나온 것이며 또한 그것은 유례가 없는 성질의 것이기 때문입니다. 그것을 유례가 없다고 느끼는 감정은, 그 자체가 이미 본질적인 것이어서 고통의 씨가 되기도 합니다. 이것이 반복된다는 것은 생각할 수도 없습니다. 여하튼 아무래도 말하지 않을 수 없는 것은 이렇게 말이 없고 아둔하고 무미건조하고 타락한 자식이 생긴다면 저라도 참고 견딜 수 없을 것입니다. 만일 달리 어떻게 할 수가 없으면 아버님이 저의 결혼 때문에 처음에 그렇게 생각하신 것처럼 아마 저도 그로부터 도망쳐 외국으로 갈지도 모릅니다. 그러므로 저도 제 자신의 결혼에 관한 무능력에 한에서는 역시 그런 영향을 함께 받고 있었을지도 모르는 일입니다.

그러나 이때 훨씬 중요한 것은 제 자신에 대한 불안입니다. 그것은 이렇게 이해될 수 있을 것입니다. 제가 이미 암시했듯이, 저는 글을 쓰거나 또 그것과 연관된 일을 해서 일종의 독립이나 도피를 꾀했지만 극히 작은 성공을 거두었을 뿐입니다. 그리고 이젠 거의 진척을 보지 못할 것입니다. 많은 점들이 그것을 입증해주고 있습니다. 그럼에도 그것은 제 의무입니다. 아니, 제 인생은 오히려 그런 시도들을 감시하고, 제가 막아낼 수 있는 어떠한 위험도, 그리고 물론 그러한 어떤 위험 가능성도 그것들에 접근할 수 없도록 하는 데 있습니다. 그런데 결혼은 바로 그러한 위험 가능성이지요. 물론 위험을 촉진할 수 있는 가장 큰 가능성이기도 합니다. 그렇지만 저에게는 그것이 위험 가능성이라는 것만으로 충분합니다. 그러나 만일 그것이 위험 그 자체라고 한다면 어떻게 해야 좋을까요! 증명할 수도 어쨌든 부인할 수도 없는 이 위험한 감정 속에서 제가 어떻게 결혼생활을 이끌어갈 수가 있겠습니까! 비록 마음이 흔들리기는 하지만 그러나 궁극적인 결론은 확실합니다. 제가 포기해야 한다는 것입니다. 손 안에 든 참새와 지붕 위에 있는 비둘기를 비교하는 것은 이런 경우에 전혀 맞지 않는 것 같습니다. 손 안에는 아무것도 없고 지붕 위에는 모든 것이 있습니다. 그러나 저는—쟁취의 관계와 생활의 곤궁이 그와 같은 결단을 내리게 합니다—아무것도 없는 쪽을 선택할 수밖에 없습니다. 저는 직업을 선택하는 경우에도 이와 유사한 방법을 택하지 않을 수 없었습니다.

그러나 결혼에 가장 장애가 되는 것은 근절할 수 없는 다음과 같은 확신입니다. 그것은 가족을 부양하고 그 가족을 온전히 이끌어 나가기 위해서는 아버님이 갖고 계시는 것으로 인정되는 일체의 것이 꼭 필요하다는 사실입니다. 더구나 그 모든 것이 말입니다. 좋은 것도 나쁜 것도, 유기적으로 아버님 속에 융합되어 있는 모든 것 그대로 말입니다. 강인함과 타인에 대한 조롱, 건강과 어느 정도의 무절제, 타고난 화술과 무뚝뚝함, 자신감과 매사에 갖고 있는 불만감, 세상에 대한 우월감과 횡포, 인간을 알아보는 능력과 대부분의 사람들에 대한 불신감, 그 밖에도 근면과 끈기, 침착성과 대담성처럼 단점이라고는 하나도 없는 장점들이지요. 이 모든 것들과 제가 지니고 있는 것을 비교해볼 때 제가 가지지 않은 것이 태반이고 가진 것은 극히 적을 뿐입니다. 아버님 자신도 결혼생활을 하시면서 힘들게 싸우셔야만 했고, 더군다나 자식들이 아버님의 기대에 부응하지 못한 것을 제 눈으로 목격하면서도 어찌 감히 결혼할 마음을 가질 수 있겠습니까? 저는 이러한 문제를 분명하게 제기하지도 않았고, 또 분명하게 대답을 내보려고 하지도 않았습니다. 그렇지만 않았으면 틀림없이 일반적인 생각에 사로잡혀 아버님과는 다른(주변 인물 가운데 아버님과 다른 사람을 든다면 리하르트 숙부님입니다), 그러나 결혼을 한, 그리고 적어도 그 때문에 실패 같은 것은 하지 않은 다른 사람들을 만났을 것입니다. 그것만으로도 아주 대단했을 것이며 그리고 저에게는 충분했을 것입니다. 하지만 저는 이런 질문을 하지 않았는데, 대신 그것을 어렸을 때부터 몸소 체험해왔던 것입니다. 모든 개개의 사소한 일에 대해서도 아버님은 자신의 모범과 교육으로 저의 무능력을 납득시키려 하셨습니다. 그것은 제가 이 편지에서 써보려 했던 바로 그대로입니다. 아무리 작은 일에도 그것은 꼭 들어맞았으며 당신이 옳다는 것이 시인되었습니다. 물론 가장 큰 일, 그러니까 결혼 문제에서도 그것은 놀라울 정도로 꼭 들어맞았습니다. 저는 성장해서 결혼을 해보려는 데까지 왔습니다만, 어쩐지 그에 대한 걱정과 불길한 예감을 가지고 있었습니다. 이것은 마치 장부를 정확하게 기록하지 않으면서 하루하루를 그럭저럭 살아가는 상인과 비슷한 상태였습니다. 그런 사람은 서너 가지 조그마한 벌이를 하면 그것이 매우 신기해 보여서 항상 머릿속에서 그것만을 생각하면서 그러는 동안에 매일같이 손해만 보게 되지요. 장부에 모두 기입하기는 하지만 한 번도 결산을 해본 적이 없는 것입니다. 그러나 마침내 어쩔 수 없이 결산을 해야만 할 때가 옵니다. 말하자면 결혼계획이 그런 경우입니다. 여기에서 지금까지의 대차貸借를 청산하게 되는데 이전의 조그마한 벌이 같은 것은 전혀 표도 나지 않고 큰 빚만 남게 됩니다. 그래서 '자, 미치기 전에 결혼하자!'가 된 것입니다.

이렇게 해서 지금까지 아버님과 함께했던 제 생활은 끝이 납니다. 그 생활에는 미래에 대한 이상과 같은 여러 가지 전망이 담겨져 있습니다.

아버님은 제가 아버님에 대해 가지고 있는 공포감의 근거를 죽 살펴보신 후 이런 식으로 대답하실지 모르겠습니다. "내가 너에 대한 나의 관계를 단순히 네 탓이라고 하면 내 마음이 가벼워질 것이라고 너는 주장하고 있다. 그러나 겉으로 보기에는 네가 힘들어 보이지만, 적어도 더 어려워진 것이 아니라 오히려 훨씬 유리해졌다고 나는 믿는다. 우선 너 또한 모든 죄와 책임을 회피하고 있는데, 그러니까 바로 그 점에서 우리의 방법은 똑같은 것이다. 다만 내 경우에서는 노골적으로 모든 죄를 너만의 탓으로 돌리고 있는 반면에, 너는 동시에 '아주 영리하게' 그리고 '아주 고분고분하게' 처신하기를 원하며 또한 나를 모든 죄로부터 면해주려는 생각인 것이다. 후자의 경우가 물론 가능할지 모르지만 그것은 단지 표면적일 뿐이다(너도 더 이상은 역시 원치 않을 것이다). 본질이니 본성이니 대립이니 낭패니 하는 '어법들'을 아무리 구사하더라도 글 행간의 의미는, 원래 나는 공격자이고 너는 단지 자기방어를 한 것뿐이라는 것이다. 이제 너는 그러니까 네 자신의 불성실로 인해서 이미 소기의 목적을 달성한 것이나 다름없을 것이다. 왜냐하면 너는 다음 세 가지 사실을 입증해 보였기 때문이다. 첫째는 네가 죄가 없다는 것이고, 둘째는 내게 죄가 있다는 것이며, 그리고 셋째는 네가 순전히 관대한 마음으로 나를 용서해줄 생각이라는 것, 그뿐만 아니라 많든 적든 간에, 물론 진실을 거역하는 것이기는 하지만 언제든 나 역시 죄가 없다고 증명해서 그것마저 믿도록 할 각오가 되어 있다는 것이다. 아마 너는 이것만으로 이미 만족할지도 모르지만, 그러나 그것만으로는 아직 충분하지 못하다. 말하자면 너는 전적으로 나를 집어삼키려는 생각을 염두에 두어왔다. 우리가 서로 싸우고 있다는 것을 인정한다. 그러나 거기에는 두 종류의 싸움이 있다. 독립적인 쌍방의 힘을 측정해보는 기사식 싸움이 그 하나인데, 어느 쪽이든 한 사람만이 남아, 한 사람만이 지고 한 사람만이 이기는 것이다. 그리고 또 다른 하나는 찌를 뿐만 아니라 자신의 생명을 보존하기 위해서 피를 빨아먹는 해충의 투쟁이다. 이것이 바로 용병이라는 건데, 네가 바로 그런 존재다. 너는 생활능력이 없는 녀석이다. 그런데 너는 편안하게 근심 걱정도 없이, 그리고 자책하지 않으려고, 내가 너의 모든 생활능력을 빼앗아 나의 것으로 만들어버렸다는 것을 입증해 보이려고 한다. 네가 생활능력이 없다면 물론 그것은 내 책임이겠지. 그렇지만 그것이 너에게 무슨 걱정이 되겠느냐. 네 편에서는 편안하게 몸을 쭉 펴고는 육체적으로나 정신적으로 나를 먹이로 삼으면서 네 인생을 질질 끌어가려는 것이다. 한 예를 들겠다. 네가 지난번 결혼을 하려고 했을 때였지. 물론 네가 이 편지에서도 인정하고 있는 일이지만 한편으로 너는 동시에 결혼할 의사가 없었던 것이다. 그래서 너는 네 자신이 고생하지 않아도 되도록, 내가 너를 도와 결혼하지 못하도록 해주기를 바랐던 것이다. 따라서 너희들의 결합이 내 이름에 가하게 될지 모르는 '치욕' 때문에 내가 너의 결혼을 금지해주기를 바랐던 것이다. 그렇지만 나로서는 그것은 전혀 상상조차 할 수 없는 일이었다. 첫째로 나는 예전과 마찬가지로 '네 행복에 장애가 되기'를 결코 원하지 않았고, 둘째는 나는 결코 그와 같은 비난을 내 자식으로부터 듣고 싶은 생각이 없었기 때문이다. 내가 너에게 결혼을 자유롭게 맡기는 데는 극기심이 필요했는데, 그런 극기심이 무슨 소용이 있었겠느냐? 조금도 도움이 되지 않았다. 내가 그 결혼에 대해 거부감을 가졌다고 해서 그 결혼에 방해가 되지는 않았을 것이다. 그 정반대였을 것이다. 그것은 오히려 너에게는 더 한층 그 처녀와 결혼하고 싶은 자극제가 되었을 것이다. 왜냐하면 네가 말하듯이 그로 인해 너의 '도피 행각'이 이루어졌을지도 모르니까 말이다. 그리고 내가 그 결혼을 허락했다고 해도 너의 비난을 면치 못했을 것이다. 왜냐하면 어찌됐든 네가 결혼을 못하게 된 책임이 나에게 있노라고 너는 한사코 입증할 테니까 말이다. 하지만 근본적으로 네가 이 일에서든 여타의 다른 일에서든 간에 결과적으로는 나에 대한 비난 전부가 정당했다는 것이다. 그리고 또 한 가지 거기에는 특히 정당한 비난이 빠져 있다. 너는 속셈이 검고, 사랑에서 노예근성과 식객근성을 가지고 있다는 비난이 바로 그것이다. 만약 내가 심한 착각을 하고 있지 않다면, 너는 이 편지에서도 여전히 나에게 기생하고 있다."

여기에 대해서 저는 이렇게 답변해드리겠습니다. 우선 첫째로 여기에 제기하는 항의가 부분적으로 아버님의 입장과는 다르게 씌어져 있습니다만, 이것은 아버님에게서 나온 것이 아니라 바로 제게서 나온 것입니다. 다른 사람들에 대한 아버님의 불신은 당신이 저에게 가르쳐주신 저 자신에 대한 불신에 비하면 그다지 크지 않습니다. 이 항의는 확실히 그 자체로서 우리 두 사람의 관계를 설명하는 데 도움이 되는 새로운 어떤 것을 제공하며, 여기에는 나름대로 어떤 근거가 있음을 부정하지 않습니다. 물론 모든 사물의 이치는 실제로는 제가 이 편지에서 든 증거들처럼 서로 꼭 들어맞지는 않습니다. 인생은 '인내 겨루기' 이상으로 많은 참을성을 필요로 합니다. 그러나 이러한 항의에 따라 이를 정정한다 할지라도 그것을 일일이 관철할 수는 없으며 또 그렇게 할 생각도 없습니다. 하지만 제 생각으로는 그것을 정정할 경우에 훨씬 진실에 가까운 어떤 것에 도달할 수 있어서 그 결과 우리 두 사람은 어느 정도 안정될 것이고 삶과 죽음을 좀더 편한 마음으로 맞이할 수 있으리라 생각합니다.

프란츠

[31]

그는 창 밖을 내다보고 있었다. 흐린 날씨다. 십일월이다. 모든 달이 다 특별한 의미를 가지고 있지만, 십일월은 특별한 일들이 유달리 많다는 생각이 든다. 물론 지금 당장 그런 기미가 보이는 것은 아니다. 다만 눈이 섞인 비가 내릴 뿐이다. 그러나 그것은 언제나 착각을 일으키는 그저 피상적인 외양에 불과할 뿐이다. 왜냐하면 인간들은 전체적으로 무슨 일에나 곧바로 적응하지만 우선은 사람들의 외양을 보고 판단하기 때문에 세계 상태의 어떤 변화도 인지할 수 없게 되어 있다. 그러나 스스로가 한 인간이고 자신이 적응하는 데 필요한 투쟁들을 알고 있고 그리고 그것들로부터 판단을 내리기 때문에, 그는 분명 몇 가지는 경험을 통해 알게 되며 그리고 저 아래 차가 멈추지 않고 완강하고 그칠 줄 모르는, 끼어들 수 없는 당당함으로 거리를 위아래로 계속해서 달리고 있는 것에 대해 어떻게 생각해야 할지 알고 있다.

이러한 적응력……

어느 흐린 날. 때마침 십일월이다. 물론 모든 달이 다 자기 나름으로 특별한 의미를 가지고 있지만 십일월은 특별한 일들이 유달리 많다. 물론 지금 그런 기미가 보이는 것은 아니다. 다만 눈이 섞인 비가 내릴 뿐이다. 그러나 그것은 언제나 착각을 일으키는 피상적인

595

외양에 불과하다. 왜냐하면 인간은 무슨 일에나 곧 적응하게 되며 처음엔 그 외양에 따라……

———————

환자는 홀로 오랜 시간을 누워 있었다. 열은 조금 내렸다. 이따금씩 그는 가볍게 선잠을 잘 수 있었다. 그 외에는 허약해서 거동할 수가 없기 때문에 천장을 쳐다보면서 여러 가지 생각으로 뒤척여야만 했다. 그는 주로 방어에만 생각이 있는 듯했다. 그가 생각하는 것은 모두가 다 따분하거나 괴로운 것뿐이었다. 그래서 그는 자기 생각을 진정시키는 데 온 힘을 다 들였다.

분명 벌써 저녁이었다. 십일월이었으므로 벌써 오래전에 어두워져 있었다. 그때 옆방 문이 열리고 셋집 여주인이 살그머니 들어와 전등불의 스위치를 켰다. 의사가 그녀의 뒤를 따라 들어왔다. 놀랍게도 환자는 실은 별로 아프지도 않으며, 아니, 병 따위는 걸리지도 않았다. 왜냐하면 그는 방으로 들어온 사람들을 아주 명확히 알아보았고 그들의 세세한 것까지도 놓치지 않았기 때문이다. 아니, 여느 때 같으면 그에게 황량한 감정이나 혐오감을 불러일으키던 그 세세한 일들이 어쩐 일인지 전혀 지나쳐 보이지 않았으며, 모든 게 예전 그대로였다.

[32]

그는 물론 거기에 참여하기를 바랬다. 그러나 그는 거기서 제외되었다는 것을 시인해야만 했다. 그로서는 그 안에 끼어드는 일이 불가능했다. 거기 끼어들기 위해서는 굉장한 사전 준비가 필요했을 것이다. 이번 일요일뿐만 아니라 여러 해 동안 그리고 그가 죽어 없어질 수도 있을 정도의 오랜 시간이 걸릴 것이었다. 설령 시간이 정지해버려서 어떠한 결과도 목표가 되지 못하고, 그의 혈통, 교육, 육체적 단련 등 모든 것이 달랐다고 하더라도 이것은 마찬가지일 것이다. 그러니까 그는 이 소풍객들과 그 정도로 거리가 먼 사람이었지만, 그렇긴 해도 원래는 그들과 아주 가까운 존재이기도 했다. 그래서 그것은 더더욱 이해하기 어려운 일이었다. 하지만 그들은 물론 그와 마찬가지로 인간이었으므로, 그들에게 모든 인간적인 것이 완전히 낯설 리는 없었다. 그러므로 그들을 철저히 탐구할 수 있다면, 그를 지배하고 있던 그리고 그를 뱃놀이에서 제외시켰던 감정이, 그들 마음속에도 역시 살아 있음을 알아내야 할 것이다. 물론 그 감정이 그들을 지배한다는 것과는 거리가 있긴 하지만, 어두운 모서리 어디에선가 유령처럼이라도 나타난다는 것만은 알아내야 할 것이다.

———————————

이 세상에는 공포와 슬픔과 황량함이 존재한다는 것을 그는 알고 있다. 그러나 이것 역시 겉으로 스쳐 지나가는 막연한 일반적인 감정이 존재할 때 한에서만 그런 것이다. 그는 그 외의 다른 모든 감정들을 부인한다. 우리가 그렇게 부르는 것은 가상이자 동화이며 경험과 기억의 환영幻影일 뿐이다. 그것이 어떻게 다를 수 있을까 하고 그는 생각한다. 왜냐하면 우리 감정에 의해서 실질적인 사건들에 결코 도달할 수도, 아니 추월할 수도 없기 때문이다. 우리는 그 감정들을 기본적으로는 파악할 수 없는 빠른 속도로 스쳐 지나가는 실질적인 사건을 전후로 해서만이 체험한다. 우리에게만 한정된 꿈과 같은 허구들이 존재한다. 우리는 한밤중의 고요 속에서 살고 있고 우리가 동쪽이나 서쪽으로 몸을 돌리는 동안에 태양이 뜨고 지는 것을 경험하는 것이다.

빈약한 생활력과 애매한 교육과 독신자 생활은 회의론자를 낳는다. 그러나 반드시 그런 것은 아니다. 그 회의를 벗어나기 위해서 많은 회의론자들은 적어도 이념적으로 결혼하며 신앙을 가지게 된다.

[33]

그것은 첫 삽질이었다. 그것은 첫 삽질이었다.
대지는 산산조각이 나 있었고 내 발 앞에서 무너져 내렸다……
종이 울렸고 방문이 떨렸다……

정치 집회가 있었다. 이상하게도 대부분의 집회는 강가 언덕 가축 우리의 빈터에서 열린다. 강 언덕에 있는 나는 노도와 같은 강물 소리 때문에 사람의 목소리는 거의 들을 수가 없다. 나는 연사들 가까이에 있는 부두 난간에 앉아 있었지만―연사들은 정방형의 돌로 된 민둥민둥한 사각형 연단 위에서 아래쪽을 향해서 연설을 했다 ―거의 알아들을 수가 없었다. 물론 나는 오래전부터 연설의 취지가 무엇인지를 잘 알고 있었다. 청중 모두가 알고 있었다. 또한 모두가 한마음이었다. 나는 이렇듯 완전한 일치감을 예전에 본 적이 없다. 나 또한 그들과 한마음이었다. 취지는 너무나 분명했다. 그것은 이미 여러 차례 논의했던 일이고 첫날처럼 여전히 분명했다. 일치감과 분명함이라는 두 가지가 마음을 조였다. 일치감과 분명함 때문에 사고력이 막혀버렸다. 그저 강물 소리만을 들으려 했을 뿐 그 외엔 아무것도 원치 않는 듯했다.

내가 오늘 나의 친구와 그리고 그와의 관계에 대해서 해명하려 한다면, 그것은 사람이 오랜 인생을 살아가는 동안에 몇 번이고 시도해보는 수많은 절망적인 출발 중의 하나로서 '도약을 위한 도움닫기'라고 할 수 있을 것이다. 그가 인생을 목표로 전진하고 있는지 아니면 인생으로부터 떠나버리고 있는 것인지 알지도 못한 채 말이다. 그러나 그것은 절망적이다. 따라서 위험도 없다.

─────────

나는 유년시절부터 그를 알고 있다. 그는 나보다 일곱 살 아니면 여덟 살이 많다. 그렇지만 이렇게 나이 차이가 큰 것은 거의 문제가 되지 않았다. 지금은 오히려 내가 연장자처럼 보인다. 그 자신도 그리 생각이 다른 것 같지 않다. 그러나 이것은 어디까지나 점진적으로 그렇게 된 것이다.

나는 우리가 처음 만났던 때를 기억한다. 학교가 파해 교정을 나올 때였다. 어둑어둑한 겨울철 오후였다. 나는 초등학교 일 학년 어린아이였다. 내가 길모퉁이를 돌았을 때 거기에 그가 서 있었다. 그는 강건하고 땅딸막했다. 얼굴은 광대뼈가 튀어 나왔으나 살이 많은 편이었다. 그는 지금과는 아주 딴판이었다. 그러나 체격은 어릴 적과 별로 달라진 게 없다.

그는 겁이 많아 보이는 강아지를 줄에 매달고는 잡아당기고 있었다. 나는 걸음을 멈추고 구경을 했다. 학대받는 강아지가 재미있어서가 아니라 그저 호기심에서였다. 나는 호기심이 강했다. 모든 것이 다 내 마음을 자극했다. 그러나 그는 그렇게 구경하는 것을 기분 나쁘게 생각했던지 이렇게 말했다. "네 일이나 신경 써, 이 어리석은 친구야."

많은 사람들이 말하기를 그는 게으르다고 한다. 다른 사람들은 그가 일을 두려워한다고 말한다. 뒤의 말이 그를 올바르게 판단한 것이다. 그는 일에 공포심을 가지고 있다. 어떤 일이든 시작하기만 하면, 그는 고향을 떠나야만 하는 자의 기분이 된다. 고향을 사랑하는 것은 아니지만 그래도 오래 살아서 낯익은 안전한 곳이다. 일이 그를 어디로 이끌고 갈 것인가. 그는 대도시의 거리로 끌려가는 아주 어린 겁 많은 강아지와 같은 느낌이다. 그를 흥분시키는 것은 소음이 아니다. 비록 그가 그 소음을 듣고 그 세세한 소리들을 하나하나 구별할 수 있다 할지라도, 그것은 곧 그를 아주 번거롭게 할 것이다. 그러나 그는 소음을 듣지 못한다. 소음이 나는 곳으로 끌어가도 그는 아무것도 듣지 못한다. 들리는 것이라곤 특별한 고요뿐이다. 분명히 이 고요는 사방팔방에서 그를 향하고 있고 그의 기색을 살핀다. 그를 삼키려고 하는 고요, 그 고요만이 들릴 뿐이다. 그것은 기분 나쁜 일이다. 자극적이기도 하고 따뜻하기도 하다. 도저히 참을 수 없는 것이다. 그는 얼마나 더 나갈 것인가? 두세 걸음, 더 이상은 아니다. 그런 다음 그는 여행에 지쳐 비틀거리면서 다시 고향으로 되돌아와야 할 것이다. 사랑스럽지도 않은 회색의 고향으로. 이것이 그로 하여금 무슨 일이나 싫어하게 만든다.

그는 두번째 방에 틀어 박혀버렸다. 나는 노크를 하고 문을 흔들었다. 그러나 그는 조용히 있었다. 그는 나에게 화가 나 있다. 그는 나에 관하여 아무것도 알고 싶어하지 않는다. 그래서 나도 역시 화가 나 있고 그리고 그는 나에 대하여 더 이상 개의치 않는다. 나는 책상을 창 쪽으로 밀쳐놓고 편지를 쓸 것이다. 우리는 그 편지 때문에 서로 다투어왔다.

그것은 어떤 처녀에게 쓸 편지이다. 나는 그 편지에서 헤어지자고 할 것이며, 그것은 합리적이고 올바른 일이다. 그 이상 합리적이고 올바른 일은 없을 것이다. 그 편지와 반대되는 편지를 상상해보면 특히 그 점을 알 수 있다. 그런 편지는 무섭고 가당치도 않을 것이다. 아마 나는 그런 편지를 쓰게 될 것이고, 닫힌 방문 앞에서 그것을 읽어줄 것이다. 그렇게 되면 그도 내 행동의 정당성을 인정해줄 것이다. 물론 그는 나를 인정할 것이고, 그 이별의 편지가 옳다고 여길 것이다. 그러나 나에 대해서 그는 아직도 화를 내고 있다. 그는 언제나 대체로 그렇다. 그는 나에게 적의를 품고 있다. 그러나 어쩔 수 없다. 그가 조용한 눈으로 나를 바라볼 때면, 그는 자신이 갖게 된 적의에 대한 이유를 내게 요구하는 듯이 보인다. '너 어린것이' 하고 나는 생각했다. '내게 무얼 바라는 것이냐? 지금까지 넌 나에게 어떻게 했지!' 그리고 언제나 그러했듯이 일어서서 방문으로 가서는 다시 두드린다. 대답이 없다. 그러나 이번에는 방문이 잠겨 있지 않다. 하지만 방안은 텅 비어 있다. 그는 밖으로 나간 것이다. 이런 형벌은 원래 그가 잘 쓰는 수법이다. 그는 싸운 뒤에 나가서는 몇 날 몇 밤이고 돌아오지 않는다.

나는 사자死者들에게 손님으로 갔었다. 커다랗고 깔끔한 납골당이 있고, 몇 개의 관들이 거기에 놓여 있었으나 아직 자리가 많았다. 두 개의 관은 뚜껑이 열려 있고, 그 속은 방금 사람이 일어나 나온

흐트러진 침대 같았다. 조금 옆에 책상이 놓였고, 그 건너편에 체격이 건장한 사나이가 있었는데, 하마터면 그를 알아차리지 못할 뻔했다. 그는 오른손에 펜을 쥐고 있었는데, 무엇인가 쓰다가 방금 멈춘 것 같았다. 왼손으로 조끼에 붙어 있는 반짝거리는 시계줄을 만지작거리면서 머리를 시계줄 쪽으로 깊이 숙이고 있었다. 여 사환이 청소를 하고 있었으나 쓸어낼 것이 없었다.

묘한 호기심이 들어서 나는 얼굴을 가리고 있는 그녀의 머릿수건을 잡아당겼다. 그제야 겨우 그녀의 얼굴을 볼 수 있었다. 내가 전부터 알고 있던 유대인의 딸이었다. 그녀의 얼굴은 희고 복스러웠으며, 눈은 가늘고 검었다. 그녀를 노파로 보이게 하던 헝겊 사이로 그녀가 웃어 보였기 때문에 나는 이렇게 말했다. "당신은 여기서 아마 코미디를 하고 있는 모양이지?" "그래요" 하고 처녀는 대답했다. "조금 말이에요. 어떻게 그렇게 잘 아세요!" 그러고는 그녀는 책상 옆에 있는 사나이를 가리키면서 말했다. "자아, 저분에게 가서 인사하세요. 저분이 이곳 주인이에요. 사실 저분과 인사하시기 전에는 저와 이야기하면 안 되는 거예요." "그분 이름이 무엇이지" 하고 나는 소리를 죽여 물었다. "프랑스 귀족이에요." 소녀는 대답했다. "드 푸아통이란 분입니다." "왜 여기에 왔지?" 하고 나는 물었다. "그건 저도 몰라요" 하고 처녀는 대답했다. "여기는 아주 혼란스러워요. 우리는 정리해줄 사람을 기다리고 있어요. 당신이 그분 아니세요?" "아니야, 그렇지 않아" 하고 나는 말했다. "그럼 안심이군요" 하고 처녀는 말했다. "자아, 주인님이 계신 데로 가세요."

나는 그쪽으로 가 인사를 했다. 그가 얼굴을 들지 않았기 때문에 ─나는 그의 덥수룩한 흰머리밖에 볼 수 없었다─나는 '안녕하십니까' 하고 말했지만, 그는 여전히 미동도 하지 않았다. 작은 고양이 한 마리가 책상 가장자리를 돌아다니고 있었다. 분명 주인의 품 안에서 뛰어나온 놈인 듯했으며 또 그리로 가서 몸을 숨겼다. 아마 그 주인은 시계줄을 보고 있었던 것이 아니라 책상 밑을 들여다보고 있었는 듯싶다. 나는 어떻게 이곳에 오게 되었는지를 설명하려고 했으나, 예의 그 여자가 내 상의를 뒤에서 잡아당기며 속삭였다. "이제 됐어요."

그 말에 나는 매우 만족했다. 나는 그 처녀에게로 돌아섰다. 우리는 팔짱을 끼고 납골실 속을 걸어갔다. 나는 빗자루가 마음에 걸렸다. "그 빗자루 던져버려요" 하고 나는 말했다. "안돼요, 제발" 하고 그녀가 말했다. "빗자루를 갖고 있게 해주세요. 여기에서 청소하는 일이 저에게는 전혀 힘들지 않다는 것을 당신도 잘 알잖아요? 그래요. 분명 저에겐 유리하지요. 그래서 전 그만둘 수 없어요. 그건 그렇고 당신은 여기에 계속 머무르실 건가요?" 하고 그녀는 화제를 딴 곳으로 돌리면서 물었다. "네가 좋다면 기꺼이 있겠어" 하고 나는 천천히 대답했다. 그리고 우리는 연인들처럼 몸을 꼭 붙이고서 걸었다. "가지 말아요. 오, 제발" 하고 그녀는 말했다. "전 얼마나 당신이 오기를 고대했는지 몰라요. 여기에 있는 것도 당신이 생각하시는 것처럼 그렇게 나쁘지는 않아요. 그리고 우리가 어떻게 하든 신경 쓸 사람은 아무도 없어요." 우리는 한동안 말없이 걷다가 이윽고 팔을 풀고서 서로 껴안았다. 우리는 중앙 통로 위를 걸어가고 있었다. 좌우로 관이 있었다. 납골당은 매우 컸다. 적어도 엄청나게 길었다. 어둡기는 해도 완전히 암흑은 아니었다. 일종의 여명과도 같았다. 게다가 우리가 있는 조그마한 원형으로 되어 있는 곳은, 조금 밝기도 했다. 그녀가 갑자기 이렇게 말했다. "저 말예요. 제 관을 보여드리겠어요." 나는 그 말에 놀랐다. "너는 죽지 않았잖아" 하고 나는 말했다. "아니에요. 죽었어요" 하고 처녀가 말했다. "하지만 사실을 말하면 나는 이곳 사정을 잘 몰라요. 그렇기 때문에 당신이 여기에 와주신 것이 기쁜 거예요. 당신 같으면 이내 무엇이고 다 알아버릴 거예요. 지금도 저보다 잘 보실 거예요. 어쨌든 저는 관을 가지고 있어요." 우리는 오른쪽으로 돌아서 옆길로 들어섰다. 역시 관들이 두 줄로 늘어서 있는 사이를 걸어갔다. 시설로 보아 모든 것이 내가 전에 본 일이 있는 포도주를 저장하기 위한 커다란 지하실을 연상시켰다. 그 길을 가는 도중에 폭이 일 미터도 채 안 되는 급류가 흐르는 도랑이 있었고, 그것을 지나쳤다. 그러자 곧 우리는 그 처녀의 관이 있는 곳에 도착했다. 그 관에는 아름다운 레이스가 달린 베개가 놓여 있었다. 처녀는 그 관 속에 들어가 앉아서 나에게도 들어오라고 권했다. 검지손가락이 아닌 눈으로 나를 유인했다. "저, 아가씨" 하고 나는 말하면서 그녀의 머릿수건을 잡아당기고는 그녀의 부드럽고 풍성한 머리 위에 손을 얹었다. "나는 당신 곁에 이렇게 머물러 있을 수가 없어. 이 납골당에 계신 어떤 분하고 잠깐 이야기할 것이 있어. 그 사람을 찾는 것을 도와줄 수 없겠어?" "그 사람과 할 말이 있다고요? 여기서는 어떤 의무감도 통용되지 않아요" 하고 처녀가 말했다. "하지만 나는 이곳 사람이 아니잖아." "당신은 아직도 여기에서 떠날 수 있다고 생각하세요?" "그렇고말고" 하고 나는 말했다. "그러시다면 더욱 어물거릴 시간이 없어요" 하고 처녀가 말했다. 그러고는 처녀는 베개 아래를 더듬어 속옷을 꺼냈다. "이것이 수의랍니다" 하고 처녀는 말했다. 그녀는 그것을 나에게 건네주었다. "하지만 나는 입지 않을 거야."

나는 집으로 들어갔다. 빗장이 걸려 있는 대문에 달린 작은 문으로 들어가 그것을 닫았다. 긴 아치 모양을 한 통로에서 보니, 마당 정원은 손질이 잘 되어 있었고 그 정원 한가운데에는 화단이 있었다.

내 왼편에는 유리판이 있었는데 거기에 문지기가 걸터앉아 있었다. 그는 이마를 한 손으로 받치고는 신문을 보느라 몸을 구부리고 있었다. 유리판 앞쪽에는 화보로 된 잡지에서 오려낸 커다란 그림이 하나 붙어서 문지기를 약간 가리고 있었다. 가까이 다가가보니 분명 이탈리아의 작은 도시 풍경이었다. 그림의 대부분은 힘찬 폭포수가 있는 계곡에 거친 물이 담긴 풍경이 차지하고 있었다. 작은 도시의 집들은 그림 가장자리의 언덕바지에 치우쳐 있었다.

나는 문지기에게 인사하고, 그 그림을 가리키면서 말했다. "그림이 아름답군요. 이탈리아를 압니다만, 저 소도시 이름이 뭐지요?" "모릅니다" 하고 그는 말했다. "삼 층에 사는 아이들이 내가 없는 사이에 여기다 붙여놓은 겁니다. 나를 화나게 할 작정이었던 모양입니다. 그런데 무슨 일이시죠?" 하고 그는 물었다.

———————————

우리는 사소한 말다툼을 벌였다. 카를 주장은 작은 오페라글라스를 분명히 나에게 돌려주었다는 것이다. 그도 그것을 매우 갖고 싶어했으며, 그래서 오랫동안 손 안에서 이리저리 돌려보았고, 어쩌면 이삼 일간 빌렸을지도 모르지만 분명 돌려주었다는 것이었다. 나는 나대로 그에게 그때의 상황을 상기시켜주려고 애썼다. 그 일이 일어났던 거리 이름을 말했고, 우리가 지나쳤던 수도원 맞은편에 있는 여관을 지적했고, 그가 먼저 그 오페라글라스를 사려고 했었다는 것과 그 다음에 그 대가로 여러 가지 교환물을 나에게 제공했다는 것, 그리고 물론 오페라글라스를 주지 않겠느냐고 부탁하기 시작했다는 것을 설명해주었다. "너는 어째서 내게서 그것을 빼앗아갔지?" 나는 원망스레 말했다. "야, 요제프" 하고 그는 말했다. "그런 것은 모두 다 이젠 지난 일이 아니냐? 나는 물론 그 오페라글라스를 네게 돌려준 것으로 확신한다. 하지만 만일 네가 내게 줬다고 해도 이제 와서 뭘 그리 아까워하느냐. 게다가 나를 괴롭히면서까지 말이야. 지금 여기에 오페라글라스가 없다고 무슨 일이 일어나기라도 하는 거니? 아니면 그것을 잃어버린 것이 네 생명에 큰 지장이라도 있는 거냐?" "전자도 후자도 다 아니다" 하고 나는 말했다. "나는 그저 그때 오페라글라스를 빼앗겨서 그런 거야. 그건 선물받은 것이거든. 내가 그것을 얼마나 좋아했다고. 약간 도금도 되어 있고 말이야. 너도 알고 있었는지 모르겠다. 게다가 소형이어서 호주머니에 넣고 다닐 수도 있었거든. 그리고 렌즈가 좋았어. 큰 것들보다 더 잘 볼 수가 있었거든."

그는 매우 힘이 세다. 그리고 점점 힘이 세질 것이다. 그는 타인의 비용으로 살고 있는 것 같다. 숲 속의 야수라고 생각할 수도 있다. 저녁에 혼자 천천히 신중하게 몸을 흔들면서 물을 마시러 가는 야수 말이다. 그의 눈은 흐릿해서, 그가 눈길을 주고 있는 것을 실제로 보고 있지 않다는 인상을 가끔 준다. 그러나 그를 방해하는 것은 방심이나 몰두가 아니라 일종의 둔함이다. 그것은 술꾼이 아닌 녀석이 취하면 그런 것처럼 게슴츠레한 눈이다. 어쩌면 그에게 부당한 일이 생겼을지도 모른다. 그래서 그것이 그를 그렇게 폐쇄적으로 만들었을지도 모른다. 어쩌면 그에게는 언제나 그런 부당한 일이 일어났을지도 모른다. 그것은 젊은 사람들이 자주 자신에게 책임이 있다고 느끼는 그런 종류의 부당함으로 보이는데, 그들은 그럴 힘이 있는 한 결국은 그것을 벗어 던져버리기 마련이다. 물론 그는 이미 늙었다. 어쩌면 눈에 보이는 모습처럼 그렇게 늙은 것은 아닐지도 모른다. 그의 모습은 둔하고, 얼굴에는 거의 걷잡을 수 없이 아래로 흘러내리는 주름살이 있으며, 그의 조끼는 배 위로 불룩 튀어나와 있다.

그게 누구일까? 부둣가 나무 아래로 가는 사람이 누구일까? 누군가 완전히 끝장이 나버린 걸까? 더 이상 구제될 수 없는 자는 누구일까? 잔디는 누구의 무덤 위에서 자라는가? 꿈들이 도착했다. 그것들은 강을 거슬러왔다. 그것들은 사다리를 타고 부두 담벼락을 오른다. 사람이 멈추어 서서는 그 꿈들과 대화를 나눈다. 그것들은 여러 가지 많은 것을 알고 있으나 그것들이 어디에서 왔는지만은 모른다. 가을 저녁은 정말 온화하다. 꿈들은 강 쪽으로 몸을 돌려서는 두 팔을 쳐든다. 어째서 그대들은 팔로 우리를 감싸는 대신에 그 팔들을 들어올리는가?

———————————

너는 항상 방문 주위를 배회한다. 힘차게 들어가보렴. 방 안에는 아무렇게나 짜맞춘 책상 곁에 두 사나이가 앉아서 너를 기다리고 있다. 그들은 네가 왜 그렇게 꾸물거리고 있는지에 대해서 의견이 분분하다. 중세 기사풍 옷을 입은 사나이들이다.

———————————

우리는 '길 막기' 놀이를 했다. 길의 한 곳을 정해서 한 그룹은 방어하고 다른 그룹은 그곳을 통과하는 놀이였다. 공격하는 자는 눈가리개를 했고, 방어하는 자는 공격자가 지나가는 순간에 팔을 건드림으로써 막기만 하면 되는 것이다. 팔에 손을 대는 것이 이르든 늦든 간에 막는 편이 지는 것이다. 그 놀이를 한 번도 해보지 않은 사람은 공격하는 데 매우 어렵고 방어는 매우 쉽다고 생각하겠지만, 사실은 그 반대다. 아니, 적어도 공격에 재능을 가진 사람들이 더 많다. 방어할 수 있는 것은 우리 중에 단 한 사람밖에 없다. 분명 그만이 그것을 실패 없이 해낼 수 있다. 나는 그것을 자주 구경했지만 결코 재미있는 구경은 못 된다. 그는 별로 뛰지도 않고 언제나 제자리에 있다. 뛰려고 해도 잘 뛸 수가 없다. 왜냐하면 그는 다리를 조금 절기 때문이다. 게다가 평상시에도 활달하지 못했다. 다른 아이들은 몸을 수그리고 주위를 거칠게 살펴보며 지키지만, 그의 흐린 청색 눈은 여느 때와 마찬가지로 조용히 바라볼 뿐이었다. 그렇게 방어하는 것이 무엇을 뜻하는 지는 공격자의 편에 서봐야 비로소 알 수 있는 것이다.

———————

나는 그녀를 사랑한다. 그러면서도 그녀와 말을 할 수가 없다. 나는 그녀와 마주치지 않기 위해서 숨어서 그녀를 기다린다.

———————

나는 한 처녀를 사랑했다. 그녀도 나를 사랑했다. 그러나 나는 그녀를 떠나야만 했다.

어째서일까?

나는 알 수가 없다. 그녀는 무장한 병사들에게 둘러싸여 있고, 그 병사들은 창끝을 바깥으로 향하고 있었던 것 같다. 그래서 내가 가까이 간다고 해도 창끝에 닿아 상처를 입고 되돌아와야만 했다. 나는 심한 상처를 입었다.

이 일에 대해 그녀는 어떤 책임도 없는 걸까?

나는 그렇게 생각하지 않는다. 아니, 사정은 이렇다. 앞의 비교는 완전하지 못하다. 나 역시도 무장한 병사들에 의해 둘러싸여 있는 것이다. 그들은 그들의 창끝을 내부로 향하고 있다. 그러니까 나를 향하고 있는 것이다. 내가 그 처녀에게 뚫고 가려 해도 우선 나의 무장병들의 창에 걸려 거기서 한 발자국도 나가지 못했다. 아마 나는 그 처녀를 둘러싸고 있는 무장병들까지는 한 번도 나아가 본 적이 없을 것이다. 만일 거기까지 갔다고 해도 그때는 창에 의해 생긴 출혈 때문에 의식을 잃고 말았을 것이다.

그 처녀는 혼자 있었는가?

아니다. 다른 사내가 그녀에게 가고 있었다. 어렵지 않게 그리고 아무런 방해도 받지 않고 말이다. 힘든 노력에 지쳐버린 나는 무심코 바라보고만 있었다. 마치 내가 공기인 것처럼. 그것을 통해 그들의 얼굴들이 서로 꼭 붙어 첫 키스를 나누고 있었다.

———————

마구잡이로 짜맞춘 책상에 두 사나이가 앉아 있었다. 불꽃이 너울너울 춤을 추는 석유 램프가 그들 머리 위에 걸려 있었다. 내 고향에서 멀리 떨어진 곳에서였다.

"나는 당신들 수중에 있습니다" 하고 내가 말했다.

"아니야." 아주 꼿꼿하게 서 있던 한 사나이가 말하면서 왼손으로 얼굴에 가득 난 수염을 신경질적으로 문질렀다. "너는 자유다. 그러므로 넌 끝장인 것이다."

"그러면 가도 될까요?" 내가 물었다.

"그래." 그 사나이가 말했다. 그는 옆에 앉은 사나이에게 뭐라고 속삭이면서 손을 친근하게 만지고 있었다. 그 사람은 노인이었다.

그러나 여전히 꼿꼿했고 매우 힘있어 보였다. 그러나……

———————

정원으로 통하는 작은 문은 유달리 낮았다. 그것은 크로켓 놀이를 할 때 땅에 꽂는 아치형 철주문보다 그리 더 높을 것도 없었다. 그 래서 우리들은 나란히 정원으로 들어갈 수 없었다. 하나씩 기어서 들어가야만 했다. 그 작은 문에 내 어깨가 끼자 마리가 다리를 잡아 끌었기 때문에 더욱 들어가기가 어려웠다. 그래도 나는 결국 그것을 극복해냈고, 이어 마리도 빠져 들어왔다. 물론 내가 도와주기는 했지만, 어쨌든 신통한 일이었다. 그것에 정신이 팔려 있었기 때문에 우리는 주변 상황을 전혀 알아차리지 못했는데, 문득 보니 집주인이 아마 처음부터 곁에 서서 우리를 바라보고 있었던 모양이었다. 이 일로 인해서 마리는 기분을 잡쳐버렸다. 왜냐하면 그녀의 날렵한 옷이 기어 들어가느라 구겨져버렸기 때문이었다. 그렇다고 더 이상 나아질 것도 없었다. 왜냐하면 집주인이 벌써 우리에게 인사를 청해온 것이었다. 그는 나와는 다정하게 악수를 했고 마리의 볼을 가볍게 두드렸다. 당시 마리가 몇 살이었는지는 기억나지 않지만 그런 인사를 받은 것을 보면 매우 어렸던 것 같다. 그러나 나라고 나이가 더 많았던 것은 아니었다. 한 하인이 달려 지나가는가 싶더니 날 듯이 사라져버렸다. 치켜든 오른손에는 — 왼손은 허리에 대고 있었다 — 무엇인가를 높이 쌓아 올린 커다란 접시를 들고 있었다. 갑작스러운 일이라 무엇이었는지 알 수가 없었고, 접시 주위에 긴 리본이든가 나뭇잎이든가 해초 같은 것이 아래로 드리워져 하인 뒤쪽 허공에 나풀거렸다. 내가 하인을 보라고 알려주었더니 마리는 머리를 끄덕거리기는 했으나 뜻밖에도 그렇게 놀라는 기색은 없었다. 실은 그녀로서는 이날이 큰 회합에 나오는 첫 기회였던 것이다. 그녀는 소시민의 옹색한 환경에서 자라지 않았던가. 그날의 그녀에게는 가령 이때까지 줄곧 평지에서 살던 사람이 갑자기 눈앞의 장막이 확 걷혀 높은 산 아래에 서 있는 것 같은 기분이었을 것이다. 그러나 주인에 대한 그녀의 태도에서도 그런 티는 하나도 보이지 않았다. 그녀는 그의 인사말을 조용히 경청하면서 내가 그 전날 사준 회색 장갑을 천천히 꼈다. 그녀가 이처럼 그날의 시험에 합격한 것이 근본적으로 나에게는 아주 기쁜 일이었다. 이윽고 주인은 우리에게 자신을 따라오라고 청했다. 우리는 하인이 사라진 방향으로 갔다. 주인은 줄곧 우리보다 한 발 앞서 걸어갔는데 계속해서 자신의 몸을 반쯤 우리 쪽으로 향하고 있었다.

……들이 왔고 침대에 누워 있던 한 환자가 외마디 소리가 난 쪽을 향하여 일어나서는 잠옷을 걸쳤다. 이들은 이제 아래층 시계 앞에 서 있었다. 그 환자는 가슴을 쓸어내렸다. 왜냐하면 가슴이 아팠기 때문이었다.

나는 커다란 홀의 문 옆 가까이에 서 있었다. 나에게서 멀리 떨어진 뒤쪽 벽에는 왕이 사용하는 긴 의자가 놓여 있었다. 부드럽고 아주 민첩한 젊은 수녀가 왕의 시중을 들고 있었다. 베개를 바르게 고쳐 놓기도 하고, 음식물이 놓여 있는 작은 식탁을 밀고 와서 왕에게 집어주곤 했다. 지금까지 왕에게 읽어주던 책은 옆구리에 낀 채였다. 왕은 병이 든 것은 아니었다. 병이었다면 침실로 물러가 있었을 것이다. 그렇지만 가만히 누워 있을 필요는 있었다. 어떤 일로 흥분해서 왕의 민감한 심장이 충격을 받은 것이다. 한 시중이 공주와 부마가 방금 입궐했노라고 알렸다. 그래서 수녀는 책읽기를 중단했던 것이다. 내가 여기에 있게 된 이상은 그리고 아무도 나가라는 지시를 하지 않는 이상은 들어서는 안 될 이야기를 듣게 될 터이니 딱한 노릇이었다. 나에게 나가라고 하지 않는 것은 무슨 속뜻이 있어서 인지도 모른다. 아니면 신분이 천한 나 따위는 잊어버렸는지도 모른다. 어찌됐든 나는 여기에 있어야 할 것 같아서 넓은 홀의 제일 끝쪽 구석으로 물러나 있었다. 왕 가까이에 있는 작은 문이 열리더니 몸을 숙인 채 공주와 부마가 차례로 들어왔다. 홀 안으로 들어오자 공주가 부마의 팔에 매달려서 둘은 하나가 되어 왕 앞으로 나아갔다. "저로서는 더 이상 일을 할 수가 없습니다"라고 부마가 말했다. "너는 결혼식을 올리기 전에, 그 일을 성스럽게 맡지 않았더냐?"라고 왕이 말했다. "알고 있습니다"라고 부마가 말했다. "하지만 그 일을 더 이상 할 수가 없습니다" "어째서 안 된단 말이냐" 하고 왕이 물었다. "저는 바깥 공기를 마실 수가 없습니다" 하고 부마가 말했다. "그곳 소음을 견딜 수가 없습니다. 현기증이 일 정도입니다. 높은 데 있으면 기분이 나빠집니다. 요컨대 이 이상은 더 근무할 수가 없습니다." "마지막 말은 의미있는 말이다. 물론 나쁜 의미이긴 하지만 말이다." 하고 왕은 말했다 "다른 말들은 모두 수식에 불과하다. 그런데 내 딸인 너는 어떻게 생각하느냐?" "이분 말이 옳다고 생각해요" 하고 공주가 대답했다. "지금 생활은 너무나 부담이 됩니다. 그에게나 저에게는 부담이 큽니다. 아버님은 잘 모르고 계실지 모르지만 그는 항상 준비하고 기다리고 있어야만 합니다. 정말로 일이 일어나는 것은 일 주일에 한 번 정도뿐이긴 합니다만, 준비는 언제나 하고 있어야 합니다. 매우 불편한 시각에 일어날 때도 있습니다. 예를 들자면, 우리가 손님을 몇 사람 초대해서 식사를 하고 있는 때 말입니다. 고통스러운 일을 모두 잊어버리고 좀 편안하게 즐기고 있는 그런 때에 갑자기 보초가 뛰어와서 부마를 부르는 것입니다. 그러면 물론 난리가 납니다. 이 불쌍한 사람은 옷을 벗고 몸에 꽉 죄는 촌스러운 색깔의, 어릿광대나 입는 그런 보기도 싫은 제복을 주워 입고 정신없이 뛰어 나가는 것입니다. 회합도 깨지고 맙니다. 손님들도 돌아가버리고 마니까요. 손님들이 가버리는 것이 다행입니다. 왜냐하면 부마께서 돌아오면 말을 잊고, 나말고는 어느 누구도 옆에 있는 것을 참지 못하니 말입니다. 때때로 그는 문에 들어서기가 무섭게 융단 위에 털썩 쓰러질 때도 있습니다. 아버님, 언제까지나 이런 생활을 계속할 수 있다고 생각하십니까?" "아녀자의 연약한 말이구나" 하고 왕은 말했다. "그 말에 놀랄 일은 아니다만, 하지만 부마여, 너까지 아녀자의 말에 넘어가서 —이제 분명한 것은— 근무를 거절할 생각을 하다니, 나로서는 심히 유감이구나."

———————

그것은 길이 오 미터, 폭 오 미터의 구역이다. 그러니까 그다지 넓지 않다. 그러나 어쨌든 내 소유의 땅이 아닌가. 누가 이렇게 정했는지는 정확히 알려져 있지 않다. 어느 땐가 한 낯선 사나이가 찾아왔다. 옷 위에 여러 가지 피혁 제품을 매달고 있었다. 혁대, 어깨에 걸친 가죽끈, 케이스와 가방 등이 그것이다. 그는 가방에서 메모지를 꺼내 뭔가 적어넣더니 이어 이렇게 말했다. "청원한 사람은 어디 계십니까?" 청원자가 앞으로 나섰다. 그 집에 사는 사람들의 반수가 커다란 반원을 그리며 그를 둘러쌌다. 나는 그 무렵 아직 어린 아이였다. 다섯 살이나 되었을까. 그래도 시종 빼놓지 않고 보고 들었다. 그러나 훨씬 훗날에 사람들로부터 자세한 이야기를 듣지 못했다면 나는 그것에 대해 아무것도 생각해낼 수 없었을 것이다.

매우 알기 어려운 일이고 어린아이인 나로서는 주의해서 들을 수도 없는 일이었다. 그래도 뒤에 사람들로부터 들은 이야기는 어렴풋이나마 기억에 남아 있었기 때문에 감명이 깊었다. 낯선 사람이 날카로운 눈매로 청원자의 얼굴을 훑어보던 모습은 지금도 눈에 선할 정도다. "네가 요구하는 것은 결코 사소한 일이 아니다" 하고 그 낯선 자는 말했다. "너는 그것을 알고 있느냐?"

어느 미개인들에 대한 이야기인데, 그들은 죽겠다는 욕구밖에 없다. 아니, 차라리 그들은 그런 욕구조차도 갖지 못한다고 해야 하며, 죽음이 그들을 요구하기 때문에 그들은 거기에 몸을 바친다. 아니, 차라리 그들은 몸을 바치는 것이 아니라 연안 모래밭에 쓰러져 다시 일어나지 않는다고 해야 할 것이다—이런 미개인들과 나는 매우 닮았다. 또 주위에 여러 동족들이 살고 있다. 그런데 이들 나라의 혼란은 극심해서 군중들은 밤낮으로 밀려왔다가 밀려가고 그리고 동족들은 그들에 의해 휩쓸려가는 것이다. 이 나라에서는 이것을 '누구를 돌봐준다'라고 한다. 여기에서는 그러한 구제책이 언제든지 마련되어 있다. 사람들은 아무 이유도 없이 넘어질 수 있고 그리고 그대로 누워 있는 사람을 악마처럼 무서워한다. 그것은 전례가 되면 곤란하기 때문이고, 그 사람에게서 생길지 모르는 진실에 대한 잘못된 악평 때문이다. 분명, 아무 일도 일어나지 않을지도 모른다. 한 사람이, 열 사람이, 어느 민족 전체가 넘어진 채 그대로 누워 있을 수 있다면 아무 일도 일어나지 않을지 모른다. 힘찬 삶은 계속될 것이고, 다락방에는 펼쳐진 적도 없는 국기가 여전히 가득 차 있을 것이다. 이 회전식 손풍금에는 음을 내는 태엽통이 하나 있을 뿐이다. 그러나 영원 스스로가 그 핸들을 돌린다. 그러면서도 불안한 것은 어찌된 일일까! 사람들은 어째서 실신해서 넘어져 있는 그들 자신의 적을 언제고 자기들 속으로 옮겨오는 것일까. 그들 자신을 위해서일까, 이 무력한 적을 위해서일까. 그들은……

"그럼 시작해볼까요?" 신사가 말하고는 미소를 지으며 나를 빤히 쳐다보았다. 그러고는 넥타이를 고쳐 매었다. 나는 그 눈길을 견딜 수가 없었지만, 자의로 몸을 약간 옆으로 돌려서는 더욱 더 눈에 힘을 모아 책상 표면을 들여다보았다. 마치 책상 위에 홈이 패여 점차 깊어지며 눈을 아래로 끌어당기는 것 같았다. 이런 상태에서 나는 말했다. "당신은 저를 시험하시려는군요. 하지만 아직까지 그것에 대한 권한을 증명해 보이지 않았습니다." 그러자 그는 큰 소리로 웃으면서 이렇게 말했다. "나의 권한은 나의 실존입니다. 나의 권한은 내가 현재 앉아 있는 것입니다. 나의 권한은 나의 질문입니다. 나의 권한은 당신이 나를 이해한다는 것입니다." "좋아요. 그렇다고 해둡시다" 하고 내가 말했다. "자, 그럼, 시험해보도록 할까요." 그가 말했다. "당신 안락의자를 약간 뒤로 물리도록 해주시겠소. 이곳은 비좁군요. 제발 옆을 보지 말고 내 눈을 똑바로 보세요. 당신의 대답을 듣는 것보다 당신을 보는 것이 나에겐 더 중요할지 모릅니다." 내가 그의 말을 따르자 시험이 시작되었다. "내가 누구이지요?" "제 시험관입니다" 하고 내가 말했다. "좋아요." 그가 말했다. "그럼 나는 어떤 사람이지요?" "저의 아저씨입니다" 하고 내가 말했다. "아저씨라고요?" 그가 소리쳤다. "무슨 대답이 그 모양이요." "제 아저씨란 말입니다" 하고 나는 힘을 주어 말했다. "더 좋을 것이 없지 않습니까."

———————

나는 내 방 발코니에 서 있다. 그것은 매우 높았다. 유리창의 열을 세어보니 칠층집이었다. 아래는 잔디밭이었다. 그것은 삼면이 둘러 싸여 있는 작은 뜰이었다. 아마 파리였을 것이다. 나는 방으로 들어가 문을 연 채로 놔두었다. 아직 삼월이나 사월인 것 같은데, 햇살은 아주 따뜻했다. 한쪽 구석에는 작은, 그러나 가벼운 책상이 놓여 있었다. 나는 그 책상을 한 손으로 들어 올려 공중에 휘두를 수도 있었을 것이다. 이제 나는 책상에 다가가 앉았다. 잉크와 펜대가 마련되어 있었다. 나는 그림엽서를 쓸까 했다. 내게 그림엽서가 있는지 어떤지 불안해서 호주머니를 더듬었다. 그때 나는 새소리를 들었다. 주위를 살펴보니 집 담벼락에 붙어 있는 발코니 위에 새장이 있었다. 곧바로 나는 밖으로 나갔고, 그 새를 보기 위해서 발돋움을 했다. 카나리아였다. 이런 새를 갖게 되다니 나는 기뻤다. 나는 새 창살 사이에 끼어 있는 한 조각의 푸른 상추잎을 밀어 넣어 새가 쪼아먹게 했다. 그리고 뜰을 바라보고 손을 비비고 난간 위로 잠시 몸을 굽혔다. 정원 건너편 다락방에서 누군가가 오페라 글라스로 나를 관찰하고 있는 듯했다. 내가 새로 이사온 임대인이라서 그럴 것이다. 사소한 일이긴 했지만 아마 창가의 전경이 그에겐 유일한 낙일 수 있는 병자일지도 몰랐다. 호주머니에 그림엽서가 있었기 때문에 나는 편지를 쓰기 위해 방으로 들어갔다. 그 엽서에는 물론 파리 풍경이 아닌 「저녁의 기도」라는 그림이 있을 뿐이었다. 조용한 호수와 그 전경에는 갈대가 드문드문 나 있고, 호수 한가운데에 보트가 떠 있었으며, 그 보트 안에는 팔에 아이를 안은 젊은 어머니가 타고 있었다.

솔직하게 말해서 나는 그 모든 사태에 대해 별로 관심이 없다. 나는 한쪽 모서리에 누워서 볼 수 있는 한은 보고, 알아들을 수 있는 한은 귀를 기울인다. 어쨌든 나는 몇 달 전부터 어스름 속에서 살며 밤을 기다린다. 내 감방 동료는 다르다. 그는 굽히지 않는 사람이며, 퇴역 대위이다. 나는 그의 심신 상태를 짐작할 수 있다. 그의 의견에 따르면 자신의 처지는 얼음에 둘러싸여 절망적인 상태에 빠져 있는 극탐험가와 같다는 것이다 그러나 앞으로 구출된다는 것은 틀림없으며, 아니, 극탐험가의 모험담을 읽으면 알 수 있듯이, 이미 구출되어 있는 상태라는 것이 더 정확하다는 것이다. 그렇다면 이제 다음과 같은 모순이 생긴다. 즉, 그가 구출되리라는 것은 의심할 여지가 없으며, 그것은 그의 의지와는 무관하다. 그가 승리를 가져다주는 비중 있는 인물이라는 사실만으로 그는 간단히 구출될 것이다. 그러나 그는 그것을 과연 바라야만 하는가? 그가 바라든 바라지 않든 그것은 아무런 변화를 가져오지 않을 것이고, 그는 구출될 것이다. 그러나 그가 그것을 바라야 할 것인지도 역시 문제로 남는다. 겉으로 보기에 쓸데없어 보이는 이 문제에 그는 매달려 있다. 그가 그 문제를 골똘히 생각하고 나에게 제시해서 우리는 그 문제를 논하게 되었다. 우리는 구출 자체에 대해서 논하지 않는다. 그를 구출하는 데는 작은 망치 하나면 족할 것이다. 즉, 제도판을 고정시키는 못을 박을 수 있는 작은 망치 말이다. 그 이상으로는 그 일을 해낼 수 없을지 모른다. 그러나 그는 그 망치에게 아무것도 요구하지 않는다. 그것을 소유하는 것만으로도 그는 희열에 찰 것이다. 때때로 그는 내 곁에 무릎을 꿇고 앉아서 이때까지 수천 번씩이나 보아온 망치를 내 코앞에 내밀기도 하고, 혹은 내 손을 잡고 바닥 위에 펴게 한 다음 모든 손가락을 차례로 망치로 두들겨보기도 한다. 이런 망치로는 한 조각 벽도 떼어내지 못하리라는 것을 그는 알고 있다. 종종 그는 망치로 벽을 살짝 문지르기도 한다. 그렇게 함으로써 대기하고 있는 거대한 구출기계장치를 작동케 하는 반복

신호를 줄 수 있다는 듯이 말이다. 그러나 정확히 그렇게 되지는 않을 것이다. 구출은 망치와는 별개로 때가 오면 시작될 것이다. 그러나 망치는 그 어떤 무엇으로, 손으로 잡을 수 있는 것이고, 하나의 보증이며, 키스해줄 수 있는 그 어떤 것이지만, 그러나 구출, 그것에는 결코 키스할 수가 없을 것이다.

분명히 말할 수 있는 것은 대위가 감금생활로 인하여 정신이 이상해졌다는 것이다. 그의 사고 영역은 매우 한정되어 있어서 더 이상 어떤 사고도 할 수 있는 여지가 없다.

어느 비오는 날. 너는 반짝이는 웅덩이 앞에 서 있다. 피곤하지도 않고 슬프지도 않다. 생각에 잠겨 있는 것도 아니다. 그저 모든 지상생활의 어려움 속에 서서 누군가를 기다리고 있다. 이윽고 목소리가 들린다. 뜻을 알아들을 수는 없지만 그 억양만 듣고도 너의 얼굴엔 저절로 미소가 감돈다. "함께 가자"는 목소리였다. 하지만 사방을 둘러보아도 함께 갈 사람은 아무도 없다. "함께 가겠소" 하고 너는 말한다. "하지만 당신을 볼 수가 없소." 그 말에도 아무런 응답이 없다. 그러나 네가 기다리던 사나이가 온다. 키가 큰 튼튼한 체격의 사나이지만, 눈은 작고 눈썹은 짙다. 볼은 두툼하지만 다소 처진 느낌이다. 거기에 턱수염이 자라고 있다. 어쩐지 전에 어디선가 만난 적이 있는 것 같다. 물론 너는 전에 그를 만난 일이 있다. 이 사람은 예전의 장사 친구가 아니던가. 너는 이 사나이와 여기서 만나 오랫동안 미결로 남아 있는 영업상의 문제를 이야기하자고 약속했던 것이다. 그러나 그가 네 앞에 서 있고 눈에 익은 그의 모자의 차양에서 빗방울이 천천히 떨어지고 있는데도 그를 알아보기가

그렇게 어려웠다니. 무엇인가 너를 방해하고 있다. 너는 그것을 쫓아버리려고 한다. 그 사나이를 정면으로 대하기 위해서 그의 팔을 잡는다. 그러나 곧바로 그 팔을 놓아버린다. 몸이 오싹하는 느낌이 든 것이다. 무엇을 만진 것일까. 너는 손을 바라본다. 아무것도 없다. 가슴이 메슥거리고 토할 것만 같다. 너는 변명을 꾸며보지만 변명이 될 것 같지도 않다. 너는 변명을 늘어놓으면서 변명을 잊어버린 채 계속 걸어가서는 부리나케 집 담 쪽으로 들어간다―그 사내는 네 등 뒤에서 너를 부르고 있다. 아마 경고인 모양이다. 그러나 너는 그에게 손짓을 보낸다―네 앞에 담벼락이 열리더니 가지 달린 촛대를 높게 받쳐든 하인이 나온다. 너는 그 뒤를 따라간다. 그러나 그가 안내한 곳은 거실이 아니라 약국이다. 높은 반원형으로 된 벽을 가진 큰 약국이다. 벽에는 똑같은 모양의 서랍이 수백 개나 달려 있다. 구매자들도 많이 있었다. 대개가 길고 가느다란 막대기를 들고 있으며 자기가 바라는 약이 들어 있는 서랍을 그 막대기로 두드린다. 그러면 약국의 조수들이 서둘러 가뿐한 동작으로 기어올라가―무엇을 사용해서 오르는지는 알 수 없다. 눈을 비비고 보아도 아무것도 보이지 않는다―손님이 찾는 약을 가져온다. 그것은 즐거움을 주기 위해서일까, 아니면 판매인은 그렇게 타고난 것일까. 어찌됐든 그들은 바지 뒤쪽으로 털이 부슬부슬 난 꼬리를 늘어뜨리고 있어서―다람쥐 꼬리를 닮았으며 그보다 훨씬 길다―기어오를 때면 그것이 가늘게 떨린다. 여기저기서 밀려오는 많은 구매자들 때문에 가게와 거리가 어떤 식으로 연결되어 있는지 알 길이 없다. 닫혀 있는 조그마한 창이 하나 보이는데, 그것은 아마 오른쪽 옆 가게 입구로부터 작은 길로 나 있는 모양이다. 그 창문 밖으로 세 사람이 보인다. 그들이 창문에 서서 전망을 완전히 가리고 있기 때문에 그들 뒤에 있는 길이 사람으로 넘쳐나는지, 아니면

620

텅 비어 있는지 알 수가 없다. 주로 보이는 것은 시선을 온통 끌고 있는 한 사나이의 모습뿐이다. 사내의 좌우에 여자가 한 명씩 있으나, 그들은 거의 눈에 띄지 않는다. 여자들이 몸을 구부리고 있는지 기울이고 있는지, 그렇지 않으면 사내 쪽으로 깊숙이 몸을 기울이고 있는지는 알 수 없으나, 그들은 부차적일 뿐이다. 반면 그 사내 역시 여성적인 데가 있다. 그는 힘차 보였고, 푸른 작업복을 입고 있다. 얼굴은 넓고 밝다. 코는 짜부라졌고, 마치 방금 눌려진 것 같기도 하다. 그리고 콧구멍들은 앞다투어 벌름거리면서겨우 자체를 보존하고 있었다. 뺨은 생기를 띠고 있다. 나는 자꾸 약국 안을 기웃거리며 입술을 움직이고 몸을 좌우로 기울인다. 마치 그 안에서 무엇을 찾고 있는 듯하다. 가게 안에서도 한 사나이가 눈에 띄었는데, 그는 무엇을 원하는 것도 아니고 손님을 돌보는 것도 아니고 꼿꼿이 서서 이리저리 돌아다니면서 안에 있는 모든 것을 둘러보려고 한다. 아랫입술을 두 손가락으로 누르며 이따금씩 회중시계를 들여다본다. 아무래도 이 사나이가 이 약국의 주인인 듯하다. 손님들은 서로 손가락으로 그를 가리키고 있다. 이 사나이는 길이와 넓이에 따라 너무 느슨하지도 또 너무 꽉 조이지도 않게 수많은 가늘고 둥글고 긴 가죽끈을 상체에 두르고 있는데, 이것으로 그가 주인임을 쉽사리 알 수 있다. 열 살쯤 되어 보이는 금발 소년이 그의 웃옷을 잡아당기고 때로는 가죽끈을 붙잡고 하면서 무엇인가를 조르고 있으나 약국 주인은 그것을 들어주려 하지 않는다. 그때 문의 종이 울린다. 왜 그것이 울릴까? 이렇게 많은 사람들이 들락거려도 울리지 않던 종이 이제 울리고 있는 것이다. 손님들이 문으로부터 뒤로 물러선다. 마치 종이 울리는 것을 기대했던 것처럼 말이다. 아니, 손님들은 그들의 동작이 나타내는 이상의 것을 알고 있는 듯 보였다. 그건 그렇고 사람들은 양쪽으로 열리는 커다란 유리문을 바라본다. 밖은 좁은 거리인데 사람은 보이지 않는다. 그 거리에는 벽돌이 가지런하게 깔려 있다. 구름이 잔뜩 끼어 비가 내릴 것 같은 날씨지만 아직 비는 내리지 않는다. 방금 한 신사가 거리에서 들어오면서 문을 열었기 때문에 종이 울린 것이다. 그런데 그는 잠시 망설이는 듯하더니, 다시 한 번 밖으로 나가 간판을 올려다본다. 그래, 맞아 하는 표정으로 들어온다. 이 사람은 의사 헤로디아스이다. 여기에 몰려 있는 사람들은 누구나 그 사실을 알고 있다. 그는 왼손을 바지 주머니에 찌른 채 약국 주인이 서 있는 데로 걸어간다. 주인은 이제 혼자 너른 공간에 서 있다. 예의 소년조차도 제일 앞줄에 서 있기는 하지만 역시 뒤로 물러나 푸른 눈을 크게 뜨고 쳐다보고 있다. 말을 하는 헤로디아스의 태도는 미소를 띠고 있으나 우월감에 사로잡혀 있다. 머리를 뒤로 기댄 채였는데, 말을 할 때도 듣고 있는 것 같은 얼굴이다. 게다가 그는 기분이 헛갈리는 모양이다. 같은 이야기를 두 번씩이나 반복해야 한다. 그에게 전달하기란 여간 힘이 드는 것이 아니다. 그는 그 점에 대해서도 비웃는 것 같다. 의사가 되어가지고 약국을 모르다니 될 법이나 한가. 그러나 그는 여기가 처음인 것처럼 주위를 둘러본다. 그러고는 꼬리를 늘어뜨린 점원들을 보고 머리를 흔든다. 그리고 약국 주인에게 가 오른손을 상대편 어깨에 얹더니 빙 돌려세우고는 둘이서 어깨를 나란히 한 채 옆으로 길을 비켜주는 사람들 사이를 뚫고 약국 안으로 들어갔다. 소년은 사람들 앞에 서서 여전히 두려운 얼굴로 가만히 있다. 두 사람은 책상 쪽으로 걸어간다. 소년은 그 곁에 늘어진 커튼을 들어올린다. 그들은 거기서 다시 계속 가더니 연구실을 지나 조그만 문이 있는 곳까지 걸어간다. 소년도 그 문을 열 용기가 없는 것 같아서 의사가 직접 연다. 이렇게 되니까 여기까지 뒤따라온 손님들 무리가 방 안에까지 따라 들어올 기색이었다. 그러나 그동안 앞줄로 나온 점원들이 주인의 명령을 기다릴 것도 없이 몸을 빙 돌려서 손님들과 마주선다. 점원들은 젊은이들이고, 힘있고, 역시 영리하다. 그들은 천천히 그리고 조용히 손님들을 뒤로 밀어낸다. 손님들도 별로 방해할 마음이 없었던지 점원들의 완력에 의해 완전히 뒤로 밀려나버린다. 그러나 거부하는 몸짓은 여전했다. 그러한 거부를 야기한 장본인은 두 여자들을 거느리고 있던 예의 사나이였다. 그는 창가의 자리를 떠나 가게 안으로 들어와 다른 사람들보다 앞으로 나가려고 하고 있다. 분명 이곳을 배려하는 많은 사람들의 양보로 그는 앞으로 나아갈 수 있었다. 그는 팔꿈치로 옆을 밀칠 필요도 없이 재빠르게 두 번 노려보는 것만으로도 점원들 사이를 헤치고 두 여인과 함께 그 신사들에게 접근할 수 있었다. 그들보다 키가 커서 그는 그들 머리 사이로 어두운 방 안을 들여다보았다. "누구세요?" 하고 방 안에서 여자의 음성이 힘없이 들린다. "조용히 해요. 선생님이 오셨어요." 약국 주인은 대답하고 방 안으로 들어간다. 아무도 불을 켤 마음이 없는 것 같다. 의사는 약국 주인을 뒤에 남겨두고 혼자서 침대에 다가간다. 그 사나이와 여인들은 난간에 기대듯 병자의 다리쯤에 있는 침대 기둥에 몸을 기대고 있다. 약국 주인은 감히 앞으로 나가지도 못한다. 소년은 또 그에게 달라붙는다. 의사는 낯선 세 사람이 방해된다고 느낀다. "그대들은 누구시오?" 하고 그는 환자를 생각해서 나지막하게 묻는다. "이웃 사람이오." 그 사나이는 대답한다. "어쩌자는 겁니까?" "우리가 바라는 것은" 하고 그 사나이가 의사보다 더 큰 소리로 말을 한다……

나는 호수에서 노를 젓고 있었다. 호수는 둥근 아치 모양의 동굴 안에 있었기 때문에 해는 들지 않았다. 그런데도 밝았다. 파랗고 창백한 돌에서 맑은 빛이 언제나 똑같이 내려 비치고 있었다. 바람결도 느낄 수 없는데 파도는 높이 일었다. 나의 보트는 작지만 튼튼하게 만들어졌으므로 어떤 위험도 없을 것이다. 나는 조용히 물결 속을 저어 나갔다. 그러나 배를 젓는 일 따위는 거의 생각하지 않았다. 나는 이곳을 지배하고 있는 정적을 내 가슴속에 받아들이는 데 전력을 다하고 있을 뿐이었다. 이것은 내가 지금까지 생애에서 맛본 적이 없는 정적이었다. 그것은 모든 과일 중에서도 가장 영양이 풍부한 과일과도 같았다. 나는 눈을 감고 그 정적을 내 가슴속에 들이마셨다. 물론 방해가 없는 것은 아니었다. 아직은 완벽한 정적이었지만 지속적으로 어떤 방해의 위협이 있었다. 무엇인가가 아직은 소음을 막아주고 있었지만, 소음은 즐거움에 겨워 불쑥 웃음을 터뜨리기 직전에 있었다. 나는 그곳에 있지도 않은 소음에 눈을 부라렸다. 쇠고리에서 노를 끌어내어, 흔들리는 보트 안에 일어서서 노로 허공을 위협했다. 아직은 조용했다. 나는 계속 노를 저었다.

––––––––––––––––––

나는 매우 젊어서 절정기에 있다. 청춘에 무슨 실패랄 게 있겠는가. 세상의 악행은 비록 청춘이 언제나 모든 것을 이겨내는 데 있지만······

––––––––––––––––––

인간의 근본적인 약점은 그가 승리를 거둘 수 없다는 데 있는 것이 아니라, 승리를 다 이용할 수 없다는 데 있다. 청춘은 모든 것을 이겨낸다. 근원적인 기만도, 숨겨진 악행도 정복한다. 그러나 승리를 붙잡고 그것에 생명을 주지는 못한다. 그때는 이미 청춘도 지나가버린다. 노인은 더 이상 감히 승리를 언급하지도 못한다. 그리고 새로운 청춘은 동시에 개시되는 새로운 공격에 시달려서 자기 고유의 승리를 원하는 것이다. 그렇게 해서 악마는 끊임없이 정복되지만 결코 말살되지는 않는다.

———————————

언제나 불신하기만 하는 사람들은 커다란 근원적인 속임수 외에도 매사에 그들에 대해서만은 자잘한 특별한 속임수가 행해진다고 생각하는 사람들이다. 즉 연애극이 무대 위에서 상연될 때 여배우가 애인에게 보내는 거짓웃음말고도 제일 뒤쪽 싸구려 관람석에 앉아 있는 특정 관객에게 의미 있는 미소를 던지고 있다고 생각하는 것이다. 그것은 어리석은 교만이다.

———————————

너는 도대체 속임수 이외에 다른 무엇을 알 수 있는가? 언젠가 속임수가 근절된다면 너는 그쪽을 보아서는 안 된다. 그렇지 않으면 소금기둥이 될 것이다.

———————————

나는 열다섯 살 때 어느 상점의 견습생으로 들어갔다. 어디든 일자리를 구한다는 것은 나로서는 쉬운 일이 아니었다. 성적증명서는 만족스러웠지만, 나는 키도 아주 작고 몸도 약했던 것이다. 실은 단지 동정심 때문이었겠지만, 마침내 나는 철공소에 채용되었다.

그것은 암담하기 이를 데 없는 작은 가게였다. 나는 내 힘에 너무 부치는 짐들을 날라야만 했다. 그러나 나는 그 일자리에 대단히 만족했다.

───────────────

굳이 집밖으로 나갈 필요는 없다. 네 책상에 머물러 귀를 기울여라. 귀기울일 것도 없이, 그것이 너를 압박해올 때까지 기다려라. 기다릴 것도 없이, 완전히 조용히 그리고 홀로 있으라. 세상이 자청해서 너에게 본색을 드러내 보일 것이다. 세상은 달리 어쩔 수가 없을 것이다. 그것은 황홀해서 네 앞에서 몸을 뒤틀 것이다.

───────────────

"위대한 수영선수! 위대한 수영선수!" 하고 사람들이 외쳤다. 나는 X에서 있었던 올림픽 수영 부문 세계기록을 수립하고 귀국한 것이다. 나는 고향 도시 ―그게 어디인지? ― 역의 야외 계단 위에 서 있었다. 그리고 저녁 어둠 속에 서 있는 군중들을 내려다보았다. 내가 한 처녀의 볼을 살며시 만지자 그녀는 재빨리 내 목에 띠를 걸어주었다. 거기에는 외국어로 올림픽 승리자라고 씌어 있었다. 자동차가 내게 와 멈추어 섰다. 몇 명의 사람들이 나를 에워쌌다. 두 신사가 동승했다. 시장과 또 다른 누군가였다. 곧 우리는 어느 축하 연회장에 도착했는데, 내가 들어가니 관람석에서 합창 소리가 들렸다. 내빈들은 수백 명이나 되었다. 그들이 일어나서 내가 알지 못하는 구호에 박자를 맞추어가며 외쳐댔다. 내 왼편에는 장관이 앉아 있었다. 어찌된 까닭인지 잘 모르겠으나 나를 소개하는 말을 듣고 나는 깜짝 놀랐다. 나는 장관의 얼굴을 한 번 쏘아보았다. 그러나 곧 생각을 고쳐먹었다. 오른쪽에는 시장 부인이 앉아 있었는데, 풍만한 여자였다. 그녀의 몸은 어디든 모두, 특히 불룩한 가슴에는 장미와 꽃다발로 가득 덮여 있는 듯했다. 내 맞은편에는 얼굴이 묘할 정도로 하얀 뚱뚱한 신사가 앉아 있었다. 소개된 이름은 듣지 못했다. 그는 양 팔꿈치를 테이블 위에 세우고―그를 위해서 특별히 좌석을 넉넉하게 잡은 것 같았다―조용히 앞을 보면서 입을 다물고 있었다. 그의 좌우에는 아름다운 금발 처녀들이 앉아 있었다. 양쪽 모두 쾌활한 성격이어서 계속 입을 놀리며 무엇인가를 지껄이고 있었다. 나는 교대로 처녀들의 얼굴을 바라보았다. 눈이 부실 만큼 조명이 밝았지만 멀리 있는 손님들의 얼굴은 잘 알아볼 수가 없었다. 모든 게 다 움직이고 있었기 때문일 것이다. 웨이터는 이리저리 돌아다니며 식사를 돌리고 있었고, 축배의 잔이 올려지고 있었으며, 게다가 조명이 너무 강한 탓도 있을 것이다. 또한 일종의 어수선함―꼭 한 가지뿐이었지만―이 있었다. 또한―꼭 한 가지뿐이었지만―조금 어수선해 보였는데, 몇 명의 손님들, 특히 숙녀들이 등을 테이블 쪽으로 돌리고 앉아 있는데다가 안락의자 등받이와의 사이에 간격을 두고 앉아 있는 것이 아니라 그들의 등이 테이블에 거의 닿을 정도로 앉아 있었기 때문이었다. 내 맞은편 처녀들에게 그것을 지적하자 다른 일에는 잘 지껄이는 그들도 여기에는 아무 대답도 하지 않고 나를 오랫동안 쳐다보면서 웃고만 있었다. 종소리를 신호로 해서―웨이터들은 식탁 사이에 멈추어 섰다―내 맞은편에 앉아 있던 뚱뚱한 사내가 일어서서 연설을 했다. 이 사내는 어째서 이렇게 슬픈 듯한 얼굴을 하고 있는 것일까. 그는 지껄이면서 손수건으로 얼굴을 문질렀다. 그것은 관대하게 보아 넘길 수도 있었다. 저 뚱뚱한 몸으로 연회장의 열기 속에서 힘들게 연설을 해야 하다니 그것도 무리는 아닐 것이다. 그러나 그것도 눈에서 흐르는 눈물을 감추기 위한 고육책임을 나는 잘 알 수 있었다. 그는 지껄이면서 계속 내 얼굴을 보고 있었다. 그것도 그저 얼굴을 보는 것이 아니라 관 뚜껑을 열어놓은 나의 묘를 들여다보는 듯한 표정이었다. 그의 연설이 끝나자 내가 일어나서 연설한 것은 말할 것도 없다. 나는 아무래도 지껄이지 않고는 견딜 수가 없었다. 왜냐하면 그 자리에서는, 아니, 다른 자리에서도 마찬가지였겠지만, 공공연하게 밝혀야 할 점이 있는 것으로 생각되었다. 그래서 나는 다음과 같은 연설을 시작했다.

"축제에 참가해주신 존경하는 내빈 여러분! 저는 세상이 인정하고 있듯이 세계기록 보유자입니다. 제가 어떻게 기록을 달성할 수 있었는가를 물어보신다면 충분한 대답을 드릴 수는 없습니다. 탁 털어놓고 말씀드리자면 저는 수영을 전혀 못합니다. 전부터 헤엄을 배우고 싶다고는 생각했으나 그런 기회가 없었습니다. 그러한 제가 조국에 의해 올림픽에 나가게 되다니 어찌된 노릇인지 모르겠습니다. 이거야말로 제가 알고 싶은 문제입니다. 무엇보다도 먼저 제가 확인해두어야 할 사실은 제가 지금 조국에 돌아온 것이 아니라는 것, 그리고 아무리 애를 써보아도 여기에서 이야기하는 말을 한 마디도 알아들을 수가 없다는 것입니다. 착오일 거라고 생각하는 것이 가장 그럴듯할지 모릅니다. 그러나 그것은 결코 착오일 수 없습니다. 저는 세계기록을 가지고 있습니다. 저는 고향으로 돌아왔습니다. 또 여러분들이 부르는 그 이름의 인간이 바로 저입니다. 여기까지는 꼭 들어맞습니다. 그러나 여기서부터 더 이상 맞지 않습니다. 저는 고향에 있는 것이 아닙니다. 여러분들을 알지도 못하고 또 이해하지도 못합니다. 그러나 정확하지는 않지만 어쩐지 착오일 가능성에 모순되는 듯한 점도 없지 않습니다. 여러분들의 말을 알아들을 수는 없어도 그리 문제가 되지 않는다는 것입니다. 그리고 또한 제가 하는 말을 알아듣지 못해도 여러분들은 별로 개의치 않는 듯 보입니다. 저보다 앞서 연설하신 존경하는 연사의 연설에서 알 수 있었던 것은 그것이 암담할 정도로 슬픈 연설이라는 것뿐입니다. 그러나 그것을 안 것만으로도 충분할 뿐만 아니라 너무 많은 것으로 생각됩니다. 제가 역에 도착해서 한 모든 대화들도 비슷한 듯합니다. 하지만 저는 저의 세계기록의 문제로 되돌아가겠습니다.

———————

집 입구에 두 남자가 서 있다. 옷차림이 매우 지저분해 보인다. 입고 있는 것이 대체로 걸레조각들이다. 더럽고 찢어지고 술 장식으로 되어 있다. 그러나 개별적으로는 아주 보존 상태가 좋다. 한 사람은 높은 새 칼라에 비단 넥타이를 매고 있다. 또 한 사람은 멋진 중국 바지를 입고 있다. 여유 있게 재단이 되어 있고 아래쪽으로 갈수록 통이 좁아지며 장화 위에서 살짝 뒤집혀 있다. 그들은 이야기를 주고받으면서 문을 막고 서 있었다. 한 남자가 왔다. 시골 목사 같은 풍채를 한 중년 신사였다. 키가 크고 튼튼한 체격에 목도 굵었다. 뻣뻣한 다리 때문에 걸을 때마다 몸을 좌우로 흔드는 듯했다. 그는 집으로 들어가려고 했다. 급한 용무 때문에 온 모양이었다. 그러나 두 사람이 출입구를 지키고 서 있다. 한 사람이 호주머니에서 긴 금줄이 달린 시계를 꺼낸다―그것은 몇 가닥의 쇠줄을 단단하게 이어 맨 것 같았다. 아직 아홉 시가 안 됐다. 열 시 전에는 아무도 들여보낼 수가 없다. 목사는 매우 난처해했다. 그러나 두 남자는 또 다시 대화를 시작했다. 목사는 한동안 그들의 얼굴을 보고 있다가 더 이상 부탁해도 소용이 없다고 생각했는지 몇 발자국을 떼어놓았다. 그러나 문득 무슨 생각이 들었는지 되돌아왔다. 그 신사들은 도대체 그가 누구에게 가고자 하는지 알고나 있는 걸까? 그는 자기 누이인 레베카 초우팔에게 가려는 것이다. 그녀는 하녀와 삼 층에서 살고 있는 나이든 부인이다. 물론 문지기들은 그런 일을 알 턱이 없었다. 이번에는 목사가 들어가는 것을 거절하지 않을 뿐 아니라 그가 둘 사이를 지나갈 때 공손히 절을 하는 시늉까지 한다. 목사는 현관에 들어서자 간단하게 그 둘을 속여넘긴 것에 혼자 웃음이 나는 모양이었다. 다시 한 번 슬쩍 뒤돌아보니 놀랍게도 두 사람이 팔짱을 끼고서 떠나가고 있는 것이 보였다. 그저 그 때문에 거기에 서 있었단 말인가? 목사의 판단으로서는 도저히 납득할 수 없는 일이었다. 그는 완전히 몸을 돌린다. 거리는 약간 활기에 차 있었다. 가끔 길 가던 사람 하나가 현관 안을 들여다보았다. 문이 양편으로 활짝 열려 있는 것이 묘하게 목사의 마음에 걸렸다. 이렇게 활짝 열려 있음으로 해서 궁극적으로는 탁 닫힐 것이라는 긴장감이 존재한다. 그때 그는 자기 이름을 부르는 소리를 들었다. "아르놀트!" 하고 계단 쪽에서 부르는 소리가 들렸다. 가느다랗고 과로한 기색이 도는 목소리였다. 그리고 곧바로 손가락 하나가 그의 등을 가볍게 두드렸다. 허리가 굽은 노파가 거기에 서 있었다. 그녀는 짙은 녹색의, 그물눈이 성긴 천으로 몸을 감싼 채 분명 눈이 아니라 입 안에 거칠게 드문드문 난 가늘고 긴 이빨로 그를 보고 있었다.

이랴, 이랴, 우리는 어둠 속을 말을 타고 달렸다. 칠흑 같은 밤이었다. 달도 별도 없었다. 그리고 달도 별도 없는 밤보다도 더 어두웠다. 우리는 중대한 임무를 띠고 있었다. 우리 지휘자는 그 임무가 담긴 견실하게 봉한 편지를 몸에 지니고 있었다. 우리는 지휘자를

잃어버리지나 않을까 걱정이 되어 이따금씩 우리 중 한 사람이 앞 장서 말을 달렸고, 그가 아직 거기 있는지 확인하기 위해서 지휘자의 몸을 더듬었다. 그러나 내가 확인할 차례가 되었을 때 지휘자는 어디로 사라지고 없었다. 우리는 그다지 놀라지도 않았다. 처음부터 이런 일이 일어나리라고 생각하고 있었던 것이다. 우리는 말을 돌려 되돌아가기로 결정했다.

──────────

이 도시는 태양과 닮았다. 중심원 속에 모든 빛이 두텁게 모여 있는 것이다. 눈이 부셔 갈피를 잡을 수 없다. 거리도 집도 찾아볼 수 없다. 한 번 속으로 들어가면 아무래도 더 이상 빠져나올 수가 없다. 그보다도 훨씬 더 큰 바깥 환상도로 면 안은 여전히 집들이 빽빽히 들어서 있지만 끊임없이 방사되는 빛은 더 이상 보이지 않는다. 어두운 골목길도 있고, 두 개의 도로를 연결해주는 통로가 있는 숨겨진 집들도 있다. 게다가 저녁 어스름 속에 싸늘하게 놓여 있는 아주 작은 공간들도 있다. 이보다 더 큰 환상도로 면으로 나가보면 빛은 벌써 매우 분산되어 있어서 사람들이 그것을 찾아야 할 정도다. 도시의 커다란 평지가 차가운 회색빛 속에 서 있을 뿐이다. 그리고 마침내는 탁 트인 땅이 거기에 잇닿아 있다. 그것은 희미한 색깔과, 만추晩秋의 기색을 띤 황량한 땅으로 일종의 번갯불이 번쩍 하고 겨우 한 번 지나칠 뿐이었다.

──────────

이 도시에는 아침이랄 수 없는 이른 새벽이 지속되고 있다. 하늘은 거의 빛이 없는 잿빛이지만 균형이 잡혀 있다. 거리는 텅 비어 있고, 깨끗하고 조용하다. 어디에선가 고정되어 있지 않은 창문 한 짝이 천천히 움직이고 있다. 어디에선가 제일 위층의 발코니 난간 위에 펼쳐져 있던 천 조각 끝들이 바람에 휘날리고 있다. 어디에선가 열어젖힌 창의 커튼이 가볍게 흔들리고 있다. 이 밖엔 움직이는 것이라곤 아무것도 없다.

―――――――――

밤에 잠겨 있다. 곰곰이 생각하기 위해 종종 머리를 수그리듯이 그렇게 밤에 완전히 잠겨 있다. 주위엔 사람들이 잠자고 있다. 집 안에서, 고정된 지붕 밑의 고정된 침대에서 몸을 쭉 편 채로, 아니면 천으로 몸을 감거나 이불을 덮고서 매트리스 위에 몸을 구부린 채 그들이 잠자고 있다. 이것은 하나의 작은 연극이다, 하나의 순진한 자기 환상이다. 실제로 사람들은 당시에도 한 번 그리고 후에도 한 번 황량한 지역에서 회합을 가진 적이 있다. 야외 숙영지, 헤아릴 수 없이 많은 사람들과 군대와 민족이 차가운 하늘 아래 차가운 대지 위에, 예전에 서 있던 곳에 몸을 던진 채, 이마를 팔에 괸 채, 얼굴을 땅으로 향한 채, 조용히 숨을 쉬고 있다. 그런데 파수꾼의 하나인 너는 깨어 있다. 네 옆 섶나무 더미에서 해온 장작이 흔들리며 타오르자 바로 가까이에 있는 사람이 보인다. 너는 어째서 깨어 있는가? 누군가 한 사람은 깨어 있어야 한다는 말씀이 있지 않은가. 누군가 한 사람은 존재해야 하는 것이다.

―――――――――

*

우리의 작은 도시는 국경선에 인접해 있지는 않다. 전혀 그렇지가 않다. 국경선까지는 굉장히 멀어서, 이 작은 도시 출신은 어느 누구도 아직까지 그곳에 가본 적이 없다. 황량한 고지대를 가로질러 가야 하고, 역시 광활하고 비옥한 땅을 지나가야 한다. 사람들은 그 여정의 일부를 생각만 해도 피로해진다. 그래서 한 부분 이상은 전혀 생각해볼 수가 없다. 가는 길에는 또한 큰 도시들도 있다. 우리의 작은 도시보다 훨씬 큰 도시들이다. 이 근처에는 우리 도시 같은 작은 열 개의 도시들이 나란히 위치해 있고, 고지대로부터 역시 그러한 열 개의 도시들이 억지로 쑤셔넣은 듯 다닥다닥 붙어 있기는 해도, 아직까지 그렇게 거대하고 조밀한 도시들을 형성하고 있지는 않다. 그곳으로 가는 도중에 길을 잃어버리지 않더라도, 분명 도시에서 길을 잃게 될 것이다. 그리고 그 도시들을 피해간다는 것은 그 크기 때문에 불가능하다.

그러나 수도는 국경선보다 훨씬 더 멀다. 그 거리를 비교할 수 있다면—그것은 마치 삼백 살 먹은 사람이 이백 살 먹은 사람보다 더 늙었다고 말하는 것과 같은 식이다—우리의 작은 도시로부터 수도까지는 국경선까지의 거리보다 훨씬 더 멀다. 우리는 가끔 국경에서 벌어지는 전쟁에 관한 소식을 전해 듣기는 해도, 수도의 소식은 거의 아무것도 들을 수가 없다. 우리 시민들이 그렇다는 말이다. 왜냐하면 정부 관리들은 수도와 좋은 관계를 유지하고 있기 때문이고, 적어도 두세 달이면 거기로부터 소식을 들을 수 있다고 그들은 주장하고 있으니 말이다.

그러니 참으로 이상한 일이다. 어떻게 우리가 이 작은 도시에서

---

* 막스 브로트판 선집에서는 「거절 [II] Die Abweisung [II]」로 제목이 붙어 있다. 카프카 전집 제1권에 수록되어 있으나 약간의 문장 부호들과 단어들의 수정이 있어 다시 번역했다. (옮긴이)

수도에서 정해진 모든 것을 조용히 따르고 있는지. 나는 그것에 대해 언제나 새삼스레 놀라게 된다. 수세기 전부터 우리에게는 시민 자신들로부터 시작된 정치적 변동이란 일어나지 않았다. 수도에서는 높은 군주들이 바뀌거나 왕조조차 사라져버리거나 중단되었고 또 다시 새로운 왕조가 시작되곤 했다. 게다가 지난 세기 동안에는 수도 자체도 파괴되었고, 그곳으로부터 먼 곳에 새로운 수도가 세워졌다. 나중에는 이것도 파괴되었으며, 옛날 수도가 다시 복원되었다. 그것은 우리 작은 도시에는 아무런 영향을 끼치지 않았다. 우리의 관리들은 그 지위에 따라 언제나 정해져 있었는데, 가장 높은 관리들은 수도로부터 왔고, 중급 관리들은 적어도 외부에서 왔으며, 가장 낮은 관리들은 우리 사이에서 나왔다. 언제나 그랬고, 또 그것으로 우리는 충분했다. 가장 높은 관리는 세무서장인데 그는 대령급 신분이며 또한 그렇게 불리고 있다. 지금은 그는 노인이 되었다. 그러나 나는 그를 이미 수년 전부터 알고 있다. 왜냐하면 그는 내가 어렸을 때부터 대령이었기 때문이다. 그는 처음에는 매우 빨리 출세를 했다. 그러나 그 다음에는 출세길이 막힌 것처럼 보였다. 그러나 그의 지위는 우리 작은 도시에서는 충분히 높았다. 우리 도시에서는 그보다 높은 지위를 수용할 수 없을 것이다. 그를 떠올리면, 광장에 있는 그의 집 베란다에서 입에 파이프를 물고 뒤로 길게 누워 있는 그의 모습이 보인다. 그의 머리 위 지붕에는 제국의 국기가 나부끼고 있다. 가끔 소규모의 군사 훈련도 벌어질 만큼 넓은 베란다 옆쪽에는 빨래를 말리기 위해 널어놓았다. 예쁜 비단옷을 입은 그의 손자들이 주위를 맴돌며 놀고 있다. 이 아이들은 저 밑 광장으로 나가서는 안 된다. 다른 아이들은 그들에게 어울리지 않는다. 그러나 그들에게 광장은 매혹적이어서 그들은 난간의 창살 사이로 머리를 내민다. 그리고 다른 아이들이 밑에서 서로 싸우면, 그들은 위에서 함께 싸운다.

　그러니까 이런 대령이 이 도시를 지배하고 있는 것이다. 나는 그가 어느 누구에게도 그의 자격을 부여해준 그 어떤 증빙서류도 제시한 적이 없다고 생각한다. 그는 또한 그런 서류를 전혀 가지고 있지 않을지도 모른다. 아마 그는 실제로 세무서장일지 모른다. 하지만 그것이 전부이겠는가? 그것이 그로 하여금 당국의 모든 분야를 지배할 수 있는 자격을 주는 것인가? 그의 직무는 물론 국가를 위해서는 매우 중요하다. 그러나 시민들을 위해서 가장 중요한 것은 아니다. 우리 도시에서는 사람들이 거의 이렇게 말하고 있는 것 같은 인상을 받는다. '이제 당신은 우리에게서 우리가 가졌던 모든 것을 받아갔다. 거기에 덧붙여 제발 우리마저 가지고 가라.' 실제로 그는 통치권 자체를 강탈한 적이 없으며, 또한 독재자도 아니기 때문이다. 옛날부터 세무서장은 일급 공무원으로 정해져 내려왔고, 대령 역시 우리와 다름없이 이 전통을 따르고 있다.

　그러나 그가 지위의 큰 차이 없이 우리 사이에서 살고 있음에도 불구하고, 그는 물론 일반 시민들과는 무언가 전혀 다르다. 만약 어떤 대표가 무슨 부탁을 하려고 그의 앞에 가면 그는 거기에 마치 세계의 벽처럼 서 있다. 그의 뒤에는 더 이상 아무것도 없다. 분명 사람들은 그곳에서 두서넛의 목소리들이 속삭이는 소리를 불안한 마음으로 듣게 된다. 그러나 그것은 아마 착각일 것이다. 그는 의당 모든 것의 종결을 의미한다. 적어도 우리에게는 그렇다. 사람들은 그러한 접견이 있을 때나 그를 보았을 것이다. 아이였을 때 언젠가 한 번 나는 거기에 함께 있었던 적이 있다. 한 시민 대표가 그에게 정부의 지원을 요청할 때였는데, 가장 가난한 도시 구역이 완전히 불타버렸기 때문이었다. 편자공이었던 나의 아버지는 공동체 내에서 저명인사였다. 그래서 대표의 한 일원이었는데, 나를 데리고 가셨다. 그것은 전혀 이상한 일이 아니었다. 그런 구경거리에는 모두가 몰려드는 법이니 말이다. 사람들은 군중들 속에서 원래의 대표를 알아보지도 못한다. 그런 접견은 대부분 베란다에서 행해졌으므로, 시장 광장으로부터 사다리를 타고 위로 기어올라와서 난간을 넘어와 사건에 참여하는 사람들도 있다. 그 당시 베란다의 사분의 일은 그를 위해 확보되도록 되어 있었고, 나머지 부분은 사람들이 채우고 있었다. 몇 명의 군인들이 모든 것을 감시했다. 그들은 또한 반원을 그리며 그를 에워싸고 서 있었다. 원래는 이 모든 것을 감시하는 데는 한 사람의 군인이면 족했을 것이다. 그 정도로 그들에 대한 우리의 공포는 컸다. 이 군인들이 어디서 왔는지 자세히 알수는 없다. 어쨌든 먼 곳으로부터 왔을 것이다. 그들은 모두가 매우 닮았다. 제복이 따로 필요없을 것 같다. 그들은 작고 강하지는 않지만 민첩한 사람들이다. 그들에게서 가장 눈에 띄는 것은 그들의 입을 가득 채우고 있는 억센 치아와 다소 불안하게 경련을 일으키는 그들의 작고 가는 눈들의 번쩍임이다. 이 두 가지 때문에 그들은 아이들의 경악의 대상이며, 또한 호기심의 대상이기도 하다. 왜냐하면 아이들은 소스라쳐 도망치면서도 계속해서 그런 치아와 눈들 때문에 놀라고 싶어하기 때문이다. 어린 시절에 있었던 이러한 놀라움은 아마 어른이 되어서도 사라지지 않을 것이다. 그 영향은 나중까지 남게 된다. 물론 다른 것이 첨가되어 나타나기도 한다. 군인들은 우리가 전혀 이해할 수 없는 사투리로 말을 하기 때문에 그들은 우리들에게 결코 익숙해질 수가 없다. 그로 인해서 그들에게는 어떤 차단감이, 가까이 갈 수 없는 거리감이 생긴다. 그 외에도 그것은 그들의 성격과도 일치한다. 그들은 매우 조용하고, 진지하고, 완고하다. 그들은 원래는 전혀 나쁜 짓을 하지 않는다. 그럼에도 그들은 나쁜 의미로는 거의 참을 수 없는 사람들이다. 예를 들

어, 한 군인이 어떤 상점에 들어가서 작은 물건을 하나 산다. 그는
계산대에 기대어 서서 이야기 소리에 귀를 기울인다. 그는 아마 그
것을 이해하지 못하겠지만 이해하는 체한다. 자신은 한 마디도 하
지 않고, 단지 말하는 사람들을 뚫어져라 쳐다보고, 다음에는 다시
듣는 사람을 바라본다. 그리고 허리띠에 있는 긴 칼의 손잡이에 손
을 올려놓는다. 그것은 끔찍스럽다. 사람들은 이야기할 마음을 잃
어버린다. 상점이 텅 빈다. 그리고 상점이 완전히 텅 비면, 비로소
그 군인 역시 가버린다. 그러므로 군인이 나타나는 곳에서는 활기
찬 우리종족 또한 조용해진다. 그때도 역시 그러했다. 모든 성대한
행사 때와 마찬가지로 대령은 똑바로 서서 앞으로 뻗은 양팔로 대
나무 장대를 잡고 있었다. 그것은 오래된 풍습으로 대략, 그는 그렇
게 법을 지지하고 법은 그렇게 그를 지지한다는 것을 뜻한다. 이제
누구나 저 위 베란다에서 그를 기다리고 있는 것이 무엇인지를 알
고 있다. 그러면서도 사람들은 언제나 새삼스레 놀라곤 한다. 그때
도 연설을 하기로 되어 있던 사람이 입을 열지 못했다. 그는 대령과
마주보고 서 있었다. 그러자 그에게서 용기가 사라져 버렸고, 그는
여러 가지 핑계를 대면서 서둘러 사람들 틈으로 돌아가버렸다. 그
이외에는 말할 준비가 되어 있는 적당한 사람을 찾을 수 없었다—
물론 그 부적합한 사람들 중에 몇 사람들이 나서기는 했다—큰 혼
란이 일었다. 사람들은 여러 시민들에게, 즉 잘 알려진 연설가에게
전령을 보냈다. 그러는 동안 내내 대령은 움직이지 않고 거기 서 있
었다. 다만 숨쉴 때 가슴이 유난히 내려앉았다. 그것은 그가 숨쉬
기가 어려워서가 아닌 것 같았다. 그는, 예를 들어 마치 개구리가
숨쉬는 것처럼 겉으로 분명히 드러나게 숨을 쉬었다. 개구리는 언
제나 그렇게 숨을 쉬겠지만, 여기에서 그것은 특별한 것이었다. 나
는 어른들 사이를 빠져나가서, 두 군인 틈 사이로 그를 오랫동안 바

라보았다. 그때 한 군인이 나를 무릎으로 걷어차 쫓아버렸다. 그러는 사이에 원래 연설하기로 정해졌던 사람이 마음을 가라앉혔고, 두 시민의 부축을 받으며 인사말을 했다. 큰 불행을 묘사하는 이러한 심각한 연설 중에 그가 끝까지 미소를 띠고 있었다는 것은 감동적이었다. 그것은 가장 겸손한 미소였는데, 그렇게 애썼음에도 대령의 얼굴에는 가벼운 미소 정도의 반응을 불러일으켰을 뿐이었다. 드디어 그는 부탁할 내용을 이야기했다. 내 생각으로는, 그는 일 년 동안의 세금 면제를 부탁했을 뿐이었다. 아마 황제의 숲에서 값싼 건축 목재를 얻을 수 있도록 덧붙여 부탁했을 것이다. 그러고 나서 그는 대령과 군인들과 뒤편의 몇몇 공직자들을 제외한 다른 모든 사람들과 마찬가지로, 허리를 깊이 숙여 절을 하고 허리를 숙인 채로 있었다. 베란다 가장자리에 달린 사다리 위에 있는 사람들이 이 결정적인 휴지 동안에 모습을 보이지 않기 위해서 사다리의 디딤판을 두서너 개 내려가고 또 단지 호기심에서 이따금씩 바로 베란다 바닥 위를 훔쳐보는 모습은 어린아이에게 우스꽝스럽게 보였다. 그런 모습이 얼마 동안 계속되었다. 그리고 관리인 한 작은 사나이가 대령 앞으로 나서서는 발꿈치를 들고 그에게로 몸을 높이려고 애를 썼다. 그는 여전히 숨을 깊이 쉬면서 움직이지 않는 대령으로부터 무엇인가 귓속말을 들었다. 그는 손바닥을 쳤고 모두가 몸을 일으키자 이렇게 공표했다. "부탁은 거절되었다, 어서 물러들 가라." 부인할 수 없는 안도의 느낌이 사람들을 스쳐 지나갔다. 모두가 바깥으로 밀려나가고 있었다. 형식상 다시금 우리 모두와 마찬가지의 인간이 된 대령에 대해서는 아무도 특별히 신경을 쓰지 않았다. 나는 그가 기진맥진해서 장대들을 놓아버리고 그것들이 쓰러지는 모습과 한 관리가 끌어온 팔걸이 의자에 주저앉아서 서둘러 파이프 담배를 입에 밀어넣는 모습을 보았을 뿐이다.

이런 일은 종종 일어났는데, 언제나 대부분 이런 식이었다. 가끔은 사소한 청원이 받아들여지는 일이 있기는 해도, 그것은 대령이 막강한 개인으로서 독자적인 책임을 지고 행한다는 식이었다. 그래서 그것은—물론 드러내놓고 그런 것은 아니지만, 분위기로 볼 때—확실히 정부에는 비밀로 부쳐져야 된다는 것이었다. 그런데 우리가 판단하는 바로는, 우리 작은 도시에서는 대령의 눈이 정부의 눈이기도 했다. 그럼에도 이 경우에는 전혀 파고들 수 없는 어떤 차이가 생긴다.

그러나 중대한 용무인 경우 시민들은 언제나 거절당할 게 분명했다. 그리고 사람들이 이러한 거절 없이는 어쨌거나 일을 제대로 꾸려나갈 수 없다는 것은 정말 기이한 일이다. 그럼에도 이렇게 가서 거절당한 소식을 가지고 오는 일은 결코 형식상의 일은 아니다. 사람들은 언제나 새롭게 진지한 모습으로 갔다가 되돌아온다. 물론 힘차고 행복한 모습은 아니지만, 그렇다고 실망한 모습도 피로한 모습도 전혀 아니다.

나의 관찰이 미치는 한에서, 만족하지 못하는 특정 연령층이 물론 있다. 그것은 대략 열일곱에서 스물 사이의 젊은 사람들이다. 그러니까 젊은 사람들은 모두가, 처음의 혁명적인 생각이 그렇듯이, 가장 무의미한 생각이 미칠 영향력을 예감할 수 없다. 그래서 그들 사이에는 불만이 스며드는 것이다.

어느 날 유명한 조련사인 부르존 앞으로 한 마리의 호랑이가 이끌려왔다. 그는 이 동물을 조련할 수 있을지 어떨지에 대해 의견을 말하기로 되어 있었다. 홀만큼이나 큰 조련장—그것은 도시 교외의

멀리 떨어진 숲 속 큰 가건물 안에 있었다 — 으로 호랑이가 든 작은 우리가 밀어 넣어졌다. 지키는 사람들은 모두 밖으로 나갔다. 부르존은 동물을 처음 대할 때면 언제나 단둘이만 있고 싶어했다. 호랑이는 가만히 있었다. 방금전에 먹이가 충분히 제공되었던 것이다. 약간 하품을 하더니 피곤한 듯 주위를 살피고는 곧 잠을 청했다.

———————

한 남자가 책상 옆에 앉아 램프불 곁에서 책을 읽고 있었다.

———————

한 남자가 그 조용한 집무실에 침입해서는 이렇게 외쳤다. '내가 바로 그 탈영병이다.' 책상 곁에 한…… 앉아 있었다.

———————

법에 대한 의문*

유감스러운 일이지만 우리의 법은 일반적으로 알려져 있지 않다. 그것은 우리를 지배하고 있는 소수 귀족 그룹의 비밀이다. 우리는 오래된 이 법이 정확히 지켜지고 있다고 확신하고 있지만, 우리가 알지도 못하는 법에 의해서 지배되고 있다는 것은 지극히 고통스러운 일이다. 만약 민족 전체가 아니라 개인들만이 법 해석에 참여할

---

* 카프카 전집 제1권에 동일한 제목으로 실려 있으나 막스 브로트 판과 학술 비판본과 문장 부호 및 단어들이 다르거나 첨가 내지는 삭제된 것이 있어 다시 번역했다.(옮긴이)

수 있는 것이라면, 나는 여기에서 여러 가지 해석 가능성과 그것이 가져올 불이익에 대해서는 생각하지 않겠다. 이들 불이익은 어쩌면 전혀 크지 않을지 모른다. 법은 정말 오래된 것이고, 수세기 동안 법에 대한 해석이 행해져왔다. 이러한 해석 역시 아마 이미 법이 되었을 것이다. 법을 해석하는 데 가능한 자유가 여전히 존재하고 있기는 하지만, 매우 한정되어 있다. 그 이외에도 귀족이 법을 해석하는 데서 그의 개인적인 관심이 우리에게 불리하게 영향을 미치도록 할 이유는 분명히 없다. 왜냐하면 법이란 처음부터 귀족을 위해서 정해졌기 때문이다. 귀족은 법 밖에 서 있고, 바로 그렇기 때문에 법이 전적으로 귀족의 손에 쥐어진 것처럼 보이는 것이다. 물론 법안에는 지혜가 들어 있다 — 누가 옛날 법이 지닌 지혜를 의심하겠는가? — 그러나 그것에 가까이 갈 수 없다는 것이 우리에게는 또한 고통인 것이다.

그런데 이런 가상-법 역시 원래 그저 추측될 수 있을 뿐이다. 이런 법이 있다는 것과 귀족에게 비밀로 맡겨져 있다는 것은 하나의 전통이다. 그러나 그것은 오래된 전통이고 그 연륜으로 보아 믿을 만한 전통이라는 것 그 이상은 아니며, 또 그렇지 않을 수도 있다. 왜냐하면 이 법의 성격은 그 법의 존속에 대한 비밀 유지를 또한 요구하고 있기 때문이다. 그러나 만약 우리가 민족 속에서 고대로부터 귀족들의 행동을 주의깊게 추적해오고 그것에 관한 우리 조상들의 기록을 가지고 있어서 그것을 계속해서 양심적으로 써나감으로써 이런저런 법적인 규정을 내린 수많은 사실 속에서 확실한 방향을 인식하고 있다고 믿는다면, 그리고 우리가 우리의 현재와 미래를 위해서 이렇게 극도로 면밀하게 가려지고 정리된 결론을 어느 정도 적용시켜보려고 노력한다면 — 이 모든 것은 극단적으로 불확실하며, 아마 단지 오성의 장난에 지나지 않을 것이다. 왜냐하면 우리가 여기서 알아내려고 애쓰고 있는 이 법은 전혀 존재하지 않을지도 모르기 때문이다. 실제로 이러한 의견을 가지고 있고 그것을 증명하려고 애쓰는 작은 정당이 있는데, 그들에 의하면 만약 법이 있다면 그것은 단지 귀족이 행하는 것이 법임을 의미할 뿐이라고 한다. 이 정당은 귀족들의 횡포만을 보고, 이 민족의 전통을 비난한다. 그들의 의견에 의하면 이 전통은 다만 극히 적은 우연한 유용성을 가져올 뿐이고 대부분은 심각한 손실을 가져온다. 왜냐하면 그것은 앞으로 다가올 사건들을 대면할 민족에게 잘못된, 경솔함으로 이끌리는 거짓된 확신감을 주기 때문이다. 이러한 손실은 부인할 수 없다. 그러나 어디까지나 우리 민족의 대다수는 그 원인이 다음과 같은 곳에 있다고 본다. 즉, 전통이 아직 충분치 못하므로 앞으로 더 많이 연구되어야 하며, 그 자료 역시 대단히 많아 보이긴 하지만 아직은 너무 적어서 그것이 충분해지려면 수세기가 지나야 한다는 데 그 원인이 있다는 것이다. 언젠가는 전통과 그것의 연구가 끝나서 어느 정도 마음이 놓이고 모든 것이 분명해져서, 법은 단지 민족에게 속하고 귀족은 사라져버리는 그런 때가 오리라는 믿음만이 현재를 우울하게 만드는 이러한 전망을 밝게 해준다. 귀족에 대한 증오 때문에 그렇게 말하는 것은 아니다. 결코 그렇지가 않으며, 어느 누구도 그렇지가 않다. 우리는 오히려 우리 자신을 증오한다. 왜냐하면 우리는 아직 법의 진정한 평가를 받을 수 없기 때문이다. 그러므로 그들은 사실 어떤 의미에서는 유혹적인 정당인 것이다. 그들은 원래의 법을 믿지 않는다. 그러면서도 그들은 귀족과 그 존재의 권리를 완전히 인정하고 있기 때문에, 그렇게 소수로 남아 있는 것이다.

사람들은 그것을 단지 일종의 반론으로서 표현할 수 있을 것이다. 법에 대한 믿음 이외에 귀족 역시 비난하는 정당이 있다면, 그것은 곧 전 민족의 지지를 얻을 것이다. 그러나 그런 정당은 생겨날 수가 없다. 왜냐하면 감히 귀족을 비난하려는 사람은 아무도 없기 때문이다. 우리는 이렇듯 아슬아슬한 상태에 놓여 있는 것이다. 어느 저술가가 언젠가 그것을 이렇게 간추려놓은 적이 있다. 우리에게 부여된 가시적이며 의심할 여지가 없는 유일한 법은 귀족이다. 그런데 우리가 우리의 이 유일한 법을 잃어버리길 원하겠는가?

---

*

징병은 종종 필요하다. 왜냐하면 국경의 전투가 그치지 않기 때문이다. 징병은 다음과 같은 방법으로 행해진다.

　어느 정해진 날 어느 정해진 도시 구역에서 모든 거주자들은, 남자, 여자, 어린아이 구분 없이 모두 집안에 머물러 있어야 한다는 지시가 내려진다. 대개 정오쯤이 되어서야 징병을 지휘하는 젊은 귀족이 그 도시 구역의 입구에 나타난다. 거기에는 보병과 기병의 부대가 이미 여명 무렵부터 기다리고 있다. 그는 젊은 남자로서, 마르고 그리 크지 않으며 약해 보인다. 옷을 단정치 못하게 입고 있으며, 눈은 피로해 보인다. 마치 환자에게 오한이 끓어오르듯, 그에게서는 불안감이 계속해서 넘쳐오른다. 그는 아무도 쳐다보지 않고 장비라곤 채찍 하나이며, 그것으로 신호를 보낸다. 몇몇 군인들이 그와 함께 첫번째 집 안으로 들어간다. 이 도시 구역의 모든 거주자들을 개인적으로 알고 있는 한 군인이 그 집 동거인 명단을 소리 높여 읽는다. 모두 다 있는 게 보통이며, 그들은 마치 군인처럼

---

* 막스 브로트판 전집에는 「징병Die Truppenaushebung」이란 제목이 붙어 있다. 카프카 전집 제1권에 실려 있으나 문장 부호 및 단어가 다른 것들이 있어 다시 번역했다.(옮긴이)

그 귀족에게 눈을 둔 채 방 안에 일렬로 서 있다. 그러나 가끔 누군가가—그것은 언제나 남자들이었는데—빠지는 일이 생기기도 한다. 그러면 아무도 핑계나 거짓말을 늘어놓을 염두도 내지 못한다. 사람들은 단지 침묵을 지킬 뿐 눈을 아래로 떨구고, 이 집안이 범한 명령의 압력을 견뎌내지 못한다. 그러나 그 귀족이 말이 없으므로 모두가 제자리에 꼼짝도 못하고 서 있다. 그 귀족은 신호를 보낸다. 고개를 끄덕이는 것이 아니라 단지 눈에서 그것을 읽어낼 수 있는데, 그러면 두 명의 군인은 빠진 자를 찾기 시작한다. 그것은 힘든 일이 아니다. 그는 결코 집 밖에 있는 법이 없다. 그는 사실 군복무를 피하려는 것이 아니다. 단지 공포 때문에 나오지 않은 것이다. 그것은 군복무에 대한 공포도 아니다. 자신을 보여야 하는 데 대한 부끄러움 때문인 것이다. 명령은 확실히 그에게 너무 벅차다. 두려움을 불러일으킬 만큼 벅찬 것이다. 그는 자기 혼자 힘으로 올 수가 없다. 그러나 그것 때문에 도망가지는 않는다. 그는 단지 숨었을 뿐이다. 그리고 그 귀족이 집 안에 있는 소리를 듣고 은닉처에서 기어나오다가 나타난 군인들에게 곧장 붙잡힌다. 그는 귀족 앞으로 끌려간다. 귀족은 양손으로 채찍을 쥐고—그는 너무 허약해서 한 손으로 아무것도 할 수가 없을 정도이다—그 남자를 때린다. 아픔은 크지 않다. 그러고 나서 귀족은 반은 지쳐서, 반은 불쾌감 때문에 채찍을 떨어뜨린다. 매를 맞은 사람은 그것을 주워서 귀족에게 가져다주어야 한다. 그러고 나서야 비로소 그는 나머지 사람들의 대열에 낄 수가 있다. 덧붙여 말하면, 그 남자가 징병검사를 받지 않게 되리라는 것은 거의 확실하다. 그런데 또 이런 일도 생긴다. 명단에 기록된 것보다 더 많은 사람이 있는 경우가 더 빈번하다. 예를 들면, 거기에 낯선 처녀가 참석해서 그 귀족을 쳐다본다. 그녀는 외지에서 온 것이다. 아마도 지방에서 온 모양이다. 징병이 그녀를 이곳으로 유혹한 것이다. 그러한 이상한 차출의 — 집안에서의 차출은 아주 다른 의미를 지닌다 — 유혹을 뿌리치지 못하는 여자들이 많다. 그런데 이상한 일은 여자가 이러한 유혹에 굴복한다고 해서 전혀 욕할거리는 안 된다는 것이다. 그 반대이다. 많은 사람들의 의견에 의하면, 그것은 여자들이 경험해야 할 것이다. 그것은 여자들이 자신의 종족에게 갚아야 하는 빚이다. 그것은 언제나 이와 똑같이 진행된다. 처녀나 혹은 여인은 어디선가, 아마 아주 멀리서, 친척들이나 친구로부터 징병이 있다는 말을 듣는다. 그녀는 가족에게 여행할 수 있도록 허락해줄 것을 요청한다. 사람들은 허락한다. 그것을 거절할 수 없다. 그녀는 자신이 가진 옷 중에서 가장 좋은 것을 입고, 평상시보다 한결 즐겁다. 이때는 침착하고 친절하며, 평상시처럼 냉정하다. 이 모든 침착함과 친절함 뒤에는 무엇인가 이방인처럼 접근하기 어려운 것이 있다. 그녀는 고향으로 돌아가서는 아무것도 더 이상 기억하지 못한다. 징병이 이루어지는 가족에게서 그녀는 보통 손님과는 전혀 다른 대접을 받게 된다. 모든 사람들은 그녀에게 아양을 떨며 달라붙는다. 그녀는 그 집의 모든 공간을 통과해 가야 하고, 모든 창문 밖으로 몸을 숙여야 한다. 그리고 그녀가 누군가의 머리에 손을 얹으면, 그것은 신부神父의 축복보다 더한 것이다. 그 가족이 징병 준비를 끝내면, 그녀는 가장 좋은 자리를 차지한다. 그것은 문 가까이 있는 자리인데, 거기서 그녀는 귀족의 눈에 가장 잘 띄고 또 그를 가장 잘 볼 수 있다. 그러나 그녀는 귀족이 들어올 때까지만 그렇게 공손하게 대접을 받는다. 그 후부터는 분명 그녀는 빛을 잃는다. 귀족은 다른 사람들을 보듯이 그녀를 볼 뿐이다. 그리고 그가 누군가에게 눈길을 돌릴 때도 그 누군가는 그가 자신을 바라보고 있다는 것을 느끼지 못한다. 그녀는 그것을 기대하지 않았다. 아니, 오히려 그녀는 분명 기대했을 것이다. 왜냐하면 그럴 수밖에 없을 테니까 말이다. 그러나 상대방 쪽의 기대는 그녀가 기대하던 것은 아니었다. 그것은 단지 지금처럼 그렇게 끝나게 될 어떤 것이었을 뿐이다. 아마 그녀는 우리 여자들이 한 번도 느껴보지 못했을 정도의 수치심을 느낄 것이다. 그제야 비로소 그녀는 자신이 낯선 징병에 끼어들었음을 깨닫는다. 그리고 군인이 명단을 다 읽고도 그녀의 이름이 나오지 않자, 잠시 정적이 흐른 뒤 그녀는 몸을 굽힌 채 떨면서 문밖으로 도망친다. 거기다가 등 뒤로 군인의 주먹이 날아든다.

남는 사람이 남자일 경우, 그는 이 집안에 속하지 않으면서도 함께 차출당하기만을 바란다. 물론 그것 역시 전혀 희망이 없다. 그렇게 남게 된 자가 차출당했던 적은 한 번도 없었으며, 그리고 그런 일은 결코 일어나지도 않을 것이다.

우리의 옛날 문헌 중 하나에 다음과 같은 글이 들어 있다.
인생을 저주하기 때문에 태어나지 않거나 혹은 인생의 극복을 가장 큰 행복이나 혹은 거짓 없는 유일한 행복으로 여기는 사람은 틀림없이 옳다. 왜냐하면 인생에 대한 판단은……

———————————

우리 민족의 옛날 역사에는 무서운 벌이 전해져 내려오고 있다. 물론 이렇게 말한다고 해서 현대의 형벌제도를 옹호하려는 것은 결코 아니다.

———————————

어떤 한 남자가 황제는 신의 가문 출신이라는 설에 의문을 가졌지만, 황제의 신적인 사명은 의심하지 않았다. 그가 의심한 것은 단지 황제가 신의 가문 출신이라는 점이다.

황도皇都의 한 재판관 앞으로 황제가 신의 가문 출신이라는 사실을 부인하는 한 남자가 끌려왔다. 그는 고향으로부터 수주일 동안 병사들에 의해 호송되어온 관계로 피로 때문에 앉아 있을 수도 없을 정도였고, 볼은 홀쭉했다. 그리고……

———————————

그대는 황제가 신의 가문 출신이라는 것을 의심하는가?
　그렇습니다. 나는 그것을 의심합니다.

———————————

입에 담기에도 부끄러운 이야기지만 우리 산골 소도시는 황제가 파견한 대령이 다스리고 있다. 그의 병력은 얼마 되지 않아서 우리가 마음만 먹는다면 언제든지 무장해제시킬 수 있다. 비록 구원을 청한다 해도—하지만 어떻게 그가 구원을 청할 수 있겠는가?—몇 날이고 몇 주일이고 구원병은 오지 않을 것이다. 그렇다면 어째서 우리는 그의 증오스러운 통치를 감수하고 있는 것일까. 그것은 의심할 나위 없이 오직 그의 눈매 때문이다. 일 세기 전만 해도 이 도시 장로들의 회의실로 사용되었던 그의 사무실에 들어서면, 그는 제복을 입은 채 책상 곁에 앉아 있다. 손에는 펜이 들려 있다. 그는 격식이나 혹은 특히 희극적인 장난을 좋아하지 않는다. 따라서 그는 쓰기를 계속하거나 방문자를 기다리게 하는 일 없이 하던 일을 멈추고 의자 등에 몸을 기댄다. 물론 손에서 펜을 떼는 법은 없다. 그는 의자 등에 기대어 왼손을 바지 주머니에 찌르고 방문자를 바라본다. 그 청원자는 대령이 잠시 군중 사이에서 나타난 모르는 사람을 바라보는 것 이상으로 자신에게 관심을 가지고 바라본다는 인상을 받는다. 그렇지 않고서야 무엇 때문에 대령이 그를 그렇게 자세히 오랫동안 말없이 바라보겠는가. 그것은 어느 특정한 개인에게 보내는 날카롭게 시험해보는 듯한 그런 시선이 아니라 냉담하게 죽 훑어보는 듯한, 그러면서도 끝없이 쏘아보는 그런 시선이다. 즉 그것은 이른바 군중의 움직임을 멀리서 관찰할 때의 그런 눈길이다. 게다가 이 오랜 눈길에는 끝까지 뭔지 모를 미소가 어려 있다. 어떤 때는 빈정거리는 투였다가 또 어떤 때는 꿈꾸듯 추억에 잠긴 듯하기도 하다.

———————

하나의 전환. 엿보듯 기다리면서, 소심하게, 대답이 질문을 살그머니 감싸기를 기대하면서, 가까이 접근할 수 없는, 그 질문의 진면목을 절망적으로 찾고 있다. 그 질문을 쫓다보니 가장 무의미한(즉, 대답으로부터 가능한 한 벗어나려는) 길까지 와버린다.

———————

가을 저녁. 공기는 맑고 차갑다. 거동과 옷매무새와 윤곽도 뚜렷하지 않은 누군가가 집에서 나와 바로 오른편으로 꺾어지려 하고 있다. 낡고 헐렁헐렁한 부인용 외투를 입은 집 관리인인 아내가 문설주에 기대어 서서 그에게 무엇인가를 속삭이고 있다. 그 사람은 잠시 생각하더니 이내 머리를 흔들고는 간다. 차도를 가로지를 때 그는 부주의로 인해 전차 길로 들어선다. 전차가 멈추지 않고 그를 지나쳐 간다. 고통으로 그의 얼굴이 조그맣게 쪼그라든다. 모든 근육이 긴장된 듯, 전차가 지나가버린 후에도 풀리지 않는 모양이다. 그 남자가 한동안 거기에 서서 버스를 보고 있으려니까 다음 정류장에서 한 처녀가 내렸다. 처녀는 전차를 향해서 뒤로 손을 흔들면서 두세 걸음을 돌아 걷기 시작하다가 멈춰 서더니 또 다시 전차에 올라타버린다. 그 남자가 교회 옆을 지나가는데 목사가 문 밖 계단 위에 서 있다가 그를 향해서 손을 내민다. 그러면서 몸을 앞쪽으로 쭉 구부리다보니 거의 거꾸로 떨어질 지경이었다. 그러나 그 남자는 손을 잡지 않았다. 그는 전도사를 싫어한다. 그리고 계단 위를 마치 놀이터처럼 뛰어 돌아다니며 뜻도 모르고 서로 야비한 말을 내뱉는 어린아이들 때문에 그는 화가 난다. 그들은 보다 좋은 말을 달리 모르기 때문에 그런 말을 입에 담을 뿐이다─그는 웃옷 단추를 채우고는 계속 걸어간다.

───────────────

교회의 야외 계단 위에서 어린아이들이 마치 놀이터에서처럼 뛰놀고 있다. 서로 야비한 말을 내뱉고 있으나 물론 그 뜻도 모르고 젖먹이가 고무젖꼭지를 빨듯이 그것을 입에 담을 뿐이다. 성직자가 나와 수도복 뒷부분을 쓸어내리며 계단에 걸터앉는다. 어린아이들을 진정시킬 참이다. 아이들이 떠드는 소리가 교회 안에까지 들리기 때문이다. 그러나 그는 여간해서 아이들을 붙잡을 수가 없다. 대다수 아이들은 언제든지 그의 손을 벗어나 아랑곳없이 계속 놀기만 한다. 이 놀이의 뜻을 그는 이해할 수가 없다. 먼 옛날 아이 적

마음을 잊어버린 것이다. 땅에 대고 쳐서 놓았다가 다시 치는 놀이 공처럼 아이들은 물리지도 않고 가볍게 계단 위를 뛰어다니며 소리쳐 부르는 것말고는 서로 아무런 연관도 없다. 그것은 졸음이 오게 한다. 성직자는 몰려오는 잠에서 벗어나려는 듯이 가까이 있는 아이를 붙잡는다. 작은 소녀였다. 그녀의 앞쪽 위 단추를 약간 열어본다─소녀는 그것에 대한 응답으로 장난삼아 그의 볼을 가볍게 친다─거기에서 그는 어떤 표시를 읽는다. 이것은 그가 예상치 않은, 아니, 틀림없이 기대하고 있었던 것인지도 모른다. 아! 하고 소리치더니 소녀를 밀쳐내고, 퉤 침을 뱉고는 하늘에다 대고 커다란 성호를 그은 후 급히 교회 안으로 되돌아가려 한다. 그러나 문간에서 집시 같은 젊은 여인과 마주친다. 그 여자는 맨발이다. 그녀는 붉은 바탕에 흰 무늬가 박혀 있는 스커트에다 속옷 모양 앞이 훤히 트인 흰 블라우스를 입고 멋대로 헝클어진 갈색머리를 하고 있다. "그대는 누구인가?" 하고 그가 외친다. 아이들 때문에 아직도 흥분된 목소리였다. "당신의 아내 에밀이에요." 여인은 낮은 목소리로 말하면서 천천히 그의 가슴에 기댄다. 그는 말없이 그녀의 심장 고동 소리에 귀를 기울인다.

집시처럼 보이는 한 젊은 여인이 제단 앞에서 깃털로 된 요와 이불로 편안한 잠자리를 준비하고 있다. 그녀는 맨발이었고, 붉은 바탕에 흰 무늬가 박힌 스커트에다 속옷 모양 앞이 훤히 트인 흰 블라우스를 입고 있으며, 그리고 멋대로 헝클어진 갈색머리를 하고 있다. 제단 위에는 세면기가 놓여 있다……

───────────

식탁 위에 커다란 둥근 빵 덩어리가 놓여 있었다. 아버지가 칼을 들

650

고 와 그 빵을 반으로 자르려고 한다. 그러나 칼이 강하고 날이 서 있음에도, 빵 덩어리가 너무 무르지도 딱딱하지도 않음에도 칼은 말을 듣지 않았다. 우리 아이들은 이상하다는 듯이 아버지를 올려 다보았다. 아버지는 말하기를, "왜들 놀라느냐?" "잘 되지 않는 것 보다 잘 되는 것이 이상하지 않느냐? 자러들 가거라. 내가 이제 좀 더 해보면 될 수 있을 것이다." 우리는 자려고 누웠다. 그러나 이따금 서로 다른 밤 시각에 우리들 중 누군가가 침대에서 몸을 일으켜 목을 내밀고는 아버지 쪽을 바라보았다. 아버지는 여전히 그 거구에 긴 웃옷을 걸치고는 오른쪽 다리를 앞쪽으로 뻗은 채 칼을 빵 속으로 들이밀려고 애를 쓰고 있었다. 우리가 아침에 일어나자 아버지는 칼을 막 내려놓으며 이렇게 말했다. "이것 봐라. 아직도 안 되었단다. 참 어렵구나." 우리는 칭찬을 받고 싶어 스스로 그것을 시도해보고자 했다. 아버지는 그것을 허락했다. 그러나 칼의 손잡이는 아버지가 움켜잡았던 것이라 달구어져 있어서 거의 들어올릴 수가 없었다. 우리 손 안에서 그것은 분명 저항하는 듯했다. 아버지는 껄껄 웃으면서 이렇게 말했다. "놓아두거라. 이제 시내로 가야 겠다. 저녁에 다시 한 번 자르도록 해보겠다. 빵 같은 것에 업신여김을 받아서야 쓰겠니? 어차피 잘리고 말 것이다. 마음껏 저항해보라지." 그러나 아버지가 그 말을 마치자마자 빵 덩어리는 오그라들었다. 마치 무슨 일에건 결심을 단단히 한 사람의 입이 다물어지는 듯했다. 그리고 이제 아주 작은 빵이 되어버렸다.

나는 낫을 갈고 베기 시작했다. 내 앞으로 무엇인가 많이 떨어졌다. 검은 덩어리였다. 나는 그 사이를 걸어서 통과했다. 그것이 무엇인

지 몰랐다. 마을에서 조심하라는 목소리가 들려왔다. 나는 그것을 기운내라는 소리로 여기고 계속 앞으로 나아갔다. 어느 작은 나무 다리에 이르렀다. 이제 일은 끝났다. 나는 거기에서 기다리고 있던 한 남자에게 낫을 넘겨주었다. 그는 한 손으로는 낫을 받으려고 했고 다른 손으로는 어린애를 달래듯이 내 뺨을 어루만졌다. 다리 중 간쯤에 왔을 때 나는 혹시나 내가 길을 잘못 들지나 않았나 하는 의심이 들었다. 그래서 어둠 속에다 대고 큰 소리로 불러보았으나 아무런 응답도 없었다. 나는 다시 앞서의 땅으로 되돌아가 그 남자에게 물어보려고 했다. 그러나 그는 더 이상 그곳에 없었다.

———————————

나는 검은 물을 갈랐다. 차갑게 나를 때리는 물속에서 헤엄을 쳤다.

———————————

"모든 게 다 소용없다." 그가 말했다. "너는 결코 나를 몰라. 그렇지만 나는 가슴과 가슴을 맞대고 네 앞에 서 있다. 내가 네 옆에 서 있고 그리고 네가 결코 나를 모르는데 너는 어떻게 계속 가려고 하느냐"

"네가 옳다." 나는 말했다. "나 역시 나 자신에게 그렇게 말하려는 참이다. 하지만 대답이 없기에 이렇게 가만히 있는 것이다."

"나도 그래" 하고 그는 말했다.

"그러니 나도 너나 다를 게 없단 말이야" 하고 나는 말했다. "그렇기에 모든 게 다 소용없다는 것이 너에게도 역시 적용되는 거야."

나는 늪지대 중간에 보초를 세워놓았다. 하지만 모든 것이 공허하기만 했다. 소리쳐봐도 대답하는 사람은 아무도 없었다. 보초마저 어디론가 사라져버렸다. 나는 새로운 보초를 세워야 했다. 나는 그 보초의 팔팔하고 뼈마디 굵은 얼굴을 들여다보았다. "지난번 보초가 달아나버렸다" 하고 나는 말했다. "왠지는 알 수 없으나 이 황량한 땅은 보초를 그가 있어야 할 자리로부터 꾀어내는 수가 있네. 그러니 조심하게!" 그는 내 앞에 똑바로 섰다. 열병식 할 때의 자세였다. 나는 덧붙여 이렇게 말했다. "하지만 네가 꿈에 빠지게 되는 날에는 손해보는 것은 너밖에 없어. 너는 늪에 빠질 것이고, 나는 당장 새 보초를 세울 것이다. 그리고 그도 불충하면 다시 새로운 보초를 세울 것이고 그런 식으로 끝이 없을 것이다. 이익이 되는 것은 아니지만 그렇다고 잃는 것도 없지."

그는 아랫입술을 윗니로 꼭 물고 앞을 똑바로 쳐다보고는 움직이지 않았다. "네 태도는 참 어리석구나. 대체 무슨 일이냐? 네 장사는 썩 잘되지는 않지만 나쁘다고 할 것도 없다. 설령 망한다 하더라도 ─그런 일은 일어나지 않겠지만─ 너는 어디에고 쉽사리 붙어 살 수 있을 것이다. 너는 나이도 젊고 몸도 튼튼하다. 기운도 세고, 상인으로서 잔뼈가 굵었고, 수완도 있다. 네 자신과 어머니만 돌보면 된다. 그러니 제발 정신 좀 차리고, 어째서 나를 낮에 불러냈는지 어째서 거기에 앉아 있는지 설명 좀 해보려무나?" 여기서 잠깐 말이 중단되었다. 나는 창틀에 걸터앉았고, 그는 방안 한가운데에 있는 안락의자에 앉아 있었다. 이윽고 그가 말문을 열었다. "좋습니다. 무엇이고 다 이야기하지요. 당신이 한 말은 모두 사실입니다. 그러나 잘 생각해주십시오. 어제부터 그치지 않고 비가 내리고 있습니다. 어제 오후 다섯 시경부터—그는 시계를 보았다—내리기 시작해서 지금 네 시가 된 지금까지 아직 그치지 않고 있습니다. 예삿일이 아닙니다. 하지만 여느 때 같으면 거리에는 비가 오고 방 안에는 오지 않는 것이 당연한데 오늘은 거꾸로 된 것 같습니다. 창 밖을 내다보십시오. 땅이 보송보송하니 말라 있지 않습니까. 문제는 거기 있습니다. 이곳은 자꾸 물이 불어나고 있습니다. 아마 그럴 거예요, 불어날 겁니다. 하지만 나는 꾹 참고 있어요. 조금만 선한 의지만 있다면 참을 수 있어요. 보세요. 소파가 통째로 조금씩 떠오르고 있지요. 하지만 전체적인 사정은 바뀌지 않았습니다. 무엇이고 다 조금씩 떠오르고 있으니 말입니다. 하지만 빗방울이 이렇게 머리 위에 떨어지는 것은 참을 수 없어요. 사소한 일 같지만 이것은 정말이지 참을 수가 없단 말입니다. 설령 참을 수 있다 하더라도 그것을 막을 수가 없다는 사실은 참을 수가 없습니다. 나는 무방비상태입니다. 모자를 써도, 우산을 받아도, 판자를 머리에 얹어도, 아무것도 도움이 안 돼요. 비는 무엇이고 뚫고 떨어지거나 아니면 모자나 우산이나 판자 아래에서 새로운 비가 같은 정도의 충격으로 내리기 시작합니다."

나는 사무실 안에 있는 광산 기사 앞에 섰다. 그것은 점토질로 된 거친 땅을 대충 고르고서 세운 작은 임시건물이었다. 사무용 책상 가운데 위쪽에는 갓 없는 전등이 켜져 있었다. "여기에서 일하고 싶단 말이지요." 기사가 말했다. 그는 왼손으로는 이마를 받치고 펜을 쥔 오른손은 서류 위에 올려놓고 있었다. 물어보는 말이라기보다 의미 없이 던진 말이었다. 몸이 약해 보이는, 키가 작은 젊은 이였다. 정말이지 매우 피곤해 보였다. 눈은 본래 작고 가느스름했

지만 마치 눈을 뜰 힘도 없는 듯 보였다. "앉으시지요!" 하고 그는
말했다. 그러나 옆으로 열어젖혀진 상자밖에 없었다. 상자에서 작
은 기계부속품들이 굴러 나와 있었다. 나는 상자 위에 앉았다. 그
는 사무용 책상에서 몸을 떼었다. 오른손은 그대로 둔 채였다. 그
는 안락의자 뒤로 몸을 기대고, 왼손을 바지 주머니에 꽂은 채 내
얼굴을 바라보았다. "누가 당신을 이곳으로 보냈습니까?" 하고 그
는 물었다. "여기에 일자리가 있다는 전문 잡지를 읽었습니다." 나
는 대답했다. "그래요?" 그는 웃으며 말했다. "그것을 읽으셨군요.
그렇지만 좀 갑작스럽군요." "무슨 말씀이시지요?" 하고 나는 되물
었다. "말씀의 뜻을 잘 모르겠는데요." "그건 말입니다" 하고 그는
말했다. "여기서는 아무도 채용하지 않는다는 말입니다. 아무도 채
용하지 않으니까 당신도 채용하지 않는다는 말입니다." "그래요.
잘 알았습니다" 하고 나는 화가 나서 일어섰다. "그걸 알려고 앉을
필요는 없었을 텐데." 그러나 나는 생각을 돌려먹고 이렇게 물었
다. "여기에 좀 재워줄 수는 없습니까? 비가 오는데 마을까지 내려
가려면 한 시간이나 걸립니다." "여기에는 재워드릴 방이 없어요."
기사가 말했다. "이 사무실에 머무는 것도 안 될까요?" "여기서는
내가 일합니다. 그리고 저기서는" —그는 방 한구석을 가리켰다—
"내가 잡니다." 그곳에는 아닌게 아니라 이불도 있었고 그리고 짚
도 조금 쌓여 있었으나 이것저것 정체 모를 물건들이 놓여 있었기
때문에 그렇다는 소리를 듣기까지는 그게 잠자리라고는 생각도 하
지 못했다.

나는 싸우고 있다. 아무도 그 사실을 모른다. 그것을 피할 수 없을
것이라고 예감하는 사람은 많다. 그러나 어느 누구도 그 사실을 모
른다. 나는 매일매일 의무를 다하고 있다. 조금 넋이 나가 있기는

하지만, 대단한 것은 아니다. 물론 모든 사람들이 싸운다. 그러나 나는 다른 사람 이상으로 싸우고 있다. 대개의 사람들은 자면서 싸우는 것처럼 싸운다. 꿈에 나타나는 것을 쫓으려고 손을 흔드는 것처럼 싸운다. 그러나 나는 그런 것보다는 한걸음 앞서 신중하게 숙고한 끝에 내가 가진 모든 힘을 다 써서 싸운다. 본래 떠들썩하지만 이 점에서는 불안할 정도로 조용한 대중으로부터 나는 왜 앞으로 뛰쳐나온 것일까? 어째서 나는 내가 주목의 대상이 되도록 놔둔 것일까? "어째서 나는 적의 첫번째 명단에 적혀 있는 것일까?" 나는 모른다. 다른 삶이란 나에게는 살 가치가 없는 것 같다. 전사戰史는 그런 사람들을 가리켜 군인의 본성을 지닌 사람이라고 부른다. 그러나 실은 그게 아니다. 나는 승리를 기대하지 않는다. 나는 싸움으로서의 싸움을 좋아하지 않는다. 그것이 할 수 있는 유일한 것이기에 좋아할 뿐이다. 물론 싸움은 그 자체로서 현실에서 맛볼 수 있는 이상으로 나를 즐겁게 해주며, 내가 선물할 수 있는 이상의 즐거움을 준다. 아마 나는 이 싸움 때문이 아니라, 이러한 즐거움 때문에 몰락할지도 모른다.

―――――――

낯선 사람들이긴 하지만 내 소유의 하인들이다. 그들은 자유민의 무의식상태에서, 약간은 도취된 상태가 되어, 자유의 몸이 된 상태에서 말을 주고받는다. 그들에게는 재인식을 위한 시간 따위는 전혀 없다. 그들은 주인과 주인이 이야기하듯 그렇게 서로 말을 주고받고 있다. 각자 모두는 다른 사람의 자유와 독립적인 처분권을 전제로 한다. 그러나 근본적으로 그들은 변하지 않았다. 사고방식도 여전하고, 동작과 눈매도 여전하다. 물론 약간은 다르다. 하지만 나는 그 차이점을 파악할 수가 없다. '자유롭게 된 상태'에 대해 내가 언급하고 있는 것은 단지 궁여지책에서 나온 해명을 위한 시도에 불과하다. 도대체 어째서 그들은 자유의 몸이 된 기분이 되어 있는 것일까. 모든 활동 영역과 종속관계도 보존된 상태다. 모든 개개인과 모든 사람들 사이의 긴장관계도 그대로이다. 모두 각자가 자기 부서에서 일하고 있으며, 자신에게 분담된 싸움에 대비하고 있어서 그들의 화제라는 것은 고작 그 일에 관한 것뿐이다. 원한다면 그들에게 물어보라. 그런데 그 차이점은 어디에 있는 것일까. 나는 개처럼 그들의 냄새를 맡고 다녀도 그 차이점을 전혀 찾아낼 수 없다.

―――――――――

저녁이 되어 농부들이 집으로 돌아오는 길에 길가 경사면 아래쪽에 녹초가 되어 쓰러져 있는 노인을 발견했다. 노인은 눈을 가늘게 뜨고 있었는데 정신이 가물가물한 듯했다. 언뜻 보면 취객 같기도 했으나 술 취한 상태는 아니었다. 몸이 불편한 것 같지도 않았다. 배고픔으로 허약하지도, 부상으로 피로해 지쳐 있는 것 같지도 않았다. 그렇게 묻는 말에 대해서 노인은 고개를 흔들었다. "당신은 대체 누구요?" 하고 마침내 사람들은 그에게 물었다. "나는 위대한 장군이다" 하고 노인은 위를 쳐다보지도 않은 채 말했다. "아하, 그러고 보니 그게 당신의 병이군요." "아니야!" 하고 그는 말했다. "나는 진짜 장군이란 말이다." "물론이지요" 하고 사람들은 말했다. "그렇지 않으면 이상한 일이지요." "어쨌든 마음대로 웃으시오." 노인은 말했다. "나는 너희들을 처벌하지 않을 테니." "하지만 우리는 아무도 웃지 않았습니다" 하고 사람들은 말했다. "뭐든지 하

고 싶은 것이 되면 좋지. 뭐, 원한다면 대장이라도 좋고.”“틀림없
어.” 그는 말했다. “나는 대장이야.”“자 보세요, 우리가 영락없이
맞췄잖아요. 하지만 그건 그렇다고 치고 밤에는 매우 추우니까 이
곳을 떠나야 한다는 점에 유의하세요.”“나는 떠날 수 없어. 그리고
어디로 가야 할지도 모른다네.”

“도대체 왜 갈 수가 없다는 겁니까?”

“나는 갈 수가 없네. 왠지 나도 모르겠어. 갈 수만 있다면 금방 군
대의 장군이 될 텐데.”“아마 그들이 당신을 쫓아버린 모양이군요?”

“뭐, 장군을 쫓아내다니. 아니야, 나는 굴러 떨어졌을 뿐이야.”

“도대체 어디서 떨어졌는데요.”

“하늘에서 떨어졌지.”

“아아, 저 위에서 말입니까?”

“그렇다니까.”

“그럼, 당신의 군대는 저 위에 있습니까?”

“아니야. 그렇지 않아. 쓸데없이 많이 묻는구나. 꺼져버려. 날
내버려두란 말이야.”

나는 옆문으로 들어왔다. 불안한 마음으로. 나는 내가 어떤 상태인
지 몰랐다. 나는 작고 약했다. 나는 걱정이 되어 내 양복을 내려다
보았다. 입구는 아주 깜깜했다. 알 수 없는 텅 빈 주위 저편은 보이
지 않았다. 땅은 잔디로 덮여 있었다. 내가 제대로 들어왔는지 의
심이 갔다. 그때 멀리서 희뿌연 불빛이 보였다. 안심이 된 나는 이
방향으로 나아갔다. 책상이 하나 있었다. 가운데에는 촛불이 놓여
있고 그 주위에서 세 남자가 카드놀이를 하고 있었다. “내가 제대
로 왔는지 모르겠군요?” 하고 내가 물었다. “카드놀이를 하는 세 사
람에게 갈 참이었는데요.”“ 그게 우리들이지요” 하고 한 사람이 대

답했으나 카드에서 고개를 들지는 않았다.

달빛 속에서 숲이 마치 숨을 쉬거나 하는 듯이, 그것은 오므라들어, 작고 **빽빽**하다. 나무들은 높이 솟아 있다. 곧바로 숲은 사방으로 흩어지고, 모든 산허리를 따라 아래로 미끄러져 내려가다가 나지막한 관목이 된다. 그리고 더욱 더 적어지더니 희미한 먼 빛으로 남아 있다.

———————

A. "정직해라! 언제 다시 오늘처럼 자네가 자네 이야기를 경청해줄 사람과 한가하게 앉아 맥주를 마시겠는가. 정직하라구! 그런데 자네 힘의 실체는 무엇인가?"

B. "내게 힘이 있다고? 어떤 힘을 말하는 거지?"

A. "회피할 생각이군. 정직하지 못한 녀석 같으니라고. 아마 자네 힘은 자네의 그 부정직함에 있는 게로군."

B. "내 힘이라니! 내가 이 작은 술집에 앉아 있다가 예전의 학교 친구를 만나게 되었는데, 그가 내 곁에 앉아서 아마 내가 힘이 세진 모양이군그래.

A. "그렇다면 달리 시작해보도록 하겠네. 자네는 자신이 힘이 있다고 생각하는가? 하지만 정직하게 대답해야 되네. 그렇지 않으면 나는 일어나 집에 가겠네. 자네는 자신이 힘이 있다고 생각하는가?"

B. "그래, 힘이 있다고 생각하네."

A. "그래, 그것 보라고."

B. "하지만 그것은 나만의 일이지. 누구도 이 힘의 흔적도 보지 못하지. 눈곱만큼도 볼 수 없지. 나 역시 볼 수가 없다네."

A. "하지만 자넨 자신이 힘이 세다고 생각하고 있지 않은가. 그렇다면 어째서 자네는 자신이 힘이 세다고 생각하는가?"

"내가 스스로 힘이 있다고 생각한다고 말하는 것은 정말 맞지 않아. 그것은 외람된 말이야. 이렇게 늙고, 쇠약하고, 지저분한 모습으로 앉아 있는 바와 같이 나는 내 자신이 힘이 있다고 생각하지 않네. 내가 믿고 있는 그 힘을 행사하는 것은 내가 아니라 다른 사람들이지. 그 다른 사람들이 나에게 복종하고 있는 것이야. 물론 그것은 부끄러운 노릇이고 전혀 뽐낼 것도 못 되지. 나는 그들의 하인이거나 아니면 실제로는 그들의 주인으로 임명된 상태일거야. 그들이 위대한 주인이 된 듯한 기분으로 하인인 나를 자기네 주인으로 삼았을 경우라면 그저 좋을 뿐이고, 모든 게 그저 그렇게 보일 뿐이겠지. 후자인 경우라 한다면, 이 갈곳 없는 불쌍한 노인인 내가 무엇을 하겠는가. 테이블 위의 잔을 입으로 가져가면서도 떠는 판인데 폭풍우나 대양을 다스려야 하다니."

"그것 보라고. 자네는 자네가 얼마나 힘이 있는지 알고 있지 않은가. 그러면서도 자네는 그렇다는 이야기를 하지도 않으려 했지. 하지만 사람들은 모두 자네에 대해서 알고 있다네. 가령 자네가 항상 외톨이로 구석에 앉아 있다고 해도 모든 단골 손님들은 자네를 잘 알고 있다네."

"그래, 단골 손님들은 많은 것을 알고 있겠지. 나로서는 그들의 말을 아주 조금밖에 듣지 못한다네. 하지만 내 귀에 들리는 것은 나로서는 유일한 교훈이고 확신이지."

"뭐라고, 그렇다면 자네는 여기에서 들은 바대로 통치하고 있지 않다는 것인가?"

"그래, 분명 그렇지 않아. 그렇다면 자네 역시 내가 지배하고 있다고 생각하는 자들과 한 패나 다름없지 않은가?"

"자네가 방금 그렇게 말하지 않았는가?"

"내가 그런 소리를 했나? 아니야, 내게 힘이 있다고 생각하지만 나는 이 힘을 휘두르지는 않는다고 말했을 뿐이야. 내가 힘을 휘두를 수 없는 것은 내 조수들이 이미 와 있기는 하지만 아직 그들 부서에 가 있지도 않거니와 또 앞으로도 결코 거기에 가지 않을 것이기 때문이야. 그 녀석들은 경박스럽고, 자기 자리도 아닌 곳을 어디든지 어정거리고 있지. 그들이 어디에 있든 간에 그들의 눈은 나를 향하고 있지. 나는 그것도 좋으리라고 생각하고 그들에게 머리를 끄덕거려준다네. 그렇다면 내가 힘이 없다고 말할 자격이 없지 않은가? 나는 이미 더 이상 나 자신이 부정직하다고 생각하지 않는다네."

"자네의 힘의 근거는 무엇인가?"

"자네는 내가 힘이 있다고 생각하나?"

"나는 자네가 매우 힘이 있다고 생각한다네. 그리고 자네의 힘에 대해서도 감탄하지만 또한 자네가 그 힘을 겸손하게 사심 없이 쓴다는 점에서도 감탄하고 있다네. 아니, 그보다도 자네가 그 힘을 사용할 때 보이는 결단과 확신에 대해서 감탄하고 있다고 해야 할지 모르겠네. 자네는 자제할 줄 알 뿐만 아니라 자네 자신과도 싸우고 있지. 자네가 왜 그런 일을 하는지 그 이유에 대해서 묻고 있는 것은 아니라네. 그것은 자네가 혼자서만 갖고 있으면 되는 재산이니까. 다만 자네가 지니고 있는 그 힘의 출처에 대해서 묻고 있는 것이라네. 내가 그런 질문을 해도 되는 정당한 이유는 내가 이 힘의 위력을 계속 인식해왔다는 사실에 있네. 지금까지 많은 사람들에게 그런 일은 불가능했던 것이지만. 나는 이미 그 힘의 위협을—그것이 자네의 자제력의 결과로 아직 나타나지는 않았지만—저항할 수 없는 어떤 것으로 느끼고 있기 때문이라네."

"자네의 질문에 나는 쉽사리 대답할 수가 없다네. 왜냐하면 나의
힘은 나의 두 명의 처에게서 나오기 때문이라네."

"자네의 두 부인에게서 말이야?"

"그래, 자네도 그녀들을 알고 있을 텐데."

"어제 자네 집 부엌에서 보았던 그 부인들을 말하는 건가?"

"그렇다네."

"그 뚱뚱한 두 부인들 말이지."

"그래."

"그 부인들 말이지. 나는 주의해서 보지 않았지만, 미안한 말이
지만, 꼭 가정부들 같았다네. 전혀 깨끗하지도 않고, 옷도 단정하
지 못하던데."

"그래, 그들이야."

"그런데 말이야, 자네가 무슨 소리를 해도 나는 곧이곧대로 믿겠
지만 그 부인들 이야기를 듣고 보니 예전보다 자네를 더욱 이해할
수가 없군그래."

"하지만 그건 결코 수수께끼는 아니야. 뻔한 것이거든. 자네에게
설명하도록 해보겠네. 그래, 난 그런 여자들과 살고 있다네. 자네
가 그녀들을 부엌에서 보았다곤 하지만 그러나 절대 식사 준비를
하는 여자들은 아니라네. 식사는 주로 건너편에 있는 레스토랑에서
가져온다네. 레지가 가서 가져오거나 알바가 가져올 때도 있지. 집
에서 요리를 해도 뭐라 반대할 사람은 없지만 그러나 그것은 어려
운 일이라네. 왜냐하면 그 두 사람 사이가 좋지 않기 때문이라네.
말하자면 사이는 아주 좋지만, 그것은 단지 서로 조용히 나란히 살
때만 그렇다네. 가령 그녀들은 자는 것도 아닌데 좁은 긴 안락의자
에 몇 시간이고 사이좋게 누워 있지. 그것도 그녀들이 뚱뚱하기 때

문에 예삿일이 아니지. 그러나 일할 때가 되면 그녀들은 사이가 나빠진다네. 곧 말다툼이 벌어지고 말다툼에서 구타까지 이르게 되지. 그렇기 때문에 우리는 협정을 하게 되었는데—그녀들은 이치에 닿는 말에는 납득을 잘하지—가능한 한 일을 적게 하자는 것이라네. 그것은 또 그녀들의 성질에도 맞지. 가령 그녀들이 특별히 공을 들여 거실을 치웠다고 생각될 때도 그 더러움이란 게 이루 말할 수 없을 정도여서 문턱을 넘어가는데도 구역질이 날 정도지. 그러나 일단 넘어서게 되면 쉽사리 적응되어버린다네.

일만 없다면 말다툼할 원인도 없어지는 거지. 특히 질투 따위는 전혀 모른다네. 질투가 어디서 생겨나겠는가? 나는 그녀들을 거의 구별하지 못한다네. 아마도 알바의 코와 입술은 레지의 것보다 더 흑인을 닮았을지도 모르지. 그러나 때로는 그 반대가 맞을 것 같기도 하지. 아마 레지는 알바보다 머리숱이 적은 것 같네—원래 그녀는 놀랄 만큼 머리숱이 적지—그러나 그런 것은 아무 상관도 없다네. 나는 그녀들을 거의 구별하지 못하는 상태로 그냥 있다네.

물론 내가 일을 마치고 집에 돌아가는 것은 저녁이 되어서지. 낮동안에 그녀들의 얼굴을 좀더 오래 볼 수 있는 것은 일요일뿐이라네. 일이 끝난 뒤에도 될수록 혼자 어정거리며 다니다가 늦게 귀가한다네. 우리 집에서는 절약하기 위해서 밤에도 불을 켜지 않는다네. 사실 그럴 돈도 없지. 끊임없이 입에 먹을 것을 달고 있어야 하는 여자를 둘이나 데리고 있으니 말이네. 내 봉급은 그것으로 다 날아가버린다네. 그래서 나는 저녁에 어두운 방문을 두드리게 된다네. 나는 두 여인들이 숨길이 거칠게 달려나오는 소리를 듣는다네. 레지인지 알바인지 모르지만 이렇게 말한다네. '그분이다.' 그러고는 두 여인은 더욱 강하게 숨을 몰아쉬기 시작한다네. 내가 아닌 낯선 사람이었다면, 아마 그 사람은 이 때문에 불안해했을 거야.

그러고는 그녀들이 문을 연다네. 그러면 그때 나는 보통 장난을 한다네. 문이 열리는 순간 나는 강제로 밀치고 들어가 그녀들의 목을 한꺼번에 얼싸안는다네. '어머나' 하고 한 여자가 말하지. 그것은 '당신이라니 믿을 수 없군요' 라는 뜻이라네. 그리고 둘 다 깊숙한 목구멍에서 나오는 목소리로 웃는다네. 어찌됐건 그녀들은 내 시중만 들려 한다네. 만약 내가 한 손을 그녀들에게서 빼서 문을 닫지 않는 날이면 그 문은 밤새도록 열린 채로 있을 거야.

그러고는 언제나 다음 방으로 간다네. 걸으면 두세 걸음인 데 십오 분이나 걸리는 긴 길이라네. 그녀들은 나를 거의 들어 옮길 정도라네. 나는 전혀 쉽지 않은 하루 일을 마친 후라 정말 피곤해서 어떤 때는 레지의 부드러운 어깨에 또 어떤 때는 알바의 어깨에 머리를 얹는다네. 그녀들은 거의 벌거벗다시피한 상태지. 단지 속옷만을 걸쳤을 뿐이라네. 하루의 대부분을 그런 모습으로 지내고 있다네. 지난번 자네가 왔을 때처럼 방문객이 있을 거라고 알려놓았을 때만 더러운 천 조각이라도 걸친다네.

그리고 나면 우리는 내 방에 이르게 되지. 보통 그녀들은 나만 밀어넣고는 자기들은 밖에 있으면서 문을 닫는다네. 이것은 장난이라네. 왜냐하면 이번에는 누가 먼저 들어가느냐로 싸움이 시작된다네. 이것은 질투 때문에 그런 것은 아니라네. 진짜 싸우는 것도 아니고 그저 장난으로 그럴 뿐이라네. 그녀들이 아프지 않게 서로 때리는 소리가 들리지. 숨도 거칠어진다네. 이번에야말로 숨이 막힐 것 같은 모습들이지. 이따금씩 몇 마디 말만이 들릴 뿐이야. 결국엔 나 자신이 문을 열게 되지. 그러면 그녀들이 돌진해 들어온다네. 몸은 후끈후끈하다네. 속옷은 갈기갈기 찢겨 있고. 그녀들의 숨이 뜨겁게 코를 찌른다네. 우리는 양탄자 위로 넘어지고 그러고는 점차 조용해지지."

664

"그런데, 자네 왜 말을 안 하는 거야?"

"난 우리가 이야기하던 것을 잊어버렸네. 어찌되었더라? 그래. 내가 가지고 있다는 힘의 유래를 자네가 물었지. 그리고 나는 두 여자를 언급했지. 그래, 그게 틀림없어. 그 여인들로부터 내 힘이 나오는 거야."

"그녀들과 단지 동거하는 것만으로 말인가?"

"동거로부터지."

"자네 아주 말이 없어졌군."

"알았지, 내 힘에도 한계가 있는 거라네. 무엇인가가 내게 침묵하도록 명령을 내린단 말이네. 그럼, 잘 있게나."

말이 발을 헛디뎌 앞다리가 꺾였다. 말에 탔던 기수가 나뒹굴었다. 나무 그늘 아래서 각자 어슬렁거리던 두 남자가 나와서는 떨어진 기수를 살펴보았다. 그들 각자에겐 모든 게 다 수상쩍어 보였다. 태양도, 지금은 다시 똑바로 서 있는 말도, 기수도, 사고에 이끌려 갑자기 나타난 맞은편 남자도 수상했다. 그들은 천천히 상대편에게 다가갔다. 그들은 기분이 좋지 않은 듯이 입술을 열었고, 앞이 터진 속옷으로 밀어넣은 손으로 주저하듯 가슴과 목을 이리저리 더듬었다.

그것은 여러 도시들 중의 하나이다. 그 도시의 과거는 현재보다 훌륭했다. 그러나 이 도시의 현재도 여전히 대단한 것이다.

─────────────

시장은 몇 가지 문서에 서명을 한 후에 의자에 기대어 아무 생각 없이 가위를 손에 들고 바깥 옛날 광장에서 울려오는 정오의 종소리에 귀를 기울였다. 그리고 비서에게 말을 걸었다. 비서는 황공한 나머지 몸이 굳어 도리어 거만해 보이는 모습으로 책상 곁에 서 있었다. "어떤가? 이 거리에 묘한 소문이 떠돌고 있는 것을 자네도 아는가? 자네같이 젊은 사람은 그런 일에 안목을 가져야 한다네."

─────────────

이름이 루이젠모오르라는 한 젊은 남자가 최근 여러 가지 사업이 실패하면서 일부 적은 유산을 잃었다. 그렇지만 그것이 그를 의기소침하게 만들지는 못했다.

─────────────

어느 초승달이 뜬 밤에 나는 이웃 마을에서 우리 집을 향하여 걷고 있었다. 달빛이 환하게 내리비치는 반듯한 시골길에는 사물들이 낮보다 더 뚜렷하게 보일 정도였다. 나는 조금 더 가면 포플러나무가 늘어선 곳에 도달할 참이었다. 이 가로수가 끝나면 우리 마을의 다리에 이르는 것이다. 그때 두세 걸음 앞쪽에—내가 전에 본 적이 없으니 꿈이라도 꾸고 있었는지도 모른다—나무와 천으로 된 조그만 칸막이가 보였다. 작은, 그리고 아주 낮은 텐트였다. 그곳에서는 사람들이 똑바로 앉을 수도 없을 것이다. 그것은 완전히 닫혀 있었다. 그것을 한 바퀴 돌면서 손으로 만져보아도 틈새가 없는 것 같았다. 시골에서는 여러 가지를 보게 되므로 처음 보는 것도 쉽사리 판단이 된다. 그러나 어째서 텐트가 이런 곳에 쳐져 있는 것일까. 그 까닭을 알 수가 없었다.

서커스에서 오늘 대규모 무언극이 공연될 것이다. 수중 무언극이다. 전 경기장이 물속에 설치되어 있다. 포세이돈이 부하들을 데리고 수중을 달릴 것이고, 오디세우스의 배가 나타나고 세이렌들이 노래를 부를 것이다. 다음에는 비너스가 알몸인 채로 호수 속에서 몸을 드러낸다. 여기에서 무대는 갑자기 바뀌어 현대의 가족이 목욕하는 풍경이 묘사된다. 단장은 백발의 노인이지만 아직 거뜬히 말을 탄다. 그는 이 무언극의 성공을 여러 차례나 약속하고 있다. 사실 성공은 틀림없을 것이다. 작년에는 크게 실패했다. 몇몇 행선지를 잘못 잡은 여행으로 큰 손해를 보았다. 이제 이곳은 소도시이다.

----

*

포세이돈이 작업 탁자에 앉아서 셈을 하고 있었다. 모든 하천을 관할하는 당국이 그에게 계속해서 수많은 일거리를 주었다. 그가 원하는 대로 조수를 가질 수도 있었을 것이다. 물론 그 역시 아주 많은 조수들을 가지고 있었지만, 그는 자신의 직무를 매우 신중하게 받아들이고 있었기 때문에, 만사를 다시 한 번 꼼꼼하게 계산했다. 그래서 조수들은 거의 도움이 되지 못했다. 그 일이 그에게 기쁨을

----

* 막스 브로트판 전집에서는 「포세이돈Poseidon」이라고 제목이 붙어 있으나 이 비판본에는 없다. 막스 브로트가 임의로 붙인 것이다. 카프카 전집 제1권에 실려 있으나 문장 부호 및 단어 등 틀린 것이 있어 다시 번역했다.(옮긴이)

주었다고는 말할 수 없다. 그는 단지 그 일이 자신에게 부과되었기 때문에 이행할 뿐이었다. 물론 그는 이미 가끔, 그의 표현을 빌린다면, 좀더 즐거운 일을 신청하긴 했지만, 사람들이 그에게 여러 가지 제의를 하게 되면 언제나 지금까지 해온 일만큼 그에게 적합한 일은 없다는 것이 드러난다. 그를 위해서 무언가 다른 일을 찾아낸다는 것은 역시 매우 어려웠다. 가령 그에게 특정한 어느 바다 하나를 지정해줄 수는 없었다. 이곳에서는 셈을 하는 일이 작은 일이 아니라 좀더 좀스러운 일이라는 것을 제외하고, 위대한 포세이돈은 물론 언제나 군림하는 자리를 얻을 수 있었다. 그리고 사람들이 그에게 물 이외의 일거리를 제공하면, 그는 벌써 그 생각만으로도 속이 메스꺼웠다. 그의 굉장한 호흡은 불규칙해졌고, 그의 단단한 흉곽은 흔들렸다. 게다가 사람들은 사실 그의 불만을 진지하게 받아들이지 않았다. 만약 강자가 고통을 준다면, 아무리 가망이 없는 경우라 할지라도 겉으로는 그에게 복종하는 척 노력해야만 한다. 어느 누구도 포세이돈이 정말 그의 공직을 떠나리라고는 생각하지 않는다. 태초부터 그는 바다의 신으로 정해져 있었고, 그리고 그것은 유지되어야 한다.

그는 사람들이 그에 대해서 가지고 있는 생각을 듣게 되면, 큰 물결들을 삼지창으로 휘몰아가면서 대체로 화를 냈다―그리고 이것은 주로 자신의 공직에 대한 불만을 초래했다. 그럼에도 그는 여기 대양의 심연에 앉아서 쉬지 않고 셈을 하고 있는 것이다. 가끔 주피터에게 가는 여행만이 그 단조로움을 깨뜨리는 유일한 일이었다. 그러나 그는 대개 그 여행에서 진노해서 돌아오곤 했다. 그런 이유로 그는 바다를 거의 보지 못했다. 다만 올림포스 산으로 바삐 올라갈 때 슬쩍 지나쳐볼 뿐, 정말 한 번도 바다를 두루 항해해보지 못했다. 그는 이렇게 말하곤 했다. 자신은 세계가 몰락할 때까지 그렇게 기다리고 있다고. 그때 가서야 아마 자신에게 조용한 순간이 생길 것이고, 종말이 오기 바로 직전에 마지막 셈을 죽 훑어보고 나서 빨리 한 번 짧은 일주여행을 할 수 있을 것이라고 했다.

몇 명의 사람들이 나를 찾아와서 자기들의 소도시를 건설해주기를 청했다. 나는 말했다. "사람이 아주 적은 것 같군요. 건물 하나면 되겠어요. 도시를 건설할 필요는 없겠어요." 그러나 그들은 말하기를, "사람들이 나중에 올 겁니다. 그들 중에는 아기를 갖게 될 부부도 있어요. 물론 도시를 한꺼번에 만들지 않으셔도 됩니다. 설계만 미리 해놓은 뒤 차근차근 지으면 될 테니까요." 내가 도시를 어디에다 세울 것이냐고 묻자, 그들은 곧 장소를 보여주겠노라고 했다. 강을 따라 가자 꽤나 높은 매우 널찍한 구릉에 이르렀다. 그 구릉은 강 쪽으로는 비탈이 져 있지만 그 이외는 완만했다. 그들은 그곳 위쪽에 도시를 건설하고자 했다. 그곳은 듬성듬성 풀들이 나 있을 뿐 나무는 한 그루도 없었다. 마음에 들기는 했지만 강 쪽으로 경사가 너무 가파르다고 생각되었기에 그 점을 지적해주었다. 그러나 그들은 그런 것은 문제가 되지 않는다고 말했다. 도시는 다른 쪽 산비탈로 뻗어나갈 것이고 강으로 가는 다른 길도 있을 거라는 거였다. 그리고 어차피 오래 살아가는 동안에 험한 산비탈을 극복하는 방법도 찾아야 할 것이고, 어쨌든 그곳에 도시를 건설하는 데 장애가 될 수 없다고 했다. 거기에다 그들은 젊고 강하기 때문에 이런 산비탈쯤은 쉽사리 오를 수 있다는 것이었다. 곧 그것을 나에게 보여주겠다는 거였다. 그들은 그렇게 했다. 그들은 마치 도마뱀처럼 바위 틈 사이로 기어오르더니 금방 위에 이르렀다. 나 역시 그 위로 올라가

그들에게 어째서 바로 이곳에 도시를 세우려는 계획을 갖게 되었는지를 물었다. 방어를 위해서도 이곳은 특별히 적절해 보이지 않았다. 강 맞은편만이 천연적으로 보호되고 있을 뿐이었다. 그리고 그곳은 방어가 가장 필요치 않은 곳이기도 했다. 오히려 쉽사리 빠져나갈 수 있으면 좋을 그런 곳이었다. 그 고지는 사방으로부터 힘들이지 않고 접근할 수 있었다. 이런 이유와 함께 면적이 너무 넓어서 방어하기에 어려워 보였다. 게다가 이 근처의 땅에서 수확물을 얼마나 생산해낼 수 있는 지에 대해서도 아직 연구가 되어 있지 않은 상태였다. 아래쪽에 있는 토지에 의존하고 그리고 수송교통에 의지한다면 어느 도시이건 간에 항상 위험이 따르기 마련이다. 더군다나 불안정한 시대에는 말할 것도 없다. 여기에다 식수가 충분한가 어떤가 하는 것도 아직 확인되지 않은 상태였다. 그들은 조그만 샘을 나에게 보여주었지만 아무래도 신통치 않아 보였다.

"당신은 피로하신 모양이군요" 하고 그들 중 한 사람이 말했다. "도시를 세울 생각이 없으시군요." "나는 피곤합니다." 그렇게 대답하고 나는 샘가의 돌 위에 걸터앉았다. 그들은 수건에 물을 적셔서 내 얼굴을 시원하게 닦아주었다. 나는 고마움을 표시했다. 그리고 혼자 그 언덕을 돌아보고 싶다고 말하고는 그들과 헤어졌다. 먼 길이었다. 돌아오니 벌써 어두웠다. 일동은 샘가에 뒹굴며 잠들어 있었다. 가랑비가 내렸다.

나는 떠나기로 결심하고 산허리를 기다시피 하여 강으로 내려갔다. 그러나 그들 중 한 사람이 깨어 다른 사람들을 흔들어 깨웠다. 그들은 모두 위쪽 산허리 가장자리에 서 있었다. 나는 겨우 산허리 중간쯤에 와 있었다. 그들은 애원하며 나를 불렀다. 나는 되돌아갔다. 그들은 나를 도와 위로 끌어 올려주었다. 이제 나는 그들에게 도시를 세워주겠다고 약속했다. 그들은 매우 감사해했다. 그들은 감사하다는 말을 하면서 나에게 키스를 했다.

———————

한 농부가 시골길에서 나를 붙잡고는 집에 함께 가기를 청했다. "혹시 저를 도와주실 수 있을지 모르겠습니다. 사실은 집사람과 다투고 있어서 사는 게 매우 고달프답니다. 게다가 자식들은 손을 쓸 수 없을 정도로 못돼먹었어요. 쓸모도 없이 빈들거리거나 행패나 부리는 녀석들이지요." 나는 대답했다. "기꺼이 따라가지요. 하지만 생판 낯선 내가 무슨 도움이 되겠습니까. 혹시 아이들에게는 무슨 지도를 해줄 수 있을지 모르지만 부인에 대해서는 아무것도 해드릴 수 없을 것 같군요. 왜냐하면 부인의 투쟁벽은 그 바탕이 보통 남편의 성격에 달려 있는 법이니까요. 당신이 싸움을 원치 않는 이상 당신은 지금까지 그것을 고쳐보려고 노력해왔겠군요. 하지만 당신이 이루지 못한 것을 저라고 어떻게 해낼 수 있겠습니까. 기껏해야 부인의 투쟁벽을 나에게 돌리는 정도이겠지요." 그것은 농부에게보다는 나 자신에게 지껄이고 있다는 느낌이었다. 그러고는 "그럼, 수고료를 얼마나 주시렵니까?" 하고 나는 솔직하게 물어보았다. 농부는 대답했다. "그것은 합의하기가 수월할 겁니다. 당신이 조금이라도 도움이 되어주신다면 무엇이건 좋아하는 것을 가져가십시오." 그 말을 듣고 나는 잠시 멈추었다가 이렇게 말했다. "그런 일반적인 약속은 곤란합니다. 다달이 얼마씩 주겠다는 정확한 합의가 필요합니다." 농부는 내가 월급을 요구하자 깜짝 놀랐다. 나는 그가 놀라는 것에 대해 놀랐다. "도대체 당신은 부부가 일생을 두고 지은 것을 내가 두 시간 안에 제대로 잘해낼 수 있다고 생각하십니까? 그리고 두 시간 뒤에는 작은 한 자루의 완두콩을 수고료로 받고, 고마움의 표시로 당신 손에 입술을 대고 다시 먼저의 넝마조각을 걸치고 얼어붙은 시골길을 터덜터덜 내려갈 것이라고 생각하십니까? 그럴 수는 없지요." 농부는 머리를 숙인 채 내 말을 말없이 들었다. 그러나 호기심에 차서 듣고 있었다. 나는 말을 이었다. "우선 모든 사정을 알아보고 그리고 사태 개선을 위한 묘안을 찾아내기 위해서는 오히려 한동안 머무르는 것이 좋겠군요. 그 다음엔 가능한 한 일을 깔끔하게 처리하기 위해서 나는 계속 장기체류를 해야 하겠군요. 그러게 되면 나이가 들고 몸은 피로해서 떠나기는커녕 편히 쉬게 될 것이고 당신 가족의 은혜를 누리겠지요."

"그건 불가능할 겁니다." 농부는 말했다. "당신은 우리 집에 눌러앉았다가 결국 나를 쫓아낼 작정이군요. 그렇게 된다면 공연히 가장 큰 부담만 불러들인 셈이 되겠지요." "서로 믿지 않으면 합의를 이룰 수가 없습니다" 하고 나는 말했다. "나는 당신을 믿습니다. 내가 바라는 것은 당신의 약속뿐입니다. 당신은 언제든지 그것을 깰 수 있습니다. 내가 일을 깨끗이 마무리한 후에 당신은 약속 같은 건 잊어버린 얼굴로 나를 쫓아낼 수도 있습니다." 농부는 내 얼굴을 보며 이렇게 말했다. "당신은 쫓겨날 사람이 아니오." "그럼 좋을 대로 하십시오." 나는 말했다. "어떻든 좋을 대로 나를 생각하시오. 하지만—이것은 사내끼리의 호의로 하는 말인데요—나를 데리고 가지 않으면 당신은 장시간 참고 견디지 못하리라는 것을 잊지 마십시오. 그런 아내나 아이들과 어떻게 함께 살 생각입니까? 나를 집으로 데리고 갈 용기가 없다면 차라리 이 자리에서 당신의 집을 버리고 이제부터는 집이 가져올 그 괴로움일랑 버리도록 하시오. 나와 함께 가지 않겠습니까? 함께 떠돌아다니는 것도 재미있습니다. 당신이 나를 신뢰해주지 않아도 화를 내지 않겠습니다." "나는 내 마음대로 하는 몸이 아닙니다." 농부는 말했다. "나는 십오 년 이상을 아내와 함께 살아오고 있습니다. 그것은 힘들었습니다. 괴로운 십오 년을 어떻게 살아왔는지 나는 전혀 알 수가 없습니다. 그렇지만 아내를 참아낼 수 있는 모든 수단을 다 해보지 않고서는 아내와 헤어질 수도 없습니다. 그러던 판에 시골길에서 당신을 보게 되어 당신과 함께 마지막 시험을 한 번 해보려고 생각한 것입니다. 함께 갑시다. 무엇이든 바라는 것을 드리겠습니다." "뭐 많이 바라는 것은 아닙니다." 나는 말했다. "남의 고난을 이용해보자는 마음 따위는 없습니다. 다만 언제까지나 나를 하인으로 받아들여서는 안 됩니다. 나는 모든 일을 할 수 있고 크게 도움이 될 것입니다. 그렇다고 보통 하인처럼 대하는 것은 곤란합니다. 당신은 나에게 명령을 내리면 안 됩니다. 내가 하는 대로, 이 일에 싫증나면 저 일을, 그것에도 싫증이 나면 하지 않아도 되도록 놔두어야 합니다. 일을 해달라고 나에게 부탁하는 것은 좋아요. 하지만 귀찮게 독촉해서는 안 됩니다. 이 일을 하기 싫어하는구나, 하는 것을 알게 되면 그대로 놔두어야 합니다. 저는 돈이 필요없습니다. 그러나 옷이나 셔츠, 구두는 필요에 따라 내가 지금 입고 있는 것과 같은 정도의 것으로 갈아입게 해주었으면 합니다. 이런 것이 마을에 없다면 도시에 가서라도 가져다주어야 합니다. 그러나 그것에 대해 걱정할 필요는 없습니다. 지금 입고 있는 것도 몇 년은 더 입을 수 있을 테니까요. 식사는 여느 하인처럼 해주어도 됩니다. 하지만 매일 고기를 먹어야 합니다." "날마다 말이오?" 하고 농부는 재빨리 이의를 제기했다. 마치 그 밖의 조건들엔 합의를 본 듯이 말이다. "매일입니다." 내가 말했다. "당신은 특별한 치아를 가지고 계신 모양이군요" 하고 농부는 말했다. 그는 나의 특별한 주문에 대해 해명해보려고 했다. 나의 입안에 손을 밀어 넣어 내 이빨을 만져보았다. "매우 날카롭군요." 그가 말했다. "마치 개 이빨 같군그래." "요컨대 나는 날마다 고기를 먹고 싶습니다" 하고 내가 말했다. "맥주와 독주는 당신과 똑같은 양을 원합니다." "하지만 그건 좀 많은데요" 하고 그는 말했다. "나는 실컷 마십니다." "그렇다면 더욱 좋습니다." 내가 말했다. "그러나 당신은 술을 줄일 수도 있습니다. 그러면 나도 줄이지요. 어쩌면 당신은 가정의 불행 때문에 그렇게 술을 많이 마시는 모양이군요." "그렇지 않아요." 그는 말했다. "그게 무슨 상관이 있겠어요. 하지만 술은 나와 같은 양을 주기로 하겠습니다. 함께 마시기로 합시다." "그것은 곤란합니다." 나는 말했다. "나는 누구하고도 함께 마시거나 먹지 않습니다. 나는 언제나 혼자 마시고 먹습니다." "혼자 말입니까?" 하고 농부는 놀라 물었다. "당신의 주문을 듣고 있자니 머리가 빙빙 도는 것 같군요." "그 정도로 다 되는 것은 아닙니다." 나는 말했다. "이제 거의 끝나갑니다. 그리고 내가 바라는 것은 기름입니다. 작은 램프에 불을 켜서 밤새 내 곁에 놓아두어야 합니다. 작은 램프는 내 가방 속에 들어 있습니다. 매우 조그마한 램프여서 기름이 별로 들지 않습니다. 실제로는 말할 필요도 없는 문제지만 완전을 기하기 위해서 말했을 뿐입니다. 나중에 뒤탈이 없도록 하기 위해서이지요. 급료 지불시에 말썽이 없게 하려는 것입니다. 나는 평상시엔 온화하지만 약속한 것을 지키지 않을 경우엔 무서운 사람이 되지요. 명심해두세요. 아무리 사소한 것이라 할지라도 나에게 지불할 것을 주지 않을 경우엔 당신이 자고 있는 동안 집에 불을 지를 수도 있습니다. 하지만 당신은 분명히 약속한 것을 거절할 리 없겠지요. 게다가 아무리 하찮은 것이라도 가끔 조그마한 선물을 주는 호의를 보인다면 충실하게 인내하며 어떤 일도 해낼 것입니다. 그리고 방금 말한 것 외에는 요구하지 않을 것입니다. 다만 팔월 이십사 일은 내 생일이니 오 리터 짜리 럼주를 한 통 주셔야 합니다." "뭐라구요. 오 리터라구요?" 하고 농부는 소리치면서 양손을 부딪쳤다. "네, 오 리터입니다." 나는 말했다. "대단한 것은 아니지요. 당신은 양을 줄이고 싶은 모양이지만 나도 상당히 생각해서 적게 요구하는 것입니다. 다른 사람이 들으면 부끄러울 정도지만 당신의 입장을 고려해서지요. 다른 사람이 있다면 당신하고 이런 이야기도 할 수 없을 정도이지요. 게다가 다른 사람이 알면 곤란한 것이 어느 누구도 그것을 믿을 수가 없을 테니까요." 그러나 농부는 이렇게 말했다. "그렇다면 그대로 계속 가시는 게 좋겠습니다. 나는 혼자 집에 돌아가서 안사람과 화해를 시도해보겠습니다. 요즈음 많이 두들겨 팼으니까요. 조금 손을 덜 대보기로 하지요. 안사람도 좋아할지 모르지요. 아이들도 잘 두들겨 팼거든요. 언제나 마구간에서 매를 가지고 와 두들겨 팼습니다. 그걸 중단해보겠습니다. 물론 지금까지도 여러 번 그만두어보았지만 별로 나아진 게 없었지요. 그러나 당신이 요구하는 것은 나로서는 도저히 감당할 수가 없습니다. 가령 할 수 있다고 해도 아니, 할 수가 없습니다. 도저히 경제 사정이 허락하지 않습니다. 아니, 불가능합니다. 날마다 고기를 먹는다는 둥, 럼주를 오 리터 달라는 둥! 그러나 그런 것을 할 수 있다 하더라도 우리 안사람이 그것을 허락하지 않을 것입니다. 안사람이 안 된다면 나는 할 재간이 없으니까요." "그렇다면 어째서 그렇게 길게 협상을 했지요?" 하고 나는 말했다.

나는 칸막이 관람석에 앉아 있었다. 내 옆에는 아내가 앉아 있다. 무대에서는 흥미진진한 연극이 상연되었다. 질투를 주제로 한 것이다. 불이 환히 비치는 기둥들에 의해 둘러싸인 홀 안에서 한 남자가 천천히 출구로 나가려는 여인을 향하여 막 단도를 들이대는 순간이었다. 관객들은 긴장해서 난간 위로 몸을 굽혔다. 나는 관자

놀이에 아내의 곱슬머리가 닿는 것을 느꼈다. 그때 나는 놀라 흠칫했다. 난간 위에서 무언가 꿈틀대며 움직였던 것이다. 내가 난간의 빌로드로 된 쿠션으로 여겼던 것은 키가 홀쭉한 남자의 등이었다. 그 남자는 이때까지 난간처럼 가느다랗게 엎드려 있다가 이제 편한 자세를 취하려는 듯이 천천히 몸을 돌렸던 것이다. 아내는 몸을 떨면서 나에게 매달렸다. 바로 내 앞 가까이에 그 남자의 얼굴이 있었는데 내 손보다도 더 가늘고 납 인형처럼 지나치게 깨끗한 얼굴이었다. 그러나 시커먼 콧수염을 달고 있었다. "어째서 당신은 우리를 놀라게 하는 겁니까?" 하고 나는 외쳤다. "여기에서 무엇을 하고 있는 겁니까?" "실례합니다." 그 남자가 말했다. "저는 당신 부인의 숭배자입니다. 부인의 팔꿈치를 등에 느낄 때면 저는 매우 기쁘답니다." "에밀, 부탁이에요. 날 지켜주세요!" 하고 내 아내가 소리쳤다. "저도 에밀입니다" 하고 그 남자는 말하며 팔로 턱을 받쳤다. 마치 긴 안락의자 위에 누워 있는 모습이었다. "이리로 오시오, 부인." "망할 자식 같으니라고." 나는 말했다. "또 한 번 그런 소릴 했다간 아래층에 누워 있을 줄 알아." 그리고 나는 그런 말이 또 다시 나올 것이라고 확신하고 그를 밀어 아래로 떨어뜨리려고 했다. 그러나 그것은 간단하지 않았다. 그 남자는 난간의 일부가 되어 있는 듯했다. 마치 갖다 맞추어놓은 듯했다. 나는 그를 굴러 떨어뜨리려 했으나 잘 되지 않았다. 그 남자는 웃으며 이렇게 말했다. "그만두시오. 어리석은 친구, 그렇게 서둘러 힘을 빼지 않는 편이 나을 것이오. 싸움은 이제야 시작되었으니까 말이오. 물론 결말은 분명히 부인이 내 갈망을 채워주는 것으로 끝나겠지만 말이오." "절대 그런 일은 없을 거예요" 하고 외치고는 아내는 이번엔 나를 향해서 "여보, 제발 빨리 떨어뜨려요." "아무래도 되지 않아." 나는 외쳤다. "봐, 이렇게 힘껏 밀어도 안 돼. 이상한 일이군,

아무래도 안 돼.” “어머, 어쩌면 좋아!” 하고 아내는 슬프게 소리를 질렀다. “어쩌면 좋아!” “조용히 해요.” 나는 말했다. “떠들면 안 돼요. 흥분하면 더 화가 날 뿐이오. 새로운 계획이 생각났는데 이 칼로 빌로드 천을 찢어서 이 녀석과 함께 전부 아래로 쏟아버리겠오.” 그러나 이번에는 주머니칼이 보이지 않았다. “내 주머니칼 보지 못했소?” 하고 나는 물었다. “외투 안에 넣어두었나?” 내가 휴대품 보관소로 뛰어가려고 하자 아내가 나를 미몽에서 깨어나게 했다. “여보, 에밀, 절 혼자 놓아둘 생각인가요?” 하고 그녀가 외쳤던 것이다. “하지만 칼이 있어야지.” 나도 큰 소리로 응했다. “그럼, 내 것을 쓰세요”라고 그녀는 말하고 덜덜 떨리는 손가락으로 호주머니를 뒤졌다. 그러나 아내가 꺼낸 것은 아주 작은 진주조개 껍질로 된 칼이었다.

———————

하나의 까다로운 문제. 다리로 사용되고 있는 부러지기 쉬운 각목 위를 까치발로 건너는 일. 발아래엔 아무것도 없다. 걸어가게 될 땅을 우선 양발로 긁어 모아야만 한다. 자기 아래로 보이는 것이라고는 물에 비치는 자신의 영상뿐이다. 양발로 세계를 응집시킨다. 이 어려움을 이겨내는 데는 허공 속에 있는 양손이 마비될 정도이다.

———————

사원의 야외 계단에 한 성직자가 무릎을 꿇고 신도들의 소원이나 호소를 기도로 바꿔주고 있다. 아니, 그는 아무 일도 하지 않고, 오히려 그에게 말한 것을 큰 소리로 몇 번이고 반복할 뿐이다. 가령 상인이 찾아와서 오늘 큰 손해를 입고서 파산하게 되었다고 호소했다고 하자. 그러면 성직자는—계단에 무릎을 꿇고 단 위에 양손을 가지런히 얹고서 빌면서 몸을 흔든다—"A는 오늘 큰 손해를 보았습니다. 파산하고 있습니다. A는 오늘 큰 손해를 보았습니다. 파산하고 있습니다. 등등."

―――――――

우리 다섯 명은 친구다. 어느 날 우리는 어느 집에서 차례로 나왔다. 처음 한 사람이 나와 대문 옆에 섰다. 다음은 두번째 사람이 대문에서 나왔다. 아니, 나왔다기보다 작은 수은 방울처럼 가볍게 미끄러져 나와서는 첫번째 사람에게서 멀지 않은 곳에 섰다. 이렇게 해서 세번째, 네번째, 다섯번째 사람이 나왔다. 마침내 우리는 일렬로 늘어섰다. 사람들은 우리를 주목하게 되었고, 우리를 가리키며 말했다. "저 다섯 사람이 방금 이 집에서 나왔어요." 그 이후로 우리는 함께 산다. 이렇게 평화스럽게 지내오고 있는데, 항상 여섯번째 사람이 끼어들려고 한다. 그 녀석은 특별히 무슨 짓을 하는 것도 아닌데 그저 귀찮을 뿐이다. 이미 그것만으로도 너무 한 것이다. 이쪽에서는 하나도 환영하지 않는데 어째서 끼어들려고 하는지 모르겠다. 우리는 그를 잘 모르기 때문에 우리 패에 넣어줄 마음이 없다. 우리 다섯 명도 전부터 서로 아는 사이는 아니었다. 지금도 아는 사이가 아니라고 말할 수 있을 정도이다. 그러나 우리 다섯 명 같으면 할 수 있는 일이나 참을 수 있는 일도, 저 여섯번째 사람은 할 수도 없고 참을 수도 없다. 게다가 우리는 오인조이기 때문에 여섯 명이기를 원하지 않는다. 이렇게 항상 함께 있는 것이 무슨 의미가 있는 것일까. 우리 다섯 명에게도 아무런 의미는 없다. 그러나 우리는 이미 함께 있고, 계속 그렇기 때문에 새로운 관계는 갖고 싶지 않다. 이것은 우리 경험에서 우러나온 것이다. 그러나 이런 일을 어떻게 여섯번째 사람에게 알려줄 수 있겠는가. 지루하게 설명하다가는 벌써 우리 패에 예외를 만드는 셈이 될 테니까. 오히려 아무런 설명 없이 그를 받아주지 않는 편이 나을 것이다. 그가 아무리 주둥이를 내밀어보았자 팔꿈치로 밀어젖혀버린다. 그러나 아무리 밀어젖혀도 그 녀석은 다시 오는 것이다.

———————

우선 구름 낀 하늘을 쳐다보지 않아도, 비록 햇빛은 아직 보이지 않지만, 그저 풍경의 색조만으로도 흐릿함이 풀리면서 물러갈 준비를 하고 있음을 종종 느낄 수 있듯이, 다만 이런 이유만으로도, 그리고 또 다른 증거 없이도 곧 온누리에 태양이 빛나게 되리라는 것을 이미 느낄 수 있는 것이다, ——
나는 선 채로 보트를 저어 작은 항구로 들어갔다. 항구는 거의 텅 비어 있었다. 한쪽 구석에 돛단배가 두 척 보일 뿐이고, 그 밖에는 작은 보트가 여기저기 있을 뿐이었다. 나는 쉽게 보트 댈 자리를 발견해서 내렸다. 그것은 작은 항구였지만 제방이 튼튼하고 정비가 잘 되어 있었다.
　보트들이 미끄러져 지나갔다. 나는 보트 한 척을 불러 세웠다. 사공은 몸집이 크고 하얀 수염을 가진 노인이었다. 나는 타려다가 잠깐 망설였다. 사공은 빙긋 웃었다. 나는 사공의 얼굴을 보며 그 보트에 올랐다. 사공은 보트의 한쪽 끝을 가리켰다. 나는 그곳에 앉았다. 그러나 나는 발딱 일어나 이렇게 말했다. "여기에 큰 박쥐를 기르고 있군요." 내 머리 주위에 커다란 날개가 퍼덕거리는 것 같은 느낌이 든 것이다. "조용히 하세요"하고 그는 말했다. 그는 벌써 삿대를 만지작거리고 있었다. 배가 육지에서 떨어져 나왔기 때문에 나는 처음 앉았던 자리에 다시 털썩 앉았다. 내가 가고 싶은 곳을 사공에게 말하는 대신에 그곳을 알고 있느냐고만 물었다. 사공이 머리를 끄덕거리는 모양으로 보아 정확히 알고 있는 듯했다. 나는 심히 안도감을 느꼈다. 나는 다리를 뻗고 머리를 뒤로 젖혔다. 그러나 사공에게서 눈을 떼지 않은 채 중얼거렸다. "내가 어디로 가는지 저 사람은 알고 있다. 그는 훤히 알고 있다. 그가 삿대로 물을 치는 이유도 바로 나를 더 먼 바다로 데리고 가기 위함이다. 나는 아까 여러 보트들 중에 이 보트를 우연히 불러놓고는 타기를 망설였지." 나는 매우 만족스러웠기 때문에 눈을 스르르 감았다. 그러나 사공의 모습이 보이지 않자 소리만큼은 듣고 싶어서 이렇게 물었다. "노인장 연세로 보아 이제 일하기도 어려우실 텐데. 자식은 없습니까?" "오직 너뿐이란다." 그가 대답했다. "너만이 나의 유일한 자식이다. 오로지 너만을 위해서 나는 아직도 이 배를 타는 거란다. 그런 다음에는 이 보트를 팔 것이고 일을 그만둘 생각이다." "당신은 이곳 승객들을 자식들이라 부르시나요?" 내가 물었다. "그렇다네." 그가 말했다. "이곳 풍습이지. 그리고 승객들은 우리를 아버지라고 부른다네." "그것 참 이상하군요"하고 내가 말했다. "그런데 어머니는 어디 계신가요?" "저기, 칸막이로 된 방에 있지." 노인이 대답했다. 내가 일어서자, 배 한가운데에 만들어진 칸막이의 둥근 아치 모양으로 된 작은 창으로부터 인사하듯 한 손이 뻗어나오면서 검은 레이스 두건을 두른 씩씩한 여인의 얼굴이 나타났다. "어머님이신가요?" 내가 웃으며 물었다. "그렇게 희망하신다면 —"하고 여인이 말했다. "하지만 당신은 아버지보다 훨씬 젊군요." 내가 말했다. "그래요." 여인이 대답했다.

"훨씬 젊어요. 저 분은 저의 할아버지뻘이지요. 그리고 당신이 저의 남편 정도라 하겠어요." "그런데 말입니다" 하고 내가 물었다. "밤에 혼자 배를 저어가다가 갑자기 여자 모습을 보는 것은 무서운 일이지요."

우리는 매끄러운 땅 위를 달려갔다. 어떤 때는 한 사람이 비틀거리며 넘어지기도 했고, 때로는 옆으로 추락할 뻔한 일도 있었다. 그런 때는 다른 한 사람이 도와주어야 했지만, 그것도 매우 조심해야 했다. 마침내 우리는 '무릎'이라 불리는 언덕에 이르렀다. 전혀 높지 않은데도 기어오를 수가 없었다. 우리는 계속 다시 미끄러져 내렸다. 우리는 절망적이었다. 기어오를 수가 없었기 때문에 돌아가야만 했다. 그러나 오르지 못하는 이상 돌아갈 수도 없을지 모르겠다. 어쨌든 그것은 훨씬 더 위험한 일이었다. 즉, 돌아가다가 실패하면 추락이자 끝장이다. 우리는 서로 방해가 안 되도록 각각 다른 쪽으로 우회하기로 했다. 나는 몸을 찰싹 붙여 천천히 가장자리로 나아가기 시작했다. 그곳에는 길다운 길이 없었고, 붙잡을 것도 마땅치 않았다. 건너가지 못하면 모든 것이 계곡으로 떨어지게 되어 있었다. 나는 도저히 갈 수 없다는 것을 깨달았다. 저쪽 편을 가보지 않고서는 모를 일이지만 그곳이 이편보다 더 나을 것이 없다면, 우리 둘은 죽음을 면할 수 없을 것이 분명하다. 그러나 감행하지 않을 수 없지 않은가. 왜냐하면 언제까지나 여기에 있을 수도 없는 노릇이고 등 뒤를 보면 '발가락'이라고 불리는 다섯 개의 봉우리가 한 발짝도 가까이 다가오지 못하게 하겠다는 듯이 치솟아 있기 때문이다. 나는 다시 한 번 지형을 자세히 살펴보았다. 그다지 먼 거리는 아니지만 정복하기는 어려울 것 같았다. 그 뒤부터 나는 눈을 감았다. 이런 때는 눈을 뜨고 있는 것이 해로울 뿐이다. 이제 절대 눈을 뜨지 않겠다. 믿을 수 없는 일이 일어나서 내가 저쪽에 닿는다면 눈을 떠도 좋겠지만 말이다. 이렇게 나는 천천히 옆쪽으로 내려갔다. 반은 꿈을 꾸고 있는 듯한 심정이었다. 그리고 멈췄다가는 또 전진하기 시작했다. 두 팔을 좌우로 넓게 폈다. 이렇게 해서 될 수록 넓은 땅을 덮으면, 아니, 끌어안으면 다소는 평형을 유지할 수 있을 것 같았다. 아니, 더 정확히 말해서 약간의 위로를 얻을 것 같은 생각이 든다. 그러나 어찌됐던 간에 이 땅이 실제로 나에게 분명 도움이 되리라는 사실을 알아차리고 놀라워했다. 그 땅은 매끄럽고 그리고 아무런 의지할 곳도 없다. 그러나 결코 차가운 땅은 아니었다. 그 어떤 따뜻함이 이 땅에서 내게로, 내게서 이 땅으로 흘렀다. 손과 발로는 맺어질 수 없지만 어떤 연관이 있었다. 분명 그것은 존속했고 그리고 확고했다.

바빌론 탑을 건축하던 초기에는 모든 게 상당히 질서가 잡혀 있었다. 아마 질서가 아주 잘 잡혀 있었던지 도로 표시, 통역관, 노동자 숙소 그리고 연결 도로가 고려되고 있을 정도여서, 앞으로 수세기에 걸쳐 자유로운 작업 가능성이 있을 것으로 보였다. 게다가 아무리 천천히 짓는다 해도 지나칠 것이 없으리라는 것이 당시 지배적인 의견이었다. 이 의견을 전혀 과장할 필요는 없었지만 사람들은 기초를 놓는 일에 놀라 뒤로 물러설 정도였다. 말하자면 사람들은 다음과 같은 논쟁을 벌였던 것이다. 이 모든 시도 가운데 본질적인 것은 하늘에까지 이르는 탑을 건설한다는 생각이다. 이 생각 이외의 다른 모든 것은 부수적인 것이다. 그 위대함에 한 번 사로잡히면 더 이상 그 생각은 사라질 수가 없다. 인간이 존재하는 한 그 탑을 완성하려는 강한 소망 역시 존재할 것이다. 그러니까 이런 점에서 미래 때문에 걱정할 필요는 없다. 그와 반대다. 인류의 지식은 늘어나고, 건축술도 진척을 보여왔다. 그리고 계속적으로 진보할 것이다. 우리에게 일 년이 걸릴 일이 백 년 후에는 아마 반 년 동안에 이루어질 것이고, 그것은 게다가 더 훌륭하게, 더 견고하게 이루어질 것이다. 그렇다면 어째서 우리는 오늘날 힘의 한계에 부딪쳐 지쳐 있는가? 그 탑을 한 세대 안에 건설하기를 희망할 때만 의미가 있을지 모른다. 그러나 결코 그런 방식으로는 기대할 수 없다. 오히려 이런 생각이 가능할 것이다. 가장 가까운 세대가 완벽한 지식을 가지고 앞선 세대의 작업이 형편없음을 발견하여 새로운 시작을 위하여 이미 세워진 것을 허물어버리는 것이다. 그러한 생각들은 힘을 무력화시켰으며, 탑 건설보다는 일하는 사람들을 위한 도시 건설에 더 많은 관심을 갖게 되었다. 모든 시골 사람들은 가장 아름다운 숙소를 소유하기를 원했고 그로 인해 다툼이 일어났고 그것은 피 튀기는 투쟁으로까지 고조되었다. 이 투쟁은 중단되지 않았다. 이 투쟁들은 지도자들로 하여금 탑 건설에 필요한 정신 집중이 결여된 까닭에 탑을 아주 천천히 짓거나 아니면 일반적인 강화조약을 체결한 후에야 건설하는 것이 좋겠다는 생각을 하게 했다. 그럼에도 사람들은 오직 투쟁으로 시간을 보냈으며, 휴지 기간에는 도시를 아름답게 꾸미면서 시간을 보냈다. 그로 인해 당연히 새로운 시기와 새로운 투쟁이 일어나게 되었다. 그렇게 첫번째 세대의 시간이 흘러갔다. 그러나 다음 세대들도 이와 다르지 않았다. 단지 기교만이 계속해서 늘었고 그와 동시에 투쟁벽도 계속 심해졌다.(이 텍스트는 687쪽에서 계속된다 — 옮긴이)

1920년 9월 15일
발단은 놀랍게도 네가 입 안에 먹는 것 대신에 그가 쥘 수 있을 만큼의 단도短刀들을 채워넣으려고 했다는 데서 시작된다.

마치 나뭇잎 밑처럼 모든 의도 밑에는 병病이 도사리고 있다. 네가 그 병을 들여다보려고 몸을 굽히면, 그리고 그것이 발견됐다 싶으면, 그 야윈 말없는 악마 같은 병은 갑자기 뛰어 일어난다. 그것은 밟혀 죽는 대신에 너에 의해서 수태受胎되고자 하는 것이다.

──────────

그것은 하나의 위임이다. 나는 어느 누구도 나에게 준 적이 없는 하나의 위임만을 내 본성에 따라 받아들일 수 있다. 이러한 모순 속에서, 즉 언제나 이러한 모순 속에서만이 나는 살 수 있다. 그러나 아마 누구나 다 그럴지도 모른다. 왜냐하면 '사람은 살면서 죽고 죽으면서 살기 때문이다.' 예를 들어 서커스는 포장막으로 둘러싸여 있어서, 이 포장막 안에 있지 않은 자는 어느 것도 볼 수 없다. 그러나 누군가가 이 막에 난 작은 구멍을 발견한다면 밖에서도 들여다볼 수 있다. 물론 그가 그곳에 있는 것이 허용된다고 가정하고서 하는 이야기이다. 우리 모두는 누구나 한동안은 그렇게 있을 수 있다. 물론 ─두번째 물론이다─그 구멍을 통해 들여다보면 대개 우선 입석 구경꾼들의 등 정도밖에 보이지 않는다. 물론 ─세번째 물론이다─ 음악은 들릴 것이다. 게다가 동물들의 울음소리도 들릴 것이다. 그렇지만 마침내는 무력하게 경관의 손에 붙잡혀서 깜짝 놀라 뒤로 넘어지게 된다. 그는 직무상 서커스장 주위를 돌다가 손으로 너의 어깨를 살며시 두드렸던 것이다. 그럼으로써 아무것도 지불하지 않은 채 긴장 속에 구경하는 너의 주제넘은 행동에 대해 주의를 주었던 것이다.

인간의 힘들은 하나의 오케스트라와 같은 것이 아니다. 이곳에서는 오히려 지속적으로 온힘을 다하여 모든 악기들이 연주되어야 하는 것이다. 그것은 물론 인간의 귀들을 위한 것이 아니다. 그리고 각각의 악기가 진가를 발휘하기를 기대하는 연주회 밤의 길이는 마음대로 조정될 수 있는 것이 아니다.

———————

1920년 9월 16일

때로는 이런 생각이 든다. 너는 임무를 가지고 있고, 그것을 수행하는 데 필요한 만큼의 힘을 가지고 있다(너무 많지도, 너무 적지도 않다. 힘은 소중하게 여겨야 하지만 불안해할 필요는 없다). 시간은 너에게 충분할 정도로 자유롭게 주어져 있고, 너는 일에 대한 열의도 가지고 있다. 거대한 임무의 성공을 가로막는 장애물은 어디에 있단 말인가? 그 장애물을 찾는 데 시간을 보내서는 안 된다. 아마 장애물 따위는 없을 것이다.

———————

1920년 9월 17일

오로지 목표만이 있을 뿐, 길은 없다. 우리가 길이라고 부르는 것은 망설임이다.

———————

알렉산드로스 대왕은, 젊은 시절에 거둔 전쟁의 승리에도 불구하고, 그가 양성했던 우수한 군대에도 불구하고, 마음속에 느꼈던 세계의 변화를 지향하는 힘에도 불구하고 헬레스폰트(지금의 다르다넬레스 해협으로 마르마라 해와 에게 해를 연결하는 유럽 · 아시아 양대륙간의 해협 — 옮긴이) 해협에 머무른 채 그것을 건너지 못했다. 그것은 공포 때문에도 아니요, 우유부단함 때문에도 아니며, 의지가 약해서도 아니었다. 그것은 짐스러운 지상생활 때문이었으리라 생각할 수 있을지 모른다.

———————

1920년 9월 18일

나는 타인들의 존재, 시선, 판단이 나에게 부과했던 책임 이외에 다른 어떤 책임의 압박을 결코 받지 않았다.

1920년 9월 21일

나머지를 끝냈다. 행복하게 풀린 사지, 느슨해진 무릎, 달빛이 비치는 발코니 아래서. 뒷배경에는 잎이 약간 무성한 수풀이 머리처럼 거무스름하다.

나머지를 끝내다.
행복하게 풀린 사지
느슨해진 무릎
달빛이 비치는 발코니 아래서
뒷배경에는 약간 잎이 무성한 수풀이
머리처럼 거무스름하다.

난파한 배에서 떨어져 나온 어떤 물건이 신선하고 아름답게 바닷물에 침수된 채 아무런 저항 없이 떠돌다 마침내는 해체되어버린다.

———————

(683쪽에서 시작되는 텍스트에 이어지는 것이다─옮긴이)
이미 두번째 세대나 혹은 세번째 세대가 천상에 이르는 탑의 건축의 무의미성을 인식했다. 그러나 그 도시를 떠나기에는 서로가 너무나 많이 연관되어 있었다. 이 도시의 전설과 문학에 나타난 것에 따르면 모든 게 다 어떤 예견된 날에 대한 동경으로 가득 차 있다. 바로 그날에 그 도시가 거대한 주먹에 의해 연달아 이어지는 다섯 번의 타격으로 박살나게 되리라는 것이다. 그래서 그 도시의 문장 역시 주먹인 것이다.

———————

*

"내가 조타수가 아니던가?" 하고 나는 소리쳤다. "네가?" 하고 키가 훌쩍 큰 시커먼 남자가 묻고는 마치 어떤 꿈을 쫓아버리려는 듯이 손으로 눈 위를 가볍게 비볐다. 나는 어두운 밤에 키를 잡고 서 있었다. 희미하게 타오르는 등불이 내 머리 위에 걸려 있었다. 그러자 이 남자가 다가와 나를 옆으로 밀어내려고 했다. 그러나 내가 피

---

* 막스 브로트판 전집에서는 「조타수Der Steuermann」로 제목이 붙어 있다. 카프카 전집 제1권에 기록되어 있으나 문장 부호 및 단어들 선택이 달라 다시 번역했다.(옮긴이)

하지 않자, 그는 내 가슴에 발을 올려놓고 나를 천천히 짓밟았다. 그러는 동안에 나는 계속해서 키의 손잡이에 매달렸고 내가 넘어질 때 키의 방향이 완전히 바뀌었다. 그러자 그 남자는 그것을 잡아 원래 상태로 돌려놓고는 나를 밀쳐냈다. 하지만 나는 곧 정신을 차리고는 선원들의 방으로 통하는 채광창으로 달려가서 소리쳤다. "여보게! 동료들! 빨리 와보게! 어떤 낯선 자가 나를 키에서 쫓아버렸어!" 그들은 천천히 나와서는 배의 층계를 올라왔다. 건장한 사람들이었지만 피곤한 듯 비틀거렸다. "내가 조타수잖아?"라고 나는 물었다. 고개를 끄덕거렸지만 그들의 눈길은 낯선 자만을 쳐다보고 있었고, 그들은 반원으로 그를 빙 둘러섰다. 그리고 그가 명령하듯이 "나를 방해하지 말아" 하고 말하자, 그들은 한 곳으로 모이더니 나에게 고개를 끄덕이고는 다시 배의 층계 밑으로 내려갔다. '무슨 사람들이 저 모양이람! 저들도 사고를 하기는 하는 걸까? 아니면 무의미하게 땅 위를 질질 끌며 걸을 뿐인 걸까?'

단결

우리 상점에는 다섯 명의 고용인이 있다. 첫째는 장부계다. 이 남자는 언제나 우울한 얼굴을 하고 있는 근시안이다. 그는 원장부元帳簿 위에 개구리처럼 몸을 편 채 늘어 붙어 있다. 그것도 조용히. 단지 숨쉬기가 힘들어서 몸이 약하게 들썩거릴 뿐이다. 다음은 점원으로 키는 작지만 운동가처럼 몸이 떡 벌어졌다. 한 손만으로 책상을 짚고는 가볍고 보기 좋게 훌쩍 넘어버린다. 그때의 얼굴은 진지하며 사방을 엄숙하게 둘러본다. 그 다음이 여점원이다. 그녀는 노처녀지만 홀쭉하고 나긋나긋하다. 그녀는 몸에 딱 맞는 옷을 입고 있다. 언제나 목을 옆으로 기울이고 있고, 커다란 입의 엷은 입술에는 미소를 띠고 있다. 나는 견습공이어서 먼지닦이용 걸레로 책상을 닦는 정도의 일밖에 하지 않지만, 가끔 우리 여점원의 손을 쓰다듬거나 그 손에 키스하고 싶어질 때가 있다. 가느스름하고 까칠까칠한 나무 껍질 같은 빛깔의 손이지만, 그 손이 무심코 책상 위에 놓여 있을 때가 절호의 기회이다. 그리고 — 이것이 내가 할 수 있는 최고의 일이겠지만 — 그녀의 손 적당한 곳에 얼굴을 조용히 갖다대고는 가끔 위치를 바꾸기도 한다. 이렇게 함으로써 공평할 수 있고 그리고 볼이 그녀의 손을 골고루 만끽할 수 있기 때문이었다. 그러나 그런 일은 한 번도 없었다. 그렇기는커녕 여점원은 내가 가까이만 가면 다름 아닌 바로 그 손으로 나에게 새로운 일을 시키는 것이다. 저쪽 구석으로 가라고 하든지 사다리에 올라가라고 하든지 한다. 마지막 일은 매우 불쾌했는데, 그 위는 우리가 이곳 조명에 사용하고 있는 가스등 때문에 부담스러울 정도로 더웠기 때문이었다. 게다가 나는 어지럼증이 있어서 그곳에서는 속이 메스꺼웠다. 더러 나는 아주 깨끗하게 청소한다는 핑계로 상품 진열장 안에 머리를 박고 한동안 울기도 했다. 혹은 어느 누구도 위를 쳐다보지 않으면 아래에 있는 여점원에게 조용히 재빠르게 고개를 숙여 은근히 그녀를 비난한다. 나도 잘 알고 있는 일이지만, 그녀는 이곳에서나 다른 곳 어디에서나 결정적인 힘을 가지고 있지 못하다. 그러나 나는 어쩐지 그녀가 그럴 마음만 가지면 그러한 힘을 가질 수 있을 것 같고, 그 힘을 나에게 이익이 되도록 사용할 수 있을 것만 같다. 그러나 그녀는 그럴 마음이 없다. 그녀가 가지고 있는 힘마저도 휘두르려고 하지 않는다. 가령 상점에서 일하는 사람 중에서 사환만이 유일하게 조금이나마 그녀를 따를 뿐이다. 사환은 다른 사람에 대해서는 완고하기 그지없는 사내이다. 아닌게 아니라 그는 이곳 상점에서 가장 나이가 많다. 옛날 상사 아래에서도 일을 한 사람이다. 그가 여기에서 얼마나 여러 가지로 애를 썼는지는 우리네 젊은 패들로서는 상상도 못할 일이다. 그러나 곤란한 것은 그가 그러한 점에서 그릇된 결론을 끌어내어 자신이 다른 사람들보다 더 잘 알고 있다고 생각하고 있는 것이다. 가령, 자신이 장부계와 마찬가지로 장부를 기록할 수 있을 뿐만 아니라 더 잘 적을 수 있다고까지 생각한다. 또 손님에 대한 서비스에서도 고용인 우두머리보다 더 뛰어나다고 생각하고 있다. 그리고 또 그가 상점의 사환 자리를 자발적으로 맡은 것도 그 자리를 맡을 사람이 없어서이지, 자기가 무능력자여서가 결코 아니라는 것이다. 원래 그다지 튼튼하지도 못하고 그리고 이제 그저 폐물이 되다시피한 그는 사십 고개가 지나자 손수레나 상자, 소포 꾸러미 등을 다루는 데도 힘들어하고 있는 것이다. 그는 자발적으로 이 일을 맡았지만 그것도 잊어버린 것 같다. 새 시대가 왔고 아무도 그의 가치를 인정해주려고 하지 않는다. 반면에 이 상점 안에서는 그를 둘러싸고 엄청난 잘못이 저질러지고 있는데도 그는 그것에 대해서 말참견조차 못하게 하면서, 그것에 대한 절망감을 삼키면서도 어쩔 수 없이 자신의 힘든 일에 얽매여 있을 수밖에 없는 것이다.

*

나는 하인이다. 그러나 현재 나에게는 일이 없다. 나는 두려워 앞에 나서지 않는다. 그렇다. 나는 다른 사람들과 다투어 어깨를 겨루지 않는다. 그러나 그것은 내가 일을 할 수 없는 바로 그 한 가지 이유

---

* 막스 브로트판 전집에서는 「시험Die Prüfung」이라는 제목이 붙어 있다. 카프카 전집 제1권에도 실려 있으나 문장 부호 및 단어 선택에 변화가 있어 다시 번역했다. (옮긴이)

일 뿐이다. 그것은 내가 일할 수 없는 것과 전혀 무관할 수도 있다. 어쨌거나 중요한 원인은 내가 일하는 데 불려가지 않는다는 것이다. 다른 하인들은 불려가기 때문에 더 이상 나처럼 일을 얻으려고 애쓰지 않았다. 물론 그들은 아마 불려가기를 바라지 않았을 것이다. 그러나 반면에 나는 적어도 가끔은 그것을 몹시 바라고 있다.

그래서 나는 하인방 나무 침상에 누워 천장의 대들보를 올려다보고 잠들었다가 깨어났다가 다시 잠이 든다. 가끔 나는 시큼한 맥주를 팔고 있는 술집으로 건너간다. 때로 불쾌한 나머지 한 잔의 맥주를 쏟아버린 다음, 다시 마신다. 나는 닫힌 작은 창문 뒤에 앉아 있기를 좋아한다. 그곳에서는 어느 누구에게도 발견되지 않고, 우리 집 창문들을 건너다볼 수 있기 때문이다. 우리 집 창문에서는 거리와 마주보고 있는 이곳의 것들이 그리 많이 보이지는 않을 것이다. 내 생각에 고작 복도의 창문들이 보일 것이고, 그 이외에 주인의 방으로 통하는 저쪽 현관의 창문들은 보이지 않을 것이다. 그렇지만 내가 잘못 생각할 수도 있다. 물어보지도 않았는데도 언젠가 누군가가 그렇게 주장한 적이 있었다. 그리고 이 집 정면이 보여주는 일반적인 인상이 이를 증명하고 있다. 창문들이 열리는 경우는 아주 드문 일이다. 그런 일이 생긴다면, 그것은 하인이 하는 짓이고, 그는 아마 잠시 동안 밑을 내려다보기 위해서 창문턱에 기대어 있을 것이다. 그러니까 그 복도에서는 그는 들키지 않을 수 있는 것이다. 어찌됐든 나는 이 하인들을 알지 못한다. 위에서 계속 일하는 하인들은 내 방이 아닌 다른 곳에서 잠을 잔다.

언젠가 술집에 들어서니 내가 관망하는 자리에 이미 한 손님이 앉아 있었다. 나는 자세히 쳐다볼 염두가 나지 않아서 곧 문 쪽으로 다시 몸을 돌려 나가려고 했다. 그러나 그 손님이 나를 불렀다. 그는 내가 언젠가 본 적이 있는 하인이었는데 지금까지 그와 함께 이야기한 적은 없다. "왜 도망치려 하는 거야? 이리 와서 앉게. 그리고 뭐 좀 마시지! 내가 한 잔 사겠네!" 그래서 나는 그 자리에 앉았다. 그는 나에게 몇 가지 질문을 했다. 그러나 나는 그것에 대답할수가 없었다. 정말 나는 그 질문을 이해조차 하지 못했다. 그래서나는 이렇게 말했다. "아마 너는 지금 후회하고 있겠지, 나를 초대했던 것을 말야. 그렇다면 나는 가겠네." 그리고 나는 일어서려고했다. 그러나 그는 탁자 너머로 손을 뻗쳐서 나를 주저앉혔다. "그냥 있게나"라고 그는 말했다. "그것은 단지 하나의 시험일 뿐일세. 질문에 대답하지 못한 사람이 시험에 합격한 것이라네."

---

*

독수리가 한 마리 있었는데, 그것이 나의 두 발을 쪼았다. 장화와양말은 이미 해지고, 이제 어느덧 발까지 쪼아댔다. 자꾸 달려들었다가는 불안하게 몇 번씩 내 주위를 여러 번 날고는 다시 그러기를계속했다. 어떤 신사가 지나가다가 잠시 보더니 왜 독수리에 당하고 있느냐고 물었다. "정말 어쩔 도리가 없어요"라고 나는 말했다. "그것이 와서는 쪼아대기 시작했어요. 저는 물론 쫓아버리려고 했고 심지어 저 놈의 목을 조르려고 해봤지만 저런 동물은 워낙 힘이세서 제 얼굴에마저도 뛰어들려고 했어요. 그래, 차라리 발을 내준거랍니다. 이제 발이 벌써 거의 짓찢어졌습니다." "스스로 그렇게고통을 당하다니" 하고 신사가 말했다. "한 방이면 그 독수리는 끝장일 텐데." "그럴까요?" 하고 내가 물었다. "그렇다면 당신이 그렇

---

* 막스 브로트판 전집에서는 「독수리Der Geier」라고 제목이 붙어 있다. 카프카 전집 제1권에
  도 기록되어 있으나 문장 부호 및 단어들 선택에 변화가 있어 다시 번역했다. (옮긴이)

게 좀 해주시겠어요?" "기꺼이 하지요"라고 신사가 말했다. "내가 집에 가서 총을 가져오기만 하면 되겠습니다. 반 시간쯤 기다릴 수 있겠어요?" "그건 잘 모르겠습니다만" 하고 말하고, 나는 한동안 고통으로 멍청하게 서 있었다. 그리고 이렇게 말했다. "어찌됐건 제발 그렇게 해주세요." "좋아요, 서두르도록 하겠습니다"라고 신사가 말했다. 독수리는 우리가 이야기하는 동안 조용히 귀를 기울여 듣고는 나와 신사에게 번갈아 눈길을 보내고 있었다. 나는 독수리가 모든 것을 알아들었음을 알았다. 그것은 날아올라서는, 충분한 기세를 얻기 위해 몸을 한껏 뒤로 젖히더니 창을 던지는 사람처럼 그 부리를 곧장 나의 입을 통해서 내 몸 깊숙이 찔러 넣었다. 뒤로 넘어지면서 나는 해방감을 맛보았다. 그때 모든 심연을 채우고 모든 강둑을 넘쳐흐르는 나의 핏속에서 그 독수리는 헤어날 길 없이 빠져 죽었다.

———————

계속해서 나는 길을 헤매고 있다. 숲으로 난 길이었다. 그러나 뚜렷이 알 수 있는 길이다. 전경이 숲길 너머 줄무늬 모양의 하늘로 이어진다. 그 밖엔 사방이 모두 숲으로 차 있고 어둡다. 계속 길을 잃기만 해서 절망적이다. 더군다나 내가 길에서 한 발자국만 어긋나는 날이면 곧 몇 천 걸음이나 숲으로 빠져버린다. 나는 실신해서 넘어지고 싶지만 영원히 일어나지 못한 채 버려질지도 모를 일이다.

평소와 다름없는 어느 날이었다. 그런데 말이 나에게 이빨을 드러내고 적의를 보였다. 나는 그 이빨에 물려 벗어날 수가 없었다. 이빨이 어떻게 해서 나를 물었는지 나로서는 알 수가 없다. 왜냐하면

이들이 서로 맞물려 있지 않기 때문이다. 게다가 치열이 가지런히 두 줄인 것도 아니다. 여기에 두 개, 저기에 세 개가 있었다. 나는 그 이빨을 버틴 채 빠져 달아나려고 했으나 성공하지 못했다.

———————————

너는 너무 늦게 왔다. 그는 방금전까지 여기에 있었다. 가을이므로 그는 같은 장소에 오래 머물지 않는다. 그는 울타리가 쳐 있지 않은 어두운 들 저 멀리로 이끌린다. 그는 까마귀 같은 성질을 가지고 있다. 그를 보고 싶으면 들로 날아가보라. 거기에 분명히 그는 있을 것이다.

———————————

너는 내가 더욱 더 아래로 내려가야 한다고 말한다. 하지만 여기는 이미 아주 아래쪽이다. 더 내려가야 한다지만 나는 여기에 있겠다. 여기는 아무래도 가장 밑바닥인 것 같다. 그러나 나는 역시 여기에 있겠다. 이보다 더 아래로 내려가는 것은 생각지도 않겠다.

———————————

나는 이 형상에 대해 저항할 수가 없었다. 그것은 테이블 곁에 조용히 앉아서 테이블 상판을 바라보고 있었다. 나는 그 둘레를 맴돌았는데 그 형상에 의해 목이 졸리는 느낌이었다. 어떤 사람이 내 둘레를 세번째 빙빙 맴돌면서 나의 목을 조르는 느낌이었다. 그 사내 주위를 다시 네번째 사람이 맴돌면서 마찬가지로 그의 목을 조르는 느낌이었다. 이렇게 계속되다가 마침내는 별의 운행에까지, 아니 그 이상에까지 이르게 되었다. 모든 것이 다 목을 조르는 느낌이었다.

─────────────

그것은 어느 지역에 있는 것일까? 나는 그 지역을 잘 모른다. 모든 것이 이곳에서는 서로 상응하고 있고, 모든 것이 부드럽게 서로서로 넘나든다. 이런 지역이 그 어디엔가 있다는 것을 나는 알고 있다. 게다가 눈에도 보인다. 그러나 그 지역이 어디 있는가는 알지 못한다. 그래서 그곳에 가까이 갈 수가 없다.

─────────────

가장 강한 빛으로 세상을 소멸시켜버릴 수 있다. 약한 눈 앞에서 세상은 단단해진다. 보다 약한 눈 앞에서는 세계는 주먹을 갖게 되고, 그보다 더욱 약한 눈 앞에서는 세계는 수줍어하고 그리고 감히 세계를 직시하려는 자를 박살내버린다.

─────────────

조그마한 연못이 있었다. 우리는 그곳에서 물을 마셨다. 배와 가슴을 땅에 대고, 물을 마시는 축복으로 피곤해져 앞발을 물에 담근다. 우리는 곧 돌아가야만 했다. 가장 생각이 깊은 자가 몸을 떼면서 이렇게 외쳤다. "자, 모두 돌아가자." 그러고는 우리는 뛰어서 돌아왔다. "너희들은 어디에 갔다 왔느냐?" 우리에게 질문이 떨어졌다.

"작은 숲속에요." "아니다. 너희들은 연못가에 있었다." "아니, 그렇지 않습니다." "봐라, 몸에서 물이 떨어지고 있지 않느냐. 이 거짓말쟁이들아!" 이리하여 회초리가 떨어지기 시작했다. 우리는 달빛이 환하게 비치는 복도를 뛰어 달아났다. 때때로 우리 중 한 녀석이 얻어맞고는 고통으로 폴짝 뛰었다. 조상들의 초상화가 진열된 곳에서 추격은 끝이 났다. 문이 탁 하고 닫혔다. 우리만이 그곳에 남게 되었다. 우리는 모두 여전히 목이 말랐다. 우리는 서로 가죽털이나 얼굴에 묻은 물을 핥았다. 때로는 물 대신 피가 혀에 묻어났다. 그것은 매 맞은 곳에서 흘러나온 피였다.

오직 한마디만. 오직 하나의 소원만. 오직 공기의 움직임만. 네가 아직 살아 있고 그리고 기대하고 있다는 증명만 있다면. 아니다. 어떤 소원도 아닌 단지 숨만이라도, 숨도 아닌 단지 준비만이라도, 어떤 준비도 아닌 단지 생각만이라도. 어떤 생각도 아닌 단지 편안한 잠만이라도 있었으면.

나는 나의 소유물을 주워 모았다. 몇 개가 되지 않는다. 그러나 윤곽이 뚜렷하고 단단하다. 그것은 누구에게나 곧 납득될 수 있는 물건이다. 예닐곱 개였다. 내가 예닐곱 개라고 말하는 이유는 그 중여섯 개는 나만의 것이지만 일곱번째 것은 내 친구의 것이기도 했기 때문이다. 물론 그 친구는 수년 전에 이 도시를 떠나간 이후 행방불명이 되었다. 이런 까닭에 이 일곱번째의 물건도 나의 것이라

696

고 할 수 있을 것 같다.

　이 물건들은 정말 진기한 것들이지만, 대단한 값이 나가는 것은 아니었다.

―――――――――

하소연은 무의미하다(그는 누구에게 하소연하는가). 환호는 웃기는 것이다(창문의 만화경이다). 그러나 그는 아무래도 기도를 선창하고 싶은 모양이었다. 그러나 인도적인 것은 예의에 안 맞는다. 그가 일생 동안 "나는 개다. 나는 개다"라고 되풀이한다면 그것은 하소연에는 안성맞춤이다. 그리고 누구나 그의 말을 이해할 것이다. 그러나 행복을 위해서는 침묵으로 족할 뿐만 아니라 또한 그것이 유일한 가능성이기도 하다.

―――――――――

"그것은 결코 황량한 담벼락이 아니다. 그것은 담벼락으로 압축된 달콤한 인생이며, 건포도용 포도로 차 있는 것이다." "나는 생각이 없어." "먹어봐." "생각이 없으니까 손도 올라가지 않아." "포도를 네 입에 가져다주겠다." "생각이 없어서 맛볼 수도 없어." "그럼, 가라앉아나버리지!" "내가 좀전에 말하지 않았느냐. 이 황량한 담벼락을 바라보고 있으면 가라앉을 수밖에 없다고 말이야?"

―――――――――

나는 다른 사람들처럼 헤엄칠 수 있다. 단지 나는 다른 사람들보다 기억력이 더 나을 뿐이다. 나는 예전의 '헤엄을—칠 수—없다' 는 사실을 잊어본 적이 없다. 그런데 나는 그것을 잊지 않았기 때문에 '헤엄을—칠 수 있다' 는 사실이 나에겐 아무런 도움이 되지 못한다. 그래서 나는 정녕 헤엄을 칠 수 없다.

이 무덤 위에 또 하나의 작은 장식물을 붙이자. 이미 충분히 장식되어 있지 않은가? 그렇다, 하지만 물건들이 내 수중에서 그렇게 쉽사리 없어지니……

그 동물은 커다란 긴 꼬리를 가지고 있다. 길이가 몇 미터나 되는 여우 꼬리 모양이다. 나는 그 꼬리를 한 번 틀어쥐고 싶지만 그것은 불가능하다. 그 동물은 계속해서 움직일 뿐만 아니라 계속해서 꼬리를 내젓는다. 그 동물은 캥거루 모양을 하고 있으나 특색이 없는, 거의 인간처럼 납작한 작은 계란 모양의 얼굴을 지니고 있다. 그의 이빨들만이 표현력을 지니고 있는데, 이빨을 숨겼다 드러냈다 한다. 이따금씩 나는 그 동물이 나를 조련하려는 것이 아닌가 하는 느낌을 갖는다. 그렇지 않고서야 내가 꼬리를 쥐려고 하면 쏙 빠져나가고, 또 다시 조용히 기다렸다가는 다시금 나를 유혹하여 이윽고 또 새로이 계속해서 튀어 오르는 것은 무슨 목적이 있지 않겠는가.

누군가 들어올 것만 같아서 나는 방 한쪽 구석에 웅크리고 앉고는 소파를 가로로 밀어놓았다. 이제 누군가가 들어오게 되면 나를 진정 바보로 여길 것이다. 그러나 실제로 들어온 사람은 그렇게 생각하지 않았다. 그는 높고 통이 긴 장화에서 개를 때리는 회초리를 꺼내어 그것을 자기 주위에 휘두르고 다리를 크게 벌린 자세로 상체를 굽혔다 폈다 하며 외쳤다. "그 뜨뜻한 구석에서 나와! 얼마나 더 있으려고 그래?"

───────────────

영구차가 시골에서 떠돌고 있었다. 시체를 싣고 있었으나 묘지에 와서도 그것을 내려놓지 않았다. 마부는 술에 취해서 손님들이 탄 마차를 몰고 있는 줄 착각하고 마차를 댈 장소를 까맣게 잊고 있었다. 이리하여 그는 이 마을 저 마을로 마차를 몰고 다니며 여관이 있으면 그 앞에 마차를 세웠다. 그러고는 몽롱한 상태에서도 가끔 목적지에 대한 걱정이 번뜩 들 때면 좋은 사람들로부터 뭘 들을 수 없을까 하고 기대했다. 이리하여 그는 '금계관金鷄館' 앞에다 마차를 세우고는 돼지 불고기를……

나는 멀리 있는 도시를 보았다. 네가 말하던 곳이 저곳이냐? 그럴지도 모른다. 네가 저기에 도시가 있다는 것을 어떻게 알게 되었는지 이해할 수가 없구나. 나는 네가 주의를 준 후에야 그곳에 무엇이 있다는 것을 알게 되었다. 안개 속에 흐릿한 윤곽들만 보일 뿐이다.

오, 그래, 보인다. 위에 성이 있는 산이구나. 산허리에는 촌락 모양의 인가들이 있다.

그렇다면 그것이 바로 그 도시다. 네 말이 맞구나. 이 도시는 실은 큰 마을이구나.

나는 선원들이 다니는 술집 문 앞의 작은 테이블에 앉아 있었다. 내 앞에서 두서너 걸음쯤 떨어진 곳에는 조그마한 항구가 있었다. 저녁이 가까울 무렵이었다. 둔중한 어선 하나가 바로 옆 가까이 지나갔다. 하나밖에 없는 선실에는 불이 켜져 있었고, 갑판에서는 한 남자가 돛을 다루고 있다가 손을 멈추고 내 쪽을 바라보았다. "함께 데려가주지 않으시렵니까?" 하고 나는 소리쳤다. 그는 분명하게 머리를 끄덕였다. 내가 서둘러 일어섰기 때문에 테이블이 흔들리고 커피잔이 아래로 떨어져 깨졌다. 나는 다시 한 번 물었다. "대답을 해주세요. 데려가주겠습니까?" "좋아요." 그는 얼굴을 들고는 길게 끄는 소리로 대답했다.

"배를 멈춰요. 지금 가겠습니다" 하고 나는 소리쳤다. "가방을 가져다드릴까요?" 하고 다가와 있던 술집 주인이 물었다. "필요없어요." 나는 대답했다. 혐오감이 나를 사로잡았다. 마치 모욕을 당한 것처럼 나는 술집 주인을 쳐다보았다. 가방을 가져다줄 마음도 없으면서.

"어째서 당신들은 기계 작업을 아직까지 받아들이지 않는 것입니까?" 하고 나는 물었다. "이 일은 그러기에는 너무 정교하지요" 하고 감독자는 대답했다. 그는 커다란 헛간 모양의 목조 건물 한구석에 놓인 책상에 앉아 있었다. 어두운 천장에서 내려온 전선에는 촉수가 높은 전등이 매달려 있는데, 그 위치가 바로 책상 위여서 감독자의 머리와 부딪힐 것만 같았다. 감독은 테이블 위에 놓인 임금표를 꼼꼼하게 계산하고 있었다.

"방해되는 것 같군요" 하고 내가 말했다. "아니오." 감독자는 멍하니 말했다. "하지만 보시는 바와 같이 일이 아직 남아 있습니다."

"그럼 어째서 저를 이리로 오라 하셨나요." 나는 말했다. "이 숲속에서 나보고 어떻게 하라는 것입니까?" "질문을 삼가주십시오." 감독자는 말했다. 내 말은 듣고 있지도 않은 것 같았다. 그러고는 조금 뒤 실례를 범했다는 것을 알아차렸는지 나를 쳐다보고는 웃으며 이렇게 말하는 것이었다. "여기서는 보통 그런 어법을 쓰지요. 이곳에서는 질문이 쇄도한답니다. 하지만 한꺼번에 일도 하고 질문에 대답도 할 수는 없지요. 직접 보고 아는 사람은 질문할 필요가 없지요. 어쨌든 당신이 기술에 흥미를 가지고 계신다면 충분히 즐거울 겁니다. 호라츠!" 하고 그는 어두운 공간을 향하여 소리를 쳤으나, 한두 번 톱질하는 소리만이 들려올 뿐이었다.

한 젊은이가 나타났다. 나처럼 조금 불만스러운 듯한 얼굴을 하고 있었다. "이 분은" 하고 감독자는 말하면서 펜대로 나를 가리켰다. "오늘밤 여기서 주무신다. 내일 작업을 보고 싶다는 거야. 식사를 드리고 그리고 침실로 안내해드려. 알았나?" 호라츠는 머리를 끄덕였다. 머리를 감독자에게 기울이고 있는 것으로 보아 그는 아마 귀가 잘 안 들리는 모양이었다.

———————————

너는 이 샘물 바닥에서 결코 물을 끌어내지 못할 것이다. 어떤 물 말입니까? 어떤 샘 말입니까? 그런 소리를 묻는 건 누구야? 정적이지요. 어떤 정적이란 말인가?

———————————

"너는 이 샘물 바닥에서 결코 물을 끌어내지 못할 것이다"

"어떤 물 말입니까? 어떤 샘 말입니까?"
"그런 소릴 묻는 건 누구냐?"
"정적이지요."
"어떤 정적이란 말인가?"

―――――――

나의 동경은 옛날이었다.
나의 동경은 현재였다.
나의 동경은 미래였다.
그리고 이 모든 것들과 함께 나는 길가 작은 초소에서,
예전부터 있었던 곧추선 관과 함께,
국유 재산과 함께
죽으리라.
내 인생을 무엇으로 보냈느냐 하면,
인생을 파괴하는 것을 자제하는 것이었다.

―――――――

나의 인생을 무엇으로 보냈느냐 하면,
인생을 끝장내는 쾌락으로부터 나 자신을 방어하는 것이었다.

―――――――

너는 머리로 벽을 돌파해야 한다. 벽을 돌파하는 것은 어렵지 않다.
왜냐하면 그 벽은 얇은 종이로 되어 있기 때문이다. 그러나 어려운

것은 종이 위에 아주 현혹되기 쉽게 그려져 있어서 네가 벽을 돌파하듯이 그렇게 속아넘어가지 않는 것이다. 그것은 너로 하여금 이렇게 말하도록 만들 것이다. "내가 벽을 계속해서 돌파하고 있는 것은 아닌가?"라고.

"너는 언제나 죽음에 대해서 이야기하지만 죽지 않는구나."
　"그렇지만 나는 죽을 것이다. 나는 지금 최후의 노래를 부르고 있는 중이다. 어떤 사람의 노래는 보다 길고, 또 다른 사람의 노래는 보다 짧다. 그러나 그 차이란 것도 언제나 단지 두세 마디의 말에 지나지 않을 뿐이다."

———————

어이 보초! 어이 보초! 자네는 무엇을 지키는가? 누가 자네를 고용했는가? 단 한 가지 점에서, 즉 자네 자신에 대해 혐오감을 갖고 있다는 점에서, 자네는 오래된 돌 아래 누워 파수를 보고 있는 쥐며느리보다는 부유한 셈이지.

———————

자네를 쥐며느리에게 이해시키도록 해보게. 자네가 쥐며느리에 대해서 그들이 하는 일이 무엇인지 목적을 물었더라면 자네는 쥐며느리 일족을 근절시켰을 것이네.

———————

인생이란 계속적인 전향轉向이다. 그러나 그것이 무엇으로부터의 전향인지에 대해서는 결코 자각할 수 없다.

———————————

가장 보수적인 사람마저 죽음의 급진성을 선동하다니!

———————————

고행자들 중 많은 사람들은 가장 만족할 줄 모르는 자들이다. 그들은 인생의 모든 영역에 걸쳐 단식투쟁을 벌임으로써 다음과 같은 것을 함께 달성하려고 한다.

1.) 그들 중 어떤 한 목소리는 이렇게 말해야 한다는 것이다. '충분하다. 너는 충분히 단식을 했다. 이제 다른 사람들처럼 식사를 해도 좋다. 그리고 그것은 식사로서 계산되지 않을 것이다.'

2.) 그들 모두는 동일한 목소리로 동시에 이렇게 말해야 한다는 것이다. '너는 그동안 억지로 단식을 해왔다. 이제부터는 즐겁게 단식할 것이다. 그것은 세상의 어느 음식보다 더 맛있을 것이다(동시에 너는 또한 실지로 먹을 것이다).'

3.) 그들 모두는 동일한 목소리로 동시에 이렇게 말해야 한다는 것이다. '너는 세상을 이겨냈다. 나는 너를 세계로부터, 식사로부터, 단식으로부터 해방시켜준다(그러나 동시에 너는 단식도 하고 먹기도 할 것이다).'

거기에다 예전부터 그들에게는 끊임없이 말을 걸어오는 목소리가 들려온다. '비록 네가 완전하게 단식을 하지는 못하지만 너는 훌륭한 의지를 갖고 있다. 그리고 그것으로 족하다.'

너는 그것을 이해하지 못하겠다고 말한다. 그것을 병이라고 이름지어 이해해보도록 하라. 그것은 정신분석이 발견했다고 믿고 있는 많은 병적 현상들 중의 하나이다. 그러나 나는 그것을 병이라고 부르지는 않는다. 나는 정신분석의 치료에 구제할 수 없는 오류가 있다고 생각한다. 이렇게 소위 말하는 모든 병들은, 비록 그것들이 슬프게 보이긴 하지만, 신앙의 문제들, 즉 궁지에 처한 인간이 어머니 같은 땅의 어딘가에 정박하는 것이다. 그러므로 나는 여러 가지 종교의 근원으로서의 정신분석을 또한 개개인의 병을 불러일으키는 것이라고 보는 것이다. 물론 오늘날 종교적 공동체란 없다. 종파는 무수하게 많지만 대부분 한 개개인에 한정되어 있다. 그러나 이것도 아마 그저 현재에 사로잡혀 있는 눈에만 그렇게 보일 것이다. 실질적인 지반을 굳건히 하는 그와 같은 정박은 인간 개개인의 소유가 아니라 그의 본질 속에 미리 형성되어 있어서 후에 그의 본질을 (그리고 그의 육체를) 계속해서 이런 방향으로 개조해나가는 것이다. 이런 곳에서 치유되기를 원하는가?

나의 경우는 세 가지 원을 생각할 수 있다. 가장 안쪽의 원이 A, 그 다음이 B, 그 다음이 C라 하자. 중심에 있는 A는 B를 향해서 어째서 이 사람은 스스로 괴로워하고 그리고 스스로를 불신해야만 하는가, 어째서 그는 자포자기해야만 하는가, 어째서 그는 살아서는 안 되는가를 설명한다(예를 들어, 디오게네스는 이런 의미에서 중병이 아니었던가? 알렉산드로스의 그 빛나는 눈길 아래서라면 우리 중 누가 행복을 느끼지 않겠는가? 그러나 디오게네스는 자신을 비추는 빛을 가리지 말아달라고 알렉산드로스에게 절망적으로 부탁했다. 이때 통 속은 유령으로 가득 차 있었던 것이다). C, 즉 행동하는 인간인 그에게는 아무런 설명도 더 이상 없다. B는 C에게 그저 호되게 명령할 뿐이다. C는 매우 지독한 압박 아래서 행동한다. 그러나 납득해서라기보다는 공포 때문에 행동하는 것이다. C는 A가 B에게 무엇이건 다 설명했고, B는 모든 것을 올바르게 이해한 것으로 확신하고 있고, 그렇게 믿고 있는 것이다.

나는 첫번째 문지기를 지나쳐버렸다. 뒤늦게 이렇게는 안 되겠다 싶어 문지기가 있는 데로 되돌아가서 말했다. "당신이 다른 곳을 보는 동안에 이곳을 지나갔습니다." 문지기는 멍한 얼굴로 말이 없었다. "해서는 안 될 일이었겠지요" 하고 나는 말했다. 문지기는 여전히 입을 열지 않았다. "그렇게 말이 없는 것은 지나가도 좋다는 뜻입니까?"

----

*

"아아" 하고 쥐가 말했다. "세상이 날마다 더욱 좁아지는구나. 처음만 해도 세상이 하도 넓어서 겁이 날 지경이었는데, 그러고 나서 자꾸 달리다보니 좌우에 멀리 담벼락이 솟아오르는 거였지. 그런데 지금—내가 달리기 시작한 지는 전혀 오래된 게 아니었어—나는 내게 정해진 방에 있고 그곳 귀퉁이엔 내가 달려들어갈 덫이 놓여 있는 거야." "너는 달리는 방향을 바꾸어야만 해." 고양이가 말하고는 그 쥐를 다 먹어치웠다.

----

* 막스 브로트판 전집에는 「작은 우화Kleine Fabel」라는 제목이 붙어 있다. 카프카 전집 제1권에도 실려 있으나 문장 부호 및 단어 내지는 어형의 위치가 달라 다시 번역했다. 아래 두번째 텍스트도 위의 텍스트와 똑같지 않아 번역했다. 예를 들어 앞 텍스트에서는 '넓은'은 'Weit'로, 귀퉁이를 'Ecke'로, '다 먹어치우다'를 'auffressen'로 사용했는데, 뒤의 텍스트에서는 'breit' '모서리Winkel' '먹다fressen'라는 단어들을 사용했다.(옮긴이)

"아아" 하고 쥐가 말했다. "세상이 날마다 더욱 좁아지는구나. 처음만 해도 세상이 하도 넓어서 겁이 날 정도였는데. 나는 자꾸 달렸고 그리고 마침내 좌우 멀리 담벼락이 보여 행복했지. 그러나 이 긴 담벼락들이 어찌나 빨리 마주 달려오는지 어느새 나는 마지막 방에 와 있고 저기 저 모서리엔 내가 달려들어갈 덫이 놓여 있는 거야." — "넌 달리는 방향을 바꾸기만 하면 돼" 하고 고양이가 말하고는 쥐를 잡아먹었다.

———————

타작할 품삯꾼 둘을 데려왔다. 그들은 도리깨를 들고 어두컴컴한 곳간 속에 서 있었다. 이리 온, 하고 그들은 말했다. 그리고 나는 탈곡장 바닥에 뉘어졌다. 농부는 문에 기대어 안도 바깥도 아닌 곳에 서 있었다.

———————

짐승은 스스로 주인이 되기 위해 주인에게서 채찍을 빼앗아 자기 자신을 채찍질하지만, 그러나 그것이 주인의 채찍끈에 생긴 새로운 매듭에서 만들어진 환상에 불과하다는 것을 알지 못한다.

———————

인간이란 거대한 늪의 수면과 같다. 그가 감격에 사로잡힌다는 것도 전체적으로 비유해본다면 이 늪의 어느 구석에서 조그만 개구리가 푸른 물속으로 첨벙 뛰어드는 정도의 일이다.

만약 누군가가 진리에 앞서는 낱말로 남을 수만 있다면, 누구나(이런 식으로 말하자면 나까지도) 그 진리를 수백 개의 말로 유린할 것이다.

강이 있었다. 물은 흐렸다. 소리도 없이 낮은 물결을 일으키며 아주 급히, 그러면서도 졸리운 듯이, 아주 규칙적으로 춤추듯이 흐른다. 그렇듯 강이 넘쳐흐르고 있으니 달리 어쩔 수 없을 것 같다.

한 사나이가 말을 타고 숲길을 달리고 있었다. 그 앞을 개가 뛰어가고 있다. 그의 뒤로는 거위 몇 마리가 달려갔다. 조그마한 여자아이가 매를 들고 그것을 쫓았다. 선두의 개에서 시작해서 뒤의 여자아이에 이르기까지 모두 서두르고 있으나 그렇게 빨리 나아갈 수는 없었다. 자칫하면 다른 발걸음을 멈추게 하는 것이었다. 그리고 또 숲의 나무들도 양편으로 함께 달렸다. 모두 늙은 나무들로서 마지못해, 피곤해하며 달렸다. 소녀 옆에는 젊은 운동선수가 붙어 있다. 그는 수영선수였다. 그는 힘껏 물을 헤치고 있다. 머리를 물속에 깊이 박고 있었다. 왜냐하면 물이 그 주위를 파도치듯 했기 때문이다. 그리고 그가 헤엄치듯이 물도 함께 흐르고 있었다. 그 다음

708

에 오는 이는 가구상이다. 책상을 납품하러 가는 길이었다. 그는 책상을 등에 지고 책상 앞쪽 다리 둘을 양손으로 꽉 잡고 있다. 그 다음에 오는 것은 다급한 황제의 사자였다. 그는 숲속에서 그렇게 많은 사람을 만나는 것을 좋아하지 않는다. 그는 자주 목을 길게 뽑아 저 앞의 상황은 어떠한지, 왜 모두 이렇게 번거롭게 느릿느릿 걷고 있는 것인지 속을 태우고 있다. 그렇지만 치미는 부아를 누를 수밖에 없었다. 가구상을 앞지를 수는 있을 것이다. 그러나 수영선수의 주위를 싸고 있는 물을 어떻게 통과할 수 있단 말인가. 그 사자의 뒤에는 놀랍게도 황제 자신이 오고 있었다. 그는 아직 청년이라 해도 좋을 나이였으며 금빛 수염을 기르고 있다. 얼굴은 부드럽고 둥그스름하며 인생이 즐거워서 못 견디겠다는 표정을 짓고 있다. 여기서 대제국의 결함이 폭로되고 있는 것이다. 황제는 사자의 얼굴을 모르며, 사자는 황제의 얼굴을 모르는 것이다. 황제는 가벼운 기분전환을 위해 산책을 나왔을 뿐이었다. 그는 사자와 마찬가지로 성큼성큼 앞으로 나갈 수가 없었다. 그렇다면 황제 자신이 그 편지를 처리할 수 있을지도 모른다. 물론……………………………
………………………………………………………………………
………………………………………………………………………
………………………………………………………………………
………………………………………………………………………
………………………………………………………………………
………………………………………………………………………
…………………………………………………낯선 우편물 신경을 파괴했다…………………………………………………………
………………………………………………………………………
……………………………그는……

황제의 칙사가 초원의 한 작은 마을에서 밤을 보냈다. 그는 오막살이의 하나밖에 없는 공간에 [벌써] 누워 있었다. 그의 주위에서는 농부의 가족이 잠을 잤고, 한쪽 구석에는 두서너 마리의 염소들이 서로 몸을 꼭 대고 있었다. 그것들은 사람들보다 더 불안해했다. 그래서 한 마리는 일어나 방 안을 서성대면서 쿵쿵거리며 사람 몸의 냄새를 맡았다. 칙사는 여행 중에 보통 잠을 자지 못했는데, 상황이 아주 안전하다고 생각될 때만 겨우 잠을 잤다. 그는 이제 눈을 감고 곧 잠이 들었다. 그러나 그는 잠자는 중에 소음 때문에 깨는 법 없이 그 소음을 청각으로 느낄 수 있었다. 어쨌든 그는 십오 분 이상을 잠드는 법이 없이 알아서 스스로를 흔들어 깨운다.

———————————

아버지는 나를 교장 선생님한테 데리고 갔다. 큰 시설인 듯했다. 우리는 걸어서 홀 모양으로 생긴 몇 개의 공간을 통과했다. 물론 어디고 텅 비어 있었다. 사환의 모습도 보이지 않았다. 우리는 그래서 거리낌없이 자꾸 앞으로 나아갔다. 문이란 문은 모두 열어젖혀 있었다. 갑자기 우리는 흠칫 뒤로 물러섰다. 이때까지 지나치던 방과 똑같은 줄 알고 급히 들어선 방이 있었는데, 그 방은 가구들을 제대로 갖추지 못했지만 사무를 볼 수 있게끔 차려져 있었으며 소파에는 한 남자가 앉아 있었다. 나는 사진을 보고 금방 알아보았는데 그 남자는 교장이었다. 교장은 일어서지도 않은 채 우리에게 더 가까이 오도록 권했다. 아버지는 우리가 무례하게 교장실에 침입한 것을 사과했는데, 교장은 그것을 눈을 감은 채 듣고 있었다. 이윽고 그는 무슨 일이냐고 물었다. 그건 나도 묻고 싶은 말이었기 때문에 우리 둘은, 즉 교장과 나는 아버지 얼굴을 쳐다보았다. 아버지는 말했다. 실은 이 자식놈이 올해로 열여덟 살이 되지만……

———————————

그는 고개를 옆으로 기울였다. 그 바람에 드러난 목에는 상처가 나 있다. 피와 살은 타오르듯이 끓어오르는데, 그것은 아직도 계속되고 있는 낙뢰에 맞은 때문이다.

———————————

침대 속에서 무릎을 조금 높이고, 주름진 이불을 덮고 드러누운 채, 어느 공공 건물의 야외 계단 옆에 석상처럼 거대하게, 활기차게 오가는 군중 속에서 멍하니. 그러나 그들이 멀리 떨어져 있어서 거의 알아볼 수도 없는, 그런 먼 관계 속에 군중과 함께 있다.

———————————

어느 나라에서는 어느 유일한 신들의 그룹을 위해서만 기도를 올린다. 사람들은 그것을 가리켜 '맞물린 이빨들'이라고 부른다.

———————————

인생의 범위가 얼마나 큰가 하는 것은, 한편으로는 그것이 인류가 회상할 수 있는 한도에서만 말들로 넘쳐흐른다는 사실에서, 그러나 다른 한편으로는 사람이 거짓말을 하려고 하는 곳에서만 말들이 가능하다는 사실에서 인식될 수 있는 것이다.

─────────────

고백과 거짓말은 동일한 것이다. 고백할 수 있기 위해서 사람들은 거짓말을 한다. 사람들은 사람이 무엇인지 표현할 수 없다. 왜냐하면 그것이 바로 사람 자신이기 때문이다. 그러니까 전달할 수 있는 것은 오직 사람이 아닌 것뿐이다. 즉, 허위인 것이다. 합창 속에나 겨우 어떤 진리가 숨어 있을지 모른다.

이곳은 상점 견습 점원을 위한 야간 학교다. 학생들은 간단한 산수 문제를 받고 그 답을 써내기로 되어 있었다. 그러나 자리마다 매우 소란스러워서 가장 굳은 의지를 가지고도 문제를 풀기 힘들 정도였다. 제일 조용한 사람은 교단에 앉아 있는 선생이었다. 그는 비쩍 마른 젊은 대학생으로 교실의 학생들이 문제를 풀고 있으므로 자신은 연구에 골몰해도 좋으리라고 확신하고 있는 모양이었다. 그는 엄지손가락으로 양쪽 귀를 누르면서 연구에 몰두했다. 그때 문을 두드리는 소리가 들렸다. 야학 주임이었다. 젊은이들은 곧바로 조용해지긴 했으나 완전히 해이해진 상태였던지라 그것이 쉽지 않았다. 선생은 자신의 노트 위에 출석부를 얹어놓았다. 주임도 아직 젊은 사람으로 대학생보다 나이가 그리 많아 보이지는 않았다. 그는 아무래도 근시인 듯한 피곤한 눈으로 교실을 둘러보았다. 그리고 교단에 올라서서 출석부를 집어들었다. 그것을 열어보기 위해서가 아니라 선생의 연구 노트를 들추어보기 위해서였다. 그는 선생에게 눈짓으로 앉게 하고는 자신도 그 옆에 안락의자를 하나를 가져와 반쯤 마주보게 걸터앉았다. 그러고 나서 다음과 같은 대화가 진행되었는데, 학급 전체가 열심히 그 내용에 귀를 기울였다. 뒷열에 있는 아이들은 잘 보기 위해서 의자에서 일어서기까지 했다.

I. 그러니까 이 반은 전혀 공부를 하지 않는 모양이죠. 떠드는 소리가 아래층까지 들렸습니다.

L. 이 학급에는 아주 버릇없는 아이들이 몇 명 있어요. 그러나 그 외의 다른 아이들은 계산 문제를 풀고 있는 중이었습니다.

I. 아니, 아무도 공부하지 않던데요. 선생님이 여기 붙어 앉아서 로마법이나 연구하고 있으니 그러는 것도 당연하겠지요.

L. 아, 학급 학생들에게 문제를 풀도록 해놓고 보니 시간이 남아서 제 연구에 이용했을 뿐입니다. 오늘밤 공부시간을 조금 단축하려고 했습니다. 낮엔 공부할 시간이 없거든요.

I. 그래요. 그럴듯한 핑계이군요. 하지만 잘 생각해보십시다. 여긴 어떤 학교이지요?

L. 상업조합의 견습 점원을 위한 학교입니다.

I. 정도가 높은 학교인가요, 낮은 학교인가요?

L. 정도가 낮은 학교이지요.

I. 정도가 제일 낮은 학교 중의 하나가 아닐까요?

L. 네, 제일 낮은 학교 중의 하나지요.

I. 그래요. 정도가 가장 낮은 학교의 하나이지요. 그러므로 학생도 교사도 주임도 우리 모두가 공부해야 합니다. 아니, 오히려 우리는 의무에 따라 가장 저급한 학교에 맞게 공부해야 합니다.

———————

감방이랄 것도 없었다. 네번째 벽이 완전히 틔워져 있었기 때문이다. 이 벽마저 막혀 있거나 혹은 막히게 될 경우를 생각하면 무서워진다. 그럴 경우 나는 길이가 일 미터, 높이는 내 키보다 조금 높은 공간이긴 하지만, 수직으로 세워놓은 석관 속에 들어 있는 셈이었다. 단지 임시이긴 하지만 그쪽 벽이 세워지지 않았기 때문에 나는 양손을 자유롭게 밖으로 뻗칠 수 있고, 천장에 붙어 있는 꺾쇠를 붙들면 얼굴을 밖으로 내밀 수도 있다. 물론 함부로 얼굴을 내밀 수는 없다. 왜냐하면 이 감방이 땅 위에서 어느 정도 높이에 있는가를 가늠할 수 없었기 때문이다. 아무래도 매우 높은 곳에 위치하고 있다고 생각된다. 적어도 아래를 내려다보면 오직 회색의 안개만이 자욱할 뿐이다. 그리고 좌우나 먼 곳도 마찬가지다. 위쪽을 향한 곳에 가까스로 빛이 조금 있는 것 같다. 그 전망은 흐린 날 탑 위에서 볼 수 있는 그런 풍경이었다.

나는 피곤해서 앞쪽 가장자리에 앉아 두 다리를 아래로 늘어뜨렸다. 약이 오르는 노릇이었지만 나는 완전히 발가벗고 있었다. 그렇지 않다면 옷이나 셔츠를 이어서 천장의 꺾쇠에 매어 내 독방에서 훨씬 아래쪽으로 내려가 여러 가지 조사를 해보는 방법도 있을 것이다. 그러나 다른 한편으로는 그렇게 하지 못한다 해도 좋았다. 즉 그것도 결국은 불안에 쫓겨서 하는 노릇으로, 매우 나쁜 결과를 가져왔을지도 모르기 때문이다. 아무것도 가지지 못한 채 아무 일도 못하는 것이 아직은 나았던 것이다.

그 외에는 완전히 텅 비어 있고, 민숭민숭한 벽만으로 이루어진 이 감방 뒤쪽 바닥에는 구멍이 두 개 나 있다. 한쪽 구석에 있는 구멍은 생리적 욕구를 위한 것 같았고, 다른 쪽 구석에 있는 구멍 앞에는 빵 조각이 놓여 있으며 그리고 물이 담긴 작은 나무통이 나사로 죄어 있었다. 그러니까 그곳은 나에게 음식을 넣어주는 곳이었다.

———————————

나는 원래 뱀을 싫어하거나 무서워했던 것은 아니다. 나중에야 뱀을 무서워하게 되었는데, 그러나 내 입장에서 볼 때 그것은 자연스러운 일인 것 같다. 무엇보다도 표본실이나 특수한 거래업소말고는 이 도시 전체에 뱀이라곤 한 마리도 없는데도 내 방에만은 뱀이 득실거렸다. 원래 발단은 내가 어느 날 밤 책상에 앉아 편지를 쓰고 있었던 때였다. 나는 잉크 스탠드가 없어 커다란 잉크병을 사용하고 있었다. 펜을 잉크에 적시려고 할 때 병의 목 부분에 가늘고 납작한 뱀의 작은 머리가 솟아 있는 것이 보였다. 뱀의 몸뚱어리는 병 속에 드리워져 요동을 치는 잉크 속으로 사라졌다. 그것은 매우 신기한 일이었다. 그러나 나는 그것이 독사일지도 모른다는 생각이 들어 놀라서 바라보는 것을 중단했다. 수상하다는 듯 혓바닥을 날름거리는 모습과 위협적인 세 가지 색깔을 지닌 눈알을 한 것을 보니 사실인 듯했다.

———————————

땅은 다 갈린 상태였다.

———————————

네가 광산에 파묻혀 있고 그리고 돌무더기들이 너와 같이 약한 개인을 세상과 그 빛으로부터 갈라놓고 있어서가 아니라, 너는 밖에 있어서 그 생매장된 사람에게 뚫고 가려고 하지만 그 돌들 앞에서는 무력하다. 그리고 세계와 그 빛은 너를 더욱 무력하게 만든다. 그리고 네가 구원하려는 사람은 시시각각으로 질식해갈 것이니, 너는 미친 사람처럼 작업해야만 할 것이다. 그러나 그는 질식해 죽지는 않을 것이니 너는 결코 작업을 멈춰서는 안 될 것이다.

──────────

기둥들로 떠받혀진 지붕이 있는 높다란 테라스에서 작은 모임이 있었다. 계단을 세 단쯤 내려가면 정원이었다. 만월이었고, 따뜻한 유월의 밤이었다. 모두 아주 즐거웠다. 우리는 하찮은 것에도 웃음을 터뜨렸다. 멀리서 개가 짖는 소리에도 웃음을 터뜨렸던 것이다.

──────────

"우리가 길을 제대로 온 것일까요?" 하고 나는 안내인에게 물었다. 그는 그리스계 유대인이었다. 그는 횃불에 비친 창백하고 조용한 슬픈 얼굴을 나에게 돌렸다. 우리가 길을 제대로 들었는지 어떤지는 전혀 안중에 없는 듯했다. 어째서 이런 안내인을 얻게 되었단 말인가. 그는 이곳 로마의 카타콤베(로마와 그 부근에 있는 초기 그리스도교의 지하묘지를 말한다—옮긴이)를 안내하는 대신에, 여태까지 우리가 온 길을 말없이 동행하지 않았던가? 우리는 멈추어 서서 일행이 한 곳에 모이기를 기다리기로 했다. 나는 빠진 사람이 없는지 물었다. 아무도 빠진 사람은 없는 것 같았다. 나는 그것으로 만족해야만 했다. 왜냐하면 나 자신이 일행의 어느 누구와도 안면이 없었던 것이다. 낯선 사람들의 인파에 휩쓸려 서로가 낯선 우리는 그 안내자의 뒤를 따라 카타콤베 아래로 내려갔고, 그제야 비로소 나는 그들과 일면식을 갖게 되었다.

──────────

나는 튼튼한 망치를 가지고 있으나 그것을 사용할 수가 없다. 왜냐하면 손잡이가 달구어져 있기 때문이다.

많은 사람들이 시나이 산(「출애굽기」19장 20절에 나오는 모세가 하나님에게서 십계를 받은 곳으로 지리적으로는 홍해 북쪽 끝의 시나이 반도 위에 있는 산—옮긴이)을 소리 없이 에워싼다. 그들의 말소리는 불분명하다. 그들은 수다쟁이이거나 그렇지 않으면 소리를 너무 크게 내거나, 혹은 입을 다물고 있는 상태였다. 그렇지만 누구 하나 똑바로 내려와 방금 새로 난 넓고 평평한 길로 나서는 사람이 없었다. 그 길의 특성상 보폭을 넓게 할 수 있고 또 빨리 갈 수 있는 길인데도 말이다.

기도 형식으로서의 글쓰기.

취라우와 프라하의 차이점. 당시 나는 충분히 싸우지 않았던가? 그는 충분히 싸우지 않았던가? 그가 일하고 있을 때, 그는 이미 실패한 상태였다. 그러나 그는 그것을 알고 있었기 때문에 자신이 일을 중단하면 실패할 것이라고 솔직하게 말했다. 그가 일을 시작한 것이 실패였던가? 그렇지는 않았을 것이다.

가치가 없다. 그것은 자명할지 모른다. 그러나 ……이라 할 정도로 가치가 없다.

———————

그는 입상을 만들었다고 믿었다. 그러나 그는 언제나 똑같이 베어 낸 자리만을 고집스레 새기고 있었다. 그렇지만 그보다 더한 것은 달리 어떻게 해볼 수 없어서였는지도 모른다.

———————

그녀는 그의 생각을 다른 데로 쏠리게 했다.

———————

정신적인 사막. 너의 예전과 훗날에 있을 대상隊商들의 시체들.

———————

무無다. 단지 비유일 뿐이다. 다른 아무것도 아닌, 완전한 망각.

———————

대상의 숙소에서는 결코 잠이 없다. 그곳에서는 아무도 자지 않는다. 그러나 자지 않는다면 어째서 그곳으로 가는 것일까. 낙타들을 쉬게 하기 위함이다. 그곳은 매우 좁은 장소이며, 아주 작은 오아시스가 있을 뿐이다. 그러나 그 오아시스는 대상들의 숙소로 채워지며, 물론 그 숙소는 거대하다. 낯선 사람이 그곳에 익숙해지기란 거의 불가능하리라고 나는 생각한다. 그것은 역시 건축양식 때문이다. 가령 첫번째 뜰에 들어섰다고 하자. 이곳을 지나 십 미터쯤 떨어져서 마주보고 있는 두 개의 아치를 더 지나가면 두번째 뜰로 나온다. 여기서 다시 커다란 새로운 뜰로 나갈 수 있을 듯한 아치 하나를 더 지나면 기대와는 완전히 달리 엄청나게 높은 벽으로 둘러싸인 조그마한 어두운 빈터가 나온다. 고개를 바짝 쳐들지 않으면 벽에 붙은 불빛이 비치는 창도 볼 수가 없다. 아무래도 길을 잘못 들었나 싶어서 처음의 뜰로 되돌아가려고 하지만 아까 지나온 아치가 아니라 그 옆에 있는 또 하나의 아치로 나가버리게 된다. 그러면 거기는 역시 처음의 빈터가 아니다. 그것보다도 훨씬 큰 뜰인데, 소음과 음악 소리, 가축의 울음소리로 터질 것 같다. 그러면 사람들은 길을 잘못 들었음을 알고 다시 어두운 빈터로 되돌아가서 처음의 아치를 지나간다. 그것은 아무런 도움이 안 된다. 다시금 두번째 뜰로 나와버리고 마는 것이다. 몇 개의 뜰에서 차례로 길을 물어 나가지 않으면 처음 뜰로 돌아갈 수가 없다. 그렇지만 사실은 그 첫번째 뜰에서 채 몇 발자국도 떨어져 있지 않다. 곤란한 것은 그 첫번째 뜰은 언제나 만원이라는 것이다. 거기에서는 거의 잠자리를 찾을 수가 없었다. 첫번째 뜰에 있는 거주지들은 고정된 손님들이 차지하고 있는 듯하나, 실질적으로 그런 일은 있을 수 없다. 왜냐하면 여기에는 오직 대상들만이 거주하기 때문이었다. 그 밖에 누가 이런 더럽고 소음 속에서 살려고 하고 또 살 수나 있겠는가. 그 작은 오아시스는 물만을 공급할 뿐이었는데, 보다 큰 오아시스로부터 수마일이나 떨어져 있었다. 그러므로 그 어느 누구에게도 여기에 상주하거나 살려는 마음이 생길 턱이 없었다. 대상 숙소의 주인과 그의 고용인들이 있을지 모르겠으나 어쨌든 내가 그곳에 머문 몇 번 동안에는 한 번도 그런 사람을 본 적도, 그리고 그런 사람들에 관해 들어본 적도 없었다. 게다가 만약 소유주가 있다고 한다면 여기서 밤낮으로 되풀이되고 있는 그러한 무질서, 즉 난폭한 행동들을 그대로 봐넘기리라고는 생각하기 어렵다. 차라리 내가 받은 인상에 따르면 그때그때 제일 기운이 센 대상이 이곳을 지배하고 다른 자들도 그에 따라서 서열이 매겨지는 것이 아닌가 싶다. 그러나 물론 이것으로 모든 설명이 다 끝난 것은 아니다. 가령 입구의 커다란 문은 평소엔 꼭 닫혀 있다. 오가는 대상들에게 그 문을 열어줄 때면 언제나 매우 엄숙한 의식 행위가 벌어지는데 그것을 매우 번거로운 절차를 따져 실행에 옮겨야만 했다. 이따금씩 대상들은 밖의 불볕 더위 속에서 몇 시간이고 서 있은 뒤에야 비로소 입장이 허용되는 일도 있었다. 이것은 분명 자의적인 것이지만 그것을 따질 수도 없었다. 할 수 없이 밖에 선 채로 낡은 문 둘레의 장식을 바라보게 된다. 고부조로 새겨진 문을 두세 줄로 빙 둘러싼 천사들이 나팔을 불고 있으며, 이들 악기 중의 하나가 아치 모양의 문 높은 곳에 문 입구 아래로 깊이 돌출해 있었다. 동물들을 끌고 갈 때는 언제나 그것에 부딪히지 않도록 조심을 해야 했다. 신기하게도 건물 전체가 곧 무너질 것 같은 상황에서도 이 아름다운 세공만은 전혀 상하지 않았다. 아마 그것은……과 관계가 있는 것 같다.

이것은 무대 세트 사이의 인생이다. 밝다. 밖은 아침이다. 그리고 곧 어두워진다. 벌써 저녁이다. 그것은 결코 복잡한 속임수도 아니다. 그러나 무대 위에 있는 이상 그것에 순응해야 한다. 단, 힘이 있으면 배경을 향해서 탈출을 시도해도 좋다. 막을 절단하고 막에 그려진 하늘 조각을 찢어버리고 몇 가지 잡동사니들을 건너뛰어서 좁고 어두운 축축한 진짜 골목길로 달아날 수가 있다. 이 거리는 극장에서 가까워서 여전히 극장가로 불리지만 진짜 길이며 진실이 지니고 있는 모든 깊이를 지니고 있다.

———————

이 베지 않은 나무 토막이 피리이어야 하는가?
이 양손을 보라……

———————

"이 굽은 나무뿌리 조각에 걸터앉아 그대는 이제 피리를 불겠는가?
    그런 생각은 안 했지만 자네가 기대하고 있으니 불어주겠네."
    "내가 기대하고 있다고?"
    "그래, 자네는 내 손을 바라보는 순간에 혼자 중얼거리지 않았나. 어떤 나무토막도 내 의지대로 소리를 내는 것을 막을 수는 없다고 말이네."
    "자네 말이 옳네."

———————

한 마리의 물고기가 물줄기의 경계면에서 떠돌아다니다가 깊은 진흙 속에서 어떤 작은 것들이 꿈틀거리고 있는 아래쪽을 불안하고 기쁜 마음으로 내려다보고 있었다. 그리고 나서 넘실거리는 물속에서 무엇인가 큰 것들이 대기하고 있는 위쪽을 불안하고 기쁜 마음으로 바라보았다.

저녁때 그는 상점 문을 쾅 닫고 마치 오페레타 홀에라도 가듯이 서둘러 위로 올라갔다.

_____

네가 계속 앞을 향해 달려가다보면, 네가 따뜻한 공기 속에 양손을 지느러미처럼 계속해서 옆으로 찰싹거리며 움직이다보면, 네가 반쯤 잠든 상태에서 급히 옆을 스쳐 지나가는 모든 것을 슬쩍 바라보면, 언젠가는 자동차까지도 네 옆을 굴러 지나가게 될 것이다. 그러나 네가 마음을 굳게 하고서, 눈에 힘을 주어 뿌리들을 깊고 넓게 내리게 한다면 어느 것도 너를 제거할 수 없을 것이다. 그러나 뿌리는 전혀 존재하지 않고 네가 지향하는 눈길의 힘만이 존재한다면 그때 너는 아무런 변화가 없는 어두운 먼 곳을 보게 될 것이고 그 먼 곳에서 나타날 수 있는 것이라곤 다름 아닌 바로 자동차뿐일 것이다. 자동차는 가까이 굴러와서 점점 커져 네가 있는 곳에 도착하는 순간에 이 세상을 가득 채울 것이고 너는 가령 폭풍이 몰아치는 밤을 뚫고 달리는 여행길 큰 자동차의 좌석 쿠션 속의 아이처럼, 그 순간 속에 잠길 것이다.

_____

너희들은 어떠한 상像도…… 해서는 안 된다 ─.

_____

722

저녁때 좁은 방에 몇 사람인가 모여서 차를 마시고 있었다. 새 한 마리가 그들 주위를 날아 다녔다. 까마귀였는데, 소녀들의 머리카락을 쪼기도 하고 부리를 찻잔 속에 담그기도 했다. 그들은 그 새에 대해 아무런 신경도 쓰지 않고 노래를 부르기도 하고 웃기도 했다. 그러자 그 새란 놈은 더욱 대담해지기 시작했다.

———————————

힘겨움

"아이들을 가르쳐달라"고 사람들이 나에게 부탁을 했다. 작은 방에는 아이들이 가득했다. 벽 쪽으로 밀려나 있는 아이들도 많아서 위험스러워 보였다. 물론 그 아이들 역시 자신을 방어하며 다른 아이들을 되밀고 있었기 때문에 무리들은 이리 밀리고 저리 밀리고 했다. 다른 애들보다 훨씬 크고 그들에 대해 아무것도 두려워할 필요가 없는 몇 명의 아이들만이 조용히 뒤쪽 벽에 기대어 내 쪽을 건너다보고 있었다. 나는……

———————————

채찍을 휘두르는 사람들이 모여 있었다. 말랐지만 강해 보이는 신사들로 언제나 만반의 준비가 되어 있었다. 이들이 소위 '채찍을 휘두르는 사람'들이다. 각자의 손에는 매가 들려 있었다. 그들은 화려한 귀빈실의 뒤쪽 벽 거울 앞이나 혹은 그 사이에 서 있었다. 나는 나의 신부와 함께 그곳에 들어섰다. 결혼식이었던 것이다. 맞은편 좁은 문에서 친척들이 나타났다. 몸을 빙 돌려서 이쪽으로 다가왔다. 뚱뚱한 여인들이었다. 그 여인들 왼편에는 더 작은 남자들이 목까지 덮는 예복을 입고 종종걸음으로 걷고 있다. 친척 중 어떤 사람은 깜짝 놀라 신부를 향해서 팔을 들어 보였다. 그러나 아직은 조용했다.

*

한 철학자가 언제나 아이들이 놀고 있는 곳을 떠돌아다녔다. 그러다가 그는 팽이를 가지고 있는 한 사내아이를 보았다. 그는 벌써 숨어서 기다렸다. 팽이가 돌기 시작하자마자 철학자는 그것을 잡으려고 쫓아갔다. 아이들이 소리를 지르며 장난감에서 그를 떼어 놓으려고 애쓰는 것에도 그는 개의치 않았다. 그는 팽이가 돌고 있는 동안, 그것을 잡으면 행복했다. 그러나 그것도 잠시뿐, 그는 그것을 땅바닥에 내던지고 가버렸다. 그는 보편적인 것을 인식하기 위해서는 모든 사소한 것을, 예를 들면 돌고 있는 팽이 하나를 인식하는 것으로 충분하다고 믿었다. 그래서 그는 큰 문제들에 몰두하지 않았다. 그것은 그에게는 비경제적으로 보였다. 만약 가장 작은 사소한 것이 인식되었다면, 모든 것이 인식된 것이다. 그래서 그는 돌고 있는 팽이에만 몰두했던 것이다. 그러고는 팽이를 돌리기 위한 사전 준비가 이루어지면 그는 언제나 이것이 성공할 것이라는 희망을 가졌다. 그리고 팽이가 돌면, 그것을 쫓아 숨차게 뛰어가면서 희망은 분명한 것이 되었다. 그러나 그가 그 멍청한 나무조각을 손에 쥐게 되면 속이 메슥거렸다. 그리고 그가 여태까지는 듣지 못했던 아이들의 외침 소리가 갑자기 귓속으로 파고들며 그를 계속 쫓아왔다. 그는 서투른 채찍 아래에 있는 팽이처럼 어쩔

---

* 막스 브로트판 전집에서는 「팽이Der Kreisel」라는 제목이 붙어 있다. 카프카 전집 제1권에도 실려 있으나 문장 부호 및 단어들의 변화가 있어 다시 번역했다.(옮긴이)

줄 몰라했다.

---

[34]

그들 열 명은 갑자기 일렬로 섰다. 그들은 하나같이 거의 똑같다. 마르고, 어둡고, 털을 싹 민 얼굴을 하고 있으며, 코 대신에 독수리 부리를 하고 있다. 보조개의 피부가 주름져 아래로 처져 있는, 그처럼 함몰된 뺨을 가진 사람이 있다면 전혀 사람이 아니라는 생각이 곧바로 들 것이다.

———————————

일반 전나무 솔방울보다 크지 않은 이십 명의 작은 매장자들이 하나의 독립된 그룹을 형성하고 있다. 그들은 산의 숲속에 통나무로 된 가건물을 가지고 있었는데, 그곳에서 힘든 일을 마치고 쉬고 있었다. 이십 명의 일꾼들이 함께 있으면 그렇듯이 그곳은 담배연기와 외치는 소리와 노래로 가득했다. 이들은 얼마나 즐겁게 지내는지 모른다! 어느 누구도 임금을 지불하지도, 물품을 조달하지도, 일을 위탁하는 일도 없었다. 그들은 자신의 힘으로 일을 택했고, 자신의 힘으로 그것을 실행한다. 우리 시대에 아직도 남자들의 정신이 존재한다. 그들의 일은 어느 누구도 만족시키지 못할 것이며, 아마 이 사람들도 이 일에 만족하지 못할 것이다. 그러나 그들은 한번 결정한 것은 포기하지 않으며, 촘촘하기 이를 데 없는 관목 숲을 통해 아주 무거운 짐들을 끌고 가는 일에 익숙해 있다. 아침부터 자정까지 축제의 소음은 계속된다. 어떤 자는 이야기하고 또 어떤 자는 노래를 부른다. 말없이 파이프 담배를 피우는 자들도 있다. 그러나 모두가 큰 독주 병을 들고 탁자 주위를 돌아다닌다. 자정에 통솔자가 일어나 탁자를 두드리면 그 남자들은 못에 걸린 모자를 집어든다. 밧줄, 삽과 곡괭이를 꺼내 들고 행렬을 이룬다. 항상 둘씩 둘씩이다.

———————

F는 어디 있습니까? 나는 그를 오랫동안 보지 못했습니다.
F 말입니까? 당신은 F가 어디 있는지 모르십니까? F는 어느 미로 속에 있습니다. 그는 아마 더 이상 빠져나오지 못할 것입니다.
F가? 우리 F가 말이오? 그 수염 투성이인 F가요?
바로 그 사람입니다.
미로 속에 있단 말이오?
그래요.

〔35〕

나는 창 밖을 내다보았다. 피곤해서 대부분 누워 있었다. 아는 사람이 교회 모퉁이를 돌아가고 있었다. 그는 상인이며, 듬성듬성 난, 긴 수염을 가진 늙은 남자였다. 그는 나를 알아보았고, 만나게 된 것을 정말 기뻐하며 함께 가지 않겠느냐고 소리쳤다.

이제 결정이 났고 우리는 상륙했다. 만월이었고 싸늘했다. 우리는 말하지 않았다. 원래 단지 그 때문에……

일요일 나는 교외를 산책하다가 원래 원했던 것보다 멀리까지 와버 렸다. 여기까지 온 김에 더 걸어야겠다는 기분이 들었다. 어느 언 덕에 해묵은 떡갈나무가 서 있었다. 매우 굽은 나무였지만 그리 크 지는 않았다. 그 떡갈나무를 보니 나는 왠지 모르게 이제 돌아갈 시 간이라는 생각이 들었다. 벌써 완연한 저녁기운이 돌았다. 나는 떡 갈나무 앞에 서서 그 딱딱한 나무 껍질을 매만지다가 두 개의 이름 이 새겨져 있는 것을 보았다. 읽기는 했지만 기억해두지는 않았다. 그것은 일종의 순진한 반항심처럼 돌아가지 못하도록 나를 붙잡아 두었다. 비록 더 이상 가서는 안 되었지만 말이다. 이따금 사람은

728

그러한 옭아매는 힘 속에 빠질 수 있다. 삶은 그런 힘을 쉽사리 찢어버릴 수 있다. 말하자면 그것은 타인의 부드러운 농담과 같은 것이다. 그러나 일요일이었기 때문에 급한 일도 없었다. 나는 피곤했기 때문에 무엇에든 따를 기분이었다. 그런데 그 이름의 하나가 요셉이라는 것을 알았고, 그런 이름을 가진 학교 친구 생각이 났다. 내 기억으로 그는 작은 아이였다. 아마 학급에서 제일 작은 아이였을 것이다. 몇 년 동안 나와 책상을 나란히하고 앉았던 적도 있다. 그는 얼굴이 보기 싫게 생겼다. 당시 우리는 아름다움보다는 완력과 손재주를—그는 이 둘을 다 가지고 있었다—더 중요시 여겼지만 우리 눈에도 그는 매우 못생겨 보였다.

───────────────

우리는 집 앞으로 뛰어갔다. 거기엔 하모니카를 든 거지가 서 있었다. 일종의 법복法服 같은 옷차림이었는데 아래가 너덜너덜했다. 그 소재는 마치 모직물 조각에서 잘라낸 것이 아니라 억지로 잡아찢어놓은 것처럼 보였다. 그것은 거지의 혼란스러운 표정과 묘하게 조화를 이루었다. 그는 방금 깊은 잠에서 깨어난 듯이 아무래도 주위 사정을 모르겠다는 표정이었다. 그는 마치 줄곧 자다깨다한 듯 보였다.

　우리 아이들은 그 거지에게 감히 말도 못 걸었고 여느 때처럼 그 거지 음악가에게 노래를 청하지도 못했다. 그는 역시 계속해서 눈으로 우리를 찾고 있었다. 그는 우리가 거기에 있는 것을 알고 있었지만 바라는 만큼 그렇게 자세히 볼 수는 없는 듯했다.

　우리는 그렇게 서서 아버지가 올 때까지 기다렸다. 아버지는 뒤쪽 일터에 있었는데, 한참 뒤 긴 복도를 걸어나왔다. "너는 누구냐?" 하고 그는 가까이 다가오면서 크고 엄한 목소리로 물었다. 불만스러운 눈빛이었다. 아마도 그는 거지에 대한 우리의 태도가 못마땅한 모양이었다. 그렇다고 우리가 별달리 무엇을 한 것도 아니었다. 어쨌든 무슨 나쁜 일을 한 것은 아니었다. 사방은 아주 조용했다. 오직 집 앞 보리수나무만이 바스락댈 뿐이었다.

"나는 이탈리아에서 왔습니다" 하고 거지가 말했다. 그러나 그것은 대답이라기보다는 죄를 고백하는 것 같았다. 그는 우리 아버지가 집주인이라는 것을 안 듯 보였다. 그는 하모니카를 가슴에 꼭 댔다.

———————————

그를 도와 일으켜 세우려 했다. 내가 그렇게 했더니 그는 이렇게 말했다. "저는 여행 중입니다. 저를 방해하지 마십시오. 당신의 셔츠를 벌려 저를 당신 몸 가까이 갖다대주세요." 내가 그 말대로 했더니 그는 성큼성큼 걸어와서 마치 집 안으로 들어가듯 내 몸 속으로 사라져버렸다. 나는 가슴이 답답하여 몸을 뻗었다. 금방 정신을 잃을 판이었다. 나는 쟁기를 버려두고 집으로 돌아왔다. 집에 돌아오니 남자들은 식탁에 앉아 같은 접시에 담긴 음식을 먹고 있었다. 두 여자는 부뚜막과 세탁통 옆에 있었다. 나는 방금 있었던 일을 죄다 이야기했다. 이야기를 하면서 나는 문 옆의 긴 의자에 쓰러져버렸다. 모두 일어서서 나를 둘러쌌다. 가까운 농원에 사는 칠십이 넘은 노인을 모셔오기로 했다. 노인이 오기를 기다리는 동안 아이들이 내 곁으로 몰려왔다. 우리는 서로서로 손을 내밀고 손가락을 깍지꼈다.

[36]

커다란 깃발용 원단이 내 위에 놓여 있었다. 나는 가까스로 그것에서 빠져나왔다. 나는 어떤 언덕 위에 있었다. 초원지대와 민숭민숭한 바위가 번갈아 있는 곳이었다. 비슷한 언덕들은 파도 모양 사방팔방으로 뻗어 있었고, 전경은 멀리 펼쳐져 있었다. 서쪽에서는 지는 태양의 안개와 광채가 여러 가지 형태를 풀어내고 있었다. 내가 본 첫번째 사람은 나의 사령관이었다. 그는 돌 위에 앉아 다리를 괴고, 팔꿈치에 의지한 채, 손으로 머리를 감싸고는 잠들어 있었다.

———————————

언젠가 어떤 모임에서 누군가 내 고향에 관하여 이야기한 적이 있었다. 그는 결코 동향인은 아니었다. 그는 내가 그곳 출신이라는 것을 몰랐다. 그는 언젠가 그곳에 간 적이 있었기 때문이라고만 이야기했다……

〔37〕

나는 작은 관목 속에 몸을 숨기려고 했다. 곡괭이로 한 조각 길을
내고는 기어들어가 숨었다.

[38]

한 젊은 대학생이 일월 어느 날 저녁, 커다란 모임이 있을 때 자신의 가장 절친한 친구를 방문하고자 했다. 그 친구는 고위 관리의 아들이었다. 그는 그 친구에게 방금 다 읽고 난 책을 보여주고 싶었던 것이다. 그 책에 대해서는 그에게 이미 여러 번 이야기했다. 그것은 경제사의 기본 특성에 관한 난해한 책으로 좇아가기가 여간 힘든 책이 아니었다. 어느 비평문에서 매우 훌륭하게 언급되었던 것처럼 이 책의 저자는 자신의 주제를, 마치 말을 타고 어둠 속을 달리는 아버지가 아이를 꼭 껴안듯이 그렇게 간직하고 있었다. 그 난해함에도 불구하고 그 책은 그 대학생을 아주 매료시켰다. 그는 관련된 구절을 탐독하고 날 때면 얻는 바가 크다고 느꼈다. 그에게는 진술된 의견뿐만 아니라 주변의 모든 것이 더욱 똑똑하게, 보다 훌륭하게 증명된 듯 그리고 보다 큰 저항력이 생기는 듯했다. 그는 친구에게 가는 도중에도 몇 번이나 가로등 아래 멈춰 서서 눈안개 때문에 흐릿해진 불빛에 두서너 문장을 읽었다. 그러나 자신의 이해력으로는 알 수 없는 큰 걱정이 그를 압박해왔다. 눈앞의 것은 이해할 수 있었으나 자신 앞에 가로놓인 임무는 막연하고 끝이 없어 보였다. 지금도 그렇지만 아직까지도 자기 마음속에 불러 일깨우지 못했다고 느껴지는 자신의 힘과 비교해볼 때 그랬다.

나는 글을 쓸 수 없게 되었다. 그래서 자서전적인 조사나 해볼 계획이다. 자서전이 아니라 가능한 한 나의 작은 구성부분들을 조사하고 발견하자는 것이다. 그렇게 함으로써 나 자신을 구축해보려는 것인데, 이렇게 하는 것은 자신의 집이 안전하지 못해서 그 옆에 안전한 집을 세우려는, 그것도 가능하다면 예전 집의 재료들을 가지고 세우려는 사람과 같은 것이다. 물론 건축 중에 자력이 딸려 안전하지 못하지만 완성된 집을 갖는 대신에 반은 부서지고 반은 짓다만 집, 즉 전혀 아무것도 아닌 집을 갖는다면 그것은 정말 고약한 일일 것이다. 그 결과는 미친 짓일 것이다. 즉, 두 집 사이에서 추는 카자크 춤과 같은 것이다. 그것은 장화 뒤축으로 오랫동안 땅을 긁어대고 파냄으로써 마침내는 그 아래에 자신의 무덤을 만드는 것이다.

———————

아이들의 경솔함은 아무래도 납득이 안 간다. 내 방 창문에서 나는 작은 공원을 내려다본다. 작은 시립 공원이다. 그것은 시든 관목들에 의해 거리와 분리되어 있는 먼지투성이의 빈 공간일 따름이다. 오늘 오후에도 언제나 마찬가지로 그곳에서 아이들이 놀고 있었다.

———————

"어떻게 해서 나는 이곳에 오게 된 걸까?" 하고 나는 소리쳤다. 그곳은 온화한 전깃불이 비치는 적당한 크기의 홀이었다. 나는 그 홀의 벽을 따라 걷고 있었다. 몇 개의 문이 있어 열어보니 거무스레하고 반질반질한 돌벽이 있었다. 그 벽은 문턱에서 다섯 치도 떨어지지 않은 곳에 있었으며, 위쪽에 곧게 서 있었다. 그리고 양편으로 어림할 수 없을 정도로 멀리까지 계속되었다. 여기에는 출구 하나 없었다. 문 하나만이 옆방으로 나 있었고, 거기는 전망이 좋아 보였지만 다른 문에서와 마찬가지로 낯설었다. 영주의 방 안이 보였다. 그곳은 주로 붉은색과 황금색 일색이었다. 그곳엔 벽 높이의 많은 거울들과 큰 샹들리에도 있었다. 그러나 그것이 전부는 아니었다.

———————

나는 더 이상 돌아와서는 안 되었다. 감방이 폭파되었다. 나는 움직여 본다. 내 육체를 느낀다.

———————

*

나는 말을 마구간에서 끌어내오도록 명했다. 하인은 나의 말을 알아듣지 못했다. 나는 몸소 마구간으로 들어가 안장을 얹고 말 위에 올라탔다. 멀리서 트럼펫 소리가 들려 나는 하인에게 무슨 일이냐고 물었다. 그는 아무것도 몰랐고 아무것도 듣지 못했다. 대문에서 그가 나를 멈추어 세우고는 물었다. "주인 나리, 당신은 말을 타고 어디로 가시나요?" "모른다." 하고 나는 말했다. "다만 여기를 떠나는 거야, 다만 여기를 떠나는 거야. 끊임없이 여기에서 떠나는 거야. 그래야 나의 목적지에 도달할 수 있다네." "그러시다면 나리께서는 목적지를 아신단 말씀인가요?" 그가 물었다. "그렇다네." 내가 대답했다. "네가 이미 말했잖는가, '여기에서—떠나는—것', 그것이 나의 목적지일세." "나리께서는 예비 양식도 갖고 있지 않

---

* 막스 브로트판 전집에는 「돌연한 출발Der Aufbruch」이라고 제목이 붙어 있다. 카프카 전집 제1권에 실려 있으나 문장 부호 및 단어가 다른 것이 있어 다시 번역했다.(옮긴이)

잖아요." 그가 말했다. "나는 그 따위 것은 필요없다네." 내가 말했다. "여행이 워낙 긴 터라 중도에 아무것도 얻지 못한다면, 나는 필경 굶어죽고 말 것이네. 어떤 예비 양식도 날 구할 수는 없을 걸세. 실로 다행스러운 것은 그것이 진정 엄청난 여행이라는 걸세."

———————————

F. (영업장부 너머로) 보게나, 자 한 번 보게나—

누군가 두 번 강하게 두드리더니 한 번 약하게 두드리지 않는가

F. 갑니다—

그는 신발을 질질 끌면서 문으로 천천히 걸어가서, 엿보는 구멍을 통해 들여다보고, 머리를 끄덕거리고, 두 개의 열쇠를 열고는 그러고 나서 문을······

T. (부드러운 노부인) 안녕, 펠릭스.

F. 숙모께서 오시다니 정말 기쁘군요.

T. 나에게 편지했잖니, 펠릭스. 그래서 곧바로 왔단다.

F. 아, 맞아요, 맞아.

앉으세요.

F. 숙모께서는 언제나 저의 충고자였지요.

T. 내가? 뭘 모르는 여자지. 넌 항상 똑같은 농담을 하는구나.

F. 농담이 아니에요. 숙모님이 안 계시면 저는 어쩌겠어요! 정말 분명해요—

T. 그래?

F. 다른 한편으로 분명히 말씀드리겠습니다만, 숙모님이 안 계셨더라면 혼자서 험난한 세상을 살아가야 했을 겁니다.

T. 자, 그래.

F. 아닙니다, 숙모님. 그렇지 않습니다—제발 제 곁을 떠나지 마세요.

─────────────

숨을 헐떡거리며 나는 도착했다. 막대기 하나가 약간 비스듬히 땅에 꽂혀 있고 거기에 '명상'이라고 씌어진 제자題字가 달린 게시판이 걸려 있었다. 내가 목표한 곳인 것 같군 하고 중얼거리고는 사방을 둘러보았다. 두세 걸음밖에 떨어져 있지 않은 가까운 곳에 우거진 초목에 둘러싸여 사람 눈에 띄지 않는 정자 하나가 있었는데, 그곳에서 가볍게 접시가 달그락거리는 소리가 들려왔다. 나는 다가가서 낮은 입구에 머리를 들이밀었다. 안은 어두워서 잘 보이지 않았지만 나는 인사를 하고 이렇게 물었다. "어느 분이 명상하는 것을 도와주시는지요?" "제가 합니다. 잘 오셨습니다" 하고 붙임성 있는 목소리가 들려왔다. "곧 가겠습니다." 점차 나는 몇 사람이 모여 있음을 알게 되었다. 그들은 한 쌍의 젊은 부부와 이마가 테이블 바닥에도 미치지도 않을 세 명의 작은 아이들과 아직 어머니 팔에 안겨 있는 젖먹이였다. 정자 안쪽에 앉아 있던 남자가 막 일어서서 나가려고 했으나 아내는 우선 식사를 마치도록 상냥하게 청했다. 그 남자가 나를 가리키자 여인은 다시 말했다. 내가 조금만 기다려 주면 감사하겠다는 것과 초라하지만 그들과 점심 식사를 같이 해준다면 영광이라는 것이었다. 모처럼의 즐거운 일요일을 눈치 없이 방해한 나 자신이 무척 화가 나서 나는 이렇게 말하지 않을 수 없었다. "부인, 고맙습니다만 초대에 응할 수가 없군요. 왜냐하면 저는 즉시, 정말 지금 즉시 명상에 몰입해야만 합니다." "아아" 하고 여자는 말했다. " 하필 일요일에 그리고 아직 점심 식사 중인데. 아, 여러분들은 기분내키는 대로군요. 편한 날이 없군요." "그렇게 욕하지 마세요." 나는 말했다. "주인 양반에게 부탁할 기분은 아닙니다. 어떻게 하는지만 알았다면 벌써 혼자 했을 겁니다." "집사람 말에 괘념치 마십시오" 하고 남자가 말했다. 그는 벌써 내 옆에 와서 나를 데려가려 하고 있었다. "여자들에게는 어떤 오성도 바라지 마십시오."

───────────

나에게 변호사가 있는지 없는지 매우 불확실했다. 나는 그것에 관하여 아무것도 자세한 것을 알 수 없었다. 모두가 거부하는 얼굴이었다. 나를 마중 나온 대부분의 사람들, 그리고 내가 통로에서 재차 만난 사람들은 늙고 뚱뚱한 여자들처럼 보였다. 그들은 몸 전체를 덮고 있는, 암청색과 흰색의 줄무늬가 쳐진 큰 앞치마를 하고 있었는데, 배를 쓰다듬으면서 이리저리 느릿느릿 몸을 돌렸다. 나는 정말이지 우리가 법원 건물에 와 있는지조차 알 수가 없었다. 많은 사람들은 그렇다고 했고, 많은 다른 사람들은 아니라고 했다. 모든 것을 떠나서, 나에게 가장 법정을 생각나게 해주었던 것은 먼 곳으로부터 끊임없이 들려오는 웅웅 울려퍼지는 소리였다. 그것이 어느 방향에서 오는 것인지는 말할 수 없다. 그것은 모든 공간을 가득 채워서, 사람들은 그것이 모든 방향에서 오거나 혹은 우연히 서 있는 바로 그 장소가 그 웅웅거리는 소리의 근원지라고 생각할 수 있었다. 후자가 맞는 것처럼 보였다. 그러나 분명히 그것은 착각에 불과했다. 왜냐하면 그 소리는 먼 곳으로부터 오고 있었기 때문이다.

* 막스 브로트판 전집에서는 「변호사Fürsprecher」 라는 제목이 붙어 있다. 카프카 전집 제1권에도 실려 있으나 문장 부호 및 단어가 다른 것이 있어 다시 번역했다.(옮긴이)

좁은 통로들, 단순한 아치 모양의 천장, 검소하게 치장된 높은 문들이 있고, 완만한 갈림길들로 이어지는 통로들, 그것들은 깊은 침묵을 위해서 만들어진 것처럼 보였다. 그것은 박물관이나 도서관에서 볼 수 있는 복도였다. 그렇지만 그것이 법정이 아니었다면, 왜 나는 이곳에서 변호사를 찾고 있었던가? 왜냐하면 나는 모든 곳에서 변호사를 찾고 있었기 때문이다. 그는 도처에서 필요한 존재다. 그렇다. 사람들은 변호사를 법정에서보다는 다른 곳에서 더욱 필요로 하고 있다. 왜냐하면 법정은 법에 따라 판결을 내리기 때문이다. 우리는 그것을 받아들여야만 한다. 만약 사람들이 여기에서 일이 부당하게 또는 가볍게 처리되고 있다고 생각한다면 물론 어떤 생활도 가능하지 못할 것이다. 우리는 법정에 대해서 법정이 법의 존엄성에 대해 자유로운 여유를 줄 것이라는 신뢰감을 가지고 있어야 한다. 왜냐하면 그것이 법정의 유일한 의무이니 말이다. 그러나 법 자체에 있는 것은 고소, 변론 그리고 판결이 모두이므로, 여기서는 한 인간의 독자적인 개입은 위반행위가 될 것이다. 그러나 판결의 상황은 다르다. 이것은 여기저기의 검증, 즉 친척들과 낯선 사람들, 친구들과 적들, 가족과 공개된 사회, 도시와 시골, 간단히 말해서 모든 곳에서 이루어진 검증에 근거한다. 여기서는 변호사를 갖는 일이 시급히 필요하다. 많은 숫자의 변호사들이, 가장 좋은 변호사들이 서로 꼭 붙어 있는 하나의 살아 있는 벽 같은 변호사가 필요하다. 왜냐하면 변호사들은 그들의 성격상 움직이기 힘들기 때문이다. 그렇지만 고소인들은, 이 영악스러운 여우들은, 이 날렵한 족제비들은, 이 보이지 않는 작은 쥐새끼들은 가장 작은 구멍이라도 뚫고 미끄러져 나와, 변호사들의 가랑이 사이로 재빨리 도망쳐버린다. 그러니까 조심해야 한다! 그런 이유에서 물론 내가 여기에 있는 것이다. 나는 변호사들을 모으고 있다. 그러나 나는 아직 한 사람도 발견하지 못했다. 단지 이 늙은 여자들만이 오갈 뿐이다. 그것도 계속해서 말이다. 만약 내가 탐색하는 중이 아니었더라면, 그것은 나를 잠들게 했을 것이다. 나는 올바른 장소에 와 있지 않다. 불행히도 나는 내가 올바른 장소에 와 있지 않다는 인상을 지울 수가 없다. 나는 많은 종류의 사람들, 여러 지역 출신의, 모든 지위의, 모든 직업의, 여러 연령층의 사람들이 다 모이는 곳에 있어야 할 것이다. 나는 그 많은 사람들 중에서 나에 대한 통찰력을 가진 유용한 자들, 친절한 자들을 주의깊게 골라낼 수 있어야 했다. 그런 일을 하기에는 아마 일 년에 한 번 서는 커다란 장터가 가장 적합할 것이다. 나는 그런 곳 대신에 늙은 여자들만을 볼 수 있는 이 통로에서 헤매고 있다. 그 통로들 중 많지는 않지만 언제나 똑같은 통로들, 게다가 몇 안 되는 통로들인데도, 그 완만함에도 나는 붙잡아 세울 수가 없다. 나로부터 미끄러져 달아나고, 마치 비구름처럼 떠다니고 있으며, 알 수 없는 일들로 몹시 붐빈다. 나는 어째서 덮어놓고 그렇게 바삐 이 집으로 들어와, 대문 위에 씌어 있는 간판을 읽지도 않고서, 곧바로 이 통로들 위에 와 있는 걸까. 내가 언제 집 앞에 있었는지, 언제 층계를 올라왔는지조차 전혀 기억할 수 없을 만큼 길을 잘못 들어 나 자신을 이곳에 가두다니. 그러나 되돌아가서는 안 된다. 이러한 시간의 소비, 이 잘못 든 길을 시인한다는 것은 참을 수 없는 일일 것이다. 어떻게 그렇게 할 수 있겠는가? 불안스레 웅웅 울려오는 소리를 들으면서 이 짧고 바쁜 삶 속에서 한 계단을 내려가다니, 그게 될 말이나 한가? 그것은 불가능하다. 너에게 주어진 시간은 너무 짧아서, 만약 일초를 잃어버린다면, 벌써 전체의 삶을 잃어버리는 것이다. 왜냐하면 삶은 네가 잃어버린 시간만큼 더 긴 것이 아니라, 언제나 바로 그 정도의 길이밖에는 되지 않기 때문이다. 그러니까 말인데 네가 만일 어떤 길을 시작했다면,

어떤 일이 있더라도 계속해서 그 길을 가라. 너는 이길 수밖에 없을 것이다. 너는 결코 위험에 처하지 않을 것이다. 아마 너는 끝에 가서는 넘어질지도 모른다. 그러나 네가 첫걸음을 떼어놓자마자 뒤돌아서 층계를 내려갔다면, 너는 곧장 넘어졌을 것이다. 아마가 아니라 분명히 말이다. 그러니까 네가 만일 이 통로에서 아무것도 발견할 수 없다면 문을 열어라. 그 문 뒤에서도 아무것도 발견하지 못하면 또 다른 층이 있다. 네가 위에서도 아무것도 발견하지 못한다면 그것 또한 곤란한 것은 아니다. 새로운 계단으로 뛰어올라라. 네가 올라가는 것을 멈추지 않는 한, 계단 또한 멈춰 있지 않을 것이다. 그것들은 올라가고 있는 너의 발밑에서 계속해서 위쪽으로 자라게 될 것이다.

———————————

좁고, 낮고, 둥근 아치 모양의 하얀 칠을 한 통로였다. 나는 입구에 서 있었다. 통로는 안으로 비스듬하게 경사졌다. 들어가야 할지 말아야 할지 알 수가 없었다. 결정을 내리지 못한 채 나는 입구 앞에 성글게 나 있는 풀을 발로 짓이기고 있었다. 그때 한 신사가 지나갔다. 아마 우연히 지나가는 길이었을 것이다. 그는 약간 몸을 굽혔다. 나에게 말을 걸려는 의도에서였다. "도대체 어디로 가니, 꼬마야?" 하고 그가 물었다. "아무데도 가지 않아요" 하고 나는 말하고는 즐거운 듯한, 그러나 거만한 그의 얼굴을 바라보았다—외눈박이 안경을 끼지 않았어도 역시 거만한 얼굴이었을 것이다—"아직은 어디로든 갈 생각이 없습니다. 우선 생각해봐야겠습니다."

———————————

"묘한 일이군요!"라고 개는 말하고 손으로 이마를 문질렀다. "내가 도대체 어디를 헤매고 있었단 말이냐. 우선은 장터를, 그러고는 오솔길을 지나 언덕으로 올라갔다. 그리고 몇 번인가 커다란 고원지대를 가로세로로 누비고 다녔다. 그 다음은 가파른 재를 내려와 시골길을 한 마장쯤 걸었다. 오른쪽 개울이 있는 곳으로 갔고, 플라타너스가 일렬로 늘어선 길을 따라 갔다. 그리고 교회 옆을 지나서 이제 이곳에 당도한 것이다. 어째서 그런 일을 하고 다녔을까? 나는 그저 죽을 둥 살 둥 돌아다닌 것이다. 내가 다시 돌아오게 된 것은 행운이었다. 이렇게 정처 없이 떠돌아다니는 것이 두려웠다. 이 거대하고 황량한 공간은 무서웠다. 그곳에 있던 나는 얼마나 가련하고, 의지할 데 없고, 전혀 보잘것없는 개였던가. 여기로부터 달아날 마음은 전혀 없다. 이 뜰은 내가 있을 곳이다. 여기에는 개집이 있다. 내가 이따금씩 물을 일이 생길 경우를 대비해서 쇠사슬도 있다. 여기에는 모든 것이 다 갖추어져 있다. 음식물도 풍부하다. 그러니 내 의지로는 이곳을 떠나지 않을 것이다. 나는 여기에 있으면 기분이 좋다. 내 신분은 자랑스럽다. 다른 가축을 볼 때면 기분 좋은, 그렇지만 당연한 우월감이 나를 엄습해온다. 그런데 동물들 중에 어느 누가 나처럼 그렇게 의미도 없이 떠돌아다니겠는가? 다만 고양이만은 그렇지 않다. 저 부드럽고 발톱이 난, 누구도 필요로 하지 않고 누구도 아쉬워하지 않는 저 녀석은 예외이다. 그 녀석은 내가 별로 관심을 두고 있지 않은 비밀을 간직하고 있으며 그 일로 돌아다닌다. 그러나 그것은 단지 집 안에서의 일이다. 그렇다면 나만이 유일하게 이리저리 헤매고 있는 셈이다. 이러다가는 내 훌륭한 신분도 잃어버릴지 모른다. 다행히 오늘은 어느 누구도 눈치채지 못한 것 같지만 요전에는 리하르트 주인 아드님이 뭐라고 한마디하셨다. 일요일이었다. 리하르트 도련님은 벤치에 앉아 담배를 피우고 있었고, 나는 그 발치에 앉아 볼을 땅에 대고 있었다. '야, 케자르' 하고 도련님은 말했다. '넌 나쁜 불충한 녀석이야. 오늘 아침에 어디 갔었니? 아침 다섯 시면 아직 집을 지켜야 할 시간인데 뜰에도 없더구나. 여섯 시 십오 분에야 돌아왔지 않아. 그건 직무 태만과 같은 거야, 알았어?' 그러니 또 다시 탄로가 난 것이다. 나는 일어서서 그의 곁에 앉아 한쪽 팔로 도련님을 끌어안는 것처럼 하면서 이렇게 말했다. '리하르트 도련님, 이번만은 너그럽게 봐주시고 이 사실을 유포하지 말아주십시오. 가능한 한 그런 일은 다시는 하지 않겠습니다.' 그리고 나는 엉엉 울었다. 그 울음에는 여러 가지 이유가 있었을 것이다. 나 자신에 대한 절망감도 있었을 것이고, 벌에 대한 두려움도 있었을 것이며, 리하르트 도련님의 평화로운 얼굴에 감동한 탓도 있었을 것이고, 그 순간에 형벌을 가할 도구가 없었다는 데 대한 기쁨도 있었을 것이다. 나는 너무 엉엉 울어서 리하르트 도련님의 웃옷을 적실 정도였다. 도련님은 나를 떼어놓고는 엎드리도록 명령했다. 그렇게 해서 당시 나는 내 행동을 고칠 것을 약속했는데 오늘 똑같은 짓을 반복하고 말았던 것이다. 그것도 그날보다 더 오래 집을 비웠던 것이다. 분명히 나는 그것이 내 문제인 한 고치겠노라고 약속했을 뿐이었다. 그렇다면 그것은 내 책임은 아니다……"

———————

독방의 벽과의 투쟁.

———————

미결상태이다……

그것은 효과가 큰, 멋진 흥행물이다. 그것은 우리가 꿈의 말타기라고 부르는 승마였다. 우리는 그 말타기를 벌써 수년 전부터 보여주고 있다. 그것을 고안해낸 사람은 오래전에 폐결핵으로 죽었다. 그러나 그의 유산은 남아 있다. 우리로서도 이 말타기를 프로그램에서 뺄 이유가 없다. 더욱 그럴 수 없는 것이 말타기는 경쟁자들이 흉내낼 수 없기 때문이다. 언뜻 보기에 뭐가 뭔지 이해할 수도 없지만 흉내낼 수도 없다. 우리는 그것을 언제나 제1부 끝에다 두기로 되어 있었다. 하룻밤 흥행의 맨 마지막에 두는 것은 적절하지 못하다. 그것은 눈길을 끌 수 없다. 값지다고 말할 수도 없다. 집에 돌아가면서 화제로 삼을 만한 것도 못 된다. 마지막에 오는 것은 아무리 둔한 머리라도 잊을 수 없는 것, 온 밤을 잊지 못하도록 하는 것이어야 하는데, 이 말타기는 그런 것이 아니다. 그러나 아마 그것은 적절할 것이다……

두 자매가 있다. 하나는……

*
지난 수십 년간 단식 광대들에 대한 흥미는 매우 줄어들었다. 예전

---

* 막스 브로트판 전집에는 「어느 단식 광대Ein Hungerkünstler」라는 제목이 붙어 있다. 카프카 전집에도 실려 있으나 문장 부호 및 단어들이 다른 것이 있어 다시 번역했다.(옮긴이)

에는 단식 광대의 독자적인 연출로 공연을 해볼 만했지만, 오늘날에는 그것이 전혀 불가능하다. 그때는 다른 시대였다. 당시에는 도시 전체가 단식 광대에 매달려 있었다. 단식하는 날이 길어질수록 날마다 관심은 높아갔다. 누구나 적어도 하루에 한 번은 단식 광대를 보고 싶어했다. 나중에는 예약자들까지 있었는데, 그들은 창살 달린 작은 우리 앞에 하루 종일 앉아 있었다. 효과를 높이기 위해서 밤에도 횃불을 켜고 참관이 이루어졌다. 날씨가 좋은 날에는 우리를 바깥으로 옮겨놓았는데, 그럴 때는 단식 광대는 특히 어린아이들의 구경거리가 되었다. 어른들에게 단식 광대는 가끔 유행 때문에 참여하게 되는 단순한 흥밋거리에 불과했던 반면에, 어린아이들은 놀라서 입을 딱 벌리고, 안전을 기하기 위해 서로 손을 꼭 잡은 채 단식 광대의 모습을 바라보았다. 검정 트리콧을 입은 창백한 모습의 그는 늑골이 몹시 튀어나와 있었고, 안락의자조차도 거절한 채 거기 뿌려져 있는 짚 위에 앉아서 가끔 예의 바르게 고개를 끄덕이고 힘들게 미소를 지으며 여러 물음에 대답해주었다. 또한 자신이 얼마나 말랐는지 만져볼 수 있도록 창살을 통해서 팔을 내밀었다. 그러나 그러다가도 다시금 완전히 자기 자신의 생각에 잠겨서 어느 누구에게도 신경을 쓰지 않았다. 그에게 그토록 중요한, 우리 안에 유일하게 비치되어 있는 기구인 시계의 종소리에도 전혀 신경 쓰지 않고, 거의 감긴 눈으로 자기 앞만을 주시하면서 입술을 축이기 위해서 가끔 아주 작은 유리잔의 물을 홀짝홀짝 마셨다. 바뀌는 구경꾼들 이외에 관객에 의해 선택된 고정 감시인도 있었는데, 이상하게도 대개가 백정이었고, 그것도 언제나 세 사람이었다. 그들은 밤낮으로 단식 광대를 지켜보아야 하는 임무를 가지고 있었고, 그것은 단식 광대가 어떤 은밀한 방법으로든 음식을 취하지 않도록 하기 위해서였다. 그러나 그것은 단지 군중을 안심시키기 위해서

도입된 형식일 뿐이었다, 왜냐하면 전문가들은 단식 광대가 단식 기간에는 결코 어떠한 일이 있어도, 강제로 시킨다 하더라도, 최소량의 음식도 먹지 않으리라는 것을 분명히 알고 있었기 때문이다. 그의 예술의 명예가 그것을 금지시키는 것이었다. 물론 모든 감시인들이 다 그것을 이해할 수는 없는 일이었다, 가끔 밤에는 감시를 소홀히하는 감시인 그룹이 있었는데, 그들은 의도적으로 멀리 떨어진 모퉁이에 모여 앉아서 카드놀이에 빠져들었다. 그것은 단식 광대에게 약간의 음식을 허락해주기 위한 공공연한 의도에서였으며, 그들은 단식 광대가 몰래 숨겨둔 어떤 저장품에서 그것을 꺼낼 수 있다고 생각했다. 단식 광대에게는 그러한 감시인들보다 더 괴로운 것은 없었다. 그들은 그를 슬프게 했다. 그들은 그의 단식을 말할 수 없이 힘들게 했다. 가끔 그는 자신의 약한 마음을 극복하고, 사람들에게 그들이 얼마나 부당하게 그를 의심하고 있는지 보여주기 위해서, 이러한 감시 시간 동안에 그가 계속할 수 있는 한 노래를 불렀다. 그러나 그것은 거의 도움이 되지 않았다. 그들은 다만 노래 부르는 동안에도 먹을 수 있는 그의 재주에 대해 감탄할 뿐이었다. 그에게는 오히려 창살에 바짝 다가앉아서 큰 홀의 흐릿한 야간 조명에 만족하지 않고 흥행주가 마련해준 전기 손전등으로 그를 비춰대는 감시인들이 한결 나았다. 그 강렬한 불빛은 그에게 전혀 방해가 되지 않았다. 그는 물론 전혀 잠을 잘 수는 없었지만, 어떤 불빛이나 어떤 시간에도, 또한 초만원을 이룬 떠들썩한 홀에서도 그는 언제나 약간은 졸 수 있었기 때문이다. 그는 그런 감시인들과는 전혀 잠을 자지 않고 함께 밤을 꼬박 새울 준비가 기꺼이 되어 있었다. 그는 그들과 농담을 하고, 그들에게 그의 방랑생활 이야기를 들려주고, 또 그들의 이야기에 귀기울일 준비도 되어 있었다. 그 모든 것은 단지 그들을 깨어 있게 하기 위해서, 그들에게 그가 우리

안에 먹을 것을 가지고 있지 않다는 것과 그가 그들 중 어느 누구도 그렇게 할 수 없는 단식을 하고 있다는 것을 계속해서 보여주기 위해서였다. 그러나 그에게 가장 행복한 것은 어느덧 아침이 되어 그들에게 자기의 비용으로 훌륭한 아침 식사를 가져오게 하는 일이었는데, 그때 그들은 힘든 밤샘 후에 건강한 남자들이 갖는 식욕으로 아침 식사에 덤벼들었다. 때로는 이 아침 식사를 감시인의 부당한 영향력 때문이라고 보려는 사람들도 있었지만, 그것은 지나친 생각이었다. 그 사람들에게 감시만 하는 일인데 아침 식사도 없는 야간 감시를 맡겠느냐고 물으면, 그들은 슬그머니 물러났다. 그러나 그들의 의심은 여전히 남아 있다. 물론 이것은 단식과 결코 분리될 수 없는 의심 때문이다. 어느 누구도 감시인으로 모든 밤낮을 쉬지 않고 단식 광대 곁에서 보낼 수는 없었다. 그러므로 누구도 단식이 정말 아무런 오류 없이 계속적으로 행해지고 있는지 자기 눈으로 확인할 수는 없었다. 단지 단식 광대 자신만이 그것을 알 수 있었고, 그러므로 그만이 동시에 자신의 단식을 완전히 만족해하는 관객일수 있었다. 그러나 그는 어떤 다른 이유로 결코 만족해하지 않았다. 그는 많은 사람들이 그의 모습을 보기가 민망해서 그의 공연에서 멀리 떨어져야 할 정도로 말랐는데, 그것은 전혀 단식 때문이 아니고, 어쩌면 자기 자신에 대한 불만족 때문인지도 몰랐다. 즉, 그만은 단식이 쉬운 일이라는 것을 알고 있었다. 그 외엔 단식에 대해 전문가라 할지라도 그것은 알지 못했다. 그것은 세상에서 가장 쉬운 일이었다. 그가 그것을 말하지 않은 것은 아니었으나 사람들은 그를 믿지 않았고, 기껏해야 그를 겸손하다고 생각했고, 대부분이 그를 선전광으로 또는 사기꾼으로까지 취급했다. 그들은 그에게 단식이 쉬운 것은 그가 그것을 쉽게 할 수 있는 방법을 알기 때문이며, 게다가 그 사실을 적당히 고백하는 머리까지 가지고 있는 사기꾼이기 때문이라고 생각했다. 그는 이 모든 것을 감수해야 했고, 해가 지남에 따라 그런 것에 익숙해지기도 했으며 사람들과 단식에 관하여 이야기할 때면 전에는 규칙적으로 그랬던 것처럼 얼굴을 붉히는 일도 없어졌다. 그러나 내면적으로는 이러한 불만이 언제나 그를 갉아대고 있었다. 그래서 그는 단식 기간이—그는 이 증명서를 교부받아야 했다—끝난 후에도 자진해서 우리를 떠나본 적이 결코 없었다. 흥행주는 단식의 최장 기간을 사십 일로 정해놓았으며, 그 이상은 결코 단식을 시키지 않았다. 어느 세계적 대도시에서도 그 이상은 시키지 않았다. 물론 좋은 이유에서였다. 경험으로 미루어보아 대개 사십 일이면 점차적으로 고조되는 선전을 통해서 한 도시의 관심을 더욱 더 자극시킬 수 있었다. 그러나 그 이후에는 관중들은 마음대로 되지 않았다. 관객이 현격하게 줄어드는 것을 알 수 있었다. 이런 면에서 볼 때 물론 도시와 시골 사이에 작은 차이가 있었지만, 사십 일이 최장 시간이라는 규칙은 유효한 것이었다. 그래서 사십 일째가 되는 날에는 화환으로 둘러쳐진 우리의 문이 열렸다. 열광적인 관중들이 원형 극장을 메우고, 군악대가 음악을 연주했다. 두 명의 의사가 우리 안으로 들어가서 단식 광대에게 필요한 검사를 했고, 마이크를 통해서 그 결과가 홀 안에 알려졌다. 그리고 드디어 젊은 숙녀 두 명이 추첨에 당선된 것을 기뻐하며 걸어나와서 단식 광대를 우리로부터 두서너 계단 아래로 인도했다. 거기에는 작은 탁자 위에 세심하게 고른 환자용 식사가 차려져 있었다. 그런데 바로 이 순간 단식 광대는 언제나 저항했다. 그는 그에게 몸을 숙이고 팔을 뻗어 도와줄 준비를 갖추고 있는 여자들의 손 안에 자신의 뼈만 남은 팔을 자진해서 올려놓기는 했지만, 일어서려고 하지 않았다. 왜 사십 일이 지난 지금에서 그만두려고 하는가? 그는 아직도 더 오랫동안, 무제한으로 오랫동안 지탱해나갈 수

748

있을 것 같았다. 그런데 왜 하필이면 지금, 그가 예전에 없이 최상의 단식 상태에 있는 지금에 와서 그만두려 하는가? 사람들은 왜 그에게서, 단식을 계속해서 전대 미문의 가장 위대한 단식 광대가 될 수 있는 영광뿐만 아니라, 그는 이미 그러한 단식 광대일지도 모르지만, 자기 자신을 능가하여 불가해한 단계에 이를 수 있는 영광마저 빼앗아가려 하는가? 왜냐하면 그는 자신의 단식 능력에 어떤 한계를 조금도 느끼지 않았기 때문이다. 이 군중들은 그토록 그에 대해 경탄한다고 떠들어대면서도, 왜 그에 대해 그렇게도 인내심이 없었을까? 그가 아직도 계속해서 단식을 지속할 수 있는데도 그들은 왜 그것을 지속시키려 하지 않았을까? 그는 지쳐 있었던데다, 짚위에 주저앉아 있었으며, 이제 먹을 것이 있는 쪽으로 걸어 가기 위해 몸을 일으키는 데도 오랜 시간이 걸렸다. 음식을 생각하기만 해도 벌써 그는 구역질이 났고, 그는 다만 여자들을 고려해서 그것을 애써 참고 있었다. 그리고 그는 매우 친절해 보이지만 사실은 아주 무서운 그 여자들의 눈을 올려다보고는 약한 목 위에 무겁게 올려져 있는 머리를 흔들었다. 그러나 그러고 나서는 언제나 행해지는 일들이 행해졌다. 흥행주가 왔고, 아무 말 없이 —음악 때문에 연설은 불가능했다— 단식 광대 위로 팔을 들어올렸다. 그 모습은 마치 여기 짚더미 위에 있는 그의 작품인, 이 가엾은 순교자를 한 번 감상하도록 하늘을 초대하는 것 같았다. 그것은 물론 단식 광대였지만, 전혀 다른 의미로는 순교자였다. 그는 단식 광대의 가느다란 허리를 잡으면서, 지나치다 싶을 정도로 조심스럽게 그가 여기에 부서지기 쉬운 물건과 같은 사람을 데리고 있음을 믿게 하고 싶어했다. 그리고 그동안 몹시 창백해진 여자들에게 그를 넘겨주었는데, 그러면서 몰래 그를 살짝 흔들어서 단식 광대로 하여금 다리와 상체를 가누지 못하고 이리저리 흔들리게 만들었다. 이렇게 단식 광대는 모든 것을 참아냈다. 머리가 가슴 위에 놓여 있어서, 그것은 마치 굴러가다가, 이유는 알 수 없지만 거기에 그대로 붙어버린 듯이 보였고, 몸통은 움푹 들어가 있었다. 몸체는 푹 패어 있었다. 두 다리는 쓰러지지 않기 위해서 무릎을 맞대고 서로 꽉 붙이고 있었으며, 마치 땅바닥이 진짜가 아니어서 진짜 땅바닥을 찾고 있는 듯이 바닥을 긁어댔다. 그리고 아주 가볍긴 했으나, 몸무게 전체를 그 여자들 중 하나에게 내맡기고 있었는데, 그녀는 도움을 바라면서 숨을 헉헉거리고—그녀는 이 명예직이 이런 것이리라고는 생각지 않았다—적어도 얼굴이 단식 광대와 닿는 것을 피하기 위해서 가능한 한 목을 쭉 뺐다. 그러나 그것을 피할 수는 없었다. 운좋은 그녀의 동료는 그녀를 돕는 대신 덜덜 떨면서 겨우 단식 광대의 뼈만 남은 손을 쳐들고 가는 것으로 만족할 뿐이어서, 그녀는 홀 안에 흥분에 찬 웃음소리가 터져나오는 가운데 울음을 터뜨렸고, 그래서 대기하고 있던 일꾼과 교대를 해야 했다. 그런 다음 음식이 왔다. 흥행주는 단식 광대가 기절한 듯 반쯤 잠들어 있는 동안 그에게 음식을 조금 흘려 넣어주었다. 그러면서 그는 즐겁게 떠들어댔는데, 그것은 관심을 단식 광대의 상태로부터 다른 곳으로 돌리기 위해서였다. 그런 다음 관객들에게 이른바 단식 광대가 흥행주에게 속삭였다는 건배의 말이 전해졌다. 악대가 굉장한 취주로 그 모든 것을 뒷받침해주었다. 사람들은 흩어졌고, 그리고 아무도 여기서 생긴 일에 대해서 불만스러워할 이유가 없었다. 아무도, 그러나 오직 단식 광대만은 그렇지 않았다. 언제나 그만이 만족하지 못했다.

그는 정기적인 짧은 휴식 시간을 제외하고 수많은 해를 그렇게 살았다. 허울좋은 영광 속에서, 세상 사람들의 격찬을 받으며, 그러나 그럼에도 대부분 울적한 기분으로 살았는데, 아무도 그의 그런 기분을 진지하게 받아줄 줄 몰랐기 때문에 언제나 더욱 울적해졌다. 그러나 사람들이 그를 무엇으로 위로해준단 말인가? 그가 바라는 것이 무엇이 있겠는가? 언제든 어떤 착한 이가 나타나서, 단식 광대를 불쌍히 여기고 그에게 그의 슬픔은 틀림없이 단식에서 오는 것일 거라고 설명하려고 하면, 특히 단식 기간이 진행되는 동안에는 더더군다나, 그는 대답 대신 분노로 발작을 일으키고 짐승처럼 창살을 흔들어대기 시작해서 모든 이를 놀라게 하는 일이 생기기도 했다. 물론 흥행주에게는 그러한 상황에서 즐겨 사용하는 처벌 방법이 있었다. 그는 모여든 관중들 앞에서 단식 광대를 용서하고, 단식 광대의 행동거지는 오직 단식에서 비롯된, 배부른 사람들은 결코 이해할 수 없는 성마름 때문임을 시인했다. 그러고 나서 그것과 관련해서 단식 광대의 주장에 대한 언급이 있게 되는데, 그것은 그가 지금 하는 것보다 훨씬 오랫동안 단식을 할 수 있다는 것이었다. 그는 분명히 이 주장이 내포하고 있을 높은 목표와 훌륭한 의지와 위대한 극기를 찬미했다. 그러나 그는 그와 동시에 거기서 팔리고 있는 사진들을 내보임으로써 간단히 그 주장의 반증을 들어 보였다. 왜냐하면 사람들은 그 사진들 속에서 침대에 누워 영양실조로 소멸되어가는, 단식 사십 일째를 맞고 있는 단식 광대의 모습을 볼 수 있었기 때문이다. 이러한 진실의 왜곡은 이미 단식 광대가 잘 알고 있는 것이면서도, 매번 새로이 그의 신경을 지치게 했고, 그로서는 너무나 감당하기 힘든 것이었다. 때이른 단식의 중단이 가져오는 결과가 여기에서는 원인으로 설명되고 있었던 것이다! 이러한 잘못된 이해에 대항해서, 이러한 잘못된 이해의 세계와 대항해서 싸우는 일은 불가능했다. 그는 여전히 희망적인 믿음으로 창살에 매달려 흥행주의 말에 귀를 기울였지만, 그 사진들이 나타나기만 하면 매번 창살에서 물러나, 한숨을 쉬면서 짚더미에 깊숙이 주저앉았고, 안심한 관중은 다시 그에게 다가가 그를 구경할 수 있었다.

그러한 장면의 목격자들은 이삼 년 후 당시를 돌이켜 생각해보면, 그들 스스로가 자신들을 이해할 수 없을 때가 가끔 있었다. 왜냐하면 그동안 앞서 이미 언급했던 그 급격한 변화가 일어났기 때문이다. 그것은 거의 갑작스럽게 일어났다. 거기엔 어떤 깊은 이유가 있겠지만, 누군들 그런 이유를 찾아내려고 하겠는가. 어쨌든 어느 날 까다로운 단식 광대는 자기 자신이 향락벽이 있는 군중들로부터 버림받았다는 것을 알았다. 그들은 다른 전시회로 몰려갔다. 흥행주는 그를 데리고 다시 한 번 유럽의 절반을 쫓아다녔다. 혹시 여기저기서 옛날과 같은 흥미가 다시 살아나지 않을까 해서였다. 그러나 모든 것은 허사였다. 마치 어떤 비밀스런 합의에 의한 것처럼 도처에는 이제 막 시범 단식에 대한 거부감이 형성되었다. 물론 그것이 실제로는 갑자기 생겨날 수는 없었다. 이제 와서 생각해보면 많은 징후들을 기억해낼 수 있다. 그 당시에는 성공에 도취해서 그것에 대해 충분히 주의해보지도 않았고, 또 그것을 충분히 억제하지도 않았다. 그러나 이제 와서 그것에 대해 무슨 대책을 세운다는 것은 너무나 늦었던 것이다. 언젠가 단식을 위한 시대가 또 다시 올 것이 분명하다 해도, 지금 살아 있는 사람들에게는 아무런 위안이 될 수 없었다. 그러니 이제 단식 광대는 무엇을 해야 한단 말인가? 수천 명의 사람들에 둘러싸여 환호를 받았던 그가 일 년에 한 번 서는 작은 시장의 가설 흥행장에 설 수는 없었고, 다른 직업을 갖기에는 너무 늙었을 뿐 아니라, 무엇보다도 단식 광대는 너무도 광신적으로 단식에 몰두해 있었다. 그래서 그는 한 특이한 인생 경로의 동료였던 흥행주에게 이별을 고하고, 곧 대형 서커스단에 참여하게 되었다. 그는 자신의 예민한 감성을 다치지 않기 위해서 계약 조건은 전혀 보지도 않았다.

　　대형 서커스단에서는 수많은 사람들, 동물들 그리고 기구들이 서로 조정되고 보충되므로, 거기에서는 언제든지 그리고 누구라도 소용될 수 있었다. 물론 적당한, 얼마 안 되는 보수를 요구하는 경우라면 단식 광대도 그러하다. 게다가 이 특별한 경우에는 단순히 단식 광대 자신뿐만 아니라, 그의 옛 명성까지도 함께 고용되었다. 연령이 많아져도 줄어들지 않는 이 기술의 독특함이 있음에도, 노화되어 더 이상 자신의 능력이 절정기에 있지 않은 예술가가 서커스의 한가한 자리로 도피하려 한다고 말하는 것은 결코 있을 수 없는 일이다. 그와 반대로 단식 광대는 자신이 예나 다름없이 단식할 수 있다고 확언했고, 그것은 확실히 믿을 만한 것이었다. 더구나 그는 자기 의지대로 놓아두기만 하면, 이제야 정작 세상을 제대로 놀라게 해주겠노라고 주장했고, 사람들은 당장에 그렇게 하기로 그에게 약속했다. 단식 광대는 흥분한 나머지 그 당시의 분위기를 잊어버렸던 것이고, 그것을 감안해보면, 이 주장은 전문가들에게는 한낱 실소를 자아내게 할 뿐이었다.

그러나 근본적으로 단식 광대도 현실 상황에 눈이 어둡지는 않아서, 우리에 들어 있는 자신을 최고 인기 프로그램으로 서커스 연기장 한가운데에 놓아두는 것이 아니라, 바깥 짐승 우리 부근에, 특히 접근하기 쉬운 곳에 자신을 놓아두는 것을 당연한 것으로 받아들였다. 큼지막하게 다채롭게 그려진 광고가 그의 우리를 둘러싸고 있어서, 그곳에서 무엇을 볼 수 있는지 알려주었다. 관중들이 공연의 휴식 시간에 동물들을 구경하려고 동물 우리로 몰려올 때면, 단식 광대 곁을 지나가게 되고 그곳에서 잠시 머무를 수밖에 없었다. 고대하던 동물 우리로 가는 도중에 왜 이곳에 머무는지 이해하지 못하는 사람들이 있었는데, 만약 이들이 그 좁은 복도에서 떠밀려 좀 더 오랫동안 그를 조용히 관찰할 수 있었다면, 어쩌면 그의 곁에 더 오래 머물렀을지도 몰랐다. 이것은 단식 광대가 자신의 삶의 목적으로서 자연스럽게 고대했던 이 방문 시간이 되기 전까지 언제나 떨고 있었던 이유이기도 했다. 처음에 그는 공연 휴식 시간을 기다리고 있을 수가 없었다. 그래서 그는 가까이 몰려오는 군중들에 매료되어 그들을 마주 바라보았다. 그러나 그것도 잠시뿐, 그는 그 사람들 거의가 예외 없이 동물 우리를 구경하고 싶어하는 사람들뿐이라는 것을 너무 빨리 납득해버렸다―여기에는 집요한, 거의 의식적인 자기 환상조차도 배겨내지 못했다―그리고 이러한 구경꾼들은 멀리 떨어져서 보는 것이 제일 나았다. 왜냐하면 그들이 그에게까지 다가오면, 새로이 형성되고 있는 두 무리들이 외치는 고함소리와 욕하는 소리가 그의 주위를 미친 듯이 울렸기 때문이었고, 그를 조용히 바라보고 싶어하는 다른 사람들도―이들은 머지않아 단식 광대에게 더욱 고통스러운 존재가 되었다―그를 이해해서가 아니라 그저 기분이 내켜서라거나 모욕을 주려고 그러는 것일 뿐이었다. 두번째 부류는 다만 동물들의 우리로 가려는 사람들이었다. 큰 무리의 사람들이 지나가고 나면, 또 다시 뒤를 이어 사람들이 왔는데, 이들은 물론 아무런 방해를 받지 않고 그들이 원하기만 하면 얼마든지 머물러 있을 수 있었지만, 제때에 동물들에게 가기 위해서 거의 옆도 돌아보지 않은 채 큰 걸음걸이로 서둘러 지나갔다. 그리고 아주 흔치 않은 행운도 있었다. 아버지가 아이들을 데리고 와서, 손가락으로 단식 광대를 가리키며, 이곳에서 무슨 일이 행해지고 있는지를 자세히 설명하고, 단식 광대가 이와 비슷하긴 하지만 전혀 비교할 수 없을 만큼 굉장한 공연을 했던 몇 년 전의 이야기를 들려주었던 것이다. 그렇지만 아이들은 아직 충분치 못한 학교 교육과 인생 수련으로 인해 그것을 이해하지 못했다―그들에게 단식이 무슨 의미를 가졌겠는가? 그렇지만 탐색하는 그들의 빛나는 눈빛에서는 무엇인가 미래의, 좀더 자비로운, 새로운 시대들에 관한 것을 엿볼 수 있었다. 만약—단식 광대는 때때로 혼자서 그렇게 중얼거리곤 했다—자기 자리가 동물 우리들과 그렇게 가까이 있지 않다면, 아마 모든 것이 조금은 나아질 거라고 했다. 그러나 서커스 사람들은 바로 그 때문에 아주 손쉽게 그 장소를 선택했던 것이며, 동물들의 우리에서 나는 냄새, 밤에 들려오는 동물들의 소란스러움, 맹수들을 위해서 날고기 덩어리를 나르는 일, 먹이를 줄 때의 고함 소리 등이 그를 몹시 불쾌하게 하고 그의 마음을 짓누른다는 것은 그들에게는 아무런 이야깃거리가 되지 못했다. 그러나 그는 서커스 감독관들에게 청원할 생각은 감히 하지도 못했다. 그러므로 그로 하여금 이곳에서 단식을 하도록 한 일이 즐거울 리가 없었다. 물론 그는 언제나 동물들을 방문하는 사람들이 많은 것을 감사했고, 그 방문객들 중에는 가끔 자신을 찾아온 사람도 있었다. 그리고 그가 자신의 존재를 상기시키려다가, 정확히 말해서, 그가 동물 우리로 가는 길을 막고 있는 방해물에 불과하다는 것까지 상기시키게 된다면, 사람들이 그를 어디에 처박아두게 될지 누가 알겠는가.

그는 물론 작은 방해물이었고, 점점 왜소해져가는 방해물이었다. 요즈음 사람들에게는 단식 광대에 대한 주의를 요구하는 것을 이상한 일로 여기는 버릇이 생겼고, 그런 버릇은 그에 대한 평가를 말해주는 것이었다. 그는 그저 할 수 있는 데까지 단식을 훌륭하게 하고 싶어했고 그래서 그렇게 했다. 그러나 그 어느 것도 더 이상 그를 구제할 수는 없었다. 사람들은 그의 곁을 그냥 지나갔다. 누군가에게 단식 기술에 대해 설명하려고 해보라! 그것을 느끼지 못하는 사람에게는 그것을 이해시킬 수도 없다. 아름답던 광고판 글자들은 더러워지고 읽을 수 없게 되었다. 사람들이 그것을 찢어버렸지만, 아무도 그것을 새로 써붙여야 한다는 생각은 하지 못했다.

단식을 해낸 날짜의 숫자가 적힌 작은 팻말에는, 처음에는 매일 세심하게 날짜가 바뀌었지만, 이제는 이미 오래전부터 언제나 같은 날짜가 쓰여진 채였다. 왜냐하면 처음 몇 주가 지난 다음에는 단원에게조차 이 작은 일거리가 귀찮아졌기 때문이었다. 그래서 단식 광대는 그가 예전에 꿈꾸었던 대로 계속해서 단식을 하게 되었다. 그리고 별다른 어려움 없이 그가 미리 예고했던 대로 완전히 단식을 해낼 수 있었다. 그러나 아무도 날짜를 세지 않았다. 아무도, 단식 광대 자신조차도 성과가 어느 정도 큰 것인지 알지 못했고 마음은 무거워졌다. 간혹 어떤 한가한 사람이 멈춰 서서 그 예전 숫자를 비웃으며 사기라고 말하는 수가 있었는데, 이런 의미에서 그것은 무관심과 부주의와 천성적인 악의가 만들어낼 수 있는 가장 어리석은 거짓이었다. 왜냐하면 단식 광대가 속인 것이 아니라, 그는 진실하게 단식을 행했지만 세상이 그를 보상하는 데서 그를 속였기 때문이다.

그러나 다시 여러 날이 지나갔고 그것도 끝이 났다. 언젠가 그 우리가 한 감독관의 눈에 띄었고, 그는 일꾼들에게 유용하게 쓰일 수 있는 이 우리를 어째서 썩은 짚이나 담아놓고 쓸모 없이 방치해두었는가를 물었다. 어떤 한 사람이 숫자가 쓰여진 팻말의 도움으로 단식 광대를 기억해내기 전까지는, 아무도 그 이유를 몰랐다. 사람들은 막대기로 짚을 휘저었고, 그 안에서 단식 광대를 발견했다. "아직도 단식을 하고 있는가?" 하고 감독관이 물었다. "도대체 언제 끝낼 건가?" "모두들 용서해주세요" 하고 단식 광대는 속삭였다. 하지만 귀를 창살에 대고 있던 감독관만이 그의 말을 알아들었다. "물론이지, 우리는 너를 용서해" 하고 감독관은 말하면서 단원에게 단식 광대의 상태를 알려주기 위해 이마에 손가락을 얹어 보였다. "여러분이 제 단식을 경탄해주기를 언제나 바랐습니다"라고 단식 광대는 말했다. "우리도 경탄하고 있다네"라고 감독관이 다가오면서 말했다. "그렇지만 여러분은 경탄할 필요는 없습니다"라고 단식 광대가 말했다. "그래, 그렇다면 경탄하지 않겠네. 그런데 우리가 왜 그래서는 안 된다는 건가?"라고 감독관이 말했다. "왜냐하면 저는 단식을 할 수밖에 없기 때문이지요, 저는 그렇게밖에는 달리 할 수 없습니다"라고 단식 광대가 말했다. "누가 한 사람 와서 봐" 하고 감독관은 말했다. "왜 달리는 할 수 없다는 거지?" "왜냐하면 저는" 하고 단식 광대는 작은 머리를 약간 쳐들고는, 마치 입맞춤을 하려는 듯 뾰족하게 내민 입술을 감독관의 귀에 바싹 내밀어 아무 말도 새어 나가지 못하게 하면서 말했다. "왜냐하면 저는 입에 맞는 맛있는 음식을 발견할 수가 없기 때문입니다. 만약 그것을 찾아내었더라면, 저는 결코 세인의 이목을 끌지 못했을 것이고, 당신이나 다른 모든 사람들처럼 배가 부르게 먹었을 것입니다." 그것이 그의 마지막 말이었다. 그러나 그의 흐려진 눈에는 더 이상 자랑스럽지는 않더라도 자신이 계속해서 단식하리라는 확고한 확신이 여전히 담겨 있었다.

"이젠 처리하게!" 하고 감독관은 말했고 사람들은 짚더미와 함께 단식 광대를 묻었다. 그리고 그의 우리에는 젊은 표범 한 마리를 넣었다. 그렇게 오랫동안 황량하게 버려둔 우리에서 이 야생 동물이 이리저리 움직이는 것을 보는 것은 아무리 무딘 감각의 소유자라도 느낄 수 있는 기분전환과 같은 것이었다. 표범에게는 아무것도 부족한 것이 없었다. 당직자들은 오래 생각해보지 않고도 그것의 입에 맞는 먹이를 가져다주었다. 표범은 결코 자유를 그리워하는 것 같지도 않았다. 필요한 것은 무엇이든, 물어뜯을 것까지도 마련이 되어 있는 이 고상한 몸뚱이는 자유까지도 함께 지니고 다니는 것 같았다. 이빨 어딘가에 그 자유가 숨겨져 있는 것 같았다. 그리고 그것의 목구멍 속에서는 삶의 기쁨이 어떤 강렬한 격정과 더불어 흘러나왔는데, 관중들이 그것을 견뎌내기가 쉽지 않을 정도였다. 그러나 그들은 견뎌냈고, 그 우리로 몰려들어 주위를 에워싸고는 전혀 떠나려 하지 않았다.

벌써 오랜 세월을, 즉 이십 년 이상을 보지 못한 한 친구가 있다. 나는 그에 관하여 아주 불규칙적으로만 소식을 들었을 뿐, 어떤 때는 수년 동안 소식이 끊기기도 했다. 그 친구가 고향인 우리 도시로 다시 한 번 돌아온다고 한다. 이곳에는 이미 친척도 없고 옛친구 중에서는 내가 제일 친했기 때문에 내 집 방 하나를 제공하겠다고 전갈을 보냈고 그 초대가 받아들여져 상봉의 기쁨을 갖게 되었다. 방의 시설이 친구의 마음에 들도록 나는 여러 가지로 신경을 썼다. 나는 그의 성격이 어땠는지 생각해내려고 했다. 그가 오가다 한 말을, 특히 우리가 함께 휴가를 보내기 위해 여행했을 때 말했던 특별한 희망을 생각해내려고 했다. 나는 그가 좋아하던 일이나 싫어하던 일이 무엇이었는지를 기억해내려고 노력했다. 그의 공부방이 어떤 모양이었던지도 세밀하게 생각해내었다. 이것저것 생각해보기는 했으나, 우리 집을 그를 위해 어느 정도라도 살기 편하게 만들기 위해서는 무엇을 해야 할지 하나도 생각이 나지 않았다. 그는 그다지 넉넉하지 못한 대가족의 가정에서 자랐다. 가난과 소음과의 싸움이 그 집안의 특색이었다. 지금도 잘 기억하고 있지만 그의 방은 부엌 옆에 있었다. 거기에서 우리는 가끔 둘이서만 머리를 맞대고 있은 적도 있었으나 그것도 아주 드물었다. 그런 때에도 다른 가족은 바로 옆 부엌에서 쉴새없이 말다툼을 벌였다. 게다가 더욱 컴컴한 부

엌으로 통하는 문은 낮이고 밤이고 열려 있었는데 그 방은 커피 냄새가 항상 배어 있었으며 그리고 어둡고 작았다. 우리는 마당을 싸고 도는 지붕으로 덮인 긴 복도로 통하는 창가에 앉아 장기를 두었다. 이 장기 놀이엔 말이 두 개 없어서 바지 단추로 대신했다. 그때문에 단추가 임시로 맡은 역할이 혼동되어 게임이 얽히는 수도 있었으나 차차 이 대용물에 익숙해져 줄곧 이것을 사용하게 되었다. 복도 옆 조그마한 방에는 모포 행상이 살고 있었다. 쾌활하지만 침착하지 못한 남자였다. 그는 길게 기른 코밑 수염을 피리처럼 두 손으로 만지작거렸다. 이 남자는 저녁에 집으로 돌아오면서 창 앞을 지나갔는데 그때마다 영락없이 멈추어 서서 창에 기대어 안을 들여다보곤 했다. 그는 언제나 우리 장기의 수에 불만이었다. 내 수에도 친구의 수에도 불만이어서 우리 모두에게 훈수를 두었다. 그리고 말까지 집어 움직여주는 것이었다. 우리는 할 수 없이 그가 하는 대로 내버려두었다. 우리가 그것을 다시 고치려고 하면 그는 우리 손을 치는 것이었다. 우리는 한동안 그것을 참았다. 왜냐하면 그가 우리보다 상수인 까닭이었다. 뛰어나게 잘 두는 것은 아니지만 그에게서 한 수 배울 만한 것은 있었다. 그러나 한 번은, 이미 날이 어둑해질 무렵이었는데, 그가 우리 방을 들여다보고는 장기판째 들어 올려 그것을 창틀에 놓고 장기의 형세를 자세하게 들여다보려고 한 적이 있었다. 마침 내 쪽이 단연 우세했는데 그의 간섭으로 위협을 받는다고 생각되었기 때문에, 흔히 공공연한 부정행위가 일어나면 물불을 가리려 하지 않는 소년다운 노여움 때문에 나는 벌떡 일어나서는 남이 두는 장기에 방해하지 말라고 소리를 쳤다. 그는 우리 쪽을 흘끗 보더니 다시 장기판을 들어 올려 비꼬는 듯 과장된, 그럴 테면 그래라 하는 시늉으로 제자리에 내려놓고 가버렸다. 그 뒤로 그는 다시는 우리에게 아는 체하지 않았다. 그는 창문

곁을 지날 때면 언제나 우리 쪽을 보지 않고 손으로 멸시하는 듯한
동작을 해 보였다. 처음에 우리는 모든 게 아주 잘되었다고 좋아했
다. 그러나 그의 가르침이나 그의 쾌활한 태도 그리고 모든 관심이
사라져버린 것이다. 그 후 이유는 분명치 않으나 우리는 장기 놀이
를 그만두었고 곧 다른 일에 신경을 쏟게 되었다. 우리는 우표 수집
을 시작했다. 후에 안 일이지만 우리가 우표 앨범을 공동소유로 한
것도 거의 이해하기 힘든 친밀한 우정의 표시였다. 항상 하룻밤은
우리 집에 보관했다가 다음날 밤은 그의 집에 두곤 했다. 이러한 공
동 소유 자체에서 생기는 어려움은 친구가 내 집에 오는 것을 양친
이 허락하지 않음으로써 더욱 가중되었다. 사실을 말하자면 이 금
지령은 원래 그를 향한 것은 아니었다. 양친은 실제로 그를 본 적이
거의 없었다. 차라리 그의 양친에게, 즉 그의 가족을 향한 것이었
다. 이런 의미에서 이유가 없는 것은 아니었다. 그러나 그 형식에
서는 납득하기 어려웠다. 왜냐하면 그로 인해 생긴 결과는 내가 매
일 친구에게 가게 되었고, 그럼으로 해서 친구가 우리에게 올 때보
다 더 깊숙이 친구 가족의 분위기에 빠져들었기 때문이었다. 내 양
친 집에는 오성보다는 종종 단지 독재만이 지배했다. 그것은 나에
대해서뿐만 아니라 세상에 대해서도 그랬다. 이럴 경우—이 점에
서 아버지보다는 어머니가 더욱 적극적이었는데—내 친구의 가족
은 이러한 금지령으로 인해 처벌을 받게 되었고 해서 명예가 실추
되었다는 사실에 내 양친은 만족스러워했다. 이 일로 인해서 친구
에 대한 나의 연민의 정이 끓어올랐다. 아니, 그뿐만이 아니다. 당
연한 자구책이지만 친구의 부모가 나를 놀리고 멸시했다는 것을 나
의 부모는 물론 까맣게 모르고 있었다. 이런 쪽으로는 나를 조금도
배려해주지 않았던 것이다. 가령 그 사실을 알았다 하더라도 부모
님은 그다지 신경을 쓰지 않았을 것이다. 내가 그 모든 것을 그렇게

판단하게 된 것은 물론 지금에 와서 돌이켜볼 때 그렇다는 것일 뿐이다. 당시 우리 둘은 그런 사정에도 충분히 만족하고 있었다. 세상일이라는 것이 불완전해서 거기에서 생기는 고뇌는 아직 우리에게 밀려오지 않았다. 앨범을 날마다 가지고 갔다왔다하는 것은 번거로운 일이었지만 그러나……

———————

주점에서 노랫소리가 흘러나왔다. 창문이 하나 열려 있었다. 창문은 빗장이 걸려 있지 않아 이리저리 흔들렸다. 그것은 헛간 같은 작은 일층짜리 주점이었다. 주위에는 인가가 없었다. 시내에서 멀리 떨어진 곳이었다. 늦게 손님이 왔다. 그는 꼭 끼는 옷을 입고서 발끝으로 살금살금 걸으면서 어둠 속을 더듬어 가듯 했다. 하지만 달은 떠 있었다. 그는 창가에 서서 귀를 기울이더니 머리를 흔들었다. 어떻게 이런 술집에서 이렇게 아름다운 소리가 흘러나오는지 납득이 가지 않는다는 표정이었다. 그는 창턱 뒤로 빨리 움직였다. 아마 주의를 하지 않았던지 그는 상체를 가누지 못하고 곧바로 안으로 떨어졌다. 그러나 안쪽으로 깊이 떨어지지는 않았는데 창가에 테이블이 놓여 있었기 때문이었다. 포도주 잔이 날아가 땅에 떨어졌고, 테이블에 앉아 있던 두 남자가 일어서서 즉시 이 새로 온 손님을 다시 단호하게 내던져버렸다. 아직 다리가 밖에 있던 그는 다시 창을 통해 뒤쪽 부드러운 풀섶으로 떨어졌다. 그는 곧바로 일어서서는 귀를 기울였다. 그러나 노래는 중단되었다.

———————

그 장소는 타뮐이라고 불렸다. 그곳은 매우 습했다.

———————————

타뮐 지역의 유대인 교회당에는 담비와 같은 크기와 형태를 지닌
동물이 살고 있다……

———————————

타뮐의 유대인 교회당은 전세기 말에 세워진 간단하고 아무런 장식
도 없는 낮은 건물이다. 비록 그 교회당이 작기는 하지만 그것으로
도 아주 충분하다. 왜냐하면 교구 주민이 적은데다가 그 숫자가 매
년마다 줄어들고 있기 때문이다. 이미 신도들은 그 교회당을 유지하
는 데 드는 비용을 대는 데도 애를 먹고 있다. 예배를 하는 데는 작
은 방 하나면 충분하겠다고 터놓고 말하는 사람이 있을 정도이다.

———————————

우리 교회당에는 담비만 한 크기의 동물이 살고 있다. 가끔 우리는
그 모습을 잘 볼 수 있다. 거의 이 미터 정도의 거리까지 사람이 접
근하는 것을 허용한다. 털빛은 밝은 청록색이다. 그 모피는 아무도
만져본 사람이 없기 때문에 그것에 대해 어떻다고 말할 수는 없다.
모피의 진짜 빛깔은 아무도 모른다고 하는 편이 낫다. 눈에 보이는
빛깔은 어쩌면 털에 붙은 먼지나 모르타르 때문인지도 모른다. 사
실 그 빛깔은 교회당 내부의 회칠 색깔을 닮았다. 그저 조금 더 밝
은 정도이다. 그 짐승은 겁이 많다는 것을 **빼놓고는** 매우 조용하게
지내는 동물이다. 만약 사람들이 그것을 그렇게 자주 놀라게 하지
만 않는다면 그 동물은 거처를 바꾸지 않을지도 모른다. 그것이 좋

762

아하는 곳은 부인석의 격자 창살이다. 격자 철사망에 발톱을 걸고 기분 좋게 몸을 뻗치고는 아래 예배실을 내려다본다. 그것은 이런 대담한 자세를 즐기는 것 같다. 교회당 사환은 그 동물이 격자 창살 곁으로 오지 못하게 하는 임무를 맡고 있다. 그 동물이 그 장소에 익숙해질지도 모르기 때문이다. 이 짐승을 두려워하는 여자들 때문에 그것을 허락할 수가 없는 것이다. 어째서 그녀들이 그 짐승을 두려워하는지는 불분명하다. 물론 첫눈에 그것은 무섭게 보인다. 특히 긴 목에, 삼각형의 얼굴, 거의 수평으로 튀어 나온 윗니, 윗입술 위에 난 이빨보다 훨씬 앞으로 튀어나온, 아주 딱딱하고 밝은 빛깔의 뻣뻣한 털. 이 모든 것이 무섭게 보일 수도 있다. 그러나 보기에는 무섭게 생겼지만 사실 그 짐승이 하나도 위험하지 않다는 것은 누구나 이내 알게 된다. 우선 무엇보다도 그것은 사람으로부터 멀리 떨어져 있다. 그것은 숲의 동물보다도 더 사람을 어려워한다. 오직 이 건물하고만 인연을 맺은 모양이다. 이 짐승의 불행이라면 아마도 이 건물이 교회당이라는 것, 그래서 때로는 매우 혼잡스러운 장소라는 데 있을 것이다. 만약 이 짐승과 의사소통을 할 수 있다면 우리가 사는 산골 도시의 신도들이 해마다 줄어들고 있고 교회당 유지 비용을 대는 데 애를 쓰고 있다는 말로 위로를 할 수 있을지 모른다. 언젠가 이 교회당은 곡물 창고 같은 것이 될지도 모르고 그리고 이 짐승이 현재는 그것이 없어 고통스러운 안정을 얻게 되리라는 것이 불가능한 것은 아니다.

물론 이 짐승을 두려워하는 것은 여자들뿐이다. 이 짐승은 남자들에게는 오래전에 별 관심을 못 끌게 되었다. 한 세대가 다른 세대에게 그 동물을 보여주었고 언제나 다시 그 동물을 보게 됨으로써 사람들은 결국 그것으로부터 눈길을 돌리지 않게 되었고, 그것을 처음 본 아이들까지도 더 이상 놀라워하지 않았다. 그 짐승은 교회당의 가축이 되어버린 것이다. 교회당이라고 해서 평상시에는 어디에서도 절대로 나타나지 않는 특별한 가축을 갖지 못하라는 법이 어디 있겠는가? 여자들이 아니었다면 그 동물의 존재에 대해서 거의 알지 못했을 것이다. 그러나 여자들 자신도 실은 이 짐승을 두려워하는 것은 아니다. 이런 짐승을 날마다 무서워하고, 수년 동안 그리고 수십년 동안을 무서워한다는 것은 너무 이상하지 않겠는가. 여자들은 이 짐승을 무서워함으로써 그것이 남자들보다는 자기들에게 더 가깝다는 것을 변호하고 있는 것이다. 사실이 그렇다. 이 짐승은 남자들이 있는 쪽으로는 내려가지 않는다. 아직까지 그것을 마루바닥에서 본 적이 없다. 그 동물을 부인석의 격자 창살이 있는 곳에 있지 못하게 하면 그것은 적어도 마주보고 있는 벽 위에 같은 높이의 장소에 자리를 잡는다. 그곳은 아주 좁은 벽이 돌출된 곳으로 두 손가락 넓이도 채 안 된다. 이 돌출부는 교회당의 삼면을 둘러싸고 있다. 그 짐승은 이 위를 왔다갔다한다. 그러나 대개는 여자들과 마주보는 특정 장소에 가만히 웅크리고 있다. 어떻게 이 좁은 통로를 그렇게 쉽게 이용할 수 있는지, 이해하기가 힘들다. 그가 그 좁은 곳을 끝까지 걸어가 다시 방향을 바꾸는 모양은 꽤 볼만하다. 이미 상당히 늙은 짐승이면서도 주저함도 보이지 않으며 대담한 공중도약을 하면서도 한 번도 실패한 적이 없었다. 공중에서 방향을 바꾸어 예의 길로 돌아가는 것이다. 그러나 이것도 몇 번을 구경하고 나면 식상해지기 때문에 항상 그것을 지켜볼 마음은 일어나지 않는다. 물론 여자들을 들뜨게 하는 것은 공포심도 호기심도 아니다. 그녀들이 더욱 기도에 열중하게 될 경우 짐승의 일 따위는 완전히 잊어버릴지 모른다. 대부분의 다른 여자들이 그 동물을 허락한다 하더라도 믿음이 깊은 여자들은 그것을 완전히 잊어버릴 것이다. 그러나 이 대부분의 여자들은 언제나 사람들의 눈길을 끌고 싶어하며 그리고 바로 이 동물이 그것을 위한 환영받을 만한 구실이 된다. 만일 여자들이 할 수만 있다면, 또 그럴 만한 용기가 있다면, 그 짐승을 더 가까이까지 끌어와서 더욱 놀라게 했을 것이다. 그러나 사실은 그 동물은 절대로 여자들 곁으로 다가오지 않았다. 자기에게 해를 끼치지 않는 한 그 동물은 남자에게도 여자에게도 무관심하다. 그는 될 수만 있으면 가만히 몸을 숨기고자 했을 것이다. 사실 예배가 없을 때는 어디엔가 숨어 있는데, 분명히 어딘가 벽의 구멍에 숨어 있겠지만 우리는 아직 그 장소를 발견하지 못했다. 기도가 시작되어서야 비로소, 그것은 그 소리에 놀라서 모습을 드러내는 것이다. 무엇이 시작되는가를 보려고 하는 것일까. 경계하려는 것일까. 여차하면 달아날 수 있게 몸을 자유롭게 하고 있으려는 것일까. 그 녀석은 공포 때문에 모습을 드러내는 것이다. 그것은 공포에서 벗어나고자 도약도 한다. 그리고 예배가 끝날 때까지 들어가려고 하지 않는다. 그것이 높은 곳을 좋아하는 것도 거기가 제일 안전하기 때문이다. 그것은 격자 창살 위나 돌출된 벽 위 따위에서 제일 잘 달린다. 그러나 언제나 그런 곳에만 있는 것도 아니고, 때로는 남자들이 있는 곳 가까이까지 내려오기도 한다. 율법을 모셔놓은 궤의 덮개가 번쩍거리는 놋쇠 막대기에 걸쳐져 있는데, 이 막대기가 그 녀석을 유혹하는 모양이다. 가끔 발소리도 내지 않고 살그머니 다가와서는 그곳에 조용히 앉아 있다. 궤 바로 옆에까지 온다 해도 결코 방해될 것도 없다. 그것은 항상 부리부리하고 눈꺼풀이 없는 눈을 뜨고는 신도들을 바라보는 것 같지만, 사실은 아무것도 바라보지 않고 위협적으로 느껴지는 위험한 일에 대해서만 바라본다.

이 점에서 이 짐승은 적어도 최근까지는 우리 부인들보다 더 영리하지 못한 것처럼 보였다. 그 짐승은 어떤 종류의 위험을 두려워하는 걸까? 누가 그에게 해를 입히려는 것일까? 이 긴 세월을 멋대로 살아오고 있는 것은 아닐까? 남자들은 그 짐승의 존재에 대해 신경을 쓰지 않는다. 그러나 대부분의 여인들은 그 녀석이 없어지면 불행해질 것이다. 게다가 이 건물에서 한 마리밖에 없는 동물이니 적이라고는 전혀 없다. 그도 세월이 흐르는 동안 차차 그것을 알게 되었을 것이다. 그리고 소란스러운 예배가 이 동물에게는 매우 놀라운 것일지도 모른다. 그렇지만 이곳의 예배는 날마다 소규모로 반복되다가 축제일이 되어서야 규모가 커질 뿐이다. 그것은 언제나 규칙적으로 행해지며 끊일 날이 없다. 아무리 겁이 많은 동물이라도 이제 익숙해졌을 것이다. 그것이 추적자들의 소음이 아니라, 전혀 관계없는 소음인 것을 알게 된다면 더욱 그럴 것이다. 그렇지만 이같은 불안은 어쩔 수 없다. 그것은 지난 시절에 대한 회상 때문일까, 아니면 다가올 미래에 대한 예감 때문일까? 세대마다 이 교회당에 모였던 세 세대에 걸친 사람들보다도 이 늙은 짐승은 더 많은 것을 알고 있는 것은 아닐까?

사람들이 이야기하기를, 사실 오래전에 사람들은 이 동물을 쫓아내려 했다고 한다. 그것이 사실일 수도 있다. 그러나 더욱 있을 법한 것은 그것은 꾸며낸 이야기일 뿐이라는 것이다. 물론 당시 사람들이 종교법상 그러한 동물이 예배당 안에 사는 것을 허락할 것인지 안 할 것인지 하는 문제를 검토해왔다는 사실은 분명하다. 사람들은 여러 훌륭한 율법학자들의 추천서를 모았지만 의견은 분분했다. 다수는 그 동물을 추방할 것과 예배당을 새로이 헌당할 것에 동의했다. 멀리서 지시를 내리는 것은 쉬운 일이었으나 실지로 동물을 추방하는 것은 불가능했다.

나는 가시덤불에서 빠져나올 수가 없었다. 그래서 큰 소리로 공원 지기를 불렀다. 그는 바로 왔으나 내가 있는 데까지 다가올 수가 없었다. "당신은 어쩌다가 그런 덤불 속으로 들어가게 되었습니까" 하고 그가 소리를 쳤다. "똑같은 길로 되돌아나올 수 있지 않나요?" "그럴 수가 없어요" 하고 나는 소리쳤다. "그 길이 어디였는지 다시 찾을 수가 없습니다. 생각에 잠겨 조용히 산보를 하고 있었는데 그만 갑자기 이곳에 와 있더라구요. 마치 내가 이곳에 온 후에야 덤불이 자란 것 같아요. 더 이상 나갈 수가 없어요. 길을 잃었습니다." "당신은 아이 같군요" 하고 공원지기가 말했다. "당신은 마구 자란 가시덤불을 헤치고, 들어가면 안 되는 곳에 들어갔다가 이제 와서는 칭얼대고 있군요. 여기는 원시림이 아니란 말이오. 공원이니까 나오게 해드리지요." "이런 덤불이 어쩌다 공원에 있는 거지요" 하고 내가 말했다. "게다가 날 꺼내주고 싶어도 누가 여기까지 올 수 있겠어요. 하지만 들어오려는 사람이 있다면 빨리 해주었으면 좋겠군요. 곧 저녁이니까요. 이런 데서 밤을 지낼 수는 없잖아요. 온통 가시에 긁혔단 말입니다. 안경까지 떨어뜨려 찾을 수가 없어요. 나는 안경이 없으면 거의 장님이나 다름없어요." "잘 알았습니다" 하고 공원지기가 말했다. "하지만 잠시동안만 참아주세요. 우선 인부를 불러다가 길을 내도록 할 테니까요. 그리고 그 전에 공원 관리소장의 허가를 얻어야지요. 제발 부탁이니 잠시만 참고 힘내세요."

한 신사가 우리에게 왔다. 이제까지 자주 보던 얼굴이었지만 나는 그에게 별 관심을 보이지 않았다. 그는 양친과 함께 침실로 들어갔다. 그분들은 그가 하는 말에 완전히 사로잡힌 채, 건성으로 문을

닫고 나갔다. 내가 그들을 따라가려 하자 하녀인 프리다가 나를 막았다. 물론 나는 몸부림치며 울었다. 그러나 프리다는 내가 기억하고 있는 하녀들 중에서 가장 힘센 하녀였다. 그녀는 저항할 수 없도록 나의 두 손을 틀어쥐는 동시에 내가 그녀를 발로 찰 수 없도록 몸에서 어느 정도 떼어놓는 법을 알고 있었다. 이렇게 되면 나는 손발을 놀릴 수가 없어 욕설만 퍼붓게 된다. "넌 용기병 같아" 하고 나는 외쳤다. "넌 처녀이면서 용기병 같애, 창피한 줄 알아." 그러나 내가 뭐라 해도 그녀는 화를 내지 않았다. 그녀는 조용하고 우울한 성격의 처녀였다. 그녀가 나를 놓아준 것은 어머니가 침실에서 나와 부엌으로 무엇인가를 가지러 갔을 때였다. 나는 어머니 저고리에 매달렸다. "저 신사 양반은 왜 오셨어요?" 하고 나는 물었다. "아하" 하고 어머니는 말하고는 나에게 키스했다. "아무것도 아니란다. 우리가 여행을 떠났으면 한단다." 그 말에 나는 매우 기뻤다. 왜냐하면 우리가 방학 동안에는 언제나 머물렀던 마을에서의 생활은 도시에서보다 훨씬 좋았기 때문이었다. 그렇지만 어머니의 설명으로는 나는 동행할 수 없다는 것이었다. 학교를 가야만 한다는 거였다. 휴가철도 아니고, 곧 겨울이 온다는 것이다. 게다가 이번 여행은 시골로 가는 것이 아니고 도시로 간다고 했다. 그것도 아주 멀리. 그러나 내가 놀라는 것을 보고 어머니는 말을 고쳐서 그 도시도 그리 멀지 않고, 마을보다는 가깝다고 했다. 그리고 내가 그것을 제대로 믿을 수 없다는 표정을 짓자 나를 창가로 데려가서 그 도시는 바로 이웃이니까 이 창에서도 볼 수 있을 만큼 가깝다고 말했다. 그러나 그것은 맞지 않았다. 적어도 이처럼 흐린 날에는 맞지 않는 것이다. 왜냐하면 평상시에 보이는 것 이외에는 아무것도 보이지 않았기 때문이다. 저 아래 좁은 골목길과 건너편 교회당만 보였다. 그러고는 어머니는 나를 놓아둔 채 부엌으로 가 물을 떠왔는데, 프리다가 또 나에게 덤벼들려는 것을 눈짓으로 못하게 하고서 나를 앞으로 안는 것처럼 해주면서 침실로 밀어넣었다. 거기에는 아버지가 팔걸이 의자에 축 늘어져 앉아 있었고, 자꾸 물을 달라고 했다. 아버지는 나를 보자 빙긋 웃고 어른들이 여행을 가는데 어떻게 생각하느냐고 물었다. 나는 함께 가고 싶다고 말했다. 그러나 아버지는 '너는 아직 너무 어리다. 그리고 참 고생스러운 여행이 될 것이다'고 말했다. 어째서 따라가면 안 되느냐고 묻자 아버지는 그 신사를 손가락으로 가리켰다. 신사는 저고리에 금단추를 달고 있었다. 마침 그때 그는 그 금단추 하나를 손수건으로 닦고 있었다. 나는 그 사람에게 다가가서 부디 어머니 아버지가 집에 있게 해달라고 부탁했다. 만일 그들이 가버리면 프리다와 둘이서 집을 지켜야 하는데, 그것은 가당치 않은 일이라고 말했다……

황금마차의 바퀴들이 구른다. 자갈밭에서 삐걱 소리를 내면서 멈춰섰다. 한 소녀가 내리려고 발끝을 마차 계단에 댄다. 그러나 나를 보더니 마차 안으로 도로 들어가버린다.

유대인 교회당의 동물—젤리히만과 그라우바르트—정녕 진심인가?—건설 노동자.

옛날에 '참기 놀이'가 있었다. 값싸고 간단한 놀이로서 그 기구는

회중시계보다 그리 크지도 않았고 깜짝 놀랄 만한 장치가 있는 것
도 아니었다. 붉은 갈색으로 칠한 판자에 푸른 줄로 미로가 몇 가닥
새겨져 있고 그것은 작은 구멍과 만나게 되어 있다. 푸른 색깔의 둥
근 구슬을 기울였다 흔들었다 해서 우선 미로 중의 하나로 보내서
는 구멍으로 넣는다. 구슬이 구멍에 들어가면 놀이는 끝이 난다.
새로 시작하려면 구슬을 구멍 속에서 흔들어 꺼내야만 한다. 이 놀
이 기구는 전체가 아치 모양의 강한 유리로 덮여 있다. 사람들은 이
'참기 놀이' 기구를 호주머니에 넣고 다니다가 어디서나 끄집어내
어 놀 수 있다.

　구슬은 놀이를 하지 않을 때는 대개는 양손을 등에 돌리고 높은
지대를 왔다갔다했다. 그것은 미로들을 피했다. 구슬의 소견으로는
놀이를 할 때 길로 인해 고통을 충분히 받았기 때문에 놀이를 하지
않을 때는 자유로운 평지에서 원기를 회복할 정당한 권리가 있다는
것이다. 구슬은 넓은 발자국을 남기며 걸었다. 그리고 그는 좁은
길에는 맞지 않다고 주장했다. 그 말은 부분적으로는 옳다. 왜냐하
면 구슬은 사실 길에는 맞지 않는 몸이었기 때문이다. 그러나 그 말
은 옳지 않은 데도 있다. 왜냐하면 구슬은 극히 신중하게 처신하여
길의 넓이에 적응하고 있었기 때문이다. 그러나 그 구슬에게는 그
길들이 편안하지 않았을 것이다. 왜냐하면 그렇지 않고서는 '참기
놀이'란 없었을 테니까 말이다.

―――――――

나에게 어느 한 낯선 정원에 들어가는 것이 허락되었다. 입구에는
거쳐야 할 몇 가지 어려운 일이 있었다. 그러나 마지막으로 작은 테
이블 뒤에 앉아 있던 한 남자가 일어서더니 핀이 꽂힌 암녹색 기장

記章을 내 단추 구멍에 달아주었다. 우리 사이에는 눈빛 하나만으로도 들어가도 좋다는 합의가 이루어졌다. 그렇지만 몇 발자국 가지 않아서 아직 요금을 지불하지 않은 것이 생각났다. 내가 되돌아가려 했을 때 누르스름한 회색빛 값싼 천으로 만든 커다란 외투를 입은 한 키 큰 여자가 막 그 테이블 옆에 서서 약간의 아주 작은 동전을 그 테이블 위로 세어 내놓는 모습이 보였다. "당신 것을 지불하는 겁니다" 하고 내가 불안해하는 것을 눈치챈 듯한 예의 그 남자가 몸을 깊이 구부린 여인의 머리 위로 나에게 소리쳤다. "내 것을 지불한다구요?" 나는 믿기 어렵다는 듯이 묻고는 혹시나 다른 사람에게 하는 소리가 아닌가 하고 뒤를 돌아다보았다. "또 구구한 변명을 하는군" 하고 한 신사가 말했다. 그는 잔디로부터 걸어와 내 앞의 길을 가로질러 또 다시 잔디 속을 계속 걸어갔다. "당신 것을 지불하는 거지, 그러면 누구 것을 지불한단 말입니까? 여기서는 누구나 남의 몫을 지불합니다." 물론 마음에 내키지 않은 정보였지만 그것에 대해 나는 감사했다. 하지만 내가 어느 누구 것도 지불하지 않았음을 그 신사에게 상기시켜주었다. "도대체 당신이 누구 것을 지불한단 말입니까?" 하고 그 신사는 발걸음을 옮기면서 말했다. 어쨌든 나는 여인이 오기를 기다려 그녀에게 양해를 구하고자 했다. 그러나 그녀는 다른 길로 가버렸다. 외투의 바스락대는 소리와 함께 그녀는 갔다. 건장한 체격 뒤로 푸르스름한 색깔의 모자 베일이 부드럽게 휘날렸다. "당신은 이자벨라에게 감탄하고 있군요" 하고 내 옆에서 산보하고 있던 한 사람이 말하고는 그 역시 그 여인의 뒷모습을 바라보았다. 잠시 후 그는 이렇게 말했다. "저 분이 이자벨라입니다."

———————

771

프란츠 그라우바르트와 리즈베트 젤리히만의 결혼식은 매우 신중하게 준비되었다.

———————————

간수가 철문을 열려고 했지만 열쇠가 녹이 슬어 노인의 힘으로는 충분치 못했다. 보조원이 와야만 했다. 그러나 그는 의심스럽다는 얼굴이었다. 녹슨 열쇠 때문이 아닌 것 같다는 표정이었다.

———————————

영웅들은 감옥소에서 석방되었다. 그들은 서투르게 일렬로 정렬했다. 감옥 생활을 한 때문에 동작이 매우 둔해진 것이다. 내 친구인 교도관은 서류 가방 안에서 영웅들의 명부를 꺼냈다. 그것이 가방 속의 유일한 서류라는 것은 내가 별 악의 없이 알게 된 바였다―여기에는 서기 따위는 없다―그는 영웅들의 이름을 하나하나 호명해가며 명부의 이름을 지우기 시작했다. 나는 사무용 책상 곁에 앉아서 그와 함께 영웅들이 선 줄을 내려다보고 있었다.

———————————

'죄송합니다. 제가 갑자기 정신이 멍해져버렸습니다. 당신의 약혼 소식을 전하러 와주었군요. 이런 기쁜 소식이 또 있겠습니까.' 그리곤 나는 갑자기 무관심해져서, 전혀 다른 일에 매달려 있는 듯했다. 하지만 분명히 겉으로만 그저 무관심할 뿐이다. 내게는 지금 어떤 이야기가 떠올랐다. 옛날 이야기다. 그것은 내 신변에 있었던 일인데, 분명히 나 자신도 항상 경험한 일이다. 나는 나에게 직접 관계된 일에서 좀더 확실하고 더 참여적이었다. 그 일은 중요해서, 당시로서는 무관심하게 있을 수가 없었던 것이다. 비록 그 이야기의 마지막 부분만을 보는 데 그쳤을 뿐이지만 말이다.

────────────

돈 키호테는 편력의 길을 떠나야만 했다. 온 스페인이 그를 비웃었다. 그곳에서 그는 처신할 수 없게 되어버렸다. 그는 먼저 남프랑스를 여행하고 여기저기서 사랑스러운 사람들을 만나고 그들과 친교를 맺고 한겨울에 온갖 괴로움과 부족함을 무릅쓰고 알프스를 등반했으며, 이어 유쾌한 기분이 들지 않는 북이탈리아의 저지대를 가로질러 마침내 밀라노에 도착했다.

────────────

M이 영주로 있는 농장에서는 이른바 태형자笞刑者를 채용했다. 만약 M.의 태형자처럼 이 업무에 정말이지 적합한 사람을 구할 수만 있다면 다른 곳에서도 이 새로운 제도는 성공적으로 본받을 수 있을 것이다. 영주 자신이 그 태형자를 발견했으며, 드디어 본격적으로 수확기가 시작되기 직전에 영주는 T자형 지팡이에 의지하여 마을의 큰 거리를 걸어간다. 그는 아직은 늙지 않았으나 몇 년 전부터 지팡이를 이용해야만 했는데, 그것은 다리의 병 때문이다. 지금은 그리 심하지는 않으나 의사가 염려하고 있듯이 악화될지도 모른다. 하여튼 영주는 천천히 걸으면서 이따금씩 지팡이에 의지한 채 멈추어 서서는 수확 일을 어떻게 분배해야 유리한가를 생각한다 ― 그는

매우 활동적인, 실질적인 일에 기쁨을 갖고 일하는 농장주이다—
그것을 생각하는 동안에 자꾸만 마음에 걸리는 것은 노임은 턱없이
상승하는데도 노동력이 모자란다는 점이다. 아니, 노동력이 본래
그래야 하듯이 또 실은 농민들이 밭에서는 그렇게 하듯이 일꾼들이
열심히 일할 마음만 있다면 사실은 오히려 노동력이 남아돌 것이
다. 그러나 유감스럽게도 영주의 밭에서는 농민들은 전혀 일을 하
지 않는다. 그는 화가 나서 이때까지 수없이 되풀이해서 생각한 것
을—불편한 다리가 여느 때보다 더 남의 시선을 끈다—다시 한 번
깊이 생각하다가 반쯤 허물어진 오막살이집 문턱에 한 젊은이가 있
는 것을 알았다. 이 젊은이가 영주의 주의를 끈 이유는 대략 스무
살쯤 되어 보이는데도, 맨발에다 때가 낀 누더기를 걸치고 있는 것
이 마치 어린 무능한 학생아이처럼 보이기 때문이었다.

———————

저것이 이자벨라이다. 회색 반점이 있는 백마다. 그 말은 늙었다.
나는 많은 말 속에서 그녀를 알아보지 못할 뻔했다. 이자벨라는 귀
부인이 되어 있었다. 요전에 어느 정원에서 바자회가 열렸을 때 우
리는 얼굴을 마주보았다. 그 정원에는 조금 떨어진 곳에 나무가 몇
그루 우거져 있었는데 그늘진 시원한 장소를 마련해주었다. 여러 개
의 오솔길이 그 장소를 통과하고 있었다. 거기에 있는 것은 매우 즐
거운 일이기도 했다. 나는 그 정원을 전부터 알고 있었다. 바자회에
도 싫증이 나서 나는 그 나무숲으로 꺾어 들어갔다. 나무 아래로 들
어섰을 때 저쪽에서 키가 큰 여자가 오는 것이 보였다. 나는 그녀의
건장한 모습에 깜짝 놀랐다. 비교할 사람이 가까이에 없었지만 이
여자와 견줄 수 있을 만큼 머리가 두세 개쯤 더 큰 여자는 본 일이

없다는 것을 확신했다―처음 보고 놀랐을 때는 헤아릴 수 없을 정
도의 머리 길이가 더 있다고 생각했다―가까이 다가갔을 때 나는
그녀를 보고 곧 마음이 놓였다. 이자벨라, 옛날 여자 친구가 아닌가!
"어떻게 당신은 마구간에서 빠져나올 수 있었습니까?" "어머, 그건
어렵지 않았어요. 사실은 오로지 은혜에 따르고 있는 거예요. 내 시
대는 끝나가고 있어요. 난 주인님께 말씀드려보았어요. 할 일도 없
이 마구간에 있는 대신에 아직 기운이 있는 동안에라도 세상을 조금
알아두고 싶다고 말입니다. 그렇게 말하니 주인님은 이해해주었고
죽은 여자의 옷을 찾아다가 입는 것까지 도와주고는 기분 좋게 내보
내주었지요." "정말 당신은 아름답군요!" 하고 나는 말했다. 그것은
전혀 진심으로 한 말도, 전혀 거짓말도 아니었다.

프리다 역시 기다리고 있으나 K를 기다리는 것은 아니다. 그녀는
부역 영지를 살피고 있고 그리고 K를 살피고 있다. 그녀는 조용히
있어야 한다. 그녀의 처지는 그녀 자신이 기대했던 것보다 더 유리
하다. 그녀는 페피가 어떻게 노력하든지, 페피의 외모가 어떻게 자
라든지 아무런 시기심 없이 관망할 수 있다. 그녀는 물론 제때에 끝
을 낼 것이다. 그녀는 역시 K가 그녀로부터 멀리 돌아다니는 모습
을 조용히 관망할 수 있다. 그가 그녀를 완전히 떠나게 될 때까지
내버려두지는 않을 것이다.

원양 증기기선의 가장 밑바닥 공간은 어느 배나 다 그렇지만 완전

히 비어 있다. 그곳은 물론 일 미터 높이도 되지 않는다. 배의 구조상 이러한 공간이 필요하다. 그렇다고 완전히 비어 있는 것은 아니다. 그곳은 쥐들의 세상이다.

―――――――

나는 어디든지 진단을 시작할 수 있다. 그것이 나에게……

―――――――

나는 옛날부터 스스로에 대해서 어떤 종류의 의혹을 가지고 있었다. 그러나 그것은 단지 이따금씩 일어날 뿐이었다. 그 사이는 긴 휴면기가 있기 때문에 여느 때는 그것을 잊기에 충분했다. 게다가 그것은 쓸데없는 일이었던 것이다. 틀림없이 다른 사람들에게도 그런 일이 나타나겠지만 별반 의미 있는 것은 아닐 것이다. 그것은 거울에 비친 자기 얼굴에 놀라거나, 거울에 비친 자기 뒷머리를 보고 놀라거나, 거리를 걷고 있을 때 문득 거울 앞을 지나다 자기 모습을 보고 놀라는 경우와 같은 것이다.

―――――――

나는 옛날부터 스스로에 대해서 일말의 의혹을 가지고 있었다. 그 것은 얻어다 기른 아이가, 양부모를 낳아준 부모라고 믿고 정성을 다하는 보살핌 아래 자라면서도 양부모에 갖게 되는 의혹과 같은 것이다. 아무리 양부모가 그 아이를 친자식처럼 귀여워하고 애정이나 인내심에 모자람이 없는 경우라 하더라도 일말의 의혹은 존재하

는 법이다. 그런 의혹은 극히 드물게 긴 간격을 두고 우연한 기회에
만 나타나는 것이다. 그러나 그것은 생생해서 일단 휴면 상태에 들
어가더라도 없어지지 않는다. 힘을 모으고 호기를 노리다가, 극히
조그만 불만에도 일시에 터져서 어떤 속박도 무서워하지 않을 만큼
크고 난폭하며 흉악한 의혹이 되어 밀려나오는 것이다. 그 의혹은
주저함이 없이 의혹하는 자와 의혹을 받는 자 할 것 없이 모두 똑같
이 파괴한다. 임신부가 태동을 느끼듯이 나는 의혹의 움직임을 느
낀다. 그리고 나는 그 의혹이 실제로 탄생할 때까지 내가 견디어내
지 못하리라는 것도 알고 있다. 아름다운 의혹이여, 길이 살지어다.
위대하고 힘있는 신이여, 그대를 낳게 한 나를, 그대를 낳고 있는
나를 죽게 하라.

내 이름은 창포다. 특이한 이름은 결코 아니다. 하지만 대단히
의미 없는 이름이다. 나는 그 이름 때문에 항상 마음속으로 괴로워
하고 있다. "어때?" 하고 나는 중얼거려본다. "네가 창포지, 그렇
지?" 아닌게 아니라 나의 많은 친척들만 놓고 보더라도 창포란 이름
을 가진 사람들이 많다. 그리고 그들이 존재함으로써 그 자체로서
의미가 없던 이름에 아주 훌륭한 의미가 주어진다. 그들은 창포로
태어나서 창포로서 평화롭게 죽어갈 것이다. 적어도 그 이름이 평
화로움과 연관되어 있는 한 말이다.

*

내 생활이 달라지기는 했지만 그래도 근본에서는 달라진 것이 없
지 않은가! 지금 돌이켜 생각해보면 그리고 내가 아직 개라는 족속

---

* 막스 브로트판 전집에서는 「어느 개의 연구Forschungen eines Hundes」라는 제목이 붙어
있다. 카프카 전집 제1권에 실려 있으나 문장 부호 및 단어들에 변화가 있어 다시 번역했
다.(옮긴이)

의 일원으로 살았고 그 족속이 관심을 보이는 것이라면 무엇이든 관여했던 그 시절을 되새겨보면 — 그렇지만 개들 중의 하나인 나로서 좀 더 자세히 관찰해보면 — 이곳에는 예전부터 어딘가 일치하지 않는 것, 즉 일종의 균열 같은 것이 존재했다는 것을 발견하게 되는데, 가장 신성한 종족 모임에서조차 어떤 가벼운 불쾌감이 나를 엄습했다는 것을 알게 된다. 흔한 일은 아니었지만 그것도 친한 무리들과 함께 있을 때도 자주 그랬다는 편이 나을 것이다. 나는 사랑스런 동료 개의 모습만 하나 보여도, 어쨌거나 새로워 보이는 모습만 보아도 당황했고, 놀라워했으며, 어찌할 바 몰라했고, 나아가 절망적이기까지 했다. 나는 어떻게 하든 흥분을 가라앉히려고 애썼다. 내가 이런 사실을 털어놓았던 친구들은 나를 도와주었다. 그래서 나에게 다시 보다 평안한 시기가 찾아왔다. 그렇다고 해서 저 놀라운 일들이 완전히 사라져버린 시기는 아니었다. 그러나 그것들이 보다 냉정하게 받아들여졌고, 좀더 냉정하게 내 생활에 적응되었던 시기였다. 아마 그 시기가 나를 슬프고도 피곤하게 만들었는지도 모르지만 그 외에도 나로 하여금 냉정하고 겸손하며 조심스럽고 계산적인 개로, 전체적으로는 한 마리의 정상적인 개로서 존속할 수 있도록 만들었다. 만일 이러한 휴식의 한때가 주어지지 않았더라면, 지금 내가 누리고 있는 이 나이를 채우지도 못했을 것이고, 나아가 젊은 시절의 놀라움을 조용히 관찰하고, 노년의 놀라움을 조용히 견디어 나갈 수 있는 마음의 평정에도 도달할 수 없었을 것이다. 그리고 굳이 말하자면 나의 불행한 처지에서, 좀더 신중하게 표현하자면 그렇게 행복하다고는 할 수 없는 그런 처지에서 결론들을 끌어내어 그것에 완전히 상응해서 살아갈 수도 없었을 것이다. 남들과 관계를 끊고서, 외롭게, 가망은 보이지 않지만 내게는 꼭 필요한 작은 연구에 몰두한 채, 나는 그렇게 살아가고 있는 것이다.

그러나 나는 먼발치에서 여전히 내 족속에 대해 조망하는 것을 잊어버린 적이 없었다. 종종 여러 가지 보고들이 나에게 전해지고, 나도 역시 여기저기에서 나 자신에 관한 소식을 듣게 된다. 저마다 나에게 경의를 표하고 나의 생활방식을 이해하지는 못하지만, 그러나 나는 그것을 악의로 해석하지는 않는다. 나는 먼발치에서 이리저리 뛰어다니는 젊은 개들을 보게 되는데, 그들의 어린 시절이 겨우 어렴풋이 기억되는 젊은 세대들까지도 나에게 아낌없이 경의에 찬 인사를 보내고 있다. 내가 이상한 면을 가지고 있다는 것은 잘 알려져 있으나, 그렇다고 내가 완전히 타락한 것은 아니라는 사실만은 잊어서는 안 된다. 잘 생각해보면―나에게는 생각할 만한 여유도 있고, 생각할 마음도 있으며, 또 생각할 능력도 있다―개란 희한한 족속이다. 우리 개들 이외에도 주위 세상에는 여러 가지 생물들이 살고 있다. 하찮고 비천한 생물이 있는가 하면, 말도 못하며 극히 한정된 소리만을 내는 생물들이 있다. 우리 개들 중에는 이러한 생물들을 연구하는 자들이 많다. 생물들에게 이름을 붙이고 그들을 도와주려고 노력하고, 그 품위를 높이려고 하는 등 그런 연구를 한다. 나는 이러한 생물들이 나를 방해하지 않는 한, 그들에게 아랑곳하지 않는다. 나는 그들을 잘못 혼동하기도 하고 그들을 무시해버리기도 한다. 그러나 내가 그냥 지나칠 수 없는 아주 뚜렷한 일이 한 가지가 있다. 그것은 우리네 개들에 비하여 그들은 서로 협조하는 정신이 없다는 것이다. 그리고 그들은 서로가 만나도 모르는 척 지나쳐버리기 일쑤이며, 이해관계가 높은 것이건 낮은 것이건 그들을 결코 연결시켜주지 못하며, 어떤 이해관계든 일상적인 평온한 상태가 유지되기는커녕 오히려 그들을 서로 멀어지게 한다는 것이다. 그러나 우리 개들은 그렇지 않다! 우리는 오랜 세월이 흐르는 동안에 수많은 심한 차이 때문에 서로 구분되어져 있기는 하지만 분명 모두들 한 덩어리가 되어 살아가고 있다 해도 과언이 아니다. 모두가 한 덩어리로 말이다! 우리는 서로에게 비벼대며, 그 무엇도 이렇게 비벼대는 데 만족해하는 우리를 저지할 수 없다. 내가 아직도 알고 있는 몇 가지 우리들의 법과 제도들, 또는 내가 모조리 잊어버린 헤아릴 수 없는 수많은 법과 제도들은 우리가 누릴 수 있는 가장 위대한 행복인 따뜻한 공동생활에서 비롯되는 것이다. 그러나 이와 정반대 되는 일도 없지 않다. 내가 보기에는 그 어떤 생물도 우리들 개처럼 널리 분산되어 사는 동물은 없다. 그 어떤 생물도 계급, 종류, 직무에서 그처럼 현저한 차이를 가지지는 않는다. 하나로 모여 살려는 우리가—어쨌거나 극단적인 순간에도 언제나 잘 되어왔지만—실은 서로 떨어져서, 때로는 이웃 개도 모르는 독특한 일들을 하며 살아간다. 그것도 개의 족속에는 속해 있지 않은, 아니, 오히려 그들과는 반대되는 규정을 고수하고 있는 것이다. 그런데 그것들은 건드리지 않는 게 오히려 좋을 성싶은 어떤 어려운 일들이 있다—나는 이와 같은 입장을 잘 이해하고 있다. 내 입장보다도 그것을 더 잘 이해하고 있는 것이다—그런데 문제는 그것들이 내가 완전히 푹 빠져 있는 일들이라는 것이다. 어째서 나는 다른 개들과 같은 태도를 취하지 않는 것일까? 나는 나의 종족들과 조화를 유지하면서 살아간다. 간혹 조화를 깨트리는 일이 있어도 그것을 말없이 받아들이며, 그것을 그저 어떤 계산을 하다가 생기는 사소한 잘못 정도로 간과해버린다. 나의 마음은 우리를 서로 뭉치게 하는 데로 향해 있다. 언제나 거역할 수 없이 닥쳐오지만 우리를 우리 종족의 영역으로부터 잡아 끌어가려는 것에 대해서는 눈길을 주지 않는다.

나는 내 젊은 시절에 일어났던 사건을 회상해본다. 그 무렵 나는, 그 나이에는 누구나 경험하듯이, 행복에 가득 찬, 설명하기 어려운 흥분에 차 있었다. 나는 아직 아주 젊은 개였는데, 모든 것이 다 마음에 들었고 모든 일에 다 관계를 했다. 내 주위에는 커다란 녀석들이 앞장서서 가고 있었으며, 그들의 리더는 바로 나라고 생각했다. 또 나는 그들을 대변해주어야 한다고 생각했다. 불쌍하게 땅바닥에 누워 있어야만 했던 녀석들도 있었는데, 그들을 위하여 뛰어다니지는 못했지만 적어도 그들에게 몸을 흔들어 보였다. 이제 어린아이들의 공상들은 세월과 함께 사라질 것이다. 그러나 당시에 그 공상들은 큰 힘을 가지고 있어서 나는 그 영역 안에 완전히 사로잡혀 있었다. 그리고 또 실제로 그와 같은 무한한 기대에 어울리는 무엇인가 이상한 사건도 일어났다. 사건 그 자체는 결코 이상한 것이 아니었다. 그 후에도 그런 종류의 더욱 기묘한 사건들을 종종 본 적이 있었는데, 당시 나는 그런 일에서 생전 처음 맛보는 지울 수 없는 강한 인상을 받았다. 그리고 그 인상은 그 후에 연이어 일어난 여러 가지 사건들을 판단하는 기준이 되었다.

그 이상한 사건이란 다름 아니라 내가 한 작은 개의 집단을 만난 일이었다. 아니, 이쪽에서 만났다기보다는 저쪽에서 나를 향하여 왔다는 편이 옳을 것이다. 나는 당시 어떤 큰 사건에 대한 예감을 갖고—나는 물론 항시 예감을 갖고 있었으므로 쉽사리 환멸을 느끼기는 했지만—오랫동안 어둠 속을 달리고 있었다. 나는 앞뒤를 헤아리지 않고 그저 맹목적으로 막연한 욕구에 끌려 오랫동안 어둠 속을 달려가다가, 불현듯 여기가 바로 그곳이구나 하는 생각이 들어 달리기를 멈추고 위를 올려다보았다. 날씨는 맑게 개었으나 다소 습기가 차 있었다. 내가 혼란스러운 목소리로 아침 인사를 했더니 그때—마치 주술로 그들을 불러낸 것처럼—어두운 먼 곳으로부터 처음 듣는 요란한 소리를 지르면서 일곱 마리의 개가 나타났다. 그들이 어떻게 그런 소음을 내는지 나로서는 알 길이 없었지만,

그들이 개라는 것과 그들이 그런 소음을 내는 장본인이라는 사실을 분명하게 알지 못했더라면 나는 아마 바로 줄행랑을 놓았을 것이다. 그렇지만 나는 멈춰 섰다. 당시 나는 개라는 종족에게만 주어졌던 음악성에 대하여 미처 아는 것이 없었다. 그 음악성은 그제야 겨우 발전하고 있던 나의 주의력에서 벗어나 있는 것이었다. 그저 암시적일 뿐이었지만 그러나 그것은 어린 나에게도 이해가 될 정도였다. 저 일곱 마리의 위대한 음악가들은 나에게는 놀랍고도 정말이지 압도적이었다. 그들은 이야기를 하는 것도 아니었고, 노래를 부르는 것도 아니었다. 그들은 보통 거의 심술궂을 정도로 침묵을 지켰다. 그러나 그들은 마술을 하듯 텅 빈 공간으로부터 음악이 솟아나게 했다. 모든 것이 다 음악이었다. 발을 올리고 내리거나, 고개를 정해진 방향으로 전환하거나, 달리고 멈춰 서거나, 이를테면 한 마리가 다른 개의 등 위에 앞발을 얹고 그리고 일곱 마리의 개 모두가 그런 형태를 취함으로써 첫번째 개는 다른 모든 개들의 무게를 지탱하고 있는 반면에 다른 개들은 땅 가까이 기면서 몸들이 서로 얽힌 형태를 취하고도 한 번도 실수하는 법 없이 서로간에 규칙적인 결합 형태를 이루기도 하고, 서로를 받아들이는 자세를 취하기도 했다. 맨 끝의 한 마리는 아직 좀 불안정한 상태여서 재빨리 다른 개들과 연결하지 못하는 경우가 있었고, 멜로디가 울리는 소리에 가끔 비틀거리기도 했지만, 불안정하다는 것은 어디까지나 다른 개들의 대단한 안정감에 비해서 그렇다는 것이다. 비록 불안정함이 더욱 커서 더할 나위 없는 경우라 할지라도 다른 뛰어난 명인 개들이 조금도 흔들리지 않고 박자를 유지해주었기 때문에 그 어느 것도 무너지는 일이란 결코 없었을 것이다. 그러나 나는 그들의 모습을 거의 보지 못했다. 정말이지 그들 모두는 보인 적이 거의 없다. 그들이 나타났을 때는 개들로서의 그들에게 마음속으로 인사를 보냈다. 그들이 일으킨 소란스러운 소리에 몹시 놀라기는 했으나 그들 역시 나와 너처럼 조금도 다름없는 개인 것이다. 그들을 길에서 만나게 되는 개처럼 습관적으로 쳐다본다. 그리고 가까이 가서 인사라도 나누고 싶은 생각이 든다. 그 개들은 아주 가까이 있었다. 나보다 훨씬 나이가 들어 보이고 나처럼 길고 풍성한 털을 가지고 있지는 않았지만, 그 크기나 용모는 그리 낯선 것은 아니었다. 오히려 매우 친밀감을 주었다. 나는 그러한 혹은 그와 유사한 유의 많은 개들을 알고 있었다. 그런데 이런 생각에 잠겨 있노라면, 음악이 차츰 고조되어, 그중 한 마리는 그것에 완전히 취해서 거기에 있는 다른 작은 개들과 분리된다. 그리하여 마치 고통에 던져진 듯 울부짖으면서 온힘을 다하여 저항해보지만, 의지와는 완전히 반대로 그는 음악 이외의 그 어떤 것에도 몰두할 수 없게 되어버린다. 그 음악은 높고 낮은 모든 방향으로부터 다가와 청중을 그 한가운데로 끌어들여, 매료시키고, 숨막히게 한다. 여전히 음악과 가까이는 있지만 실지로는 먼 거리감이 있다는 사실을 부인하는 청중과는 관계 없이 아직도 어렴풋이 나팔 소리가 울리는 것이다. 그러고는 다시 음악에서 벗어나게 된다. 음악을 계속 듣기에는 너무 피로해졌고, 너무나 쇠진해졌으며, 너무나 약해졌기 때문이다. 음악에서 해방되자, 그 일곱 마리의 작은 개들이 행진을 하고 그들이 뛰어오르는 것이 보였다. 그들은 매우 거부하는 것처럼 보였지만, 이쪽에서 말을 걸어 가르침을 부탁하고 여기서 무엇을 하고 있는지 물어보고 싶은 생각이 들었다―나는 어린애나 마찬가지이므로, 마음 내키는 대로 누구에게나 질문을 해도 된다고 믿었다―그런데 내가 질문을 시도하자마자, 내가 일곱 마리의 개들과 우호적이고 신뢰감 있는 관계를 느끼자마자 다시 그들의 음악이 들려와 나의 의식을 빼앗아갔고 나의 주위를 빙빙 도는 것이었다. 그리하여 나 자신이 마치 이 음악의 동료나 되는 것처럼 보였지만, 실은 음악의 희생자에 지나지 않았다. 그렇게도 자비를 청했음에도 그것은 나를 이리저리 내동댕이치더니, 드디어 아무렇게나 쌓아올린 목재 속으로 몰아넣음으로써 나를 그들 본래의 폭력으로부터 구해주었다. 근처에는 목재가 쌓여 있었는데 나는 지금까지 그런 줄도 모르고 있었다. 이 목재들은 나를 꼭 안아주었고 나로 하여금 머리를 숙이게 하였다. 저기 밖에서는 여전히 음악이 울리고 있었지만, 그것은 나에게 잠깐 숨을 돌릴 여유를 주었다. 일곱 마리 개들의 예술이 — 이것은 나에게 불가사의한 것이며, 나의 능력이 미치지 못하는 영역의 것이기 때문에 도저히 인연을 맺을 수 없다 — 예술 이상으로 나를 놀라게 한 것은 자신이 만들어낸 것에 완전히 스스로를 내맡기는 그들의 용기였으며, 그들의 기개를 파괴하지 않고서 그것을 조용히 견뎌나가는 그들의 역량이었다. 내가 은신처의 구멍을 통해 자세히 관찰한 바에 의하면, 그들이 그렇게 안정된 것이 아니라 언제나 극도의 긴장감에 사로잡혀 작업을 하고 있음을 분명하게 인식할 수 있었다. 겉으로 보기에는 그렇게 안정적으로 움직이는 듯한 발은, 한 발 한 발 내디딜 적마다 끊임없는 불안한 경련 속에 비틀거렸고, 절망에 빠져 있을 때와 같은 두려운 시선으로 서로 상대방 개를 노려보는 것이었다. 그러면 언제나 긴장된 혓바닥은 곧바로 주둥이로부터 축 늘어지는 것이다. 그들을 그렇게 초조하게 만드는 것은 성공 여부에 대한 불안 때문은 아니었다. 그만한 용기를 가지고 그런 일을 실현하여 보인 자가 불안해할 리가 없다. 그렇다면 무엇에 대한 불안일까? 누가 그들로 하여금 그런 짓을 하도록 강요한 것일까? 특히 그들은 이제 이해할 수 없을 정도로 열심히 도움을 청하고 있는 듯이 보였으므로, 더 이상 잠자코 있을 수가 없었다. 그래서 나는 큰 소리로 소음이 나는 쪽을 향해 질문을 던졌다. 그러나 — 이상하게도! 이상하게도! ─ 그들은 아무런 대답을 하지 않았다. 나 같은 것은 안중에도 없다는 듯한 태도였다. 동료 개의 부름에 대하여 아무런 대답을 하지 않는 것은 우리의 미풍양속을 거스르는 행위이다. 사정이야 어떻든 가장 큰 개건 가장 작은 개건 간에 이러한 행위는 용납될 수 없다. 그렇다면 그들은 개가 아니란 말인가? 그럴 리가 없다. 귀를 기울여 잘 들어보니 조용히 상대를 부름으로써 서로를 격려하고 서로 어려움을 가르쳐주며, 실패에 대해 경고해주는 것이었다. 특히 대부분의 부름을 받고 있는 맨 끝의 작은 개는 가끔 나를 힐끔힐끔 쳐다보며 나에게 무슨 응답을 했으면 하는 기색이 보였으나 그것은 허용될 수 있는 것이 아니어서 잠자코 참고 있었다. 어째서 응답이 허용되어 있지 않을까? 우리의 법률이 무조건 요구하고 있는 그것이 어째서 이 경우에는 안 되는가? 그때 내 마음속에 분노가 일었고 나는 거의 음악을 잊어버렸다. 여기에 있는 이 개들은 법을 어기고 있는 것이다. 비록 위대한 마법사라 하더라도 그들에게도 그 법들은 적용되는 것이다. 이것은 어린 나도 잘 알고 있다. 그리하여 나는 그때부터 더 많을 것을 알게 되었다. 만약 그들이 죄책감으로 입을 다물고 있다면, 거기엔 그럴 만한 이유가 있을 것이다. 그들이 연출하는 모습을 관찰해보는 게 좋을 것이다. 나는 큰 음악 소리 때문에 지금까지 미처 모르고 있었지만, 그들은 스스로 모든 수치심을 벗어버렸다. 비참하기 짝이 없는 것들이 가장 우스꽝스러운, 가장 무례한 짓을 하고 있는 것이다. 그들은 뒷다리로 똑바로 서서 갔다. 어유, 저 꼬락서니라니! 그들은 벌거숭이가 되어 그 알몸을 자랑하고 있는 것이다. 그것이 자랑거리인 것이다. 어쩌다 무의식중에 앞발을 내디딜 경우에는 마치 잘못이나 범한 듯이, 마치 본성이 잘못이라도 되는 듯이 당황해하면서 얼른 앞발을 다시 들어 올렸다. 그것은 마치 자신이 약간이라도 죄악에 빠져 있었던 것을 사죄라도 하는 듯이 보였다. 아! 세상이 거꾸로 뒤집혔단 말인가? 나는 어디에 있었나? 도대체 무엇이 어떻게 된 것이냐? 이렇게 되면 내 자신의 존속을 위해서라도 한시도 주저해서는 안 된다. 나는 나를 둘러싸고 있는 목재들에서 빠져나와 단숨에 개들에게로 뛰어가려고 했다. 나와 같은 빈약한 제자가 교사의 임무를 맡아야 하다니. 그들이 할 일이 무엇인가를 주지시키고 더 이상 죄를 범하지 않도록 해야 한다. "그렇게 늙은 개가 그토록 늙은 개가!" 하고 나는 반복해서 중얼거렸다. 그러나 몸이 자유로워져서 두세 번 도약하면 개들에게 닿을 수 있는 거리에 이르렀을 때, 다시 소음이 들려왔으며 그것이 나를 지배했다. 언제나 한결같이 아주 먼 곳으로부터 맑고 강하고 규칙적인, 조금도 변조됨이 없이 가까이 다가오는 음音, 그 음이야말로 소음 속에 떠도는 진정한 선율일 테지만, 두렵지만 아마 극복될 수 있을지 모를 그 음이 힘을 충분히 발휘하여 나를 굴복시키지 않았던들 나는 이미 알고 있던 그 소음에 흥분해서 대항했을 것이다. 무슨 놈의 음악이 이렇게 개들을 혼란시킨단 말이냐. 그들이 계속 버티고 서서 죄악을 범하고, 다른 개들로 하여금 방관토록 함으로써 죄악으로 유혹한다고 해도 나는 그들을 계속 가르칠 수도 없었고 더 이상 그럴 의욕도 없었다. 나는 아직 강아지에 불과했던 것이다. 누가 그런 어려운 일을 나에게 요구할 수 있겠는가? 나는 작은 몸을 웅크리고 끙끙 울었다. 당시 만약 그 개들이 나의 의견을 물었다면, 나는 그들이 옳다고 인정했을 것이다. 그러나 오래지 않아 그들은 모습을 나타냈던 어둠 속으로 모든 소음과 빛과 함께 사라져버렸다.

앞서 말한 바와 같이 이 모든 사건은 특별히 이상한 점이라곤 전혀 없다. 오래 살다보면, 어린아이의 눈으로 보면 이보다 더 놀라움을 줄 수 있는 여러 가지 일들을 얼마든지 보게 된다. 이외에도

―극히 적절한 표현이듯이 ― 우리는 모든 것과 마찬가지로 그 사건을 물론 "왜곡해서 말할" 수 있다. 그렇다면 이 사건은 일곱 마리 음악가가 조용한 아침을 이용하여 음악을 연주하려고 모였는데, 거기에 귀찮은 방청객인 강아지 한 마리가 길을 잃고 잘못 끼어들어 음악가들이 무서운 음악, 아니, 숭고한 음악으로 그 강아지를 내쫓으려 했으나, 그럴 수 없었던 일이라고 할 수 있다. 강아지는 질문으로 그들을 방해했다. 낯선 자의 출연만으로도 곧 방해를 받기 마련인 음악가들은 귀찮은 질문 공세에 상대하여 대답을 함으로써 그 괴로움이 배가된 것이 아니었을까? '누구에게나 대답해야 한다'는 것을 법률이 명하고 있다 하더라도 보잘것없는 길 잃은 강아지가 과연 그 조항의 '누구에게나'에 들 수 있을까? 아마도 음악가들은 그 강아지를 전혀 이해하지 못했을 것이다. 강아지가 멍멍 짖어대며 질문을 하지만 무슨 뜻인지 전혀 알 수가 없었기 때문이다. 그렇지 않으면, 음악가들은 강아지 말을 잘 이해하고 스스로 자제하면서 대답했을 테지만, 음악에 익숙하지 않은 강아지는 그 대답과 음악을 분간할 수 없었을지도 모른다. 그리고 뒷다리에 관한 일인데, 아마도 정말이지 이례적인 일일 테지만 그들은 뒷다리로만 걷는다. 그건 죄악이다. 정말이다! 그러나 친구들 가운데 오직 일곱 명의 친구들만이 신뢰감 속에 자리를 함께하고 있을 뿐이었다. 그러니까 그들은 자신들의 고유한 네 개의 벽 안에 자리를 잡고 있어서, 말하자면 그들은 완전히 외톨이였던 것이다. 왜냐하면 친구들은 결코 공중사회는 아니기 때문이며, 어떤 공중사회도 존재하지 않는 곳에서는 호기심 어린, 거리의 작은 개 한 마리가 역시 공중사회를 만들어낼 수는 없는 노릇이기 때문이다. 그러나 이런 경우에 전혀 아무 일도 일어나지 않은 것처럼 할 수는 없지 않을까? 완전히 그런 것은 아니지만 거의 그에 가깝다고 할 수는 있다. 좌

우간 부모된 자는 어린아이들을 너무 뛰어다니게 해서는 안 되며 그 대신 어린아이들에게 말을 많이 하지 말 것과 노인을 존경할 것을 가르칠 필요가 있다.

이 정도로 그 경우는 일단락지어진다. 그러나 이것은 물론 어른들 사이에서 일단락된 것이지 어린아이에게서 일단락된 것은 아니다. 나는 주변을 뛰어다니면서, 이 이야기를 들려주고, 묻고, 호소하여, 진상을 알아내려고 했다. 누구든지 사건이 일어났던 장소로 데리고 가서, 나와 저 일곱 마리 개는 여기에 있었으며, 그들은 여기에서 이렇게 춤을 추고 음악을 연주했다고 설명해주고 싶었다. 만일 누군가 함께 가서 귀찮게 여기거나 비웃지 않고 상대해주었다면, 아마 나는 분명히 내 순수성을 희생해서라도, 모든 일을 분명히 설명하기 위해 감히 뒷다리로 서는 일조차 마다하지 않았을 것이다. 그건 그렇다 치더라도, 어린애가 하는 일에 대해 모두 처음엔 나쁘게 받아들이지만 결국엔 모든 것을 용서하는 법이다. 그러나 나는 이와 같은 어린 시절의 성질을 고수한 채 늙은 개가 되어버린 것이다. 그 시절 그 사건을, 물론 지금에 와서는 훨씬 낮게 평가하고 있지만, 나는 언성을 높여가며 지껄여대고, 그 사건이 지닌 요소를 분석하며, 내가 속해 있고 언제나 사실에만 매달려 있는 사회에 대해서는 아랑곳하지 않고 현존하는 것을 기준으로 파악하려 했다. 다른 개와 마찬가지로 나도 그것을 아주 번거로운 것으로 생각했다. 그러나 나는—그것이 차이점이었다—조용하고 평범하며 행복한 생활을 위해 판단하는 능력을 다시 얻기 위해서, 바로 그 이유 때문에 계속적인 연구를 통해 그것을 철저하게 해결하려고 했다. 당시와 똑같이 나는 비록 덜 어린이다운 수단이긴 하지만—그러나 차이점은 그리 크지 않았다—그 후로도 작업을 해왔고 오늘날에도 그 작업을 멈추지 않고 있다.

그러나 그것은 예의 연주로부터 시작되었다. 나는 그것에 대해
비탄하지 않는다. 여기서 작용하고 있는 것은 나의 타고난 본성이
다. 이 본성은, 그 연주가 없었더라도, 다른 기회에 반드시 발견되
었을 것이다. 다만 이러한 본성이 그처럼 빨리 생겨남으로써 가끔
내게 쓴맛을 안겨주었다. 나는 유년 시절의 대부분을 이 본성 때문
에 망쳐버렸다. 몇 해를 두고 지속될 수 있는 젊은 개들의 행복에
찬 생활은 나에겐 불과 몇 달밖엔 되지 않았다. 그러나 그것도 좋
다! 세상엔 유년 시절보다도 훨씬 소중한 것이 얼마든지 있지 않은
가. 그리고 고달픈 생활에 단련되어 노경에 이른 나에게는, 정말
어린이로서는 감당하기 힘든 더 순수한 행복이 눈짓을 보낼 것이
다. 그리고 나는 그 행복을 견뎌낼 힘을 갖게 될 것이다.
 나는 그 당시에 제일 간단한 문제부터 연구하기 시작했다. 연구
자료가 부족한 일은 없었다. 오히려 자료가 너무 많아서 몽롱한 순
간 속에 있는 나를 절망케 했다. 내가 시작했던 연구는 '개 족속은
무엇으로 살아가는가' 라는 것이었다. 그것은 물론 간단한 문제가
아니다. 옛날부터 우리를 괴롭혀온 문제이다. 그것은 우리들이 숙
고해온 중심 대상이다. 이 방면의 관찰과 탐구와 의견은 셀 수가 없
을 정도로 많다. 그것은 하나의 학문이 되었다. 이 학문은 엄청난
규모여서 개개 학자의 지식뿐만 아니라 모든 학자의 지식을 총동원
해도 모자랄 정도이다. 그리고 모든 개 족속 외의 어느 누구라도 이
학문에는 부족하며 이 족속 전체도 그저 한숨만을 남길 뿐 아주 완
벽하게 그것을 옮길 수는 없는 것이다. 이 학문은 우리가 옛날부터
소유했던 재산이었으나 계속해서 부서지고 힘들게 보완되어야만
했다. 연구의 어려운 면과 새로운 연구의 충족될 수 없는 전제조건
들에 대해서는 침묵하고자 한다. 이 모든 것에 대해 나에게 항의하
지는 말기 바란다. 나같이 평균수준에 이른 개는 그 모든 것을 알고

있다. 나로서는 진실한 학문에 본격적으로 몰두한다는 것은 생각조차 할 수 없는 일이다. 다만 학문에 대하여 그것이 마땅히 받아야 할 모든 경의를 표할 뿐이다. 그러나 나에게는 학문을 증대시킬 만한 지식도, 열의도, 마음의 안정도 그리고—특히 이 수년 동안은—욕구도 없다. 물론 내가 발견한 식량을 먹는다. 그러나 이 식량에, 체계화된 농업용 고찰방법을 사용할 생각은 전혀 없다. 이 점에서는 모든 학문의 정수라고 할 수 있는 조그마한 규칙, 즉 어머니가 젖뗀 어린 강아지를 세상에 내보낼 때 한 말, 즉 "무엇이든지 될 수 있는 대로 적셔야 한다"는 말 하나로 충분한 것이다. 이 말에 사실 거의 모든 것이 포함되어 있지 않을까? 우리의 조상이 시작한 연구에 무엇을 첨가해야 그것이 결정적으로 본질적인 것이 될까? 세세한 것들이 있지만 그 모두가 얼마나 불확실한지 모른다. 그러나 이 규칙은 우리가 개로 존재하는 한은 존속할 것이다. 그것은 우리의 주요 식량에 관한 규칙이다. 우리는 분명히 다른 보급원도 갖고 있다. 그러나 비상시와 상태가 아주 나쁘지 않은 해에는 이 주요 식량을 거두어 생활할 수가 있다. 우리는 이 주요 식량을 지상에서 발견한다. 지상은 그러나 우리의 물을 필요로 하고, 그 물에서 영양을 취한다. 우리가 이와 같은 대가를 지불함으로써 대지는 우리에게 식량을 제공해준다. 그리고 또 한 가지 잊어서는 안 되는 것은, 일정한 주문이나 노래나 동작을 통해서 식량의 수확을 촉진시킬 수 있다는 것이다. 그러나 내 생각으로는, 이것이 전부이다. 이런 견지에서는 이 일에 대한 근본적인 문제가 더 이상 언급될 수 없는 것이다. 이 점에서 나 역시 대다수의 개 족속들과 의견을 같이하며, 이런 관점에서 나는 극단적인 모든 의견들을 엄격하게 배척한다. 솔직히 말해서 특이성이나 독선은 내가 취할 태도가 아니며, 나는 동족들과 의견을 같이할 수 있다면 그것으로 행복한 것이다. 이번 경우가 그런 예가 된다. 그러나 나 자신의 연구는 방향이 다르다. 학문이 규정하는 바에 따라 대지에 수분을 주어 경작을 하면 대지는 식량을 만들어낸다는 것은 검증을 통해 알 수 있다. 학문에 의해 전부 또는 부분적으로 세워진 법칙이 요구하는 대로, 일정한 질과 일정한 분량과 일정한 종류의 식량이 일정한 장소와 시간에 산출되는 것이다. 이것은 나도 인정한다. 그러나 나의 질문은 이러하다. "대지는 이 식량을 어디서 얻는 것일까?" "이것은 이해할 수 없는 것이라고 발뺌할 수 있는 질문으로" 기껏해야 이런 대답을 줄 수 있을 것이다. "네가 먹을 것이 충분하지 못할 경우에는 우리 것을 너에게 나누어 줄 것이다." 이 대답에 주목해주기 바란다. 우리가 얻은 음식들을 남에게 나누어주는 것은 개의 장점으로 보이지 않는다. 그것은 나도 알고 있다. 살기는 어렵고, 대지는 거칠고, 학문은 인식하고 있는 바가 풍부하나 실질적인 결과는 보잘것없다. 음식을 가진 자는 그것을 움켜쥐고 놓지 않는다. 그것은 사사로운 욕심에서가 아니라 그 반대인 개의 법도인 것이다. 그것은 동족들이 만장일치로 결의한 것이다. 그것을 가진 자는 언제나 소수이므로, 사리사욕을 극복하려는 데서 나온 것이다. 그러므로 "네가 먹을 것이 충분하지 못할 경우에는 우리 것을 너에게 나누어 줄 것이다"는 저 대답은 일종의 판에 박은 말이거나 농담이 아니면 남을 놀리는 짓이다. 나는 그것을 잊은 적이 없다. 그러나 내가 의문을 품고 세상을 돌아다니던 그 무렵에 모두들 나를 올바로 인식하고 비웃지 않은 사실은 나로서는 한층 더 큰 의의가 있었던 것이다. 사람들은 여전히 먹을 것을 나에게 주지는 않았다—어디서 그것을 곧바로 취할 수 있었겠는가?—그리고 우연히 먹을 것이 생겼을 때는, 미칠 것 같은 굶주림 때문에 다른 생각일랑은 완전히 잊어버리기 일쑤였다. 그러나 먹을 것이 제공되는 것에 대해서는 모두가 진지하게 생각하고 있기 때문에 그것을 날쌔게 빼앗는 솜씨를 발휘하여 더러 작은 것을 얻기도 했다. 모두들 나에게만 이렇게 특별한 태도를 취하고 내 행위를 눈감아주고 나를 우대하는 것은 무슨 이유일까? 내가 여위고 약한 개로, 잘먹지 못하고 그리고 먹는 것 따위에 별로 관심이 없는 까닭일까? 하지만 영양부족에 걸린 개는 부근에 얼마든지 돌아다닌다. 그리고 그들 입에 문 극히 작은 먹이까지도 빼앗아버리는 것이다. 그짓을 하는 것은 탐욕에서가 아니라 대체로 원칙이 명하는 바에 따른 것이다. 아니다. 저들은 나를 우대하고 있다. 내가 그 사실을 하나하나 들어서 입증할 수 있는 것은 아니다. 오히려 확실히 그런 인상을 받는다. 그렇다면 모두들 나의 질문을 환영하고, 그것을 특별히 현명한 질문으로 생각하는 것일까? 그렇지는 않다. 좋아하기는커녕 모두 어리석기 짝이 없는 질문이라고 생각하고 있는 것이다. 그러나 모든 자들이 나에게 주목하게 된 것은 오직 그 질문 때문일 수 있다. 모두들 내 질문을 참고 견디느니 차라리 당치 않은 일이라도 하고 싶은 것이다─실제로 행동에 옮기지는 않았으나 그것을 원했다─즉, 내 입 속에 먹을 것을 가득히 넣어주고 싶다는 눈치이다. 그렇지만 내 질문이 참을 수 없는 것이었다면 나를 내쫓을 수도 있고 내 질문에 관심을 두지 않을 수도 있었을 것이다. 그러나 모두가 그럴 생각은 없었다. 나의 질문은 듣기 싫었지만 그렇다고 나를 내쫓을 생각은 없었다. 나는 그들의 웃음거리가 되기도 했다. 그들은 나를 어리석고 불쌍한 짐승으로 취급했던 것이다. 그리하여 이리저리 떠밀리기도 했다. 그러나 그것은 내 명성이 최고조에 달한 시기였다. 그런 시기는 두 번 다시 돌아오지 않았다. 나는 어디든지 자유롭게 출입할 수 있었다. 아무도 나의 이러한 행동을 막은 적이 없었다. 모두들 나를 거칠게 다루는 척하면서 내 비위를 맞춰주는 것이었다. 그들이 그렇게 나온 것은 단지 내 질문과 내 참지 못하는 성질과 연구에 대한 나의 열의 때문이었다. 그렇게 해서 모두들 나의 마음을 가라앉힐 생각이었을까? 폭력을 가하지 않고 마치 애정을 기울이듯이, 잘못된 길로부터— 그러나 폭력을 사용하여도 무방할 만큼 그릇되었다고는 말할 수 없는—나를 멀리하려는 생각에서였을까? 그들이 나에 대한 일종의 존경과 공포심에서 폭력을 삼갔던 것도 사실이다. 그때는 그것을 막연히 알고 있었지만, 지금은 분명히 알고 있다. 당사자들보다 훨씬 더 분명히 알고 있는 것이다. 모두들 나를 유인하여 내가 가는 길에서 벗어나게 하려고 했던 것은 사실이다. 그러나 그것은 성공을 거두지 못하였다. 오히려 정반대의 결과를 초래하고 말았다. 내 주의력은 더욱 예민해졌던 것이다. 다른 놈을 유인하려는 것도 나였으며, 그 유인이 어느 정도까지 성공적이었다는 것을 나는 분명히 알게 되었다. 나는 우선 개 족속의 힘을 빌어 내 자신의 질문을 이해하기 시작했다. 가령 내가 '대지는 이 식량을 어디서 얻게 되는 걸까?' 하고 물었을 때 겉으로 보기에는 대지가 내 관심사인 것처럼 보이지만, 과연 그럴까. 대지에 대한 배려가 내 관심사인가? 전혀 그렇지 않다. 얼마 지나서 알게 된 일이지만 그런 것은 나와 거리가 먼 것이다. 나의 관심사는 어디까지나 개이며, 그 이외의 아무것도 아니다. 개 이외에 대체 무엇이 존재한단 말인가? 이 광막한 세상에 그 이외에 누구를 부를 수 있단 말인가? 모든 지식, 모든 질문과 모든 대답들은 다 개들 안에 포함되어 있다. 우리가 오직 이 지식만을 활용할 수 있고, 그것을 오직 백일하에 드러낼 수만 있다면, 그리고 또 개들이 고백하고 스스로 인정하는 것보다 실제로 엄청나게 더 많은 것을 알지 못했더라면, 하고 나는 생각한다. 가장 좋은 음식들이 있는 곳이 늘 존재하기 마련이지만 아무리 말하기 좋아하는 개라도 이 장소에 대해서는 더욱 입을 다물고 있다. 모두들 동료 개들의 주위를 살금살금 걷는다. 먹고 싶은 욕망으로 군침을 흘린다. 제 꼬리로 자신의 몸뚱어리를 때린다. 물어보기도 하고, 간청하기도 하고, 짖기도 하고, 물어뜯기도 하여 손에 넣는다 ─따로 이렇게까지 힘들이지 않아도 역시 얻을 수 있는 것을 얻게 마련이다─즉, 정답게 경청하는 것, 친밀하게 만져보는 것, 정중하게 냄새를 맡아보는 것, 꼭 껴안아보는 것 등이 그것이다. 나와 네가 짖는 소리는 하나가 되어, 모든 것은 황홀감 속에서 망각을 발견하는 데 초점이 맞추어져 있다. 그렇지만 우리가 도달하고자 했던 오직 하나는 지식의 고백이다. 그러나 그것은 항상 거부된 채로 남아 있다. 이 소원, 즉 입을 다물거나 혹은 소리를 높여 외치는 이 소원에 대한 대답은 설사 최대한으로 유혹의 손길을 뻗쳐보더라도, 겨우 말 한마디 없는 몸짓이나 눈흘김, 또는 눈꺼풀이 늘어진 멍한 눈이 기껏 전부이다. 그것은 강아지인 내가 음악을 하는 개에게 질문을 하자 침묵으로 답변한 그때와 많이 다르지 않다. 모두들 이렇게 말할 수도 있을 것이다. "너는 네 동료들에 대하여 트집을 잡고 있다. 결정적인 이 문제에 대하여 그들이 침묵을 지킨다고 트집을 잡고 있다. 너는 주장한다. '그들은 그들이 고백하고 있는 것 이상의 지식을 가지고 있으며, 생활에 통용시키려는 것 이상의 지식을 갖고 있다. 이렇듯 비밀을 지키는 것은, 그것의 이유와 비밀을 그들 역시 함께 함구해버림으로써, 생활을 해치는 일이다. 비밀을 지키는 것이 너의 생활을 견디기 어렵게 만든다면, 너는 생활을 바꾸든지 아니면 생활을 포기하든지 해야 한다. 옳은 말이다. 그렇지만 너 자신이 한 마리의 개이기에 너도 역시 개의 지식을 갖고 있다. 자, 그것을 물음의 형식으로뿐만 아니라 대답으로서도 다 말하라. 네가 발설한다고 누가 감히 이의를 제기하겠는가? 그때는 기다렸다는 듯이 갑자기 개들의 대합창이 시작될 것이다. 그리하여 너는 마음대로 진리를, 명쾌함을, 자신의 심정을 털어놓을 수도 있을 것이다. 네가 매도하고 있는 이 저질의 생활의 천장이 열릴 것이고 그렇게 되면 우리 개들은 모두 나란히 고귀한 자유의 세계로 승천할 것이다. 혹시나 그 마지막 일이 잘 되지 않아서 이전보다 더 처지가 악화되고, 전체의 진리가 절반의 진리보다도 더 견딜 수 없게 되어 침묵을 지키는 자가 생활의 수호자로서 옳다는 것이 입증되어, 우리가 아직도 품고 있는 조용한 희망마저 완전한 절망으로 화해버린다면, 네가 너에게 허용한 생활방식대로 사는 것을 원치 않는 이상, 그 말 역시 시험해볼 만한 가치가 있다. 그러므로 이제 묻겠는데 '너는 왜 남의 침묵을 비난하면서도 자신은 침묵을 지키고 있는가?' 나는 가벼운 마음으로 대답한다. '그것은 내가 개이기 때문이다.' 본질적으로 다른 개들과 똑같이 마음을 꼭 닫은 채, 스스로가 던지는 질문에 저항하며 불안으로 몸이 굳어 있다. 분명히 말하지만, 어른이 된 내가 나 자신에게서 대답을 얻기 위해 개들에게 질문을 던지겠는가? 그토록 어리석은 기대를 갖고 있겠는가? 우리 생활의 토대를 보고 있고, 그 토대의 깊이를 어렴풋이 짐작하고 있으며, 그 토대를 건설하는 암담한 일에 종사하는 이들을 목격하고 있는 내가, 내 질문에 의해 이 모든 것이 종말을 고하고 파괴되며 버림을 받으리라는 기대를 여전히 갖고 있겠는가? 천만에 말씀이다. 지금은 이미 그런 기대를 조금도 갖고 있지 않다. 나는 내 질문에 의해 나 자신을 몰아세우고 있을 따름이다. 나는 내 주위에서 홀로 나에게 여전히 대답을 하고 있는 저 침묵의 힘을 빌려 나를 격려하고자 한다. 네가 너의 탐구를 통해서 더욱 더 많이 의식하게 되듯이 지금 개 족속이 침묵을 지키고 있고 그리고 앞으로도 여전히 그러리라는 사실에 대하여 너는 얼마 동안이나 견뎌내겠는가? 이것이야말로 개 개의 질문을 초월한, 나의 본래적인 매우 중요한 문제인 것이다.

그것은 오직 나를 향해서만 던져진 것이어서 누구도 괴롭히지 않는다. 유감스러운 일이지만 나는 개별적인 질문보다 이 질문이 대답하기가 훨씬 쉽다. 나는 내가 자연사할 때까지 반드시 견뎌낼 것이라고 예상하고 있다. 불안에 가득 찬 질문에 대해서는 노년기에 느끼는 마음의 평화가 더욱 효과적으로 대응해나갈 것이다. 나는 스스로 침묵을 지키고, 또 침묵에 싸여서, 어쨌든 평화스러운 죽음을 맞이할 것이다. 나는 확고한 태도로 그때를 기다리고 있다. 놀라울 정도로 강한 심장, 때가 되지 않고는 절대로 쇠약해지는 법이 없는 폐, 이런 것들은 어떤 악의에서 개에게 주어진 것이다. 우리는 모든 질문에 대하여, 아니, 우리 자신의 질문에도 저항감을 느낀다. 침묵의 보루가 바로 우리인 것이다.

근래에 와서 나는 나의 생활을 돌이켜보는 경우가 차츰 더 많아졌다. 나는 어쩐지 내가 저지른 것 같은, 따라서 내가 책임을 져야 하는 결정적인 실패를 찾아보려고 하지만 도무지 발견해낼 수가 없다. 그렇지만 나는 분명 그런 실패를 저질렀을 것이다. 만일 어느 하나도 실패하지 않고 긴 생애를 통하여 성실히 작업을 했음에도 나의 소망이 이루어지지 않았다면, 그것은 처음부터 이루어질 수 없는 성질의 것이었으며, 따라서 이미 절망 상태에 빠져 있었으리라는 것이 입증되기 때문이다. 네 생애에 했던 일들을 생각해보라! 우선 대지는 우리의 식량을 어디서 얻느냐 하는 질문에 따르는 탐구를 놓고 살펴보려고 한다. 젊은 개였던—물론 근본적으로 탐욕스럽고 유쾌해야 할 젊은 개였지만—나는 모든 향락도 포기하고 모든 즐거움을 멀리했다. 그리하여 어떠한 유혹 앞에서도 머리를 양다리 사이에 파묻고 일에만 열중하였다. 그것은 그 학식과 그 방법과 그 의도를 생각해볼 때 결코 학자가 할 일은 아니었다. 그것은 아마 실패였을지는 모르지만, 결코 치명적인 실패였다고는 생각되지 않는다. 나는 일찍부터 어머니 곁을 떠나 혼자 사는 데 익숙해져서 자유롭게 살아가고 있었기 때문에, 별로 배운 게 없었다. 어려서부터 부모를 떠나 혼자 산다는 것은 체계적인 공부에는 위험한 것이다. 그러나 나는 많이 보고 많이 듣고 여러 가지 종류의 개들과 여러 일거리를 갖고 있는 개들과 이야기를 나누기도 하여, 내가 생각하기에는 이해력이나 여러 가지 관찰들을 결합하는 일에도 별로 뒤떨어지는 편이 아니었다. 이것이 어느 정도 지식을 보충해주었던 것이다. 이 외에도 그와 같은 독립된 생활은 배우는 데는 마이너스가 될지 모르지만, 자기 연구를 해나가는 데는 이점이 되는 것이다. 내 경우에 독립된 생활은 선배의 업적을 이용하고 동시대의 연구가들과 연락을 취하는 본래의 연구방법을 따를 수 없었던 만큼 더욱 필요했던 것이다. 내가 전적으로 의지할 수 있는 것은 나 자신뿐이었다. 나는 맨 처음부터 시작했다. 내가 찍게 될 그 우연한 구두점이 결정적인 종지부가 될 것임에 틀림없으리라는 의식, 즉 젊은이에게는 기쁨을 주는 의식이지만 그러나 노인에게는 기를 꺾게 만드는 그런 의식을 가지고 시작했다. 그런데 나는 과연 그 당시부터 오늘에 이르기까지, 그렇게 고독한 연구를 계속해온 것일까? 그렇기도 하고 그렇지 않기도 하다. 주위에서 볼 수 있는 개들이 언제나 나와 같은 입장에 있어본 적도 없고, 또 지금도 그러하리라는 것은 있을 수 없는 일이다. 그렇게까지 내가 나쁜 상태일 수는 없는 것이다. 나는 개라는 존재에서 털끝만큼도 벗어나 있지 않다. 어떤 개이든 간에 나처럼 질문하고픈 충동을 갖고 있다. 그리고 나는 다른 모든 개와 마찬가지로 침묵하고픈 충동을 갖고 있다. 그러니까 모든 개가 다 질문의 충동을 갖고 있는 것이다. 그렇지 않고서야 과연 내가 질문을 통해서 상대방에게 가벼운 충격만이라도 줄 수 있었겠는가. 그 충격은 나에게 종종 황홀감으로—물론 지나친 황홀감이

797

긴 하지만—보일 수 있었다. 그리고 내가 침묵하고자 하는 충동을 가지는 것에 대해서는 특별한 증명을 필요로 하지 않는다. 그러므로 나는 본질적으로 다른 개들과 큰 차이가 없다. 따라서 의견을 달리하여 반발을 느끼고 있다고 하더라도 모두들 나를 인정해줄 것이며, 나 역시 다른 개들에게 그와 같은 태도를 취할 것이다. 다만 우리를 구성하는 요소들의 혼합 상태만이 다른 것이다. 그것은 개 한 마리씩을 관찰하면 차이가 크지만, 종족 전체로 보면 별 차이가 없다. 그렇다면 과거와 현재에 언제나 존재하는 이 요소들의 혼합 상태가 나의 혼합 상태와 닮은 것으로 나타난 것이 지금까지 한 번이라도 있었던가. 내 혼합 상태를 불행이라고 부르고자 한다면, 다른 혼합 상태는 훨씬 더 불행한 것이 아닐까? 이와 같은 사정은 보통 경험으로는 헤아릴 수 없을 것이다. 우리 개들은 정말로 터무니없는 일에 종사하고 있다. 그 일에 대한 가장 신용할 만한 보고가 없다면 그러한 일이 있다고 믿지 않았을 것이다. 여기서 내가 가장 즐겨 떠올리는 것은 공중견空中犬에 대한 실례이다. 내가 처음으로 그 개에 관한 이야기를 들었을 때, 나는 큰 소리로 웃었고 전혀 그 이야기를 받아들이려 하지 않았다. 어떻게 받아들이겠는가? 그것은 아주 작은 종류의 개라고 한다. 내 머리만 한 크기로, 나이가 들어서도 키는 크지 않는다고 한다. 이 개는 날 때부터 몸이 약해, 겉보기에 인위적이고 발육이 모자라고 지나칠 정도로 잔손질이 많이 간 모습이며, 훌륭한 도약을 할 능력도 없다. 사람들의 이야기로는, 이 개는 주로 공중 높이 떠돌아다닌다고 한다. 그러나 특별히 이렇다 할 일을 하지 않고 가만히 있다는 것이다. 그럴 리가 없다. 이런 일을 곧이듣게 하려는 것은 전적으로 젊은 개의 자유분망함을 이용해보려는 심사일 거라고 믿는다. 그러나 나는 그 후 바로 다른 데서 다른 공중견에 대하여 이야기를 들었다. 모두들 나를 놀리려고 단

798

합한 것일까? 그러나 그 후에 나는 음악을 하는 개를 만났으며, 이때부터 나는 세상에 불가능한 일이란 있을 수 없다고 생각했다. 그리고 그 후로 난 어떤 선입견에 의해 이해력이 줄어드는 일은 없게 되었다. 그리하여 나는 가장 넌센스라고 생각되는 소문까지도 쫓아가서 힘닿는 데까지 그 정체를 알아보려고 했다. 이와 같은 넌센스적인 생활에서 가장 넌센스적인 것이 오히려 의미심장한 것 이상으로 더욱 진지하게 나타났고, 내 연구를 위해서도 특별히 유익한 것으로 생각되었다. 이것은 공중견의 경우에도 마찬가지다. 나는 그들에 대하여 여러 가지를 알게 되었다. 나는 오늘날까지도 그 모습을 보지 못했지만, 그 존재에 대해서는 진작부터 확신하고 있었다. 그리하여 그들은 나의 세계상 속에서 중요한 위치를 차지하게 된 것이다. 여기서 특히 나로 하여금 생각에 잠기게 하는 것은 물론 그들의 기교가 아니다. 이들 개에게 공중을 떠돌아다닐 힘이 있다는 것은 놀라운 일이며, 아마도 이를 부정하는 자는 없을 것이다. 나도 다른 개 족속과 마찬가지로 이와 같은 놀라움을 느꼈다. 그러나 나의 감정상 더욱 놀라운 것은 이들이 실존한다는 것이 허튼소리라는 것이다. 즉, 그들 실존에 대한 허튼소리가 묵인되고 있다는 것이다. 그들의 존재는 일반적으로 말해서 전혀 근거가 없다. 그들은 공중에 뜬 채 그 상태로 머물러 있다. 삶은 계속해서 자기 길을 가고 있고, 우리는 기교와 그런 기교를 가진 자를 이따금씩 화제로 삼을 뿐이다. 그것이 전부인 것이다. 그러나 마음이 곧은 개 족속인 이 개들만이 어째서 떠돌아다니는 것일까? 그들의 임무는 어떤 의미를 지니는 걸까? 어째서 그들로부터 한마디 설명을 들을 수 없는 것일까? 그들은 왜 저 공중을 떠돌아다니며, 개의 자랑인 다리의 성장을 위축시키는 것일까. 식량을 제공해주는 대지로부터 분리된 채 씨를 뿌리는 일이 없으면서도 거두어들이며, 나아가 모든 개 족속의 희생으로 특별히 좋은 영양을 취하고 있다는데, 이는 무슨 이유에서일까? 나는 이 문제에 대한 나의 질문으로 어느 정도 동요를 불러일으켰노라고 자부한다. 저마다 이유를 들어 설명하기 시작한다. 즉, 어떤 이유를 들어 설명하기 위해서 함께 급하게 지껄이기 시작한다. 시작은 됐으나 물론 이러한 시작을 넘어서지는 못할 것이다. 그러나 그것은 어쨌거나 무엇이긴 하다. 물론 진리가 드러날 리는 없을 것이지만—결코 그 상태엔 이르는 법이 없을 것이다—그러나 허위의 깊은 뿌리를 내리는 데서 비롯된 그 무엇이 드러난다. 우리들의 생활에서 넌센스라 할 수 있는 모든 현상들은, 특히 가장 넌센스적인 것들은 그 나름의 정당한 존재 이유가 설명될 수 있다. 물론 그것이 완전하게 근거 지워질 수는 없다. —그것은 흉악하기 이를 데 없는 위트다—그러나 저 견딜 수 없는 질문에 대해서 나를 방어하려면 이것으로 족하다. 나는 여기서 다시 공중견을 실례로 들고자 한다. 처음에는 그들은 모두 매우 거만하다고 생각할지 모르지만 그렇지 않다. 오히려 그들은 특히 동료들에게 필요한 존재이다. 그들의 입장이 되어보면 그것을 잘 알 수 있다. 물론 그들은 떳떳이 터놓고 말할 수는 없지만—이것은 침묵의 의무를 훼손하는 것일지 모른다—그 어떤 다른 방식으로라도 자기들의 생활방식에 대하여 양해를 구하려고 하거나, 적어도 그런 생활방식으로부터 다른 개들의 관심을 딴데로 돌리게 하여, 그것을 잊게 해야 하는 것이다. 남들의 이야기에 의하면, 그들은 참을 수 없는 요설饒舌이라는 수단을 쓴다는 것이다. 그들은 신체를 쓰는 일을 완전히 단념하였으므로, 일부는 지속적으로 몰두할 수 있는 철학적인 사고에 대하여, 일부는 고양된 입장에서 행하는 관찰에 대해서 계속해서 이야기하지 않으면 안 되는 것이다. 이와 같은 제멋대로의 생활을 하면 그럴 수밖에 없는 일이지만, 그들은 정신력이 뛰어난 것도 아니요,

그리고 그들의 철학은 관찰과 마찬가지로 가치도 없으며, 따라서 어떤 학문도 그것으로부터 거의 아무것도 응용할 수 없으며, 이와 같은 빈약한 보조수단을 토대로 삼을 수는 없었다. 그럼에도 공중견이 해야 하는 일이 무엇이냐고 묻는다면, 그 대답은 언제나 그들은 학문에 상당한 공헌을 하고 있다는 것이다. 이 대답에 대하여 모두들 이렇게 말한다. "옳다, 그러나 그 공헌이란 게 보잘것없고 오히려 거추장스러운 것이다." 그러면 상대방은 또 어깨를 움츠려 보이거나 화제를 딴데로 돌려버리거나 화를 내거나 혹은 소리내어 웃는 것이다. 잠시 후에 다시 물으면, 여전히 학문에 공헌하고 있다는 대답만을 듣게 된다. 이내 최후로 거듭 물음을 받게 되어 어떻게 해야 좋을지 모르게 되어도, 역시 대답은 같다. 그리고 아마도 너무 고집을 부리지 않고 적응하는 것이 좋을 것이고, 이미 존속하고 있는 공중견들의 삶의 권리를 인정하지는 않더라도, 불가능한 것을 참아내는 것이 좋은 일일지 모른다. 그러나 이 이상의 요구를 한다면 그것은 지나친 일이 될 터인데, 그럼에도 모두 그것을 요구한다. 모두들 자주 나타나는 공중견에 대하여 인내심을 가질 것을 요구한다. 그들이 어디서 나타났는지는 분명히 알 수 없는 일이다. 그들은 번식에 의하여 숫자가 느는 것일까? 대체 그들은 아직도 번식력이 있는 걸까? 한 장의 아름다운 모피와 다름없는 그들 아닌가? 이 경우에 대체 무엇이 번식한단 말일까? 만일 일어날 것 같지도 않은 이런 일이 실제로 일어난다면 그 시기는 언제인가? 그러나 그들은 언제나 자기들끼리만 공중에서 만족스러운 표정을 짓고 있다. 간혹 자기 몸을 땅 위로 끌어내려 뛰어다니는 일이 있다고 하더라도, 그것은 극히 짧은 동안의 일이다. 그들은 시치미를 떼고 몇 발짝 앞으로 나아간다. 그리고 언제나 다른 것과는 절대로 관계를 맺지 않고, 그들이 아무리 힘써도 결코 뿌리칠 수 없는 이른바 사색이란 것에 언제나 잠겨 있다. 적어도 그들은 그렇게 주장하고 있는 것이다. 그런데 만일 그들이 번식하지 않는다면, 스스로가 이 평탄한 땅 위의 생활을 단념하고 공중견이 되어, 지상의 쾌적한 생활을 버리고, 어느 정도 몸에 익힌 습성도 저버리고, 공중의 요 위에 누워 사는 그 황량한 생활을 택하는 경우도 있을 법하다고 생각되지 않는가? 그것은 생각할 수 없는 일이다. 번식한다고 생각되지는 않지만, 그렇다고 스스로 택하여 공중견이 되었다고도 생각할 수 없다. 그럼에도 날로 새로운 공중견이 늘어나고 있다. 그러므로 이렇게 결론을 내리게 된다. 비록 여러 가지 방해물들이 우리의 머리로는 극복될 것 같지는 않더라도 어쨌든 일단 존재하는 개의 종류는 그것이 어떠한 변종이라 할지라도 결코 저절로 절멸되는 일이 없다. 적어도 간단히 절멸되지는 않는다. 그것은 어떤 종류이건 오랫동안 성공적으로 자기방어를 하기 때문이다. 다른 자와는 관련이 없고, 놀랍도록 기묘한 외모를 갖추고 있으며, 생활능력을 갖고 있지 않은 공중견 같은 족속에게 적용되는 일이, 내가 속하는 족속에게도 인정되어서는 안 되는 것인가? 하긴 겉으로 보기에 나는 하등 이상한 데라곤 없다. 적어도 이 근처에서 얼마든지 찾아볼 수 있는 보통 개이다. 특별히 뛰어난 데도 없고 유난히 남의 멸시를 받을 만한 것도 없다. 뿐만 아니라 젊었을 때와 부분적으로는 성인의 나이에도 몸에 유의하여 운동을 게을리 하지 않았기 때문에, 나는 아주 멋진 개가 되었다. 특히 정면으로 보면 나는 칭찬받을 만하다. 날씬한 다리하며, 아름다운 머리 매무새, 그리고 회색과 흰색과 끝만 둘둘 말린 내 털을 모두들 굉장히 좋아한다. 이것은 결코 신기한 일이 아니다. 신기한 것은 내 존재뿐이다. 그러나 이것 역시도—이것은 나로서는 절대로 잊어서는 안 되는 일이지만—일반적인 개의 존재 속에 그 토대를 두고 있는 것이다. 공중견이라 해도 혼자만 머무르지 않고, 커다란 개들 세계 여기저기에서 다시금 모습을 나타내며, 나아가 무無에서 언제나 새로운 후계자를 데려온다면, 나도 또한 내가 무용지물은 아니라는 자신감을 가질 수 있을 것이다. 물론 나와 같은 종류의 동료들은 그 어떤 특별한 운명을 지니고 있는 것이 사실이다. 그들의 존재는 나에게 결코 가시적인 도움을 주지는 못할 것이다. 그렇지만 그것은 내가 그들의 존재를 언젠가 거의 알아보지 못하게 되리라는 그 이유 때문만은 아니다. 우리들은 침묵을 누르고 있는 개들이다. 그래서 그들은 산소 결핍증으로부터 이 침묵을 깨뜨려버리려는 것이다. 다른 놈들은 침묵에 안주하고 있는 듯이 보이지만, 이것은 평안하게 연주하는 것 같으면서도 실은 마음을 심히 흔들어놓는 저 음악을 연주하는 개의 경우와 마찬가지로, 다만 하나의 허세에 불과하다. 그렇지만 그 허세는 대단하다. 그 허세를 극복하려고 시도해보지만 그 허세는 이런 모든 간섭에 냉소를 보낸다. 그렇다면 나와 같은 유의 동료들은 어떤 방식으로 서로에게 도움이 되는 걸까? 어떻게 해서든 살아보려는 그들의 시도들은 어떤 것일까? 그것은 여러 가지로 생각해볼 수 있다. 젊었을 때 나는 내게 던지는 질문을 낙으로 삼으며 살려고 했다. 질문을 많이 해주는 자들에게 나는 기댈 수 있었을지 모르며, 그럼으로 해서 같은 유의 동료를 갖게 되었을 것이다. 나는 한동안 인내심을 가지고 노력했던 또 다른 한 가지 일이 있었다. 내가 인내심을 가지고 시도했던 이유는 대체로 내가 대답할 수 없는 질문을 던져 나의 말을 계속해서 가로막는 상대들이 있었는데, 나로서는 싫을 수밖에 없는 그자들이 특히 대답을 해야 한다고 요구함으로써 나를 괴롭혔기 때문이다. 젊었을 때는 누구든지 질문하는 것을 좋아한다. 그런데 그 많은 질문 가운데서 어떻게 하면 올바른 질문을 찾아낼 수 있을까? 어느 질문이나 비슷한 것이다. 하긴 질문의 의도가 문제되지만, 그것은 흔히 숨어 있기 마련이다. 그리하여 질문하는 장본인에게까지도 숨어 있는 경우가 적지 않다. 여하튼 질문은 개들 족속의 특성의 하나이다. 모두들 혼란스레 질문을 곧잘한다. 그렇게 해서 바른 질문자들의 흔적을 아예 지워버릴 작정인 모양이다. 그것은 안 된다. 젊은 세대 가운데 질문을 하는 이 가운데는 나와 같은 동료가 없다. 그리고 지금 나도 그 일원인 침묵하는 늙은 개들 중에도 역시 내 동료는 없다. 그런데 질문이 요구하는 것은 무엇일까? 나는 그 질문에 말문이 막혀버린다. 나와 같은 유의 동료는 분명히 나보다 현명하다. 그들은 이 생활을 견뎌내기 위해 나와는 전혀 다른 뛰어난 방법을 쓰고 있다. 내 입장에서 말하면, 그것은 아마도 그들이 위급할 때 도와주고 침착하게 하며 안심시켜주고 성질의 변화에도 영향을 준다. 그러나 일반적으로 내 방법과 마찬가지로 무력하다. 왜냐하면 내가 전망하는 바로는 어떠한 성과도 올리지 못할 것이기 때문이다. 나는 성과가 아닌 다른 모든 것에서 오히려 나와 같은 유의 동료들을 알아보게 되는 게 아닌가 두렵다. 그렇다면 내 동류는 어디에 있는 것일까? 이것은 분명히 슬픈 호소가 아닐 수 없다. 그렇다. 호소 이외에 아무것도 아니다. 그들은 어디에 있는 것일까? 어디든지 있으면서도 어디도 없다. 어쩌면 그것은 내가 세 번 도약하면 도달할 수 있는 우리의 이웃 개일지 모른다. 우리는 서로 자주 불러들인다. 상대편이 나에게 건너오기도 한다. 그러나 나는 가지 않는다. 그가 내 동류인가? 나는 모른다. 나는 조금도 그런 느낌을 그에게서 찾아볼 수 없지만, 내 동류일지도 모른다. 가능할지 모르지만 그러나 이보다 더 거짓말 같은 이야기도 없다. 그가 먼데 있으면, 나는 장난삼아 모든 상상력을 다 기울여 나로 하여금 이상할 정도로 친근감을 느끼게 하는 많은 것을 그에게서 발견해낼 수 있다. 그러나 그때 그가 눈앞에 나타나면, 모든 것이 우스워지고 만다. 그는 보통 크기도 못 될지 모르는 나보다 얼마간 더 작은 늙은 개다. 갈색이고, 머리털은 짧으며, 발을 질질 끌며 걷는 걸음걸이, 거기다가 왼쪽 뒷다리는 병으로 약간 질질 끈다. 오래전부터 이처럼 가까이 사귄 친구도 없다. 이 친구와 그럭저럭 참아가면서 상종할 수 있다는 것이 무엇보다도 기쁘다. 나는 그가 떠나면 그의 뒤를 쫓아가며 친절하게 몇 마디 외친다. 그것은 우정에서가 아니라 나 자신에 대해 화가 나서 그렇다. 그의 뒤를 쫓아가다보면, 질질 끄는 발하며 그리고 궁둥이 쪽을 너무 낮추고 기어가는 듯한 모습이 흉측스럽게 보이기 때문이다. 내가 그를 머릿속으로 동료라고 부른다는 것이 때로는 나 자신을 조롱하려는 것 같다는 생각이 들었다. 그와 이야기를 나누어도 동류다운 점은 전혀 찾아볼 수가 없다. 머리도 좋고 제법 교양도 있어 여러모로 배울 점이 많지만, 나는 머리가 좋고 교양이 있는 것을 요구하지 않는다. 우리는 보통 장소에 관한 문제에 대하여 의견을 나눈 바 있다. 나는 고독하게 살아왔기 때문에 이런 문제에 대해서는 사리를 곧잘 판별할 수 있게 되었지만, 일반 수준에 있는 개가 그다지 나쁘다고는 볼 수 없는 처지에 있으면서도, 자신의 생활을 유지하고 일반적인 큰 재난에서 몸을 지키자면, 상당한 머리가 필요하다는 것을 알고 나는 놀란다. 학문은 규칙을 부여하지만 그러나 그것도 멀리서 볼 때뿐이며 그리고 대충 그 특성을 이해하고자 해도 결코 쉬운 일이 아니다. 더구나 이 규칙을 이해한 연후에야 비로소 이것을 장소 문제에 적용해야 하는 원래의 어려움이 다가오는 것이다. 이때 도와줄 수 있는 자는 거의 없다. 새로운 문제가 시간마다 일어난다. 모든 새로운 땅은 한 조각마다 각기 특수한 문제를 갖고 있다. 자기는 영원히 어디에서든 살 수 있으며 그리고 자기 생활은 저절로 흐를 것이라고 어느 누구도 단언할 수 없는 것이다. 여러 가지 욕망이 날이 갈수록 현저히 줄어가는 나 역시 결코 단언할 수 없다. 이렇듯 끝없는 모든 노력은—무슨 목적을 갖고 있는 걸까? 그것은 오직 내 몸을 더욱 더침묵 속에 묻어두기 위해서이며, 앞으로도 그리고 어느 누구에 의해서도 더 이상 거기에서 끄집어내질 수 없도록 하기 위해서일 뿐이다. 세월에 따른 개 족속의 일반적인 진보는 모름지기 학문의 발달을 의미하는 것으로서, 이것은 흔히 칭찬의 대상이 되어왔다. 학문은 분명히 발달한다. 그것은 멈추기가 어렵다. 게다가 그 발달의속도는 날이 갈수록 빨라진다. 그런데 여기에 무슨 칭찬받을 만한것이 있단 말인가? 그것은 누구나 해가 갈수록 늙어가고, 더욱 빨리죽음에 가까이 다가간다고 해서 그를 칭찬하려는 것과 다를 바가없지 않은가. 그것은 당연한 일이며 또 바람직한 과정이 아니므로, 칭찬할 만한 것이라곤 아무것도 없다. 나는 거기에서 쇠퇴만을 볼뿐이다. 그렇다고 예전 세대들이 본질적으로 낮다는 뜻은 아니다. 다만 현재보다는 젊었었다고 말할 뿐이다. 이것은 큰 이점이었다. 그들의 기억에는 오늘날 우리들의 기억처럼 여러 가지 마음의 부담이 되는 것은 아직 없었다. 그들의 입을 열게 하는 것은 한결 쉬운일이었다. 설사 그것이 여의치 않는 경우라 할지라도 그 가능성은훨씬 많았다. 옛날에 있었던 극히 단순한 이야기를 들었을 때, 우리를 그렇게 흥분시켰던 것은 바로 이보다 큰 가능성 때문이었던것이다. 우리는 때때로 그것을 암시하는 듯한 말을 듣는다. 만일우리가 몇 세기에 걸쳐 우리에게 가해졌던 부담을 느끼지 않는다면깡충 뛸 듯한 심정일 것이다. 아니, 그렇지는 않다. 나는 우리 시대에 대하여 여러 가지 불평을 하고 있지만, 예전 세대들이 새 세대들보다 낮지는 않았다. 오히려 어느 의미에서는 예전 세대들은 훨씬나쁘고 또 나약했다. 당대에도 기적이 활개를 치며 거리를 쏘다녔지만, 그것은 마음대로 사로잡을 수 있는 성질의 것은 아니었다.

그러나 말 그대로 개들은 오늘날처럼 개답지가 못했으며, 개들의 유대는 아직 느슨한 상태였다. 당시에는 진실한 말이 아직은 여러 가지로 영향력을 행사할 수 있었을 것이다. 건축을 결정하고, 바꾸고, 소망에 따라 변화시킬 수 있고, 거꾸로 전환시킬 수도 있었을 것이다. 당시엔 진실한 말이 존재했고, 적어도 가까이에 있었고, 혀끝에 맴돌았다. 그러므로 모두가 다 그것을 경험할 수 있었다. 오늘날에는 그것이 어디로 가버렸는지 창자 속까지 손을 집어넣어 보아도 찾아낼 수 없을 것이다. 우리 세대는 아마도 상실해버린 상태일지 모른다. 그러나 이 세대는 당시 세대보다는 더 순수하다. 나는 우리 세대의 망설임을 이해할 수 있다. 물론 그것은 더 이상 전혀 망설임이 아니다. 그것은 수천 번이나 밤마다 꿈을 꾸고도 수천 번이나 잊어버린 어떤 꿈에 대한 망각이다. 다른 이유라면 모르지만, 이 수천 번의 망각 때문에 누가 우리에게 화를 내려 하겠는가? 그러나 나는 우리 조상들의 망설임 또한 이해할 수 있다고 생각한다. 우리는 분명히 그렇게 행동할 수밖에는 없었을 것이다. 나는 차라리 이렇게 말하고 싶다. 죄를 짓지 않으면 안 되었던 것은 우리들이 아니었다. 우리는 오히려 남의 손에 의하여 이미 어두워진 세계에서 거의 죄 없는 침묵을 지키면서 죽음을 향하여 치닫도록 허용되었을 것이다. 우리 조상들이 길을 잘못 들었을 때, 언제까지나 길을 잃고 헤맬 줄은 미처 생각하지 못했을 것이다. 그들은 분명히 십자로를 눈앞에 보았을 뿐이다. 언제든 되돌아가는 것은 쉬웠다. 그들이 되돌아가는 것을 주저했다면 그것은 좀더 개의 생활을 즐기고 싶은 미련 때문이었다. 그것은 아직 진짜 개의 생활은 아니었다. 그러나 그 개의 생활은 이미 그들의 마음을 빼앗길 정도로 아름다운 것 같았다. 나중에야 비로소 생활이 그렇게 되었을 테지만, 얼마 동안은 그들은 그렇게 계속 방황했다. 그들은 우리가 역사의 흐름을 살펴볼 때 영혼이 생활보다 빨리 변한다는 것을 예감할 수 있다는 사실을 알지 못했다. 그리고 그들은 영혼이 개의 생활을 즐기기 시작했을 때, 그들이 이미 아주 옛날 개들이 지니고 있던 영혼을 분명 지니고 있으리라는 사실도 알지 못했으며, 그들이 생각하거나 혹은 모든 개들의 기쁨이 녹아 들어 있는 눈들이 그들을 믿게 만들려 했던 것처럼 그렇게 출발점 가까이에 있지 않다는 사실을 몰랐다. 이제 와서 누가 젊은 시절에 관하여 말할 수 있겠는가. 그들은 원래는 젊은 개였다. 그러나 그들의 유일한 공명심은 유감스러운 일이지만 오직 늙은 개가 된다는 데 집중되어 있었다. 이와 같은 목표에 도달하는 일이라면 실패할 까닭이 없다. 그것은 그들을 뒤따르는 모든 세대들이 입증하고 마지막 세대인 우리가 가장 잘 알고 있는 것이다ㅡ나는 물론 이런 모든 일에 대하여 이웃에 살고 있는 개와 이야기하지 않는다. 그러나 이웃 개인 이 전형적인 늙은 개와 마주앉거나, 또는 낡은 털가죽에서 그런 냄새가 풍기기 시작하는 그의 털에 코를 박고 있으면, 나는 이런 일들을 생각하지 않을 수 없다. 그런 일에 대해서 이야기를 나누는 것은 무의미한 일일지 모른다. 더욱이 그 이웃 개와도 그렇거니와 다른 개들과도 마찬가지일 것이다. 나는 그 대화가 어떻게 진행될 것인가를 알고 있다. 그는 두서너 번 반대를 하겠지만, 결국은 동의할 것이다ㅡ동의처럼 가장 좋은 무기는 없다ㅡ그리고 그 일은 묻혀 있을지 모른다. 그런데 무엇 때문에 일부러 그것을 무덤에서 파내겠는가? 그렇지만 내 이웃 개와의 사이에는 단순한 말들을 넘어서는 보다 깊은 일치감이 있는 것 같다. 물론 확실한 증거가 있는 것은 아니고, 단지 그는 내가 오랫동안 교제하고 있는 유일한 개로서 나로서도 그에게 의지하지 않을 수 없기 때문에 단순한 착각을 일으킨 것에 지나지 않을지도 모르지만 그래도 나는 그런 주장을 하지 않을 수 없다. "너는 너

대로 내 동류가 아닌가? 모두 다 실패했다고 해서 부끄러워할 필요가 있는가? 괜찮다네. 나도 마찬가지라네. 나는 혼자만 되면 그 일에 대해서 자꾸 짖어댄다네. 이리 오게, 둘이 있는 게 아무래도 기분이 좋지 않겠나." 나는 곧잘 이런 생각을 하면서 상대편의 얼굴을 응시한다. 그는 시선을 피하지 않는다. 그러나 나는 거기서 아무것도 찾아볼 수가 없다. 그는 나를 멍하니 쳐다본다. 그리고 무엇 때문에 내가 침묵을 지키고 대화를 중단해버렸는지 이상해한다. 그러나 아마도 그의 이런 식의 시선이 문제일지 모른다. 그리고 그가 나를 실망시키듯이 나도 그를 실망시킨다. 이것이 만일 나의 젊은 때의 일이라, 다른 질문들이 중요하게 생각되지 않고, 또 내 스스로 충분히 만족하는 일도 없었다면, 나는 목청을 돋구어 그에게 질문했을 것이다. 그러나 나는 침묵을 지키고 있는 지금보다도 더 미미한 동의를, 그러니까 더 못한 동의를 얻었을 것이다. 그러나 모두가 다 그와 마찬가지로 침묵을 지키고 있는 것은 아니지 않은가. 도대체 무엇이 나로 하여금 모두가 내 동류임을 믿지 못하도록 하는가. 비록 그의 보잘것없는 성과 때문에 전락해버리거나 잊혀져버렸고, 그리고 시대의 어둠이나 현대의 혼잡으로 인해 지금은 어떤 방법으로도 더 이상 그에게 접근할 수 없지만 그러나 나는 곳곳에 연구 동료를 가지고 있었을 뿐만 아니라 예전부터 모든 방면에 동료들을 가지고 있었지 않은가. 그들은 모두가 자기 나름의 노력을 하고 있지만 그러나 가망 없는 연구가 항상 그렇듯이 나름의 성과는 없고, 침묵을 지키기거나 혹은 자기 나름으로 교활하게 쓸데없는 말을 지껄이는 자들이긴 하다. 내가 조용히 다른 동료들 곁에 머무를 수 있었더라면 나는 고립될 필요도 없었을 것이다. 개구쟁이 아이처럼 어른들 대열에 끼어 바깥으로 나갈 필요도 없었을 것이다. 나처럼 바깥으로 나가고 싶어하면서도 '밖으로 나가는 자는 아무도 없으며 모든 압박은 어리석은 것이다'라고 자신에게 말하는 어른들의 오성만이 나를 혼란스럽게 한다.

물론 이와 같은 생각은 분명 이웃 개의 영향에서 오는 것이다. 그는 나를 혼란스럽게 만든다. 나를 아주 우울하게 만든다. 그는 자기 혼자서 충분히 즐겁다. 적어도 자기 세계에 안주하고 있을 때는 큰 소리를 지르고 노래를 부르는 것을 알 수 있다. 이게 나에게는 부담스럽다. 이 마지막 교제 역시 포기하고, 아무리 단단하게 단련되어 있다 하더라도 개의 교우에는 으레 따르기 마련인 그 막연한 몽상에 젖는 일도 그만두고, 남은 적은 시간을 고스란히 내 연구에만 들이는 것이 아마도 바람직한 일이 아닌가 싶다. 나는 그가……하면 …… 할 것이다.

[39]

*

다음에 찾아오면 엎드려 자는 체할 것이다. 그리고 오지 않게 될 때까지 오랫동안 그짓을 되풀이할 것이다.

내 연구 역시 엉망이 되어버렸다. 나는 기력이 쇠하고 피로에 지쳐 있다. 나는 내가 감격해서 달릴 때만 기계적으로 빨리 달린다. 나는 '땅은 어디에서 우리의 식량을 얻는 것일까?' 라는 문제를 연구하기 시작했던 당시를 돌이켜본다. 당시에 나는 분명히 동족 가운데서 살고 있었다. 나는 군중이 가장 빽빽한 곳으로 파고들었다. 모든 이들을 내가 하는 일의 증인으로 삼고 싶었고, 나는 아직까지도 어떤 일반적인 효과를 기대하고 있었기 때문에 이 증언은 내 일보다도 특히나 더 중요했다. 물론 증언으로부터 나는 많은 고무를 받았다. 그렇지만 지금의 고독한 나에게 그것은 끝난 일이다. 그러나 그 당시에는 나도 강했으므로 엄청난 일을 벌였다. 그것은 원칙에 어긋나는 일이어서 당시의 증인이라면 누구나 그것을 불쾌하게 기억할 것이다. 나는 언제나 끝없이 전문화를 꾀하는 학문 속에서 일종의 기묘한 단순화 과정이 있는 것을 발견했다. 학문은 주로 땅이 우리의 식량을 만들어낸다고 가르치고 있다. 학문은 이러한 존재 조건을 단 연후에 최상의 품질과 최대의 충족감을 주는 여러 가지 음식물들을 만들 수 있는 방법론을 제시해준다. 땅이 식량을

<hr>

* [14]번 텍스트의 또 다른 판본으로 역시 미완성이다. 1922년 9월과 10월에 씌어졌다. (옮긴이)

만들어낸다는 것은 물론 옳은 말이며, 그것은 의심할 여지가 없다. 그럼에도 이에 대해 더 깊은 연구가 없는 일반적 견해가 보여주는 것처럼 그것은 그렇게 간단하지 않다. 시험삼아 날마다 되풀이되는 가장 원시적인 일들에 대하여 생각해보자. 이미 지금의 내가 거의 그런 셈인데, 만약 우리가 전혀 아무 일도 하지 않고서, 잠깐 동안만 땅을 경작한 후에 몸을 도사리고서 무엇이 오기를 기다린다면, 물론 우리들은 땅에서 식량을 발견하게 될 것이다. 다만 그것은 어떤 결과로부터 무언가가 나타나리라는 사실을 전제할 때만 드렇다는 것이다. 그러나 반드시 그렇다고만은 볼 수 없다. 학문에 대해 별로 구애받지 않는 자라면 — 학문의 영역이 날로 커져가는 경향이 있어서 학문에 매이지 않는 자는 극히 적은 수이지만 — 비록 그가 특별한 관찰을 목표로 하지 않는다 하더라도 땅에 있는 식량의 주성분이 위에서 온다는 것쯤은 곧 알 것이다. 우리의 숙련과 갈망의 정도에 따라, 대부분의 식량을 그것이 땅에 닿기도 전에 새치기해버리는 때도 있다. 이런 말을 한다고 해서 내가 학문에 배치되는 것은 전혀 아니다. 물론 땅이 이러한 식량을 만들어낼 수도 있다. 아무튼 땅은 때로는 식량을 자기 품속에서 만들어내기도 하고 때로는 위로부터 얻어들이기도 하지만, 본질적으로는 전혀 차이가 없다. 어떠한 경우에도 경작이 필요하다는 원칙을 세우고 있는 학문은 모르긴 해도 그렇게 구분 짓는 일에는 관여하지 않을 것이다. '입 안에 먹이를 갖게 되면 모든 문제는 우선 해결된 것이다'라는 말이 있다. 그런데 학문은 식량을 만들어내는 두 가지 중요한 방법으로서, 진짜 경작과 주문呪文, 무용, 가요의 형태를 띤 보충작업 내지는 미화작업을 알고 있기 때문에, 지금 말한 것과 같은 일들을 적어도 부분적으로는 완곡하게 다루고 있는 것처럼 보인다. 이 안에서 나는 완전하지는 못하지만 명백히 나의 구분과 일치하는 두 가지 분류를 찾아낼 수 있다. 경작은 내 생각으로는 두 가지 식량을 얻기 위해 필요한 것이지만, 주문이나 무용, 음악 등은 좁은 의미의 경작에는 그다지 관계가 없고, 주로 위로부터 식량을 끌어내리는 데 필요하다. 전통이 나의 이와 같은 해석에 힘이 되어주었다. 여기에서 우리 종족은 그 사실도 모른 채 학문을 수정하는 듯하며 그 결과 학문은 어떤 저항도 감히 하지 못하는 것이다. 학문이 바라듯이, 만약 위로부터 식량을 가져오는 힘을 땅에 주기 위해서는 예의 의식들이 한결같이 땅에 바쳐져야 한다면 의식들은 어디까지나 지상에서 행해져야 할 것이다. 그러므로 모든 것이 땅을 향해 속삭이고, 땅을 앞에 두고 노래하고, 춤추지 않으면 안 될 것이다. 내가 알기로는 학문 역시 바로 이를 요구한다. 그런데 여기에 기묘한 것이 있다. 우리 종족은 모든 의식과 더불어 높은 곳을 지향한다. 그렇다고 해서 이것이 학문을 손상시키는 것은 아니다. 학문은 그것을 금하지 않으며 그 의식 속에서 농부에게 자유를 부여한다. 학문은 그 가르침에서 언제나 땅을 염두에 둔다. 농부가 땅에 관계되는 가르침을 실천에 옮길 때 학문은 만족한다. 그러나 나는, 실은 학문의 사고 과정이 그 이상의 것을 요구한다고 생각한다. 나는 결코 학문에 조예가 깊지는 않지만, 우리 종족이 하늘을 우러러 소리 높이 주문을 외고, 공중을 향해 우리의 옛 민요를 슬프게 부르며, 땅은 잊어버린 채 영원히 높이 솟아오르려는 듯이 뛰어오르는 무용을 되풀이하는 광경을 목격할 때, 학자들이 어떻게 이것을 묵인할 수 있는지 납득이 가지 않는다. 나는 이 모순을 지적하는 것으로부터 시작했다. 학문의 가르침에 따라 수확기가 되면 나는 철저히 내 몸을 땅에다 얽어매었다. 나는 춤을 추며 땅을 긁어대었다. 될 수 있으면 땅과 가까이하려고 머리를 틀었다. 나중에 코끝이 들어갈 만큼의 땅에 구멍을 파고, 땅만이 들을 수 있도록, 그러니까 내 옆이나 위에 있는 그 어느 것에도 들리지 않도록 노래를 하고 낭송을 했다. 연구의 성과는 보잘것없는 것이어서, 때때로 먹을 것을 얻지는 못했지만 나는 벌써 나의 발견에 대해 환호하고자 했다. 그러나 그런 다음에는 다시 먹을 것이 나타났다. 우리 족속은 처음에는 나의 색다른 연기에 혼란스러운 듯싶었으나 이제 이 연기가 가져오는 이득이 무엇이라는 것을 알아차리게 되어, 내 외침이나 도약을 즐겨 무시했다. 먹을 것이 전보다도 풍성하게 자주 나타났다. 그런가 하면 먹을 것은 또 다시 꼬리를 감추고 만다. 나는 젊은 개로서는 보기 드문 열의를 가지고 여러 가지 실험을 정확히 검토해보았다. 연구를 더 진행시킬 가망성이 있는 실마리를 분명히 잡았다고 생각한 일도 여러 번 있었지만, 그것은 다시 막연한 것으로 흘러버렸다. 학문에 대한 나의 준비가 불충분한 것도 분명히 연구의 진전을 가로막는 것으로 나타났다. 이를테면 먹을 것이 부족하게 되는 것도 내 실험 결과로 일어난 것이 아니라, 비학문적인 경작의 결과 때문이며 내가 그러한 사실을 알게 되면서, 내 추론은 모두가 전혀 근거 없는 것으로 되어버렸다. 만일 일정한 조건이 주어진다면, 다시 말해서 경작이라는 것을 전혀 하지 않고서 우선 높은 데를 우러러보고 행하는 의식을 통해서 먹을 것을 아래로 내려오게 하는 데 성공한 다음, 오직 땅 위의 의식에만 의지해서 먹을 것이 자라도록 하려고 하지 않았다면, 거의 완벽에 가까운 실험이 되었을 것이다. 나도 이런 종류의 실험을 해보았는데, 확고한 신념을 가진 것도, 또 완전한 조건을 가지고서 시도한 것도 아니었다. 왜냐하면 적어도 일정한 분량의 경작은 언제나 필요하다는 것이 나의 확고한 생각이기 때문이다. 설사 이 사실을 믿지 않는 이단자의 견해가 옳다고 하더라도 땅에 물을 주는 행위는 충동적으로 일어나 어느 한계를 넘으면 도저히 피할 수 없는 것이므로, 경작이 필요없다는 이단자의 주장은 입증될 수 없다. 나로서는 이와는 또 다른 궤도에서 다소 어긋난 실험이 잘 이루어졌으며, 또 그것은 어느 정도 주목을 끌었다. 나는 공중에서 식량을 탈취하는, 흔히 행해지는 방법과 관련해서 식량을 하강시키면서도, 그것을 탈취하지 않도록 하려고 작정했다. 이를 위해 나는 식량이 나타나면 으레 가벼운 공중도약을 시도해보았지만, 이 도약이 거기까지 미치지는 못하도록 미리 손을 써놓았다. 그러면 대개의 경우, 식량은 소리 없이 무관심한 표정으로 지면으로 떨어지는 것이었다. 나는 화가 나서 식량에 덤벼든다. 그것은 굶주림에서 오는 분노이기도 하고 실망에서 오는 분노이기도 하다. 그러나 때로는 다른 일이 일어났다. 그것은 실로 놀라운 일이었다. 음식은 땅에 떨어지지 않고 공중에서 나를 따라오는 것이다. 즉, 식량은 굶주린 자를 따라오는 것이다. 그것은 먼 거리도 아닌 짧은 거리에서만 일어난다. 그리고 나중에 그것은 낙하하든지 완전히 사라져버리든지 또는—종종 있는 경우로서—내 욕망이 서둘러 실험을 끝내버리고는 그것을 다 먹어치워버렸던 것이다. 그러나 이것은 흔히 있는 일이었다. 어쨌든 나는 당시 행복했다. 일종의 속삭임 같은 것이 내 주위를 지나가는 것이었다. 다른 자들은 저마다 불안에 사로잡혔고 신경과민이 되었다. 내가 아는 자들이 내 질문에 전보다 더 호의를 갖는다는 것을 알 수 있었다. 그들의 눈동자 속에 어떤 구제를 바라는 빛이—그것이 설사 나의 시선의 반영에 불과할지 모르는 일이지만—보였다. 나는 더 이상 더 바랄 것이 없었다. 나는 만족했다. 그러나 나중에 나는—그리고 다른 자도 나와 같이 그것을 경험했는데—이 실험이 학문 세계에서는 벌써 옛날에 기술된 것이며, 그것도 나의 경우와는 비교도 되지 않을 만큼 거창한 성공을 보았다는 것, 그리고 이 실험에 필요한 자제自制의 어려움 때문에 오래전부터 행해지지 않은 상태였지만, 그러나 또 학문상으로 그 무의함 때문에 다시는 되풀이되어서는 안 된다는 것을 알게 되었다. 다시 말해서 모두들 이미 알고 있는 사실인즉, 땅은 식량을 위로부터 수직으로 하강시킬 뿐만 아니라 때로는 비스듬히, 또 때로는 나선형으로까지 하강시킨다는 것만을 증명하고 있을 뿐이라는 것이다.

여기서 나는 멈춰 서게 되었다. 그러나 의욕을 잃은 것은 아니었다. 나는 아직 젊었으므로 그런 일과는 인연이 멀었다. 반대로 이 실패로 말미암아 나는 나의 생애에서 가장 큰일에 용기를 내게 되었다. 나는 나의 실험이 학문적으로 무가치하다고 믿지 않았다. 그러나 이것은 신념으로 처리될 성질의 것은 아니었다. 필요한 것은 증명이다. 이런 증명을 시작하고 싶었다. 그래서 나는 다소 본 궤도에서 벗어난 이 실험을 빛을 보게 하고 연구의 중심으로 삼고 싶었던 것이다. 내가 식량을 외면하고 뒤로 물러섰을 때, 땅이 식량을 옆으로 끌어당기는 것이 아니라, 내가 식량을 끌어 들여서 내 뒤로 따라오게 한다는 것을 입증하고 싶었다. 그러나 이 실험을 이런 형태로 진행한다는 것은 불가능한 일이었다. 먹을 것을 눈앞에 보면서 그것을 학문적으로 실험한다는 것은 감당할 수 없는 노릇이다. 그러나 나는 다른 방법을 써보려고 하였다. 참을 수 있는 데까지 단식을 하고, 또 식량이 눈에 띌 기회를 피하여 모든 유혹에서 벗어나려고 했다. 그리하여 나는 밤낮으로 가만히 들어앉아 눈을 감은 채, 식량을 아래에서 취하거나 공중에서 가로채려고 진력하지도 않고, 달리 아무런 방도도 취하지 않고, 겨우 땅에 물을 주는 비합리적인 일을 하거나 주문과 노래를 조용히 읊조림으로써(춤은 몸이 쇠약해지므로 그만두려고 했다) 영양분이 스스로 위로부터 내려와, 땅 같은 것은 염두에도 두지 않고 내 몸 안으로 들어오기 위해서 나의 이빨을 노크하리라는 기대는 가졌지만, 어찌 그것을 감히 주장할 수 있겠는가 — 이런 일이 실현되면, 학문은 예외나 특수한 경우를 받아들이는 탄력성을 지니게 됨으로써 반박당하는 일이 없었을 것이지만, 그러나 다행히도 그 정도의 탄력성을 지니고 있지 않은 우리 족속은 이에 대하여 어떤 태도를 취할 것인가? 이것은 역사가 그것을 전해주고 있듯이, 가령 누군가 몸이 약하다거나 기분이 우울하기 때문에 식량을 마련하고 찾고 거두어들이는 것을 거절하고 그런 다음 개의 족속은 주문으로 규합됨으로써 늘 다니던 길로부터 이탈된 식량이 바로 병자의 입속으로 뛰어들게 하는 그런 식의 예외적인 사건은 결코 아닐 것이다. 그와 반대로 나는 매우 건강하여 힘이 넘쳤다. 식욕도 왕성하여 다른 데 머리를 쓸 경황이 없을 정도였다. 내가 이런 말을 하면 믿어줄지 어떨지는 다른 사람의 판단에 맡기지만, 나는 스스로 단식을 했고, 식량의 하강을 촉진시키는 능력도 있었으며, 또 그럴 마음도 갖고 있었지만, 이에 대한 개 족속의 협조는 필요치 않았을 뿐더러, 그런 협조 따위는 단호하게 거부했다. 나는 음식에 대한 얘기도, 군침이 도는 소리도, 뼈를 깨무는 소리도 들리지 않는 어느 깊은 숲속의 알맞은 장소를 찾아내어, 다시 한 번 실컷 음식을 먹고서 드러누웠다. 그리하여 가능하다면 온 시간을 눈을 꼭 감고 지내려고 했다. 양식이 나타나지 않는 한, 이런 상태가 며칠 또는 몇 주일 계속되건, 그것은 나로서는 밤의 연속이라고 생각했다. 그런데 나는 식량을 하강시키기 위해 주문을 외어야 했으며, 거기다 잠들어버려서 식량의 도착을 놓치지 않도록 조심하지 않으면 안 되었으므로, 이것은 나로서는 매우 무거운 짐이었으며, 전혀 잠을 자지 않거나 혹은 잠깐밖에는 잠들 수 없었다. 잠들어 있을 때가 눈을 뜨고 있는 때보다 한결 오래 단식할 수 있을 수 있다면 잠을 자는 것이 한편으로는 바람직한 일이기도 했다. 그래서 나는 세밀하게 시간을 나누어, 많이 자되 그러나 언제나 아주 짧은 동안만을 자려고 마음먹었다. 나는 잘 때는 반드시 연약한 나뭇가지에 머리를 기대어, 얼마 후에는 그 가지가 꺾여 눈을 뜰 수 있게 해서, 이 결심을 실천에 옮겼다. 그렇게 누워 자다가 눈을 뜨기도 하고 꿈을 꾸거나 조용히 노래를 부르기도 했다. 처음에는 아무 일도 일어나지 않았다. 내가 여기에서 사물들의 통례적인 진행에 저항할 때만 해도 식량의 출처가 아직 알려지지 않았던 모양이었다. 모든 것은 고요하기만 하였다. 이렇게 어렵사리 노력하고 있는 나를 다소 방해하는 것은, 개들이 내가 없어진 것을 알아채고 얼마 후에 나를 찾아내고는 무슨 일을 꾸미지는 않을까 하는 불안이었다. 두번째 걱정은, 땅에 물을 주는 작업을 좀 했을 뿐, 학문적으로 볼 때 불모지라고 생각되는 땅이 이른바 우연하게도 양식을 만들어내어, 그 냄새에 유혹이나 당하지 않을까 하는 것이었다. 그러나 한동안은 그런 일이 없어 단식을 계속할 수 있었다. 이런 걱정을 제외하고는, 나는 지금까지 한 번도 깨닫지 못했던 마음의 안정을 가졌다. 사실은 학문을 폐기하는 것이 내 목표였지만, 그럼에도 나는 유쾌함으로 충만해 있었으며, 또 학문에 종사하는 자의 격언에도 있는 저 평안에 가까운 기분을 간직하고 있었다. 나는 꿈속에서 학문에 용서를 빌었다. 학문 속에는 내 연구를 받아들일 여지도 있었던 것이다. 내 귀에 위로엔 찬 말이 들려왔다. '비록 너의 연구가 빛나는 성과를 거둔다 하더라도, 특히 개의 삶을 위해 너는 결코 잃은 것이 없을 것이다. 학문은 너에게 호의적인 태도를 보낸다. 학문은 너의 연구 성과의 해설에 귀를 기울일 것이다. 이 약속 자체가 일의 성취를 의미하는 것이다. 지금까지 추방된 자의 의식을 내면 깊이 간직한 채, 종족이 둘러싼 벽 위를 야수처럼 뛰어다니던 너는 큰 영예 속에 환영을 받게 될 것이다. 모인 개들의 육체에서 풍기는 저 그리운 따스함이 너를 감싸고 흐를 것이며, 너는 불가불 네 종족의 어깨 위에 무등이 태워진 채 칭찬을 받을 것이다.' 생전 처음 맛보는 굶주림의 기묘한 작용! 나의 업적이 굉장한 것처럼 생각되어 감동하고, 나 자신에 대한 사랑스러움과 측은함으로 가슴이 메어, 나는 조용한 숲속에서 훌쩍거리며 울기 시작했다. 이것은 물론 간단히 이해될 성질의 것이 아니었다. 노력에 상당하는 포상을 기대할 수 있는 처지가 되었다는데, 무엇 때문에 훌쩍거리면서 울었을까? 아마도 그 까닭은 십중팔구 안락함 때문이었을 것이다. 앞서 나는 결코 눈물을 흘린 적이 없었다. 안락함을 느낀다는 것은 여간해서 있을 수 없는 일인데도, 나는 그때마다 울었다. 당시 이 기분은 물론 오래지 않아 어디론지 사라져버렸다. 굶주림이 더욱 심각해짐에 따라 아름다운 여러 가지 영상은 점점 사라졌다. 그것은 오래 지속되지 않았다. 나는 모든 환상과 감동으로부터 빠른 작별을 고하고 내장 속에 타오르는 단식과 완전히 하나가 되었다. "이것이 굶주림이라는 것이다." 나는 당시 수없이 그렇게 되뇌었다. 마치 나 자신을 믿게 하려는 듯이 말이다. 굶주림과 나와는 별개의 것이라, 언제든지 마치 귀찮게 구애하는 자를 뿌리치는 것처럼 굶주림을 뿌리칠 수 있을지 모른다. 그러나 실지로 우리는 극도로 고통스러운 하나가 된 존재였다. "이것이 굶주림이라는 것이다." 이렇게 내가 스스로에게 설명한다면, 진정 지껄이는 것은 굶주림이며, 놈은 나를 이렇게 비웃고 있는 것이다. 정말 기분 나쁜 시절이었다! 그 당시 일을 생각하면 몸에 전율이 온다. 그것은 당시에 실컷 맛본 고통 때문만은 아니다. 특히 당시에는 내가 준비되어 있지 않았기 때문이며, 또 굶주림만이 나의 최후의 가장 강력한 연구 방법이라고 지금도 생각하고 있으므로, 앞으로 무엇인가 성취하려면 다시 한 번 그런 고통을 맛보아야 한다고 생각하기 때문이다. 이것이 중요한 이유이다. 길은 굶주림을 뚫고 지나간다. 그것이 도달될 수 있는 것이라면, 최고의 경지에 도달하려면 최고의 행위로만 가능한 것이다. 그리고 최고의 행위란 우리의 경우에 자유의지에 의해 단식하는 것이다. 그러므로 당시의 일을 곰곰이 생각할 때마다—당시의 일이라면 나는 평생이 걸려도 기꺼이 더듬어보려고 한다—나는 앞으로 위협적으로 닥쳐올 시대의 일을 여러 가지로 생각해본다. 이런 시도로부터 벗어나는 데는 거의 한평생을 소비해야 할 것 같다. 장년 시대가 나를 저 단식과 분리시키고 있지만, 나는 아직 거기에서 벗어나 있지 못하다. 만일 다음에 단식을 시작한다면 경험도 풍부해지고 이와 같은 시도의 피치 못할 이유도 잘 알고 있으므로 나는 전보다는 결단력을 보이겠지만, 그러나 그 후로 내 힘은 눈에 띄게 줄어들어 적어도 낯익은 저 두려움을 기다리고 있는 것만으로도 지쳐 나자빠질 것이다. 그리고 쇠퇴해가는 식욕도 내 편이 되어주지는 않을 것이다. 식욕이 없으므로 단식의 시도는 다시 가치가 줄어들고, 나는 할 수 없이 당시에 필요했던 정도 이상으로 오래 단식을 계속해야 할 것이다. 이런 전제, 또는 그 밖의 전제를 나는 분명히 포착할 수 있었다고 생각한다. 물론 그 후로 나는 오랫동안 예비 연습도 게을리 하지는 않았다. 굶주림 자체에 덤벼드는 경우도 여러 번 있었지마는, 나는 아직 철저히 그 힘을 발휘할 수 있을 만큼 강하지는 못했다. 젊은이의 거센 공격욕은 물론 영원히 사라졌다. 그것은 이미 그 당시 단식할 때 소멸되어버렸다. 여러 가지 생각이 나를 괴롭힌다. 우리 조상들이 협박하는 듯한 모습으로 나타난다. 비록 나는 공개적으로 말할 용기는 없으나, 그들에게 모든 책임이 있다고 생각한다. 그들은 개의 생활에 대하여 죄를 범한 것이다. 그러므로 나는 그들의 협박에 대하여 거리낌없이 협박으로 대답할 수 있다. 그러나 나는 그들의 지식 앞에서는 고개를 숙인다. 그 지식은 무언가 알 수 없는 어떤 깊은 원천에서 오는 것이다. 그러므로 내가 그들에게 싸움을 걸고 싶은 충동을 느끼더라도, 그들이 지키고 있는 법칙을 넘어서는 일은 없을 것이다. 일종의 특별한 후각으로 나는 법칙의 틈들을 알아내어 그 틈을 통해서만 달려갈 것이다. 나는 단식에 관한 유명한 대화를 인용하려고 한다. 이 대화에서 우리들의 현자 한 사람은 단식을 금지하고 싶다는 의도를 밝혔다. 이에 대하여 두번째 현자는 다음과 같이 반문하여 상대방의 주장을 뒤집으려고 한다. "앞으로 과연 단식하는 자가 있을까?" 첫번째 현자는 이 말을 곧 납득하고 단식 금지령을 철회한다. 그런데 여기에 다시 질문이 제기된다. "그러나 단식은 처음부터 금지되어 있지 않은가?" 대다수의 주석자들은 이 물음을 부정한다. 그들은 단식을 자유스러운 행동이라고 생각하고, 두번째 현자의 견해에 동의하여, 그릇된 주석에서 좋지 않은 결과가 나오더라도 개의치 않는다. 나는 단식을 시작하기 전에 이런 사정을 잘 알고 있었다. 그런데 굶주림 속에서 내 몸은 휘었으며, 정신에 다소 혼란이 생겨서 뒷다리에 자꾸 구원을 청하고, 절망적으로 뒷다리를 핥기도 하며, 물기도 하고, 빨기도 하다가, 나중에는 엉덩이까지 왔을 때, 나는 대화의 일반적 해석이 완전히 거짓으로 생각되었다. 그리하여 나는 논평적인 학문을 저주했다. 또한 이 해석 때문에 길을 잘못 든 나 자신을 저주했다. 대화는 어린애라도 알아야 하겠지만—분명히 단식하는 아이라도—그것은 분명 단식만을 금지한다는 것 이상을 내포하고 있다. 첫번째 현자는 단식을 금지하려고 했다. 현자의 이러한 의도는 이미 실현되어 있다. 그러니까 단식은 앞서 금지된 상태였던 것이다. 두번째 현자는 그에 동의할 뿐만 아니라 처음부터 단식을 불가능한 것이라고까지 생각하여, 첫째 금지령에다가, 둘째 것인, 즉 개의 본성 자체에 대한 금지령을 얹어놓는다. 첫번째 현자는 이를 인정하고, 저 명쾌한 금지령을 철회한다. 즉, 그는 저 개들에게 모

든 사정을 설명하고 나서 통찰을 수행하고 그리고 스스로 단식을
금지하도록 지시한 것이다. 그러므로 항간에 지켜지고 있는 금지령
대신에 세 개의 금지령이 하나로 묶여 있어서 나는 이 금지령을 어
긴 격이 된다. 이렇게 되고 보니, 어쨌든 뒤늦게나마 금지령에 복
종하여 단식을 중단할 수도 있었지만, 그 때문에 괴로움을 당하면
서도 단식을 더 계속하고 싶은 유혹을 느껴, 알지 못하는 개의 뒤를
밟을 때처럼 욕망에 불타 유혹에 따르기도 했다. 나는 단식을 중단
할 수가 없었던 것이다. 몸이 극도로 약해져서 일어나 구원을 청할
기력조차 없었고 그리고 개들이 거주하는 지역으로 구제되어 갈 수
없었다. 나는 숲속의 마른 잎사귀 위를 데굴데굴 뒹굴었다. 이제는
잘 수도 없었다. 사방에서 시끄러운 소리가 들려왔다. 지금까지 내
삶에서 잠자던 세계가 나의 단식으로 인해서 깨어난 것이라고 생각
되었다. 나는 더 이상 아무것도 먹을 수 없다는 생각이 들었다. 만
일 내가 무엇을 먹는다면, 해방된 듯 소란스러운 세계를 다시 침묵
으로 빠뜨릴 것이 분명했다. 그것은 내가 할 수 있는 일이다. 그러
나 가장 큰 소리는 내 뱃속에서 들려왔다. 나는 배에 자주 귀를 대
어보았다. 나는 틀림없이 놀란 눈을 했을 것이다. 그런 소리를 들
으리라고는 거의 상상할 수도 없었기 때문이다. 이제 그 소리는 아
주 심해졌기 때문에, 현기증이 내 본성 역시 사로잡는 듯했다. 내
본성은 여러 차례 무의미한 구출을 시도해보았다. 나는 음식 냄새
를 느끼기 시작했다. 벌써 오랫동안 입에 댄 일이 없는 정갈한 음식
이었다. 그것은 어린 시절의 즐거움이 아니던가. 그렇다, 나는 그
음식에서 어머니 품에서 풍기는 향기를 맡았다. 나는 그 향기에 저
항할 엄두를 내지 못했다. 아니, 정확하게 말하자면 엄두를 내지 못
한 것이 아니다. 마치 결단이 그 향기에 속해 있기나 하듯이 나는
단단히 마음을 먹고서 여기저기로 힘들게 몸을 이끌었다. 그러나

언제나 두서너 발자국밖에 떼어놓지 못했다. 그리고 음식으로부터 내 몸을 지키기 위해 음식을 구하는 것처럼 쿵쿵거리며 냄새를 맡았다. 아무것도 찾아내지 못했지만, 나는 실망하지 않았다. 음식들은 있는 것이다. 다만 언제나 두서너 발자국 떨어진 곳에 있을 뿐이다. 내 다리는 진작부터 꺾인 상태였다. 그와 동시에 나는 거기에는 아무것도 없다는 것을 알게 되었다. 이제는 떠날 수가 없는 이 장소에서, 최후의 좌절을 맞게 될까 두려워서 그저 보잘것없는 움직임을 해보려는 것에 불과하다는 것을 나는 알고 있었다. 마지막 희망들도 사라져버렸다. 그것은 마지막 유혹이기도 했다. 나는 비참한 모습으로 여기에서 몰락해갈 것이다. 나의 연구, 즉 어린애다운 행복에 찼던 이 시대의 어린애다운 시도들은 대체 무슨 의미가 있는 것일까? 지금 그리고 여기에는 진지함이 있다. 여기에서 그 연구는 진가를 발휘할 수 있었을지 모른다. 그런데 그 연구는 어디로 가버린 것일까? 여기에는 어찌할 바 모르며 허공을 물어뜯는 한 마리의 개만이 있을 뿐이다. 여전히 급하게 경련을 일으키면서 연방 땅을 적셔보지만 자신은 그것을 알지 못한다. 그러나 자신의 기억 속에 남아 있는 혼란스러운 주문들로부터 더 이상 아무것도 찾아낼 수가 없다. 갓난아이가 어머니 젖가슴에 안겨 있을 때 듣는 노래 소리도 찾아볼 수 없다. 나는 형제들과 짧은 거리에 떨어져 살고 있는 것이 아니라, 모든 것으로부터 아주 멀리 떨어져 있는 듯하다. 나는 단식 때문에 죽을 것 같지는 않고 오히려 버림받아서 죽을지 모른다는 생각이 든다. 내게 관심을 갖는 것은 하나도 없었다. 땅 밑에 있는 것이나 땅 위에 있는 것이나 높은 곳에 있는 것이나 할 것 없이 그 어느 하나도 내게 관심을 갖지 않는다. 이것은 분명한 사실이다. 나는 그들의 무관심 때문에 몰락해갔다. 그들의 무관심은 이렇게 말하고 있다. '저 놈은 죽는다'고. 아마도 그렇게 될지 모른다. 그리고 내가 여기에 동의하지 않았던가? 나도 똑같은 말을 하지 않았던가? 내가 이렇게 버림받기를 원하지 않았던가? 그대 개들이여, 그럴 것이다. 그러나 여기에서 그렇게 끝내기 위해서가 아니다. 이 허위로운 세계로부터 벗어나 진실로 건너가기 위해서이다. 이 세계에는 허위의 주민인 나를 포함해서 그로부터 진실을 배울 수 있는 사람은 그 어느 누구도 없다. 아마도 진리는 그렇게 멀리 떨어져 있지는 않을 것이다. 나도 또한 스스로 생각하고 있었던 것처럼 버림을 받지는 않았을 것이다. 그렇다, 분명히 남에게 버림을 받지는 않았다. 다만 내가 거부한 나 자신으로부터 버림을 받았을 뿐이고 그리고 그 때문에 죽었던 것이다. 그러나 신경질적인 개가 생각하는 것처럼 그렇게 간단히 죽지는 않는다. 나는 단지 기절했을 뿐이다. 깨어나 두 눈을 들어보니, 거기 낯선 개가 한 마리 서 있었다. 나는 이미 시장기를 느끼지 않았으며 힘이 충만해 있었다. 일어나서 시험해보려고 하지는 않았지만 내 생각에 사지에 탄력이 붙은 듯했다. 특별히 여느 때와 다른 게 없었다. 아름답기는 하지만 그렇다고 아주 유별나게 아름다운 것은 아닌 개가 내 앞에 서 있을 뿐 다른 이상은 없었다. 그러나 나는 그 개에게 심상치 않은 그 무엇이 있다고 생각했다. 내 밑에는 피가 있었다. 처음 순간엔 그것이 음식이려니 하고 생각했다. 그러나 그것이 내가 토해낸 피임을 곧 알게 되었다. 나는 그것을 외면하고는 그 낯선 개 쪽으로 갔다. 그 개는 여위고 날씬한 다리를 가졌으며 듬성듬성 흰 반점이 나 있었고 그리고 아름답고 날카로우며 탐구적인 눈동자를 갖고 있었다. "이곳에서 무얼 하고 있지?" 하고 그가 말했다. "저리 비켜주어야겠어." "지금은 비킬 수가 없는데." 나는 아무런 해명도 하지 않은 채 그렇게 말했다. 그에게 모든 것을 다 설명할 의무는 없는 것이니까. 게다가 그 역시 급한 모양이었다. "제발 비켜주게." 상대방은 마음이 가라앉지 않는 모양으로, 다리를 차례로 들어 올렸다. "그냥 내버려두게나" 하고 나는 말했다. "저쪽으로 가주게, 신경 쓰지 말고. 다른 개들도 나에게 신경 쓰지 않고 있잖아." "다 너를 위해서 그러는 거야" 하고 그가 말했다. "좋을 대로 이유를 붙이게나" 하고 나는 말했다. "난 가고 싶어도 걸을 수가 없어." "염려할 것 없네." 그는 미소를 지으며 말했다. "걸을 수 있어. 몸이 쇠약한 것 같으니까, 지금 천천히 물러나달라는 거야. 우물쭈물하면 나중엔 뛰어가야 돼." "그런 걱정일랑은 말게." "네 걱정거리는 곧 내 걱정거리이기도 하지" 하고 그는 말했다. 완강하게 버티니까 마음이 상한 모양이었다. 그는 우선 나를 그대로 놓아두고, 나중에 기회를 보아 다정스레 나에게 다가올 모양이었다. 여느 때 같으면 상대가 아름다운 개이므로 나도 어지간히 참았을 터이지만, 그때는 이유는 알 수 없지만 놀라움에 사로잡혔다. "저리 가!" 나는 달리 방어할 수 없어서 더욱 더 크게 소리쳤다. "마음대로 하게." 그는 천천히 뒤로 물러나면서 말했다. "이상한 자 다 보겠군. 내 말이 그렇게도 거슬리나?" "네가 물러가는 게 좋아. 좀 내버려둬." 나는 이렇게 말했지만, 이미 상대방에게 내 말을 믿게 할 만큼 나 스스로가 자신에 차 있지 않았다. 단식 때문에 날카로워진 내 오관이 그에게서 무엇인가 보고 또 듣는 것이 있었다. 처음엔 초기 상태에 있던 것이 차차 커졌다. 가까이 다가왔다. 나는 이미 알고 있었다. 비록 지금 아직은 상상할 수는 없지만 이 개는 분명히 날 쫓아낼 힘을 가지고 있을 것이다. 그것은 마치 앞으로 내 스스로가 일어설 수 있게 되리라는 것을 나 자신 지금은 상상할 수 없는 것과 같다. 나의 난폭한 대답에 부드럽게 머리를 흔들기만 하던 이 상대방을 나는 호기심에 가득 찬 눈초리로 쳐다보았다. "넌 누구니?" 내가 물었다. "난 사냥개야." 그가 말했다. "넌 왜 날 여기에 내버려두려 하지 않는 거니?" 내가 물었다. "네가 내게 방해가 되기 때문이야. 네가 여기 있으면 사냥할 수가 없어." "사냥을 해봐, 사냥할 수 있을 거야." 내가 말했다. "안 돼, 미안하지만, 좀 물러나주게." 그가 말했다. "오늘은 사냥을 그만두지 않겠나?" 하고 나는 부탁했다. "안 돼, 난 사냥을 해야만 해." 그가 말했다. "내가 물러나야 하겠군. 네가 사냥을 해야 할 테니까. 꼭 해야만 한다니. 넌 우리가 왜 꼭 해야 하는지 그 이유를 알고 있니?" 내가 말했다.

"그런 건 나도 몰라. 굳이 알 것도 없지. 그거야 자명하고도 당연한 일이지." 그가 말했다. "그렇지 않아. 네가 나를 몰아내는 것을 미안한 일이라고 말하면서도 넌 그런 짓을 하고 있잖아"라고 내가 말했다. "그건 그래." 그가 말했다. "그건 그렇다고." 나는 화가 나서 상대방의 말을 되뇌었다. "그래서는 대답이 되지 않아. 사냥을 포기하는 것과 나를 쫓아내는 것을 포기하는 것 중에서 어느 것이 너에겐 쉬운 일이지?" "사냥을 포기하는 일이지." 그는 주저하지 않고 말했다. "그럼 이야기가 모순되지 않나?" 내가 말했다. "대체 무엇이 모순이야? 예쁘장하고 몸집이 작은 네가 내가 하지 않으면 안 된다는 게 무얼 의미하는지 정말 모르고 있다는 거니? 뻔한 일을 모르고 있는 것 아냐?" 그가 말했다. 나는 아무것도 더 이상 대답하지 않았다. 알아차렸기 때문이었다─새 생명이, 몸서리쳐지는 생명이 내 온몸을 스쳐 지나갔다─나는 아무도 알아차리지 못하리라 생각되는, 일일이 설명할 수 없는 징후들에서 이 개가 가슴속 깊이로부터 하나의 노래를 부르기 시작했다는 것을 알아차렸다. "네가 노래를 부를 거구나." 내가 말했다. "그래." 그는 진지한 태도로 말을 이었다. "이제 곧 부르려고 하지만 지금은 아직 부르고 있는 것은 아니야." "넌 벌써 시작하고 있잖아." 내가 말했다. "아니다. 아직은 아니다. 제발 내 노래를 들을 준비나 해라." 그가 말했다. "너는 부인하지만 나한텐 벌써 노랫소리가 들린다." 나는 떨면서 이렇게 말했다. 그는 잠자코 있었다. 나는 그때 지금까지 어떤 개도 경험하지 못한 것을 알게 되었다고 믿었다. 적어도 전래되어온 것 속에서는 그것을 조금이라도 암시하는 것이라곤 찾아볼 수 없다. 나는 한없는 불안과 수치에 싸여 서둘러 내 앞의 피바다 속에 얼른 엎드렸다. 이 개는 자기는 전혀 알지 못하면서 노래를 부르고 있을 뿐만 아니라, 노래의 멜로디가 이 개에게서 떠나 독자적인 법칙에 따라 공중으로 흘러가고, 마치 그와는 관계가 없는 것처럼, 그를 떠나서 오직 나만을 목표로 해서 들려오는 것이었다. 지금은 물론 나는 모든 그와 같은 종류의 인식을 부인하며 내가 그런 인식을 하게 되었던 것은 그 무렵 내가 신경이 매우 날카로웠기 때문이라고 생각한다. 그러나 설사 그것이 착각이었다 하더라도, 그 착각은 분명히 위대성을 가지며, 그것은 내가 저 단식 시대로부터 이 세계로 구출해온 가상적인 실재이긴 하지만 유일한 실재이다. 그리고 이 실재는 적어도 우리가 완전히 제정신이 아닌 상태에서 도달할 수 있는 것임을 보여준다. 나는 실제로 완전히 제정신이 아닌 상태였다. 보통의 상태였더라면 나는 중태에 빠져 몸도 제대로 가눌 수 없었을 테지만, 그 개가 이내 자기 것으로 받아들인 것 같아 보이는 그 멜로디에 나는 도저히 거역할 수가 없었다. 멜로디는 더욱 강해졌다. 그것은 한계를 모르는 듯했고, 이제는 내 귀청을 파괴할 지경이었다. 그런데 제일 언짢은 것은, 이 소리가 오직 나만을 위해 존재하는 것처럼 보인다는 것이었다. 그 소리의 숭고함 앞에서는 숲이 침묵하는 듯싶었다. 그런데 오로지 혼자 여전히 여기에 버티며 자신의 오물과 피에 젖어 그 소리 앞에 뽐내고 서 있는 '나'는 도대체 무엇인가? 나는 비틀거리면서 일어섰다. 내 몸 아래쪽을 응시한다. 내가 이런 몸일 수는 없겠지. 이런 생각을 하고 있는 동안에 멜로디에 쫓긴 나는 어느새 놀랄 만큼 굉장한 도약을 하면서 날아가듯이 뛰고 있었다. 친구들에게는 아무 이야기도 하지 않았다. 내가 돌아온 직후였다면 이것저것 다 이야기했을 것이다. 그러나 그때는 너무 약했고, 나중에는 그것이 다시는 전달할 수 없는 것처럼 보였다. 그런가 하면 억제할 수 없는 어떤 암시들이 있긴 했지만 대화들 중에 흔적도 없이 사라져버렸다. 나는 어쨌든 육체적으로는 두세 시간 만에 회복되었지만, 정신적으로는 지금까지도 그 결과가 남아 있다.

그러나 나는 나의 연구를 개들의 음악에까지 넓혀갔다. 학문은 이 방면에서도 역시 상당히 활동적이었다. 음악에 관한 학문은 만약 내가 보고 받은 것이 확실하다면, 식량에 관한 학문보다 더욱 광범위한 것 같다. 그리고 어쨌든 기초가 훨씬 튼튼해 보였다. 그것은 음악의 영역이 식량의 영역보다 객관적으로 탐구될 수 있다는 사실과, 전자는 단지 관찰과 체계화가 보다 큰 목적인 데 반하여, 후자는 실제로 유용한 결론이 목적인 데서 설명될 수 있다. 음악학에 대한 경의가 식품영양학에 대한 것보다 훨씬 크지만, 그러니 전자는 후자만큼 민중 속에 그렇게 깊이 침투할 수는 없다. 나도 숲속에서 그 멜로디를 듣기 전까지는 음악학이 다른 어떤 학문보다도 더 낯설었다. 음악을 하는 개를 체험함으로써 나는 이 학문을 알게 되었지만, 그 무렵 나는 아직 젊었다. 게다가 이 학문은 그 근처에 가는 것만 해도 쉽지 않았고, 특별히 난해한 것으로 알려졌으며 대중과의 접촉을 피하고 있었다. 비록 처음엔 개들에게서 그 음악이 가장 눈에 띄었지만, 침묵에 싸인 개로서의 본질이 나에게는 음악보다도 더 중요한 듯했다. 그들의 전율적인 음악과 유사한 것을 나는 어디에서도 발견한 적이 없다. 나도 오히려 이것을 무시할 수도 있었지만, 그때 이후부터는 그들의 본질을 도처에 있는 모든 개들 속에서 찾아볼 수 있었던 것이다. 그런데 개의 본질을 잘 알기 위해서는 식량에 대한 연구가 가장 적합한 것이며 우회하는 법이 없이 직접 목표에 연결되는 것으로 보였다. 아마 그 점에서 내가 옳지 않았나 싶다. 그 무렵만 하더라도 벌써 이 두 가지 학문 중 한 주변 영역이 나에게 의혹을 품게 했다. 그것은 식량을 불러 내리는 노래에 관한 학설이다. 그런데 이 경우에도 내게 적지 않은 장애가 되는 것은 내가 지금까지 음악학에 대하여 결코 진지하게 빠져본 적이 없었다는 점이다. 이런 점에서 나는 학문에 의해 언제나 특히 멸시받는 엉터리 학자들 축에도 결코 낄 수가 없었다. 이것은 항상 나의 마음속에 자리하게 될 것이다. 내가 어떤 학자 앞에건 서게 되는 경우 아무리 쉬운 학문상의 시험이라 할지라도 낙방할 것이다. 유감스럽지만 그것에 대한 증거는 얼마든지 있다. 이미 언급했던 생활환경은 덮어두더라도, 물론 이것은 우선 나의 학문적인 무능력과 부족한 사고력 그리고 빈약한 기억력, 그리고 무엇보다도 나의 학문적인 목적을 똑똑히 보여주지 못하는 데 그 원인이 있는 것이다. 나는 이 모든 것을 명백히 고백하고자 한다. 그것도 어느 정도 기꺼운 마음으로 고백하고자 한다. 왜냐하면 내 학문적인 무능력의 보다 깊은 원인은 하나의 본능, 즉 결코 보잘것없는 것이라고는 할 수 없는 그 본능에 있는 것 같기 때문이다. 내가 호언하려는 마음만 있었다면 바로 이러한 본능이 나의 학문적 능력을 파괴한 것이라고 말했을지 모르겠다. 왜냐하면 아주 단순하다고는 할 수 없는 일상적인 생활환경 속에서는 어느 정도 명석함을 보였으며, 그리고 학문은 아니더라도 그러나 학자들을 매우 잘 이해한다는 것이 후에 있었던 결과들에서도 입증될 수 있는 일이지만, 그런 내가 처음부터 학문의 첫단계에 불과한 앞다리를 쳐드는 일도 하지 못했다는 것은 매우 기이한 현상일지 모르기 때문이다. 그 본능은 오늘날의 학문과는 달리 습득되는 바로 그 학문 얻기 위해서, 즉, 모든 학문 중의 궁극적인 학문을 얻기 위해서 나로 하여금 자유를 다른 그 어떤 것보다도 더 높이 평가하게 했던 것이다. 자유! 물론 오늘날 허용되어 있는 자유란 빈약하기 이를 데 없는 작물에 불과하다. 그러나 그게 어떤 자유이든 간에 그것은 언제나 하나의 소유물이라는 것이다.

[40]

나는 그녀에게서 도망쳐나왔다. 나는 고갯길을 달려 내려갔다. 높게 자란 풀들 때문에 달리기가 힘들었다. 그녀는 위쪽 나무 옆에 서서 내 뒤를 쳐다보았다.

───────────

이곳은 참을 수가 없다. 어제 나는 예리호Jericho와 이야기를 했다. 그는 방구석에 쭈그리고 앉아 신문을 읽고 있었다. "예리호, 당신은 내 의견에 찬성할 건가요?" 내가 물었지만 그는 고개를 흔들었을 뿐 신문을 계속 읽었다. 나는 말했다. "나는 당신의 투표권을 임의적인 것으로 보고 싶지 않습니다. 하지만 나는 표를 충분히 얻지 못할 것입니다. 내가 실패하리라는 것은 확실합니다. 그렇지만……

───────────

당시는 선거 기간이었다……

───────────

나는 언젠가 선거운동에 가담한 적이 있었다. 하지만 그것은 벌써 오래전 일이다. 한 후보자가 선거 기간 동안에 나를 서기로 채용했

831

다. 물론 나는 그 모든 것을 아직까지 희미하게나마 기억하고는 있는 것이다……

———————

너는 무엇을 짓고 있느냐? 나는 통로를 파려는 것이다. 꼭 진척이 있어야만 한다. 내 위치는 아주 높은 상층부이다.

———————

우리는 바벨의 갱도를 팠다.

———————

그는 지그재그로 된 선線 세 개만을 뒤에 남겼을 뿐이다. 그는 어떻게 해서 그 일에 몰두하게 되었을까. 그러나 실지로 그는 전혀 몰두하지 않았던 것이다.

———————

지푸라기 하나? 많은 사람들이 물위에 그은 연필선에 매달려 있다. 매달려 있다고? 익사자로서 구출을 꿈꾸는 것일까.

———————

죽음이 그를 삶으로부터 들어냈음에 틀림없다. 마치 장애자를 휠체

어에서 들어 올리듯이. 그는 휠체어의 장애자처럼 확고하게 그러면서도 힘들게 삶 속에 앉아 있었다.

───────────────

내 생활이 달라지기는 했지만 그래도 근본에서는 달라진 것이 없지 않은가! 지금 돌이켜 생각해보면 그리고 내가 아직 개 족속의 일원으로서 살았고 그 족속이 관심을 보이는 것이라면 무엇이든 관여했던 그 시절을 되새겨보면—그렇지만 개들 중의 하나인 나로서 좀더 자세히 관찰해보면—이곳에는 예전부터 어딘가 일치하지 않는 것, 즉 일종의 균열 같은 것이 존재했다는 것을 발견하게 되는데, 가장 신성한 종족 모임에조차 어떤 가벼운 불쾌감이 나를 엄습했음을 알게 된다. 흔한 일은 아니었지만 그것도 친한 무리들과 함께 있을 때도 자주 그랬다는 편이 나을 것이다. 나는 사랑스런 동료개의 모습만 하나 보여도, 어쨌거나 단지 새롭게 보이는 모습만 보아도 당황했고, 놀라워했으며, 어찌할 바 몰라했고, 나아가 절망적이기까지 했다. 나는 어떻게 하든 흥분을 가라앉히려고 애썼다. 내가 이런 사실을 털어놓았던 친구들은 나를 도와주었다. 그래서 나에게 다시 보다 평안한 시기가 찾아왔다. 그렇다고 해서 저 놀라운 일들이 완전히 사라져버린 시기는 아니었다. 그러나 그것들이 보다 냉정하게 받아들여졌고 보다 냉정하게 내 생활에 적응되었던 시기였다. 아마 그 시기가 나를 슬프고도 피곤하게 만들었는지도 모르지만 그 외에도 나로 하여금 냉정하고 겸손하며 조심스러운 계산적인 개로, 전체적으로는 한 마리의 정상적인 개로서 존속할 수 있도록 만들었다. 만일 이러한 휴식의 한때가 주어지지 않았더라면, 지금 내가 누리고 있는 이 나이를 채우지도 못했을 것이고, 나아가 젊은 시절의 놀라움을 조용히 관찰하고, 노년의 놀라움을 조용히 견뎌나 갈 수 있는 마음의 평정에도 도달할 수 없었을 것이다. 그리고 굳이 말하자면 나의 불행한 처지에서, 좀더 신중하게 표현하자면 그렇게 행복하다고는 할 수 없는 그런 처지에서 결론들을 끌어내어 힘이 미치는 한 그것에 상응해서 살아갈 수도 없었을 것이다. 남들과 관계를 끊고서, 외롭게, 가망은 보이지 않지만 내게는 꼭 필요한 작고 취미에 가까운, 그런 모든 점에도 불구하고 비밀스러운 희망을 주는 연구에만 몰두한 채 나는 그렇게 살아가고 있는 것이다. 그러나 나는 먼발치에서 여전히 내 족속에 대해 조망하는 것을 잊어버린 적이 없었다. 물론 점차적으로 뜸해지기는 했으나 나 역시 여기저기에서 나 자신에 관한 소식을 듣는다. 저마다 나에게 경의를 표하고 있고 나의 생활방식을 이해하지 못하지만, 그러나 나는 그것을 악의로 해석하지 않는다. 먼발치에서 이리저리 뛰어다니는 젊은 개들을 보게 되는데, 그들의 어린 시절이 어렴풋이 기억되는 새로운 세대들까지도 나에게 아낌없이 경의에 찬 인사를 보낸다.

내가 이상한 면을 가지고 있다는 것은 잘 알려져 있으나, 그렇다고 내가 완전히 타락한 것은 아니라는 사실만은 잊어서는 안 된다. 잘 생각해보면—나에게는 생각할 만한 여유도 있고, 생각할 마음도 있으며, 또 생각할 능력도 있다—개란 희한한 족속이다. 우리 개들 이외에도 주위 세상에는 여러 가지 생물들이 살고 있다. 하찮고 비천한 생물이 있는가 하면, 말도 못하며 극히 한정된 소리만을 내는 생물들이 있다. 우리 개들 중에는 이러한 생물들을 연구하는 자들이 많다. 생물들에게 이름을 붙이고 그들을 도와주려고 노력하고, 그들을 교육하려 하고, 그들 품위를 높여주려는 등의 일을 한다. 이러한 생물들이 나를 방해하려 하지 않는 한, 혹은 그들로부터 어느 정도 소량의 음식을 기대할 수 있다(우리 지역에서는 이것은 아주 드문 일이다) 하더라도 나는 그들에게 아랑곳하지 않는다. 나는 그들을 잘못 혼동하기도 하고, 그들을 무시해버리기도 한다. 그러나 내가 그냥 지나칠 수 없는, 아주 뚜렷한 일이 한 가지 있다. 그것은 우리네 개들에 비하여 그들은 거의 응집력이 없다는 것이다. 그리고 그들은 서로가 만나도 모르는 척 말없이 지나치기 일쑤이며, 일종의 보이지 않는 적의까지 품고 지나치기도 한다. 공통된 이해관계만이 그들을 어느 정도 연결시켜줄 수 있는데, 이러한 이해관계에서조차 그들 사이에서는 가끔 증오와 시비가 일어난다. 그러나 우리 개들은 그렇지 않다! 우리는 오랜 세월이 흐르는 동안에 수많은 심한 차이 때문에 서로 구분되어져 있기는 하지만 분명 모두들 한 덩어리가 되어 살아가고 있다 해도 과언이 아니다. 모두가 한 덩어리로 말이다! 우리는 서로에게 비벼대며, 그 어느 것도 이렇게 비벼대는 일을 저지할 수 없다. 내가 아직도 알고 있는 몇 가지 우리들의 법과 제도들, 또는 내가 모조리 잊어버린 헤아릴 수 없이 많은 법과 제도들은 우리가 누릴 수 있는 가장 위대한 행복인 따뜻한 공동생활에 대한 동경에서 비롯되는 것이다. 그러나 이와 정반대 되는 일도 없지 않다. 내가 보기에는 그 어떤 생물도 우리들 개처럼 널리 분산되어 사는 동물은 없다. 그 어떤 생물도 계급, 종류, 직무에서 그처럼 현저한 차이를 갖고 있지 않다. 하나로 모여 살려는 그런 우리가—어쨌거나 사소한 순간이나 지나치다 싶은 순간에도 언제나 잘 되어왔지만—실은 서로 떨어져서, 때로는 이웃 개도 모르는 독특한 일들을 하며 살아간다. 그것도 개의 족속에는 속해 있지 않은, 아니 오히려 그들과는 반대되는 규정을 고수하고 있는 것이다.

그런데 건드리지 않는 게 오히려 좋을 성싶은 어떤 어려운 일들이 있다—나는 이와 같은 입장을 잘 이해하고 있다. 내 처지보다도 더 잘 이해하고 있는 것이다—그런데 내가 완전히 빠져 있는 것이 바로 그런 일들이다. 어째서 나는 다른 개들과 같은 태도를 취하지 않는 것일까? 나는 나의 종족들과 조화를 이루며 살아간다. 간혹 조화를 깨뜨리는 일이 있어도 조용히 받아들이며, 그것을 그저 어떤 큰 계산을 하다가 생기는 사소한 잘못 정도로 간과해버린다. 나의 마음은 우리를 행복하게 뭉치게 하는 것으로 향하여 있다. 그러나 언제나 거역할 수 없이 닥쳐오긴 하지만, 우리 종족의 영역으로부터 우리를 잡아끌어 가려는 것에 대해서는 눈길을 주지 않는다.

보다 예전에 있었던 여러 가지 암시를 생각해볼 때 완전히 억누를 수 없는 나의 불안감은 나의 젊은 시절에 있었던 분명한 사건으로부터 시작되었다. 그 무렵 나는, 어린아이로서 그 나이에는 누구나 경험하듯이, 행복에 가득 찬, 설명하기 어려운 흥분에 차 있었다. 나는 어린 소년기 말의 아직 젊은 개였는데, 모든 게 다 마음에 들었고, 모든 일이 나와 관련되어 있었다. 내 주위에는 커다란 녀석들이 앞장서서 가고, 그들의 리더는 바로 나였다. 또 나는 그들을 대변해주어야 한다고 생각했다. 불쌍하게 땅바닥에 누워 있어야만 했던 녀석들도 있었는데, 그들을 위하여 뛰어다니지는 못했지만 적어도 그들에게 몸을 흔들어 보였다. 이제, 그것은 어린아이들의 공상의 세계로서 시간과 함께 사라질 것이다. 그러나 당시에 그 공상들은 큰 힘을 가지고 있어 나는 그 손아귀에서 헤어나오지 못했다. 그리고 또 실제로 그와 같은 무한한 기대에 어울리는 듯한 이상한 사건도 일어났던 것이다. 사건 그 자체는 결코 이상한 것이 아니었다. 그 후에도 그런 종류의 더욱 기묘한 사건들을 종종 본 적이 있었는데, 당시 나는 그런 일은 생전 처음 겪는 것이어서, 방향을 제시하는 듯한 지울 수 없는 강한 인상을 받았다.

말하자면 나는 작은 개의 집단을 만났던 것이다. 아니, 이쪽에서 만났다기보다는 오히려 저쪽에서 나를 향하여 왔다는 편이 옳을 것이다. 나는 당시 어떤 큰 사건에 대한 예감을 갖고 — 나는 물론 항시 예감을 갖고 있었으므로 쉽사리 환멸을 느끼기는 했지만 — 오랫동안 어둠 속을 달리고 있었다. 나는 앞뒤를 헤아리지 않고 그저 맹목적으로 막연한 욕구에 끌려 달려가다가, 불현듯 여기가 바로 그곳이구나 하는 생각이 들어 달리기를 멈추고 위를 올려다보았다. 날씨는 맑게 개었으나 다소 습기가 차 있었고, 모든 것이 뒤범벅이 되어 취할 정도로 냄새가 가득 차 있었다. 내가 혼란스러운 목소리로 아침 인사를 했더니 — 마치 주술로 그들을 불러낸 것처럼 — 내가 아직까지 들어본 적이 없는 요란한 소음을 내면서 일곱 마리의 개가 어느 어두운 곳으로부터 나타났다.

비록 그들이 어떻게 그런 소음을 내는지 알 길이 없었지만, 그들이 개라는 것과 그들 자신이 그런 소음을 가져왔다는 사실을 분명하게 알지 못했더라면 — 나는 아마 바로 줄행랑을 놓았을 것이다. 그렇지만 나는 멈춰 선 것이다. 당시 나는 개라는 족속에게만 주어졌던 창조적인 음악성에 대하여 미처 아는 것이 없었다. 그 음악성은 그제야 겨우 점차 발달하고 있던 나의 관찰력에서 벗어난 것이었다. 당연한 일이었다. 그러나 음악은 젖먹이 시절부터 생활의 자명한 필수적인 요건으로서 내 주변을 둘러싸고 있었기 때문에 그것은 나를 음악 이외의 생활로부터 억지로 떼어버릴 수도 없었다. 비록 암시적이긴 했지만 저들은 그것이 어린 나에게도 이해가 가도록 제시해주고자 했던 것이다. 저 일곱 마리의 위대한 음악가들은 나에게는 더욱 놀랍고도 정말이지 압도적이었다.

그들은 이야기를 하는 것도 아니었고, 노래를 부르는 것도 아니었다. 그들은 거의 심술궂을 정도로 침묵을 지켰다. 그러나 그들은 텅 빈 공간으로부터 마술을 하듯 음악이 솟아나게 했다. 모든 것이다 음악이었다. 발을 올리고 내리거나 고개를 정해진 방향으로 돌리거나, 달리고 멈춰 서거나, 이를테면 한 마리가 다른 개의 등 위에 앞발을 얹고 그리고 모든 개들이 그런 식으로 정렬함으로써 첫 번째 개는 다른 모든 개들의 무게를 지탱하고 있는 반면에 다른 개들은 땅 가까이 기면서 몸들이 서로 얽힌 형태를 이루면서도 한 번도 실수하는 법 없이 서로간에 규칙적인 결합 형태를 취하기도 하고 서로를 받아들이는 자세를 취하기도 했다. 맨 끝의 한 마리는 아직 좀 불안정한 상태여서 재빨리 다른 개들과 연결하지 못하는 경우가 있었고, 멜로디가 울리는 소리에 가끔 비틀거리기도 했지만, 불안정하다는 것은 어디까지나 다른 개들의 대단한 안정감에 비해서 그렇다는 것이다. 비록 불안정함이 더욱 커서 더할 나위 없는 경우라 할지라도 다른 뛰어난 명인 개들이 조금도 흔들리지 않고 박자를 유지해주었기 때문에 그 어느 것도 무너지는 일이란 결코 없었을 것이다.

그러나 나는 그들의 모습을 거의 보지 못했다. 정말이지 그들 모두는 보인 적이 거의 없었다. 그들이 나타났을 때 나는 개들로서의 그들에게 마음속으로 인사를 보냈다. 그들이 일으킨 소란스러운 소리에 몹시 놀라기는 했으나 그들 역시 나와 너처럼 조금도 다름없는 개들인 것이다. 나는 길에서 개를 만나면 습관적으로 쳐다본다. 그리고 가까이 가서 인사라도 나누고 싶은 생각이 든다. 또한 그 개들은 아주 가까이 있었다. 나보다 훨씬 나이가 들어 보이고 나처럼 길고 풍성한 털을 가지고 있지는 않았지만 그 크기나 용모는 그리 낯선 것은 아니었다. 그래서 오히려 매우 친밀감을 주었다. 나는 그러한 혹은 그와 유사한 유의 많은 개들……

———————

(다음의 기록들은 뒤쪽 노트 끝에서부터 씌어진 것이다—원주)
너는 숨을 들이 마신다.

_____

가능성이 막히다.

_____

겨울인 나라. 나는 그것을 거의 재인식하지 못했다.

_____

입상이 서 있다. 구름 뒤로 날아가는 달.

_____

나는 피아노를 치고 있었다. 어린 시절의 낡고 작은 물건들. 나는
당시 배워서 얻은 것 이상을 넘어선 적이 결코 없었다.

_____

두 명의 군인이 계곡에서 올라왔다.

_____

흐릿함, 흐릿함 그리고 그들 사이를 억지로 통과해서 창백한 빛을

지나쳐 가는 것은 무엇일까.

──────────────

"당신은 그 작은 소녀를 숲속에서 만난 적이 없습니까?" "당신은 그녀를 혼자 가게 했단 말이군요?" "나는 시간이 없었어요."

──────────────

죽을 준비를 한 사람들, 그들은 땅에 누워 있었다. 그들은 가구에 기대어, 이빨을 덜덜 떨면서, 그 장소에서 움직이지 않은 채 벽을 더듬었다.

──────────────

나는 당신의 말에 귀를 기울인다. 아, 듣지 말아줘!

──────────────

우리가 드레스덴의 …… 거리에서 서로 만난 지 대략 오 년이 흘렀다.

──────────────

꽃같이 흰, 꽃같이 흰……

──────────────

오로지 한 줄……

극장이 텅 비어 있다. 오전이었다. 프롬프터가 어제 저녁에……

큰 도약 속에 떨어질 뻔……

내가 깨어났을 때 나의 왼팔은 나무 장난감이나 주물呪物처럼 그려
져 있었고 잔혹하게 조각되어 있었다.

성문을 차단하라.

[41]

저택을 수비하는 광경

사람의 키 높이가 채 못 되는 단순하면서 빈틈이 없는 나무 울타리가 있었다. 그 뒤에 세 명의 남자가 서 있었는데, 얼굴을 울타리 밖으로 비쭉하게 내밀고 있는 것이 보였다. 가운데에 있는 남자가 가장 컸고 다른 두 사람은 그의 어깨에도 미치지 못했지만 그 남자의 몸에 바싹 붙어 있었다. 그들은 통일된 하나의 그룹을 형성하고 있었다. 이 세 남자들은 울타리를 지키고 있었다. 아니, 울타리로 둘러싸인 저택 전체를 수비하고 있었다고 해야 마땅할 것이다. 거기엔 또 다른 남자들이 있었는데, 그러나 수비하는 일에 직접 참여하고 있지는 않았다. 한 사람이 마당 한가운데에 있는 작은 테이블에 앉아 있었다. 날씨가 따뜻했기 때문에 군복 웃옷을 벗어 소파 팔걸이에 걸었다. 그는 앞에 몇 장의 작은 메모지를 놓아두고 있었는데, 잉크를 많이 먹은 것 같은 획이 굵은 큼직한 글씨로 무엇인가 적혀 있었다. 이따금 그는 테이블 위 조금 떨어진 곳에 핀으로 꽂아놓은 작은 도면을 주시했다. 그것은 저택의 평면도였는데, 지휘관인 그 남자는 그 평면도에 맞춰 수비계획을 세우고 있었다. 종종 그는 반쯤 몸을 일으키고는 세 사람의 수비병 쪽을 바라보기도 하고 울타리 너머로 멀리 들판을 바라보기도 했다. 그는 보이는 것이라면 무엇이든 수비계획에 이용했다. 그는 일을 서두르고 있었는데 그만큼 사태가 긴박했던 것이다. 가까운 모래밭에서 놀고 있던 맨발의 작

842

은 소년은, 일이 어느 정도 진척되어 지휘관이 따로 부르면 메모지를 배달했다. 그러나 지휘관은 그 소년에게 그 메모지를 넘겨주기 전에, 젖은 모래가 묻어 더러운 소년의 두 손을 군복 윗도리로 우선 닦아내게 했다. 모래는 커다란 통 속에서 흘러 넘치는 물로 젖어 있었다. 통 옆에서는 한 남자가 군대 내의를 빨고 있었다. 울타리의 한 말뚝으로부터 마당 한가운데에 외롭게 서 있는 빈약한 보리수 사이에는 빨래줄까지 쳐져 있었다. 이 줄에는 빨래가 걸려 있었다. 한편 지휘관이 땀으로 몸에 찰싹 달라붙은 셔츠를 급하게 머리 위로 벗어서는 짤막하게 소리치며 통 옆의 남자에게 던져주자, 그 남자는 마른 셔츠를 줄에서 걷어 상관에게 가져다주었다. 통에서 그리 멀지 않은 나무 그늘에 한 젊은이가 안락의자에 앉아 몸을 흔들고 있었다. 주위의 움직임에는 전혀 관심을 두지 않고 멍하니 하늘을 쳐다보며 새들의 비상을 향한 채 호른을 가지고 군호 연습을 하고 있었다. 이것도 역시 필요한 일임에는 틀림없다. 그러나 더러는 지휘관도 참을 수 없다는 듯이 일어서서 눈을 떼지 않은 채 나팔수에게 그만두도록 손짓을 했다. 그러나 아무 소용이 없다는 것을 알자 몸을 돌려 소리를 쳤다. 그러면 한동안은 조용해지지만 조금만 지나면 나팔수는 또 다시 살며시 불어본다. 그리고 잔소리가 없으면 점차로 조금전 소리 크기로 돌아가는 것이었다. 다락방 커튼은 내려져 있었다. 그러나 그것도 특별한 것은 아닌 것이, 이 건물의 이쪽 유리창에는 모두 커튼이 쳐져 있어서 외부의 정찰이나 침입을 막고 있었다. 그런데 커튼의 그늘에서는 소작인의 딸이 웅크리고 앉아서 나팔수를 내려다보고 있었다. 그녀는 호른 소리에 반해서 멍하니 넋을 놓고 들었다. 때로는 눈을 감고 손을 가슴에 얹지 않고는 들을 수 없을 정도였다. 사실 그녀는 뒤쪽 건물의 커다란 방에서 마포를 뜯는 하녀들을 감독해야 했다. 그러나 거기까지는 나팔 소리가 희미하게밖에 들리지 않았기 때문에 마음껏 즐길 수가 없어 언제나 안달이 난 나머지 인적이 드문 답답한 광을 지나 여기까지 몰래 올라와버리는 것이다. 이따금 그녀는 몸을 앞으로 내밀어 아버지가 아직 일을 하고 있는지, 아직 하녀들이 일하는 것을 보러 가지 않았는지 살펴보곤 했다. 그렇게 되면 그녀도 여기에 있을 수 없게 되는 것이다. 아니, 아직은 걱정이 없다. 아버지는 여전히 담배 연기를 날리며 현관 앞 돌계단 위에 앉아서 지붕에 댈 판자를 짜고 있었던 것이다. 지붕에 댈 판자, 이미 만들어진 것, 만들다 만 것, 재료용 판자 등이 커다란 더미를 이루어 사방에 흩어져 있었다. 집도 지붕도 유감스럽게도 전투를 피할 수는 없을 것이다. 사전에 준비를 해야 하는 것이다. 현관 옆에 있는 창은 조그만 틈새까지 판자를 대어놓았으나, 그 창문을 통해 연기와 소음이 들어왔다. 거기엔 주방이 있었고 소작인 아내는 군 취사병들과 함께 점심 식사 준비를 막 마친 상태였다. 그 큰 화덕으로도 부족해서 가마솥을 두 개나 더 걸었지만, 보는 바와 같이 그것으로도 충분하지 못했다. 부하들에게 충분한 식사를 주도록 지휘관은 언제나 마음을 쓰고 있었다. 그래서 가마솥을 또 하나 걸자고 했는데, 솥이 조금 상했기 때문에 한 남자가 저택 옆에 있는 뜰에서 땜질을 하고 있었다. 원래는 앞뜰에서 하려고 했으나 지휘관이 쇠망치 소리를 싫어했기 때문에 가마솥을 실어가야만 했다. 취사 당번은 걱정이 여간 아니어서, 몇 번이고 사람을 보내어 솥 수리가 다 되었는지 보고 오게 했지만 여전히 끝나지 않았다는 것이다. 오늘 점심 준비에는 사용할 수가 없기 때문에 불편을 참아야 했다. 식사는 지휘관에게 제일 먼저 제공되었다. 그는 자기를 위해서 특별한 식사를 준비하는 것을 여러 번, 그것도 매우 엄하게 사절했으나 이 저택의 여주인은 지휘관에게 일반 사병의 식사를 제공할 수는 없는 노릇이었다. 게다가 지휘관에

844

게 식사를 가져가는 일을 다른 사람한테 시키고 싶지도 않았다. 그녀는 깨끗한 흰 앞치마를 두르고 걸쭉한 닭고기 수프를 담은 접시를 은쟁반에 얹어서 지휘관이 있는 뜰로 날랐다. 지휘관이 일을 중단하고 집 안으로 식사하러 오리라고는 전혀 생각할 수 없었기 때문이었다. 지휘관은 여주인이 몸소 식사를 날라오는 것을 보자 바로 정중하게 일어서긴 했으나 식사할 시간이 없다고 그녀에게 말해야만 했다. 시간도 휴식도 없다는 것이었다. 여주인이 고개를 수그리고는 눈물을 머금은 눈으로 위를 쳐다보며 권하자, 지휘관은 역시 선 자세로 미소를 지으며 여주인이 여전히 받쳐든 그릇에서 수프를 한 숟가락 떠먹었다. 그것으로 최소한의 예의는 갖춘 셈이었다. 지휘관은 고개를 숙이고 이내 일에 다시 열중했다. 지휘관은 몰랐을지 모르나 여주인은 한참 더 지휘관 옆에 서 있다가 이윽고 한숨을 내쉬면서 주방 쪽으로 돌아갔다. 그러나 병사들의 식욕은 유달랐다. 주방의 창구멍에서 취사 당번의 털복숭이 얼굴이 나타나서 나팔을 불어 점심 식사 준비가 끝났다고 알리자 사방이 갑자기 활기를 띠기 시작했다. 두 병사가 재목 창고에서 손수레를 끌어냈다. 그 손수레는 커다란 통 하나로 되어 있었는데, 부엌 창고에서 넓은 홈통을 통해 수프를 이 통에다가 쏟아부었다. 그것은 자리를 뜰 수 없는 병사들에게 식사가 전해지도록 하기 위함이었다. 손수레는 우선 울타리를 수비하는 사람들에게 갔는데, 그것은 지휘관이 따로 지시하지 않아도 그럴 만했다. 왜냐하면 그 세 명의 병사들이야말로 현재 가장 많이 적에게 드러나 있는 셈이었기 때문이다. 이에 대해서는 평범한 사병까지도 경의를 표할 것이다. 아마 장교보다 더 경의를 표할 것이다. 그러나 지휘관에게 가장 중요한 것은 식사 배분을 빨리 마쳐서 그 때문에 불안스럽게 수비가 중단되는 시간을 될수록 줄이는 것이었다. 그러나 지휘관이 보고 있자니 평소에는 모범적이었던 예의 세 병사들조차 지금은 울타리 저편보다는 뜰이나 손수레에 정신을 팔고 있는 상태였다. 그들은 재빠르게 손수레에서 수프를 나누어 받았다. 수레가 이번에는 울타리를 따라서 이동해간다. 울타리 아래에 거의 스무 걸음 간격으로 병사가 세 명씩 잠복하고 있다가, 위급한 때는 예의 세 병사와 똑같이 일어서서 적에게 응전할 태세를 갖추고 있었던 것이다. 한편 예비 부대의 병사들은 집에서 나와 긴 열을 지어 주방의 작은 창문 쪽으로 걸어갔다. 각각 한 벌씩 식기를 손에 들고 있었다. 나팔수도 가까이 왔다. 이제 하녀들에게 돌아갔을 소작인 딸에게는 미안한 노릇이지만 그는 의자 밑에서 접시를 꺼내고 거기에 호른을 넣어두었다. 보리수나무 꼭대기에서 수런거리기 시작했다. 왜냐하면 한 병사가 거기에 앉아 망원경으로 적을 관찰해야만 했던 것이다. 그러나 그의 임무가 꼭 필요한 것임에도 수프 운반차의 우두머리는 그의 존재를 잊어버린 듯했다. 그런데 아무 일도 없이 빈들빈들 놀고 있던 예비 부대의 패거리들 중 몇 명이 가능한 한 기분 좋게 식사를 할 양으로 보리수나무 아래에 자리를 잡고 앉으니 수프의 김과 냄새가 나무 꼭대기로 올라왔고 그래서 그는 더욱 머리끝까지 약이 올랐다. 그래서 차마 소리는 내지 않았지만 주위의 나뭇가지들을 흔들기도 하고, 가지 아래로 망원경을 늘어뜨려 주의를 끌려고 했다. 그러나 헛수고였다. 그는 아무래도 남은 찌꺼기를 받게 될 팔자였다. 손수레가 한 차례 돌고 올 때까지 기다려야 했다. 그것은 물론 오래 걸릴 것이다. 왜냐하면 저택은 커서 세 명씩의 보초가 사십 개소에 배치되어 있었기 때문이었다. 지칠 대로 지친 병사들에 의해 끌려 그 작은 수레가 다시 보리수나무에 도착했을 때는 통 안이 거의 비어 있었고, 더군다나 고기 덩어리는 눈 씻고도 찾아볼 수 없었다. 남은 수프가 식기에 담겨 고리가 달린 막대로 올려지자 감시병은 좋

아라 받기는 했으나 나무줄기를 타고 약간 아래로 미끄러져 내려가
서는―그것은 감사의 표시였을 것이다―식사를 돌보고 있던 병사
의 얼굴을 화가 나서 발로 차버렸다. 이해할 만한 일이긴 하지만 상
대방도 화가 나 제정신이 아닌 듯 동료들의 도움으로 순식간에 훌
쩍 나무 위로 오르더니 아래에서는 볼 수 없는 격투가 벌어지게 되
었다. 흔들리는 나뭇가지, 틀어막는 듯한 신음 소리, 때아닌 나뭇
잎이 떨어지는 것으로 격투를 알 수 있을 뿐이었다. 마침내는 망원
경이 아래로 떨어지자 곧 휴전에 들어갔다. 다른 일에 정신이 팔려
있는 지휘관은―들판에 여러 가지 일이 일어난 것 같다―다행히
도 이 사실에 대해 아무것도 눈치채지 못했다. 병사는 살그머니 미
끄러져 내려왔다. 망원경을 아래에서 주워 올려준 것은 매우 우호
적인 태도였다. 이것으로 모든 일은 무사히 끝나고 수프도 그다지
엎질러지지 않았다. 그것은 감시병이 격투가 벌어지기 전에 바람에
흔들리지 않도록 식기를 안전하게 제일 위쪽 가지에 조심스럽게 고
정시켜두었기 때문이었다.

───────────

[42]

내가 들었던 것, 나에게 위임되었던 것을 나는 이제 적고 있다. 나에게 위임되었다고는 하나 내가 비밀로 간직해야 할 사항은 아니다. 나에게 직접 위임된 것은 단지 목소리뿐이었으며, 그 목소리는 이렇게 말했다. 그 외의 것은 결코 비밀이 아니라 오히려 잡동사니이다. 일이 시작되면 사방으로 날리게 되는 것은 전달될 수 있는 것이고 그리고 전달되도록 자비를 청하는 것이다. 왜냐하면 그에게 생명을 주었던 것이 사라져버린 상태라면, 그것은 고독하게 조용히 머무를 수 있는 힘이 없기 때문이다.

그러나 내가 들은 것이란 다음과 같다.

여기에서 빤히 보이는 강으로부터 대략 이 킬로미터 떨어져 있는 남부 뵈멘 지방에 숲이 우거진 구릉이 있는데, 숲이 시야를 가리지만 않는다면 빤히 볼 수 있는 그런 곳에 작은 집이 하나 있다. 그곳에 한 노인이 살고 있었다. 그러나 외양상으로 볼 때 노인다운 품위가 없는 사람이었다. 그는 키가 작았고, 한쪽 다리는 곧지만 다른 쪽 다리는 바깥으로 심하게 굽었다. 얼굴에는 드문드문 하지만 도처에 흰 수염, 노랑 수염, 더러는 거무스레한 수염이 나 있었다. 코는 납작하게 눌렸고 약간 앞으로 튀어나온 윗입술 위에 거의 구멍이 막힐 정도로 얹혀 있었다. 눈꺼풀은 깊숙이 작은……에 걸려 있었다……

〔43〕

특히 인문계 고등학교 첫번째 학급 시절에 내 성적은 형편없었다. 어머니는 말수가 적고 기품이 있는 분으로, 극도로 자제하여 불안한 마음을 계속해서 억눌러버리는 성미였기 때문에 내 나쁜 성적은 어머니의 고민이었다. 어머니는 나의 재능을 높이 사고 있었으나 부끄러워서 그 소리를 아무에게도 하지 못했다. 그 때문에 내 재능을 논하고 격려할 말상대가 없어 나의 나쁜 성적은 더욱 어머니를 괴롭혔다. 게다가 나의 불량한 행실마저도 비밀로 묻어둘 수가 없어서, 말하자면 자동적으로 자백하는 형식으로 여러 사람에게 알려져버렸다. 즉 학교 선생님들과 동급생들에게 알려져버린 것이다. 나는 어머니에게 슬픈 수수께끼가 되어버렸다. 어머니는 나에게 벌을 주지도 않고 잔소리도 하지 않았다. 적어도 나의 공부가 크게 부족한 것은 아니라는 것을 어머니는 알고 있었다. 어머니는 처음 선생님들이 짜고 나를 골탕먹이려고 하는 줄 알았다. 그러나 다른 고등학교로 전학을 시킨 다음, 더욱 나쁜 성적을 받아오자, 내가 선생님들의 미움을 받고 있다는 생각은 완전히 없어지지는 않았지만 조금 흔들리게 되었다. 그러나 나에 대한 신뢰감은 흔들리지 않았다. 그러나 나는 어머니의 슬픈 듯한, 까닭을 묻는 듯한 시선을 받으며 기가 죽지 않고서 유년 시절을 보냈다. 나는 명예욕이 없었다. 낙제하지 않으면 그것으로 만족했다. 낙제할지도 모른다는 두려움은 전 학창 시절을 통해 그칠 줄 몰랐다……

도시에서는 끊임없이 건축이 진행된다. 도시를 확장하려는 것이 아니다. 그 도시는 요구를 충족시키고 있다. 오래전부터 도시 경계는 변하지 않은 채였다. 그렇다, 도시를 넓히는 일을 삼가고 있는 듯했다. 조심스럽게 분수를 지키며 광장이나 정원을 메워 집을 세우기도 하고, 낡은 집 위에다 증축을 하곤 한다. 그러나 사실을 말하자면 이러한 새로운 건축도 그치지 않고 계속되고 있는 건축 작업의 주요 부분이 아니었다. 아무렇게나 하는 소리 같지만 기존 건물을 보존하는 데 주요한 노력이 경주되고 있는 것이다. 그렇다고 오늘날보다 예전의 건축이 형편없다거나 그 예전의 결함들이 지속적으로 개선되어야 한다는 것은 아니다. 일종의 나태함이—경솔함 때문인지 우울한 불안 때문인지 구분하기는 어려운 일이지만—언제나 우리를 지배하고 있으나, 건축시에 그런 기분이 나타날 기회란 조금도 없는 것 같다. 이곳은 돌의 산지여서 건축이라고 하면 거의 돌만을 사용한다. 대리석도 손에 넣기 쉽다. 그리고 건축시 사람들의 손질이 잘 안 간 경우라 할지라도 재료의 내구성과 정착성이 이를 보완해준다. 건축의 양식에 대해서 말하더라도 시대에 따른 차이가 없다. 옛날이나 지금이나 동일한 건축 규칙이 적용되고 있다. 그리고 이 규칙도 민족의 성격에 따라서 반드시 엄격하게 지켜지는 것은 아니라 할지라도 변함없이 지켜진다. 그리고 이것은 가장 오래된 건물이건 가장 최신의 건물이건 상관없이 적용된다. 예를 들어 도시 앞에 있는 로마 산 위에 폐허가 있는데, 그것은 천여 년 전에 세워졌다고 전해지는 별장의 잔해이다. 어느 부유한 상인이 나이 들어 쓸쓸한 몸이 되어 이곳에 건축했다고 하나 그가 죽은 직후 무너져버렸다고 한다. 시가에서 이렇게 멀리 떨어진 곳에 살겠다는 사람은 이 도시에는 별로 없다. 그리하여 이 파괴된 건물은 수세기에 걸쳐서 방치된 상태였는데 파괴 작업은 물론 건축 작업보다 더 신중함을 요한다. 지금도 조용한 일요일에—산허리의 덤불을 헤치며 지나가는 도중에도 사람을 만나는 일이라곤 없을 것이다—그 언덕에 올라 잔해를 관찰해보면 두서너 개의 기초 벽을 발견할 것이다. 가장 높은 것이라 할지라도 사람 키에도 못 미친다. 그리고 단단한 땅 어딘가에 여러 개로 부러진 가는 석주가 세월의 압력에 묻혀 있고, 그 위를 오래된 담쟁이덩굴이 검게 우거져 뒤덮고 있다. 그리고 또 볼품없는 토르소 입상이 뒹굴고 있는데 그것을 식별할 수 있는 정도라기보다는 그것일 것이라고 상상할 정도의 것이다. 그밖에는 아무래도 이어놓은 것 같은 바위처럼 단단한 토사더미와 그 언덕 위 여기저기 땅에 묻혀 있는 두서너 개의 돌이 전부일 것이다. 그 밖의 모든 것은 다 치워버렸다. 마치 바람에 엉망이 되어버린 것처럼, 그리고 공중으로 뿌려져버린 것처럼 어디로 갔는지 알 수가 없다.

———————

초라하게 버려진 집이여! 당신이 예전에 거주했다고는 하지만 그 흔적들은 알 수 없게 말끔히 지워져버린 상태이다.

———————

나는 어느 숲속에서 완전히 길을 잃었다. 이해할 수 없게 길을 잃은 것이다. 왜냐하면 조금전까지만 해도 나는 길은 걷지 않았지만 그 길 옆을 가고 있었고, 줄곧 길이 보였다. 그러나 이제 길을 잃어버

린 것이다. 길은 사라져버렸고, 그 길을 다시 찾으려는 모든 시도는
실패했다. 나는 나무 등걸에 걸터앉아 나의 신상에 대해 곰곰이 생
각해보려고 했다. 그러나 나는 아무래도 제정신이 아니었다. 가장
중대한 일과는 전혀 다른 일을 생각하는 것이었다. 꿈을 통해서 그
근심으로부터 벗어나고자 했다. 그때 문득 내 주위로 열매가 주렁주
렁 달린 월귤나무가 눈에 띄었다. 나는 그것을 따서 먹었다.

———————————

나는 에트호퍼 호텔에 체류하고 있다. 알비안 에트호퍼든가 시프리
안 에트호퍼든가 아니면 또 다른 어떤 것인지 그 이름 전체를 더 이
상 기억할 수가 없다. 앞으로도 생각해낼 수 없을 것이다. 그렇기
는 하지만 엄청나게 큰 호텔이었고, 시설이나 서비스에서도 나무랄
데가 없었다. 나는 일 주일 정도밖에 머무르지 않았는데 어떤 이유
에서였는지 그것도 생각이 나지 않지만 매일 방을 바꾸었다. 그 때
문에 방 번호를 알 수 없게 되어 한낮이든 저녁때든 호텔에 돌아오
게 되면 그때그때 방 번호를 하녀에게 물어볼 수밖에 없을 때도 있
었다. 물론 나의 관심을 끄는 방은 같은 층, 같은 복도에 있는 방들
이었다. 방이 많지 않아서 여기저기 헤맬 필요도 없었다. 이 복도
만이 호텔용이고, 나머지 집은 전세용이나 혹은 다른 용도를 위한
것이었던가? 나는 더 이상 알지 못한다. 아마 나는 당시에도 몰랐을
것이다. 나는 그것에는 관심도 없었다. 그러나 이 큰 호텔이 간격
을 넓게 뗀 글자들로 '호텔'이라는 글자와 소유주의 이름만을 별로
환하지도 않고 오히려 붉은 갈색의 금속제 철자로 달아놓았던 것은
아무래도 이상했다. 아니면 소유주의 이름은 있고 호텔이란 표시는
없었던 것이 아닐까? 만일 그렇다면 많은 점에서 앞뒤가 맞는다. 그

러나 지금에 와서는 흐릿한 기억에 의지할 수밖에 없게 되었고 나는 오히려 '호텔'이란 글자가 거기에 씌어 있었다고 하고 싶다. 호텔에는 수많은 장교들이 들락날락했다. 물론 나는 대체로 하루종일 거리에 나가 있었다. 여러 가지 할 일이 있었고, 볼 것이 많았기 때문이며, 그리고 시간이 그리 많지 않았기 때문에 호텔 일 같은 것을 관찰할 시간이 없었다. 그렇지만 나는 장교들을 종종 보았다. 그 호텔 옆에는 병영이 있었다. 아니, 실은 바로 옆은 아니었다. 호텔과 병영의 관계는 유달랐던 듯하다. 멀다고도 할 수 있고, 긴밀하다고도 할 수 있는 관계였다. 이제 와서 그 관계를 밝히는 것은 그리 쉬운 일이 아니다. 당시에도 쉬운 일은 아니었을 것이다. 나는 진심으로 그것을 밝히려고 한 적은 없었다. 그러면서도 그 점이 분명하지 못했기 때문에 여러 가지 지장이 생겼다. 내가 대도시의 소음에 지쳐 멍청하게 호텔로 돌아올 때면 호텔 입구를 제대로 찾지 못하는 일이 있었다. 어쩌면 호텔의 입구가 매우 작았는지도 모른다. 아니 혹시 어쩌면—물론 이야기가 우습게 되지만—호텔에는 입구라는 것이 원래 없었고 호텔에 들어가려 할 때는 레스토랑 문을 지나서 가야 했는지도 모른다. 아무래도 그랬던 것 같다. 그러나 레스토랑 문도 바로 찾지 못했다. 때로는 내가 호텔 앞에 서 있다고 생각하면서도 실은 거기가 병영 앞일 수도 있었다. 물론 그곳은 전혀 다른 광장이고 호텔 앞보다도 더 조용하고 깨끗한 느낌이 드는 곳이었다. 아니, 죽음과 같은 조용함과 고귀한 청결함만이 지배하고 있는 곳이지만 그러면서도 두 광장에 혼동될 만한 점이 있었던 것이다. 먼저 모퉁이를 돌아가지 않으면 호텔 앞으로 나올 수가 없었다. 그러나 지금 생각해보면, 때로는 물론 잠깐 그렇기는 했지만, 그렇지 않았던 것 같은 느낌도 든다. 역시 같은 조용한 광장에서—같은 방향으로 가고 있는 장교 덕택으로—호텔 문을 바로 찾은 일도 있었던 것 같다. 그것도 또 하나의 다른 문이 아니라 레스토랑의 입구를 겸한 예의 같은 문인 것이다. 그것은 좁은 문이 었는데 안쪽에는 깨끗한 하얀 리본으로 장식된 커튼이 드리워져 있었지만, 엄청나게 높은 문이었다. 그러면서도 호텔과 병영은 전혀 다른 건물이었다. 호텔은 보통의 호텔 양식으로 높았고, 물론 다소 하숙집과 같은 점도 없지 않았지만, 병영 쪽은 작지만 로마네스크 양식의 성이었다. 낮기는 했지만 넓은 공간을 차지하고 있었다. 병영에는 항상 사관들이 있었던 것 같은데, 하지만 나는 한 번도 군인들을 본 적이 없었다. 성인가 싶은 이 건물이 병영임을 어떻게 알게 되었는지 나는 잊어버렸다. 이 병영과 관계를 갖게 된 원인은, 앞에서도 말했지만, 내가 호텔 문을 찾느라고 애를 태우며 예의 조용한 광장을 헤맸던 일이 자주 있었기 때문이다. 그러나 일단 위에 있는 복도에 들어서면 이젠 안심이었다. 그곳에서는 정말 고향 같은 느낌이 들었고 거대한 낯선 도시에서 이렇듯 아늑한 장소를 발견한 것이 행복했다.

───────────

나는 숲속에서 약초를 찾았다.

───────────

사람들이 나에게 알맞은 시기에, 그것도 매우 미리 앞서서 경고를 했다. 신기한 것은 많은 사람들의 예민한 직감력이다.
내가 젤리히만 포목상회에 입사한 지도 이제 사십 년이 된다. 당시만 해도 그 나이든 젤리히만은 왕성하게 상회를 운영했다.

너는 어째서 나를 비난하는가, 이 나쁜 사람아? 나는 너를 모른다. 나는 너를 이제야 처음 본다. 내가 저 가게에서 사탕 과자를 갖다 주었다면, 나에게 돈이라도 건넸을 것인가. 아니, 그런 일은 없을 것이다. 너는 나에게 돈을 준 적이 없다. 너는 나를 내 동료인 프리츠와 혼동하고 있지는 않은가. 그러나 그는 나를 닮지 않았다. 네가 학교 선생님에게 일러바쳐도 나는 조금도 무섭지 않다. 선생님은 나를 잘 알고 있으니 그런 거짓말을 귀담아 들을 리 없다. 그리고 우리 부모님도 그 돈을 대신 내지는 않을 것이다. 그럴 것이 없지 않으냐. 나는 너에게서 아무것도 받은 것이 없다. 혹시 우리 부모님이 너에게 무엇을 주겠다고 하면 나는 그러면 안 된다고 말할 것이다. 자아, 날 가게 해다오. 안 돼, 나를 따라와서는 안 된다. 그렇지 않으면 나는 경찰에게 말하겠다. 어때, 경찰서에 갈 마음은 없겠지……

이곳으로부터 떠나자, 단지 이곳으로부터! 네가 나를 어디로 데려갈 것인지 나에게 말할 필요는 없다. 네 손은 어디에 있느냐, 아아, 어두워서 만질 수가 없구나. 내가 너의 손을 잡는다고 해서 네가 나를 뿌리치지는 않을 것이라고 믿는다. 내 말이 들리느냐. 너는 정녕 방 안에 있는가. 아니면 여기에 없을지도 모르겠구나. 사람이 살고 있을 것 같지 않은 북쪽 나라의 얼음과 안개 속으로 무엇이 너를 유혹해야 했단 말이냐. 너는 여기에 없다. 너는 이런 장소를 회피했다. 그러나 나는 여기에 서서 네가 여기에 있는지 없는지에 대한 판단을 내릴 것이다.

다리를 저는 사람은 걸어가는 사람보다 나는[飛] 것에 더 가깝다고 생각한다는 것. 나아가 많은 점이 그들의 생각이 사실임을 증명해 준다. 그 무엇인들 증명하지 않겠는가?

---

[45] .

그 노인의 하녀는 슬픈 얼굴을 한 채 산을 내려갔다. 사과가 가득
찬 광주리를 들고 있었다.

―――――――

나는 나의 오성을 손 안에 감추었다. 나는 즐겁게 머리를 반듯이 세
우고 간다. 그렇지만 두 손은 힘없이 축 늘어져 있다. 오성의 무게
가 땅 쪽으로 잡아끄는 것이다. 자아, 이 손을 보게나. 작고, 피부
는 딱딱하고, 정맥이 관통하고, 주름 투성이이고, 혈관이 불거져
있고, 게다가 다섯 개의 손가락을 가진 이 손을 말이네. 그렇지만
내가 오성을 수수한 용기 속에 넣어 구제할 수 있었다는 것이 얼마
나 좋은 일인가. 특히 내가 두 손을 가지고 있다는 것은 중요하다.
어린아이의 놀이에서처럼 나는 이렇게 묻는다. 나는 어느 손에 오
성을 가지고 있는 걸까? 어느 누구도 그것을 맞출 수 없다. 왜냐하
면 나는 두 손의 주름살을 통해서 한순간에 오성을 한 손에서 다른
손으로 옮길 수 있기 때문이다.

―――――――

또 다시, 또 다시, 멀리 추방된다, 멀리 추방된다.
산, 사막, 광야를

857

통과해야만 한다.

––––––––––––

보기만 해, 보기만 하라고. 그 나쁜 남자의 옷이 점점 원숙해지고
있잖아.

––––––––––––

반지 모양의 구름 한 점이 둥둥 떠가고 있다.

––––––––––––

나는 사냥개다. 이름은 '카로'라고 한다. 나는 누구든 그리고 무엇
이든 싫어한다. 나는 어떤 것이건 다 미워한다. 나의 주인인 사냥
꾼도 나는 미워한다. 그는 수상쩍어할 만한 가치도 없는 자인데도
말이다.

––––––––––––

꿈을 꾸는 듯이 꽃이 높다란 줄기에 달려 있다. 석양이 그 꽃을 감
싸고 있다.

––––––––––––

이곳 사 층에서 직접 바깥으로 통하는 것은 결코 발코니가 아니었

다. 창 대신에 문이었다. 지금 그 문이 열려 있어서 봄 저녁의 공기가 들어오고 있다. 한 학생이 책을 읽으면서 방 안을 왔다갔다하고 있다. 창 대신 문이 있는 곳까지 올 때마다 발뒤꿈치로 그 문턱을 밟아본다. 그것은 나중에 먹으려고 놓아둔 달콤한 것을 혀로 한 번 살짝 대보는 일과 같은 것이다.

─────────────

우리가 살고 있는 일순간의 다양함 속에서 다양하게 회전하는 다양함. 더욱이 그 순간은 여전히 끝이 아니다. 두고 봐!

─────────────

멀리, 멀리 세계사는 앞으로 나아간다. 네 영혼의 세계사는.

─────────────

*

일반적으로 사업 상태가 매우 나빠서, 나는 가끔 사무실에서 시간이 남으면 직접 견본 가방을 들고 개인적으로 보다 중요한 고객을 방문하고 있다. 그 중에서도 나는 K에게 한 번 가보려는 생각을 벌써 오래전부터 하고 있었다. 예전에는 그 사람과 지속적으로 사업 관계를 가졌는데, 그러나 무슨 이유인지는 모르겠으나 지난해에는 거의 끊어졌다. 그러한 그 중단에는 무슨 근본적인 이유가 있는 것

───────

* 이 유고집의 [22]번 텍스트에는 「부부」라는 제목이 붙어 있다. 이 유고 텍스트는 그것의 다른 판본이다. 위 텍스트와 견주어볼 때 여러 곳이 첨가되었거나 빠져 있음을 알 수 있다.(옮긴이)

은 전혀 아닐 것이다. 오늘날과 같은 불안정한 상황에서는 종종 아무것도 아닌 일이, 어떤 분위기가 결정을 내릴 때가 있다. 그러다가 또 다시 아무것도 아닌 일이, 즉 한마디 말이 전체를 해결해줄 수 있다. 그러나 K에게 달려가는 것은 번거로운 일이다. 그는 노인인데다가 근래에는 건강이 매우 좋지 않았다. 비록 그가 거래상의 일들을 자신의 손 안에 틀어쥐고 있기는 하지만 그러나 그는 거의 더 이상 영업소에 나오지 않는다. 그와 이야기하려는 사람은 그의 집으로 가야 한다. 그러나 그런 식의 영업상의 과정은 가능한 장기간 미뤄둔다. 그러나 어제 저녁 여섯 시 이후에 나는 길을 떠났다. 물론 이미 방문 시간은 지난 시각이었다. 그러나 이 일은 당연히 사교적인 일로서가 아니라, 영업적인 일로서 판단되어야 한다. 나는 재수가 좋았다. K는 집에 있었다. 대기실에서 들은 바대로, 그는 아내와 산책에서 돌아와 있었는데, 지금은 몸이 좋지 않아 침대에 누워 있는 아들 방에 있었다. 나도 그리로 왔으면 했다. 처음에는 망설였지만, 그 후 이 부담스러운 방문을 가능한 한 빨리 끝내고 싶다는 마음이 더 컸다. 그래서 나는 견본 가방을 손에 든 채 코트와 모자를 입고 있던 그대로 어떤 어두운 방을 지나서 흐리게 불을 밝히고 있는 방으로 따라 들어갔다. 그곳에는 몇몇 사람들이 모여 있었다. 아마 본능적으로 나의 시선은 내가 너무도 잘 알고 있는 상점 대리업자에게 제일 먼저 멈추어졌을 것이다. 그는 어떤 면에서는 나의 경쟁자였다. 그는 여전히 나를 살그머니 앞질러왔던 것이다. 그는 마치 의사라도 되는 듯이, 환자의 침대 바로 옆에서 편안히 앉아 있었다. 그는 부풀린 듯한 멋진 코트를 입고 앞을 열어놓은 채 당당하게 앉아 있었다. 그의 건방진 태도란 비할 데가 없었다. 환자 역시 그와 비슷한 생각을 했던 모양이다. 그는 약간 열이 있어 붉어진 뺨을 한 채 누워서 가끔 그가 있는 쪽을 바라보고 있었다. 그런데 그 아들은 어린 나이가 아니었다. 그는 내 나이 또래의 남자였으며, 병으로 짧지만 온 턱과 뺨에 수염이 마구 자라고 있었다. 늙은 K는 크고 강한 사람이었는데, 놀랍게도 만성적인 고통 때문에 완전히 말라 있었고, 등은 굽었으며, 불안정해 보였다. 그는 아직도 지금 방금 돌아온 모습 그대로, 모피 옷을 입은 채 서서 아들을 향해 무어라고 중얼거렸다. 그의 부인은 자그마하고 약해 보였지만, 매우 활기가 넘쳤다. 그녀는 비록 남편에 관한 일이라고는 하지만―다른 사람들은 쳐다보지도 않고―그에게서 모피 옷을 벗기는 일에만 열중해 있었다. 그 일은 두 사람의 키 차이 때문에 약간 어려움이 있었지만, 그래도 결국 그녀는 그 일을 해냈다. 그런데 근본적인 어려움은 아마 K가 매우 참을성이 없다는 것과, 불안스레 손을 더듬으면서 계속 팔걸이 의자를 찾는 데 있었을 것이다. 모피 옷을 벗기자, 그의 부인은 팔걸이 의자를 재빨리 그에게 밀어주었다. 그녀 자신이 그 모피 옷을 받아 들었는데 모피 옷에 가려 그녀의 모습은 거의 보이지 않았다. 그녀는 모피 옷을 들고 방을 나갔다.

이제 마침내 나의 시간이 온 듯싶었다. 혹은 아니면 나의 시간은 오지도 않았고, 아마 여기서는 결코 오지 않을지도 모른다. 내가 무엇인가를 하려 했다면, 그 일은 곧바로 일어났을 것이다. 왜냐하면 나의 느낌으로는 사업상의 말을 꺼내기에는 이곳 상황이 점점 나빠지기만 했기 때문이었다. 그러나 그 대리업자가 의도하는 바대로, 이곳에 한없이 눌러앉아 있는 것은 나의 방식이 아니었다. 게다가 나는 그에 대해서는 조금도 신경을 쓰고 싶지 않았다. 그래서 K가 지금 막 자신의 아들과 이야기를 좀 하고 싶어하는 마음이 있다는 것을 알아챘음에도 나는 재빨리 나의 일을 이야기하기 시작했다. 불행히도 나는 조금만 흥분 상태에서 이야기하면 일어서는 버릇이 있었고, 이야기를 하는 동안에도 왔다갔다하는 버릇이 있었다—이런 버릇은 이야기를 시작하면 곧장 나타나는데, 이 병실에서는 평소 때보다 더욱 빨리 나타났다—이것은 자기 자신의 사무실에서는 아주 훌륭한 꾸밈새가 되겠지만, 타인의 집에서는 물론 좀 부담스러운 것이었다. 그러나 나는 자제할 수 없었다. 특히 습관이 되어 있는 담배가 없었기 때문이었다. 여하튼 누구든지 자신의 나쁜 습관을 가지고 있는 법이다. 나는 대리업자의 나쁜 습관과 비교해보면, 그래도 나의 습관이 낫다고 생각한다. 그는 무릎에 올려놓은 자신의 모자를 무릎 위에서 천천히 밀었다당겼다하다가, 가끔은 갑작스럽게 의외로 모자를 쓰곤 한다. 그는 마치 실수를 했다는 듯이 그것을 곧 또 다시 벗기는 하지만, 잠시 그것을 머리 위에 쓰고 있다. 그리고 그는 때때로 그짓을 계속해서 반복한다. 예를 들어, 이런 경우에 사람들은 무어라고 말하겠는가. 하지만 그러한 행동에 대해 솔직하게 언급할 수는 없는 노릇이다. 그것은 나를 방해하지는 않는다. 나는 왔다갔다하며 나의 일에 완전히 빠져 있어서 그를 무시한다. 그렇지만 모자를 가지고 하는 이 요술이 정신이 완전히 빠지게 할 수 있는 사람이 있을지도 모른다. 물론 나는 그러한 방해뿐만 아니라 어느 누구에게도 관심을 두지 않는다. 나는 벌어지고 있는 일을 보기는 하지만, 내가 끝나지 않았거나 또는 반대 의견을 듣지 않는 한은 그것에 거의 주의를 기울이지 않는다. 그러므로 나는 예를 들어, K의 수용능력이 매우 떨어진다는 것을 잘 알아차렸다. 그는 양쪽 팔걸이를 붙잡고서, 불쾌한 낯으로 이쪽저쪽으로 몸을 돌렸고, 나를 쳐다보는 것이 아니라, 무의미하게 방 안을 둘러보면서 무엇인가를 찾고 있었다. 그리고 그의 얼굴은 마치 나의 말소리, 거기 있는 나의 느낌조차 그에게는 전혀 받아들여지지 않는 것처럼, 그렇게 무관심하게 보였다. 나는 나에게 거의 희망을 주지 않는 이 모든 병적인 태도를 보고 있었지만, 그럼에도 계속해서 말을 했다. 마치 내가 아직도 나의 말, 나의 유리한 제안을 통해서—나는 아무도 원하지 않는 양보를 해주면서 스스로 깜짝 놀랐다—결국 모든 것을 다시 균형 있게 하리라는 전망을 가지고 있기라도 하듯이 말이다. 내가 슬쩍 보니 대리업자는 드디어 자신의 모자를 가만히 내버려두고 팔짱을 끼고 있었다. 그것은 나에게는 하나의 분명한 보상이었다. 나의 상세한 이야기는 물론 부분적으로는 그를 염두에 두고 계산된 것이지만, 그의 계획에 예민한 일침을 주었던 것 같다. 그러니까 나쁜 습관에 대한 치료법이 아직은 존재하는 것이다. 이런 결과 때문에 나는 약간 즐거웠다. 그리고 만약 내가 여태까지 대수롭지 않은 인물로 여겼던 그 아들이 갑자기 침대에서 몸을 반쯤 일으키고 주먹으로 위협하면서 나를 침묵하도록 만들지 않았다면 나는 이러한 쾌감에 젖어 아마 더 오랫동안 계속 떠들어댔을 것이다. 그는 분명히 무엇인가를 더 말하고, 무엇인가를 보여주고 싶어했지만 그럴 수가 없었다. 나는 처음에는 그 모든 것을 단지 고열로 인한 환각 상태 때문일 거라고 생각했다. 그러나 나는 무심코 K를 바라보고는 그것을 더 잘 이해하게 되었다. K는 단지 그 순간을 위해서만 필요한, 무표정한 눈을 하고서 거기 앉아 있었다. 마치 누군가가 그의 목덜미를 쥐고 있거나 때리고 있는 것처럼 부들부들 떨면서 앞으로 몸을 기울인 채였고, 아랫입술과 잇몸이 다 드러 난 아래턱까지도 주체할 수 없을 정도로 처져 있었다. 그의 얼굴은 완전히 관절이 풀려 있었다. 힘들기는 해도 아직은 숨을 쉬고 있는 모양이었다. 그러고 나서 그는 몸을 뒤로 젖히더니 의자 등받이로 쓰러졌고 눈을 감았다. 아주 힘든 표정이 그의 얼굴을 스치고 지나갔으며, 그러고 나서 분명 숨이 멎었다. 나는 두 손을 모아 합장했다. 이제 끝

난 것이다. 물론 늙은이였으니까. 그 죽음이 우리에게 더 큰 부담
이 되지 않기를 바랄 뿐이다. 물론 당장은 우리는 아직 살아 있다.
이제 할 일이 많겠지! 무엇이 가장 급한 일일까? 나는 도울 수 있는
일을 찾았다. 그러나 아들은 이불을 머리 위로 끌어당겼다. 우리
는 그의 끊임없이 흐느끼는 소리를 들었다. 대리업자는 개구리처
럼 차갑게 자신의 안락의자에 찰싹 붙어 앉아 있었는데, K와 두
걸음 정도 떨어져 마주보고 있었다. 그리고 그는 시간이 가기만을
기다릴 뿐 아무것도 하지 않을 것을 결심한 듯 보였다. 그러므로
무엇인가를 해야 하는 사람은 나 이외는 없었다. 지금 당장 가장
어려운 일은 그 작은 부인에게 어떻게 해서든지 이 정황을 극복할
수 있는 방법, 그러니까 그 어떤 방법으로든 소식을 전해야 하는
일이었다. 나는 재빨리 노인에게로 달려가서 죽은 듯이 매달려 있
는 차가운 손을 잡았다. 그것은 나를 섬뜩하게 했다. 맥박은 더 이
상 뛰지 않았다. 그때 벌써 나는 옆방으로부터 황급하게 질질 끄는
발걸음 소리를 들었다. 그녀는 난로 위에 걸어놔서 따뜻해진 잠옷
을 가져와 그것을 남편에게 입힐 생각이었다. 옷 갈아입을 시간이
없었으므로 그녀는 여전히 외출복 차림이었다. 그녀는 우리가 너
무 조용하다고 생각하고 "그이가 잠이 들었군요" 하며 미소를 짓
고는 고개를 흔들었다. 그리고 순진한 자가 갖고 있는 그런 무한한
신뢰감을 가지고 그녀는 내가 마지못해 잡고 있던 바로 그 손을 잡
고서, 마치 부부간의 귀여운 장난인 것처럼 그 손에 입을 맞추었
다. 그러자—그것을 지켜보고 있던 우리가 얼마나 눈을 크게 떴
겠는가?—K는 몸을 움직였다. 큰 소리로 하품을 하고, 잠옷을 입
고, 화가 난 빈정대는 얼굴로 너무 긴 산책 때문이라고 비난하는
부인의 말을 참고 있었다. 그리고 그와는 반대로 이상하게도 약간
지루했기 때문이라며 자신이 잠들었던 일을 해명했다. 그는 다른

864

방으로 가느라 몸이 차가워지지 않게 하기 위해서 임시로 아들 침대에 누웠다. 부인은 서둘러 가져온 방석 중 두 개로 아들의 발 옆자리에 놓인 그의 머리에 베어 주었다. 나는 앞서 일어났던 일 이후에 더 이상 별로 특별한 일을 발견하지 못했다. 이제 그는 저녁 신문을 요구했고, 손님들에 대해서는 아랑곳하지도 않고 그것을 앞에 집어들었다. 그러나 읽지는 않았고 단지 신문을 들여다볼 뿐이었다. 그러면서 그는 놀라울 정도로 날카로운 사업적인 안목으로 우리들이 제안한 물품들에 대해서 몇 가지 불쾌한 점을 말했다. 그러는 동안에도 그는 계속해서 한 손으로는 계속 던지는 동작을 하면서 입을 쩝쩝거림으로써 우리의 영업 태도가 그의 입맛에 맞지 않는다는 것을 암시했다. 대리업자는 자제할 수 없었던지 몇 가지 적절하지 못한 의견을 말했다. 그는 앞서 일어난 일에 대해 어떻든 보상이 이루어져야 한다는 무례한 생각을 하고 있는 모양이었다. 그러나 물론 그의 그런 방식으로는 가장 좋지 않은 결과만이 나올 뿐이었다. 그래서 나는 이제 빨리 작별을 고했다. 나는 대리업자에게 거의 감사해야 할 정도였다. 그가 없었더라면, 나는 벌써 떠나야겠다는 결단력을 보일 수는 없었을 것이다.

대기실에서 나는 또 그 늙은 부인을 만났다. 그녀의 불쌍한 모습을 보자, 나는 내 생각을 이렇게 말했다. "당신은 어느 정도 제 어머니를 연상케 하는군요. 덧붙여 말하고 싶은 것은 바로 그녀가 기적을 행할 수 있었다는 거지요. 우리가 이미 부수어버린 것을 그녀는 다시 좋게 만들었어요. 저는 어머니를 어린 시절에 여의었답니다." 나는 의도적으로 과장해서 분명하게 그리고 천천히 말했다. 왜냐하면 나는 늙은 부인이 잘 듣지 못하리라고 추측했기 때문이었다. 그녀는 귀가 먹은 듯했다. 왜냐하면 그녀는 내 말을 받지도 않고 물어왔기 때문이었다. "저의 남편은 어때 보이던가요?" 그런데 몇 마디 작별 인사에서 나는 그녀가 대리업자와 나를 혼동하고 있다는 것을 알아차렸다. 그렇지 않았던들 그녀가 더 친밀감을 보였으리라고 나는 믿고 싶었다. 그러고서 나는 계단을 내려갔다. 내려가는 것은 앞서 올라갔던 것보다 더 힘이 들었다. 그러나 올라가는 것도 결코 쉽지는 않았다. 아아, 어찌 이런 성과 없는 사업이 있담. 앞으로 계속 부담이 되겠지.

우리는 정박했다. 나는 상륙했다. 조그마한 항구였고, 작은 곳이었다. 몇 명의 사람들이 대리석이 깔린 바닥 위를 서성대고 있었다. 나는 그들에게 말을 걸었으나 그들의 말을 이해할 수가 없었다. 아마 이탈리아 방언인 것 같았다. 나는 나의 사공을 이쪽으로 불렀다. 그는 이탈리아어를 할 줄 안다. 그러나 그도 역시 여기에 있는 사람들을 이해하지 못했다. 그는 그것이 이탈리아어가 아니라고 했다. 그렇지만 나는 그 모든 것에 별로 관심이 없었다. 나의 유일한 바램이 있다면 그것은 한없는 항해로부터 좀 쉬고 싶다는 것뿐이었다. 그렇기 때문에 여기든 어디든 상관이 없었다. 나는 다시 배로 돌아가서 필요한 지시를 했다. 모든 사람들을 잠시 배에 머무르게 하고 우선 키잡이만 나와 동행하도록 했다. 나는 너무나 오래 육지를 떠나 있었다. 육지에 대한 동경과 함께 육지에 대한 어떤 종류의 불안을 아무래도 씻을 수가 없었다. 그 때문에 키잡이와 동행하기로 한 것이다. 나는 부인용의 선실에도 내려가보았다. 그곳에서는 나의 아내가 막내아이에게 젖을 먹이고 있었다. 나는 아내의 상기되고 다정한 얼굴을 쓰다듬어주고는 내 의향을 말했다. 아내는 방긋이 웃으며 찬성의 표시를 했다.

자, 자, 그럼, 그대들은 결코 다르지 않습니다. 무엇이 달을 창백하게 하며, 무엇이 대장장이의 화로를 달구게 하겠습니까.

———————————

그대는 결코, 결코 두 번 다시 도시로 돌아가지 못하리라. 그 큰 종은 너의 머리 위에 두 번 다시 울리지 않으리라.

———————————

저 세상에서 너는 어떻게 지내고 있는지 말해보게?
나의 처지가 어떠한가에 대한 물음에 대해 법도에 어긋난다는 것을 알면서도 나는 숨김없이 사실대로 대답한다. 나는 잘 지내고 있다네. 전과는 달리 많은 사람들 속에서, 여러 가지 관계를 맺으면서 살고 있다네. 내 지식이나 나와 교제하기 위해 밀려드는 많은 사람들에 대한 내 회신을 미루어볼 때 나는 만족할 수 있다네. 적어도 처음과 마찬가지로 시도 때도 없이 그들은 정열적으로 밀려온다네. 그리고 나 역시 몇 번이고 반복해서 이렇게 말한다네. '그대들이여 오라. 나는 언제든지 환영이다. 자네들이 무엇을 알고 싶어하는지 나도 항상 이해하는 것은 아니지만 그것은 전혀 필요없을지도 모르지. 나의 존재가 너희들에게 중요한 것이니 나의 언술도 중요하겠지. 언술은 나의 존재를 뒷받침해주는 것이니까. 나의 이러한 추측은 아마 틀리지는 않을 것이다. 그러기 때문에 나는 태연히 답변을 계속하고 있고 그것으로 자네들을 기쁘게 해주고자 하는 것이라네. 자네의 대답 중에서 우리에게 불분명한 게 몇 가지 있는데, 하나하나 자세하게 설명해줄 수 있겠나?

867

그대 소심한 자들아, 그대 공손한 자들아, 그대 어린아이들아. 자아, 어서 물어보렴!

자네는 자네가 활동하는 큰 단체에 대해서 이야기하고 있는데, 그들은 대체 어떤 사람들인가?

자네들이지 누구겠나. 자네들 작은 회식자 일동이라네. 다른 도시에 가면 다른 회식자들이 있는 법이고 또 여러 많은 도시에서도 그런 식이지.

그렇다면 그것이 자네가 말하는 '사교계를 누비다'라는 말이겠군. 하지만 기다리게. 말하는 것을 보니 자네가 바로 우리의 옛날 동료 교사였던 크리후버지. 안 그런가?

그래, 그게 바로 나라네.

자, 그럼. 자네는 옛친구로서 우리를 찾아왔군그래. 또 자네를 잃은 것을 잊을 수 없어서 우리는 요구대로 자네를 이곳으로 끌어들여 자네의 여행길을 용이하게 해주고 있다네. 그렇지 않은가?

그래, 그래, 그렇고말고.

하지만 자네는 사람들과 접촉을 끊고 살아왔지. 이 도시 외에 친구나 아는 사람이 있었으리라고는 생각하지 않네. 그렇다면 자네는 저 도시들에서 누구를 방문한단 말인가? 누가 자네를 그곳으로 부르겠는가?

———————————

될 수 있으면 피하고 싶은 생각이었으나 나는 내가 너의 「말없는 사람」(「말없는 사람Schweiger」은 카프카의 친구이자 당시 프라하 출신의 유명한 작가인 프란츠 베르펠Franz Werfel의 비극 작품으로 살인자의 이중생활을 그린 작품이다. 유대인이었던 베르펠은 제2차 세계대전 때 미국

868

으로 망명하여 인기작가로 활동했다—옮긴이)에 대하여 주제 넘은 이론—그것은 이론이 아니라, 나는 그 정도 수준도 못 된다, 그저 반대 의견일 뿐이다—을 펼쳤던 그 불쾌한 일을 다시 꺼내어 계속 논하지 않을 수 없다. 그날 저녁의 대화는 내 마음을 무겁게 짓눌렀다. 온밤 내내 그랬다. 만일 그 이튿날 아침에 뜻밖의 사고가 내 마음을 딴 곳으로 돌리게 해주지 않았더라면 나는 즉시 너에게 편지를 쓰지 않을 수 없었을 것이다.

그날 밤 나를 괴롭힌 것은—나는 모든 시작부터, 즉 문이 열리는 순간부터 예의 화제가 시작되겠구나 하고 생각했는데, 그것은 불쾌한 것이어서 너의 방문에 대한 나의 모든 기쁨을 거의 앗아가 버렸다—다름 아니라 내가 「말없는 사람」에 대해 아무런 반대도 하지 않고, 그저 지껄여대기만 했다는 것과 단지 좀 고집이 셌다는 것이다. 반면에 하나하나 세세하게 방어하는 너의 말은 내가 예기치 못할 정도로 탁월했으며 정곡을 찌르는 것이었다. 하지만 그것은 나를 납득시킬 수는 없었다. 세세한 문제를 논하기 이전까지만 해도 나는 장시간 완전히 납득할 수가 없었다. 그러면서도 내가 내 항변의 이유를 이해시킬 수 없다면, 그것도 나 자신조차도 이해시킬 수 없다면 그것은 나의 무능력 때문이다. 나의 무능력은 생각하는 것과 말하는 것에서도 나타날 뿐만 아니라, 일종의 의식이 또렷한 무력감의 발작 속에서도 나타난다. 예를 들어 내가 그 작품에 대해 무엇인가 반박하려고 한다고 하자. 그러나 두번째 문항에 접어들게 되면 벌써 예의 허탈한 상태가 여러 가지 의문과 더불어 다음과 같이 밀려오기 시작하는 것이다. '너는 무엇에 대해서 말하고 있는가? 무엇이 문제인가? 문학이란 무엇이냐? 그것은 어디에서 오는 걸까? 그것이 무슨 이익이 되느냐? 이 얼마나 애매한 문제들인가! 이러한 애매한 문제들에다가 또 너의 말의 애매함을 보태게 된다면 어떤 괴물이 탄생될 것인가. 어떻게 너는 고매하긴 하지만 무용한 이 길로 들어서게 되었느냐? 그 진지한 질문에 진지한 응답을 받을 만한 것인가? 그럴지도 모르지만 그러나 그것은 너의 경우는 아니다. 그것은 보다 고귀한 사람들의 문제이다. 썩 물러서라.' 그리고 이러한 후퇴는 내가 곧바로 완전한 암흑 속에 있다는 것을 의미한다. 일단 어둠 속에 떨어지고 나면, 말하는 상대가 손을 뻗어 도와주건 누가 도와주건 나는 절대 거기에서 나올 수가 없는 것이다. 너는 「거울 인간」(「거울 인간Der Spiegelmensch」은 1920년에 나온 베르펠의 희곡작품—옮긴이) 같은 작품을 썼음에도 그런 것 자체를 전혀 모르는 것 같았다. 물론 나도 역시 안정된 상태에서는 중간대담자의 권리를 인정한다. 너는 이따금 중간대담자에게 너무 엄하게 대하곤 했다. 그는 물론 한가한 존재들과 어울려 놀고 있는 바람이나 다를 바 없다. 그러나 바람은 떨어지는 낙엽의 생명을 연장시켜준다.

그 모든 사실에도 불구하고 나는 역시 침묵하고 싶지 않으며 「말없는 사람」의 어디가 내 마음에 들지 않는가를 짧게 말하고자 한다.

무엇보다도 나는 「말없는 사람」이 물론 비극적인 개별적 사건으로 격하되었다는 점에서 위장되었음을 느낀다. 그 점이 전 작품의 생생한 현실감을 금하고 있는 것이다. 동화를 들으면 누구나 낯선 힘에 몸을 맡기게 되고 오늘날의 법정들이 차단되어 있다는 것을 모두가 알게 된다. 그러나 이 작품에서는 그것을 알 수가 없다. 이 작품은 오직 오늘만이, 바로 이날 밤에만 의도적이라기보다는 오히려 우연적으로 「말없는 사람」의 사건이 심리되고 있다는 인상을 일으킨다. 예를 들어 이들 사건은 달리 변질된 다른 이웃집에서도 똑같이 일어날 수 있다는 인상을 일으키는 것이다. 그러나 나는 이 작품이 주장하는 바를 믿을 수가 없다. 「말없는 사람」의 주변에 건설된 오스트리아의 가톨릭 도시의 다른 집들에 누군가 살고 있다면, 그것이 어느 집이든 간에 「말없는 사람」이 살고 있는 것이지 그 어느 누구도 살고 있지 않다. 이 작품에 나오는 다른 인물들도 역시 자신의 거처를 갖고 있지 않다. 그들은 「말없는 사람」과 동거하고 있고 그의 동반현상들이다. 「말없는 사람」과 안나가 행복한 부부임을 주장할 근거는 어디에도 없다. 그들은 성실하게 침묵을 지키도록 되어 있다. 아마도 그들이 바라는 것은 일반적으로 불가능할지 모른다. 이 작품 속의 어떤 인물도 그것을 반박할 힘을 갖고 있지 못할 것이다. 다뉴브 강의 배에 탄 많은 아이들이 어디 출신인지는 하나의 수수께끼이다. 그렇다면 어째서 소도시들이 있는 것이고, 어째서 오스트리아가 존재하는가. 그 안에 가라앉아 있는 개개의 사건은 어째서 생긴 것일까.

　그러나 너는 그 개별 사건을 더욱 따로따로 분산해놓는다. 너는 그 개별 사건을 아무리 따로따로 흩어놓아도 충분치 않다고 생각하는 것 같다. 당신은 어린아이 살해에 대한 이야기를 꾸며내고 있다. 나는 그것을 어느 한 세대가 겪고 있는 품위를 떨어뜨리는 고통스러운 행위로 여긴다. 여기에서 정신분석밖에 모르는 사람은 개입해서는 안 될 것이다. 정신분석에 관여하는 일은 결코 즐거운 일이 못 된다. 나는 가능하면 그것으로부터 거리를 두려고 한다. 그러나 그것 역시 적어도 이 세대와 마찬가지로 실재적이다. 유대인 기질은 옛날부터 그 고락을 거의 동시에 거기에 딸린 라쉬 주석(11세기 살았던 랍비 숄로모 지츠하키라는 성서와 탈무드의 모범적인 해석자의 주석을 일컫는다—옮긴이)에서 *끄집어낸다*. 이 경우도 역시 그렇다.

어떤 논평*

매우 이른 아침이었다. 거리는 깨끗하고 텅 비어 있었다. 나는 기차역으로 갔다. 탑시계와 내 시계를 비교해보았을 때, 나는 생각했던 것보다 이미 상당히 늦었다는 것을 알았다. 나는 몹시 서둘러야만 했다. 이 사실에 놀란 나머지 나는 길을 확실히 알 수가 없었다. 나는 이 도시를 아직 그리 잘 알고 있지 못했다. 다행히도 근처에 경찰이 있었다. 나는 그에게 달려가 숨가쁘게 길을 물었다. 그는 미소를 지으며 말했다. "당신은 나에게서 길을 알고 싶은가요?" "네" 하고 나는 말했다. "나 스스로는 길을 찾을 수가 없으니까요." "포기하라, 포기해!"라고 말하면서 그는 큰 동작으로 몸을 돌렸다. 마치 혼자 웃고 싶어하는 사람처럼.

———————

책방 주인은 아침에 가게 문을 열고는 가게를 쓸었다. 그는 초보자였고, 아직 보조원들도 없었기 때문에 모든 일을 스스로 해야 했다. 이렇듯 이른 시각에 벌써 고객이 들어온 것은 아주 드문 일이었다. 그는 매우 서둘렀다. 가게가 열리기를 벌써부터 기다리고 있었던 듯했다. 책방 주인은 빗자루를 구석에 세웠다.

나는 최근 M에 갔다. K와 상담할 일이 있었던 것이다. 원래 급한 일이 아니었으므로, 가령 시간이 걸리더라도—그러나 급한 일이 아니므로 별로 해가 될 것도 없었을 것이다—편지로도 충분히 일

---

* 막스 브로트판 전집에서는 「포기하라Gibs Auf!」라고 제목이 붙어 있다. (옮긴이)

을 처리할 수 있었을 것이다. 그러나 마침 그날은 한가했고 나는 K
의 일은 말끔히 해치워버리고 싶은 기분이었다. 게다가 나는 아직
M에 가본 일이 없으므로 꼭 한 번 놀러 오라는 소리를 듣고 있던
터였다. 이런 까닭에 나는 가벼운 마음으로 그곳에 가려고 결심했
던 것이다. 그러나 유감스럽게도—그럴 시간이 없었다—지금 M
에서 K를 만날 수 있을지를 미리 확인해두지 못했다. 실지로 K는
집에 없었다. 작고, 나약하고, 매우 활달하고, 지나치게 친절한, 노
처녀인 그의 누이동생은 반짝거릴 정도로 깨끗한 큰방에서 미안하
게 됐다며 여러 말을 하는 가운데 이 사실을 나에게 알려주었다.

*

많은 사람들은 현자들의 말들이 언제나 일상생활에서는 적용될 수
없는 비유일 뿐이라고 하소연한다. 그런데 우리는 단지 이러한 일
상생활만을 가지고 있을 뿐이다. 만약 현자가 "저쪽으로 가라"라고
말한다면, 우리가 저편 다른 거리 쪽으로 건너가야 한다는 것을 뜻
하는 것이 아니라—그 길의 결과가 가치 있는 것이라면 사람들은
어떻게 해서든지 그것을 실행할 수 있을지 모른다—그 어떤 전설
적인 저편을 뜻하고 있는 것이다. 그것은 우리가 알지 못하는 그 무
엇이고, 그것조차도 더 이상 자세하게 표현할 수 없는, 그래서 우
리에게 전혀 도움을 줄 수 없는 그 어떤 것이다. 이러한 모든 비유
들은 원래 파악할 수 없는 것은 파악할 수 없다는 것을 말할 뿐이
다. 그리고 우리는 그 사실을 알고 있다. 그러나 우리가 매일 열심
히 노력하는 일은 다른 것들이다.
　　그러자 어떤 한 사람이 말했다. "너희들은 왜 거부하는가? 만약

* 막스 브로트판 전집에서는 「비유에 대하여Von den Gleichnissen」라고 제목이 붙어 있다.
카프카 전집 제1권에도 실려 있으나 문장 부호와 단어의 선택이 달라 다시 번역했다.(옮긴이)

너희들이 비유를 따른다면, 너희들 자신이 비유가 될 것이고 그렇게 되면 너희들은 일상의 노고에서 벗어나게 될 것이다."

또 다른 한 사람이 말했다. "그 말 역시 비유라는 것을 내기해도 좋소."

첫번째 사람이 말했다. "당신이 이겼소."

두번째 사람이 말했다. "하지만 유감스럽게도 비유 속에서뿐이오."

첫번째 사람이 말했다. "아니오, 현실 속에선 그렇소만 비유 속에서는 진 것이요."

———————

발자크가 산보할 때 사용한 지팡이의 손잡이에는 이렇게 새겨 있었다 '나는 모든 방해를 부숴버린다.' 내 지팡이 손잡이에는 '모든 방해가 나를 부숴버린다' 라는 말이 새겨져 있다. 이때 '모든' 이라는 말이 일치한다.

———————

투쟁 — 투쟁의 통제 — ……에 대한 조력 —

———————

고백. 절대적인 고백. 활짝 열리는 대문. 집의 내부에서 세계가 나타난다. 이 세계의 흐릿한 반사광이 지금까지는 외부에 있었다.

874

[46]

부부

일반적으로 사업 상태가 매우 나빠서, 나는 가끔 사무실에서 시간이 남으면 직접 견본 가방을 들고 개인적으로 고객들을 방문하고 있다. 그 중에서도 나는 K에게 한 번 가보려는 생각을 벌써 오래전부터 하고 있었다. 예전에는 그 사람과 지속적으로 사업관계를 가졌는데, 그러나 무슨 이유인지는 모르겠으나 지난해에는 거의 끊어졌다. 그러한 중단에는 무슨 근본적인 이유가 있는 것은 전혀 아닐 것이다. 오늘날과 같은 불안정한 상황에서는 종종 아무것도 아닌 일이, 즉 어떤 분위기가 결정을 내릴 때가 있다. 그러다가 또 다시 아무것도 아닌 일이, 즉 한마디 말이 전체를 해결해줄 수 있다. 그러나 K에게 달려가는 것은 약간 번거로운 일이다. 그는 노인인데다가 근래에는 건강이 매우 좋지 않았다. 비록 그가 거래상의 일들을 아직까지도 자신의 손 안에 틀어쥐고 있기는 하지만 그는 거의 더 이상 영업소에 나오지는 않는다. 그와 이야기하고 싶다면 그의 집으로 가야 한다. 그러나 그런 식의 영업상의 과정은 미루고 싶어진다.

그러나 어제 저녁 여섯 시 이후에 나는 길을 떠났다. 물론 방문 시간은 지난 시각이었다. 그러나 이 일은 물론 사교적인 일로서가 아니라, 영업적인 일로서 판단되어야 했다. 나는 재수가 좋았다. K는 집에 있었다. 대기실에서 들은 바대로, 그는 아내와 산책에서 막 돌아와 있었는데, 지금은 몸이 좋지 않아 침대에 누워 있는 아들 방에 있었다. 나도 그리로 왔으면 했다. 처음에는 망설였지만, 그 후 이 부담스러운 방문을 가능한 한 빨리 끝내고 싶다는 마음이 더 컸다. 그래서 나는 견본 가방을 손에 든 채 코트와 모자를 벗지 않은 그대로 어떤 어두운 방을 지나서 흐릿하게 불을 밝히고 있는 방으로 따라 들어갔다. 그곳에는 몇몇 사람들이 모여 있었다.

　아마 본능적으로 나의 시선은 내가 너무도 잘 알고 있는 상점 대리업자에게 제일 먼저 멈추어졌을 것이다. 그는 어떤 면에서는 나의 경쟁자였다. 그는 여전히 나보다 살그머니 앞질러왔던 것이다. 그는 마치 의사라도 되는 듯이, 환자의 침대 바로 옆에 편안히 앉아 있었다. 그는 부풀린 듯한 멋진 코트를 입고 앞을 열어놓은 채 당당하게 앉아 있었다. 그의 건방진 태도란 비할 데가 없었다. 환자 역시 그와 비슷한 생각을 했던 모양이다. 그는 약간 열이 있어 붉어진 뺨을 한 채 누워서 가끔 그가 있는 쪽를 바라보고 있었다. 그런데 그 아들은 어린 나이가 아니었다. 그는 내 나이 또래의 남자였으며, 병으로 짧지만 온 턱과 뺨에 수염이 마구 자라고 있었다. 늙은 K는 크고 어깨가 넓은 사람이었는데, 놀랍게도 만성적인 고통 때문에 완전히 말라 있었고, 등은 굽었으며, 불안정해 보였다. 그는 아직도 방금 돌아온 모습 그대로, 모피 옷을 입은 채 서서 아들을 향해 무어라고 중얼거렸다. 그의 부인은 자그마하고 약해 보였지만, 매우 활기가 넘쳤다. 그녀는 비록 남편에 관한 일이라고는 하지만 — 다른 사람들은 쳐다보지도 않고 — 그에게서 모피 옷을 벗기는 일에만 열중해 있었다. 그 일은 두 사람의 키 차이 때문에 약간 어려움이 있었지만, 그래도 결국 그녀는 그 일을 해냈다. 그런데 근본적인 어려움은 아마 K가 매우 참을성이 없다는 것과 불안스레 손을 더듬으면서 계속 팔걸이 의자를 찾는 데 있었을 것이다. 모피 옷을 벗기자, 그의 부인은 팔걸이 의자를 재빨리 그에게 밀어주었다. 그녀 자신이 모피 옷을 받아들었는데 그 모피 옷에 가려 그녀의 모습은 거의 보이지 않았다. 그녀는 모피 옷을 들고 방을 나갔다.

이제 마침내 나의 시간이 온 듯싶었다. 혹은 아니면 나의 시간은 오지도 않았고, 아마 여기서는 결코 오지 않을지도 모른다. 내가 무엇인가를 하려 했다면, 그 일은 곧바로 일어났을 것이다. 왜냐하면 나의 느낌으로는 사업상의 말을 꺼내기에는 이곳 상황이 점점 나빠지기만 했기 때문이었다. 그러나 그 대리업자가 의도하는 바대로, 이곳에 한없이 눌러앉아 있는 것은 나의 방식이 아니었다. 게다가 나는 그에 대해서는 조금도 신경을 쓰고 싶지 않았다. 그래서 K가 지금 막 자신의 아들과 이야기를 좀 하고 싶은 마음이 있다는 것을 알아챘음에도, 나는 재빨리 나의 일을 이야기하기 시작했다. 불행히도 나는 조금만 흥분 상태에서 이야기하면 일어서는 버릇이 있었고, 이야기를 하는 동안에도 왔다갔다하는 버릇이 있었다—이런 버릇은 이야기를 시작하면 곧장 나타나는데, 이 병실에서는 평소 때보다 더욱 빨리 나타났다—이것은 자기 자신의 사무실에서는 아주 훌륭한 꾸밈새가 되겠지만, 타인의 집에서는 물론 좀 부담스러운 것이었다. 그러나 나는 자제할 수 없었다. 특히 습관이 되어 있는 담배가 없었기 때문이었다. 여하튼 누구든지 자신의 나쁜 습관을 가지고 있는 법이다. 나는 대리업자의 습관과 비교해보면, 그래도 나의 습관이 낫다고 생각한다. 그는 무릎에 올려놓은 자신의 모자를 무릎 위에서 천천히 밀었다당겼다하다가, 가끔은 갑작스럽게 의외로 모자를 쓰곤 한다. 그는 마치 실수를 했다는 듯이 그것을 곧 다시 벗기는 하지만, 잠시 그것을 머리 위에 쓰고 있다. 그리고 때때로 그짓을 계속해서 반복한다. 예를 들어, 이런 경우에 사람들은 무어라고 말하겠는가. 하지만 그러한 행동에 대해 솔직하게 언급할 수는 없는 노릇이다. 그것은 나를 방해하지는 않는다. 나는 왔다갔다하며 나의 일에 완전히 빠져 있어서 그를 무시한다. 그렇지만 모자를 가지고 하는 이 요술 때문에 정신이 완전히 나갈 수 있는 사람이 있을지도 모른다. 물론 나는 그러한 방해뿐만 아니라 어느 누구에게도 관심을 두지 않는다. 나는 벌어지고 있는 일을 보기는 하지만, 내가 끝나지 않았거나 또는 내가 반대 의견을 듣지 않는 한은 그것에 거의 주의를 기울이지 않는다. 그러므로 나는 예를 들어, K의 수용능력이 매우 떨어진다는 것을 잘 알아챌 수 있었다. 그는 두 손을 옆 팔걸이에 대고서 불쾌한 낯으로 이쪽저쪽으로 몸을 돌렸고, 나를 쳐다보는 것이 아니라 무의미하게 허공을 둘러보면서 무엇인가를 찾고 있었다. 그리고 그의 얼굴은 마치 나의 말소리, 내가 거기에 있다는 느낌조차 전혀 받아들여지지 않는 것처럼, 그렇게 무관심하게 보였다. 나는 나에게 거의 희망을 주지 않는 이 모든 병적인 태도를 보고 있었지만, 그럼에도 말을 계속했다. 마치 내가 아직도 나의 말, 나의 유리한 제안을 통해서—나는 아무도 원하지 않는 양보를 해주면서 스스로 깜짝 놀랐다—결국 모든 것을 다시 균형 있게 하리라는 전망을 가지고 있기라도 하듯이 말이다. 내가 슬쩍 보니 대리업자는 드디어 자신의 모자를 가만히 내버려두고 가슴 위로 팔짱을 끼고 있었다. 그것은 나에게는 하나의 분명한 보상이었다. 나의 상세한 이야기는 물론 부분적으로는 그를 염두에 두고 계산된 것이지만, 그의 계획에 날카로운 일침을 주었던 것 같다. 그리고 만약 내가 여태까지 대수롭지 않은 인물로 여겼던 그 아들이 갑자기 침대에서 몸을 반쯤 일으키고 주먹으로 위협하면서 나를 침묵하도록 만들지 않았다면 나는 그로 인해서 생긴 쾌감에 젖어 아마 더 오랫동안 계속 떠들어댔을 것이다. 그는 분명히 무엇인가를 더 말하고 무엇인가를 보여주고 싶어했지만 그럴 수가 없었

878

다. 나는 처음에는 그 모든 것을 단지 고열로 인한 환각 상태 때문일 거라고 생각했다. 그러나 무심코 나는 늙은 K를 바라보고는 그것을 더 잘 이해했다.

K는 단지 그 순간을 위해 쓸모가 있는, 무표정한, 부풀어 오른 눈을 크게 뜨고서 거기 앉아 있었다. 마치 누군가가 그의 목덜미를 쥐고 있거나 때리고 있는 것처럼 부들부들 떨면서 앞으로 몸을 기울인 채였고, 아랫입술과 잇몸이 다 드러 난 아래턱까지도 주체할 수 없을 정도로 밑으로 처져 있었다. 그의 얼굴 전체는 관절이 풀려 있었다. 힘들기는 해도 아직은 숨을 쉬고 있는 모양이었다. 그러고 나서 그는 마치 몸이 풀린 듯이 몸을 뒤로 젖히더니 의자 등받이로 쓰러졌고 눈을 감았다. 아주 힘든 표정이 그의 얼굴을 스치고 지나갔고, 그러고 나서는 끝이었다. 나는 재빨리 그에게로 달려가서 죽은 듯 매달려 있는 차가운 손을 잡았다. 그것은 나를 섬뜩하게 했다. 맥박이 없었다. 자, 그러니 이제 끝난 것이다. 물론 늙은이였으니까. 그 죽음이 우리에게 더 큰 부담이 되지 않기를 바랄 뿐이다. 이제 할 일이 많겠지! 무엇이 가장 급한 일일까? 나는 도울 수 있는 일을 찾았다. 그러나 아들은 이불을 머리 위로 끌어당겼다. 그가 끊임없이 흐느끼는 소리가 들렸다. 대리업자는 개구리처럼 차갑게 자신의 안락의자에 찰싹 붙어 앉아 있었는데, K와 두 걸음 정도 떨어져 마주보고 있었다. 그리고 그는 시간이 가기만을 기다릴 뿐 아무것도 하지 않을 것을 결심한 듯 보였다. 그러므로 무엇인가를 해야 하는 사람은 나 이외는 없었다. 지금 당장 가장 어려운 일은 부인에게 어떻게 해서든지 이 정황을 극복할 수 있는 방법, 그러니까 이 세상에는 있을 수 없는 그 어떤 방법으로든 그 소식을 전해야 하는 일이었다. 그때 벌써 나는 옆방으로부터 황급하게 질질 끄는 발걸음 소리를 들었다.

그녀는 난로 위에 걸어놔서 따뜻해진 잠옷을 가져와 그것을 남편에게 입힐 생각이었다— 옷 갈아입을 시간이 없었으므로 그녀는 여전히 외출복 차림이었다 — 그녀는 우리가 너무 조용하다고 생각하고는 "그이가 잠이 들었군요" 하며 미소를 짓고는 고개를 흔들었다. 그러고는 순진한 자가 갖고 있는 그런 무한한 신뢰감을 가지고 내가 방금 불쾌감과 혐오감을 가지고 잡고 있던 바로 그 손을 잡고서, 마치 부부간의 귀여운 장난인듯 그 손에 입을 맞추었다. 그러자—그것을 지켜보고 있던 우리 세 사람의 심정은 어떠했겠는가?— K는 몸을 움직였다. 큰 소리로 하품을 하고, 잠옷을 입고, 화가 난 빈정대는 얼굴로 너무 긴 산책으로 인한 과로 때문이라고 비난하는 부인의 말을 참고 있었다. 그리고 그와는 반대로 이상하게도 약간 지루했기 때문이라며 자신이 잠들었던 일을 달리 해명했다. 그러더니 그는 다른 방으로 가는 도중에 몸이 차가워지지 않게 하기 위해서 임시로 아들 침대에 누웠다. 부인은 서둘러 가져온 방석 중 두 개로 아들의 발 옆자리에 놓인 그의 머리에 베어주었다. 나는 앞서 일어났던 일 이후에 별로 특별한 일을 더 이상 발견하지 못했다. 이제 그는 저녁 신문을 요구했고, 손님들은 아랑곳하지도 않고 신문을 앞에 집어들었다. 그러나 읽지는 않았고, 단지 신문을 이리저리 들여다볼 뿐이었다. 그러면서 그는 놀라울 정도로 날카로운 사업적인 안목으로 우리들이 제안한 물품들에 대해서 몇 가지 불쾌한 점을 말했다. 그러는 동안에도 그는 계속해서 빈손으로 던지는 동작을 하면서 입을 쩝쩝거림으로써 우리의 영업 태도가 그의 입맛에 맞지 않는다는 것을 암시했다. 대리업자는 자제할 수 없었던지 몇 가지 적절하지 못한 의견을 말했다. 그는 앞서 일어난 일에 대해 어떻든 보상이 이루어져야 한다는 무례한 생각을 하고 있었던 모양이었다. 그러나 물론 그의 그런 방식으로는 가장 좋지 않은 결과만이 나올 뿐이었다. 그래서 나는 이제 빨리 작별을 고했다. 나는 대리업자에게 거의 감사해야 할 정도였다. 그가 없었더라면, 나는 벌써 떠나야겠다는 결단력을 보일 수는 없었을 것이다.

대기실에서 나는 또 K의 부인을 만났다. 그녀의 불쌍한 모습을 보자, 나는 그녀가 어느 정도 나의 어머니를 연상시켜준다는 나의 생각을 말했다. 그러고도 그녀가 아무 말이 없었기 때문에 나는 덧붙여 이렇게 말했다. "덧붙여 말하고 싶은 것은 바로 그녀가 기적을 행할 수 있었다는 거지요. 우리가 이미 부수어버린 것을 어머니는 다시 좋게 만들었어요. 저는 어머니를 어린 시절에 여의었답니다." 나는 의도적으로 과장해서 분명하게 그리고 천천히 말했다. 왜냐하면 나는 늙은 부인이 잘 듣지 못하리라고 추측했기 때문이었다. 그녀는 귀가 먹은 듯했다. 왜냐하면 그녀는 내 말을 받지도 않고 이렇게 물어왔기 때문이었다. "저의 남편은 어때 보이던가요?" 그런데 몇 마디 작별 인사에서 나는 그녀가 대리업자와 나를 혼동하고 있다는 것을 알아차렸다. 그렇지 않았던들 그녀가 더 친밀감을 보였으리라고 나는 믿고 싶었다.

그러고서 나는 계단을 내려갔다. 내려가는 것은 앞서 올라갔던 것보다 더 힘이 들었다. 그러나 올라가는 것도 결코 쉽지는 않았다. 아아, 어찌 이런 성과 없는 사업이 있담. 앞으로 계속 부담이 되겠지.

〔47〕

도시 성문 앞에는 아무도 없었고, 아치 모양을 한 성문 안에도 아무
도 없었다. 깨끗이 쓸어놓은 자갈길을 밟으며 사각형으로 된 성벽
구멍을 통해서 초소가 보였으나, 그것은 비어 있었다. 이상한 일이
긴 했으나 나로서는 참 잘된 일이었다. 왜냐하면 증명서가 없었기
때문이었다. 내가 가진 것이라곤 고작 가죽옷과 손에 든 지팡이뿐
이었다.

(이 기록은 뒷면 노트 끝에서부터 써내려간 것이다 — 원주)
나는 오늘 선장실에서 선장과 이야기를 나누었다. 나는 함께 승선
한 승객들에 대해 불만을 털어놓았다. 이런 놈의 여객선이 세상에
어디 있습니까. 적어도 이 배에 동승한 손님의 반은 아주 못된 불량
배들입니다. 내 아내는 선실 밖으로 나갈 엄두도 내지 못합니다.
방문을 잠그고도 불안해한단 말입니다. 그래서 나는 아내 곁을 떠
날 수가 없습니다.

———————————————————————————————————

피곤하다. 조각배를 타고
민족은 간다……

———————————————————————————————————

882

숲속에서 달리기 경주가 시작되었다. 사방이 동물로 가득했다. 나는 질서를 잡으려고 노력했다.

———————————

어느새 저녁이다. 저녁의 시원한 숨결이 우리에게 불어왔다. 그 서늘함에 숨을 돌렸지만 날이 저물었기 때문에 고단함이 더할 것 같았다. 나는 오래된 탑 곁에 있는 벤치에 앉았다. "모든 게 다 헛된 일이다" 하고 네가 말했다. "하지만 그것은 지나간 일이야. 숨 좀 돌리도록 하자. 이곳이 적절한 장소야."

———————————

나는 책꽂이 세 개를 주문했다. 책들이 쌓였기 때문이었다. 가구장이는 치수를 재고는 몇 일 내로 책꽂이를 가져오기로 약속을 했다. 그러나 그는 그것을 가져오지 않았고 나 자신도 그 일을 잊어버렸다. 당시 나도 역시 책에 신경 쓸 시간이 없었던 것이다. 하지만 한달 후 나는 그것을 기억해내고는 그 가구장이 집에 체류했다.

[48]

여행, 나는 그것을 모른다.

———————————

그녀는 잠자고 있다. 나는 그녀를 깨우지 않는다. 어째서 너는 그녀를 깨우지 않는가? 그것은 나의 불행이자 나의 행복이다. 내가 그녀를 깨울 수 없는 것은, 내가 불타고 있는 그녀 집의 문턱에 발을 들여놓을 수 없는 것은, 내가 그녀의 집으로 가는 길을 모르는 것은, 내가 그 길이 어느 방향에 놓여 있는지 모르는 것은, 마치 가을 바람에 나뭇잎이 나무에서 멀어지듯이 힘없이 그녀에게서 점점 멀어져가는 것은, 불행한 일이다. 그 이외에도 나는 이 나무에 붙어 있었던 적이 한 번도 없었다. 가을 바람에 휘날리는 한 장의 낙엽이지만 그렇다고 어느 나무에서 떨어진 것도 아니다. 내가 그녀를 깨울 수 없다는 것은 행복한 일이다. 만약 그녀가 몸을 일으킨다면, 만약 그녀가 잠자리에서 일어난다면, 내가 잠자리에서 일어난다면, 사자가 잠자리에서 일어난다면, 그리고 내가 내지르는 포효 소리가 겁 많은 나의 귀청을 파고든다면, 나는 어떻게 할 것인가……

———————————

나는 시골길에서 만난 방랑자에게 물었다. 일곱 개의 바다 뒤엔 일곱 개의 사막이 있는지, 그리고 일곱 개의 사막 뒤엔 일곱 개의 산이 있는지, 일곱번째의 산 저편에는 성과 그리고……

나무에 기어오르기. 다람쥐Senait(히브리어임 — 옮긴이). 한 마리의 작은 다람쥐가 있었다. 한 마리의 작은 다람쥐가 있었다. 야생의 호두까기, 점프 선수, 나무타기 선수 그리고 그 부수수한 꼬리는 어느 숲에서건 유명했다. 이 작은 다람쥐는, 이 작은 다람쥐는 언제나 여행 중이었고, 언제나 무엇을 찾고 있는 중이었으며, 그것이 그 점에 대해 한 마디도 지껄일 수 없는 것은 그 다람쥐가 말을 못해서가 아니다. 그것은 도무지 시간이 없기 때문이다.

49

어느 가을 저녁 무렵 거리의 나무 아래 어둠 속에서였다. 내가 물어도 너는 대답이 없다. 네가 나에게 대답을 하고, 너의 입술이 열리고, 죽었던 눈에 생기가 살아나고, 나에게 정해진 언어가 울려나올 수만 있다면 좋으련만!

————————

그의 위치는 그에게 분명치 않았다.

————————

반복. 받아 모으는 것. 어떤 방법을 찾아내는 것.

————————

매우 색깔이 다른 나무들이 있었다. 모기 한 마리.

————————

문이 열렸다. 양 옆구리가 불룩하게 둥근 초록빛 용이 발도 없이 온 아랫배로 몸을 전진시키면서 기운 좋게 방 안으로 들어왔다. 형식상의 인사를 했다. 나는 그에게 완전히 들어오도록 청했다. 그는 너무 길어서 그럴 수 없다며 미안해했다. 그래서 방문은 열어놓은 채로 놔두기로 했지만, 그것은 매우 유감스러운 일이었다. 그 용은 반은 난처한 듯, 반은 교활하게 미소를 지으며 말하기 시작했다.

당신의 동경에 이끌려서 나는 먼길을 기어서 왔습니다. 배는 긁혀서 상처투성이입니다. 하지만 나는 기꺼이 할 것이고, 기꺼이 올 것이며, 기꺼이 당신의 처분대로 하겠습니다.

———————————

빛이 격렬하게 쏟아져 내려 사방팔방으로 달아나는 그물망을 잡아 찢고, 아직 남아 있는 휑하게 성긴 그물을 마구 태웠다. 아래쪽에 서는 불의에 붙잡힌 동물처럼 대지가 경련을 일으키더니 잠잠해졌다. 그들은 상대방을 비끄러매면서 서로 얼굴을 쳐다보았다. 그리고 제삼의 사나이는 만나기가 무서운지 옆으로 몸을 비켰다.

———————————

언젠가 내 다리가 부러진 적이 있었다. 그것은 내 인생에서 가장 아름다운 체험이었다.

———————————

반달. 단풍 한 잎. 두 개의 쏘아올린 불꽃.

———————————

우리가 그 도시에 도착했을 때 큰 소요가 있었다.

―――――――

아버지는 나에게 작은 은제 양념갑만을 유품으로 남겼다.

―――――――

전투가 시작되어 완전 무장한 다섯 명의 병사가 비탈진 곳에서 길 위로 뛰어내렸을 때 나는 마차 밑을 통해 칠흑같이 어두운 숲 쪽으로 뛰어갔다.

―――――――

저녁 식사 이후에도 우리는 식탁 주위에 둘러앉아 있었다. 아버지는 팔걸이 의자에 깊숙이 기대어 있었다. 그것은 내가 본 가구 중에서 가장 큰 가구의 하나였다. 아버지는 반쯤 잠든 채 담배를 피우고 있었다. 어머니는 내 바지를 만들고 있었다. 일에서 눈도 떼지 않고 바늘을 움직이고 있었다. 삼촌은 램프 쪽으로 몸을 뻗은 채 코에 안경을 걸치고 신문을 읽고 있었다. 나는 오후 내내 집 밖에서 놀다가 저녁 후에야 비로소 숙제를 생각해내고 책과 노트를 펴놓기는 했으나, 피곤하여 노트 겉장에 물결 모양의 선을 긋는 것도 힘에 겨웠다. 그러다가 점차 머리가 수그러지고 어른들도 잊은 채 거의 노트 위로 엎드려버렸다. 그때 이웃집 아이인 에드가르가 찾아왔다. 벌써 오래전에 잠자리에 들 시각인데도 소리 하나 내지 않고서 문을 열고 들어섰다. 그 문 사이로 이상하게도 어두운 옆방은 보이지 않고 먼 겨울 풍경 위로 아름다운 달이 떠 있는 것이 보였다. "가자, 한스야" 하고 에드가르가 말했다. "선생님이 썰매를 타고 밖에서 기다리고 계신단다. 너는 선생님의 도움을 받지 않고서 숙제를 할 생각이니?" "선생님이 도와주신다니?" 나는 물었다. "그래" 하고 에드가르는 말했다. "절호의 기회야. 선생님은 지금부터 쿤메라우에 가시는 길이야. 썰매에 타고서 기분이 아주 좋으시단다……선생님이 부탁을 거절하지는 않으실 거야." "부모님이 허락하실까?" 한번 물어보지 않으련……

매우 어려운 숙제여서 아무래도 해낼 수 있을 것 같지 않다. 게다가 이미 늦은 저녁이었다. 너무 늦게 시작한 것이다. 오후 내내 거리에서 놀다가, 도와줄지도 모르는 아버지에게는 게으름 피운 것을 말하기가 곤란해서 모두 잠든 뒤에 혼자 노트 앞에 앉아 있었던 것이다. "누가 도와주지나 않을까?" 하고 나는 작은 소리로 말했다. 그러자 "내가 도와주지" 하고 어느 한 낯선 사람이 말했다. 그리고 내 책상 오른편을 바라보고는 조용히 안락의자에 앉았다. 그것은 가령 변호사인 아버지의 테이블 양쪽에 양편 당사자들이 쭈그리고 앉아 있는 그런 모습이었다. 그는 팔꿈치를 테이블 위에 세우고 두 다리를 방 한가운데로 뻗었다. 섬뜩했지만, 자세히 보니 그는 나의 선생님이었다. 선생님은 숙제를 자기가 낸 것이니 푸는 방법도 제일 잘 알겠지. 그러자 그는 이런 나의 기분을 이해한다는 듯이 고개를 끄덕여 보였다. 그 끄덕이는 것이 친절해서 그런 것인지, 뽐내는 것인지, 그렇지 않으면 비꼬는 것인지, 나는 판단할 수가 없었다. 그런데 정말 그는 나의 선생님일까? 보기에는 틀림없는 것 같지

만 더 가까이 가 자세히 살펴보니 의심스럽기도 했다. 예를 들어 수염은 우리 선생님과 똑같다. 뻣뻣하고, 드문드문 나 있고, 회색빛이 도는 검은 수염이 윗입술과 턱을 온통 뒤덮고 있다. 그러나 몸을 앞으로 숙이면서 자세히 보니 아무래도 붙인 수염 같다. 선생님을 자청하고 있는 그 사람은 나에게 몸을 굽혀 보이고는 손으로 수염 아래를 받치고는 그것을 잘 보도록 내밀었지만 그것으로 의심이 사라지지는 않았다.

———————————

꿈들의 신神인 위대한 이자샤르가 거울 앞에 앉아 있었다. 등을 거울 면에 밀착시키고, 머리는 뒤로 활짝 젖혀 거울 속으로 깊숙이 파묻고 있었다. 그때 여명의 신인 헤르마나가 와 이자샤르의 품안으로 파고들더니 이내 그 안으로 모습을 감추어버렸다.

———————————

우리 작은 도시는 완전히 고립되어 있다. 높은 산중에 자리하고 있어 찾기도 어려웠다. 오로지 협로만이 나 있을 뿐이며, 그것마저 황량해 보이는 돌덩이들 때문에 종종 끊어져 있어서, 오직 토착민들만이 그 길을 찾아낼 수 있을 뿐이다.

———————————

내가 참회할 차례가 되었을 때, 아무것도 할 말이 없었다. 모든 근심은 사라져버렸고, 내 마음은 기쁘고, 편안했다. 반쯤 열린 성당

문을 통해 바라보니 반짝이는 태양 흑점들의 떨림은 보이지 않고, 광장이 놓여 있었다. 나는 최근의 고민을 되살려내어 그 나쁜 근원에까지 파고들고자 했으나 그것은 불가능했다. 나는 어떤 고민도 생각해내지 못했고 그것은 내 마음속에 어떤 뿌리도 갖고 있지 않았다. 고해신부가 묻는 질문의 뜻을 나는 잘 알 수가 없었다. 말들은 잘 알 수 있었으나 아무리 노력해도 나와 관련된 것은 하나도 알아들을 수가 없었다. 많은 질문들을 다시 반복해줄 것을 그에게 청했으나 그것은 아무런 도움이 되지 못했다. 이들 질문은 마치 아는 질문인 줄 알았던 것이 그로 인해서 기억상의 착각을 일으키게 하는 것과 같은 그런 질문이었다.

———————

폭풍 속, 나뭇잎들의 기이한 모습, 둔중한 문, 가벼운 노크 소리, 세상을 받아들이고, 손님을 맞이하고, 크게 놀라고, 수다를 떨고, 특이하게 생긴 입, 타협의 불가능성, 회상에 잠김, 계속해서 두드리는 망치 소리, 엔지니어들이 벌써 온 것일까, 아냐, 무슨 지체할 이유라도 있겠지, 감독이 젊은 사람들을 접대하고, 축배를 들고, 그 사이로 개울물이 졸졸 흐르고, 생기 발랄하고 향기로운 그 풍경을 한 노인이 바라보고 있지만, 책상의 램프 주위를 파닥거리며 날고 있는 숭고한 모기여, 그래 나의 작은, 아주 작은, 메뚜기 같은, 의자 위에 끌어올려진 채 쪼그리고 앉아 있는 한솥밥을 먹는 동료여, 그것을 느낄 수 있도록 초지상적인 청춘을, 신적인 청춘을 가질지어다……

———————

우리 감독은 젊다. 대규모의 계획을 추진 중이다. 그는 끊임없이 우리를 몰아세운다. 그가 그것에 공들이는 시간은 끝이 없고, 어느 계획이건 모두 다 그에겐 중요하다. 그는 우리 눈에는 띄지 않는 사소한 일에도 며칠간이고 늘러붙어 있는 능력이 있다. 그는 그 일을 가지고 안락의자에 앉는다. 그 일을 껴안고 있다. 무릎을 포개고 앉아, 그는 귀를 막는다. 어느 누구도 그 일에 손대지 못하게 한다. 그는 이렇게 일을 시작하는 것이다……

———————

우리 사장은 사원들을 가까이하지 않는다. 사장의 모습을 며칠간이고 보지 못하는 때도 있다. 그런 때도 그는 사장실에 있다. 사장실은 물론 회사 내에 있지만 우윳빛 유리가 사람 키만큼이나 끼워져 있으며, 사무실을 통해서만이 아니라 현관에서도 자유롭게 들어가게 되어 있다. 이렇게 사람들을 멀리하는 데 어떤 각별한 의도가 있는 것은 아니다. 우리를 쌀쌀하게 대하지도 않는다. 그러나 그것은 매우 그다운 방식이다. 그는 유별나게 사원들을 부지런하도록 몰아세우는 것이 필요하다거나 유익하다고는 생각하지 않는다. 그의 의견에 따르면 자신의 오성에 따라서 최선을 다할 수 없는 사람은 우수한 고용인이 될 수가 없다는 것이다. 조용히 진행되고 있는 사무이기는 하지만 분명히 거기에 있는 가능성들을 모조리 이용해야 하는 직장에서는 사원들은 견딜 수가 없을 것이고, 아니, 소속감을 느끼지 못하고서 해고되기를 기다리지 않고 스스로 사표를 내야 되겠다는 생각을 하게 되리라는 것이다. 그리고 그것이 매우 빠르게 진행되기 때문에 사업이나 해당 고용인들에게도 보다 커다란 손실을 가져오지는 않을 것이라는 것이다. 이런 일은 사업계에서는 분명

통례적인 일은 아닐 것이다. 그러나 우리 사장에게는 그것이 분명히 지켜지고 있다.

———————

안정을 유지하는 것. 격정이 바라는 것으로부터 아주 멀리 떨어져 있는 것. 물의 흐름을 알고, 그런 까닭에 흐름에 거슬러서 헤엄친다. 흐름을 거슬러서 흘러가는 것이 즐거워서 헤엄을 친다.

———————

너는 어제 몬차에 갔었니? — 그래 — 그곳엔 시장이 없었니? — 있었어.

———————

작은 가게이지만 매우 활기가 넘친다. 거리에서 가게로 들어가는 입구는 없다. 문간을 지나야 하고 작은 마당을 가로질러야 비로소 가게 문에 이르게 된다. 문 위쪽에는 소유주의 이름이 새겨진 작은 판자가 걸려 있다. 내의류 전문점이다. 그곳에서는 완성된 내의류를 팔고 있다. 그러나 가공되지 않은 옷감을 더 많이 판다. 그런데 처음 이 가게에 들른 문외한에게는 내의류나 옷감이 어느 정도나 팔리는지, 아니, 더 정확히 말해서 어느 정도의 규모로 또 얼마만큼의 성의를 가지고 거래가 이루어지는지 영업상의 결과를 한눈으로 조망하기가 어렵기 때문에, 완전히 믿음이 가지 않는다. 앞에서도 이야기했지만 한길에서 직접 들어가는 길은 없다. 그러나 그뿐만 아니라 마당에서도 고객들이 들어가는 모습은 볼 수가 없다. 그런데도 가게에는 사람이 가득하고 끊임없이 새 고객들이 들어오고 먼저 온 고객들은 어디론가 사라진다. 벽에 넓은 선반들이 있지만 그 선반들은 대부분 작게 나뉘어진 여러 가지 아치형 모양의 장식물이 달린 기둥들 주위에 빙 둘러놓여 있다. 이런 식으로 배치했기 때문에 어디에 서서 보아도 가게 안에 사람이 얼마나 들어 있는지 어림잡을 수가 없다. 기둥을 돌아서 새로운 손님들의 모습이 자꾸만 나타난다. 서로 고개를 끄덕거리는가 하면, 활발하게 손을 놀리기도 하고, 혼잡한 가운데서 발을 바쁘게 움직이는 소리며, 고르기 위해서 펼쳐놓은 상품들에서 나는 소리와 언제 끝이 날지 모르는 홍정과 말다툼―그것이 점원과 손님 사이에 벌어지는 일인데도, 마치 가게 전체가 그것에 휘말려드는 것처럼 보인다―이 모든 것이 바쁘게 돌아가는 가게 일을 이 세상의 일같지 않게 확대시켜준다. 한쪽 구석에는 판자로 된 칸막이가 있다. 칸막이의 폭은 넓으나 그 안에 앉아 있는 사람 정도의 높이다. 여기가 사무실이다. 칸막이의 판자는 매우 튼튼한 것 같다. 문은 아주 작다. 창문을 설치하는 것을 피했다. 창구는 하나밖에 없다. 그러나 안과 밖으로는 커튼이 쳐져 있다―놀라운 것은 밖은 시끄러운데 이 사무실 안에서는 조용히 사무를 볼 수 있다는 것이다. 가끔 문 안쪽에 드리워진 검은 장막이 휙 들어 올려진다. 그러면 문을 막고 서 있는 조그마한 사무실 보조요원의 모습이 보인다. 펜을 귀에 끼고 눈 위로 손을 올리고는 호기심에서인지 아니면 명령에 따른 건지 가게 안의 혼잡스러움을 관찰하고 있다. 그러나 얼마 안 있어 그가 뒤로 물러나고 나면 예의 장막이 재빨리 뒤로 내려지기 때문에 사무실 안을 전혀 들여다볼 수가 없다. 사무실과 카운터 사이에는 어떤 식으로 연결되어 있는 것 같았다. 카운터는 가게 입구 바로 옆에 설치되어 있는데 한 젊은 아가씨가 일을 맡고 있다. 그녀는 보기보다 그리 일이 많은 것 같지 않았다. 누구나 다 현금으로 지불하는 것은 아니다. 현금으로 지불하는 사람은 몇 되지 않는다. 아무래도 별도의 청산 방법이 있는 모양이었다.

———————

꿈을 나뭇가지들로 휘감도록 하라. 아이들의 윤무. 몸을 아래로 수그린 아버지의 훈계. 무릎 위에 놓고 나무쪽을 부러뜨리는 일. 반쯤은 실신하여, 창백한 얼굴로, 칸막이 벽에 기대어 구원을 바라듯 하늘을 올려다본다. 마당 안에 있는 웅덩이. 그 뒤편에 있는 농기구의 낡은 잡동사니들, 산허리에 난 급하고 다양하게 꺾여 돌아가는 작은 길. 어떤 땐 비가 왔다가 어떤 땐 해도 비친다. 한 마리의 불독이 튀어 나왔기 때문에 관을 운반하던 사람들이 뒤로 피했다.

———————

나는 벌써 오래전부터, 오래전부터 그 도시에 가고 싶어했다. 활기 넘치는 큰 도시이며 수천 명의 사람들이 그곳에 살고 있다. 낯선 사람도 누구나 할 것 없이 받아들여진다. 그 도시가 베로나이다.

———————

가로수 길에 바람에 휘날려 쌓인 낙엽들 사이에서 다음과 같은 군대 명령이 발견되었다. 그 명령이 누구로부터 하달되었고 누구를 겨냥한 것인지는 분명치 않았다.

오늘밤 공격이 시작될 것이다. 지금까지의 모든 일은 방어, 대피, 퇴각, 분산……

가로수 길을 가고 있는 아직 완성되지 않은 형상, 레인코트의 찢어진 조각. 한쪽 다리. 모자의 앞쪽 차양. 이리저리 신속하게 흩뿌리는 비.

친구들은 물가에 서 있었다. 나를 태워 배가 있는 곳까지 노를 저어가야 할 남자가 가방을 보트로 옮겨 싣기 위해서 내 가방을 들었다. 나는 수년전부터 그 남자를 알고 있다. 언제나 그는 몸을 앞으로 깊이 수그리고 걸었다. 예전엔 거인처럼 우람한 남자였는데 무슨 고민 때문에 이렇게 몸이 구부러진 것일까.

너를 방해하는 것이 무엇이냐? 너의 마음을 잡아채는 것은 무엇이냐? 네 방문의 손잡이를 만지작거리는 것은 무엇이냐? 거리에서 너를 부르면서도 열린 문으로 들어오지 않는 것은 무엇인가? 아아, 그것이야말로 네가 방해하고 있는, 네가 그 마음의 안정을 잡아채고 있는, 네가 그 방문의 손잡이를 만지작거리고 있는, 네가 부르면서도 열린 문을 통해 들어오려고 하지 않는 바로 그 사람인 것이다.

그들은 열린 대문으로 들어왔다. 우리는 그들을 마중 나갔다. 우리는 새로운 소식을 교환했다. 우리는 서로 눈을 바라보았다.

———————

마차는 완전히 못 쓰게 되었다. 오른쪽 앞바퀴가 없었다. 그 때문에 무게가 더 실린 탓에 오른쪽 뒷바퀴는 휘어 있었다. 수레의 채가 부러져버린 것이다. 부러진 조각이 마차 지붕 위에 놓여 있었다.

———————

사람들이 우리에게 낡은 작은 벽장을 가져왔다. 이웃집에서 먼 친척으로부터 유일한 유산으로 받은 것이다. 어떻게 해서든 열어보려고 애써보았으나 열 수가 없어 결국 나의 스승에게 보낸 것이다. 쉬운 문제는 아니었다. 열쇠도 없을 뿐더러 열쇠구멍이 어디에 있는지조차도 알 수가 없었다. 그런 것에는 경험이 많은 사람이 아니고서는 알 수 없는 비밀장치가 어디엔가 있거나, 아니면 애당초 열 수 없는 것이어서 억지로 열 수밖에 없다. 물론 억지로 여는 것은 간단히 해치울 수 있을 테니까.

———————

고양이가 쥐를 붙잡았다. "어쩔 셈이지요?" 하고 쥐가 물었다. "당신은 무서운 눈을 가졌군요." "으흠" 하고 고양이는 말했다. "나는 언제든 이런 눈을 하고 있지. 자네도 점차 익숙해질 걸세." "하지만 저는 떠나고 싶어요." 쥐가 말했다. "아이들이 기다리고 있어요." "네 아이들이 기다리고 있다고?" 하고 고양이가 말했다. "그렇다면 빨리 가면 되지 않느냐? 그런데 너에게 무언가 물어보고 싶은 게 있는데." "그럼, 물어보세요. 이젠 정말 늦었으니까요."

이 낡은 깃발의 착색. 우리는 그 깃발을 한 번 들어올렸다.

우리를 에워싸는 것이 무엇일까? 우리는 완전히 에워싸여 있었다.

작은 도시의 본과정 학교Bürgerschule(현재 독일의 학제 중의 하나인 본과정학교Hauptschule의 옛 명칭으로서 특히 오스트리아에서 사용하는 말이다. 본과정학교는 기초학교Grundschule를 마친 후 김나지움 Gymnasium이나 레알학교Realschule에 진학하지 않은 학생이 다니게 되는 5~9학년의 의무교육 과정을 말한다—옮긴이) 선생인 옴베르크 씨가 우리를 정거장까지 마중 나왔다. 그는 동굴 발굴작업을 하고 있는 위원회의 위원장이었다. 몸집은 작지만 민첩하고 매우 야무진 체격을 지닌 사람이었다. 뾰족하게 난 수염은 조금 색이 바랜 블론드였다. 열차가 서자마자 옴베르크 씨는 이미 우리 객차의 승강구에 서서 맨 처음 내린 우리 패들을 붙들고 벌써 간단한 인사를 하기

시작했다. 이 선생은 아마도 일상적인 예절을 중히 여기는 것 같았다. 그러나 그가 대표하고 있는 일의 중대함은 그 비중 때문에 모든 예의를 우스꽝스러운 것으로 제압해버렸다.

———————

쾌활한 한 패가 강을 따라 내려가고 있었다. 일요일의 한 낚시꾼. 이룰 수 없는 삶의 충만함. 그것을 때려부숴라. 고인 물에 떠 있는 나무 토막. 동경에 찬 채 흘러가는 물결. 동경을 불러일으키면서.

———————

달리고 또 달리다. 옆 거리의 광경. 높다란 집들. 훨씬 더 높은 교회당.

———————

그 도시의 특징은 공허함이다. 예를 들어, 그 커다란 둥근 광장도 언제나 텅 비어 있다. 이곳을 교차하는 전차도 언제나 텅 비어 있다. 순간의 필연성으로부터 벗어나 전차의 종소리가 크고 밝게 울린다. 이 격투장에서 시작하여 많은 집들을 지나 멀리 떨어진 큰길까지 계속되는 큰 바자회도 언제나 텅 비어 있다. 바자회 입구 양편으로 펼쳐진 커피숍의 야외에 서 있는 많은 테이블에도 한 사람의 손님도 앉아 있지 않다. 광장 한가운데에 서 있는 오래된 교회당의 문은 활짝 열려 있으나 출입하는 사람이라곤 하나도 없다. 문으로 올라가는 대리석 계단은 대단한 힘으로 그 위로 떨어지는 태양빛을 되비추고 있었다.

그곳이 나의 옛날 고향 도시이다. 나는 멈춰 서기도 하면서 느릿느릿 거리를 헤맨다.

다시금 그 늙은 거인과의 오랜 싸움이 시작된다. 분명 그는 싸우지 않는다. 나만이 싸우는 것이다. 그는 하인이 음식점 식탁에 위에 눕듯이 내 위에 누울 뿐이다. 그는 네 가슴 위에서 팔짱을 끼고서 턱으로 자신의 팔을 누른다. 내가 이 중량을 견디어낼 수 있을까?

도시의 안개 속을 통해서. 한쪽이 담쟁이덩굴로 뒤덮인 담벼락으로 이루어진 어느 좁은 골목길에서.

나는 예전의 선생님 앞에 서 있다. 그는 빙긋이 웃으며 이렇게 말한다. "무슨 일로 왔느냐? 너를 내 수업으로부터 떠나보낸 지도 벌써 오랜 세월이 흘렀구나. 만일 내가 모든 제자들에 대해 초인적으로 뛰어난 기억력을 가지고 있지 않았더라면 나는 너를 다시 알아보지 못했을 것이다. 그러나 나는 너를 정확히 기억하고 있

다. 그렇다. 너는 네 제자이다. 그런데 어째서 너는 다시 돌아왔느냐?"

그곳은 나의 옛 고향 도시이다. 나는 또 다시 이곳에 돌아온 것이다. 나는 부유한 시민이며 옛 시가지에 강을 전망할 수 있는 집을 가지고 있다. 그것은 낡은 삼층 건물로 커다란 마당이 둘 있다. 나는 마차 제작소를 가지고 있으며 그 두 개의 마당에서는 온종일 톱이나 망치 소리가 울린다. 그러나 건물 앞쪽에 있는 거실에서는 아무 소리도 들리지 않는다. 그곳은 아주 조용하며 집 안에 있는 작은 터가 있는데, 그 주위는 폐쇄되어 있으며, 강 쪽으로만 틔워져 있을 뿐이지만 언제나 텅 비어 있다. 이들 거실에는, 즉 쪽마루를 깐, 그리고 커튼 때문에 약간 어두운 이들 큰방에는 낡은 가구들이 서 있다. 나는 솜을 댄 잠옷으로 몸을 감싸고는 이 가구들 사이를 돌아다니기를 좋아한다.

아무것도 없다. 말〔言語〕들을 가로질러 남은 빛들이 온다.

단련된 육체를 가진 그 동물은 자신의 과제를 알고 있다. 나는 이 동물을 기르고 있는데 그 즐거움이 날로 커진다. 그 빛나는 갈색 눈은 나에게 감사의 표시를 보낸다. 우리는 하나가 되어 있다.

내가 여기에서 분명하게 밝혀두겠다. 나에 관한 여러 소문들은 내가 인간으로서는 처음으로 말과 영혼의 친구였다는 사실에서 출발하는 한 모두 거짓이라는 것이다. 그러한 괴상한 주장이 퍼지거나 믿어진다는 것은 이상한 일이다. 그러나 그것보다 더 이상한 것은 소문을 경솔하게 받아들이고, 퍼뜨리며, 믿으며, 그저 조금 머리를 가로저을 뿐 그대로 방치해두는 것이다. 여기에 비밀이 있다고 한다면 그것을 탐구하는 일이 내가 실제로 행했던 사소한 일보다 더 매혹적일지 모른다. 내가 한 일이라는 것은 고작 이것뿐이었다. 즉 한 인간이 자신의 목적을 달성하는 데 필요한 모든 것을 시행하면서 겉으로는 그 어떤 방해도 받지 않더라도, 그가 사모하지만 그러나 퇴짜를 당한 처녀와 함께 살아가게 될지 모르듯이, 그런 식으로 나는 일 년 동안 말과 함께 살았던 것이다. 그러니까 나는 엘레오노르라는 말과 함께 마구간에 갇혀 지내왔던 것이다. 그리고 내가 이 공동의 거처를 나올 때라곤 우리 둘의 생활비를 벌기 위해서 가르치러 갈 때뿐이었다. 유감스러운 일이지만 어쨌든 이 일은 날마다 대여섯 시간이나 소요되었다. 그리고 이렇게 빠졌던 시간이 모든 나의 노력을 궁극적으로 실패하게 만든 장본인이었다는 사실을 부정할 수 없다. 이 계획을 지원해주도록 몇 번이고 부탁했지만 받아들이지 않은 사람들과 그리고 말의 어금니 사이에다 밀어넣어줄 한 다발의 귀리를 바치듯이, 내가 희생할 각오가 되어 있는 것을 위해 몇 푼의 돈을 선사하도록 부탁했으나 내주지 않은 사람들이 있는데, 아마 이들이 그런 소문을 퍼뜨렸을지도 모르는 일이다.

관이 완성되었다. 목수가 그것을 손수레에 실었다. 장의사에게 실어다주려는 것이었다. 비가 내리는 흐린 날이었다. 골목길에서 한 노신사가 다가와 관 앞에 서서는 지팡이로 관을 조금씩 찍어보더니 관을 만드는 일에 대해서 목수와 간단한 대화를 나누기 시작했다. 그러자 이번에는 큰길 쪽에서 시장 바구니를 든 여인이 걸어 내려와서는 그 노신사와 조금 부딪쳤으나 잘 아는 사이였던지 여인도 역시 잠시 멈춰 섰다. 작업실에서 보조 일꾼이 걸어나와서 이제부터 할 일에 대해서 주인에게 몇 가지 물었다. 작업실의 위층 창에서 목수의 아내가 제일 작은 어린아이를 팔에 안고 나타났다. 목수는 골목길에서 어린아이를 쳐다보며 얼러대기 시작했다. 노신사도 시장 바구니를 든 여인과 미소를 지으며 위를 쳐다보았다. 참새 한 마리가 무슨 먹이라도 찾으려는 듯 관 위에 내려앉아 폴짝폴짝 뛰었다. 개가 손수레 바퀴들을 킁킁 냄새 맡고 있었다.

그때 갑자기 안에서 관 뚜껑을 두드리는 소리가 들렸다. 새는 날아올라 마차 위를 불안스레 맴돌았다. 개는 거칠게 짖어댔다. 이 녀석이 제일 흥분한 모양이었다. 자기 의무를 게을리 한 것에 대해 절망적이 된 듯했다. 노신사와 여인은 옆으로 펄쩍 뛰어 비켜서서 두 팔을 벌리고는 기다렸다. 보조 일꾼은 엉겁결에 결심한듯 관 위로 뛰어올랐다. 그러고는 그 위에 앉았다. 그에게는 그렇게 앉아 있는 것이 관이 열리고 관을 두드린 자가 모습을 드러내는 것보다는 덜 무서운 것처럼 생각되는 모양이었다. 어쨌든 그는 너무 성급했던 행동을 후회하고 있는 듯했다. 그러나 위에 올라탄 이상은 내려올 수도 없고, 목수가 아무리 그에게 내려오도록 해도 말을 듣지 않았다. 이층 창에서 내려다보던 여인도 뚜껑을 두드리는 소리를 들었으나 그것이 어디에서 나는 소리인지는 판단이 서지 않는 모양이었다. 어쨌든 관 속에서 소리가 났다고는 생각되지 않는지 아래에서 일어난 사건을 전혀 알지 못한 채 깜짝 놀라서 바라보고 있었다. 경찰 하나가 정체모를 욕구에 이끌린 듯, 정체를 알 수 없는 불안에 가까이 가지 못한 채 머뭇거리면서 천천히 다가왔다.

그때 보조 일꾼이 옆으로 미끄러질 정도로 관 뚜껑이 활짝 열렸다. 주위의 사람들은 일제히 와아! 하고 짧게 소리쳤다. 창문 안에 있던 여인이 사라졌다. 아무래도 그녀는 어린아이를 안고 계단 아래로 황급히 뛰어 내려오는 모양이었다. 관 속에 꽉 처넣어진……

뾰족한 펜대로 그를 찾아라. 머리를 힘차게 들고서, 목을 빳빳이 세우고, 사방을 둘러보고, 네 자리에 조용히 있거라. 너는 충실한 하인이다. 네가 맡은 역할 내에서는 평판도 좋다. 네가 맡은 역할 내에서는 네가 주인이다. 너의 넓적다리는 튼튼하고, 가슴은 넓으며, 네가 무엇인가 찾기 시작하면 목이 가볍게 휜다. 너는 시골 마을의 교회 탑처럼 멀리에서도 보인다. 언덕과 골짜기를 넘어 멀리 들길로 삼삼오오 너를 향해 오고 있다.

이것이 내가 먹고 자라는 음식물이다. 별미에다 뛰어난 요리이다. 내 집 창문에서 내다보면 식량을 나르는 사람들의 모습이 보인다. 긴 행렬이다. 종종 행렬이 막힐 때도 있다. 그러면 각자 자신의 바구니를 몸에 밀착시키고는 바구니가 부서지지 않도록 보호한다. 그리고 내가 있는 쪽을 올려다보기도 한다. 상냥한 얼굴들이다. 황홀한 듯한 얼굴도 많다.

이것이 내가 먹고 자라는 음식물이다. 이것은 나의 젊은 뿌리에서 올라오는 달콤한 수액이다.

———————————

테이블에서 뛰어 일어나, 술잔은 아직 손에 든 채 나는 맞은편 테이블 아래에 불쑥 나타난 적을 쫓아간다.

———————————

길을 속보로 가다. 나약한 눈길.

———————————

그가 집을 나와 숲으로 들어가 길을 잃었을 때……
그가 집을 나왔을 때는 저녁이었다. 그런데 그 집은 숲 가까이에 있었다. 도시풍으로 지은 집이었다. 규격에 맞는 도시풍 건물이랄 수 있었다. 이층집으로 도시 취미 내지 도시 변두리식 취미의 돌출창이 달려 있었고, 격자 울타리가 쳐진 작은 앞뜰과 창문 안쪽에는 공들여 만든 커튼이 쳐져 있었다. 도시풍의 건물이면서 덩그러니 외롭게 서 있었다. 게다가 겨울 저녁이었고, 이렇게 텅 빈 들판은 춥기 마련이었다. 그렇지만 완전히 들판은 아니고 도시다운 왕래도 있었다. 전차가 길모퉁이를 돌고 있었던 것이다. 그러나 역시 시가지는 아니었다. 전차는 달리지 않았고, 마치 모퉁이를 돌고 있는 것과 같은 그런 위치에 언제나 서 있기 때문이었다. 게다가 원래 그것은 텅 비어 있었다. 그것은 전차가 아니었다. 네 바퀴 위에 얹힌 수레일 뿐이었다. 안개로 인해 흐릿하게 쏟아지는 달빛 속에서 보면 그것은 무엇이든 다 연상시키게 할 수 있었다. 그리고 도시풍의 포장이 되어 있었다. 땅에는 포장된 보도 모양으로 선이 그려져 있었다. 모범적인 평탄한 포장도로였다. 그러나 그것은 눈이 덮인 시골길 위에 놓인 나무들의 어스름한 그림자일 따름이었다

———————

소년 보르헤르가 막무가내로 우리 집에 오고 싶어하는 모습은 감동적이라고도, 혹은 놀라운 것이라고도, 아니면 역겨운 것이라고도 할 수 있을 것이다. 그 녀석은 언제나 제정신이 아니다. 아무 일에도 쓸모가 없다. 가족으로부터 따돌림을 당하고, 허기나 면할 수 있는 음식을 얻어먹을 뿐이다. 하루종일 쏘다니지만 가장 좋아하는 곳은 늪 근처다. 때로는 밤낮없이 며칠간을 집구석에 누워 있기도 한다. 그러고는 또 몇 날 밤을 집에 돌아오지도 않는다.

———————

나는 최근 마을의 바보가 성가시게 굴어서 괴로움을 당하고 있다. 그는 예전부터 바보였다. 다만 그것이 다른 어느 누구보다도 나에게만 해당된다는 것이다.

———————

또 다시 저 아래 정원 문에서 바스락거리는 소리가 들린다. 나는 창

문을 통해 내다본다. 물론 또 그 녀석이다.

네가 어느 낯선 가족에 받아들여지기를 원한다면 공통으로 알고 있는 사람을 찾아가서 그에게 호의를 청해보라. 그런 사람을 한 사람도 찾을 수 없다면 참다가 좋은 기회를 기다릴 일이다. 우리가 살고 있는 작은 지역에서는 그런 기회가 없을 리 없다. 오늘은 기회가 없어도 내일은 틀림없이 있을 것이다. 기회가 없다고 해서 그 때문에 세상의 버팀목을 흔들어서는 안 될 것이다. 네가 없어 아쉬워해야 하는 그 가족도 참고 있을 테니 적어도 너도 더 나빠지지 않도록 참아야 한다.

그것은 아주 자명한 일이다. 오직 K만이 그것을 이해하지 못할 뿐이다. 그는 최근에 우리 농원 주인의 가정에 밀고 들어갈 작정이었다. 그러나 사교적인 경로가 아니라 아주 단도직입적으로 하려고 하고 있다. 그는 어쩌면 세상에서 지켜지는 방법이란 너무 따분하다고 생각하는지 모르겠다. 그것이 옳은지는 알 수 없으나 그가 택하고자 하는 방법은 정말 불가능하지 않은가. 그렇다고 해서 내가 농원 주인의 의미를 과장하는 것은 아니다. 이해심이 있고 부지런하며 성실한 남자이지만 그저 그뿐인 것이다. K는 그에게서 무엇을 바라는 것일까? 그 농원에서 일자리를 원하는 것일까? 아니다. 그는 그것을 원치 않는다. 그는 부유하며 걱정 없는 생활을 하고 있다. 그는 농원 주인의 딸을 사랑하는 것일까? 아니다, 아니다. 그는 이런 의심을 받을 사람이 아니다.

주택 담당과가 끼어 들었다. 관청에는 여러 가지 규칙이 있으나 우리가 그 하나를 지키지 않았기 때문에 우리가 사는 집의 방 하나를 세입자에게 내주어야만 했다. 아무래도 납득이 가지 않는다. 만일 우리가 먼저 문제의 그 방을 관청에 알리는 동시에 임대인의 의무에 대해 이의를 제기했더라면 우리 문제는 훨씬 유리해졌을 것이다. 그러나 관청의 규칙을 지키지 못한 것은 이편의 잘못이며 그것에 대한 처벌로서 관청의 지시에 대해서 아무런 항의도 할 수 없다는 것이었다. 난처한 꼴이 된 것이다. 그러나 더 난처한 것은 관청이 멋대로 세 드는 사람을 우리에게 배당할 수 있게 된 것이다. 그러나 적어도 이것에 대해서만은 어떻게든 수단을 강구할 수 있기를 바랐다. 내 조카뻘 되는 애가 이곳 대학에서 법률학을 공부하고 있다. 그의 양친은 그 자체로서야 가깝지만, 실은 먼 친척이나 매한가지이며 그들은 시골 소도시에서 살고 있어서 나는 그들을 거의 모른다. 이 조카애 젊은이가 수도에 왔을 때 우리는 소개를 받았는데, 그는 허약하고, 불안해하고, 근시인데다가 등은 굽었고 거북스러울 정도로 당황해하는 동작과 어투를 지닌 청년이었다. 이 젊은이의 본성은 빼어날지는 모르지만 우리는 거기까지 파고들어갈 시간도 마음도 없었다. 이런 청년은 껑충하니 연약한 줄기 끝에서 떨고 있는 작은 식물 같아서 끝없는 관찰과 뒷바라지를 해야 할 것이다. 그런 일을 해줄 수 없다면, 아무 일도 하지 않고, 그런 젊은이를 가까이하지 않는 것이 상책일 것이다. 그런 젊은이를 돈과 추천장으로 어느 정도는 돌보아줄 수 있을 것이다. 사실 우리는 그래왔다. 그러나 그 뒤에도 불필요하게 방문하도록 하는 일 따위는 하지 않았다. 그러나 지금 관청의 통지서를 보고 우리는 그 청년을 생각했던 것이다. 그는 북쪽 구역 어디인가에 살고 있다. 어차피 형편 없는 살림살이겠지. 분명 식사도 생활력 없는 몸을 제대로 유지하기에 충분치 못할 것이다. 그를 우리에게 오게 하면 어떨까? 그것은 연민 때문만은 아니다. 연민 때문에만 그럴 수 있었다면 벌써 오래 전에 그렇게 했을 것이고, 아마 그렇게 했어야 했을지도 모른다. 결코 연민의 정 때문에 그러는 것이 아니다. 그러나 틀림없는 이득 따위로 생각해도 곤란하다. 만일 우리 작은 조카가 마지막 순간에 주택담당과의 시정 명령으로부터, 즉 어떤 면에서는 임의적이고, 어떤 면에서는 자신의 증명서를 주장하는 거칠고 낯선 임대인이 쳐들어오는 것으로부터 우리를 보호해준다면, 우리는 그것만으로도 충분히 보상을 받은 것이다. 우리가 알아본 바로는 그것은 분명 가능한 일이라는 것이다. 만일 주택담당과에 맞서 이 불쌍한 대학생을 예전부터 있던 하숙생이었다고 내세울 수 있다면, 이 학생이 자기가 이 방을 잃는 것은 방의 문제일 뿐만 아니라 생존 가능성을 잃는 것과 같음을 증명할 수 있다면, 그리고 끝으로(이러한 작은 책략에 협력하는 것을 조카는 거절하지 않을 것이다. 우리는 그러한 수를 사용할 작정이다) 그가 적어도 어느 기간 전부터 이 방에 살아왔고 시험 준비를 위한 기간에만 시골 양친 곁에 있었다는 식으로 일을 꾸며 댈 수 있다면—만일 이 모두가 잘만 이루어진다면 우리는 우선 두려울 게 없을 것이다. 그렇다면 우선적으로 물론 조카를 데려와야 한다. 자동차로 데려온다면 별로 힘들게 없다. 그 사이에 무슨 일이 일어났는지 전혀 모르는 그를 태우고……

*

나는 돌아왔다. 나는 문간을 지나 주위를 둘러본다. 예전 아버지의 마당이 있다. 한가운데에 난 작은 웅덩이. 쓸모 없는 낡은 기구가

---

* 막스 브로트판 전집에 「귀향Heimkehr」라는 제목이 붙어 있다. 카프카 전집 제1권에도 실려 있으나 문장 부호들과 단어상의 약간의 차이가 있다.(옮긴이)

서로 뒤섞여 다락방으로 통하는 계단으로 난 길을 가로막고 있다. 고양이가 난간 위에 도사리고 있다. 언젠가 놀면서 막대기에 감았던 찢어진 천조각이 바람결에 날아오른다. 나는 도착했다. 누가 나를 맞아줄 것인가? 누가 부엌문 뒤에서 기다리고 있는가? 굴뚝에서는 연기가 솟아오르고, 저녁 식사를 위해 커피를 끓이고 있다. 너에게 낯익은 느낌이 드는가? 집에 돌아온 느낌이 드는가? 나는 모르겠다. 나는 정말이지 확실치 않다. 이것은 아버지의 집이다. 그러나 그것은 따로따로 한 조각씩 차갑게 서 있다. 마치 모든 것이 각각 자신의 용무에만 몰두해 있는 것처럼. 나는 그 용무들 중 어떤 부분은 잊어버렸고, 또 어떤 부분은 전혀 알지 못했다. 내가 그것들에게 무슨 소용이 있을까? 나는 그것들에게 무엇인가. 내가 옛날 농장주인 아버지의 아들이라 한들 말이다. 그리고 나는 감히 부엌문을 두드리지 못한다. 단지 멀리서 엿듣고 있을 뿐이다. 엿듣고 있는 나 때문에 놀라는 일이 없도록, 나는 멀리 서서 엿듣고 있을 뿐이다. 멀리서 엿듣고 있기에 나는 아무것도 알아들을 수가 없다. 단지 가벼운 시계 종소리만을 듣는다. 아니, 아마 나는 어린 시절로부터 이 편으로 건너온 기억 속에서 듣고 있다고 믿는지도 모른다. 그 이외에 부엌 안에서 일어나고 있는 일은 그곳에 앉아 있는 사람들이 나로부터 보호하고 있는 그들만의 비밀이다. 문 앞에서 오랫동안 망설이면 망설일수록, 점점 더 낯설어지는 법이다. 지금 누군가가 문을 열고 나에게 무엇인가를 묻기라도 한다면, 어떠할 것인가. 그렇다면 나 역시도 자신의 비밀을 간직하려는 사람과 같지 않을까.

신선한 충만함. 퐁퐁 솟는 맑은 샘물. 폭풍과 같은, 평화로운, 고귀

한, 퍼져가는 성장. 기쁨이 넘치는 오아시스. 비바람이 몰아쳤던 밤이 지난 뒤의 아침. 하늘과 가슴을 맞댄다. 평화, 화해, 침잠.

창조적이다. 걸어가라! 그러므로 이 길로 오라! 나에게 해명해보라! 나의 해명을 듣도록 하라! 판결하라! 죽여라!

그가 합창단에 끼여 노래하고 있다 — 우리는 많이 웃었다. 우리는 젊고, 낮은 아름답다. 복도의 높은 창은 헤아릴 수 없이 꽃이 피는 정원으로 나 있다. 열어젖힌 창에 기대어 서니 눈길도 우리 자신도 멀리 실려가는 기분이었다. 하인이 우리 뒤를 왔다갔다하며 이따금씩 뭐라고 한마디했다. 조용히 하라는 말이었다. 우리는 그를 거의 보지 않았다. 우리는 그를 거의 이해하지 못했다. 그러나 돌을 깐 바닥에 울리는 그의 발소리만은, 멀리에서 주의를 주고 있는 음향 만큼은 지금도 기억한다.

50

그러고 나서 K 앞에 평지가 놓여 있었다. 멀리, 작은 언덕 먼 푸르름 속에 희미하게 집이 보였다. 그는 그 집으로 가려고 노력했다. 그러나 그로부터 해가 질 때까지 낮동안에도 그는 몇 번이고 목적지를 잃었다. 황혼의 들길을 걷고 있자니까 갑자기 그 언덕이 나타났다. "그렇다면 저게 내 집이로구나" 하고 그는 중얼거렸다. "작고 낡은 초라한 집이긴 하지만 내 집인 것이다. 몇 달 후엔 달리 보이겠지." 그는 초원과 언덕 사이를 지나 위로 올라갔다. 문은 열려 있었다. 아니, 닫힐 까닭이 없었던 것이다. 왜냐하면 문 한 짝이 없었던 것이다. 문턱에 앉아 있던 고양이가 큰 소리를 지르며 사라져버린다. 보통 고양이는 그렇게 울지 않는다. 계단 오른쪽과 왼쪽에 있는 두 방들의 문도 열려 있었고 두서너 개 부서진 낡은 가구 조각들이 늘어 서 있었다. 그 외엔 텅 비어 있었다. 그런데 어두워서 잘 보이지 않는 계단 위쪽에서 누군가 숨이 찬 떨리는 목소리로 누구냐고 물었다. K는 큰걸음으로 첫번째 세 계단을 뛰어넘었다. 가운데 계단이 부서져 있었던 것이다 — 이상하게도 그 부러진 자리는 방금 그렇게 된 것처럼 선명해 보였다. 오늘이나 어제부러진 듯했다 — 그리고 그는 위로 올라갔다. 위에도 방문이 열려 있었다……

———————

*

나는 굴을 팠는데 잘된 것 같다. 밖에서 보면 실제로 그저 커다란
구멍 하나만 보일 뿐이다. 그러나 이 구멍은 사실은 그 어디로도 통
하고 있지 않아서 몇 걸음만 가면 단단한 자연석과 만나게 된다. 고
의적으로 이런 속임수를 부려보았다고 자랑하려는 것은 아니다. 그
것은 오히려 허사로 돌아간 수많은 시도들 중의 한 잔재인데, 결국
에 가서는 이런 구멍 하나를 무너뜨리지 않고 놔둔 것이 나에게는
잘된 듯싶다. 물론 속임수라는 것은 매우 교묘해서 스스로 자멸해
왔다는 것을 나는 어느 누구보다도 잘 알고 있는 터라 이런 구멍을
통해서 여기 무엇인가 탐구할 만한 것이 존재할 가능성이 있다는
데 주의를 기울이게 한다는 것도 분명 대담한 것이다. 하지만 내가
겁쟁이니까 단지 어쩌면 겁이 나서 굴을 구상했다고 믿는 사람이
있다면, 그것은 나를 잘못 알고 있는 것이다. 이 구멍으로부터 천
걸음쯤 떨어진 곳에 걷어낼 수 있는 이끼층으로 가려진, 굴로 통하
는 진짜 통로가 있는데 그것은 세상에 있을 수 있는 안전한 모든 것
만큼이나 안전하다. 분명 누군가가 이끼를 밟거나 밀어넣는다면 내
굴이 드러날 것이고, 내킨다면—물론 그러기 위해서는 아주 흔치
않은 어떤 능력이 필요하다는 것을 잘 알아야 하지만—밀고 들어
올 수도 있고 모든 것을 영영 짓부수어놓을 수도 있다. 그 점을 나
는 잘 알고 있으며, 나의 인생은 그 절정기에 있는 지금에 와서도
완전히 평온한 시간을 거의 갖고 있지 못하며, 나는 언젠가 저기 저
어두운 이끼 긴 자리에서 죽어가야 할 것이며, 꿈에 잠겨 탐욕에 찬
코를 쿵쿵거리면서 끊임없이 돌아다니고 있는 것이다. 또한 언제든

---

* 막스 브로트판 전집에는 「건축」 혹은 「굴」로 번역될 수 있는 'Der Bau'로 제목이 붙어 있다.
 카프카 전집에도 실려 있으나 문장 부호 및 단어들 내지는 문장의 변화가 있어서 다시 번역
 했다.(옮긴이)

큰 힘을 들이지 않고 새로운 출구를 만들기 위해서, 위쪽은 단단한 흙이 얇은 층을 이루고 밑은 푸석한 흙으로 된 이 실질적인 출입구 구멍 역시 내가 스스로 토사로 막아버릴 수 있었을 것이라고 생각할 것이다. 그렇지만 그것은 불가능한 일이고 신중함이 필요한 것은 내가 당장이라도 밖으로 뛰쳐나갈 수 있도록 하기 위한 것이며, 유감스럽지만 바로 그 신중함이 자주 생명을 건 모험을 요구한다는 것이다. 그 모든 것이 정말이지 힘겨운 계산을 필요로 하는 것이어서, 때로는 명석한 두뇌 자체에 대해 갖는 기쁨만으로 계산을 계속해나가기도 한다. 나는 즉시 도망칠 수 있도록 해야 한다. 내가 아무리 정신을 바짝 차리고 있다 하더라도 전혀 예기치 못한 쪽에서 공격받을 수도 있을 것 아닌가? 내가 굴 가장 깊은 곳에서 평화롭게 살고 있는 사이에 천천히 그리고 소리도 없이 적이 그 어디에선가 나를 향하여 뚫고 들어오고 있는 것이다. 나는 그자가 나보다 예민한 감각을 지니고 있다고는 말하지 않겠다. 어쩌면 그 역시 내가 그를 모르듯이 나를 모르고 있을 것이다. 그렇지만 마구잡이식으로 흙을 파 뒤집는 격렬한 도둑들이 있는 법이다. 나의 굴은 엄청나게 넓어서 그들 스스로도 어디선가는 나의 여러 길 중 그 어떤 하나와 맞닥뜨리게 될 수 있다. 물론 나는 내 집 안에 머물러 있으며 모든 길과 방향을 샅샅이 알고 있다는 이점이 있다. 그 도둑놈은 내 희생물이 될 공산이 크다. 달콤한 맛있는 먹이로 말이다. 그렇지만 나는 늙어가고 있고 나보다 원기 왕성한 자들은 많고 적들도 무수히 많으니 내가 어떤 적 앞에서 도망치다가 다른 적의 올가미로 달려 들어가는 일도 생길 수 있을 것이다. 아, 무슨 일인들 안 생기겠는가! 어쨌거나 나는 밖으로 나가기 위하여 더 이상 작업하지 않아도 되는, 쉽게 도달할 수 있는 완전히 열려 있는 출구를 그 어딘가에 분명히 두어야 한다. 그럼으로써 가령 아무리 가볍게 쌓아놓은 것이라 하더라도 내가 그곳을 절망적으로 파고 있는 동안 갑자기 ─ 제발 부디 그런 일은 없기를 바라지만! ─ 추적자의 이빨을 나의 허벅지에서 느끼게 되지 않도록 하기 위해서인 것이다. 그리고 나를 위협하는 것은 외부의 적들만이 아니다. 땅 속에도 그런 적들이 있다. 아직 그들을 직접 본 적은 없으나 그들에 관한 전설이 있는데, 나는 그것을 굳게 믿고 있다. 그들은 땅속의 존재들로 전설에도 기록되어 있지 않다. 그들의 희생물이 된 자조차도 그들의 모습을 거의 본 적이 없다. 그들의 원소인 땅 속 바로 아래에서 그들이 발톱으로 긁는 소리가 들리면 그들이 오고 있는 것이고, 그 순간에 그 소리를 듣던 자는 이미 없어져버린다. 그러니 여기에서는 자기 집에 있다기보다는 오히려 그들의 집에 있는 셈이다. 그들로부터는 저 출구도 나를 구할 수 없으며, 아니, 실은 그것은 그 어느 누구로부터도 전혀 나를 구하지 못할 것이고, 나를 파멸시킬 것이다. 그래도 그 출구는 하나의 희망이며 그것 없이 나는 살 수가 없다.

이 큰길 이외에도 바깥 세상과 나를 긴밀하게 연결해주는 아주 협소하지만 꽤나 안전한 길들이 있는데, 그 길들은 나에게 숨쉬기 좋은 공기를 마련해준다. 그것들은 들쥐들이 놓은 길들이다. 그 길들을 나는 적절하게 내 굴에다 포함시킬 수 있었다. 그 길들은 또한 나의 후각이 멀리까지 미칠 수 있게 해주었고, 그렇게 나를 지켜주었다. 또한 그 길들을 통해 내가 잡아먹는 온갖 작은 족속들이 옴으로써 나는 나의 굴을 떠나지 않고서도 어느 정도, 그러나 보잘것없는 생활을 이어가기에는 충분한 작은 짐승들을 사냥할 수 있으니 그것은 정말 매우 가치가 있었다.

그러나 내 굴이 가장 멋진 점은 뭐니뭐니 해도 정적이다. 물론 그 정적은 믿을 수 없다. 갑자기 한 번에 깨어져버릴 수도 있어서 그렇게 되면 모든 것이 끝장인 것이다. 그러나 잠정적이긴 하지만 아직은 정적이 있다. 몇 시간이고 나의 통로들을 살금살금 다녀도 내가 즉시 이빨들 사이에 넣어 조용하게 만드는 그 어떤 조그마한 동물들의 서걱거리는 소리와 혹은 어딘가 수리가 필요함을 나에게 알려주는 흙이 새는 소리밖에는 아무 소리도 들리지 않는다. 그 외에는 조용하다. 숲의 공기가 들어오는데 그것은 따스하면서도 서늘하다. 이따금씩 몸을 쭉 펴고 기분이 좋아져 통로 안에서 몸을 이리저리 굴리기도 한다. 다가오는 노후를 앞두고 이런 굴을 갖고 있다는 것, 가을이 시작될 때 거처할 집이 있다는 것은 근사한 일이다.

대략 백 미터마다 나는 통로를 넓혀 작은 둥근 광장을 만들어놓았는데 그곳에서 편안하게 몸을 오그리고는 체온으로 몸을 녹이며 쉴 수 있다. 거기서 나는 평화롭게, 욕망이 진정된 채 그리고 집을 소유한다는 목표를 달성한 상태에서 단잠을 잔다. 내가 잠을 깨는 것이 예전부터 있었던 습관 때문에서인지 아니면 이 집 역시 지니고 있는 위험들이 상당히 크기 때문인지는 모르겠지만 나는 규칙적으로 문득문득 깊은 잠에서 깨어나 밤이나 낮이나 변함없이 이곳에 깔린 정적을 엿듣고 또 엿듣다가는 안심하여 웃고 그러고 나면 전신에 맥이 풀려 더욱 깊은 잠에 빠진다. 기껏해야 낙엽 더미 속에나 혹은 동료들 무리 속으로 기어들어가 있거나, 세상의 온갖 타락에 자신을 내맡긴 채 들길이나 숲속을 방황하는 저 가엾은 집 없는 떠돌이들. 나는 여기 사방이 안전한 광장에 누워 있고─내 굴 안에는 이런 곳이 오십 군데나 넘게 있다─꾸벅꾸벅 졸거나 정신없이 자는 사이에 시간은 가고, 그 시간마저도 나는 마음내키는 대로 택할 수 있는 것이다.

극도로 위험한 경우, 추적은 아니더라도 포위당할 경우를 고려하여 굴의 한가운데를 조금 비켜서 중앙광장이 있다. 다른 모든 것이 신체노동이라기보다는 오히려 긴장된 정신노동이었음에 비해 이,

성곽의 광장은 내 몸을 있는 대로 다 써서 이룬 가장 어려웠던 노동의 결과이다. 몇 번인가 나는 몸이 하도 지쳐 절망한 나머지 모든 것을 내동댕이치고 벌렁 드러누워 뒹굴면서 굴을 저주하고, 굴을 열린 채로 내버려두고서 몸을 질질 끌고 밖으로 나가버렸다. 그럴 수 있었던 건 다시는 그곳으로 되돌아오지 않으려 했기 때문이었는데 그러다가도 몇 시간 혹은 며칠이 지나면 후회가 되어 되돌아왔고 그러면 굴이 성한 것이 기뻐 콧노래가 나올 지경이었고 정말이지 즐거운 마음으로 새롭게 일을 시작했다. 계획대로 되어야 할 광장 부분에 가서 하필 지반이 약하고 모래땅이어서 천장이 멋지게 아치형을 이룬 완성된 커다란 광장을 만들자면 그 부분 땅을 단단하게 다져야 했으므로 성곽 광장의 작업은 불필요하게도—불필요하다는 것은 여러 가지 작업에도 불구하고 건축이 아무런 진정한 이득을 얻지 못했음을 말하려는 것이다—어려움이 가중되었다. 그런데 그런 작업을 위하여 내가 가진 것이라고는 고작 이마뿐이었다. 그러므로 나는 수천 수만 번을 몇 날이고 몇 밤이고 돌진하여 이마를 땅에다 짓찧었다. 이마가 깨어져 피가 흐르면 행복했다. 그건 벽이 단단해지기 시작한다는 증거였기 때문이다. 내가 이런 성곽 광장을 이루어낼 수 있었던 것은 그런 식의 노력의 결과였음을 인정하게 될 것이다.

이 성곽 광장에 나는 나의 저장품을 모아둔다. 당장 시급하게 필요한 것 이외에도 굴 안에서 포획한 모든 것, 그리고 옥외에서 사냥해온 모든 것을 여기에 쌓아둔다. 광장은 반 년치 저장물로도 다 채우지 못할 만큼 크다. 그래서 나는 그것들을 죽 늘어놓고 그 사이를 왔다갔다하면서 그것들을 가지고 놀기도 하고, 그 수많은 것들과 갖가지 냄새를 즐기며 언제나 무엇이 얼마만큼 어떻게 있는가를 자세히 파악을 할 수 있다. 그런 다음에 나는 언제나 배치를 새로이

해볼 수도 있고, 계절에 맞추어 필요한 예산과 사냥 계획도 짜볼 수 있다. 이렇듯 생계 걱정이 없는 시기가 되다보니 먹는 데 도무지 무심해져서 여기서 스쳐 돌아다니는 조그마한 것들을 전혀 건드리지 않을 때가 있는데 그것은 아무튼 다른 이유에서 볼 때 신중하지 못한 일일지 모른다. 방어 준비에 자주 신경을 쓰다보니 자연히 그러한 목적에 굴을 빈틈없이 이용할 것을 염두에 둔 나의 견해들은 변화하거나 발전했다. 물론 그것은 작은 범위 내에서였다. 그러다보니 방어의 기초를 성곽 광장에다만 둔다는 것이 더 위험해 보인다. 굴이 다양한 만큼 나에게 주어진 가능성도 다양하지 않은가. 저장물들을 조금씩 나누어 조그만 광장 몇 군데에 비치해두는 것이 보다 신중한 일인 것 같아 보인다. 그리하여 나는 대충 세번째 광장을 예비 저장소로, 혹은 네번째 광장을 주된 저장소로 그리고 두번째 광장을 부속 저장소 등으로 각각 정하기로 했다. 아니면 눈을 속일 목적으로 저장물을 쌓아서 길 몇 개를 아예 차단하든가, 아예 건너뛰어서 각기 중앙 출구로 난 그 위치에 따라 극소수의 광장만을 택하는 것이다. 어쨌거나 그런 새로운 계획은 번번이 힘들게 짐을 운반하는 작업을 요할 뿐 아니라, 새로운 계산을 해봐야 하고 그리고 짐들을 이리저리 옮기게 만드는 것이다. 물론 나는 지나치게 서두르지 않고 그 일을 조용히 할 수 있으며 그리고 입에 좋은 것들을 물고 나르다가 원하는 곳에서 푹 쉬는 중에 맛있는 것을 하나 골라 야금야금 맛보는 것이 그다지 나쁠 리 없다. 더 나쁜 것은 더러 잠에서 화들짝 놀라 깰 때 지금의 배분이 대단히 잘못되어 커다란 위험을 초래할 수 있으니 졸립고 피곤한 것 따위는 아랑곳하지 않고 즉시 서둘러 바로잡아야 한다는 생각이 들 때인 것이다. 그러면 나는 서두르고 나는 듯이 내달린다. 그때는 헤아려볼 시간도 없다. 바야흐로 아주 치밀한 새로운 계획을 실행하고자 하는 나는 내 입에 와닿는 것은 닥치는 대로 물어서 끌고, 나르고, 한숨을 쉬고, 신음을 하고, 비틀거리기도 한다. 나에게 너무나도 위험스러워 보이는 현재의 상태를 변경할 수 있다면 아무래도 좋은 것이다. 그러다가 마침내 서서히 제정신이 완전히 들게 되면 내가 무엇 때문에 그다지도 서둘렀나 싶고, 내 스스로 깨뜨렸던 집의 평화로운 공기를 깊이 들이마시고는 잠자리로 돌아가 새로 얻게 된 피로감으로 금방 잠이 들어버린다. 나중에 깨어보면 벌써 꿈속의 일같이 여겨지는 야간 작업의 부정할 수 없는 증거로서 이빨에 쥐와 같은 것이 한 마리 매달려 있곤 한다. 그러다가는 다시 저장물들을 모두 한 자리에 모아놓는 것이 최상책으로 보이는 시기들이 있다. 작은 광장에 모아둔 저장물들이 내게 무슨 도움이 되겠는가. 거기에 도대체 얼마만큼이나 보관할 수 있겠으며 또한 무얼 갖다 놓든 그것은 길을 막을 것이니 언젠가는 방어시에 달려갈 때 오히려 장애가 될지도 모른다. 그밖에도 어리석기는 하지만, 실은 모두 한데 모아놓은 저장물들을 바라보고 그럼으로써 자신이 소유한 바를 한눈에 알 수 있지 못하면 그 점 때문에 자부심이 괴로움을 겪는 것은 사실이다. 이렇게 많이 나누어 배치하다보면 잃어버리는 것도 많지 않겠는가? 모든 것이 제대로 있는지 보려고 얽히고 설킨 통로들을 줄곧 뛰어다닐 수는 없는 노릇이다. 저장물들을 나누어 놓는다는 기본 생각은 옳은 것이다. 그러나 성곽 광장 같은 종류의 광장이 여러 개 있어야 비로소 진정 그럴 수 있지 않겠는가! 그러한 광장들이 더 많아야 한다! 물론이다. 그렇지만 누가 그걸 만들어내겠는가? 또한 내 굴의 전체 설계도에 그런 광장 몇 개를 이제 와서 추가시킬 수는 없다. 그게 무엇이 됐든 간에 그것에 대한 보기를 하나만 소지하고 있을 경우 늘 결함이 있게 마련이듯 그 점에 내 굴의 결함이 있음을 나는 시인한다. 그리고 또한 고백하건대 굴을 파는 동안 줄곧 어렴풋하게 그러나 만일 내가 제대로 보고자 하는 뜻만 있었더라면 나의 의식 속에는 충분히 선명하게 여러 개의 성곽 광장에 대한 요구가 살아 있었으나 나는 거기에 따르지 않았다. 그 엄청난 작업을 해내기에는 나 자신이 너무 약하다고 느꼈던 것이다. 그렇다. 작업의 필요성을 생생하게 떠올려보기에는 너무나도 약하다고 느꼈던 것이다. 어떻든 나는 적지 않게 알 수 없는 감정들로 자위했는데, 이 감정에 따르면 평상시에는 미치지 못하리라고 생각되었던 것이라도 내 경우에는 그것이 언젠가는, 예외적으로 자비롭게 충족될 수 있으리라는 느낌이 들었던 것이다. 모르긴 해도 그 이유는 아마 짓찧는 해머와 같은 역할을 할 수 있는 내 이마를 유지하는 데 사전 배려를 했기 때문이 아닌가 생각된다. 그러므로 지금 나는 성곽 광장 하나만을 가지고 있다. 그러나 이번에는 그 성곽 광장 하나만으로 충분하리라는 알 수 없는 감정들이 사라져버린 것이다. 사정이 그렇다 하더라도 나는 그 성곽 광장으로 만족해야 한다. 작은 광장들로는 그것을 대치할 수 없으니 이러한 생각이 내 마음속에서 무르익으면 나는 다시 모든 것을 작은 광장들에서 내다가 성곽 광장으로 끌어다놓는 것이다. 그래놓고 나면 한동안은 모든 광장들과 통로들이 트여 있다는 것, 그리고 성곽 광장에 고기 더미가 쌓이게 되고 나아가서는 그 냄새 하나하나가 그 나름으로 나를 매혹시킴으로써 멀리서도 내가 정확하게 구분할 수 있는, 수많은 한데 섞인 냄새가 제일 바깥 통로들에까지 퍼져나가는 광경을 본다는 것은 큰 위로가 된다. 그런 다음 내가 나의 잠자리를 천천히 외부 테두리에서 안쪽으로 옮겨가고 점점 깊이 냄새 속에 잠기다가 마침내는 참을 수 없게 되어 어느 날 밤 성곽 광장으로 뛰어들어 저장물을 마구 헤집으며 아주 무감각해질 때까지 내가 좋아하는 최상의 것으로 배를 채우게 되는 특별히 평화로운 시기가 오곤 한다. 행복하지만 그러나 위험한 시간이다. 그것을 남김없이 이용할 줄 아는 자라면 스스로는 위태롭게 하지 않고도 나를 쉽사리 없애버릴 수도 있을 것이다. 이 점에서도 제이의 혹은 제삼의 광장이 없다는 것이 해롭게 작용하며, 나 자신을 유혹하는 것은 바로 이 한꺼번에 쌓아둔 전체의 더미인 것이다. 나는 그것에 대항해서 방어할 다양한 방도를 찾는다. 작은 광장들에 나누어놓은 것도 그런 종류의 대책이기도 하다. 그러나 유감스럽게도 그런 종류의 대책은 다른 비슷한 대책들과 마찬가지로 그 결점으로 인하여 훨씬 더 큰 갈망을 낳게 된다. 그런 다음 그 갈망은 오성의 급습으로 그 목적을 위한 방어 계획들을 멋대로 바꾸어버린다.

그런 시기가 지나고 나면 나는 마음을 가다듬기 위하여 굴을 검사하곤 한다. 그리고 굴에 필요한 개수 작업이 이루어진 다음에는 비록 점차 그 시간이 짧아지기는 했지만 종종 굴을 떠나곤 한다. 장시간 굴을 떠나 있는 데 대한 벌이 나 스스로에게 너무 가혹해 보이지만, 이따금씩 바람을 쐬일 필요성을 나는 통찰하고 있다. 출구에 가까이 가면 늘 어느 정도는 엄숙해진다. 집 안에서 생활하는 시기에는 나는 출구를 멀리하고, 심지어는 출구로 이어지는 통로는 그 끝부분에 가서는 발 딛기를 기피한다. 그곳에서는 돌아다니는 것 또한 전혀 용이하지 않다. 게다가 그곳엔 작지만 훌륭한 지그재그식 통로를 설치해놓았기 때문이다. 거기에서 나의 공사가 시작되었다. 그때만 해도 내 계획대로 공사를 끝마칠 수 있으리라는 희망을 가질 수가 없어 나는 반쯤 장난삼아 이 작은 모퉁이에서 공사를 시작해봤는데, 거기서 정신없이 사로잡혔던 첫번째 작업에 대한 기쁨이 미로 구조를 이루어내었고, 그것이 당시에는 모든 건축물들의 극치로 보였으나 오늘날에 와서 나는 그 건축을 전체 구조에 제대로 어울리지 못하는 너무 작은 집짓기 놀이로 판단하고 있으며 그 편이 다분히 더 맞는 말일 것 같다. 그것이 어쩌면 이론적으로는 귀한 것이겠으나―나는 당시 여기에 내 집 출입구가 있노라고 보이지 않는 적에게 비아냥거리면서 그들이 출입구 미로에서 모조리 질식해 죽는 모습을 보았다―실제로는 벽이 얇아도 너무 얇은 손장난에 불과하여 심한 공격이나 목숨을 걸고 절망적으로 덤비는 적에게는 거의 버텨낼 수 없을 집짓기 놀이에 불과한 것이다. 그러니 이 부분을 개축해야 할 것인가? 결단을 내내 미루고만 있으니 지금도 그대로인 것이다. 어쩌면 대공사가 되리라 기대가 되지마는 그것을 제외하고서도 그것은 가장 위험한 작업이 되리라 여겨진다. 건축을 시작한 당시만 해도 나는 거기서 비교적 안정되게 작업을 할 수 있었고 다른 여느 곳에 비해 위험 부담 역시 별로 더 크지 않았으나 이제 공사를 벌인다면 굴 전체에 세상의 이목을 집중시키는 거나 다름없으니, 이제는 불가능하다. 한편으로는 이 초심작에 대하여 확실한 감각이 생겼다는 것이 거의 기쁘기까지 하다. 하기야 대공격이라도 가해진다면 이렇게 설계된 입구가 나를 구할 수 있겠는가. 출입구가 공격자를 속이고 그의 관심을 빗나가게 하고 그를 괴롭힐 수는 있겠으나, 그것은 공격자 역시도 급하면 하는 것이다. 그리고 정말 큰 공격이라면 나는 즉시 굴 전체의 모든 수단과 심신의 모든 힘을 기울여 맞설 방도를 찾아야 한다―그것은 물론 자명한 일이다. 그러니 이 입구 역시 그대로 두어도 좋을 것이다. 비록 그 굴은 내 손에 의해서 만들어진, 그리고 비록 뒤늦게야 비로소 정확하게 인지된 이러한 결함을 지니고 있기는 하지만 그것은 어차피 자연이 만들어놓은 약점을 숱하게 지니고 있다. 그렇다고 해서 이러한 결함이 이따금씩 혹은 어쩌면 항상 나를 불안하게 만들지는 않았다는 말이 아니다. 늘 있는 산책에서 내가 굴의 이 부분을 멀리하는 이유가 있다면, 그것은 주로 그것을 보는 것이 나에게 유쾌하지 못하기 때문이고, 굴의 결함을, 이 결함이 이미 나의 의식 속에서 이렇게 심하게 소란을 부리는 바에야, 눈으로까지 관찰하고 싶지는 않기 때문이다. 저기 위쪽 입구에 아무래도 제거할 수 없는 결함이 도사리고 있다 해도 피할 수만 있다면 내가 그것을 보지 않는게 좋을지 모른다. 출구 방향으로 가기만 하면, 아직 통로들과 광장들로 출입구와 떨어져 있는데도 나는 이미 큰 위험에 빠져버린 듯한 생각이 든다. 더러는 마치 나의 가죽이 약해져서 내가 벌거벗은 맨살로 거기 서 있는 것처럼 여겨지는데 그러면 이 순간 내 적이 포효로써 반길 것만 같다. 출구 그 자체 스스로가 확실히 그러한 불건전한 느낌을, 즉 집을 보호하기를 중지한다는 느낌을 주지만, 그래도 나를 특별히 괴롭히는 것은 역시 이 입구 구조이다. 더러 나는 생각을 바꾸어 굴 입구를 어마어마한 힘으로 하룻밤 사이에 아무도 모르게 완전히 고쳐 지어놓고는 이제는 그것이 난공불락이리라는 꿈을 꾼다. 그런 꿈을 꾸면서 자는 잠이 나에겐 가장 단잠이어서 깨어보면 기쁨과 구원의 눈물이 그때까지도 나의 수염에서 반짝이고 있다.

외출을 하면 이 미로의 고통을, 그러니까 육체적으로도 극복해야 하는데, 더러 내 자신이 만들어낸 구조물 안에서 내 스스로가 잠깐 동안씩 길을 잃게 될 때면, 다시 말해 이 건축물이 이미 오래전부터 판단을 굳히고 있는 나에게 아직도 그 존재의 정당성을 증명하려 애쓰고 있는 듯이 보일 때면, 그것이 내게는 노여우면서도 감동적이기까지 하다. 그러나 그러고 나서 나는 그대로 내버려둔 이끼 덮개 아래에서 —그렇게 오래 나는 집 안에 틀어박혀 꼼짝도 않는다 — 나머지 숲 지면과 하나로 유착된 상태여서 이제는 머리를 한 번만 꿈틀해도 단번에 다른 곳에 가 있다. 이 작은 움직임조차도 나는 그리 오랫동안 감행하지는 못한다. 비록 내가 그 입구의 미로를 다시 정복할 필요가 없다 하더라도 오늘은 그것을 그만두겠지만 꼭 다시 되돌아올지 모른다. 어떻게? 너의 집은 보호되어 있고, 그 자체가 차단되어 있다. 너는 평화롭게, 따스하게, 잘 먹으며 살고 있다. 주인이기에, 많은 통로와 광장을 지배하는 둘도 없는 주인이기에, 너는 아마도 이 모든 것을 다 희생하고 싶지 않겠지만 어느 정도는 포기할 마음도 없지 않을 것이다. 다시 획득하리라는 신뢰감이야 있겠지만 많은 돈을 건, 너무나 많은 돈을 건 도박을 너는 감행하지 않을 것이다. 그럴 만한 합당한 근거라도 있는가? 아니다, 그런 종류의 일에는 합당한 근거란 있을 수 없다. 그러나 그런 다음에도 나는 조심스럽게 벼락닫이 문을 올려 열고 밖으로 나와서 그 문을 조심스럽게 내려닫고는 내달린다. 한껏 빨리 그 음험한 장소를 떠난다.

그러나 내가 진정으로 아주 밖에 나와 있는 건 아니다. 통로에 대한 생각으로 더 이상 마음이 짓눌리지 않고 탁 트인 숲에서 사냥하게 되면 나는 굴에서는 —성곽 광장에서는 그것이 열 배나 더 했지만— 들어설 자리가 없었던 새로운 힘을 몸 안에서 느낀다. 밖에서 먹는 것 또한 한결 나았다. 사냥이 비록 어렵고 성과는 더 드물었지만 결과는 어느 점으로 보나 더 높게 평가될 수 있으니, 그 모든 것을 나는 부인하지 않으며 그것을 지각하고 향유할 줄도 안다. 적어도 다른 것들만큼은, 아니, 훨씬 더 잘 알 수 있다. 왜냐하면 나는 떠돌이들처럼 경박스럽거나 절망해서가 아니라 지극히 계획적으로 평온하게 사냥을 하기 때문이다. 또한 나는 자유로운 삶을 누리도록 결정되어 있는, 그리고 그것에 내맡겨진 존재가 아니라 나의 시간은 정확히 정해져 있으며, 내가 끝없이 사냥해야 하는 것이 아니라 이를테면 내가 원하거나 이곳의 삶에 지쳤을 때 누군가 나를 부를 것이고, 그의 초대를 내가 거역할 수는 없으리라는 점을 알고 있다. 그러니 나는 이곳에서의 이 시간을 남김없이 다 맛보고 근심 없이 보낼 수 있다. 아니, 보다 정확히 말하자면, 그럴 수도 있겠지만 나는 그럴 수가 없다. 굴이 너무 나를 바쁘게 한다. 재빨리 입구를 떠나지만 나는 곧 되돌아온다. 나는 좋은 매복처를 찾아 몇 날이고 몇 밤이고 내 집의 입구를 엿본다―이번에는 밖에서―어리석다 해도 좋다. 그것은 나에게 이루 말할 수 없는 기쁨을 주고 더욱 나를 안심시켜주는 것이다. 그럴 때면 나는 내 집 앞에 서 있는 것이 아니라 나 자신 앞에 서 있는 것만 같다. 잠을 자는 동안에도 깊이 잠자면서 동시에 나 자신을 날카롭게 지켜볼 수 있는 행운을 가져 봤으면 한다. 나는 어느 정도는 뛰어난 점이 있는데, 잠의 무력함과 믿기 좋아하는 속성에 사로잡혀서만이 아니라 동시에 정말로 말짱한 정신에 평정된 판단력으로도 밤의 유령들을 만날 수 있다는 것이다. 그리고 이상하게도 내가 자주 믿었던 것처럼, 또 나의 집으로 내려가면 필경 다시 믿게 될 것처럼, 그것은 나와 그리 나쁜 관계가 아니라는 것을 발견하게 된다. 이 점에서―아마 다른 점에서도 그렇겠으나 특히 이 점에서―이렇듯 바람을 쐬러 나가는 것은 정말이지 어쩔 수 없다. 확실히, 그렇게도 조심스럽게 외진 곳에 입구를 택했는데도―그 모든 계획은 물론 그 점에서 나에게 확실한 제한을 가했다―한 주일 동안 관찰했던 것을 요약해보건대 그곳에서 이루어진 왕래는 아주 잦았다. 하지만 거주할 수 있는 곳이라면 어디든지 그만큼은 왕래가 있을 것이고 그리고 왕래가 잦다 보면 그냥 내처 함께 쓸려가게 되기 때문에, 아주 한적하게 천천히 수색하는 최상의 첫 침입자에게 몸을 내맡기기보다는 왕래가 더 잦은 곳에 몸을 노출시키는 편이 아마 한결 더 나을 것이다. 이곳에는 적들이 많고 적의 조력자들은 더욱 많으나 그들은 서로 싸우는 데 정신이 팔려 굴 옆을 지나쳐 달려가버린다. 내가 굴 입구를 엿보던 시간 내내 그 누구도 바로 굴을 찾는 이는 보이지 않은 것으로 보아, 그건 나나 그에게도 다행스러운 일이다. 만일 그런 자가 있었더라면 나는 굴에 대한 걱정으로 아무런 생각도 없이 그의 목줄기를 노리고 몸을 던졌을지 모르기 때문이다. 물론 내가 그 근처에도 감히 머물러 있지 못하여 멀리서 그들의 낌새만 알아차려도 도망쳐야 하는 족속도 온다. 사실 내가 그들의 굴에 대한 태도에 대하여 확실하게 발언을 할 처지는 못 되나 곧 되돌아와서 보면 그들 중 그 누구도 보이지 않으며 입구를 손상시키지 않은 것으로 보아 안심하기에 족한 것 같다. 세상이 나에게 갖고 있는 적의가 어쩌면 그쳤거나 진정되었다고 혹은 굴의 위력이 지금까지의 말살의 투쟁으로부터 나를 건져 올려주었다고 내가 나 스스로에게 거의 말할 뻔했던 행복한 시기들이 있었다. 굴은 어쩌면 나를 내가 일찍이 생각했던 것보다, 혹은 굴 내부에서 감히 생각하던 것 이상으로 나를 지켜주고 있는 것 같다. 때로는 다시 굴로 돌아가지 않고 여기 입구 근처에 살림을 차려 입구를 관찰하면서 내 일생을 보내며, 내가 그 안에 있다면 굴이 얼마나 나를 확고하게 지켜줄 수 있을 것인가를 줄곧 눈앞에 보고, 그 가운데서 나의 행복을 찾으려는 유치한 생각에 사로잡히는 지경에까지 이르렀다. 그런데 놀라서 유치한 꿈에서 얼른 놀라 깨어나게 하는 것이 있다. 내가 여기서 관찰하고 있는 안전이라는 것이 도대체 무엇인가? 굴 속에서 처하는 위험을 여기 바깥에서 하고 있는 체험에 따라 판단해도 되는 건가? 내가 굴 안에 있지 않으면 나의 적들 모두가 냄새를 제대로 맡을 것이 아닌가? 나의 냄새가 확실히 약간은 나겠지만 완전히 맡지는 못할 것이다. 그런데 적이 냄새부터 남김없이 다 맡을 수 있어야 통상적인 위험의 전제가 되지 않는가? 그러니 나를 안심시키고, 나아가 그릇된 안심을 통해 나를 극도의 위험에 빠뜨리게 하는 데는 내가 여기 밖에서 하는 시도의 절반이나 십분의 일이면 족하다. 그렇지 않다. 내가 믿었듯이 내가 나의 잠을 관찰하고 있다기보다는 오히려 파괴자가 깨어 있는 동안 잠을 자고 있는 것이 나인 것이다. 어쩌면 파괴자는, 무심히 입구 옆을 어슬렁거리며 지나가면서 나와 다름없이 문이 아직 성하다는 것과 그 문이 자신들의 공격을 기다리고 있다는 것을 늘 확인할 뿐인, 그리고 집주인이 안에 있지 않다는 것을 알기에 혹은 어쩌면 심지어 집주인이 곁의 덤불 속에 순진하게 매복하고 있다는 것까지 알고 있기에 그냥 지나쳐갈 뿐인 자들 가운데 있을 것이다. 그래서 나는 나의 관찰 장소를 떠나 바깥 생활이 지켜워진 상태여서 여기서는 더 이상 배울 것이 없을 것 같다는 생각이 든다. 지금도 앞으로도 말이다. 여기 있는 모든 것과 작별하고 굴 안으로 다시 내려가 다시는 돌아오고 싶지도 않으며, 세상만사 되어가는 대로 내버려두어 그것들을 불필요한 관찰로 잡아두고 싶지 않다. 그러나 입구 너머에서 일어나는 모든 것을 그렇게 오래 바라보고 있다보니 그만 유약해져서, 그 자체가 바로 세인들의 이목을 끄는 동굴로 내려가는 과정을 실행한다는 것은, 그리고 내 등 뒤의 온 주위에서 그 다음에는 다시 끼워 넣은 벼락닫이 문 뒤의 온 주위에서 무슨 일이 일어날 것인지를 모른다는 것이 이제 내게는 매우 고통스럽다. 우선 폭풍이 부는 밤에 노획품들을 잽싸게 집어던져 넣어본다. 성공한 것 같지만 정말 성공했는지는 내가 직접 들어간 다음에야 드러날 것이다. 드러나도 더 이상 나에게 드러나지 않을 것이며, 나에게까지 드러난다 해도 너무 늦게일 것이다. 그러므로 나는 그걸 중지하고는 들어가지 않는다. 나는 땅을 판다. 물론 진짜 입구로부터는 충분히 거리를 두고서 시험용 굴을 하나 파본다. 내 몸길이보다 길지 않고 그 역시 이끼 덮개로 차단되어 있다. 나는 구덩이에 기어 들어가 등 뒤로 그것을 덮고, 계산된 길고 짧은 시간들을 여러 가지

하루 동안의 시간으로 나누어 조심스럽게 기다린다. 그런 후에는 이끼를 털어버리고 구덩이로부터 나와 나의 관찰을 기록한다. 나는 좋고 나쁜 온갖 종류의 경험들을 하지만 굴 입구로 내려가는 보편적인 법칙이나 확실한 방법을 찾지 못한다. 그럼으로써 나는 아직까지 진짜 입구로 내려가지 못한 것이 결과적으로는 다행스러운 일이지만 곧 그렇게 해야 한다는 것이 절망감을 준다. 자칫하면 아주 먼 곳으로 가 옛날의 암담한 생활을 다시 하리라는 결심을 할 것 같다. 그 예전의 생활은 안전이라고는 전혀 없고 어딜 가나 차이 없는 오직 위험만으로 가득 찬 생활일 뿐이었다. 그러나 결과적으로는 그 생활은, 나의 안전한 굴과 여타의 다른 생활의 비교가 끊임없이 가르쳐주고 있듯이, 그 개개의 위험을 그렇게 정확하게 보지도 그리고 두려워하지 않아도 되는 것이었다. 분명 그러한 결심은 무의미한 자유 속에서 너무 오래 살다보니 생기게 된 어처구니없는 바보짓이리라. 아직 굴은 나의 것이고 한 걸음만도 나는 안전한 것이다. 나는 온갖 의심을 떨치고 이제 그 문을 확실하게 들어올리기 위해서 백주에 곧장 문을 향하여 달려간다. 그러나 나는 그렇게 하지 못하고 그걸 지나쳐 달려가서는 일부러 가시덤불에 처박힌다. 나를 벌하기 위하여, 내가 모르는 죄과를 받기 위해서. 그러고 나면 그래도 내가 옳으며, 내가 가진 가장 값진 것을 주위의 땅바닥 위에, 나무 위에, 공중에 있는 모든 자들에게 적어도 잠시라도 활짝 송두리째 내맡기지 않고서는 입구로 내려가는 것이 정말이지 불가능하다는 것을 결국 말하지 않을 수 없는 것이다. 그리고 위험은 상상한 것이 아니라 매우 현실적인 것이다. 나를 따라오도록 내가 부추긴 적들이란 결코 진정한 의미의 적은 아닐 것이다. 다분히 그 어떤 그 누구여도 좋을, 세상물정 모르는 하찮은 자, 호기심에서 나를 따라오다가 저도 모르게 나와 적대하는 세상의 안내자가 되고 마는 그 어떤 밉살스러운 조그만 생물일 수도 있을 것이다. 역시 그럴 리야 없을 것이다. 아마 존재한다면—그것 역시 다른 것 못지않게 고약할 것이다. 여러 가지 점에서 그것은 가장 고약한 존재일 것이다— 어쩌면 그것은 나와 같은 유의 동물로서 건축물에 대해 일가견과 평가능력이 있는 자이자, 그 어떤 숲의 은둔자이자 평화애호가일 것이다. 그러나 집을 짓지는 않고 살고자 하는 난폭한 건달일 것이다. 만약 그런 자가 지금이라도 나타나기라도 한다면, 그자가 그의 더러운 욕망으로 입구를 발견하기라도 한다면, 이끼를 들어올리는 작업을 시작하기라도 한다면, 그자가 그것을 성공하기라도 한다면, 그자가 재빨리 밀고 들어가 벌써 나한테 그의 엉덩짝을 잠시 보이고는 그 안으로 사라져버리기라도 한다면, 이 모든 일이 벌어지기라도 한다면 나는 드디어 그자의 뒤를 조금도 주저함이 없이 미친 듯이 쫓아가, 그자에게 덤벼들어 물어뜯고 짓찧어 갈기갈기 뜯어발겨 남김없이 빨아마시고 찌꺼기는 노획물에다 냅다 처 박아버릴 것이다. 그러나 무엇보다도, 중요한 일은 이런 것일지 모른다. 마침내 내가 다시 나의 굴 속에 있게 된다면, 이번에는 기꺼이 그 굴의 미로에 찬탄을 보내려 할 것이고, 우선은 머리 위로 이끼 덮개를 끌어당겨 쉬고 싶을 것이며, 생각하건대 나의 남아 있는 삶 모두를 그렇게 쉬고 싶을 것이다. 그러나 아무도 오지 않으면 내가 믿는 것이라곤 나뿐이다. 계속해서 일의 어려움에만 몰두하다보니 많은 두려움이 사라지게 되어 나는 더 이상 입구로 들어가는 것을 조심스러워하지 않게 되어 그 주위를 빙 둘러보는 것이 가장 즐기는 취미가 되어 어느덧 내가 적이라도 되어 성공적으로 침입할 적절한 기회를 엿보기라도 하는 듯한 형국이다. 만약 내가 믿을 수 있어 나의 관찰임무를 맡길 수 있는 그 누군가가 있다면 나는 안심하고 내려갈 수 있을 것이다. 그렇게 되면 내가 내려갈 때, 뒤에서 오랫동안 자세히 상황을 지켜보고, 위험한 조짐이 보일 때는 이끼 덮개를 두드려 달라고 그와 합의할 것이다. 그럼으로써 나를 짓누르고 있는 모든 문제가 깨끗이 해소될 것이다. 아무런 문제도 남지 않고, 내가 신임하는 자만이 남아 있게 될 것이다. 그런데 그가 어떤 반대급부를 요구하지 않더라도, 최소한 굴을 구경하고자 하지 않겠는가? 그러나 누군가를 내 굴에 끌어들인다는 이 사실만으로도 나는 이미 더없이 거북함을 느낄 것이다. 내가 굴을 판 것은 나를 위해서였지 방문자를 위한 것은 아니지 않은가. 아마 그를 들어오도록 할 수는 없을 것이다. 그가 아무리 나로 하여금 굴로 들어가는 것을 가능케 해주더라도 그 대가로 그를 굴에 들여보낼 수는 없을 것이다. 왜냐하면 그러자면 내가 그를 혼자 내려보내든가 아니면 우리가 같이 내려가야 하는데, 그를 혼자 들여보낸다는 것은 상상조차 할 수 없는 일이고, 같이 내려간다면 그가 나에게 가져다주어야 할 바로 그 이점, 내 뒤에서 망을 봐준다는 이점은 사라지고 말 것이다. 그리고 신뢰는 어떤가? 마주 대면해야 믿을 수 있는 사람을 보지 않고도, 이끼 덮개가 우리를 떼어놓은 상태에서도 내가 똑같이 그자를 믿을 수 있을까? 어떤 사람을 동시에 감시하거나 적어도 감시할 수 있을 때 누구를 신뢰하기란 그런 대로 제법 쉬우며, 어쩌면 누군가를 멀리서 신뢰하는 것까지도 가능할지 모르겠으나, 굴 안에서 그러니까 세상 바깥에 있는 그 누군가를 완전히 신뢰한다는 것, 그것은 내 생각으로는 불가능하다. 그러나 그런 의심까지는 전혀 필요하지도 않다. 내가 내려가는 도중에나 내려간 후에 삶의 무수한 우연들이 내가 신뢰한 그 사람이 의무를 이행하는 것을 가로막을 수 있다는 사실과 그가 나를 눈곱만큼이라도 방해할 경우 그것이 나에게 얼마나 예상할 수 없는 결과를 가져올 것인가를 생각해보는 것만으로도 족하다. 그게 아니다. 모든 것을 종합해보면 나는 내가 혼자이며 믿을 수 있는 사람이 아무도 없다고 전혀 한탄할 필요가 없다. 그런 사람이 없다고 해서 분명 이점을 잃는 것이 아니라 다분히 손실을 면하고 있는 것이다. 그러니 내가 믿을 수 있는 것이라곤 나와 그 굴뿐이다. 일찍이 그 점을 생각하여 지금 나를 이토록 골치 아프게 하는 경우를 미리 대비하는 조치를 취했어야 했을 것이다. 굴을 파기 시작했을 때만 해도 적어도 부분적으로는 가능했을 것이다. 나는 첫번째 통로에, 적절한 간격을 두고 두 개의 입구를 두어 설계했어야 했다. 그렇게 함으로써 나는 온갖 불가피한 번잡을 무릅쓰고 한 입구를 통해 내려가서는 재빨리 두번째 입구까지 첫 통로를 달려가, 목적에 맞게 설비된 그곳의 이끼 덮개를 약간 쳐들고 거기서 며칠간 상황을 살펴볼 수 있었을 것이다. 그렇게 혼자 있으면 만사가 잘 되었을지 모른다. 입구가 둘이라 위험이 배가되긴 하겠지만 그런 의심은 여기서는 접어두어야 할 것이다. 거기다가 관찰 장소로만 쓰일 입구는 아주 좁아도 되었을 것이다. 그 일로 나는 기술적인 고려에 몰두하여 또 다시 하나의 완벽한 건축을 꿈꾸기 시작하고, 그것으로 다소 안심하게 된다. 두 눈을 감고 무아경에 빠져 있노라면 남이 눈치채지 못하게 살짝 드나들 수 있는 건축물의 가능성이 분명해지기도 하고 덜 분명해지기도 한다. 이렇게 여기에 누워 그런 생각을 하고 있노라면 나는 이 가능성을 매우 높게 평가하게 된다. 그렇지만 다만 기술적인 성과로서이지 현실적인 장점으로서는 아니다. 그도 그럴 것이 방해받지 않고 살짝 드나든다는 것이 대체 무슨 대수란 말인가? 그것은 불안한 의식, 불확실한 자기 평가, 깨끗하지 못한 욕망, 즉 좋지 않은 특성들을 예시하는 것이다. 우리가 굴에 대해 완전히 마음을 연다면 그것은 우리에게 평화를 불어 넣어줄 수 있겠지만, 그러나 여기에 서 있는 굴을 대면하게 되면 그 나쁜 성질들은 훨씬 더 나쁘게 되는 것이다. 나는 지금 분명 그 굴 밖에 있으며 되돌아갈 가능성을 찾고 있다. 그러자면 기술적인 설비가 필요할지 모른다. 그러나 어쩌면 그렇게까지 많은 것이 필요하지 않을지 모른다. 굴을 될 수 있는 대로 안전하게 기어들어가고자 하는 단순한 구덩이로 본다면, 순간적인 신경과민성 불안으로 인해 굴을 너무 과소평가하는 것이 아닌가? 분명히 굴은 이런 안전한 구덩이이기도 하고, 아니라면 마땅히 그래야 할 것인데, 내가 바로 위험에 빠져 있다고 상상하게 되면 나는 이를 꽉 깨물고서, 그리고 있는 결의를 다 짜내어 굴이 다름 아닌 바로 나의 생명을 구하도록 되어 있는 구멍이며, 그리고 그 굴이 이 명백하게 주어진 소임을 최대한 완전하게 다해주기를 바라는 것이다. 그러므로 굴에게 다른 소임은 뭐든지 면제해줄 용의가 있다. 그런데 굴이 실제로는—어려움이 크다보면 현실에 결코 눈길을 주지 않게 마련이나 위협을 받지 않을 때도 우선적으로 이런 현실에 대해 고려해두어야 한다—안전을 제공해주기는 하나 철두철미하게 충분한 것은 아닌 상태인 것이다. 그 속에 있다고 예전의 근심들이 다 근절되기야 하겠는가? 또 다른, 보다 자부심에 차고 보다 내용이 풍부한, 자주 억눌려진 근심들이 있지만, 그러나 그 근심들은 아마도 바깥 생활에서 생기는 근심들과 마찬가지로 사람을 지치게 할 것이다. 만일 내가 오로지 생명의 안전을 위하여 건축을 행했더라면, 내가 기만당한 것은 아닐 테지만, 그러나 엄청난 작업과 실질적인 안전을 대비해보면 적어도 내가 느낄 수 있는 한에서는, 이곳에서 득을 볼수 있는 한에서는, 나에게 유리한 것은 아니다. 그 점을 시인하기란 몹시 고통스러우나 그래야만 한다. 바로 저기 저 입구, 건축자이자 주인인 나와 맞서 스스로를 폐쇄하고 있고 그리고 나를 완전히 경직되게 만드는 저 입구의 면전에서 말이다. 그렇다, 굴은 구원의 구멍만은 아니지 않는가! 높이 쌓인 저장된 고기에 둘러싸여, 여기서부터 시작되는 열 개의 통로—각각의 통로는 특히 전체 계획에 맞추어 아래로 꺼져 있거나 위로 솟아 있으며, 뻗어 있거나 굽어 있으며, 넓어지거나 좁아지며 그리고 모두가 한결같이 고요하고 텅 비어 있으며 각기 나름대로 나를, 역시 고요하고 텅 빈 수많은 광장들로 인도할 준비가 되어 있다—쪽으로 얼굴을 돌린 채 성곽 광장에 서 있노라면 안전에 대한 생각은 멀어지고, 그럴 때 내가 정확하게 알고 있는 사실은 긁기도 하고 물기도 하고 다지기도 하고 부딪치기도 하며 완강한 땅으로부터 얻어낸 나의 성곽, 그 어떤 방식으로도 다른 그 누구의 것일 수 없고, 내가 결국에는 적으로부터 가해지는 치명적인 상해마저도 침착하게 받아들일 수 있을 정도로 나의 것인 내 성곽이 여기에 있다는 것이다. 왜냐하면 나의 피가 여기 이 바닥에 새어 들어가 사라지지는 않을 것이기 때문이다. 그리고 나를 위하여 아주 정확하게 계산된 이 통로들에 그리고 편안하게 몸을 쭉 뻗고 어린애처럼 뒹구는데, 꿈에 잠겨 누워 있기 위해 그리고 축복받은 영면을 위해 있는 이 통로에서, 반은 평화롭게 잠자며 반은 즐거운 마음으로 잠을 깨 보내곤 하는 이 아름다운 시간들의 의미 이외에 또 다른 무엇이 있겠는가? 그리고 작은 광장들, 그 하나하나를 내가 훤히 알고 있고 모두가 아주 똑같은데도 두 눈을 감고도 벽의 융기만으로도 똑똑하게 구분할 수 있는 곳들, 그것들은 그 어떤 둥지도 그렇게 새를 감싸안을 수 없는 그런 평화로움과 따뜻함으로 나를 감싸고 있는 것이다. 그리고 사방이, 온 사방이 고요하고 공허하다.

그러나 사정이 그러하다면 왜 나는 망설이고 있는 것일까? 왜 다시는 나의 굴을 못 보게 될 가능성 이상으로 침입자를 두려워하는 걸까? 그런데 아마도 나의 굴을 못 본다는 것은 천만다행으로 있을 수 없는 일이니, 깊게 생각해서 우선 굴이 나에게 어떤 의미를 지니는가를 분명히 할 필요는 전혀 없을 것이다. 내가 아무리 불안하더라도 나는 고요하게 굴에 정착해 살 수 있고, 극기하여 온갖 의혹을 무릅쓰고 입구를 열려고 해볼 필요도 없을 정도로 나와 굴은 하나가 되어 있으니, 가만히 기다리고 있는 것으로 충분히 족할 것이다. 아무것도 우리를 영원히 갈라놓지는 못할 테고 어떻게든 나는 기필코 내려가고 말 테니까. 물론 그렇지만, 그때까지는 상당한 시간이 흐를 것이고, 그동안에 많은 일들이 일어날 것이다. 여기 위에서나 저기 아래에서. 그러니까 이 시간의 길이를 줄이고 그리고 즉시 필요한 일을 하는 것만이 나에게는 중요할 뿐이다.

그리하여 이제 피로로 어느덧 생각 따위는 할 수 없게 되어 고개를 떨군 채 불안전한 두 다리로 반쯤은 잠을 자며, 걷는다기보다는 더듬으면서 나는 입구로 다가가 천천히 이끼를 들어올린다. 그러고는 천천히 내려간다. 방심한 채 입구를 필요 이상으로 오래 열어두고서 방치한다. 그러고 나서 빠뜨린 것이 생각나서 그것을 챙기러 다시 올라간다. 그러나 무엇하러 올라가겠는가? 이끼 덮개만 닫으면 되는 것이다. 좋다, 그래서 나는 다시 내려가 이제 드디어 이끼 덮개를 덮는다. 다만 이러한 상태로, 오로지 이러한 상태로만 나는 이 일을 해낼 수 있는 것이다. 그렇게 하고 나서는 이끼 아래 들여다 놓은, 피와 육즙으로 흥건한 포획물 더미 위에 눕는다. 그러면 열망하던 잠을 자기 시작할 수도 있을 것이다. 아무것도 나를 방해하지 않고 아무도 나를 쫓아오지 않는다. 이끼 위는, 적어도 지금까지는 조용해 보인다. 그리고 설사 조용하지 않더라도, 이제는 내가 더 이상 관찰하는 일을 감당해낼 수는 없으리라고 생각한다. 나는 장소를 바꾼 것이다. 나는 위의 세계를 떠나 나의 굴 안으로 왔으며, 굴의 영향력을 금방 느낀다. 이곳은 새로운 힘을 주는 새로운 세계이니, 위에서 느껴지던 피로감이 여기서는 느껴지지 않는

934

다. 나는 여행에서 돌아온 것이다. 과로로 까무러칠 정도로 피곤하지만 옛집을 다시 둘러보는 것, 나를 기다리고 있는 설비작업과 모든 방들을 얼른 겉핥기 식으로라도 살펴보는 것이 필요한데, 그러나 무엇보다도 서둘러 성곽 광장으로 달려가보아야 한다. 그 모든 것이 나의 피로를 소란과 열성으로 변화시키기 때문에, 발을 굴에 들여놓는 순간 나는 깊고 긴 잠이라도 자고 난 것 같은 생각이 든다. 첫 작업은 몹시 힘을 들여야 했다. 포획물들을 비좁고 벽이 얇은 미로의 통로들을 통해 가져오는 일이었다. 사력을 다하여 앞으로 밀어붙이면 되기는 한다. 그러나 나에게는 너무 늦다. 그리하여 일을 서두르려고 나는 고기 덩어리 일부를 찢어 남겨둔 채, 그것을 타넘고 헤쳐가며 밀고 나아간다. 이제 내 앞에는 한 토막의 고기만 남아 있어 그것을 앞으로 밀고 가기가 한결 쉽다. 그러나 나는 언제나 이런 식으로 혼자 지나다니기도 쉽지 않은 여기 비좁은 통로들 안에 가득 들어찬 고기 한가운데에 있게 되어 나의 저장물 속에서 질식해 죽기 십상인 지경이 되는 바람에, 이따금씩 다만 먹고 마시기만 함으로써 넘쳐나는 저장물로부터 나를 지킬 수 있다. 그러나 운반하는 일이 순조롭게 이루어져서, 그렇게 길지 않은 시간 내에 나는 그 일을 끝냈다. 미로는 극복되었고, 나는 안도의 숨을 내쉬며 제대로 된 통로에 서서, 연결 통로를 통해서 그런 경우를 대비해 특별히 마련한 중앙 통로로 포획물들을 몰아간다. 그 중앙 통로는 심한 경사로를 거쳐 성곽 광장으로 이어진다. 이제 그것은 일도 아니다. 거의 모든 게 저절로 구르고 흘러 내려가는 것이다. 드디어 나의 성곽 광장이다! 이제 쉬어도 된다. 변한 거라곤 없다. 큰 사고가 일어난 것 같지는 않다. 첫눈에 알아볼 수 있는 작은 피해들이야 곧 개선될 것이다. 나는 먼저 통로들을 오랫동안 거닐어본다. 그런데 그것은 힘든 일이 아니다. 친구들과의 환담과 같은 것이다.

내가 옛날에 했던 것처럼 아니면—나는 아직 그렇게까지 늙지는 않았으나 많은 것에 대한 기억이 벌써 아주 흐려지고 있다—내가 그랬거나 혹은 그러곤 한다고 들은 것처럼 말이다. 나는 이제 두번째 통로를 시작으로 일부러 천천히 간다. 성곽 광장을 보고 난 다음에는 내게는 시간이 무한정이다. 굴 안에서는 늘 끝없이 시간이 많다. 내가 거기서 행하는 모든 것이 훌륭하고 중요하며 나를 어느 정도 만족시키기 때문이다. 두번째 통로에서 시작하여 한중간에서 검열을 중단하고는 세번째 통로로 넘어가는데 거기서부터는 발길 닿는 대로 성곽 광장으로 돌아와버린다. 물론 이제 두번째 통로를 새로이 시작해야 하고 이런 식으로 작업을 가지고 유희를 벌임으로써 작업량을 늘리고 혼자서 웃고 기뻐하고 많은 작업으로 뒤죽박죽이 되지만 일을 그만두지는 않는다. 너희 통로며 광장들이여, 그리고 무엇보다 그대 성곽 광장이여, 나는 바로 너희들 때문에 이 세상에 태어난 것이다. 내가 오랫동안 그 때문에 떨며 너희들에게 돌아가는 것을 망설이는 어리석은 짓을 한 이후로 나는 너희들을 위해서는 목숨조차 대수롭게 여기지 않았다. 내가 너희 곁에 있는 지금 위험할 게 뭐 있겠는가. 너희들이 내 것이고, 내가 너희들의 것으로 우리가 결합되어 있는데 우리에게 무슨 일이 일어나겠는가. 비록 위에 있는 족속들이 몰려와 주둥이로 이끼를 뚫고 들어올 채비를 하고 있다 한들 말이다. 침묵과 적막으로 굴은 나를 환영해주기도 하고 내 말을 뒷받침해주기도 한다.

그런데도 이제 내게는 어느 정도 태만함이 엄습해와 내가 좋아하는 장소인 한 광장에서 나는 약간 몸을 오그린다. 다 돌아보자면 아직 멀었지만 앞으로도 계속 끝까지 살펴볼 예정이다. 나는 여기서 잠자려는 것이 아니고, 마치 잠이라도 자려는듯 해보려는 것일 뿐이다. 아직도 예전처럼 여기서 잘 잘 수 있는지 어떤지 확인해보려는 것이다. 그건 된다. 그러나 나는 그 순간에서 빠져나올 수가 없다. 나는 여기에서 늘 깊은 잠 속에 빠져든다. 나는 퍽 오래 잤나보다. 저절로 풀려나는 마지막 잠에서 비로소 깨어났는데, 잠이 몹시 얕았나보다. 그 자체로서는 거의 들리지 않을 사각거리는 소리가 나를 깨웠으니 말이다. 나는 즉시 알아차렸다. 그것은, 내가 너무 감시를 소홀히하고 너무 그대로 방치해둔 작은 동물이 내가 없는 사이에 어딘가에 새 길을 뚫어, 그 길이 이제 오래된 길 하나와 만나 공기가 반작용을 일으켜 생기는 쉿 하는 소리였다. 무슨 놈의 족속이 쉬지도 않고 일을 한담. 그 족속의 부지런함이란 얼마나 성가신가! 내 통로의 벽들에다 귀를 기울여보고 시험삼아 파보아 어디서 이렇게 방해하고 있는지 확인부터 해야 할 것이고 그런 다음에야 소음을 제거할 수 있을 것이다. 그건 그렇고 이 새로운 구덩이는 그것이 어떻게든 굴의 상태에 맞기만 하면, 새로운 환기 통로로서 환영할 만하다. 그러나 작은 것들에 대해서는 이제부터는 지금까지보다 더 세심한 주의를 해야 하겠다. 그 어느 것도 그냥 내버려두어서는 안 되겠다.

그런 수색은 많이 해보았으므로 오래 걸리지는 않을 것이니, 곧 그것부터 시작할 수 있다. 다른 일들이 있기는 하지만 이 일이 가장 시급하다. 나의 통로들은 고요해야만 한다. 이 소리는 별로 문제가 될 게 없다. 내가 굴에 들어왔을 때도 그 소리가 났을 텐데 그것을 전혀 듣지 못했던 것이다. 나는 다시 완전히 집에 자리를 잡고서야 그것을 듣게 되었음이 틀림없나보다. 그런 건 어느 정도는 자신의 직책을 수행하는 실질적인 집주인의 귀에만 들릴 터이니까. 그리고 그런 소리는 여느 때도 그렇듯이 계속 이어지지 않는다. 오랫동안 그치기도 하는데 그것은 분명 기류가 막힌 데서 그럴 것이다. 수색을 시작해보지만, 어디를 찾아봐야 하는지 모른다. 몇 군데 구덩이를 파보지만 그냥 되는대로이다. 물론 그렇게는 아무런 성과가 없으며, 구덩이를 파는 큰 작업과 다시 덮어 고르게 하는 한결 더 큰 작업은 아무런 성과가 없다. 나는 소리나는 곳에 가까이 가지조차 못하는데, 희미한 소리는 변함없이 규칙적인 간격을 두고 계속 울린다. 어떤 때는 쉿쉿 소리 같기도 하고, 어떤 때는 휘파람 소리 같기도 하다. 그런데 나는 그것을 잠정적으로 그냥 내버려둘 수도 있을 것이다. 몹시 방해가 되기는 하지만 내가 인정한 잡음의 출처에 대해 어떤 의심이 없는 한에는 그 잡음이 더 커질 리 만무하고 반대로—지금껏 내가 그렇게 오래 기다려본 적은 없지만—시간이 흐름에 따라 그 작은 굴착자들이 일을 계속해 나감으로써 그런 소음들은 저절로 사라지기도 하는 것이다. 또한 그런 점을 도외시하더라도 체계적인 수색이 오래전에 포기한 것도 우연한 사건이 종종 쉽게 그 단서를 제공해주기도 하는 것이다. 그렇게 나 스스로 자위를 해가며, 차라리 계속 통로들을 배회하며 내가 아직까지 다시 보지 못한 많은 광장을 찾아보면서 간간이 조금씩 성곽 광장을 빙 돌아보는 것이 나을 것이다. 그러나 그렇게 되질 않는다. 나는 계속 찾아야 한다. 보다 유익하게 사용될 수 있을 많은 시간이 그 작은 족속 때문에 소요된다. 그런 경우에 보통 나를 유혹하는 것은 기술적인 문제이다. 예컨대, 나의 귀는 매우 섬세해서 소리를 아주 정확하게 그릴 수 있을 정도로 구분해내는 재주가 있는데, 그 소리에 따라 나는 그 계기를 상정해보곤 한다. 그러면 이제 실제 그런지 검사해보고 싶은 충동이 일어난다. 오직 벽에서 떨어지는 모래알이 어디로 굴러갈 것인가를 알아내는 것이 문제가 되는 경우에서조차도 나는 그 충분한 근거를 확실하게 느낄 수가 없다. 왜냐하면 이곳에서는 그동안 그 어떤 확인도 이루어진 적이 없기 때문이다. 그러므로 그런 소리 하나라도 이러한 관점에서 본다면 전혀 중요치 않

938

은 사건은 아닌 것이다. 그러나 중요하든 중요치 않든, 아무리 찾아보아도 나는 아무것도 찾아내지 못한다. 아니, 오히려 너무 많은 것을 발견한다. 틀림없이 바로 내가 좋아하는 광장에서 이런 일이 일어난 것이라고 생각한다. 나는 그곳으로부터 제법 멀리 떠나 다음 광장에 이르는 길 거의 중간쯤으로 가고 있다. 이를테면 가장 좋아하는 광장만 나를 방해하는 것이 아니라 다른 쪽에서도 방해가 있음을 증명해 보이려는 것처럼, 이 모두가 전부 하나의 장난에 불과한 것이다. 그러고는 웃으며 귀를 기울이기 시작하지만, 곧 웃음을 그친다. 왜냐하면 똑같은 쉿 소리가 여기서도 정말 들리기 때문이다. 저것은 아무것도 아니라고 나는 종종 생각한다. 나말고는 아무도 듣지 못할 것이다. 물론 나는 연습을 통해 예민해진 귀로 점점 더 뚜렷하게 듣는다. 내가 비교를 통해 확신할 수 있듯이 사실 그것은 어디서나 들을 수 있는 똑같은 잡음인데도 말이다. 벽에 귀를 바짝 대지 않고, 그냥 통로 한가운데서 엿들어보면, 내가 알아차린 바로는 그 소리는 더 커지지도 않는다. 바짝 긴장을 해야만, 실로 이따금씩 몰두해야 어떤 소리의 숨결을 그나마 듣는다기보다는 짐작으로 알아차릴 수 있다. 그러나 어느 장소이건 다 똑같다는 것이 가장 나를 방해한다. 그것은 내가 애초 가정했던 것과 일치하지 않기 때문이다. 내가 이 소리의 근원을 제대로 알아맞혔더라면, 그것은 바로 발견될 수 있을 어떤 특정 장소에서 가장 크게 울려나왔어야 할 것이고 그 다음에는 점점 작아져야 했을 것이다. 그러나 나의 설명이 적중하지 않았다면, 그 소리는 그럼 무엇이었을까? 소리의 중심지가 둘이 있어서 내가 지금까지는 다만 그 중심지들에서 멀리 떨어져 귀를 기울였고 그리하여 내가 하나의 중심지에 다가가면 그 중심지의 소리를 듣기는 하지만 또 다른 중심지의 소리가 줄어듦으로써 전체적으로 내 귀에는 대체로 늘 똑같은 소리로 들렸을 가능성도 있었다. 자세히 귀를 기울여 들어보고는, 비록 아주 희미하긴 하지만 이 새로운 가정에 부합하는 음의 차이를 알아듣는다고 나는 거의 믿는다. 여하튼 나는 지금껏 탐색해온 것보다 훨씬 더 탐색 지역을 넓혀야 할 것 같다. 그래서 나는 통로 아래쪽으로 해서 성곽 광장까지 내려가 거기에서 귀를 기울이기 시작한다. 기이하게도 여기서도 같은 소리이다. 그렇다면 파렴치하게도 내가 여기에 없는 시간을 남김없이 이용한 어떤 하잘것없는 짐승들의 굴 파기로 인해 생긴 소리인 것이다. 아무튼 그들이 일부러 내 쪽을 겨냥했을 리 없고, 다만 자기 자신들의 작업에 골몰해 있을 터이니 그들의 길에 장애물이 나타나지 않는 한은 한 번 취한 방향을 고수할 것이다. 그 모든 것을 나는 알고 있다. 그럼에도 그들이 감히 성곽 광장에까지 접근하려 했다는 것이 내게는 이해가 가지 않고 나를 흥분시키며 작업에 꼭 필요한 오성을 혼란시킨다. 그런 점에서 성곽 광장이 위치한 곳이 아무려나 현저히 깊은 곳이었는지, 구덩이를 파고 있는 자들에게 겁을 주어 움츠러들게 하는 것이 성곽 광장의 커다란 면적과 그에 상응하는 강한 공기의 유동이었는지, 아니면 축하 받을 만한 장소로서 성곽 광장이 있다는 사실이 그 어떤 소식통에 의해 그들의 둔한 감각에까지 전재졌는지를 나는 구분하지 않겠다. 아무튼 파들어온 흔적을 지금껏 성곽 광장 벽에서는 보지를 못했다. 동물들이 강렬하게 발산되는 냄새에 이끌려 무리지어왔는데 — 이곳은 나의 최상의 사냥터였다 — 그들은 저 위 어디엔가에서 내 통로 안으로 파들어왔고, 그런 다음 마음을 졸이기는 했어도 강하게 이끌려 통로들을 따라 달려 내려왔다. 그러니 이제 그들이 또 벽 안쪽에서 구멍을 뚫고 있으리라 생각된다. 최소한 내가 청년기의 그리고 이른 장년기의 가장 중요한 계획을 실행했더라면, 아니, 그보다는 그것들을 실행할 힘이 있었더라면 얼마나 좋았을 것인가. 뜻이야 없지 않았으니까 말이다. 내가 좋아했던 계획 중의 하나는 성곽 광장을 그것을 둘러싸고 있는 지면과 분리시키는 것이었다. 즉, 그 벽들을 대략 내 키에 상당하는 두께로만 남겨두고 그 너머에는 성곽 광장을 빙 둘러 유감스럽게도 지면에서 떼어낼 수 없는 작은 기초에 이르기까지 벽 넓이 정도로 빈 공간을 마련하겠다는 것이었다. 나는 언제나 이 빈 공간을 나에게 주어질 수 있는 가장 멋진 체류 장소로 그려보곤 했는데 그건 아마 그다지 부당한 일은 아니었을 것이다. 둥근 물건에 매달려 있기, 위로 올라가기, 미끄러져 내려오기, 공중제비를 탄 다음 다시 발로 바닥을 딛고 서기, 이 모든 유희는 말할 것도 없이 성곽 광장의 본체 위에서 행해지는 것이지만 엄밀하게 말하면 바로 그 진짜 공간 안에서 이루어지는 것은 아니다. 성곽 광장을 피할 수 있다는 것, 그것으로부터 눈을 떼어 쉴 수 있다는 것, 그것을 보는 기쁨을 나중 시간으로 미룰 수 있다는 것, 그러면서도 그것 없이 지내지 않아도 되고 그것을 그야말로 발톱 사이에 단단히 움켜지고 있는 셈이다. 성곽 광장으로 통하는 보통의 개방된 출입구만으로는 그 빈 공간으로 접근하는 것이 불가능하다. 그러나 무엇보다도 성곽 광장을 감시할 수 있다는 것, 성곽 광장에 있을 것인가 빈 공간에 머무를 것인가를 택해야 할 경우에, 분명히 자신의 온 생애 동안 늘 그곳을 오락가락할 수 있고 성곽 광장을 지킬 수 있는 빈 공간을 택함으로써 성곽의 모습을 볼 수 없는 것이 상쇄될 수 있다. 그러면 벽에서 들리는 소리도 없을 것이고, 광장까지 무례하게 파고들어오는 경우도 없을 것이다. 그러면 그곳에 평화가 보장될 것이고 나는 평화의 파수꾼이 될 것이다. 조그마한 족속의 굴 파기 따위에 억지로 귀를 기울일 필요도 없이 지금 내가 완전히 잃어버리고 있는 희열을 가지고 성곽 광장에 서려 있는 적막한 소리에 귀를 기울여야 할 것이다.

그러나 이런 모든 아름다운 것은 지금은 존재하지 않으며 나는 내 일을 하지 않으면 안 된다. 일이 이제는 성곽 광장과 직접 연관되어 있다는 사실이 기쁘지 않을 수 없다. 그것이 나에게 날개를 달아준 듯하기 때문이다. 점점 더 드러나겠지만, 처음에는 대수로워 보이지 않던 이 일에 나는 물론 모든 힘을 쏟을 필요가 있다. 나는 지금 성곽 광장의 벽들을 엿듣고 있는데, 내가 귀기울이는 곳에서는 그곳이 높고 깊든, 벽이든 혹은 바닥이든, 입구든 혹은 내부든, 온 사방에서 같은 소리가 들려온다. 끊어졌다간 이어지곤 하는 소리에 이렇게 귀기울이고 있는 데는 얼마나 많은 시간이, 얼마나 큰 긴장이 필요한지 모를 것이다. 자기 환상을 위하여 굳이 조그만 위안을 찾자면, 여기 성곽 광장에서는 귀를 땅바닥에서 떼면 통로에서와는 달리 광장의 크기 때문에 전혀 아무 소리도 들리지 않는 점이다. 오직 쉬기 위해서, 자성하기 위해서 나는 종종 이러한 시도를 해보고 힘을 들여 귀를 기울이고 그리고 아무것도 들리지 않으면 행복하다. 그러나 그건 그렇다 치고, 도대체 무슨 일이 일어난 것일까? 이런 현상 앞에서는 나의 첫번째 해석은 전혀 통하지 않는다. 그렇지만 나에게 제시되는 다른 해석들 역시 나는 거부해야 한다. 내가 듣고 있는 것이 바로 작업을 하고 있는 작은 미물의 소리라고 생각해볼 수도 있을 것이다. 그것은 그러나 모든 경험에 위배될지 모른다. 늘 존재했는데도 내가 한 번도 들어본 적이 없는 것을 갑자기 듣기 시작할 리는 없지 않은가. 굴 속에서 여러 해가 지나면서 방해에 대한 나의 감수성이 더욱 예민해졌을지도 모르겠으나 청각은 결코 더 예민해지지 않았다. 들리지 않는 것이 바로 작은 미물의 본질인 것이다. 전에 언제 내가 그런 것을 참았겠는가? 굶어죽을 위험을 무릅쓰고라도 그런 것을 모조리 없애버렸을 것이다. 그러나 어쩌면 여기에서 문제가 되는 것은 아직 내가 모르는 어떤 동물일 것이라는 생각 또한 슬슬 들기 시작한다. 그럴 수도 있을 것이다. 내가 이미 오랫동안 충분히 조심스럽게 여기 아래쪽에서의 생활을 관찰하고 있긴 하지만, 세상이란 다채롭고 고약한 놀라운 일들이 결코 없지 않은 법이다. 그러나 그건 개별적인 동물이 아닐 수도 있다. 갑자기 나의 영역으로 들이닥칠지도 모를 큰 무리임에 틀림없다. 소리가 들리는 것으로 보아 작은 미물들보다는 위에 있는 것 같으나 그들이 작업하는 소리 그 자체가 도무지 보잘것없으니 그저 조금 나은 데 불과한 작은 동물들이 모여 생긴 큰 무리일 것이다. 그러므로 그것은 나를 방해하기는 하지만 그 행렬이 머잖아 끝나게 될, 그냥 지나쳐갈 뿐인 뜨내기 무리인, 알려져 있지 않은 동물일지도 모른다. 그렇다면 사실 나는 기다려도 될 터이고 결국 쓸데없는 작업을 하지 않아도 될 것이다. 그런데 그게 낯선 동물들이라면 어째서 나는 그들을 볼 수 없었을까? 그런데 그들의 하나를 포착하려고 이미 많은 굴을 팠으나 하나도 찾지 못했다. 그것이 어쩌면 아주 형편없이 작은 동물로 내가 알고 있는 것들보다 훨씬 더 작은데 다만 그들이 내는 소리가 더 큰 것뿐이라는 생각이 든다. 그래서 나는 파헤쳐놓은 흙을 조사한다. 흙덩이를 자디잘게 부서지라고 높이 던져올린다. 그러나 소음을 내는 자들은 그 중에 없다. 나는 서서히 통찰하게 된다. 그렇게 아무데나 파서는 아무것도 이룰 수 없으니 이 굴의 벽들을 마구 파헤집어놓을 뿐이다. 여기저기를 황급히 긁어 파헤친다. 그 구멍들을 메울 시간이 없다. 많은 곳에 벌써 길과 시야를 가로막는 흙 무더기들이 쌓여 있다. 물론 그 모든 것은 다만 나의 신경에 거슬리는 부수적인 것에 불과하다. 지금 나는 거닐 수도 둘러볼 수도 쉴 수도 없다. 이따금 나는 작업을 하다가 어느새 어떤 구멍에서 잠깐 동안 잠이 들어 있기도 하는데, 앞발 하나는 위쪽 흙 속에 발톱을 세운 채로 두고 있다. 절반쯤 잠이 든 채 흙

한 덩이를 긁어내리고자 한 것이다. 이제 나는 방식을 바꾸려 한다. 소리나는 방향으로 정식의 구덩이를 만드는 데, 모든 이론과는 별개로, 내가 소리의 진짜 원인을 찾기 전까지는 파기를 그치지 않을 것이다. 그 다음에는 구덩이들을 내 힘이 닿는 대로 없앨 것이고, 그렇지 못하더라도 적어도 확신은 가지게 될 것이다. 그 확신은 나에게 안심 아니면 절망을 가져올 것이다. 어떻게 되든지 이것 아니면 저것일 테니 의심할 여지가 없을 테고 정당할 것이다. 이 결심이 나를 유쾌하게 했다. 내가 지금까지 행했던 모든 것이 지나치게 서두른 감이 있다는 생각이 들었다. 귀환의 흥분에 싸여, 아직 위 세계의 근심들로부터 벗어나지 못하고, 굴의 평화에 완전히 받아들여지지도 못한 채, 내가 그렇게 오랫동안 굴 없이 지내야 했다는 사실 때문에 지나치게 민감해진 나머지 시인할 만한 것이기는 하지만 이상한 현상 하나로 인해서 나의 분별을 모두 잃어버렸던 것이다. 도대체 그것은 무엇일까? 한참 사이를 두고서야 들리는 가벼운 쉿 소리. 아무것도 아니다. 그렇게 말하고 싶지는 않지만, 익숙해질 수도 있는, 아니, 익숙해질 수야 없겠지만, 잠정적으로 곧장 무언가 대책을 세우지 않은 채 한동안 관찰해볼 수 있는 것, 즉 몇 시간씩 기회가 되는대로 귀를 기울이고 결과를 참을성 있게 기록해둘 수도 있을 것이다. 나처럼, 귀를 벽에서 떼지 않고 벽을 따라가다가 그 소리가 들리게 될 때면, 거의 매번, 진짜 무얼 찾기 위해서라기보다 내면의 불안에 상응하는 그 무엇인가를 행하기 위하여 땅을 파헤치지는 않을 것이다. 그게 이제는 달라지리라 나는 희망한다. 그리고 또 다시 희망하지도 않는다 — 내 자신에 대하여 노하며, 두 눈을 감고 시인하느니 — 왜냐하면 불안이 몇 시간 전과 똑같이 나의 내부에서 아직도 떨고 있기 때문이며, 그리고 오성이 나를 제지하지 않는다면 나는 필경 그냥 아무데서나 거기서 무슨 소리가 들리는지 아닌지 상관하지 않고, 둔감하게, 반항적으로, 오로지 파기 위해서 되는대로 파기 시작했을 것이기 때문이다. 그것은 맹목적으로 땅을 파거나, 아니면 다만 흙을 먹기 때문에 파고 있는 저 작은 미세 동물과 거의 다를 바가 없다. 이 새로운 합리적인 계획은 내 마음을 끌기도 하고 끌지 않기도 한다. 그것에 이의를 제기할 것은 없다. 적어도 나는 이의가 없다. 그 계획은 내가 알기로는 틀림없이 목표에 이를 것이다. 그런데 그럼에도 근본적으로는 그 계획을 믿지 않는다. 그 결과가 가져옴직한 충격도 결코 두려워하지 않을 만큼 그것을 별만 믿지 않는다. 결코 충격적인 결과를 나는 생각하지 않는다. 그렇다, 나는 소리가 처음 등장했을 때부터 그런 굴 파기를 생각했는데, 다만 확신이 서지 않아서 지금껏 시작하지 않은 것 같다. 그럼에도 물론 나는 다른 수가 없으니, 굴 파기를 시작할 것이다. 그러나 즉시 시작하지는 않을 것이다. 작업을 약간 미룰 예정이다. 분별력이 다시 온전하게 돌아오면 당연히 하게 될 테니, 이 일에 처박히지는 않을 것이다. 어쨌든 먼저 내가 파헤치는 작업으로 굴에다 가한 피해부터 손보아야겠다. 그것은 많은 시간이 들지는 않겠지만 필요한 것이다. 새로 파는 굴이 정말 틀림없이 목표에 도달하려면 필경 길어질 것이고, 그것이 아무런 목표에도 도달하지 못한다면 그것은 끝이 없을 것이니 아무튼 이 작업은 굴로부터 꽤 오래 떨어져 있어야 함을 뜻하되, 저 위 세계에 있으면서 굴을 떠나 있는 것만큼 나쁘지는 않을 것이다. 나는 원하면 일을 중단하고 집에 다니러 갈 수도 있고, 내가 그것을 하지 않더라도 성곽 광장의 공기가 나에게로 불어와 작업 중에 나를 감싸줄 것이다. 그러면서도 그것은 굴로부터 멀어짐과 동시에 불확실한 운명에 몸을 내맡기는 것을 뜻하는 것이니 나는 내 뒤에 잘 정돈된 굴을 남겨둘 생각이다. 굴의 평온을 쟁취하기 위하여 싸우는 내가 스스로 그 평

945

온을 교란해놓고 즉시 회복시키지 못했다는 말이 나서는 안 된다. 그래서 나는 흙을 구멍들 속으로 다시 퍼넣기 시작하니, 내가 정확하게 알고 있는 작업, 내가 헤아릴 수도 없이 여러 번 거의 일한다는 의식도 없이 행한 작업이니, 특히 마지막 압착과 고르기라면 내가—이것은 분명히 그저 자기 자랑이 아니라 그대로 진실이다— 타의 추종을 불허하게 해낼 수 있는 작업이다. 그렇지만 이번에는 그게 어려워진다. 나는 너무도 산만하고, 자꾸만 한창 작업을 하다 말고 귀를 벽에 갖다대고 귀를 기울이며 내 발아래서 채 퍼올려지지도 않은 흙이 다시 통로로 흘러내려도 무심히 내버려둔다. 한결 강력한 집중을 요하는 마지막 미화작업을 나는 거의 해낼 수가 없다. 보기 흉하게 불거져나온 곳, 장애가 되는 틈새가 그대로 남아있다. 또한 전체로 보아 그렇게 누더기처럼 꿰맨 벽에서 옛날의 곡선이 다시 나타날 리 없음은 말할 필요도 없다. 나는 이것이 다만 잠정적인 작업일 뿐이라는 것으로 애써 자위하려 한다. 내가 돌아오고 평화가 다시 마련되면, 나는 모든 것을 최종적으로 개수할 것이다. 그때면 모든 것이 눈 깜짝할 사이에 이루어질 것이다. 그렇다. 모든 것이 눈 깜짝할 사이에 이루어지는 건 동화 속에서이고 이러한 위로 또한 동화에 속한다. 지금 즉시 완벽한 작업을 하는 것이 더 나을지 모른다. 그것은 작업을 자꾸만 중단하고, 통로를 느긋하게 돌아다니며, 새로 소리나는 곳을 확정하는 것보다는 훨씬 유용할 것이다. 그런 것은 정말이지 식은 죽 먹기다. 아무데나 멈추어서서 귀를 기울이는 것밖에는 달리 할 일이라곤 없으니까 말이다. 그리고 나는 그 밖에도 쓸모 없는 발견들을 한다. 더러는 내가 그 소리를 중지시킨 것처럼 보이는데, 실은 소리가 긴 휴지상태에 있는 것이며, 더러는 그런 헛 소리를 못 듣기도 하는데, 귓속에서 자신의 피가 지나치게 심하게 박동할 때면 그 두 가지 휴지 상태는 하

946

나로 합쳐져서 잠깐 동안 그 쉿 소리가 영원히 끝났다고 생각된다. 그럴 때면 더 이상 귀를 기울이지 않고, 펄쩍 뛰어오른다. 인생이 송두리째 변화된다. 굴의 정적이 흘러나오는 근원이 열리기라도 하는 것 같다. 발견한 것을 즉시 검증하기를 삼가고, 의심을 품기에 앞서 그걸 믿고 털어놓을 수 있는 그 누군가를 찾아 성곽 광장까지 내달린다. 자기 존재의 모든 것과 더불어 새로운 인생에 눈을 떴으므로, 벌써 오랫동안 아무것도 먹지 않았음을 기억하고, 절반은 흙속에 파묻힌 저장물에서 아무거나 좀 끌어내어, 믿을 수 없는 발견이 이루어졌던 장소로 되돌아오는 동안에도 그것을 꿀떡꿀떡 삼키는 것이다. 처음에는 그저 곁들이로, 그저 먹는 동안에 얼핏 다시 한 번 소리를 확인하려고 귀를 기울인다. 그런데 얼핏 귀기울이는 일이라는 게, 창피하게도 실수한 것이 되고 만다. 확고부동하게도 저기 먼 곳에서 쉿 소리가 나고 있는 것이다. 그래서 먹던 음식을 뱉어버린다. 그걸 땅바닥에 꽉꽉 밟아 넣고만 싶다. 그리고 작업으로 되돌아가나 어느 작업으로 돌아갈지 전혀 모른다. 작업이 필요해 보이는 곳이면, 어디나 그리고 그런 곳이라면 충분히 있으니, 기계적으로 무엇인가를 하기 시작한다. 마치 감독관이 오기라도 한 듯이 그리고 그에게 희극을 보여주어야 한다는 듯이 일을 하기 시작하는 것이다. 그런데 잠시 그런 식으로 작업을 했는데 곧바로 새로운 발견을 하게 되는 일도 있나보다. 소음이 더 커진 것 같다. 물론 훨씬 강해진 것은 아니지만, 여기에서는 언제나 섬세한 차이만이 문제가 되는데, 분명 약간 더 커졌음이 귀에 뚜렷하게 인식된다. 그리고 이 소리가 더 커진다는 것은 가까이 오고 있음을 내비치는 것이며, 커지는 것을 듣는 것보다 훨씬 분명하게 그야말로 그것이 다가오는 발걸음이 보이는 것이다. 벽으로부터 펄쩍 뛰어 물러나, 이 발견의 결과로 벌어질 수 있는 모든 일을 한눈에 조망해보려고 애쓴다. 굴을 본래 공격에 대한 방어용으로 설비한 적이 없는 듯한 느낌을 갖는다. 그러한 의도야 있었지만 공격의 위험이란 온갖 인생 경험에 위배되어 보였고, 그래서 방어 시설들은 자신과는 거리가 먼 것으로 보이거나 아니면 전혀 무관하지는 않더라도(어찌 그럴수가 있으랴!), 평화로운 삶을 위한 제반 시설들보다는 서열에서 까마득하게 하위에 있었다. 굴 안에서는 평화로운 삶을 위한 제반 시설들에 우위를 두었던 것이다. 많은 것이 기본 계획을 저해하지 않으면서도 그 방향에서 설비될 수 있었을 터인데, 그것은 납득이 되지 않을 정도로 등한시되어왔다. 나는 최근 몇 해 동안에 많은 행운을 누렸고, 그 행운은 나의 버릇을 나쁘게 만들었으며, 불안하기는 했으나 행운 속의 불안은 아무것에도 이르지 못하는 법이다.

지금 우선할 수 있는 일이란 아마 방어를 목표로 그리고 방어에서 상상할 수 있는 온갖 가능성에 비추어 굴을 살펴보고, 방어 계획 및 거기에 따른 건축 설계도를 만들어내어 즉시 젊은이처럼 원기 왕성하게 작업을 시작하는 것이다. 그것은 필요한 작업이며, 부수적인 말이긴 하지만 물론 너무도 때늦은 감은 있으나 필요한 작업일 것이다. 곧바로는 아니지만 충분히 위험이 닥칠 수 있다는 어리석은 두려움 속에서 무방비 상태로 온힘을 다하여 그 위험의 진원지를 찾아내는 데 몰두하는 목적밖에는 없는 그런 탐사 굴착의 굴파기는 결코 아닐 것이다. 나는 갑자기 나의 이전의 계획을 이해하지 못한다. 전에는 사려 깊었던 계획에서 눈곱만큼도 분별력이라고는 찾아볼 수가 없어, 다시 작업을 내버려두고 귀기울여 듣는 것도 그만둔다. 지금은 소리가 더 커지는 것을 발견하고 싶지 않다. 발견이라면 충분히 해오지 않았는가. 모든 것을 방치한다. 나의 내적인 저항을 진정시키기만 한다면 만족할지 모른다. 나는 다시 내 통로들로부터 떠나서, 점점 더 먼 통로들 안으로 들어간다. 그것들은 내가 돌아온 이후로 아직 보지 못한, 내가 파헤치는 발길이 아직 전혀 닿지 않은 통로들로, 내가 다가가면 그 정적은 깨어나 내 위로 내려앉는다. 나는 굽히지 않고 서둘러 통과한다. 내가 무엇을 찾고 있는지 전혀 모른다. 다분히 다만 시간을 유예시키려는 것이리라. 나는 길을 훨씬 벗어나 미로까지 오고 만다. 이끼 덮개에 귀를 대고 귀기울이고 싶어진다. 그토록 멀리 있는 사물들이, 이 순간에는 그토록 멀리 있는 사물들이 나의 관심을 얻고 있는 것이다. 위까지 밀고 나가서 귀를 기울인다. 깊은 정적이다. 여기는 얼마나 좋은가. 저 밖에서는 어느 누구도 나의 굴에 관심을 갖고 있지 않다. 각기 나와는 아무 상관없는 그 자신의 일들이 있다. 나는 그것에 도달하기 위하여 어떤 시도를 했던가. 여기 이 이끼 덮개가 있는 곳은 이제는 몇 시간씩 귀를 기울여봐야 아무 소리도 들을 수 없는 내 굴의 유일한 장소일 것이다. 그것은 굴 속의 관계들을 완전히 뒤바꿔놓은 것으로, 지금까지 위험스러웠던 장소가 평화의 장소가 되었지만, 그러나 성곽 광장은 세상 소음과 세상의 여러 위험물의 소음 속으로 휘말려버린 것이다. 더욱 나쁜 것은 여기에도 사실은 평화가 없다는 것이다. 여기서는 아무것도 달라진 것이 없다. 조용하든 소란스럽든 상관없이 이끼 위로는 전과 마찬가지로 위험이 도사리고 있으나 나는 그것에 대해 둔감해져버린 것이다. 벽에서 나는 쉿 소리에 나는 너무도 시달리고 있다. 내가 그것에 시달리고 있다고? 소리는 더 강해지고, 더 가까이 온다. 그러나 나는 미로를 살금살금 돌아다니며 여기 위쪽 이끼 아래 진을 치고 있다. 내가 여기 위쪽에서만 약간의 평온을 찾는 것에 만족해하는 건, 벌써 쉿 소리를 내는 자에게 집을 온통 내맡겨버리는 것이나 다름없다. 쉿 소리를 내는 자에게라고? 그 소리의 원인에 대하여 내가 새로운 확정된 견해라도 가지고 있단 말인가? 그 소리는 작은 미물들이 파는 가는 구멍들에서 나는 소리가 아니겠는가? 그것이 나의 확정된 견해가 아닌가? 아직은 내가 거기에서 벗어나지는 못한 것 같다. 그리고 그것이 직접 구멍들에서 나는 소리가 아니더라도 어떻든 간접적으로 거기서 나는 소리일 것이다. 그리고 만일 그것이 그 구멍들과 무관하다면 전혀 아무것도 미리부터 가정할 수가 없는 것이니 아마 원인을 발견하거나 혹은 그 자체가 드러날 때까지 기다려야 할 것이다. 가정들을 가지고 유희하는 것이야 지금도 물론 할 수 있다. 예를 들면 이런 말도 할 수 있을 것이다. 어딘가 먼 곳에서 느닷없이 물이 새어 들어왔고 나에게 쉿 소리나 혹은 휘파람 소리로 들리는 것이 실은 졸졸 물 흐르는 소리일지도 모른다고 말이다. 그러나 내가 이러한 점에서는 전혀 경험이 없다는 사실을 감안한다 하더라도 — 내가 처음 발견한 지하수는 물길을 돌렸으니 이 모래 바닥에는 다시 흘러오지 않는 상태이다 — 그 점을 감안한다 하더라도 그것은 쉿 소리이지 졸졸 흐르는 소리로 바꾸어 해석할 수는 없다. 그러나 그만두라는 온갖 경고가 무슨 소용이 있겠는가? 상상력은 멈추지 않으려 하고 나는 사실 그대로 믿는 것에 집착하고 있으니 — 그것 자체를 부인하는 것은 실없는 일이다 — 그 쉿 소리는 한 마리의 동물, 그것도 많고 작은 동물들이 아니라 단 한 마리의 큰 동물에게서 나온다는 것이다. 이러한 생각에 반하는 많은 조짐이 있다. 즉, 그 소리는 사방 어디서나 들을 수 있고 언제나 같은 크기이며 그 밖에도 밤낮 할 것 없이 규칙적으로 들린다는 것이다. 처음에는 오히려 많은 작은 동물들일 것이라고 가정하는 쪽으로 마음이 기울 수밖에 없었으나, 여러 곳을 파보는 동안 그것들을 찾았어야 했을 텐데 아무것도 찾지 못했으니, 이제는 큰 동물이 존재한다는 가정만이 남아 있는 셈이다. 게다가 그것이 가정에 어긋나 보일지는 모르나, 그 큰 동물을 중상모략하는 것이 아니라 다만 공연히 온갖 상상을 뛰어넘을 정도로 그 동물에 대해 과장하는 경우가 있다는 것이다. 단지 그 때문에 나는 그 가정에 저항했다. 나는 이러한 자기환상을 그만둔다. 이미 오랫동안 나는 이 동물이 맹렬하게 작업을 하고 있기 때문에 아주 먼 거리에서도 그 소리를 들을 수 있다는 생각에 매달려왔다. 그 동물은 산보하는 사람이 노천 통로를 지나가듯 빠르게 땅을 파서 그러는 동안 주위 땅이 진동해 그가 지나가고 한참 후에도 그 후속 진동이 남아 있고 다시 다른 곳에서 작업하는 소리가 먼 거리를 두고 한데 합쳐져서, 그것을 듣고 있는 나로서는 사방에서 같은 소리를 듣게 되는 것이다. 이와 동시에 그 동물은 나를 겨냥하고 있지 않은 것이다. 그 때문에 그 소리가 변함없는 것이며, 오히려 내가 그 뜻을 꿰뚫어볼 수 없는 어떤 계획이 있는 것이다. 나는 나에 관하여 알고 있다고는 주장하고 싶지 않은 그 동물이 나를 포위하고 있고, 내가 그것을 관찰하고 있는 이래로, 나의 굴 주변에 몇 개의 포위망을 쳐놓았을 것이라고 가정할 뿐이다. 그리고 이제 그 소리가 더욱 강해지는 것을 보면 그 원들은 더욱 좁아지고 있는 것이다. 그 소리의 종류가 쉿 소리냐 아니면 휘파람 소리이냐에 따라 나는 여러 가지 생각을 하게 된다. 내가 내 방식대로 땅을 긁거나 파다보면 소리가 저마다 다르게 들린다. 쉿 소리로 보아, 그 동물의 주된 연장이 발톱은 아니고, 혹 그것이 보조 역할을 할지도 모르겠지만, 아무튼 엄청난 힘에다 날카롭기까지 할 주둥이거나 커다란 코일 것이라고밖에 설명할 수 없다. 필시 그것은 강한 일격으로 커다란 코를 땅 속에 박아 커다란 덩어리를 떼어내는데, 그러는 동안에는 내가 아무 소리도 듣지 못한다. 바로 이 순간에는 소리가 중단된다. 그러나 그러고 나서 그것은 다시 새로운 일격을 가하기 위하여 공기를 들이마신다. 그 동물의 힘 때문만이 아니라 서두르기 때문이라거나 작업에 대한 열성 때문이기도 한, 공기를 들이마실 때 나는 땅을 뒤흔드는 바로 이 소음이 내게는 낮은 쉿 소리로 들리는 것이다. 도무지 이해가 안 가는 것은 멈추지 않고 일을 할 수 있는 그의 능력이다. 어쩌면 짧은 휴지 기간에라도 아주 잠깐 동안 숨을 돌릴 기회가 있겠으나 실질적인 긴 휴식은 아직 없었던 같다. 그는 밤낮으로 파고 있다. 늘 같은 힘과 같은 원기로써 서둘러 시행하고 있는 자신의 계획을, 그 자신이 그것을 실현할 모든 능력을 지니고 있는 그 계획을 그는 늘 염두에 두고 있는 것이다. 나는 그런 적수를 전혀 예기치 못했다. 그러나 그의 색다른 점들은 제쳐놓고라도 지금 내가 실로 항상 두려워했어야 했을 그 무슨 일, 마땅히 거기에 대해 늘 대비를 했어야 했을 그 무슨 일이 일어나고 있는 것이다. 누군가가 다가오고 있는 것이다. 어떻게 그토록 오랜 시간 동안 모든 일이 그렇게 고요하고 원만하게 진행될 수 있었던가? 누가 적들의 길을 인도하여 나의 소유지를 피하게 만들었는가? 지금 와서 이렇게 놀라게 될 바에는 어째서 나는 그토록 오랫동안 보호를 받았던가? 온갖 작은 위험들을 생각하고 또 생각하며 시간을 보냈던 것이 결국 이 하나의 위험을 맞기 위함이었을까? 내가 이 굴의 소유주이니 올지 모를 모든 자들보다 우세하기를 바랐던가? 나 자신이 바로 이 크고 민감한 작품의 소유주이기에 이것이 상당히 심각한 공격에 대해서는 방비가 허술하다는 것을 잘 알고 있다. 굴을 소유하고 있다는 행복감이 나를 방심하게 만들었고, 굴의 민감함이 나를 민감하게 만들었으며, 굴의 상처들은 마치 그것이 나 자신의 상처인 것처럼 나를 아프게 한다. 바로 이 점을 나는 예상했어야 했다. 나 자신의 방어만이 아니라—그런데 그것조차도 나는 얼마나 가볍게 성과 없이 행하였던가—굴의 방어도 생각했어야 했다. 무엇보다도 굴의 개개 부분들이, 그것도 될 수 있는 대로 많은 개개 부분들이 누군가의 공격을 받으면 가장 짧은 시간 내에 흙이 무너져 내림으로써 위협을 덜 받는 부분들과 분리되게끔, 그것도 무너져 내린 흙 덩어리 때문에 공격자가 그 뒤에 진짜 굴이 있다고는 전혀 눈치채지 못할 정도로 효과 있게 분리되게끔 배려를 했어야 했다. 더 나아가 이 흙이 무너져 내림으로써 굴을 감추는 것뿐만 아니라 공격자를 묻어버리는 데도 적합해야 했을 것이다. 그런 유의 작업을 위해 그 어떤 작은 일도 착수한 적이 없다. 이 방향에서 아무것도, 전혀 아무것도 이루어지지 않았으니, 나는 어린아이처럼 경솔했던 것이다. 나의 성년기를 어린아이 같은 장난으로 보냈고, 현실적인 위험들을 현실적으로 생각하기를 소홀히했던 것이다. 그리고 여러 가지 경고가 있지 않았던가. 지금의 상태에 미칠 수 있는 그 무엇은 아니었지만 건축 시작 무렵에는 그와 비슷한 일이 일어났으니 말이다. 중요한 것은 바로 그때가 건축을 시작한 때였다는 것이다. 그 당시 나는 그야말로 보잘것없는 견습공으로 첫번째 통로 작업을 하고 있었는데, 미로는 겨우 대충 윤곽만 잡혀 있었고, 작은 광장 하나를 벌써 파놓기는 했으나 그것은 크기에서나 벽 처리에서나 아주 실패작이었으니, 간단히 말해서 통틀어 그저 실험으로, 언젠가 참을성이 다하면 별 미련 없이 문득 손을 놓아버릴 수도 있는 것으로 간주될 수 있을 정도로 모든 것이 시작 단계였다. 그 무렵 한 번은 작업 중간 휴식 중에―나는 나의 인생에서 늘 작업 휴식을 너무 많은 했다―파낸 흙더미들 사이에 누워 있다가 문득 멀리서 어떤 소리를 들은 일이 있었다. 나는 젊었기 때문에 그 일로 인하여 겁이 났다기보다는 오히려 호기심이 일었다. 작업을 버려두고 귀를 기울여 듣기에 전념했는데 그래도 그때만 해도 그냥 귀를 기울여 듣기만 했지, 사지를 뻗고 누워 귀기울이지 않아도 되었기에 저 위 이끼 아래로 달려가지는 않았다. 나는 최소한으로만 귀는 기울였다. 나의 것과 비슷한 어떤 굴이 문제라는 것을 나는 썩 잘 판별할 수 있었는데, 약간 더 약하게 울리는 것 같기는 하지만 그 소리 중에 얼마만큼이나 거리 탓으로 돌려야 할지는 알 수가 없었다. 나는 바짝 긴장해 있었으나 그 밖에는 냉정하고 침착했다. 어쩌면 내가 어떤 낯선 굴에 들어와 있다고 생각했던 것이다. 그래서 그 소유자가 지금 내 가까이 파들어오고 있다고 말이다. 이러한 가정이 옳았다는 것이 드러났다면, 나는 결코 정복욕에 차 있거나 호전적이지는 않았으니, 내가 떠났을 것이다. 어디 다른 곳에 집을 지으려고 말이다. 그러나 물론, 그때만 해도 나는 젊었고 아직 굴도 없었던 터라, 냉정하고 침착할 수가 있었다. 이어지는 사건의 진행 또한 근본적으로 나를 흥분시키지는 않았고, 다만 그것을 풀이하기도 쉽지 않았다. 그곳에서 팠던 자가 그 역시 내가 파는 소리를 들었기 때문에 정말로 내 쪽으로 오려고 애쓰고 있었다면, 그때 실제로 그랬듯이 그가 방향을 바꾸었는데, 그 이유가 내가 작업 도중에 쉼으로써 그가 오는 길의 근거를 없애버렸기 때문인지 아니면 그보다는 그 자신이 의도를 바꾼 때문인지 확인할 수가 없었다. 그러나 어쩌면 내가 완전히 잘못 생각했을지도 모르며 그가 똑바로 나를 향한 적이 한 번도 없었을지 모를 일이다. 아무튼 그 소리는 한동안 마치 그가 다가오기라도 하는 듯이 강해졌는데, 당시 젊었던 나로서는 아마도 그 굴착자가 느닷없이 땅에서 솟아나오는 것을 본다 해도 전혀 불만스러운 게 없었을 것이다. 그러나 그런 비슷한 일은 일어나지 않았고 어느 특정한 시점부터는 굴 파기가 약해져, 마치 그 굴착자가 점차 자기가 처음 취했던 방향을 바꾸기라도 하는 듯이 점점 더 약해지다가 갑자기 뚝 그쳐버렸다. 마치 그가 이제 정반대 방향으로 가기로 결심이라도 하여 나를 떠나 곧장 먼 곳으로 가기라도 하는 듯이 말이다. 오래 그의 자취를 찾아 정적 속으로 귀를 기울이고 있다가 나는 다시 일을 시작했다. 이 경고는 충분히

명확했는데도 나는 곧 그것을 잊어버렸고 그것은 나의 건축 설계도
에 거의 영향을 미치지 못했다. 그 당시와 오늘 사이에는 나의 청장
년기가 가로놓여 있다. 그런데 그 사이에 전혀 아무것도 가로놓이
지 않기라도 한 것 같지 않은가? 굴착자는 아직도 여전히 작업 중간
중간에 오랫동안 쉬면서 벽에다 귀를 기울이며, 새로 뜻을 바꾸어
방향을 돌려 그의 여행에서 돌아오고 있는 것이다. 그는 그 사이에
그를 영접하기 위한 준비에 충분한 시간을 나에게 주었다고 생각하
는 것이다. 그러나 내 쪽에서는 모든 것이 그 당시보다 덜 준비되어
서, 이 커다란 굴은 무방비 상태로 덩그렇게 서 있으며 나는 이제는
꼬마 견습공이 아니라 노장의 건축사이며, 아직 남아 있는 힘도 결
단의 시기가 오면 쓰지 못하게 될 것이다. 그러나 내가 비록 늙었다
할지라도 지금보다 한결 더 늙었으면 좋겠다는 생각이 든다. 이끼
아래에 있는 내 휴식처에서 더 이상 일어날 수 없을 정도로 그렇게
늙었으면 하고 말이다. 그 이유는 사실 나는 이곳 상태를 견딜 수
없어 몸을 일으켜, 마치 내가 평온 대신에 새로운 근심으로 가득 차
있다는 듯이, 다시 저 아래 집 안으로 질주해가기 때문이다. 앞서
물건들은 어떤 상태였던가? 쉿 소리는 약해져버렸는가? 아니, 그것
은 더 강해졌다. 나는 아무데나 열 군데를 택해서 귀를 기울여보지
만 그것이 착각이라는 것을 똑똑히 알아차린다. 그 쉿 소리는 똑같
고, 아무것도 달라진 게 없었다. 저 너머에도 아무런 변화가 없으
며 그곳 사람들은 조용하고 시간을 초월해 있는데, 이곳에서 귀기
울이는 자에게서는 매 순간이 요동이다. 나는 다시 성곽 광장으로
가는 긴 길을 되돌아간다. 사방의 모든 것이 나와 더불어 격앙되어
있는 듯이 보이고, 나를 뚫어져라 보고 있는 듯이 보이고, 그러다
가는 또 금방 나를 방해하지 않기 위하여 얼른 눈을 돌리는 것 같
고, 그렇지만 나의 안색에서 그들을 구제하고자 하는 결심을 읽어

내려고 다시금 노력을 다한다. 아직 그런 결심을 못했노라고 나는 고개를 가로젓는다. 또한 거기서 그 어떤 계획을 실행하기 위해서 성곽 광장으로 가지도 않는다. 탐사 굴을 설치하려 했던 그 자리를 지나간다. 다시 한 번 그곳을 시험해본다. 그건 좋은 자리였던 것 같다. 그 굴은 나의 작업을 훨씬 용이하게 해줄 수 있었던 대부분의 작은 환기 통로들이 있는 방향으로 이어졌을 것이고, 어쩌면 아주 멀리 파지 않아도 되었을 것이다. 소리의 근원으로 파들어갈 필요도 없었을 것이다. 환기 통로들에 귀를 기울이는 것으로 족했을 것이다. 그러나 그 어떤 숙고도 나를 고무시켜 이 굴파기 작업을 하도록 할 만큼 힘을 주지 못했다. 이 굴이 나에게 확신을 가져다줄 것인가? 나는 확신을 전혀 원하지 않을 정도가 되어버렸다. 나는 성곽 광장에서 가죽을 벗긴 붉은 근사한 살코기 한 점을 골라내어 그걸 가지고 흙 무더기 속으로 기어들어간다. 여기에 아직 진정한 정적이란 게 있다면, 그 속엔 어쨌거나 정적이 있을 테니까 말이다. 나는 고기를 핥으며, 야금야금 먹으면서 한 번은 멀리서 그의 길을 가고 있는 낯선 동물을 생각하고, 그 다음에는 다시 내가 아직 그럴 수 있을 동안 나의 저장물을 한껏 즐겨야 한다는 생각을 번갈아 한다. 후자는 아마 내가 가지고 있는, 유일하게 실행할 수 있는 계획인 것 같다. 그건 그렇고 나는 그 동물의 계획을 알아맞혀보려고 애쓰고 있다. 그 녀석은 떠도는 중인가, 아니면 그 자신의 굴을 만들고 있는 것일까? 그가 떠도는 중이라 한다면 혹시 그와의 의사소통이 가능할지도 모른다. 그가 정말 나한테까지 뚫고 들어오면, 나는 그에게 나의 저장물들을 조금 나누어줄 것이고 그러면 그는 계속갈 것이다. 아마 계속갈 것이다. 나는 나의 흙더미 속에서 물론 모든 것을 꿈꿀 수는 있을 것이고 의사소통 또한 꿈꿀 수 있을 것이다. 그런 것은 있을 수 없다는 것을 나는 뻔히 알고 있지만 말이다. 만일 우리가 서로를 보게 되면, 아니, 가까이서 서로의 기미를 느끼기만 해도, 그 순간에 금방 까무러치듯 정신을 잃고, 누가 먼저고 누가 나중이랄 것 없이, 아무리 이미 배가 잔뜩 불러 있더라도, 새로운 허기에 사로잡혀 상대를 향하여 발톱과 이빨을 열 것이다. 그리고 늘 그렇듯이 여기서도 그건 아주 정당한 것이다. 그도 그럴 것이, 아무리 떠도는 중이라 할지라도, 굴을 보게 되면 어느 누군들 그의 여행 및 미래의 계획을 바꾸려 하지 않겠는가? 그리고 혹시 그 동물이 그 자신의 굴들을 파고 있다면, 의사소통이란 도무지 꿈꿀수도 없을 것이다. 그게 설령 아주 이상스러운 동물이어서 그의 굴이 이웃을 용납한다 하더라도, 나의 굴이 견뎌내지를 못한다. 적어도 소리를 들을 수 있는 이웃은 견딜 수가 없다. 이제 그 동물은 물론 아주 멀리 떨어져 있는 듯이 보인다. 만약 그것이 조금만 더 물러서기만 한다면 저 소리 역시 사라질 것이고, 그러고 나면 어쩌면 모든 것이 옛날처럼 좋아질 수도 있을 것이다. 그러면 그것은 다만 고약하긴 했지만 유익한 경험이 될 것이고, 나에게 이것저것 개선하도록 자극을 줄 것이다. 내가 안정을 되찾고 위험이 곧바로 닥쳐오지 않는다면 나는 위신이 설 만한 온갖 작업을 아직은 할 수 있을 것이다. 혹시 그 동물이 자신의 작업능력에도 불구하고 갖게 될지도 모르는 엄청난 가능성들 앞에 직면해서, 내 굴과 마주치는 방향에서 자기 굴의 확장을 포기하고 다른 측면에서 그 손실을 메울지 모른다. 그 또한 물론 협상을 통하여 이루어질 수는 없고 다만 그 동물 자신의 분별력에 의해서든가 아니면 내 쪽에서 행사하는 어떤 강제에 의하여 이루어질 수 있다. 그 두 가지 점에서 그 동물이 나에 관하여 알고 있느냐 그리고 무엇을 알고 있느냐가 중요하다. 그 점에 대하여 곰곰이 생각하면 할수록, 내게는 그 동물이 내 소리를 들었다는 사실이 점점 더 있음직해 보이지 않는 것이다. 상상이 가지는 않지만, 그것이 달리 나에 대하여 어떤 소식을 들었을 수도 있다. 그러나 아마도 나의 소리를 직접 듣지는 못했을 것이다. 내가 그에 관하여 아무것도 몰랐던 한, 그 역시 나의 소리를 전혀 들었을리 없다. 왜냐하면 나는 조용히 행동했기 때문이다. 굴과의 재회 이상으로 고요한 것은 없다. 내가 시험 굴착을 했을 때, 그가 혹시 내 소리를 들었을지도 모른다. 비록 내가 굴을 파는 방식이 극히 소음을 적게 낸다 하더라도 말이다. 그러나 그가 내 소리를 들었다면 나 역시 그에 대해 무엇인가를 알아차릴 수 있었을 것이다. 그도 최소한 이따금씩은 작업을 중지하고 귀를 기울여야 했을 것이다. 그러나 모든 것은 언제까지나 그대로였다……

[51]*

방문 틈이 열려 있었다. 복도는 이미 밝은 낮이었는데도 어둡다. 나는 거기에서 시커먼 얼굴과 누르스름한 빛을 띤 두 손을 보았는데 또렷하지 않았다. 양손은 문설주와 문손잡이를 붙잡고 있었다. 그 모습은 곧 사라질 것이고, 그것이 나타나는 순간에 이미 덜덜 떠는 듯 보였다...
....
사라졌다. 하지만 그녀는 나에게 하나의 임무를 띠고 있다. 그러므로 그녀는 아직 머물러야만 한다...
....
..........그 나름으로 그것이 노력하고 있는 어두움을 거부하다......
....
....나의 침대에 깊이
..........머리를 수그리고 있다. 왜냐하면 목소리가 힘이 없기......
....
....멀리로부터 너를 바라보기
..........위해서이다. 나에게 너를 약하게 그리고.................
....그러나 내가

---

* 막스 브로트판 전집에서는 「작은 여인 Eine Kleine Frau」이라는 제목이 붙어 있다. 이 작품이 들어 있는 종이묶음은 1923년 12월에서 1924년 봄에 쓴 것으로 추측되며, 이 작품은 1924년 1월 전에 쓴 것으로 추측된다. 이 텍스트는 카프카 전집 제1권에 실려 있으나 막스 브로트가 특히 작품 앞부분을 삭제하고 약간의 수정을 가했기 때문에 여기에 다시 번역했다. (옮긴이)

보듯이 옳다. 그러나 나는 훨씬 화가 나는 어떤 것을 한다..........
....
....
.... 나는 나의 모습이 아주 불만족스러운 것은 아니다.......
....,
오랫동안 찾듯이 너를 발견했다는 것.............................
....
....세계의. 그...
....
....
....위임을...
....
....
....신들의 결단하다.....
....
....
....
.... P는 그리고 나에게 주었다.......
....
...........................그것은 하나의..............
....
.........................날씬하다. 그러나 그녀는 코르셋으로 몸
을 단단히 죄고 있다. 나는 그녀가 언제나 같은 옷을 입고 있는 것
을 본다. 그것은 어느 정도 나무 빛깔이 나는 황회색의 옷감으로 만
들어진 것인데, 같은 빛깔의 술이나 단추 모양의 장식물이 조금 달

려 있다. 그녀는 언제나 모자를 쓰고 있지 않으며, 그녀의 윤기 없는 금발머리는 가지런하고 정돈되어 있지만, 매우 곱슬거린다. 그녀는 코르셋을 착용하고 있지만, 그래도 가볍게 움직인다. 물론 그녀는 날렵한 움직임을 과장하고 있다. 그녀는 두 손을 허리 위에 얹어 놓기를 좋아하고, 놀란 듯이 윗몸을 단숨에 옆으로 돌린다. 나를 향해 흔드는 그녀의 손이 주는 인상을 나는 이렇게밖에 재현할 수 없다. 나는 각각의 손가락이 그녀의 손에서처럼 그토록 확연하게 서로 갈라져 있는 손을 아직 본 적이 없다. 그러나 그녀의 손이 해부학적으로 이상한 점을 가지고 있는 것은 결코 아니다. 그것은 완벽히 정상적인 손이다. 그런데 이 작은 여인이 나를 매우 불만스러워한다. 그녀는 언제나 나에 대해 무언가를 비난하고 있으며, 그녀에게는 언제나 나 때문에 부당한 일이 생긴다. 나는 어디로 가든 그녀를 화나게 한다. 만약 인생을 가장 작은 조각으로 나눌 수 있고, 그 각각의 작은 조각을 따로따로 구별해서 판단할 수 있다면, 내 인생의 모든 작은 조각들이 그녀에게는 분명히 하나의 분노일지 모른다. 나는 종종 도대체 왜 내가 그녀를 그렇게 화나게 하는지 곰곰이 생각해보았다. 어쩌면 나의 모든 것이 그녀의 미적 감각, 그녀의 정의감, 그녀의 습관, 그녀의 관습, 그녀의 소망을 거스르기 때문인지도 모른다. 그런 식으로 서로 상반되는 성격들이 있기는 하지만, 어째서 그녀는 그것을 그렇게도 못 참아하는 것일까? 우리 사이에는 나로 인해 그녀가 고통을 받도록 강요하는 어떠한 관계도 존재하지 않는다. 다만 그녀가 나를 완전히 낯선 사람으로 간주하기로 마음만 먹으면 되는 것이다. 또한 나는 정말 그런 낯선 사람이며, 그러한 결정에 저항이 아니라 오히려 그것을 매우 달가워할 사람이다. 그녀는 단지 그녀에게 단 한 번도 강요해본 적이 없었고 강요하지도 않을 나의 존재를 잊기로 결정을 내리기만 하면 된다. 그러면 모든 고통은 분명 사라질 것이다. 이 문제에서 나는 나 자신을 전혀 고려하지 않으며, 물론 그녀의 태도 역시 나에게는 괴로운 것이라는 사실을 도외시하고 있다. 내가 그것을 도외시하는 이유는, 이 모든 괴로움이 그녀의 고통과 비교해본다면 아무것도 아니라는 사실을 잘 인식하고 있기 때문이다. 이때 나는 물론 그것이 사랑의 고통이 아니라는 것을 철저히 깨닫고 있다. 그녀에게는 나를 실제로 개선시키는 문제는 전혀 중요하지 않다. 특히 그녀가 나에 대해 비난하는 모든 것 역시, 그것으로 인해 나의 발전이 방해받을지 모르는 그런 유의 성질에서 나오는 것이 아니기 때문이다. 나의 발전은 물론 그녀와 아무런 상관이 없다. 그녀는 그녀의 개인적인 관심, 즉 내가 그녀에게 만들어주는 고통에 대해 복수하는 일이나, 미래에 나로부터 그녀에게 가해질 염려가 있는 고통을 방지하는 일 이외에는 아무런 신경을 쓰지 않는다. 나는 이미 그녀에게, 어떻게 하면 이렇게 계속되는 불쾌한 일을 아주 훌륭하게 끝장낼 수 있을지 가르쳐주려고 시도해본 적이 있었다. 그러나 나는 그녀에게 바로 그것 때문에 다시는 그러한 시도를 반복할 수 없을 정도로 심한 흥분을 가져다주었다. 물론 나에게도 책임이 있다. 왜냐하면 그 작은 여인 역시 나에게 그렇게도 낯설며, 그리고 우리 사이에 존재하는 유일한 관계라는 것이 내가 그녀에게 만들어주는 불쾌감이거나, 아니면 오히려 나로 인해 그녀에게 야기될 수 있는 불쾌감이라 하더라도, 그녀가 이러한 불쾌감 때문에 육체적으로 시달리고 있다는 것이 나에게는 아무래도 무관할 수는 없기 때문이다. 가끔 요사이에는 더욱 빈번하게 나에게 소식이 전해지는데, 그녀가 아침에, 또다시 밤새 잠을 못 잔듯 피로하고 창백한 모습으로 두통 때문에 고통을 받았으며 거의 일을 할 수 없는 상태였다는 것이었다. 그래서 그녀는 가족들에게 걱정을 끼치고 있으며, 여기저기서 그런 그녀의 상태의 원인들에 대해 조언해주고 있지만, 아직까지 그것을 찾아내지 못하고 있다. 나만은 그것을 알고 있다. 그것은 묵은 불쾌함과 언제나 새로 생겨나는 불쾌함 때문이다. 그렇다고 물론 나는 그녀의 가족들의 걱정을 나누어 갖지는 않는다. 그녀는 강하고 끈기가 있기 때문이다. 그렇게 화를 낼 수 있는 사람이면, 분명히 그 화의 결과 또한 이겨낼 수 있을 것이다. 나는 그녀가—적어도 부분적으로는—단지 고통스러운 척하고 있는 게 아닌가 하는 의심을 가지고 있을 정도이다. 이런 방법으로 세계의 의심을 나에게 돌리게 하기 위해서 말이다. 그녀는, 내가 나의 존재를 통해 그녀를 어떻게 괴롭히고 있는지를 터놓고 말하기에는 너무도 자존심이 세다. 나 때문에 다른 사람들에게 호소하는 일을 그녀는 자신의 품위를 떨어뜨리는 짓이라고 느낄 것이다. 단지 적대감 때문에, 중단되지 않고 영원히 그녀를 몰아댈 적대감 때문에 그녀는 나에게 몰두하고 있다. 이런 불순한 문제를 대중 앞에서까지 말하는 것은 그녀의 수치심을 생각할 때 너무 심한 일이 될 것이다. 그러나 그녀가 이것이 주는 끊임없는 압박감 속에 서 있는 만큼, 이 문제에 대해서 완전히 침묵을 지킨다는 것 또한 너무 지나친 일이다. 그래서 그녀는 여성적인 교활함으로 중도의 길을 찾으려 노력한다. 그녀는 침묵을 지키면서 비밀스런 고통이 외면적으로 드러나는 표시를 통해서만 이 사건을 공중의 판결에 맡기려는 것이다. 아마 그녀는, 만약 세상 사람들이 언젠가 그들의 시선을 모두 나에게 향해, 나에 대한 어떤 일반적인 대중적인 분노가 생겨나고, 그 분노의 엄청난 힘이 그녀에게 생기는 비교적 약하고 개인적인 분노보다는 한층 더 강력하고 신속하게 나를 완벽한 종말로 몰아넣게 되기를 바라고 있을 것이다. 그런 다음에 그녀는 뒤로 물러서서 숨을 내쉬고는 나에게 등을 돌릴 것이다. 그러나 이것이 정말 그녀의 희망이라면, 그녀는 잘못 생각하고 있는 것이다. 대중은 그녀의 역할을 넘겨받지는 않을 것이다. 대중은 결코 나에 대해 비난할 거리를 그렇게 많이 갖게 되지는 않을 것이다. 그들이 가장 강력한 확대경으로 나를 관찰한다고 하더라도 말이다. 나는 그녀가 생각하는 것처럼 그렇게 쓸모없는 인간은 아니다. 나는 자랑하려는 것은 아니고, 특히 이 문제와 관련지어서는 더욱 그러한데, 내가 어떤 특별한 유용성이 있는 탁월한 사람은 아니라 할지라도, 분명히 그 반대로 보이지는 않을 것이다. 단지 그녀에게만, 그녀의 거의 하얗게 빛나는 눈에만 내가 그렇게 보일 뿐이다. 그녀는 어떤 다른 사람에게도 그것을 확신시킬 수는 없을 것이다. 그렇다고 내가 이런 점에서 완전히 편안한 마음을 가질 수 있겠는가? 물론 그렇지 못하다. 왜냐하면 만약 나의 태도가 정말 그녀를 병들게 한다고 알려지게 되면—그리고 몇몇의 감시인들, 가장 부지런하게 소식을 전하는 바로 그자들은 이미 거의 그것을 간파했거나, 아니면 적어도 그것을 알아차린 것처럼 행동하고 있으니—이번에는 세상이 나에게 질문을 던질 것이다. 도대체 나는 왜 나 자신을 변화시키지 못함으로써 그 작고 불쌍한 여인을 괴롭히고 있는지, 그리고 내가 그녀를 죽음으로까지 몰아갈 의도를 가지고 있는지, 그리고 내가 언제, 마침내 이성과 인간적 동정심을 갖게 되어 그런 짓을 멈추게 될지—만약에 세상이 나에게 그렇게 묻는다면, 그들에게 대답하기 어려울 것이다. 그러면 나는 내가 그녀의 질병 증상들을 별로 믿지 않는다고 고백해야만 할 것인가. 그렇게 해서 나는 내가 어떤 죄로부터 벗어나기 위해서, 그녀가 그렇게 불순한 방법으로 다른 사람에게 죄를 덮어씌우고 있다는 불쾌한 인상을 불러일으켜야만 하겠는가? 그리고 내가 그녀가 실제로 병들었다고 믿는다 하더라도, 동정심은 조금도 갖지 않을 거라고, 왜냐하면 나에게는 정말 그 여인이 완전히 낯선 사람이고, 우리 사이에 존재하는 관계도 단지 그녀에 의해서 만들어진 것이며 단지 그녀 쪽에만 존재하는 것이기 때문이라고 터놓고 말할 수 있을까? 사람들이 나를 믿어주지 않을 거라고 말하지는 않겠다. 오히려 사람들은 나를 믿지도 않거니와 안 믿지도 않을 것이다. 사람들은 그것을 전혀 이야기삼지 않을지도 모른다. 앓고 있고 연약한 여인이라는 것을 고려해서 내놓았던 나의 대답을 사람들은 단지 기록으로만 남길지 모른다. 그것은 나에게 유리하지 못할 것이다. 모든 다른 대답에서와 마찬가지로 여기에서도, 이번과 같은 경우에는 연애관계에 대한 의심이 생기지 않게 할 수 있는 능력의 부재가 나의 길을 완강하게 방해할 것이다. 사실 그런 관계는 있지도 않으며, 또 그런 관계가 있다고 하더라도 그것은 오히려 내 쪽에 있으리라는 것이 아주 분명하게 드러나 있는데도 말이다. 사실 나라는 사람은 그 작은 여인의 우월성에 의해서 계속해서 시달리지만 않는다면, 그녀의 판단이 갖는 충격적인 힘과 지칠 줄 모르는 추론에 대해서 언제나 경탄할 수 있을지 모른다. 하여튼 그녀에게서는 나에 대한 절친한 관계란 흔적도 찾아볼 수 없다. 그런 면에서 그녀는 솔직하고 진실하다. 그 점에 나의 마지막 희망이 달려 있다. 나에 대한 그러한 관계를 믿게 만드는 것이 그녀의 전투 계획에는 결코 맞지는 않는다 하더라도 그녀는 그와 같은 일을 하는 데 대체로 자제력을 잃어버릴 것이다. 그러나 이런 면에 무감각한 대중은 그녀의 의견에 동조할 것이고 언제나 나에게 반대할 것이다. 그러므로 나에게는 단지 세상이 공격해오기 전에, 적시에 나 자신을 개선시켜 그 작은 여인의 분노를 제거할 수는 없다 하더라도—그것은 생각할 수도 없는 일이니까—어느 정도 약화시킬 수 있도록 하는 일밖에는 남아 있지 않을 것이다. 그래서 나의 현재 상태가 전혀 바꾸고 싶지 않을 만큼 만족할 만한 것인지 그리고 나 자신에게 어떤 변화를 주는 일이 그렇게 불가능한 것인지를, 나는 실제로 가끔 자문해 보았다. 비록 내가 그럴 필요가 있다고 확신하기 때문이 아니라, 단지 그녀의 마음을 누그러뜨리기 위해서지만 말이다. 그래서 나는 그렇게 하려고 정성껏 세심하게 노력을 기울였다. 변화들이 일어났고, 대체로 가시적이었다. 나는 그 여인의 주의를 그것에 돌리게 할 필요가 없었다. 그녀는 그런 종류의 모든 것을 나보다 먼저 알아챘다. 그녀는 나의 태도에서 벌써 그 의도하는 것을 알아낸다. 그러나 성공은 나에게 주어지지 않았다. 그것이 어찌 가능하겠는가? 내가 이미 알고 있는 바로는, 나에 대한 그녀의 불만은 정말 근본적인 것이다. 그 무엇도 그것을 제거할 수는 없다. 나 자신을 없앤다고 하더라도 그것은 가능하지 않을 것이다. 나의 자살 소식을 접하면, 그녀의 분노의 발작은 한계가 없을 것이다. 나는 그녀가, 이 예민한 여인이 나와 같은 통찰을 하지 못하리라고는 상상할 수가 없다. 게다가 그녀의 노력이 가망 없다는 것과 나의 무죄, 아무리 좋은 의도를 가졌다 하더라도 그녀의 요구에 따르지 못하는 나의 무능함을 이해하지 못한다는 것을 더욱 상상할 수 없는 것이다. 그녀는 분명히 그것을 통찰하고 있지만 그러나 투사적인 성격을 지닌 그녀는 싸움에 대한 열정으로 그것을 잊어버린다. 나의 불운한 방법은 이미 나에게 주어졌으므로 달리 선택할 수 없는 것인데, 그 불운은 내가 상식의 범위를 벗어나는 사람이라면 누구에게라도 조용히 훈계를 속삭여주려는 데 있다. 이런 식으로는 물론 우리는 결코 서로 의사소통을 하지 못할 것이다. 언제나 나는 첫 아침 시간의 행복감 속에서 집으로부터 걸어나와서는, 나로 인해 슬퍼하고 있는 야윈 얼굴이 나를 향하고 있는 것을 보게 된다. 불쾌하게 삐죽 튀어나온 입술, 찬찬히 살펴보는 그리고 그전에 이미 그 결과를 알고 있는 눈길, 그것은 나를 훑어보면서 아무리 건성으로 지나친다 해도

966

그 어느 것도 놓치지 않는다. 소녀 같은 뺨에 패어진 쓰디쓴 미소, 호소하는 듯이 하늘을 바라보는 모습, 확고한 것처럼 보이기 위해 양손을 허리에 올리기 그리고 화가 나면 창백해지고 부들부들 떠는 모습. 최근에 나는 놀랍게도 이 기회에 시인하건대, 난생 처음으로 절친한 친구 한 사람에게 이 일에 관해서, 다만 지나가는 몇 마디 말로 가볍게 약간 암시한 적이 있었다. 그녀가 겉으로 보기에는 나에게 사실상 대수롭지 않은 존재인 만큼, 나는 이 일 전체의 의미를 약간 덜 진실되게 깎아내렸다. 이상한 것은, 그럼에도 그 친구가 그것을 흘려듣지 않고 오히려 스스로 이 일에 의미를 부여했으며, 자신의 생각을 딴데로 돌리지 않고 그것에 몰두했다는 점이다. 물론 더욱 이상한 것은, 그럼에도 그가 결정적인 점에 이르러서는 이 일을 과소평가했다는 것인데, 왜냐하면 그는 나에게 얼마간의 여행을 떠나도록 충고해주었기 때문이다. 어떤 충고도 그처럼 어리석을 수는 없을 것이다. 사실 사정은 간단하다. 누구라도 그것에 가까이 다가가면 그것을 꿰뚫어볼 수 있다. 그러나 또한 내가 떠나버린다고 해서 모든 일이 해결될 만큼, 사정이 그렇게 단순한 것은 아니다. 그와 반대로 나는 오히려 떠나지 않도록 내 자신을 지켜야 한다. 내가 어쨌든 어떤 체계를 좇아야 한다면, 이 일을 외부 세계가 아직 관여하지 않은 여태까지의 좁은 테두리 안에 붙잡아두는 계획이어야 한다. 그러니까 내가 있던 곳에 조용히 머물러 있어야 하며, 이 일로 인해서 야기되는, 두드러지게 눈에 띄는 큰 변화는 결코 허용해서는 안 된다. 그러니까 이 일에 관해서 누구와 이야기해서도 안 된다. 이것 또한 그 변화에 속하는 일이기 때문이다. 그러나 이 모든 것은, 이 일이 어떤 위험한 비밀이기 때문이 아니라, 오히려 사소하고 순전히 개인적이며 그 자체로서도 손쉽게 전달되는 일이기 때문이며, 또한 이 일은 이대로 남아 있어야 하기 때문이다. 이런 점에서 친구의 소견이 쓸모없는 것만은 아니었다. 그것은 나에게 새로운 것을 가르쳐주지는 않았지만, 근본적인 나의 생각을 한층 강화시켜주었다. 물론 좀더 자세하게 생각해보면 드러나겠지만, 시간이 갈수록 일의 상태가 변화된 것처럼 보였으나, 그것은 그 일 자체의 변화가 아니라, 그 일에 대한 내 견해의 발전일 따름이다. 이렇게 볼 때, 나의 이러한 견해는 한편으로는 한층 더 침착하고 한층 더 남성적이 되어가고 그 본질에 더욱 가까이 갈 수 있지만, 또 한 다른 한편으로는 계속되는 충격들이 여전히 가벼운 것이라 할지라도, 극복될 수 없는 그 충격의 영향으로 나는 분명히 어떤 신경과민 증세를 얻고 있다. 가끔은 어떤 결말이 눈앞에 아주 가까이 다가온 듯이 보이지만, 아직도 여전히 오지 않고 있다. 나는 그것을 인지하고 있다고 믿으면서, 이 일에 대해서 점점 냉정해져간다. 사람은, 특히 젊은 나이에는, 결말이 다가오는 속도를 쉽게 과대평가하려는 경향이 있다. 나의 작은 여관사가 나를 바라보느라고 허약해져서, 한 손으로는 안락의자의 등받이를 붙잡고 다른 한 손으로는 코르셋의 끈을 조이면서 안락의자에 비스듬히 주저앉을 때면, 그녀의 뺨에 분노와 절망의 눈물이 흘러내렸다. 그때마다 나는 언제나 이제 결말이 온 것이며, 내가 곧 불려가서 나 자신을 변호해야 할 것이라고 생각했다. 그러나 결말도, 책임도, 아무것도 오지 않았다. 여자들은 쉽사리 기분이 나빠진다. 세상은 모든 경우에 주의를 기울일 시간이 없는 것이다. 그렇다면 도대체 이 모든 세월이 흐르는 동안에 무슨 일이 생겼단 말인가? 그러한 경우들이 때로는 좀더 강경하게, 때로는 좀더 약하게 반복되는 일과 그래서 결국 그것들의 전체 숫자가 더욱 커진 것 이외에는 아무 일도 생기지 않았던 것이다. 그래서 사람들은 가까이에서 서성거리다가 그럴 수 있는 가능성만 발견하게 되면 기꺼이 끼어들고자 할 것이다. 그러나 그들은 아무런 가능성도 발견하지 못하고 있다. 지금까지 그들은 단지 그들의 후각에만 기대를 걸고 있다. 후각 하나만으로도 그 후각의 소유자에게 즐거움을 주기에 충분하기는 하지만, 그 후각은 다른 사람에게는 아무런 소용이 없는 것이다. 실제로 항상 그랬다. 이렇듯 소용없는 게으름뱅이이며 할 일 없는 사람은 언제나 있는 법이다. 그들은 항상 지나치게 교활한 방법으로, 유사함을 핑계삼아 자신들의 친근함을 기꺼이 변명하는 것이다. 그들은 언제나 주의를 기울였고, 언제나 콧속 가득 냄새를 가지고 있었다. 그러나 이 모든 결과는 단지 그들이 아직도 여전히 거기에 있다는 것뿐이다. 차이가 있다면 그것은 내가 그들을 점차 인식하게 되었다는 것이며, 그들의 얼굴을 구별한다는 것이다. 예전에 나는, 그들이 점차 모여들어 이 일의 규모가 커져서 어쩔 수 없이 저절로 결정을 내리게 되리라고 믿고 있었다. 그러나 오늘날에 와서는, 이 모든 것은 옛날부터 존재해왔고, 결정이 다가오는 것과는 거의 관계가 없거나 전혀 관계가 없다는 것을 내가 알고 있다고 나는 믿는다. 그리고 결정 자체도, 왜 나는 그것을 이렇게 엄청난 말로 부르고 있는가? 언젠가 —분명히 내일이나 모레는, 아니, 어쩌면 영원히 없을지도 모르지만—대중이, 내가 언제나 되풀이하는 이야기인데, 이 일에 대해서 아무런 권한도 없는 사람들임에도 언젠가 이 일에 관여하게 되면, 나는 아무 해도 입지 않고는 소송 절차로부터 벗어나지는 못할 것이나, 아마도 다음과 같은 사실은 고려될 것이다. 즉, 내가 대중이 모르는 사람은 아니며 오래전부터 그들의 시선을 충분히 받으며 그들을 깊이 신뢰하고 또 신뢰받으며 살고 있다는 것, 그러므로 차후에 나타나 고통스러워하고 있는 이 작은 여인은—이 기회에 말해두지만, 내가 아니고 다른 사람이었다면 아마 오래전부터 그녀를 가시 돋친 식물로 여기고, 대중을 생각해서 아무 소리 없이 그녀를 그의 장화로 짓밟아버렸을 것이라는 것, 최악의 경우엔 이 여인은 대중이 나를 오래전부터 존경할 만한 동료라고 공언하고 있는 공문서에 단지 몇 마디 추한 군더더기 말을 첨가하는 정도가 고작일 것이라는 등이다. 이것이 이 일의 오늘날의 상황이고, 그러므로 별로 나를 불안하게 할 정도는 못 된다. 해가 지남에 따라 내가 약간 불안에 빠지게 되었다는 것은 이 일의 원래 의미와는 아무런 관계가 없다. 본래 화를 낼 근거가 없음에도 계속적으로 누군가를 화나게 하고 있다면, 누구든지 그것을 그야말로 참아내기 힘든 법이다. 그래서 사람들은 불안하게 되고, 비록 이성적인 방식의 결정을 믿지 않는다 하더라도, 육체적으로나마 어느 정도 그 결정을 몰래 기다리기 시작하는 것이다. 그러나 부분적으로 이 일은 다만 노화 현상과 관계 있는 일이기도 하다. 젊음은 모든 것을 미화한다. 아름답지 못한 갖가지 일들은 끊임없이 솟아나는 젊음의 힘 속에서 사라져버린다. 누군가가 소년이었을 때 어떤 저의가 있는 눈빛을 가졌다면, 그것은 나쁘게 받아들여지지 않았을 것이다. 사람들은 그것을 전혀 알아채지도 못했을 것이다. 그 자신조차도. 그러나 나이를 먹어가면서 남는 것은 찌꺼기뿐이다. 모든 사람은 필요한 존재이지만, 아무도 새로워질 수는 없는 것이다. 누구나 관찰의 대상이 된다. 그리고 늙어가는 한 남자의 저의 있는 눈빛은 아주 분명하게 저의 있는 눈빛인 것이다. 그 눈빛을 확인하는 것은 어렵지 않다. 다만 이때도 실제적이고 구체적인 악화는 존재하지 않는다. 그러므로 내가 어떤 시점에서 보든지 간에, 내가 이 사소한 일을 아주 간단히 손으로 덮어두고 있기만 하면, 그 여인이 아무리 미친 듯이 떠들어댄다 하더라도 나는 세상 사람들에게 방해받지 않고 여태까지의 생활을 아주 오래도록 조용히 계속해나갈 수 있을 것이며 나 또한 그런 생각에 머물러 있을 것이다.

……행동거지가 의심스러웠지만 곧 그를 향하여 왔다. 비록 그 남자는 그가 마음에 내키지 않는 듯 그를 옆으로 밀치고서 계속 나아갔지만 그러나 이 진열대는 지극히 세심하게 설치되어 있었고, 단식 광대는 그의 초인적인 성과 때문에 사실 충분한 보호가 필요했으므로 곧바로 사방으로부터 두서너 고용인들이 재빠르게 나타나서는 아주 단호하게 그 남자의 가는 길을 막았다. 물론 그들은 무엇이 그들의 의심을 불러일으켰는지에 대해서는 정확히 모른다. 사람들이 원한다면 이에 대한 여러 가지 이유를 댈 수야 있겠지만 그러나 아무것도 없었다. 본래 유치한 일이긴 하지만 가장 의심스러운 것은 그 방문자의 머리카락이 붉다는 것이고, 그 외에도 특이한 것이 있다면 그 어마어마하게 큰 홀의 많은 사람들은 모자를 벗고 있었는데 그만이 모자를 벗고 있지 않다는 것이다. 그러나 모자 아래 두서너 곳엔 내피로 둘러싸인 아주 작게 많은 머리가 돌출해 있었는데, 그것은 그 큰 모자 아래로 보이는 강하고 풍성한 머리카락이 아주 특이하긴 하지만, 홀 고용인이 보기에는 천진스럽게 손질되었음을 추측케 해주었다. 있을 수 있는 일인지는 모르겠으나 어찌됐든 고용인들은 이제 방어하기 위해서 모여들었다. 한순간은 그들 모두를 몇 번 밀쳐내려는 마음을 가진 듯싶던 그 남자가 생각을 고쳐먹지만 않았더라도 그들은 그가 앞으로 나서는 것을 중지시키지는 않았을 것이다. 그러자 그 남자는 빙 둘러싸고 있는 사람들로부터 손을 들고서 단식 광대에게 이렇게 외치는 듯했다. "헬로우 귀여운 친구, 안녕!" 그것은 도움이 되었다. 모두가 단식 광대에게 몸을 돌렸기 때문에 그 낯선 남자는 다시 몇 걸음을 더 걸을 수 있었

다. 그러나 단식 광대는 홀에 방문객이 한산할 때면 항상 빠져 있던 예의 그 어설픈 잠의 상태로부터 깨어 일어났고 점차 그 낯선 남자를 알아보는 듯하더니 손으로 불확실한 동작을 해보였다. 그 동작은 홀의 하인에게 보내는 손짓으로서 그 낯선 남자에게 길을 열어 주라는 표시로 보였다. 그리고 단식 광대는 다시 머리를 수그린 채 그가 가까이 오기를 참고 기다렸다. "안락의자를 이리로 가져와!" 하고 그 낯선 남자가 고용인들에게 명령하자 그들은 결국 그의 말을 따랐다. 그들은 황급히 안락의자를 가져다 창살에 바짝 붙여놓았다. 그것은 특별한 경우에 오로지 저명인사들에게만 허락되는 우선권이었다. 분명 그는 흥행주였다. 그 신사는……([52]번 글에서 계속된다―옮긴이)

……아직 여기에 없다. 그래서 그 낯선 남자는 비교적 간단하게 그 것을 호령해야 했다. 어찌됐든 그는 이제 가능한 한 단식 광대에게 가까이 다가가 앉았고, 거기다가 처음 몇 걸음을 옮긴 후 멈춰 섰던 하인에게 계속 가도록 유도하고, 가축 우리에서 지푸라기 하나를 끄집어내어 완전히 깨어나지도 못한 듯 다시 졸고 있는 단식 광대의 턱 아래를 약간 간질이는 무모한 행동을 보였다. "자아" 하고 그는 말했다. "방문객이 왔으니 좀 깨지 않겠소?" 비록 그 남자가 단식 광대에게 부드럽게, 어느 정도는 아버지처럼 혹은 친절하게 대하려고 헛되이 노력하는 모습을 보인다 하더라도, 그것은 정말 버릇 없는 태도였다. 이런 태도가 특히 뚜렷하게 드러난 것은, 이제 완전히 깨어나서 크고 검은 눈으로 그를 불안스럽게 바라보고 있는 단식 광대를 향하여 그가 미소지으며 머리를 끄덕거렸을 때였다. "그래요." 그가 말했다. "내가 바로 당신에게, 아마 당신에게만 호감을 보이고 있는, 그 늙은 식인종이요. 잠시동안만 당신을 만나보고 싶소. 당신을 보니 한결 기분이 나아집니다. 귀찮은 족속들로부터 벗어나 신경을 좀 쉬게 하고 싶소." "당신이 식인종이라고요?" 하고 단식 광대가 물으면서 마치 무엇인가를 기억해내려는 듯이 손으로 이마를 눌렀다. "당신은 나를 잊었군요?" 하고 약간 마음이 상한 듯 식인종은 말했다. 그리고 마음이 상했다기보다는 오히려 놀랍다는 듯이 이렇게 말했다. "도대체 그게 있을 법이나 한 일입니까? 우리가 함께 놀았던 일을 더 이상 모른단 말입니까? 내 붉은머

973

리가 당신을 기쁘게 했던 것을? 당신이 그것을 땋아주기도 하고 묶어주기도 했던 일을? 이 머리와 비슷하지 않았습니까?" 그리고 나서 그가 모자를 벗자 머리카락들이 살아 있는 듯이, 마치 열대지방의 풍성함처럼 부풀어올랐는데, 일부는 땋아져 있었고, 일부는 원래 그대로 거친 머리였다. 그의 머리는 아주 컸지만, 머리숱이 굉장히 많아서, 머리가 훨씬 더 커 보였다. 그렇지만 이때의 모습은 우스꽝스러운 것이 아니라 끔찍스러웠다. 그것은 마치 초인간적인 머리카락이 역시 초인간적인 욕망과 그것을 실현할 힘을 보여주는 듯했다.

———————

나는 타지에 갔다. 그리고 어느 타민족의 집에서 숙박하게 되었다. 나는 외투를 못에다 걸었다. 나에게 관심을 두는 사람은 아무도 없었다. 그들은 내가 하는 대로 내버려둔다. 내가 결코 위험스러운 존재가 아니라는 것을 알고 있는 것이다. 한 개인이 그 많은 사람들과 맞서 무엇을 하려 하겠는가. 나 자신이 왔으므로, 여기에 온 것에 대한 책임은 나에게 있다. 나는 분명히 왔어야만 했다. 피난처가 필요했다. 그것은 말없는 추측이다. 계속되는 추측은 내가 앞으로 이러한 피난처를 발견하지 못하리라는 것이다. 사람들은 내가 얼마나 어울리지 못하는가를 나를 보고 알아챈다. 상황들이 나에게는 너무나 낯선 듯싶다. 나는 맞지 않은 장소에 와 있다. 그러나 모든 게 나로 하여금 그것을 거의 느끼지 못하게 한다. 사람들은 역시 자기 고유한 용무에 너무 몰두해 있다. 아마 나는 특별한 경험과 능력을 가지고 있기 때문에 이러한 용무에 잘 대처할 수 있을 것이다. 하지만 나는 참견할 엄두도 내지 못하며 저들은 나를 감히 끌어들이려 하지 않는다. 그렇지만 내가 이곳에 낯설기 때문에 무엇인가를 망칠 수 있는 위험은 정말이지 아주 크다.

……을 흔들어 떨어뜨리는 것, 평상시에 조용히 참았지만 그러나 술 취한 상태에서 그것에 반항했다. 물론 내가 그러한 상황에서 경험했던 은밀한 수작을 신문에 밝히는 것을 포기할 마음이 전혀 없었기 때문에 기사 하나를 머릿속에 미리 구상해두었다. 거기에서 내가 묘사하고자 했던 것은, 인간의 위대성이 숨김없이 나타나는 곳이라면 어디서든지, 이를테면 특히 스포츠에서 불량배들이 곧바로 몰려와서 진정으로 스포츠 영웅들을 우러러보기는커녕 무턱대고 본래의 이익에 대해서만 관심을 쏟은 채 자신들의 이익을 추구하며, 그리고 그들의 태도가 보편적으로 유용한 것인 양 변명을 한다는 것이다.

---

*

우리 여가수의 이름은 요제피네이다. 그녀의 노랫소리를 들어보지 못한 이는 노래의 힘을 알지 못한다. 그녀의 노래에 감동받지 않을 이는 없다. 그것은 우리 종족 전체가 음악을 사랑하지 않는 것보다

---

* 막스 브로트판 전집에서는 「요제피네, 여가수 또는 서씨족 Josefine, die Sängerin oder das Volk der Mäuse」으로 제목이 붙어 있고, 카프카 자신이 『단식 광대』라는 제목으로 발간했던 4개의 작품으로 구성된(「첫번째 시련」 「작은 여인」 「단식 광대」 「요제피네, 여가수 또는 서씨족」) 책에서는 동일한 제목이 붙어 있으나 유고집에는 제목이 없다. 카프카 전집 제1권에 실려 있으나 약간의 변동이 있어 다시 번역했다.(옮긴이)

더욱더 높이 평가될 수 있다. 일반적으로 조용한 평화가 우리에게
는 제일 사랑스러운 음악이다. 우리의 삶은 고달프다. 비록 우리가
언젠가 모든 일상적인 근심들을 떨쳐버리려고 시도한 적이 있다 하
더라도, 우리는 음악과 같이 평상시 생활과 거리가 먼 것으로 우리
자신을 끌어올릴 수는 없다. 하지만 우리는 그것을 그리 한탄하지
도 않는다. 우리는 — 이것은 내 개인적인 견해이다 — 결코 그 정도
까지는 아니다. 왜냐하면 우리는 우리에게 절박할 정도로 꼭 필요
한 어떤 확실하고 실제적인 교활함을 우리의 최대 장점으로 여기고
있으며 이러한 교활함의 미소로써 위안을 삼고 모든 것을 잊어버리
기 일쑤이기 때문이다. 비록 우리가 이를테면 — 이런 일은 일어나
지 않겠지만 — 어쩌면 음악에서 비롯되는 행복에 대한 욕구를 당연
히 가지게 된다 하더라도 말이다. 다만 요제피네만이 예외이다. 그
녀는 음악을 사랑하고 그것을 전달할 줄도 안다. 그 음악이 유일한
것이어서 그녀가 죽게 되면, 음악은 — 그것이 얼마나 지속될지 누
가 알겠는가 — 우리의 삶으로부터 사라질 것이다. 나는 이 음악이
어떠한 상태에 처해 있는가를 종종 곰곰이 생각해보았다. 우리는
물론 철저하게 비음악적이다. 그런데도 우리가 요제피네의 노래를
이해하기를 거부하거나, 아니면 요제피네가 우리의 이해를 부인하
고 있으니, 어떻게 우리가 음악을 이해한다고 믿을 수 있겠는가.
이 노래의 아름다움이 너무나 커서, 아무리 그것에 적대적인 생각
을 가졌다 하더라도 저항할 수 없다는 것이 가장 간단한 대답이 될
것이다. 그러나 이 대답은 만족할 만한 것이 못 된다. 만약 사실이
그렇다면, 이 노래 앞에서 우리는 우선 그리고 언제나 특별한 느낌
을 가져야 할 것이다. 그 느낌은 요제피네의 목젖에서 흘러나오는 소
리를 들었을 때 느끼는 것으로서 그 소리는 우리가 예전에 한 번도
들어본 적이 없는 것이고, 또한 우리는 그것을 들을 만한 능력을 전

혀 가지고 있지도 않으며, 우리에게 그것이 들리도록 할 수 있는 능력을 가진 이는 요제피네 이외에는 아무도 없는 것이다. 그런데 내 의견으로는 바로 그 점이 옳지 않다는 것이다. 나는 적어도 그것을 느끼지 못하며, 또한 다른 이들에게서도 그런 낌새를 찾아볼 수가 없었다. 우리는 신뢰하는 이들끼리는 요제피네의 노래가 노래로서는 별로 특별한 것이 못 된다고 털어놓는다. 그것이 도대체 노래라는 것인가? 우리의 비음악성에도 불구하고 우리에게는 전해 내려오는 노래가 있다. 옛날의 우리 종족에게는 노래가 있었고, 영웅담들은 그것에 관한 이야기를 들려주고 있으며, 나아가 가곡까지도 보존되어 있는데, 물론 이제는 아무도 그것을 부를 수 없다. 나는 어째서 우리 종족이 수세기가 흐르면서 모든 음악을 그렇듯 완전히 외면해버렸는지 알 수가 없다. 아마도 우리들의 특별한 운명으로 인해서 조용함이, 즉 겸양이 우리에게 어쩔 수 없이 부여된 것 같다 ―이 모든 게 역시 있을지는 모르겠으나―그러니까 우리는 노래가 무엇인가 하는 데 대한 예감은 가지고 있는 것이며, 요제피네의 예술은 사실 이 예감과는 일치하지 않는 것이다. 그것이 도대체 노래라는 것인가? 아마 단지 휘파람 소리에 불과한 것이 아닐지? 그리고 물론 찍찍거리는 휘파람이야 우리 모두가 다 알고 있는 것이고, 그것은 우리 종족의 원래의 기교, 또는 기교라기보다는 오히려 특징적인 삶의 표현이라고 할 수 있다. 그것은 무엇인가 나지막하게 쉿 소리가 나는 휘파람 소리로서 변질된 형태의 두 종류의 소리만이 존재한다. 애처롭고, 단념하는 듯하고, 꿈과 같으며, 아주 약하지만 그러나 에이는 듯한 휘파람 소리와, 어느 정도 승리를 구가하는 듯하고 길게 음을 띄우는 듯하며 보다 날카로운 휘파람 소리가 있다. 우리 모두가 휘파람을 불지만, 물론 아무도 그것을 예술로 간주하려 들지 않는다. 이따금씩 누군가 특별한 목적을 위해서 그것에 대해서 관찰을 하지만, 그러나 일반적으로 우리는 그것을 생각하지도 알아채지도 못하면서 휘파람을 분다. 우리들 중에는 휘파람이 우리의 고유한 특징에 속한다는 것을 전혀 알지 못하는 자들도 많이 있다. 그러므로 만약 요제피네가 노래를 부르는 것이 아니라 단지 휘파람을 불고 있는 것이라면, 그것도 습관적인 휘파람의 한계조차 뛰어넘지 못하고 있는 것이라면 — 적어도 나에게는 그렇게 보여지고 있는데, 그녀의 힘은 아마 이 습관적인 휘파람을 불기에도 그리 충분치 않을 터이지만, 반면 평범한 토역군은 하루종일 자신의 일을 하면서도 힘들이지 않고 그것을 해낸다 — 만약 이모든 것이 사실이라면, 요제피네의 면목상의 예술가적 재능은 반박당할지 모르겠지만 그녀의 거대한 영향력의 수수께끼가 비로소 제대로 풀릴 수 있을 것이다.

하지만 그녀가 만들어내는 것은 물론 휘파람만은 아니다. 그녀로부터 아주 멀리 떨어져 귀를 기울이거나, 아니면 — 이런 점에서 시험해본다면 더 좋겠지만 — 그러니까 요제피네가 다른 목소리들 틈에 끼어 노래를 부르고, 우리가 그녀의 목소리를 알아내야 한다면, 우리는 기껏해야 부드러움과 연약함으로 약간 두드러진, 일상적이고, 평균적인 휘파람 소리 이외에는 아무것도 들을 수 없을 것이다. 그러나 그녀 바로 앞에 서 있으면, 그것은 결코 휘파람 소리만은 아니다. 그녀의 예술을 이해하기 위해서는 그녀의 목소리를 듣는 것뿐 아니라 그녀를 바라보아야 할 필요가 있다. 그것이 단지 우리가 매일 부르는 일상적인 휘파람이라 해도, 단지 그 습관적인 일에 불과한 그것을 하기 위해 엄숙하게 격식을 차리고 나선다는 데 그 어떤 기이함이 있다. '호두 하나를 까는 일이 진실로 예술이 될 수는 없다. 그렇기 때문에 아무도 감히 대중을 불러모아 그들을 즐겁게 해주기 위해서 그들 앞에서 호두 까는 일을 하려 하지는 않을 것이다. 그런데도 누군가가 그런 일을 해서 자신의 뜻을 관철시킨다면, 그것은 절대로 단순한 호두까기만은 아닐 것이다. 아니면 그것이 호두까기이기는 해도 우리가 호두까기를 원만하게 해낼 수 있었기 때문에 그 예술을 무시해왔던 것이며, 이 새로운 호두 까는 이가 비로소 우리에게 그 예술의 본질을 보여주고 있다는 사실이 밝혀지는 것이다. 그리고 그가 호두 까는 일에서 대부분의 우리들보다 좀 유능하지 않다 해도, 그것은 효과를 높이는 데 유용할 수 있을 것이다.' 아마 요제피네의 노래도 그와 비슷한 상황일 것이다. 우리는 우리 자신에게서는 전혀 감탄하지 않는 것을 그녀에게서 감탄하고 있다. 더욱이 우리는 그 점에서 그녀와 완전히 일치하고 있다. 언젠가 나는 누군가가 그녀에게 ─물론 이런 일은 흔히 있는 일이지만─일반 대중의 휘파람에 대해서 특히 매우 겸손하게 주의를 환기시키고 있는 자리에 동석한 적이 있었는데, 그때의 그 겸손하게 주의를 주는 행위는 마치 누군가가 부자에게 그가 한 번도 굶어본 적이 없다는 사실을 제시함으로써 그 부자에게 고통을 주는 것이 아니라 오히려 그의 부유함을 마음껏 즐길 수 있도록 도와주는 것과 같았다. 그러나 그것은 요제피네에게는 지나친 것이었다. 당시 그녀의 얼굴에 나타났던 오만하고 건방진 미소를 나는 여태까지 본 적이 없다. 원래 겉으로는 완성된 부드러움을 갖추고 있는 그녀가, 그러한 모습의 여성들이 많은 우리 종족 중에서도 특히 눈에 띌 만큼 부드러운 그녀가 그 당시에는 정말 속돼 보였다. 여류 예술가인 그녀는 매우 민감했으므로 자신 스스로도 곧바로 그것을 느꼈는지 정신을 차렸다.

아무튼 그녀는 자신의 예술과 휘파람 사이의 모든 관계를 부인했다. 그와 반대되는 의견을 가진 자들에 대해서 그녀는 경멸과 분명히 실토할 수 없는 증오를 가지고 있다. 그것은 사리사욕이 아니다.

왜냐하면 나 자신도 반쯤은 속해 있는 이 반대 그룹은 분명히 다른 군중들보다 그녀에 대해 덜 감탄하는 것은 아니기 때문이다. 그러나 요제피네는 단순히 경탄만을 바라는 것이 아니라, 자신이 정한 방식대로 칭찬받기를 원한다. 감탄 자체는 그녀에게 전혀 중요치 않다. 게다가 그녀 앞에 앉아 있노라면, 그녀를 이해하게 된다. 그녀로부터 멀리 떨어진 곳에서만 반대를 할 수 있는 것이다. 그녀 앞에 앉으면, 그녀가 휘파람처럼 불고 있는 것은 휘파람이 아니라는 것을 알게 된다. 휘파람 부는 일이 우리에게는 아무 생각 없이 행하는 습관에 속하기 때문에, 요제피네가 노래 부르는 것을 듣는 청중 속에서도 휘파람을 불 거라고 생각할 수도 있다. 왜냐하면 그녀의 예술을 대할 때 우리는 기분이 좋아지고, 기분이 좋을 때 우리는 휘파람을 불기 때문이다. 그러나 그녀의 청중은 휘파람을 불지 않는다. 쥐죽은 듯이 조용하다. 마치 우리 자신이 염원하는 평화의 일부분이 되어버리기라도 한 듯이, 최소한 우리 자신의 휘파람이 그 평화로부터 우리를 떼어놓기라도 할 듯이 그렇게 우리는 침묵을 지킨다. 우리를 매료시키는 것이 그녀의 노래인가, 아니면 오히려 그녀의 연약한 목소리를 둘러싸고 있는 장중한 고요함인가? 언젠가 어떤 바보 같은 여자가 요제피네가 노래하는 동안 무심코 휘파람을 불기 시작해버린 일이 있었다. 그런데 그것은 우리가 요제피네에게서 들었던 것과 꼭 같은 것이었다. 저 앞쪽에서 나는 소리는 아주 노련함에도 여전히 수줍어하는 휘파람 소리였고, 여기 관중 속에서 나는 것은 자신을 망각한 순진한 휘파람 소리였다. 그 차이를 따지기란 불가능했을 것이다. 그러나 우리는 쉿 소리와 휘파람 소리로 그 훼방꾼 여자를 곧바로 제압해버렸다. 그러나 그것은 결코 필요치 않은 짓이었던 것 같다. 왜냐하면 그렇게 하지 않았어도, 요제피네가 그녀의 승리의 휘파람을 불기 시작하고, 팔을 벌리고, 있는 대로 목을 높이 쳐들고서 자기 만족에 취해 제정신이 아니었던 반면에, 그 방해꾼 여자는 분명히 두려움과 수치심으로 잔뜩 움츠러들었을 테니까 말이다. 그런데 그녀는 언제나 그런 식이다. 모든 사소한 것, 모든 우연, 모든 반항, 상등석에서 나는 딱 소리, 이빨 부딪치는 소리, 조명 장애 등을 그녀는 자신의 노래의 효과를 높이는 데 적합하다고 여긴다. 그녀의 의견에 따르면 그녀는 귀머거리들 앞에서 노래를 부르고 있다는 것이다. 열광과 갈채가 부족한 것은 아니다. 그러나 그녀는 이미 오래전부터 그녀가 말하는 진정한 이해를 단념할 줄 알게 되었다. 그러자 모든 방해들이 그녀에게는 매우 중요해졌다. 왜냐하면 외부로부터 그녀 노래의 순수함에 맞서는 모든 것들, 가벼운 싸움이나 싸우지 않더라도 단지 대적을 통해 정복할 수 있는 모든 것들은 군중을 일깨우는 데 기여할 수 있으며, 그들에게 이해심은 아니더라도 어쩐지 가슴을 두근거리게 하는 존경심을 가르치는 데 기여할 수 있기 때문이다. 만약 그 휘파람이 합목적인 것을 무시하는 산만하고 꿈과 같은 그녀의 예술 방식에 위배되지 않는다면 이를테면 그녀 자신이 당시 그 불쌍하고 순진한 여자로 하여금 휘파람을 불도록 유도했을 거라는 생각은 옳을 것이다. 그러나 좌우간 사소한 것이 그녀에게 그러한 기여를 한다면, 위대한 것은 어떻겠는가. 우리의 삶이란 매우 불안해서, 날마다 놀라움, 불안감, 희망과 경악을 가져다준다. 그래서 밤낮으로 동료들의 도움을 받지 않는다면, 한 개인이 이 모든 것을 견뎌낼 수는 없을 것이다. 그러나 그러한 도움이 있어도 삶은 종종 정말 힘이 든다. 때때로 수천의 어깨들이 스스로, 사실상 한 개인에게만 정해진 짐에 눌려 떨기도 한다. 그럴 때면 요제피네는 자신의 시간이 왔다고 여긴다. 벌써 그녀는 거기에 서 있다. 이 연약한 존재가, 특히 가슴 아래로 불안스럽게 음을 떨어대면서 서 있다. 그 모습은 마치 그녀가 온 힘을 노래 속에 모으고 있는 듯하며, 노래에 직접 기여하지 않는 자신의 다른 모든 것으로부터 모든 힘, 거의 모든 가능한 생명력을 뽑아내는 듯하며, 그녀는 완전히 드러낸 채 내맡겨져서, 단지 천사의 보호로 인도되고 있는 듯하며, 그녀가 그렇게 완전히 자신으로부터 벗어나 노래 속에 안주하고 있는 동안에는 스쳐 지나가는 한 줄기 차가운 입김도 그녀를 죽일 수 있을 것 같아 보인다. 그러나 바로 그런 모습에서 우리는 적대자라고 자칭하는 자가 우리에게 말하는 소리를 듣곤 한다. '그녀는 휘파람도 제대로 불 줄 모르는군. 노래가 아니라 — 노래에 대해서는 우리 이야기하지 말기로 하자 — 흔한 휘파람을 약간 짜내기 위해 저렇게 놀라울 정도로 힘겹게 애써야 하다니.' 우리에게는 그렇게 보인다. 그렇지만 이것은 언급한 대로 피할 수는 없지만, 그러나 순식간에 빨리 스쳐 지나가는 인상인 것이다. 이미 우리 또한 몸과 몸을 맞대고 따스한 마음으로 겁먹은 듯 숨을 쉬면서 귀를 기울이고 있는 군중의 감정 속으로 빠져들고 만다. 거의 언제나 움직이고 있는, 때로는 그리 분명치 않은 목적 때문에 이리저리 돌진하고 있는 우리 종족의 대다수를 자기 주위로 불러모으기 위해서, 요제피네는 그 작은 머리를 뒤로 젖히고, 입을 반쯤 벌리고, 눈은 높은 곳을 향하고는 자신이 노래를 부르려 함을 암시하는 자세를 취하는 일 이외에는 거의 아무것도 할 필요가 없다. 그녀는 그녀가 원하는 곳이라면 어디서든 그렇게 할 수 있다. 멀리 내다보이는 장소가 아니어도 된다. 우연한 순간적인 기분에서 선택된, 어떤 숨겨진 구석이라도 마찬가지로 쓸모가 있다. 그녀가 노래를 부르려 한다는 소식은 금세 널리 퍼지고, 머지 않아 긴 행렬이 이어진다. 물론 가끔은 방해를 받기도 한다. 요제피네는 특히 격앙된 시기에 노래부르기를 좋아한다. 그럴 때는 여러 종류의 근심과 고뇌가 우리를 여러 길로 몰아세우기 때문에,

우리는 아무리 해도 요제피네가 원하는 것처럼 그렇게 빨리 모일 수가 없다. 이럴 때면 그녀는 얼마 동안은 별로 많지 않은 청중 앞에서 위대한 자세를 취하며 서 있을 수밖에 없다. 그렇게 되면 그녀는 물론 화를 낸다. 그녀는 발을 동동 구르고, 전혀 처녀답지 않게 저주를 하고 물어뜯기조차 한다. 그러나 그녀의 그런 태도도 그녀의 명성에는 아무런 해가 되지 않는다. 군중들은 그녀의 과도한 요구를 제한하기보다는 그 요구에 맞추려고 애를 쓴다. 그래서 청중들을 끌어오기 위해서 심부름꾼들이 보내진다. 그런 일이 있다는 것은 그녀에게는 비밀로 한다. 그럴 때면 그 주변의 길목에는 다가오는 자들에게 손짓하는 보초가 세워진 것을 볼 수 있다. 그들이 서둘렀으면 하는 것이다―이 모든 것은 마침내 어지간한 숫자의 관중들이 모여질 때까지 아주 오랫동안 계속된다. 무엇이 우리 종족으로 하여금 요제피네를 위해 그토록 애쓰게 만드는 것일까? 그것은 요제피네의 노래에 관한 질문보다 결코 답하기 쉽지 않은 질문이며, 이 두 질문은 물론 서로 관계가 있다. 만약 우리 종족이 노래 때문에 혹은 그 이외의 이유들 때문에 무조건 요제피네에게 복종하고 있는 거라면, 우리는 이 질문을 없애버릴 수도 있고, 두번째 질문과 완전히 합쳐버릴 수도 있다. 그러나 이것은 결코 그런 경우가 아니다. 우리 종족은 무조건 복종이라는 것을 모른다. 무엇보다도 확실하게 무해한 영리함을 사랑하며, 어린아이 같은 속삭임, 단지 입술만을 움직이는, 물론 순진한 떠벌림을 사랑하는 종족, 이러한 종족은 어쨌든 무조건 복종할 수는 없다. 그것은 분명히 요제피네도 느끼고 있을 것이다. 그녀가 자신의 약한 목젖을 무리해가면서 힘들게 싸우고 있는 대상이 바로 이것이다. 이러한 일반적인 판단에서 너무 극단으로 흘러서는 안 된다. 우리 종족은 사실 요제피네에게 복종하고 있다. 다만 조건이 없지는 않다. 예를 들어서, 요제

983

피네를 비웃을 수는 없을 것이다. 요제피네의 많은 점들이 우리를 웃게 만든다고 시인해도 좋을 것이다. 그리고 웃음이라는 것 자체가 우리에게는 언제나 가까이 있다. 우리 삶의 모든 슬픔에도 우리에게서 조용한 웃음은 거의 언제나 떠나지 않는다. 그러나 우리는 요제피네를 비웃지는 않는다. 가끔 나는 우리 종족이 우리들과 요제피네와의 관계를 다음과 같은 식으로 이해하고 있다는 인상을 받는다. 그러니까 부서지기 쉽고, 보호가 필요한, 어쨌든 특별한 존재, 그들의 생각으로는, 노래로써 특별한 이 존재는 그들을 신뢰하고 있고, 그러므로 그들은 그녀를 돌보아주어야 한다는 것이다. 그러나 그 까닭은 누구에게도 명확치 않다. 그러나 이 사실은 확실해 보인다. 어떤 이에게 믿고 털어놓은 것은 비웃지 않는 법이다. 자기 자신에 대해서는 비웃을 수 있지만 누군가에게 털어놓은 것을 비웃을 수는 없는 것이다. 그것에 대해 비웃는다는 것은 책임을 훼손시키는 일이다. 만약 우리들 중에서 가장 못된 자들이 '요제피네를 보면 우리한테서 웃음이 사라진단 말이야' 하고 말한다면, 그것은 요제피네에 대한 가장 극심한 악의이다. 그래서 우리 종족은 한 아이를 돌봐주는 아버지와 같은 심정으로 요제피네를 보살펴주고 있는데, 그 아이는 자그마한 손을—부탁을 하는 것인지 아니면 요구를 하는 것인지 잘 모르겠지만—아버지에게 내밀고 있다. 그러한 아버지의 의무를 수행하는 데 우리 종족이 아무 쓸모가 없다고 생각들 할 것이다. 그러나 실제로 우리 종족은 적어도 이 경우에서는 본보기가 될 만큼 그것을 잘못 생각하고 있다. 나는 분명히 그것을 할 수 없을 것이다. 종족 전체가 할 수 있는 일을 한 개인 혼자서는 절대로 할 수 없을 것이다. 물론 종족과 그의 피보호자 사이의 능력의 차이는 아주 크다. 그러므로 종족은 피보호자를 따뜻한 자기 곁으로 끌어 잡아당기기만 하면 되고, 그로써 그는 충분히 보호

받게 된다. 우리 종족은 요제피네에게 그런 것들에 관해서 감히 이야기해볼 엄두도 내지 않는다. "나는 너희들을 보호하기 위해서 휘파람을 불고 있어"라고 그녀는 말한다. '그래, 그래, 너는 휘파람을 분다'라고 우리는 생각한다. 게다가 그녀가 모반한다고 해도, 그것은 사실 모반이라기보다는 오히려 순전한 어리광이며 어린아이의 감사의 표시인 것이다. 그리고 그런 것에 마음을 쓰지 않는 것 또한 아버지의 방식이다. 그러나 이제 우리 종족과 요제피네의 이러한 관계를 통해서 설명하기에는 더욱 곤란한 또 다른 문제들이 나타난다. 말하자면 요제피네는 반대의 의견을 가지고 있는 것이다. 그녀는 자기 자신이 우리 종족을 보호해주고 있다고 믿고 있다. 그녀의 노래는 표면적으로는 정치적 또는 경제적으로 어려운 상황에서 우리를 구해준다. 그것은 그 이상의 일을 성취하고 있는 것이다. 그녀의 노래가 불행을 쫓아버리지는 못한다 하더라도, 적어도 그것을 견뎌낼 수 있는 힘을 우리에게 준다는 것이다. 그녀는 이것을 그렇게 표현하지는 않지만, 또 달리 표현하는 것도 아니다. 그녀는 전혀 말을 하지 않는다. 수다쟁이들 앞에서는 입을 다물고 있다. 그러나 그녀의 눈빛이 그것을 말한다. 그녀의 꼭 다문 입에서 —우리 종족 가운데 입을 꼭 다물고 있을 수 있는 이는 아주 소수인데 그녀는 그렇게 할 수 있는 것이다—그것을 읽어낼 수 있다. 모든 나쁜 소식을 접할 때—거의 날마다 그런 소식들이 넘치고 있고 그 가운데는 허위이거나 반쯤밖에 안 맞는 소식도 있다—그녀는 곧 우뚝 일어선다. 그것이 그녀를 지치게 만들어 바닥으로 끌어내릴 때라도, 그녀는 우뚝 일어서서 목을 곧게 펴고, 마치 천둥에 직면해 있는 목동처럼 자신이 이끄는 무리들을 둘러보려고 애쓴다. 어린아이들도 성숙하지 못한 미흡한 방식이기는 해도 분명히 그와 비슷한 주장을 펼 것이다. 그러나 요제피네에게는 그것이 결코 어린아이들에게 그런 것처럼 아무런 이유가 없는 것은 아니다. 물론 그녀는 우리를 구하지도 못하며 우리에게 결정적인 힘을 주지도 못한다. 스스로가 이 종족의 구원자라고 뽐내기는 쉽다. 이 종족은 고통에 길들여져 있고, 죽음을 잘 알고 있으며, 자신의 몸을 아끼지 않으며, 재빨리 결단을 내리며, 무모한 일들이 일어나는 환경을 두려워하는 것처럼 보이지만 사실은 늘상 그 속에서 살고 있으며, 그 이외에도 대담할 뿐만 아니라 창작력이 풍부하다. 말하건대 이러한 종족의 구원자라고 스스로 강조하며 뽐내기는 쉬운 일이다. 왜냐하면 우리 종족은 희생물이 되어 있을 때도 어떻게 해서건 스스로를 구원해왔기 때문이다. 역사 연구가들은—일반적으로 우리는 역사 연구를 등한시하고 있다—이 희생에 대해서 놀란 나머지 꼼짝도 못할 정도이다. 그러나 우리가 평상시보다 곤경에 처해 있을 때 요제피네의 목소리를 더 잘 들을 수 있다는 것은 사실이다. 우리를 덮고 있는 위험들이 우리를 조용하게, 겸손하게 만들며, 요제피네의 지휘에 복종하게 만든다. 우리는 기꺼이 모이고, 기꺼이 함께 북적거린다. 특히 그것이 고통스러운 중요한 일과는 전혀 거리가 먼 어떤 동기 때문에 생기는 일이기 때문이다. 그것은 마치 우리가 전쟁을 앞두고 평화의 잔을 함께 빨리—그렇다, 서두를 필요가 있다. 요제피네는 그것을 너무 자주 잊어버린다—마시고 있는 것과 같다. 그것은 별로 노래 공연 같지가 않고, 차라리 민중 집회라고 할 수 있다. 게다가 그 앞에서는 작은 휘파람 소리까지도 완전히 잠잠해지는 그런 집회, 그 시간은 우리들의 잡담으로 지나쳐버리기에는 너무 진지한 것이다. 그러한 상황은 물론 요제피네를 절대로 만족시킬 수는 없을 것이다. 그것은 또한 영구히 지켜질 수도 없을 것이다.

요제피네는 완전히 해명된 적이 없는 그녀의 위치 때문에 신경성의 불쾌감에 가득 차 있으면서도 자신의 자의식에 현혹되어 많은 것을 보지 못하고 있고, 크게 애쓰지 않아도 더욱 많은 것을 조망할 수도 있을 것이다. 이러한 의미에서, 그러니까 일반적으로 유익한 의미에서 언제나 아첨꾼 무리는 있기 마련이다. 그러나 그녀가 민중 집회의 한구석에서 그저 곁다리로, 별로 눈길을 끌지 못한 채 노래를 부르는 일을 위해—그것이 그 자체로서 결코 사소한 일은 아닌데도—자신의 노래를 바치지는 않을 것이 분명하다. 그녀는 그렇게 할 필요도 없다. 왜냐하면 그녀의 예술은 주의를 끌지 못하는 것은 아니기 때문이다. 우리가 전혀 다른 것에 몰두하고 있고, 그곳을 지배하는 조용함이 결코 노래를 위한 것이 아니며, 또 많은 이들이 요제피네를 우러러보는 것이 아니라 옆 동료의 털 속에 얼굴을 묻고 있으며, 그래서 요제피네가 저 위에서 온갖 노력을 기울이는 것이 헛되게 보인다 할지라도, 그녀의 휘파람 소리에서는 무엇인가 우리에게 불가항력으로 밀려오는 것이 있다—그것은 부정할수 없다—모든 다른 이들에게는 침묵이 과해져 있는 그곳에서 솟아오르는 이 휘파람은 마치 종족의 복음처럼 개개인에게 다가온다. 힘든 결단의 한가운데에 서 있는 요제피네의 가느다란 휘파람 소리는 적대적인 세계의 혼란 한가운데에 있는 불쌍한 우리 종족의 존재와 거의 흡사하다. 요제피네는 자신의 지위를 유지하는데, 그녀의 목소리에서 볼 수 있는 아무것도 아닌 것으로, 아무런 성과도 없는 업적으로 자신의 지위를 유지하며 우리에게 이르는 길을 마련하고 있다. 이런 일을 생각하면 기분이 좋아진다. 그러나 진정한 성악가가 언젠가 우리들 속에 있어야 한다고 해도, 우리로서는 그를 참고 견뎌내기가 어려울 것이며, 그러한 무의미한 공연을 하나같이 거절할 것이다. 우리가 그녀에게 귀기울이고 있다는 사실이 바로 그녀의 노래에 반대하는 증거라는 인식으로부터 요제피네가 보호받을 수 있기를 바란다. 아마도 그녀는 그것을 감지하고 있을 것이다. 그렇지 않다면 왜 그녀는 우리가 그녀에게 귀기울이고 있다는 것을 그토록 부인하겠는가. 그러나 그녀는 여전히 또 다시 노래부르고 있으며, 이러한 예감을 넘어 자기 자신을 멀리 휘파람으로 날려보내고 있다. 그러나 그녀를 위해서 그 이외에도 위안거리가 있을지 모른다. 즉, 우리가 어느 정도는 정말 그녀에게 귀기울이고 있는 것이다. 그것은 분명히 예술적인 성악가에게 귀기울이는 것과 비슷할 것이다. 그녀는 어떤 예술적인 성악가가 우리에게서 얻으려고 헛되이 애쓰는 그런 영향력을 충분치 못한 그녀의 실력만으로 성취한다. 그것은 아마 우리의 생활방식과도 관계가 있을 것이다. 우리 종족은 아무도 청춘 시절을 모른다. 아주 짧았던 유년 시절도 거의 모른다. 이따금씩 다음과 같은 요구가 등장하기는 한다. 말하자면 어린 새끼들에게는 하나의 특별한 자유, 하나의 특별한 보호를 보증해주었으면 좋겠다든가, 약간의 심적인 편안함에 대한 권리, 별뜻없이 조금은 뛰어 돌아다닐 수 있는 권리, 약간의 놀이에 대한 권리, 권리를 인정하고 그것이 실현되도록 도와주었으면 좋겠다는 등의 이러한 요구들이 등장하고 있으며, 거의 모든 이들이 그것에 동의하고 있다. 이보다 더 동의해야 할 것은 없다. 그러나 우리의 생활 현실에서는 그보다 인정을 덜 받는 것도 없다는 것이다. 우리 종족은 그 요구들을 시인하고, 그것들의 의미대로 여러 가지 시도를 한다. 그러나 머지 않아 다시금 모든 것은 옛 상태가 되고 만다. 우리의 삶이란 물론 어린 새끼가 조금만 뛰어다니게 되고 주위 세계를 조금만 구별할 수 있게 되면 곧 어른과 마찬가지로 스스로를 돌보아야 하는 식이다. 우리는 경제적인 문제를 고려해서 흩어져 살아야 하는데, 그 지역은 너무나 광대하다. 우리의 적은 너무도 많다. 우리 주변 도처에 깔려 있는 위험들 또한 헤아릴 수 없을 정도로 많다―그러므로 우리들은 어린 새끼들을 생존의 투쟁으로부터 떼어놓을 수가 없다. 만일 그렇게 한다면, 그들은 때 이른 종말을 맞이하게 될 것이다. 이러한 슬픈 이유들 속에는 물론 기운을 북돋아주는 것도 있다. 우리 종족의 임신 능력이 그것이다. 한 세대가―모든 세대마다 수가 많지만―다른 세대를 재촉하기 때문에 어린 새끼들은 어린 새끼로 있을 시간이 없다. 다른 종족들은 어린 새끼들을 세심하게 돌보고, 새끼들을 위한 학교들을 세우고, 이 학교에서 매일 그 종족의 미래인 새끼들이 쏟아져 나올지도 모른다. 그것은 애국자에게는 아름다운 광경일 것이다. 그러므로 그곳에서 새끼들이 쏟아져 나오는 것은 오랫동안 변함이 없을 것이다. 우리에게는 학교가 없다. 그러나 매우 짧은 기간 동안에도 우리 종족으로부터 헤아릴 수 없이 많은 어린 새끼들이 쏟아져 나온다. 그들은 아직 휘파람을 불지 못하는 동안에는 즐겁게 쉿 소리를 내거나 찍찍 울면서 쏟아져 나온다. 또 아직 걸어다니지 못하는 동안에는 우르르 몰려 나오거나 또는 밀리는 힘 때문에 계속해서 굴러다닌다. 또 아직 제대로 보지 못하는 동안에는 떼를 이루어 졸렬하게 모든 것을 함께 쓸어버린다. 그것이 바로 우리 새끼들이다! 예전의 학교에 다니던 그 어린것들이 아니다. 절대로 아니다. 언제나, 언제나 새로운 어린것들이다. 끝없이, 끊임없이. 한 어린 새끼는 나타나자마자 더 이상 어린것이 아니다. 그 뒤에는 벌써 새로운 어린것들이 행복감으로 얼굴이 발그레해져서, 그 숫자와 그 속도를 헤아릴 수 없을 정도로 밀어닥치고 있다. 물론 이런 모습 또한 매우 아름다울 수도 있고, 다른 종족들이 이것 때문에 우리를 부러워하는 것도 당연하다고 할 수 있겠지만, 우리는 우리 새끼들에게 진정한 어린 시절을 줄 수는 없는 것이다. 그리고 그것은 그 나름의 결과를 갖는다. 우리 종족에게는 어떤 특정한 불멸의, 결코 근절될 수 없는 천진성이 배어 있다. 바로 우리 최고의 장점인 확실하고도 실제적인 오성과는 완전히 모순되게, 우리는 가끔 완전히 바보스럽게 행동한다. 그것도 마치 어린것들이 바보스럽게 행동하듯이, 아무런 의미 없이, 헤프게, 대규모로, 경솔하게 그리고 종종 이 모든 것을 작은 재미 때문에 하는 그런 식으로 행동한다. 그리고 그것에 대한 우리의 기쁨이 당연히 어린것들의 기쁨이 갖는 넘치는 활력을 가질 수는 없지만, 그 속에는 여전히 그러한 활력이 확실히 살아 있다. 우리 종족의 이러한 천진성은 요제피네에게도 득이 되는 것은 아닐까? 그러나 우리 종족은 천진한 것만이 아니라, 또한 어느 정도는 이른 시기에 늙는다. 우리 종족에게는 다른 종족과 다르게 어린 시절과 노년기가 섞여 있다. 우리는 청춘 시절 없이, 곧바로 어른이 된다. 그러고는 너무 오랫동안 어른으로 존재한다. 거기서 어떤 피로감과 절망감이 흘러나와, 그것이 전체적으로는 그렇게도 강인하고 질긴 희망을 지닌 우리 종족의 존재에 광범위하게 흔적을 남기며 관통하고 있다. 우리의 비음악성도 그것과 관계가 있을 것이다. 우리는 음악을 하기에는 너무나 늙었다. 음악의 고조된 감흥, 그 비상은 우리의 비중에는 맞지 않는다. 우리는 피로한 손짓으로 그것을 향해 거절의 뜻을 보낸다. 그래서 우리는 휘파람으로 되돌아가 있다. 여기저기서 조금씩 휘파람을 부는 일, 그 정도가 우리에게는 알맞다. 우리들 가운데는 음악적인 재능을 가진 자가 없을지 누가 알겠는가. 그러나 그런 자가 있다 하더라도, 그들이 발전하기도 전에 모든 종족의 특성이 그들을 억누를 것이다. 그와는 반대로 요제피네는 자기 좋을 대로 휘파람을 불거나 노래를 부를지 모른다. 또는 그녀가 무어라고 부르든 간에, 그녀가 하는 그것은 우리에게 방해가 되지 않는다. 그것은 우리에게 맞다. 우리는 그것을 소화할 수 있다. 그 속에 약간의 음악이 포함되어 있는 게 사실이라면, 그것은 가능한 한 가장 아무것도 아닌 상태로 축소되어 있는 음악일 것이다. 그러므로 일종의 음악 전통이 고수되는 것이다. 그러나 이것은 우리에게 하등의 짐이 되지 않을 그러한 음악 전통이다.

그러나 요제피네는 그렇게 정해진 이 종족에게 더 많은 것을 가져다주고 있다. 그녀의 음악회에서, 특히 중요한 시기에는, 단지 몇 명만이 가수인 그녀에게 관심을 갖는다. 아마도 첫 줄에 앉아 있는 많은 사람들이 호기심에 차서 그녀가 입술을 비쭉거리는 모습과 귀여운 앞니 사이로 숨을 내쉬는 모습을, 자기 스스로가 만들어내는 소리에 감탄하며 숨이 끊어지는 모습을, 이렇게 쓰러짐으로써 자기 자신을 고무시켜 그녀 자신에게도 항상 이해가 안 가는 새로운 성과를 이루어내는 모습을 쳐다볼 것이다. 그러나 본래의 군중들은—이것은 분명하게 알 수 있는데—자기 자신에게 되돌아온다. 삶의 투쟁 중에 꼭 필요한 여기 이 휴식 시간에 우리 종족은 꿈을 꾸는 것이다. 이것은 마치 각자의 사지가 풀리는 것과 같으며, 마치 불안한 자가 종족의 크고 따스한 침대에서 자기 마음대로 몸을 쭉 펴고 기지개를 켜도 되는 것과 흡사하다. 그리고 이 꿈속으로 때때로 요제피네의 휘파람 소리가 울린다. 그녀는 그 소리가 마치 진주 구르는 소리 같다고 말하지만, 우리들은 끊어지는 듯한 소리라고 말한다. 그러나 어쨌든 그것은 그 어디도 아닌 여기가 제자리인 셈이고, 그 어느 때보다 가장 음악을 기다리는 순간에 나타나는 것이다. 그 안에는 무언가 가엾은 짧은 어린 시절에 관한 것이 들어 있다. 그러니까 잃어버린, 다시는 되찾을 수 없는 행복 같은 것이 들어 있는 것이다. 그러나 바쁜 현재의 삶에 관한 것도 들어 있는데, 말하자면 삶의 명랑성, 작고 이해할 수는 없으나 그럼에도 여전히 존재하는, 결코 말살되지 않을 삶의 명랑성에 관한 것도 역시 들어 있는 것이다. 그러나 이 모든 것은 사실 커다란 음조로 말해지는 것이 아니라, 가볍게, 속삭이듯이, 친밀하게, 가끔은 약간 쉰 목소리로 말해진다. 물론 그것은 일종의 휘파람 같은 것이다. 어찌 아니라고 하겠는가? 휘파람은 우리 종족의 언어이다. 많은 이들은 평생 오로지 휘파람만을 불고 있으면서도 그것을 알지 못한다. 그러나 여기에서 휘파람은 매일매일의 생활의 질곡에서 자유롭게 벗어나 있으며, 짧은 시간 동안이나마 우리까지도 자유롭게 해준다. 그렇기 때문에 우리는 이런 공연을 놓치고 싶지 않았던 것이다. 그러므로 요제피네가 자신이 우리에게 그러한 시기에 새로운 힘을 주는 거라고 주장한다면 이런 점에서는 아마 당연히 옳지 않겠는가. '어떻게'— 요제피네의 아첨꾼들은 조금도 꺼리지 않고 뻔뻔스럽게 이야기한다 —'특히 시시각각으로 밀려오는 위험에 처해 있으면서도 대성황을 이룬 군중들을 달리 설명할 수 있을까. 그들은 이미 여러 번 이러한 위험을 제때에 충분히 방어하는 일에 지장을 주지 않았던가.' 그런데 이 마지막 말이 옳기는 하다. 하지만 그것은 분명히 요제피네의 유명세를 이르는 것은 아니다. 특히 덧붙이자면 그러한 모임이 예기치 않게 적에 의해서 폭격을 받아 우리들 가운데 많은 자들이 생명을 잃을 수밖에 없었다 하더라도, 이 모든 것에 책임이 있는 요제피네는 아마도 휘파람 소리로 적을 사로잡았을 테고, 언제나 가장 안전한 자리를 차지하고 있으므로, 그녀의 추종자들의 보호를 받으며 아주 조용하고도 가장 빨리 맨 먼저 사라져버렸을 것이다. 그러나 이것 또한 근본적으로 모두가 알고 있는 일이다. 그럼에도 요제피네가 다시 그녀가 원하는 대로 언제 어디서건 노래를 위해 일어선다면, 그들은 또 서둘러 그리로 향할 것이다. 그것으로부터 —하지만 이것은 이미 어떤 극단적인 것이다— 우리는 요제피네가 거의 법의 범위 밖에 있다는 것, 그녀는 자기가 원하는 것이 무엇이든 할 수 있다는 것, 그리고 그녀에게서는 모든 것이 사라져버릴 것이라는 것을 추정해낼 수 있다. 만약 사실이 이렇다면, 요제피네의 여러 요구 또한 전부 이해가 갈 것이다. 우리는 우리 종족이 그녀에게 부여한 이러한 자유들 속에서, 즉 그녀 이외에는 아무에게도 승낙하지 않았던, 원래는 법에 저촉되는 이 특별한 선물에서 어느 정도는 우리 종족의 고백을 알아차릴 수 있을 것이다. 즉, 우리 종족은 그녀가 주장하듯이 그녀를 이해하지 못하면서, 그녀의 예술에 놀라 넋을 잃고 바라보고 있으며, 우리 자신을 그녀의 예술에는 어울리지 않는 존재로 느끼며, 요제피네에게 가하는 이런 고통을 없애려고 노력하지만 절망적인 결과만을 낳을 뿐이며, 그녀의 예술이 우리 종족의 이해능력 밖에 있을 뿐만 아니라, 또한 그녀의 인격과 그녀의 소망을 우리 종족의 명령권 밖에 있게 한다는 것을 고백하고 있는 것이다. 물론 이것은 절대로 맞는 말이 아니다. 아마 우리 종족은 개별적으로는 그녀 앞에서 너무도 빨리 항복할지 모른다. 그러나 우리 종족은 그 누구 앞에서도 무조건 항복하지는 않으므로 그녀 앞에서도 무조건 항복하지는 않을 것이다. 그것은 쉽사리 증명될 수 있다. 이미 오래전부터, 아마 그녀의 예술가로서의 경력이 시작되면서부터 이미 요제피네는 자신의 노래를 고려해서 모든 노동을 면제받을 수 있도록 싸우고 있다. 그러므로 우리가 그녀에게서 매일의 빵과 그 이외에 우리들의 생존 투쟁에 연결되어 있는 모든 것에 대한 걱정을 없애주어야 하고, 그것을 ―아마도―종족 전체가 부담해야 한다는 것이다. 순식간에 감격하는 자는―내가 틀리지 않는다면 그러한 자들도 있는데―벌써 이런 요구의 특이함과 그런 요구를 생각해낼 수 있는 정신 상태만으로도 그 요구의 내적인 정당성을 판단해낼 것이다. 그러나 우리 종족은 그와 반대되는 결론을 내리고 그 요구를 조용히 거절한다.

그러한 요청을 하는 이유에 대해서도 또한 그다지 심하게 반박하지 않는다. 요제피네는, 예를 들어 노동할 때의 노고가 그녀의 목소리에 해를 끼친다는 것, 비록 노동의 노고는 노래를 부를 때의 노고와 비교할 때 사소하지만 그러나 그것은 노래를 부르고 나서 충분히 휴식을 취하고 또 새로운 노래를 위해서 기력을 강화할 수 있는 가능성을 빼앗아간다는 것 등을 지적하고 있다. 그렇게 되면 분명히 그녀는 완전히 탈진되어 이러한 상황에서는 아무리 해도 자신의 최대 역량을 발휘하지 못한다는 것이다. 우리 종족은 그녀의 말에 귀를 기울이지만 그것을 대수롭지 않게 여긴다. 그렇게 쉽게 감격하는 이 종족이 가끔은 전혀 마음을 움직일 줄을 모르는 것이다. 이 거부는 종종 너무 완강해서, 요제피네까지도 깜짝 놀라 멈칫하게 된다. 그녀는 따르는 것처럼 보인다. 그녀는 열심히 일하고, 할 수 있는 만큼 노래도 부른다. 그러나 그 모든 것도 잠시뿐, 그 후에는 다시 새로운 힘으로 투쟁을—그녀는 그 투쟁을 위해서는 무한히 큰 힘을 가지고 있는 것 같다—받아들인다. 사실 요제피네는 자신이 원하는 것을 말 그대로 얻으려 하지는 않는다는 것은 분명하다. 그녀는 합리적이다. 그녀는 노동을 싫어하지 않는다. 우리는 노동에 대한 혐오 같은 것은 아예 알지도 못한다. 그녀는 분명히 자신의 요구가 허락된 후에도 예전과 다르게 살지는 않을 것이다. 노동이 그녀의 노래를 절대로 방해하지는 않을 것이다. 그리고 물론 그녀의 노래도 더 이상 아름다워지지는 않을 것이다—그러므로 그녀가 추구하고 있는 것은 다만 그녀의 예술에 대한 공공연하고 확실한 인정, 시대를 넘어 지속되는, 지금까지 알려진 모든 것을 훨씬 능가하는 인정일 뿐이다. 그러나 그녀에게 다른 것은 거의 모두 이루어질 수 있을 것 같은데도, 이것은 끝까지 그녀 마음대로 되지 않는다. 그녀는 아마도 애초에 공격을 다른 방향으로 돌렸어야 했을 것이다. 그녀는 아마도 이제야 자신의 잘못을 알게 되었을 것이다. 그러나 이제는 더 이상 물러설 수가 없는 것이다. 후퇴란 자기 자신을 배반하는 것을 의미하기 때문에, 이제 그녀는 이 요구와 함께 견뎌내거나 아니면 쓰러져야만 한다. 그녀가 말하는 대로, 정말 그녀가 적을 가지고 있다면, 그들은 손가락도 까딱하지 않고 기분 좋게 이 싸움을 바라볼 수 있을 것이다. 그러나 그녀는 적을 가지고 있지 않다. 물론 가끔 많은 이들이 그녀에 대해서 이견을 가지고 있다 하더라도, 이 싸움은 분명히 아무에게도 즐거움을 주지 못한다. 이때 우리 종족이, 보통때는 우리들에게서 거의 찾아보기 힘든, 재판관 같이 차가운 태도를 보이기 때문은 아니다. 그리고 어떤 이가 이 경우에 이러한 태도에 동조하게 된다 하더라도, 우리 종족이 언젠가는 자기 자신에 대해서도 이와 비슷하게 반대하는 태도를 취할 수 있다는 단순한 생각이 모든 기쁨을 빼앗아간다. 물론 요구할 때와 마찬가지로 거부할 때도 그 일 자체가 문제되는 것이 아니라, 종족이 어떤 한 동포에게 이해할 수 없는 방식으로 등을 돌릴 수 있다는 것이 오히려 문제가 되는 것이며, 그것은 종족이 보통때 아버지처럼, 아니, 아버지보다 더한 마음으로, 겸허하게 그 동포를 돌보는 것보다 더 이해할 수 없는 것이다.

　여기서 종족을 대신해서 어떤 한 개인이 서 있다고 가정할 경우 우리는 이 남자가 이제는 양보하는 일에 종지부를 찍고 싶다는 지속적인 열망 속에서 그동안 내내 요제피네에게 양보해왔으며, 양보도 어쨌든 그 적당한 한계가 있을 거라는 굳은 믿음을 가지고 초인적으로 수없이 양보해왔다고 생각할 수 있다. 그렇다, 우리는 이 일을 빨리 진전시키기 위해서, 그가 필요 이상으로 많은 것을 양보해왔노라고 생각할 수도 있다. 그렇다, 그는 그 일을 촉진시키기 위해서, 단지 요제피네를 제멋대로 놓아두어, 그녀가 정말 이 마지막 요구를 주장하게 될 때까지 언제나 새로운 소망으로 그녀를 몰아가기 위해서 필요 이상으로 양보를 해왔고, 그런 다음 그는 이미 오랫동안 각오를 해왔기 때문에, 이제는 분명하고 간단하게 궁극적인 거절을 결심했노라고 생각할 수도 있을 것이다. 그리고 우리 종족은 그러한 태도를 취하지 않을 것이 확실하다. 그들은 그러한 술수가 필요치 않다. 게다가 요제피네에 대한 그들의 존경심은 솔직하고 확실하다. 물론 요제피네의 요구는 너무도 강렬해서, 솔직한 아이라면 누구나 그녀에게 결과를 예고해줄 수도 있었을 것이다. 그럼에도 요제피네가 이 일에 대해 가지고 있는 생각 속에는 그러한 추측 역시 약간 함께 작용하고 있어서 그것이 거절당한 자의 고통에 통렬함을 더해줄지 모를 일이다.

그러나 그녀가 그러한 추측을 한다 하더라도, 그녀는 결코 그로 인해 투쟁에 겁을 먹고 그만두지는 않을 것이다. 근자에는 투쟁이 더욱 치열해지고 있다. 여태까지는 말로만 투쟁을 해왔다면, 이제 그녀는 다른 수단을 사용하기 시작한다. 그녀 의견으로는 그것이 훨씬 효과적이라지만, 우리 생각으로는 그녀 자신에게 훨씬 더 위험할 뿐이다. 많은 이들은 요제피네가 그렇게 서두르고 있는 이유를 이렇게 생각한다. 말하자면 그녀는 자신이 늙어가고 있음을 느끼고 있고 목소리는 약해지고 있기 때문에, 그녀는 지금이야말로 그녀의 가치를 인정받기 위한 마지막 투쟁을 벌여야 할 시기로 생각하고 있는 것 같다는 것이다. 나는 그렇게 생각하지 않는다. 만약 이것이 사실이라면, 요제피네는 요제피네가 아닐 거라는 것이다. 그녀에게는 나이를 먹는 일이 없으며, 그녀의 목소리가 약해지는 일도 없다. 만약 그녀가 무엇인가를 요구한다면, 그녀는 외적인 것 때문이 아니라, 내적인 일관성 때문에 그렇게 할 것이다. 그녀는 최상의 화관을 추구하고 있다. 그러나 그것은 그 화관이 이 순간 조금 낮게 걸려 있어서가 아니라, 그것이 최상의 것이기 때문이다. 그녀의 힘이 미치기만 한다면, 그녀는 그것을 더욱 높게 매달 것이다. 물론 이러한 정신 상태 때문에 그녀는 가장 졸렬한 수단을 사용해도 저항감을 느끼지 않는다. 그녀로서는 자신의 권리를 의심할 여지가 없는 것이다. 그러니 그녀가 어떤 방식으로 그것을 성취하느냐가 무슨 문제가 되겠는가. 특히 그녀가 판단하고 있듯이 이 세상에서는 고상한 방법이 거부당할 수밖에 없으니 말이다. 어쩌면 바로 그렇기 때문에 그녀는 자신의 권리를 위한 투쟁을 노래 분야에서 그녀에게는 별로 중요치 않은 다른 분야로 바꾸었을지 모른다. 그녀의 동료는 그녀의 진술을 널리 퍼뜨렸다. 그 진술에 따르자면 그녀는 가장 깊숙이 숨어 있는 반대 그룹에 이르기까지 모든 계층의 종족에게 하나의 진정한 즐거움이 될 그런 노래를 자신이 부를 수 있다고 느낀다는 것인데, 그 진정한 즐거움이란 우리 종족이 요제피네의 노래에서 오래전부터 느끼고 있다고 주장하는 그런 의미의 즐거움이 아니라, 요제피네가 말하는 자신의 갈망으로부터 나오는 즐거움인 것이다. 그러나 거기에 덧붙여, 그녀는 고매한 것을 위조할 수도 비천한 것에 아첨할 수도 없으므로, 지금의 이 상태 그대로 계속될 수밖에 없다는 것이다. 그러나 노동의 면제를 위한 그녀의 투쟁은 문제가 다르다. 비록 이것 역시 그녀의 노래를 위한 투쟁이기는 하지만, 이 문제에서는 그녀가 노래라는 귀중한 무기를 직접 사용해서 싸우는 것은 아니므로—아마도 그녀는 그렇게 생각할지 모른다—가장 추한 수단이라 할지라도 그녀는 얼마든지 사용할 것이다.

그래서 예를 들면, 다음과 같은 소문이 퍼졌다. 우리 종족이 요제피네에게 복종하지 않으면, 그녀는 의도적으로 콜로라투라(경쾌하고 화려하게 표현되는 아리아의 기교적 선율—옮긴이)를 단축시키려고 한다는 것이다. 나는 콜로라투라에 대해서는 아무것도 모르며, 그녀의 노래에서 콜로라투라에 관한 것을 결코 알아챈 적이 없다. 이 콜로라투라는 일반적으로 투박하고, 거칠며 다듬어지지 않은 그리고 이런 점에서 전혀 손질을 가할 수 없는 우리의 목소리로부터 본성적으로 영구히 거부되어 있을 것이다. 그러나 요제피네는 콜로라투라를 단축시키려 한다. 당분간 아주 없애는 것은 아니고, 다만 단축시키려 하는 것이다. 그녀는 표면상으로는 자신의 위협을 실천한 것처럼 보였지만, 물론 나에게는 그녀의 예전 공연과 다른 어떤 차이도 느껴지지 않았다. 종족 전체는 콜로라투라에 대해서는 아무런 언급 없이 평소와 마찬가지로 귀를 기울였다. 그리고 요제피네의 요구에 대한 대처에도 아무 변화가 없었다. 요제피네가 종종 그녀의 모습에서와 마찬가지로 그녀의 사고에서도 정말 우아한 면을 가지고 있다는 것은 부인할 수 없는 일이다. 예를 들어 그녀는 공연이 끝난 후 콜로라투라에 대한 그녀의 결정이 종족에게 너무 가혹하거나 너무 갑작스러운 것이었다는 듯이 다음에는 콜로라투라를 다시 완벽하게 노래하겠노라고 설명했다. 그러나 다음 음악회가 끝난 후에는 또 다시 마음이 달라져서, 이제는 훌륭한 콜로라투라는 영원히 끝났으며, 요제피네에게 유리한 결정이 내려지기 전까지는 콜로라투라는 다시는 없으리라고 말하는 것이다. 그러나 우리 종족은 마치 생각에 잠긴 어른이 아이의 재잘거리는 이야기를 흘려듣듯이, 이런 모든 설명과 결심과 결정의 번복을 흘려듣고 있다. 근본적으로는 호의를 가지고 있지만 결코 미치기 어려운 것이다.

그러나 요제피네는 굴복하지 않는다. 그녀는 요사이, 예를 들어 일을 하다가 발을 다쳐서 노래부르는 동안 서 있기가 힘들게 되었다고 주장하고 있다. 그런데 그녀는 다만 서서 노래할 줄밖에 모르므로, 이제는 노래를 단축하기까지 해야 한다는 것이다. 그녀가 절룩거리며 동료들의 부축을 받고 있음에도, 아무도 그녀의 부상이 진짜라고는 믿지 않는다. 그녀의 작은 육체의 특별난 민감성을 인정하기는 하지만, 우리는 노동의 종족이고, 요제피네 역시 그 종족에 속해 있는 것이다. 그러나 우리가 모든 찰과상 때문에 절룩거리고 싶어했다면, 우리 종족 전체가 절룩거리는 것을 절대로 그만둘 수 없을 것이다. 비록 그녀가 스스로 불구자처럼 행동하고 있고, 또 이러한 자신의 가엾은 모습을 평상시처럼 자주 보여준다 하더라도, 우리 종족은 그녀의 노래를 감사하는 마음으로 듣고 예전처럼 감격하고 있을 뿐, 노래의 단축 때문에 야단법석을 떨지는 않는다.

그녀는 언제까지나 절룩거릴 수는 없으므로, 다른 것을 생각해낸다. 말하자면 그녀는 피로를, 불쾌감을, 허약함을 예방한다. 우리는 이제 음학회 이외에 연극도 보게 된다. 우리는 요제피네 뒤편의 공간에서 그녀의 신봉자들이 그녀에게 노래를 불러달라고 간절히 청하는 모습을 보게 된다. 그녀는 기꺼이 하고 싶지만 할 수가 없는 것이다. 우리 종족은 그녀를 위로하고, 그녀에게 온통 아양을 떨고, 그녀에게 노래를 불러달라고 이미 이전에 물색해둔 장소로 그녀를 업다시피해서 데려간다. 드디어 그녀는 알 수 없는 눈물을 흘리며 양보한다. 그녀는 분명 최상의 의지로 노래를 시작하려고 하지만, 기운이 없고, 팔은 보통때와는 달리 활짝 벌려지지 않은 상태로, 오히려 몸 앞쪽에 힘없이 매달려 있다. 이때 우리 종족은 그녀의 팔이 약간 짧은 것 같다는 인상을 갖게 된다―그러나 그녀는 그렇게 노래를 시작하려 하지만 제대로 되지 않는다. 머리를 억지로 획 밀치려는 조짐이 보이는가 싶더니 마지막 순간에 그녀는 우리 눈앞에서 쓰러지고 만다. 그러나 최후의 순간에 그녀는 다시 벌떡 일어나 노래한다. 내 생각으로는 보통때와 별로 크게 다르지 않지만, 가장 세세한 뉘앙스까지도 들을 수 있는 귀를 가진 자라면,

그녀의 노래에서 약간의 특이한 흥분감을 들어서 알 것이다. 그러나 그것은 정상 회복을 돕는 흥분감일 뿐이다. 게다가 끝에 가서 그녀는 예전보다 피로가 덜해서 확고한 걸음걸이로—그녀의 휙 지나가는 총총걸음을 이렇게 부르고 싶다면—멀어져갔다. 동료들의 온갖 도움을 물리치고, 공손하게 피하고 있는 그녀의 대중들을 차가운 시선으로 살피듯이 바라보면서 멀어져갔다.

이것은 근래의 일이었다. 그러나 최근의 소식으로는 그녀의 노래가 기대되는 어느 시기에 그녀가 완전히 사라져버렸다는 것이다. 그녀의 동료뿐만 아니라, 많은 이가 그녀를 찾는 일에 가세했지만 허사였다. 요제피네는 사라져버린 것이다. 노래를 부르고 싶지도 않고 그러한 부탁을 받는 것마저도 싫어져버린 것이다. 이번에야말로 그녀는 우리 곁을 완전히 떠나버린 것이다. 그렇게 영리한 그녀가 그렇게 오산을 한 것은 이상한 일이다. 그녀가 오산하고 있는 것이 아니라 우리 세계에서는 다만 매우 슬픈 운명이라고 할 수 있는 그런 운명에 의해 계속 쫓겨다닐 거라고 믿을 정도로 그것은 그렇게 잘못된 것이다. 그녀 스스로 노래와의 인연을 끊고, 사람들 사이에서 얻었던 힘을 스스로 파괴했다. 그녀는 이 사람들의 마음을 그렇게도 모르면서 어떻게 그러한 힘을 얻을 수 있었을까? 그녀는 몸을 숨기고 노래하지 않는다. 그러나 우리 종족은 조용하고, 실망의 빛을 드러내지 않으며, 약간 당당하기까지 하며, 자신 안에 안주하는 종족이다. 우리 종족은 겉으로는 그것을 반대하지만 진정으로 선물을 줄 수 있을 뿐 결코 받을 수는 없는, 요제피네에게서도 받을 수 없었던 종족인 것이다. 이러한 종족은 계속해서 자신의 길을 갈 것이다.

그러나 요제피네는 내리막길을 갈 수밖에 없다. 나는 머지않아 그녀의 마지막 휘파람 소리가 울리고 그것이 멎게 되는 때가 오는 것을 보게 될 것이다. 그녀는 우리 종족의 영원한 역사 속 하나의 작은 에피소드이며 우리 종족은 그녀의 상실을 극복할 것이다. 그 것이 우리에게 쉽지는 않을 것이다. 완전한 침묵의 상태에서 어떻게 집회가 가능하겠는가? 사실 요제피네가 있었을 때도 집회는 말이 없었지 않았던가? 그녀의 실제 휘파람 소리가 그것에 대한 기억보다 더 활기찬 것이었다고 할 만한 것일까? 그것은 단순한 추억보다는 그녀가 살아 있었을 때 더욱 가치 있었던 것은 아니었을까? 우리 종족은 요제피네의 노래를 도리어 그들 자신의 지혜 속에서 — 왜냐하면 이런 식으로 해서 그녀의 노래가 없어지지 않은 것으로 보아 — 더욱 높인 것은 아닐까? 그러므로 우리는 그리 대단히 아쉬워하지 않을지도 모른다. 그러나 요제피네는, 모든 선택된 자들에게 마련된 지상적인 괴로움으로부터 구원받아 우리 종족의 수많은 영웅들 무리 속으로 기꺼이 사라질 것이고, 우리가 어떤 이야기도 하지 않음으로써 그녀는 곧 모든 다른 형제들과 마찬가지로 잊혀진 채 승화된 구원 속에 있게 될 것이다.

문학이란 주먹으로 뒤통수를 때리는 것

카프카와 브로트는 1902년 프라하의 대학생 독서클럽의 한 연설 모임에서 처음 만났다. 브로트가 쇼펜하우어와 니체에 대해 강연을 했다. 니체에 대한 찬반 토론으로 그들의 관계는 급속도로 발전된다. 그 이후로 그들은 20년 이상을 정기적으로 만났다. 이들은 마치 연인들처럼 깊고 뜨거운 우정을 나누었다. 이들의 우정은 카프카가 폐결핵으로 오랫동안 투병하다가 죽음을 맞을 때까지 계속되었다. 그때 카프카의 나이는 마흔하나였다.

카프카는 늘 자기 작품에 관하여 브로트와 상의했고, 브로트는 카프카가 낭독한 작품을 처음으로 경청해준 유일한 친구였다. 카프카보다 한 살 어린 브로트는 당시 프라하 문화계에서 이미 이름 있는 비평가이자 작가였다. 그는 연극 및 음악 비평 이외에도 철학 에세이, 소설, 서정시, 희곡 등을 썼고 또한 카프카의 서정시를 작곡하기도 했다. 브로트는 문학과 예술에 대한 뜨거운 사랑과 출중한 안목을 가지고 있었다. 카프카의 작품들 가운데 그의 생전에 나온 작품 상당 부분은 브로트가 요청하거나 종용해서 발표된 것이었다. 일찍부터 그는 카프카를 "현대의 가장 중요한 작가의 한 사람"으로 평가했다. 그는 기회가 있을 때마다 잡지나 신문의 비평 그리고 강연 등을 통해서 친구의 작품을 세상에 알리려고 노력했다.

카프카의 작품은 당시 일반 독자들의 무관심과는 달리 소수의 전문가들에게는 인정을 받고 있었다. 카프카는 1916년 문학 비평계로부터 '주목받는 젊은 현대 작가의 한 사람'으로 초청되어 뮌헨에서 「유형지에서」를 발표한 바 있고, 같은 해에 작가 C. 슈테른하임은 자신에게 수여된 테오도르 폰타네 문학상을 카프카에게 양보하기도 했으며, 시인 릴케 역시 자신이 카프카의 진실한 애독자 가운데 한 사람임을 쿠르트 볼프 출판사에 고백하기도 했다.

카프카의 문학은 그의 짧지만 치열했던 삶의 정수이다. 카프카에게 문학은 그의 모든 것이었다. 그것은 그의 실존의 근거이며 존재의 이유였다. 문학을 위해 그는 철저한 금욕주의자로(카프카는 독신주의자, 채식주의자, 자연요법 실천가이기도 했다), 거리감을 두고 바라보는 관찰자로, 자아로 침잠하는 명상가로서 살았다. 때로는 '살아 있는 시체로', 때로는 '거친 나무토막처럼', 때로는 '침묵하는 바위'로, 때로는 '사회 운동의 참여자'로서 그는 사회 조직들의 모순적 체계들, 익명의 지배와 개인의 종속성 사이의 관계들을 폭로하고, 동시에 허위가 진실이 되어버린 현실 세계와 맞서기를 서슴지 않았다. 이렇듯 처절하기조차 한 무서운 삶의 방식으로부터 나올 수 있는 문학은 무엇일까? 카프카는 어느 친구에게 보내는 편지에서 "문학이란 주먹으로 뒤통수를 때리는 것이어야 하고" "얼어붙은 바다 위를 내리치는 도끼와 같은 것이어야 한다"고 썼다. 그에게 문학은 종래의 모든 고정된 사고의 틀을 깨고 석고처럼 마비된 인간의식에 충격적 효과를 가할 수 있는 것이어야 했다. 그렇다고 그가 시대적인 아방가르드적인 면만을 강조한 것은 아니었다. 그는 또한 현자의 '위대한 고르디우스의 매듭'과 같이 시대를 초월한 완벽한 '비유적인 작품'을 쓰기를 원했다. 또한 카프카는 자기 작품에 대해 칼날처럼 엄정한 판단을 가했다. 스스로 '자기 유고의 일부를 처분해'버렸는가 하면, 이미 인쇄되어 나온 몇 편의 작품을 제외하고 모든 유고작품들을 "읽어보지도 말고 남김없이 불태워달라"라는 유언을 브로트에게 남겼으며, 병석에 누운 상태에서도 연인 도라 디아만트에게 자신의 유고를 난로 속에 던져넣어 버릴 것을 간청했다. 그러나 브로트는 그 말을 따르지 않았다. 왜냐하면 그는 카프카의 유고집에 "지금까지의 작품들보다도 더 훌륭한 것들이 포함되어 있다"고 생각했으며, 카프카 작품에 대한 그의 존경과 평가는 개인적 양심을 훨씬 뛰어넘고 있었기 때문이었다. 브로트에게 카프카의 작품과 삶의 태도는 그의 "정신적 존재 전체의 기둥"이었다. 그러나 전쟁의 와중에 그리고 이미 그 이전에도 여러 편지, 문건, 자료들이 분실되었다. 1933년에는 게슈타포가 베를린의 도라 디아만트의 집을 급습하여 카프카의 원고 뭉치를 압수해 갔고, 그것은 그 후로 행방을 알 수 없게 되었다.

카프카가 죽은 후 브로트는 각고의 노력 끝에 1924년 카프카의 원고 대부분을 찾을 수 있었다. 1939년 나치 군대가 프라하를 침공했을 때, 그는 카프카의 원고들을 손가방에 넣고 이스라엘의 텔아비브로 피신하여 그곳 쇼켄 도서관 문서실에 보관한다. 그 사이 독일어권에서는 유대인인 카프카의 작품이 나치에 의해서 발간 금지되었고 그의 책들은 불 속으로 던져졌다. 브로트의 노력이 없었다면 우리는 세계적인 작가 한 사람을 잃었을 것이다. 1956년 수에즈 운하 사건으로 근동에 전운이 감돌자 브로트는 잘만 쇼켄의 권유로 카프카의 원고를 스위스의 취리히 은행에 옮겨 보관한다. 1961년 브로트는 살아남은 카프카 가족들에게 이 원고들을 넘겨주지만 그 후 카프카의 원고는 행방이 묘연해지고 만다. 그리하여 브로트가 편집 출간한 카프카 전집만이 전 세계 문학애호가들의 읽기와 비평 대상이 되었다.

나중에 카프카 비판본 작업을 한 일원이 된 인도 태생 영국인 P.

패슬리는 1947년 독일 유학 중에 처음으로 카프카의 작품을 접한다. 그 후 그는 옥스퍼드 대학에서 독문학을 강의하다가 우연히 어느 청강생의 소개로 카프카의 여조카인 마리안네 슈타이너를 알게 된다. 그는 1961년 3월 그녀를 만나 스위스 취리히 은행금고에서 네 상자 분량의 카프카 원고를 발견하는 행운을 얻고, 그녀의 소원대로 이것을 1962년 옥스퍼드 대학 보들리언 도서관에 보관한다. 이리하여 이 도서관에는 현재 카프카의 대부분의 원고가 보관되어 있다. 이외에 카프카의 원고들의 일부인 「아버지에게 보내는 편지」 『소송』『밀레나에게 보내는 편지』와 소품들이 독일 마르바흐 문서 보관소에 간직되어 있으며, 프라하―스트라호프 체코 문학 박물관에 카프카가 가족과 친척들에게 보낸 마지막 편지 9통과 23장의 엽서가 보관되어 있다. 그리고 1968년에 브로트가 죽은 후 그의 후손들이 원고 일부와 소품들을 간직하고 있다. 약혼녀였던 『펠리체 바우어에게 보내는 편지』는 1987년 뉴욕 소더비 경매에서 유럽의 어느 문서수집가인 상인의 손에 들어갔다. 그리고 카프카가 소장하고 있던 서가의 책들은 1974년 부퍼탈 종합대학 프라하 문학 연구소가 간직하고 있고 카프카 원고 복사본들과 그 밖의 기본 자료들도 모아두고 있다.

1982년부터 J. 보른, G. 노이만, M. 패슬리, J. 슐레마이트에 의해 발간되고 있는 카프카 비판본(약칭 KKA)이 나오기 전까지 카프카 문학전집은 막스 브로트판이 전부였다. 그는 1925년 『소송』을 슈미데 출판사에서 그리고 쿠르트 볼프 출판사에서 『성』(1926)과 『아메리카』(927) 등 세 개의 미완성 장편소설들을, 그 다음으로는 단편소설집인 『만리장성의 축조』(1931)를 키펜호이어 출판사에서 편집 발간한다. 1935년 카프카 전집 출판권을 인수한 베를린의 유대계 출판사인 쇼켄은 원래 기획했던 6권으로 된 전집 가운데 단편소설집의 개정 증보판과 세 편의 장편소설 등 4권을 발간했다. 그러나 주변의 방해 공작으로 쇼켄에서 출판이 어려워지자, 프라하의 메르시 출판사에서 이 전집 발간을 계속 추진하여 노벨레, 단상, 잠언들로 구성된 『어느 투쟁의 기록, 노벨레, 스케치, 아포리즘』이라는 제5권과 일기와 편지를 발췌한 제6권 『일기와 편지』가 1937년에 추가로 발간 완결되었다. 그 사이 뉴욕으로 옮겨간 쇼켄 북스 출판사는 1946년 『일기와 편지 선집』을 제외한 5권으로 된 두번째 전집을 출간하게 된다. 1950년 이후에는 뉴욕 쇼켄 북스 출판사의 판권을 얻은 프랑크푸르트의 S. 피셔 출판사가 카프카 전집을 발간했고, 그 사이에 단행본으로도 11권이나 출판되었다. 1950년대 초를 기점으로 이들 출판사에서 나온 전집들을 토대로 해서 영미권과 프랑스 그리고 독일에서 카프카 연구가 본격적으로 진행되어 오늘날까지 카프카 연구의 홍수를 이루게 된다.

그러나 브로트에 의해 편집된 이 전집들에서는 여러 가지 문제점이 발견되었다. 오랫동안 카프카 작품의 편집을 독점해온 브로트는 카프카 전집을 편집하는 가운데 원고를 수정·보완하고 출판하는 과정에서 오독(예: 산문 「다리」에서는 '체조선수'를 '꿈'으로, 또한 '위험인물'을 '노상강도'로)하는 실수를 범했을 뿐만 아니라 제목을 잘못 붙이거나(예: 소설 『실종자』를 『아메리카』로, 산문 「논평」을 「포기하라!」로, 「마을 선생」을 「큰 두더지」로) 자의적으로 제목을 붙이기도 하고(예: 유고 및 미완성 작품 가운데 원래 제목이 붙어 있는 경우로는 「어느 투쟁의 기록」 「만리장성의 축조」 「낡은 쪽지」, 「튀기」 「법에 대한 의문」 「부부」 등뿐이고, 거의 모두가 브로트가 자의로 작품 제목을 붙였다), 단어를 아예 바꾸거나(예: 일상적 '영웅적 행동' 대신에 일상적 '혼란'으로) 문구를 첨가하거나(예: 「시골에서의 결혼 준비」와 「마을 선생」

등) 빼기도 했다(예:「만리장성의 축조」,「어느 개의 연구」 등).

카프카의 독특한 표현들을 학교 문법에 맞춰 고치고 중복된 부분을 빼버리거나 카프카가 손수 지운 부분을 다시 되살리는 일도 서슴지 않았다. 그는 또한 카프카의 원고와는 다르게 문장의 위치를 바꾸거나(예:「프로메테우스」) 문단을 조정하기도 했다(예: 소설『소송』의 경우에는 미완의 장으로 다른 원고에 따로 씌어진 장을 자신이 편집한『소송』의 한 장으로 끼워넣기도 하고, 원래는 표시가 없었던 장들에 일일이 숫자로 장 표시를 했다).

이 이외에도 카프카만의 독특한 표현, 정서법, 구두법에서도 비판본과는 많은 차이가 난다(예:「다리」「어느 개의 연구」 등). 말년에 가서는 브로트도 카프카의 비판본의 필요성을 강조하게 되는데, 그는 늘 "카프카 텍스트에 대해 문헌학자로서가 아니라 친구와 작가"로서 접근했기 때문이었다. 브로트는 텍스트 및 원고 자료에 충실하여 카프카 작품의 정확한 문학적 표현을 읽어내기보다는 그의 절친한 친구로서 그리고 동료 작가로서 자신의 이해를 바탕으로 카프카의 의도를 추측해서 전후 맥락을 쉽게 이해할 수 있는 내용의 글로 만들려고 했던 것 같다. 그러나 그의 편집 방법과 태도는 처음부터 카프카의 텍스트를 왜곡 내지는 훼손할 위험성을 내포하고 있었다. 왜냐하면 카프카의 언어적 표현 자체가 통례적인 독서 과정을 방해하는 역설적 내지는 모순적인 구조형식으로 이루어져 있으며 이것이 카프카 문학의 본질적 특성임을 브로트는 충분히 이해하지 못하고 오히려 카프카의 착각 내지는 오류로 잘못 판단한 경우가 많았기 때문이다.

이런 점들은 바로 카프카의 비판본에 의해서 밝혀지고 있다. 이 비판본들은 작품집 이외에 거기에 딸린 고증자료와 색인을 담은 주석집이 따로 하나씩 첨가되어 발간되고 있다. 이 비판본의 고증자료집은 카프카의 원고에서 작가 자신에 의해서 지워지거나 수정된 부분을 밝혀내고 무엇이 어떻게 수정되었는지 보여줌으로써 작품집에 실린 텍스트와의 비교를 가능케 해준다. 그러나 이 비판본은 기존의 브로트판과의 관계를 비롯하여 텍스트의 전반적인 유래과정을 설명하고 있지 않거니와 작가가 시도한 여러 가지 판본들 가운데서 어째서 현재의 텍스트(예:『생전에 인쇄된 작품들』가운데 일부)로 확정했는지 그 선택 기준이나 이유에 대해서도 충분한 주석을 달고 있지 않기 때문에 새로 편집 중인 다른 '역사적 비판본(약칭 FKA)'과는 구별된다. 카프카의 역사적 비판본은 1995년부터 R. 로이스와 P. 슈타엥글레에 의해 슈트로엠 출판사에서 기획되어 1997년『소송』을 시작으로 출판되기 시작했다. 그러나 이 역사적 비판본이 언제 모두 완성될지는 아직 미지수이다. 여하튼 여기에서 다루어지고 있는 카프카 비판본(KKA)은 여기에 참여하고 있는 전문적인 편집자들이 브로트판 대신에 카프카의 원고를 바탕으로 "작품과 텍스트의 생성과정을 가능한 한 정확하게 기술하고" 저자의 필적을 토대로 하여 "신뢰할 만한 텍스트를 재구축"하기 위해 노력했다는 점에서 높이 평가할 만하다. 처음으로 전집 차원의 본격적인 원전 비판으로 카프카의 글을 조명한 이 작업은 앞으로도 지속적인 보완이 필요하겠지만, 종래의 브로트판의 오류를 시정할 수 있는 좋은 시도이다.

특히 여기에 번역한『꿈 같은 삶의 기록—잠언과 미완성 작품집』은 카프카 비판본 가운데『성』(1982),『실종자』(1983),『소송』(1990),『일기』(1990) 다음으로 1992년과 1993년에 발간된 비판본으로서 I권과 II권으로 구성되어 있다(브로트판에서는 유고와 미완성 작품들이『시골에서의 결혼 준비와 유고 속의 다른 산문』그리고『어느 투쟁의 기록. 유고 속의 노벨레, 스케치, 아포리즘들』이라는 이름의 전집판에 각각 나뉘어 실려 있다). 그리고 각 권마다 부수적인 고증자료집과 색인이 한 권씩 딸려 있다. 이 두 권으로 된 작품들 가운데 첫번째 권은 M. 패슬리가 편집한 것으로 1897년에서 1917년까지 카프카가 남긴 잠언과 미완성 작품들을, 그리고 두번째 권은 J. 슐레마이트에 의해서 편집된 것으로 1917년에서 1924년 카프카가 죽을 때까지의 잠언과 미완성 작품들을 담고 있다. 이 두 권의 작품 모음집에는 세 개의 장편소설, 즉 『성』 『실종자』 그리고 『소송』과 그가 생전에 발간했던, 작품들(카프카전집 제1권 『변신』 참조), 일기 그리고 편지들을 제외한 모든 잠언과 미완성 작품들이 실려 있다. 그러나 이 가운데는 카프카 자신이 생전에 발표했던 이를테면 「기도자와의 대화」 「술 취한 자와의 대화」 「학술원에 드리는 보고」와 같은 몇 개의 산문 소품들도 끼어 있거나 그것들에 속한 여러 개의 다른 판본들 역시 포함되어 있다. 또한 미완성 소설 「시골에서의 결혼 준비」와 미완성 짧은 산문 「사냥꾼 그라쿠스」 등에 대한 여러 판본들이 함께 포함되어 있기도 하다. 그 외에도 철학적 명상록이나 다름없는 아포리즘이 포함되어 있는데, 그것은 브로트판의 아포리즘과는 달리 작가 자신에 의해서 지워진 부분과 첨가된 부분도 있어서 카프카의 잠언에 대한 새로운 이해가 요구되기도 한다. 그리고 여기에 카프카와 그의 아버지와의 심한 심리적 갈등을 보여주는 「아버지에게 보내는 편지」도 실려 있다. 이외에도 우리나라에 아직 소개된 적이 없는 시 「오고감」을 비롯한 몇 편의 서정시와 미완성 희곡인 「조묘지기」 그리고 다른 단편적인 희곡 기록물, 그리고 주옥같은 많은 산문들과 단장들이 실려 있다.

이들 작품에서는 카프카의 철학적이고 비유적인 면뿐만 아니라 그의 작품이 지니고 있는 서정적이고 극적인 요소들을 새롭게 발견하는 기쁨을 누리게 될 것이다. 카프카의 문학작품을 외국문학으로 받아들여야 하는 우리에게 비판본을 원전으로 하는 새로운 번역 작업은 독자들에게 정확한 텍스트를 소개함으로써 기존의 카프카 해석들을 비판적으로 점검할 수 있게 할 뿐만 아니라 나아가 카프카 작품을 새롭고 정확하게 읽고 이해하는 데 큰 도움이 되리라 의심치 않는다. 또한 편의상 잠언과 미완성 작품집 I, II권을 단행본으로 한데 묶어 편집·발간하게 되었음을 첨언해둔다.

　나름으로 성의와 정열을 쏟았으나 과문한 탓으로 오역이 없지 않을 것이다. 독자 여러분의 가차없는 질책과 충고를 바란다. 끝으로 이 책이 세상의 빛을 보게 해주신 솔 출판사의 임우기 선생님, 그리고 꼼꼼하고 세심하게 교정을 보아준 편집부 여러분들의 노고에 감사드린다. 또한 브로트판과 카프카 비판본의 원문을 일일이 대조하느라 수고해준 이승은 박사와 박사과정의 조한렬 군에게도 이 자리를 빌려 감사드린다.

노고산 연구실에서 2004년 11월
이 주 동

■ 옮긴이 **이주동** 서강대 독문과와 동 대학원을 졸업하고, 독일 뷔르츠부르크 대학에서 문학박사를 받았다. 서강대 교수를 역임했으며, 현재는 서강대학교 명예교수이다. 서강대 인문과학연구소장과 한국 카프카학회 회장을 역임했다.
「카프카 작품에 나타난 도가적 세계관」을 비롯, 현대 소설 및 문예학 일반에 관한 다수의 논문이 있으며, 저서로 *Taoistische Weltanschauung im Werke Franz Kafkas*, 『현대 비유설화의 구조와 기능— 브레히트와 카프카』, 『세기전환기 서구문학과 모더니티』(공저), 『카프카 평전—실존과 구원의 글쓰기』 등과 옮긴 책으로는 『이것은 파이프가 아니다』, 『모더니즘과 포스트모더니즘의 변증법』(공역) 외 다수가 있다.

카프카 전집 2
꿈 같은 삶의 기록 잠언과 미완성 작품집

1판 1쇄 발행	2004년 11월 24일
개정1판 1쇄 발행	2017년 5월 25일
개정1판 2쇄 발행	2022년 9월 15일

지은이	프란츠 카프카
옮긴이	이주동
펴낸이	임양묵
펴낸곳	솔출판사

기획편집	윤진희, 최찬미, 김현지
디자인	이지수
경영관리	이슬비

주소	서울시 마포구 와우산로29가길 80(서교동)
전화	02-332-1526
팩스	02-332-1529
블로그	blog.naver.com/sol_book
이메일	solbook@solbook.co.kr
출판등록	1990년 9월 15일 제10-420호

© 이주동, 2004

ISBN	979-11-6020-017-1 (04850)
	979-11-6020-006-5 (세트)